धर्म

महासमर-4

धर्म

महासमर–4

नरेन्द्र कोहली

वाणी प्रकाशन

पेपरबैक प्रथम संस्करण : 2015
(श्री नरेन्द्र कोहली जी का 75वाँ जन्मदिन)
पेपरबैक द्वितीय संस्करण : 2021
पेपरबैक तीसरा संस्करण : 2023

चित्रा और
अवधनारायण मुद्गल के लिए
सस्नेह

वाणी प्रकाशन
4695, 21-ए, दरियागंज, नयी दिल्ली 110 002
फ़ोन : +91 11 23273167 फ़ैक्स : +91 11 23275710
शाखाएँ
अशोक राजपथ, पटना 800 004, बिहार
कॉफ़ी हाउस कैम्पस, महात्मा गांधी मार्ग, इलाहाबाद 211 001, उत्तर प्रदेश
महात्मा गांधी अन्तरराष्ट्रीय हिन्दी विश्वविद्यालय, वर्धा 442 001, महाराष्ट्र
36/ए, शेक्सपीयर सरणी, रानी बिरला गर्ल्स कॉलेज के पास, कोलकाता 700 017, प. बंग
www.vaniprakashan.com
marketing@vaniprakashan.in
sales@vaniprakashan.in

Dharma : Mahasamar-4
by Narendra Kohli

ISBN : 978-93-5072-894-9
Novel/A Story of Mahabharat

मूल्य : ₹499

आर. टेक ऑफ़सेट प्रिंटर्स, दिल्ली-110 032 में मुद्रित

वाणी प्रकाशन का लोगो मक़बूल फ़िदा हुसेन की कूची से

आने वाली पीढ़ी के नाम...
हमारे समय के कालजयी लेखक

नरेन्द्र कोहली हिन्दी के ही नहीं अपितु तमाम भारतीय भाषाओं के उन विरले लेखकों में से एक हैं जिन्हें 'सम्पूर्ण साहित्यकार' की संज्ञा दी जा सकती है। साहित्य की लगभग सभी गद्य विधाओं—उपन्यास, कहानी, व्यंग्य, नाटक, निबन्ध, आत्मकथा तथा आलोचना इत्यादि में विपुल सृजन करने वाले नरेन्द्र कोहली अकेले ऐसे रचनाकार हैं जिनके प्रशंसकों तथा पाठकों की संख्या का सही-सही अन्दाज तथा अनुमान लगाना कठिन है।

'अभ्युदय', 'महासमर', 'सैरन्ध्री', 'हिडिम्बा', 'कुन्ती' तथा 'न भूतो न भविष्यति' जैसे आधुनिक क्लासिक या कहें कि कालजयी कृति की रचना करने वाले इस विलक्षण रचनाकार की संवेदना-परिधि में सम्पूर्ण भारतीय समाज, तमाम विविधताओं तथा जटिलताओं के साथ गम्भीर साँस लेता प्रतीत होता है। भारतीय संस्कृति के प्रत्येक पक्ष को सही परिप्रेक्ष्य में उजागर करने वाले इस साहित्यकार ने रामायण तथा महाभारत कथा को युग सापेक्ष तथा शाश्वत मानवीय अस्मिता के साथ विश्लेषित किया है। उनकी दृष्टि सम्पन्नता तथा बौद्धिक प्रखरता के आलोक में जीवन और जगत् के सभी रहस्य पाठकों के सामने एक नये संसार की तरह से प्रस्तुत हुए हैं।

कालजयी रचनाकार की सबसे बड़ी विशेषता यही होती है कि वह अपने साहित्य में एक समानान्तर संसार की रचना करते हुए जातीय स्मृतियों का एक अनमोल खजाना आनेवाली पीढ़ियों तथा अपने समकालीन समाज के लिए गढ़ता है।

यह भी कह दें कि दुनिया की महान् से महान् कृति भी समाज को सन्तुष्ट नहीं कर सकती परन्तु श्री कोहली का लेखन सभी वाद-विवादों से

परे अपने पाठक वर्ग में उतना ही पूजनीय है जितने महाकवि तुलसीदास का रामचरितमानस तथा महर्षि वेद व्यास का महाभारत।

प्राचीन के लौह तत्त्वों को भी अपनी जादुई कलम के स्पर्श से कंचन में परिवर्तित करनेवाले इस महान् रचनाकार का साहित्य आपको भूत, वर्तमान तथा भविष्य के सभी रहस्य समझने तथा परखने की दृष्टि प्रदान करता है। नरेन्द्र कोहली के साहित्य को नयी साज-सज्जा के साथ पाठकों को सौंपते हुए वाणी प्रकाशन प्रतिष्ठान स्वयं को गौरवान्वित अनुभव करता है।

– अरुण माहेश्वरी

प्रकाशक

धर्म

महासमर-4

1

भीम ने हाथ उठा कर अपने पीछे आने वाले सारे लोगों को रुकने का संकेत किया।

रुकने की आज्ञा प्रचारित होती गयी और गज, अश्व तथा रथ रुकते चले गये।

"भैया! खाण्डवप्रस्थ सामने दिखायी दे रहा है।" भीम अपने हाथी से उतर कर युधिष्ठिर के रथ के पास आ गया, "आपकी आज्ञा हो तो यहीं शिविर स्थापित कर दिया जाये। यहाँ शिविरों तथा रसोई की व्यवस्था हो और हम लोग आस-पास का क्षेत्र देख आयें।"

"देखने को है ही क्या?" युधिष्ठिर के कुछ कहने से पहले ही नकुल बोला, चारों ओर वन-ही-वन हैं। जहाँ वन नहीं हैं, वहाँ पथरीली पहाड़ियाँ हैं, जिन पर तृण भी नहीं उगता।"

"नहीं! ऐसी बात नहीं होनी चाहिए।" युधिष्ठिर की वाणी आश्वस्त थी, "कौरवों की प्राचीन राजधानी है। पुरुरवा, आयु, नहुष तथा ययाति ने यहीं से शासन किया था। यहाँ हमारा प्राचीन प्रासाद है। उससे लगा खाण्डवप्रस्थ नगर है, जहाँ हमारी प्रजा निवास करती है।"

"मुझे तो यहाँ कुछ भी दिखायी नहीं पड़ रहा।" भीम ने अपनी आँखों पर हथेली की छाया करते हुए दूर तक देखने का अभिनय किया।

"महाराज! यहाँ शिविर स्थापित करने का तो आदेश दे ही दीजिए।" कृष्ण ने कहा, "आस-पास कुछ दर्शनीय है या नहीं, इससे क्या अन्तर पड़ता है।"

"हाँ!" अर्जुन बोला, "प्रासाद है तो ठीक है, नहीं तो हमें बनाना है। नगर है तो उसका पुनरुद्धार करना है, नहीं है तो बसाना है। अब रहना तो यहीं है न। महाराज धृतराष्ट्र ने हमें जो राज्य और राजधानी दी है, उसका हम अपमान तो नहीं कर सकते!"

"अर्जुन! तुम्हारी वाणी में पितृव्य के प्रति कटुता है...।"

"मेरे मन में तो उनके प्रति घृणा है।" भीम ने युधिष्ठिर की बात काट दी, "मेरी समझ में नहीं आता कि आपके मन में उनके व्यवहार की कोई प्रतिक्रिया होती क्यों नहीं। उन्होंने हमारे विरुद्ध कौन-सा षड्यन्त्र नहीं रचा और तब भी आप चाहते हैं कि अर्जुन की वाणी में पितृव्य के लिये कटुता तक न आये। आप मनुष्य नहीं हैं क्या?"

"ज्येष्ठ, मनुष्य तो हैं ही मध्यम! किन्तु धर्मराज भी हैं। वह अकारण ही धर्मराज नहीं कहलाते।" कृष्ण का स्वर इस समय परिहास शून्य ही नहीं पर्याप्त गम्भीर भी था, "उन्होंने अपने 'स्व' को जीत लिया है। जिस मन में सर्वभूताय प्रेमरूपी ईश्वर होना चाहिए, उसमें वे घृणा को स्थान दें...केवल इसलिये, क्योंकि कुरुराज धृतराष्ट्र के मन में अपने भ्रातुष्पुत्रों के प्रति प्रेम नहीं है। यह तो वैसा ही हुआ कि एक व्यक्ति ने अपने घर में मल भर लिया है और वह मल यदा-कदा दूसरों पर फेंकता रहता है, इसलिये आप भी अपने घर में मल भर लें, ताकि आप भी अपनी सुविधानुसार उस पर मल फेंक सकें।"

"प्रकृति के नियमों के अनुसार स्वाभाविक तो यही है।" भीम ने उत्तर दिया।

"किसी एक का स्वभाव ही तो मानव धर्म नहीं है। धर्म तो प्रकृति का अतिक्रमण कर आत्मस्थ हो कर ही सिद्ध होगा।" कृष्ण ने उत्तर दिया, "साधारण मनुष्य प्रकृति के नियमों का दास होता है मध्यम! किन्तु असाधारण व्यक्ति का सारा उपक्रम उन नियमों का स्वामी बनने के प्रयत्न में है।" कृष्ण ने रुक कर भीम को देखा, "अब तुम महाराज की ओर से शिविर स्थापित करने की घोषणा प्रचारित कर दो और चलो हमारे साथ। मैं तुम्हें तुम्हारा वह प्रासाद और नगर दिखाता हूँ।"

"तुम इस क्षेत्र से परिचित हो माधव?" अर्जुन ने कुछ आश्चर्य से पूछा।

कृष्ण के चेहरे पर सम्मोहनपूर्ण मुस्कान उभरी, "धनंजय! यह क्षेत्र चाहे कौरवों के राज्य के अन्तर्गत माना जाता है, किन्तु है यह यमुना के तट पर, गंगा-तट पर नहीं। यमुना हमारी नदी है। मथुरा, वृन्दावन, गोकुल...कुछ भी तो यहाँ से दूर नहीं है।"

वे सब लोग कृष्ण के पीछे-पीछे चल रहे थे। अर्जुन, कृष्ण के सबसे अधिक निकट था। युधिष्ठिर, भीम तथा बलराम उनके पीछे थे और इस प्रयत्न में थे कि कुन्ती और द्रौपदी भी उनके साथ-साथ चल सकें। नकुल और सहदेव सबसे पीछे थे और खाण्डवप्रस्थ सम्बन्धित अपनी जानकारी को ले कर विवादों में उलझे हुए थे।

झाड़ियों के बीच बनी धुँधली पगडण्डियों पर कृष्ण के पग बढ़ते जा रहे थे।...यह तो स्पष्ट ही था कि मनुष्य के चरण इन मार्गों पर पड़ते रहते हैं। नहीं तो इन पगडण्डियों का अस्तित्व ही न होता। किन्तु, यहाँ न पथ थे, न राजपथ। यहाँ रथों का आवागमन नहीं हो सकता था। दस-दस अश्वों की पंक्तियाँ साथ-साथ नहीं चल सकती थीं, यदि पाण्डवों को यहाँ रहना है तो उन्हें पथ और राजपथों का निमार्ण करना होगा। भवनों, हवेलियों, अट्टालिकाओं और प्रासादों का निर्माण करना होगा। जब मनुष्य रहने लगेंगे तो उनकी आवश्यकताओं की आपूर्ति के लिये क्या नहीं बनाना पड़ता...जब यादव कुशस्थली पहुँचे थे, तो वहाँ क्या था? यादवों ने भी तो द्वारका जैसे वैभवशाली नगर का निर्माण किया। प्रत्येक नगर कोई-न-कोई राजा बसाता ही है, तो पाण्डव अपने लिये एक नया नगर नहीं बसा सकते क्या?...

कृष्ण के पग रुक गये। उन्होंने सामने संकेत किया, "वह है तुम्हारे दुर्ग की प्राचीर! उसके भीतर ही कौरवों का प्राचीन प्रासाद भी है।"

सबकी दृष्टि उस लक्ष्य पर टिक गयी, किन्तु नयनों के वे सारे युगल प्रसन्नता के स्थान पर आश्चर्य से भर गये थे। उनमें आश्चर्य में, अपनी अपेक्षा से बहुत कम पाने का विषाद भी था।

"यह प्राचीर!" भीम ने निकट जा कर उस दीवार पर अपने पैर से प्रहार किया, "प्राचीर है यह और वह भी कौरवों के प्राचीन दुर्ग की प्राचीर!"

प्रहार से दीवार का एक भाग भरभरा कर गिर गया। उसमें ढेर सारी मिट्टी थी और पत्थर के नाम पर कुछ छोटे-मोटे कंकर-रोड़े।

"क्या कर रहे हो मध्यम!" कृष्ण ने टोका, "तुम अपने दुर्ग की प्राचीर स्वयं ही ढा दोगे तो रहोगे कहाँ?"

"इसमें रहने से अच्छा है कि हम अपने शिविर में ही रहें। वस्त्रों का बना मण्डप इससे कहीं सुखद होगा।" भीम के स्वर में आक्रोश था।

"भीम! यह प्राचीन दुर्ग है।" युधिष्ठिर का स्वर नम्र और सहज था, "सम्भव है उस समय बाहरी प्राचीर ऐसी ही बनायी जाती हो। सम्भव है उन लोगों को इससे दृढ़ प्राचीर की आवश्यकता ही न होती हो। यह कौरव सम्राटों का दुर्ग है। उसकी सीमारम्भ का संकेत ही पर्याप्त है। यह भय तो उन्हें कभी रहा ही नहीं होगा कि कोई उनके दुर्ग के भीतर आ कर उन पर आक्रमण करेगा..."

"यह भी तो सम्भव है कि उनके काल में यह प्राचीर इस रूप में रही ही न हो!" सहदेव ने अपना विचार प्रकट किया, "यह तो किसी खण्डहर की प्राचीर लगती है।"

"ठीक है! ठीक है।" भीम ज़ोर से हँसा, "खण्डहर की प्राचार तो देख ली, अब खण्डहर को भी देख लेते हैं। चलो कृष्ण! आगे बढ़ो।"

कृष्ण और अर्जुन आगे बढ़ गये तो शेष लोग भी चल पड़े।

युधिष्ठिर अब भी पहले के ही समान शान्त और निर्द्वन्द्व दिखायी पड़ रहे थे, किन्तु भीम के चेहरे पर अब परिहास की एक रेखा भी नहीं थी। उसकी गम्भीरता कुछ अवसन्न दिखायी दे रही थी। वह थोड़ी देर तो आत्मलीन-सा चलता रहा, किन्तु अधिक समय तक आत्मदमन करना उसके लिये सम्भव नहीं था।

"माँ! तुम चलते-चलते थक तो नहीं गयीं?"

कुन्ती ने चकित दृष्टि से भीम को देखा, इस प्रश्न की आवश्यकता ही कहाँ थी। अभी थोड़ी देर पहले तक तो वह रथ में यात्रा कर रही थी। वह चली ही कितनी दूर है?...

"नहीं पुत्र! अभी से थक जाऊँगी तो...।"

"नहीं। धूप बड़ी कष्टदायक है न!" भीम को भी अपने प्रश्न की निरर्थकता समझ में आ गयी थी, "आज सूर्य बहुत प्रखर है। सूर्य नहीं, तपन है यह तो।"

कुन्ती ने कोई उत्तर नहीं दिया। वह भीम को जानती थी। कुछ और ही था जो उसके मन में उथल-पुथल मचा कर उसे व्याकुल किये हुए था। यह प्रश्न तो उस व्याकुलता को छिपाने के लिये एक आवरण मात्र था। वह यह भी जानती थी कि भीम अपने भावों को अधिक देर तक छिपा नहीं पायेगा। अभी थोड़ी ही देर में वह मन में छिपी प्रत्येक बात उगल देगा।...कुन्ती को अधिक देर प्रतीक्षा नहीं करनी पड़ी।

भीम ने दो-तीन बार द्रौपदी पर उचटती हुई दृष्टि डाली और फिर वह उसके निकट चला गया।

"यदि खाण्डवप्रस्थ का यह प्राचीन प्रासाद सचमुच ही खण्डहर निकला अथवा वह उतना भव्य न हुआ जैसे कि काम्पिल्य और हस्तिनापुर के प्रासाद हैं तो क्या तुम्हें बहुत कष्ट होगा?" उसने बहुत धीरे-से पूछा।

भीम ने चाहे धीरे-से ही पूछा था, किन्तु उसका स्वर अब भी इतना ऊँचा तो था ही कि कुन्ती उसका एक-एक शब्द स्पष्ट सुन सकती।...तो यह चिन्ता है भीम की। कुन्ती ने मन-ही-मन सोचा, "पत्नी की भावना को ले कर कितना चिन्तित है उसका पुत्र।'...किन्तु कुन्ती को अच्छा लगा...चाहे भीम के प्रश्न में उसका 'काम' भी झलक रहा था, किन्तु उसे अपनी पत्नी की सुविधा-असुविधा

का ध्यान तो था।...

"मैंने जिसके गले में वर-माला डाली थी, वह न तो राजा था आर्यपुत्र! और न ही उसके पास कोई प्रासाद था।" द्रौपदी ने सहज भाव से कहा, "मैंने तो एक भिक्षोपजीवी तपस्वी का वरण किया था।"

"ओह हाँ!" भीम के मुख से अनायास ही निकल गया, "वह तो मैं भूल ही गया था।"

कुन्ती यह देख नहीं पायी कि भीम द्रौपदी के उत्तर पर मुग्ध हुआ या नहीं, किन्तु वह स्वयं अपनी पुत्रवधू के इस उत्तर पर मुग्ध हो उठी : सचमुच द्रुपद-कन्या बहुत ही समझदार थी। अपनी राजधानी में आ कर वह प्रफुल्लित थी, किन्तु उस राजधानी के स्थान पर एक वन पाकर भी वह हताश नहीं थी। वह जीवन के उतार-चढ़ाव का सामना सहज ढंग से कर पायेगी। वह प्रत्येक स्थिति में, जीवन के प्रत्येक सुख-दुख में, अपने पतियों का साथ निभा पायेगी।

भीम के मन की आशंका मिट गयी। वह फिर से अपनी सहज प्रफुल्लित मनःस्थिति में लौट आया था।

"तो देवि! तुम अपने उस पति का, जिसका तुमने वरण किया था, इसलिये तो तिरस्कार नहीं कर दोगी कि अब वह भिक्षोपजीवी तपस्वी नहीं रहा?" भीम ने पुनः द्रौपदी से पूछा।

"उन्नति और विकास का अधिकार तो सबको है आर्यपुत्र!" द्रौपदी भी जैसे क्रीड़ामय बालिका हो गयी थी, "निर्धन तपस्वी कभी-कभी समृद्ध राज्य का स्वामी भी हो जाता है, जैसे आचार्य द्रोण हो गये हैं।"

भीम चौंका : यह द्रौपदी का परिहास था या उपालम्भ! आचार्य द्रोण को एक समृद्ध राज्य का स्वामी बनाने के लिये तो पाण्डव ही निमित्त बने थे।... किन्तु द्रौपदी के चेहरे के भावों से उसके मन की बात जान लेना भीम के लिये सरल नहीं था। वह अपनी सहज उल्लसित मुद्रा में उसकी ओर देख कर जैसे पूछ रही थी, 'आर्यपुत्र! आप मेरे उत्तर से संतुष्ट हुए न!'

भीम के मन में एक नया भाव उदित हो रहा था।...उसके जीवन में अब तक बहुत कम नारियाँ आयी थीं। सबसे पहले उसने अपनी माँ को जाना था, किन्तु माँ को सदा माँ के रूप में ही देखा था, नारी के रूप में नहीं। माँ को भीम ने कभी अपने अस्तित्व से पृथक नहीं माना। माँ को प्रसन्न करने के लिये, उसका मन जीतने के लिये, उसे स्वयं पर मुग्ध करने के लिये कभी कोई विशिष्ट प्रयत्न करने की इच्छा उसके मन में नहीं जागी थी। माँ और उसकी प्रसन्नता कभी भी पृथक नहीं रही। पता नहीं वह माँ का अंग था अथवा माँ

उसका अंग थी, पर यह तो स्पष्ट ही था कि वे एक-दूसरे से बाहर नहीं थे, इसलिये एक-दूसरे को पा लेने के भाव का कोई अस्तित्व ही नहीं था। माँ से वंचित हो जाने के भय से उसका कभी परिचय ही नहीं हुआ।...

वह कुछ समय हिडिम्बा के साथ भी रहा था। हिडिम्बा उसके लिये मात्र एक स्त्री थी। समय-समय पर उसने उसको सराहा, उससे लगाव का अनुभव किया, उसकी कामना भी की, वह उसके लिये चरम सुख का कारण भी बनी, किन्तु उससे वंचित हो जाने के भय ने उसे कभी नहीं सताया। हिडिम्बा स्वयं ही उस पर इतनी मुग्ध थी कि भीम ने कभी यह सोचा ही नहीं कि उसे मुग्ध करने के लिये भीम को कोई प्रयत्न भी करना है।...किन्तु यह पांचाली...। इसने भीम के मन को कई नये सत्यों और नयी परिस्थितियों का साक्षात्कार कराया था।...भीम स्वयं समझ नहीं पा रहा था कि बार-बार क्यों उसके मन में कामना उठती है कि वह कुछ ऐसा करे कि पांचाली उस पर प्रसन्न हो जाये? वह क्यों चाहता है कि पांचाली उससे उदासीन न रहे? क्यों रह-रह कर उसे यह भय व्याप जाता है कि कहीं वह उससे रुष्ट न हो जाये? क्यों वह उसके लिये इतनी कमनीय है और क्यों उसकी अनुकूलता भीम को अपने लिये उपलब्धि लगने लगती है?...

वे लोग एक द्वार के पास जा कर रुक गये। यह दुर्ग का भीतरी द्वार था और यहीं से मार्ग प्रासाद तक जाता था।

सबकी दृष्टि द्वार की ओर उठी। द्वार असाधारण रूप से ऊँचा था। इतना कि दीर्घाकार गज भी अपने सुसज्जित हौदे के साथ उसमें से आ-जा सके। कपाट किसी साधारण-सी पुरानी लकड़ी के बने हुए थे, और न तो वे असाधारण रूप से दृढ़ दिखायी पड़ते थे, न ही उनमें कला अथवा सौन्दर्य का कोई आकर्षण था। राजद्वार तो वह एकदम नहीं लग रहा था।

युधिष्ठिर ने अपने भाइयों तथा कुन्ती और द्रौपदी के चेहरों पर उड़ती-सी एक दृष्टि डाली। उनके चेहरे पर आयी हताशा की मलिनता किसी से छुपी नहीं थी। निश्चित रूप से, प्राचीर के समान ही प्रासाद के इस मुख्य-द्वार ने भी सबको निराश ही किया था।

उसने आगे बढ़ कर कपाट खोल दिए, किन्तु द्वार में प्रवेश करने के स्थान पर वह एक ओर हट कर खड़ा हो गया, "बलराम भैया! सबसे पहले आप कृष्ण के साथ भीतर प्रवेश करें।"

बलराम शायद सहज भाव से आगे बढ़कर द्वार में प्रवेश कर ही जाते कि कृष्ण ने उनका हाथ थाम लिया, "भैया! प्रासाद में सबसे पहले बुआ के चरण पड़ने चाहिए।"

बलराम ठिठककर खड़े रह गये।...पता नहीं क्यों हर बार औचित्य का ध्यान कृष्ण को ही आता है...

कुन्ती ने सबसे पहले भीतर प्रवेश किया और उसके पश्चात युधिष्ठिर तथा द्रौपदी ने। कृष्ण तथा बलराम शेष पाण्डवों के साथ भीतर आये। अब सब स्वतन्त्र रूप से उस 'प्रासाद' को निरख-परख रहे थे। कोई किसी से कुछ भी कह नहीं रहा था किन्तु यह भाव सबके ही मन में था कि यह राजाओं के रहने योग्य प्रासाद नहीं था।...

"यह प्रासाद तो लगता ही नहीं है।" अन्ततः भीम ने कह ही दिया, "अधिक से अधिक, यह किसी भूस्वामी की पुरानी हवेली भर हो सकती है।"

"मुझे भी लगता है कि यह मूल प्रासाद है ही नहीं।" कृष्ण ने जैसे आत्मलीनता की स्थिति में कहा, "कौरवों द्वारा राजधानी का त्याग कर दिए जाने पर प्रासाद को देखने वाला कोई नहीं रहा होगा। उसे कुछ वर्षा, धूप और वायु ने नष्ट किया होगा और कुछ यमुना के जल ने। यह भवन तो बाद के किसी राजपुरुष अथवा कौरवों द्वारा नियुक्त किसी प्रशासक भू-स्वामी ने ही बनवाया होगा।"

"किन्तु केशव! कहीं-न-कहीं उस प्रासाद के ध्वंसावशेष तो होंगे।" अर्जुन ने प्रतिकार किया।

"सम्भव है कि खोजने पर कुछ मिल जाये।" कृष्ण ने उत्तर दिया, "किन्तु मुझे विश्वास है कि आस-पास के ग्रामों तथा बस्तियों में रहने वाले लोगों ने कोई रक्षक न देख कर उस प्रासाद की ईंट-ईंट निकाल कर अपने घरों में लगा ली होगी।"

"हमारी प्रजा चोर है क्या?" नकुल के स्वर में हल्का-सा आक्रोश था।

"चोर भी हैं ही।" कृष्ण ने कहा, "किन्तु सामान्य प्रजा तो उसे व्यर्थ का पड़ा मलवा समझ कर उठा ले गयी होगी। उन्होंने मान लिया होगा कि वे उस वस्तु का उपयोग कर रहे हैं, जिसे राजा व्यर्थ ही नष्ट कर रहा था।"

"तुम लोग किन विवादों में उलझ गये हो।" सहसा कुन्ती ने कहा, "पहले तो यह निश्चय करो कि हमें ठहरना कहाँ है—शिविर में अथवा यहाँ—इस प्रासाद अथवा हवेली में, जो कुछ भी यह है?"

"हाँ! माँ ठीक कह रही हैं।" युधिष्ठिर ने कहा, "यात्रा से माँ भी थक गयी होंगी और पांचाली भी। हमें पहले ठहरने की व्यवस्था करनी चाहिए।"

"मैं शिविर की अपेक्षा यहाँ...इस भवन में ठहरना अधिक श्रेयस्कर समझूँगी।" द्रौपदी ने कहा, "अब यह हमारा घर है, जैसा भी है। घर के होते हुए, हमें शिविर में ठहरने की क्या आवश्यकता है।"

"पर यह भवन तुम्हारे रहने योग्य नहीं है पांचाली!" भीम बोला।

"तो क्या जब तक मेरे रहने योग्य भवन नहीं बनेगा, हम शिविरों में ही रहते रहेंगे?" द्रौपदी ने पूछा।

"कृष्णा ठीक कह रही है।" कृष्ण ने द्रौपदी का पक्ष लिया, "भवन को घर तो वही बनायेगी, भवन चाहे जैसा भी हो। अभी तो हमें कृष्णा की इच्छा को देखते हुए इसी भवन को सुविधानुसार अपना आवास बना लेना चाहिए, बाद में चाहे मध्यम हस्तिनापुर नगर के बराबर का एक प्रासाद बनवा कर पांचाली को भेंट कर दें।"

"प्रासाद ही क्यों, मेरी इच्छा तो एक पूरा नगर बसाने की है, जिसके चारों ओर हमारा साम्राज्य विकसित होगा। कौरवों का साम्राज्य नहीं, महाराज युधिष्ठिर का साम्राज्य, पाण्डवों को साम्राज्य।" भीम को न जाने क्यों इस समय हिडिम्बा याद आ गयी। कैसे वे दोनों किसी नदी अथवा झील के तट पर बैठे-बैठे एक सुन्दर नगर बसाने की योजनाएँ बनाया करते थे और वह हिडिम्बा को वन छोड़ कर उस नगर में बस जाने के लिये प्रेरित किया करता था।

सहसा भीम ने स्वयं को रोका...किस और बह रही है उसके विचारों की धारा...यदि पांचाली को रंचमात्र भी आभास हो गया कि भीम को किसी अन्य स्त्री की स्मृति का झोंका भी आया है तो उसकी ईर्ष्याग्नि जाग उठेगी, चाहे वह स्त्री हिडिम्बा ही क्यों न हो।...उसने ढकी दृष्टि से द्रौपदी की ओर देखा... नहीं पांचाली को किसी प्रकार का कोई संदेह नहीं हुआ था...वह अपनी सहज मुद्रा में मुस्कुरा रही थी।

भीम का मन कुछ शान्त हुआ।

"यदि अपना प्रासाद भली प्रकार से देख लिया हो तो आइये अपनी राजधानी भी देख लीजिए।" कृष्ण ने मुस्कुरा कर कहा, "फिर सैनिकों, कर्मचारियों और राजपुरुषों को सारे आदेश एक साथ ही दे दीजिएगा।"

"अब नगर देखने जाने की क्या आवश्यकता है।" बलराम ने पहली बार मुँह खोला, "प्रजाजन को जब मालूम होगा कि महाराज युधिष्ठिर खाण्डवप्रस्थ में आ गये हैं, तो वे स्वयं ही दर्शन करने आ जायेंगे।"

"मैं महाराज युधिष्ठिर के दर्शनों के विषय में कुछ नहीं कह रहा भैया।" कृष्ण ने उत्तर दिया, "मैं तो सुरक्षा की दृष्टि से नगर और नगरवासियों को जान लेने की चर्चा कर रहा था।"

"कृष्ण का ही विचार उत्तम है। यदि हम चाहते हैं कि प्रजा हमारे अनुकूल रहे, तो हमें भी प्रजा के अनुकूल रहना चाहिए।" युधिष्ठिर ने कहा, "वैसे भी हम क्षत्रिय राजा हैं। प्रजा का पालन-पोषण हमारा धर्म है। हमारे मन में प्रजा

की उपेक्षा का हल्का-सा भाव भी नहीं रहना चाहिए।"

"तो आप जाइये, प्रजा का पालन-पोषण कर आइये।" द्रौपदी मुस्कुराई, "मैं यहाँ रसोई जमाती हूँ और आप लोगों के पालन-पोषण का प्रबन्ध करती हूँ।"

"यह तो बहुत बड़ा प्रलोभन है कृष्णा!" कृष्ण ने उत्तर दिया, "किन्तु अभी हमें अपने इस लोभ का संवरण करना पड़ेगा। मैं तुम्हें यहाँ अकेली छोड़कर जाने के पक्ष में नहीं हूँ।"

"क्यों? मैं यहाँ अपने प्रासाद में हूँ...अपने घर में।"

"नहीं। अभी तो तुम इस प्रासाद को जानती भी नहीं हो। जाने किस कोठरी में किस जीव ने अपना प्रासाद बना रखा हो।" कृष्ण का स्वर दृढ़ एवं निर्णयात्मक था, "जब तक इस प्रासाद की रक्षा की व्यवस्था नहीं हो जाती, तब तक मैं राजधानी को इस प्रकार अकेली छोड़ कर जाना उचित नहीं मानता।"

"तो मेरी रक्षा के लिये कुछ प्रहरी छोड़ जाइए।" द्रौपदी पुनः मुस्कुराई, "वे लोग देखते रहेंगे कि बाहर से आ कर कोई मेरे बर्तन न चुरा ले।"

"यह परिहास का विषय नहीं है सखि!" कृष्ण का स्वर गम्भीर था, "हम एक नये स्थान पर अभी-अभी आये हैं, वह स्थान हमें चाहे हमारी राजधानी के रूप में ही क्यों न सौंपा गया हो। हम नहीं जानते कि वह स्थान कैसा है, यहाँ आस-पास कैसे लोग बसते हैं, उनके मन में हमारे प्रति कैसा भाव है।" कृष्ण ने थम कर युधिष्ठिर की ओर देखा, "महाराज! आपको यह कदापि नहीं भूलना चाहिए कि आपको यहाँ आपके उन्हीं पितृव्य ने भेजा है, जिन्होंने आपको वारणावत भेजा था। तब उन्होंने आपको 'शिव भवन' के रूप में एक अत्यन्त सुन्दर तथा कलात्मक निवास स्थान दिया था। इस बार उन्होंने आपको आपके वंश की प्राचीन राजधानी प्रदान की है, जहाँ कुरु राजवंश का कोई व्यक्ति पीढ़ियों से नहीं रहा।..."

कृष्ण ने रुक कर सब पर एक दृष्टि डाली, उसकी बात का समुचित प्रभाव हुआ था। अब द्रौपदी के चेहरे पर भी वह क्रीड़ाशील हास्य नहीं था। भीम की मुद्रा भी सागर-तट पर सीपियाँ बटोरने वाले उन्मुक्त बालक के समान न रह कर दायित्वपूर्ण सैनिक की-सी हो गयी थी।

"तुम लोग माधव की बात क्यों नहीं मानते।" कुन्ती ने कुछ चिन्तित आग्रह के साथ कहा, "वह वयस में तुमसे छोटा होने पर भी अधिक अनुभवी है। वह कंस और जरासंध के षडयंत्रों से निपटता रहा है।"

"ठीक है माँ।" अर्जुन धीरे-से बोला, "हममें से कृष्ण के परामर्श की

अवज्ञा तो किसी ने भी नहीं की।"

"तो फिर चलो, पहले हम अपनी राज-नगरी देख आयें और प्रजाजन से मिल आयें।" युधिष्ठिर ने अपना निर्णय सुना दिया।

कृष्ण और बलराम आगे-आगे चलते हुए पहाड़ी की दूसरी ओर नीचे उतर गये, जैसे वे इस क्षेत्र से भली-भाँति परिचित हों। दुर्ग की प्राचीर के साथ लगते हुए, मकानों जैसे मनुष्यों के कुछ आवास थे, किन्तु उस बस्ती का क्षेत्रफल तथा मकानों की संख्या तो पाण्डवों के लिये और भी निराशाजनक थी। कहाँ हस्तिनापुर जैसा सुविशाल, विस्तृत, समृद्ध तथा सघन नगर और कहाँ वनवासियों के दस-पाँच घरों जैसा आवासीय क्षेत्र...यह उनके पूर्वजों की कीर्ति कहने वाली, एक साम्रज्य की राजधानी थी?...

पर किसी ने भी कुछ कहा नहीं। वे लोग चुपचाप आगे बढ़ते चले गये।

वे लोग बस्ती के निकट पहुँचे तो विभिन्न मकानों से कुछ घबराए हुए स्त्री-पुरुष बाहर निकल आये। उन्होंने अपने बच्चों को अपने साथ इस प्रकार चिपका रखा था, जैसे उन्हें भय हो कि कहीं कोई उनके बच्चों को उनसे छीन ही न ले।...

भीम शेष लोगों से आगे बढ़ आया और उच्च स्वर में पुकार कर बोला, "पाण्डु-पुत्र, महाराज युधिष्ठिर अपने प्रजा-जन को अभय-दान करते हैं। वह अपनी प्रजा से मिलने तथा उनका कुशल-क्षेम पूछने आये हैं। और जो लोग अपने घरों में हों, उन्हें भी बुला लो। तुम्हें कोई असुविधा हो, राजपुरुषों के व्यवहार में कोई अनुचित बात हो तो निर्भय हो कर अपने राजा से कहो। वह तुम्हारी रक्षा करेंगे।"

युधिष्ठिर ने स्पष्ट देखा कि भीम की घोषणा से उपस्थित लोगों के चेहरे पर प्रसन्नता के स्थान पर आश्चर्य का भाव उभरा था।

"पर महाराज! यहाँ तो न कोई शासन है, न राजपुरुष।" एक वृद्ध ने हताशा भाव से कहा, "यह तो मैं अपने जीवन में पहली बार सुन रहा हूँ कि हम किसी राजा की प्रजा हैं। हाँ! मैंने अपने पिता और पितामह से अवश्य सुना था कि कभी यहाँ कौरवों का राज्य हुआ करता था। राजा और राजपुरुष थे, प्रासाद और सभाएँ थीं।...किन्तु मैंने तो अपने जीवन में दस्यु देखे हैं, राजपुरुष तो कभी कोई आया ही नहीं।"

"क्या यहाँ दस्यु बहुत आते हैं?" युधिष्ठिर ने पूछा।

"वे ही आते हैं महाराज।" वृद्ध बोला, "जहाँ न कृषि हो, न व्यापार, न कोई उद्योग...जहाँ कोई आजीविका ही न हो, वहाँ प्रजा से कर उगाहने के

लिये कोई राजपुरुष भी आयेगा, तो दस्यु का ही रूप धारण करेगा। जो कोई भी ग्राम में आता है, चाहे वह राजपुरुष हो, दस्यु हो, कोई तपस्वी हो अथवा यात्री...उसके ठहरने और खाने-पीने की व्यवस्था तो ग्रामवासियों को करनी ही पड़ती है। इतना भी न कर पाओ तो कोई शाप देता है, कोई कशा फटकारने लगता है, तो कोई लूट-पाट मचाने लगता है। उसमें बाधा दो तो वह खड्ग निकाल लेता है। कुछ नहीं मिलता तो स्त्री-धन और गोधन को ही हाँकने लगता है...।"

"तो फिर लोग यहाँ कैसे रहते हैं?" अर्जुन ने पूछा।

"रहते ही कितने लोग हैं।" वृद्ध ने उत्तर दिया, "एक-एक कर सब लोग खाण्डवप्रस्थ का त्याग करते जा रहे हैं। कोई नया घर बसता तो है नहीं, सब पुराने उजड़ रहे हैं।"

"घर छोड़ कर लोग कहाँ जाते हैं?"

"जिसके पग जिधर उठ जाते हैं, वह उधर ही चल देता है।" वृद्ध बोला, "कोई दस्युओं से बचने के लिये वन में भाग गया है और कोई दस्यु बनने के लिये वन में चला गया है।"

"पर लोग कोई काम क्यों नहीं करते?" नकुल ने आगे बढ़ कर पूछा, "यमुना का तट है। जल का अभाव नहीं है। अच्छी खेती हो सकती है। जल-परिवहन का विकास हो सकता है। यात्रियों के लिये सुविधाएँ जुटाई जायें तो व्यापार भी हो सकता है।..."

"आप ठीक कहते हैं राजकुमार।" वृद्ध ने समर्थन की ओट में विरोध किया, "जहाँ सुशासन नहीं होता, वहाँ उर्वर भूमि बंजर हो जाती है और विशाल-से-विशाल नदी का जल सूख जाता है।" उसने अपनी आँखों पर हथेली की ओट दे कर अपने सामने खड़े लोगों को ध्यान से देखा, "लोग कहते हैं कि इन्द्र वर्षा करता है, सूर्य अन्न को पकाता है, पवन नदी के जल को वेग देता है, पर यदि मेरे कथन को छोटा मुँह बड़ी बात न माना जाये तो कहना चाहूँगा कि कोई कुछ नहीं करता, जो कुछ करता है, सुशासन ही करता है। देश में सुशासन न हो, तो न समय से वर्षा होती है, न धूप में प्रखरता आती है, न नदी का जल बहता है और न उस पर नौका तैरती है।"

"आप ठीक कहते हैं आर्य।" कृष्ण ने उसका समर्थन किया, "सुशासन न हो तो वर्षा जल-प्लावन बन जाती है, गोरस बच्चों के उदर में जाने के स्थान पर रानियों के स्नान-सरोवर में पहुँच जाता है, और अन्न पक कर प्रजा का खाद्य बनने के स्थान पर पकने से पहले ही पशुओं का चारा बन जाता है।" कृष्ण ने रुक कर उसे देखा, "इसीलिये अब महाराज युधिष्ठिर और उनके भाई,

ये पाण्डव राजकुमार यहाँ आये हैं कि यहाँ की अराजकता को दूर कर यहाँ सुशासन स्थापित करें। आप निश्चिन्त रहें आर्य! अब इस क्षेत्र में धर्म-राज्य स्थापित होगा।"

वृद्ध कुछ कहता, उससे पूर्व ही युधिष्ठिर ने कहा, "आप सबसे कह दें कि जो प्रजा-जन धर्म-राज्य के अधीन रहना चाहते हैं, उनकी सुरक्षा का दायित्व हमारा है। हम प्रजा की रक्षा ही नहीं, उसका पालन भी करेंगे। जो कृषि करना चाहेगा, उसकी भूमि तथा उपज की रक्षा की जायेगी, पशुपालकों के गोधन की पूरी रक्षा होगी, व्यापारियों को निष्कंटक मार्ग प्रदान किये जायेंगे। श्रमिकों को उचित पारिश्रमिक दिलाया जायेगा तथा धन के विनिमय इत्यादि में वचन का पालन करवाया जायेगा।..."

"यह सब आप कैसे करेंगे महाराज!" वृद्ध व्यग्रता से बोला, "कोई दस्यु आपकी सभा में तो उपस्थित होगा नहीं। आपके दण्डधर उन्हें उनकी गुफ़ाओं, कन्दराओं, सघन-वनाश्रयों तथा नदी के कछारों से पकड़ कर लाने से रहे। और जिस किसी एकाध को आप पकड़ मँगवायेंगे, वह या तो स्वयं किसी बड़े आदमी के कुल-गोत्र का व्यक्ति निकल आयेगा, या फिर उसकी रक्षा के लिये कोई राजा, महापुरुष, सेनापति अथवा देवता आ खड़ा होगा। किसी अपराधी को किसी महापुरुष का संरक्षण प्राप्त है, किसी-को-किसी का। समर्थ लोगों ने अपने-अपने दस्यु पाल रखे हैं। हमारा नगर तो अपराधी सेनाओं की छावनी बन गया है महाराज। इन सबसे कैसे निबटेंगे आप?"

वृद्ध की चिन्ताओं ने युधिष्ठिर के मर्म को प्रभावित किया : अराजकता से जन-सामान्य कितना कष्ट उठाता है...और यह सब हो रहा है उस क्षेत्र में, जिसे कौरवों का साम्राज्य कहा जाता है।...एक ओर युधिष्ठिर का मन पीड़ित हुआ और दूसरी ओर जैसे वह धृतराष्ट्र का कृतज्ञ हो उठा...पितृव्य ने अपनी ओर से पाण्डवों को यह निष्कासन न दिया होता, तो युधिष्ठिर कैसे जान पाता कि उसकी अपनी नाक तले क्या-क्या हो रहा है।...

"आप निश्चिन्त रहें आर्य।" युधिष्ठिर के स्वर में सकंल्प की दृढ़ता थी, "यहाँ धर्म-राज्य स्थापित होगा और दुष्टों का दलन होगा। दुष्ट-दलन क्षत्रिय राजा का प्रथम कर्तव्य है।"

"वह तो ठीक है महाराज!" वृद्ध अपने स्थान पर अडिग रहा, "किन्तु वे दुष्ट कोई साधारण जन तो हैं नहीं। बड़े-बड़े लोग हैं।"

"कौन लोग हैं?"

"नहीं बता सकता। एक बार उन्हें पता चला गया कि मैंने किसी का नाम लिया है तो फिर मेरी रक्षा कौन करेगा।" वृद्ध धीरे-से बोला, "अब तक

जो कुछ कह गया, वही पर्याप्त है। अब और बाध्य न करें।"

वृद्ध ने हाथ जोड़ कर माथे से लगाए और चल पड़ा। युधिष्ठिर समझ नहीं पाये कि वह उसका अभिवादन था, अथवा वितृष्णा-प्रदर्शन। उनकी आँखें वृद्ध का पीछा करती रहीं, किन्तु वृद्ध ने एक बार भी पलट कर नहीं देखा। जब वह कुछ दूर निकल गया तो ग्राम के अन्य लोग भी चुपचाप उसके पीछे चले गये।

"चलिये महाराज!" कृष्ण ने युधिष्ठिर से कहा, "नगर आप देख चुके, प्रजा का साक्षात्कार हो चुका। अब आप समझ गये होंगे कि आपके पितृव्य ने आपको कौरवों की प्राचीन राजधानी क्यों प्रदान की है।..."

"तुम्हें यब सब पहले से ही ज्ञात था माधव?" अर्जुन के स्वर में जिज्ञासा भी थी और प्रतिवाद भी।

"ज्ञात तो नहीं था, किन्तु आभास था।" कृष्ण ने स्वीकार किया।

"तो फिर तुमने इसका विरोध क्यों नहीं किया?"

"प्रजा के हित में।" कृष्ण के चेहरे पर लीलामयी मुस्कान थी, "पाण्डव यहाँ न आते तो इन लोगों का हित कैसे होता?"

"इनका हित तो हम हस्तिनापुर में बैठे भी साध सकते थे।" भीम बोला, "एक सैनिक अभियान में ये सारे चोर और दस्यु समाप्त कर दिए जाते।"

"सिंहासन पर बैठे-बैठे कोई राजा प्रजा का हित नहीं साध सकता मध्यम!" कृष्ण के स्वर में एक असाधारण अनुगूँज थी, "उसके लिये राजा को प्रजा के दुख-सुख में उसके साथ जीना और मरना पड़ता है।"

पाण्डवों ने अभी भोजन समाप्त ही किया था कि उन्हें समाचार मिला कि महर्षि वेद व्यास पधारे हैं।

युधिष्ठिर के मन में उत्साह का ज्वार जैसा उठ आया। उसने किसी से कहा नहीं था, किन्तु उसके मन में बार-बार यह बात कौंध रही थी कि वे लोग सदा के लिये हस्तिनापुर छोड़ आये हैं। शब्दों में किसी ने भी अभिव्यक्त नहीं किया, किन्तु कोई भी स्पष्ट देख सकता था कि राज्य का ही बँटवारा नहीं हुआ था, परिवार का भी बँटवारा हो गया था, और इस बँटवारे में परिवार के सारे ही वृद्ध-जन दुर्योधन के भाग में आये थे। धृतराष्ट्र और गान्धारी को तो दुर्योधन के पास रहना ही था, किन्तु पितामह भीष्म, आचार्य द्रोण, विदुर काका, कृपाचार्य, पितामह बाह्लीक, सोमदत्त...सब लोग हस्तिनापुर में ही रह रहे थे।... वैसे वे लोग इस बीहड़ वन में आ कर करते भी क्या?...अपने स्नेहवश अथवा युधिष्ठिर के आग्रहवश यदि उनमें से कोई पाण्डवों के साथ आ ही जाता तो

युधिष्ठिर उनके सुख से रहने के लिये कौन-सी सुविधाएँ जुटा सकते थे? उसके पास था ही क्या?...पर क्या वह सम्बन्ध प्रेम के नहीं, सुख-सुविधाओं के ही हैं? जिसके पास सुख-सुविधाएँ नहीं हैं, उसके परिवार का कोई वृद्ध उससे कोई सम्बन्ध ही नहीं रखेगा? पाण्डवों के साथ केवल उनकी माँ आयी हैं। इसका अर्थ हुआ कि केवल वह ही उनकी अपनी हैं।...विदुर काका के विषय में सोचा ऐसा भी नहीं जा सकता...किन्तु वह भी नहीं आये...

सहसा युधिष्ठिर सजग हो उठे : वह यह सब क्या सोच रहे हैं? महर्षि के आने पर उनका स्वागत करने के स्थान पर वे अन्य कुल-वृद्धों के प्रति अपने मन में आक्रोश संचित कर रहे हैं।...यदि पितामह, आचार्य अथवा विदुर काका स्वयं ही उनके साथ आने का प्रस्ताव रखते तो क्या वह उनके प्रस्ताव का स्वागत करते?...नहीं। कदाचित वह स्वयं ही उन्हें इस विचार से विरत करने का प्रयत्न करते।...आज प्रातः जब वे लोग यहाँ पहुँचे हैं, तो यह निर्णय करना भी कठिन हो रहा था कि वे इस तथाकथित प्रासाद में वास करें अथवा वन में ही अस्थायी शिविर स्थापित करें। अब तो यह भवन कुछ स्वच्छ लग रहा है, किन्तु प्रातः क्या था इसमें? मकड़े, छिपकलियाँ, चूहे और चमगादड़। ऐसे में कुल-वृद्धों को वे कहाँ ठहराते। अपनी माँ के प्रति तो उनका भाव ही कुछ और है। उन्हें वे स्वयं से पृथक कर देखते ही नहीं। जब से युधिष्ठिर को स्मरण है...माँ उनके साथ ही रही हैं। पर्वतों पर, वन में, हस्तिनापुर के उस पुरातन खण्डहर में, वारणावत के शिव-भवन में, हिडिम्ब वन में, एकचक्रा में ब्राह्मण के घर में, काम्पिल्य में कुम्भकार के घर में।...माँ को तो उनके साथ रहना ही है...वे जहाँ भी रहें, जैसे भी रहें।...द्रौपदी के विषय में थोड़ी-सी चिन्ता थी युधिष्ठिर को, किन्तु उसने स्वयं ही स्पष्ट कर दिया था कि उसने तो भिक्षोपजीवी तपस्वी के कण्ठ में जयमाला डाली थी। उसने स्वयंवर के पश्चात पहली रात कुम्भकार के घर में भूमि पर उनके चरणों की ओर सो कर व्यतीत की थी।...कृष्ण और बलराम उनके साथ आये थे, किन्तु उनकी सुविधा का ध्यान युधिष्ठिर क्या रखते, वे तो स्वयं ही युधिष्ठिर के लिये सुविधाओं का प्रबन्ध करने में लगे हुए थे।...

सबको आशीर्वाद दे कर महर्षि बैठे तो युधिष्ठिर से रहा नहीं गया। उसने पूछ ही लिया, "हस्तिनापुर में सब कुशल तो हैं न?"

महर्षि ने निर्विकार ढंग से युधिष्ठिर की ओर देखा और फिर मुस्कुरा पड़े, "जिस प्रकार बुद्धि और विवेक को निष्कासित कर कोई व्यक्ति, तथा धर्म और न्याय को निष्कासित कर कोई समाज सुखी नहीं हो सकता, उसी प्रकार तुम्हें निष्कासित कर कोई परिवार, समाज अथवा राज्य सकुशल नहीं रह सकता।"

"महर्षि!" युधिष्ठिर का स्वर अतिरिक्त रूप से गम्भीर था, "जिनकी कुशलता का ध्यान रखने के लिये पितामह भीष्म, आचार्य द्रोण, कृपाचार्य और काका विदुर हस्तिनापुर में बैठे हैं...उनकी कुशलता में किसी को क्या संदेह हो सकता हैं?"

"तुमने ठीक कहा वत्स!" व्यास बोले, "किन्तु तुम भूल गये कि वासुदेव कृष्ण उनके साथ नहीं हैं।"

"पितामह! क्या आपको नहीं लगता कि इस प्रकार की सारी बातें मात्र बौद्धिक विलास हैं।" भीम का स्वर पर्याप्त उग्र था, "हमें हस्तिनापुर से निष्कासित कर दुर्योधन को क्या हानि हुई? उसे राज्य मिला, धन-सम्पत्ति मिली। सुख-भोग, वैभव-विलास मिला। सुख क्या इन सबके बाहर है। मुझे तो कभी-कभी लगता है कि व्यक्ति पाप से ही सुखी हो सकता है, क्योंकि जीवन की सफलता तथा धन-सम्पत्ति अधर्मपूर्वक अधिक सरलता से प्राप्त होती है, और सुख और सफलता का सम्बन्ध धन-सम्पत्ति से ही है।"

"अधिकांश लोग तुम्हारे ही समान सोचते हैं भीम।" महर्षि ने सहज भाव से उत्तर दिया, "कदाचित कहना यह चाहिए कि शायद सामान्य मानव की सोचने की स्वाभाविक पद्धति यही है।"

"तो इसमें अनुचित ही क्या है?" भीम ने तत्काल पूछा।

"इसमें अनुचित कुछ नहीं है।" व्यास मुस्कुराये, "यह मात्र भ्रम है, जैसे जल में प्रतिबिम्ब देख कर बालक सोच लेता है कि चन्द्रमा उस जल के भीतर है। यह बालक का सत्य है पुत्र! जब तक उसका भ्रम टूटता नहीं, तब तक वही उसका सत्य है।"

"किन्तु जो कुछ मैंने कहा, उसमें भ्रम क्या है?" भीम बोला, "वह घोर यथार्थ है। उसे आप भी देख रहे हैं और मैं भी।"

व्यास कुछ देर तक भीम को चुपचाप देखते रहे और फिर धीरे-से बोले, "जीवन में अधिक सफल मैं हूँ या दुर्योधन?"

"आप हैं पितामह!"

"अधिक विकास मेरा हुआ है या दुर्योधन का?"

"आपका।"

"अधिक सुखी मैं हूँ या दुर्योधन?"

"आप हैं!"

"पर न तो मेरे पास धन-सम्पत्ति है, न वैभव-विलास, न राज्य है न सेना।" व्यास मुस्कुराये। उनकी दृष्टि भीम पर टिकी रही, किन्तु भीम ने कोई उत्तर नहीं दिया। व्यास धीरे-से बोले, "जीवन में प्राप्तव्य केवल एक है...मन

की शुद्धता, आत्मा की निरवरणता और भौतिक बन्धनों से मुक्ति। सारा विकास, सारा सुख और सारी उपलब्धियाँ इसी में हैं? दुर्योधन ने जो कुछ किया है, क्या उससे उसका मन पहले की तुलना में कुछ अधिक शुद्ध हुआ है? क्या उसकी आत्मा पहले की तुलना में अधिक तमसाच्छन्न नहीं हुई? क्या वह सांसारिकता के बन्धनों में और अधिक नहीं बँधा है?" व्यास ने क्षण भर रुक कर उसको देखा, "प्रकृति के नियम बड़े विचित्र हैं पुत्र! वह भ्रम को प्रोत्साहित करती है, माया का प्रपंच रचती है। मनुष्य सोचता है कि वह अपने लिये सुख संचित कर रहा है, जबकि वह अपने लिये अनन्त यातना का सृजन कर रहा होता है।" वह निमिष भर रुके, "आकाश से वर्षा के रूप में जल की जो बूँद टपकती है, वह जल का शुद्धतम रूप है। पृथ्वी पर वह अपनी यात्रा में पुष्प की पखुड़ी पर टपक कर, वहीं से अपने शुद्धतम रूप में सूर्य की किरणों के सहारे आकाश की ओर लौट सकती है किन्तु वह पृथ्वी के विभिन्न प्रकार के मलों को अपने भीतर संचित कर यह कल्पना भी कर सकती है कि वह अत्यन्त समृद्ध है, अपनी इच्छानुसार सम्पत्ति एकत्रित करने से उसे कोई नहीं रोक रहा। उसे यह स्मरण नहीं रहता कि उसे आकाश में लौटना भी है, और यह तब तक सम्भव नहीं होगा, जब तक वह पुनः अपने उसी मौलिक शुद्ध रूप को प्राप्त न कर ले। जब तक वह अपने भीतर समाए मल के अन्तिम कण तक को निष्कासित न कर ले। जब तक वह अपने आपको अपनी मूल प्रकृति के समान शुद्ध नहीं कर लेगी, उसे इसी प्रकार पृथ्वी के मल के बीच भटकना होगा।...वही स्थिति आत्मा की है पुत्र। आसक्ति से अधर्म की वृद्धि होती है और अर्जन से आसक्ति बढ़ती है। उपलब्धियों से अहंकार की वृद्धि होती है। अधर्म हो, आसक्ति हो अथवा अहंकार हो...ये सब तो सुख के साधन नहीं हो सकते पुत्र! क्योंकि ये तुम्हें शान्ति नहीं दे सकते।" व्यास ने रुक कर सब पर एक दृष्टि डाली, "तुम सुखी हो, क्योंकि तुमने अधर्म का पक्ष नहीं लिया, तुम सुखी हो क्योंकि तुममें आसक्ति नहीं है, अन्यथा प्राण रहते तुम लोग हस्तिनापुर नहीं छोड़ सकते थे। तुम्हारा मन निर्मल और शान्त है क्योंकि उसमें अहंकार का ताप नहीं है। इसलिये यह मत सोचो कि दुर्योधन अधर्म करके भी सुखी है। उसने अपने लिये जाने कितने यातनामय एवं पश्चात्तापपूर्ण भावी जन्मों की नियति रच डाली है। और इस जीवन में हस्तिनापुर की सारी सम्पत्ति ले कर भी वह सुखी नहीं होगा। वह तुम्हारी उन्नति देख कर ईर्ष्याग्नि में जलता रहेगा। उसकी स्थिति उस व्यक्ति की-सी है, जो अपने सामने भोजन से भरे थाल को लिये बैठा रहेगा, किन्तु उसे खाकर तृप्त होने के स्थान पर, वह दूसरे व्यक्ति को भोजन करते देख यह सोच-सोच कर पीड़ित होता रहेगा, कि

उस व्यक्ति को भोजन मिला ही क्यों।" महर्षि ने अपनी आँखें बन्द कर लीं, "सुख अर्जन में नहीं विसर्जन में है पुत्र। भोग में नहीं त्याग में है, विनाश में नहीं निर्माण में है। तुम लोग यहाँ पहले एक नगरी का निमार्ण करो, जो तुम्हारी राजधानी हो। ध्यान रहे कि तुम्हारी इस नगरी का निर्माण निर्धनों और असहायों के रक्त से नहीं, उनके रक्षण से हो। तुम धर्म की रक्षा करो, धर्म तुम्हारी रक्षा करेगा।" व्यास रुके जैसे सब कुछ कह चुके हों, किन्तु क्षण भर में ही पुनः बोले, "और पुत्र! इस निर्माण से तुम्हारा अहंकार न जागे। नगरी का नाम अपने नाम पर मत रखना, किसी भी मनुष्य के नाम पर मत रखो। इसे देवताओं को समर्पित कर दो। चाहो तो देवराज के नाम पर ही इसका नाम इन्द्रप्रस्थ रख लो।"

युधिष्ठिर की दृष्टि कृष्ण की ओर उठी, कृष्ण के चेहरे पर सहज हास और स्वीकृति का भाव था।

"ठीक है पितामह! जैसी आपकी इच्छा।" युधिष्ठिर बोले।

"क्यों? इन्द्र के नाम पर क्यों?" भीम बोला, "इन्द्र ने क्या किया है हमारे लिये, कि हम अपने बसाए नगर का नाम इन्द्र पर रख दें?"

महर्षि ने भीम के विरोधपूर्ण मुख को निहारा और जैसे उसे बहलाते हुए बोले, "जो अतीत में काम नहीं आया, वह भविष्य में भी काम नहीं आयेगा, ऐसा क्यों सोचते हो पुत्र। जो तुम्हारा मित्र नहीं रहा, वह मित्र होगा भी नहीं ...ऐसा नहीं मानना चाहिए।" महर्षि उठ खड़े हुए, "मैं वन में एकान्तवास करूँगा, मेरी चिन्ता मत करना। तुम लोग अपनी सुरक्षा का प्रबन्ध करो और भोजन की व्यवस्था।" उनकी दृष्टि घूम कर कृष्ण पर टिक गयी, "गोविन्द तुम्हारे साथ हैं, तो तुम्हें चिन्ता किस बात की?"

महर्षि चले गये।

"मेरी तो समझ में नहीं आता," भीम भुनभुनाया, "बैठे-बैठाये अपने नगर का नाम हम इन्द्र के नाम पर क्यों रख दें।"

"मध्यम! कोई-न-कोई कारण अवश्य होगा," सहदेव बोला, "अन्यथा न तो महर्षि ऐसा आदेश देते और न ही कृष्ण उसे सहज ही स्वीकार कर लेते।"

भीम मौन हो गया।...शायद सहदवे ठीक ही कह रहा था। कृष्ण कभी भी इन्द्र का प्रशंसक नहीं रहा, और अकारण ही कोई बात कृष्ण मानता भी नहीं।

रात्रि से पहले पाण्डवों ने कच्ची प्राचीर के भीतर का सारा भाग स्वच्छ एवं व्यवस्थित कर लिया। उनके साथ का प्रत्येक व्यक्ति उस प्राचीर के भीतर आ गया। जिनके लिये भवन में स्थान नहीं था, उनके लिये खुले स्थान में कुछ अस्थायी मण्डप बना लिये गये थे। सैनिकों और कर्मचारियों को भीम ने उस

प्राचीर के बाहर नहीं रहने दिया था। चारों ओर सघन वन था और यह तो वे जान ही चुके थे कि दस्यु तथा साहसिक लोगों की टोलियाँ इस सारे क्षेत्र में बहुत सक्रिय थीं, ऐसे में व्यर्थ ही सैनिकों को संकट में धकेलने का क्या लाभ। वैसे भी दिन-भर की गतिविधि से सब लोग काफ़ी थक चुके थे। ऐसे में प्रहरी लोग बहुत सजग-सचेत हो कर रात-भर चौकसी नहीं कर पायेंगे। अच्छा है कि सबको विश्राम करने दिया जाये। सैनिक आक्रमण का तो अभी कोई भय था नहीं।

2

रात के तीसरे प्रहर भीम की नींद उचट गयी। उसे आश्चर्य हुआ कि अपनी गहरी नींद के लिये प्रसिद्ध, वह असमय ही कैसे जाग गया।...उसने स्वयं अपने अनुभव से ही जाना था कि निश्चिन्तता में वह चाहे कितनी ही गहरी नींद क्यों न सोता हो, किन्तु संकट के आशंकापूर्ण काल में उसके भीतर कोई अज्ञात चेतना सक्रिय हो उठती थी, जो नींद में भी उसे सदा सावधान रखती थी। कुछ भी अस्वाभाविक होने पर वह उसे झंझोड़ कर जगा देती थी।

उसने आँखें खोल, पूर्णतः चैतन्य हो कर इधर-उधर देखा। सब लोग निश्चिन्त सो रहे थे। बहुत सम्भव है कि प्राचीर के साथ लगे बैठे प्रहरी भी सो गये हों। कहीं किसी गतिविधि का कोई आभास नहीं था। वे न सोते तो कदाचित भीम को आश्चर्य होता। वे भी तो अन्य लोगों के ही समान बहुत थके हुए थे।...

भीम को लगा कि उसने एक हल्की-सी सरसराहट सुनी है। यह सरसराहट उसके कानों ने नहीं, उसके भीतर जगी बैठी उस असाधारण चेतना ने ही सुनी थी। बहुत सम्भव है कि वह इस सरसराहट से ही जागा हो...यह नहीं कि वहाँ कोई ध्वनि नहीं थी। ध्वनियाँ तो वहाँ अनेक थीं और निरन्तर प्रवहमान थीं। आस-पास इतना बड़ा वनप्रान्तर था तो क्या रात के इस सन्नाटे में ध्वनियाँ नहीं होंगी। ध्वनियाँ तो थीं, किन्तु वे वनस्पति तथा इतर प्राणियों के जगत की सामान्य ध्वनियाँ थीं। उन सारी ध्वनियों से न तो भीम के कानों को कोई असुविधा होती थी न उस अन्तरंग चेतना को...किन्तु यह सरसराहट कुछ विचित्र थी। उसका प्रकृति से कोई सामंजस्य नहीं था...वह अत्यन्त धीमी तथा प्रायः अश्रव्य थी, किन्तु उसमें वैषम्य था...

भीम धीरे से उठा और प्राचीर के साथ-साथ चलता हुआ काफ़ी दूर निकल गया।...सरसराहट की यह ध्वनि निकटता के कारण प्रबल नहीं हुई थी, किन्तु अब वह कर्ण-गोचर हो गयी थी और उसे अपने लक्ष्य की ओर बढ़ने में

सुविधा हो गयी थी।

भीम रुक गया। प्राचीर के भीतर कुछ नहीं था, किन्तु उसके कान कह रहे थे कि यही वह स्थल था, जहाँ बाहर से कोई व्यक्ति प्राचीर में से भीतर घुसने के लिये मार्ग बना रहा था।...भीम वहीं बैठ गया।...हाँ! कोई व्यक्ति कुछ प्रयत्न कर तो रहा था किन्तु वह कुदाल, गेंहती अथवा सब्बल का प्रयोग नहीं कर रहा था। उसके पास कोई बहुत छोटा-सा उपकरण था, जिससे वह प्राचीर को तोड़ नहीं, कुरेद रहा था।

पहले तो भीम की इच्छा हुई कि वह द्वार से बाहर जा कर देखे कि कौन व्यक्ति है और क्या कर रहा है, किन्तु तत्काल उसके विवेक ने उसे रोक लिया...। वह यहाँ से प्राचीर के द्वार तक चल कर जायेगा और फिर प्राचीर के बाहर से उतना ही चल कर फिर वापस इसी स्थल पर पहुँचेगा, तो इतने समय में काफ़ी कुछ घटित हो चुका होगा।...उसके चलने-फिरने से जो ध्वनियाँ उत्पन्न होंगी, सम्भव है उनसे वह व्यक्ति सावधान हो जाये और पकड़ में ही न आये।...यह भी तो सम्भव था कि वह व्यक्ति अकेला न हो। उसके संगी-साथी, इधर-उधर बिखर कर चौकसी कर रहे हों।...

भीम उसी स्थल पर बैठ गया।...भीतर की ओर प्राचीर से लग कर भीम बैठा था और बाहर से वह व्यक्ति प्राचीर को कुरेद रहा था। इसका अर्थ था कि उसे भीम के यहाँ उपस्थित होने का कोई आभास नहीं था, अन्यथा वह अपना कार्य इस प्रकार चलाये न रखता।

भीम ने प्राचीर पर अपनी हथेली रख दी और अनुभव करने का प्रयत्न किया कि ठीक-ठीक किस स्थान पर उसका उपकरण कार्य कर रहा था। वह अपनी हथेली को थोड़ी-थोड़ी देर में अनुमान के अनुसार आगे-पीछे चलाता रहा। सहसा उसने अनुभव किया कि सरसराहट की अनुभूति उसकी हथेली पर उतर ही नहीं आयी है, उसके सारे शरीर पर जैसे कोई छोटा-सा कीट रेंगने लगा है...

भीम रुक गया। यही वह स्थल था, जिस पर उस व्यक्ति का उपकरण प्रहार कर रहा था। ऐसा लग रहा था कि उस स्थल को अब उसका उपकरण छील रहा है...

भीम ने अपने खड्ग से, ठीक उसी स्थान पर भीतर से मिट्टी छीलनी आरम्भ कर दी, जैसे बाहर से होने वाले यन्त्र के उस प्रहार से भीतर की ओर भी मिट्टी गिरने लगी हो।...भीम को लगा कि उस व्यक्ति की गतिविधि पहले से कुछ तीव्रतर हो गयी थी। अपनी सफलता का संकेत मिलते ही उसका उत्साह दुगुना हो गया था।

थोड़ी ही देर में वहाँ एक छोटा-सा छिद्र बन गया। छिद्र इतना छोटा था कि मनुष्य तो दूर कोई छोटा जीव भी उसमें प्रवेश नहीं कर सकता था। हाँ, बाहर वाला व्यक्ति उस छिद्र में से भीतर झाँक सकता था। भीम को सावधान हो जाना चाहिए था। यदि उसने देख लिया कि उसी स्थान पर भीतर कोई और बैठा है, तो वह एक क्षण भी वहाँ नहीं टिकेगा और भीम का यह सारा श्रम व्यर्थ हो जायेगा।

भीम सरक कर एक ओर हो गया और चुपचाप उस व्यक्ति के प्रयत्न की सफलता की प्रतीक्षा करता रहा। निश्चय ही वह व्यक्ति न तो साधारण चोर था न सेंधमार! वह तो किसी कलाकार की तन्मयता से, जैसे कोई मूर्ति गढ़ रहा था। थोड़ी ही देर में भीम को उसका उपकरण भी दिखायी पड़ने लगा। वह तो लेपक की करनी थी। जिस करनी से प्राचीरों का निर्माण होता था, वह उसी से एक प्राचीर में सेंध लगाने का प्रयत्न कर रहा था।...किन्तु उसकी कार्य-पद्धति एक फूहड़ सेंधमार की नहीं थी, वह तो किसी दक्ष लेपक के समान बड़ी कलात्मकता से करनी चला रहा था। जितनी भी मिट्टी ढीली होती थी, उसे बड़े प्रयत्न से हटा कर छिद्र की गोलाई में आकार देकर उसे साफ़-सुथरा कर, फिर से छेद को बड़ा करने का प्रयत्न करता।...उसे इस प्रकार काम करते देख कर भीम को संदेह होने लगा था कि वह भीतर प्रवेश करने के लिये मार्ग बना रहा था अथवा प्राचीर में एक सुन्दर, कलात्मक गोल छिद्र बनाने का प्रयत्न कर रहा था।

काम करने की उसकी शैली से इतना तो स्पष्ट ही था कि वह सर्वथा अकेला था। इतनी देर में न तो कोई हाथ उसकी सहायता के लिये आगे बढ़ा था, न किसी ने उससे वार्तालाप करने का कोई प्रयत्न किया था, न किसी ने काम जल्दी समाप्त करने का निर्देश दिया था। वह अकेला ही जैसे आत्म-सन्तोष के लिये धीरे-धीरे अपना कार्य करता जा रहा था।

भीम ने अपना धैर्य नहीं छोड़ा।

उस व्यक्ति ने जब अपनी इच्छानुसार प्रवेश-स्थान बना लिया, अपने हाथों से टटोल कर उसके सौन्दर्य और उपयोगिता की ओर से अपना सन्तोष कर लिया, तो धीरे से उसने गर्दन तक अपना सिर भीतर डाल कर चारों ओर देखा।

उसी समय भीम ने हाथ बढ़ा कर उसकी गर्दन पकड़ कर उसे भीतर घसीट लिया।

भीम का स्पर्श उसके लिये सर्वथा आकस्मिक और अनपेक्षित था। वह न केवल उससे चौंक उठा था, वरन उसका सारा साहस ही उसका साथ छोड़ गया था। उसने अपने हाथ-पैर ढीले छोड़ दिए थे और मरे हुए केंचुए के समान

लटक गया था। उसके हाथ से करनी छूट कर गिर गयी थी और भीम को लगा कि उसकी चेतना भी लुप्त हो रही थी।

"डरो नहीं।" भीम ने बहुत धीरे से कहा, "मैं तुम्हारा शत्रु नहीं हूँ। हाँ! इतना अवश्य है कि तुम मेरी इच्छा और अनुमति के अभाव में अपना मनोवांछित नहीं कर पाओगे।"

उस व्यक्ति में कुछ चेतना का संचार हुआ। उसने अपनी ग्रीवा उठाई और धीरे से भीम के चेहरे की ओर देखा, "कौन हो तुम?"

"मैं कोई भी हूँ, किन्तु तुम्हारा शत्रु नहीं हूँ।" भीम ने कहा, "वैसे तुम्हारा परिचय पाये बिना मैं अपने विषय में कुछ नही बताऊँगा।"

"मेरा क्या परिचय।" वह व्यक्ति कुछ-कुछ सहज हो चला था, "मैं तो एक साधारण लेपक हूँ। भवन-निर्माण का कार्य किया करता था।"

"तुम्हारा नाम भी तो कुछ होगा।"

"अक्षय! अक्षय लेपक!" उसने कहा।

"तुम्हें यहाँ किसने भेजा?" भीम ने पूछा।

"भूख ने।"

भीम को आश्चर्य हुआ, "तुमने कहा था कि तुम लेपक हो। भवन-निर्माण का कार्य करते हो। तो फिर तुम भूखे क्यों हो? क्या तुम्हें इतना भी पारिश्रमिक नहीं मिलता कि अपना पेट पाल सको?"

"भवन-निर्माण का काम अब है ही कहाँ।" वह निष्प्राण स्वर में बोला, "कौन बनवाता है यहाँ भवन! न यहाँ राजा है, न राजपुरुष। न व्यापारी, न श्रीमान। अब तो कृषक भी अपनी भूमि छोड़ कर वनों में भाग गये हैं।...और दस्यु जो कार्य कराते हैं, उसका कोई पारिश्रमिक नहीं देते। उनका पारिश्रमिक है...प्राण-दान। वे प्राण नहीं हर लेते, यही उनका पारिश्रमिक है।"

"तो इतना बड़ा वन पड़ा है चारों ओर, उसके कन्द-मूल खा कर जीवन-यापन कर सकते हो। चोरी करने का अपराध क्यों कर रहे हो?"

"यह वन है, फलों की वाटिका तो है नहीं, फिर भी इतने दिनों से जैसे-तैसे कन्द-मूल ही खा रहा था, किन्तु आज जब यहाँ इतने लोग आ गये। उन्होंने कितने कन्दु लगाये और फिर गेहूँ की रोटी की सोंधी-सोंधी गंध आने लगी तो मुझे ज्ञात हुआ कि मनुष्य अन्न का ही कीड़ा है। सारा दिन मन व्याकुल रहा। सामने आने का साहस नहीं हुआ। मैं न भिक्षुक हूँ न ब्राह्मण! हाथ फैला कर अन्न कैसे माँगता। प्राचीर के भीतर रोटियाँ बनती रहीं और मैं प्राचीर के बाहर मँडराता फिरा। सारा दिन ऐसे ही काट दिया मैंने। रात को सोने लगा तो लगा जैसे वर्षों से भूखा हूँ, इतना भूखा कि यदि गेहूँ की

रोटी नहीं खायी तो मुझे नींद नहीं आयेगी।...अपने आपको बहुत रोका मैंने, बहुत टाला, बहुत समझाया, बहुत बहकाया, किन्तु मन ऐसा पापी है कि रुका ही नहीं। अन्ततः मैंने अपनी करनी उठा ली कि प्राचीर में सेंध लगाऊँगा और गेहूँ, गेहूँ का आटा, गेहूँ की रोटी...जो कुछ भी मिले, मैं उसकी चोरी करूँगा।"

"तुम्हारे साथ और कोई नहीं है?" भीम ने पूछा।

"नहीं।"

"तुम मुद्राएँ, स्वर्ण आभूषण अथवा माणिक्य चुराने की बात सोच कर क्यों नहीं आये। रोटी ही चुराने की बात क्यों सोची तुमने?"

अक्षय थोड़ी देर तक मौन खड़ा आश्चर्य से भीम को देखता रहा, और फिर बोला, "एक तो मुझे ज्ञात ही नहीं था कि जो लोग यहाँ आ कर रुके हैं, वे कौन लोग हैं, इसलिये मैं यह जानता ही नहीं था कि उनके पास मुद्राएँ, स्वर्ण, आभूषण अथवा माणिक्य हैं भी या नहीं।" वह थोड़ी देर थम कर जल्दी से बोला, "दूसरे, मेरे लिये उन वस्तुओं का कोई महत्व नहीं है।"

"क्यों?" भीम चकित था, "तुम एक स्वर्ण-मुद्रा से कितनी ही रोटियाँ क्रय कर सकते हो।"

"नहीं।" अक्षय के चेहरे पर असहायता की मुस्कान उभरी, "यदि मैं स्वर्ण मुद्रा ले जा कर, किसी हाट को खोज कर कुछ क्रय करने का प्रयत्न करूँगा तो वह स्वर्ण मुद्रा मुझसे कोई भी छीन लेगा, और...।"

"और क्या?"

"बहुत सम्भव है कि और स्वर्ण पाने के लोभ में वह मेरी हत्या ही कर दे।"

"हुँ।" भीम चिन्तित मुद्रा में खड़ा हो गया।

"अब बताओ, तुम कौन हो?" अक्षय ने धीरे से कुछ आत्मीयतापूर्ण स्वर में पूछा, "तुमने कहा था, तुम मेरे शत्रु नहीं हो।"

"हाँ! मैं तुम्हारा शत्रु नहीं हूँ।" भीम ने कुछ अन्यमनस्क भाव से कहा, "पर क्या तुम सचमुच नहीं जानते कि जिन लोगों ने आज प्रातः यहाँ आ कर शिविर स्थापित किया है, वे कौन हैं?"

"नहीं! कैसे जानूँगा मैं।" उसने कहा, "वैसे दस्युओं का कोई बड़ा दल लगता है। उनके पास गज और रथ हैं, जो सामान्य दस्युओं के पास नहीं होते, किन्तु खाण्डवप्रस्थ में तो ऐसे दस्यु भी हैं, जिनकी अपनी सेनाएँ हैं। यदि कभी हस्तिनापुर से सेना आ जाये और धृतराष्ट्र यहाँ अपना आधिपत्य स्थापित करने का प्रयत्न करे, तो ये दस्यु उससे युद्ध करने में भी समर्थ हैं। वे लोग

अत्यन्त संगठित हैं और उन्हें महाशक्तियों का संरक्षण प्राप्त है। उनमें से कुछ तो देवराज इन्द्र की जय बोलते हैं, कुछ अग्निदेव की, कुछ नागराज वासुकि की और कुछ दस्युराज शंबर की।" उसने रुक कर भीम की ओर देखा, "पर तुम कौन हो?"

"हम लोग हस्तिनापुर से आये हैं। हम दस्युओं का आधिपत्य समाप्त कर यहाँ महाराज युधिष्ठिर का राज्य स्थापित करेंगे।" भीम ने धीरे से कहा, "मैं महाराज युधिष्ठिर का छोटा भाई युवराज भीम हूँ।"

अक्षय का सारा शरीर काँप गया, "पर तुमने तो कहा था कि तुम मेरे शत्रु नहीं हो।"

"हाँ! मैं तुम्हारा शत्रु नहीं हूँ क्योंकि मैं दस्युओं से तुम्हारी रक्षा करूँगा।" भीम बोला, "मैं तुम्हारा शुभचिन्तक हूँ, इसलिये वही करूँगा, जिसमें तुम्हारा हित हो।"

"पर मैंने तुम्हारे दुर्ग की प्राचीर में सेंध लगायी है।" अक्षय बोला, "मैं यहाँ चोरी के प्रयोजन से आया था।"

"उस अपराध के लिये मैं तुम्हें महाराज युधिष्ठिर के सम्मुख उपस्थित करूँगा।" भीम ने उत्तर दिया, "किन्तु मुझे विश्वास है कि वह तुम्हारी भूख को अपराधी मान कर तुम्हें क्षमा कर देंगे।"

"और यदि उन्होंने मुझे क्षमा नहीं किया तो?" अक्षय अब भी भय से काँप रहा था।

"नहीं! वह अवश्य ही तुम्हें क्षमा कर देंगे। धर्मराज अत्यन्त दयालु हैं। वह तुम्हें अपराधी नहीं मानेंगे।"

"तो फिर आप ही क्यों मुझे क्षमा नहीं कर देते?" अक्षय के स्वर में विनय भी थी और आग्रह भी।

"मैं अपने कर्तव्य के हाथों से बँधा हुआ हूँ।" भीम ने कहा, "मैं राजा की इच्छा के बिना उनके अपराधी को मुक्त नहीं कर सकता।"

"कहीं वह भी राजधर्म में बँध कर मुझे कारावास का दण्ड दे दें तो?"

"मैं तुम्हें अपने बन्दी के रूप में उनसे माँग लूँगा, और वचन देता हूँ कि तुम्हें सुरक्षित मुक्त कर दूँगा।"

अक्षय की आँखों में कुछ आश्वस्ति दिखायी दी।

प्रातः भीम ने अक्षय को अभियोग सहित युधिष्ठिर के सम्मुख प्रस्तुत कर दिया। युधिष्ठिर ने अभियोग सुना और मौन रह गये।

थोड़ी देर में उन्होंने अपनी दृष्टि उठायी और अक्षय से सम्बोधित हुए,

"मनुष्य को विधाता ने उच्चतर चेतना दी है। श्रम मनुष्य का स्वाभाविक गुण है। श्रम कर धर्मपूर्वक आजीविका कमाना उसकी प्रकृति के अधिक अनुकूल है। पशु इस चेतना से वंचित है, इसलिये उससे अपनी इच्छानुसार कार्य करवाने के लिये मनुष्य उसे लोभ तथा त्रास के माध्यम से कर्मशील बनाता है। जब विधाता ने तुम्हें मनुष्य बनाया है, तो तुम प्रयत्नपूर्वक पशु धरातल पर क्यों जीना चाहते हो?"

अक्षय को राजा से इस प्रकार के प्रश्न की तनिक भी आशा नहीं थी। वस्तुतः युधिरष्ठिर के सम्मुख उपस्थित किये जाने तक तो वह भीम का वचन भी पूर्णतः भूल चुका था और यह मान बैठा था कि या तो उसे कारावास का दण्ड दिया जायेगा या राजा बहुत दयालु हुआ तो गिन-गिन कर कशा लगाए जायेंगे...किन्तु यह प्रश्न...

"महाराज!" उसका भय कुछ कम हो गया था, "जिस प्रकार कल मैं गेहूँ की रोटी की सोंधी गंध सूँघ-सूँघ कर उसे पाने के लिये तड़पता रहा हूँ और भय के कारण सम्मुख आने से स्वयं को विरत करता रहा हूँ, उससे मैं अपनी दृष्टि में भी पशु ही हो चुका हूँ...लोभी कुत्ता, जिसे अपनी इन्द्रियों पर तनिक भी अधिकार नहीं है...किन्तु महाराज! यदि मुझे अभय दें तो इतना तो कहना ही चाहूँगा, कि मुझे मनुष्य से पशु बनाने का अपराधी स्वयं शासन है। यदि यहाँ सुशासन होता तो मेरे ही समान यहाँ सहस्रों मनुष्यों की ऐसी दुर्गति क्यों होती?"

अक्षय ने कह तो दिया, किन्तु कह कर जैसे उसकी आत्मा काँप उठी : कहीं राजा ने कुपित हो कर उसकी त्वचा उसके माँस से पृथक करवा दी तो?...

किन्तु युधिष्ठिर के चेहरे पर तनिक भी रोष नहीं झलका। वह पहले के ही समान अत्यन्त शान्त भाव से बोले, "मैं स्वीकार करता हूँ कि शासन का प्रथम कर्तव्य है, दुष्ट-दलन। यहाँ शासन था ही नहीं, अतः दुष्ट-दलन नहीं हुआ। उन दुष्टों के कारण, तुम्हें मनुष्य से पशु बनना पड़ा। किन्तु अब यहाँ धर्म-राज्य स्थापित होगा। यह शुभ-कार्य, हम तुमसे आरम्भ करते हैं।"

युधिष्ठिर रुक गये। अक्षय ने उसकी ओर आतुर दृष्टि से देखा : जाने महाराज ने क्या निश्चय किया है।

"तुम्हारे साथ भवन-निमार्ण का कार्य करने वाले अन्य लेपक भी होंगे।"

"हमारा पूरा समूह इसी वन-प्रान्तर में मारा-मारा फिर रहा है महाराज।"

"उन सबको ले आओ और हमारे लिये नगरी का निर्माण करो।"

"पारिश्रमिक मिलेगा महाराज?" अक्षय के मुख से जैसे अनायास ही निकल गया।

युधिष्ठिर के चेहरे पर मधुर मुस्कान फैल गई, "यदि एक दिन के कार्य

के पश्चात हम तुम्हें पारिश्रमिक नहीं देंगे तो तुम अगले दिन कार्य कैसे करोगे?...और उससे भी महत्वपूर्ण प्रश्न यह है कि अक्षय तब तुम पशु से मनुष्य कैसे बनोगे?"

"जी महाराज!" अक्षय बोला, "किन्तु..."?

"किन्तु क्या लेपक?"

"आप भूख से हमारी रक्षा कर भी लें, तो दस्युओं से हमारी रक्षा कौन करेगा?" वह बोल, "आप हमें जो भी पारिश्रमिक देंगे, वे लोग उसे हमसे छीन लेंगे।"

"उनसे भी तुम्हारी रक्षा की जायेगी।" युधिष्ठिर बोले, "तुम्हारी ही क्यों, इस क्षण से हम अपने प्रत्येक प्रजाजन की रक्षा के लिये कर्तव्य-बाध्य हैं।"

"पर कैसे करेंगे आप हमारी रक्षा।" अक्षय जैसे अपने ही रोष में रो पड़ा, "आप कितने सैनिक भेजेंगे। यहाँ तो इतने दस्यु हैं, जितने खाण्डव-वन में वृक्ष नहीं हैं।"

"चिन्ता मत करो!" युधिष्ठिर के स्वर में सांत्वना थी, "हम तुम्हें अपने इस अवरोध के भीतर आवास देंगे।"

"प्रत्येक लेपक को?" उसने आश्चर्य से पूछा।

"प्रत्येक लेपक को। प्रत्येक श्रमिक को।" युधिष्ठिर बोले, "वरन तुम लोग इस नये प्रस्तावित नगर की सीमाएँ ही श्रमिकों के आवासों के निर्माण से आरम्भ करो। बाहर की ओर वह प्राचीर हो और भीतर से वे श्रमिकों के आवास हों। मेरा विश्वास करो वे तुम्हें कोई क्षति नहीं पहुँचा सकेंगे।"

किन्तु अक्षय के चेहरे की प्रसन्नता अधिक देर स्थिर नहीं रह सकी, "ऐसे में वे और भी दुष्टता करेंगे। हम दिन-भर में जितना निर्माण करेंगे, वे रात के अन्धकार में उसे नष्ट कर जायेंगे।"

"उसकी चिन्ता तुम्हें नहीं करनी है।" युधिष्ठिर ने उत्तर दिया, "दुष्ट-दलन हमारा धर्म है और आत्मरक्षा हमारी आवश्यकता। वैसे तुम लोग जितनी देर काम करोगे, उसका पारिश्रमिक तुम्हें दिया जायेगा, चाहे वह निर्माण रहे अथवा दस्युओं द्वारा भंग कर दिया जाये।"

"तो ठीक है महाराज! आप मुझे मुक्त कर दें, मैं अपनी बस्ती में जा कर अपनी श्रेणी के लोगों को सूचित कर दूँगा। जो लोग आना चाहेंगे, वे कल से काम पर आ जायेंगे। जो नहीं आना चाहेंगे, उनकी इच्छा।"

"ठीक है।" युधिष्ठिर की दृष्टि उसके चेहरे पर टिक गयी, "कहीं ऐसा तो नहीं कि तुम्हारा मन्तव्य जान कर कोई तुम्हें यहाँ आने से रोके?"

अक्षय को जैसे कुछ स्मरण हो आया, "आपने ठीक ही कहा है महाराज!

यदि उन्हें कहीं यह सूचना मिल गयी कि मैं यहाँ धर्मपूर्वक अपनी आजीविका कमा कर भी सुरक्षित रहूँगा और वे लोग मेरा रक्त नहीं पी सकेंगे, तो बहुत सम्भव है कि वे लोग मुझे यहाँ आने ही न दें!" पर अगले ही क्षण जैसे उसे कोई समाधान सूझ गया, "किन्तु कोई बात नहीं महाराज! मैं उनके सम्मुख झूठ बोल दूँगा। मैं कह दूँगा कि मैं तो यहाँ चोरी की टोह में काम कर रहा हूँ। जैसे ही अवसर मिलेगा, चोरी करके भाग जाऊँगा। पर महाराज। ऐसे में यह न हो कि कुछ दस्यु ही मेरे साथ लग जायें और श्रमिकों के रूप में यहाँ आ जायें।"

"तुम उनकी चिन्ता मत करो। यहाँ आने वाला प्रत्येक दस्यु या तो अपनी वृत्ति छोड़ेगा या फिर अपने प्राणों से हाथ धोयेगा।" युधिष्ठिर ने कहा, "किन्तु तुम मिथ्या-भाषण करो, यह तो उचित नहीं है।"

"मिथ्या-भाषण! इसमें मिथ्या क्या है?" अक्षय बोला, "अपने रहस्य को अनुद्घाटित रखने के लिये मिथ्या-भाषण तो करना ही पड़ता है।"

"जब तक हम अधर्म को जीवन की अनिवार्यता मानते रहेंगे, तब तक हमें उससे मुक्ति नहीं मिलेगी अक्षय!" युधिष्ठिर का स्वर एक विचित्र प्रकार की आत्मीयता लिये हुए था, "यदि स्वच्छतापूर्वक जीना है तो हमें निश्चय करना होगा कि हम अधर्म से मिली कोई भी सुविधा स्वीकार नहीं करेंगे।"

"महाराज सत्य कह रहे हैं।" अक्षय धीरे से बोला, "शायद आपकी शरण में हमें भी स्वच्छ जीवन मिल सके।"

3

अगले दिन प्रातः ही अपने वचनानुसार अक्षय भीम के पास आ उपस्थित हुआ। जाने क्यों उसे युधिष्ठिर अथवा किसी अन्य व्यक्ति के पास जाना सुविधाजनक नहीं लग रहा था। यद्यपि भीम ने उसे प्राचीर में सेंध लगाते हुए पकड़ा था, किन्तु फिर भी उसे भीम ही अधिक सुलभ और आत्मीय लगता था। अक्षय को लगता था कि भीम के पास राजकीय अधिकार तो सारे थे, किन्तु उसके आस-पास राज-सी महिमा का कोई अवरोध नहीं था।

"अकेले ही आये हो?" भीम ने कुछ चकित हो कर पूछा।

"अभी तो अकेला ही आया हूँ।" वह इस प्रकार बोला, जैसे उसे स्वयं भी अपनी बात पर विश्वास न हो, "अन्य लोगों ने बाद में आने के लिये कहा है।"

"बाद में का क्या अर्थ?" भीम के स्वर में हल्की-सी खीझ थी, "निर्माण

कार्य तो प्रातः ही आरम्भ होता है। वैसे भी इस ऋतु में दिन चढ़ते ही सूर्य इतना प्रखर हो जायेगा कि काम हो नहीं पायेगा। सबकी इच्छा होगी कि यमुना के जल में डुबकियाँ लगाते रहें।"

"मुझे लगता है राजकुमार! कि उनकी अपनी इच्छा तो है कि वे काम कर श्रम से अपनी आजीविका चलाएँ, किन्तु वे भयभीत हैं।"

"ओह-हो।" भीम कुछ खीझ उठा, "क्यों भयभीत हैं? हमने जब कहा है कि उनकी रक्षा का दायित्व हमारा है तो उनके भय का कारण ही कहाँ है।"

"आप बहुत भोले हैं राजकुमार!" अक्षय बहुत साहस करके बोला, "आपके कहने से ही कोई आपका विश्वास कैसे कर लेगा। कोई प्रमाण भी तो होना चाहिए न।"

"क्या अभिप्राय है तुम्हारा?" भीम ने उसे घूर कर देखा। उसकी आँखों के सामने अपने और अर्जुन के पराक्रम के सारे दृश्य घूम गये।...ऐसे-ऐसे विकट कार्य किये हैं उन्होंने और यह मूर्ख कहता है कि कोई प्रमाण तो होना चाहिए।

अक्षय कुछ सहम गया : वह जिसके भरोसे खाण्डवप्रस्थ की सारी छोटी-बड़ी दस्यु शक्तियों को अँगूठा दिखाने की बात सोच कर आया था, वह ही उससे रुष्ट हो गया तो?

भीम तत्काल अपनी भूल समझ गया : उसे अपने पक्ष में आये किसी व्यक्ति को भयभीत नहीं करना था, अन्यथा वह उसकी गणना भी एक नये दस्यु के रूप में करने लगेगा।

"कैसा प्रमाण चाहिए तुम्हारे मित्रों को?" वह सायास मुस्कुराया, "जो कहो, वही प्रमाण उपस्थित कर दें।"

अक्षय इस बार कुछ सावधान हो कर बोला, "मुझे तो कोई प्रमाण नहीं चाहिए युवराज! देखिए, मैं तो आपके विश्वास पर यहाँ आ ही गया हूँ।" उसका स्वर लगभग वैसा ही था, जैसा निर्भयता का अभिनय करने वाले किसी भयभीत बालक का होता है, "वे लोग शायद रुक कर देखना चाहते हैं कि कोई दस्यु-दल आपसे भयभीत हो कर आपका मित्र बनता है या नहीं...या फिर इन्द्र अथवा अग्नि में से कोई आपका सहायक हो जाये...।"

"इन्द्र यहाँ आया हुआ है क्या?" भीम ने कुछ आतुर और उत्सुक स्वर में पूछा।

"इन्द्र यहाँ कब आते हैं।" अक्षय बोला, "यहाँ तो इन्द्र वही है जो इन्द्र की जय बोल कर उत्पात करनेवाले दल का नेता है।"

"यह ठीक कह रहा है मध्यम!"

कृष्ण का स्वर सुन कर भीम चौंक कर मुड़ा, "तुम कब आये।"

"यह ठीक कह रहा है।" कृष्ण ने दुहराया, "पाण्डवों के पराक्रम की न यहाँ किसी को सूचना है, न उसका ज्ञान। तो फिर उनकी बात का विश्वास कोई कैसे कर सकता है। और इन लोगों के भय की यह सीमा है कि वे यह विश्वास किये बैठे हैं कि यहाँ निर्माण-कार्य आरम्भ होते ही दस्युओं के अनेक दल हम पर टूट पड़ेंगे और सब कुछ नष्ट-भ्रस्ट हो जायेगा।"

"तुम्हें यह सब कैसे मालूम हुआ?" भीम ने पूछा।

"मैं और अर्जुन आज प्राजः से ही इस क्षेत्र में घूम रहे हैं।" कृष्ण के चेहरे पर मधुर मुस्कान थी, "हमने बहुत कुछ नया जाना और सीखा है मध्यम! यहाँ के निवासियों के मन में एक आशंका यह भी है कि जाने हमारे पास निर्माण के लिये धन भी है या नहीं, और यदि धन भी है तो हम उन्हें पारिश्रमिक देंगे भी या नहीं।"

"हाँ! हाँ!!" अक्षय कुछ उत्साहित हो कर बोला, "मेरी श्रेणी के अनेक लोग यही बात कह रहे थे।"

"इसलिये जब तक हम उनका विश्वास नहीं जीत लेते, हमारा काम गति नहीं पकड़ सकता।" सहसा कृष्ण ने अक्षय की ओर मुड़ कर कहा, "यदि तुम्हारी श्रेणी का कोई व्यक्ति नहीं आता तो क्या तुम अकेले ही प्राचीर निर्माण का कार्य आरम्भ कर सकते हो?"

"मुझे उसमें क्या आपत्ति हो सकती है।" अक्षय कह तो गया, किन्तु उसके मन का असमंजस उसके चेहरे पर अंकित था, "पर उसमें कितना समय लग जायेगा। कब पूरी होगी वह।"

"उसमें तुम्हारे लिये कोई कठिनाई नहीं है।" कृष्ण ने कहा, "एक दीर्घकाल के लिये तुम्हारी आजीविका का प्रबन्ध हो जायेगा। बस! तुम्हें यह भय न व्यापे कि तुम अपनी श्रेणी के लोगों से पृथक, अकेले हो कर कोई ऐसा काम कर रहे हो जो तुम्हारी श्रेणी के अन्य लोग नहीं करना चाहते। तुम्हें यह न लगे कि तुम्हारी श्रेणी के लोग तुम्हारे विरोधी हैं। तुम्हें यह न लगे कि तुम असुरक्षित हो।"

अक्षय चुपचाप खड़ा भूमि को घूरता रहा।

"वैसे मुझे पूर्ण विश्वास है कि ऐसी स्थिति अधिक समय तक नहीं रहेगी।" कृष्ण ने कहा, "यदि तुम पूरा एक दिन भी निष्कम्प रह कर कार्य करते रहोगे, तो तुम्हारी श्रेणी के लोग अगले दिन से तुम्हारे साथ काम करने के लिये आ जायेंगे।"

"क्या यह सम्भव है?" अक्षय को विश्वास नहीं हो रहा था।

"मैं चाहता हूँ कि तुम केवल एक दिन बिना किसी प्रमाण के हमारा विश्वास करो।" कृष्ण की दृष्टि और मुस्कान ने सम्मोहन की सृष्टि की, "दूसरे दिन तुम अपनी इच्छानुसार कोई भी निर्णय लेने के लिये स्वतन्त्र हो।"

"मैं प्रस्तुत हूँ।" अक्षय किसी भी प्रकार के प्रतिरोध के लिये जैसे सक्षम ही नहीं रह गया था।

"तो फिर कार्य आरम्भ करो।" कृष्ण ने उसे आदेश दिया।

अक्षय निर्माण-स्थल पर चला गया और भीम के साथ युधिष्ठिर के मण्डप में आ गया। वहाँ सारे पाण्डव एकत्रित थे और नगर-निर्माण के विषय में ही चर्चा कर रहे थे।

"नगर-निर्माण से पहले हमें यहाँ एक छोटा-मोटा अश्वमेध यज्ञ करना पड़ेगा।" कृष्ण ने गम्भीर स्वर में कहा, "अन्यथा हमें न तो उपयुक्त संख्या में श्रमिक मिल पायेंगे, न लेपक वास्तुकार।"

"कैसा अश्वमेध यज्ञ?" युधिष्ठिर ने किंचित आश्चर्य से पूछा।

कृष्ण ने तत्काल कोई उत्तर नहीं दिया। वह कुछ इस प्रकार आत्मलीन रहे, जैसे युधिष्ठिर ने उनसे कुछ पूछा ही न हो। स्वयं को एक आसन पर आरामपूर्वक स्थापित कर वह निश्चिन्त भाव से बोले, "यहाँ दस्यु-दमन किये बिना, प्रजा के मन से उनका भय नहीं जायेगा। लगता है कि यहाँ के सारे दस्यु-दल नगर-निर्माण के विरोधी हैं। बहुत सम्भव है कि उन्हें लगता हो कि नगर-निर्माण से यहाँ व्यवस्था की स्थापना हो जायेगी और अराजकता समाप्त हो जायेगी।"

"तो क्या हुआ?" भीम बोला, "कौन है जिसे व्यवस्था नहीं, अराजकता चाहिए?"

"बड़े भोले हो मध्यम!" कृष्ण के स्वर में ताड़ना भी थी और स्नेह भी, "व्यवस्था में दुष्ट-दलन होता है, इसलिये दस्यु अराजकता चाहता है। अशासन अथवा दुर्बल शासन सदा ही दुष्टों का सहायक होता है।"

"अश्वमेध यज्ञ से क्या तात्पर्य है आपका?" नकुल ने पूछा।

"भई! लेपक को निर्माण-कार्य पर लगा दिया जाये चाहे वह अकेला ही क्यों न हो और हमारे सारे योद्धा, दस्यु-दलों से उसकी रक्षा करें। यदि हम उसे किसी प्रकार की क्षति नहीं पहुँचने देते और उसका कार्य निर्विघ्न चलता रहता है, तो खाण्डवप्रस्थ में हमारा आधिपत्य प्रमाणित होता है और धर्मराज के शासन की घोषणा हो जाती है।"

"तो इसमें कठिनाई ही क्या है।" भीम पूर्ण उत्साह में बोला, "एक लेपक

तो हमारे पास है ही। महाराज उसे कार्यारम्भ का आदेश दें और मैं अपनी गदा ले कर उसकी रक्षा के लिये खड़ा हो जाता हूँ।"

"मेरे विचार से यह उचित रण-नीति नहीं है।" अर्जुन धीरे से बोला, "हमें लेपक अक्षय की भी रक्षा करनी है और अपने पूरे शिविर तथा इस भवन की भी। सम्भावित आक्रमणकारियों को इतनी स्वतन्त्रता भी नहीं देनी है कि वे जब चाहें अपनी सुविधा और योजना के अनुसार हम पर आक्रमण करें।"

"ठीक है, हमें प्रतिरक्षात्मक ही नहीं आक्रामक युद्ध भी करना है।" कृष्ण ने कहा, "किन्तु निर्माण-कार्य आरम्भ कराना भी तो एक प्रकार का आक्रमण ही है। यह उनके लिये चुनौती भी है और एक प्रकार का चक्रव्यूह भी।"

"वह तो ठीक है।" अर्जुन ने उत्तर दिया, "किन्तु यदि केवल उसकी ही रक्षा की गयी और उसकी रक्षा के लिये केवल मध्यम को ही नियुक्त किया तो हमारी सफ़लता पूर्णतः निश्चित नहीं है।"

"क्यों निश्चित नहीं है?" भीम का स्वर कुछ उखड़ा हुआ था, "क्या भीम की सफ़लता में कुछ संदेह है तुम्हें?"

"नहीं मध्यम! यह बात नहीं है।" अर्जुन ने स्पष्ट किया, "आप वहाँ अक्षय की रक्षा कर रहे हों। तभी एक या एक से अधिक दस्यु दल, शिविर पर अथवा अन्य कुछ स्थानों पर आक्रमण कर दें। आपको आक्रमण-स्थल पर जाना पड़ जाये और पीछे अक्षय असुरक्षित रह जाये तो?"

"मेरा विचार है कि हम थोड़ा शक्ति-प्रदर्शन भी करें और थोड़ा वैभव-प्रदर्शन भी।" कृष्ण ने धीरे से कहा, "वैभव-प्रदर्शन से लेपक-श्रेणी तथा श्रमिकों को यह आश्वासन मिलेगा कि हमारे पास धन है और हम उनका पारिश्रमिक देने मे समर्थ हैं। दस्यु-दलों के लिये वह आकर्षक भी होगा और चुनौती भी।"

"तो फिर निर्माण-कार्य आरम्भ कराओ।" युधिष्ठिर ने कहा, "भीम अक्षय की रक्षा पर नियुक्त रहे। नकुल और सहदेव इस भवन की सुरक्षा का प्रबन्ध करें। कृष्ण और अर्जुन शिविर की रक्षा का दायित्व लें। बलराम भैया यहाँ मेरे साथ रहें। हम आवश्यकतानुसार सहायता के लिये पहुँचते रहेंगे।"

अक्षय ने हाथ में करनी ली, तो उसका हाथ काँप रहा था, जाने उसका यह निश्चय उचित था या नहीं। उसकी श्रेणी का कोई आदमी उसके साथ नहीं आया था। वे काम करना चाहते थे। निर्माण-कार्य से उनका कोई विरोध नहीं था।...पर वे दस्युओं से इतने भयभीत थे कि यहाँ आने का साहस ही नहीं कर पा रहे थे। यदि इन राजकुमारों का विश्वास कर, वे मान लें कि यहाँ लोग

सुरक्षित हैं, तो उनके परिवार तो बस्ती में थे। वे तो सुरक्षित नहीं थे।...

तभी उसके मन में एक दूसरा विचार कौंधा...वह बस्ती में रहने वाले परिवारों की बात सोच रहा है...किन्तु क्या वह स्वयं सुरक्षित है? उसके साथ काम करने के लिये उसकी श्रेणी के जो अन्य लोग यहाँ आयेंगे, वे सुरक्षित हैं?...यह मोटा राजकुमार हाथ में गदा लिये, बहुत आश्वस्त हो कर यहाँ खड़ा है, वह दस्युओं द्वारा दूर से चलाए गये बाणों से उसकी रक्षा कर लेगा? वे जो जलते हुए अग्निकाष्ठ फेंकेंगे, उन्हें यह अपनी गदा से रोक लेगा?...वे आक्रमण कर यहाँ इस प्रतीक्षा में खड़े रहेंगे, कि यह अपनी गदा से उन्हें पीटे? वे जब स्फूर्ति से भागेंगे, तो यह उनके पीछे दौड़ भी पायेगा? इसे अश्वारोहण का अभ्यास भी है कि घोड़े पर चढ़ने के प्रयत्न में यह बार-बार धरती पर ही गिरता रहेगा? और यदि यह अश्वारूढ़ हो भी गया तो क्या भरोसा है कि यह फिसल कर गिर नहीं पड़ेगा, अथवा इसके बोझ से दब कर घोड़ा भी बैठ नहीं जायेगा?...

अक्षय को लगा, जैसे वर्षों के पश्चात उसने एक हास्यपूर्ण स्थिति की कल्पना की है, अर्थात वह कुछ तो निश्चिन्त हुआ ही है, अन्यथा भय से निरन्तर सूखता हुआ मनुष्य ऐसी मनोरंजक कल्पना कर ही कैसे सकता है? ...पर तत्काल ही उसका मन जैसे सहम कर खड़ा हो गया...यदि उसे अपनी सुरक्षा का विश्वास नहीं है तो वह यहाँ क्या कर रहा है? क्यों वह इन आगंतुकों की बात मान कर दस्युओं को अपना चिर-शत्रु बना रहा है? जाने ये लोग यहाँ रह भी पायेंगे अथवा नहीं, रहना चाहेंगे या नहीं, उसे तो फिर इन्हीं दस्युओं की दया पर जीना होगा...पर वह अपनी इच्छा से काम करने या न करने के लिये स्वतन्त्र कहाँ था? वह तो रात को चोरी के आरोप में बंदी बनाया गया था। यह तो उसका भाग्य अच्छा था कि इस मोटे ने उस पर अपनी गदा से प्रहार नहीं किया, नहीं तो रात को ही उसके प्राण निकल गये होते और अब तक उसके शव को वन के भूखे पशु खा गये होते।...इन लोगों ने उस पर दया की, उसे न केवल जीवित छोड़ दिया, वरन स्नेह और सम्मान का व्यवहार किया। वे उससे निःशुल्क काम नहीं करवा रहे, पारिश्रमिक देने का वचन दिया है, वह भी गेहूँ की रोटी के रूप में। उस मोर-मुकुट वाले ने तो यह भी कहा है कि एक दिन के पश्चात वह चाहे तो काम छोड़ कर जाने के लिये भी स्वतन्त्र है।...कैसी मोहिनी मुस्कान है उसकी। सामने वाले व्यक्ति का हाथ पकड़ कर रोक ही नहीं लेती, सहमत हो जाने के लिये मनुहार भी करने लगती है। बेड़ियाँ बन कर पैरों को जकड़ लेती है और अनायास ही जिह्वा से सहमति उगलवा लेती है।...कैसे भले हैं ये लोग! अवसर मिलने पर

भी अब वह दस्युओं के भय के मारे यदि इनका साथ नहीं देगा, तो कैसे मुक्त हो पायेगा दस्युओं के अत्याचार से?...आज वह इनका आश्वासन पा कर भी सशंक है, और कल यह आश्वासन भी नहीं रहा तो?...

अक्षय ने अपनी करनी से मसाला डाला और उस पर पत्थर जमा दिया। उसके हाथ ने अपनी पूरी दक्षता से पत्थर को जमाया और मन से कहा, 'देख! तनिक भी प्रमाद न हो। काम अच्छा और दृढ़ हो। ऐसा काम, जो इन आगन्तुकों का मन मोह ले, ताकि ये यहाँ न भी रहें, तो भी उसे अपने साथ ले जायें। इनके साथ रहेगा, तो सुरक्षित भी रहेगा, भूखा भी नहीं मरेगा, और अपमानजनक जीवन भी नहीं जीना पड़ेगा। उसके सौभाग्य ने ही जैसे इन आगन्तुकों को यहाँ भेजा है। ऐसे स्वामी उसे फिर कहाँ मिल पायेंगे?...'

उसने पूरी दक्षता से आठ-दस पत्थर जमा कर ही अपनी दृष्टि ऊपर उठाई और उसकी दृष्टि जैसे क्षितिज पर ही जम गयी। दूर वहाँ, ढूहों ढालों और वृक्षों के पीछे कौन छिपा बैठा था? नहीं। वह उसकी आँखों का भ्रम नहीं था...निश्चित रूप से वहाँ कुछ लोग छिपे हुए थे। वह उनमें से किसी का सिर, किसी की भुजा और किसी की टाँग स्पष्ट रूप से देख पा रहा था...नहीं। वे पूरी तरह से छिपे हुए भी नहीं थे। यदि स्वयं को पूर्णतः अदृश्य ही रखना चाहते तो इतने असावधान नहीं रहते। वे तो जैसे अपने-आपको प्रदर्शित करने के लिये ही इस प्रकार से आ बैठे थे...

अक्षय ने अपनी रीढ़ की हड्डी पर भय की सिहरन का अनुभव किया... फिर जैसे आश्वासन पाने के लिये उसने दूर खड़े सैनिकों और उनके शस्त्रों की ओर देखा।...ये सैनिक आगे क्यों नहीं बढ़ रहे थे। वे आदेश की प्रतीक्षा में थे, अथवा उन्हें वे छिपे हुए लोग दिखायी नहीं पड़ रहे थे?

उसकी दृष्टि पुनः जा कर उन अध-छिपे लोगों पर टिक गयी।

भीम ने भी अक्षय की दृष्टि का अनुसरण करके देखा।

"कौन हैं वे लोग?"

"कह नहीं सकता राजकुमार।" अक्षय का असमंजस बहुत स्पष्ट था, "बस्ती के साधारण लोग भी हो सकते हैं, जो अपनी उत्सुकतावश यह देखने के लिये यहाँ आ बैठे हों कि यहाँ क्या हो रहा है।...और दस्यु भी हो सकते हैं, जो आक्रमण करने की ताक में हों...और यह भी सम्भव है कि किसी योद्धा के सैन्य-शिविर के लोग हों, जो अपने स्वामी के लिये सूचनाएँ एकत्रित कर रहे हों...।"

भीम ने उसे प्रशंसा भरी दृष्टि से देखा, "तुम इतना सोच-समझ लेते हो, विश्लेषण कर लेते हो, तो तुम्हें कोई उच्चतर कार्य करना चाहिए, जिसमें मात्र

शारीरिक श्रम ही न हो, कुछ बौद्धिक कार्य और दायित्व भी जुड़ा हो।"

"मैं अपनी श्रेणी कैसे बदल सकता हूँ?"

"क्यों?"

"मेरे पिता लेपक थे। मैं लेपक परिवार में उत्पन्न हुआ हूँ।"

भीम ने ज़ोर का ठहाका लगाया, "मानसिक विकास और वृत्ति-परिवर्तन से श्रेणियाँ और वर्ण तो अपने-आप परिवर्तित हो जाते हैं। कौन अपना विकास नहीं चाहता?"

"कभी किसी की श्रेणी बदली है?" अक्षय ने आश्चर्य से पूछा।

"क्यों नहीं? विश्वामित्र क्षत्रिय राजा होते हुए भी ऋषि बने, नहुष क्षत्रिय होते हुए सर्प हुए, हस्तिनापुर में कर्ण सूत होते हुए, क्षत्रिय हो गया, और संजय सूत होने पर भी मुझे लगता है कि ब्राह्मण हो जायेगा। उसकी प्रवृत्ति वही है।...अच्छा छोड़ो इसे। इस विषय में फिर बात कर लेंगे। पहले देखें कि वे लोग कौन हैं और वहाँ क्या कर रहे हैं?"

अक्षय का ध्यान पहली बार इस ओर गया कि यह मोटा राजकुमार उन छिपे हुए लोगों से तनिक भी भयभीत नहीं था और बड़े सहज ढंग से हाथ हिला कर उन्हें अपने निकट आने के लिये कह रहा था। उसने अपने सैनिकों को बुलाने का तनिक भी प्रयत्न नहीं किया था।

उसे यह देख कर आश्चर्य हुआ कि वे लोग भी उसके संकेत पर कुछ इस प्रकार अपने छिपने के स्थानों से बाहर निकल उसकी ओर बढ़ने लगे, जैसे वहाँ छिपे बुलाये जाने की ही प्रतीक्षा कर रहे हों।...पर वे थे कौन? उनके हाथों में शस्त्र भी नहीं थे कि वह मान लेता कि वे लोग इस मोटे राजकुमार को घेर कर उस पर आक्रमण करने के लिये आगे बढ़ रहे थे।...और यह राजकुमार तो इतना आश्वस्त था, जैसे वह अपने आत्मीय जनों के बीच घिरा हुआ हो। उसके मन में न भय था न अविश्वास...या वह अपने आत्मविश्वास के हाथों छला जा रहा था? क्या वह यह नहीं जानता था कि इस खाण्डवप्रस्थ में पिता और पुत्र भी एक-दूसरे से इस प्रकार आश्वस्त नहीं रहते थे?

वे लोग निकट आये तो अक्षय ने पहचाना...वे सब तो उसी की श्रेणी के लोग थे...उनमें से कुछ के हाथों में करनी या भवन-निर्माण का कोई अन्य उपकरण था...वे लोग तो इस प्रकार तैयार हो कर आये लगते थे, जैसे अच्छे दिनों में कोई आजीविका अर्जन करने के लिये जाता है...

वे राजकुमार से कुछ दूरी पर ही खड़े हो गये, जैसे अब और आगे बढ़ने का साहस न हो रहा हो।

"मैं हस्तिनापुर के स्वर्गीय सम्राट पाण्डु का द्वितीय पुत्र तथा खाण्डवप्रस्थ

के महाराज युधिष्ठिर का छोटा भाई भीम हूँ। तुम लोग कौन हो और यहाँ क्या करने आये हो?" भीम ने उच्च स्वर में पूछा।

उन लोगों ने पहले भीम की ओर देखा और फिर परस्पर एक-दूसरे को देखने लगे।...उनमें से कोई स्पष्ट रूप में कुछ नहीं बोला, किन्तु एक हल्के, गुनगुनाते, अस्पष्ट स्वर में सब लोग कुछ-न-कुछ कह रहे थे। भीम के चेहरे पर अधैर्य की कुछ हल्की रेखाएँ उभरीं और फिर उसने अपने साथ खड़े अक्षय की ओर देखा।

"ये सब तो मेरी ही श्रेणी के लोग हैं राजकुमार।" अक्षय धीरे से बोला, "लगता है, काम करने आये हैं।"

भीम कुछ आश्वस्त हो कर उन लोगों की ओर मुड़ा, "तुम लोग लेपक हो?"

"हाँ!" एक सामूहिक किन्तु उल्लसित स्वर आया।

"तुम लोग यहाँ निर्माण-कार्य के लिये आये हो?" भीम ने पुनः पूछा।

"हाँ!" फिर उसी प्रकार सामूहिक उत्तर आया।

"तो आओ। तुम सबका स्वागत है। निर्माण आरम्भ करो।" भीम के स्वर में प्रसन्नता स्पष्ट झलक रही थी।

किन्तु उनमें से एक भी आगे नहीं बढ़ा।

भीम के मन में खीझ जन्मी। ये कैसे लोग हैं, जो निर्माण के लिये आये हैं, और फिर आगे नहीं बढ़ रहे। ये निश्चित रूप से उस प्रकार के लोग थे, जो भोजन करने के लिये आसन पर बैठ भी जाते हैं और फिर सामने रखे थाल की ओर हाथ नहीं बढ़ाते। आग्रह-पर-आग्रह की प्रतीक्षा करते रहते हैं।

"क्या बात है?" भीम ने पूछा, "तुम लोग कार्य आरम्भ क्यों नहीं कर रहे? क्या तुम लोग नहीं जानते कि समय कम है और काम बहुत अधिक है?"

"जानते हैं!" एक अस्पष्ट-सा उत्तर आया।

"तो फिर काम क्यों आरम्भ नहीं करते?"

इस बार एक वृद्ध कुछ आगे बढ़ आया, "बात यह है राजकुमार! कि हम लोग काम आरम्भ करने से पहले, अपने पारिश्रमिक के विषय में आश्वस्त हो जाना चाहते हैं। कार्य पूरा हो जाने के पश्चात पता नहीं पारिश्रमिक मिले, न मिले।"

"पारिश्रमिक तुम्हें मिलेगा।" भीम उन्हें आश्वस्त करता हुआ बोला, "क्या तुम्हें मेरा विश्वास नहीं है?"

"विश्वास तो है।" वृद्ध बोला, "पर इतना अधिक भी नहीं है कि हम उस विश्वास के सहारे सारा दिन काम कर सकें। यदि पारिश्रमिक पहले ही मिल

जाता तो हमें कार्य करने में सुविधा होती...।"

"ओह!" भीम के चेहरे पर पहली बार वक्रता उभरी, "शस्त्रबल से हमें लूटने में स्वयं को असमर्थ पा कर अब तुमने यह युक्ति निकाली है।" भीम की दृष्टि उन सबके चेहरे पर गयी, "जब तुमने हमारा कोई कार्य किया ही नहीं, तो तुम्हें हम पारिश्रमिक किस बात का दे दें।...और यदि मैं तुम लोगों को पहले पारिश्रमिक दे दूँ, और तुम लोग बिना कोई काम किये, यहाँ से उठ कर चल दो, तो मैं क्या करूँगा?"

"आपके पास पर्याप्त शस्त्र-बल है राजकुमार!" वृद्ध बोला, "आप चाहें तो कोड़े मार-मार कर हमसे निःशुल्क कार्य करवा सकते हैं, और शुल्क दे कर तो आपका हम पर पूरा अधिकार ही बन जाता है। हम निर्बल और असहाय लोग हैं। आपसे पारिश्रमिक ले कर बिना काम किये हम अपने घर तक सुरक्षित पहुँच ही कैसे सकते हैं?"

भीम ने कुछ विचार किया, "ठीक है।" वह बोला, "तुम लोगों के मन में अविश्वास का भाव बहुत सघन हो गया लगता है। किसी पर भी विश्वास नहीं कर सकते तुम लोग।" उसने उन लोगों की ओर देखा, "तुम कार्य आरम्भ करो। मैं पारिश्रमिक के लिये धन लाये जाने की व्यवस्था करवाता हूँ।"

किन्तु उनमें से एक व्यक्ति भी अपने स्थान से नहीं हिला।

"अब क्या है?"

"राजकुमार! हमें धन नहीं चाहिए।" वही वृद्ध बोला, "हमें तो पारिश्रमिक के रूप में गेहूँ चाहिए।"

"गेहूँ?"

"हाँ, राजकुमार!" वृद्ध ने उत्तर दिया, "तुम्हारी मुद्राएँ, यहाँ खाण्डवप्रस्थ में लुटने के काम तो आ सकती हैं, हम जैसे निर्धन और असहास लोगों का पेट भरने के लिये नहीं। हमें तो गेहूँ ही चाहिए।"

भीम चुपचाप उन्हें देखता रहा। उसके अधरों पर एक हल्की विनादपूर्ण मुस्कान खेल रही थी।

"क्यों? नहीं दोगे न गेहूँ?" वृद्ध का अविश्वास अत्यन्त मुखर हो आया था।

भीम खुल कर हँस पड़ा, "मैं तुम्हें दोष नहीं देता काका! कि तुम उन लोगों का अविश्वास कर रहे हो, जिनके मुख से निकला शब्द कर्म का प्रमाण होता है, और जो स्वयं भूखे रह कर भी द्वार पर आये भूखे व्यक्ति को भोजन किये बिना नहीं जाने देंगे। तुम्हारा कोई दोष नहीं है। तुमने आज तक शायद वे ही लोग देखे हैं, जिनके लिये शब्द अपने झूठ को छिपाने के लिये आवरण

मात्र है। मैं तुम्हें दोष नहीं देता...।"

"दोष मैं माँग भी नहीं रहा राजकुमार!" वृद्ध कुछ अधीर हो कर बोला, "गेहूँ दे रहे हो या नहीं?"

"ओह!" भीम पुनः हँसा, "मैं तुम्हारे पारिश्रमिक की गेहूँ की बोरियाँ मँगवा कर तुम्हारे निकट यहीं रखवा देता हूँ, तुम लोग काम आरम्भ करो।" वह रुका, "या पहले तुम गेहूँ अपने घर पहुँचा कर आओगे और तब काम करोगे?"

"नहीं! नहीं!! इतना ही पर्याप्त है।" वृद्ध बोला और वह अपने साथियों की ओर मुड़ा, "आओ भाइयो।"

4

लेपक आशंकित थे कि उनके काम आरम्भ करते ही, भूमि पर पड़े उन पत्थरों अथवा इधर-उधर उगे हुए वृक्षों के पत्तों में से दस्युओं के दल अथवा विरोधी सैनिक प्रकट हो जायेंगे और उन पर शस्त्रास्त्रों की मार पड़नी आरम्भ हो जायेगी।...किन्तु ऐसा कुछ नहीं हुआ था। काम निर्विघ्न चलता रहा और क्रमशः उनका संदेह, संकोच तथा भय, हल्के कोहरे के समान विलीन होता चला गया।... उन्होंने यह भी देखा कि कुछ सैनिक खच्चरों पर लाद कर गेहूँ की बोरियाँ वहाँ ला रहे हैं और एक ओर रखते जा रहे हैं।...उनका उत्साह और उल्लास बढ़ता जा रहा था। किसी के मन में यदि कोई भय था तो यही, कि कहीं यह निर्माण-कार्य शीघ्र समाप्त न हो जाये।

भोजन का समय हुआ तो पुनः एक संशय-सा उनके ऊपर आकाश में आ टँगा।

वृद्ध लेपक हरदत्त अपनी करनी प्राचीर पर टिका धीरे-धीरे अक्षय के पास आया, "भोजन का क्या करना है?"

"क्यों?" अक्षय जैसे पूर्णतः परिहास की मुद्रा में था, "तुमने मँगवा तो रखी है गेहूँ की बोरियाँ। मुट्ठी भर-भर गेहूँ लो और चबाओ।"

"पागल मत बन।" हरदत्त पुनः धीरे से बोला, "भोजन के लिये अवकाश मिलेगा या रात तक ही खटते रहना होगा।"

"जा कर पूछ क्यों नहीं लेते उस राजकुमार से।" अक्षय ने उत्तर दिया।

"उससे पूछना होता, तो तेरे पास क्यों आता।" हरदत्त बोला, "तूने अपने भोजन के विषय में क्या सोचा है?"

"मैंने?" अक्षय मुस्कुराया, "मैं भोजन के विषय में सोचता ही नहीं। मैं तो अपने उस कुटीर के विषय में सोचता रहा हूँ, जो इस प्राचीर के भीतर बनेगा

और खाण्डवप्रस्थ के उन दुष्टों से सुरक्षित होगा।"

हरदत्त ने अक्षय को ऐसे देखा, जैसे वह पागल हो गया हो, "अरे, जीवन रहेगा तो उस कुटीर में निवास करेगा। भोजन के बिना कोई जीवित रह सका है क्या?"

"मेरा काम है श्रम करना और राजा का काम है मेरी आवश्यकताओं की पूर्ति।" अक्षय बोला, "भोजन के विषय में सोचना, मेरा नहीं, राजकुमार का काम है।"

"वह अपने भोजन के विषय में सोच रहा होगा। सोच क्यों रहा होगा, कहीं बैठा भोजन का आस्वाद ले रहा होगा।" हरदत्त ने इधर-उधर दृष्टि दौड़ाई, "तू अपनी बात कर।"

"अच्छा! "अक्षय जैसे उसे चिढ़ाते हुए बोला, "मुझे खिलाये बिना वह स्वयं बैठा भोजन कर रहा होगा..."

हरदत्त को लगा कि कहीं वह खीझ कर इस मूर्ख अक्षय पर हाथ ही न छोड़ बैठे...यह लोगों से कुछ पहले यहाँ क्या आ गया, अपनी स्थिति ही भूल गया। कैसी बहकी-बहकी बातें कर रहा है।...हरदत्त निराश हो कर मुड़ा...पर वह अपने स्थान पर पहुँचा ही नहीं। उसकी आँखें उन सैनिकों पर जम गयी थीं, जो भोजन ले कर उन लोगों की ओर आ रहे थे और उसके पैर अपने स्थान से उठना भूल गये थे...

"चलो! सब लोग अपना-अपना भोजन ले लो।" सैनिक ने उच्च स्वर में पुकार कर कहा।

भोजन के पश्चात उन लोगों ने थोड़ा विश्राम किया और फिर से कार्य आरम्भ हो गया। वे लोग आज इतने प्रसन्न थे, जैसे प्रातः से श्रम न कर रहे हों, किसी अत्यन्त सुखद परिवेश में छुट्टी मना रहे हों।

"इन पाण्डवों ने खाण्डवप्रस्थ आने में इतना विलम्ब क्यों किया?" एक कह रहा था, "पहले आ जाते तो इनका क्या बिगड़ जाता। पर क्यों आते? आ जाते तो हम इतने निर्बल और असहाय नहीं रहते। हम इतना कष्ट नहीं झेलते। हम पहले ही पीड़ा और भय से मुक्त न हो जाते...।"

"मुझे तो अब भय लग रहा है।..." दूसरे ने कहा।

"अब? अब काहे का भय?" पहले ने पूछा।

"अरे ये लोग राजा-राजकुमार हैं। जाने कब इनके मन में समा जाये कि यह स्थान रहने योग्य नहीं है। इनका क्या है, ये लोग अपना सामान समेट कर चल देंगे और हम फिर उसी पुराने अन्धकार में डूब जाने को यहीं रह

जायेंगे...।" दूसरे ने कहा।

"मुझे इसका भय तो नहीं है।" तीसरा बोला, "पर हाँ! यह भय अवश्य है कि यह प्राचीर बन गयी तो हमारा काम समाप्त हो जायेगा। फिर हम कहाँ जायेंगे?"

"क्या व्यर्थ की बातें सोच रहे हो तुम लोग।" अक्षय ने उनकी बातों में हस्तक्षेप किया, "ये पाण्डु-पुत्र किसी एक भवन का निर्माण करवाने वाले न्यायप्रिय और दयालु स्वामी मात्र नहीं हैं, कि अपने भवन का निर्माण करवा कर ये तुम लोगों को हाथ जोड़ कर विदा कर देंगे। ये लोग खाण्डवप्रस्थ के राजा हैं। यहाँ आये हैं, रहने के लिये। यहाँ रहेंगे तो चारों ओर शान्ति स्थापित करेंगे। पूरा नगर बसेगा। लेपक श्रेणी के लोगों के साथ, अन्य भी बीसियों प्रकार के लोग आ कर बसेंगे। सबको भोजन मिलेगा, वस्त्र मिलेगा, आवास मिलेगा, आजीविका मिलेगी, सुरक्षा और सम्मान मिलेगा, न्याय मिलेगा। सब लोग सुख से रह सकेंगे।"

"अच्छा। तूने इतना कैसे जाना?" वृद्ध हरदत्त ने पूछा।

"प्रातः से तुम लोग देख नहीं रहे उनका व्यवहार?" अक्षय बोला, "मैंने उन लोगों की बातें सुनी हैं, उनको देखा-परखा है। मुझे लगता है कि अब हमारे भी अच्छे दिन आ रहे हैं।..."

अंधकार घिरने लगा तो भीम ने आ कर दिन का काम समाप्त होने की घोषणा की और कहा कि वे लोग अपने-अपने भाग का गेहूँ ले जायें।

"गेहूँ का वितरण कौन करेगा राजकुमार?" हरदत्त से पूछे बिना नहीं रहा गया।

"क्यों? वे सैनिक खड़े हैं। वे ही वितरित करेंगे।"

"क्या वे हमसे अपना भाग नहीं माँगेंगे?" हरदत्त धीरे से बोला, "आप स्वयं बाँट देते तो..." और सहसा वह सहम कर चुप हो गया, कहीं वह अपनी मर्यादा का उल्लंघन तो नहीं कर बैठा?...कहीं राजकुमार भी लेपकों को गेहूँ वितरित करते हैं?...राजकुमार रुष्ट हो गया तो?...

पर भीम रुष्ट नहीं हुआ। वह हँस पड़ा, "अपना भय त्यागो हरदत्त काका! यहाँ कोई तुमसे अपना भाग नहीं माँगेगा। उन्हें महाराज युधिष्ठिर की ओर से पर्याप्त अन्न मिलता है। फिर भी यदि कोई तुमसे माँगे अथवा छीने तो निःसंकोच मुझे बताओ। यह मेरे हाथ में गदा है न। यह भ्रष्ट और अत्याचारियों की काल है...।" भीम ने रुक कर उसकी बाँह थाम ली, "मुझे तो केवल यह बताओ कि तुम लोग कल काम पर आ रहे हो न?"

"निश्चित रूप से। इसमें संदेह की क्या बात है राजकुमार?" हरदत्त बोला, "इतने दिनों के पश्चात तो ऐसा काम मिला है, जिसका पारिश्रमिक भी दिया जाता हैं। हमारा विश्वास कीजिए, जितने लोगों ने आज काम किया है, वे तो कल आयेंगे ही, बहुत सम्भव है कि कुछ और भी आना चाहेंगे। क्या आप उन्हें भी काम देंगे?"

"महाराज युधिष्ठिर के राज्य में हर हाथ को काम मिलेगा।" भीम बोला, "श्रम मनुष्य की सहज एवं नैसर्गिक वृत्ति है, और आजीविका उसका अधिकार है।...फिर हरदत्त काका! यह तो निर्माण की घड़ी है। चारों ओर काम-ही-काम है। निर्माण करने वाले हाथ मिलें, श्रम के इच्छुक जितने मन मिलें...उन सबको ले आओ।"

हरदत्त ने हाथ जोड़ कर प्रणाम किया और अपना पारिश्रमिक लेने के लिये आगे बढ़ गया।

गेहूँ को अच्छी तरह अपने अंगोछे में बाँध लेने के पश्चात उसने दृष्टि उठाई तो उसे अक्षय अपने सामने खड़ा दिखायी दिया।

"कल काम पर अवश्य आना काका।" वह बोला।

"अवश्य आऊँगा। मैं क्या बावला हूँ कि ऐसे अच्छे काम और ऐसे अच्छे स्वामियों को छोड़ निठल्ला घर बैठा रहूँ।" हरदत्त बोला, "पर तू इस प्रकार क्यों बोल रहा है, जैसे यहीं से हमें विदा कर रहा हो। तू हमारे साथ घर नहीं चल रहा क्या?"

"नहीं काका। मैं यहीं रहूँगा। पाण्डवों के इस शिविर में।" वह बोला, "वहाँ क्या रखा है? हमें कल भी रहने के लिये यहीं आना है, तो फिर आज ही से क्यों न रहने लगें?"

"तेरी इच्छा है भाई।" हरदत्त ने उत्तर दिया, "तू यहाँ अकेला ही रहना चाहे तो तुझे कौन रोक सकता है। मैंने तो इसलिये कहा था, कि बस्ती में हम सब इकट्ठे रहते आये हैं। फिर वहाँ तेरा घर है।..."

"अब तो यहीं घर बनाऊँगा काका।"

"अच्छा भाई। कल भेंट होगी।" हददत्त के मन में सहसा ही घर जाने की जल्दी मच गयी थी।

हरदत्त के जाने के बाद सहसा अक्षय जैसे स्वयं ही अपने इस निश्चय पर संदेह करने लगा : क्यों रुक गया, वह पीछे? कौन बैठा है उसका अपना यहाँ?...अपना और पराया?...अक्षय के मन में जैसे प्रश्नों के सैकड़ों बिच्छू दंश मार रहे थे...कौन होता है अपना? और कौन होता है पराया? इन सब शब्दों का कोई अर्थ भी है? इससे पहले कब मिला था वह भीम से? क्या सम्बन्ध

था उसका इस मोटे राजकुमार से? वह तो यहाँ चोरी करने आया था...पकड़ा भी गया था...फिर भी भीम ने न स्वयं उसे दण्डित किया और न महाराज युधिष्ठिर से दण्ड दिलवाया।...कहीं भीम अपना-पराया सोचने बैठता तो कहाँ होता अक्षय इस समय! बेड़ियों में बँधा कहीं सैनिकों के कोड़े झेल रहा होता...या क्या पता है कि मृत्यु-लोक में ही पहुँच गया होता! भीम ने न केवल यह सब नहीं होने दिया, वरन, उसकी सारी आवश्यकताओं की पूर्ति की।...उसे भीम अच्छा लगने लगा था, अपना लगने लगा था...शायद इसीलिये अक्षय यहाँ रुक गया था कि वह उस मोटे राजकुमार भीम के साथ कुछ और समय व्यतीत कर सके। उसकी बातें सुन सके। उसने कहा था कि विकास का अधिकार प्रत्येक व्यक्ति को है। विकास से क्या तात्पर्य था उसका? अधिक सुविधाएँ? समृद्धि? अधिक ज्ञान? स्वच्छ जीवन? निर्मल मन?...क्या है विकास?...और उनके साथ वह यादव राजकुमार भी तो है...कृष्ण ने कहा था न कि वह एक दिन प्रमाण के रूप में उसका विश्वास करे।...बस एक दिन! और एक ही दिन में क्या कुछ हो गया।...कैसा मनमोहक रूप है कृष्ण का...और उसकी वाणी किसी अत्यन्त मधुर वेणु की टेर जैसी! कितनी प्रिय लगती है कानों...को।...

प्रातः भीम निर्माण-स्थल पर आया तो सब कुछ शान्त और सहज था। कुछ भी असामान्य दिखायी नहीं दे रहा था।

"कैसे हो नायक?" भीम ने पूछा।

"आपकी कृपा है राजकुमार।"

"रात की कोई घटना?"

"नहीं! सब ओर शान्ति रही!" नायक ने उत्तर दिया।

"तुम किस समय से यहाँ हो?"

"मैं तो ब्रह्म मुहूर्त में ही आया हूँ राजकुमार! किन्तु मैंने रात के प्रहरियों से सारी जानकारी ले ली थी। कोई उत्पात नहीं हुआ।"

और सहसा भीम की दृष्टि प्राचीर के पास अकेले खड़े अक्षय पर जा कर ठहर गयी, "अभी तुम्हारी श्रेणी के लोग नहीं आये?"

"नहीं राजकुमार!" अक्षय का स्वर कुछ आशंकित था, "मैं भी यही सोच रहा था। लगता है कि कहीं कोई उत्पात हुआ है, नहीं तो अब तक उन लोगों को आ जाना चाहिए था।"

"नायक ने बताया है कि कहीं कोई उत्पात नहीं हुआ!" भीम बोला, "तुम्हारे मन में यह आशंका क्यों है?"

"मैं यहाँ की बात नहीं कर रहा राजकुमार!" अक्षय बोला, "मुझे भय है कि रात को बस्ती में कुछ-न-कुछ ऐसा अवश्य हुआ है, जिसके कारण लोग अभी तक यहाँ आये नहीं हैं।...मेरा विचार है कि थोड़ी प्रतीक्षा और कर लीजिए। तब भी न आयें, तो आपको कुछ सैनिक बस्ती में भेजने चाहिए।"

"तो थोड़ी प्रतीक्षा क्यों?" भीम ने उसकी ओर देखा, "हम अभी चल कर देखते हैं कि बस्ती में सचमुच कुछ हुआ है क्या।"

" 'हम' से क्या तात्पर्य है आपका?" अक्षय का स्वर डरा हुआ था।

"तुम और मैं!" भीम ने उसकी भुजा पकड़ ली, "चलो।"

"कुछ तो अपनी मर्यादा का विचार कीजिए राजकुमार!" अक्षय जैसे प्रतिरोध करता हुआ बोला, "आप जायेंगे वहाँ! किन्हीं सैनिकों को भेजिये, जा कर पता लगा आयेंगे।...वैसे भी राजकुमार! सैनिकों के बिना वहाँ जाने में जान का जोख़िम है।"

"आओ।" भीम ने उसे अपनी ओर खींचा, "यदि वहाँ जाने में सचमुच जोख़िम है, तो अपने सैनिकों को मैं उस संकट में क्यों धकेलूँ। मुझे स्वयं ही वहाँ जाना चाहिए। देखना मेरी यह गदा जोख़िम का कैसे चूर्ण बनाती है।"

भीम ने अक्षय को कुछ भी कहने-सुनने का अवसर नहीं दिया। उसे रथारूढ़ करा कर ही उसने उसका हाथ छोड़ा।

मार्ग में उन्हें कहीं कोई व्यक्ति नहीं मिला। इतना सूना मार्ग अक्षय ने पहले कभी नहीं देखा था : जैसे बस्ती और आस-पास के ग्रामों के लोग ही नहीं वन के निकट तथा वन में रहने वाले सारे लोग कहीं चले गये हों।...

"क्या बात है?" उसे चिन्तित और परेशान देख कर भीम ने पूछा।

"कितना सन्नाटा है यहाँ।" अक्षय धीरे से बोला।

"अभी लोग घरों से निकले नहीं होंगे।" भीम ने निश्चिन्त भाव से कहा, "तुम्हारी बस्ती के लोग बड़े आलसी प्रतीत होते हैं।"

"नहीं! ऐसी बात नहीं है।" अक्षय ने त्वरित ढंग से उत्तर दिया, "आज मुझे सब कुछ असामान्य-सा लग रहा है।"

भीम ने और कुछ नहीं पूछा। उसका ध्यान अपने घोड़ों की ओर चला गया। यहाँ न तो मार्ग ही बहुत साफ़ था और न रथों का आवागमन ही होता दिखायी देता था। पर्याप्त स्थान न होने के कारण कहीं रथ किसी अड़ियल वृक्ष से टकरा ही न जाये। पता नहीं यहाँ कोई ऐसा सूत-परिवार भी था या नहीं जो अश्वों और रथों के विषय में ठीक-ठीक जानता हो...

अक्षय ने रुकने का संकेत किया।

"क्या बात है?" भीम ने उसकी ओर मुड़ कर निश्चिन्त भाव से पूछा,

"अभी तो तुम्हारी बस्ती दूर है।"

"बस्ती तो अभी दूर है," अक्षय असमंजस की स्थिति में बोला "किन्तु मेरा मन कहता है कि आज कुछ-न-कुछ असाधारण घटित हुआ है। हमें इस प्रकार असावधानी में बस्ती तक नहीं चले जाना चाहिए। ऐसा न हो कि वहाँ जा कर हम किसी संकट में फँस जायें।"

भीम ठठा कर हँस पड़ा और अक्षय के प्राण जैसे उसके कण्ठ में आ फँसे ...यह मोटा राजकुमार कुछ समझता तो है नहीं। इस प्रकार ठठा कर हँस रहा है कि सबको पता लग जाये कि कोई आ रहा है। गोपनीयता की इसे तनिक भी चिन्ता नहीं है।...उसने अपने अधरों पर अँगुली रख भीम को मौन होने का संकेत किया।

भीम ने उसी सहज भाव से जोखिम से सर्वथा अनजान बालक के रूप में उसकी ओर देखा, "क्या बात है?"

अक्षय ने घबरा कर कहा, "हमें इस प्रकार प्रकट रूप से बस्ती की ओर नहीं जाना चाहिए राजकुमार! और कोई ध्वनि तो करनी ही नहीं चाहिए।"

"क्यों?" भीम ने इस बार कुछ उद्दण्डता से पूछा।

"वे लोग यहीं कहीं छिपे होंगे।" अक्षय ने यथासम्भव अपने स्वर को दबा कर कहा।

"कौन?"

"हमारे शत्रु। उन्हें तनिक-सी भी भनक मिल गयी तो वे हम पर आक्रमण कर देंगे।"

भीम पुनः ठठा कर हँसा, "यही तो चाहता हूँ मैं। वे हम पर आक्रमण करें तो सही। यहाँ जिसे भी देखा वह आक्रमण की धमकी देता रहता है, पर आक्रमण करता ही नहीं। पता तो चले कि हमारा शत्रु है कौन। यहाँ शत्रुओं की चर्चा बहुत है पर उसका साक्षात्कार नहीं होता।"

अक्षय असहाय दृष्टि से उसकी ओर देखता रह गया, अब ऐसे आदमी को समझाया भी क्या जा सकता था। न वह संकट को समझता है, न संकट से बचने के परामर्श को। पर अक्षय इस प्रकार जानते-बूझते इस मोटे राजकुमार के अज्ञान के कारण अपने प्राण नहीं दे सकता। यदि इसे अपने प्राणों का मोह नहीं है तो न हो, पर अक्षय को तो अपने प्राण प्यारे हैं। वह इस तरह जानबूझ कर मरना नहीं चाहता, "आप भूलते हैं राजकुमार! कि आपकी सेना इस समय आपके साथ नहीं है।"

भीम इतनी ज़ोर से हँसा कि आस-पास के वृक्षों पर स्तब्ध बैठे पक्षी उड़ गये और एक अल्पकालीन कोलाहल उठ कर शान्त हो गया। अक्षय ने अपने

आपको इतना असहाय शायद पहले कभी नहीं पाया था। वह चुपचाप भीम की ओर देखता रहा और मन-ही-मन उस घड़ी को कोसता रहा, जिस समय वह भीम के साथ बस्ती में आने के के लिये चल पड़ा था। निश्चय ही वह कोई अत्यन्त ही अशुभ घड़ी रही होगी, अन्यथा कोई व्यक्ति जानते-बूझते इस प्रकार की मूर्खता नहीं कर सकता...

भीम ने उसकी ओर देखा और बोला, "तुम उन छोटे-मोटे सैनिकों को सेना कहते हो? मेरी सेना है मेरी यह गदा। यदि यह मेरे साथ है तो मुझे किसी सेना की आवश्यकता नहीं है। पर तुम इतना डरते क्यों हो? तुम्हारी रक्षा का दायित्व मुझ पर है। मेरे जीते-जी तुम्हें हाथ लगाना तो दूर कोई तुम्हारी ओर वक्र दृष्टि से देख भी नहीं सकता।"

अक्षय ने फिर भीम को एक असहाय दृष्टि से देखा और मौन रह गया। भीम ने न केवल उसकी भंगिमा को देखा वरन वह उसके अभिप्राय को भी भली-भाँति समझ गया। बोला, "तुम कहोगे कि मेरे जीते-जी तो ऐसा नहीं होगा, किन्तु मेरी मृत्यु के पश्चात तो हो ही सकता है। और शायद तुम यह भी समझते हो कि मुझे यमलोक पहुँचाने में तुम्हारें इन दस्युओं को देर ही कितनी लगेगी। है न?"

अक्षय स्वीकृति में सिर हिलाना चाहता था, किन्तु भीम का डील-डौल उसे इतना आतंकित कर रहा था कि यदि वह चाहता भी तो उसका सिर हिलने से इंकार कर देता। वह फटी-फटी आँखों से भीम की ओर देखता भर रहा।

"चलो, अच्छा है। इसी बहाने तुम देख लो कि भीम को यमलोक भिजवाने के लिये इन छोटे-मोटे दस्युओं और सेनानायकों की टुकड़ियाँ सक्षम नहीं हैं। इन सबके लिये तो मैं अकेला ही पर्याप्त से भी बहुत अधिक हूँ।"

वे लोग बस्ती के निकट आ पहुँचे। भीम ने पुनः मुड़ कर अक्षय की ओर देखा, "किसके द्वार पर रोकूँ?"

अक्षय ने एक द्वार की ओर संकेत किया और उसके कण्ठ से फटा-फटा स्वर फूटा, "हरदत्त के द्वार के सामने।"

भीम ने वल्गा खींच ली। अश्व ठहर गये। भीम अभी सोच ही रहा था कि वह स्वयं उतर कर द्वार खटखटाये या अक्षय से पुकारने के लिये कहे, कि वह द्वार भीतर से किसी ने धीरे से खोल दिया, जैसे कोई द्वार से लगा ही बैठा हो। भीम को उसे पहचानने में तनिक भी कठिनाई नहीं हुई। वह स्वयं हरदत्त ही था। वह अधरों पर अँगुली रखे उसे भीतर आने का संकेत कर रहा था।

भीम रथ से उतर कर नीचे आया और बिना अपने स्वर को मन्द किये सहज भाव से बोला, "मुझे तुम्हारे घर में प्रवेश करने में कोई आपत्ति नहीं है,

वरन तुम्हारा आतिथ्य स्वीकार कर मुझे प्रसन्नता ही होगी, पर तुम लोग इतने भयभीत क्यों हो? मैं डरे हुए चूहे के समान अपने प्राण बचाने के लिये तुम्हारे संकेत पर इस प्रकार घर में प्रवेश नहीं कर सकता। तुम बाहर निकले और मुझे स्पष्ट रूप से निःसंकोच बताओ कि तुम लोग अभी तक कार्य करने के लिये वहाँ क्यों नहीं आये?"

हरदत्त ने मुख से एक भी शब्द नहीं कहा। उसने दोनों हाथ जोड़ दिए और उन जुड़े हुए हाथों से भीम को भीतर आने का विनीत अनुरोध किया। अब भीम स्वयं को रोक नहीं पाया। वह लम्बे-लम्बे डग भरता हुआ उसके कुटीर में प्रवेश कर गया। भीम और अक्षय के भीतर आते ही हरदत्त ने कपाट बन्द कर लिये। भीम धैर्यपूर्वक उसकी ओर देखता रहा। हरदत्त ने भीतर से साँकल लगाया और उसके बाद भी दीवार से अपनी पीठ सटा कर खड़ा हो गया जैसे बाहर से द्वार खोलने का प्रयत्न करने पर वह उसे अपनी पीठ के बल से रोक लेगा।...

"राजकुमार! हम लोग बहुत संकट में फँस गये हैं। आपके लिये भी कम जोख़िम नहीं है...।"

भीम को लगा कि अब वह और धैर्य धारण नहीं कर सकता। बोला, "हरदत्त! मुझे शीघ्र और ठीक-ठीक बताओ कि ऐसा कौन-सा संकट है जिसके लिये तुम लोग इतने परेशान हो। अपने अधैर्य में मैं कहीं तुम पर ही हाथ न उठा बैठूँ।"

हरदत्त की आँखों की रही-सही ज्योति भी बुझ गयी, "मुझे यही भय था।" वह जैसे अपने आपसे बोला, "हमारे लिये तो एक ओर कुआँ है, दूसरी ओर खाई। हमें तो कोई भी सबल जब चाहे पीस सकता है। आपकी बात मानें तो वे लोग हमें मार डालेंगे, और उनकी बात मानें तो आप हमें जीवित नहीं छोड़ेंगे। निर्बल और असहाय लोगों के लिये तो मृत्यु ही एकमात्र उपाय है।"

भीम ने अपने दाँत पीस लिये किन्तु अपने क्रोध को नियन्त्रित करता हुआ बोला, "ऐसी कोई बात नहीं है। बात केवल यह है कि तुम मूर्ख हो, इसलिये हमारी किसी बात का विश्वास नहीं करते। हम चाहें तो तुमसे बलात भी काम करवा सकते हैं, किन्तु हमारी ऐसी कोई इच्छा नहीं है। तुम हमारे जोख़िम की चिन्ता मत करो। मुझे केवल यह बताओ कि तुम्हारा संकट क्या है...और मेरा नहीं तो धर्मराज युधिष्ठिर के नाम का विश्वास करो। मैं तुम्हें यह वचन देता हूँ कि तुम लोग यदि हमारे लिये निर्माण कार्य नहीं भी करोगे तो भी हम तुम्हारा संकट दूर करने का प्रयत्न ही नहीं करेंगे, हम तुम्हारा संकट दूर करके रहेंगे। धर्मराज युधिष्ठिर तुम्हारे राजा हैं और राजा का धर्म अपनी

प्रजा का सन्तान के समान पालन करना है। हम अपने उसी धर्म का निर्वाह करेंगे। बोलो, कैसा संकट है?"

हरदत्त के अधरों पर एक फीकी-सी मुस्कान आयी और वह अपने सम्पूर्ण आत्मबल को संचित कर बोला, "आज प्रातः वे आये थे। बस्ती के सारे लोगों को उन्होंने घरों से निकाल कर, बाहर मैदान में एकत्रित कर लिया था। कृपा यही की कि वन में नहीं ले गये। हमारे प्रत्येक बच्चे के कण्ठ पर उन्होंने शूल रख दिया, और कहा कि यह केवल चेतावनी थी। यदि हम आपके लिये प्राचीर-निर्माण का काम करेंगे तो वे शूल हमारे बच्चों के कण्ठ में प्रवेश ही नहीं करेंगे, वे उसके आर-पार हो जायेंगे।..." उसने एक निरीह दृष्टि भीम पर डाली और बोला, "आप ही बताइये राजकुमार! अब ऐसे में कौन पिता गेहूँ की रोटी खाने के लिये प्राचीर-निर्माण का काम करने जायेगा?"

"तुम सूचना देने के लिये हमारे पास क्यों नहीं आये?" भीम का स्वर हल्की-सी कठोरता लिये हुए था, "क्यों तुम्हें तनिक भी विश्वास नहीं है कि हम तुम्हारी रक्षा कर सकते हैं?"

"यदि यह विश्वास कर भी लें कि आप हमारी रक्षा कर लेंगे, तो पीछे, यहाँ बस्ती में हमारे बच्चों की रक्षा कौन करेगा?" हरदत्त बोला, "और बात विश्वास अथवा अविश्वास की नहीं है। हम आपके सैनिकों के अवरोध में नहीं रह सकते। न आपके पास इतने सैनिक हैं, कि प्रत्येक व्यक्ति की रक्षा के लिये आप सैनिकों के एक-एक गुल्म को नियुक्त करते रहें। आपके सामर्थ्य और आश्वासन के बावजूद हम प्रत्येक क्षण उनकी दया पर ही जीवित हैं। जब भी उनकी इच्छा होगी, वे हम में से जिसकी चाहे हत्या कर सकते हैं।"

"किसी की हत्या तो कोई कठिन काम नहीं है।" भीम बोला, "हत्या तो हम भी कर सकते हैं। अभी मेरे सैनिक आ कर तुम्हारे बच्चों के कण्ठ में अपने शूल चुभोने लगेंगे, तो तुम निर्माण-कार्य के लिये चलोगे या नहीं?"

"यही तो हमारी असहायता है।" हरदत्त बोला, "हम किसी से भी तो अपनी रक्षा करने में समर्थ नहीं हैं।"

"इसलिये तो कह रहा हूँ कि तुम्हारी रक्षा हम करेंगे।" भीम रुका, "तुम मुझे बताओ, दस्युओं का कौन-सा दल था वह?...अथवा उससे क्या...कोई भी दल रहा हो, होगा तो खाण्डव-वन में ही! मैं अभी जा कर, अपनी गदा से उन सबको नष्ट करता हूँ। तुम लोग शान्ति से अपने घर में बैठे रहो।"

भीम हरदत्त को हटा, कपाट खोल अपने रथ की ओर चल पड़ा।

हरदत्त ने असहाय दृष्टि से एक बार भीम के उस विराट डील-डौल को

देखा, उसके कंधे पर रखी, उस भारी गदा को परखा, और उसकी आँखें जा कर अक्षय पर ठहर गयीं। अक्षय ने जैसे नयनों-ही-नयनों में उसे कोई संदेश दिया, दोनों में कोई मूक संधि हुई और वे दोनों भाग कर भीम के सामने ही नहीं पहुँचे, घुटनों के बल उसके मार्ग में बैठ गये।

"हम पर दया करें राजकुमार!" वे बोले, "आप उन पर आक्रमण करेंगे, तो वे लोग यही समझेंगे कि उसके लिये हमने ही आपसे प्रार्थना की है। वे हमसे और भी रुष्ट होंगे और हमें पीड़ित करने के लिये नये-से-नये साधन खोज निकालेंगे। आप उनके एक व्यक्ति का वध करेंगे, वे हममें से दस की हत्या कर जायेंगे।"

"आज मेरी समझ में आया कि उनकी रक्षा कौन कर रहा है।" भीम बोला, "तुम न तो उनसे स्वयं लड़ोगे, न किसी को लड़ने दोगे। तुम उनके रक्षा-कवच हो।"

"हाँ राजकुमार!" हरदत्त बोला, "अब सबल निर्बलों की रक्षा नहीं करते, निर्बल ही सबलों के रक्षा-कवच बन गये हैं।"

"पर मुझे यह स्थिति स्वीकार नहीं है।" भीम का स्वर कुछ दृढ़ हो गया, "तुम बाड़े के पशुओं के समान जीवित रहना चाहते हो तो रहो। मुझे यह स्वीकार नहीं है कि युधिष्ठिर की प्रजा बाड़े के पशु के समान जिए। मुझे तो उन दस्युओं को समाप्त करना ही होगा। तुम मुझे यह बताओ कि वे कौन थे और उनका ठिकाना कहाँ है।"

हरदत्त कुछ नहीं बोला। अपना सिर झुकाये, दाहिने पैर के अँगूठे से भूमि कुरेदता रहा।

"बोलो!" भीम का आक्रोश मुखर होता जा रहा था। उसके चेहरे से प्रकट था कि अब वह अपने क्रोध को अधिक देर नियन्त्रित नहीं रख पायेगा, "यह न हो कि मैं अपने मनोनुकूल कुछ कर बैठूँ और बाद में तुम कहो कि तुम्हें धमकाने वाले लोग कोई और ही थे।..."

हरदत्त ने जैसे अपने आवेश में अपना झुका हुआ मस्तक उठाया और बोला, "वे साधारण दस्यु नहीं थे, कि मैं आपको नाम बता दूँ और आप उन्हें घसीटते हुए ले आयें। वे देवराज इन्द्र के सैनिक थे। उनका नायक स्वयं उनके साथ आया था..."

भीम के लिये भी जैसे क्षण-भर में सारा ब्रह्माण्ड घूम गया...इन्द्र के सैनिक।...उनका नायक।...

अगले ही क्षण उसका मन पुनः स्थिर हो कर अपनी लीक पर चल पड़ा... इन्द्र के सैनिक हैं तो क्या हुआ?...जो दस्यु का कार्य करे, वह दस्यु है! अपनी

प्रजा को पीड़ित करने वाले इन दस्युओं को दण्ड देना भीम का धर्म है। उन दस्युओं का नाम चाहे कुछ भी हो...

यह उसका धर्म तो था...उसका विवेक कह रहा था...किन्तु वह स्वयं राजा नहीं था। युधिष्ठिर को इसकी सूचना दी जानी चाहिए। इसके दूरगामी परिणाम होंगे। इस संदर्भ में मनमाना काम करना भीम के लिये उचित नहीं होगा...और इसमें हानि ही क्या है। वह सैनिकों के कुछ गुल्म भी अपने साथ ले लेगा, ऐसी स्थिति में युद्ध के लिये उपयुक्त रथ और शस्त्रास्त्र भी ले लेगा, और एक बार ही सदा के लिये इस झंझट को समाप्त कर देगा...

उसने पलट कर अक्षय की ओर देखा, "मेरे साथ चलोगे, या अब तुम भी यहीं रहोगे?"

निमिष भर के लिये अक्षय की आँखों में असमंजस झलका, किन्तु तत्काल ही उसके निश्चय ने जैसे आकार ले लिया, "मेरा निर्णय हो चुका राजकुमार! मैं अब सदा के लिये आपके साथ हूँ।"

भीम की इच्छा हुई कि आगे बढ़ कर उसे अपनी बाँहों में समेट ले, किन्तु यदि वह अपने आवेश को इस प्रकार अभिव्यक्त करता तो सम्भवतः अक्षय के लिये श्वास लेना भी दूभर हो जाता। उसने वहीं से संकेत किया, "आओ।"

रथ चल पड़ा तो हरदत्त ने जैसे अपने-आपसे कहा, इन्द्र का नाम सुनते ही सारे रथ, विपरीत दिशा में मुड़ जाते हैं।

"मेरा तो विचार है कि हमें अपनी रणनीति बदल देनी चाहिए।" कृष्ण ने कहा, "हमें अब युद्ध के स्थान पर शान्ति-वार्ता आरम्भ करनी चाहिए।"

सबने ही चकित दृष्टि से कृष्ण की ओर देखा, किन्तु भीम तो जैसे क्षुब्ध ही हो उठा, "क्यों? क्यों रणनीति बदल देनी चाहिए? अपने शत्रुओं से शान्ति-वार्ता का क्या अर्थ है?"

उसे लग रहा था कि उसने हरदत्त के घर से चलते समय निश्चय करने में भूल की थी। उसे उसी समय खाण्डव-वन की ओर चल पड़ना चाहिए था। वह इन्द्र के सैनिकों का वध कर, उनका स्कन्धावार उजाड़ कर अपने शिविर में लौटता तो इस प्रकार की स्थिति उत्पन्न न होती। उसे क्या पता था कि कृष्ण भी युद्ध के स्थान पर शान्ति-वार्ता का पक्ष लेगा।...उसका आवेश बढ़ता ही जा रहा था।...इससे पूर्व कि कोई उसके प्रश्न का उत्तर देता, वह पुनः बोला, "चार व्यक्ति हमारे राज्य में मनमाना उत्पात करें और हम उनसे मैत्री-वार्ता करने चल दें, केवल इसलिये, क्यों कि वे लोग स्वयं को इन्द्र के सैनिक कहते हैं? हम, जो सम्राटों की सेनाओं से नहीं डरते, एक नाम से डर जायें, एक शब्द

से? इन्द्र है क्या? वह आये और अपने वज्र से मेरी गदा से टकरा कर देखे, तो पता चले कि वह क्या है और मैं क्या हूँ।"

"मध्यम!" कृष्ण की वाणी में तनिक भी विकार नहीं आया था, "मैं न इन्द्र से डरता हूँ, न ही तुम्हें उससे दुर्बल मानता हूँ।"

"तो फिर युद्ध से घबराते क्यों हो?"

"युद्ध से घबराता भी नहीं, किन्तु युद्ध तो अन्तिम साधन है।" कृष्ण ने मुस्कुरा कर कहा, "मैं केवल यह सोच रहा हूँ कि हमें अपनी राजधानी का निर्माण शीघ्रातिशीघ्र करना है। कब तक हम अपने सैनिकों के साथ इस प्रकार शिविर में पड़े रहेंगे।..."

"मैं भी तो वही प्रयत्न कर रहा हूँ।" भीम तड़प कर बोला, "और वे उसी इन्द्र के सैनिक हैं, जो हमारे निर्माण में आड़े आ रहे हैं। यदि उसके सैनिक इन लेपकों और श्रमिकों को इसी प्रकार धमकाते रहेंगे, तो कौन करेगा निर्माण-कार्य? कैसे बनेगा हमारा नगर?"

"उसी का एक मार्ग दिखायी दे रहा है मुझे।" कृष्ण ने उत्तर दिया, "जब तक इन लेपकों और श्रमिकों के मन में तनिक भी भय है, तब तक वे हमारे नगर का निर्माण नहीं करेंगे, और जब तक हम निर्माण नहीं करेंगे, तब तक हम अपनी प्रजा को रहने के लिये सुरक्षित स्थान नहीं दे पायेंगे। जब तक उनके लिए सुरक्षित स्थान नहीं होगा, वे निर्भय नहीं हो सकते..."

"तो?" भीम ने पूछा।

"तो हमें पहले निर्माण करना चाहिए, युद्ध की बात बाद में करनी चाहिए।"

"मैं भी तो युद्ध इसीलिये चाहता हूँ कि निर्माण हो सके, अन्यथा न ये लोग विघ्न डालना छोड़ेंगे, न लेपक आयेंगे और न निर्माण होगा।" भीम ने बलपूर्वक कहा।

"मेरा विचार है कि हम स्वयं इन्द्र से निर्माण के लिये सहायता माँगें। यदि वह हमारी बात मान कर हमें सहायता देता है तो उसके ये नायक और सैनिक निर्माण में बाधा डालने का साहस कभी नहीं कर पायेंगे। जब इन्द्र के सैनिक बाधा नहीं डालेंगे तो शेष छोटे-मोटे दस्यु भी इसका विरोध नहीं करेंगे, क्योंकि इसका विरोध एक प्रकार से इन्द्र का ही विरोध माना जायेगा। यदि इन्द्र के सैनिक तथा अन्य छोटे-बड़े दस्यु बाधा नहीं डालेंगे तो लेपकों का भय अपने आप समाप्त हो जायेगा। और हमें निर्माण में किसी प्रकार की कोई कठिनाई नहीं होगी। क्यों मध्यम?" कृष्ण ने भीम की ओर देखा।

"तुम लोग मुझे मूर्ख समझते हो क्या जो मैं शान्ति से होने वाले काम में

टाँग अड़ाऊँगा, पर ऐसा हो तब न।" भीम बोला, "तुम तो यह माने बैठे हो कि तुमने संदेश भेजा और इन्द्र अपने विश्वकर्मा के साथ यहाँ उपस्थित हो जायेगा। यदि इन्द्र तुम्हारी सहायता करने के लिये इतना ही उत्सुक होता तो उसके सैनिक यहाँ इस प्रकार उत्पात क्यों करते?"

"किन्तु कृष्ण की योजना के अनुसार इन्द्र से सम्पर्क करने में हानि ही क्या है?" युधिष्ठिर ने पूछा।

"हानि केवल यह है कि इन्द्र सहायता तो नहीं भेजेगा, इसे हमारी दुर्बलता मान कर, वह अपनी निर्माण विरोधी गतिविधि और भी दृढ़ कर देगा।" भीम ने कहा, "यदि हम उसके स्कन्धावार पर आक्रमण कर उसकी सेना को नष्ट कर देते हैं, इस सारे क्षेत्र में उसकी सैनिक क्षमता समाप्त कर देते हैं, तो हमारी शक्ति को देखते हुए वह स्वयं हमारी मित्रता चाहेगा। उस समय कृष्ण चाहे उससे मैत्री कर ले।"

"वाह मध्यम!" कृष्ण ने हँस कर कहा, "यह विवाद तो बहुत अच्छा है ...युद्ध से पहले शान्ति या युद्ध के पश्चात शान्ति। मैं सदा से मानता आया हूँ कि युद्ध अन्तिम उपाय है। जब तक शान्ति के लिये कोई भी मार्ग खुला हो, तब तक युद्ध की बात नहीं सोचनी चाहिए। मैं यह नहीं कहता कि हमारा प्रस्ताव मान कर इन्द्र हमारी सहायता करने आ ही जायेगा, किन्तु यदि हम युद्ध की बात सोचते हैं तो हमें इतना निश्चिन्त नहीं होना चाहिए कि हम इन्द्र की सेना की इन कुछ टुकड़ियों को पराजित कर अपना लक्ष्य प्राप्त करने में सफ़ल हो ही जायेंगे। यह भी सम्भव है कि हम इस क्षेत्र में इन्द्र की शक्ति ध्वस्त कर दें, किन्तु इसका अर्थ यह नहीं है कि उससे इस क्षेत्र की अन्य शक्तियाँ तथा छोटे-बड़े दस्यु समाप्त हो जायेंगे। बहुत सम्भव है कि इन्द्र की शक्ति समाप्त होने पर, वे लोग और भी प्रबल हो उठें और हमारे लिये एक स्थायी समस्या बन जायें। और फिर इन्द्र ही कहाँ शान्त रहने वाला है। वह और सैनिक ला सकता है। हमारे शत्रुओं से मित्रता कर सकता है। अवसर की प्रतीक्षा कर हमारे लिये किसी भी समय भयंकर शत्रु सिद्ध हो सकता है।..."

"यदि वह इतना ही धूर्त है, तो यह सब तो तुम्हारी शान्ति-वार्ता के बाद भी हो सकता है।" भीम बोला।

"यदि हमारी शान्ति-वार्ता के बाद भी वह अपनी दुष्टता नहीं छोड़ता तो अन्ततः हमें शस्त्र उठाने से कौन रोक सकता है।" कृष्ण ने उत्तर दिया।

"मुझे तो कृष्ण की योजना ही ठीक लगती है।" युधिष्ठिर ने कहा, "अब मेरी समझ में आ रहा है कि भगवान वेदव्यास ने आरम्भ से ही क्यों इन्द्र की सहायता लेने के लिये कहा था।"

"मैं कृष्ण की-सी वाक-चातुरी कहाँ से लाऊँ?" भीम ने जैसे हथियार डाल दिए, "आप सबको तो उसकी ही योजनाएँ पसन्द आयेंगी। वह न शस्त्र उठायेगा, न युद्ध करेगा, फिर भी सबको पराजित कर देगा।"

"और नहीं तो क्या।" बलराम ने अपने भारी स्वर में कहा, "वह काल-यवन से लड़ता नहीं। युद्ध छोड़ कर भाग जाता है...और काल-यवन उसके भ्रम में मुचकुन्द से जा टकराता है और नष्ट हो जाता है।"

"हाँ! दूसरों से तो लड़ता नहीं, और जब देखो, मेरे विरोध में जम जाता है।" भीम रुष्ट दिखने का अभिनय कर रहा था, किन्तु उसके स्वर में क्रोध का कण भी नहीं था।

"नहीं मध्यम! मेरा तुमसे कोई विरोध नहीं है।" कृष्ण ने हँस कर कहा, "बात केवल क्रम की है। इन्द्र के पास पहले शान्ति-दूत भेजा जाये या तुम्हारे साथ सेना। बहुत सम्भव है कि इस संधि के पश्चात भी हमें तुम्हारी योजना की आवश्यकता हो।"

"ऐसा ही है तो क्रम उलट दो। पहले मुझे सैनिकों के साथ जाने दो और यदि मैं इन्द्र का उचित प्रबन्ध करने में असफ़ल रहा, तो फिर शान्ति-वार्ता कर लेना।" भीम ने अन्तिम प्रयत्न किया।

"शान्ति-वार्ता के असफ़ल होने पर युद्ध करना अपमानजनक नहीं है, किन्तु युद्ध में पराजित हो कर संधि का प्रस्तावा भेजना अपमानजनक होगा।"

"मध्यम! कृष्ण सचमुच तुम्हारे विरुद्ध कुछ नहीं कह रहा। तुम युद्ध की तैयारी रखो। सेना को प्रशिक्षित करो। मेरा विचार है कि इस अवधि का लाभ उठा कर तुम बलराम भैया से गदा-युद्ध का सघन प्रशिक्षण लो और हमारे शान्ति-संदेश के उत्तर में यदि इन्द्र अपना व्यवहार नहीं बदलता तो हम सब तुम्हारे साथ जायेंगे युद्ध करने।" अर्जुन ने अनुनय के से स्वर में कहा।

"मैं तुम लोगों के साथ तो जाना चाहता ही नहीं था।" भीम हँस पड़ा, "मैं तो अकेला ही मोर्चा मार लेना चाहता था। चलो, तुम लोग कहते हो तो थोड़ी प्रतीक्षा कर लेता हूँ, किन्तु इतना याद रखो कि नगर का निर्माण शीघ्र आरम्भ होना चाहिए। विलम्ब प्रत्येक प्रकार से हमारे लिये घातक है। इस प्रकार शिविर में पड़े रहेंगे तो बाहर से भी हम पर आक्रमण होंगे। असुविधाओं के कारण हमारे साथ आये लोग हमें छोड़-छोड़ कर चले जायेंगे। और मुझे तनिक भी आश्चर्य नहीं होगा कि दुर्योधन भी हमें असुरक्षित और असहायता पा कर किसी-न-किसी बहाने हम पर आक्रमण कर दे।"

"भीम ठीक कह रहा है।" बलराम ने पहली बार अपनी राय दी, "हमें

किसी भी शत्रु को दुर्बल नहीं समझना चाहिए।"

"तो ठीक है," युधिष्ठिर बोले, "कृष्ण ही इन्द्र से सम्पर्क करें। जिस किसी प्रकार उचित और सम्मपूर्ण संधि हो सके, संधि कर ले और यथाशीघ्र निर्माण-कार्य आरम्भ हो।"

5

"आइये देव विश्वकर्मा!" युधिष्ठिर ने स्नेह और सम्मान पूर्वक कहा, "अपने प्रासाद में आपका स्वागत कर मुझे अधिक प्रसन्नता होती, किन्तु विधि ने हमें यह अवसर ही नहीं दिया।"

"आपको इस प्रकार संकुचित होने की कोई आवश्यकता नहीं महाराज!" विश्वकर्मा का स्वर भी अत्यन्त विनीत था, "यह विधान मेरे लिये ही है, कि मेरा स्वागत सपाट धरती पर हो और प्रासादों का निर्माण हो जाये तो मुझे आग्रहपूर्वक विदा कर दिया जाये। जिनके प्रासाद बन जाते हैं, उन्हें मेरी स्मृति परेशान नहीं करती।"

"बेघरों को घर देने का पुण्य विधाता ने आपके ही भाग्य में डाला है देव! तो आपका स्मरण ही नहीं स्वागत भी हम जैसे लोग ही तो करेंगे, जो अपने सिर पर एक छत की प्रतीक्षा में आकाश के नीचे पड़े हैं।" युधिष्ठिर ने हाथ जोड़ कर स्वागत किया, "आप पधारिए, और हमें सनाथ कीजिए।"

"विश्वकर्मन!" वेदव्यास ने अपनी गम्भीर वाणी में कहा, "आपको यहाँ भेज कर देवराज इन्द्र ने हम सब पर बहुत कृपा की है। वैसे तो एक प्राचीन हवेली इन पाण्डवों के पूर्वजों के प्रताप से यहाँ सुरक्षित है, जिसमें ये सतोगुणी, तपस्वी राजकुमार निवास कर सकते हैं और उससे संतुष्ट भी रह सकते हैं।...किन्तु देव! वह राजाओं के निवास के लिये उपयुक्त नहीं है। राजप्रासाद मात्र राजा का निवास ही नहीं है, वह राज-व्यवस्था का केन्द्र भी है। इसीलिये उसे राजा के गौरव के अनुकूल होना चाहिए। यही कारण है कि हमने देवराज इन्द्र से उसके निर्माण के लिये सहायता माँगी थी। देवराज ने आपको भेज कर हम पर कृपा की है। हम उसके लिये उनके और आपके आभारी हैं। अब यह आपकी कृपा पर निर्भर है कि आप कब तक इन राजकुमारों के लिये उपयुक्त प्रासाद और सैनिकों और नागरिकों के लिये एक सुन्दर, सुरक्षित और सुविधाजनक नगर का निर्माण कर देते हैं।"

विश्वकर्मा गम्भीर हो गये। लगा कि कुछ बोलने से पहले उन्हें भावों को सुव्यवस्थित करने अथवा शब्दों के चयन की आवश्यकता आ पड़ी है।

वह बोले तो उनका स्वर मन्थर तथा सावधान था, "महाराज! यदि देवराज कोई कूटनीतिक संदेश भेजना चाहते तो निश्चित रूप से उन्होंने अपना कोई विशेष दूत भेजा होता। उन्होंने मुझे आने का आदेश दिया है, इसका कहीं यह अभिप्राय है कि वह कूटनीति को बीच में आने देना नहीं चाहते। मैं कलाकार हूँ, अतः सत्य को सजा-सँवार तो सकता हूँ किन्तु उसे छुपाने में सहायक नहीं हो सकता। अतः देवराज की इच्छा को यदि मैं स्पष्ट तथा प्रत्यक्ष कह दूँ, तो आप उसे मेरी असावधानी तो नहीं मानेंगे।"

"नहीं ! देव विश्वकर्मा! आप स्पष्ट शब्दों में देवराज की इच्छा हमें बता दें। हमारे लिये तो यह और भी सुगम हो जायेगा।" युधिष्ठिर ने कहा, "सत्य सदा ही छद्म से अधिक स्पृहणीय है, चाहे वह कितना ही अनलंकृत क्यों न हो।"

"देवराज इन्द्र ने कहा है कि खाण्डवप्रस्थ पर कुरु के वंशज के रूप में युधिष्ठिर का अधिकार स्वीकार करने में उन्हें कोई अपत्ति नहीं है, किन्तु यदि महाराज युधिष्ठिर देवराज का स्नेह और सौहार्द चाहते हैं तो वह खाण्डव-वन को यथावत रहने दें, अपने नगर की सीमाएँ खाण्डव-वन से दूर ही रखें। उनके पूर्वज भी यही करते आये हैं।"

"हमने इन्द्र से महाराज युधिष्ठिर के राज्य की मान्यता माँगी थी क्या?" भीम उठ खड़ा हुआ, "यहाँ सदा से कौरवों का राज्य रहा है। अब भी है। यह कौरवों की प्राचीन राजधानी है, और इसे इसी रूप में स्वीकार कर हम यहाँ वास करने के लिये आये हैं। निर्माण-कार्य में सहायता के बहाने यह राजनीतिक वार्ता क्यों?"

"इसीलिये मैंने कहा था कि मुझे सत्य को उसके अनावृत और अनलंकृत रूप में कहने की अनुमति दी जाये।" विश्वकर्मा ने अब भी कोमल स्वर में कहा।

"आप अपनी बात कहें, देव विश्वकर्मा!" कृष्ण ने भी उतने ही विनीत और कोमल स्वर में उत्तर दिया, "उसमें किसी प्रकार की कोई बाधा नहीं है, किन्तु युवराज भीमसेन ने यदि अपना सत्य उतने ही सरल भाव से अनावृत और अनलंकृत रूप में कह दिया तो आपको भी विचलित नहीं होना चाहिए।"

"नहीं! मैं विचलित नहीं हूँ।" विश्वकर्मा हँस पड़े, "देवराज ने मुझे आदेश दिया है कि मैं जिस नगर का निर्माण करूँ, वह खाण्डव-वन को न छुए।" खाण्डव-वन का इसी प्रकार बने रहना उनके लिये बहुत आवश्यक है।"

"अर्थात महाराज युधिष्ठिर के राज्य के भीतर एक टुकड़े में वह अपना राज्य बनाये रखना चाहते हैं।" कृष्ण के अधरों पर अद्भुद मुस्कान थी।...

"नहीं। राज्य तो महाराज युधिष्ठिर का ही रहेगा, उस पर आधिपत्य भी

उन्हीं का रहेगा, बस देवराज की इच्छा का सम्मान करते हुए, वह उसे ध्वस्त न करें।"

"उसे ध्वस्त करने का हमें कोई लाभ नहीं है।" युधिष्ठिर ने कहा, "नगर के निकट वन रहेगा, तो हमें लकड़ी, पत्तों तथा वनज-फलों तथा अन्य वस्तुओं की सुविधा भी रहेगी। वायु-मण्डल शुद्ध रहेगा। वर्षा अच्छी होगी। पशुओं के लिये गोचर भूमि तथा वनस्पति की सुविधा रहेगी।...नहीं। हमें खाण्डव-वन को नष्ट करने का कोई लाभ नहीं है। यह न होता तो कदाचित हमें अपने नगर के निकट एक वन उगाना पड़ता। हम खाण्डव-वन को इसी प्रकार बनाये रखेंगे।"

"खाण्डव-वन को बनाये रखने का महत्त्व मेरी समझ में आता है।" सहसा अर्जुन बोला, "किन्तु इन्द्र के लिये वह इतना महत्वूपर्ण क्यों है कि वह उसके लिये अन्य राजा के राज्य में भी हस्तक्षेप करने में संकोच नहीं करते?"

"अपने मन की तो इन्द्र स्वयं ही जानें।" विश्वकर्मा ने उत्तर दिया, "किन्तु उन्होंने कहा है कि पहले इसी खाण्डव-वन में भयंकर असुरों, दैत्यों और राक्षसों का निवास था। देवराज ने उन पर विजय पायी थी। यह उनका विजय-स्मारक है। इसलिये देवराज यह नहीं चाहते कि यह विजय-स्मारक नष्ट हो अथवा किसी अन्य के आधिपत्य में चला जाये।"

"अर्थात इसे वह अपनी सम्पत्ति मानते हैं?" भीम ने पूछा।

"नहीं! सम्पत्ति तो वह आपकी ही है। बस! देवराज के प्रति अपनी मैत्री का ध्यान रखते हुए, उनकी भावना और सम्मान में आप इस वन को नष्ट करने का प्रयत्न न करें।"

"देव विश्वकर्मा! महाराज युधिष्ठिर के वचन के पश्चात आपको किसी और आश्वस्ति की आवश्यकता तो नहीं होनी चाहिए," कृष्ण ने अपनी संगीतमयी वाणी में कहा, "किन्तु मैं भी सारे पाण्डवों की ओर से आपको वचन देता हूँ कि खाण्डव-वन को हमारी ओर से तब तक कोई हानि नहीं होगी, जब तक वह स्वयं ही हमारी क्षति न करने लग जाये।...और यह कहना तो आवश्यक नहीं है कि खाण्डव-वन हमें क्षति पहुँचाएगा नहीं, इसलिये हम उसको ध्वस्त नहीं करेंगे।"

विश्वकर्मा को समझने में तनिक भी विलम्ब नहीं हुआ कि कृष्ण ने अपने एक वाक्य से चतुराई पूर्वक इन्द्र के आदेश को एक राजनीतिक संधि में बदल दिया है। इससे उनकी स्थिति इन्द्र के अधीन नहीं, उसके समकक्ष हो जाती है।...पर विश्वकर्मा को उससे क्या? वह पाण्डवों को माण्डलिक राजाओं के रूप में मान्यता देने तो आये नहीं थे।...और फिर यह अधीनता और स्वामित्व तो राजनीतिक अहंकार का पाखण्ड मात्र है, इससे विश्वकर्मा को क्या लेना-देना।

वे तो आये हैं कि यदि पाण्डव देवराज की योजना के अनुसार अपना नगर बनवाना चाहें, तो विश्वकर्मा वैसे नगर का निर्माण कर दें...

"तो फिर ठीक है।" विश्वकर्मा ने कहा, "मैं नगर का निर्माण आरम्भ करता हूँ। मैं पहले प्राचीर नहीं बनाऊँगा। उससे श्रमिकों, लेपकों तथा वास्तुकारों के आवागमन तथा निर्माण-सामग्री लाने में बाधा होती है। वैसे भी जितना समय प्राचीर और उसके द्वारों के निर्माण में व्यय होगा, उतना ही आपके प्रासाद के निर्माण में विलम्ब होगा...मैं सबसे पहले आपके लिये प्रासाद का निर्माण कर देता हूँ, ताकि आपको निवास की कठिनाई न हो। बाद में अन्य भवनों, पथों, मार्गों, वाटिकाओं, तड़ागों इत्यादि का निर्माण होगा, और अन्त में प्राचीर तथा नगर द्वार बनाये जायेंगे।"

"ठीक है!" युधिष्ठिर सहमत हो गये, "वैसे प्राचीर बन जाती तो हमारा शिविर अपेक्षाकृत सुरक्षित हो जाता, बाहरी आक्रमणों को हम अपनी सैनिक शक्ति से रोक सकते..., साथ ही, आस-पास की बस्तियों और प्राचीन नगर के अवशेषों में जो लोग निवास कर रहे हैं, उन्हें हम सुरक्षित उस प्राचीर के भीतर बसा सकते, और आस-पास के दस्युओं अथवा अन्य सैनिक शक्तियों से उनकी रक्षा कर पाते।..."

"देवराज ने कहा है, उसकी आप चिन्ता न करें।" विश्वकर्मा ने उत्तर दिया, "मेरी, मेरे सहयोगियों की तथा हमारे निर्माण की रक्षा का दायित्व इन्द्र-सेना का है। हम अपना निर्माण-कार्य इन्द्र-ध्वज के अधीन करेंगे, इसलिये एक तो कोई हम पर आक्रमण करने का साहस नहीं करेगा और यदि कोई ऐसा करेगा, तो इन्द्र-सेना हमारी रक्षा कर लेगी।"

भीम अब स्पष्ट देख पा रहा था कि वासुदेव कृष्ण तथा महर्षि व्यास ने इन्द्र से निर्माण-कार्य में सहायता लेने का परामर्श क्यों दिया था। विरोधी बन जो उन पर आक्रमण कर रह थे, अब वे ही उनके रक्षक हो गये थे। इससे सुविधा तो हुई थी, किन्तु पाण्डवों के पराक्रम और प्रतिष्ठा को धक्का लगा था। भीम को इससे कहीं अधिक प्रसन्नता होती यदि उसे इन्द्र-सेना पर आक्रमण करने की अनुमति दी गयी होती और उसके संरक्षण में उनकी अपनी राजधानी का निर्माण होता...

"मेरा विचार है कि हमारे प्रस्ताव के इस अंग से देवराज को अवश्यक प्रसन्नता हुई होगी, कि हम खाण्डवप्रस्थ का नाम अब इन्द्रप्रस्थ रखना चाहते हैं।" व्यास बोले, "हमारे इस सौहार्द-प्रदर्शन के पश्चात देवराज को अपने मन में किसी प्रकार की शंका नहीं रखनी चाहिए।"

"नहीं! देवराज के मन में आपकी ओर से कोई आशंका नहीं है।"

विश्वकर्मा पूर्णतः आश्वस्त लग रहे थे, "हम कल प्रातः से ही नगर के निर्माण का कार्य आरम्भ करते हैं। मैं इन्द्रप्रस्थ का निर्माण सामान्य रूप से एक अत्यन्त सुन्दर नगर के रूप में कर दूँगा, किन्तु यदि आपके मन के किसी विशेष प्रकार के भवन, क्षेत्र अथवा स्थान की कल्पना हो, तो मुझे बता दें, ताकि मैं उसका भी प्रावधान कर लूँ।"

कुछ देर तक वहाँ पूर्ण मौन छा गया। किसी ने अपनी कोई इच्छा प्रकट नहीं की।

"क्या आप लोगों के मन में अपने प्रासाद, अपने भवन और अपने नगर की कोई परिकल्पना नहीं है?" विश्वकर्मा ने कुछ आश्चर्य से पूछा।

"परिकल्पना क्यों नहीं है!" द्रौपदी बोली, "मेरे मन में अब भी काम्पिल्य बसा हुआ है। गंगा-तट का वह प्रासाद! जैसे देव-सरिता गंगा हमारे घर के आँगन में ही बहती हो। आँगन से गंगा-दर्शन, कक्षों के गवाक्षों से गंगा-दर्शन, अटारियों से गंगा-दर्शन...।"

"मैं भी सोचता हूँ कि देव विश्वकर्मा! यमुना-तट पर एक विहार-भूमि अवश्य बनायी जाये। उसमें क्रीड़ा भवन भी हों...अनेक क्रीड़ा-भवन! कुछ ऐसी व्यवस्था कि हम जल-क्रीड़ा भी कर सकें, वन-क्रीड़ा भी कर सकें और भवनों में भी क्रीड़ा की व्यवस्था हो।..."

भीम को स्मरण हो आया, वह हिडिम्ब वन में भी सालकटंकटी के साथ बैठ कर अपनी कल्पना के नगर बसाया करता था...'कृषि के लिये बैलों की आवश्यकता होगी, इसलिये हम गोशालाएँ बनायेंगे। गोशालाओं के निकट गोपालों की बस्तियाँ बसायेंगे। हम कंदराओं और गुफाओं में नहीं रहेंगे। अपने रहने के लिये भवन बनायेंगे, प्रासाद बनायेंगे। उसके निर्माण के लिये हम वास्तुकारों को बसायेंगे। भवन-निर्माण की सामग्री तैयार करने वाले श्रमिकों की भी हमें आवश्यकता होगी। उनके रहने की व्यवस्था करनी होगी। इतने सारे लोग होंगे, तो उनकी आवश्यकताओं के लिये हाट भी बनेगा। व्यापारी भी आयेंगे। आने-जाने के लिये मार्ग भी बनेंगे।..यात्रा के लिये रथ और अश्वों की आवश्यकता भी होगी। फिर जब इतने लोग एकसाथ रहेंगे, तो उनकी सुरक्षा के लिये प्रहरी और सैनिक भी होंगे। शिष्य और गुरु भी होंगे, दुष्ट दलन और न्याय-पालन के लिये न्यायाधिकरण भी होंगे और न्यायपाल भी।...' किन्तु आज तो उसने इसमें से कोई एक बात भी नहीं कही थी...वह नगर हिडिम्बा के लिये था...और यह द्रौपदी के लिये। दोनों एक जैसे कैसे हो सकते हैं। द्रौपदी काम्पिल्य जैसे नगर की रहने वाली थी और हिडिम्बा हिहिम्ब वन से कभी बाहर नहीं निकली थी...वह द्रौपदी के लिये हिडिम्बा के अनुकूल नगर

कैसे बसा सकता था...

"ठीक है। वह हो जायेगा।" विश्वकर्मा ने भीम की ओर देखा, "मेरा अपना विचार है कि यमुना के जल के ही समान यमुना-तट का लाभ भी इन्द्रप्रस्थ के नागरिकों को .ख़ूब मिलना चाहिए।...वैसे भी यदि सरिता-तट का अपने मनोनुकूल विकास न कर लिया जाये, तो प्रवासी या अवांछनीय लोग अनियन्त्रित तथा अव्यवस्थित रूप में जहाँ-तहाँ बस जाते हैं और नगरवासियों को न तो सम्यक रूप से पेयजल मिल पाता है, न उनके नहाने के लिये उचित घाट बन पाते हैं...विहार-भूमि और क्रीड़ा-भवनों के लिये तो स्थान बचता ही नहीं है...।"

"मेरी इच्छा है देव विश्वकर्मा।" युधिष्ठिर ने धीरे से कहा, "यदि आपके लिये बहुत असुविधाजनक न हो, तो किसी एकान्त स्थान पर एक गुरुकुल तथा उससे लगती हुई तपोभूमि की व्यवस्था अवश्य करें। धौम्य मुनि का आश्रम बन जायेगा तो समझिए कि भावी पीढ़ियों का विकास भी सुनिश्चित हो जायेगा। तपोभूमि के अभाव में इन्द्रप्रस्थ कहीं भोग-भूमि न हो जाये।"

"आवश्कता तो एक युद्धशाला की भी है।" अर्जुन ने धीरे से कहा, "किन्तु मैं चाहता हूँ कि मुनि धौम्य के आश्रम तथा महाराज युधिष्ठिर की तपोभूमि के अंग के रूप में ही यह युद्धशाला भी विकसित हो। शस्त्राभ्यास को भी साधना के रूप में स्वीकार किया जाये और वह धर्मपूर्ण आचरण से तनिक भी भिन्न न हो।...किन्तु ये बातें तो बाद की हैं। इस समय तो देव विश्वकर्मा इन स्थानों और उनके लिये उपयुक्त भवनों का निर्माण कर दें।"

"समझ गया!" विश्वकर्मा ने कहा, "मैं आपकी आवश्यकताओं और अपेक्षाओं के अनुरूप नगर का निर्माण कराता हूँ। मेरे सहयोगी वास्तुशिल्पी अपना कार्य पूरी दक्षता से करेंगे, किन्तु यदि आप अपनी ओर से कुछ लेपकों तथा श्रमिकों का प्रबन्ध कर दें तो कार्य में गति आ जायेगी। और नगर शीघ्र तैयार हो जायेगा।...एक बात और है।" विश्वकर्मा ने युधिष्ठिर की ओर देखा।

"आप निस्संकोच कहें देव!" युधिष्ठिर बोले।

"निर्माण-सामग्री का अभाव न हो, इसकी व्यवस्था आप कर दें। धन के अभाव में भी कार्य यदि रुकता है तो वास्तुकारों और वास्तु-शिल्पियों का ही नहीं लेपकों और श्रमिकों का भी उत्साह भंग होता है।"

"इसकी आप चिन्ता न करें।" कृष्ण का हास सारे परिवेश को गुँजा गया, "यह चेतावनी आप अपनी ओर से दे रहे हैं अथवा देवराज ने ही ऐसी कोई आशंका प्रकट की थी...?" कृष्ण ने रुक कर विश्वकर्मा की ओर देखा, किन्तु उन्हें बोलने का अवसर नहीं दिया गया, "मैं आपको इस प्रश्न का उत्तर देने

के लिये बाध्य करना नहीं चाहता। मैं मान लेता हूँ कि ये दोनों ही बातें हो सकती हैं। इसलिये मैं अपनी ओर से आपको आश्वस्त कर देना चाहता हूँ कि महाराज युधिष्ठिर के पास अपना पर्याप्त धन है, उन्हें पंचालराज द्रुपद का भी सहयोग है...और फिर यादवों का सारा धन किसके लिये है। आप इन्द्रप्रस्थ का निर्माण आरम्भ करें, आपको न सामग्री का अभाव होगा, न धन का।"

"मैं आश्वस्त हुआ वासुदेव! अब मुझे किसी प्रकार का संशय नहीं है।" विश्वकर्मा बोले, "देवलोक में कहा जाता है कि आपका वचन लक्ष्मीपति विष्णु से किसी भी प्रकार कम विश्वसनीय नहीं है।"

सन्ध्या समय युधिष्ठिर जब महर्षि वेदव्यास से मिलने के लिये गये, तो महर्षि अकेले बैठे जैसे उन्हीं की प्रतीक्षा कर रहे थे।

"आओ धर्मराज!"

युधिष्ठिर उनके चरणस्पर्श कर बैठ गये।

"तुम्हारा नगर अब बन जायेगा युधिष्ठिर।" महर्षि बोले, "किन्तु तुम्हारे जीव़न का लक्ष्य नगर-निर्माण नहीं, धर्मराज्य की स्थापना करना है। इसलिये पुत्र! तुम यह मान कर चलो कि यह नगर तुम्हारी या पाण्डवों के राज्य की राजधानी नहीं, इस भारतवर्ष में धर्मराज्य की राजधानी है।"

"आप आदेश दें महर्षि! मैं प्रयत्न करूँगा कि आपकी अपेक्षाओं पर पूरा उतर सकूँ।" युधिष्ठिर अत्यन्त विनीत भाव से बोले।

"युधिष्ठिर! धर्म वहीं है, जहाँ न्याय है। न्याय का अर्थ है, प्रत्येक मनुष्य को अपने विकास के लिये पूर्ण अवसर का प्राप्त होना।" वेदव्यास बोले, "आगे बढ़ने का मार्ग तो सबके लिये प्रशस्त हो, किन्तु किसी को भी अन्य लोगों का मार्ग रोक कर अपने लिये कुछ अधिक प्राप्त करने का विशेषाधिकार न हो। तुम्हारी प्रजा के एक भी व्यक्ति को यह न लगे कि क्षमता होने पर भी वह जीवन में आगे नही बढ़ सका। उसको कभी यह न लगे कि उससे कम क्षमतावान व्यक्ति उसके प्रति अन्याय कर जीवन में उससे आगे बढ़ गया है। इसका अर्थ है कि शासन का विधान बहुत सोच-समझ कर बनाया जाये और उस विधान को उसकी भावना सहित पूर्णरूपेण, बिना किसी अपवाद के, प्रजा पर लागू किया जाये। प्रत्येक व्यक्ति को अपनी प्रकृति और स्वभाव के अनुकूल कार्य मिले, जो उसकी आजीविका का साधन हो। किसी को अपना कार्य बोझ न लगे। ब्राह्मण-पुत्र को बिना उसके आचरण पर ध्यान दिये, यदि ब्राह्मण मान लोगे और उससे ब्राह्मण-कर्म करवाओगे, तो उस सम्मान के लोभ में चाहे वह ब्राह्मण-वेश धारण कर, ब्राह्मण की दिनचर्या का पाखण्ड

रचाएगा, किन्तु न उसकी अपनी आत्मा का विकास हो पायेगा, और न ही वह तुम्हारी प्रजा का हित कर पायेगा अनधिकारी का सम्मान और अधिकारी की अवमानना...दोनों ही समान कोटि के पाप हैं धर्मराज। इसलिये क्षत्रिय के रूप में शस्त्र धारण करने का अधिकार उसी को देना, जो उसके दायित्व के रूप में न्याय के लिये शस्त्र-धारण करना अपना धर्म मानता हो। जिसके लिये न्याय के पक्ष में, असहाय और दुर्बल लोगों की रक्षा करते हुए अपने प्राण देना जीवन की चरम उपलब्धि हो। उन्हें क्षत्रियों का अधिकार कभी मत देना, जिन्हें प्रजा के धन से पालित-पोषित हो, जीवन के सारे भोग, भोग कर न्याय-युद्ध के समय अपने प्राण ही सबसे प्रिय हो जायें...और वे पूछने लगें कि वे अन्य लोगों की रक्षा करते हुए अपने प्राण क्यों दें। जिन्हें अपने प्राणों का मोह होता है, अथवा जिन्हें न्याय से अपना स्वार्थ अधिक प्रिय होता है।...वे क्षत्रिय नहीं हैं, चाहे वे किसी परमवीर क्षत्रिय की ही सन्तान क्यों न हों। अन्यायी तथा स्वार्थी लोगों का क्षत्रियत्व मात्र राक्षसत्व होता है। उनके हाथ में शस्त्र दे कर अपने राज्य में दस्युओं का निमार्ण मत करना।..."

"और वैश्य कौन हैं महर्षि!" युधिष्ठिर ने पूछा।

"जिनकी जन्मजात वृत्ति धर्मपूर्वक धन अर्जित करने की है वे वैश्य हैं। वे उत्पादन करते हैं, चाहे कृषि से करें अथवा उद्योग से। वे व्यापार भी करते हैं। किन्तु धर्म का त्याग कर, न्याय की उपेक्षा कर, प्रजा को धोखा दे कर, अथवा षड्यन्त्र रच कर अन्य लोगों का अहित कर जो धन एकत्रित करता है, वह दस्यु है, वैश्य नहीं। व्यवसाय के नाम पर जन-विरोधी द्रव्यों का उत्पादन व्यापार, व्यवसाय नहीं है। विषम परिस्थितियों में किसी की बाध्यता का लाभ उठा कर उसे लूटना भी व्यवसाय नहीं है। वस्तुतः जिसके उत्पादन, उद्योग तथा व्यवसाय से धर्म की हानि किये बिना, समाज में समृद्धि आती है, वह वैश्य है। समाज को वंचित कर अपने लिये धन संचित करने वाला व्यक्ति वैश्य नहीं, अपराधी है। राजा के लिये उचित है कि वह उसे दण्डित करे।...और पुत्र! जिसकी अपनी किसी वृत्ति, योग्यता तथा क्षमता का विकास नहीं हुआ है, दूसरों के निर्देशानुसर वह क्षुद्र काम करने वाला व्यक्ति शूद्र माना जाना चाहिए। यह मनुष्य की अविकसित स्थिति है। इसलिये इसमें व्यक्ति कदाचित अपने तथा अपने समाज के लिये चिन्तन नहीं कर सकता, केवल अपने शरीर-श्रम के आधार पर समाज के लिये उपयोगी हो सकता है। राजा के रूप में तुम्हारे लिये आवश्यक है कि तुम इनमें से किसी की भी उपेक्षा मत करो। किसी भी व्यक्ति को न शोषण करने दो, न शोषित होने दो। तुम्हारी सभा में इन सारे वर्णों, वर्गों तथा श्रेणियों के प्रतिनिधि हों। उन सबके परामर्श से शासन करो। तुम्हारी प्रजा का समस्त

अनासक्त बुद्धि-वैभव समाज के लिये चिन्तन करे, समस्त न्याय-स्फूर्त शौर्य दुष्ट-दलन कर प्रजा की बाहरी और भीतरी शत्रुओं से रक्षा करे, समस्त भौतिक ज्ञान और सांसारिक बुद्धि समाज-हित में उत्पादन और अर्जन करे और समस्त शरीर-श्रम निर्लोभ मन से निर्माण-कार्य में लगे। इस बात का ध्यान रखना पुत्र! कि इन सबके कार्य समाज के लिये उपयोगी हैं। संकीर्ण स्वार्थ के कारण लोग उनका महत्व कम और अधिक आँकेंगे...अनुपात में अन्तर हो भी सकता है, किन्तु किसी के पास इतना कम न हो कि वह अपमान और भूख का जीवन जिये, अथवा मृत्यु के वरण को बाध्य हो...और किसी के पास इतना अधिक न हो कि उसकी समृद्धि समाज के लिये दुष्ट शक्ति के रूप में स्थापित हो जाये। ईश्वर अपने विधान के अनुसार किसी को कम और किसी को अधिक क्षमता देता है, दे। वह पूर्ण न्यायी तथा समदर्शी है। उसके न्याय पर हम संदेह नहीं कर सकते।...किन्तु तुम पूज्य-पूजन करते हुए भी किसी का उसकी अक्षमता, दुर्बलता अथवा अज्ञान के लिये अपमान मत करना।" महर्षि क्षण-भर मौन रहे और पुनः बोले, "तुम्हारा नगर भोग और अत्याचार का केन्द्र न बने, वह न्याय और सौहार्द की राजधानी हो।"

"राजकुमार!" अक्षय हाथ जोड़ कर भीम के सम्मुख खड़ा हो गया, "अब आपके नगर का निर्माण देव विश्वकर्मा और उनके वास्तुशिल्पी करेंगे, तो मेरी और मेरी श्रेणी के लोगों की तो आपको आवश्यकता ही नहीं रही?" उसकी वाणी कुछ अधिक हताश हो गयी, "आप कह सकते हैं कि जिस समय प्राचीर-निर्माण का कार्य आपने मेरी श्रेणी के लोगों को सौंपा था, उस समय तो वे लोग अपने प्राणों के भय से आये ही नहीं, तो अब आपको उपालम्भ देने का मुझे क्या अधिकार है?"

"तुम तो बहुत वाचाल हो गये हो भाई!" भीम ने हँस कर उसकी ओर देखा, "तुमने स्वयं ही देखा, स्वयं ही विश्लेषण किया और स्वयं ही अनेक निष्कर्षो तक भी पहुँच गये।...पर अपने सत्य को इतना महत्व मत दो। संभव है, वह तुम्हारा भ्रम ही हो।"

"मैं समझा नहीं राजकुमार!" अक्षय चकित खड़ा था।

"जिन परिस्थितियों का तुमने यह विश्लेषण किया है, उन्हीं का विश्लेषण मैंने भी अपने ढंग से किया है।" भीम बोला, "किन्तु मेरे निष्कर्ष, तुम्हारे निष्कर्षों से मेल नहीं खाते।"

"कैसे राजकुमार?"

"देखो! तुम एक साधारण लेपक मात्र हो, किन्तु इतने जड़ अभी नहीं

हुए हो कि कुछ नया सीख न सको।" भीम बोला, "विश्वकर्मा के साथ अनेक वास्तुशिल्पी आये हैं और वे लोग अपने कार्य में अत्यन्त दक्ष हैं। वे इन्द्रप्रस्थ का निर्माण करेंगे और देवलोक लौट जायेंगे।" भीम ने रुक कर उसकी ओर देखा, "ऐसा तो नहीं है कि उसके पश्चात हमारे नगर में फिर कभी भवनों का निर्माण नहीं होगा, अथवा हमें अन्य नगरों के निर्माण की आवश्यकता नहीं होगी।...अब हर बार न तो विश्वकर्मा आयेंगे, और न ही देवलोक से वास्तुशिल्पी। तब हमारे नगरों और भवनों का निर्माण कौन करेगा?"

"कौन करेगा?" अक्षय ने बिना सोचे-समझे पूछा।

"तुम करोगे।" भीम बोला, "और लेपक के रूप में नहीं, वास्तुकार के रूप में।"

"वास्तुकार के रूप में? किन्तु वास्तुकार तो ब्राह्मण होता है।" अक्षय ने चकित हो कर कहा।

"तुम वास्तुकला का अध्ययन करो। वास्तुकार बन जाओगे तो ब्राह्मण भी हो जाओगे। तुम्हारा आचरण वैसे भी शुद्ध है। अपने शिक्षण के पश्चात तुम्हारे आचरण में और भी सुधार होगा।" भीम बोला, "क्षुद्र बातों से मन हटा लोगे और उदात्ततर विषयों का चिन्तन करोगे, सामाजिक हित को अपने स्वार्थ से श्रेष्ठतर मानोगे, तो तुम्हें ब्राह्मण होने से कौन रोक सकेगा।"

"पर यह सब मुझे सिखायेगा कौन?" अक्षय की परेशानी तनिक भी कम नहीं हो रही थी।

"क्यों? वास्तुकला तो तुम देव विश्वकर्मा से सीखोगे और आचरण की शुद्धता धौम्य मुनि से।" भीम बोला, "विश्वकर्मा ने अपने वास्तुशिल्पियों के दल के साथ कार्य करने के लिये हमसे लेपक और श्रमिक माँगें हैं। मेरी इच्छा है कि मैं तुम्हें लेपक के रूप में नहीं, प्रशिक्षणार्थी के रूप में विश्वकर्मा को सौंप दूँ। सीखने की क्षमता तुममें है। श्रम करोगे, तो वास्तुकार बनते तुम्हें देर नहीं लगेगी।"

"ओह राजकुमार!" अनायास ही अक्षय के हाथ जुड़ गये, उसे लगा कि यदि उसने अब कुछ बोलने का प्रयत्न किया तो शायद उसके कण्ठ से वाणी न फूटे, आँखों से अश्रु चाहे निकल आयें।

6

"नगर का निमार्ण हो गया तो महाराज युधिष्ठिर ने महर्षि कृष्ण द्वैपायन व्यास को अपने आगे रख इसी द्वार से नगर में प्रवेश किया था।" सहदेव ने बताया, "इस द्वार का नाम भी हस्तिनापुर के प्रमुख द्वार के नाम के ही समान

'वर्द्धमान' रखा गया है।"

"श्री कृष्ण यहाँ नगर निर्माण होने तक रुके रहे?" नारद ने पूछा।

सहदेव ने ध्यान दिया कि अवस्था में बहुत बड़े होने पर भी कृष्ण को देवर्षि नारद बहुत सम्मान से याद करते हैं। पाण्डवों के लिये कृष्ण मातुल-पुत्र थे, सखा और सहायक थे; किन्तु देवर्षि तो उन्हें महान विभूति मानते थे...

"हाँ कृष्ण और बलभद्र भैया, नगर का निर्माण पूरा करवा, हमें नगर में प्रवेश करवा कर ही द्वारका लौटे।" सहदेव बोला, "हमारी इच्छा थी कि वे यहाँ रहें, किन्तु वे और रुक नहीं सकते थे।..."

"तुम लोगों को हस्तिनापुर की स्मृति तो आती होगी।" नारद धीरे से बोले, "हर समय मन में इन्द्रप्रस्थ और हस्तिनापुर की तुलना होती रहती होगी। इच्छा होती होगी कि किसी प्रकार इन्द्रप्रस्थ मे हस्तिनापुर को ही पुनर्जीवित कर लें।"

"स्मृति तो आती ही है। सबसे पहली बात तो यह है कि यमुना गंगा के समान नहीं है, फिर भी हम जानते हैं कि अब यमुना ही हमारी है।" सहदेव बोला, "वैसे तुलना की बात तो यह है कि पांचाली इन्द्रप्रस्थ की तुलना काम्पिल्य से करती है, हम हस्तिनापुर से करते हैं, माँ कभी भोजपुर को और कभी मथुरा अथवा हस्तिनापुर को याद कर लेती हैं...और जब तक कृष्ण और बलराम भैया यहाँ थे, वे इसकी तुलना द्वारका से करते रहते थे।" सहदेव ने रुक कर नारद की ओर देखा, "किन्तु देवर्षि! हमें हस्तिनापुर से इतना प्रेम कभी नहीं था कि हम इन्द्रपस्थ के रूप में हस्तिनापुर को ही पुनर्जीवित करना चाहें। यह हमारा सौभाग्य ही था कि इन्द्रप्रस्थ के निर्माण से पूर्व हम कई और नगरों से भली प्रकार से परिचित हो चुके थे।...और इसके निर्माण के लिये हमें देव विश्वकर्मा जैसे वास्तुकार का सहयोग प्राप्त हुआ था। ऐसे में यदि हम हस्तिनापुर जैसे एक प्राचीन नगर का ही पुनर्निर्माण करते तो यह कोई समझदारी नहीं होती।"

"वह तो ठीक है सहदेव।" नारद ने स्नेहपूर्वक उसके कंधे पर हाथ रखा, "मेरा तात्पर्य तो केवल इतना ही था, कि हमारे मोह इतनी जल्दी छूटते नहीं। जिसे हम नवीन कहते हैं, वह प्रायः प्राचीन का ही नव-सृजन होता है।...और फिर हस्तिनापुर कोई साधारण नगर नहीं है।"

उनका रथ नगर-द्वार के भीतर प्रवेश कर चुका था और इन्द्रप्रस्थ के नव-निर्मित प्रशस्त मार्गों पर दौड़ रहा था।...देवर्षि नारद जब से इन्द्रपस्थ आये थे, पाण्डव उन्हें अपने नगर का चप्पा-चप्पा दिखा रहे थे। सहदेव यह भी देख रहा था कि देवर्षि को न तो इन्द्रपस्थ के तीन और खोदी गयी खाइयों में

कोई रुचि थी, न उसकी भव्य प्राचीर में, जो सजग प्रहरी के समान इन्द्रप्रस्थ की रक्षा कर रही थी। उन्हें उन सुन्दर घाटों में भी कोई आकर्षण दिखायी नहीं पड़ा था, जो पाण्डवों ने अत्यन्त चाव से बनवाये थे। इन्द्रप्रस्थ की सुरक्षा-व्यवस्था की ओर तो उन्होंने देखा भी नहीं था।... सहदेव इस विषय में जितना सोचता था, उसे यह उतना ही स्वाभाविक लगता था। देवर्षि अद्‌भुत परिभ्रामक थे। सृष्टि को जितनी निकट से उन्होंने देखा था, शायद ही किसी और ने देखा हो।...तो फिर उन्हें कोई एक नगर प्रिय हो भी कैसे सकता था। वैसे भी प्रकृति के सौन्दर्य की स्पर्धा मनुष्य का निर्माण तो कर नहीं सकता। नगर का तो अर्थ ही था प्रकृति का स्थानापन्न। यद्यपि उन लोगों ने इन्द्रपस्थ में सायास प्रकृति को यथासम्भव बनाये रखा था, फिर भी लगता था कि नगर बानने के लिये प्रकृति को वहाँ से सर्वथा हटा दिया गया था। जहाँ प्रकृति जैसा कुछ दिखायी पड़ता भी था, वह कृत्रिम था।...

"सहदेव!" देवर्षि बोले, "तुम्हें क्या लगता है, इन्द्रप्रस्थ के निर्माण में तुम लोगों की सहायता किस-किसने की।"

"बहुत सारे लोगों ने सहायता की है देवर्षि।"

"फिर भी, तुम्हें नाम गिनाने को कहूँ तो प्रमुखता से किन के नाम लोगे?"

"कृष्ण, बलराम भैया, महर्षि वेदव्यास तथा विश्वकर्मा के माध्यम से इन्द्र ने।"

"नगर-निर्माण के पश्चात वे सब लोग विदा हो गये? उनमें से किसी ने भी इन्द्रप्रस्थ में निवास करने की इच्छा प्रकट नहीं की?" नारद ने पूछा।

सहदेव हँस पड़ा, "उनमें से कौन यहाँ निवास करता? महर्षि वेदव्यास नगरों में नहीं रहते। विश्वकर्मा का निवास सदा ही निर्माण-स्थल पर रहता है।...और वैसे भी वे देवलोक के वासी हैं। कृष्ण और बलराम भैया को द्वारका पहुँचना था। वे द्वारका छोड़ कर स्थायी रूप से इन्द्रप्रस्थ में कैसे रह सकते हैं?"

सहदेव को लगा कि नारद ने उसकी बात ध्यान से नहीं सुनी, या शायद सुनी ही नहीं।...वे तो अपनी ही किसी उधेड़बुन में मग्न लग रहे थे। तो फिर वे ऐसे प्रश्न पूछ ही क्यों रहे थे?...

"अच्छा सहदेव!" नारद पुनः बोले, "क्या तुम लोगों ने कभी इस विषय में विचार किया है कि तुम्हारे कुल-वृद्धों में से कोई भी हस्तिनापुर छोड़ कर तुम्हारे साथ इन्द्रप्रस्थ में रहने के लिये क्यों नहीं आया? क्या उन्हें दुर्योधन और उसके भाई तुम लोगों से अधिक प्रिय हैं?" नारद ने रुक कर उसकी ओर देखा, "युधिष्ठिर शायद इस बात को स्वीकार न करे, किन्तु मुझे विश्वास है कि

धृतराष्ट्र के मन में पक्षपात है और दुर्योधन के मन में तुम लोगों के लिये विरोध है। मैं यह भी मानता हूँ कि यह कुरुओं के साम्राज्य का निर्विरोध विभाजन नहीं है। अतः किसी-न-किसी समय धार्तराष्ट्रों और पाण्डवों में विरोध होना अनिवार्य है। ऐसे समय में कुल-वृद्धों को दोनों में से किसी एक का पक्ष लेना पड़ेगा। आज यदि भीष्म, वाह्लीक, सोमदत्त, द्रोण, कृपाचार्य, विदुर इत्यादि लोगों ने हस्तिनापुर में ही रहने का निर्णय किया है, तो क्या उन्होंने धृतराष्ट्र और उसके पुत्रों का पक्ष चुन लिया है?"

सहदेव गम्भीर दृष्टि से देवर्षि को देखता रहा।

"देवर्षि! मैंने इस विषय में सोचा नहीं है, किन्तु आपकी यह बात मानने को मेरा मन तनिक भी सहमत नहीं है कि हमारे कुल-वृद्धों ने दुर्योधन का पक्ष चुन लिया है। हमारे पास ऐसा स्थान ही कहाँ था कि हम उनमें से किसी को अपने साथ रहने के लिये आमन्त्रित करते। अपने कुल-वृद्धों को वनवास के लिये आमन्त्रित करना तो उनके प्रति अन्याय है।"

"क्यों? अब तो नगर बन गया है। अब निमन्त्रण भेज कर देख लो।" नारद मुस्कुरा रहे थे, "कोई तर्क अथवा प्रमाण भी है, तुम्हारे पास, या बस यूँ ही तुम लोग यह माने बैठे हो कि पाण्डव सब लोगों को इतने प्रिय हैं कि कोई धृतराष्ट्र अथवा दुर्योधन का पक्ष ले ही नहीं सकता?"

"नहीं! ऐसा कुछ तो मेरे मन में नहीं है।" सहदेव बोला, "किन्तु हम लोग अपने कुल-वृद्धों को इतने अप्रिय भी नहीं हैं कि वे लोग हमारे साथ रहना ही न चाहें।"

"तो क्यों नहीं आये वे तुम्हारे साथ?"

"महाराज युधिष्ठिर का खाण्डवप्रस्थ के राजा के रूप में राज्याभिषेक हुआ था, इसलिये उन्हें तो यहाँ आना ही था। उनकी माता और भाइयों को भी उनके साथ आना ही था। इसलिये हम लोग चले आये।" सहदेव बोला, "गंगा-तट का अपना प्रासाद छोड़ कर पितामह इस वय में इस वन में हमारे साथ क्या करने के लिये आते?"

"बस? और कोई कारण नहीं हो सकता?" नारद के अधरों पर वक्रता आ गयी थी।

"हाँ। आप कह सकते हैं कि हस्तिनापुर से निष्कासित हम किये गये थे, पितामह नहीं। तो फिर वे हस्तिनापुर क्यों छोड़ते?"

"क्या तुम यह मानना नहीं चाहते सहदेव! कि युधिष्ठिर की महारानी, द्रुपद-पुत्री कृष्णा है। द्रुपद और भीष्म में कभी सौहार्द नहीं रहा। द्रुपद-पुत्र शिखण्डी भीष्म के वध की प्रतिज्ञा किये बैठा है। माना यही जाता है कि

द्रुपद ने भीष्म के वध के लिये शिखण्डी को नियुक्त कर रखा है।" नारद ने सहदेव की ओर देखा, "जिस घर की स्वामिनी द्रुपद की पुत्री और शिखण्डी की बहन हो, भीष्म उस घर में कैसे रह सकते हैं? यही बात आचार्य द्रोण के साथ भी है।..."

सहदेव ने उनकी ओर देखा-भर, कहा कुछ भी नहीं।

"द्रोण की मान्यता है कि द्रुपद ने उसका अपमान किया, और प्रतिहिंसा में द्रोण ने कोई कसर नहीं छोड़ी। अब द्रुपद की पुत्री के घर में द्रोण का स्वागत कैसे हो सकता है?..." नारद बोले।

"किन्तु हमारे मन में तो आचार्य के लिये कोई विरोध नहीं है।" सहदेव बोला, "न ही पांचाली ने कभी ऐसा कोई भाव प्रकट किया है।"

"जिस कृष्णा ने अपने भाई धृष्टद्युम्न के साथ द्रोण के वध के लिये जन्म लिया है, उसके मन में द्रोण के लिये कोई विरोध नहीं होगा, यह मैं कैसे स्वीकार कर सकता हूँ।" नारद मुस्कुरा रहे थे, "हाँ! कृष्णा में इतना संयम अवश्य है कि वह उस विरोध के वर्तमान रहते हुए भी, अपने पतियों के आचार्य का अपने घर में स्वागत करे, किन्तु द्रोण स्थायी रूप से इन्द्रपस्थ में रहने की कल्पना भी नहीं कर सकता।"

"क्या आप विदुर काका के विषय में भी कोई ऐसी ही बात सोचते हैं?" न चाहते हुए भी सहदेव के मुख से अनायास ही निकल गया।

"नहीं। दुर्योधन की अपेक्षा युधिष्ठिर के सान्निध्य में विदुर कहीं अधिक सुखी रह सकता है।" नारद बोले, "किन्तु मेरा अनुमान है कि धृतराष्ट्र से पर्याप्त विरोध होते हुए भी विदुर के मन में उसके प्रति साहचर्य से उत्पन्न स्नेह है। वह उसका हित चाहता है। उसे त्याग नहीं सकता, इसलिये वह हस्तिनापुर से दूर रह भी नहीं सकता। वैसे..." नारद चुप हो गये।

"वैसे क्या देवर्षि?"

"वैसे, तुम लोगों के भी हित में यही है कि धृतराष्ट्र की सभा में तुम्हारे पक्ष का कोई व्यक्ति रहे, ताकि वह धृतराष्ट्र को तुम लोगों की ओर प्रवृत्त करता रहे। दुर्योधन के विष को काटता रहे और हस्तिनापुर राज्य को धर्म के मार्ग की ओर प्रेरित करता रहे।..."

"क्या पितामह भीष्म के हस्तिनापुर में रहते हुए भी इसकी आवश्यकता है?" सहदेव ने कुछ चकित हो कर पूछा।

"भीष्म मध्यस्थ है। वह तुम्हारा पक्ष कभी नहीं लेगा। वह धर्म की बात कहेगा, न्याय की चर्चा करेगा...बहुत होगा तो कौरवों के हित की बात करेगा। यह तो सम्भव है कि मतभेद होने पर विदुर इन्द्रपस्थ में तुम्हारे पास आ जाये,

किन्तु भीष्म या तो विरक्त हो जायेगा, अन्यथा प्राण दे देगा। वह उनके विरुद्ध तुम्हारे पक्ष में नहीं आयेगा।"

"तो क्या पितामह हमारे विरोधी हैं?" सहदेव जैसे तड़प कर बोला।

"नहीं। वह न तुम्हारा विरोधी है, न उनका। मैंने कहा न कि भीष्म मध्यस्थ है।" नारद ने सहसा विषय बदल दिया, "अच्छा यह बताओ कि तुम्हारे नगर का किस-किस दिशा में विकास हुआ है?"

"विकास! हाँ। विकास तो बहुत हुआ है।" सहदेव ने उत्तर दिया, "नगर की जनसंख्या बहुत बढ़ गयी है। व्यापार में भी वृद्धि हुई है। आजीविका की खोज में प्रतिदिन अनेक श्रमिक, सैनिक, कृषक, व्यापारी और उद्यमी... बहुत प्रकार के लोग आ रहे हैं। उनके लिये निरन्तर भवन और मार्ग बन रहे हैं। हाट और आगार बन रहे हैं। गतिविधियाँ बढ़ रही हैं और हमें निरन्तर सावधान रहना पड़ता है कि आजीविका की खोज में आये इन लोगों की ओट में कहीं दुष्ट और साहसिक लोग भी नगर में न आ जायें। वैसे ही इस क्षेत्र में साधारण चोरों से ले कर दस्युओं और साहसिकों की कमी नहीं है। मुझे लगता है कि अराजकता के कारण यहाँ के पूर्व निवासियों में अपराध-कर्म ही स्वीकृत जीवन-पद्धति हो गया था। वे लोग अब भी धर्मपूर्वक आजीविका अर्जित करने के विश्वासी नहीं हैं।"

"तो प्रजा की सुरक्षा के लिये तुम लोग क्या कर रहे हो?" नारद ने पूछा।

"यद्यपि हमने भी आचार्य द्रोण से शस्त्रास्त्रों की शिक्षा पायी है, फिर भी अनेक बार लगता है कि इन साहसिकों के पास बड़े विकसित और परिष्कृत शस्त्रास्त्र हैं। वे हमारे प्रहरियों, दण्डधरों यहाँ तक कि साधारण सैनिकों पर भी भारी पड़ते हैं। इसलिये यह आदेश प्रचारित कर दिया गया है कि ऐसे अवसरों पर, लोग अपने प्राण संकट में न डालें। इन घटनाओं की सूचना तत्काल महाराज अथवा उनके प्रतिनिधियों को दी जाये।"

"और शस्त्र शक्ति?"

"धनंजय निरन्तर नये और अधिक सक्षम दिव्यास्त्रों के आविष्कार और निर्माण में लगे रहते हैं। सेनानायकों को निरंतर नये शस्त्रों के व्यवहार में प्रशिक्षित किया जा रहा है।...हम जानते हैं कि यदि हम अपनी प्रजा की समुचित रक्षा नहीं कर पाये तो जैसे प्रजा का इन्द्रप्रस्थ में प्रवेश हुआ है, वैसे ही उनका निष्क्रमण भी आरम्भ हो जायेगा...।"

उनका रथ युधिष्ठिर के भवन के सम्मुख आ कर रुक गया। अनेक सैनिक-असैनिक कर्मचारियों एवं ब्राह्मणों के साथ नकुल उनकी अगवानी के लिये रथ के निकट आ गया। वे लोग कुछ समय पहले से ही उनकी प्रतीक्षा

कर रहे थे।

"नगर-भ्रमण कर आये देवर्षि?" प्रणाम करने के पश्चात नकुल ने पूछा।

"कर आये।" नारद बोले, "विश्वकर्मा ने सुन्दर नगर बनाया है, तुम्हारे लिये। युधिष्ठिर इससे संतुष्ट हैं क्या?"

"भैया तो खाण्डवप्रस्थ से भी संतुष्ट थे।" नकुल हँसा, "फिर इन्द्रपस्थ से क्यों संतुष्ट न होंगे।"

"भैया के साथ-साथ हम सब आपकी प्रतीक्षा कर रहे हैं देवर्षि! आइये पधारिए।"

"कैसा लगा आपको हमारा इन्द्रप्रस्थ?" नारद को आसन पर ससम्मान बैठा कर युधिष्ठिर ने पूछा, "कोई दोष हो तो कहने में तनिक भी संकोच न करें।"

"वत्स युधिष्ठिर! वस्तुतः मेरा मन तुम्हारे नगर की तुलना में कहीं अधिक तुम्हारे परिवार के सम्बन्धों में यात्रा करता रहा है। यद्यपि तुम्हारा नगर बहुत सुन्दर है और चूँकि इसका निर्माण अपने ही राज्य में तुमने स्वयं करवाया है, इसलिये तुम्हें इससे मोह भी कुछ अधिक ही होगा। उसमें मेरा अधिक रुचि न लेना कदाचित तुम्हें अच्छा भी न लगे, किन्तु मेरे लिये सदा ही नगरों की अपेक्षा मानवीय-सम्बन्ध अधिक महत्वपूर्ण रहे हैं। मेरा मन उनके सौन्दर्य पर अधिक मुग्ध होता है। यही कारण है कि मार्ग में भी मैं सहदेव से नगर के विषय में कम, तुम्हारे पारिवारिक सम्बन्धों के विषय में अधिक जानकारी प्राप्त करता रहा हूँ।"

"यह तो हमारा सौभाग्य है देवर्षि! कि आपको हमारे परिवार और परिवारजनों के पारस्परिक सम्बन्धों में इतनी रुचि है। मैं इसे आपकी आत्मीयता ही मानता हूँ।" युधिष्ठिर ने कहा।

"तो युधिष्ठिर! मैं तुमसे एक प्रश्न और पूछना चाहता हूँ।" नारद बोले, "मैं जानता हूँ कि तुम असत्य भाषण कभी नहीं करते, इसलिये झूठ नही बोलोगे, किन्तु इसे मेरी ओर से मर्यादा का अतिक्रमण भी मत मानना। वस्तुतः मेरे मन में कुछ ऐसे प्रश्न हैं जो मुझे व्यग्र तो नहीं कर रहे, किन्तु वे स्वतः शान्त भी नहीं हो रहे।"

"पूछिए देवर्षि! संकोच की तो कोई बात ही नहीं है।"

"जहाँ तक मैं जानता हूँ युधिष्ठिर!" नारद ने बात आरम्भ की, "दुर्योधन में कितने भी अवगुण हों किन्तु वह अपने पिता की आज्ञा की अवज्ञा नहीं करता। उस परिवार में सहस्रों त्रुटियाँ हों किन्तु दुर्योधन के भाई उसका विरोध नहीं करते। वे सब एक हैं और संगठन उनकी शक्ति है।" नारद ने रुक कर युधिष्ठिर की ओर देखा, "क्या तुम भी अपने भाइयों के विषय में यही बात

कह सकते हो?"

युधिष्ठिर ने नारद की ओर देखा तो उनकी आँखों में पूर्ण शान्ति थी, "महर्षि! मैंने तो अपने भाइयों में परस्पर मतभेद की बात कभी स्वप्न में भी नहीं सोची। मुझे याद नहीं पड़ता कि हम में कभी कोई विरोध हुआ हो। छोटे-मोटे मतभेद तो हममें होते ही रहते हैं, उनके विषय में हम लोग परस्पर चर्चा भी कर लेते हैं, और फिर सर्वसम्मति से निर्णय करते हैं। यह सम्भव न हो तो मेरे अनुज बड़े भाई की इच्छा का सम्मान कर मुझ से सहमत हो जाते हैं। मुझे एक भी घटना ऐसी याद नहीं पड़ती जब मुझे अपने किसी मतभेद को दबाने के लिये बड़े भाई के अधिकार का उपयोग करना पड़ा हो।" उन्होंने चकित हो कर नारद की ओर देखा, "किन्तु महात्मन्! इस प्रश्न का संदर्भ मैं समझ नहीं पाया।"

नारद ने तत्काल कोई उत्तर नहीं दिया, किन्तु जब युधिष्ठिर ही नहीं उन पाँचों भाइयों की दृष्टि निरंतर उनकी ओर जिज्ञासा में उठी ही रही तो बोले, "मेरी बात को अन्यथा न लेना। मानव-मन दुर्गम ही नहीं, अगम है। उसकी जटिलताओं को समझना बड़े-बड़े ऋषियों के लिये भी सरल नहीं रहा है। जिन लोगों में परस्पर असाधारण प्रेम होता है, वे ही लोग जब कारण-अकारण एक-दूसरे से टूटे हैं, तो विकट शत्रु हो गये हैं। मेरे मन में कभी-कभी तुम लोगों के विषय में यह चिन्ता जन्म लेती है कि कहीं तुम्हारी एकता में किसी प्रकार का कोई विघ्न न आये, क्योंकि तुम्हारी सबसे बड़ी शक्ति तुम्हारी एकता ही है।"

युधिष्ठिर निश्छल मन से हँस पड़े, "मैं तो ऐसा कोई कारण नहीं देखता देवर्षि! आप अपनी आशंका का कारण बतायें, तो ही मैं कुछ कह सकूँगा।"

नारद ने उन पाँचों भाइयों को देखा : युधिष्ठिर के मुख पर सहज उल्लास था। देवर्षि के संकेत करने के पश्चात भी उनके मन में किसी प्रकार की कोई आशंका नहीं जन्मी थी।...किन्तु अन्य चार भाइयों के चेहरे पर उत्कण्ठा के कुछ चिह्न अवश्य प्रकट हो गये थे। शायद वे मन-ही-मन देवर्षि के कथन का कारण ढूँढ रहे थे।

"मैंने तुम लोगों के व्यवहार में ऐसा कुछ नहीं पाया, जिससे मुझे ऐसी आशंका हो, किन्तु पुत्र! संसार में धरती, धन तथा नारी को ले कर अत्यन्त प्रेम करने वाले भाइयों में भी मतभेद ही नहीं शत्रुता तक होती देखी गयी है। मैं जानता हूँ कि यह बात तुम जैसे सतोगुणी भाइयों के विषय में नहीं कही जा सकती, किन्तु मैंने तुमसे कहा न कि मानव मन अत्यन्त जटिल होता है। उसके विषय में हम कभी भी बहुत निश्चिन्त हो कर नहीं रह सकते।"

नारद ने अपने चिन्तन-संसार से बाहर निकल कर पुनः युधिष्ठिर की ओर

देखा, जैसे उससे स्पष्टीकरण माँग रहे हों।

युधिष्ठिर गम्भीर ही नहीं चिन्तित दिखे, "धरती और धन में ऐसा कुछ नहीं है जो मेरे भाइयों को लुभा कर उन्हें एक-दूसरे के विरोध में खड़ा कर सके। मेरे भाइयों के मन में लोभ तो है ही नहीं, और वे अन्याय और अधर्म से कोई वस्तु अपने लिये प्राप्त करने की कल्पना भी नहीं करते। आप जानते हैं, उनकी वृत्ति भोग की नहीं है। यदि कभी जीवन में किन्हीं परिस्थितियों में मेरे भाइयों में से किसी के मन में इनकी आकांक्षा जागी तो मुझे पूर्ण विश्वास है कि अन्य भाई उसका त्याग करने में एक क्षण भी नहीं लगाएँगे। हाँ! नारी के विषय में इस प्रकार निश्चिन्त हो कर कहने में कुछ कठिनाई हो सकती थी। शायद यह आशंका सबसे पहले हमारी माता के मन में ही जन्मी थी। सम्भवतः इसीलिये उन्होंने यह चाहा था कि पांचाली को ले कर हम एक-दूसरे से पृथक न हों। इस समस्या के समाधान के रूप में उनकी इच्छा हुई कि हम पाँचों का विवाह पांचाली से हो। हम पाँचों का पांचाली से विवाह, उसी शत्रु के आक्रमण से अपनी रक्षा करने के लिये बनाया गया वह दुर्ग है, जिसकी ओर आपने अभी संकेत किया है।"

नारद कुछ क्षण युधिष्ठिर की ओर देखते रहे, जैसे सोच रहे हों कि अपने मन की बात कह कर कहीं वे युधिष्ठिर को कष्ट तो नहीं पहुँचाएँगे। अन्ततः वे बोले, "प्रकृति बड़ी मायाविनी है पुत्र! इस माया की सृष्टि में जो जैसा दिखायी देता है, वस्तुतः वैसा होता नहीं। प्रकृति ने सब कुछ द्वंद्वमय बनाया है। हम जिसे अपना रक्षा-कवच मानते हैं, कलान्तर में प्रकृति उसे ही हमारी कारा बना देती है। तुम्हारी माता ने तुम पाँचों को परस्पर एक साथ बाँधे रखने के लिये जिस युक्ति का आविष्कार किया है, मेरे मन में आशंका यह है कि वही युक्ति तुम्हारे विनाश का कारण न बन जाये।"

"वह कैसे देवर्षि?" भीम ने पहली बार मुख खोला, "वैसे तो हम पूर्ण आश्वस्ति से यह भी कह सकते हैं कि मनुष्य के मन में काम का वेग कितना भी दुर्निवार क्यों न हो, हम पाँचों भाई पर-नारी की कामना नहीं कर सकते। हमारा संयम व्यभिचार को कभी सुखकर नहीं मान सकता।..."

नारद ने सहसा उसकी ओर देखा, "मैं भी तुमसे यही कर रहा हूँ पुत्र! पांचाली का विवाह तुम पाँचों से हुआ, ताकि तुममें उसको ले कर कोई मनभेद न उभरे, किन्तु यही तथ्य तुम्हारे लिये अब संकट का कारण बन सकता है। पांचाली तुम पाँचों की पत्नी है, इसलिये उसकी कामना में तुम पाँचों के लिये कोई अनौचित्य नहीं है। उस दृष्टि से वह तुम्हारे लिये पर-नारी भी नहीं है। जिसकी कामना तुम सब कर सकते हो, वही तुममें विरोध का अंकुर भी

उपजा सकती है। तुमने सुन्द और उपसुन्द की कथा सुनी होगी। वे राक्षस थे किन्तु दोनों भाइयों में अनुलंघनीय प्रेम था। उनके उस प्रेम के भंजन के लिये देवताओं ने तिलोत्तमा का उपयोग किया और अन्ततः वे दोनों एक-दूसरे के हाथों ही मारे गये थे।"...

"तो आप हम पाँचों भाइयों को सुन्द और उपसुन्द के समकक्ष रखते हैं देवर्षि?" भीम के स्वर में प्रतिवाद था।

"नहीं!" नारद बोले, "तुम लोगों को सुन्द और उपसुन्द के समकक्ष नहीं रखता। मैं पांचाली को तिलोत्तमा से भी अधिक कमनीय नारी मानता हूँ, इसलिये मेरी इच्छा है कि तुम लोग उससे अपने सम्बन्धों के संदर्भ में कुछ ऐसे नियम अवश्य बना लो, जिससे जिस समय वह एक भाई की पत्नी हो, उस समय वह अन्य भाइयों के लिये पर-स्त्री ही हो जाये। मुझे पूर्ण विश्वास है, कि यदि तुम लोग ऐसा कोई नियम बना लोगे और सावधानी से उसका पालन करोगे तो तुम लोगों में न कोई मतभेद जन्म लेगा, न विरोध उपजेगा और न कभी विभाजन की स्थिति आयेगी।"

पाँचों पाण्डव इस प्रकार चुप हो कर एक-दूसरे की ओर देख रहे थे जैसे वे देवर्षि नारद से अपनी सहमति जता रहे हों और कह रहे हों कि उन्हें यह बात पहले क्यों नहीं सूझी...

"यदि मेरा परामर्श मानो तो इसी क्षण से तुम अपने लिये नियम निर्धारित कर लो, ताकि मैं निश्न्चित हो कर यहाँ से जा सकूँ।"

"मेरा प्रस्ताव है," युधिष्ठिर ने उन सबकी ओर देखा, "कि पांचाली हममें से प्रत्येक के घर में एक-एक वर्ष निवास करे। उस काल में अन्य भाइयों के लिये वह पर-स्त्री ही रहे। यद्यपि मैं मानता हूँ कि हम में से कोई भी इस नियम का उल्लंघन नहीं करेगा फिर भी मर्यादा की रक्षा के लिये हम इसे अनुशासन के रूप में स्वीकार कर लें कि उस काल में यदि कोई दूसरा भाई उनके एकान्त का अतिक्रमण करे तो यह निन्दनीय कर्म माना जायेगा, अतः वह प्रायश्चित स्वरूप बारह वर्षों तक ब्रह्मचर्यपूर्ण वनवास करे।" युधिष्ठिर ने उनकी ओर देखा, "क्या हम सब इसके लिये सहमत हैं?"

उन्हें अधिक चिन्तन-मनन की आवश्यकता नहीं थी। वे लोग तत्काल ही सहमत हो गये।

"यदि तुम सब इसके लिये सहमत हो और इस प्रतिज्ञा का नियमपूर्वक पालन करोगे तो तुम में कभी किसी प्रकार का मतभेद उत्पन्न नहीं होगा।" नारद बोले, "यद्यपि काम का वेग मनुष्य के नियन्त्रण से स्वतन्त्र है, फिर भी मैं तुम लोगों के संदर्भ में इस प्रतिज्ञा का विश्वास कर सकता हूँ।" नारद ने

उन्हें देखा, "किन्तु धर्मराज के साथ सिंहासन पर बैठने की अधिकारिणी केवल पांचाली ही होगी।"

"हमें स्वीकार है।" पाँचों भाइयों ने एक साथ कहा।

युधिष्ठिर को आशीर्वाद दे, कुन्ती एक आसन पर बैठ गयी, "पांचाली को भी बुला लो पुत्र। एक बात मेरे मन में आयी है, सोचती हूँ कि तुम लोगों से उसकी चर्चा कर ही लूँ।"

"चर्चा की क्या आवश्यकता है माँ! तुम आदेश करो। तुम्हारी इच्छा पूरी होगी।" युधिष्ठिर आ कर माँ के निकट बैठ गये।

"नहीं। ऐसी कोई इच्छा नहीं है, जिसके लिये आदेश करूँ।" कुन्ती ने उत्तर दिया, "वैसे तो एक बड़े भाई के रूप में तुम अपने छोटे भाइयों का पूरा-पूरा ध्यान रखते ही हो, फिर भी कुछ बातें ऐसी होती हैं, पुत्र! जो केवल जीवन के अनुभव से ही लक्ष्य की जा सकती हैं।...इसलिये सोचती हूँ कि तुम्हारा ध्यान उधर आकृष्ट करा दूँ। फिर जैसा तुम लोग उचित समझो।"

द्रौपदी ने आ कर कुन्ती को प्रणाम किया।

"सदा सुखी रहो पुत्री।" कुन्ती ने उसका माथा सूँघा, "मैं तुम्हें बुलाने के लिये कह ही रही थी। तुमसे कुछ कहना है।"

"आप किसी से कहलवा देतीं...।"

"क्यों? कहलवा क्यों देती?" कुन्ती बोली, "तुझे देखने का मन नहीं करता मेरा? तुझसे दो बातें करने की मेरी इच्छा नहीं होती?"

"ओ मेरी माँ!" द्रौपदी कुन्ती के कण्ठ से जा लगी, "कैसा अद्भुत भाग्य पाया है मैंने। आपकी जेठानी की बहुएँ सुनेंगी तो ईर्ष्या से ही मर जायेंगी...।"

"नहीं। ऐसी बात नहीं है कृष्णा।" कुन्ती ने सहज भाव से कहा, "गान्धारी को अपनी पुत्र-वधुएँ बहुत प्रिय है।...अच्छा सुनो।" कुन्ती ने द्रौपदी का हाथ, अपनी दोनों हथेलियों में थाम लिया, "महर्षि नारद तुम लोगों के लिये बहुत सुन्दर व्यवस्था कर गये हैं। कुछ आशंकाएँ मेरे मन में भी थीं, किन्तु मेरे पास उनका समाधान नहीं था। अब, जब उन्होंने यह व्यवस्था कर ही दी है तो नयी परिस्थितियों में कुछ भिन्न चिन्ताएँ उभरी हैं।"

"कहो माँ।"

"पुत्र! नियम अपने-आप में वरेण्य होते हैं, किन्तु यदि चाहो कि उनका समुचित पालन भी हो तो उन्हें व्यावहारिक भी बनाना चाहिए। नियम-पालन के मार्ग में जो व्यावहारिक कठिनाइयाँ हों, उन्हें दूर करना भी हमारा कर्त्तव्य है।"

"अपनी इच्छा कहो, माँ।"

"यदि किसी को एक क्षेत्र से निष्कासित किया जाये, तो उसके ठहरने के लिये कोई अन्य क्षेत्र भी तो बना देना चाहिए, अन्यथा वह व्यक्ति बाध्य हो कर नियम भंग करेगा और निषिद्ध क्षेत्र में प्रवेश करने का प्रयत्न करेगा।"

"ठीक है माँ। मैं समझ रहा हूँ।"

"पुत्र! पांचाली तुम पाँचों की पत्नी अवश्य है, किन्तु इस व्यवस्था के अन्तर्गत वह एक वर्ष के लिये तुममें से किसी एक भाई की ही पत्नी होगी, उस अवधि के लिये शेष चार भाई तो पत्नी-विहीन ही होंगे न। और जो एक पाण्डव एक वर्ष के लिये सपत्नीक होगा, वह अगले चार वर्षों के लिये पत्नी-विहीन जीवन व्यतीत करेगा..."

"हाँ माँ। यही स्थिति होगी।"

"ऐसे में क्या यह स्वीकार किया जा सकता है कि पाँचों पाण्डव समीचीन रूप से विवाहित हैं? क्या तुम पाँचों एक भरा-पूरा दाम्पत्य जीवन पा सकोगे, दाम्पत्य अपेक्षाओं को पूर्णतः तृप्त कर पाओगे?"

"नहीं। शायद नहीं।" युधिष्ठिर धीरे से बोले।

"ऐसे में क्या यह अच्छा नहीं है, कि तुम अपने तथा अपने छोटे भाइयों के एक-एक अतिरिक्त विवाह के विषय में सोचो, और उन्हें उसके लिये प्रेरित करो..."

द्रौपदी की दृष्टि कुन्ती के चेहरे पर चिपक गयी : ठीक ही तो कह रही हैं माँ। स्वयं द्रौपदी ने तो मान लिया था कि द्रौपदी का विवाह पाँचों पाण्डवों के साथ हुआ था, इसलिये वे विवाहित थे, किन्तु व्यवहारतः तो वे विवाहित नहीं थे...चार वर्षों तक द्रौपदी जिस पाण्डव के साथ सहवास नहीं करेगी, वह स्वयं को विवाहित कैसे मानेगा?

"इसलिये तुम्हें चाहिए कि सबसे पहले भीम को तुम विवाह के लिये प्रेरित करो।" कुन्ती ने द्रौपदी की ओर देखा, "क्यों कृष्णा! तुम्हें यह तो नहीं लगेगा कि मैं तुम्हारे साथ अन्याय कर रही हूँ?...अथवा तम्हारे विरुद्ध कोई षड्यन्त्र रच रही हूँ?"

"नहीं माँ! यदि उनके विवाहों के आड़े आऊँ, तो मैं उनके साथ अन्याय करूँगी।" द्रौपदी अत्यन्त मधुर स्वर में बोली, "यह तो आपका ही अपने पुत्रों की असुविधा समझने वाला जागरूक मन है, जिसने हमें समय से चेता दिया, नहीं तो मैं पाण्डवों को विवाहित मान, अविवाहित का-सा जीवन व्यतीत करने को बाध्य करती रहती और उनकी पीड़ा कभी समझ नहीं पाती।"

"तू बहुत करुणामयी है पुत्री! तेरा मन उदार ईर्ष्याशून्य है, नहीं तो कौन-सी स्त्री 'सपत्नी' शब्द से ही विचलित नहीं हो जाती।" कुन्ती की वाणी

ही नहीं आँखों में भी स्नेह था, "तो पुत्र युधिष्ठिर! तुम भीम का ध्यान काशी की राजकुमारी बलन्धरा के स्वयंवर की ओर दिलाओ। संभव हो तो वहाँ जाने के लिये उसे प्रेरित भी करो।"

"हाँ! बलन्धरा के स्वयंवर की चर्चा मैंने भी सुनी है।" द्रौपदी बोली, "उसके लिये बल और पराक्रम को ही शुल्क रखा गया है।"

"मैं निश्चित रूप से तो नहीं कह सकती," कुन्ती ने कहा, "किन्तु मुझे लगता है कि काम्पिल्य में भीम द्वारा प्रदर्शित बल-पराक्रम से काशिराज अनभिज्ञ नहीं होंगे। उस पर भी यदि उन्होंने बल और पराक्रम को ही स्व्यंवर का शुल्क रखा है, तो बहुत संभव है कि यह स्वयंवर भीम के लिये ही हो।"

"ठीक है माँ। उस स्वयंवर में भीम का ही जाना उचित है। उसका विवाह हो जाये फिर अर्जुन से भी चर्चा करूँगा..." युधिष्ठिर ने रुक कर माँ की ओर देखा, "वैसे मैंने सुना है कि शिवि नरेश गोवासन की पुत्री के स्वयंवर की भी तैयारियाँ चल रही हैं।..."

"तुम्हें यह समाचार भी मिला होगा कि मद्रदेश के एक राजा द्युतिमान की राजकुमारी विजया के विवाह की भी चर्चा हो रही है...।"

"माँ! विवाह योग्य राजकुमारियों का अन्वेषण करने के लिये तुमने अपना कोई गुप्तचर तो नियुक्त नहीं कर रखा?" युधिष्ठिर हँसे, "अपने गूढ़ पुरुषों के सारे तन्त्र के होते हुए भी मुझे ये सारी सूचनाएँ नहीं मिलतीं, जो तुम्हें अपने कक्ष में बैठे-बैठे स्वतः ही प्राप्त होती रहती हैं...।"

"मैं पाँच पुत्रों की माँ हूँ युधिष्ठिर! जिसकी अभी केवल एक ही बहू आयी है, इसलिये ये सूचनाएँ स्वतः ही मेरे पास आ जाती हैं...।" कुन्ती रुकी, "किन्तु यदि धर्मराज युधिष्ठिर अपने गुप्तचरों से राजनीतिक महत्व की सूचनाएँ न मँगवा कर, विवाह-योग्य राजकुमारियों की सूचियाँ मँगवाएँगे, तो वे धर्मराज न रह कर विलासराज हो जायेंगे।...तुम अपने धर्म का निर्वाह करो पुत्र! मैं अपने धर्म का निर्वाह कर रही हूँ।"

तभी भीम ने आ कर प्रणाम किया, "अरे माँ! तुम यहाँ बैठी हो, मैं तो तुम्हारे भवन में गया था।"

"झूठा कहीं का।" कुन्ती ने लाड़ से उसकी पीठ पर थपकी दी, "मुझे यहाँ बैठे देख कर बातें बना रहा है।"

"नहीं माँ! चाहो तो अपनी दासियों को यहीं बुलवा कर अभी पूछ लो।" भीम की वाणी में प्रस्ताव के प्रति तनिक भी गम्भीरता का भाव नहीं था।

"लगता है कि मध्यम पाण्डव किसी विशिष्ट दासी के दर्शनों की योजना बना रहे हैं।" द्रौपदी मुस्कुराई।

"तुम सास-बहू तो एक से बढ़ कर एक हो।" भीम हँसा, "शब्दों से वह सूँघ लेती हो, जो किसी के मन में भी नहीं होता।"

"दासी क्यों, हम तेरे लिये राजकुमारी के दर्शनों का प्रबन्ध कर रहे हैं।..."

"कौन-सी राजकुमारी?"...

"आ यहाँ बैठ!" कुन्ती ने उसकी कलाई थाम कर कहा, "हम तीनों मिल कर तुम्हें काशी भेजने का षड्यन्त्र रच रहे हैं।"

"क्यों माँ? काशी जाकर क्या गंगाजल लाना है?" भीम हँसा।

"नहीं रे। गंगाजल लाने के लिये तो कोई साधारण व्यक्ति भी जा सकता है, उसके लिये महावीर को क्यों भेजा जायेगा।"

"वहाँ राजकुमारी बलन्धरा का स्वयंवर है भीम, जिसका शुल्क है, बल और पराक्रम।" युधिष्ठिर ने बताया, "अब बताओ, इस युग में सम्पूर्ण आर्यावर्त्त में भीम से बढ़ कर पराक्रमी और कौन है।...हम चाहते हैं कि तुम बलन्धरा को स्वयंवर में प्राप्त करो।"

भीम के नयनों में तत्काल प्रसन्नता की ज्योति जागी, किन्तु अगले ही क्षण उसकी दृष्टि द्रौपदी के चेहरे पर जा टिकी।...कहीं पांचाली ने बुरा तो नहीं माना?...पता नहीं धर्मराज को भी क्या सूझा कि ऐसी चर्चा पांचाली के सामने ही ले बैठे...

किन्तु न तो द्रौपदी ने अपनी ओर से कुछ कहा, न उसकी ओर देखा और न ही अपने गम्भीर चेहरे से किसी प्रकार का कोई भाव अभिव्यक्त होने दिया...

"माँ! तुम्हारी इच्छा पूरी करने का अर्थ है मातुल शल्य से भिड़न्त। बहुत सम्भव है, जरासंध भी आया हो।...और दुर्योधन तो होगा ही...।" भीम बोला, "और कोई...।"

"अरे तुम बलराम को भूल ही जाते हो।" कुन्ती ने जोड़ा।

"नहीं माँ। बलभद्र भैया की स्वयंवरों में तनिक भी रुचि नहीं है, वे रेवती भाभी से विवाह कर पूर्णतः तृप्त लगते हैं। हाँ युद्ध का प्रसंग हो तो बात और है।" भीम बोला, "पर मातुल के विषय में कुछ नहीं कहा जा सकता। लगता है कि राजकुमारियों में उनकी रुचि अब भी बनी हुई है।"

"अच्छा! है उसकी राजकुमारियों में रुचि तो?" कुन्ती ने कृत्रिम रोष जताया।

"अब मातुल की आकांक्षित कन्या को मैं जय कर ले आऊँ...यह धर्म तो नहीं है न! माता माद्री जीवित होती, तो ऐसा करने देतीं क्या?" भीम के चेहरे से तनिक भी पता नहीं लग रहा था कि वह मात्र परिहास कर रहा है, अथवा

यह उसकी गम्भीर आपत्ति थी।

"तुमने द्रौपदी के स्वयंवर में यह सब क्यों नहीं सोचा?" कुन्ती ने मानो भीम की क्रीड़ा में सहयोग किया।

"पांचाली संकेत कर देती तो मैं मान लेता कि उसने निश्चय कर लिया है। मैं मातुल का विरोध वहाँ भी नहीं करता।" भीम हँस रहा था, "पांचाली ने कोई संकेत नहीं किया, तो मैं समझ गया कि मातुल का विरोध उसे भी अभीप्सित था।"

"मैंने तो यहाँ भी कोई संकेत नहीं किया है मध्यम!" द्रौपदी ने क्रीड़ामयी आँखों से उसकी ओर देखा, "आप इसका क्या अभिप्राय समझते हैं?"

"संभव है कि इसमें पांचाली की यह इच्छा निहित हो कि मध्यम पाण्डव काशी की राजकुमारी को स्वयंवर में प्राप्त कर, पांचाली की दासी बना कर इन्द्रप्रस्थ ले आये।" भीम धीरे से बोला, "पर यदि यह अभिप्राय न हो तो इसे मध्यम पाण्डव की बुद्धि का दोष माना जाये, उसकी आकांक्षाओं को लांक्षित न किया जाये।..."

"कृष्णा!" कुन्ती की तर्जनी, चिन्ता में अपने चिबुक पर आ लगी, "देख तो यह विशालकाय मध्यम पाण्डव तुझसे कितना भयभीत है।"

"मध्यम भयभीत नहीं हैं माँ। इतने कोमल हृदय हैं कि मेरी पीड़ा उनसे देखी नहीं जाती, इसलिये मुझे आहत नहीं करना चाहते।..." द्रौपदी बोली।

"तो बेटी! इसे बन्धन-मुक्त कर, ताकि यह काशी जा सके।" कुन्ती ने कहा, "नहीं तो यह अपने मातुल ही नहीं, अन्य प्रतियोगियों के विरुद्ध भी आचरण न करने के अनेक धर्मसंगत तर्क ढूँढ लाएगा।"

भीम ने अत्यन्त चाव से द्रौपदी की ओर देखा।

"मध्यम! जिस माता के पाँच पुत्र हों, उसके लिये एक पुत्रवधू पर्याप्त नहीं होती। अपने अग्रज और मुझे अपराधबोध से मुक्त करने के लिये, तुम बलन्धरा को प्राप्त करने का प्रयत्न करो।" द्रौपदी क्षण भर रुकी, "मैं मात्र माँ की इच्छा-पूर्ति के लिये ही यह नहीं कह रही, मेरी न्याय-बुद्धि का भी यही निश्चय है।"

भीमा का असंमजस विलुप्त हो गया, "माँ! हमारे परिवार की परम्परा है कि काशी जाओ, तो वहाँ की सारी राजकुमारियों को प्राप्त करो...क्या मुझे भी यही आदेश है?"

"यह लड़का तो..." कुन्ती मुस्कुराई, "नहीं! तुम्हें केवल बलन्धरा को ही स्वयंवर में प्राप्त करना है। उसका हरण नही करना है।"

"ठीक है माँ। तुम्हारी आज्ञा का पालन होगा।"

7

सैनिक ने हाथ जोड़ कर प्रणाम किया, "राजकुमार! द्वार पर एक ब्राह्मण खड़ा गुहार कर रहा है।"

अर्जुन अभी पूरी तरह सोया नहीं था, किन्तु सोने की प्रक्रिया आरम्भ अवश्य हो गयी थी। उसे लगा, सैनिक के प्रणाम से ही तन्द्रा का आवरण चीर कर उसकी चेतना लौटी थी, अन्यथा वह प्रायः सो ही चुका था। हाँ! नींद अभी गहराई नहीं थी, इसलिये सैनिक की एक ही पुकार से उचट गयी। वह भीम के समान इतनी गहरी नींद नहीं सोता था कि कोई चिल्ला-चिल्ला कर उसे हिलाता रहे और उसकी नींद न टूटे, किन्तु उसकी नींद इतनी कच्ची भी नहीं थी कि किसी के एक बार पुकारने से ही वह जाग जाये।

अर्जुन उठ कर बैठ गया, "क्या बात है? क्या चाहता है वह?"

"राजकुमार वह अपने गोधन की रक्षा चाहता है। चोरों का एक दल उसकी गायों को बलात हाँक कर लिये जा रहा है...।"

अर्जुन को जैसे किसी पशु ने अपने तीखे दाँतों से काट लिया अथवा किसी ने तीक्ष्ण शूल उसके वक्ष में उतार दिया था।...तो वे चोर फिर आ गये।...उन्हें शायद यह सूचना मिल गयी थी कि भीम महाराज युधिष्ठिर के आदेश से इन्द्रप्रस्थ से बाहर गया हुआ है, और अर्जुन दिव्यास्त्रों के निमार्ण-हेतु वन में अपनी कार्य क्षमता में व्यस्त है। उन्हें यह सूचना कदाचित नहीं मिली थी कि अर्जुन आज सन्ध्या को इन्द्रप्रस्थ में लौट आया है।... और अकेला नहीं लौटा है, अपने उन दिव्यास्त्रों को ले कर लौटा है, जिनसे योजनों-भर में बिखरे असंख्य शत्रुओं से वह अकेला ही निबट सकता है...वैसे क्या वे समझते हैं कि भीम और अर्जुन उपस्थिति न हों तो इन्द्रप्रस्थ असुरक्षित है?...धर्मराज युधिष्ठिर और नकुल, सहदेव तो क्या, अब तो इन चोरों पर इन्द्रप्रस्थ के सेनानायक भी भारी पड़ेंगे...

किन्तु इन विचारों से अर्जुन का मन शान्त नहीं हो रहा था। उसे लगा कि इन चोरों ने घात लगा कर आक्रमण किया है। वे न अपनी दुष्टता छोड़ रहे हैं, न चतुराई। पाण्डवों की सहृदयता का उन्होंने कोई लाभ नहीं उठाया है।...किन्तु उन्हें अपनी चतुराई काफी महँगी पड़ेगी। शायद वे नहीं जानते कि आज ही अर्जुन के दिव्यास्त्र बन कर आये हैं। उन्होंने अपनी चतुराई से अर्जुन को उन दिव्यास्त्रों के परीक्षण का अवसर दे दिया है...

"वह ब्राह्मण कहता है कि महाराज युधिष्ठिर यदि एक निर्धन और असहाय ब्राह्मण के गोधन की चोरों से रक्षा नहीं कर सकते, तो वे कैसे

धर्मराज हैं?..."

अर्जुन के लिये इस प्रश्न का तनिक भी महत्व नहीं था।...वह जानता था कि राजा की धर्मपरायणता को सिद्ध करने के लिये उसे ब्राह्मण से शास्त्रार्थ नहीं करना है। राजा की धर्मपरायणता तो उसके अपने तथा उसके कर्मचारियों के आचरण से सिद्ध होती है, शासन-तन्त्र की सक्रियता से सिद्ध होती है। वह तत्काल जा कर उन चोरों को दण्डित करेगा और गोधन लौटा लाएगा, तो राजा की धर्मपरायणता में ब्राह्मण की निष्ठा पुनः स्थापित हो जायेगी...

अर्जुन को लगा कि उसके मन में उन चोरों को दण्डित कर गोधन लौटा लाने का संकल्प जगा है, किन्तु उस संकल्प का बीज-रूप उसके मन में क्षोभ है। और जब मन में क्षोभ हो तो योद्धा उत्साह अथवा उल्लास का अनुभव नहीं करता, उसके मन पर चिन्ता और अवसाद की परतें घनी होती जाती हैं।...

वे लोग जब से खाण्डवप्रस्थ में आये थे, इन चोरों, दस्युओं, साहसिकों और लुटेरों से अनवरत लड़ रहे थे।...पहले तो ये अपराधकर्मी, खाण्डव-वन को अपना अभयारण्य मान कर अधिकारपूर्वक यहाँ रहते थे। पाण्डवों से वे इस प्रकार लड़े थे, मानो वे पाण्डवों को निष्कासित कर, यहाँ अपना राज्य ही स्थापित कर लेंगे।...अब स्थिति वह नहीं रही थी। क्रमशः वे लोग दुर्बल हो गये थे। उनकी संख्या भी कम हो गयी थी और उनका मनोबल भी टूट गया था। इसलिये उनके प्रहारों की निरन्तरता भंग हो गयी थी। और प्रहार उतने आक्रामक भी नहीं थे।...फिर भी इन्द्रप्रस्थ की प्रजा अभी सर्वथा भयमुक्त नहीं हुई थी। इसीलिये गोधन की चोरी का समाचार प्रहरियों अथवा सामान्य सेनानायकों को न दे कर स्वयं राजकुमार अर्जुन को दिया जा रहा था।...

अर्जुन उठ कर अपने कक्ष से बाहर आया।

...यह कहीं किसी पड़ोसी राजा का षड्यन्त्र ही तो नहीं? कई बार आस-पास के राज्य अपने सीमावर्ती क्षेत्रों में इस प्रकार का उत्पात करते रहते हैं, ताकि एक ओर वे उनका बल तौलते रहें और दूसरी ओर उन्हें किसी-न-किसी व्यूह में उलझाए रखें। ऐसे में वे कभी-कभी लूटपाट का व्यवसाय करने वाले भृतक सैनिकों की सहायता लेते हैं और कभी अपनी ही सेवा के गुल्म भेज देते हैं।...वैसे वे भृतक सैनिक क्या होते हैं, होते तो वे दस्यु ही हैं। जाने किसने उन्हें भृतक सैनिकों का नाम दे दिया है।...

सहसा अर्जुन का मन पलटा। यदि यह काम किसी सीमावर्ती राजा की सेना का है तो उसे चाहिए कि वह उसकी सूचना युधिष्ठिर को दे और अपने सेनानायकों को भी सचेत करे।...किन्तु यदि यह किसी राजा की सेना का गो-हरण-अभियान होता, तो वह दिन के समय होता।...और कोई राजा कितना

भी कायर क्यों न हो, जब ऐसे अभियान पर निकलता है तो अपने शक्ति-प्रदर्शन के लिये चुनौती का थोड़ा-सा नाटक वह अवश्य करता है। रात को इस प्रकार बिना कोई चेतावनी दिये गोधन की चोरी करने वाला कोई राजा अथवा दुस्साहसी दस्यु नहीं होगा। यह तो खाण्डव-वन का कोई धृष्ट चोर ही होगा।...

जो कोई भी हो...अर्जुन के पास अब सोचने का अधिक समय नहीं था। यदि एक बार वह चोर ब्राह्मण के गोधन के साथ खाण्डव-वन में प्रवेश कर गया तो फिर उसे पकड़ पाना कठिन हो जायेगा। इस समय तो चिन्तन-मनन तथा योजना निर्माण से कहीं अधिक आवश्यकता त्वरित एवं तत्काल कर्म की थी। अर्जुन अकेला ही लपक कर जाये तो अपने दिव्यास्त्रों की सहायता से, वह उन चोरों से निबट सकता है। इस समय तो न योजना-बुद्धि की आवश्यकता है, न शस्त्र-बल की। आवश्यकता है थोड़े साहस और कठोरता की। जिस अर्जुन में युद्ध-क्षेत्र में अनेक महारथियों से अकेले ही जूझ पड़ने का साहस और क्षमता है, उसे कुछ भीरु-हृदय चोरों से गोधन लौटा लाने के लिये किसी सेना अथवा सेना-नायक की आवश्यकता नहीं है।...

किन्तु उसे अपने दिव्यास्त्र ले लेने चाहिए।...भीम होता तो कदाचित निःशस्त्र ही निकल पड़ता। वन में से ही किसी वृक्ष की बड़ी-सी शाखा तोड़ता अथवा पूरा वृक्ष ही उखाड़ता और चोरों से जूझ पड़ता। किन्तु अर्जुन की यह रणनीति नहीं है। अकेले ही यदि अनेक योद्धाओं से निबटना है, युद्ध के कोलाहल से घबराए हुए पशु-धन को इधर-उधर भाग कर वन में खो जाने से रोकना है, उन्हें लौटा कर सुरक्षित इन्द्रप्रस्थ में लाना है...तो उसे दिव्यास्त्रों से सज्जित होना ही चाहिए। दिव्यास्त्रों के अभाव में, यदि वह गोधन लौटा लाया, किन्तु चोर भाग गये, तो उसका काम अपूर्ण ही रह जायेगा। वही चोर पुनः अधिक सावधानी से, अधिक संगठित हो कर आयेंगे और अधिक घातक प्रहार करेंगे। उसे इस अपराध का प्रतिशोध ही नहीं लेना है, भविष्य के अपराधों का प्रतिरोध भी करना है।...

"ब्राह्मण को मैं क्या उत्तर दूँ राजकुमार?" सैनिक ने पूछा।

अर्जुन चौंका। उसने अभी तक सैनिक को कोई निर्देश नहीं दिया था। अपनी विचार-प्रक्रिया में लीन, उसका ध्यान इस ओर गया ही नहीं कि सैनिक उसके आदेश की प्रतीक्षा में होगा और बाहर खड़ा ब्राह्मण भी आश्वासन की राह देख रहा होगा।...

"चलो। मैं स्वयं देखता हूँ।" अर्जुन ने सैनिक को आगे चलने का संकेत किया। कक्ष से निकल गलियारे को पार करते ही सैनिक ने व्याकुल ब्राह्मण की ओर संकेत किया।

अर्जुन को देखते ही ब्राह्मण ने आशीर्वाद की मुद्रा में हाथ उठाया और याचना के स्वर में बोला, "मुझ निर्धन के धन की रक्षा करो, राजकुमार! वे लोग मेरी एक-एक गाय हाँक कर ले गये हैं। मेरे शिशु दूध के अभाव में भूखे मर जायेंगे।..."

"धैर्य धारण करें महात्मन!" अर्जुन ने शान्त स्वर में कहा, "मुझे बतायें कि गायों की संख्या क्या है?"

"मेरे पास तो केवल दस ही गाएँ हैं। वे सारी-की-सारी हाँककर ले गये हैं।..." ब्राह्मण बोला, "जो श्रेष्ठि इन्द्रप्रस्थ को बहुत सुरक्षित नगर समझ कर यहाँ बसने के लिये आ गये हैं, वे सुनेंगे तो उन्हें कैसा लगेगा। उनके पास तो धन..."

वह और भी बहुत कुछ कहना चाहता था, किन्तु अर्जुन ने अपने हाथ ने संकेत से उसे चुप करा दिया, "चोरों की संख्या क्या थी?"

"मुझे तो तीन-चार आदमी ही दिखायी दिये।" ब्राह्मण ने कहा, "हो सकता है कि अंधेरे में और लोग भी हों।"

"वे सशस्त्र थे क्या?"

"उनके हाथों में शूल थे और कंधों पर धनुष टँगे हुए थे। धनुष थे तो बाण भी होंगे ही, किन्तु मुझे तूणीर दिखायी नहीं दिये।" ब्राह्मण बोला, "पर मुझे दिखने-न-दिखने से क्या होता है। जिस नगर में सशस्त्र दस्यु असहाय ब्राह्मण का गोधन चुरा लेते हैं, वहाँ कौन सुरक्षित है?"

"किस दिशा में गये हैं वे?"

"उत्तर की ओर। वे किसी और दिशा में मुड़ भी सकते हैं।" ब्राह्मण बोला, "यदि वे लोग वन में प्रविष्ट हो गये तो फिर मेरा क्या होगा? वे लोग उधर गये और मैं उसकी विपरीत दिशा में आपके पास आया। अब तो वे कहाँ-के-कहाँ निकल गये होंगे।"

"आप व्याकुल न हों भूदेव।" अर्जुन का स्वर पर्याप्त स्थिर था, "मुझे तो वे साधारण चोर दिखायी पड़ते हैं। उनके स्थान पर यदि किसी राजा की सशस्त्र सेना भी होती, तो मैं आपका गोधन लौटा लाता।"

"उसमें मुझे तनिक भी संशय नहीं है।" ब्राह्मण का अधैर्य भी अधिक मुखर हो उठा, "किन्तु यदि वे खाण्डव वन में प्रविष्ट हो...।"

"आपका गोधन खाण्डव-वन से भी लौटा कर लाया जायेगा।" अर्जुन बोला, "आपको तो केवल अपने गोधन की चिन्ता है, मुझे प्रजा की सुरक्षा, शासन की विश्वसनीयता तथा महाराज युधिष्ठिर के निष्कलुष यश की भी चिन्ता है।" वह सैनिक की ओर मुड़ा, "इन्हें ले जा कर मेरे रथ में बैठाओ।

मेरे सारथि पुरु को सन्नद्ध करो। मैं अपने शस्त्र ले कर आता हूँ।"

अर्जुन चला गया। ब्राह्मण रथ में बैठ तो गया किन्तु वह तनिक भी आश्वस्त नहीं हुआ था। उसने सारथि की ओर देखा, "ऐसे तो कोई राजा शासन नहीं चला सकता। प्रजा की सुरक्षा का कोई प्रबन्ध नहीं है। राज्य में दस्यु इस प्रकार निरंकुश घूमेंगे तो कोई पाण्डवों के राज्य में रह पायेगा? हमने तो सुना था कि जहाँ राजा युधिष्ठिर होते हैं, वहाँ...।"

सहसा ब्राह्मण ने देखा, सारथि का सारा ध्यान रथ और घोड़ों की ओर था। उसने शायद ब्राह्मण का कहा हुआ एक शब्द भी नहीं सुना था।

युधिष्ठिर ने पांचाली को मुग्ध नेत्रों से निहारा।

"क्या देख रहे हैं?" पांचाली कुछ संकुचित हुई। युधिष्ठिर ने शयन-कक्ष के एकान्त में भी कभी उसे इन नेत्रों से नहीं देखा था। उसके मन में कहीं यह कसक थी कि युधिष्ठिर कभी भी भीम के समान मुखर प्रेमी क्यों नहीं बनते,...किन्तु कहीं उसका मन धर्मराज के व्यक्तित्व पर इस कारण मुग्ध भी था। उसकी दृष्टि ने पांचाली को नारी-सौन्दर्य की अद्भुद प्रतिमा होने का गौरव तो दिया था, किन्तु पुरुष होते हुए भी उसे मर्यादा से पतित कर, कभी कामिनी अथवा भोग्या होने का अहसास नहीं दिया। उसका काम-व्यवहार भी जैसे दिव्य ही था। उसमें न अधिग्रहण था, न भोग, वह तो जैसे सहयोग तथा आनन्द का उत्सव था। शृंगार-प्रसंग में भी उन्हें अपने सुख की अपेक्षा कभी नहीं रही...

"प्रकृति के इस दिव्यास्त्र को देख रहा हूँ।" युधिष्ठिर ने कहा, और तत्काल ही संशोधन किया, "नहीं! दिव्यास्त्र कहना शायद उचित नहीं, तुम्हें तो देवास्त्र ही कहना चाहिए।"

"मैं क्या आहत करती हूँ, घाव पहुँचाती हूँ, पीड़ा देती हूँ?" पांचाली ने अपनी भंगिमा को कुछ और प्रखर किया।

"नहीं!" युधिष्ठिर ने उत्तर दिया, "तुम्हारे माध्यम से प्रकृति मेरे मन में निराशा, विषाद, अभाव, घृणा, ईर्ष्या इत्यादि के भावों को निरस्त करती है। तुम शान्ति, सन्तोष, उपलब्धि और प्राप्ति जैसे भावों की द्योतक हो। तुम सम्मुख होती हो तो जीवन का ऋणात्मक पक्ष निकट नहीं फटकता। जीवन जैसे प्रकृति का सुन्दरतम उद्यान बन जाता है, जिसमें दिव्य रस, रंग तथा गंध है। यह लोक किसी दिव्य लोक में परिणत हो जाता है।"

"शब्दों का मायाजाल मत रचिए। मैं सोचती हूँ, आपने नयन-बाण, नयन-कटाक्ष अथवा काम-बाण जैसे शब्दों का प्रयोग न कर, दिव्यास्त्र तथा

देवास्त्र शब्दों का प्रयोग किया है।" पांचाली इठलाई, "कहना तो यही चाहते हैं न कि मेरा रूप काम की सृष्टि करता है। आपको दिव्यता के आसन से पतित कर लौकिकता और भोग के धरातल पर ला पटकता है...।"

"नहीं देवि!" युधिष्ठिर के स्वर में प्रशंसा की दीप्ति के स्थान पर अब चिन्तन की गम्भीरता थी, "काम तो मेरे मन में है। तुम रति बन कर उसका शमन करती हो। अनंग मेरे अपने भीतर छिपा न बैठा हो तो नारी का रूप मेरे मन में रंचमात्र भी विकार उत्पन्न नहीं कर पायेगा। तुम तो मेरी वासना को भी दिव्य रूप प्रदान करती हो। तुम श्रद्धा-स्वरूपा हो, वासना-रूप नहीं। तुम मेरे मन को सौन्दर्य के भव्य धरातल पर स्थिर रखती हो।"

"आप सत्य कहते हैं, मैं लौकिकता और भोग को प्रेरित नहीं करती?" पांचाली ने कटाक्ष किया, "मैं नारी हूँ। नारी के लिये तो पुरुष यही कहता है।"

युधिष्ठिर क्षण भर मौन रहे, जैसे सोच रहे हों कि अपने भाव को किन शब्दों में कहें, "नारी तो तुम हो ही, इसलिये वासना का रूप धारण करोगी तो आसक्ति और भोग की सृष्टि करोगी। प्रेरणा बन कर रहोगी, तो वासना और आसक्ति नहीं जागेगी। नारी की हीन वृत्तियों को धारण करोगी तो प्रकृति का पार्थिव और स्थूल रूप प्रकट करोगी, किन्तु उदात्त वृत्तियों को प्रेरित करोगी तो दिव्य और उदात्त जीवन की सृष्टि करोगी। नारी का एक रूप वह है, जो पुरुष को निरन्तर भोगासक्ति में निमज्जित करता चलता है, और दूसरा रूप वह है, जो हीनता की ओर पग उठते ही पुरुष को टोक देता है। नारी, पुरुष का नरक भी है और स्वर्ग भी।"

पांचाली की आँखों में प्रशंसा का भाव था, "किन्तु आप यह कैसे अस्वीकार कर सकते हैं कि नारी-पुरुष सम्बन्धों में काया महत्वपूर्ण है।..."

"शरीर जब तक देव-कार्यों का निमित्त है, तब तक तो वह देवास्त्र ही है।" युधिष्ठिर बोले, "सृष्टि को चलाए रखने के लिये, सन्तान को जन्म देने के लिये तो शरीर आवश्यक है ही। इस दायित्व को पूर्ण करने के पश्चात यह शरीर है दिव्य-कार्यों के लिये...अपनी आत्मा पर जम गया मल धोने के लिये। इसीलिये इस शरीर को तपस्या और साधना में लगाया जाता है, स्वच्छ जीवन जिया जाता है। लोभ, मोह, क्रोध, काम, घृणा तथा द्वेष से मुक्ति पाने का प्रयत्न किया जाता है।" युधिष्ठिर ने द्रौपदी की ओर देखा, "किन्तु प्रकृति मायामयी है। कर हम वह रहे हैं, जो प्रकृति चाहती है, और मानते यह हैं कि हम अपनी इच्छा से, अपने सुख के लिये स्वतन्त्र रूप से कार्य सम्पादन कर रहे हैं। इस देवास्त्र को मात्र अस्त्र न मान कर, हम मूल अस्तित्व मान बैठे हैं।"

"वह ठीक है," द्रौपदी बोली, "किन्तु जहाँ तक मुझे स्मरण है, आपने इस

शरीर को कभी अस्त्र नहीं कहा। आज चाहे आप इसे 'दिव्य' कहें या 'देवों का' कहें, किन्तु कह आप अस्त्र ही रहे हैं।" द्रौपदी रुकी, किन्तु युधिष्ठिर के कुछ कहने से पूर्व ही पुनः बोली, "क्षत्रिय तो आप जन्म से ही हैं। शस्त्रास्त्रों से आपका सम्बन्ध आरम्भ से ही रहा है, किन्तु सामान्य, दैनन्दिन जीवन में अस्त्रों की इस प्रकार चर्चा तो आपने पहले कभी नहीं की। आपका मन आज अस्त्रों का उपमान बनाने पर क्यों तुला हुआ है?"

"ओह!" युधिष्ठिर की हँसी में जैसे कुछ नया पा जाने का भाव था, "अर्जुन ने बड़े श्रम से अपने निर्देशन में कुछ दिव्यास्त्र बनवाये हैं। वे दिव्यास्त्र आज ही तैयार हो कर आये हैं। कदाचित इसी से मेरा मन इन शब्दों और बिम्बों में उलझ गया है।"

"पर क्यों?" द्रौपदी की जिज्ञासा शान्त नहीं हुई थी, "ऐसा क्यों?"

"जिस समय अर्जुन ने लौकिक शस्त्रास्त्रों के साथ दिव्यास्त्रों और देवास्त्रों की चर्चा की, मेरे मन में उसी क्षण यह प्रश्न उठा कि दिव्यास्त्र और देवास्त्र वे शस्त्रास्त्र हैं, जिनका निर्माण कर मनुष्य, अन्य मनुष्यों का विनाश करता है, या वे उपकरण हैं, जिन्हें स्वयं प्रकृति ने बना कर इस संसार में भेजा है।...तो फिर यह कैसे न सोचता कि संसार में देवों का बनाया हुआ अस्त्र तो मनुष्य का शरीर ही है...कोई मात्र अस्त्र है, कोई दिव्यास्त्र और कोई देवास्त्र।"

"तो आपने शरीर को यन्त्र क्यों नहीं कहा?" द्रौपदी बोली, "यन्त्र भी तो प्रकृति की ही इच्छा पूरी करेगा। 'अस्त्र' में तो आक्रामकता का भाव है।"

"हाँ! यदि निष्क्रिय हो कर जन्म और मृत्यु के चक्र में पड़ा रहे, तो यन्त्र ही है, किन्तु यदि वह किन्हीं अस्पृहणीय गुणों अथवा दुर्गुणों का संहार करता है, तो फिर अस्त्र है।" युधिष्ठिर ने उत्तर दिया, "यन्त्र में जो यान्त्रिकता है, वह मनुष्य में नहीं होती, इसीलिये उसे अस्त्र का महत्व दे दिया।"

द्रौपदी समझ नहीं पायी की उसकी पिछली जिज्ञासा समाप्त हो गयी थी अथवा उसके मन में एक नयी उत्सुकता ने जन्म ले लिया था।...पर अब उसकी रुचि इस सैद्धान्तिक चर्चा में समाप्त हो गयी थी। उसका मन जैसे चिन्तन का एक नया मोड़ मुड़ गया था।...ऐसा क्या है अर्जुन द्वारा बनवाये गये उन दिव्यास्त्रों में कि वे युधिष्ठिर जैसे पुरुष के भी मन-मस्तिष्क पर छा गये थे?

"अर्जुन ने जो नये शस्त्रास्त्र बनवाये हैं, वे सामान्य अस्त्रों से भिन्न हैं क्या?" पांचाली ने सहज भाव से पूछा, "मैं तो यही जानती हूँ कि शस्त्रास्त्र तो सब एक जैसे ही होते हैं। हाँ! उनका प्रयोग करने वाले योद्धा की विशिष्टता ही उन्हें विशिष्ट बना देती है।...या फिर जब किसी को कुछ अधिक विशिष्ट

शस्त्रास्त्रों की आवश्यकता होती है तो वह ऋषियों अथवा देव-शक्तियों से उन्हें प्राप्त करने का प्रयत्न करता है।"

"ठीक सुना है तुमने।" युधिष्ठिर बोले, "किन्तु अपनी भिन्न परिस्थितियों, आवश्यकताओं और क्षमताओं के अनुसार नये शस्त्रास्त्र बनाये भी तो जा सकते हैं।"

"अर्जुन क्या कोई शिल्पी है?" द्रौपदी मुस्कुराई, "योद्धा शस्त्रास्त्रों का प्रयोग मात्र जानता है, उनका निर्माण करना नहीं। वह जिस रथ पर युद्ध-अभियान करता है, उसके घोड़ों और अन्य विशेषताओं के विषय में वह सारथि से कुछ अधिक जानता है क्या?"

युधिष्ठिर मुग्ध-भाव से द्रौपदी को देखते रहे, बोले कुछ भी नहीं।

"आप कुछ कह क्यों नहीं रहे?" द्रौपदी ने अचकचा कर पूछा।

सोच रहा था कि तुम जैसी पण्डिता से तर्क-वितर्क करने से तो कहीं अच्छा है कि तुम्हें ले जा कर वे शस्त्रास्त्र दिखा ही दिये जायें।

"क्यों? आप मुझसे चर्चा नहीं करना चाहते?" द्रौपदी के स्वर में वक्रता थी।

"नहीं। ऐसा कुछ नहीं है शुभे! किन्तु शब्दों को प्रमाणित करने के लिये यदि प्रमाण साक्षात सामने हो तो जिज्ञासु को उसे धारण करने में सुविधा होती है, और समझाने वाले का कार्य भी सरल हो जाता है।"

"तो यहाँ मँगवाएँगे वे शस्त्रास्त्र।"

"मँगवाने का कोई काम नहीं है।" युधिष्ठिर ने कहा, "शस्त्रागार में ही चलना पड़ेगा। वहीं चर्चा भी हो जाएगी।"

"वही तो मैं सोच रही थी।" द्रौपदी बोली, "पिता जी शस्त्रों का अकारण शस्त्रागार से हटाया जाना तनिक भी पसन्द नहीं करते थे। वे कहते थे कि शस्त्रों को दैनन्दिन के प्रयोग की साधारण वस्तुओं के समान कहीं भी ले जाना अथवा कहीं भी रख देना क्षत्रिय का धर्म नहीं है। जैसे देव-प्रतिमाएँ मन्दिर में ही प्रतिष्ठित रहती हैं, वैसे ही शस्त्रास्त्र या तो क्षत्रिय के अंगों को सुशोभित करते हैं, अथवा शस्त्रागार को। उन्हें बिना किसी विशेष प्रयोजन के शस्त्रागार से हटाया जाना, उनका अपमान है और वह उनके तेज का हरण कर लेता है।"

"ठीक कहते हैं, पंचाल नरेश!" युधिष्ठिर बोले, "उठो! तुम्हें अपना शस्त्रागार भी दिखा ही दें। विश्वकर्मा द्वारा निर्मित होने पर तुमने वह भवन तो देखा है, कदाचित उसमें लगे हुए शस्त्रास्त्र नहीं देखे।...तुम यह भी देख लेना कि अनुभवी योद्धा किस प्रकार शस्त्र-शिल्पियों का मार्ग निर्देशक बन जाता है।"

"अच्छा।" द्रौपदी उठ खड़ी हुई, "फिर तो पितामह भीष्म और आपके

आचार्य द्रोण अब तक दिग्गज शस्त्र-शिल्पी बन चुके होंगे।"

युधिष्ठिर ने तत्काल कोई उत्तर नहीं दिया, जैसे किसी विचार में उलझ गये हों। कुछ पग चल कर बोले, "मैंने इस विषय में कुछ सोचा नहीं था। तुम्हारे प्रश्न से ही यह बात मेरे मन में आयी है...इसका अर्थ यह हुआ कि योद्धा का अनुभव मात्र ही निर्माण में सहायक नही होता, क्योंकि पितामह ने किन्हीं नये प्रकार के शस्त्रास्त्रों का निर्माण किया हो, ऐसा मैंने नहीं सुना। लगता है कि वासुदेव कृष्ण तथा अर्जुन किसी भिन्न श्रेणी के योद्धा हैं। ये लोग जितना सेना के व्यूहों के विषय में जानते हैं, उतना शस्त्रों की संरचना को भी समझते हैं। और इनको युद्ध-सम्बन्धी शास्त्र का जितना ज्ञान है, उतना ही इन्हें व्यावहारिक अनुभव है और साथ-साथ उन्हें कार्यान्वित करने की शारीरिक और मानसिक क्षमता भी।"

"शायद आप ठीक ही कह रहे हैं।" द्रौपदी अपनी गति बढ़ा कर युधिष्ठिर के निकट आ गयी थी।

अर्जुन शस्त्रागार के द्वार पर पहुँचा तो प्रहरी उसे मार्ग देने के लिये एक ओर नहीं हटा। हाथ जोड़ कर बोला, "महाराज तथा महारानी भीतर शस्त्रास्त्र देख रहे हैं।"

अर्जुन चकित खड़ा रह गया : रात्रि के इस समय युधिष्ठिर और द्रौपदी यहाँ? यह तो उनके शयन का समय है...। कहीं उस ब्राह्मण की गुहार युधिष्ठिर तक भी तो नहीं पहुँच गयी...और वे स्वयं ही शस्त्र ले कर चोरों को दण्डित करने की योजना बना कर चल पड़े हों?...किन्तु फिर पांचाली क्यों उनके साथ है?...

"क्या महाराज युद्ध-वेश में हैं?" उसने पूछा।

"नहीं तो।" प्रहरी सहज भाव से बोला।

तो फिर?...अर्जुन सोच रहा था...यदि इस समय वे पांचाली के साथ अपने विश्राम कक्ष में नहीं हैं, तो उन्हें किसी उद्यान में होना चाहिए था, यमुना-तट की किसी सुन्दर वाटिका में होना चाहिए था...ग्रन्थागार या शस्त्रागार में?...

"कोई और तीसरा व्यक्ति भी उनके साथ है?" अर्जुन ने पूछा, "क्या वे शस्त्र-अधीक्षक के साथ निरीक्षण के लिये...।"

"नही राजकुमार! उनके साथ और कोई नहीं है।" प्रहरी बोला, "महाराज तथा महारानी सर्वथा एकान्त में हैं...।"

अर्जुन अब तक मात्र अपनी उत्सुकता शान्त करने के लिये ही जिज्ञासा कर रहा था, किन्तु प्रहरी के इन शब्दों ने तो जैसे उसके हाथ-पाँव ही नहीं,

उसकी जिह्वा को भी बाँध दिया था...'महाराज तथा महारानी सर्वथा एकान्त में हैं...' 'महाराज और महारानी एकान्त में हैं'...युधिष्ठिर और पांचाली एकान्त में हैं...रात्रि का समय है...और वे एकान्त में हैं...अर्जुन जानता है कि यह उनका विश्राम-कक्ष नहीं है।...देवर्षि नारद का लगाया प्रतिबन्ध यहाँ सार्थक नहीं है। ...किन्तु इस बात को अस्वीकार नहीं किया जा सकता कि यह रात्रि का समय है और युधिष्ठिर तथा पांचाली एकान्त में हैं।...यदि इस समय अर्जुन शस्त्रागार में प्रवेश करता है तो यह उनके एकान्त का अतिक्रमण होगा, प्रतिबन्ध का तिरस्कार, मर्यादा-भंग...और अपने बड़े भाई तथा राजा की अवज्ञा...

...नहीं। ऐसी स्थिति में अर्जुन शस्त्रागार में प्रवेश नहीं कर सकता।...

किन्तु अपने गोधन की रक्षा के लिये गुहार करता वह ब्राह्मण...और गोधन को चुरा कर भागते हुए वे दस्यु?...

"वे कितनी देर में बाहर आने के लिये कह गये हैं?" अर्जुन ने पूछ तो लिया, किन्तु तत्काल ही उसकी समझ में आ गया कि इस प्रश्न की कोई सार्थकता नहीं थी। कोई राजा द्वार पर खड़े प्रहरी को इस प्रकार की सूचनाएँ नहीं देता।

"कह नहीं सकता।" प्रहरी मुँह-ही-मुँह में बुदबुदाया।

अर्जुन ने उसकी ओर ध्यान नहीं दिया। उसके अपने मन की उलझन प्रहरी के उत्तर से कहीं अधिक प्रबल थी...

वह शस्त्रागार के बाहर खड़ा प्रतीक्षा करता रहा तो वे दस्यु अपनी लूट के धन के साथ खाण्डव-वन में सुरक्षित प्रवेश कर जायेंगे। और...तब महाराज युधिष्ठिर के माथे पर जो कलंक लगेगा, वह क्या उनके तिरस्कार से कम गम्भीर होगा?...राजा एकान्त में रानी के साथ हैं, इसलिये चोरों के विरुद्ध कोई कार्यवाही नहीं होगी?...क्या प्रजा पाण्डवों को अत्यन्त विलासी शासक घोषित नहीं कर देगी?...अर्जुन को एक उल्लंघन तो करना ही होगा। चाहे वह प्रजा-रक्षक के रूप में अपने दायित्व का उल्लंघन करे...या फिर शस्त्रागार में प्रवेश कर युधिष्ठिर और द्रौपदी के एकान्त का अतिक्रमण करे, मर्यादा का उल्लंघन करे...

अर्जुन का असमंजस किंकर्तव्यविमूढ़ता में बदलता जा रहा था। न उसका मस्तिष्क काम कर रहा था, न उसके अंग ही सक्रिय हो रहे थे...किन्तु उसकी चेतना यह नहीं भूल पायी थी कि वह ब्राह्मण अभी प्रतीक्षा में खड़ा होगा... दस्यु गोधन के साथ निरंतर इन्द्रपस्थ से दूर होते जा रहे होंगे और काल गति के साथ-साथ पाण्डवों की यशोगाथा छीजती चली जायेगी...और यह अर्जुन के लिये असह्य था।

शस्त्रागार में प्रवेश करने से अर्जुन धर्म की दृष्टि में नियम-भंग करने का अपराधी होगा। उसके लिये दण्ड पहले से ही प्रस्तावित किया जा चुका है। अर्जुन उस दण्ड का भागी होगा...उसे भाइयों से दूर वन में एकान्त में रहना होगा। इन्द्रप्रस्थ को असुरक्षित छोड़ना होगा और वन्य-जीवन के कष्ट सहने होंगे...पर यह सब तो उसे ही सहना होगा। क्या इतना-सा दण्ड वह प्रजा-पालन की तपस्या के रूप में स्वीकार नहीं कर सकता? यदि अपने कष्ट और प्रजा के कष्ट में से एक का चुनाव करना ही पड़े तो वह किसे चुनेगा? वह तपस्या से मुँह क्यों मोड़ना चाहता है। ऋषिगण स्वयं अपनी इच्छा से वनवास स्वीकार करते हैं। स्वयं को भूखा रखते हैं। अपने शरीर को तपाते हैं तभी तो वे धर्म को अर्जित कर पाते हैं...यदि वह कुछ तटस्थ हो कर सोचे तो संकट की यह घड़ी क्या अनायास ही उसके लिये धर्म और श्रेय का एक सुअवसर बन कर नहीं आयी है? वह जानता है कि शस्त्रागार में प्रवेश कर वह युधिष्ठिर और द्रौपदी का तिरस्कार नहीं कर रहा, प्रजा-पालन के हेतु एक जोख़िम भरा कार्य कर रहा है। निश्चय ही धर्मराज और द्रौपदी उसके मन्तव्य को समझ पायेंगे। वे उसे अपराधी न मान, उसके धर्म-कार्य की प्रशंसा ही करेंगे। वह किसी का भी तिरस्कार करे किन्तु प्रजा-पालन का तिरस्कार नहीं कर सकता...इतना ही नहीं, उसने अब थोड़ा भी विलम्ब किया तो, दस्यु सफ़ल-काम हो कर अपने स्थान पर लौट जायेंगे, और अपने साथियों को यह कह कर प्रोत्साहित करेंगे कि युधिष्ठिर और उसके भाइयों को अब अपनी प्रजा की कोई चिन्ता नहीं है। पाण्डवों के राज्य में प्रजा सर्वथा असुरक्षित है। कोई भी जा कर सरलता से उसे लूट सकता है। पाण्डव उसकी रक्षा के लिये धनुष भी नहीं उठाएँगे।...

अर्जुन भीतर तक सिहर उठा। नहीं! अब और सोच-विचार का समय नहीं था। वह उच्च स्वर में पुकार कर बोला, "महाराज! मैं अपने शस्त्र लेने के लिये आ रहा हूँ। मुझे क्षमा कीजिएगा।"

युधिष्ठिर ने अर्जुन के स्वर को पहचाना। उन्हें हल्का-सा आश्चर्य भी हुआ कि इस समय अर्जुन को शस्त्रों की क्या आवश्यकता आन पड़ी है...पर इसमें कोई बहुत बड़ी अनहोनी भी नहीं थी। अर्जुन पिछले कितने ही दिनों से इन शस्त्रों के निर्माण के विषय में सोचता-समझता रहा था। शिल्पियों से चर्चा करता रहा था। बहुत सम्भव है कि अभी उसका मन पूर्णतः सन्तुष्ट न हुआ हो। वह अब भी उनके विषय में कुछ सोच रहा हो। उनमें कुछ संशोधन करना चाहता हो। जैसे वे द्रौपदी से उनकी चर्चा करने के लिये यहाँ चले आये हैं, वैसे ही वह भी किसी से उनकी चर्चा करना चाहता हो...

"आओ अर्जुन।" युधिष्ठिर ने कहा, "अच्छा है कि तुम भी आ गये।

सम्भवतः पांचाली की जिज्ञासाओं को शान्त करने में मुझे तुम्हारी सहायता की आचश्यकता हो...।"

अर्जुन भीतर आया तो युधिष्ठिर को यह देख कर कुछ आश्चर्य हुआ कि वह उन दोनों की ओर उन्मुख नहीं था। वह बहुत जल्दी में था और उसके मन में कोई अन्य योजना काम कर रही थी, "क्या बात है अर्जुन?"

"दस्यु एक ब्राह्मण का गोधन चुरा कर भाग रहे हैं।" अर्जुन बोला, "मुझे उनसे निबटना है।" उसके हाथ निरन्तर शस्त्र बटोर रहे थे, उसकी आँखें एक बार भी युधिष्ठिर और द्रौपदी की ओर नहीं उठी थीं। और वह लगातार इस समय उनके एकान्त को भंग करने का अपराध-बोध लिये हुए क्षमा-याचनापूर्वक स्पष्टीकरण देता जा रहा था, "मैं आपका तिरस्कार करने का अपराध नहीं करना चाहता था, किन्तु मैं प्रतीक्षा नहीं कर सकता था। असहायों की रक्षा तो प्राण दे कर भी की जाती है...मैं पाण्डवों की कीर्ति को धूमिल कैसे होने देता।"

"तुमने कोई अपराध नहीं किया हैं अर्जुन!" युधिष्ठिर ने कहा, "मेरा तिरस्कार हुआ ही कहाँ है, जो तुम इस प्रकार चिन्तित हो...।"

"हाँ धनंजय! तुमने हमारा कोई तिरस्कार नहीं किया।" द्रौपदी ने अपना मत दिया। किन्तु अर्जुन ने जैसे यह सब सुना ही नहीं। वह शस्त्र ले चुका तो सिर उठा कर बोला, "इस समय जा रहा हूँ। इस मर्यादा भंग का दण्ड आ कर ग्रहण करूँगा।"

अर्जुन वेगपूर्वक बाहर चला गया। युधिष्ठिर इतना कुछ कहना चाह रहे थे, किन्तु अर्जुन अब वहाँ था ही नहीं। उन्होंने द्रौपदी की ओर देखा, "क्या अर्जुन ने कुछ अनुचित किया?"

"नहीं आर्यपुत्र! मैं तो ऐसा नहीं समझती। मेरे विचार से तो हम ही धनंजय के कर्तव्यमार्ग में बाधा-स्वरूप आ अड़े थे। उसे ही असुविधा हुई होगी और अब वह एक अपराध-भाव अपने मन में ले कर गया है। उसे उन दस्युओं से निबटने में भी असुविधा होगी। हम यहाँ न होते तो वह उन्मुक्त मन से इससे कहीं अधिक उल्लासपूर्वक गया होता। उसका सामर्थ्य इस प्रकार संकुचित न हुआ होता।"

अर्जुन अपने रथ के पास पहुँचा तो ब्राह्मण ने उसे याचक की प्रहारक दृष्टि से देखा, "बहुत विलम्ब कर दिया राजकुमार।"

अर्जुन ने कुछ कहा नहीं किन्तु ब्राह्मण का वह एक वाक्य उस अग्निबाण के समान उसके वक्ष में धँसता चला गया जो प्रतिक्षण सहस्रों अग्नि-स्फुलिंगों

से दग्ध करता अपना मार्ग बनाता चलता है।...अभी तो विलम्ब ही हुआ है... वह सोच रहा था...यदि कहीं वह ब्राह्मणो को अपनी असमर्थता ही जता देता तो ब्राह्मण उसके तथा उसके भाइयों के विषय में क्या सोचता?...

"आप चिन्ता न करें भूदेव!" वह धीरे से बोला, "आप केवल सारथि को मार्ग बताते चलें। आपक तो केवल अपने गोधन की रक्षा करना चाहते हैं और मुझ पर इस समय पाण्डवों के सम्पूर्ण राज्य और प्रजा की रक्षा का दायित्व है। यदि मैंने अपने शत्रुओं को पराजित नहीं किया, तो क्षतिपूर्ति के रूप में महाराज युधिष्ठिर से आपको गोधन मिल जायेगा, किन्तु पाण्डवों को उनका यश और सम्मान कोई नहीं लौटायेगा।"

ब्राह्मण अपनी भूल समझ गया। उसने अपनी घबराहट और अल्पज्ञता में शायद अर्जुन को आहत कर दिया था। पर वह क्या करता, उसकी गऊओं के छिन जाने का अर्थ था कि उसके बच्चे दूध के अभाव में अपना स्वास्थ्य खो बैठेंगे। सम्भव है कि भूखे रहने की भी स्थिति आ जाये...पर अर्जुन कह रहा था कि दस्युओं से गऊओं के न लौटने पर महाराज युधिष्ठिर उसकी क्षतिपूर्ति कर देंगे।...उसने यह तो कभी सोचा ही नहीं था।...इससे पहले तो कभी किसी ने इस प्रकार हुई चोरी की भरपाई की चर्चा नहीं की थी...पर पहले यह स्थान कौरवों के राज्य की सीमा के अन्तर्गत तो माना जाता था, किन्तु पाण्डव यहाँ निवास नहीं करते थे। तब यहाँ का राजा धृतराष्ट्र था जिसे हस्तिनापुर के प्रासाद में होने वाले हरण और अपहरण ही दिखायी नहीं दे रहे थे तो खाण्डवप्रस्थ में क्या हो रहा है, यह कहाँ से दिखायी पड़ता।...वह तो अभी जैसे उसी मनःस्थिति में था। उसने सोचा ही नहीं था कि राजा बदल गया था, शासन बदल गया था और उसके साथ-साथ शासन की नीतियाँ भी बदल गयी थीं।...

रथ इन्द्रप्रस्थ की प्राचीर से बाहर निकल आया था। ग्राम-प्रान्तर आरम्भ हो गया था। अन्धकार में बहुत वेगपूर्वक आगे नहीं बढ़ा जा सकता था, किन्तु यही कठिनाई तो दस्यु-समूह को भी रोकेगी। यदि वे अन्धकार में आगे बढ़ना चाहेंगे तो अधिक वेग से गऊओं को हाँक नहीं सकेंगे और यदि उल्काओं की सहायता से अपना मार्ग देखने का प्रयत्न करेंगे तो वे उल्काएँ ही अर्जुन को उनकी गतिविधि का पता देंगी...

"मेरा ग्राम उस ओर है।" ब्राह्मण ने अपनी तर्जनी से उतर-पूर्व दिशा की ओर संकेत कर दिया।

सारथि ने अर्जुन की ओर देखा। अर्जुन ने अपने हाथ के संकेत से उसे अपने मार्ग पर बढ़ते रहने का आदेश दिया, और ब्राह्मण से सम्बोधित हुआ, "आपके ग्राम में अब क्या रखा है ब्राह्मण देवता। दस्यु तो कब से गोधन ले

कर वहाँ से चले आये हैं। हम उन्हें खाण्डव-वन के मार्ग में रोकने का प्रयत्न करेंगे।"

"पर खाण्डव-वन तो बहुत बड़ा है। उसमें कहीं से भी प्रवेश किया जा सकता है।" ब्राह्मण बोला, "आप उन्हें कहाँ रोकेंगे राजकुमार?"

अर्जुन हँसा, "उसकी आप चिन्ता न करें। दस्यु अपहृत गोधन के साथ सघन वन में किसी भी स्थान से प्रवेश नहीं कर सकते। नगर के ही समान वन में भी प्रवेश करने के निश्चित स्थल होते हैं। हम खाण्डव-वन के भीतर अभी तक अपना मार्ग नहीं बना पाये हैं, किन्तु उस तक पहुँचने की सारी पगडण्डियाँ हमारी देखी-भाली हैं। उन मार्गों पर हमारे प्रहरी भी होंगे। मार्ग में हमारे सैनिक भी उन्हें रोकेंगे। मुझे पूर्ण विश्वास है कि खाण्डव-वन में प्रवेश करने से पहले ही हम उन्हें पकड़े लेंगे।"

एक ओर अन्धकार सघन होता जा रहा था और दूसरी ओर अर्जुन के रथ का वेग बढ़ता जा रहा था। रथ पर लगी उल्काओं के प्रकाश में अर्जुन स्पष्ट देख पा रहा था कि ब्राह्मण का चेहरा अब भी सहज-सामान्य नहीं था।...पहले ब्राह्मण पीड़ित दिखायी पड़ रहा था, किन्तु अब वह भयभीत था। पहले खो गयी गायों की क्षति का विषाद था तो अब शायद उसे अपने प्राणों का भय सता रहा था।

अर्जुन ने उसकी ओर देखा, "आपको भय तो पीड़ित नहीं कर रहा भूदेव?"

ब्राह्मण अपने भय को भगाने के लिये हँसा, "मन को समझा रहा हूँ राजकुमार! कि मैं तुम्हारे साथ सुरक्षित हूँ, किन्तु मन कहीं आशंकित तो है ही कि गोधन प्राप्त करने के लिये प्राण तो नहीं देने पड़ेंगे।" ब्राह्मण ने प्रयत्नपूर्वक अपने स्वर के कम्पन को नियन्त्रित किया, "ईश्वर ने बार-बार आश्वासद दिया है कि वह मनुष्य का कल्याण करने के लिये सदैव उसके निकट ही वर्तमान है, किन्तु संसार की माया में जकड़ा मनुष्य का आशंकित मन कभी भी उसका अनुभव नहीं कर पाता। वैसे ही तुम्हारा शौर्य और संरक्षण मेरे सामने है, किन्तु मेरा भयभीत मन अपने कम्पन में उसका विश्वास नहीं कर पाता।"

"अब विश्वास की आवश्यकता नहीं, अब तो प्रमाण ही लीजिए।" अर्जुन ने सारथि को मुड़ने का संकेत किया, "मुझे उस ओर किसी के गतिशील होने का अनुमान हो रहा है।"

"हाँ। उधर की प्रकृति कुछ अस्थिर तो है।" सारथि ने उत्तर दिया और घोड़े उधर ही मोड़ दिये।

"थोड़ी दूर पर ही प्रहरी की कुटिया मिलेगी।" अर्जुन बोला, "वहाँ

रोकना।"

"राजकुमार। उससे तो और भी देर हो जायेगी।" ब्राह्मण के स्वर में आशंका भी थी और आपत्ति भी।

"प्रहरी से प्राप्त सूचनाएँ, हमारा समय बचायेंगी भी।" अर्जुन ने उसे आश्वस्त किया। रथ के रुकते ही प्रहरी कुटिया से बाहर निकल आया, "प्रणाम राजकुमार।"

"प्रहरी! कुछ दस्यु गोधन के साथ यहाँ से गये हैं क्या?"

"हाँ राजकुमार! अभी थोड़ी ही दूर गये होंगे। वे स्वयं घोड़ों पर थे और गायों के एक झुण्ड को हाँक रहे थे।"

"तुमने उन्हें टोका नहीं?"

"वे सशस्त्र थे।" प्रहरी बोला, "यदि उन्हें टोकता तो आपको यह सूचना देने के लिये जीवित नहीं बचता।" उसके स्वर का भय पर्याप्त मुखर था।

"ठीक है। तुमने उचित ही किया।" अर्जुन ने उसे सांत्वना दी, "किन्तु सैनिकों की चौकी पर मुझे कोई दिखायी नहीं पड़ा। वे लोग कहाँ गये।"

"कुछ ही देर पहले पूर्व की ओर कोई आक्रमण हुआ है। सैनिक उसी ओर गये हैं।" प्रहरी ने बताया।

"चलो।" अर्जुन ने सारथि को संकेत किया और रथ ने गति पकड़ ली।

प्रहरी की सूचनाओं के प्रकाश में अर्जुन के मन में कई बातें स्पष्ट हो रही थीं : यह इक्के-दुक्के दस्युओं की छोटी-मोटी चोरी जैसी घटना नहीं थी। एक दस्यु-दल आता है और निरीह ग्रामीणों के गोधन का अपहरण कर खाण्डव-वन की ओर भागता है। उनका मार्ग निष्कंटक करने के लिये किसी और स्थान पर उनके सहयोगियों के द्वारा आक्रमण का नाटक होता है। मार्ग के सैनिक आक्रमण का सामना करने के लिये अपने स्थान से हट जाते हैं, और दस्युओं को वन में प्रवेश करने के लिये खुला मार्ग मिल जाता है। यह चोरों का कृत्य है या खाण्डव-वन के सैनिक-दलों का सैनिक अभियान?...अर्जुन को उन दस्युओं को अपने मित्र सैनिकों से मिलने से पहले ही पकड़ना होगा...

तभी अर्जुन का ध्यान कुछ दूरी पर जलती दो गतिशील उल्काओं की ओर आकृष्ट हुआ। उनकी गति से ही अनुमान किया जा सकता था कि वे अश्वारोहियों की उल्काएँ हैं...किन्तु अश्वों की गति हाँके जाते हुए गोधन की गति से प्रतिबंधित जान पड़ती थी...

"सारथि! वे उल्काएँ देख रहे हो?"

"हाँ राजकुमार!"

"उनके निकट ले चलो।"

अर्जुन ने अपना धनुष सँभाला और बाण-संधान के लिये सन्नद्ध हो गया।

उल्काओं और अर्जुन के रथ का अन्तराल कुछ कम होते ही अर्जुन ने बाण छोड़ दिया। एक चीत्कार के साथ किसी के गिरने का शब्द हुआ...और उल्काओं की गति रुक गयी।

अर्जुन को इसी क्षण की प्रतीक्षा थी। निमिष भर में ही उसने अनेक बाण छोड़ दिये...दस्यु-दल की ओर से कोई बाण नहीं आया। शायद वे धनुर्धारी नहीं थे।...

रथ कुछ और निकट आ गया। तीन दस्यु भूमि पर गिरे पड़े थे और चौथा बाएँ हाथ में उल्का और दाएँ में खड्ग लिये जैसे अर्जुन की प्रतीक्षा कर रहा था।...किन्तु उसके चेहरे पर न तो उत्साह के लक्षण थे, न निर्भीकता के। वह भयभीत कुत्ते के समान ग़ुर्रा कर दूसरों को डराने का प्रयत्न कर रहा था...

"खड्ग फेंक दो।" अर्जुन ने उसे आदेश दिया।

"बड़े वीर बनते हो," वह रोते-से स्वर में बोला, "अन्धेरे में बाण मार कर मेरे तीन साथियों का वध कर दिया। अभी हमारी सेना आ जायेगी, तो देख लेंगे तुम्हारी वीरता।..."

"मैं कह रहा हूँ कि खड्ग फेंक दो और हाथ बाँध कर खड़े हो जाओ।..."

सहसा दस्यु ने अपनी उल्का अर्जुन को दे मारी और अन्धकार में भागा ...किन्तु अर्जुन असावधान नहीं था। दस्यु की उल्का तो उस तक नहीं पहुँची, किन्तु उसके बाण ने अन्धेरे में भी दस्यु को मार गिराया..."

"सारथि।" अर्जुन बोला, "गोधन को घेरने में सहायता करो। मैं इन दस्युओं को देखता हूँ।"

अर्जुन ने रथ से उतर कर एक उल्का उठा ली और उनके निकट आया। उनमें से तीन का प्राणान्त हो चुका था और चौथा पीड़ा में बुरी तरह छटपटा रहा था।

"कहाँ से आये हो तुम लोग? निवास कहाँ है तुम्हारा?" अर्जुन ने पूछा।

"यह बाण-संधान बहुत महँगा पड़ेगा तुमको।" वह पीड़ा से ऐंठता हुआ बोला, "हमारे स्वामी को पता तो चल ही जायेगा कि तुमने हम लोगों को मारा है। वह इसका प्रतिशोध अवश्य लेंगे। तुम्हारे परिवार का एक भी व्यक्ति जीवित नहीं बचेगा।"

"तुम किस के अनुयायी हो?"

"स्वयं जान जाओगे।" दस्यु बोला, "जो तुम्हारे वक्ष पर चरण रख कर तुम्हारी अस्थियों का चूर्ण बनायेगा, वही हमारा स्वामी है।"

"निवास कहाँ है?"

"खाण्डव वन में।"

"तुमहारा स्वामी भी वहीं है?"

"हाँ। वहीं है।...और तुम्हें वह कदापि जीवित नहीं छोड़ेगा।"

"क्या करेगा वह?" अर्जुन ने जैसे उसे चिढ़ाया, "सेना ले कर हम पर आक्रमण करेगा?"

"नहीं। वह गुप्त युद्ध करता है। वह अदृश्य रह कर तुम पर प्रहार करेगा। सारा इन्द्रप्रस्थ अग्नि में धू-धू कर जल जायेगा। एक बालक को भी कहीं आश्रय नहीं मिलेगा। वह तुम्हें छोड़ेगा नहीं।" दस्यु बोला।

"उसके पूर्व ही हम उस पर आक्रमण कर उसे समाप्त कर देंगे।"

"असम्भव।" दस्यु बोला, "तुम उसके दुर्ग तक पहुँच ही नहीं पाओगे। उसके चारों ओर जाने कितने सुरक्षा-कवच हैं। उन्हें भेदने का प्रयत्न करोगे तो ब्रह्माण्ड हिल उठेगा।...इन्द्र का वज्र गिरेगा तुम पर।"

अर्जुन हँसा, "इन्द्र हमारा मित्र है। इन्द्रपस्थ बसाने में उसने हमारी सहायता की है।..."

"इसलिये सहायता नहीं की थी कि उसने कि तुम उसके मित्रों का इस प्रकार दमन करो।..."

"इन्द्र तुम्हारा मित्र है?"

इस बार दस्यु ने कोई उत्तर नहीं दिया।

"बोलो।" अर्जुन ने उसे झकझोरा...किन्तु दस्यु अचेत हो चुका था।...

प्रातः जब अर्जुन, युधिष्ठिर से मिलने के लिये गया तो द्रौपदी, नकुल और सहदेव भी वहीं थे।

प्रणाम कर अर्जुन एक ओर बैठ गया तो युधिष्ठिर ने पूछा, "दस्यु पकड़े गये?"

"तीन की मृत्यु हो गयी। चौथा घायल और अचेत था। उसे मैं सैनिकों को सौंप आया था। वे वैद्य से उसका उपचार कराएँगे। जीवित बच गया तो आपके न्यायाधिकरण में उपस्थिति करेंगे।" अर्जुन ने बताया, "किन्तु इन सबसे महत्त्वूर्ण सूचना यह है कि वे साधारण चोर प्रतीत नहीं होते। वह मुझे इन्द्र का भय दिखा रहा था। स्वयं को इन्द्र का मित्र बता रहा था। उसके स्वामी ने खाण्डव-वन में अपना दुर्ग बना रखा है। किसी शुभ लक्ष्य के लिये तो वह यहाँ छिपा बैठा नहीं होगा।" अर्जुन ने रुक कर उन सबकी ओर देखा, "जिस प्रकार इन दस्युओं का मार्ग प्रशस्त करने के लिये, उनके मार्ग से हमारे सैनिकों को

हटाने के लिये किसी अन्य दिशा में सैनिक अभियान का नाटक किया गया, वह कम महत्वपूर्ण नहीं है। इसका अर्थ है कि यहाँ, हमारी नाक के नीचे हमारे शत्रुओं का संगठित व्यूह है। क्यों है वह?...और शायद आपको स्मरण हो कि इसी खाण्डव-वन की सुरक्षा का वचन इन्द्र ने हमसे चाहा था।"

"मेरा तो विचार है कि इन बातों पर बहुत माथा-पच्ची करने की आवश्यकता नहीं है।" नकुल बोला, "एक बार सेना ले कर एक ज़ोर का धावा बोल दिया जाये और वहाँ जितनी भी सेनाएँ, सैनिक दल, दस्यु-दल और छोटे-मोटे अपराधी हैं, उन्हें वहाँ से खदेड़ दिया जाये।"

"उन्हें वहाँ से खदेड़ दोगे नकुल! तो वे विभिन्न दिशाओं में बिखर कर विभिन्न स्थानों में जा छिपेंगे।" सहदेव बोला, "उससे हमारी कठिनाई बढ़ नहीं जायेगी?"

"हाँ! सहदेव कह तो ठीक ही रहा है।" अर्जुन बोला, "यहाँ वे सब एक स्थान पर तो हैं। हमारी आँखों के सामने तो हैं।"

"तुम लोग तो बाल की खाल निकालते हो।" नकुल कुछ रुष्ट हो कर बोला, "खदेड़ने का अर्थ सचमुच खदेड़ना ही नहीं है। हम उन सबको वहीं समाप्त कर देंगे।"

"तुम्हारी बात ठीक है भाई।" अर्जुन बोला, "किन्तु तुम भी जानते हो कि वहाँ के विभिन्न सैनिक दल विभिन्न देव-शक्तियों और महाशक्तियों की जय बोलते हैं। मैंने तुम्हें बताया है कि वह दस्यु मुझे इन्द्र का भय दिखा रहा था। यदि कहीं इसका यह अर्थ है कि वे उन महाशक्तियों द्वारा संरक्षित हैं, तो न तो उनको खदेड़ना सरल है, न उनको समाप्त करना। यदि वे शक्तियाँ उनकी सहायता के लिये आयीं तो यह छोटा-मोटा सैनिक टकराव मात्र नहीं होगा...।"

"हम उन लबाड़ियों और मिथ्या उद्घोषकों से डरते हैं क्या?" नकुल के माथे पर बल पड़ गये।

"इस विषय में तो मैंने अभी सोचा ही नहीं है।" अर्जुन बोला, "बस इतना जानता हूँ कि यदि इन अपराधियों और आतताइयों से अपनी प्रजा को बचाना है तो बहुत गम्भीरता से एक योजनाबद्ध दीर्घकालीन अभियान चलाना होगा।"

"नहीं सोचा है, तो अब सोच लेते हैं।" नकुल ने उत्फुल्ल दृष्टि से अर्जुन की ओर देखा, "आपने इतने दिव्यास्त्र तैयार करवाए हैं। उनके सामर्थ्य का परीक्षण भी हो जायेगा।..."

अर्जुन ने तत्काल कोई उत्तर नहीं दिया।

"क्या बात है अर्जुन?" युधिष्ठिर ने पूछा।

"वस्तुतः मैं तो किसी और प्रयोजन से आया था।" अर्जुन बोला, "यह बात तो बीच में अकस्मात ही आ गयी।"

"किस उद्देश्य से आये थे तुम?" युधिष्ठिर ने पूछा।

"कल रात मझसे मर्यादा-भंग का अपराध हुआ है।" अर्जुन बोला, "अब धर्म यही है कि मैं संकल्पानुसार ब्रह्मचर्य का पालन करता हुआ बारह वर्षों के लिये वनवास करूँ।"

"क्या?" सब चकित थे।

युधिष्ठिर की आँखों में मन्द हास उभरा, "मैं तुम्हारी बात समझता हूँ अर्जुन! किन्तु मैं तुम्हें आश्वस्त करना चाहता हूँ कि तुमसे मर्यादा-भंग का अपराध नहीं हुआ। यह सत्य है शब्द का अर्थ मात्र देखा जाये तो उस समय शस्त्रागार में मैं और पांचाली एकान्त में थे, किन्तु वह शस्त्रागार था, हमारा विश्राम-कक्ष नहीं। शस्त्रागार में एकान्त की कोई मर्यादा नहीं होती, जिसका तुम्हारे द्वारा अतिक्रमण हुआ हो। उस समय शस्त्रागार में तुम्हारे प्रवेश को मैंने अपना तिरस्कार नहीं माना। मुझे तनिक भी बुरा नहीं लगा।" युधिष्ठिर ने रुक कर उन सब लोगों पर एक गहरी दृष्टि डाली, "यदि कहीं उस समय तुम अपने शस्त्र न लेते और शस्त्रों के अभाव में ब्राह्मण की सहायता न करते, तो राजा के रूप में मैं अधर्म का भागी होता। तुम अपने भाई की मर्यादा की रक्षा करते, और प्रकारान्तर से मुझसे राज की राज-मर्यादा भंग हो जाती। तुमने तो एक प्रकार से मुझे अधर्म से बचा लिया। राजा का तिरस्कार नहीं किया, उसका उपकार किया।"

"राजन! मैं आपके भावों को समझता हूँ। आप धर्मराज हैं, और क्षमा आपका धर्म है। आप अपने अपराधी को तत्काल क्षमा कर देते हैं, किन्तु धर्म के क्षेत्र में न तो बहानों की आड़ लेनी चाहिए और न क्षमा-याचना करनी चाहिए।" अर्जुन हँसा, "देवर्षि नारद के सम्मुख हमने जो मर्यादा बाँधी थी, वह यह नहीं थी कि हममें से जो कोई नियम-भंग का अपराधी होगा, वह राजा अथवा अन्य भाइयों के द्वारा दण्डित किया जायेगा। उसे स्वयं स्वेच्छा से बारह वर्षों का ब्रह्मचर्यपूर्ण वनवास स्वीकार करना है।"

"पर उस नियम की आत्मा को समझो धनंजय!" द्रौपदी बोली, "उस एकान्त में शृंगार का भाव है, और अतिक्रमण भी एक प्रकार से लज्जा का अतिक्रमण है। तुमने किसी की लज्जा का अतिक्रमण नहीं किया है। शस्त्रागार में तुम्हारे प्रवेश के संदर्भ में शृंगार का भाव तो दोनों ही पक्षों में नहीं था। तुमसे कोई अपराध नहीं हुआ, तुमने किसी नियम को नहीं तोड़ा, कोई मर्यादा

भंग नहीं की। मुझे तुमसे कोई शिकायत नहीं है। मैं किसी भी प्रकार स्वयं को तिरस्कृत अथवा अपमानित नहीं पाती!...तो तुम अपने इन भाइयों और मुझे छोड़ कर वनवास के लिये क्यों जाना चाहते हो?"

"यह तुम्हारी उदारता है देवि! किन्तु मैं भी अपना धर्म समझता हूँ।" अर्जुन गम्भीर वाणी में बोला, "वचन के निर्वाह से बड़ा कोई धर्म नहीं, और वचन-भंग से अधम पाप नहीं। यह हम पाँचों भाइयों का वचन था, और मैं उसी पर अटल हूँ। क्षमा माँगना अथवा स्वीकार करना पाण्डवों को शोभा नहीं देता। हम धर्म पर टिके रह कर दण्ड स्वीकार करते हैं। और यह तो कोई ऐसा दण्ड भी नहीं। ऋषि-मुनि स्वेच्छा से तपस्या करने के लिये वन में जाते हैं, मैं इस व्याज से जा रहा हूँ। प्रकृति के निकट रह कर अपने जीवन को स्वच्छतर बनाने का प्रयत्न करूँगा। कुछ तीर्थाटन करूँगा, कुछ वनवासी ऋषि-मुनियों से सान्निध्य में रहूँगा। और अवधि समाप्त होते ही लौट आऊँगा।"

"अर्जुन! मेरी बात सुनो। शीघ्रता में इस प्रकार निर्णय करना उचित नहीं है। हम सब धर्म-विचार ही कर रहे हैं। यदि तुम अन्ततः इसी निष्कर्ष पर पहुँचो कि तुम धर्म-भंग के अपराधी हो, तो चले जाना।" युधिष्ठिर के स्वर में पुलक-का-सा भाव था, "चौदह वर्षों तक लक्ष्मण अपने बड़े भाई राम और उनकी पत्नी सीता के संग रहे। उसे किसी भी प्रकार अमर्यादित कर्म नहीं माना जा सकता। छोटा भाई अपनी पत्नी के संग हो, तो बड़े भाई का वहाँ जाना अनुचित है।..."

"आप ठीक कह रहे हैं भैया! मैं आपके कथन का विरोध नहीं करता।" अर्जुन ने उत्तर दिया, "किन्तु हमारा संदर्भ कुछ भिन्न है। मैं यदि वन नहीं जाता तो आपके तिरस्कार का अपराधी होऊँ या न होऊँ, वचन-भंग का अपराधी हो जाऊँगा। आप मेरे प्रति अपने मोह को तनिक हटा कर बतायें, क्या आप चाहेंगे कि मैं अपने धर्म का निर्वाह न करूँ?"

युधिष्ठिर अर्जुन का धर्म-संकट समझ रहे थे, किन्तु अकस्मात आ पड़े एक धर्म के निर्वाह के लिये इतना बड़ा दण्ड?...

"और यदि मैं पूछूँ कि तुम जानते-बूझते हमें तथा इन्द्रप्रस्थ को इस प्रकार असुरक्षित छोड़ कर क्यों जा रहे हो, तो?" युधिष्ठिर बोले, "तुम जानते हो कि खाण्डव-वन में हमारे लिये कितने संकट संगठन-बद्ध हो कर बैठे हैं। जब तुम्हारे यहाँ होते हुए भी, हम उन पर नियन्त्रण नहीं पा सके तो तुम्हारी अनुपस्थित में हमारी क्या स्थिति होगी?

लगा, क्षण भर के लिये अजुन मौन ही नहीं स्तब्ध ही रह गया। युधिष्ठिर सत्य ही कह रहे थे।...क्या अर्जुन के चले जाने से इन्द्रप्रस्थ और पाण्डव और

भी असहाय नहीं हो जायेंगे? इन्द्रप्रस्थ की प्रजा उन सशस्त्र अपराधकर्मियों द्वारा और अधिक पीड़ित नहीं होगी?..."

अर्जुन ने अपना मस्तक झटक दिया, "मैं आपके कथन का महत्व समझता हूँ, किन्तु ऐसा कौन-सा धर्म है, जिसके पालन में संकट नहीं है। जब राम वनवास के लिये गये थे, तो अपने पीछे परिवार और राज्य के लोगों को रोते-बिलखते नहीं छोड़ गये थे?" अर्जुन ने रुक कर युधिष्ठिर की ओर देखा, "मेरे प्रति अपने मोह के कारण कदाचित इस ओर ध्यान नहीं दिया कि यह व्रत हमने परस्पर विचार-विमर्श के पश्चात लिया था। हम सब इसमें सहभागी हैं। मैंने उस व्रत का अतिक्रमण किया है, कारण कुछ भी हो। अब यदि प्रतिज्ञा के अनुसार वन नहीं जाता तो मैं अपने धर्म से पतित होता हूँ, और यदि आप मुझे रोकते हैं, तो आप अपने धर्म से स्खलित होंगे।..." अर्जुन पुनः रुका, "आप मुझे क्षमा करें। धर्म के संदर्भ में आपको कुछ समझाना भी अपने सामर्थ्य की सीमा का अतिक्रमण करना है।"

युधिष्ठिर ने कुछ क्षण मौन रह कर अर्जुन की ओर देखा, "धर्म के बन्धन से बड़ा कोई बन्धन नहीं है अर्जुन!...और तुमने उसी में मुझे बाँध दिया है।...ठीक है। तुम अपने धर्म का पालन करो, हम अपने धर्म का निर्वाह करेंगे।..."

8

गंगा के जल को अंजुलि में ले कर अर्जुन को लगा, जैसे उसने अपने किसी अत्यन्त प्रिय व्यक्ति का स्पर्श किया हो।...हस्तिनापुर में भी वे लोग वर्षों गंगा के निकट रहे थे। गंगा-जल पिया था, उसी में स्नान किया था और प्रहरों-प्रहर उसमें क्रीड़ाएँ करते रहे थे। प्रमाणकोटि में भी तो गंगा ही थी, जिसमें दुर्योधन ने भीम को डुबोया था।...काम्पिल्य में भी गंगा थी...नहीं थी तो इन्द्रप्रस्थ में ही गंगा नहीं थी। अब पाण्डवों को यमुना भी उतनी ही प्रिय हो चुकी थी। कृष्ण का तो सारा शैशव ही यमुना-तट पर बीता था।...किन्तु आज एक अन्तराल के पश्चात फिर से गंगा-जल को अंजुलि में लेते ही अर्जुन को जैसे रोमांच-सा हो आया था। उसने अंजुलि मुख से लगाई और उसका जल पी गया। एक के पश्चात एक कर कितनी ही अंजुलियाँ गंगा-जल पिया...और फिर दूर तक फैले हुए गंगा-जल पर दृष्टि दौड़ाई...

"यह स्थान गंगा-द्वार कहलाता है पार्थ!" साथ आये ब्राह्मणों में से एक ने बताया, "माना जाता है कि गंगा यहीं से पर्वत श्रेणियों को त्याग कर समतल भूमि में प्रवेश करती है, इसलिये यह गंगा-द्वार है। यह भी माना जाता

है धनंजय! कि यहीं महादेव शिव ने गंगा को लोक-कल्याण के लिये अपनी जटाओं में धारण किया था, इसीलिये यह हरद्वार है।"

"इस क्षेत्र में महादेव शिव का बहुत महत्व है अर्जुन।" दूसरे ब्राह्मण ने बताया, "शिव के प्राचीर मन्दिर 'केदारनाथ' के लिये मार्ग यहीं से जाता है। प्रजापति दक्ष की राजधानी यहाँ से कुछ ही दूरी पर कनखल में थी, जिनकी पुत्री सती का विवाह महादेव शिव से हुआ था। दक्ष ने अपने यज्ञ में अपनी पुत्री और जामाता को आमन्त्रित नहीं किया था, किन्तु अपने मायके के मोह में सती उस यज्ञ के अवसर पर आयीं। अपने पति की उपेक्षा और निरादर देख कर आक्रोध में सती ने उसी यज्ञ-कुण्ड में कूद कर आत्मदाह किया। शिव ने दक्ष को दण्डित करने के लिये वीरभद्र को भेजा। वीरभद्र ने यज्ञ-ध्वंस किया। वह कुण्ड-तट पर अब भी वर्तमान है, और कुछ आगे चल कर महादेव के गण वीरभद्र का मन्दिर है। वह सारा क्षेत्र भी वीरभद्र के नाम से ही जाना जाता है। यहीं से हिमालय क्षेत्र आरम्भ होता है। इसी क्षेत्र के राजा हिमवान की पुत्री बन कर माता पार्वती ने पुनः जन्म लिया था और अपनी तपस्या के द्वारा पुनः महादेव को अपने पति के रूप में प्राप्त किया था। इसी हिमालय की एक ऊँची चोटी, कैलाश को, महादेव का स्थान भी माना जाता है। मानसरोवर के निकट स्थिर यह कैलाश पर्वत तो महादेव का स्थान है ही, किन्तु कुछ लोगों की मान्यता यह भी है कि मानसरोवर से निकलने वाली अलकनन्दा ही गंगा की मुख्य धारा है, जो इस क्षेत्र से, जिसे महादेव शिव की जटायें कहा जाता है, निकली है। अतः शिव ने स्वर्ग से नीचे आती गंगा को वहीं अपनी जटाओं में धारण किया है।"

"यह क्षेत्र विष्णु की दृष्टि से भी कम महत्व का नहीं है धनंजय।" तीसरे ब्राह्मण ने कहा, "बद्रिका आश्रम के लिये यहीं से मार्ग जाता है, अतः इसे हरिद्वार भी कहा जाता है। वैसे भी गंगा की उत्पत्ति विष्णु के चरण-नखों से मानी जाती है, इसलिये गंगा-द्वार हरिद्वार ही हो सकता है।"

"यह क्षेत्र हरिहर क्षेत्र है। पवित्र है। महातीर्थ है। यह भूमि अध्यात्म की जननी है, किन्तु तुम्हें कुछ सावधान रहने की भी आवश्यकता है राजकुमार।" एक अन्य ब्राह्मण ने कहा, "मेरी दृष्टि से यह नागों की भूमि भी है। तुमने ध्यान दिया ही होगा, कि महादेव शिव भी अपने कण्ठ में नाग धारण करते हैं। यह किस बात का संकेत है? कृष्ण ने वृन्दावन में कालियदह से कालिया नाग को भगाया था, अर्थात वह वहाँ रहता था। खाण्डव-वन में भी बड़ी संख्या में नाग रहते हैं। तुम कह सकते हो कि नाग कहीं भी हो सकते हैं...किन्तु यहाँ वे रहते ही नहीं, यह भूमि अभी दूर तक उन्हीं के आधिपत्य में

है। अतः उनसे सावधान रहना।"...

"तो ठीक है। आज रात के विश्राम के लिये, यहीं घेरा डाला जाये।" अर्जुन बोला, "यह भूमि पवित्र भी है और सुन्दर भी। यहाँ कुछ दिन विश्राम कर आगे बढ़ूँगा।" अपनी प्रतिज्ञा से पीछे हटने की बात अर्जुन ने कभी सोची भी नहीं थी...यह जैसे उन सारे भाइयों की प्रकृति में ही नहीं था। ऐसा अधर्म वे कैसे कर सकते थे। अपने आदर्शों से पतित हो कर, धर्म से गिर कर जीने का कोई अर्थ नहीं था। वह मानव-जीवन नहीं था।...किन्तु अपनी माता और अपने भाइयों से वियुक्त होते हुए अर्जुन ने विषाद का अनुभव न किया हो, ऐसी बात नहीं थी...और फिर पांचाली कृष्णा...

पर अर्जुन ने उसी क्षण सोच लिया था कि उसे इस घटना को न दण्ड के रूप में स्वीकार करना है, न उससे पीड़ित होना है। यह तो तपस्या का एक अवसर था। विधाता ने यदि ऐसी कोई स्थिति उत्पन्न कर दी है कि अपने धर्म की रक्षा करते हुए भी अर्जुन को इस प्रकार निष्कासित हो अपने भाइयों, माँ तथा पांचाली से वियुक्त होना पड़ा है, तो इसका भी कोई प्रयोजन होगा। उन्होंने हस्तिनापुर में रह कर आचार्य द्रोण के गुरुत्व में अपनी शारीरिक क्षमताओं का बहुत विकास किया है, किन्तु अपनी आत्मा के विकास का कदाचित अवसर नहीं मिला। पिछले इतने सारे वर्षों में उन्हें या तो भोग और भोग के अधिकारों की चेतना रही है, या फिर भोग तथा अपने अधिकारों से वंचित होने की। स्वेच्छा से अपने ऐश्वर्य को त्याग कर, तपस्या की ओर प्रवृत्त होने का कोई अवसर ही नहीं आया।...अब प्रतिज्ञा-भंग के व्याज से विधाता ने उसके सम्मुख एक संयोग उत्पन्न किया था।...यदि किसी व्यक्ति के दुर्भाग्यवश राजा उसे कारागार में डाल दे तो उस अवधि को, अपने शत्रुओं को कोसने तथा अपने भाग्य पर कुढ़ने में व्यतीत करने से कहीं अच्छा है कि उसमें व्यक्ति अपनी आत्मा के विकास का प्रयत्न करे। उसे अपनी साधना और तपस्या का सुसंयोग बना ले। यदि विधाता ने उसे, एक विशिष्ट अवधि तक अपने तथा अपने परिवार के लिये सांसारिक चिन्ताओं से मुक्त कर दिया है, तो वह उसका लाभ उठाए और ब्रह्म-चिन्तन करे, जिसके लिये संसार उसे अवकाश नहीं दे रहा था...

अर्जुन प्रातः उठा तो उसने पाया कि उसके साथ आये ब्राह्मणों ने गंगा-तट पर दूर तक अग्नि प्रकट कर अग्निहोत्र का प्रबन्ध किया था। वे लोग कदाचित स्नान तथा अग्निहोत्र इत्यादि से निवृत्त हो कर अपनी साधना के लिये बैठ चुके थे...अर्जुन को लगा कि किसी भी साधना के लिये सबसे पहले तो अपनी

निद्रा को जय करना आवश्यक है। इससे पहले जब धनुर्विद्या की प्रचण्ड साधना की व्याकुलता उसमें जागी थी, तो भी वह शब्दवेधी बाण की साधना के लिये रात-रात जागा करता था।...अब यदि उसने इन्द्रप्रस्थ से निष्कासन के इस काल को अपना विश्राम काल बना लिया...इच्छा भर सोया और मन को तृप्त करने की सीमा तक खाता-पीता रहा, तो कदाचित साधना की स्थिति नहीं आयेगी।...

अर्जुन अपने शिविर से बाहर निकल गंगा-तट पर आया। उषा काल की प्रकृति में स्वच्छता और पवित्रता का भाव उसे पहले भी आकृष्ट करता रहा था, किन्तु गंगा के जल में जाने क्या था कि उसे हाथ में लेते ही, मन में एक असाधारण पवित्रता की अनुभूति होने लगती थी। मन से भोग की इच्छाएँ तो न जाने कहाँ विलीन हो जाती थीं, ज्ञान और चिन्तन की भी उपेक्षा कर, मन भक्ति में तल्लीन होने लगता था। गंगा-जल का स्पर्श जैसे हरि और हर दोनों का ही स्पर्श कराने लगता था। अपने चारों ओर, अति निकट जैसे उस विराट सत्ता का अनुभव होने लगता था। लगता था, हाथ बढ़ा कर उसका स्पर्श किया जा सकता है।...अर्जुन का मन इस समय जैसे भक्ति से आप्लावित हो रहा था। उसका मन चाह रहा था कि अदृष्ट क्षण-भर को उसके सम्मुख प्रकट हो जाये और वह उसके चरणों में लोट जाये...

उसने गंगा की धारा में प्रवेश किया। जल अत्यन्त स्वच्छ और शीतल था। उस पारदर्शी तल में से तह में जमे गोल-गोल पत्थर स्पष्ट दिख रहे थे। उन पत्थरों पर चलना सरल नहीं था। वे नुकीले नहीं थे, चुभते भी नहीं थे, किन्तु तलवों को सहज वेग से आगे बढ़ने नहीं देते थे।...किन्तु जल की प्रवृत्ति अभूतपूर्व थी...शरीर में एक प्रकार की सिहरन हुई। मन कृतज्ञता से विह्वल हो गया और पूर्णकाम होने के आनन्द से जैसे आँखों में अश्रु भर आये। अपने-आपको गंगा की धारा में सपर्पित करते हुए, उसके मन ने जैसे पुकारा, "माँ!..."हाँ! प्रकृति माँ ही तो थी। उस ब्रह्म की आदिशक्ति, उसकी माया, उसकी अर्द्धांगिनी, उसका प्रकट रूप। उसी में से मनुष्य जन्म ग्रहण करता था, उसके शरीर का निर्माण और पोषण होता था...और फिर यह शरीर उसी को समर्पित हो जाता था। यह माँ स्नेहमयी थी, करुणामयी थी, महिमामयी थी, वैभवमयी थी...कठोर तथा कराला थी...सन्तान को ज्ञान नहीं होता कि क्या उसके हित में है और क्या हित में नहीं है...किन्तु माँ जानती है कि कब उसे दुलराना है, कब खिलाना है, कब बहलाना है और कब उसे ताड़ना है...वह इस शरीर का निर्माण भी करती है, पोषण भी करती है, उसे क्षीण भी करती है और फिर उसका क्षय कर उसे पंच-तत्वों में परिणत भी कर देती है...प्राणी

को आश्चर्य होता है कि जिस माँ ने उसे जन्म दिया है, उसका पोषण किया है, वह इतनी निर्मम क्यों हो गयी है, किन्तु माँ ही जानती है कि वह शरीर क्षीण और असमर्थ हो चुका है, वह उसका क्षय नहीं करेगी, तो प्राणी को नया शरीर कैसे मिलेगा। उस निर्ममता में भी उसकी ममता ही है...

भक्ति के आवेश में अर्जुन के दोनों हाथ परस्पर जुड़ गये, "तुम्हारी जय हो माँ। जय हो...।"

अर्जुन को लगा, उसके हाथ ही नहीं जुड़े, उसकी आँखें भी मुँद रही थीं। यह उसकी भक्ति थी या थकान? वह शिथिल हो रहा था या उसकी चेतना लुप्त हो रही थी? क्या वह समाधिस्थ होता जा रहा था? किन्तु यह समाधि की-सी ऊर्जस्वित स्थिति तो नहीं थी...न ही उसे कोई अतीन्द्रिय अनुभूति हो रही थी, न चेतना के किसी उच्चतर धरातल की...पता नहीं यह समाधि थी या नहीं, किन्तु इतना अनुभव वह कर रहा था कि वह अक्षम होता जा रहा था, उसके हाथ-पैर चल नहीं रहे थे, उसकी आँखें मुँद रही थीं, वह शायद अचेत ही हो रहा था...क्या वह जल में डूब रहा था?...नहीं। शायद वह डूब नहीं रहा था...उसका दम घुट नहीं रहा था, उसे श्वास में किसी प्रकार की कठिनाई का कोई अनुभव नहीं हो रहा था। उसका मस्तिष्क ही जैसे अलसा कर निद्रामग्न होता जा रहा था...जल में उसके आस-पास कोई अदृश्य-सी गतिविधि तीव्र हो गयी थी...धारा में पहले जैसा सहज प्रवाह नहीं रह गया था...जल में कैसा भयंकर आलोड़न-विलोड़न हो रहा था, जैसे अनेक बड़े-बड़े मत्स्य उसके आस-पास किसी भयंकर में जुट गये हों....किन्तु उसकी पलकें कुछ इतनी बोझिल हो गयी थीं, कि वह अपनी आँखें खोल कर देखने में पूर्णतः असमर्थ हो चुका था...उसकी क्षीण अनुभव-शक्ति भी उसका साथ छोड़ गयी थी...

अर्जुन की चेतना लौटी तो उसे लगा कि वह किसी विचित्र प्रकार की प्रगाढ़ निद्रा से जागा है। उसकी पलकें अब भी बहुत भारी थीं, आँखें बन्द थीं, मन शिथिल और शरीर तन्द्रालस। किन्तु अपनी सक्रियता के अभाव में भी, उसका निष्क्रिय मन स्मृति की हल्की-हल्की पर्तें उघाड़ रहा था...उसे स्मरण होता आ रहा था कि इन्द्रप्रस्थ से अपनी यात्रा आरम्भ करके वह गंगा-द्वार आ पहुँचा था। रात-भर विश्राम करके प्रातः अग्निहोत्र से पहले उसने स्नान के लिये गंगा में प्रवेश किया था...पर इस समय तो वह न जल में था, न गंगा की रेत पर...कहाँ था वह?

उसने झटके से आँखें खोलीं और उठ कर बैठ गया।...उसका मस्तिष्क इतना सचेत हो चुका था कि वह यह समझ सकता कि जिस झटके से आँखें

खोली थीं और जिस स्फूर्ति से वह उठ कर बैठा था...न तो तत्काल उसकी आँखें ही खुल पायी थीं और न उसके उठ-बैठने में वह वेग ही था। लगता था कि उसके प्रत्येक प्रयत्न पर एक असाधारण बोझ था, जो प्रत्येक गति को बोझिल कर रहा था...

किन्तु फिर भी उसने देखा...वह किसी अपरिचित कक्ष में एक पर्यंक पर लेटा हुआ था। उसके ठीक सामने एक असाधारण सुन्दरी तरुणी बैठी थी। विशुद्ध जाम्बूनद नामक सुवर्ण के समान उसका गौर वर्ण था। पर्यंक से कुछ हट कर अनेक दासियाँ खड़ी थीं।...

उसे आँखें खोलते देख उस तरुणी के मुख-मण्डल पर प्रसन्न्ता का जैसे विस्फोट हो गया, "आर्य! आप चिन्ता न करें! आप पूर्णतः सुरक्षित, स्वस्थ और सक्षम हैं।"

"तुम कौन हो देवि?" अर्जुन ने पूछा।

"मैं उलूपी हूँ।" वह मुस्कुराई, "नागराज कौरव्य की पुत्री।"

"मैं कहाँ हूँ।"

"नागराज कौरव्य के प्रासाद में।"

"मैं क्या गंगा में डूब कर अचेत हो गया था?"

"नहीं। मैंने औषधि सुँघा कर आपको अचेत कर दिया था।"

"क्यों? मेरी तुमसे क्या शत्रुता है सुन्दरी?"

उलूपी अत्यन्त मधुर ढंग से मुस्कुराई। उसके अधरों और नयनों में एक कामना साकार हो रही थी, "शत्रुता है तो नहीं, किन्तु तुमने काम तो शत्रु का-सा ही किया। मुझे कितनी पीड़ा दी है तुमने। कामदेव के बाणों को झेलना सरल होता है क्या?"

अर्जुन कुछ बोला नहीं। केवल उसकी ओर देखता रहा।

कामदेव ने बाण उलूपी के वक्ष में मारे और चेतना अर्जुन की लुप्त हुई। यह तो विचित्र कार्य-कारण सम्बन्ध है।...अर्जुन के मन में सोया उत्फुल्ल परिहास जैसे अपनी आँखें खोल रहा था।

"मुझे कल सन्ध्या समय ही सूचना मिल गयी थी कि तुम आये हो।" उलूपी मुग्ध भाव से बोली, "मैंने गंगा-तट पर तुम्हें देखा था। रात-भर मैं तुम्हारे लिये व्याकुल रही थी। प्रातः पुनः तुम्हें देखा—गंगा-तट पर खड़े हुए और फिर गंगा-स्नान करते हुए। मेरा मन नियन्त्रण में नहीं रहा। मैं तुम्हें प्राप्त करना चाहती थी...तुरन्त, तत्काल। अपनी विह्वलता का मेरे पास कोई उपचार नहीं था। मै प्रतीक्षा नहीं कर सकती थी। प्रत्यक्ष रूप में तुम्हारे सम्मुख आती, तुमसे परिचय होता, मिलती रहती तो घनिष्ठता भी होती। मुझे पूर्ण विश्वास है कि

अन्ततः मैं तुम्हें क्षुब्ध कर ही लेती...किन्तु तब तक तो कामदेव मेरा प्राणान्त ही कर देते। इसलिये मैं तुम्हें अचेत कर यहाँ ने आयी।..."

"और उस अचेतावस्था में मैं गंगा में डूब जाता तो?" अर्जुन धीरे से बोला।

"उन सब समस्याओं के विषय में मैंने विचार कर लिया था। हमने तुम्हें जल के ऊपर ही रखा था।" उलूपी बोली "अब तुम गंगा-द्वार से कुछ दूर गंगा-तट के प्रासाद में हो...नागराज कौरव्य के प्रासाद में! मैं उनकी कुमारी कन्या हूँ। मैं आत्म-समर्पण कर रही हूँ। काम-यातना से मेरी रक्षा करो। अपनी अनुरागिनी को इस प्रकार पीड़ित मत करो।"

अर्जुन अब तक पूर्णतः सचेत हो चुका था। जिस औषधि को सुँघा कर उसे अचेत किया गया था, उसका प्रभाव जिस तीव्रता से आया था, उसी तीव्रता से नष्ट भी हो गया था।

अर्जुन का मन विचार कर रहा था...उलूपी ने उसके प्रति अपने प्रेम की चर्चा की थी। वह अपनी काम-पीड़ा की दुहाई दे रही थी।...नाग-कन्या बहुत मुखर थी...शायद चतुर भी।...प्रेम का दीर्घकालीन साहचर्य नहीं माँग रही थी वह। वह काम-पीड़ा से मुक्ति माँग रही थी। क्षणिक साहचर्य।...यह उसकी उन्मुक्तता थी अथवा पिता की अनुपस्थिति में मनमानी करने का आवेग?...

"तुम सुन्दरी हो, युवती हो, अविवाहिता हो, कामातुरा हो...तुम्हारा तिरस्कार मेरा धर्म नहीं है।" अर्जुन बोला, "किन्तु तुम जानती हो कि मैं कौन हूँ। मेरे प्रति तुम्हारा यह व्यवहार तुम्हारे पिता को आपत्तिजनक लगेगा या नहीं?"

"तुम पाण्डुपुत्र कौन्तेय अर्जुन हो, इन्द्रप्रस्थ के राजा धर्मराज युधिष्ठिर के छोटे भाई।" वह बोली, "जहाँ तक मेरा प्रश्न है, मैं प्रेम तथा विवाह इत्यादि विषयों में पूर्ण स्वतन्त्र हूँ। अन्य जातियों के विषय में मैं नहीं जानती, किन्त नाग-जाति हमें यह स्वतन्त्रता देती है। कन्या हूँ, इसलिये किसी की भी कामना कर सकती हूँ। मेरे पिता नागराज कौरव्य को इसमें कोई आपत्ति नहीं हो सकती।"

"तुम बहुत चतुर हो उलूपी।" अर्जुन ने उसे विस्मय से देखा, "तुम्हारी सूचनाएँ सत्य हैं।...किन्तु क्या यह भी जानती हो कि मैं इन्द्रप्रस्थ छोड़ यहाँ क्यों आया हूँ?"

"नहीं।"

अर्जुन ने उसे सारी घटना सुनायी, "विचार करो। मुझे प्रतिज्ञा के अधीन बारह वर्षों तक वनवासी के रूप में ब्रह्मचर्य का पालन करना है। ऐसे में यदि

तुम पूर्ण स्वतन्त्र भी हो तो मैं तुम्हें कैसे अंगीकार कर सकता हूँ?"

उलूपी के चेहरे पर एक क्षणिक हताशा झलकी, किन्तु वह मौन नहीं रही। बोली, "मैंने तो समझा था कि तुम वीर क्षत्रिय हो। असहाय और पीड़ित व्यक्ति की सहायता करोगे। मैं क्या जानती थी कि अब क्षत्रिय भी अपने धर्म से च्युत हो चुके हैं।"

"धर्म से च्युत?" अर्जुन हँसा, "शृंगार के प्रसंग में वीरता कहाँ से आ गयी? प्रेम-निवेदन में क्षत्रिय का धर्म क्या है?"

"और नहीं तो क्या?" उलूपी आक्रोशपूर्वक बोली, "मेरे प्राण जा रहे हैं। और तुम अपनी प्रतिज्ञा को रट रहे हो। यह क्यों नहीं सोचते कि दो धर्मों में से कौन-सा धर्म बड़ा है दयापूर्वक किसी के प्राणों की रक्षा अथवा अपनी प्रतिज्ञा के पालन का अहंकार। क्या मिलेगा तुम्हें प्रतिज्ञा का पालन करके? स्वयं को तड़पाओगे, जलाओगे, मुझे विरह में तड़पा कर मारोगे और फिर अहंकारपूर्वक अपने भाइयों से कहोगे कि तुमने प्रतिज्ञा पूरी की।..."

उलूपी ने मौन हो कर अर्जुन की ओर देखा, तो अर्जुन का मन बदल गया : कितनी यातना थी उसकी आँखों में।...और उसका सौन्दर्य जैसे उस यातना से सान पर चढ़ गया था...नयनों में ऐसा चुम्बकीय आकर्षण कि मनुष्य खिंचता ही चला जाये। नारी की आँखें थीं या अजगर की?... उलूपी वास्तविक रूप में नाग-कन्या थी...अर्जुन को लगा, उसका मन इस असाधारण सुन्दरी के लिये करुणा और सहानुभूति से भर गया है...किन्तु तभी जैसे चिंहुक कर किसी ने उसके मन पर दंश किया, "अब क्षत्रियों का धर्म क्या कामातुराओं के प्राणों की रक्षा करना ही रह गया है? क्षत्रिय, धर्म की रक्षा करेगा या काम की? काम-यातना में किसी को धर्म का मर्म समझ में भी आता है क्या?..."

किन्तु अर्जुन का मन सहमत नहीं हुआ...तभी उसने उसे पहचाना...उसकी सहानुभूति, उसकी करुणा क्या उसके आसक्त मन की उपज नहीं थी? उसके मन में कामना थी ही नहीं, या कामना थी तो किन्तु अपनी प्रतिज्ञा में बँधा होने के कारण वह कामना का दमन कर रहा था?...यह ब्रह्मचर्य नहीं है। ब्रह्मचर्य में तो काम का भाव मन में उत्पन्न ही नहीं होना चाहिए। वैराग्य वह होता है, जहाँ अनुराग हो ही नहीं, अनुराग का दमन, वैराग्य नहीं होता।...

"मै तुम्हारा धर्म-संकट समझती हूँ प्रिय!" सहसा उलूपी बोली, "मैं तुम्हारा धर्म नष्ट करना नहीं चाहती, किन्तु धर्म के सम्बन्ध में एक जिज्ञासा कर सकती हूँ?"

"पूछो।"

"धर्म का मर्म उसके शब्दों के अन्धानुकरण में है, या उसकी आत्मा को पहचान कर उसके अनुकूल आचरण करने में?"

"निश्चित रूप से उसकी आत्मा को पहचान, उस पर आचरण करने में।"

"तो अपने धर्म को ठीक से पहचानने का प्रयत्न करो मेरे प्राण! उसका विश्लेषण कर देखो। तुम पाँचों भाइयों की प्रतिज्ञा, तुम्हें सुख-वंचित करने के लिये नहीं, द्रौपदी की रक्षा के लिये है। वह प्रतिज्ञा तुम्हारी साधना नहीं है, द्रौपदी का रक्षा-कवच है। उसका अर्थ क्या केवल इतना ही नहीं है, कि तुम पाँचों की अपेक्षाओं को मर्यादित कर द्रौपदी को सम्भावित कठिनाइयों से बचाया जाये? और उस मर्यादा की रक्षा के लिये उसके अतिक्रमण को अपराध माना गया। उसने उस अपराध के दण्डस्वरूप तुम्हें बारह वर्षों के लिये पांचाली कृष्णा के साहचर्य सुख से वंचित किया गया है। तुम्हें अपने अपराध का प्रायश्चित करने के लिये कहा गया। उस प्रायश्चित्त स्वरूप तुम बारह वर्षों तक द्रौपदी के प्रति ब्रह्मचर्य को धारण करोगे, उससे बारह वर्षों तक काम-सुख की अपेक्षा नहीं करोगे। तुम्हारे वनवास मात्र से उस प्रतिज्ञा का मर्म पूरा नहीं होता, तुम्हें इन्द्रप्रस्थ से दूर रख, द्रौपदी के प्रेम-सुख से वंचित कर ही, प्रतिज्ञा का लक्ष्य पूरा होता है। तुम इन्द्रप्रस्थ से दूर रहो, फिर चाहे वन में रहो या प्रासाद में रहो, उससे तुम्हारे भाइयों और पांचाली को क्या अन्तर पड़ता है...। प्रतिज्ञा कहती है कि तुम्हारा धर्म है कि इन बारह वर्षों तक तुम पांचाली को स्मरण भी मत करो...और मैं भी तो उसे विस्मृत करने में तुम्हारी सहायता कर रही हूँ प्रियतम! जिसस समय तक मुझ में अनुरक्त रहोगे, उससे विरत रहोगे, अर्थात अपनी प्रतिज्ञा को उसके वास्तविक अर्थों में पूर्ण करोगे।..."

"ठहरो उलूपी।" अर्जुन ने उसे टोका, "तुम्हारे विश्लेषण की ध्वनि समझ रहा हूँ मैं।...किन्तु मुझे देखना है कि यह तुम्हारे कामातुर मन का षड्यन्त्र ही तो नहीं। प्रतिज्ञाएँ इसलिये तो नहीं होतीं कि किसी तर्क अथवा कुतर्क की आड़ ले कर उनके बन्धन से छुटकारा पा लिया जाये।"

"प्रतिज्ञाएँ इसलिये भी नहीं होतीं कि मूढ़ों के समान उन शब्दों को अनावश्यक महत्व दे कर स्वयं को व्यर्थ कष्ट दिया जाये।"

"क्या यह तुम्हारा काम ही नहीं बोल रहा?"

"मेरा मन तो कामातुर है ही प्रिय।" उलूपी बोली, "मुझे किसी प्रकार का कोई भ्रम नहीं है। मैं तुम्हारा धर्म नष्ट करना नहीं चाहती, किन्तु अपना प्राप्तव्य भी छोड़ नहीं सकती।...तुम चाहे षड्यन्त्र कहो, चाहे कुतर्क, किन्तु मेरे

लिये ये अपने प्राणों की रक्षा की युक्तियाँ हैं।"

उलूपी मौन हो गयी थी किन्तु उसके नयन याचना के भँवर-पर-भँवर उत्पन्न कर रहे थे। अर्जुन को लग रहा था कि वह अब इन भँवरों से बच नहीं पायेगा। उलूपी के नयन अद्भुत रूप से आकर्षक थे। वे उसे सम्मोहित किये दे रहे थे। उनकी ओर देखते ही उसका मन कैसा विलोड़ित होने लगता था, जैसे कोई उसे आक्रोशपूर्वक मथ रहा हो। हाथ जैसे बरबस उठ कर अश्रु पोंछ देना चाहते थे और भुजाएँ थीं कि उलूपी को अपने आलिंगन में बाँध लेना चाहती थीं।...उलूपी के तर्कों ने उसकी प्रतिज्ञा के सारे बन्धन जैसे काट दिये थे...अब वह बँधा हुआ नहीं, स्वतन्त्र था...उसका मन प्रतिज्ञा के उसी अर्थ को स्वीकार कर रहा था, जिसकी विवेचना उलूपी ने की थी...

अर्जुन चौंका...वह भक्ति और यह काम?...उसके साथ ऐसा क्यों हो रहा है? ये दोनों विरोधी भावनाएँ? आज ही प्रातः जिस तीव्रता से उसने अपने मन में भक्ति के वेग का अनुभव किया था, इस समय उसी तीव्रता से वह कामदेव की दुंदुभि सुन रहा है...माँ की यह कैसी माया है। पहले प्रकृति के उस श्रद्धामय रूप से मुग्ध किया और अब नारी का यह काम-मय रूप...यह नारी नहीं, कामिनी है। इस कामिनी ने उसके मन की सारी भक्ति नष्ट कर दी है...नहीं। शायद नष्ट नहीं की है, अप्रासंगिक कर दी है। पता नहीं वह अदृश्य शक्ति कहाँ है, इस समय तो उलूपी ही यथार्थ है, वही सम्म्मुख है...और वही प्रासंगिक है...काम इतना प्रबल है? नारी इतनी शक्तिशालिनी है?...पर नहीं। काम इस नारी में है, या अर्जुन के मन में? अर्जुन के मन में काम न होता तो उलूपी किसे प्रेरित करती?...भक्ति भी उसके अपने मन में है, और यह काम भी उसका अपना है।...क्या दोनों एक साथ हैं? एक का दमन कर दूसरा प्रबल हो उठता है...और जब पहला प्रबल होता है, तो दूसरे का दमन कर देता है।...या...या, ये दोनों एक ही भाव के दो अलग-अलग पक्ष हैं। जब उसका ऊर्ध्वगमन होता है तो वह भक्ति में परिणत हो जाता है और जब उसका अधोगमन होता है तो वही काम के रूप में प्रकट होता है...

"क्या सोच रहे हो प्रिय?" उलूपी उसके अत्यन्त निकट आ गयी थी। उसके गर्म श्वासों का अनुभव अर्जुन अपने मुख पर कर रहा था।...

"सोच रहा हूँ कि यह एक नाग कन्या का काम-आह्वान है अथवा एक प्रणयिनी का प्रणय-निवेदन?" अर्जुन बोला, "यह अस्थायी पतित्व है अथवा जीवन-सम्बन्ध?"

उलूपी मुस्कुराई, "तुम्हें पा न सकी, तो और किसी की हो नहीं सकती? और तुम्हारी हो कर किसी अन्य पुरुष की कामना का कोई अर्थ नहीं है।"

"इसका अर्थ समझती हो?"

"समझती हूँ।"

"मैं अधिक समय तक यहाँ रुक नहीं सकता।" अर्जुन बोला, "अपनी प्रतिज्ञा की तुम्हारे द्वारा की गयी व्याख्या स्वीकार कर भी लूँ तो बारह वर्षों तक किसी एक स्थान पर रुक नहीं सकता।"

"जानती हूँ।"

"सारे जम्बूद्वीप के तीर्थों की यात्रा का संकल्प ले कर निकला हूँ।"

"जानती हूँ।"

"तुम मेरे साथ चलोगी?"

"ले चलोगे तो तुम्हारे साथ चलूँगी, जैसे सीता राम के साथ गयी थी।" उलूपी इठलाई, "किन्तु स्मरण रखना मैं कामातुरा हूँ। साधना नहीं कर पाओगे। मैं तुम्हारे साथ गयी तो वनवास के लिये नहीं वन-विहार के लिये चलूँगी..."

"और यदि तुम्हें साथ न ले गया तो?"

"तो तुम्हारा बोझ बनना नहीं चाहूँगी, यहीं तुम्हारी प्रतीक्षा करूँगी।"

"यदि मैं कभी लौट कर न आया तो?"

"तो मैं तुम्हारे पास पहुँचूँगी।"

"कहाँ?"

"कहीं भी। धरती पर, आकाश में, पाताल में। कहीं भी खोज लूँगी तुम्हें।"

"तुम्हारे पिता इसे स्वीकार करेंगे?"

"अपने जीवन की मैं स्वयं स्वामिनी हूँ। मेरे पिता उसमें कोई आपत्ति नहीं करेंगे। यह उनका अधिकार-क्षेत्र नहीं है। फिर भी उनका आशीर्वाद ले कर आऊँगी।"

अर्जुन के मन में सहसा अनुराग का उत्स फूट निकला...कैसी तीव्र कामना है उसकी? अपने प्रिय के एक समागम के लिये सारा जीवन उसकी हो कर बैठी रहेगी।...जीवन-भर का सम्बन्ध करने से पहले कुछ सोचना नहीं चाहती, अपने समर्पण के बदले अर्जुन से कोई आश्वासन नहीं चाहती। यह कोई सांसारिक अनुबन्ध नहीं है, यह तो सहज नैसर्गिक समर्पण है...या अपना चरम सुख वह थोड़े ही समय में पा लेना चाहती है...भविष्य की कोई चिन्ता नहीं है, कोई कामना नहीं है...

"बोलो, मेरे क्षत्रिय वीर!" उलूपी ने उसके कण्ठ में भुजाएँ डाल दी थीं, "मेरे प्राण बचेंगे या नहीं? मेरी कामना पूरी होगी या नहीं?"

अर्जुन की भुजाओं ने उलूपी को थाम लिया।

9

उसने भूमि पर माथा टिका कर मुनि को प्रणाम किया, "ऋषिवर! मैं अक्षय हूँ।"

"आओ अक्षय!" धौम्य मुस्कुराये, "तुम्हारा स्वागत है। युवराज भीम ने तुम्हारी कुछ ऐसी चर्चा की थी कि मैं तुमसे मिलने के लिये लालायित हो उठा था। इसलिये तुम्हें बुला भेजा।"

"युवराज की मुझ पर आरम्भ से ही बहुत कृपा रही है महर्षि।" अक्षय बोला, "वे सदा मुझे प्रोत्साहित करते रहे हैं। सोचता हूँ तो चकित रह जाता हूँ...एक चोर को इतना स्नेह देने वाला राजकुमार...।"

"हमारे भीम में बहुत सारे अद्भुद गुण हैं।" धौम्य बोले, "कहो, तुम्हारी क्या समस्या है?"

"मैं कुछ समझ नहीं पा रहा पूज्यवाद! कि मैं आरम्भ कहाँ से करूँ।" अक्षय कुछ क्षणों तक अटपटाया हुआ-सा मुनि की ओर देखता रहा, "पहले मैं एक लेपक था। मैं जानता था कि मैं एक शूद्र हूँ। लोगों को भी मेरे विषय में कोई संदेह नहीं था। मेरी अपनी और समाज की दृष्टि में मेरा स्थान निश्चित था।...अब मैं वास्तुकार हूँ। मेरा सम्बन्ध वास्तु-शास्त्र से है, और शास्त्र का अध्येता तो ब्राह्मण होता है महर्षि! मैं समझ नहीं पा रहा था कि कौन हूँ। मैं अब शूद्र नहीं हूँ। केवल अपने शरीर से काम लेने वाला यन्त्र नहीं हूँ। मेरा विकास हुआ है। मैं ज्ञान का आदान-प्रदान करता हूँ। सोचता, समझता और निष्कर्ष निकालता हूँ। उनको कार्यान्वित करता हूँ। मैं जो नहीं हूँ, उसे जानता हूँ, किन्तु क्या हूँ, इसे जान नहीं पाया हूँ। मैं समझ नहीं पा रहा हूँ कि मैं कौन हूँ। मेरी श्रेणि क्या है? मेरा वर्ण क्या है? समाज में मेरा स्थान क्या है?"

"ओह!" ऋषि मुस्कुराये, "लेपक की श्रेणि और वर्ण को ले कर जितने आश्वस्त तुम हो, उतने ही आश्वस्त तुम वास्तुकार की श्रेणि और वर्ण को ले कर क्यों नहीं हो?"

"मेरा जन्म लेपक के वंश में हुआ था।" अक्षय बोला, "मैंने लेपक के रूप में ही शिक्षा पायी। मैंने वही कार्य किया। मैं लेपक समाज का सदस्य था...किन्तु...।"

"ठीक है।" ऋषि बोले, "इसमें तो कोई संदेह नहीं कि व्यक्ति का जो व्यवसाय होता है, वह उसी श्रेणि का अंग होता है...।"

"हाँ!" अक्षय अपनी उत्तेजना सँभाल नहीं पा रहा था, "किन्तु वह व्यवसाय अंगीकार करता है, युवा होने पर, और उसका वर्ण उसके जन्म से

ही निश्चित हो जाता है। मैं लेपक का कार्य करूँ तो लेपक श्रेणि का सदस्य हूँ, कार्य छोड़ दूँ तो उस श्रेणि का सदस्य नहीं हूँ।...किन्तु शूद्र तो मैं जन्म से हूँ। कुछ करूँ, न करूँ। लेपक रहूँ या वास्तुकार बन जाऊँ। वर्ण तो वहीं रहेगा न। मेरी श्रेणि चाहे वास्तुकार की हो जाये, किन्तु मैं नया वास्तुशास्त्र भी रच डालूँ, तो मेरा वर्ण तो वही रहेगा न?"

धौम्य ने सहज मुस्कान से उल्लसित एक दृष्टि अक्षय पर डाली और बोले, "तुम 'वर्ण' का आधार समझ लो, तो तुम्हें किसी प्रकार का भ्रम नहीं रहेगा।"

"क्या है 'वर्ण' का आधार?"

धौम्य कुछ अन्तर्मुखी हो गये, "अध्यात्म की दृष्टि में सब जीव एक समान हैं, क्योंकि परमात्मा प्रत्येक जीव में आत्मा के रूप में विद्यमान है। यह सारा वर्ग विभाजन समाज ने अपनी सुविधा के लिये किया है। वर्ण का सम्बन्ध वस्तुतः व्यक्ति के स्वभाव और उसकी क्षमता से है। गुणों का सम्बन्ध आनुवंशिकता से होता है। इसलिये समाज में जन्म से वर्ण का निर्धारण भी होता है। जिस परिवार में बालक पलता है, वहाँ का शिक्षण भी उसकी रुचियों-अरुचियों, क्षमताओं-अक्षमताओं का निर्धारण करता है, इसलिये परिवार तथा गुरुकुल के शिक्षण का महत्त्व है। यदि पुत्र अपने पिता से उत्तराधिकार में वे ही रुचियाँ तथा वृत्तियाँ ग्रहण करता है, वैसी ही क्षमता भी पाता है और वैसा ही आचरण भी करता है, तथा अपने पिता के ही व्यवसाय तथा जीवन-दर्शन को अंगीकार करता है, तो किसी पुनर्विचार की आवश्यकता नहीं होती। जन्म, वृत्ति, कर्म अथवा व्यवसाय से किसी एक वर्ण से सम्बद्ध होने पर कहीं कोई द्वन्द्व नहीं जागता।...किन्तु प्रकृति की लीला बड़ी विचित्र है। अनेक बार पुत्र अपने पिता के सर्वथा विपरीत चलता है। या तो उसका रुचि-भेद हो जाता है, या क्षमता-भेद। वह ब्राह्मण पिता का पुत्र हो कर भी न उतना ज्ञान अर्जित कर सकता है, न वैसी तपस्या कर सकता है, और न वैसा आचरण ही कर सकता है, किन्तु वह ब्राह्मण का ही व्यवसाय करना चाहता है, ब्राह्मणों की श्रेणि नहीं छोड़ना चाहता और न ही किसी इतर वर्ण को स्वीकार करना चाहता है। संकट वहाँ उत्पन्न होता है। व्यक्ति जन्म तो ब्राह्मण कुल में ले, वृत्ति से वह क्षत्रिय हो, और कर्म वह चाण्डाल का करे, तो उसका वर्ण निर्णय कैसे होगा?" धौम्य ने बहिर्मुखी हो कर अक्षय की ओर देखा, "संन्यासी का कोई वर्ण नहीं होता, क्योंकि न उसका कोई व्यवसाय है, न उसे किसी के साथ रक्त-सम्बन्ध के आधार पर सम्पत्ति बाँटनी है, न उसे किसी समाज या श्रेणि का अंग बन कर रहना है। वर्ण की आवश्यकता वहीं होती है, जहाँ, व्यवसाय का प्रश्न है और जहाँ हम इस बात का निर्णय करना चाहते हैं कि उस व्यक्ति

की वृत्ति, शिक्षा, क्षमता और आचरण उस व्यवसाय के दायितवों के अनुकूल हैं या नहीं।..."

"आप ठीक कह रहे हैं महात्मन्।" अक्षय जैसे धौम्य से सहमत होते हुए भी सहमत नहीं हो पा रहा था, "किन्तु वर्ण का निणर्य तो एक व्यक्ति के जीवन में एक ही बार होगा न। जब मैं एक बार शूद्र घोषित कर दिया गया, तो फिर मैं ब्राह्मण कैसे हो सकता हूँ?"

"विकास के माध्यम से।" ऋषि बोले, "जिस व्यक्ति का शरीर मात्र एक उपकरण है, वह कुछ सोच-समझ नहीं सकता, स्वयं निर्णय नहीं कर सकता, दूसरों का अनुसरण और सेवा ही कर सकता है,—वह शूद्र है। वही व्यक्ति विकास प्रक्रिया में, स्वतन्त्र रूप से उत्पादन, व्यवसाय अथवा उद्यम से धर्मपूर्वक धनोपार्जन के योग्य हो कर समाज को समृद्ध करने लगता है, तो वह वैश्य हो जाता है। अपना और अधिक विकास कर, वह समाज के संगठन, रक्षण तथा पालन में समर्थ हो जाता है, तो वह क्षत्रिय हो जाता है...और वह अपने स्वार्थ तथा भोग की इच्छा छोड़, ज्ञान के अर्जन, ग्रहण, वितरण, विकास तथा समाज-हित में शास्त्र का चिन्तन-मनन करने लगता है, तो वह ब्राह्मण हो जाता है।" धौम्य ने अक्षय की ओर देखा, "इसमें कठिनाई क्या है? ये तो व्यक्ति के विकास के विभिन्न-सोपान मात्र हैं।"

"आपका कथन सत्य है ज्ञान-निधि।" अक्षय के मन में बातें कुछ-कुछ स्पष्ट होने लगी थीं, किन्तु वह अब भी किसी निश्चित निष्कर्ष पर नहीं पहुँच पा रहा था, "किन्तु एक बार वर्ण-निर्णय हो जाने के पश्चात व्यक्ति, समाज के उसी वर्ण से जुड़ जाता है, उसी का अंग हो जाता है। ऐसे में वर्ण-परिवर्तन की स्थिति में समाज का कोई दूसरा अंग उसे अंगीकार क्यों करने लगा?"

"उसकी आवश्यकता ही क्या है?" धौम्य बोले, "किसी से उसकी स्वीकृति प्राप्त करके करना ही क्या है। व्यक्ति स्वयं अपनी वृत्ति और स्वभाव को जानता है, तो वह उसके अनुसार अपना कर्म और व्यवसाय चुन सकता है।"

"व्यावहारिक जीवन में हम इतने समाज-निरपेक्ष नहीं हो सकते महर्षि!" अक्षय ने जैसे उन्हें अव्यावहारिक होने का उपालम्भ दिया, "जब किसी का विवाह होता है, रक्त-सम्बन्ध स्थापित होता है, सामाजिक व्यवहार आरम्भ होता है तो क्या अपने वर्ण के प्रति अन्य लोगों की स्वीकृति महत्त्वपूर्ण नहीं होती?" अक्षय क्षण-भर के लिये रुका, "मेरे विवाह का प्रश्न उठता है। मैं किसी ब्राह्मण कन्या की आकांक्षा करता हूँ। वर्ण के प्रति जिज्ञासा की जाने पर मैं कहता हूँ कि शूद्र-पुत्र हो कर भी ब्राह्मण हूँ, तो कोई ब्राह्मण मेरे इस नये वर्ण को स्वीकार करेगा?"

"यह परिवर्तन की स्थिति है, इसे आक्रोश से नहीं, विश्लेषण से समझने का प्रयत्न करो।" धौम्य बोले, "एक व्यक्ति यदि वंश, वृत्ति, व्यवसाय तथा आचरण से ब्राह्मण है, तो उसे कोई भी ब्राह्मण मानेगा, किन्तु यदि कहीं कोई ब्राह्मण-पुत्र बधिक का व्यवसाय अंगीकार करता है, तो उसके विवाह के अवसर पर भी अन्य निष्ठावान ब्राह्मण सोच-विचार करेंगे। कोई तपस्वी ब्राह्मण अपनी कन्या सुविधा से रजोगुणी क्षत्रिय-कर्मा ब्राह्मण को भी नहीं देगा...एक वैश्य-पुत्र यदि अपना वाणिज्य-व्यवसाय छोड़, भिक्षोपजीवी ब्राह्मण बन कर किसी गुरुकुल में अध्यापन कर रहा हो, तो क्या श्रेष्ठि-समुदाय अपनी कन्या का विवाह उससे करते समय इस पर विचार नहीं करेगा? कन्या के विवाह के समय उसका परिवार ससुराल में उसके लिये सुख, सुविधा और सम्मान की आकांक्षा तो करता ही है, किन्तु यह भी चाहता है कि उसे श्वसुर-कुल में अपने मायके के अनुकूल ही जीवन-पद्धति तथा वैचारिक परिवेश मिले, ताकि उसे नये जीवन की चुनौती इतनी बड़ी न लगे कि उसके लिये कष्ट- कर हो जाये।" ऋषि हँसे, "वैसे मुझे पहले ही समझ जाना चाहिए था कि समस्या तुम्हारे विवाह की है।"

"नहीं। ऐसी बात तो नहीं है।" अक्षय कुछ संकुचित-सा हो गया, "मैंने अपनी बात तो केवल उदाहरण-स्वरूप ही कही थी। विभिन्न वर्णों में विवाह होते हैं, किन्तु शास्त्र ने अनुलोम और प्रतिलोम विवाह का अन्तर किया है। इसका क्या अर्थ? ऐसा क्यों नहीं हो सकता कि पति के अनुसार, पत्नी का वर्ण परिवर्तित हो जाये, या पत्नी के वर्णानुसार पति का वर्ण परिवर्तित हो जाये।"

"वह तो होता ही है। किसी विद्वान ब्राह्मण से विवाह कर गणिका या तो स्वयं ब्राह्मणी हो जायेगी, अथवा उस विद्वान ब्राह्मण को लम्पट बना गणिका-समाज का अंग बना देगी।"

"तो फिर शास्त्र प्रतिलोम विवाह की अनुमति क्यों नहीं देता?" अक्षय बोला, "यदि मनुष्य अपने विकास के साथ-साथ वर्ण परिवर्तित कर सकता है, तो अनुलोम और प्रतिलोम विवाह का अन्तर ही क्यों है?"

"यह स्त्री के हितों की रक्षा के लिये है।" धौम्स बोले, "वैसे तो स्त्री और पुरुष के विकास के नियम पृथक नहीं हैं। विकास स्त्री का भी होता है और पुरुष का भी, किन्तु सामान्यतः यह देखा गया है कि पुरुष अविकसित पत्नी के होते हुए भी अपना विकास कर लेता है, किन्तु अविकसित पति के संग रह कर स्त्री अपना विकास असम्भव पाती है।..."

"वह कैसे?"

"कम विकसित व्यक्तित्व वाली स्त्री जब अधिक विकसित परिवार में जाती है, तो वह अनुलोम विवाह है, अतः शास्त्र-विहित है, क्योंकि वहाँ नारी

के व्यक्तित्व का विकास अवरुद्ध नहीं होता, किन्तु स्त्री जब किसी ऐसे परिवार में जाती है, जहाँ परिवार उसके व्यक्तित्व की अपेक्षा अल्पविकसित है तथा उस परिवेश में उसके व्यक्तित्व का और अधिक विकास सम्भव नहीं है...तो वह प्रतिलोम विवाह है। शास्त्र द्वारा इसका निषेध है। इसमें स्त्री का दम घुट जायेगा।" ऋषि ने रुक कर अक्षय की ओर देखा, "विकास से मेरा तात्पर्य बौद्धिक, मानसिक तथा आत्मिक विकास से है। यह आर्थिक विकास नहीं है, न ही शिल्प अथवा कला का विकास इसके समतुल्य है। अधिकांशतः आर्थिक समृद्धि के साथ-साथ आत्मिक पतन आता है। इसलिये ब्राह्मण वृत्ति तथा ब्राह्मण संस्कारों में पली कन्या, समृद्ध वैश्य परिवार में न तो अपना विकास कर सकती है, न ही प्रसन्न रह सकती है।"

"तो मेरे लिये क्या आज्ञा है?"

"इसमें आज्ञा के लिये अवकाश ही कहाँ है?" मुनि बोले, "निर्णय तो तुम्हें स्वयं ही करना है। धर्मशास्त्र तो बस मार्ग-निर्देश करते हैं, मर्यादा निर्धारित करते हैं।...वह कन्या कौन है?"

"कन्या!" अक्षय का असमंजस उसके कण्ठ में अटक गया, "अभी ऐसा कोई निश्चय नहीं किया है। कोई प्रस्ताव भी नहीं है।..."

"मन में विचार तो आया है।" धौम्य हँसे।

"हाँ! विचार तो आया है।" अक्षय प्रयत्नपूर्वक बोला, "मैंने एक श्रेष्ठि के लिये प्रासाद का प्रारूप तैयार किया था। उसी श्रेष्ठि की कन्या है। उसकी मुझ पर बहुत कृपा रही है। वह वास्तुकला का अध्ययन करने के बहाने मेरे पास आती रही है। उसके संकेत मैं समझ रहा हूँ, किन्तु निश्चय नहीं कर पा रहा हूँ।"

"यदि हम वास्तुकार का वर्ण ब्राह्मण और श्रेष्ठि-पुत्री का वर्ण वैश्य मानें तो यह विवाह अनुलोम विवाह है। शास्त्र इसका निषेध नहीं करता, क्योंकि इससे उस कन्या का मानसिक, आत्मिक तथा आध्यात्मिक विकास अवरुद्ध नहीं होगा।" मुनि ने अक्षय की ओर देखा, "किन्तु यदि तुम्हें कोई आपत्ति न हो, तो मैं तुमसे कुछ पूछना चाहूँगा।"

"अवश्य पूछें। मैं इसे अपना सौभाग्य मानता हूँ कि आपको मेरे विषय में इतनी रुचि है।"

"क्या तुमने उस कन्या को बता दिया है कि तुम एक लेपक के पुत्र हो और तुमने अपना जीवन एक लेपक के रूप में ही आरम्भ किया था?"

"नहीं।" अक्षय बोला, "ऐसा कोई अवसर ही नहीं आया।"

"तो मेरा तुम्हें आग्रहपूर्ण परामर्श है कि उस कन्या से अपने विवाह का

निर्णय तब ही करना, जब वह तुम्हारा वर्तमान ही नहीं, अतीत भी स्वीकार कर ले।"

अक्षय चौंका, "क्या आप एक रूढ़िवादी ब्राह्मण के रूप में ही नहीं सोच रहे हैं?"

"नहीं।" धौम्य खिलखिलाकर हँस पड़े, "मैं तुम्हारे शुभचिन्तक के रूप में सोच रहा हूँ।...तुम इस समय श्रेष्ठियों के प्रासादों का निर्माण करा रहे हो। साधारणतः धन का तुम्हें अभाव नहीं है, किन्तु तुम्हारी वृत्ति ब्राह्मण की है। तुम यदि भवन-निर्माण के अर्थोपार्जन के सोपान पर रुक गये होते तो मैं निश्चित रूप से कह सकता था कि तुम सम्पन्न से धनी और धनी से धनाढ्य व्यक्ति हो गये होते।...किन्तु मैंने कहा कि तुम्हारी वृत्ति ब्राह्मण की है। अब तुम वास्तुकला के शास्त्र में प्रवेश कर चुके हो। वास्तुकार हो। बहुत सम्भव है कि तुम वास्तु-चिन्तक का कार्य कर मनीषियों की श्रेणि में प्रविष्ट हो जाओ। तुम चिन्तन करोगे—भूमि का, वायु-मण्डल का, भूगर्भ का। देश के ऐतिहासिक-भौगोलिक, सांस्कृतिक-आध्यात्मिक पक्षों का।...तब तुम्हें धन का मोह नहीं रहेगा। तुम धनोपार्जन के लिये कोई काम नहीं करोगे। बहुत सम्भव है कि धन से मुक्ति चाहो। तब वह श्रेष्ठि कन्या दुखी हो कर, तुम्हारे मार्ग की बाधा तो नहीं बनेगी?"

"मेरे पास आपके इस प्रश्न का इस समय कोई उत्तर नहीं है," अक्षय बोला, "किन्तु यह प्रश्न मेरे भविष्य से सम्बन्धित है, भूत से नहीं। आप यह क्यों चाहते हैं कि मैं उस श्रेष्ठि कन्या को अपने अतीत के विषय में बता दूँ?"

"दो कारणों से," मुनि बोले, "प्रथम तो तुम्हारी अपनी सत्य-निष्ठा की रक्षा के लिये, और द्वितीय, यह देखने के लिये कि वह श्रेष्ठि कन्या प्रतिभा और परिश्रम की पारखी है या केवल रूप, यौवन और धन पर मुग्ध होने वाली है। यदि वह तुम्हारा अतीत जान कर भी तुमसे विवाह करती है, तो इसका अर्थ है कि वह तुम्हारी प्रतिभा और श्रम का सम्मान करती है। ऐसी स्थिति में भविष्य में भी वह तुम्हें धन में आसक्त करने का प्रयत्न नहीं करेगी। और यदि वह तुम्हारे रूप एवं यौवन पर मुग्ध है और तुम्हें पर्याप्त धनी मानती है, तो तुम्हारा अतीत जान वह तुमसे दूर हट जायेगी।"

"क्यों? जो अतीत में कंगाल था, आवश्यक तो नहीं कि वह भविष्य में भी कंगाल हो जाये।" अक्षय बोला।

"नहीं! ऐसा कुछ नहीं है...किन्तु विकास का अन्तिम चरण तो धन से अनासक्ति और धन-विसर्जन में ही है।" ऋषि बोले, "अपना जितना विकास कर

तुम वर्तमान में पहुँचे हो, यह पर्याप्त संकेत है कि भविष्य में और भी विकास करोगे...और ब्राह्मणत्व की चरम परिणति तो सायास निर्धनता में ही है पुत्र।"

"ओह!" अक्षय मौन बैठा ऋषि को देखता रहा। फिर धीरे-धीरे बोला, "इस समय मेरी समझ में कुछ नहीं आ रहा। उस श्रेष्ठि कन्या का मोह मुझे कुछ समझने नहीं दे रहा।...मैं आपकी बातों पर विचार करूँगा और फिर आपके पास आऊँगा। अनुमति है न?" उसने हाथ जोड़ दिये।

"तुम्हारा सदा स्वागत है पुत्र।" धौम्य बोले, "प्रभु तुम्हें सद्बुद्धि दें।"

10

सारा दिन और उसके बाद की रात कैसे व्यतीत हो गयी, उन्होंने लक्ष्य ही नहीं किया।...सूर्योदय हुआ तो अर्जुन चौंका, "मुझे जाना है उलूपी।"

"रुक नहीं सकते?" उलूपी ने पूछा था।

"मेरे साथ आये ब्राह्मण अब तक मुझे खोजने के लिये गंगा-तट की बालुका का कण-कण छान चुके होंगे।"

"ये इतने ढेर सारे लोग अपने साथ ले कर चलोगे, तो तुम्हारा वनवास क्या होगा।" उलूपी बोली, "इन लोगों से बस्ती बस जायेगी।"

"नहीं। ये लोग सारी यात्रा में मेरे साथ नहीं रहेंगे। धीरे-धीरे इन लोगों को लौटा दूँगा।"

"कौन-कोन लोग आये हैं तुम्हारे साथ?"

"वेद-वेदांगों के विद्वान, अध्यात्म-चिन्तक, भिक्षोपजीवी ब्रह्मचारी, भगवद्भक्त, पुराणों के ज्ञाता सूत, संन्यासी, मधुर स्वर में कथाओं का पाठ करने वाले कथावाचक ब्राह्मण...तथा और भी कुछ ऐसे लोग"...अर्जुन मुस्कुराया, "मैं कल प्रातः से विलुप्त हूँ। यदि मैं अब भी उनके पास न पहुँचा तो बहुत सम्भव है कि वे यह मान लें कि अर्जुन गंगा की धारा में कहीं बह गया है।"

"हमारी क्या क्षति है। कुछ आनन्द ही रहेगा।" उलूपी उत्फुल्ल हो कर हँसी, "लौट कर फिर वे लोग तुम्हें खोजने यहीं आयेंगे। तुम्हारे वियोग में थोड़ी अतिरिक्त यात्रा कर लेंगे तो तपस्या का पुण्य ही प्राप्त करेंगे...।"

"नहीं। मेरी माता, भाई और द्रौपदी इन सूचनाओं से व्याकुल हो उठेंगे...।"

'ओह द्रौपदी।' उलूपी के मन से हताश कराह फूटी।

"बहुत सम्भव है धर्मराज अपना राज्य छोड़ कर मुझे खोजने के लिये गंगा-सागर तक की यात्रा पर निकल जायें।"

"कोई कहीं नहीं जायेगा। जिन्होंने तुम्हें बारह वर्षों के लिये इन्द्रप्रस्थ से निष्कासित किया है, वे तुम्हें इन सारे वर्षों में खोजते नहीं फिरेंगे।" उलूपी के स्वर में कुछ कटुता आ गयी थी, "तुम भी विचित्र व्यक्ति हो, जिन्होंने निष्कासित किया, उनके लिये तो इतने व्याकुल हो, और जो अपने प्रासाद में ही नहीं, अपने हृदय में भी ससम्मान ठहरा रही है, उसकी कोई चिन्ता ही नहीं है।"

"ऐसा कुछ नहीं है उलूपी! तुम जानती हो कि यह सत्य नहीं है।" अर्जुन का स्वर उलूपी को सांत्वना देने का प्रयत्न कर रहा था, "मुझे तो यात्रा पर जाना ही है, मैं ठहर नहीं सकता।"

"ठहर नहीं सकते, या अब मेरा संग नहीं चाहते?"

"ठहर नहीं सकता। और तुम्हारा संग चाहता हूँ तो कौरव्य नाग के प्रासाद में नहीं, इन्द्रप्रस्थ के प्रासाद में।" अर्जुन ने उत्तर दिया, "तुम्हें मालूम होना चाहिए कि श्वसुर के घर में जामाता अतिथि ही होता है। वह वहाँ का स्थायी निवासी नहीं हो सकता।"

"जानती हूँ, किन्तु दो-चार दिन रुक जाओगे, तो तुम्हारा क्या बिगड़ जायेगा?"

"यदि ऐसी ही बात है, तो मुझसे यहाँ ठहरने का आग्रह करने के स्थान पर, तुम मेरे साथ चलो। जहाँ मेरे साथ इतनी संख्या में ब्राह्मण और विद्धान चल रहे हैं, वहाँ तुम भी चलो। जहाँ उनका प्रबन्ध होगा, वहाँ तुम्हारा भी हो जायेगा।" अर्जुन ने उसकी ओर देखा, "चलो उठो। करो तैयारी।"

उलूपी के चेहरे पर अकस्मात ही उल्लास की वेगपूर्ण लहर आयी, किन्तु उसने सायास स्वयं को उसके साथ बह जाने से रोका, "मैंने स्वेच्छा से, अपने पिता की अनुपस्थिति में आपका वरण किया है, किन्तु उनकी अनुपस्थिति में यह घर छोड़ कर चोरों के समान विदा नहीं हो जाना चाहती।" वह क्षण भर रुकी, जैसे कोई निश्चय कर रही हो, "आप चलिये। मैं अपने पिता की प्रतीक्षा करूँगी...और उनके साथ परामर्श के पश्चात उनसे विदा लूँगी। आप मेरी चिन्ता न करें। मुझे यात्रा में तनिक भी भय नहीं है। मैं यथासमय आपके पास पहुँच जाऊँगी।"

अर्जुन को विदा कर उलूपी मानसिक और भौतिक तैयारियाँ करती रही।...पर किसी एक निश्चय पर पहुँचना उसके लिये कठिन हो रहा था।...यदि वह अर्जुन के पास जाना चाहती थी, तो अपने साथ कुछ भी ले जाने का कोई अर्थ नहीं था। अगले अनेक वर्ष अर्जुन को एक वनवासी ब्रह्मचारी के रूप में व्यतीत करने थे...उस जटाधारी वनवासी के साथ स्वर्णाभूषणों से लदी

कैसी लगेगी? यदि उसके पिता उसे विदा करते हुए, रथ, गण, अश्व तथा दास-दासियाँ देना चाहेंगे, तो उन्हें वह वनों में कहाँ-कहाँ यात्रा करवाएगी? उन्हें कहाँ ठहराएगी और उनके पालन की व्यवस्था कैसे करेगी।...अर्जुन को यात्रा के लिये कोई वाहन नहीं चाहिए, सेवा के लिये कोई दास-दासी नहीं चाहिए. ..शयन के लिये राजसी कक्ष नहीं चाहिए, भोजन के लिये पक्वान्न और उन्हें पकाने वाले रसोइए नहीं चाहिए...तो क्या करेगी उन सबका?...

और यदि वह यह सारा यौतुक ले कर कुन्ती की पुत्रवधू के रूप में इन्द्रप्रस्थ पहुँचती है, जहाँ अर्जुन नहीं है और न वर्षों तक लौटने वाला है, तो उससे वह अपने पिता के इस प्रासाद में ही क्या बुरी है? यहाँ उसे क्या असुविधा है?...वह अपने पिता के घर से इतनी दुखी तो नहीं है कि ससुराल जाने की प्रसन्नता में ऐसे स्थान पर जा रहे, जहाँ और तो सब हों, बस उसका प्रिय ही न हो...फिर जाने अर्जुन की अनुपस्थिति में वे लोग उसे स्वीकार करें या न करें...उसने भीम की पत्नी हिडिम्बा के विषय में सुन रखा था...हिडिम्ब-वन में वह भीम की पत्नी के रूप में रही, किन्तु वह उनके साथ न हस्तिनापुर गयी, न इन्द्रप्रस्थ।...उलूपी यह नहीं जानती कि कारण क्या था? कौन नहीं चाहता था...हिडिम्बा ने अपना स्थान छोड़ना नहीं चाहा...या पाण्डवों ने उसे साथ ले जाना नहीं चाहा...उलूपी अर्जुन के बिना इन्द्रप्रस्थ जाने की भूल नहीं करेगी।...पर क्या वह अर्जुन के साथ बारह वर्षों की तीर्थ-यात्रा करेगी?...यात्रा में उसे कोई कष्ट नहीं था। अर्जुन का संग मिले, तो उसे वनचरों का-सा जीवन व्यतीत करने में भी कोई असुविधा नहीं थी।...किन्तु यदि अर्जुन चाहे कि वह ध्यान लगाए बैठा रहे और उलूपी कुटिया को झाड़ती-बुहारती रहे या वन के वृक्षों से फल और समिधा तोड़ती फिरे, तो यह उससे नहीं होगा। वह वन-विहार कर सकती है, भोग का जीवन जी सकती है, अर्जुन को साधना से विरत कर सकती है...स्वयं साधनारत नहीं हो सकती...किन्तु जानते-बूझते अर्जुन के वियोग में स्वयं को तपाने का भी क्या अर्थ?...

उलूपी कोई निश्चय नहीं कर पा रही थी...और अर्जुन उससे दूर होता जा रहा था। उलूपी अपनी आँखें बन्द करती तो उसके सामने एक ही बिम्ब उभरता था...संन्यासी वेश में अर्जुन उससे विपरीत दिशा में निरन्तर आगे बढ़ता जा रहा था और वह किसी जड़ शिला के समान अपने स्थान पर पड़ी-पड़ी उसे देख रही थी...

पर यदि वह कोई निर्णय कर भी लेती तो क्या। पिता से मिले बिना, उनको सूचना दिये बिना, उनसे आशीर्वाद पाये बिना, वह उनका प्रासाद छोड़

कर चली तो नहीं जाती। उसे उनकी प्रतीक्षा तो करनी ही थी।...बहुत सम्भव है कि वह इसलिये किसी निष्कर्ष पर न पहुँच पा रही हो, क्योंकि उसके जाने की कोई सम्भावना नहीं थी।...तो वे आ ही लें। पिता से चर्चा करके, विचार-विमर्श के पश्चात वह निश्चय करेगी कि अर्जुन से उसे कब और कहाँ मिलना है। अर्जुन कितने ही वेगपूर्वक क्यों न चले, चलेगा तो पैरों-पैरों ही, उलूपी रथ पर जायेगी तो उसे कहीं भी पा लेगी...

कौरव्य सप्ताह-भर पश्चात लौटे। उलूपी उन्हें देखते ही समझ गयी कि वे अपनी सामान्यतः प्रसन्न रहने वाली मुद्रा में नहीं हैं। उद्विग्न ही नहीं, उसे वे कुछ व्याकुल भी लगे। सदा के समान यात्रा से लौटने पर उन्होंने अपनी पुत्री को कण्ठ से नहीं लगाया, और न ही उसके सम्मुख उपहारों का ढेर ही लगाया।...

"आप मेरे लिये कोई उपहार भी नहीं लाये बाबा।" उलूपी ने परिहास से उनकी उद्विग्नता को कुछ कम करने का प्रयत्न किया।

किन्तु कौरव्य कुछ अधिक ही खीझ उठे, "किसी हाट में नहीं गया था, न ही किसी मेले से हो कर आ रहा हूँ।"

"ऐसा तो मैंने नहीं कहा बाबा।" पिता के उत्तर से उलूपी हतप्रभ-सी रह गयी थी...जो पिता बाहर से लौट कर इतना लाड़-प्यार जताते थे, वे अपनी ओर से तो कुछ कह नहीं रहे थे, उसके लाड़ को समझ भी नहीं रहे।...

"क्या बात है बाबा! आपका मन शान्त नहीं है?"

कौरव्य को अपनी भूल समझ में आ गयी थी। बोले, "क्या करूँ बेटी! यह राजनीति किसी को शान्त रहने ही नहीं देती। हर समय आघात-प्रतिघात। युद्ध, हिंसा और षड्यन्त्र। जिस क्षण हम स्वयं को सुखी और सुरक्षित समझने लगते हैं, उसी क्षण कोई पवन-झकोरा हमारे कानों में कह जाता है कि संसार में सुरक्षा नाम की कोई वस्तु है ही नहीं।..."

"आप किस बात से चिन्तित हैं बाबा।" उलूपी ने स्नेहपूर्वक पूछा, "किस कारण से आशंकित हैं आप?"

पहले तो लगा कि अपनी रौ में कौरव्य सब कुछ बता ही देंगे, किन्तु तभी जैसे उन्होंने स्वयं को सँभाल लिया, "चिन्तित तो मैं हूँ उलूपी! किन्तु वे राजा कौरव्य की चिन्ताएँ हैं, शासक की, राजनीतिज्ञ की। वे तेरे पिता की चिन्ताएँ नहीं हैं...इसलिये तू उनकी चर्चा छोड़। तू तो प्रसन्न है न?"

"मैं तो बहुत प्रसन्न हूँ बाबा। बहुत ही प्रसन्न।"

"क्यों? क्या मिल गया तुझे?"

उलूपी तत्काल उत्तर देना चाहती थी, किन्तु अकस्मात ही क्या हो गया,

वह समझ नहीं पा रही थी। बात उसकी जिह्वा पर थी और जिह्वा कुछ कह नहीं रही थी।

"क्या आत है उलूपी?"

उलूपी की पलकें उठीं और पुनः झुक गयीं।

"प्रासाद में एक पाहुना आया था महाराज।" उलूपी को कुछ न कहते देख, उसकी सखी नागचम्पा बोली, "उसी से...।"

"हट।" झुँझलाई-सी उलूपी का हाथ ऐसे उठा, जैसे उसे मार बैठेगी।

नागचम्पा खिल-खिलाती हुई आगार से बाहर निकल गयी।

कौरव्य बहुत कुछ समझ गये थे। उनके होंठ प्रसन्न मुद्रा में मुस्कुराये और आँखों में से चंचलता झाँकने लगी, "कौन था पाहुना? कहाँ छिपा रखा है उसे?"

"धत्।" उलूपी के कपोलों पर लज्जा की लाली थी।

"अच्छा चल। अब हम गम्भीर हो जायें।" कौरव्य ने उसकी भुजा पकड़ कर एक आसन पर बैठा दिया, "बता। पूरी बात बता।"

उलूपी चुप रही।

"कौन है?"

उलूपी ने कोई उत्तर नहीं दिया।

"स्वयं आया था?"

"नहीं। मैं लायी थी।"

"कहाँ मिला था?"

"मैंने उसे गंगा-तट पर देखा था—गंगा-द्वार में।"

"निमन्त्रित करके लायी?"

"नहीं।"

"लुभा कर लायी?"

"अचेत करके।"

"ओह। कौन था?"

"पाण्डुपुत्र कौन्तेय अर्जुन।"

कौरव्य उठकर खड़े हो गये। उनके चेहरे पर असन्तोष के भाव बहुत स्पष्ट थे।

"क्या हुआ बाबा?"

"उसने प्रेम-निवेदन किया?"

"नहीं।"

"विवाह का प्रस्ताव रखा?"

"नहीं। मैंने याचना की। मैंने उनका वरण किया। हम रात्रि-भर साथ रहे।..."

"यह सब अच्छा नहीं हुआ उलूपी।"

"क्यों? क्या अर्जुन वरण-योग्य नहीं है?"

"नहीं। वह तेरे लिये नहीं है। तेरा उससे विवाह नहीं हो सकता।"

"क्यों नहीं हो सकता?" उलूपी कुछ उत्तेजित हो उठी थी, "मुझे क्या स्वयंवर का अधिकार नहीं है? मुझे प्रेम, रमण और विवाह की स्वतन्त्रता नहीं है?"

"है क्यों नहीं।" कौरव्य ने शान्त स्वर में कहा, "किसी भी नाग-कन्या को इस विषय में जितनी स्वतन्त्रता है, उतनी ही तुझे भी है, किन्तु प्रत्येक स्वतन्त्रता की एक सीमा भी होती है। तू वृत्त के भीतर स्वतन्त्र है, किन्तु वृत्त की परिधि का अतिक्रमण करने की अनुमति तुझे भी नहीं है।"

उलूपी ने क्षण-भर पिता को देखा, कुछ सोचा और फिर बोली, "मुझे लगता है कि आपके सारे आश्वासनों के पश्चात भी मेरे मन में कुछ आशंकाएँ थीं, तभी तो मैंने आपके आने की प्रतीक्षा नहीं की। जितनी जल्दी हो सकता था पार्थ से विवाह कर लिया। मेरी आशंका सत्य ही थी। आप पर मेरा अविश्वास सत्य ही था।..."

"तू मुझ पर जितना चाहे अविश्वास कर," कौरव्य बोले, "किन्तु मेरी इस बात पर विश्वास अवश्य कर कि तू अर्जुन से विवाह नहीं कर सकती।"

"पर क्यों? मैं अर्जुन से विवाह क्यों नहीं कर सकती?"

"पाण्डवों से नागों के राजनीतिक सम्बन्ध अच्छे नहीं हैं।"

"मेरे प्रेम और विवाह के मार्ग में राजनीतिक सम्बन्ध कहाँ से आ गये?" उलूपी झल्ला कर बोली, "यह मेरा जीवन है, मेरे-सम्बन्ध हैं। राजनीति को कब से यह अधिकार मिल गया है कि वह लोगों के प्रेम और विवाह जैसे व्यक्तिगत मामलों में अपनी टाँग अड़ाए।"

"राजनीति तो सर्वग्रासी है पुत्री!" कौरव्य कुछ क्षण मौन रह कर बोले, "अभी तो मैं तुझको केवल इतना ही बता सकता हूँ कि यह विवाह नहीं हो सकता। तक्षक इस सम्बन्ध को स्वीकार नहीं करेगा। वह नहीं चाहता कि नाग युवक-युवतियों के सम्बन्ध इतर जातियों से हों...और पाण्डवों से तो एकदम ही नहीं।"

"मैं तक्षक से इसकी स्वीकृति माँगने ही नहीं जा रही।" उलूपी का स्वर उत्तेजित हो उठा, "और मैं आपको बता दूँ बाबा। इस सम्बन्ध में मैं किसी की एक नहीं सुनूँगी। आपकी भी नहीं। मैंने अर्जुन का वरण किया है और मैं उसके

पास जाऊँगी। मेरे साथ यह छलना नहीं चलेगी। आपने सदा से कहा कि मैं प्रिय लगने वाले किसी भी पुरुष का वरण करने को स्वतन्त्र हूँ और अब, जब मैंने वरण कर लिया है, आप मुझे तक्षक की आड़ में रोक रहे हैं।"

"मैं तुम्हें रोक नहीं रहा...।"

"आप नहीं रोक रहे, तो तक्षक भी मुझे नहीं रोक सकता।" उलूपी बोली, "उसका अधिकार ही क्या है मुझ पर? मैं उससे सहमत नहीं हूँ कि नाग जाति अन्य जातियों से भिन्न है, इसलिये अन्य जातियाँ उनकी शत्रु हैं। एक तो मनुष्यों में ऐसी कोई भिन्नता ही नहीं है, और यदि कोई हमसे भिन्न ही है, तो आवश्यक नहीं कि वह हमारा शत्रु ही हो और हमें उसका वध ही करना पड़े। मैं तक्षक की इन बातों को स्वीकार नहीं करती। मैं उसे अपना अभिभावक नहीं मानती। इसलिये मुझे उससे अनुमति लेने की भी आवश्यकता नहीं है।..."

"मेरी बात समझने का प्रयत्न कर उलूपी।" कौरव्य जैसे हताश हो कर बैठ गये, "मैं भी तक्षक के सिद्धान्तों से सहमत नहीं हूँ। मानवता का विभाजन मुझे भी प्रिय नहीं है। मैं भी तक्षक की आज्ञाओं के पालन के लिये बाध्य नहीं हूँ।...किन्तु पुत्री! हमें सहमत करने के, हमें बाध्य करने के, उसके पास अनेक साधन हैं।..."

"क्या है उसके साधन? सुनूँ तो? क्या करेगा वह?" आक्रोध से उलूपी की आँखें लाल हो आयी थीं, "वह मेरी हत्या कर देगा? मैं नहीं डरती उससे।"

"तू जानकर भी अनजान बनती है पुत्री!" कौरव्य बोले, "यदि तू यह सम्बन्ध नहीं तोड़ेगी, तो वह तुझे कुछ नहीं कहेगा।...और तू जानती है कि वह सम्मुख युद्ध नहीं करता। यदि वह सम्मुख युद्ध करे, तो शायद कभी भी तुझे पीड़ा नहीं पहुँचा पाये। वह तुझे पीड़ित करने के लिये तेरे प्रियजनों पर नाग-विष का प्रयोग करेगा। कल्पना कर कि वह तुझे पीड़ित करने के लिये मुझे विष दे दे...या वह अवसर पा कर अर्जुन को ही दंश मार दे...। उसके विषधर कहाँ नहीं हैं?..."

उलूपी स्तब्ध रह गयी। उसकी कल्पना में एक-से-एक भयंकर दृश्य उभर रहे थे...अर्जुन तो बारह वर्षों के लिये तीर्थ-यात्रा पर था। वह सेना के साथ नहीं था, वह अपने लोगों में नहीं था...वह वनों में गुज़रेगा, सरिता-तटों और सागर-तट पर एकान्त में साधना करेगा...गुफाओं और कुंजों में विश्राम करेगा...ऐसा कौन-सा स्थान था, जहाँ तक्षक के विषधर नहीं पहुँच सकते थे...ठीक कह रहे थे उसके बाबा। तक्षक सहमत नहीं करता, वह व्यक्ति को इतना डरा देता है कि कोई उससे असहमत होने का साहस नहीं करता...उलूपी हठ करेगी तो उसके प्रियजनों के प्राण जायेंगे और उसे मिलेगी केवल वेदना। वह अपने सुख के लिये न अर्जुन

के प्राणों को जोख़िम में डालेगी, न अपने बाबा के प्राणों को...वह प्रतीक्षा करेगी ...कभी तो तक्षक का यह आतंक समाप्त होगा...

"किन्तु बाबा! अब तो यह विवाह हो चुका। मैं उसकी पत्नी हूँ, वह मेरा पति है।" उलूपी ने जैसे अन्तिम प्रश्न किया।

"इस सम्बन्ध को अपने ही मन में रखना बेटी।" कौरव्य धीरे से बोले, "न इसकी सामाजिक मान्यता माँगना, न किसी धरातल पर ऐसा कोई सार्वजनिक व्यवहार करना..."

"मैं प्रयत्न करूँगी बाबा।..."

11

"युवराज! मैं आपको काशी के स्वयंवर में विजयी होने पर बधाई देता हूँ।" अक्षय ने भीम को प्रणाम किया, और आपके लिए नयी रानी के संग सुदीर्घ और सुखी दाम्पत्य जीवन की कामना करता हूँ।"

"तुम तो बड़ी परिष्कृत भाषा बोलने लगे हो मित्र।" भीम ने आगे बढ़ कर उसके कंधे पर हाथ रखा, "किसी पाठशाला में तो भर्ती नहीं हो गये?"

"नहीं युवराज!" अक्षय हँसा, "पाठशाला में भर्ती नहीं हुआ हूँ। मेरे चारों ओर एक बड़ी-सी पाठशाला उग आयी है, उसी में घिर गया हूँ।"

भीम ने अपनी आँखें फैला कर उसकी ओर देखा, जैसे किसी बड़े आश्चर्य से उसका साक्षात्कार हो गया हो, "तुम कविता तो नहीं करने लगे?"

"नहीं युवराज! मैं वास्तुकला के माध्यम से दर्शन में प्रवेश पा गया हूँ। मन में प्रश्न तो यही उठा था कि उस भवन का वास्तविक स्वरूप क्या हो, जिसमें हमें जीवन व्यतीत करना है?...किन्तु स्थिति बड़े वेग से बदली।...इस विषय में मैं जितना अध्ययन और मनन करता गया, उतना ही वह मायावी प्रश्न अपना स्वरूप बदलता गया।...और सहसा मैंने लक्ष्य किया कि मेरा प्रश्न सर्वथा परिवर्तित हो चुका है। अब मेरा प्रश्न था कि उस जीवन का स्वरूप क्या है, जो हमें उस भवन में व्यतीत करना है?" वह रुक गया, "पर आपने यह क्यों पूछा कि मैं कविता तो नहीं करने लगा?"

"इसलिये कि तुम्हारी भाषा कुछ सुलझाने के स्थान पर, बातों को उलझाने के काम आने लगी है।" भीम हँस पड़ा, "यदि तुम कविता नहीं करते, तो मुझे समझाओ कि तुम्हारे चारों ओर एक बड़ी-सी पाठशाला कैसे उग आयी है? पाठशाला न हुई गन्ने की पौधशाला हो गयी।"

"आप बहुत रोचक बातें करते हैं युवराज।" अक्षय हँसा, "वैसे मेरी भाषा

में परिष्कार तो आया है, ऋषियों की वाणी को पढ़ने से, चिन्तनशील व्यक्तियों से चर्चा करने से और..."

"अरे भई। वह पाठशाला...।" भीम ने उसे टोका।

"सारा जगत ही पाठशाला है राजकुमार।" वह गम्भीर हो गया, "सबने ही मुझे कुछ-न-कुछ सिखाया है।"

"अच्छा! तो तुम्हारी यह स्थिति है।..." भीम की परिहास-मुद्रा लौट आयी थी, "यह बताओ कि मेरे विवाह के संदर्भ में सन्ध्या समय जो मंगल समारोह हो रहा है, तुम उसमें नहीं आ रहे?"

"नहीं। इसीलिये तो प्रातः ही अलग से आपको बधाई देने आ पहुँचा हूँ।"

"नहीं? सन्ध्या समय क्यों नहीं आ रहे?"

"मुझे भीड़, समारोहों और उत्सवों से भय लगने लगा है।"

"क्यों? तुम्हारा विवाह नहीं हुआ?"

"नहीं! अभी तो नहीं हुआ।"

"वह श्रेष्ठि कन्या क्या हुई?"

"उसने द्वारका के किसी धनी श्रेष्ठि से विवाह कर लिया।"

"तुम्हारा हृदय तोड़ गयी?"

"नहीं! उसका कहना है कि मैंने उसका हृदय तोड़ दिया है।" अक्षय ने क्षण-भर रुक कर भीम की ओर देखा, "वस्तुतः युवराज! मैंने ही विवाह करना अस्वीकार कर दिया था।..."

"क्यों?"

"मैं जिस जीवन के सत्य को जानने के लिये उस पर से माया का आवरण हटाने का प्रयत्न कर रहा था, वह उस पर मिथ्या आचरण के नये आवरण चढ़ाती जा रही थी।..."

भीम ने कुछ कहा नहीं, केवल उसकी ओर देखता रहा।

"मेरी बुद्धि और विवेक की इतनी प्रशंसा करती थी, किन्तु जीवन सम्बन्धी मेरे किसी निष्कर्ष को मानने को तैयार नहीं थी। सिद्धान्ततः वह मेरी प्रत्येक बात से सहमत थी, किन्तु उसे व्यावहारिक धरातल पर कभी स्वीकार नहीं करती थी।" अक्षय ने भीम पर अपनी दृष्टि टिकाई, "युवराज! वह चाहती थी कि जिन लोगों के प्रति मेरे मन में कण मात्र भी आदर नहीं है, मैं उनकी प्रशंसा करूँ, जो लोग पापी हैं, उनके स्वागत-सत्कार के लिये उन्हें अपने घर पर बुलाऊँ।...मुझसे नहीं होता यह सब युवराज! मेरा कलेजा फट जाता है, जब मैं पापियों को फटकार नहीं सकता।...वह चाहती थी कि मैं धर्म पर न

चलूँ। अधर्म की आय से जीवन-यापन करूँ..."

"अधर्म की आय?"

"वह चाहती थी कि मैं जिस व्यक्ति के भवन का निर्माण करूँ, उसकी रुचि देख कर वैसा ही भवन बना दूँ ताकि वह प्रसन्न हो जाये। जानते हुए भी उसे यह न बताऊँ कि उस भवन में दोष क्या है। यह अधर्म की आय नहीं तो क्या है। मैं किस बात के लिये उनसे धन लेता हूँ? यह बताने के लिये ही तो कि उस भवन में कहाँ क्या दोष रह जायेगा। यदि मैं वास्तुकला के ज्ञान का प्रयोग ही नहीं करता, तो धन लेने का अधिकार ही क्या है मुझे?...सार्वजनिक रूप से लोगों के सम्मुख वह मेरी, मेरे आचरण की, मेरे आदर्शों की भरपूर प्रशंसा करती थी और एकान्त में मुझे समझाती थी कि यह सब मूर्खता है। उसका विचार था कि आदर्शों पर चलने का प्रयत्न केवल विक्षिप्त लोग करते हैं। आदर्श केवल शोभा के लिये होते हैं।..."

"और तुम क्या मानते हो अक्षय?"

"मुझे लगता है कि जब तक मैं अज्ञानी था, जानता ही नहीं था कि आदर्श क्या है, सत्य क्या है, स्वच्छता क्या है, तब तक मेरा किसी से झूठ बोलना, किसी को बहकाना, अधर्म की कमाई खाना ठीक था। ठीक क्या था, वह मेरी बाध्यता थी, मेरे पास कोई विकल्प नहीं था।...किन्तु अब! सब कुछ जान लेने के पश्चात मैं वह सब नहीं कर सकता। जब मैं लेपक था, तब मैं कैसा भी भवन बनाता, कोई बात नहीं थी, किन्तु अब जब मैं वास्तुकार हो चुका हूँ, अब यदि मैं ऐसा भवन बनाऊँ जिसमें सूर्य और पवन का प्रवेश न हो, जो सुरक्षित और सुन्दर न हो—तो मेरी आत्मा मुझे धिक्कारेगी नहीं?"

भीम पहली बार उसकी बातों से सचमुच प्रभावित हुआ था। वस्तुतः वह स्तब्ध-सा रह गया था।...यहाँ, उसके सामने एक ऐसा व्यक्ति खड़ा था, जिसका सचमुच विकास हुआ था—मन का ही नहीं, आत्मा का भी! वह स्वच्छ और सात्विक जीवन से परिचित हो कर, पुनः मलिन जीवन जीने को तैयार नहीं था...

"तुमने उसके पिता से चर्चा नहीं की?"

"उसके पिता से क्या चर्चा करता, वह तो आचरणहीन मनुष्य है। चरित्र नहीं है उसका।" अक्षय बोला, "उससे तो मेरा पहले ही झगड़ा हो गया था।"

"क्यों?"

"उसने मुझे कहा कि वह दूसरा प्रहर आरम्भ होते ही मुझसे भेंट करेगा, क्षण-भर भी विलम्ब नहीं करेगा, किन्तु आधा प्रहर बिता कर आया।" अक्षय ने बताया, "आते ही उसने विलम्ब के लिये क्षमा माँगी और कहा उसे खेद है

कि मुझे कष्ट हुआ। पर युवराज! मैं जानता हूँ कि उसे रंच मात्र भी खेद नहीं था। वह झूठ बोल रहा था। मैंने उससे कहा कि समय-निष्ठा चरित्र का गुण है। समय निश्चित करके न आना, मिथ्या-भाषण ही नहीं, वचन-भंग भी है। यह चरित्र का दूषण है। जानते हैं, उसने क्या कहा?"

"क्या कहा?"

"बोला, कोई व्यापारी आ गया था। उससे व्यापार-चर्चा में विलम्ब हुआ। उस विनिमय में उसने एक सौ पण कमाये थे। यदि वह सौ पण छोड़ कर समय से मेरे पास आ कर अपनी समय-निष्ठा सिद्ध करता, अथवा वचन का पालन करता, तो उसे क्या मिल जाता?" अक्षय जैसे अपनी कल्पना में सत्य की हत्या होते देख रहा था, "जिस व्यक्ति को चरित्र नहीं चाहिए, सौ पण चाहिए, वह इस योग्य नहीं है कि उससे जीवन में कोई व्यवहार रखा जाये। जो सत्य कोटि-कोटि पणों से अधिक मूल्यवान है, उसे उस मूर्ख ने एक सौ पणों में बेच दिया। छिः।"

भीम अपनी आँखों में प्रशंसा लिये अक्षय को देखता रहा : यह लेपक जिसने असह्य दारिद्र्य को झेला है, वह आज भी सत्य को, चरित्र को, वचन को धन से अधिक मूल्यवान समझता है...और वह श्रेष्ठि जो सदा धन में ही खेलता रहा होगा, उसके लिये धन इतनी बड़ी चीज़ है।...

"उस श्रेष्ठि का नाम बता सकते हो?"

"नाम बता कर क्या होगा युवराज! वह अब इन्द्रप्रस्थ में नहीं है, और अच्छा है कि इन्द्रप्रस्थ छोड़ गया है। महाराज युधिष्ठिर के राज्य में ऐसे व्यक्ति का क्या काम।"

"कहाँ गया होगा?"

"मैंने कभी जानने का प्रयत्न नहीं किया।" अक्षय बोला, "वैसे मेरा अनुमान है कि वह या तो हस्तिनापुर चला गया है या फिर जरासंध के पास राजगृह।"

"तुम अब क्या करने की सोच रहे हो?"

"सोचता हूँ कि धौम्य मुनि के गुरुकुल में रहूँ और बालकों को शिक्षा दूँ।..."

"मैं तुम्हारे विवाह के विषय में पूछ रहा था।"

"लगता है कि मुझे अब विवाह की आवश्यकता नहीं है।" अक्षय बोला, "विवाह मुझ से वे सारे समझौते करवायेगा, जिन्हें मैं स्वीकार नहीं कर सकता।"

"तुम जानते हो कि गुरुकुल में तुम्हारी वह आय नहीं रहेगी, जो वास्तुकार

और वास्तुशिल्पी के रूप में है?" थोड़ी देर मौन रह कर भीम ने पूछा।

"जानता हूँ।" अक्षय बोला, "धन मुझे बहुत आकृष्ट नहीं करता युवराज! उसका मलिनपक्ष मुझ में घृणा उपजाता है।..."

"ओह!" भीम समझ नहीं पाया कि वह उसके प्रति अपना सम्मान किस प्रकार अभिव्यक्त करे।

12

गंगा-द्वार से चले हुए अर्जुन को कई मास हो गये थे। साथ आये ब्राह्मणों में से अधिकांश को उसने गंगा-द्वार से ही लौटा दिया था। उनमें से कुछ, जो अधिक हठी थे, और अन्त तक राजकुमार के साथ रहना चाहते थे, अंग, और बंग तक तो साथ चले, किन्तु कलिंग में सागर-तट तक आ कर वे भी लौट गये।...अर्जुन ने तभी पाया था कि व्यक्ति नगर में रहे अथवा वन में, गृहस्थों के साथ रहे अथवा संन्यासियों के साथ—वह एक प्रकार का सामाजिक जीवन ही जीता है। बस समाज का रूप बदल जाता है। व्यक्ति उस समाज की सामाजिकता में उलझता जाता है। और उसी में अपना विकास चाहता है। बाहर की घटनाएँ तब भी प्रमुख रहती हैं, जिनमें व्यस्त रह, वह अपनी आत्मा की पुकार नहीं सुन पाता। तब भी वह छोटे-मोटे सांसारिक प्रश्नों से परेशान रहता है, छोटी-मोटी व्यवस्थाओं की व्यस्तताओं में स्वयं को खो देता है।

अकेला होने के पश्चात अर्जुन को पहली बार अपनी मनःस्थिति में परिवर्तन होता दिखायी दिया। वह माँ प्रकृति की गोद में अकेला था। उसके आस-पास प्रकृति का वह रूप था, जिसकी चेतना का उसे कोई अनुमान नहीं था। सागर, पर्वत, वन...इनमें प्राण थे क्या? वह नहीं जानता। मनुष्य के ज्ञान ने इन्हें सदा निष्प्राण ही माना है। जिनमें प्राण नहीं है, उनमें चेतना क्या होगी?...किन्तु अर्जुन की आस्था कहती है कि जब सत्य केवल ब्रह्म ही है, और किसी पदार्थ का कोई अस्तित्व ही नहीं है—तो सृष्टि में एक कण भी निष्प्राण कैसे हो सकता है? यह सब ब्रह्म का ही तत्त्व है, स्वयं ब्रह्म है...ब्रह्म निष्प्राण हो, चेतनाशून्य हो...यह कैसे सम्भव है।...हाँ, अर्जुन ने अपनी ज्ञानेन्द्रियों से इसका अनुभव नहीं किया है।...यह उसकी ज्ञानेन्द्रियों की सीमा है या...? क्या मनुष्य की ज्ञानेन्द्रियाँ सर्वशक्तिमान हैं? नहीं। सहस्रों तथ्यों की अनुभूति पशु-पक्षी नहीं कर सकते, मनुष्य कर सकता है, क्योंकि मनुष्य उनसे श्रेष्ठतर प्राणी है। उनसे अधिक क्षमतावान है। किन्तु मनुष्य की क्षमता की भी सीमा है। यदि वह एक निश्चित दूरी से आगे नहीं देख सकता, एक निश्चित दूरी

के परे की ध्वनियाँ नहीं सुन सकता, सृष्टि की अनेक जटिल संरचनाओं को नहीं समझ सकता, तो उसका अर्थ यह तो नहीं कि उसके परे सृष्टि ही नहीं है, या सृष्टि की उस संरचना का अस्तित्व नहीं है।...प्रकृति के इन तत्त्वों में देवत्व का अनुभव करने के लिये मनुष्य को अपनी अनुभव-सीमा बढ़ानी होगी, अपनी क्षमताओं का विकास करना होगा, अपनी ज्ञानेन्द्रियों के परे जाना होगा, इन्द्रियातीत ज्ञान और अनुभव...

किन्तु इस समय तो ब्रह्म के इन प्रकट अंशों में घिरा होते हुए भी वह स्वयं को अकेला ही अनुभव कर रहा था, उसका उनसे कोई तादात्म्य नहीं हो पाता था, किसी भी धरातल पर उनमें परस्पर कोई सम्प्रेषण नहीं था। उसे सागर के भरण-पोषण की चिन्ता नहीं करनी थी, उसकी रक्षा का प्रयत्न नहीं करना था। वैसे ही सागर को उसकी कोई चिन्ता नहीं थी। अर्जुन ने आज कुछ खाया है या नहीं, यह विचार कर सागर उसके लिये भोजन जुटाने का उद्यम नहीं करता था।...वन में वृक्ष थे, जीव-जन्तु थे...उनमें प्राण थे, गतिविधि थी...किन्तु वे सब अर्जुन के साथ किसी बन्धन में नहीं बँधे थे। उनके मध्य मोह का बन्धन नहीं था।...वैसे मनुष्य का क्या है, वह किसी के भी प्रति मोह उत्पन्न कर सकता है, उसमें स्वयं को बाँध सकता है। अपने-पराए की धारणा को जन्म दे सकता है...उसमें से अद्भुत अहंकार का पोषण कर सकता है...

अर्जुन को यह सब नहीं करना है। उसने इन्द्रप्रस्थ छोड़ा है, तो इसलिये नहीं कि किसी वन-क्षेत्र को, किसी पर्वत-खण्ड को अथवा किसी सागर-तट को अपना मान, उस पर आधिपत्य जमा, उसकी रक्षा का प्रयत्न कर अपने अहंकार को स्फीत करता रहे...जब सागर आत्मलीन है, अपने सौन्दर्य पर मुग्ध है, पर्वत चारों ओर से निस्पृह हो ऊपर आकाश की ओर ताकता, किसी अलौकिक सौन्दर्य को देख आत्म-विभोर है, तो अर्जुन को बाहर भटकने की क्या आवश्यकता है। वह अपने भीतर क्यों नहीं झाँकता? अपनी आत्मा में लीन क्यों नहीं होता? अपने भीतर वर्तमान उस अलौकिक सौन्दर्य को क्यों नहीं देखता?...अब उस परम सत्ता और उसके मध्य और कोई नहीं है। वह उसी के भरोसे है, उसी के सहारे है, उसी पर निर्भर है...वार्ता करेगा तो उसी से, चिन्ता करेगा तो उसी की, याचना करेगा तो उसी से, तादात्म्य करेगा तो उसी से,...आज तक उसे वह दिखायी देता रहा है, जिसका अस्तित्व मिथ्या है, भ्रम है...अब वह उसे देखेगा, जो वस्तुतः अस्तित्ववान है, जो है किन्तु दिखता नहीं...आज तक वह प्रतिबिम्ब में ही रमा रहा है, अब वह मूल बिम्ब तक पहुँचेगा...शायद इसी प्रकार के प्रयत्न को तपस्या कहते हैं...

प्रातः नींद टूटी तो उसके मन में एक ही विचार था।...आज से उसे एक

नया जीवन आरम्भ करना है...वह स्नान कर आये, भोजन के लिये कुछ फलों का प्रबन्ध करे। उसके पश्चात उसे रहने का ठिकाना करना है—एक कुटिया का निर्माण।...अपने वस्त्रों का क्या करेगा वह...और तब अर्जुन की प्रज्ञा ने देखा कि उसका रजोगुण उसे भ्रमित कर रहा था...वह फिर उसे ममता की माया में उलझा रहा था। उसे सबसे पहले अपने इसी रजोगुण को नियन्त्रित करना होगा।...तो क्या उसे आलसियों का जीवन जीना है? खाना है, पीना है और सो जाना है? समय को गँवाना है? इस मनुष्य-जीवन को व्यर्थ नष्ट करना है?...कृष्ण कहते हैं न, 'फल में आसक्ति न हो और अकर्म में प्रीति न हो।' अकर्मण्यता पाप है। कर्म तो करना है, किन्तु कर्म रजोगुण से प्रेरित न हो, और न उसमें फल की आसक्ति हो।...तो इस रजोगुण से मुक्ति कैसे हो?...

अर्जुन स्नान कर आया। पहले तो उसकी इच्छा हुई कि वह सरिता तट पर बैठ कर ही ध्यान करे, किन्तु फिर उसने उस विचार को टाल दिया...सम्भव है कि इस वन-प्रान्तर में कुछ लोग रहते हों, कोई वनचर, कोई साधक-तपस्वी, कोई संन्यासी...वे लोग स्नान करने अथवा अपनी अन्य आवश्यकताओं के लिये जल लेने के लिये आयेंगे, तो उनसे साक्षात्कार होगा, चर्चा होगी, परिचय होगा...और फिर एक नया समाज बन जायेगा। वह उस समाज का अंग बन जायेगा, तो यह एकान्तवास कैसे होगा? मनुष्य नहीं भी आयेंगे तो वन्य-पशु तो आयेंगे ही जल पीने। वे अर्जुन के लिये बाधा बनेंगे और अर्जुन उनके लिये बाधा बनेगा...इससे तो यही अच्छा है कि वह किसी एकान्त स्थान में बैठ कर ध्यान करे...अर्जुन एक ऊँचा-सा टीला देख कर उसकी ओट में बैठ गया। दूसरी ओर वृक्षों की ओट थी। जब तक कोई बहुत निकट आ, उन वृक्षों में ही घुस कर न देखे, तब तक बाहर वालों के लिये वह अदृश्य ही था। पद्मासन में बैठ कर अर्जुन ने अपनी आँखें मूद लीं...

अर्जुन स्थान-स्थान पर एकान्तवास करता, ध्यान-धारण करता, अपनी यात्रा का क्रम चलाए चल रहा था। अब जैसे अकेले रहने का अभ्यास-सा हो गया था। कोई और आ जाता तो अपना अभ्यास टूटते देख उसे अच्छा नहीं लगता था। एकान्त में जिस एक सम्पूर्ण अस्तित्व की अनुभूति अपने चारों ओर उसे होती रहती थी, अन्य मनुष्यों के निकट आ जाने से वह सम्पूर्ण अस्तित्व टूट कर खण्ड-खण्ड हो जाता था और मन की शान्ति ही नष्ट नहीं होती थी, मन की एकाग्रता विक्षिप्त-सी हो जाती थी। आनन्द की स्थिति विलीन हो जाती थी और चेतना किसी उच्च धरातल से पतित होती हुई निम्न स्थिति में आ जाती थी। इसलिये अधिकांशतः किसी नगर के निकट होने का आभास होने पर वह

अपना मार्ग बदल लेता था, किन्तु तीर्थों के निकट, देवालय के दर्शन करने के लिये एकान्तवास का अपना नियम बदलना ही पड़ता था...

स्नान कर अर्जुन ध्यान करने के लिये बैठा ही था कि पशु-पक्षियों की असाधारण हलचल से उसका ध्यान भंग हो गया।...उसने चकित दृष्टि से इधर-उधर देखा : यह तो वन में अत्यन्त शान्ति का समय था। इस समय वन में इतना कोलाहल सर्वथा अप्रत्याशित था।...थोड़ी ही देर में अश्वों की टापें भी सुनायी देने लगीं। अर्जुन समझ गया कि कोई बड़ा दस्यु-दल अथवा किसी राजा का सैन्य-बल किसी अभियान पर निकला था।...यदि दस्यु-दल था तो किन्हीं असहाय शान्ति-प्रिय लोगों पर अत्याचार किये जाने की भूमिका थी... और राजा का सैन्य-बल था तो किसी अत्याचारी से लोहा लेने का आयोजन था...कौन हो सकता है...?

तभी अर्जुन के साधक मन ने उसे डाँटा...'रजोगुण ऐसे शान्त होगा क्या? कोई भी हो, तुम्हें उससे क्या? तुम अपनी साधना करो।'...किन्तु अर्जुन पुनः ध्यान नहीं लगा सका। यदि उसके निकट ही किसी पर अत्याचार होने जा रहा था तो वह इस प्रकार शान्त होकर नहीं बैठ सकता था। साधनारत था तो क्या हुआ, था तो वह क्षत्रिय ही। आर्त्त-त्राण उसका धर्म था। धर्म से इस प्रकार मुख मोड़ कर वह कौन-सी सिद्धि प्राप्त करेगा?...कृष्ण ने कहा था, 'न फल में आसक्ति हो न अकर्म में प्रीति।'...यह कहीं उसकी निष्क्रियता का ही तर्क तो नहीं है, जो उसे भ्रमित करने का प्रयत्न कर रहा था। अपने रजोगुण को शान्त करने का अभ्यास करता-करता, कहीं वह तमोगुण का ही तो अभ्यस्त नहीं हो रहा?...उसे फल में आसक्ति नहीं है। वह तो यह जानता भी नहीं है कि वे कौन लोग हैं। केवल अश्वों की टापों को सुन उसके मन में आया है कि वह साधारण नागरिकों का यात्री-दल नहीं है, व्यापारियों का सार्थ भी नहीं है, यह तो सैन्य-बल है, चाहे राजा का हो, अथवा दस्युओं का...

अर्जुन को लगा, उसे इस स्थान से हट जाना चाहिए। कुछ दूरी पर एक निर्जन शिवालय है। वह उसी में शरण ले ले। यह सैन्य-बल जब अपनी राह चला जायेगा और ये पक्षी शान्त हो जायेंगे, तो वह पुनः इसी स्थान पर लौट सकता है।...राजा है तो सेना भी होगी। और सेना राज्य की रक्षा और प्रशासनिक कारणों से प्रयाण करती ही रहेगी...तो अर्जुन कहाँ तक उसकी खोज-ख़बर रखता फिरेगा?...यह उसका काम नहीं था...

'पर यदि यह राजा की सेना न हुई, कोई दस्यु-दल हुआ तो?'... तो क्या? अर्जुन ने अपने मन को झिड़क दिया, दस्यु-दल है, तो उसका प्रतिकार करना, उसे पकड़ना, दण्डित करना, उससे अपनी प्रजा की रक्षा

करना...यह सब यहाँ के राजा का कर्तव्य है, अर्जुन का नहीं।...कौन-सा क्षेत्र है यह? किस राजा द्वारा शासित है?...कदाचित वह मणिपुर के निकट था। हो सकता है कि यह क्षेत्र भी मणिपुर के ही अधीन हो। ...तो ठीक है, यह समस्या मणिपुर के राजा की है, अर्जुन की नहीं। धर्मराज युधिष्ठिर अभी चक्रवर्ती सम्राट नहीं बने हैं, कि मणिपुर को उसका माण्डलिक राज्य मान कर उसकी रक्षा के लिये अर्जुन को जाना चाहिए... वस्तुतः यह उसका रजोगुण ही था, जो उसे शान्ति से बैठने नहीं दे रहा था। उसे इसका नियन्त्रण करना ही होगा...

अर्जुन उठ कर उस भग्न-शिवालय की ओर चल पड़ा।

शिवालय शान्त था। बाहर की ध्वनियाँ भी कम ही आ रही थीं...और सामने शिवलिंग था, जिसे देखते ही महादेव जैसे साक्षात सामने आ खड़े होते थे। अर्जुन को और क्या चाहिए था?...यह तो जैसे उस सैन्यबल के कोलाहल के बहाने महादेव ने स्वयं उसे अपने निकट बुला लिया था।

वह शिवलिंग के सम्मुख पद्मासन लगा कर बैठ गया।

कुछ ही क्षण बीते होंगे कि कुछ लोागें की दबी-घबराई ध्वनियों और भागते हुए पगों की आहट ने उसका ध्यान भंग कर दिया...ओह! यहाँ भी!...

उसने आँखें खोलीं : उसके सम्मुख अनेक वनचर खड़े थे। वे भी शायद आश्रय की खोज में आये थे और यहाँ एक संन्यासी को समाधिस्थ देख कर घबरा गये थे।

अर्जुन को आँखें खोलते देख, उन्होंने अपने हाथ जोड़ दिये और घुटनों के बल भूमि पर बैठ गये, "हमें क्षमा करें महात्मन! हम आपके तप में विघ्न उत्पन्न करने नहीं आये। हम तो उन योद्धाओं से अपने प्राण बचाने के लिये यहाँ छिपने आये थे।"

"कौन हैं वे योद्धा?" अर्जुन से पूछे बिना नहीं रहा गया।

"अभी कह नहीं सकते।" उनमें से एक व्यक्ति बोला, "आजकल मणिपुर राज्य में बहुत उथल-पुथल है। राजा चित्रवाहन वृद्ध हो गये हैं। चारों ओर से दस्युदल घिर आये हैं। सम्भव है आस-पास के छोटे-मोटे राजा ही इस अवसर का लाभ उठा कर उन दस्युओं को प्रेरित कर रहे हों, उनसे सहयोग कर रहे हों, अथवा अपने ही सैनिकों को दस्युओं के वेश में भेज रहे हों।...."

"राजा चित्रवाहन क्या पूर्णतः असमर्थ हो चुके हैं?"

"नहीं! पूर्णतः असमर्थ तो नहीं हुए, किन्तु पर्याप्त शिथिल हो गये हैं। अब उनकी कठिन जीवन व्यतीत करने की अवस्था नहीं रही।"

"तो प्रजा की रक्षा कौन करता है?"

"युवराज!"

"देखो बाबा! यह दस्यु-दल नहीं है।" सहसा उनमें से एक तरुण ने कहा, "यह तो युवराज का सैन्य-बल है। कदाचित ये लोग दस्यु-दमन के लिये ही जा रहे हैं।"

अर्जुन ने देखा : वे लोग शिवालय के सामने से जा रहे थे। बहुत थोड़े-से सैनिक थे। साधारण शस्त्रास्त्रों से सज्जित थे। उनके आगे-आगे एक सुकुमार-सा राजकुमार युद्ध-वेश में चल रहा था। उसके चेहरे की सुकुमारता को देख कर अर्जुन का मन जैसे काँप गया, निश्चित रूप से न तो अवस्था की दृष्टि से ही वह अभी परिपक्व हुआ था, न उसके शरीर का गठन ही इतना सुदृढ़ था कि उसके कठोर युद्ध-प्रशिक्षण का ही कोई प्रमाण मिलता।...इस कोमल, अप्रशिक्षित बालक के कंधों पर मणिपुर की प्रजा की रक्षा का बोझ आ पड़ा है?...तभी तो आस-पास के सारे राजा दस्यु हो गये हैं...

"बाबा! युवराज का सैन्य-बल तो है, पर वह देखो, सामने दस्यु-दल है।" उसी तरुण ने पुनः पुकार कर कहा।

अर्जुन ने देखा : सामने ही नहीं, दाएँ-बाएँ भी दस्यु-दल घिर आये थे। युवराज के सैनिक संख्या में कम थे और बहुत उत्साह में भी नहीं लग रहे थे...दस्युओं ने जैसे उन लोगों को घेरने के लिये इस वन में उनके चारों ओर व्यूह-रचना कर रखी थी।

'इस संसार में इतनी दुष्टता क्यों है?'...अर्जुन का मन जैसे पुकार-पुकार कर किसी से पूछ रहा था...'राजा वृद्ध हो गया है तो इन लोगों को उस पर दया क्यों नहीं आती? उससे सहानुभूति क्यों नहीं होती?...सब उसके शत्रु हो गये हैं।' अर्जुन को लगा, जैसे वह इस सारी प्रक्रिया को एक बिम्ब के माध्यम से साक्षात देख रहा है।...एक सिंह वृद्ध, दुर्बल, असहाय हो गया है और वन के सारे सियार उसका माँस नोचने के लिये उसका घेरा डाल कर बैठ गये हैं।... संसार में कोमल और दुर्बल लोग आत्म सम्मान और अधिकारों के साथ जीवित क्यों नहीं रह सकते? इतनी निर्ममता क्यों है यहाँ? दया, ममता, सहानुभूति क्यों नहीं है? ये लोग मनुष्य नहीं हैं? भूखे भेड़िये हैं?...भेड़िये ही तो हैं। उनके चेहरों पर क्रूरता जैसे नृत्य कर रही है...और वह कोमल युवराज!...बेचारा कैसा निरीह-सा खड़ा, असहाय-सी दृष्टि से उन लोगों को देख रहा है...

अर्जुन का क्षत्रिय मन अब स्वयं को और निर्लिप्त नहीं रख सका।

"तुम लोग समझते हो कि इस भिड़न्त में युवराज सुरक्षित रहेंगे?" अर्जुन ने वनचरों की ओर देखा, "वे अपनी भी रक्षा कर लेंगे, और तुम लोगों को भी

सुरक्षा प्रदान कर सकेंगे?"

वनचरों के समूह में से कोई भी कुछ नहीं बोला। वे लोग फटी-फटी आँखों से अर्जुन की ओर देखते रहे।

"तुम लोग युवराज की सहायता करना चाहते हो?" अर्जुन ने पूछा।

"हाँ!" उनमें से कुछ के कण्ठ से निकला और शेष लोगों ने मात्र अपने सिर हिला दिये।

"तो तुम लोगों में से जिनके पास सबसे दृढ़ धनुष हों, वे चार-पाँच धनुष मुझे दे दो और सारे बाण एकत्रित कर दो-तीन लोग मेरे साथ चलो।" अर्जुन बोला, "तुम्हारा काम केवल मुझे बाण पकड़ाते जाना होगा। शेष सब मैं देख लूँगा।"

उन्होंने आश्चर्य से अपने सम्मुख खड़े उस संन्यासी को देखा, जो योद्धाओं की-सी भाषा बोल रहा था।

"आश्चर्य मत करो।" अर्जुन बोला, "मैंने युद्ध शिक्षा प्राप्त की है और मुझे बड़े युद्धों का अनुभव है। यदि तुम लोग मेरी सहायता करोगे, तो तुम्हारे युवराज को कोई भय नहीं रहेगा।"

"भय रहे-न-रहे, किन्तु हम आपकी सहायता तो करेंगे ही।" एक युवक बोला, "यह लीजिए मेरा धनुष! पर्याप्त दृढ़ है। मैं इससे बाण मार सिंहों और गजों का आखेट करने का साहस करता हूँ।"

अर्जुन ने धनुष पकड़ लिया। उसे टंकारा।...वह शिवालय से बाहर आ गया।

सैनिक, दस्युओं के व्यूह के पर्याप्त निकट आ गये थे और उन्हें समझ में आ गया था कि न केवल दस्युओं के विभिन्न दल परस्पर मिल गये हैं, वे व्यूह-बद्ध भी हैं और उनकी संख्या भी सैनिकों से कहीं अधिक है।

अर्जुन के मन में आशंका जन्म ले रही थी : ये सैनिक किसी भी क्षण युवराज को छोड़ कर भाग सकते थे।

"युवराज! आत्मसमर्पण करो।" दस्यु-दलों में से एक का नेता सम्मुख आ गया, "यदि तुम अपने और अपने सैनिकों के शस्त्रास्त्र हमें सौंप दोगे तो हम उन्हें जीवित घर लौट जाने देंगे...यह हमारा वचन है।"

"नहीं।" युवराज ने अपने कोमल तरुण कण्ठ से कहा, "युद्ध होगा।"

"पछताओगे।" दस्यु नेता बोला।

उत्तर में युवराज ने एक शब्द भी नहीं कहा और बाण छोड़ दिया। दस्यु-नेता घायल हो कर भूमि पर गिर पड़ा और चारों ओर से दस्युओं के धनुष तन गये...

किन्तु तभी अर्जुन ने अपने धनुष को टंकारा और इससे पहले कि दस्युओं के बाण सैनिकों तक पहुँचते, अर्जुन के बाण अबाध गति से दस्युओं पर बरसने लगे।

दस्यु-दल चकित रह गया। इतनी बड़ी संख्या में बाण!...जैसे धनुर्धारियों की कोई विशाल सेना आ गयी हो।

"बाण छोड़ो।" दस्यु नेता ने आदेश दिया।

उसके आदेश का पालन हुआ। बाण चले भी।...किन्तु कोई भी देख सकता था कि न तो उस आदेश में कोई आत्मबल था, न बाण चलाने वाले दस्युओं में कोई उत्साह! शायद बहुत विलम्ब हो चुका था। उन्हें इस बाण-वर्षा से पहले ही आघात करना चाहिए था...

अर्जुन आगे बढ़ कर युवराज के निकट पहुँच गया था। युवराज के चेहरे पर असीम उत्साह था और उसकी आँखों में सघन कृतज्ञता। सैनिक भी वीरता के आवेश में आ चुके थे।

"युवराज!" अर्जुन बोला, "अपने सैनिकों से कहो कि अपने बाणों का भण्डार मुझे सौंप दें और खड्ग-युद्ध के लिये सन्नद्ध रहें। वैसे उसकी आवश्यकता नहीं पड़ेगी।"

युवराज ने देखा, वनचरों का दल युद्ध-क्षेत्र में इधर-उधर बिखरे पड़े बाणों को समेट कर उस अज्ञात सहायक तक पहुँचा रहा था। उसके बाणों का वेग सचमुच ऐसा था कि दस्यु-दलों का सारा उत्साह भंग हो गया था और शायद वे पलायन करने के विषय में सोच रहे थे...

"सैनिको! अपने बाण इस योद्धा को सौंप दो और खड्ग तथा शूल-युद्ध के लिये सन्नद्ध रहो।" युवराज ने आदेश दिया, स्वयं को प्रयत्नपूर्वक इस वीर की बाण-वर्षा के पीछे रखो।"

"दस्युओ!" अर्जुन ने उच्च स्वर में कहा, "जीवन चाहते हो तो आत्म-समर्पण करो। युद्ध तुम कर नहीं पाओगे, और पलायन तुम्हें मैं करने नहीं दूँगा। तुम्हारे सम्मुख दो ही विकल्प हैं, मृत्यु अथवा आत्म-समर्पण।"

"वीर योद्धा!" दस्यु नायक ने पुकार कर उत्तर दिया, "हमें वचन दो कि आत्म-समर्पण के पश्चात हमारे प्राण नहीं लिये जायेंगे।"

"यह अधिकार मुझे नहीं है। यह राजा और युवराज की इच्छा पर निर्भर है।" अर्जुन ने उत्तर दिया, "यदि मेरे बाणों से बचना चाहते हो तो आत्म-समपर्ण करो।"

अर्जुन की बाण-वर्षा का वेग कुछ इतना बढ़ गया था कि न प्रतिकार का अवसर था, न प्रतीक्षा का समय! अगले ही कुछ क्षण दस्यु अपने शस्त्र फेंक

कर सामने निकल आये।

"सैनिको! इन्हें बन्दी करो।"

और उसी क्षण से अर्जुन सजग हो गया...उसे तत्काल यहाँ से निकल जाना चाहिए। कहीं ऐसा न हो कि युवराज की कृतज्ञता अथवा असहायता उसे अपने स्नेह-पाश में बाँध कर मणिपुर ले जाये और वहाँ वह राजप्रासाद का अतिथि हो जाये। उसे नये मोह नहीं पालने थे, नये सम्बन्ध नहीं बनाने थे और नये दायित्व नहीं ओढ़ने थे। वह तपस्या के लिये निकला था, उसे तपस्या ही करनी चाहिए थी...

किन्तु यदि वह अन्तिम दस्यु के बन्दी होने से पहले चला गया, तो बहुत सम्भव था कि दस्यु-दल पुनः कुछ उत्पात करे। ऐसे में उसका सारा किया-धरा व्यर्थ हो जायेगा।...अर्जुन एक विचित्र-से द्वंद्व में फँसा धनुष ताने प्रहरी-सा खड़ा रहा और सैनिक उन दस्युओं को बाँधते रहे।

युवराज अपने अश्व से नीचे नहीं उतरा और न ही वह अर्जुन के निकट आया। अर्जुन ने उड़ती-उड़ती दृष्टि उस पर डाली तो उसकी आँखों की कृतज्ञता तथा कपोलों का संकोच देख कर जैसे पराभूत हो गया।...युवराज शायद इस अयाचित सहायता से इतना विह्वल हो गया था कि उसके लिये अपना संयम बनाये रखना कठिन हो रहा था। अर्जुन उसे और किसी असुविधा में डालना नहीं चाहता था।

सैनिकों ने दस्युओं को बाँध कर हाँका तो युवराज के कुछ कहने से पहले ही अर्जुन ने उच्च स्वर में कहा, "अच्छा! विदा मित्रो।"

सैनिकों, दस्युओं तथा वनचरों को वहीं खड़ा छोड़ अर्जुन वृक्षों के पीछे विलीन हो गया।

युवराज विचित्र प्रकार के संकोच से जड़ीभूत अपने स्थान पर जैसे ठगा-सा खड़ा रह गया।

13

"क्या समाचार है नायक?" भीम का स्वर हल्की-सी उत्तेजना लिये हुए था, उसे नायक का इस प्रकार हाथ जोड़ कर मौन-मूक खड़े रह जाना अच्छा नहीं लगा था।

"राजकुमार! हम आज भी आपके आदेशानुसार कृषि-भूमि तैयार नहीं कर पाये।" नायक का माथा झुका हुआ था।

"क्या हुआ?"

नायक को लगा भीम उससे रुष्ट नहीं था। इसका अर्थ था कि उसका सारा आक्रोश विरोधी पक्ष के लिये था। वह अपने वृक्षछिदों, अपने कृषकों अथवा अपने सैनिकों को दोषी नहीं ठहरा रहा था।

"राजकुमार! जैसे ही वृक्षछिदों ने अपनी कुल्हाड़ियों से वृक्षों पर प्रहार किया, वैसे ही उन लोगों ने अनेक दिशाओं से प्रकट हो कर हम पर आक्रमण कर दिया।" नायक बोला, "वे सैनिक तो नहीं थे, किन्तु सशस्त्र थे। वृक्षछिदों की कुल्हाड़ियाँ उन्होंने इस तत्परता से छीनीं, जैसे वे इस कार्य के चिर-अभ्यस्त रहे हों।"

"तो तुम लोगों ने हस्तक्षेप क्यों नहीं किया?"

"हस्तक्षेप तो हमने किया..."

"किन्तु पकड़ नहीं पाये?"

"वे जम कर लड़ें तो हम उन्हें पराजित भी कर सकते हैं, महाबली! उन्हें बन्दी भी कर सकते हैं, और आपकी आज्ञा हो तो उनका वध भी कर सकते हैं।"

"तो फिर करते क्यों नहीं?" भीम ने उसे घूर कर देखा।

"दुर्बल पड़ते ही वे भाग कर वन में छिप जाते हैं।" नायक ने आँखें उठा कर भीम की ओर देखा, "और वृक्षों के पीछे से पत्थर भी बरसाते हैं और बीच-बीच में बाण भी।"

"उनका पीछा करो। वन में घुस जाओ। उनकी शरण-स्थली तक जाओ।" भीम का रोष कुछ-कुछ प्रखर होने लगा था, "वे वन में छिपते हैं, सागर में नहीं, जिसमें प्रवेश करने पर तुम डूब जाओगे।"

"इस बार तो हमने सोचा था कि हम उनका पीछा करेंगे, किन्तु वन में प्रवेश करने से पहले ही प्रशिक्षित सैनिकों की एक बड़ी टोली...पूरी-की-पूरी वाहिनी ही समझिये...किसी दिशा से आ गयी।"

"कौन थे वे लोग?" भीष्म की आँखें जैसे पूरी खुल गयीं, "दुर्योधन के सैनिक?"

"नहीं राजकुमार! उन्होंने स्वयं को इन्द्र का सैनिक बताया।" नायक मन्द स्वर में बोला, "उन्होंने कहा कि यदि हम वन में प्रवेश करेंगे तो यह उनकी सीमा का अतिक्रमण होगा, क्योंकि वह इन्द्र-संरक्षित क्षेत्र है..."

"इन्द्र-संरक्षित क्षेत्र।" भीम उठ कर खड़ा हो गया, "हमारे राज्य के भीतर इन्द्र-संरक्षित क्षेत्र का क्या अर्थ है?"

उसे लगा कि इस समय सैनिकों के सम्मुख वह चाहे कुछ भी कह ले, किन्तु मन-ही-मन वह जानता था कि खाण्डव-वन इन्द्र-संरक्षित क्षेत्र था...

पाण्डवों ने भी प्रायः इसे स्वीकार कर ही लिया था।...

"उन्होंने कहा, यदि हम वन में प्रवेश करेंगे, तो हमें रोकने के लिये उन्हें बल प्रयोग करना पड़ेगा।" नायक ने बताया, "किन्तु वे इन्द्र के सैनिक थे, और इन्द्र तथा पाण्डवों में मैत्री सम्बन्ध हैं। इसलिये यदि हम उन्हें युद्ध के लिये बाध्य करते हैं, तो संधि तोड़ने का अपराध हम करेंगे।...उन्होंने यह भी कहा, राजकुमार! कि इस प्रकार के किसी भी संघर्ष से पहले, हमें अपने राजा से पूछ लेना चाहिए।"

नायक ने अपनी बात समाप्त कर, जैसे किसी आदेश की अपेक्षा में भीम की ओर देखा।

भीम की इच्छा हुई कि वह चिल्ला कर कहे कि इन्द्र के साथ उनकी ऐसी कोई संधि नहीं हुई है...किन्तु इसमें कोई संदेह नहीं कि खाण्डवप्रस्थ में आने के क्षण से ही वे लोग इन्द्र से संघर्ष टालने तथा उसे अपने अनुकूल बनाने का प्रयत्न करते रहे हैं। महर्षि व्यास ने भी यही चाहा था। कृष्ण की भी यही इच्छा थी। जिस कृष्ण ने वृन्दावन में इन्द्र की पूजा का निषेध कर गोवर्धन पर्वत की पूजा की थी, जाने क्यों वह खाण्डवप्रस्थ में इन्द्र को प्रसन्न करने के लिये इतना आतुर हो उठा था।

उन लोगों ने भी तो चाटुकारों के समान, इन्द्र को प्रसन्न करने के लिये अपने नगर का नाम इन्द्रप्रस्थ रखा था। कृष्ण ने नगर के निमार्ण में इन्द्र की सहायता चाही थी। बहुत सम्भव है कि इन्द्र से अपना मनोमालिन्य दूर करने के लिये कृष्ण किसी अवसर की प्रतीक्षा में ही हो...। और इससे उपयुक्त अवसर और क्या हो सकता था।...इन्द्र ने भी अपना सौहार्द दिखाने के लिये विश्वकर्मा को भेज दिया था...पर वही इन्द्र अब बार-बार इन अपराधियों की रक्षा करने के लिये क्यों आ जाता है?...

भीम ने जल्दी ही निर्णय कर लिया। अब वह और विलम्ब नहीं कर सकता। संधि हो या न हो। इन्द्र से मैत्री रहे या टूटे। वह इस प्रकार न तो अपना अपमान सहेगा और न ही इन्द्रप्रस्थ की क्षति इस प्रकार मौन-मूक खड़ा देखता रहेगा।

"तुम चलो नायक!" भीम ने कहा, "आज रात विश्राम करो। कल प्रातः हमारा अभियान आरम्भ होगा।" वह रुका, "इन्द्रप्रस्थ की जनसंख्या बहुत बढ़ गयी है। हमें कृषकों के लिये कृषि-भूमि की भी आवश्यकता है और प्रजा के लिये अन्न की भी। हम कृषि-भूमि तैयार करेंगे ही, चाहे हमें सारा खाण्डव-वन ही उखाड़ कर क्यों न फेंक देना पड़े। तभी हमारे शत्रुओं का यह आश्रय-स्थल भी नष्ट होगा।" भीम ने जैसे उसे अन्तिम संदेश दिया, "तुम दण्डधरों और

प्रहरियों को पीछे हटा दो। अपने सैनिकों को तैयार रखो। मैं इन्द्रप्रस्थ से भी कुछ वाहिनियाँ ले कर आऊँगा। कल इस समस्या को हम सदा के लिये समाप्त कर देंगे।"

नायक के चेहरे पर उल्लास झलका, "जैसी राजकुमार की इच्छा।"

प्रणाम कर वह बाहर चला गया।

भीम की इच्छा तो हो रही थी कि वह अपनी गदा ले कर अकेला ही खाण्डव-वन की ओर चला जाता और इन्द्र ही नहीं, अपने-आपको अग्नि के सैनिक कहने वाले खाण्डव-वन के इन सारे दस्युओं को नष्ट कर आता। यदि वह हिडिम्ब और बकासुर से भिड़ सकता था, तो खाण्डव-वन के इन दुस्साहसियों में ही ऐसी क्या बात थी।...पर वह जानता था कि उसके भाई उसकी इस योजना से कभी सहमत नहीं होंगे।...उसे युधिष्ठिर से तो चर्चा कर ही लेनी चाहिए थी।

युधिष्ठिर ने धैर्यपूर्वक भीम की बात सुनी, और पूछा, "तो फिर क्या सोचा है तुमने?"

"मैं कल अपने चुने हुए सैनिकों को वृक्षछिदों के रूप में अपने साथ ले जा रहा हूँ। वे लोग वृक्षों को काट कर कृषि-भूमि तैयार करेंगे। उन पर आक्रमण हुआ तो वे वृक्षहिदों के समान अपनी कुल्हाड़ियाँ छोड़ कर भागेंगे नहीं, अपना छद्‌म वेश छोड़ कर उन दस्युओं से युद्ध करेंगे। आवश्यकता हुई तो उनके पीछे वन में सभी दिशाओं से प्रवेश करेंगे। कल अन्तिम निर्णय लिया जायेगा। खाण्डव-वन के वृक्ष कट जायेंगे, दस्यु नष्ट कर दिये जायेंगे, कृषि-भूमि तैयार कर दी जायेगी और कृषकों के साथ-साथ कृषक-वेश में, सशस्त्र सैनिक वहाँ बसा दिये जायेंगे, ताकि आवश्यकता पड़ने पर वे भूमि की, अपनी और कृषकों की रक्षा कर सकें।"

"योजना तो बहुत अच्छी है मध्यम!" भीम की बात सुन कर सहदेव बोला, "किन्तु शायद आपने इस बात पर विचार नहीं किया कि यह अभियान पहले भी चलाया जा सकता था...पर चलाया नहीं गया। क्यों?"

"क्यों का क्या अर्थ?" भीम बोला, "हमने इन दस्युओं को शायद कभी अपने लिये गम्भीर समस्या ही नहीं समझा...या हम इन्द्र का मुँह जोहते रहे कि हमारा मैत्रीपूर्ण व्यवहार देख कर वह भी सुधर जायेगा और अपने सैनिकों को रोक लेगा।..."

"नहीं।" युधिष्ठिर ने पर्याप्त दृढ़ स्वर में कहा, "बात यह नहीं है।"

"तो क्या बात है?" भीम ने कुछ उद्दण्डतापूर्वक पूछा।

"सत्य यह है भीम कि हम अभी इन महान देव शक्तियों को भली प्रकार

समझ नहीं पाये हैं। एक और इन्द्र हमारा मित्र है और दूसरी ओर वह हमारे ही राज्य में हमारे शत्रुओं को अभय दिए हुए है। ये महाशक्तियाँ मित्रों के राज्य में शत्रुओं का, और शत्रुओं के राज्य में मित्रों का पोषण क्यों करती हैं यह समझना कठिन हो रहा है। इनकी योजनाएँ क्या हैं, वे ही जानें। जाने क्यों वे स्वयं को अपने राज्य और अपनी प्रजा तक सीमित नहीं रख सकतीं। उन्होंने सारी सृष्टि में अपने हाथ-पाँव पसार रखे हैं। खाण्डव-वन के इन दस्युओं को इन्द्र से शस्त्रों की भी प्राप्ति होती है और सैन्य-शक्ति का संरक्षण भी मिलता है। जिस नायक ने तुम्हें यह सूचना दी है कि इन्द्र के सैनिकों ने कहा है कि इन्द्र और पाण्डवों में संधि है, उस नायक ने तुम्हें शायद यह नहीं बताया कि यदि वह संधि की चिन्ता किये बिना इन्द्र के सैनिकों से भिड़ने का प्रयत्न करता तो उनके दिव्यास्त्रों के सम्मुख हमारे सैनिकों की एक नहीं चलती। इन्द्र ने अपने इन्हीं अस्त्र-शस्त्रों तथा सैनिकों के माध्यम से न केवल इन दस्युओं को अभय दे रखा है, उसने अग्नि तथा अन्य देव-शक्तियों के अनुयायियों को निस्तेज भी कर रखा है...।"

"यही तो उनकी राजनीति है ज्येष्ठ!" सहदेव ने कहा, "मेरा अनुमान है कि यदि इन्द्र से पूछा जाये कि उसने हमारे राज्य के भीतर अपने अभयारण्य क्यों बना रखे हैं तो उसका यही उत्तर होगा कि यदि वह अपना सैन्य बल यहाँ से हटा लेगा तो अग्नि का पक्ष अधिक सबल हो उठेगा। इसी शक्ति-सन्तुलन को बनाये रखने के लिये उसे स्थान-स्थान पर अपने सैनिक बनाये रखने पड़ते हैं।"

"तुम कदाचित ठीक कह रहे हो सहदेव?" युधिष्ठिर ने उत्तर दिया, "उनका शक्ति-सन्तुलन बना रहे, चाहे शेष राज्यों की प्रजा उससे कितनी ही पीड़ित क्यों न हो। खाण्डव-वन के निवासियों से इन्द्रप्रस्थ त्रस्त है। अपनी सारी वीरता और रण-कौशल के बावजूद हम असहाय हैं। हमारे पास उस कोटि के पर्याप्त अस्त्र-शस्त्र नहीं हैं, जिससे हम उन सारी देव-असुर-नाग-शक्तियों को नियन्त्रित कर सकें। हम इन्द्रप्रस्थ नगर का विस्तार नहीं कर सकते। हम अपने राज्य में और कृषि-भूमि प्राप्त नहीं कर सकते। इससे बड़ी असहायता और क्या होगी कि हम अपने नगर के विस्तार और निर्माण के लिये इन देव-शक्तियों की इच्छा के अधीन हैं।" युधिष्ठिर ने रुक कर भीम की ओर देखा, "मैं तो एक और आशंका से पीड़ित हूँ...।"

"क्या है भैया?" भीम ने पूछा।

"मैं देख रहा हूँ कि इन्द्रपस्थ में राजाज्ञा का उल्लंघन कर अथवा गम्भीर-से-गम्भीर अपराध करके भी अपराधी दण्ड से बचने के लिये खाण्डव-वन में आश्रय पा जाता है। वह जानता है कि हमारे दण्डधर और सैनिक

ही नहीं, हमारे नायक और सेनापति भी खाण्डव-वन में प्रवेश नहीं कर सकते। यदि यही स्थिति रही तो निशिचित रूप से इन्द्रप्रस्थ अपराधियों के लिये स्वर्ग बन जायेगा। संसार में कहीं से भी कोई अपराधी उठेगा और इन्द्रप्रस्थ में अपराध कर खाण्डव-वन में जा छिपेगा...।"

"तो इसमें इतना उद्विग्न होने की क्या बात है?" भीम का स्वर सहज हो आया था, "यदि ऐसी ही बात है तो हमारे लिये सरल मार्ग है कि हम खाण्डव-वन को आग लगा कर भस्म कर डालें। न रहेगा बाँस, और न बजेगी बाँसुरी। वन भी समाप्त हो जायेगा और हमें पर्याप्त कृषि-भूमि भी मिल जायेगी।"

"नहीं। हम ऐसा नहीं कर सकते।" युधिष्ठिर ने कठोर स्वर में कहा, "वन को जलाने का अर्थ है कि हम ईंधन, भवन-निमार्ण की लकड़ी तथा फलों जैसे उपयोगी साधनों को व्यर्थ ही जला कर नष्ट कर दें। नृशंसता की चरम-सीमा पर जा कर असंख्य वन्य प्राणियों को अकारण ही जला कर मार डालें और असाधारण विपुल मात्रा के धुएँ से इन्द्रप्रस्थ का वायुमण्डल दूषित कर लें।" युधिष्ठर ने भीम की ओर देखा, "हम अनृशंसता को धर्म की धुरी मान कर शासन चलाने का प्रयत्न कर रहे हैं। ऐसे में इतनी बड़ी संख्या में निरीह प्राणियों तथा वनस्पति की हत्या कर हम नृशंसता का कीर्तिमान स्थापित नहीं कर सकते।..."

भीम ने कुछ अचकचा कर इस प्रकार युधिष्ठिर की ओर देखा जैसे कहना चाहता हो कि, 'जब भी कोई संकट आता है तो तुम इस प्रकार हमारे हाथ क्यों बाँध देते हो?...'

"इतना ही नहीं," सहदेव ने अपना मत दिया, "यदि हमने ऐसा कुछ किया तो वे सारे अपराधी जिन्होंने स्वयं को खाण्डव-वन में सीमित कर रखा है, वन से निकल कर विभिन्न नगरों और ग्रामों में जा छिपेंगे। एक सीमित क्षेत्र का विष असीम हो जायेगा। हम कहाँ-कहाँ खोजते फिरेंगे उन लोगों को।"

"तो इसका अर्थ है कि यथास्थिति बनी रहे?" भीम ने पूछा, "जिस प्रकार हम अब तक पीड़ित और अपमानित होते रहे हैं, वैसे ही भविष्य में भी होते रहें?" सहसा भीम का स्वर प्रचण्ड हो उठा, "हममें और एकचक्रा के उस कायर राजा में अन्तर ही क्या है जिसने अपनी प्रजा को बकासुर की कृपा पर छोड़ रखा था?"

"शान्त हो भीम!" युधिष्ठिर का स्वर कुछ कोमल हो गया, "तुम्हारी पीड़ा मैं समझता हूँ। महाबली भीम से अपनी असहायता सहन नहीं होती। पीड़ित हम भी हैं भाई! अपनी प्रजा पर अत्याचार होते देख कर मेरा मन भी व्यथा से

ऐंठ-ऐंठ जाता है। तुम जैसे असाधरण बलशाली भाई के होते हुए भी अपनी असहायता देख कर मैं स्वयं को कितना अपमानित अनुभव करता हूँ, किन्तु यदि हम स्वयं से अधिक समर्थ और सबल व्यक्ति से प्रतिशोध नहीं ले सकते तो क्या स्वयं से दुर्बल और असहाय जीवों की हत्या कर दें?"

"मैं तो समझता हूँ," सहदेव बोला, "कि न केवल आप खाण्डव-वन को जलाना नहीं चाहते, वरन आप उसे जला सकते भी नहीं।"

"क्या अभिप्राय है तुम्हारा?" सारे विवाद में नकुल पहली बार बोला।

"आप खाण्डव-वन का एक वृक्ष काटने का प्रयत्न करते हैं तो वहाँ विप्लव मच जाता है। उस पर भी आप समझते हैं कि आप खाण्डव-वन को जलाना चाहेंगे तो कोई आपको कुछ नहीं कहेगा। जहाँ तक मैं समझता हूँ आपके पास इतने साधन नहीं हैं कि खाण्डव-वन पर आश्रित तथा उसमें सुरक्षित बलों के प्रतिरोध के बावजूद आप उसे जलाने में सफ़लता प्राप्त कर पायें।"

"हाँ। एक पक्ष यह भी है।" युधिष्ठिर ने उत्तर दिया, "हमें इस कोण से भी विचार कर लेना चाहिए।"

"तो?" भीम ने पूछा।

"यही मेरी चिन्ता का विषय है," युधिष्ठिर ने कहा, "हम अपनी इन दुर्बलताओं और न्यूनताओं पर कैसे नियन्त्रण पा सकते हैं।"

"तो मेरे लिये क्या आदेश है?" भीम कुछ खीझ कर बोला।

युधिष्ठिर की आँखें भीम पर टिक गयीं, "अभी मैं कुछ निर्णय नहीं कर पाया हूँ भीम! तुम्हें थोड़ी प्रतीक्षा करनी चाहिए। यदि वह मात्र कुछ अपराधियों को दण्डित करने की समस्या होती, तो मैं तुम्हें पूर्ण अधिकार दे कर सैनिक कार्यवाही के लिये भेज देता, किन्तु इसमें कई प्रकार की राजनीतिक उलझनें हैं।"

भीम के चेहरे के भाव कह रहे थे कि उसे युधिष्ठिर का यह आदेश सुखकर नहीं लगा है। वह अपने विरोध का दमन कर कुछ संयत वाणी में बोला, "आप जानते हैं कि मैं इन्द्रप्रस्थ के व्यापारियों के साथ मद्र देश की यात्रा की तैयारी किये बैठा हूँ। यदि मैं चला गया तो यह अभियान लम्बे समय तक के लिये टल जायेगा।"

युधिष्ठिर ने क्षण-भर विचार किया और कहा, "वैसे हमें ऐसी कोई जल्दी भी नहीं है। तुम व्यापारियों के साथ मद्र-यात्रा कर आओ। मातुल शल्य और उनके परिवार से मिल आओ। इस समस्या पर भली प्रकार से विचार कर लें। जब तक तुम लौटोगे, स्थितियाँ कुछ और स्पष्ट हो जायेंगी।"

"इसका अर्थ है कि आप स्वयं ही उन लोगों से टकराने के इच्छुक नहीं हैं।"

"सत्य तो यह है कि मैं इस स्थिति में उन लोगों से टकराना नहीं चाहता।" युधिष्ठिर ने स्वीकार किया, "मैं पहले यह खोज निकालना चाहता हूँ कि इन्द्र की इस क्षेत्र में क्या रुचि है? वह खाण्डव-वन को क्यों बचाना चाहता है? वह इन अपराधियों को संरक्षण क्यों दे रहा है?" युधिष्ठिर ने रुक कर उसे देखा, "मैं अपने सामर्थ्य को भी तौल लेना चाहता हूँ। यदि सम्भव हो तो सैनिक कार्यवाही के बिना ही इस समस्या का समाधान चाहता हूँ। मैं चाहता हूँ कि हम खाण्डव-वन और उसके जीवों की कम-से-कम क्षति करते हुए, अपने लक्ष्य की प्राप्ति करें।"

"तो ठीक है," भीम कुछ अन्यमनस्क हो चला था, "मैं मद्र-यात्रा के लिये प्रयाण की तैयारी करता हूँ।"

14

ब्रह्म मुहूर्त में ध्यान करने के लिये अर्जुन आसन जमा कर बैठ गया था। मध्याह्न होने को आया था किन्तु वह एक बार भी पूर्णतः आत्मलीन नहीं हो पाया था। कल जो कुछ घटित हुआ था, उसकी स्मृति अर्जुन का पीछा ही नहीं छोड़ रही थी।...बार-बार अपने-आप से पूछ रहा था कि अपनी साधना छोड़ कर उसे पराए राज-काज में हस्तक्षेप करने की क्या आवश्यकता थी? यदि वह सांसारिक घटनाओं में इस प्रकार लिप्त रहेगा, तो वह ब्रह्म का साक्षत्कार कैसे कर पायेगा। इस सृष्टि के सत्य को कैसे जान पायेगा? चरम सत्य से उसका साक्षात्कार कैसे होगा?...पर वह क्या करता, आँखों के सम्मुख घटित होते अत्याचार को देख कर निश्चल बैठा भी तो नहीं जा सकता। वह इतना तटस्थ कैसे हो जाये कि उसके सम्मुख दस्युओं के अनेक दल एक असहाय किशोर युवराज को घेर कर बन्दी बना लें, अथवा उसका वध कर दें और अर्जुन बैठा देखता रहे? वह चैतन्य मनुष्य से चेतनाशून्य शिला कैसे बन जाये?...किन्तु उसका रजोगुण यदि इसी प्रकार बार-बार जागता रहा, तो वह अपनी साधना छोड़, स्थानीय राजनीति में लिप्त होता जायेगा ये...और कोई बड़ी बात नहीं कि वह किसी नये राज्य की नींव डाल दे।...नहीं। उसे यह सब नहीं करना है। पाण्डवों को नये-नये राज्यों की स्थापना की आवश्यकता नहीं है। वे तो इन्द्रप्रस्थ की प्रजा का धर्मपूर्वक पालन करें, उसे स्वतन्त्रता, समता और सुरक्षा प्रदान कर सकें...यही बहुत है।...संयोग से उसे जो यह एकान्त मिला है, इसे वह अपनी आध्यात्मिक साधना में लगा सकेगा, तो यह निष्कासन भी सार्थक हो जायेगा, अन्यथा इन्द्रप्रस्थ लौट कर शासन-कार्य से

मुक्ति का कोई उपाय नहीं है...

अर्जुन ने नेत्र मूँदे और अन्तर्मुखी होने का प्रयत्न किया। उसका ध्यान त्रिकुटी पर केन्द्रित हुआ और फिर ज्योतिर्पुंज-सा उस पर एक मुख-मण्डल उदित हो गया...असहाय-सा, व्याकुल किन्तु तेजस्वी मुख-मण्डल! यह कल देखे गये युवराज का चेहरा था।...ओह! अर्जुन ने आँखें खोल दीं। यह चेहरा ऐसा चिपक गया था, उसकी चेतना से कि सारे प्रयत्नों के बाद भी उससे मुक्ति नहीं थी।...अर्जुन ने तो मनुष्य की पीड़ा के अत्यन्त बीभत्स रूप देखे थे... सम्मुख मृत्यु से भयभीत लोग, मृत्यु की पीड़ा को झेलते-तड़पते लोग, भूख, रोग और यातना से ग्रस्त बिलबिलाते लोग...किन्तु किसी चेहरे ने उसे इस प्रकार उद्विग्न नहीं किया था...और फिर युवराज का चेहरा न पीड़ित था, न भयभीत। उसकी आँखों में तेजस्विता भी थी।...फिर उसकी पीड़ा?...उसकी असहायता? ...कदाचित अपनी असमर्थता से व्याकुल था युवराज! उसकी तेजस्विता उसे अपनी प्रजा की रक्षा के लिये बाध्य कर रही थी और उसका विवेक उसे बता रहा था कि इन दस्यु-दलों को पराजित कर अपने दायित्व-निर्वाह का सामर्थ्य नहीं है उसमें।...

'ओह!' अर्जुन चौंका, 'मैं उसी के विषय में क्यों सोचता जा रहा हूँ। मैं यहाँ ब्रह्म-चिन्तन करने के लिये बैठा हूँ या युवराज चिन्तन...'

अर्जुन अपने स्थान से उठ खड़ा हुआ, इससे तो कहीं अच्छा है कि वह किसी अजस्रोत में स्नान कर आये। ब्रह्म-चिन्तन नहीं कर सकता, तो प्रकृति-चिन्तन ही सही। इस युवराज से तो मुक्ति मिले।

अर्जुन उस कोठरी से निकला और शिवालय के आँगन को पार करता हुआ, बाहरी द्वार पर पहुँचा।...उसके पग थम गये...द्वार के बाहर उसके सम्मुख अनेक सैनिक खड़े थे।

सैनिकों ने हाथ जोड़ कर उसका अभिवादन किया। तत्काल अर्जुन की आशंकाओं का शमन हो गया...तो ये सैनिक, शत्रु-भाव से नहीं आये थे।...वे बाहर खड़े उसकी प्रतीक्षा कर रहे थे...? अर्जुन ने आशीर्वाद की मुद्रा में अपनी भुजा उठाई, "कौन हो तुम लोग?"

"हम मणिपुर के महाराज चित्रवाहन के सैनिक हैं तपस्विश्रेष्ठ!" उनका नायक बोला, "और महाराज की आज्ञा से ही आपकी सेवा में उपस्थिति हुए हैं। हम प्रातः से यहाँ खड़े प्रतीक्षा कर रहे हैं कि कब आप समाधि से उठें और कब हम राजा की प्रार्थना आपके सम्मुख निवेदित करें।"

"तुम्हें यह कैसे ज्ञात हुआ कि मैं यहाँ हूँ।"

"आपको यहाँ कौन नहीं जानता प्रभु!" वह बोला, "जिस वनचर से पूछ

लें, वही बता देगा कि आप कहाँ साधना कर रहे हैं।"

"ओह!" अर्जुन ने मन-ही-मन सोचा...वह तो समझ रहा था कि वह सर्वथा एकान्त में रह रहा है, और यहाँ प्रत्येक वनचर जानता है कि वह कहाँ है...

"क्या आदेश है तुम्हारे महाराज का?" अर्जुन ने पूछा।

"आदेश नहीं महाराज! केवल निवेदन है, प्रार्थना है, अनुराग और सम्मान भरा विनीत अनुरोध है।"

"क्या चाहते हैं महाराज?"

"राजप्रासाद में पधार कर आप उन्हें धन्य करें।"

"क्यों?"

"आपने मणिपुर राज्य की ही नहीं, युवराज की भी रक्षा की है। महाराज कृतज्ञतावश आपकी चरणसेवा करना चाहते हैं।"

अर्जुन तत्काल कोई निर्णय नहीं कर पाया, प्रासाद में जाना उचित होगा?...

"क्या आदेश है स्वामी?" नायक ने पूछा।

"नायक! महाराज से कहना मैंने ब्रह्मचर्य का पालन करते हुए वनवास का संकल्प लिया है। ऐसे में राजप्रासादों से सम्पर्क मेरे लिये स्पृहणीय नहीं है।"

"ऐसी आशंका उन्हें थी।" नायक अपने घुटनों के बल बैठ गया, "इसलिये उन्होंने मुझसे प्रार्थना करने के लिये कहा है कि कोई तपस्वी अपनी कामना-पूर्ति के लिये राजप्रासादों में जाये, तो यह दोष हो सकता है, किन्तु गृहस्थों पर कृपा करने के लिये तो सारे महात्मा, समाज में पदार्पण करते ही हैं। हम पर कृपा करें स्वामी। आपने जो उपकार किया है, उसका कोई प्रतिकार नहीं हो सकता, किन्तु महाराज आपकी अभ्यर्थना करना चाहते हैं।"

"अभ्यर्थना!" अर्जुन के स्वर में हल्की-सी वक्रता थी, "तपस्वी राजप्रासाद में जाये, तो न तपस्वी का सम्मान बढ़ता है, न राजा का। राजा तपस्वी के आश्रम में आये तो दोनों के ही सम्मान में वृद्धि होती है।"

नायक ने पुनः हाथ जोड़ दिये, "तो क्या मैं महाराज से निवेदन करूँ कि आपने उन्हें यहाँ उपस्थिति होने का आदेश दिया है?"

"नहीं! मेरा यहाँ कोई आश्रम नहीं है।" अर्जुन संयत स्वर में बोला, "मैंने एक सामान्य बात कही है। मेरी ऐसी कोई इच्छा नहीं है कि मैं महाराज की अवहेलना करूँ।"

"ऐसी कोई बात नहीं है।" नायक बोला, "आपके ही कथनानुसार महाराज आपके सम्मुख उपस्थित हो कर भी सम्मानित ही होंगे। हम जानते हैं कि

हमारे देश में राजाओं ने सदा ही ऋषियों की चरण-धूलि अपने मस्तक पर लगायी है।"

अर्जुन के असमंजस ने फिर उसे आ घेरा...राजप्रासाद!...राजप्रासादों से ही तो वह दूर रहना चाहता है, और यहाँ फिर एक राजप्रासाद...

"अच्छा! मैं विचार करूँगा।" अर्जुन बोला, "इस समय मुझे स्नान करने जाना है, मार्ग दो।"

सैनिक सामने से हट कर, मार्ग के दोनों ओर पंक्तिबद्ध खड़े हो गये।

अर्जुन ने कुछ पग भरे होंगे कि एक नारी कण्ठ ने पुकारा, "तपस्वी।"

अर्जुन रुक गया।

वह चपल पगों से चलती हुई उसके निकट आयी। "मैं राजकुमारी की सखी हूँ तपस्वी! इन सैनिकों के साथ आयी हूँ। राजकुमारी ने गुप्त अनुरोध किया है कि महाराज की प्रार्थना मत ठुकराना। राजाप्रासाद में अवश्य पधारना।..."

"राजकुमारी!...क्यों राजकुमारी ने ऐसा अनुरोध क्यों किया है?"

"यह तो वे ही बतायेंगी।" वह बोली, "उन्होंने कहा था, मेरी ओर से कह अवश्य देना। वे महाराज का सम्मान न भी रखना चाहें तो मेरी प्रार्थना की लाज अवश्य रखें।"

सखी वहीं खड़ी रह गयी और अर्जुन आगे बढ़ गया।...इस सारे व्यवहार का अर्थ क्या था?...राजा का निमन्त्रण तो फिर भी कोई अर्थ रखता था...यह राजकुमारी का संदेश!...किस अधिकार से वह इस प्रकार का आग्रह कर रही है?...क्या वह स्वयं को अपने पिता से भी अधिक महत्वपूर्ण समझती है?...या वह राजकीय शक्तियों से युवती के नयन-बाणों को अधिक शक्तिशाली समझती है?...वह स्त्री के आकर्षण में बाँध कर अर्जुन को राजप्रासाद में राजा के सम्मुख प्रस्तुत करना चाहती है?...पर उसका ध्यान क्या इस ओर नहीं गया कि अर्जुन इस समय तपस्वी के वेश में है? और तपस्वी को राज-सम्पर्कों से उतनी वितृष्णा नहीं होती, जितनी कामिनी के आकर्षण से। फिर भी उसने यह दुस्साहस किया है।...क्या बहुत रूपवती है वह?...या पुरुष मात्र को वह इतना निर्बल समझती है कि वह कामिनी के आग्रह की उपेक्षा नहीं कर सकता? क्या कोई भी पुरुष नारी मात्र को उपलब्ध होता है? पुरुष नारी का क्रीड़ा-कंदुक है क्या?...

अर्जुन को लगा कि राजकुमारी के संदेश से उसके मन में पुष्फल वितृष्णा उपजी है।...राजकुमारी ने जैसे अपने इस कृत्य से उसका मानो अवमूल्यन करने का प्रयत्न किया है।...यदि कहीं अपनी जिज्ञासावश ही अर्जुन मणिपुर के राजप्रासाद में चला गया...राजा की कृतज्ञता से उद्भूत उस निर्दोष

का सम्मान रखने का विचार ही वहाँ ले गया...तो वह अपनी दृष्टि में ही बहुत छोटा हो जायेगा...

किन्तु वह सम्भव है कि वह लौट कर जाये, वे सैनिक उसकी प्रतीक्षा में वहीं खड़े हों।...तो क्या वे उसे बलात ले जायेंगे?...अर्जुन का मन जैसे तप उठा...यदि उन लोगों ने ऐसा कोई दुस्साहस किया, तो...सहसा अर्जुन को लगा कि उसके मन में उसके अहंकार की माया चल रही है।...वह भूल नहीं पा रहा कि वह पाण्डु-पुत्र अर्जुन है, जिसके रूप पर संसार की श्रेष्ठ सुन्दरियाँ मुग्ध हो जाती हैं, इसीलिये उसकी अपनी कल्पना द्वारा उद्भूत राजकुमारी का रूप-दर्प उसे पीड़ित कर गया।...इस समय भी कदाचित मणिपुर के सैनिक तो वहाँ हाथ बाँधे खड़े हों, और उसका शौर्य-अहंकार अपना फन काढ़े फुफकारता हुआ स्वयं अर्जुन को उद्विग्न किये हुए था...सबसे पहले तो उसे अपनी अहंता को जीतना होगा...संसार और कुछ हो न हो, अहंकार का प्रपंच तो है ही..इस अहंकार को जीते बिना वह न काम को जीत पायेगा, न क्रोध को, न लोभ को...

अर्जुन नदी के तट पर पहुँच गया था।

सहसा उसके मन में आया...वह लौट कर उस भग्न शिवालय में जाये ही क्यों? वहाँ उसका धारा ही क्या है?...उसे चाहिए कि वह नदी में छलांग लगा दे और धारा के सहारे तैरता ही चला जाये। जब थक जाये तो जहाँ पहुँचे, वहीं वन में किसी वृक्ष के नीचे टिक जाये।...ताकि वहाँ न उसे राजा के सैनिक ढूँढ सकें, न राजकुमारी की सखी!...न कोई उससे अनुरोध करे, न प्रार्थना!...वह मात्र प्रकृति के संसर्ग में रहे, और अपनी क्षमताओं की तुच्छता का अनुभव करे, अपने अहंकार को विगलित करे, माया के प्रपंच को समझे और उस विराट सत्य को उसके सत्य रूप में देखने का प्रयत्न करे...

निरन्तर होने वाली किसी ध्वनि से अर्जुन का ध्यान भंग हो गया। उसने आँखें नहीं खोलीं, किन्तु उसका मन जैसे अनुमान लगाने के लिये कटि कस कर खड़ा हो गया। इस सघन वन में यह कोई वृक्षछिद् घुस आया है, जो अपनी कुल्हाड़ी से किसी वृक्ष पर निरन्तर प्रहार कर रहा है। उसे वृक्ष काट कर लकड़ी प्राप्त करने की पड़ी है, यह उसने सोचा भी नहीं होगा कि उसके कृत्य से पास बैठे किसी साधक की साधना का वध पहले होगा, और वह वृक्ष बाद में गिरेगा।...पर नहीं। यह शायद वृक्ष पर पड़ने वाली कुल्हाड़ी की ध्वनि नहीं थी। यह तो कोई घन था, जो शिविर स्थापित करने के लिये खूँटे ठोक रहा था...किसी वृक्षछिद् का यहाँ आ कर वृक्ष काटना उतना अस्वाभाविक नहीं था, जितना किसी का शिविर स्थापित करने के लिये खूटे गाड़ना।...वन में शिविर

स्थापित करने का काम तो कोई दस्यु ही कर सकता है...

अर्जुन की मुँदी पलकें तत्काल खुल गयीं। वह अपने स्थान से उठ खड़ा हुआ...

पर यह तो कोई अकेली नारी थी। उसके इतने निकट वह अपने कोमल हाथों से खूँटे क्यों गाड़ रही थी...और इन बाँसों को काट-पीट कर क्या करने का प्रयत्न कर रही थी? ऐसा तो सम्भव नहीं था कि उसने इतने निकट ध्यानस्थ बैठे अर्जुन को देखा ही न हो।...और देख कर भी वह सब क्या कर रही है?...

"कौन हो तुम?" अर्जुन ने उसके निकट आ कर पूछा।

"तुम्हारी शत्रु नहीं हूँ।" तरुणी ने सिर उठा कर उसकी ओर देखा।

अर्जुन स्तब्ध खड़ा रह गया :... यह तरुणी कोई वनचर कन्या नहीं हो सकती। उसका रूप, उसकी वेश-भूषा, उसकी शब्दावली, उसका उच्चारण...सब ही तो साक्षी दे रहे थे कि वह वनचर-कन्या नहीं थी। उसकी अंगकान्ति नूतन मधूक पुष्पों के समान प्रतीत हो रही थी।...और फिर उसका चेहरा युवराज से इतनी समानता रखता था, जैसे युवराज ही स्त्री-वेश धारण कर यहाँ चला आया हो...

अर्जुन ने अपना मस्तक झटका...यह क्या हो गया है उसे। प्रत्येक चेहरा उसे, उस युवराज का चेहरा ही क्यों लगने लगता है? इतना सम्मोहित हो गया है, वह उस तरुण से?

"मेरी शत्रु नहीं हो, तो मेरा ध्यान क्यों भंग किया? मेरी सुविधा-असुविधा का तो ध्यान रखा होता।" अर्जुन बोला, "तुम यह कोलाहल कहीं और नहीं कर सकती थीं?"

इस बार वह तरुणी उठ कर खड़ी हो गयी, "अभी थोड़ी देर में मेघ आते, वर्षा करते, तुम भीग जाते, तो तुम्हारा ध्यान भंग नहीं होता?"

"वह तो जब होता, तब होता, तुमने तो पहले ही भंग कर दिया।"

"पर यह कुटिया बन जायेगी तो मेघ तुम्हारा ध्यान भंग नहीं कर पायेंगे।"...तरुणी धीरे से बोली।

"तो तुम मेरे लिये कुटिया का निर्माण कर रही थीं?" अर्जुन चकित रह गया।

"और क्या?" तरुणी बोली, "कहा तो कि तुम्हारी शत्रु नहीं हूँ। जाने कैसे व्यक्ति हो, किसी की कोई बात समझते ही नहीं हो।..."

अर्जुन का मन उसकी सरलता पर जैसे रीझ उठा, "पर तुम मेरे लिये कुटिया का निर्माण क्यों कर रही थीं? क्या मैं असमर्थ हूँ?"

"इसलिये नहीं कि तुम असमर्थ हो।" तरुणी ने सीधे उसकी आँखों में झाँका, "इसलिये, क्योंकि मैं समर्थ हूँ।"

"तो तुम मेरी सहायता करने का प्रयत्न कर रही थीं?"

तरुणी ने स्वीकृति में सिर हिला दिया।

"और यदि मैं कहूँ कि तुम मेरे साथ शत्रुता निभा रही हो तो?"

"कैसे?" तरुणी जैसे आहत हो उठी थी।

"नारी को तपस्वी के निकट नहीं आना चाहिए।" अर्जुन मुग्ध भाव से बोला, "और विशेष कर जब, तब वह युवती भी हो और अप्सराओं से बढ़ कर सुन्दर भी।"

"सौन्दर्य किसी का दोष तो नहीं हो सकता।"

"नहीं! किन्तु वह किसी की दुर्बलता तो हो सकता है।"

"तो अपनी दुर्बलता को जीतो!" तरुणी अत्यन्त मधुर ढंग से अपना विरोध जता रही थी, "अपनी दुर्बलता के लिये किसी अन्य को कलंकित क्यों करते हो। जिस प्रकार कस्तूरी-मृग अपने अज्ञान के कारण इधर-उधर भटकता है, उसी प्रकार तुम भी अपने अज्ञान के कारण दूसरों को दोषी ठहराते हो।"

तरुणी सब कुछ छोड़ कर चल पड़ी।

"कहाँ जा रही हो?"

"अपने घर।"

"और तुम्हारे ये बहुमूल्य उपकरण?"

"नहीं चाहिए।"

"ओ-हो! बहुत धनी मालूम होती हो।"

"हाँ। धनी तो हूँ ही।"

"कौन हो?"

"मणिपुर की राजकुमारी।"

अर्जुन चौंका : क्या वह सत्य कर रही है? क्या वह सचमुच राजकुमारी है, वही राजकुमारी, जिसने कल अपनी सखी के हाथों संदेश भेजा था। अर्जुन नहीं गया, तो वह आ गयी। राजकुमारी है, तभी तो उसने यह भी खोज करवा ली, कि अर्जुन अपना पहला स्थान छोड़ कर कहाँ चला गया है...

"क्या तुम सचमुच राजकुमारी हो?"

"नहीं । तुम्हारी शत्रु हूँ, जैसे तुम हमारे शत्रु हो।"

"मैं तुम्हारा शत्रु कैसे हूँ?"

"उन दस्यु नायकों को बन्दी करवा दिया न तुमने, तो आस-पास के बीसियों राजा और दस्यु-दल अब हमारे और भी प्रबल शत्रु हो गये हैं। वे

सब सम्मिलित रूप से हम पर आक्रमण करेंगे और हमारे वंश को समाप्त कर देंगे।"

"यह तो तुम्हारा दूषित दृष्टिकोण है, मैंने तो तुम्हारे वंश और राज्य की रक्षा की थी।"

"तुम्हारा भी तो दूषित दृष्टिकोण है कि जो तुम्हारे लिये कुटिया बना कर तुम्हारी सहायता कर रहा हो, उसे अपना शत्रु कहते हो। अच्छा! अब चलती हूँ।" वह पुनः चल पड़ी।

अर्जुन की इच्छा हुई कि आगे बढ़ कर उसका हाथ थाम ले, या कम-से-कम उसका मार्ग ही रोक ले। उसे रुक जाने को कहे। उसके चले जाने से जिस विह्वलता का अनुभव अर्जुन कर रहा था, उसने उस सुख को रेखांकित कर दिया था, जो राजकुमारी के सान्निध्य में उसे मिल रहा था।... किन्तु एक साधक के लिये इस प्रकार किसी तरुणी को रोकना और उससे प्रेम-याचना करना सरल नहीं था।...पता नहीं वह कौन थी। उसने अपना परिचय मणिपुर की राजकुमारी के रूप में दिया था, किन्तु राजकुमारियाँ इस प्रकार वनों में बैठे साधकों के लिये अपने हाथों से कुटीरों का निर्माण नहीं करतीं...पर यदि वह राजकुमारी नहीं थी, तो कौन थी? और उसने अपना परिचय राजकुमारी के रूप में क्यों दिया था? यह कैसा माया-जाल था?...

अर्जुन का एक मन कहता था कि वह राजकुमारी ही थी, क्योंकि युवराज से उसकी अद्‌भुद समानता थी, और उसका दूसरा मन कहता था कि यह सम्भव ही नहीं था कि वह राजकुमारी हो। वह कोई वनचर कन्या थी, जो किन्हीं अज्ञात कारणों से उसके साथ परिहास कर गयी थी...

अर्जुन का सारा दिन इसी ऊहापोह में निकल गया। कई बार उसने इस विषय को अपने मन से झटक देने का भी प्रयत्न किया...वह राजकुमारी थी तो क्या...और नहीं थी तो क्या। अर्जुन को क्या लेना-देना था उस राजकुमारी से। वह अपनी प्रतिज्ञावश पूरे जम्बूद्वीप की परिक्रमा कर रहा है। वही करता रहे। उसे अपनी साधना की ओर ध्यान देना चाहिए, न कि राजकुमारियों के आचरण और उसके कारणों की ओर...

किन्तु राजकुमारी सम्बन्धी जिज्ञासाएँ उसके मन से कुछ इस प्रकार चिपक गयी थीं, कि उनसे स्वयं को मुक्त करना, सर्वथा असम्भव प्रतीत हो रहा था। उसकी एकाग्रता जाने कहाँ खो गयी थी, संकल्प विलुप्त हो गया था। आँखें बन्द करते ही या तो सामने युवराज का बिम्ब आ उपस्थित होता था, या राजकुमारी का। या तो बिम्ब परस्पर लड़ने लगते थे, या परस्पर एक-दूसरे में गड्ड-मड्ड हो जाते थे। उसका मन किसी ऐसे पुराने, प्रेत-ग्रस्त प्रासाद के

समान हो गया था, जिसमें दिन भर प्रश्नों के चमगादड़ रहते थे और उनका कोई समाधान नहीं होता था...

सन्ध्या होते-होते अर्जुन ने अपने मन के विरुद्ध लड़ना बन्द कर दिया था। उसे लगा, वह आत्म-समर्पण की मुद्रा में आ गया है। अपनी इस मनःस्थिति से मुक्त होने का एक ही उपाय था, कि वह राजा का निमन्त्रण स्वीकार करे, राजप्रासाद का आतिथ्य ग्रहण करे और अपने प्रश्नों के उत्तर पाने का प्रयत्न करे। वहीं, वह जान पायेगा कि वह तरुणी राजकुमारी थी या नहीं? राजकुमारी थी तो वन में क्या करने आयी थी?...युवराज से उसके चेहरे की समानता वास्तविक थी, या यह उसका भ्रम मात्र था?...पर यदि वह राजकुमारी नहीं थी?...

अर्जुन डरा...कहीं वह अपने इस विक्षिप्त मन के हाथों उद्विग्न हो कर अपने ही चेहरे पर चाँटा न मार ले...

अगले दिन मध्याह्न से पूर्व ही अर्जुन ने राजप्रासाद का द्वार आ खटखटाया, "महाराज को सूचना दो कि जिस संन्यासी ने युवराज के पक्ष में दस्यु-दलों के विरुद्ध युद्ध किया था, वह महाराज के निमन्त्रण पर उनका सत्कार ग्रहण करने के लिये आया है।"

उसकी इस सूचना का तत्काल प्रभाव हुआ। द्वार-रक्षकों के नायक ने सम्मानपूर्वक उसे आतिथ्य-मण्डप में पहुँचाया और महाराज को सूचना देने के लिये अनुचर भीतर भेज दिये गये।

"क्या युवराज को भी सूचना भिजवा दी गयी है?" अर्जुन ने उस आतिथ्यधिकारी से पूछा।

"उसकी आवश्यकता नहीं तपस्विश्रेष्ठ!" आतिथ्याधिकारी बोला, "युवराज और महाराज एक ही स्थान पर होंगे। आप चिन्ता न करें, महाराज के साथ-साथ युवराज भी आपके दर्शन करेंगे।"

जब तक भीतर से कोई आदेश आता, आतिथ्याधिकारी ने अर्जुन के सम्मुख कई प्रकार के फल और स्वादिष्ट व्यंजन उपस्थित कर दिये।

"नहीं।" अर्जुन ने अनिच्छा के रूप में अपना हाथ उठाया, "इसकी आवश्यकता नहीं है। तपस्वी का खान-पान नियमाधीन होता है।"

"आप समर्थ हैं," आतिथ्याधिकारी ने विनीत-भाव से कहा, "सेवक तो अपनी सीमाओं में सत्कार का प्रयत्न ही कर सकता है। यदि आपके नियम भंग न होते हों तो कुछ थोड़ा-सा ग्रहण कर मुझ पर उपकार करें।"

अर्जुन के मन में जिज्ञासा रूपी दैत्य, विकट मल्लयुद्ध में व्यस्थ थे...क्या

सचमुच मणिपुर की राजकुमारी ही कल उसके लिये कुटिया का निर्माण करने गयी थी?...और यदि वह राजकुमारी ही थी और वह उसके लिये कुटिया का निर्माण करवाना ही चाहती थी, तो उसने अपने सेवकों को इस कार्य के लिये क्यों नहीं भेजा?...अपने हाथों खूँटे गाड़ कर, बाँस काट-काट कर, उन्हें बाँध कर क्या राजकुमारी सचमुच कुटीर-निर्माण कर सकती थी? क्या वह अर्जुन के प्रति इतनी विकट कृतज्ञता का अनुभव कर रही थी कि उसके लिये वह अपने हाथों इस प्रकार के निर्माण का काम करना चाहती थी?...पर यदि किसी को कृतज्ञ होना ही चाहिए था, तो वह युवराज था।...किन्तु युवराज स्वयं तो कुटीर-निर्माण करने आया ही नहीं था। अपनी बहन को क्यों भेज दिया?...क्या वह राजकुमारी थी ही नहीं? कोई वनचर-कन्या ही अर्जुन के साथ विनोद कर गयी थी?

आतिथ्याधिकारी ने उससे और किस-किस प्रकार से कुछ खा लेने का आग्रह किया, यह न अर्जुन ने देखा, न सुना। उसके मन में होने वाला दंगल इतना आकर्षक था कि उसकी उपस्थिति में और किसी ओर ध्यान जा ही नहीं सकता था।...

कुछ लोगों की पदचाप से अर्जुन अपनी आत्मलीनता से कुछ उबरा।

"महाराज आ गये।" आतिथ्याधिकारी ने कहा।...तो ये महाराज चित्रवाहन थे।...अर्जुन ने उस ओर देखा,...वार्धक्य अपना प्रताप दिखा रहा था। महाराज की काया क्षीण थी। वैसे अपनी चाल से वे पर्याप्त स्वस्थ ही नहीं सशक्त भी लग रहे थे, फिर भी इतना तो एक दृष्टि में ही समझ में आ जाता था कि यौवन-पक्षी उस पिंजरे को त्याग, उड़ चुका था...

"तुम्हारा स्वागत है वीर तपस्वि!" चित्रवाहन ने हाथ जोड़ कर मधुर वाणी में कहा, "तुम्हारा वेश चाहे कैसा भी हो, किन्तु तुम्हारी आत्मा एक वीर की आत्मा है और शरीर अत्यन्त सामर्थ्यवान है।"

अर्जुन ने साधकों के समान आशीर्वाद की मुद्रा में अपना दाहिना हाथ उठा दिया...। वह अभी से अपना मर्म प्रकट नहीं करना चाहता था।

"आइए। पधारिए।" चित्रवाहन ने अपने साथ भीतर चलने का निमन्त्रण दिया।

अर्जुन चित्रवाहन के साथ-साथ चल पड़ा। उसके मन में बार-बार इच्छा हो रही थी कि वह पूछे कि राजकुमारी कहाँ है? किन्तु इस प्रकार का प्रश्न शिष्टजनोचित नहीं था।...तो क्या वह पूछे कि राजकुमारी उसका कुटीर-निर्माण करने स्वयं क्यों गयी थी?...किन्तु यह प्रश्न तो कुछ वैसा ही था, जैसे वह यह पूछ बैठता कि महाराज उसका स्वागत करने स्वयं क्यों आये हैं। अनुचर भेज

कर उसे अपने कक्ष में क्यों नहीं बुला लिया?...या वह महाराज को यह सूचना दे कि कल राजकुमारी उसके कुटीर-निर्माण के लिये गयी थी?...यदि उत्तर में चित्रवाहन ने कहा, 'मुझे मालूम है। वह मेरे ही आदेश से गयी थी।' तो?...

चित्रवाहन ने अर्जुन को ला कर अपने निजी आगार में बैठाया, और अपने साथ आये अनुचरों में से एक से कहा, "जाओ! चित्रांगदा से कहो कि तपस्वी आये हैं।" तब वे अर्जुन की ओर मुड़े, "आपके सान्निध्य का सौभाग्य हमें कुछ काल तक तो मिलेगा न?"

"वस्तुतः मेरे कहीं भी ठहरने की अवधि निश्चित नहीं है।" अर्जुन ने कहा, "मैं जम्बूद्वीप की परिक्रमा कर रहा हूँ। पवित्र तीर्थ-स्थलों के दर्शन कर रहा हूँ और प्रकृति के सौन्दर्य का साक्षात्कार कर रहा हूँ। जिस दिन मन ने कहा, मैं आगे बढ़ जाऊँगा। वैसे तपस्वी के लिये अधिक समय तक समाज के निकट रहना वर्जित है।"

चित्रवाहन ने जैसे पहली बार अपनी गम्भीर दृष्टि अर्जुन पर टिकाई, "आपकी साधना के विषय में मैं कुछ नहीं जानता, किन्तु आपकी वीरता की सूचना मुझे है। हमारी रुचि इसमें है कि आप हमारे राज्य में अधिक-से-अधिक समय तक ठहरें और यदि सम्भव हो तो राजधानी के निकट...निवास करें।"

अर्जुन को चित्रवाहन का अभिप्राय समझने में कठिनाई नहीं हुई। चित्रवाहन ने स्पष्ट नहीं कहा था, किन्तु उसकी इच्छा थी कि अर्जुन मणिपुर में अधिक-से-अधिक समय तक ठहरे और मणिपुर के राजवंश के शत्रुओं से निबटने में उनकी सहायता करे।...निश्चित रूप से कोई राजा किसी तपस्वी को इस प्रकार का आदेश नहीं दे सकता था, न उसे बाध्य कर सकता था, इसलिये चित्रवाहन ने मात्र अपनी इच्छा प्रकट की थी...राजा का अपना शरीर जराग्रस्त हो चुका था और उनका युवराज अभी किशोर था, शारीरिक दृष्टि से अत्यन्त कोमल था। उन दोनों में से कोई भी ऐसा योद्धा नहीं था, जो शत्रु राजाओं और दस्यु-दलों से लम्बे समय तक लोहा ले सकता।...राज्य छिन जाने और वंश के नष्ट हो जाने की आशंकाएँ महाराज को प्रतिक्षण उद्विग्न कर रही होंगी।...ऐसे में एक समर्थ सहायक देख कर राजा के मन में इस प्रकार की इच्छा का जन्म लेना स्वाभाविक ही था...

पर अर्जुन इस प्रकार की प्रार्थना कैसे स्वीकार कर सकता था। उस दिन भी युवराज की असहायता देख कर उसके मन में सहानुभूति जागी थी, वह अपने रजोगुण को नियन्त्रित नहीं रख पाया था और उसने शस्त्र उठा लिये थे।...आज भी वह महाराज चित्रवाहन की इच्छा में निहित उनकी असहायता को समझ रहा है। उसके मन में उनके लिये सहानुभूति है, क्योंकि दुर्बल की

सहायता करना उसका धर्म है।...किन्तु इस संसार में ऐसे तो कितने ही निर्बल और असहाय राजा होंगे, जो अपने दुष्ट और सबल विरोधियों से पीड़ित और प्रताड़ित होंगे। वह किस-किस की रक्षा के लिये, आजीवन उनके राज्य में रुके रहने और उनकी रक्षा करने का वचन देता रहेगा? जो इन्द्रपस्थ की रक्षा के लिये नहीं रुका, वह मणिपुर की रक्षा के लिये रुक जायेगा?

"यह आपकी समस्या का समाधान नहीं है।" अर्जुन ने सायास अपनी वाणी को विनीत बनाया, ऐसा न हो कि उसकी असहमति चित्रवाहन को अपना तिरस्कार लगे।

"तो आप मेरी समस्या समझते हैं?" चित्रवाहन हल्के मन से मुस्कुराया।

"क्यों नहीं।"

"तो आपने उसका समाधान भी खोज निकाला होगा।"

"मैंने स्वयं तो कोई समाधान नहीं खोजा है, किन्तु हमारे ऋषियों ने सम्राटों के लिये अश्वमेध तथा राजसूय यज्ञों का जो विधान रचा है, वही ऐसी समस्याओं का समाधान है। एक न्यायी तथा धर्मपरायण आचरण करने वाले सम्राट की छत्र-छाया में ही छोटे-छोटे राजा सुरक्षित रह सकते हैं।..."

"हाँ। ऋषियों ने तो विधान रचा है," चित्रवाहन ने उत्तर दिया, "किन्तु जो सम्राट बनता है, वह जरासंध के समान छोटे राजाओं का राज्य छीन, या तो उनका वध कर देता है या उन्हें कारागार में डाल देता है। उसे धर्म की नहीं राज्य की भूख है। उसे न्याय नहीं सत्ता चाहिए।"

"हाँ। कहते तो आप ठीक हैं।" अर्जुन ने कहा, "चारों ओर जरासंध, कंस और कालयवन ही दिखायी देते हैं...." वह अभी कुछ और भी कहता, किन्तु तभी उसने देखा कि कल जो राजकुमारी उसके लिये कुटीर-निर्माण करने गयी थी, वही आगार में प्रवेश कर रही थी...

"आओ चित्रांगदा।" चित्रवाहन ने उसका स्वागत किया, "अपने मित्र तपस्वी का सत्कार करो।"

अर्जुन स्थिर नहीं रह सका...तो सचमुच ही मणिपुर की राजकुमारी चित्रांगदा कल उसके लिये अपने हाथों से कुटीर-निर्माण करने के लिये आयी थी...और अब अर्जुन की समझ में आ रहा था कि उसके मन में बार-बार युवराज का चेहरा क्यों साकार हो-हो कर उभर रहा था...राजकुमारी चित्रांगदा के मुख-मण्डल से समानता के कारण।...कैसी सुन्दर थी चित्रांगदा। जैसे किसी कवि के हृदय का कोई सुन्दर भाव ओस की बूँदों में नहाकर, मन्त्रों का शरीर धारण कर उसके सम्मुख आ खड़ा हुआ हो।...कल भी वह ऐसी ही सुन्दर लग रही थी; तभी तो अर्जुन का वह सारा ऊहापोह जागा था...

अर्जुन के मन में जैसे एक अनाम-सी कामना रूप धारण कर रही थी। उसकी इच्छा हो रही थी, वह चित्रांगदा के दोनों हाथ थाम कर कहे, "राजकुमारी! तुम मेरे लिये कुटिया बनाने का कष्ट मत करो। मैं अपनी पलकों से एक-एक पत्ता चुन कर तुम्हारे लिये सपनों के समान सुन्दर और कोमल कुटिया बनाऊँगा। बस तुम उसमें आ बसने का आश्वासन भर दे दो।"

चित्रांगदा के अधरों पर एक वक्र मुस्कान उभरी, "तपस्वी आ तो गये हैं, किन्तु वे हमारा आतिथ्य ग्रहण करेंगे? ऐसा न हो कि हम उनके लिये कुटिया बनायें और वे उसमें वास न करें, हम उनके लिये थाल सजाएँ और वे उसे अंगीकार न करें।"

"ऐसा क्यों कह रही हो चित्रा?" चित्रवाहन ने कुछ हतप्रभ हो कर पूछा।

"संन्यासी हैं। कोई सामाजिक मर्यादा उन्हें बाँध तो पायेगी नहीं। और वैसे भी हम गृहस्थों की छोटी-छोटी आकांक्षाएँ उनके लिये आकर्षक नहीं होती हैं।"

अर्जुन उनके कटाक्ष को समझ गया था। चित्रवाहन की प्रतिक्रियाएँ बता रही थीं कि वह चित्रांगदा के अर्जुन से पहले साक्षात्कार की घटना को नहीं जानते थे।

"मैंने राजकुमारी को पहले भी कहीं देखा है।" अर्जुन ने चित्रांगदा के गूढ़-वचनों को आगे बढ़ने से रोक दिया।

"अवश्य देखा होगा।" चित्रवाहन ने यह जानने की उत्सुकता ही नहीं दिखायी कि अर्जुन ने उसे कहाँ देखा है, "राज-काज के लिये प्रायः इसे भाग-दौड़ करनी पड़ती है।"

"क्यों? आपके युवराज राज-काज नहीं सँभालते?" अर्जुन के मुख से अनायास ही निकल गया।

"युवराज। यही तो है युवराज। सारा राज-काज यही तो सँभालती है।" चित्रवाहन ने तत्काल कहा, "यह मेरी एकमात्र सन्तान है। कन्या है किन्तु हेतु-विधि से मैं इसे अपना पुत्र ही मानता हूँ।"

ओह!...अर्जुन के मन में विचारों का बवण्डर उठ खड़ा हुआ...तो यही है स्त्री-वेश में राजकुमारी और यही है पुरुष-वेश में युवराज! तभी तो युवराज इतना कोमल, असहाय और भीरु लगता है और जब राजकुमारी को देखा तो लगता था, युवराज ही नारी-वेश धारण करके आ गया है...युवराज की सहायता अर्जुन ने की और महाराज चित्रवाहन ने उसे प्रासाद में आने का निमन्त्रण भेजा...वह नहीं आया तो राजकुमारी उसे घेर कर लाने के लिये गयी...

"आपने मेरी बात का उत्तर नहीं दिया तपस्वि!" चित्रांगदा अब भी मुस्कुरा

रही थी।

"जो व्यक्ति चल कर आपके द्वार पर आया हो, वह आपका आतिथ्य स्वीकार नहीं करेगा क्या?..." अर्जुन हँसा, "घर आये अतिथि को कोई आतिथेय यह नहीं पूछता कि वह आतिथ्य ग्रहण करेगा या नहीं।...और मैं तो तपस्वी हूँ। प्रभु की कृपा तथा समाज की भिक्षा पर ही पलता हूँ।"

चित्रांगदा का मुख-मण्डल गम्भीर हो गया। उसने परीक्षक दृष्टि से अर्जुन को देखा, किन्तु कुछ कहे बिना आगार से बाहर जाने के लिये मुड़ गयी।

अन्यमनस्क दृष्टि से अर्जुन चित्रांगदा के जाते हुए चरणों को देखता रहा और सोचता रहा...यदि वह उसे लुभाने वन में न आयी होती, तो आज वह यहाँ न आता। पिता के अज्ञान में चित्रांगदा क्यों लुभाने आयी थी? राजा ने भी तो उसे आमन्त्रित किया था।...आज भी उन्होंने प्रकारान्तर से इच्छा प्रकट की है कि वह राजधानी के निकट रहे और लम्बी अवधि तक रहे।...राजा जराग्रस्त हो चुके हैं। उनको कोई पुत्र नहीं है। वह पुत्री को पुत्र मान कर उसे युवराज कहते हैं...और चित्रांगदा को पुरुष-वेश में राजकाज करना पड़ता है।...अर्जुन तो उसके वेश के कारण भ्रमवश उसे पुरुष समझता रहा, किन्तु अन्य लोग तो जानते ही होंगे कि राजा का कोई पुत्र नहीं है। पड़ोस के राजा भी जानते होंगे कि युवराज एक स्त्री हैं, दस्यु-दल भी जानते होंगे कि जिस पर उन्हें आक्रमण करना है...उसका वेश चाहे पुरुष का हो, किन्तु है वह स्त्री ही...कैसी असहाय स्थिति है पिता-पुत्री की...

पर अर्जुन के मन में क्या है? वह राजकुमारी की वास्तविकता जानने को क्यों व्यग्र हो उठा था?... क्यों वह अपनी उत्सुकता शान्त करने के लिये राजप्रासाद तक चला आया था? वह तरुणी राजकुमारी होती, न होती, उसे क्या?...यहाँ तक चले आने तथा चित्रांगदा को देखने और उसका परिचय पाने के पश्चात जो स्थिति उसके मन की हो गयी है, उसके पश्चात वह वन में जा कर तपस्या कर पायेगा क्या? उसका ध्यान किसी अन्य मूर्ति में लग पायेगा? किसी और का भजन कर पायेगा?...मायापति की माया बड़ी प्रबल है। अर्जुन उससे जितना ही मुक्त होना चाहता है, वह उतना ही उसे बाँध लेती है...चित्रांगदा के रूप से दग्ध होने से बचने के लिये यदि वह अपनी भावनाओं का दमन कर कहीं और चला जायेगा, तो सदा स्वयं को धिक्कारता रहेगा कि क्षत्रिय हो कर भी उसने दुर्बलों की रक्षा का अपना कर्तव्य नहीं निभाया। आर्त्त-त्राण ही तो उसका धर्म है, कर्तव्य है...और अपने कर्त्तव्य के प्रति निष्ठा ईश्वर की उपासना का उच्चतम रूप है...वह महाराज को इस प्रकार संकट में छोड़ कर नहीं जा सकता। ...और यहाँ रह कर वह चित्रांगदा से दूर रह सकता ...चित्रांगदा...चित्रांगदा...

"महाराज!"

"कहिए तपस्विश्रेष्ठ।"

"आप मुझे कुछ दान देंगे?"

"क्या चाहिए आपको?" चित्रवाहन के मन में मानो उत्साह का स्रोत फूट पड़ा, "आप स्वेच्छा से संसार के सारे सुख छोड़ कर, तपस्या कर रहे हैं। मेरे पास ऐसा क्या है, जिसकी आपको आकांक्षा है।"

"तपस्या तो कर रहा हूँ।" अर्जुन बोला, "किन्तु लगता है कि विधाता ने तपस्या के फल की ओर संकेत कर दिया है। यदि फल मिल जाये, तो तपस्या सफ़ल हो जाये।"

चित्रवाहन ने अर्जुन की ओर देखा, "मैं नहीं जानता तपस्वी! कि तुम्हारे मन में क्या है, किन्तु अपने मन को मैं जानता हूँ। तुम्हें यहाँ अधिक-से-अधिक समय तक रोके रखने के लिये मैं अपनी क्षमता-भर कुछ भी दे सकता हूँ।... किन्तु तुम यह भी समझ लो कि तुम्हें तुम्हारी तपस्या के कारण नहीं, तुम्हारी वीरता के कारण रोके रखना चाहता हूँ। मणिपुर को तुम्हारे युद्ध-कौशल और शस्त्र-क्षमता की आवश्यकता है। तुम यहाँ रहोगे तो मेरे शत्रु मणिपुर के निकट भटकने का साहस भी नहीं करेंगे।..."

चित्रांगदा ने दासियों के साथ आगार में प्रवेश किया। वह अतिथि के सत्कार की व्यवस्था करके लौटी थी। दासियों ने अपने हाथों में फलों और मिठाइयों के थाल उठा रखे थे।

"मैंने तो तुम्हें बता दिया तपस्वि! कि मैं क्या चाहता हूँ!" चित्रवाहन ने अपनी बात आगे बढ़ायी, "अब तुम बताओ, तुम्हारे मन में क्या है?"

"आप अपनी कन्या का दान मुझे कर दें।"

चित्रांगदा संकुचित हो कर पीछे हट गयी, और चित्रवाहन ने जैसे कुछ चौंक कर अर्जुन की ओर देखा, "कौन हो तुम?"

"मैं हस्तिनापुर के स्वर्गीय सम्राट पाण्डु का तीसरा पुत्र कौन्तेय अर्जुन हूँ।" अर्जुन बोला, "अब हम हस्तिनापुर में नहीं, कौरवों की प्राचीन राजधानी खाण्डवप्रस्थ में आ गये हैं। वहाँ यमुना-तट पर हमने एक नया नगर बसाया है, 'इन्द्रप्रस्थ।' मेरे बड़े भाई धर्मराज युधिष्ठिर वहाँ के राजा हैं।"

"यह तो मुझे पहले ही समझ जाना चाहिए था कि ऐसा कृत्य करने वाला वीर साधारण तपस्वी नहीं है।" चित्रवाहन ने जैसे अपने-आपसे कहा, "इन्द्रप्रस्थ का निर्माण हो चुका है और धर्मराज युधिष्ठिर वहाँ राजा के रूप में प्रतिष्ठित हो चुके हैं।...कितना अच्छा होता कि धर्मराज युधिष्ठिर चक्रवर्ती सम्राट बन, हमारे छोटे-छोटे राज्यों को तुम्हारे समान वीर के बाहुबल का

संरक्षण दे सकते।" चित्रवाहन ने अर्जुन की ओर देखा, "देखो पार्थ! मेरी एक ही पुत्री है। मैंने तुमसे पहले ही कहा कि हेतु-विधि से इसे मैं अपना पुत्र मानता हूँ। तुम इसका अर्थ समझते हो?"

अर्जुन कुछ नहीं बोला। वह अपेक्षा भरी दृष्टि से चित्रवाहन को देखता रहा।

"चित्रांगदा का पुत्र धर्मतः मेरा पुत्र माना जायेगा। वह मेरे स्थान पर मणिपुर पर राज्य करेगा। अपना पहला पुत्र मुझे दे सकोगे? यह चित्रांगदा के साथ विवाह का शुल्क है।"

"यदि मुझे यह सब स्वीकार्य हो, तो आप चित्रांगदा का विवाह मुझसे कर देंगे?" अर्जुन ने पूछा।

"तुम जैसा जामाता पाना मेरा सौभाग्य होगा।" चित्रवाहन ने कहा, "किन्तु चित्रांगदा के लिये भी यह इतना सुखद है क्या?"

"क्यों?" अर्जुन ने चित्रांगदा की ओर देखते हुए, चित्रवाहन से कहा, "आप समझते हैं कि चित्रांगदा मेरे साथ सुखी नहीं रह पायेगी?"

"नहीं। ऐसा तो नहीं समझता मैं।" चित्रवाहन कुछ-कुछ अन्तर्मुखी हो गये थे, "किन्तु मैंने उससे इस विषय में अभी कोई चर्चा नहीं की है।"

"तो आप चर्चा कर लें।" अर्जुन धीरे से बोला, "मैं प्रतीक्षा करूँगा।"

"क्या कहती हो चित्रा?" चित्रवाहन ने चित्रांगदा की ओर देखा, "क्या मैं धनंजय को वचन दे सकता हूँ?"

लगा कि चित्रांगदा के चेहरे पर लज्जा की लाली स्वाभाविक रूप से फैल गयी, किन्तु उसने प्रयत्नपूर्वक उसे रोक दिया और अत्यन्त व्यावहारिक चर्चा के समान बोली, "मैं आपकी पुत्री हूँ पिता जी! मुझे आपकी सुविधाओं-असुविधाओं, आकांक्षाओं-अभिलाषाओं का ध्यान रखना है...और आपको अपने राज्य और प्रजा के हित के विषय में सोचना है। मणिपुर को युवराज भी चाहिए और भावी राजा भी। मेरा पुत्र धर्मतः आपका पुत्र होगा और वही आपके पश्चात मणिपुर का राजा होगा। यह सब निश्चित है।...अब अपने जामाता का चयन तो आपको ही करना है। आप अपने वंश और राज्य के हितों का ध्यान रखते हुए जिसका चयन करेंगे, वह मुझे स्वीकार्य होगा। मेरी ओर से कोई आपत्ति नहीं होगी।"

चित्रवाहन ने कुछ क्षणों तक चित्रांगदा के चेहरे के भावों को पढ़ा, कुछ क्षणों तक मन-ही-मन विचार किया और फिर निश्चयपूर्वक दासी को आदेश दिया, "जाओ! राजपुरोहित को संदेश दो कि राजकुमारी का विवाह पाण्डुपुत्र कौन्तेय अर्जुन के साथ होना निश्चित हुआ है। उसी के संदर्भ में विचार-विमर्श

के लिये हमें उनकी प्रतीक्षा है।"

15

"महाराज!"

युधिष्ठिर ने सिर उठा कर देखा : गूढ़ पुरुषों का नायक ईशानप्रिय प्रणाम कर रहा था।

"कहो ईशान। कोई विशेष समाचार लाये हो?"

नायक चलता हुआ निकट आ गया। इतनी दूर से बोलता तो उच्च स्वर में बोलना पड़ता, और गोपनीय चर्चा का उच्चारण राजप्रासाद में भी उच्च स्वर में नहीं होना चाहिए। "महाराज! राजकुमार अर्जुन ने जिस दस्यु और घायल को अचेत अवस्था में हमें सौंपा था वह स्वस्थ और सचेत हो गया है।"

"क्या कहा उसने? किसका अनुचर है वह?" युधिष्ठिर ने पूछा।

"उसका कहना है कि काम चाहे वह किसी के लिये करे, किन्तु उसका स्वामी तक्षक है। वह स्वयं को तक्षक का गुप्त प्रहार करने वाला विषधर बताता है।"

"तक्षक! तक्षक के अनुचर यहाँ क्या कर रहे हैं?"

"अनुचर नहीं महाराज! स्वयं तक्षक भी यहीं है।" ईशानप्रिय ने उत्तर दिया, "खाण्डव-वन में अपना दुर्ग बना कर तक्षक उसी में छिपा बैठा है। ये सब लोग उसी के लिये काम कर रहे हैं, और इन्द्र के सैनिक उसी की रक्षा कर रहे हैं।"

"और अग्नि के सैनिक?"

"उनके विषय में अभी मैं कुछ कह नहीं सकता कि वे इस क्षेत्र में तक्षक की रक्षा कर रहे हैं, अथवा उसे समाप्त करने का प्रयत्न कर रहे हैं। तक्षक के संदर्भ में अग्नि और इन्द्र सहमत नहीं लगते।"

"और कुछ?"

"नहीं महाराज!"

"अच्छा, तुम जाओ, और जाते हुए किसी को कहो कि नकुल और सहदेव को यहाँ आने का मेरा अनुरोध भिजवा दे।"

ईशानप्रिय चला गया और युधिष्ठिर चिन्ता के आधिक्य से व्याकुल हो, उठ खड़े हुए। उन्हें लगा वे अपने स्थान पर निश्चल बैठे नहीं रह सकेंगे। यह सूचना उन्हें अब मिली है। इस समय, जब न भीम यहाँ है, न अर्जुन। यदि भीम और अर्जुन इन्द्रप्रस्थ में होते तो शायद वे अपनी चिन्ता उनसे बाँट सकते और

उसकी व्याकुलता कुछ कम हो सकती।...पर दूसरे ही क्षण उनका आवेश कुछ कम हुआ...भीम उनकी यह चिन्ता चाहे कुछ कम कर देता, किन्तु वह अन्य प्रकार से उद्विग्नता बढ़ा भी देता। वह हिंसा और युद्ध का पक्ष लेता।...किन्तु राजा के रूप में युधिष्ठिर जानते हैं कि प्रत्येक समस्या का समाधान बल और हिंसा नहीं है। राजनीति, हिंसा का नहीं, न्याय और धर्म का पर्याय होनी चाहिए, अन्यथा एक आततायी दस्यु और राजा में अन्तर ही क्या रह जायेगा...

इन्द्रप्रस्थ का निर्माण हो जाने के पश्चात युधिष्ठिर ने मन-ही-मन, यह मान लिया था, कि अब विरोध और संघर्ष का युग समाप्त हो गया और केवल प्रशासन ही शेष बचा है, किन्तु आज भी उन्हें लग रहा है कि इन्द्रप्रस्थ की समस्याएँ सुलझी नहीं हैं। समस्याओं की उन्हें विशेष चिन्ता नहीं थी। राजा के सामने समस्याएँ तो आयेंगी ही। राजा होता ही किसलिये है, इसीलिये तो कि वह पिता के समान अपनी प्रजा की समस्याएँ सुलझाए। यदि उसे अपनी प्रजा की समस्याएँ सुलझाने में कोई रुचि न हो तो उसके राजा होने का अर्थ ही क्या है। उस राजा की किसी को आवश्यकता ही क्या है। इसलिये युधिष्ठिर को प्रशासन, धर्म, न्याय अथवा प्रजा-पालन की समस्याओं से तनिक भी व्याकुलता नहीं होती। उन्हें व्याकुलता तो होती है अन्याय और अत्याचार को देख कर। विश्वासघात, असत्य तथा षड्‌यन्त्रों को देख कर। असहाय लोगों के शोषण तथा पीड़न की योजनाओं को देख कर। युद्ध करने अथवा रक्त बहाने की चर्चा सुन कर उन्हें भीम के समान प्रसन्नता नहीं होती।...पर भीम के अनुसार तो यही वीरता है, यही क्षत्रिय धर्म है। भीम के अनुसार ही क्यों, शायद सारा क्षत्रिय-समुदाय रक्तपात से ही आनन्दित होता है...रक्तपात चाहे अनावश्यक और अन्यायपूर्ण ही क्यों न हो।...और जो व्यक्ति इसमें उनके समान रुचि नहीं लेता उसे वे मन-ही-मन कायर भी मान लेते हैं...युधिष्ठिर क्या सचमुच कायर हैं?

...युधिष्ठिर ने इस संदर्भ में बहुत सोचा है। उनकी तनिक भी इच्छा नहीं होती कि वे स्वयं को कायर अथवा भीरु मान लें। वे संकट का सामना कर सकते हैं, अपने प्राणों को जोख़िम में डाल सकते हैं...बस वे हत्याओं के व्यापार को अपनी उपलब्धि नहीं मान सकते। उस पर गर्व नहीं कर सकते। किसी के प्राण ले कर वे सुख का अनुभव नहीं कर सकते।...वे अपने जीवन का लक्ष्य, ईश्वर के बनाये हुए अन्य जीवों को वंचित करना नहीं मानते। वे किसी से कुछ भी छीनना नहीं चाहते।...किन्तु यह संसार बिना लूट-खसोट के चल क्यों नहीं सकता?..क्यों मनुष्य इस सीमा तक रक्त-पिपासु और विष-वमन-कर्ता है?...क्या यह संसार कभी भी मनुष्य के जीने योग्य नहीं बन सकता?...यदि

मानवता के लिये कोई आशा नहीं है, तो युधिष्ठिर इस जीवन को स्पृहणीय कैसे मान लें?...खाण्डवप्रस्थ का नाम जब 'इन्द्रप्रस्थ' रखा था तो उनकी समझ में तत्काल यह नहीं आया था कि महर्षि व्यास को अकस्मात ही इन्द्र से इतना मोह क्यों हो गया था।...युधिष्ठिर का देवराज से कोई विरोध नहीं था, किन्तु वे यह भूल नहीं सकते थे कि वासुदेव कृष्ण का किसी-न-किसी रूप में अब तक इन्द्र से कोई-न-कोई विरोध चलता ही आया था। कृष्ण ने अपने उस विरोध को कभी उनके आड़े नहीं आने दिया और एक प्रकार से उन्हें महर्षि की बात मान लेने के लिये प्रोत्साहित ही किया। युधिष्ठिर प्रसन्न थे कि उन्हें कृष्ण और देवराज इन्द्र में से किसी एक को चुनने की बाध्यता से गुज़रना नहीं पड़ा। अन्यथा एक का समर्थन प्राप्त करने के लिये दूसरे का विरोध भी आमन्त्रित करना पड़ा सकता था।

युधिष्ठिर ने मान लिया था कि अब इन्द्र का, इन्द्रप्रस्थ, उसकी प्रजा तथा पाण्डवों से किसी प्रकार का कोई विरोध नहीं था। वे क्या जानते थे कि देवराज उनके समान सरल नहीं था। उसकी मित्रता का अर्थ केवल मित्रता ही नहीं था...मित्रता के भीतर कहीं शत्रुता भी अन्तर्निहित थी...बहुत सम्भव है कि उसकी शत्रुता में भी मैत्री का कोई अंश वर्तमान रहता हो...

द्वार पर पदचाप हुई तो युधिष्ठिर ने पलट कर देखा। नकुल और सहदेव दोनों इकट्ठे ही आ गये थे। उन्होंने आगे बढ़ कर उन्हें प्रणाम किया। युधिष्ठिर ने निःशब्द संकेत से उन्हें बैठने के लिये कहा।

नकुल तथा सहदेव निरन्तर अपेक्षा भरी दृष्टि से युधिष्ठिर की ओर देख रहे थे और युधिष्ठिर यह निश्चय ही नहीं कर पा रहे थे कि उनसे अपने मन की बात किस रूप में कहें...

"क्या बात है भैया?" अन्ततः सहदेव ने अपनी ठहरी हुई गम्भीर वाणी में पूछा, "आप कुछ विचलित दिखायी दे रहे हैं।"

युधिष्ठिर ने उसकी ओर देखा, "मैं खाण्डव-वन के विषय में सोच रहा था।"

"इसमें आपके हृदय की कोमलता और दया ही आड़े आ जाती है भैया। अन्यथा हम लोग कब से इन आतताइयों को मार कर यहाँ से भगा चुके होते।" नकुल कुछ प्रयत्न करके बोला।

"नहीं! सर्वथा ऐसी बात तो नहीं है।" युधिष्ठिर बोले, "वे लोग साधारण अपराधी नहीं हैं। वे जो कुछ कर रहे हैं, अपनी इच्छा से और अपने बल पर नहीं कर रहे हैं। क्या तुम्हें यह सूचना है कि खाण्डव-वन के गर्भ में स्वयं तक्षक दुर्ग बना कर छिपा बैठा है?"

नकुल ने कुछ आश्चर्य से सहदेव की ओर देखा, "मुझे तो ख़ैर यह सूचना नहीं थी, किन्तु तक्षक से इतने भयभीत होने का क्या कारण है? हम इतने असमर्थ तो नहीं हैं कि तक्षक को उसकी दुष्टता का दण्ड न दे सकें।"

"नहीं बात इतनी ही नहीं है।" युधिष्ठिर बोले, "तक्षक का हमारी राजधानी के इतने निकट गुप्त रूप से दुर्ग बना कर निर्भय और सुरक्षित रहना अपने आप में ही एक बड़ा संकट है। स्पष्ट है कि वह जानबूझ कर हमारी सत्ता को चुनौती देने की इच्छा से यहाँ जमा बैठा है अन्यथा नाग-क्षेत्रों में उसके रहने के लिये स्थान की कोई कमी नहीं है।"

"क्या यह प्रमाणित हो चुका है कि वह शत्रु-भाव से हमारे राज्य में छिप कर रह रहा है?" नकुल ने पूछा।

"प्रमाणित?" सहदेव ने उसकी ओर देखा, "क्या तात्पर्य है तुम्हारा?"

"कहीं ऐसा तो नहीं कि उसके मन में हमारे प्रति शत्रु-भाव हो ही नहीं और हम स्वयं ही मान लें कि वह हमारा शत्रु है?"

"इसमें अधिक सोच-विचार का अवकाश नहीं है।" युधिष्ठिर बोले, "तक्षक की फुफकार तो इन्द्रप्रस्थ में प्रतिदिन सुनायी पड़ रही है। जाने वह किसी दिन डस भी बैठे।"

"मेरी समझ में तो केवल यह आ रहा है कि तक्षक कभी सम्मुख युद्ध नहीं करता। वह अन्धकार में छिप कर दंश करता है। वह हमारे बहुत निकट है और इन्द्र उसका सुरक्षा-कवच बना हुआ है।...इस सबका अर्थ क्या है?" सहदेव बोला, "क्या वह पाण्डवों का राज्य नष्ट करना चाहता है? क्या वह हमसे अप्रसन्न है?"

"मैं नहीं समझता कि पाण्डवों का राज्य इस सृष्टि में कोई इतनी बड़ी शक्ति है कि देवराज इन्द्र को हमें नष्ट करने के लिये षड्यन्त्रकारी तक्षक की सहायता ले कर हम से गुप्त युद्ध करना पड़े।" युधिष्ठिर ने कहा, "इन्द्र का लक्ष्य कोई और है, किन्तु उसने हमें इस प्रकार बाँध रखा है कि हम उसके छोटे-से-छोटे अनुचर को भी उसके अपराधों के लिये दण्डित नहीं कर पा रहे। इससे हमारी प्रजा पीड़ित है। हमारी राज-सत्ता हास्यास्पद हो कर रह गयी है ...और हमारा विकास तो हो ही नहीं सकता।"

"तो क्या हम अपनी असुविधा की चर्चा इन्द्र तक नहीं पहुँचा सकते?" नकुल ने पूछा।

"पहुँचा क्यों नहीं सकते?" सहदेव बोला, "किन्तु प्रश्न तो यह है कि इन्द्र की अपनी योजनाओं में पाण्डवों की असुविधा का कोई महत्व भी है या नहीं?...जब कोई राजा नदी पर सेतु बाँधता है, तो वह इस बात की चिन्ता

कहाँ करता है कि चींटियों के कितने घरौंदे नष्ट हुए?"

"तो हम इतने अपदार्थ हैं?"

"कुछ ऐसा ही लग रहा है नकुल!" युधिष्ठिर धीरे से बोले, "यह संसार बड़ा विचित्र है। कोई शान्तिपूर्वक रहना चाहे तो लोग उसे रहने नहीं देते। तुम रक्तपात न करना चाहो, तो लोग तुम्हारा रक्त बहाने को तैयार हो जाते हैं। तुम किसी को मित्र मान लो, तो वह तुम्हारे विरुद्ध षड्यन्त्र करने लगता है।...मेरी तो कई बार इच्छा होती है कि मैं सब कुछ छोड़-छाड़ कर तपस्या करने के लिये हिमालय-क्षेत्र में चला जाऊँ।"

"भैया! आप क्षत्रिय राजा हैं। आप में रजोगुण की प्रधानता होनी चाहिए।" सहदेव ने स्नेहपूर्वक उनकी ओर देखा।

"मैंने राजा का दायित्व इसलिये स्वीकार किया है कि मैं न्यायपूर्वक अपनी प्रजा का पालन कर सकूँ...एक पिता के समान। धर्मपूर्वक शासन, मेरा लक्ष्य है, किन्तु..." वे रुके, "किन्तु राजा बने रहने के लिये यदि मुझे विश्वासघात, क्रूरता तथा षड्यन्त्रों का सहारा लेना होगा, तो मैं अपने धर्म की रक्षा कैसे कर पाऊँगा? और मुझे धर्म से अधिक प्रिय कुछ भी नहीं है।...इस प्रकार राजा तो क्या, मैं एक मनुष्य भी नहीं रह पाऊँगा।"

"आपको दुष्ट-दलन तो करना ही होगा महाराज!" सहदेव अत्यन्त निश्चयात्मक स्वर में बोला, "इसका निर्णय आप करें, कि धर्म की सीमाओं का अतिक्रमण न करते हुए आप यह कैसे कर सकते हैं। हम सब आपके अनुगत हैं।"

"ठीक कहते हो सहदेव।" युधिष्ठिर आत्मलीन होते जा रहे थे।

16

चित्रांगदा ने सहसा लक्ष्य किया कि अर्जुन ने बहुत समय से एक शब्द भी नहीं कहा था...शायद वे सो गये थे।

उसने कुहनी के बल उचक कर देखा : हाँ। अर्जुन की श्वास-गति बता रही थी कि वे गहरी नींद में थे।...

...वे दिन भर राज्य सम्बन्धी इतने सारे कार्य करते थे, व्यायाम करते थे, युद्ध अथवा युद्ध का अभ्यास करते और कराते थे...इस समय तक थक कर चूर हो जाते थे...और चित्रांगदा दिन-भर उनकी प्रतीक्षा करती थी, पुरानी घटनाएँ स्मरण करती थी और भविष्य के स्वप्न को देखती थी...उसे इस समय ऐसी नींद आये तो कहाँ से?...

यही चित्रांगदा थी, जो मणिपुर के युवराज के रूप में राज-सभा का संचालन करती थी, मन्त्रियों से परामर्श करती थी, सेना का नेतृत्व करती थी, प्रजा को आश्वासन देती थी...वह शारीरिक व्यायाम के रूप में अश्वारोहण करती थी, आखेट करती थी...उसने नींद को कभी बुलाया ही नहीं था, नींद ही उसका पीछा किया करती थी...

नींद का यह व्यतिक्रम शायद उस दिन आरम्भ हुआ था, जिस दिन उसने अर्जुन को देखा था...वह नहीं जानती थी कि वह तपस्वी कौन है। जानने की आवश्यकता भी नहीं थी...वनों में यदाकदा तपस्वी मिल ही जाया करते थे। ...और तपस्वी को जानना भी क्या। वे संसार छोड़कर किसी अन्य उपलब्धि के पीछे, सबकी उपेक्षा कर रहे थे। तो समाज को ही क्या चिन्ता थी उनकी। वैसे भी न संसार उनके लिये उपयोगी था, न वे संसार के लिये। संन्यासी को चित्रांगदा से कोई अपेक्षा नहीं थी, और चित्रांगदा को संन्यासी से...

किन्तु उस दिन चित्रांगदा एक निर्णायक युद्ध के लिये गयी थी। हृदय अत्यन्त संवेदनशील था और मस्तिष्क अत्यन्त जागरूक।...मन भीतर-ही-भीतर कहीं भीरु भी हो रहा था, शायद इसीलिये वह ऊपर से बहुत साहसी दीखने का प्रयत्न कर रही थी...दस्यु-समस्या क्रमशः गम्भीर होती जा रही थी। चित्रांगदा मानती थी कि दस्यु-दल कितने ही संगठित क्यों न हो जायें, उनके लक्ष्य कितने ही गम्भीर और भयंकर क्यों न हों—उनसे निबटना मणिपुर की सैन्य-शक्ति के लिये कठिन नहीं था।...किन्तु जब से पड़ोसी राज्य-शक्तियाँ उनकी सहायक हो गयी थीं, स्थिति कुछ अधिक ही विकट हो गयी थी।...

...वह जानती थी कि सैन्य संगठन और युद्ध-गमन, अब उसके पिता के लिये सम्भव नहीं था। मणिपुर के राजा और प्रजा, दोनों चित्रांगदा पर ही निर्भर थे...और संयोग था कि मणिपुर का राज-परिवार काल के उस खण्ड में बन्दी हो गया था, जहाँ उसे पड़ोस की किसी अन्य राज-शक्ति से सहायता नहीं मिल सकती थी...और कहीं दूर तक जाने का अवसर नहीं था।...इसीलिये चित्रांगदा को लग रहा था कि यह एक निर्णायक युद्ध था...उसे प्रत्येक परिणाम के लिये तैयार रहना चाहिए था...

...जाने पिता के मन में क्या था, किन्तु ऊपर से वे आश्वस्त दिखते थे कि उनकी पुत्री एक सक्षम और योग्य युवराज के रूप में सारी प्रशासनिक और सैन्य समस्याओं का सफलतापूर्वक समाधान कर सकती थी। वे चिन्तित नहीं लगते थे। चित्रांगदा उनकी यह शान्ति नष्ट नहीं करना चाहती थी। यदि कहीं वह अपनी सारी चिन्ताएँ पिता के सम्मुख प्रकट कर देती, तो बहुत सम्भव था कि उनकी व्याकुलता सारे राज्य के लिये असुविधाजनक हो उठती...

अपनी इन्हीं चिन्ताओं में घिरी, दस्यु-दलों के विरुद्ध एक निर्णायक युद्ध के लिये वह वहाँ पहुँची थी। ऐसे में वह किसी साधु-संन्यासी, तपस्वी-साधक की ओर क्या ध्यान देती...किन्तु जिस क्षण उसने वह प्रायः आत्मघाती युद्ध आरम्भ किया था और मन में कहीं कोई दमित आकांक्षा थी कि मणिपुर के राजवंश की रक्षा के लिये कहीं से कोई दैवी सहायता आ जाये, तभी अर्जुन उसके सम्मुख आ खड़ा हुआ था...अर्जुन ने यदि उससे युद्ध करने की अनुमति माँगी होती, अथवा पूछा होता कि क्या चित्रांगदा को सहायता की आवश्यकता है, तो कदाचित उसने अर्जुन का तिरस्कार ही किया होता।...एकान्त वनों में बैठ कर, कुछ काल्पनिक सिद्धियाँ प्राप्त करने के लिये साधना करने वाले साधक-संन्यासी का युद्ध से क्या सम्बन्ध?...किन्तु वह देख रही थी कि वेश कुछ भी रहा हो, वह व्यक्ति वास्तविक योद्धा था। उसके धनुष से छूटते हुए बाण बता रहे थे कि वह असाधारण रूप से सिद्धहस्त धनुर्धारी था।...चित्रांगदा के मन में अनेक विचार आ रहे थे...यदि परशुराम संन्यासी हो कर धनुर्धर हो सकते थे, यदि द्रोण और कृप तापस ब्राह्मण हो कर युद्धाचार्य हो सकते थे तो कोई और तपस्वी भी शस्त्राचार्य हो सकता था...उसे काम्पिल्य में हुए द्रौपदी स्वयंवर की कथा याद आ गयी।...अर्जुन ने जब स्वयंवर की प्रतिज्ञा पूरी की थी, जब वह भी भिक्षोपजीवी तपस्वी के वेश में ही था।...चित्रांगदा क्या जानती थी कि वह तपस्वी कौन था।...हो सकता था कि यह भी कोई योद्धा ही हो, जो किसी सिद्धि के लिये साधना कर रहा हो। तभी चित्रांगदा ने पहली बार ध्यान से अर्जुन की ओर देखा था...लम्बा-ऊँचा, तना हुआ सीधा बलिष्ठ शरीर...तेजस्वी मुख-मण्डल, आकर्षक श्यामल वर्ण...और नयनों में असाधारण ओज...चित्रांगदा समझ नहीं पायी थी कि वह उसकी वीरता से अधिक प्रभावित थी या उसकी उदारता से...या...या उसके पौरुष मनमोहक रूप से...उसे लग रहा था कि उसे एक ऐसा समर्थ सहायक मिल गया था, जो मणिपुर की रक्षा कर सकता था, जो उसके पिता का अवलम्ब बन सकता था। वृद्ध महाराज चित्रवाहन को शक्तिशाली बना सकता था, उनके शत्रुओं का नाश कर सकता था।

किन्तु वह अपने हृदय की ओर देखती थी, तो उसे लगता था कि यह वह व्यक्ति है, जो उसके मन-प्राण पर छा गया था। वह उसके बिना रह नहीं सकती थी...उसे अपने पिता तो क्या, संसार की किसी अन्य वस्तु में रुचि नहीं रह गयी थी।...वह उसे सब कुछ भुला दे रहा था....

अपनी उसी आत्म-विस्मृति में चित्रांगदा, अर्जुन को अपना परिचय दिए बिना ही लौट आयी थी...एक प्रकार से तो अर्जुन ही उसे वहाँ खड़ा छोड़ कर

चला गया था...किन्तु वह न चाहती तो बिना किसी वार्तालाप के, अर्जुन ऐसे ही कैसे चला जाता...उसका हृदय प्रतिक्षण दौड़ कर अर्जुन के निकट जाना चाहता था, किन्तु वह जा नहीं सकती थी। किस व्याज से जाए? क्या कह कर उसे बुलाये?...पर तभी महाराज चित्रवाहन ने अर्जुन को राजप्रासाद में बुलाने का निश्चय किया था। उन्होंने उसे आमन्त्रित करने के लिये अपने सैनिक भेजे थे...किन्तु चित्रांगदा आश्वस्त नहीं थी। जाने तपस्वी, राजा के निमन्त्रण पर आये, न आये। राजाओं के आदेश संन्यासियों को बाँध नहीं पाते। वह राजाओं की कृपा का ही याचक होता, तो किसी राज्य की सेना का सेनापति होता। सम्भव है किसी राज्य का अधिपति होता। यदि वह वन में साधना करने के लिये बैठा था तो वह महाराज चित्रवाहन के निमन्त्रण पर राजप्रासाद में क्यों आयेगा?...यदि उसने अपना स्थान बदल लिया? वह अन्यत्र कहीं चला गया? वह साधक-संन्यासी है। संसार की काराएँ तोड़ने के लिये घर से निकला है,...तो क्या स्थान का मोह ही नहीं तोड़ पायेगा?...

और तभी चित्रांगदा को एक युक्ति सूझ गयी थी...उसने अपनी दासी को सैनिकों के साथ भेजा था...राजा के निमन्त्रण का तिरस्कार हो सकता था, किन्तु राजकुमारी का निमन्त्रण?...संन्यासी अपनी जिज्ञासा में राजकुमारी के दर्शन करने के लिये आ सकता है...नारी के आकर्षण में आ सकता था...राजकुमारी के माध्यम से राज्य-प्राप्ति के लोभ में आ सकता था...आये या न आये, उसकी प्रकृति का ज्ञान हो ही जायेगा...यदि इतने प्रलोभनों के बाद भी वह नहीं आया जो चित्रांगदा को स्वीकार करना पड़ेगा कि उस संयासी को सांसारिक बन्धन बाँध नहीं पायेंगे...पर यदि ऐसा ही है तो वह उस सांसारिक संघर्ष में उसकी सहायता करने क्यों आता?...चित्रांगदा कुछ समझ नहीं पा रही थी...

राजकुमारी के निमन्त्रण पर भी संन्यासी नहीं आया था और चित्रांगदा का हृदय उसे न पा सकने की आशंका से टूक-टूक हुआ जा रहा था। इन सारी आशंकाओं को हृदय में लिये हुए वह हाथों पर हाथ धरे, संन्यासी को इस विस्तृत संसार में विलुप्त होते नहीं देख सकती थी...

चित्रांगदा का मन कहता था कि उसे कुछ-न-कुछ प्रयत्न करना ही चाहिए। यदि प्रयत्न करने के बाद भी संन्यासी उसे ने मिला, तो वह सोचगी कि उसे उसके बिना कैसे जीना है...अभी तो तपस्वी उसके सामने था, उसके गुप्तचर लगातार उसे उस योद्धा तपस्वी की गतिविधि की सूचनाएँ दे रहे थे। वह उसकी दृष्टि से ओझल नहीं हुआ था, किन्तु उसके तनिक-से प्रमाद से, वह इस प्रकार विलीन हो सकता था, कि पुनः उसे खोज पाना असम्भव हो जाये।...

चित्रांगदा जानती थी, उसके पिता के निमन्त्रण की कोई प्रतिक्रिया नहीं

हुई थी, और शायद पिता भी अपने स्थान पर संतुष्ट हो कर निष्क्रिय हो गये थे। वे उस योद्धा-तपस्वी के कृतज्ञ थे। उन्होंने कृतज्ञता-ज्ञापन के लिये उसे आमन्त्रित किया था। यदि वह नहीं आया, तो चित्रवाहन क्या करें। उन्होंने अपना कर्तव्य पूरा किया था। नहीं आया, तो संन्यासी की इच्छा। वे अपनी इच्छा संन्यासी पर आरोपित तो नहीं कर सकते।...किन्तु चित्रांगदा संन्यासी को इतनी स्वतन्त्रता नहीं दे सकती थी। यदि आवश्यक हुआ तो वह संन्यासी पर अपनी इच्छा, आरोपित भी करेगी...उसे आकर्षित करेगी। जहाँ धन, सत्ता, सुख-सुविधाएँ—सब असफ़ल हो जाती हैं, नारी का रूप वहाँ भी चमत्कार दिखा सकता है। तपस्वियों का सबसे विकट शत्रु कामदेव है। कामदेव को जीतना असम्भव है...और उनका उपकरण है, नारी। ईश्वर की माया का साक्षात रूप है नारी!...चित्रांगदा देखेगी कि तपस्वी, ईश्वर की माया का तिरस्कार कैसे करता है। वह अपने रूप का माया-जाल फैलाएगी।...जो संन्यासी यश पर लुब्ध नहीं हुआ, धन पर लुब्ध नहीं हुआ...उसे रूप पर मुग्ध होना पड़ेगा...उसने चित्रांगदा को पुरुष-वेश में देखा था। बहुत सम्भव है कि उसके रूप की ओर ध्यान ही न दिया हो। दिया हो, तो उसे कोई कोमल तरुण समझा हो। बहुत सम्भव है कि उसके मन में उस कोमल तरुण के प्रति आकर्षण नहीं वितृष्णा ही जागी हो...पर वह दासी के माध्यम से राजकुमारी का संदेश भी भिजवा चुकी है।... उसके आशंकित मन ने उसे स्मरण दिलाया...किन्तु उसकी प्रबल आकांक्षा ने आशंका को डपट दिया...दासी के माध्यम से उसे जब राजकुमारी का संदेश मिला था, तो किसी ने उसे बताया ही नहीं होगा कि राजकुमारी चित्रांगदा कितनी सुन्दर है। 'राजकुमारी' शब्द ही तो पर्याप्त नहीं है...पद और पदार्थ में कुछ भेद भी होता है...उसे यदि तपस्वी को लुब्ध करना है, तो अपना परिचय भी देना होगा और अपने रूप का वैभव भी प्रदर्शित करना होगा।...अच्छा ही है कि तपस्वी, दासी द्वारा दिये गये संदेश में बँधा राजप्रासाद में नहीं चला आया। नहीं तो कदाचित यह स्वयं चित्रांगदा की दृष्टि से ही गिर जाता। तपस्वी का चरित्र इतना हल्का नहीं है...उसका मूल्य इतना कम नहीं है...उसे घेरना होगा, मनाना होगा, लुभाना होगा...

और अन्ततः चित्रांगदा ने कुटीर-निर्माण के बहाने तपस्वी के निकट जाने का निर्णय किया था। वह जानती थी कि यह सब उसके पिता को अच्छा नहीं लगेगा। वे तपस्वी के कृतज्ञ थे कि उसने उनकी सहायता की थी। एक प्रकार से उनकी रक्षा ही की थी। यदि तपस्वी समय पर वहाँ न पहुँचा होता, तो बहुत सम्भव था कि चित्रांगदा के सैनिक दस्यु-दलों के भय से उसे छोड़ कर भाग जाते। बहुत सम्भव था कि वह बन्दी बना ली गयी

होती। बहुत सम्भव था कि दस्यु उसका वध कर देते। महाराज चित्रवाहन यह सब जानते थे...किन्तु कृतज्ञता का भाव कितना ही सघन क्यों न रहा हो, वे यह कदापि स्वीकार नहीं करते कि उसके प्रतिदान में चित्रांगदा तपस्वी को मुग्ध करने के लिये इन्द्र की अप्सराओं के समान अपने रूप और यौवन का माया-जाल फैलाए।...पर चित्रांगदा तो यह सब अपनी कृतज्ञता के कारण नहीं कर रही थी...यह प्रतिदान नहीं था...वह तपस्वी को कुछ देने का प्रयत्न नहीं कर रही थी, वह तो स्वयं उसे पाने का प्रयत्न कर रही थी...यह तो उसकी अपनी आकांक्षा थी...उसकी अपनी लालसा थी, जिसे वह पूर्ण करना चाहती थी...अपने हृदय की रिक्तता को भरना चाहती थी...तपस्वी को वह पा लेना चाहती थी...समग्रतः, पूर्णतः...सदा के लिये...

उसने गुप्त रूप से अकेली जा कर तपस्वी को लुभाने के लिये, अपना रूप-जाल फैलाया था। राजकुमारी का स्वयं अपने हाथों कुटीर-निर्माण करना, सचमुच बचकाना कार्य था। वह चाहती थी कि तपस्वी भी समझ जाये कि राजकुमारी के वहाँ आने का वह कारण नहीं था, जो वह बता रही थी।...वास्तविक कारण क्या था, यह समझना तो तपस्वी की अपनी बुद्धि पर निर्भर करता था।...वह इतना ही समझ जाता कि राजकुमारी उसके निकट आना चाहती थी, या उसे अपने निकट बुलाना चाहती थी।...वह जानती थी कि उसके पिता को भी यह अत्यन्त प्रिय होगा। वे चाहेंगे कि शत्रुओं से मणिपुर को बचाने के लिये, जब तक सम्भव हो, तपस्वी सुरक्षा कवच बन कर उनके निकट रहे...उसके पश्चात जो भी हो...

वह तपस्वी के निकट जा, उसका ध्यान भंग कर, उसे अपना परिचय दे कर लौट आयी थी। तपस्वी के हाव-भाव बता रहे थे कि उसे चित्रांगदा का इस प्रकार आना अप्रिय नहीं लगा था। वह उसे प्रकारान्तर से यह भी समझा आयी थी कि उसके द्वारा की गयी मणिपुर की रक्षा अस्थायी भी हो सकती थी, और राजवंश को महँगी भी पड़ सकती थी, इसलिये तपस्वी को वहीं ठहरना चाहिए था—लम्बे समय के लिये, और यदि सम्भव हो तो सदा के लिये...

किन्तु वह यह नहीं जानती थी कि तपस्वी ने उसके सौन्दर्य के प्रति अपनी जिस दुर्बलता की चर्चा की थी, वह उसकी वास्तविक प्रशंसा थी या परिहास मात्र था...पर इससे अधिक वह कुछ कर भी तो नहीं सकती थी। प्रतीक्षा...प्रतीक्षा...बस प्रतीक्षा...

अगले दिन तपस्वी राजप्रासाद में आ उपस्थित हुआ था और उसने अपना वास्तविक परिचय भी दिया था। निश्चित रूप से पिता उतने ही प्रसन्न हुए थे, जितने उन्हें जामाता के रूप में पा कर किसी समय राजा द्रुपद हुए होंगे।

चित्रांगदा ने कभी कल्पना भी नहीं की थी कि पंचाल की वीर्यशुल्का राजकुमारी कृष्णा के स्वयंवर की प्रतिज्ञा पूरी करने वाला वीर, स्वयं उसके द्वार पर आ कर उसके पिता से उसकी याचना करेगा।...और पिता द्वारा रखी गयी सारी प्रतिज्ञाएँ उसने स्वीकार की...चित्रांगदा का सौभाग्य...

मणिपुर के लिये कदाचित यह स्वर्णकाल था।...चित्रांगदा को वह पति मिला था, जिसके मिलने की उसने कभी कल्पना भी नहीं की थी। महाराज चित्रवाहन को ऐसा मन्त्री और सेनापति मिला था, जैसा पहले कभी नहीं मिला था। अर्जुन ने मणिपुर की प्रजा के मन से उनके प्रिय युवराज की स्मृति ही जैसे धो डाली थी। चारों ओर बस 'धनंजय', 'धनंजय' ही सुनायी पड़ता था। धनंजय ही तो था वह। उसकी उपस्थिति मात्र से दस्यु-दलों का साहस नष्ट हो गया था। अब मणिपुर उनके लिये एक दुर्बल 'आखेट' नहीं रह गया था... वह उनके लिये आतंक का रूप धारण कर चुका था। जिस राजा ने मणिपुर की ओर भुजा बढ़ाई, उसकी भुजा मरोड़ दी गयी, जिसकी दृष्टि इधर फिरी, वह जल गयी...दुष्टों, अपराधियों और अत्याचारियों ने मणिपुर ही नहीं, उसके आस-पास का सारा क्षेत्र ही जैसे त्याग दिया...मणिपुर इस समय सबसे अधिक सुरक्षित और शान्त स्थान था। अराजकता से त्रस्त यहाँ आ कर त्राण पाते थे। व्यापारी अपने वैभव का खुला और निर्भीक प्रदर्शन करते थे।...चित्रांगदा तो समझ ही नहीं पाती कि मणिपुर में इतना धन कहाँ से आ रहा है...लगता था जैसे खेतों में उपज बढ़ गयी है, व्यापारियों का लाभ बढ़ गया है, कारीगरों और कलाविदों का भाग्योदय हो गया है...मणिपुर कितना समृद्ध हो गया था...

समृद्ध तो चित्रांगदा भी हुई थी।...इन्हीं दिनों तो उसकी समझ में आया था कि पति, पत्नी का 'सौभाग्य' क्यों होता है।...पर उस समृद्धि और सौभाग्य के विषय में वह धनंजय से चर्चा भी नहीं कर पायी थी।...वे व्यस्त थे, किन्तु इतने व्यस्त तो नहीं थे...वे उससे दूर रहते थे किन्तु इतने दूर तो नहीं थे...तो क्या यह चित्रांगदा का अपना ही संकोच था?...पर इसमें संकोच की क्या बात थी...यह तो हर्ष का विषय था, आह्लाद का...

उसने अर्जुन को उनकी भुजा पकड़ कर हिलाया, "आर्यपुत्र!"

"मुझे नींद आ रही है प्राण सखी।"

"नींद आ रही है?"

"हाँ!"

"तो गुडाकेश किसका नाम है?" चित्रांगदा ने कटाक्षपूर्वक अर्जुन की ओर देखा, "गुडाका को जीता नहीं और उसके 'ईश' बन गये।"

"ओ-हो। चित्रांगदा!" अर्जुन उठ कर बैठ गया, "निद्रा और आलस्य को जीतने की यह प्रशस्ति युद्ध-क्षेत्र के संदर्भ में है। शयनागार में आ कर कोई गुडाकेश कैसे हो सकता है।"

"वह सब मैं नहीं जानती!" चित्रांगदा इठलाई, "क्या मुझे आपको बताना पड़ेगा कि अब आपके पास मेरे लिये अवकाश नहीं होता।"

अर्जुन ने उसे अनुरागमयी दृष्टि से देखा, "मेरे पास अवकाश होता है या नहीं, कह नहीं सकता, किन्तु इतना निश्चित है कि अब तुम्हारे पास बहुत अवकाश होता है। तुम आलसी होती जा रही हो। इसलिये...।"

"इसलिये क्या?"

"इसलिये कल प्रातः तुम मेरे साथ अश्वारोहण के लिये चलोगी। सेना की रथ-प्रतियोगिता में भी तुम उपस्थित रहोगी...।"

"मुझे अब अश्वारोहण की अनुमति नहीं है।" चित्रांगदा हल्के से मुस्कुराई।

"अनुमति नहीं है?" अर्जुन ने चकित हो कर उसकी ओर देखा, "किसकी अनुमति नहीं है?"

"धाय की ओर वैद्यराज की...।"

"धाय की?..." और सहसा अर्जुन की समझ में आ गया, "ओह! तो हमारी चित्रा अब गर्भवती है। तो तुमने मुझे बताया क्यों नहीं?"

"बता ही तो रही हूँ।" चित्रांगदा मुस्कुराई।

"ऐसी सुखद सूचना देने की यह विधि अपनाई है तुमने?" अर्जुन की वाणी में आह्लाद था, "कोई समारोह किया होता, कोई वर माँगा होता, कोई...।"

"दीजिए! क्या वर देते हैं।" अर्जुन की प्रसन्नता से चित्रांगदा के मन में जैसे पूर्णकाम होने का भाव जाग रहा था।

"हम तुम्हें पुत्रप्रसु होने का वरदान देते हैं देवि!" अर्जुन गम्भीर हो गया, "अब हम मणिपुर से चलने की योजना बना सकते हैं...।"

चित्रांगदा का मन अकस्मात ही बुझ गया...उत्साह क्षीण हो गया और उपलब्धि के स्थान पर वंचना की अनुभूति होने लगी...पुत्र-प्राप्ति होगी तो पिता छिन जायेंगे...मणिपुर भी तो छिन जायेगा...और पुत्र ही कौन उसके पास रहेगा...पुत्र मणिपुर में रहेगा और वह इन्द्रप्रस्थ चली जायेगी...इस समय वह मणिपुर में थी, पिता के पास थी, अर्जुन भी थे और उसकी होने वाली सन्तान भी...सब कुछ उसके पास था...अब और कोई उपलब्धि नहीं होने वाली थी...मिलेगा कुछ नहीं, छिनेगा-ही-छिनेगा...या तो मणिपुर, महाराज चित्रवाहन और उसकी भावी सन्तान सब छिन जायेंगे...या फिर इनके मोह के कारण

अर्जुन छिन जायेंगे। ओह चित्रांगदा! क्या तू इन्द्रप्रस्थ से उसका अर्जुन नहीं छीन सकती? तेरे रूप-सौन्दर्य में, यौवन तथा काम में, तेरे प्रेम और समर्पण में इतनी भी शक्ति नहीं है कि तू अर्जुन को इन्द्रप्रस्थ जाने से रोक सके?...

"किस चिन्ता में पड़ गयी चित्रा?"

"कुछ नहीं।" चित्रांगदा बोली, "सोच रही थी, व्यर्थ ही आपको जगा दिया। यदि आप पूर्ण विश्राम नहीं करेंगे, तो अगले दिन पूरा श्रम कैसे करेंगे?"

"वैसे तो व्यक्ति को श्रम भी चाहिए और विश्राम भी, जैसे स्त्री को पति भी चाहिए और पुत्र भी," अर्जुन ने उसकी ओर अर्थपूर्ण दृष्टि से देखा, "किन्तु जीवन में कभी-कभी ऐसे अवसर भी आते हैं, जब दोनों में से किसी एक को चुनना पड़ता है—श्रम करो तो विश्राम नहीं मिलता, और विश्राम करो तो श्रम की कामना नहीं रह जाती...!"

अर्जुन ने पुनः सो जाने के लिये करवट बदल ली।

चित्रांगदा ने अर्जुन की ओर देखा, उन्होंने वाक्य पूरा नहीं किया था। शायद वे यही कहना चाहते थे कि पुत्र और पति में से किसी एक को चुनना पड़ता है।...किसी एक को?...पर किसी एक को क्यों? दोनों क्यों नहीं मिल सकते?...

17

भीम के भेजे हुए अश्वारोही रात्रि को ही इन्द्रप्रस्थ पहुँच गये थे, जिन्होंने व्यापारियों और युवराज भीम के सकुशल लौटने का समाचार दिया था। तत्काल ही यह समाचार सारे इन्द्रप्रस्थ में प्रचारित हो गया था। और सोने की तैयारी करता हुआ नगर जैसे उल्लास के मारे जाग उठा था। किन्तु अपने भवन में भीम का स्वागत करने की तैयारी कर रही थी बलन्धरा। बलन्धरा ने तत्काल अपने भवन में दीपमालिका का आयोजन कर डाला। युधिष्ठिर ने सारे नगर को सज्जित करने और युवराज के स्वागत के लिये सारे मुख्य द्वारों पर तोरण खड़े करने का आदेश दे दिया। नकुल और सहदेव तत्काल व्यवस्था में लग गये। उन्हें भीम की अगवानी करनी थी। व्यापारियों के साथ आ रहे सामान की चुंगी तथा निरीक्षण सम्बन्धी राजकीय व्यवस्था करनी थी।...और श्रेष्ठियों के प्रासाद अपने परिवार के लोगों की अगवानी और आने वाले सामान के रख-रखाव के आयोजन में लग गये। अनेक परिवारों के सदस्य श्रेष्ठियों के साथ गये थे—कोई कर्मचारी के रूप में, कोई पर्यटक के रूप में, कोई तीर्थ-यात्री के रूप में।...वे सारे कारीगर जिन्होंने अपना सामान श्रेष्ठियों के माध्यम से भेजा था, उत्कण्ठा से प्रतीक्षा कर रहे थे। नगर के विभिन्न

व्यापारी आने वाले सामान का क्रय करने के लिये व्याकुल थे...लगता था इन्द्रप्रस्थ में सारी रात कोई सोया ही नहीं।

प्रातः दूसरे प्रहर के आरम्भ होते-न-होते भीम का गज वर्द्धमान द्वार पर आ लगा था। श्रेष्ठियों के कर्मचारियों, पशुओं, वस्तुओं इत्यादि के उतरने के लिये नगर के बाहर ही व्यवस्था की गयी थी। उन्हें कर तथा निरीक्षण सम्बन्धी राजकीय कार्यवाही के पश्चात अनुमति ले कर नगर में प्रवेश करना था। श्रेष्ठि-नेताओं, तथा प्रमुख राजकर्मचारियों के साथ भीम ने नगर में प्रवेश किया। नकुल और सहदेव उनकी अगवानी कर, उन्हें सीधे युधिष्ठिर के भवन में ले आये, जहाँ धर्मराज ने स्वयं उनका स्वागत कर, आतिथ्य ग्रहण करने के लिये आमन्त्रित किया।

"महाराज की जय हो।" नगर-श्रेष्ठि ने युधिष्ठिर को प्रणाम किया, "हम सारे श्रेष्ठि आपके कृतज्ञ हैं कि आपने युवराज को अपने सैनिकों सहित हमारी रक्षा के लिये साथ भेजा। हम प्रसन्नतापूर्वक आपको सूचित करते हैं कि इस यात्रा में न तो हमारा एक भी व्यक्ति मारा गया और न ही हमारा सामान एक भी बार लूटा गया। ऐसा नहीं है कि उसका प्रयत्न नहीं किया गया। प्रयत्न तो बार-बार किये गये, किन्तु युवराज ने उनके छक्के छुड़ा दिये। परिणामस्वरूप न तो कोई दस्यु-दल हमसे कुछ छीन पाया और न ही कोई राजा किसी-न-किसी व्याज से हमें लूटने का साहस कर पाया। विभिन्न राज्यों के कर्मचारियों ने उत्कोच इत्यादि लेने के जो प्रयत्न किये, युवराज के हुंकार के सामने वे भी विफ़ल हुए। प्रथम बार हम केवल आधिकारिक कर दे कर अपनी व्यापारिक यात्रा पूरी करके आये हैं, और हमें यह समझ में आया है कि धर्मराज की प्रजा का सुख क्या अर्थ रखता है। इस बार हमने जितना लाभ कमाया है, उतना पहले कभी नहीं कमाया। हमने यह निर्णय किया है कि हम लाभ के अनुपात में ही अधिक राशि राजकोष को भेंट करेंगे, अपने कम्मकरों को अधिक शुल्क देंगे और अपने कर्मचारियों का वेतन बढ़ा देंगे। हमारे लाभ से हमारे महाराज भी लाभान्वित होंगे और उनकी प्रजा भी।"

नगर-श्रेष्ठि ने रुक कर अपने साथियों को संकेत किया। बारी-बारी आ कर उन्होंने अपने उपहार युधिष्ठिर के सिंहासन के सम्मुख रख दिये और हाथ जोड़ कर अपने-अपने स्थान को लौट गये।

नगर-श्रेष्ठि पुनः बोला, "महाराज से हमारा निवेदन है कि वे जिस प्रकार अपने राज्य की सीमाओं के भीतर अपनी प्रजा की रक्षा करते हैं, वैसे ही वे अन्य राज्यों की सीमाओं में भी हमारी रक्षा करें। युवराज स्वयं उन्हें बतायेंगे कि हमारी सीमाओं के बाहर राजा तथा दस्यु में कोई अन्तर नहीं है। वहाँ

न किसी का धन सुरक्षित है, न प्राण। छोटे-छोटे राज्यों की स्वतन्त्र सेनाओं के कारण वैधानिक कठिनाइयाँ ही कम नहीं हैं—अवैधानिक लूट-पाट का तो कहना ही क्या। महाराज से छिपा नहीं है कि छोटे-छोटे राज्यों तथा उनकी दस्युओं-सरीखी सेनाओं के कारण प्रजा कितनो दुखी रहती है। हम कामना करते हैं कि हमारे महाराज इनका दमन कर आर्यावर्त्त में अपना प्रभुत्व स्थापित कर चक्रवर्ती सम्राट का पद ग्रहण करें, ताकि हम एक बड़े साम्राज्य के नागरिक के रूप में स्वतन्त्र रूप से सुरक्षित विचरण करें। जब तक महारजा ऐसा प्रयत्न करने का निश्चय नहीं करते, तब तक वे हमारे सार्थों की सुरक्षा का वैसे दायित्व लें, जैसा कि उन्होंने इस बार लिया है।..."

नगर श्रेष्ठि ने पुनः हाथ जोड़े और अपने साथियों के साथ सभा से बाहर चले गये।

युधिष्ठिर के सिंहासन के सम्मुख उपहारों का ढेर लगा था और श्रेष्ठि-दल उनकी भरपूर प्रशंसा करके गया था, किन्तु उनके मुख-मण्डल पर तनिक भी उत्साह नहीं था। भीम के लौट आने का उल्लास भी जैसे धूमिल हो गया था। वे अपने भाइयों की ओर मुड़े। उन्होंने कुछ कहा नहीं, किन्तु उनकी आँखें पूछ रही थीं, 'अब?'

"यह तो बड़ी जटिल समस्या है।" नकुल बोला, "व्यापारियों के प्रत्येक सार्थ के साथ इन्द्रप्रस्थ की सेना नहीं जा सकती। हम दूसरे राज्यों की सीमाओं के भीतर इन व्यापारियों की रक्षा का दायित्व कैसे ले सकते हैं?"

युधिष्ठिर ने नकुल के प्रश्न का कोई उत्तर नहीं दिया। वे सहदेव की ओर मुड़े, "तुम्हारा क्या विचार है?"

सहदेव अभी तक जैसे कोई निर्णय नहीं कर पाया था। युधिष्ठिर ने पूछ लिया था, तो उसे मुखर होना ही पड़ा। बोला, "नकुल ने कुछ अनुचित नहीं कहा, किन्तु यदि हम ही अपने व्यापारियों की रक्षा नहीं करेंगे, तो वे व्यापार कैसे कर पायेंगे? सुरक्षा और शान्ति के बिना व्यापार कैसे हो सकेगा? और यदि वे व्यापार नहीं कर पायेंगे तो हमारा राज्य समृद्ध कैसे होगा। कृषि और उद्योगों का महत्त्व मुझे मालूम है, किन्तु धनोपार्जन में वे व्यापार से स्पर्धा नहीं कर सकते। अब प्रश्न यह है कि हम अपने राज्य और प्रजा की रक्षा के लिये कौन-सा उपाय खोजें, जो हमारे सामर्थ्य के भीतर हो ओर अधर्मसंगत भी न हो। हम यह कह कर छुटकारा तो नहीं पा सकते कि अपनी प्रजा के प्रति हमारा दायित्व अपने राज्य की सीमाओं के भीतर-ही-भीतर है।"

"यदि इस बार हमने ऐसा कुछ मान लिया ज्येष्ठ! तो हमारे प्रजा-जन प्रत्येक राज्य में लुटेंगे और पिटेंगे।" भीम ने जैसे अपनी ओर से निष्कर्ष प्रस्तुत

कर दिया, "मान यह लिया जायेगा कि वे सर्वथा अनाथ हैं। उनका कोई रक्षक नहीं है। अतः उन्हें लूटना सबके लिये सरल और सुविधाजनक हो जायेगा। दस्यु जो लूटेंगे, वह अलग, राजा और प्रजा ही उन्हें लूट खायेंगे।"

"मध्यम ने ठीक कहा है।" सहदेव ने जोड़ा, "किन्तु होना तो यह चाहिए कि प्रत्येक राजा अपने राज्य के भीतर व्यापारियों को सुरक्षा प्रदान करे... व्यापारी चाहे किसी राज्य की प्रजा हों। जो राजा अपनी प्रजा की रक्षा करता है, वह अन्य राज्यों से आये हुए अपने अतिथियों की रक्षा नहीं करेगा?"

"धर्म तो यही है, किन्तु प्रत्येक राजा धर्मपूर्ण आचरण नहीं करता।" भीम ने कहा, "मैंने पाया कि राजा भी दस्यु-वृत्ति से ग्रस्त हैं। वे मानते हैं कि व्यापारी की रक्षा करने पर, अथवा शुल्क के रूप में उन्हें जो कुछ प्राप्त होगा, वह बहुत कम है, और व्यापारियों को लूट कर सरलता से जो धन उनका हो जायेगा, वह कहीं अधिक है। तो ऐसे में वे अधिक लाभ का सौदा ही क्यों न करें।"

"यह राज-धर्म नहीं, दस्यु-कर्म है।" युधिष्ठिर ने जैसे अपने-आपसे कहा।

"यही तो हमारा दुर्भाग्य है।" सहदेव बोला, "हमारे चारों ओर इसी प्रकार के राजा कुकुरमुत्तों के समान उग आये हैं। वे प्रजा का पालन करने के लिये नहीं, प्रजा उनका पालन करने के लिये है।"

"क्या हम अन्य राजाओं से कुछ इस प्रकार की संधि नहीं कर सकते," नकुल ने कुछ संकुचित स्वर में पूछा, "कि अपने राज्य में हम उनके व्यापारियों की रक्षा करें, और वे अपने राज्य में हमारे व्यापारियों की रक्षा करें।"

"राजनीति में इस प्रकार की पारस्परिक संधियाँ महत्त्वपूर्ण हैं," युधिष्ठिर ने स्वीकार किया, "किन्तु इसमें भी पहली शंका तो यही है कि संधि के पश्चात भी यदि वह राजा ऐसा नहीं करता, तो क्या हम भी उसके व्यापारियों को लूटने लगें?" उन्होंने रुक कर नकुल की ओर देखा, "दूसरी विचारणीय बात यह है कि ऐसी संधि केवल उन राज्यों के साथ हो सकती है, जहाँ हमारे व्यापारी तो जाते ही हों, उनके व्यापारी भी हमारे राज्य में आते हों। जिन राज्यों के व्यापारी, हमारे राज्य में आते ही नहीं, वे राजा हमारे व्यापारियों की रक्षा क्यों करेंगे?...इसका अर्थ हुआ कि हम स्वयं ही अपने व्यापारियों का व्यापार क्षेत्र सीमित कर रहे हैं।"

"ऐसा तो हो सकता है कि हम केवल उन्हीं राज्यों के व्यापारियों को अपने यहाँ आने दें, जिन राज्यों के राजा हमारे व्यापारियों की रक्षा के लिये वचनबद्ध हों?" भीम ने युधिष्ठिर की ओर देखा, "ऐसे में हमें विभिन्न राज्यों के व्यापारियों में भेद-भाव करने की आवश्यकता नहीं रहेगी।"

"बात केवल व्यापारियों की ही नहीं है।" इस बार युधिष्ठिर का स्वर

पहले की तुलना में पर्याप्त मन्द था, "सूचनाएँ तो चारों ओर से आ रही हैं। हमारे आचार्य और ब्रह्मचारी, साधक और तपस्वी, अध्ययन, अध्यापन अथवा साधना के लिये अपने गन्तव्य तक पहुँचने के लिये अन्य राज्यों से हो कर यात्रा करना चाहते हैं, उन्हें इन्द्रप्रस्थ से बाहर निकलते ही इतर राज्यों द्वारा खड़ी की गयी अनेक प्रकार की बाधाओं और कठिनाइयों का सामना करना पड़ता है।..." युधिष्ठिर की दृष्टि कहीं शून्य में स्थिर हो गयी, "पर्यटक और तीर्थयात्री भी तो हैं, जो लोग पूरे जम्बूद्वीप की यात्रा करना चाहते हैं...किन्तु अन्य राज्यों में उनके धन और प्राणों की रक्षा का प्रबन्ध न होने के कारण, वे कहीं जा ही नहीं सकते।...वस्तुतः ये सारी समस्याएँ छोटे-छोटे राज्यों के कारण हैं। ये राज्य न बाहरी आक्रमणों से अपनी रक्षा कर सकते हैं, न प्रजा की समुचित रक्षा का भार वहन कर सकते हैं।"

"पचास-पचास योजन पर नया राज्य आरम्भ होगा, तो समस्याएँ तो होंगी ही।" नकुल ने कहा, "सीमाओं पर टकराहट होगी। सेनाओं का आवागमन होगा। छोटे-बड़े युद्ध होंगे। चारों ओर अशान्ति फैलेगी। प्रजा तो दुखी होगी ही।"

"भौगोलिक दृष्टि से छोटे राज्यों की समस्याएँ हैं।" सहदेव ने अपना मत दिया, "किन्तु क्या वह क्षत्रियों के चारित्रिक पतन और राजाओं के लोभ और स्वार्थ की समस्या नहीं है?...राज्य चाहे छोटे रहें, किन्तु यदि प्रत्येक राजा अपने राज्य में धर्म का शासन स्थापित करता है, तो किसी को किसी प्रकार की कठिनाई नहीं होगी।..."

"धर्म का शासन।" नकुल ने जैसे मुँह चिढ़ाया, "देवराज इन्द्र तक तो तक्षक जैसे व्यक्ति को हमारे राज्य के भीतर अभय प्रदान कर रहे हैं, ताकि कहीं देव अग्नि इस क्षेत्र में उनसे प्रबल न हो जायें।"

"छोटे-छोटे राज्य इन देव-शक्तियों के अनुकूल पड़ते हैं।" युधिष्ठिर ने कहा, "राज्य जितना छोटा और असमर्थ होगा, उतना ही महाशक्तियों पर निर्भर होगा, तो महाशक्तियाँ क्यों चाहेंगी कि कोई राज्य अपने आप में समर्थ और सबल हो।"

"यह सब ठीक है।" भीम ने जैसे कुछ ऊब कर कहा, "प्रश्न तो यह है कि अब हमें करना क्या है? क्या हम नगर-श्रेष्ठि के परामर्श पर इन छोटे राज्यों को समाप्त कर साम्राज्य स्थापित करने जा रहे हैं, अथवा हम अपने व्यापारियों की रक्षा के साथ सदा ही रक्षक सेनाएँ भेजते रहेंगे?"

"इन प्रश्नों पर तो हम तब विचार करेंगे मध्यम! जब हम पहले यह निश्चय कर लेंगे कि हमें नगर श्रेष्ठि के परामर्श से ही अपनी नीतियाँ निर्धारित करनी हैं।" सहदेव बोला, "और फिर हमें अपना सामर्थ्य भी तो देखना है।"

"यदि मैं व्यापारियों के सार्थों के साथ अपनी रक्षक सेनाएँ भेजता रहूँगा तो मेरे चारों भाई सदा व्यापार-यात्राओं पर ही रहेंगे।" युधिष्ठिर ने प्रकारान्तर से सहदेव का समर्थन किया, "और हमें अपने सामर्थ्य पर भी दृष्टि रखनी चाहिए। हम खाण्डव-वन के दस्युओं के साथ तो पूरी तरह निबट नहीं पा रहे, अब हम व्यापारियों की सुरक्षा के लिये अश्वमेध यज्ञ करने बैठ जायेंगे?"

"जहाँ तक मेरा सम्बन्ध है," भीम का स्वर उल्लासपूर्ण था, "मैं खाण्डव-वन के दस्युओं से निबटने के लिये भी पूर्णतः सन्नद्ध हूँ और अश्वमेध यज्ञ के अश्व के साथ जाने में भी मुझे कोई आपत्ति नहीं है।"

"भीम! राजधर्म प्रजा-पालन में है, रक्त-पात में नहीं।" युधिष्ठिर ने धीरे से कहा, "हमें बल-प्रयोग केवल वहीं करना है, जहाँ धर्म-संगत भी हो और पूर्णतः अनिवार्य भी। मेरी महत्त्वाकांक्षा न कंस बनने की है, न जरासंध अथवा कालयवन बनने की।"

"मेरा विचार है अग्रज! यदि आपकी इच्छा कंस, जरासंध कालयवन बनने की नहीं है, तो ऐसे लोगों के दलन की इच्छा अवश्य होनी चाहिए। दुष्ट-दलन क्षत्रिय राजा का पहला कर्तव्य है।" भीम ने अपने स्थान से उठते हुए कहा, "अब आपकी अनुमति हो, मैं जरा स्नान और विश्राम की ओर ध्यान दूँ, क्योंकि उनका अभाव मुझे कंस, जरासंध और कालयवन के समान ही पीड़ित कर रहा है।"

"हाँ! हाँ! जाओ।" युधिष्ठिर की मुद्रा कुछ संकुचित हो गयी, "हमें पहले ही इसका ध्यान करना चाहिए था। तुमने तो अभी न माँ को प्रणाम किया है और न द्रौपदी और बलन्धरा से भेंट की है।"

"हाँ। जा कर उसके संशय-राक्षस का भी दमन करूँ, नहीं तो बलन्धरा यही विश्वास करती रहेगी कि मैं व्यापारियों के साथ मद्र देश की यात्रा पर नहीं गया था, हिडिम्बा से मिलने चला गया था।" भीम हँसता हुआ उठा, "मैं जब तक हिडिम्बा के साथ था, मैंने कभी उसका राक्षसी रूप नहीं देखा था, किन्तु जब बलन्धरा को उससे आतंकित देखता हूँ तो लगता है, वह सचमुच राक्षसी ही है।"

"हम समझ रहें हैं मध्यम!" नकुल हँसा, "आज आप बलन्धरा के व्याज से हिडिम्बा को ही याद कर रहे हैं।"

भीम ने उत्तर नहीं दिया। वह हँसता हुआ प्रकोष्ठ से बाहर निकल गया।

कुन्ती ने भीम का माथा चूमा और पूछा, "तू स्वस्थ तो है पुत्र?"

"माँ! मैंने तो जिस-जिस मार्ग से यात्रा की, उस मार्ग के सारे राजाओं का

स्वास्थ्य सुधरता गया।"

"अच्छा! उनका स्वास्थ्य कैसे सुधरा?" कुन्ती हँसी।

"किसी को लोभ का रोग था, उसका उपचार किया।" भीम ने उत्तर दिया, "किसी की पीठ मार खाने के लिये खुजला रही थी, उसकी खुजली मिटाई। कोई प्रजा की चीत्कार सुन नहीं पा रहा था, उसके कान साफ़ किये और उन्हें सुनने के योग्य बनाया। बहुत सेवा की है माँ! मैंने लोगों की।"

"अच्छा किया पुत्र!" कुन्ती ने उसकी पीठ पर हाथ फेरा, "निर्बल की सदा रक्षा करनी चाहिए।...तुम बलन्धरा से मिल आये?"

"नहीं माँ। पांचाली से भी नहीं।"

"जा! उनसे भेंट कर भोजन के लिये यहीं आ जा। मैंने तेरे लिये स्वादिष्ट भोजन बनवाया है।"

"और यदि बलन्धरा भी चूल्हा-चौका लिये काशी के पकवान बनाये बैठी हो, तो?"

"उसे कहना, उसका भी निमन्त्रण है। उसके हाथ का तो प्रतिदिन खाता ही है।"

"अच्छा माँ।"

भीम को देख, बलन्धरा ने अपना उल्लास तो पूरा जताया, किन्तु उसकी घबराहट भी छिपी नहीं रही।

"क्या बात है?"

"कुछ नहीं।" उसने आरती की थाली, साथ खड़ी दासी को पकड़ा दी, "मैंने सुना है कि श्रेष्ठियों ने आपके कार्य की बहुत प्रशंसा की है और महाराज से निवेदन किया है कि उनकी प्रत्येक यात्रा पर आपको उनके साथ भेजा जाये।"

"तुम्हें तो इन्द्रप्रस्थ की गूढ़ पुरुष-व्यवस्था की प्रमुख होना चाहिए प्रिये!" भीम ने उसे प्रशंसा भरी आँखों से निहारा, "मैं घर पहुँचा भी नहीं और वहाँ की सारी सूचनाएँ तुम तक पहुँच भी गयीं।"

"मैं आपसे कहे देती हूँ कि आप यह स्वीकार मत कीजिएगा।"

"क्या? व्यापारियों की प्रशंसा?"

"नहीं। उनकी योजना।"

"इस तिरस्कार का कारण?" भीम गम्भीर हो गया था।

"अरे तब तो आप सदा यात्रा पर ही रहेंगे और मैं आपकी प्रतीक्षा में सूखती रहूँगी।" बलन्धरा बोली, "और यदि जाना ही हो तो अन्य राजकुमार

भी तो हैं। जोख़िम वाले सारे काम आपको ही क्यों सौंपे जाते हैं?"

"ओह!" भीम ने उसे गम्भीर दृष्टि से देखा, "देखो। तुम यदि मुझे राजाज्ञाओं का पालन करने से रोकोगी अथवा मुझे अपने भाइयों के विरुद्ध उकसाओगी, तो मैं हिडिम्बा के पास चला जाऊँगा।..."

बलन्धरा भौचक खड़ी भीम को देखती रह गयी...यह हिडिम्बा कहाँ से आ गयी बीच में...और सहसा वह मुस्कुरा पड़ी, "अच्छा! हिडिम्बा के पास जा नहीं सकेंगे, तो उसे बुला लेंगे?"

"हाँ।"

"आपने हिडिमबा को बुलाया और मैंने पांचाली को आमन्त्रित किया... ।"

"अच्छा! रहने दो उन दोनों को।" भीम ने पुनः गम्भीरता का अभिनय किया, "आज तो हम दोनों को माँ ने भोजन के लिये आमन्त्रित किया है।..."

18

हवन-कुण्ड में पूर्णाहुति डाल, पुरोहित ने शिशु को दीर्घायु होने का आशीर्वाद दिया।

"राजकुमारी! शिशु के लिये नाम क्या सोचा है?"

"बभ्रुवाहन।" चित्रांगदा ने अर्जुन की ओर देखा।

अर्जुन ने सहमति के रूप में सिर हिला दिया। वह मन-ही-मन सोच रहा था, 'चित्रवाहन' का अधिकारी 'बभ्रुवाहन' ही हो सकता है।

बभ्रुवाहन को गोद में लिये हुए मन्त्रोच्चार करते हुए ब्राह्मणों में घिरी हुई चित्रांगदा अपने पिता के सम्मुख आ खड़ी हुई।

चित्रवाहन ने अपनी भुजाएँ उसकी ओर बढ़ा दीं। उसके हाथ शिशु को थामने के लिये लालायित हो रहे थे।

चित्रांगदा को लगा कि जिस तत्परता से उसके हाथ आगे बढ़ने चाहिए थे, उस तत्परता से वे आगे नहीं बढ़े...क्यों संकुचित हो रही थी वह? शिशु को उसके नाना को सौंपते हुए उसका हृदय इस प्रकार प्रकम्पित क्यों था?... 'नहीं!' किसी ने उसके मन में कहा, 'नाना की गोद नहीं है यह। बभ्रवाहन, धर्मतः महाराज चित्रवाहन का पुत्र है। उसका जनक पौरव अर्जुन है, किन्तु वह अर्जुन का नहीं, चित्रवाहन का उत्तराधिकारी है।...वह अपने पुत्र को महाराज चित्रवाहन को सौंप देगी और खाली गोद लिये, अपने पति के साथ, यहाँ से बहुत दूर चली जायेगी।' आज उसने पहली बार लक्ष्य किया था कि यह नन्हा-सा शिशु उसका पुत्र ही नहीं था, वह जैसे उसका साक्षात हृदय ही था,

स्वयं उसका प्राण था...और वह साधारण नारी थी, किन्हीं काल्पनिक कथाओं की यातुधानी नहीं थी, जो अपना हृदय मणिपुर में छोड़ कर सारे संसार में भ्रमण करती फिरे...यदि उसने अपना यह हृदय, अपने शरीर से पृथक भी किया, तो शायद उसके प्राण नहीं बचेंगे...और फिर जाने उसका कभी लौट कर मणिपुर आना हो-ना-हो। जाने बभ्रवाहन को इन्द्रप्रस्थ आने की सुविधा मिले, न मिले...जाने जीवन भर उनकी भेंट कभी हो-न-हो...

वह बभ्रुवाहन को अपने पिता की गोद में कैसे डाल सकती है?

चित्रवाहन ने अपने उत्साह में चित्रांगदा के संकोच को लक्ष्य नहीं किया। उनके लिये यह अनन्त सौभाग्य का दिन था...उनके हाथों ने चित्रांगदा द्वारा शिशु के सौंपे जाने की प्रतीक्षा नहीं की; अधिकारपूर्वक शिशु को थाम लिया।... किन्तु शिशु के ले लिये जाने से चित्रांगदा के पग फिर वहाँ से उठ नहीं सके। पहले तो वह खड़ी प्रतीक्षा करती रही कि पिता, उसका पुत्र उसे लौटा दें, किन्तु जब चित्रपाहन ने इस विषय में कोई रुचि नहीं दिखायी, तो वह उनके निकट ही बैठ गयी। उसे लग रहा था कि किसी अदृश्य रज्जु ने उसके पैरों को बाँध कर वहाँ डाल दिया है।...

अर्जुन पृथक बैठा था। वह समझ नहीं पा रहा था कि वह प्रसन्न था अथवा अवसन्न।...बभ्रुवाहन उसकी प्रथम सन्तान था। इसके पूर्व उसने किसी शिशु को इतने निकट से नहीं देखा था, उसके अंगों को इस प्रकार नहीं निहारा था, उसके शरीर को इस प्रकार नहीं सहलाया था...किसी शिशु को गोद में ले, सहज रूप से उसका मुख चूम लेने के लिये मन ऐसे नहीं अकुलाया था...किन्तु वह जानता था कि यह उसका पुत्र होते हुए भी चित्रवाहन का शुल्क था...उसे चित्रवाहन को सौंपे बिना वह चित्रांगदा को अपने साथ नहीं ले जा सकता था। वह उसकी पत्नी थी, किन्तु चित्रवाहन उसका 'दान' तब तक नहीं करेंगे जब तक वह उनका शुल्क नहीं देगा।...आज शुल्क चुका दिया जायेगा और वह एक प्रकार से चित्रवाहन के ऋण से मुक्त हो जायेगा। वह और चित्रांगदा अब मणिपुर में बन्धक नहीं रहेंगे। वे अपनी यात्रा पर आगे जा सकते थे। अब वे इन्द्रप्रस्थ की ओर बढ़ सकते थे...अपने पहले पुत्र से वियोग का अवसाद उसके मन में था, किन्तु वह एक अभियान की पूर्णता तृप्ति का अनुभव भी कर रहा था...

उसने सोचा था कि बभ्रुवाहन अपने पिता को सौंप कर, चित्रांगदा लौट कर उसके पास आ जायेगी...किन्तु चित्रांगदा तो जैसे भूल ही गयी थी कि वह अर्जुन के साथ इस मण्डप में आयी थी। हवन-कुण्ड के पास दोनों साथ-साथ बैठे थे और उन्होंने अपने पुत्र की स्वस्थ दीर्घायु के लिये साथ-साथ हवन

किया था। अब समारोह सम्पन्न हो चुका था...फिर चित्रांगदा को क्यों स्मरण नहीं हो रहा कि उसे लौट कर अर्जुन के पास आना है? वह उसकी प्रतीक्षा कर रहा है...

चित्रवाहन संसार-भर को विस्मृत किये बभ्रु को अपनी गोद में लिये गदगद बैठे थे। उनके मन के किसी कोने में यह विचार नहीं था कि अब उन्हें यहाँ से उठना भी है...और चित्रांगदा की तो दृष्टि ही बभ्रु पर से हट नहीं रही थी।...

राजा को वहाँ से उठते देख, सारे मन्त्री उनके चारों ओर घिर आये, "बधाई हो महाराज! आज मणिपुर को वस्तुतः युवराज प्राप्त हुआ है।"

"ठीक कह रहे हो पुण्यप्रताप।" चित्रवाहन ने उसकी ओर देखा, "वैसे तो हमारी चित्रा भी युवराज ही थी, किन्तु यह युवराज अब मणिपुर का राजा भी बनेगा।"

"युवराज के लिये कोई विशेष धाय रखी गयी है, जो राजकुमारी के इन्द्रप्रस्थ चले जाने के बाद भी युवराज के पालन-पोषण का दायित्व सँभाल सके?" मन्त्री पुण्यप्रताप ने अपनी स्वामि-भक्ति जताई, "ऐसा न हो कि योग्य धाय के अभाव में युवराज को कोई कष्ट हो।"

"तुम्हारी दृष्टि में ऐसी कोई धाय है क्या?" चित्रवाहन ने पूछा।

"मैं सोच रहा था कि ग्राम में हमारी एक सम्बन्धी स्त्री है तो जिसके बालक का निधन हो गया है, किन्तु जाने वह यह काम करना चाहे, न चाहे। वैसे वह आ जाये तो युवराज को अपना दूध भी पिला सकती है।"

"तुम हमें उसका नाम-ग्राम इत्यादि दे दो," चित्रवाहन बोले, "आगे की कार्यवाही हम स्वयं कर लेंगे। वैसे जब तक चित्रा-यहाँ है, तब तक मुझे कोई विशेष चिन्ता नहीं है।"

चित्रांगदा ने उनकी चर्चा और आगे नहीं सुनी...वह इतने से ही जैसे भर पायी थी...यहाँ उसके पुत्र के पालन-पोषण के लिये किसी और 'माँ' को खोजा जा रहा है। मन्त्री पुण्यप्रताप बभ्रु को किसी ऐसी स्त्री को सौंप देना चाहता है, जिसकी अपनी सन्तान मर चुकी हो। उससे युवराज का अनिष्ट नहीं होगा? जिस माँ के अपने बच्चे जीवित नहीं रह पाते, वह बभ्रु को दूध पिलायेगी? बभ्रु उसके वक्ष से लग कर सुरक्षित रह पायेगा क्या?...पर इसमें एक ही सुखद बात थी कि महाराज यह नहीं कर रहे थे कि बभ्रु उन्हें सौंप कर चित्रांगदा अपने पति के साथ चली जाये।...वह कर रहे थे कि जब तक चित्रांगदा यहाँ है तब तक उन्हें विशेष चिन्ता नहीं है...

चित्रांगदा ने बभ्रु को दूध पिला कर सुला दिया तो अर्जुन ने उसकी ओर

करवट बदली, "क्या अब हम लोग मणिपुर से विदा होने की योजना बना सकते हैं?"

चित्रांगदा को लगा कि प्रातः की घटनाओं से हुए उसके घाव अभी भरे भी नहीं थे कि किसी ने अपने नखों से उन्हें पुनः छील दिया।...पता नहीं ये पुरुष 'सन्तान' के प्रेम का अनुभव क्यों नहीं कर पाते। उसके पिता कितने सहज रूप से बभ्रु पर अपना अधिकार जमाये बैठे हैं। उन्होंने एक बार भी नहीं सोचा कि उनके इस आचरण से चित्रांगदा के मन पर क्या बीत रही होगी।...और अब पार्थ पूछ रह हैं कि बभ्रु को यहाँ छोड़ कर वह उनके साथ कब चलेगी?...

"तुमने कोई उत्तर नहीं दिया चित्रा?"

"क्या उत्तर दूँ मैं।" बहुत प्रयत्न करने पर भी चित्रांगदा अपनी खीझ नहीं रोक सकी, "तेरह दिन का बभु क्या इतना आत्मनिर्भर हो गया है कि उसे पिता जी को सौंप कर मैं आपके साथ चल दूँ?"

अर्जुन ने कुछ नहीं कहा। इस समय कुछ भी कहने का कोई लाभ नहीं था। इस समय उसे चित्रांगदा के मन और शरीर की स्थिति को समझना चाहिए। गर्भ-काल की असुविधाओं और प्रसव के कष्टों को सह कर उसने बभ्रु को पाया है...और उससे प्राप्त सारा हर्ष तत्काल ही विषाद में परिणत होने को तैयार खड़ा था।...उसका शरीर दुर्बल था, मन क्लान्त था। इस समय उसे किसी द्वन्द्व से गुज़रना पड़ा, तो सम्भव है वह उसके लिये असह्य हो जाये...

अर्जुन को लगा, इस नारी सहानुभूति के नीचे से कई निरीह-सी आशंकाएँ अपना सिर उठा रही हैं।...नारी का तो परीक्षण ही सन्तान के जन्म के पश्चात होता है। पहले तो उसे पति ही प्रिय होता है...उसका सुख और हर्ष ही जीवन का एकमात्र लक्ष्य होता है...उसके और उसके प्रिय के मध्य कोई तीसरा नहीं होता...किन्तु माँ बनते ही उसका दृष्टिकोण बदलने लगता है। सन्तान की इच्छा और प्रसन्नता ही उसके लिये सब कुछ हो जाती है।...पुत्र अपने पिता का प्रतिद्वन्द्वी नहीं होता, किन्तु स्त्री उन्हें प्रतिद्वन्द्वी बना देती है। नन्हें से असमर्थ, असहाय और पूर्णतः परावलम्बी पुत्र से पिता की क्या प्रतिद्वन्द्विता? ...वह तो स्वयं ही अपना सब कुछ उसको देने के लिये तत्पर होता है...किन्तु उसके कारण पत्नी द्वारा अपनी उपेक्षा उसे सहन नहीं होती। वह जानता है कि उस उपेक्षा का कर्ता पुत्र नहीं है, किन्तु पत्नी की असन्तुलित बुद्धि के कारण निमित्त तो वह बन ही जाता है।...शायद पुरुष की यही असहायता उसे विचलित कर देती है कि उसकी पत्नी उसकी अपनी प्रिय सन्तान की आड़ में उसकी उपेक्षा कर रही है।...प्रतिस्पर्धी बराबर का हो तो कोई उसका प्रतिकार

भी करे...यहाँ तो प्रतिस्पर्धी उसे बना दिया जाता है, जिसका प्रतिकार करते हुए पुरुष को अपने पौरुष पर ही लज्जित होना पड़े...

"रुष्ट हो गये क्या?"

"नहीं! रुष्ट नहीं हूँ।" अर्जुन ने उत्तर दिया, "रुष्ट होने का तो कोई कारण नहीं है।"

"तो बोलते क्यों नहीं?"

"क्योंकि सोच रहा था।"

"क्या?"

"सोच रहा था कि आगे तुम्हारे लिये कठिन दिन हैं। तुम वचनानुसार बभ्रु को अपने पिता को सौंप नहीं पाओगी...।"

चित्रांगदा जैसे स्वयं को संयत करने का प्रयत्न करती रही, किन्तु जब स्वयं को रोक नहीं पायी तो फूट पड़ी, "अपने पुत्र से प्रेम करना पाप है क्या? अपनी सन्तान को पालना माँ का धर्म नहीं है?"

"स्वयं को शान्त करो चित्रा!" अर्जुन ने मुस्कुराने का प्रयत्न किया, "मैं तुम पर कोई आरोप नहीं लगा रहा। मैं तुम्हें दोषी नहीं ठहरा रहा। मेरा तुमसे कोई विरोध भी नहीं है...और मैं तुमसे तुम्हारा पुत्र न छीन रहा हूँ, न तुम्हें उससे वियुक्त कर रहा हूँ...।"

"तो?" चित्रांगदा स्वयं नहीं समझ पायी कि वह अर्जुन से क्या पूछना चाहती है।

अर्जुन ने भी यह चिन्ता नहीं की कि चित्रांगदा के इस अस्पस्ट प्रश्न का अभिप्राय क्या था। वह अपनी बात कहता गया, "तुमने अभी कहा था कि सन्तान को पालना माँ का धर्म नहीं है क्या? मैं भी धर्म की ही चिन्ता कर रहा था।"

"कैसा धर्म?"

"अपने वचन का पालन करना मनुष्य का धर्म नहीं है क्या?" अर्जुन ने उसकी ओर देखा, "जब तुम्हारे पिता ने हमारे विवाह के संदर्भ में यह प्रतिबन्ध लगाया था कि मुझे तुमसे विवाह करने के लिये उसका शुल्क चुकाना होगा, तब तो तुमने कोई आपत्ति नहीं की थी।"

"यदि आपत्ति करती तो क्या करते आप?"

"इस प्रतिज्ञा पर विवाह नहीं करता।"

"आप व्यर्थ उद्विग्न न हों।" चित्रांगदा का स्वर पर्याप्त सामान्य हो गया था, "मैं आपकी प्रतिज्ञा-पूर्ति के मार्ग में नहीं आऊँगी।"

"मैं जानता हूँ।" अर्जुन ने कहा, "किन्तु तुम भी यह जान लो कि जब

तक मैं तुम्हारे पिता का शुल्क नहीं चुकाता, तुम मेरे माथे पर उनके ऋण के रूप में बोझ हो।...जब तक मैं उनका शुल्क नहीं चुकाता, तब तक मैं तुम्हें यहाँ से अपने साथ ले कर नहीं जा सकता।...और इतना तो तुम जानती ही हो, कि मैं सदा के लिये यहाँ रह नहीं सकता। मुझे जाना ही है।"

"मैं सब कुछ समझती हूँ," चित्रांगदा का स्वर शान्त था, "किन्तु आप इतनी-सी बात क्यों नहीं समझते कि बभ्रु अभी बहुत छोटा है। मैं उसे किसी धाय के भरोसे छोड़ कर नहीं जा सकती।"

"वैसा कुछ मैंने कहा भी नहीं है।" अर्जुन कुछ अन्तर्मुखी हो गया, "मैं अपने धर्म की बात सोच रहा हूँ, तो तुम्हारे मोह को ले कर भी चिन्तित हूँ। तुम उस बभ्रु से मोह बढ़ा रही हो, जो हमारा नहीं है। बभ्रू महाराज चित्रवाहन का पुत्र है।"

"आपका धर्म यही कहता है, किन्तु मेरे पिता का भी तो कोई धर्म होगा। वे अपनी पुत्री को वंचित करना नहीं चाहेंगे।" चित्रांगदा बोली, "पिता का तो धर्म ही अपनी सन्तान को देना है, उससे कुछ छीनना नहीं।"

अर्जुन ने कोई उत्तर नहीं दिया...पता नहीं चित्रांगदा अपने पिता के धर्म की चर्चा कर रही थी, या उनकी आड़ में वह अर्जुन को ही पिता का धर्म समझा रही थी...पिता के रूप में उसे भी बभ्रु के लिये संसार-भर की सुख-सुविधाएँ जुटानी थीं, उससे उसकी माँ को छीनना तो पिता का धर्म नहीं था।...वह अपने धर्म के विषय में सोच रहा था...अपने वचनानुसार, महाराज चित्रवाहन को शुल्क-दान, किन्तु बभ्रु के पिता के रूप में उसका क्या धर्म था? उस नवजात शिशु के पिता के रूप में उसे क्या करना चाहिए था?...

अर्जुन को लगा कि इस बार कदाचित उसका अपना मोह जाग रहा है... सन्तान का मोह उसे जकड़ रहा है...और यदि यह इसी प्रकार बढ़ता रहा, तो निश्चय ही वह उसे उसके धर्म से डिगा देगा...बभ्रु यदि अपने नाना के परिवार में पलेगा, तो उसे सुख-सुविधाओं का कोई अभाव नहीं होगा। उसकी उपेक्षा नहीं होगी। वह मणिपुर का युवराज है, भावी राजा है। उसे पिता का वात्सल्य देने के लिये अर्जुन उसके निकट रहा, तो अपने धर्म से विचलित होगा...और यदि किसी युक्ति से बभ्रु को वह इन्द्रप्रस्थ ले भी गया, तो बभ्रु धर्मराज युधिष्ठिर का उत्तराधिकारी तो नहीं हो सकता...वह इन्द्रप्रस्थ का युवराज नहीं हो सकता।...क्या यह धर्म है पिता का कि वह अपने मोह के कारण पुत्र को इस प्रकार वंचित करे?...नहीं! पुत्र वियोग का कितना भी कष्ट क्यों न हो, अर्जुन न तो चित्रवाहन का दिये गये अपने वचन से पीछे हट सकता है...और न ही अपने पुत्र को राजसिंहासन से वंचित कर सकता है...

बभ्रु अपने छोटे-छोटे पगों से अटपटा-सा दौड़ता हुआ आया और चित्रांगदा से लिपट गया, "माँ!"

"क्या बात है बभ्रु! किससे बच कर भागा है?"

"माँ! गोदी! नींद आयी है।"

"पल्लपिका!" अर्जुन ने दासी को पुकारा, "बभ्रु को ले जा कर सुला दो।"

"नहीं।" बभ्रु ने विरोध किया, "माँ की गोद में सोऊँगा।"

"तू जा पल्लविका!" चित्रांगदा बोली, "मैं युवराज को सुला लूँगी।"

लौटती हुई पल्लविका को अर्जुन चुपचाप देखता रहा। वह कक्ष से निकल गयी तो बोला, "क्यों बभ्रु के लिये कठिनाइयाँ बढ़ा रही हो। वह धाय और दासी के साथ जितना अधिक समय व्यतीत करेगा, हमारे जाने के पश्चात उतना ही सुखी रहेगा।"

"माँ के होते हुए उसे क्या आवश्यकता है कि वह धाय अथवा दासी के वक्ष में मुँह छिपा कर सोये?"

"और जब माँ चली जायेगी, तब?"

"तब-की-तब देखी जायेगी।" चित्रांगदा बोली, "भविष्य की आशंकाओं के मारे वर्तमान का सुख क्यों छोड़ दें?"

"वर्तमान का सुख मत छोड़ो, किन्तु ग्रहण हो या त्याग...योजना बद्ध ढंग से ही करना चाहिए। त्याग की भी तैयारी करनी पड़ती है। वह क्रमशः हो, तो ही अच्छा है।"

चित्रांगदा बभ्रु को ले कर पर्यंक पर बैठ गयी। उसने उसे अपनी गोद में एक करवट लिटा दिया था और उसे धीरे-धीरे थपकती जा रही थी, और सहसा वह अर्जुन की ओर मुड़ी, "बभ्रु अब तुतला कर छोटे-छोटे वाक्य बोलने लगा है। डगमगाता हुआ अटपटी चाल से थोड़ा-थोड़ा दौड़ने लगा है। अब ही तो सन्तान को पालने का थोड़ा बहुत सुख मिलने लगा है।...आपको वह एकदम अच्छा नहीं लगता?"

"अच्छा क्यों नहीं लगता। शिशु तो किसी का भी हो, सबको अच्छा लगता है।" अर्जुन चित्रांगदा का अभिप्राय समझ रहा था, "किन्तु तुम्हारी ही बात को मैं उलट कर कहना चाहता हूँ, बभ्रु अब बोलने भी लगा है, सारे प्रासाद में भागता फिरता है।...अब उसे महाराज भी सँभाल लेंगे। तुम मेरे साथ चलने की तैयारी करो।"

"मुझे मालूम है कि वह भागता-फिरता ही नहीं है, गिरता-पड़ता भी रहता है। अब ही तो वह माँ को पहचानने लगा है और अपनी प्यारी बोली में माँ

को पुकार कर अपनी इच्छाएँ जताने लगा है। अब ही तो वह कहने लगा है कि वह माँ के हाथ से खाएगा और माँ के पास सोयेगा। अब ऐसे में मैं उसे छोड़ कर चल दूँ? ताकि मुझे न पा कर वह रो-रो कर हल्कान होता रहे और किसी को समझ में ही न आये, कि उसे चुप कैसे कराएँ।..."

"अपनी प्रजा का पितृवत पालन करने वाले महाराज चित्रवाहन क्या एक बच्चे को पालने की व्यवस्था भी नहीं कर सकते?" अर्जुन कुछ खीझ कर बोला, "तुम्हें अपने पुत्र के मोह में न तो मेरा वचन स्मरण रहता है, न अपना कर्तव्य! अब तुम्हारे लिये बभ्रु ही सब कुछ हो गया, जिस पिता ने तुम्हें जन्म दिया और पालन-पोषण कर इतना बड़ा किया, उनका हित भी तुम्हारे लिये कोई अर्थ नहीं रखता?"

चित्रांगदा की दृष्टि में क्रोध झलका, किन्तु उसकी वाणी अब भी संयत ही रही, "मुझे अपने पिता के हित का पूर्ण बोध है। मैं जानती हूँ कि मेरे पिता की क्या आवश्यकता है। उनके प्रति मेरा दायित्व आपके समान न तो मात्र पूर्ण करने तक है, न शुल्क-दान तक। मैं जीवन में जैसे-जैसे समर्थ होती गयी हूँ, मैंने अपने पिता को असमर्थ होते ही देखा था। सदा उन्हें सहारा दिया है, उनके दायित्वों का वहन स्वयं किया है, स्त्री होते हुए भी युवराज के रूप में पुरुष बन कर प्रजा का पालन किया है...और अब आप उनके प्रति मुझे अपना कर्तव्य स्मरण करा रहे हो।..." क्रमशः उसकी वाणी कुछ उत्तेजित होती गयी, "क्या है उनके प्रति मेरा कर्तव्य? क्रमशः वृद्ध और असहाय होते हुए उस धर्म प्राण क्षत्रिय पर इस शिशु की रक्षा का बोझ डाल कर उनकी कमर और भी झुका दूँ। उस असमर्थ पिता के पास इस दूध पीते युवराज को छोड़ कर चली जाऊँ, ताकि शत्रु इन दोनों की हत्या कर मणिपुर के राजवंश को सदा के लिये समाप्त कर दें। उनकी रक्षा का मुझ पर कोई दायित्व नहीं है?"

अर्जुन ने उसे एक भरपूर दृष्टि से देखा, "तुम पहले अपने मन में यह स्पष्ट कर लो कि तुम मणिपुर में अपने पिता की रक्षा के लिये रुकी रहना चाहती हो या बभ्रु के पालन-पोषण के लिये अथवा पुत्र को अपनी आँखों के सम्मुख रखने के माँ के सुख के लिये।"

"क्या ये सब एक-दूसरे से सम्बद्ध नहीं हैं?"

"नहीं। ये सब अपने मन को बहकाए रखने के लिये खोजे गये कारण हैं। तुम अपने मोह को न छोड़ पा रही हो, न स्वीकार कर रही हो। तुम अपनी कर्तव्य-परायणता का हौवा दिखाकर मुझे स्वार्थी और अपराधी घोषित करना चाहती हो।..."

"क्यों? मैं आपसे प्रेम नहीं करती? आपको पाने के लिये मैंने प्रयत्न नहीं

किया? आपको मणिपुर में अटकाए रखने के लिए मैंने नाटक नहीं किया?..."

"वह सब तुमने किया।" अर्जुन शान्त मन से बोला, "किन्तु वह सब तुमने मेरे प्रेम के कारण नहीं किया।...यह बात मुझे अब समझ आ रही है कि तुम तब भी अपने-आप से प्रेम करती थीं, और अब भी अपने-आप से प्रेम करती हो। तुमको सब कुछ अपने लिये चाहिए। तुम धर्म को नहीं समझती। तुम किसी से प्रेम नहीं करती, क्योंकि तुम त्याग नहीं कर सकतीं। तुम बभ्रु से प्रेम नहीं करती, अपने-आप से प्रेम करती हो। तुम बभ्रु के पास उसकी सुविधा के लिये नहीं, अपने सुख के लिये बनी रहना चाहती हो। तुम न अपने पिता के लिये जी सकती हो, न अपने पति के लिये, न अपने पुत्र के लिये। तुम केवल अपने लिये जी सकती हो...और तुम वही करोगी।..."

"अभी उठ कर आपके साथ चल पड़ूँ तो मैं आदर्श नारी हो जाऊँगी?" चित्रांगदा का स्वर वक्र हो गया, "क्यों, क्या वात्सल्य की तुलना में श्रृंगार, धर्म के अधिक निकट है? वात्सल्य पाप है और श्रृंगार जीवन का धर्म है?"

"कुतर्क मत करो।" अर्जुन पर्याप्त संयत स्वर में बोला, "पुत्र हो जाने के पश्चात भी जो स्त्री पति का संग-निर्वाह करती है, वही सती है। जिसे पुत्र पति से अधिक प्रिय हो, वह सती नहीं होती। इसलिये नहीं कि वात्सल्य कोई हीन भाव है, इसलिये कि तुम मेरी धर्मपत्नी हो, काम-संगिनी नहीं। मैं अपनी कामनाओं को अस्वीकार नहीं करता। काम-भाव को हमारे ऋषियों ने देवत्व की उदात्ता प्रदान की है।...पर पति-पत्नी का सम्बन्ध, केवल शरीर-भोग तक सीमित नहीं है। पति-पत्नी के रूप में वे धर्म पूर्वक काम तथा अर्थ का भोग करते हुए मोक्ष को प्राप्त करते हैं।...पर शायद तुमने दाम्पत्य-जीवन को कभी इस दृष्टि से नहीं देखा। तुम्हें अब मेरी आवश्यकता नहीं है।..."

"ऐसा मत कहिये। इतने क्रूर मत बनिये।" चित्रांगदा की आँखों में अश्रु आ गये, "हो सकता है कि मैं एक दुर्बल नारी हूँ, जो किसी को भी नहीं छोड़ सकती...न पिता को, न पुत्र को, न पति को...।" उसने अर्जुन की ओर देखा, "क्या यह सम्भव नहीं है कि आप सदा के लिये मणिपुर में ही रह जायें?"

अर्जुन हँस पड़ा, "यह धर्मसंगत नहीं है। मेरे लिये यहाँ रहना उचित नहीं है। फिर मुझ पर मेरी माता और मेरे भाइयों का अधिकार है। तुम्हारे अथवा अपने सुख के लिये मैं न अपनी माता का त्याग कर सकता हूँ न अपने भाइयों का, न अपनी पत्नी का...।"

"हाँ। आपकी तो एक पत्नी भी वहाँ है।" चित्रांगदा बोली, "एक मैं ही न हुई तो क्या अन्तर पड़ेगा।"

"तुम इस समय सन्तुलित मन से सोच नहीं पा रही हो," अर्जुन बोला,

"इसलिये मेरे दायित्वों और कर्तव्यों को समझ नहीं पा रही हो।...पर मैं न तो तुमसे रुष्ट हूँ, न तुम्हारा शत्रु हूँ। तुम्हारा सुख मुझे अब भी उतना ही प्रिय है। यदि तुम यहाँ रह कर सुखी हो, तो यहीं रहो।...जब तुम्हें लगे कि तुम्हें मेरी आवश्यकता है, तुम इन्द्रप्रस्थ आ सकती हो। तुम्हारा स्वागत होगा। स्वयं न आ सको तो संदेश भिजवा सकती हो, मैं तुम्हारे इन्द्रप्रस्थ पहुँचने की व्यवस्था कर दूँगा, अथवा स्वयं आ कर तुम्हें ले जाऊँगा।"

"ओह! प्राण-सखा!" चित्रांगदा का स्वर अत्यन्त विह्वल था, "तुम अपने सुख के लिये क्यों नहीं जी सकते?"

"हमारा जीवन धर्म के लिये है चित्रा! सारा सुख उस धर्म के निर्वाह में ही है।" अर्जुन बोला, "अपने सुख के लिये जीना तो कोई जीना नहीं होता।"

"मेरी समझ में तुम्हारी बात नहीं आती। व्यक्ति अपने सुख के लिये न जिए, तो किसके लिये जिए?" चित्रांगदा ने विवाद त्याग दिया, "अच्छा! मुझे विचार करने के लिये कुछ समय तो दो।"

"तुम सोच लो।" अर्जुन बोला, "किन्तु यह भी जान लो कि जो लोग जीवन में सुख खोजते हैं, वे कभी सुखी नहीं होते। सुख उन्हीं को मिलता है जो धर्म को जानना चाहते हैं, उस पर चलना चाहते हैं, उसके लिये कष्ट सहने को तैयार रहते हैं।"

"मैं यह सब नहीं समझती।" चित्रांगदा बोली, "मैं तो केवल इतना ही जानती हूँ कि बभ्रु मेरा पुत्र है, और मैं उसे छोड़ कर नहीं रह सकती।"

"तुम विचार कर लो।" अर्जुन का स्वर उदासीन हो चला था, "मैं कल ही तो मणिपुर नहीं छोड़ रहा।...किन्तु अब निश्चय कर ही लो कि तुम क्या चाहती हो। मुझे तुम्हारा प्रत्येक निश्चय स्वीकार होगा।"

19

"अर्जुन!"

अर्जुन ने पलट कर देखा प्रभास क्षेत्र में इस एकान्त सागर-तट पर उसे पहचानने वाला कौन था?...उसकी आँखें क्षण-भर के लिये आश्चर्य में फैलीं और फिर जैसे उसका मन विह्वल हो कर जल के रूप में उसकी आँखों में समा गया।...उसके सामने कृष्ण खड़ा था। रुकना अर्जुन के लिये सम्भव नहीं था। अगले ही क्षण अर्जुन, कृष्ण की आमन्त्रणमयी भुजाओं में समा गया।

"तुम यहाँ कैसे?" अलग होते ही अर्जुन ने पूछा।

"उल्टी बात कर रहे हो मित्र! यह प्रभास-क्षेत्र है, हमारा क्षेत्र! चकित तो

मुझे होना चाहिए कि तुम यहाँ कैसे!"

"मुझे कुछ अनुमान तो था कि मैं द्वारका के निकट हूँ किन्तु ठीक-ठीक कितनी दूर हँ यह मैं नहीं जानता था।" अर्जुन बोला, "तुम यहाँ किसी काम से आये हो?"

"तुम्हारा स्वागत करने ही आया हूँ। यदि यह काम है तो समझ लो काम से ही आया हूँ, अन्यथा अपना सुख प्राप्त करने आया हूँ।"

"तुम्हें सूचना थी कि मैं यहाँ हूँ?"

"हाँ!" कृष्ण मुस्कुराए, "अपने क्षेत्र में आने-जाने वाले लोगों की खोज-ख़बर नहीं रखेंगे, तो यादव अपना शासन कैसे चलाएँगे।"

"पर कैसे?" अर्जुन चकित था, "क्या यहाँ आने-जाने वाले व्यक्ति की सूचना तुम्हें रहती है?"

"नहीं! प्रत्येक व्यक्ति की नहीं किन्तु यहाँ की गति-विधि की सूचना तो रखनी ही पड़ती है। तीर्थ-स्थलों की शान्ति बनी रहे और वहाँ आनेवाले यात्री कष्ट न पायें, उसके लिये शासन को सजग तो रहना ही पड़ता है। इसलिये जब कोई विशिष्ट व्यक्ति आ जाये तो हमें उसकी सूचना भी मिल जाती है।" कृष्ण की वाणी कुछ गम्भीर हो गयी, "और अभी तो चारों ओर हमारे विरोधी फैले हुए हैं, उनसे अपनी रक्षा के लिये भी हमें अपनी आँखें खुली रखनी पड़ती हैं, और अपने तटों पर निरन्तर प्रहरी के समान सजग रहना पड़ता है।"

"किन्तु यहाँ प्रहरी कहाँ हैं? मुझे कोई सैनिक चौकी तो दिखायी ही नहीं पड़ी।" अर्जुन बोला।

"जो दिखायी पड़ें, वे प्रहरी नहीं होते, क्योंकि शत्रुओं और अपराधियों को यह ज्ञात होता है कि उन्हे किससे बचना है अथवा किसको अपने प्रभाव से शिथिल कर उसे कर्तव्यच्युत करना है।" कृष्ण हँस पड़े, "शासन को ईश्वर के ही समान सर्वव्यापी किन्तु अदृश्य होना चाहिए पार्थ! जो प्रकट है, वह बल है, शासन तो अदृश्य होता है। अकारण बल-प्रदर्शन नहीं होना चाहिए।"

"तुम्हारी गुप्तचर-व्यवस्था पर्याप्त दृढ़ मालूम होती है।" अर्जुन हँसा, "नहीं तो एक तीर्थ-स्थान पर एक संन्यासी का आगमन कोई ऐसी घटना तो नहीं, जिसकी सूचना तुम तक पहुँच जाये।"

"आओ! कहीं बैठें।" कृष्ण ने कहा, "हमारा सागर-तट बहुत सुन्दर है।"

अर्जुन ने कुछ नहीं कहा, चुपचाप कृष्ण के पीछे-पीछे चल पड़ा।

कृष्ण के निकट खड़े हो कर उसने सागर तट की ओर देखा : सचमुच बहुत सुन्दर स्थल था। अपनी इस यात्रा में अर्जुन ने सहस्रों योजनों तक फैला सागर-तट देखा था। सागर ने उसे सदा ही लुभाया था, फिर भी उसे तनिक-भी

संदेह नहीं था कि अनन्त सागर कहीं बहुत संकीर्ण भी दिखायी देता था, कहीं उद्दाम, कहीं बहुत प्रचण्ड। कहीं-कहीं चट्टानों के सम्मुख वह अवश, अक्षम और निरीह भी हो जाता था। उसका सौन्दर्य जल का ही सौन्दर्य था, और जल सब कहीं था, फिर भी उसका कोई रूप मनमोहक था, कोई नहीं। लहरें तो सब एक जैसी ही थीं, फिर भी जैसे प्रत्येक लहर, दूसरी लहर से भिन्न थी, और पर्याप्त नवीनता लिये हुए थी।...

"तुम्हें यह ज्ञात था कि मैं इन्द्रप्रसथ मैं नहीं हूँ?" अर्जुन ने बैठते हुए कहा।

"हाँ! इन्द्रप्रस्थ छोड़े, तुम्हें वर्षों हो गये, क्या अब तक मुझे यह सूचना ही नहीं मिलती?"

"मेरे इन्द्रप्रस्थ छोड़ने का कारण भी ज्ञात है?"

"हाँ! कारण भी ज्ञात है। तुम तो ऐसे पूछ रहे हो, जैसे इन्द्रप्रस्थ से हमारा कोई सम्पर्क ही न हो। हमारे पत्र-वाहक इन्द्रप्रस्थ आते-जाते हैं, इसलिये सूचनाएँ मिलती रहती हैं।"

"मैंने इन्द्रप्रस्थ छोड़ कर कुछ अनुचित तो नहीं किया?"

"यहाँ प्रसंग उचित और अनुचित का नहीं है," कृष्ण बोले, "तुम इन्द्रप्रस्थ से चले आये, इसलिये इन्द्रप्रस्थ का विकास नहीं हुआ, उसका विकास थम गया, किन्तु तुमने इतनी लम्बी यात्रा की, इतने नये सम्बन्ध बनाये, नयी परिस्थितियों से जूझे, तो तुम्हारा अपना विकास हुआ। अब इसका समाधान कौन-सा गणित करेगा कि यह लाभप्रद था या हानिप्रद, उचित था या अनुचित!"

"वस्तुतः अपने पारिवारिक सन्तुलन को बनाये रखने के लिये आवश्यक था कि इस प्रकार का कोई विधान बनाया जाये। वह हमने बनाया।" अर्जुन बोला, "अब यह संयोग ही था कि मुझे ही एकान्त में बैठे धर्मराज और द्रौपदी के दर्शन करने पड़े। अतः उसका दण्ड तो मुझे स्वीकार करना ही था।"

"दण्ड का विधान क्या था?"

"दण्ड के अनुसार मुझे बारह वर्ष इन्द्रप्रस्थ तथा अपने भाइयों से दूर रहना था।" अर्जुन बोला, "किन्तु नीति यह भी थी कि जो इस दण्ड के अधीन इन्द्रप्रस्थ तथा अपने परिवार से दूर रहे, वह अपना समय व्यर्थ इधर-उधर नष्ट न करे, अतः वह वनवास करे तथा ब्रह्मचर्य का पालन करे, ताकि बाध्य हो कर किये गये इस वनवास में वह कुछ साधना तथा तपस्या कर, अपना विकास कर सके।" अर्जुन रुका, "किन्तु परिस्थितियों ने मुझे न तो पूर्णरूपेण वनवास करने दिया, और न ही ब्रह्मचर्य का पालन ही।"

"वह सब मुझे ज्ञात है।" कृष्ण ने उत्तर दिया, "और अच्छा ही है कि तुम

उलूपी और चित्रांगदा के प्रासादों में रह आये हो, अन्यथा तुम द्वारका चलने से भी इंकार कर देते।"

"तो तुम यह भी जानते हो कि मैं कब कहाँ हूँ?"

"नहीं! हर समय निश्चित सूचना तो नहीं होती थी कि तुम कहाँ हो, किन्तु तुम्हारी यात्रा की प्रगति का कुछ-न-कुछ अनुमान तो रहता ही था।" कृष्ण ने उत्तर दिया, "इसीलिये एक प्रकार से मुझे तुम्हारी प्रतीक्षा भी थी।"

"इन्द्रप्रस्थ का क्या समाचार है?" अर्जुन पूछे बिना नहीं रह सका, यद्यपि उसके मन में एक अटपटी-सी अनुभूति यह भी थी कि उसने अभी कृष्ण, उसके परिवार और द्वारका के विषय में कुछ भी नहीं पूछा है।

"इन्द्रप्रस्थ के भीतर प्रायः सब कुछ ठीक-ठाक ही है, किन्तु मेरी दृष्टि में उसका विकास अवरुद्ध है।" कृष्ण ने गम्भीर स्वर में कहा, "धर्मराज युधिष्ठिर के मूर्धाभिषिक्त होने का जो लाभ आर्यावर्त्त को होना चाहिए था, वह अभी तक नहीं हो पाया है।..."

"क्यों?"

"उनके चारों ओर विरोधी शक्तियाँ सक्रिय हैं।" कृष्ण बोला, "और वे उनका दमन नहीं कर रहे।"

"दमन कर नहीं रहे या दमन करने में असमर्थ हैं?"

"सामर्थ्य शारीरिक भी होती है और मानसिक भी अर्जुन! इस समय इन्द्रप्रस्थ में दोनों का ही अभाव है।"

"मैं समझा नहीं।" अर्जुन बोला।

"कुछ शत्रु ऐसे हैं, जिनका दमन करने के साधन पाण्डवों के पास नहीं हैं।" कृष्ण ने बताया, "और कुछ शत्रु ऐसे हैं जिनके दमन में समर्थ होते हुए भी धर्मराज अपनी वृत्ति की कोमलता के कारण, किंकर्तव्यविमूढ़-से बैठे हैं।"

"हाँ महाराज युधिष्ठिर ने आनृशंसता का संकल्प ले रखा है।"

"नृशंस तो किसी को होना ही नहीं चाहिए। दया, मानवता के उच्चतम आदर्शों में से एक है, किन्तु दया और आत्मघात में अन्तर है।" कृष्ण के मुख-मण्डल पर जैसे कोई दिव्य प्रकाश था, "राजा को क्रूर नहीं होना चाहिए, किन्तु शत्रुओं और अत्याचारियों के दमन के लिये उसे कठोर तो होना ही पड़ेगा। यदि वह अपनी ही रक्षा नहीं करेगा, तो प्रजा की रक्षा कैसे करेगा? यदि राजा सर्प के प्रति कठोर नहीं होगा, तो गाय की रक्षा कैसे होगी? क्या हम सर्पों को यह अनुमति देंगे कि वे हमारी गोशालाओं में घुस आयें और मनमाने ढंग से हमारे गोधन को नष्ट कर दें?"

"ठीक कहते हो मित्र?" अर्जुन बोला, "किन्तु धर्मराज की प्रकृति तो नहीं

बदली जा सकती।"

"प्रकृति तो किसी की भी नहीं बदली जा सकती।" कृष्ण बोले, "और प्रकृति को बदलने की आवश्यकता भी क्या है! बदलनी तो मात्र नीति है। अपने कर्तव्य की पूर्ति के लिये कठोरता धारण करने से न कोई पतित होता है, न मानवता-शून्य! धर्मपरायण होने का अर्थ मूर्ख होना तो नहीं न! हमें अपने भ्रमों से मुक्त होना है, न्याय-अन्याय के बोध से नहीं! हमें अपना अहंकार और मोह त्यागना है। अपने अधिकारों का त्याग तो आत्मघाती होगा पार्थ!" और सहसा, कृष्ण ने जैसे अपने आपको पूर्णतः परिवर्तित कर लिया, "चलो! उठो! अब द्वारका चलते हैं। तुम भी यादवों की राजधानी को देखो।" वे उठकर खड़े हो गये थे।

"इस वेश में?" अर्जुन ने पूछा।

कृष्ण ने लीलामयी दृष्टि से अर्जुन की ओर देखा : इतनी देर के वार्तालाप में, उनका मन जैसे विचारों में मग्न था और अर्जुन के वेश को जैसे वे विस्मृत ही कर चुके थे, "वैसे तो तुम इस वेश में भी चलते तो कोई हानि नहीं थी...कुछ विनोद ही रहता, किन्तु यदि तुम्हें लगता है कि द्वारका की सुन्दरियाँ तुम्हें तुम्हारे सुसज्जित राजकुमार के वेश में ही देखें तो वही सही।" कृष्ण ने अपना हाथ बढ़ा कर उसे उठाया, "पहले हम रैवतक पर्वत पर चलते हैं। कुछ दिन वहाँ रह लो। अपनी इच्छानुसार अपना रूप सँवार लो, फिर जब उचित समझो, तब द्वारका चलो। तब तक मैं द्वारका को भी तुम्हारे स्वागत के लिये सँवार दूँगा।"

अर्जुन के मन में रैवतक पर्वत को ले कर अनेक प्रश्न थे, किन्तु अपनी जिज्ञासा को इस प्रकार प्रकट करने में उसे कुछ संकोच हो रहा था, जब कृष्ण उसे वहाँ ले ही जा रहा है, तो बालकों के समान व्यर्थ में प्रश्न पूछ-पूछ कर उसे परेशान करने की क्या आवश्यकता थी। वह स्वयं वहाँ जा कर अपनी आँखों से सब कुछ देख लेगा...फिर आवश्यकता होगी, तो पूछ भी लेगा...

रैवतक ने अर्जुन को सचमुच चकित कर दिया। यह एक प्रकार से यादवों की राजधानी का ही अंग था, किन्तु उनके दैनन्दिन जीवन का अंग न हो कर, उनके जीवन का समारोह था। उन्होंने इस पर्वत को जैसे अपने उत्सवों के लिये सजा रखा था। कोई समाज हो, कोई उत्सव हो, कोई धार्मिक समारोह हो...उसके लिये वे लोग यहीं आते थे। उन्होंने इसी पर्वत की सबसे ऊँची चोटी पर महादेव के एक विशाल मन्दिर की स्थापना की थी और उसके आस-पास अत्यन्त मनोरम उद्यानों का एक सात्विक संसार रचा था। उससे कुछ नीचे उतर कर उस मार्ग का निर्माण किया गया था, जो रैवतक की परिक्रमा के उपभोग

में आता था। परिक्रमा का यह मार्ग मानो लौकिक और अलौकिक सुखों की सीमा-रेखा थी। लौकिक सुख, समारोह, आयोजन, भोग और वैभव-प्रदर्शन... सबके सब, उस पथ के नीचे ही रह जाते थे। ऊपर के क्षेत्र में केवल धार्मिक समारोह होते थे और उसमें भाग लेने के लिये, लौकिक भावों को नीचे ही त्याग कर जाना होता था।...परिक्रमा-पथ से नीचे उतर कर क्रीड़ा के अनेक आयोजन दिखायी देते थे। वहाँ वैभवशाली यादवों के अनेक निजी प्रासाद थे, जिनका उपयोग एकान्तवास के लिये भी होता था और निजी उत्सवों के लिये भी। सार्वजनिक उत्सवों, मेलों और समाजों के लिये विस्तृत क्रीड़ा-भूमि और विलास भवनों का निर्माण किया गया था...रैवतक-क्षेत्र में कृष्ण का भी अपना भवन था। कृष्ण के सेवकों को यह सूचना थी कि उनके स्वामी अपने किसी अत्यन्त सम्मानित अतिथि के साथ भवन में पधार रहे हैं और यहाँ वे कुछ दिन निवास करेंगे। सेवकों ने अर्जुन की वेशभूषा के प्रति तनिक भी आश्चर्य प्रकट नहीं किया था। उनका व्यवहार अत्यन्त सहज और सामान्य था, जैसे इस प्रकार के लोग यहाँ प्रायः आया-जाया करते हों।

"तुम प्रायः यहाँ आ कर रहते हो क्या?" अर्जुन ने पूछा।

"जब कोई समाज नहीं होता तो एकान्तवास के लिये यह बहुत अच्छा स्थान है।" कृष्ण ने बताया।

...तो यह एक प्रकार से द्वारका से बाहर कृष्ण का गुप्त स्थान था। गुप्तचर यहीं उनसे भेंट करते होंगे। वे विभिन्न प्रकार की वेश-भूषाओं में आते होंगे।... पर कृष्ण अपनी दार्शनिक चर्चाओं के लिये विद्वानों, ऋषि-मुनियों, चिन्तकों-बुद्धि जीवियों तथा साधकों के साथ भी तो गोष्ठियों करते होंगे। उनके लिये भी वह बहुत उपयुक्त स्थान था...नगर से दूर, पर्वत के ऊपर, जहाँ के गवाक्षों से सागर की लहरें दिखायी देती हों और उनका गर्जन सुनायी देता हो...

"और जब कोई समाज होता है?"

"तो द्वारका का सारा वैभव, विलास, सुख और उन्माद यहीं एकत्रित हो जाता है। विश्वकर्मा ने इन्द्रप्रस्थ में खाण्डव-वन के साथ-साथ यमुना-तट पर क्रीड़ा-भूमि और विलास-भवन का निर्माण तो किया है, किन्तु समाज-समारोह के लिये स्थान नहीं बनाया।"

"हाँ! वारणावत में उसकी व्यवस्था थी।" अर्जुन बोला, "मुझे तुम्हारे रैवतक-पर्वत से वारणावत का ही स्मरण हो आया। हाँ! यह ऊँचाई पर है और वह समतल भूमि पर स्थित है।...क्रीड़ाओं के लिये कुछ थोड़ी-सी व्यवस्था प्रमाणकोटि में भी थी। कुरुओं के पास सागर-तट नहीं है, इसलिये उन्होंने सरिता-तट पर ही अपने क्रीड़ा-स्थल बनाये हैं। किन्तु हमारा दुर्भाग्य है, कि

उन क्रीड़ा-स्थलों को हमारे लिये मृत्यु-स्थलों में परिवर्तित कर दिया गया।"

"वस्तुतः वे हमारे क्रीड़ा-स्थल नहीं थे, वे दुर्योधन के क्रीड़ा-स्थल थे और दुष्टों की क्रीड़ा भी दुष्टतापूर्ण ही होती है। सज्जन पुरुष की क्रीड़ा, जीवन को प्रोत्साहित करने तथा जिजीविषा में वृद्धि करने में है...और दुर्योधन जैसे लोगों की क्रीड़ा मृत्यु का ताण्डव करने में है।" कृष्ण की वाणी प्रसन्न प्रवाहयुक्त थी, "प्रकृति तो है ही क्रीड़ामयी। ये दोनों उसी के रूप हैं।...मैं समझता हूँ कि अभी न तो पूर्णरूपेण पाण्डवों का राज्य स्थापित हुआ है, न इन्द्रप्रस्थ का निर्माण पूरा हुआ है। जब तुम भी खाण्डव-वन से कुछ और भूमि प्राप्त करोगे तो यमुना-तट पर अपने और अपनी प्रजा के लिये एक सुन्दर और विस्तृत क्रीड़ा-भूमि का निर्माण करना।"

वे लोग रैवतक पर्वत पर दो दिन निवास कर द्वारका आ गये थे। कृष्ण ने ठीक ही कहा था, इन दो दिनों में अर्जुन ने अपना वेश द्वारका के अनुकूल बना लिया था, और द्वारका अर्जुन के लिये सुसज्जित हो गयी थी। जब तक रैवतक पर्वत से उतर कर कृष्ण के साथ अर्जुन द्वारका आया, तब तक द्वारका में यह सूचना पर्याप्त प्रचार पा चुकी थी कि पंचाल की राजधानी काम्पिल्य में, धनुर्विद्या की कठोरतम प्रतिज्ञा को पूर्ण कर महाराज द्रुपद की पुत्री, वीर्यशुल्का पांचाली कृष्णा को जय करने वाला संसार का प्रसिद्ध धनुर्धारी तथा वसुदेव की बहन कुन्ती का पुत्र अर्जुन द्वारका आ रहा है। नगर सायास सजाया हुआ प्रतीत हो रहा था। स्थान-स्थान पर तोरण बनाये गये थे और प्रायः सारे ही मार्ग में रंग-बिरंगे ध्वज लहरा रहे थे। मार्ग के दोनों ओर नर-नारी खड़े थे और जहाँ-जहाँ भवनों की अटारियाँ दिखायी देती थीं, लोगों से आकण्ठ भरी हुई प्रतीत होती थीं। भय होता था कि कहीं गवाक्षों से लोग बाहर न गिर पड़ें।...

अर्जुन को आश्चर्य हो रहा था...क्या यह सब उसके स्वागत के लिये था? उसके लिये, जो अपनी प्रतिज्ञावश एक अज्ञात पथिक की भाँति सारे जम्बूद्वीप की यात्रा कर रहा था?...यदि यही स्वागत मातुल वसुदेव के घर में होता तो वह मान लेता कि यह मातुल का स्नेह था, किन्तु सारे नगर के लोग उसके स्वागत को इस प्रकार व्यग्र क्यों थे?...और कुछ नहीं, यह सारा तो कृष्ण का ही प्रेम था, जिसने यह रूप धारण कर लिया था। वह चमत्कारी पुरुष है। उसके एक कथन से नगरियाँ सज्जित हो सकती हैं, उसकी इच्छा जान कर राज्य पलट सकते हैं, राजवंश बन और मिट सकते हैं...तो फिर अपने ही नगर में वह ऐसा क्यों नहीं कर सकता। वस्तुतः द्वारका अर्जुन के लिये नहीं, कृष्ण के लिये सजी थी...कृष्ण की इच्छा जान कर, कृष्ण को रिझाने के लिये...अर्जुन

को कृष्ण का कृतज्ञ होना चाहिए...

वे लोग मार्ग में कहीं भी नहीं रुके। रथ चलता गया और कृष्ण के भवन में आ कर ही रुका। रुक्मिणी, सत्यभामा और जामवती ने उसकी आरती उतारी और सत्कारपूर्वक उसे भवन के भीतर ले गयीं।...

कृष्ण की पत्नियों से अर्जुन की यह पहली भेंट थी। उसने सुना था कि अपने पिता सत्राजित की शतधन्वा द्वारा हत्या के पश्चात कृष्ण को खोजती हुई सत्यभामा हस्तिनापुर आयी थी, किन्तु उस समय अर्जुन अपनी माता और भाइयों के साथ शायद हिडिम्ब वन में था।

"आप पांचाली कृष्णा को अपने साथ नहीं ला सकते थे पार्थ! तो उलूपी अथवा चित्रांगदा को ही ले आते।" रुक्मिणी ने मुस्कुरा कर कहा, "अब एक ऐसा सुदर्शन युवा, ब्रह्मचारियों के समान अकेला द्वारका में आये, तो द्वारका के पुरुष किसके दर्शन करेंगे?"

"ऐसा परिहास मत करो वैदर्भी! बेचारा पहली बार आया है। कहीं संकोच के मारे कुछ खा-पी ही न सका, तो तुम्हारे बनाये वे सारे पकवान निरर्थक हो जायेंगे।" कृष्ण ने हस्तक्षेप किया।

अर्जुन कुछ कहता, उससे पहले ही वार्तालाप की बागडोर सत्यभामा ने सँभाल ली, "यह तो वीर पुरुषों की रीति ही नहीं है कि अपने साथ सुन्दरी पत्नी लाओ और नगर के पुरुषों की दृष्टि को परितृप्त करो। वीर पुरुष तो एकांकी आते हैं और नगर की सुन्दरियों को अवसर देते हैं कि वे अपना भाग्य-परीक्षण कर लें।" उसने रुक्मिणी की ओर देखा, "तुमने ध्यान नहीं दिया दीदी! ये जिस नगर में जाते हैं वहीं से अपने लिये एक पत्नी प्राप्त करते हैं, यदि अपने साथ उलूपी और चित्रांगदा को ले आते, तो द्वारका को वह सौभाग्य कैसे मिलता, जो गंगा-द्वार और मणिपुर को मिला?"

"ओह! आज तो व्यूह-रचना बड़ी सुदृढ़ है।" कृष्ण मुस्कुराए, "किन्तु पार्थ! यह युद्ध तो तुम्हें स्वयं ही करना होगा। मैं शस्त्र धारण नहीं करूँगा।"

"मुझे तो युद्ध नहीं करना है।" अर्जुन भी परिहास की मुद्रा में आ चुका था, "जब मैं ही शस्त्र धारण नहीं करूँगा, तो तुम्हें क्या आवश्यकता है शस्त्रबद्ध होने की।"

"ओह! यह तो बड़ी विचित्र स्थिति है," रुक्मिणी बोली, "जिसके विरुद्ध व्यूह-रचना है, न वह शस्त्र धारण करेगा, न उसका मित्र शस्त्र उठाएगा। तो फिर आख़िर युद्ध किससे होगा?"

"अरे भाई। पार्थ अथवा उसके किसी मित्र को शस्त्र उठाने की आवश्ययकता ही क्या है।" सत्यभामा बोली, "यहाँ तो लगता है पार्थ का ही

स्वयंवर होगा। उन्हें प्राप्त करने के लिये प्रयत्नशील सुन्दरियाँ स्वयं ही शस्त्रबद्ध हो कर परस्पर निर्णय करेंगी।"

अर्जुन ने हाथ जोड़ दिये, "मुझे क्षमा करें देवि! मैं अपने लिये पत्नियाँ बटोरने के लिये निकला हुआ कोई राजकुमार नहीं हूँ, जिसका स्वयंवर रचा कर आप सुन्दरियों को परस्पर युद्ध करती हुई देखना चाहती हैं। मैं तो वचन-भंग के अपराध में राज्य-निष्कासित, दण्डित मनुष्य हूँ। सोचा था कि यह समय साधना में व्यतीत करूँगा। ब्रह्मचर्य का पालन करता हुआ वनवास करूँगा, किन्तु गंगा-द्वार में ही उलूपी ने मुझे अपने निश्चय से विरत कर दिया। फिर चित्रांगदा के आकर्षण ने मुझे बाँध लिया। यहाँ आ कर कृष्ण के मोह में नगर में चला आया, और अब आप मेरा स्वयंवर रचा रही हैं।"

"तो इसमें चिन्तित होने की क्या बात है।" सत्यभामा पुनः बोली, "तुम्हें कुछ नहीं करना होगा। हमें तो तुम्हारी प्रदर्शनी-भर लगानी है। फिर देखना द्वारका की सुन्दरियाँ अपने-आप तुम्हें चुन लेंगी।"

"वैसे भी अगले सप्ताह रैवतक पर्वत पर यादवों का समाज जुटने ही वाला है," रुक्मिणी ने जोड़ा, "वहाँ पार्थ को सुसज्जित कर किसी ऊँचे टीले पर खड़ा कर देंगे। बस! आगे की प्रक्रिया अपने-आप चल पड़ेगी।"

"तुमने ठीक कहा रुक्मिणी!" कृष्ण ने अपना मौन तोड़ा, "वह एक बहुत ही उपयुक्त अवसर है। उस दिन अर्जुन अधिकांश यादवों से मिल पायेगा।"

"चलिये! अघोषित स्वयंवर ही सही।" सत्यभामा ने टिप्पणी की।

रैवतक पर्वत पर बहुत समारोह था।

अर्जुन भी कृष्ण के साथ आया था। उसने पिछले सप्ताह-भर में द्वारका के कई रूप और कई स्थान देखे थे। इतनी भीड़ तो उसने द्वारका में भी एक स्थान पर नहीं देखी थी। सम्भवतः द्वारका में यह भीड़ बिखरी हुई अपने-अपने घरों के भीतर छिपी होती होगी। यहाँ सब लोग एक ही स्थान पर एकत्रित हो गये थे। सारे मार्ग वाहनों से अटे पड़े थे। अनेक लोग अपने बच्चों के साथ पैदल भी चल रहे थे। यदि वे भी अपने वाहन लाये होते, तो शायद यहाँ खड़े होने का भी स्थान न बच पाता।...नारी, पुरुष, बच्चे, बूढ़े...सब असीम उत्साह से तरंगायित थे। उनकी वेश-भूषा, आभूषण और साधन इत्यादि देख कर तो लगता था कि द्वारका में कोई व्यक्ति निर्धन है ही नहीं...शायद आज का उत्सव उन्होंने अपने वैभव-प्रदर्शन के निमित्त ही रखा था।...

प्रत्येक व्यक्ति अथवा परिवार सबसे पहले मन्दिर में जा कर पूजा-अर्चना करता था। वहाँ से वापसी पर वह ब्राह्मणों के भोजन की व्यवस्था करता था।

उसके पश्चात वह इस विस्तृत क्षेत्र में अपने परिचितों को ढूँढता और उनसे भेंट करता था। अनेक लोगों की रुचि अस्थायी हाट में अधिक थी, जो उनके स्थानीय तथा बाहरी व्यापारियों के प्रयत्न से आज खुले मैदान में उग आया था। कुछ लोग खाने-पीने की व्यवस्था में लगे थे। कोई दल किसी क्रीड़ा में मग्न हो गया था...और अनेक स्थानों पर नृत्य और संगीत मण्डलियाँ अपनी कला का प्रदर्शन कर रही थीं।

तभी अर्जुन की दृष्टि रेवती और बलराम पर पड़ी। बलराम आज मांगलिक वेश में थे और प्रसन्नता की उत्ताल तरंगों पर तैरते क्षीव-से लग रहे थे। रेवती ने स्वर्ण-आभूषणों के स्थान पर पुष्प गुच्छों से श्रृंगार किया था। दोनों एक विचित्र मस्ती में झूमते-से लग रहे थे। उनके साथ-साथ गंधर्वों का एक दल भी था, जो निरन्तर गाता-बजाता चल रहा था।...बलराम को देख कर लोग प्रणाम कर मार्ग दे देते थे। बलराम उनको अभिवादन का उत्तर तो दे रहे थे, किन्तु उन्होंने एक बार भी यह देखने का प्रयत्न नहीं किया कि कौन उन्हें प्रणाम कर रहा है और कौन उनके लिये मार्ग छोड़ रहा है। वे रेवती का हाथ थामे अपनी धुन में आगे बढ़ते जा रहे थे।

पीछे से एक रथ असाधारण वेग से आ रहा था। अर्जुन का ध्यान शायद उसकी ओर न भी जाता, किन्तु एक तो उसका वेग ही इतना अनियन्त्रित और असावधान था, और फिर बलराम के दल के मार्ग से न हटने पर उस सारथि को अकस्मात ही अपना रथ रोकने के लिये तत्काल जितना प्रयत्न करना पड़ा और उसने अपने अश्वों को नियन्त्रित करने के लिये जिस अद्‌भुत कौशन का प्रदर्शन किया, उससे अर्जुन का ध्यान अनायास ही उस ओर खिंच गया ...उसने ध्यान से देखा, रथ का सारथ्य एक स्त्री कर रही थी। यद्यपि क्षत्रियों में सामान्यतः स्त्रियाँ भी पुरुषों के ही समान स्वावलम्बी थीं, किन्तु युद्ध तथा सारथ्य जैसे विषयों में वे ऐसी रुचि नहीं लेती थीं कि उनमें से कोई दक्ष योद्धा अथवा इतनी कुशल सार.थे बन जाती।...किन्तु यह तरुणी तो सचमुच अद्‌भुत थी!...उसका सारथ्य-कौशल ही नहीं उसका रूप भी आकर्षक था। वहाँ उपस्थिति अन्य स्त्रियों के समान उसका प्रसाधन और श्रृंगार रेखांकित नहीं था, उसका तेज अधिक मनोरम था। उसका वेश मांगलिक अवसरों के अनुकूल तो था, किन्तु यह भी स्पष्ट था कि उसने समारोह के लिये अपना श्रृंगार नहीं किया था। उसका नैसर्गिक रूप ही इतना मोहक था कि...

"क्या बात है अर्जुन! वनवासी का भी मन नियन्त्रण में नहीं है?"

अर्जुन ने कृष्ण की ओर देखा, वे अत्यन्त मधुर ढंग से मुस्कुरा रहे थे। उनके नयनों, अधरों तथा वाणी में कहीं रंच मात्र भी विरोध अथवा अप्रसन्नता का

भाव नहीं था।

अर्जुन कुछ आवश्वस्त हुआ, यह कृष्ण की उदारता ही थी कि उन्होंने अर्जुन के मन के भाव को पहचान कर भी, उसमें किसी प्रकार का दोष नहीं देखा।...अन्यथा वे सोच सकते थे कि यह अर्जुन कितना पतित है कि वनवासी के रूप में ब्रह्मचर्य का पालन करने का संकल्प करने के पश्चात भी न अपनी वासना को नियन्त्रित कर पाया है, न अपने मन पर ही उसका कोई वश है। ...और फिर कृष्ण इसलिये तो उसे अपने साथ द्वारका नहीं लाये थे कि वह यादव कन्याओं को देखे और उनके रूप और यौवन पर मुग्ध हो...वैसे शायद अर्जुन का रैवतक पर्वत के इस समाज में आना ही उचित नहीं था। इस प्रकार के समारोहों में, जहाँ चारों ओर लौकिक सौन्दर्य और उल्लास बिखरा हो, सुख के साधन पुकार रहे हों, लोग उन्मुक्त विहार कर रहे हों, वह अपनी कामनाओं का दमन नहीं कर पाता। पता नहीं उन लोगों का मन कैसा होता है, जो इस विपुल मात्रा में यौवन और सौन्दर्य का उन्मुक्त प्रदर्शन देख कर भी विचलित नहीं होते। अर्जुन के तो न नयन उसकी उपेक्षा कर सकते हैं, न उसके मन की गति ही कुछ थमती है...वह वन के किसी एकान्त कोने में ही रहा होता तो ठीक रहता...

"कुछ और भी देखोगे या उस यादव कन्या को ही समारोह का पुँजीभूत स्वरूप मान लिया है!" कृष्ण के स्वर में अब भी परिहास ही था।

"चलो! कहीं और चलो कृष्ण!" अर्जुन ने कहा, "लगता है मेरा मन फिर से मुँहज़ोर तुरंग का रूप धारण कर रहा है।"

"चलो! जहाँ तुम्हारी इच्छा हो, वहीं चलो।" कृष्ण ने गम्भीर वाणी में कहा, "कहो तो महादेव के मन्दिर में चल कर बैठें। सम्भव है, महादेव के भय से तुम्हारा मन नियन्त्रित हो जाये।"

अर्जुन समझ नहीं पाया कि यह भी गम्भीरता के छद्म में कृष्ण का परिहास ही था, अथवा वे वस्तुतः गम्भीर थे।

"मुझे लगता है कृष्ण! कि मेरे भीतर दो विरोधी धाराएँ निरन्तर प्रवाहित होती रहती हैं।" अर्जुन कृष्ण के साथ-साथ चल पड़ा, "जब मैं किसी देवालय में जाता हूँ, जब किसी तीर्थस्थान में पहुँचता हूँ, तो मेरा मन जैसे आरोहण की स्थिति में आ जाता है। जीवन के ये छोटे-मोटे साधारण सुख और भोग अत्यन्त नगण्य लगने लगते हैं और मन में कहीं उनका लेश भी नहीं होता। मन व्याकुल होने लगता कि किसी प्रकार संसार के इस सारे प्रपंच को तोड़ कर मैं उस सत्य के दर्शन पा जाऊँ, जो शाश्वत है, सृष्टि का आधार है, जो मूल अस्तित्व है, जो सत्, चित् और आनन्द है। उस समय सारी कामनाएँ,

सारी वासनाएँ, सारे सुख भोग, सारी सांसारिक उपलब्धियाँ मलिन दीखने लगती हैं। उनसे वितृष्णा होने लगती है। मन उन्हें त्यागने को आतुर होने लगता है। उस त्याग में कितना सुख है...और...।"

कृष्ण ने प्रश्नवाचक दृष्टि से उसकी ओर देखा।

"और फिर सहसा ही मैं बदल जाता हूँ, मेरा मन बदल जाता है। मन में कामनाएँ उठने लगती हैं। भोग और सुख आकर्षक लगने लगते हैं। न उनमें कोई दोष दिखायी देता है, न उन्हें ग्रहण करने की आतुरता बुरी लगती है। लगता है ईश्वर ने यह सृष्टि, सुख-भोग त्यागने के लिये तो नहीं की है। कामनाओं का प्रवाह कुछ इतना वेगवान होता है कि मैं थम नहीं पाता और उनके साथ बहने लगता हूँ..." अर्जुन ने रुक कर कृष्ण की ओर देखा, "एक ओर वनवासी के रूप में ब्रह्मचर्य का पालन करने का संकल्प ले कर निकला था और दूसरी ओर इसी यात्रा में दो-दो विवाह कर लिये और अब...।"

कृष्ण ने उसकी ओर न देख कर अपनी दृष्टि दूर किसी पर्वत शिखर पर टिका दी। बोले तो इस बार उनकी वाणी अत्यन्त गम्भीर थी, "योगी न तो वे होते हैं अर्जुन! जो बहुत खाते हैं, और न वे जो बहुत कम खाते हैं।"

अर्जुन ने चौंक कर उनकी ओर देखा, "मेरी समस्या खाने-पीने की नहीं है।"

"जानता हूँ।" कृष्ण मुस्कुराए, "तुम्हारी समस्या भोग और त्याग की है। मैं भोग को ही बहुत अधिक खाना और त्याग को बहुत कम खाना कह रहा हूँ।"

"तो क्या व्यक्ति को तपस्या नहीं करनी चाहिए?" अर्जुन ने चौंक कर पूछा।

"व्यक्ति को सहज हो कर जीना चाहिए।" कृष्ण बोले, "स्वयं को तपाना, और व्यर्थ कष्ट देना निरर्थक होता है, जैसे तुम्हारे साथ हो रहा है। तुमने अपनी इन्द्रियों का दमन किया। विषयों से उनको दूर रखा। उन्हें अतृप्त रखा।...किन्तु जैसे ही किन्हीं कारणों से वह दमन कुछ हल्का पड़ा कि वे इन्द्रियाँ पीछे खींचे गये धनुष के समान दुगुने वेग से प्रहार करेंगी।...इसलिये कहता हूँ, सहज रूप से जीवन जीओ। न इन्द्रियों का दमन करो, न विषयों को छोड़ कर वन में भागो। संसार के बीच रहो...।"

"किन्तु यह तो भोग का दर्शन है।" अर्जुन बोला, "भोग से तृष्णा की अग्नि और प्रज्वलित होती है। तृष्णा मनुष्य को अधर्म की ओर ले जायेगी। फिर न संयम रहेगा, न नियन्त्रण, न अनुशासन, न...।"

"मैं तो इन्द्रियों को तृप्त करने को कह रहा हूँ, न फिर उन्हें अतृप्त रख,

उनकी मृत्यु की प्रतीक्षा करने को," कृष्ण ने मुस्कुरा कर उसे देखा, "भोग से मुक्ति पाने को बहुत व्यग्र हो फाल्गुनी! तो मन को अनासक्त कर लो। तुम्हें न विषयों को जीतना है, न इन्द्रियों का दमन करना है...जीतना है तो अपनी आसक्ति को। अनासक्त हो कर विषयों के मध्य रहो...वे तुम्हें तनिक भी बाँध नहीं पायेंगे।"

अर्जुन मौन ही रहा। वह कृष्ण की बात पर विचार कर रहा था...ठीक ही तो कह रहे थे कृष्ण! काम नारी में तो नहीं है, काम तो उसके अपने मन में है। अपने मन के इस काम को जय किये बिना, वह वन-पर्वतों पर कितना भी भटक ले, क्या लाभ होगा।...और एक बार वह काम अनासक्त हो जाये, तो इन्द्रलोक की अप्सराएँ भी उसे मोहित नहीं कर पायेंगी...

"तुम कह सकते हो अर्जुन! कि अनेक संन्यासी वन में कठोर तपस्याएँ करते हैं। वे तो पुनः अपनी उन दमित इन्द्रियों से पीड़ित नहीं होते।..." कृष्ण ने पुनः कहा, किन्तु उनकी दृष्टि अब भी अर्जुन की ओर नहीं घूमी थी। वे पहले के ही समान क्षितिज की ओर देख रहे थे, "इसका विरोध करना हो तो कहा जा सकता है कि कठोर तपस्या के पश्चात लौट कर तपस्वियों के भोगी और अहंकारी हो कर राक्षस हो जाने के भी अनेक उदाहरण हमें उपलब्ध हैं। राक्षस न भी हुए तो ऋषियों के तपस्या-स्खलित हो कर पतित होने की घटनाएँ हमारे लिये अपरिचित नहीं हैं...किन्तु मैं उनकी बात नहीं कह रहा।" कृष्ण ने अपनी दृष्टि अर्जुन पर टिका दी, "मैंने कहा है सहज हो कर जीओ।... और व्यक्ति सहज होता है केवल अपनी स्वाभाविक स्थिति में। इसलिये अपने स्वभाव को जानो, अपनी प्रकृति को समझो। तुम्हारा स्वभाव ही तुम्हारा स्वधर्म है। उसे पहचानो! तुम क्षत्रिय हो, वंशानुक्रम, प्रशिक्षण और कर्म से नहीं, अपने स्वभाव से भी। तुम किसी तपस्वी के अनुकरण में अपने क्षत्रिय-भाव को त्यागने का प्रयत्न करोगे, तो सफल नहीं हो पाओगे। क्षत्रिय हो कर अपने स्व-धर्म में युद्ध-क्षेत्र में प्राण त्यागना ही तुम्हारे लिये श्रेयस्कर होगा, भिक्षा माँग कर जीवनयापन करना अथवा संन्यासी हो कर एकान्तवास करना नहीं। प्रयत्न करोगे, तो असफल रहोगे। तुम्हें अपना स्व-धर्म परिवर्तित नहीं करना है, उसका त्याग भी नहीं करना है। तुम्हें उसका विकास करना है, परिष्कार करना है। तुम्हें अपने स्वार्थ में आसक्त हो कर शस्त्रबल से दमन और अपहरण नहीं करना है, अनासक्त हो कर अपने शस्त्र-कौशल से आर्त्त-त्राण करना है, समाज को अनुशासित करना है, धर्म-राज्य की स्थापना करनी है...।"

"पर तुम तो मुझे योगी बनने के लिये कह रहे हो!" अर्जुन ने उनकी आँखों में देखा, "क्या संसार का त्याग किए बिना कोई योगी हो सकता है?"

"तन से मत त्यागो, मन से त्यागो। विषयों के मध्य रह कर भी उनके हो कर मत रहो।" कृष्ण की वाणी में जाने कैसा संगीत जाग रहा था, "कर्म करते हुए भी उसमें लिप्त न होना योग है। लेखनी से लिखो, किन्तु मसि से तुम्हारे हाथ काले न हों। कर्म-कौशल ही तो योगी है।" कृष्ण की दृष्टि घूमी तो अर्जुन को लगा कि वह उसमें बँध ही गया है, "विषयों से दूर रहने के लिये संसार-त्याग, संन्यास ग्रहण करोगे, तो कर्म से भी भागोगे। ऐसे में तुम विषयों का त्याग नहीं कर रहे, कर्म का त्याग कर रहे हो...।"

"कर्म का त्याग?" अर्जुन ने कृष्ण की ओर देखा।

"हाँ! कर्म का त्याग।" कृष्ण की वाणी में पुनः प्रवाह आ गया, "किसी नाम से किया जाये, कर्म का त्याग अनिष्टष्कारी है। अकर्म में प्रीति नहीं होनी चाहिए। वह तुम्हें तमोगुण के महा-अन्धकार में धकेल देगी।...कर्म तो करना ही है। कर्म के बिना मनुष्य जीवित नहीं रह सकता। कर्म के अभाव में सृष्टि का अस्तित्व नहीं रहेगा।"

"कर्म करेंगे, तो कर्म-बन्धन भी तो हमें ही बाँधेगा।" अर्जुन ने कुछ मन्द स्वर में आपत्ति की, "हमने इन्द्रप्रस्थ का निर्माण किया, तो हमें उसकी रक्षा भी तो करनी होगी, उसका पालन-पोषण भी तो करना होगा। फिर तो हम बँध गये, उसी नगर से।"

"बन्धन कर्म का नहीं होता अर्जुन! आसक्ति का होता है।" कृष्ण की वाणी जैसे आदेश का रूप धारण करती जा रही थी, "तुम्हें इन्द्रप्रस्थ में आसक्ति होती, तो उसे छोड़ बारह वर्ष तक भटकने के लिये नहीं निकल पड़ते। तुम्हें कर्म के फल में आसक्ति होती, तो ब्राह्मण के गोधन की रक्षा कर, तुम उससे अपने शुल्क के रूप में पशु अथवा धन वसूल कर रहे होते और वहीं कहीं उन गोओं का पालन-पोषण कर रहे होते। यदि कर्म-फल में आसक्ति न हो, तो कर्म तुम्हारा बन्धन नहीं हो सकता। मैंने और भैया बलभद्र ने कंस का वध किया, यादवों को मुक्त किया और द्वारका का निर्माण किया ...किन्तु न हमें द्वारका बाँध सकी, न द्वारका का राजसिंहासन। वह अनासक्त कर्म था। निष्काम कर्म। निष्काम कर्म बन्धन नहीं होता। वह घोर कर्म के मध्य भी अकर्म की स्थिति उत्पन्न करता है...।"

अर्जुन के पग कृष्ण के साथ चल रहे थे, किन्तु उसका मन जैसे आत्मलीन होता जा रहा था...घोर कर्म में भी अकर्म की स्थिति?...काम्पिल्य में यही तो हुआ था। द्रौपदी का स्वयंवर...देश-विदेश के राजाओं का आगमन...पाण्डवों को खोज कर निकालना...कृष्ण द्रुपद की सहायता कर रहे थे, पाण्डवों की रक्षा कर रहे थे, पाण्डवों को पुनर्जीवित कर रहे थे, दुर्योधन और जरासंध जैस राजाओं

का दमन कर रहे थे...और इतने पर भी कैसे शान्त हो कर एक ओर बैठे थे, जैसे वे कुछ कर ही न रहे हों...उनका उस सारे घोर कर्म से कुछ लेना-देना ही न हो..घोर कर्म में अकर्म...

अर्जुन को लग रहा था, कृष्ण उसके समवयस्क सखा तो हैं, किन्तु वे उससे कहीं अधिक बड़े हैं, महान हैं। उन्होंने तो जीवन के सत्य का जैसे साक्षात्कार कर लिया है।...अर्जुन को लगा, कृष्ण के प्रति उसका स्नेह जैसे स्नेह न रहकर श्रद्धा में परिणत हो रहा है...कृष्ण उसके सखा नहीं थे, उसके गुरु थे, मार्ग-दर्शक। अर्जुन को शायद ऐसे ही गुरु की आवश्यकता थी, जो उसके सम्मुख शास्त्र-वचन को उद्धृत न करे, उन सिद्धान्तों को अपने जीवन में मूर्तिमान करके दिखाए...अर्जुन को अमूर्त धर्म-वाक्यों से क्या लेना...वह तो ऐसा ही मार्गदर्शक चाहता है, जो समस्याओं के मध्य में उसकी बाँह पकड़ कर उसे निकाल ले जाये। जिसकी भुजा का सहारा, साक्षात उपलब्ध हो, जिसकी शरण में अर्जुन को किसी घने-वृक्ष की छाया का-सा अनुभव हो...उसकी इच्छा हुई की वह इसी क्षण कृष्ण के चरणों में नत हो जाये...

"क्या सोच रहे हो सखा?"

अर्जुन सजग हुआ। उसने कृष्ण की ओर देखा, वे उसके प्रिय सखा के रूप में सामने खड़े मुस्कुरा रहे थे। इस समय वे सर्वथा आत्मीय लग रह थे। उनमें कुछ भी असाधारण नहीं था, कुछ भी भिन्न नहीं था। उसका दिव्य-भाव जाने कहाँ तिरोहित हो गया था...साधारण मनुष्य के समान अधरों पर नटखट मुस्कान लिये उसे देख रहे थे, जैसे कह रहे हों, 'देखा, तुम्हें छकाया।...' कृष्ण यह कैसे कर लेते हैं...कभी तो वे इतने निकट, इतने आत्मीय, इतने अपने होते हैं, और कभी वे इतने दिव्य, इतने विराट, इतने दूर होते हैं, जैसे आकाश पर खड़े हों, जिन्हें छूना अर्जुन के लिये सम्भव न हो...

"मैं सोचता हूँ कृष्ण! जिस अनासक्ति की चर्चा तुम कर रहे हो, क्या इस संसार में रह कर वह सम्भव है?..."

"क्यों? सम्भव क्यों नहीं?" कृष्ण ने कहा, "मिट्टी का साधारण-सा खिलौना टूट जाने पर, एक छोटा बालक जिस प्रकार गला फाड़ कर चिल्लाता है, उसी प्रकार किसी वयस्क को रोते देखा है तुमने?"

"नहीं!"

"क्यों नहीं रोता वयस्क? इसलिये कि उसका परिपक्व और प्रौढ़ मन, अपने चिन्तन-मनन, ज्ञान तथा अनुभव से यह समझ चुका है कि मिट्टी का खिलौना इतना मूल्यवान नहीं कि उसके लिये इस प्रकार रोया जाये।" कृष्ण ने अर्जुन की ओर देखा, "क्या उसी प्रकार कुछ और अधिक प्रौढ़ नहीं हुआ जा

सकता, जिससे सांसारिक सुखों की वास्तविकता भी मिट्टी के उस खिलौने के समान हमारे सामने प्रकट हो जाये?"

"सम्भव क्यों नहीं!" अर्जुन जैसे अपने-आपसे बोला।

"उन सुखों की निरर्थकता का साक्षात्कार हम कर लेंगे, तो उनके प्रति आसक्ति अपने-आप ही समाप्त हो जायेगी।" कृष्ण ने कहा।

"तुम ठीक कह रहे हो। मेरा ध्यान कभी इस ओर गया ही नहीं।" अर्जुन पुनः अपने भीतर कहीं बहुत गहरे डूब गया था।

रात को अर्जुन सोने के लिये लेटा तो प्रातः रैवतक पर्वत पर देखी उसी तरुणी का बिम्ब पुनः उसके सम्मुख आ खड़ा हुआ। कौन थी वह?...उसके मन में जैसे संघर्ष छिड़ गया...क्यों सोच रहा है अर्जुन उसके विषय में? प्रातः भी कृष्ण ने परिहास किया था...'वनवासी का भी मन नियन्त्रण में नहीं है?'...हाँ! नहीं है, वनवासी का मन नियन्त्रण में!...कैसे हो सकता है?...कृष्ण ने ठीक ही कहा था, इन्द्रियाँ विषयों का भोग न करें और मन उनमें रमा रहे, तो क्या लाभ? होना तो यह चाहिए कि इन्द्रियाँ विषयों के सम्पर्क में भी हों, तो मन उनसे अनासक्त रहे...

"कृष्ण!"

"क्या बात है, नींद नहीं आ रही क्या?" कृष्ण ने पूछा।

"नहीं। ऐसी तो कोई बात नहीं।" अर्जुन अपने उत्साह का दमन करता हुआ बोला, "ऐसे ही मन में जिज्ञासा उठी कि प्रातः रैवतक पर जिस तरुणी को अपने रथ का सारथ्य करते देखा था, वह कौन थी?"

"ओह वह! तुम उसे नहीं जानते क्या?"

अर्जुन ने अपनी दृष्टि पुनः उस बिम्ब पर टिकाई...कौन है वह? पहले कभी उसे देखा है क्या?...पर देखा कहाँ होगा, वह तो पहली बार द्वारका आया है।...द्वारका में नहीं, हस्तिनापुर में? काम्पिल्य में?...इन्द्रप्रस्थ में? पर इन्द्रप्रस्थ से निकले हुए भी उसे कई वर्ष हो चुके हैं...तब वह तरुणी नहीं, बालिका रही होगी...

"नहीं! लगता तो नहीं कि उसे पहले कभी देखा हो।" अर्जुन बोला, "कौन है वह?"

"मेरे पिता वसुदेव की लाड़ली पुत्री, मेरी भगिनी और सारण की सहोदरा। उसका नाम सुभद्रा है।"

सुभद्रा!...अर्जुन ने उसका नाम ही सुना था...साक्षात्कार का कभी अवसर ही नहीं आया...तो यह है सुभद्रा...मातुल की लाड़ली पुत्री ही नहीं, कृष्ण

और बलराम की लाड़ली बहन भी...परम स्वतन्त्र तथा आत्मनिर्भर! उसका पालन-पोषण ही द्वारका के उन्मुक्त वातावरण में कुछ इस ढंग से हुआ था, जहाँ व्यक्ति अपने निर्णय स्वयं करता है।...अर्जुन ने कृष्ण से ही सुना था कि सुभद्रा ने अश्वारोहण में दक्षता प्राप्त कर ली थी। वह खड्ग चला लेती थी, धनुष-बाण उसके प्रिय सहचर थे, सारथ्य-कर्म तो उसने स्वयं कृष्ण से ही सीखा था...तो यह सुभद्रा थी वह...

कल ही कृष्ण ने कुछ समय इसकी चर्चा में नहीं, इसकी चिन्ता में व्यतीत किया था...आजकल उसके परिवार में सुभद्रा के विवाह की बड़ी चर्चा थी। वसुदेव चाहते थे कि अब सुभद्रा का विवाह हो जाये। उसकी शिक्षा-दीक्षा हो चुकी थी और विवाह के लिये वह उपयुक्त आयु भी प्राप्त कर चुकी थी... माता रोहिणी और देवकी भी चाहती थीं कि अब सुभद्रा अपने ससुराल जाये। बलराम भी उसके लिये चिन्तित थे...चारों ओर से उसके लिये सम्बन्ध भी आ रहे थे...और स्थिति जटिल होती जा रही थी।..."यदि तुम लोग उसका विवाह करना चाहते हो और सम्बन्ध भी आ रहे हैं, तो इसमें जटिलता क्या है?" अर्जुन ने कुछ चकित हो कर पुछा था।

कृष्ण हँसे थे, "किसी महत्वपूर्ण विषय में निर्णय लेना बड़ा कठिन काम और समयापेक्षी होता है मित्र।"

"क्यों?"

"यदि विधाता ही किसी बात का निर्णय कर दे मनुष्य के लिये कोई विकल्प ही न रखे तो मनुष्य चाहे शिकायत करता रहे कि उसे निर्णय का अवसर ही नहीं मिला, किन्तु निर्णय तत्काल होता है।...और जब स्थिति यह हो कि चुनाव के सारे मार्ग खुले हों, प्रत्येक विकल्प सुन्दर और आकर्षक हो...साथ ही निर्णय करने का अधिकार अनेक लोगों को हो तो निर्णय करना कठिन हो जाता है।..."

"तो सुभद्रा के विवाह के सम्बन्ध में निर्णय करने का अधिकार किसी एक व्यक्ति को नहीं है क्या?" अर्जुन के मन में स्थिति स्पष्ट नहीं हो रही थी, "क्या मातुल स्वयं यह निर्णय नहीं कर सकते?..या फिर स्वयंवर...सुभद्रा स्वयं भी तो अपने वर का चयन कर सकती है।"

"सुभद्रा परिवार में सबसे छोटी है। इसी से माता-पिता के अतिरिक्त हम, उसके भाई भी उसके अभिभावक के समान हो गये हैं। और हम सब लोग, विभिन्न प्रत्यासियों के विषय में अपनी-अपनी स्वतन्त्र धारणाएँ बनाये हुए हैं।" कृष्ण मुस्कुरा रहा था, "सुभद्रा पर सब ओर से दबाव है कि वह उनका

अनुरोध स्वीकार करे।..."

"तो सुभद्रा किसकी ओर से अधिक प्रवृत्त है?" अर्जुन की उत्सुकता जाग रही थी।

"यही तो सबसे रोचक पड़ाव है, इस यात्रा का!" कृष्ण जैसे उस स्थिति का आनन्द उठा रहे थे, "सुभद्रा ने यह सारी बिसात ही उलट दी है। वह कहती है कि इस संदर्भ में किसी का भी निर्णय उसे स्वीकार नहीं है। वह अपना निर्णय स्वयं करेगी। वह स्वयंवर चाहती है।"

"तो तुम लोग उसकी बात मान क्यों नहीं लेते?" अर्जुन बोला, "स्वयंवर कोई ऐसी असम्भव शर्त तो नहीं।"

"नहीं! असम्भव क्या है! वह तो कठिन भी नहीं है...और ऐसी कोई अशोभनीय माँग भी नहीं है।" कृष्ण ने उत्तर दिया, "बात तो यह है कि हमारा परिवार अपने ही द्वन्द्व में फँस गया है। स्वतन्त्रता और आत्मनिर्भरता की जितनी शिक्षा सुभद्रा को दी गयी है, स्वावलम्बन का जितना गौरव-गान उसके सम्मुख किया गया है, अब वही स्वतन्त्रता, आत्मनिर्भरता और अधिकार हम लोग उसे देना नहीं चाहते।"

"क्यों?"

"उससे उसके अभिभावकों की स्वतन्त्रता सीमित होती है। इसका अर्थ है कि उसके अभिभावक उस पर से अपना सारा अधिकार समाप्त मान लें।" कृष्ण ने रुक कर अर्जुन की ओर देखा, "वास्तविकता यह है कि सब लोग डरे हुए हैं कि जाने सुभद्रा के मन में क्या है। वह किसी भी प्रस्ताव के विषय में किसी से कोई चर्चा ही नहीं करना चाहती और स्वयंवर के लिये हठ पकड़े हुए है, तो कहीं ऐसा तो नहीं कि उसने अपने मन में कोई ऐसा भयंकर निर्णय कर रखा हो, जो परिवार के अन्य लोगों को स्वीकार्य ही न हो।"

"क्या तुम्हारे मन में भी ऐसी कोई आशंका है?" अर्जुन ने पूछा, "क्या तुम्हें भी अपनी इस छोटी बहन पर भरोसा नहीं है?"

"मुझे अपनी बहन पर तो भरोसा है, उसकी बुद्धि और रुचि पर भी मैं विश्वास कर सकता हूँ, किन्तु उसके वय की उद्दण्डता तथा परम्परा-भंजन की आतुरता से मैं भी बहुत आश्वस्त नहीं हूँ।"

अर्जुन का ध्यान पिछले कुछ दिनों की घटनाओं की ओर चला गया। द्वारका में अपने मातुल से सम्बन्धित विभिन्न परिवारों में वह आमन्त्रित होता रहा था। कृष्ण के साथ तो वह उसके भवन में रह ही रहा था। बलराम, सारण और वसुदेव के घर भी आमन्त्रित किया गया था। वहाँ वह परिवार के विभिन्न लोगों से मिला और परिचित हुआ था...किन्तु सुभद्रा से उसकी भेंट कहीं नहीं

हुई थी। सुभद्रा अन्य किसी घर में तो आयी ही नहीं, अपने घर पर भी नहीं मिली। वह अन्यत्र व्यस्त थी। उसकी अपनी रुचियाँ थीं, अपनी व्यस्तता थी। उसके पास न तो इतना समय था कि वह स्वयं किसी से मिलने जाती और न ही उसे अपने परिवार की इस सामाजिकता से कोई मोह था, कि उसके लिये वह अपनी जीवन-पद्धति की उपेक्षा करती...वसुदेव प्रसन्न नहीं थे...वे इसे सुभद्रा की व्यस्तता नहीं, उद्दण्डता मानते थे...

"तो तुम भी चाहते हो कि वह परिवार के बड़ों की बात मान ले?" अर्जुन ने कुछ-कुछ आपत्तिजनक स्वर में पूछा था।

"यदि परिवार के सब बड़े एकमत हो जाते तो फिर कोई संकट ही नहीं था।" कृष्ण ने कहा, "मूल समस्या तो यह है कि सुभद्रा के अभिवावक ही एकमत नही हैं। इसलिये मैं भी आशंकित हूँ कि कहीं वह किसी दबाव में बलराम भैया की बात न मान ले।"

"बलराम भैया ने भी किसी को चुन रखा है?" अर्जुन ने विस्मय से पूछा, "मेरी धारणा थी कि परिवार की ऐसी समस्याओं में उनकी कोई रुचि नहीं है।"

"बलराम भैया तो बस फिर बलराम भैया ही हैं।" कृष्ण बोले, "न दिखाएँ तो बड़ी-से-बड़ी बात में अपनी कोई रुचि न दिखाएँ...युद्ध हो जाये, राज्य बन और बिगड़ जायें, राजवंशों के भाग्य का निबटारा हो जाये, वे किसी से एक प्रश्न भी नहीं पूछेंगे। आपके मन में जो आये, वह कर लीजिए।...पर यदि उनके मन में कोई बात आ गयी, तो उसका जितना विरोध होगा, वे उस पर उतना ही अड़ते चले जायेंगे। आप उन्हें समझाने का जितना प्रयत्न करेंगे, उनका मस्तिष्क तर्क की ओर से अपने कान उतने ही बन्द करता चला जायेगा...कभी तो अपने कृष्ण की एक बात पर अपने प्राण न्यौछावर करने को आतुर दिखायी पड़ेंगे, और कभी इस बात पर ही धरना दे कर बैठ जायेंगे कि सारी बातें कृष्ण की ही क्यों मानी जायेंगी। कृष्ण बहुत बुद्धिमान है और बलराम एकदम मूर्ख है?...बस अड़ते जायेंगे तो अड़ते ही चले जायेंगे।...बच्चों की-सी हठ पकड़ लेंगे और किसी की एक नहीं सुनेंगे...।"

"तो उन्होंने सुभद्रा के लिये किसे चुन लिया है?"

"दुर्योधन को!"

"दुर्योधन को?" अर्जुन के वक्ष पर जैसे किसी ने तप्त शलाका रख दी थी, "क्यों? दुर्योधन को क्यों? क्या बलराम भैया नहीं जानते कि दुर्योधन कितना अधर्मी है?"

"जानते क्यों नहीं।" कृष्ण के अधरों पर मुस्कान तो अब भी थी, किन्तु

उसमें विषाद का बहुत हल्का-सा रंग घुला हुआ था, "क्या तुम्हारे पितामह भीष्म नहीं जानते कि दुर्योधन और धृतराष्ट्र कैसे मनुष्य हैं? किन्तु क्या उन्होंने उनका त्याग कर दिया? क्या वे उन्हें अपना आत्मीय नहीं मानते?...बलराम भैया भी सम्बन्धों की दृष्टि से धृतराष्ट्र के परिवार को पराया नहीं मानते। साथ ही वे भीम तथा दुर्योधन को अपना समान रूप से प्रिय मानते हैं। शायद उन्हें दुर्योधन, भीम से कुछ अधिक योग्य शिष्य लगता है। अपने शिष्य की योग्यता के लिये उनके मन में पर्याप्त आकर्षण है। वैसे वे भी पितामह भीष्म के समान स्वयं को मध्यस्थ ही मानते हैं...।"

"वह सब ठीक है। उनकी जो इच्छा हो, वे मानते रहें।..." अर्जुन को लगा उत्तेजना के कारण उसकी वाणी जैसे लड़खड़ा रही है, "किन्तु उस पापी, अधर्मी और आततायी के साथ सुभद्रा कैसे रह पायेगी?"

"वह सब ठीक है। वे मानते हैं कि जिन्हें वह अपना शत्रु मानता है, उनके विरुद्ध वह क्रूरता की किसी भी सीमा तक जा सकता है, किन्तु अपनी पत्नी के लिये वह अच्छा पति है, अपनी सन्तान के लिये अच्छा पिता है, भाइयों के लिये अच्छा भाई है और माता-पिता के लिये एक योग्य और आज्ञाकारी पुत्र है।..."

"और मनुष्य के रूप में?"

"यही तो समझने से वे इंकार करते हैं।"

अर्जुन ने कुछ नहीं कहा। उसके हृदय में जैसे विकट मन्थन चल रहा था...आख़िर क्या था यह सब? बलराम भैया यदि सम्बन्धों को ही इतना महत्व देते हैं, तो उन्हें यह क्यों स्मरण नहीं रहता कि पाण्डव उनकी सगी बुआ के पुत्र हैं...और दुर्योधन पाण्डवों का घोर शत्रु है...ऐसे में उन्हें दुर्योधन से इतनी सहानुभूति क्यों है?...वे शायद इन सम्बन्धों को नहीं मानते। गुरु के रूप में केवल अपने शिष्य की योग्यता पर ही दृष्टि रखते हैं।...हाँ, गुरु को शिष्य प्रिय होता है, उसके गुण प्रिय होते हैं...आचार्य द्रोण को भी अर्जुन प्रिय था..और शायद आज भी प्रिय है, किन्तु उन्होंने अर्जुन को अश्वत्थामा से अधिक कभी नहीं माना...पर सबसे बढ़ कर तो धर्म है। क्या बलराम भैया धर्म के विषय में कभी नहीं सोचते?...कृष्ण तो दिन-रात धर्म के विषय में ही चिन्तन करता रहता है...

"और मैं सोचता हूँ कि यदि कहीं यह सम्बन्ध हो गया," कृष्ण कह रहे थे, "तो मैं उसे वह सम्मान नहीं दे पाऊँगा, जो सुभद्रा के पति को मिलना चाहिए।"

"कृष्ण! तुम क्या बलराम भैया के सम्मुख इतने असहाय हो?" अर्जुन

समझ नहीं पाया कि उसके मुख से यह वाक्य कैसे निकल गया।

कृष्ण ने पहले तो अर्जुन की ओर देखा-भर...और अर्जुन के मन में आया कि वह कृष्ण से अपने इस वाक्य के लिये क्षमा माँग ले...किन्तु तभी कृष्ण की आँखों में एक अद्‌भुद मुस्कान उभरी...लहर के समान यात्रा करती हुई उनके अधरों पर आयी, और फिर सहसा सारी सागर-बेला पर ही नहीं, सारे परिवेश में फैल गयी। उसके छींटे अर्जुन पर भी पड़े...

"मैंने यह तो नहीं कहा कि मैं असहाय हूँ। किन्तु बलभद्र मेरे बड़े भाई हैं। उनकी मर्यादा की रक्षा करना भी तो मेरा धर्म है। कृष्ण तो केवल धर्म के सम्मुख असहाय है।...किन्तु वह असहायता नहीं है, धर्म ही तो सबसे बड़ा सम्बल है। हम धर्म की रक्षा करेंगे, तो धर्म हमारी रक्षा करेगा।"

अर्जुन अपने सखा की ओर देखता रहा, देखने में कृष्ण चंचल थे, चतुर थे। बाह्य जीवन में वे योजनाएँ बनाते और कार्यान्वित करते दिखायी देते थे। किसी का पक्ष लेते थे, किसी का विपक्ष।...किन्तु वस्तुतः वे केवल धर्म की रक्षा कर रहे थे।...और अर्जुन का मन कहता था, जहाँ धर्म है, वहीं जय है...

कल इतनी चर्चा हुई थी सुभद्रा की और अर्जुन ने उसे देखा तक नहीं था... और आज जब वह रैवतक के समारोह में इस सीमा तक लीन था कि सुभद्रा सम्बन्धी कोई विचार मस्तिष्क के किसी कोने में भी नहीं था, तो सुभद्रा स्वयं आ कर उसके सामने खड़ी हो गयी थी...

...तो यह है वह सुभद्रा...अर्जुन अपना मन एक विचित्र प्रकार से ऐंठ रहा था...और इसका विवाह बलराम, दुर्योधन से कर देना चाहते हैं।...सम्भव है मातुल वसुदेव ने भी उसके लिये कोई योग्य वर विचार कर रखा हो। परिवार में इतने लोग और हैं...इसकी माताएँ, इसके भाई...सबने कुछ-न-कुछ सोचा होगा...सबका कोई-न-कोई मत होगा...अर्जुन को यह सब तनिक भी अच्छा नहीं लग रहा था...उसका सुभद्रा पर कोई अधिकार क्यों नहीं है? वह उसके विषय में निर्णय क्यों नहीं कर सकता?...

अर्जुन समझ नहीं पा रहा था कि उसका मन इतना विह्वल क्यों था।

"अर्जुन।" कृष्ण ने मुस्कुरा कर उसकी ओर देखा, "क्या तुम सुभद्रा से विवाह करना चाहोगे? मैं देख रहा हूँ कि प्रातः से अब तक तुम उसी के विषय में सोच रहे हो।"

"नहीं! मैं उसके विषय में नहीं सोच रहा।" अर्जुन कृष्ण के प्रश्न की स्पष्टता और आकस्मिकता से जैसे विचलित हो गया था, "मैं वस्तुतः उसके

विवाह सम्बन्धी तुम्हारी चर्चा पर विचार कर रहा था।"

"जानता हूँ, तुम विचार कर रहे थे।" कृष्ण मुस्कुरा रहे थे, "तुम्हारे उस मनन को देख कर ही मैं भी विचार करने लगा था कि क्या तुम सुभद्रा से विवाह करना चाहोगे?"

अर्जुन कुछ सँभला। उसे लगा, जैसे कृष्ण वरदाता की मुद्रा में उसके सम्मुख खड़े, कह रहे हों, "माँग अर्जुन! क्या चाहिए। जो तुझे सर्वाधिक प्रिय हो, वह माँग ले। जो सबसे मूल्यवान हो, वह माँग ले। जो पाना तुझे असम्भव लगता हो, वही माँग ले।"

"क्या यह सम्भव है कृष्ण?"

"क्यों नहीं।"

"मैं विवाहित हूँ।"

"दुर्योधन भी तो विवाहित है।" कृष्ण ने आश्वस्त भाव से कहा, "वैसे तुम्हारी पहली पत्नी पांचाली कृष्णा केवल तुम्हारी पत्नी नहीं है। पिछले कितने ही वर्ष भी तुमने उसके बिना ही बिताये हैं और भविष्य में भी ऐसे अवसर आ सकते हैं। उलूपी से तुम्हारा सम्बन्ध मात्र एक रात्रि का ही रहा। भविष्य अभी बहुत अनिश्चित है, और चित्रांगदा भी कदाचित मणिपुर छोड़ कर शायद ही तुम्हारे इन्द्रपस्थ आये। ऐसी स्थिति में एक रानी ऐसी भी तो चाहिए, जो तुम्हारे साथ इन्द्रप्रस्थ में रहे।"

"यदि देवी सुभद्रा मेरी पत्नी बन सके, तो मेरा इससे बड़ा सौभाग्य और क्या होगा।" अर्जुन की वाणी जैसे स्वयं अपने शब्दों पर विश्वास नहीं कर पा रही थी।

"यह तो तुम्हारी आकांक्षा की तीव्रता पर निर्भर करता है।" कृष्ण अत्यन्त सहज ढंग से कह रहे थे, जैसे इस विषय में कुछ भी अस्वाभाविक न हो, "सुभद्रा सरलता से तो नहीं मिलेगी।"

"मेरी आकांक्षा के बल को परखने के लिये क्या प्रमाण चाहिए तुम्हें?"

"केवल तुम्हारा शब्द ही प्रमाण है।" कृष्ण ने कहा, "तुम चाहो तो मैं पिता जी से चर्चा करूँ।"

अर्जुन के लिये अपने विह्वल मन को सँभालना कठिन हो रहा था। बोला, "कृष्ण! तुमने मुझ पर और मेरे भाइयों पर बहुत सारे उपकार किये हैं, किन्तु यह तुम्हारा सब से बड़ा उपकार होगा।"

किन्तु कृष्ण का ध्यान अर्जुन के कृतज्ञता-ज्ञापन की ओर नहीं था। वे जैसे मन-ही-मन अपनी योजना बना रहे थे, अथवा बना चुके थे, "मेरा विचार है कि तुम सुभद्रा के साथ सुखी रहोगे, और मैं यह भी सोचता हूँ कि सुभद्रा

के लिये भी तुमसे श्रेष्ठतर पति दूसरा नहीं हो सकता। तुम्हारी पत्नी के रूप में वह हम दोनों के कुलों के सम्मान की रक्षा कर पायेगी।...किन्तु अब हमें यह तय करना है कि यह विवाह किस प्रकार हो।"

"तुमने कहा न कि तुम मातुल से चर्चा करोगे!" अर्जुन बोला।

"हाँ! कहा तो था...किन्तु उस पर विचार करने से लगता है कि तुम्हारे लिये सुभद्रा को प्राप्त करने का यह निश्चित मार्ग नहीं हो सकता।"

"क्यों?"

"क्योंकि यह सुभद्रा के लिये आये सम्बन्ध प्रस्तावों में से एक प्रस्ताव और होगा। पिता जी जैसे अन्य प्रस्तावों पर विचार कर रहे हैं, वैसे इस पर भी करेंगे। सुभद्रा के भाई अन्य प्रस्तावों के समान, इस पर भी आपत्तियाँ करेंगे। सुभद्रा एक और प्रस्ताव से विद्रोह करेगी। अपने विरोध में वह और भी दृढ़ होगी।...नहीं मित्र! यह सुभद्रा-प्राप्ति का निश्चित मार्ग नहीं है।..."

"पर कृष्ण! मैं समझता हूँ कि मेरे विषय में सुनते ही मातुल अन्य प्रस्तावों का तत्काल तिरस्कार कर देंगे।" अर्जुन बोला, "वे हमसे इतना प्रेम करते हैं।"

कृष्ण ने जिस दृष्टि से अर्जुन को देखा, वह कह रही थी, 'कितले अबोध और अनजान हो तुम। मानव-मनोविज्ञान को तनिक भी नहीं समझते।'...वे बोले तो उनका स्वर सुविचारित निष्कर्ष गम्भीरता लिये हुए था, "मातुल के रूप में वे तुमसे बहुत प्रेम करते हैं, किन्तु कन्या के पिता के रूप में जब वे सम्बन्ध-प्रस्तावों पर विचार करेंगे, तो उस समय वे तुम्हारे मातुल नहीं होंगे। ...वे यह आपत्ति भी कर सकते हैं, कि तुम सुभद्रा के समवयस्क नहीं हो, अवस्था में उससे बड़े हो।...वे यह भी कह सकते हैं कि तुम किसी राज्य के न राजा हो, न युवराज! तुमसे विवाह कर, सुभद्रा अपने जीवन में कभी रानी नहीं बन सकती, जबकि दुर्योधन, शिशुपाल अथवा ऐसे ही किसी अन्य राजा अथवा युवराज से विवाह होने पर वह निश्चित रूप से महारानी बनेगी।..." कृष्ण ने अर्जुन की ओर देखा, "वे यह भी कह सकते हैं कि पाण्डवों का राज्य बहुत छोटा है....मात्र इन्द्रप्रस्थ नगर तक सीमित है वह। बहुत समृद्ध नहीं है। पांचालों, यादवों तथा इन्द्र की सहायता न होती तो शायद तुम लोग इन्द्रप्रस्थ का भी निर्माण न कर पाते...।"

"ऐसा सोचते हैं मातुल?"

"नहीं। तुम्हारे मातुल ऐसा नहीं सोचते।" कृष्ण ने निश्चयात्मक स्वर में कहा, "किन्तु वर का चयन करते हुए, किसी भी कन्या का पिता इस प्रकार विचार कर सकता है।...इसलिये कह रहा हूँ मित्र! कि सुभद्रा प्राप्ति का यह

निश्चित मार्ग नहीं है।...और यदि कोई निश्चित मार्ग हो तो अनिश्चित मार्ग क्यों स्वीकार किया जाये?..."

"तो क्या कोई निश्चित मार्ग है?"

"चलो निश्चित न सही, प्रायः निश्चित मार्ग तो है," कृष्ण ने उत्तर दिया, "हम उसे सर्वाधिक सुरक्षित मार्ग मान सकते हैं।"

"क्या है वह सुरक्षित मार्ग?"

"तुम सुभद्रा का हरण कर उसे इन्द्रप्रस्थ ले जाओ...।"

अर्जुन की आँखें आश्चर्य से फैल गयीं...क्या हो गया है कृष्ण को...वे अपनी बहन के हरण का परामर्श दे रहे हैं उसे...

"अपने मातुल की कन्या का हरण करूँ? सुभद्रा का?" अर्जुन समझ नहीं पा रहा था कि वह कृष्ण से पूछ रहा था, अथवा अपने-आप से, "तुम्हारे, द्वारका के, यादवों के आतिथ्य, सम्मान और सत्कार का इस प्रकार तिरस्कार करूँ?"

कृष्ण अपने लीलामय नेत्रों से अर्जुन की बौखलाहट देखते रहे...अर्जुन चुप हुआ तो वे बोले, "तुम समझ लो कि मैं किसी से पूछे बिना, बिना किसी से परामर्श किये, बिना किसी को सूचना दिये सुभद्रा का स्वयंवर आयोजित कर रहा हूँ..."

"स्वयंवर?"

"हाँ! स्वयंवर! सुभद्रा को वीर्य-शुल्का समझो। उसके स्वयंवर की प्रतिज्ञा है शौर्य, साहस, शस्त्रास्त्र-परिचालन तथा रथ-संचालन की अद्‌भुद दक्षता।" कृष्ण के चेहरे पर अगम्भीरता का कोई लक्षण नहीं था, "तुम्हें शारीरिक संकट भी झेलना होगा और असफल होने पर तिरस्कार और अपमान का जोख़िम भी उठाना होगा...और यदि तुम सफल हो गये तो मैं तुम्हें विश्वास दिलाता हूँ कि सुभद्रा तुम्हारी होगी, हमारे सम्बन्ध पहले से कहीं अधिक दृढ़ और मधुर होंगे, द्वारका में तुम्हारा सम्मान बढ़ेगा...और कोई यादव स्वयं को अपमानित अनुभव नहीं करेगा।..."

"यह सब कैसे सम्भव है कृष्ण!"

"सम्भव है।" कृष्ण का स्वर दृढ़ था, "किसी स्वयंवर में प्रतिज्ञा पूर्ति का अवसर सारे योद्धाओं को एक साथ नहीं मिलता। वे लोग बारी-बारी ही अपना सामर्थ्य-परीक्षण करते हैं। कोई पहले आता है और कोई बाद में। पूर्वापर के बिना कोई स्वयंवर होते देखा है तुमने? द्रौपदी के स्वयंवर में तुम्हें सर्वथा अन्त में अवसर मिला था। मैं चाहता हूँ कि सुभद्रा के स्वयंवर में तुम्हें सबसे पहले अवसर मिले।...यदि तुम असफल हो जाओ, तो अन्य वीर अपने भाग्य की

परीक्षा कर सकते हैं।"

"किन्तु स्वयंवर में कन्या की इच्छा का भी समावेश होता है, उसके अभिभावक प्रतिज्ञा निश्चत करते हैं। प्रतिज्ञा की घोषणा होती है...।"

"वह सब कुछ सत्य है।" कृष्ण ने अर्जुन को बीच में ही टोक दिया, "इसे एक प्रकार का अघोषित स्वयंवर समझो। सुभद्रा के बड़े भाई के रूप में मैंने प्रतिज्ञा निश्चित की है। तुम पहले अपनी क्षमता का परिचय दो...उसके पश्चात आयेगी सुभद्रा की इच्छा...।"

"मैं समझा नहीं।" अर्जुन बोला, "और वैसे भी मैं हरण जैसे संकटपूर्ण कार्य की तैयारी करके नहीं आया। तुम रुक्मिणी का हरण करने गये थे, तो कैसी तैयारी से गये थे। मेरे पास तो युद्धक रथ क्या, साधारण यात्री-रथ भी नहीं है। अपहरण कर यादव योद्धाओं की चुनौती को पार कर जाने के लिये शस्त्रास्त्र तो दूर एक साधारण खड्ग भी ले कर नहीं चला हूँ मैं..."

"अर्जुन! मैं तुम्हें अपना रथ दूँगा, अपने ही घोड़ों से जुता हुआ, किन्तु कोई सारथी नहीं होगा। तुम्हें अपना सारथ्य स्वयं ही करना होगा।" कृष्ण मानो स्वयंवर का सारा स्वरूप स्पष्ट कर रहे थे, "रथ में एक बड़े युद्ध के लिये पर्याप्त शस्त्रास्त्र होंगे, किन्तु तुम्हारे साथ कोई योद्धा नहीं होगा। तुम्हें अपना युद्ध स्वयं ही लड़ना होगा।" कृष्ण ने रुक कर अर्जुन की ओर देखा, "सुभद्रा रैवतक पर्वत पर पूजा और देवदर्शन के लिये जायेगी। उसके साथ कुछ सशस्त्र रक्षक भी होंगे। वे रक्षक विशेष योद्धा नहीं होते। सुभद्रा का अपहरण कर तुम उसे अपने रथ में बैठाओगे। वे रक्षक प्रतिरोध करेंगे। तुम उन्हें पराजित कर रथ निकाल ले जाओगे।...किन्तु सावधान रहना, यदि अनिवार्य न हो, तो उनका वध मत करना। अपने रक्षकों के वध से यादव कुपित हो उठेंगे। ...यदि तुम वहाँ से सफलतापूर्वक निकल गये, तो पर्वत से नीचे उतरते ही द्वारका के सीमा-रक्षकों से तुम्हारा सामना होगा। सावधान! वे पूर्ण सैनिक तथा योद्धा होते हैं। सम्भव है उनसे दुर्धर्ष युद्ध करना पड़े। उस अवरोध को पार कर सके तो मार्ग पर यादवों की कुछ सैनिक चौकियाँ मिलेंगी...और अन्ततः द्वारका से बाहर निकलते हुए पुनः सीमा-रक्षकों का गुल्म मिलेगा।" कृष्ण ने क्षण-भर रुक कर अर्जुन की ओर देखा, "उनमें से किसी को सूचना नहीं होगी कि तुम स्वयंवर की प्रतिज्ञा पूरी कर रहे हो। वे यही जानेंगे कि तुम, यादव-कन्या, वसुदेव-पुत्रि तथा कृष्ण-भगिनी देवी सुभद्रा का उसकी इच्छा के विरुद्ध अपहरण कर रहे हो। वे प्राण-पण से लड़ेंगे। केवल सुभद्रा को छुड़ा लेने का नहीं, तुम्हारे वध का प्रयत्न करेंगे। तुम यदि उनसे बच कर सुरक्षित निकल गये और सुभद्रा को अपने साथ ले जा सके, तो मेरा विश्वास करो कि

यादव सेना तुम्हारा पीछा नहीं करेगी। तुम स्वयंवर की प्रतिज्ञा पर खरे उतरे मान लिये जाओगे और वीर्य-शुल्का सुभद्रा तुम्हारी होगी।"

"किन्तु सुभद्रा की इच्छा?"

"मैंने कहा न कि यदि तुम सुरक्षित द्वारका से बाहर निकल गये और सुभद्रा को अपने साथ ले जा सके...।"

"किन्तु सुभद्रा की इच्छा?" अर्जुन अब भी चकित भाव से कृष्ण की ओर देख रहा था।

"सुभद्रा की इच्छा!" कृष्ण लीलापूर्वक मुस्कुराए, "वह अपनी इच्छा तुम्हें रथ में ही बतायेगी। बस समझ लो कि यदि उसकी इच्छा न हुई तो तुम उसे अपने साथ नहीं ले जा पाओगे।" कृष्ण रुक गये, "पर एक बात के लिये सजग ही नहीं सावधान भी रहना...।"

"क्या?"

"सुभद्रा की स्वीकृति पाने के लिये तुम बलप्रयोग नहीं करोगे।..." कृष्ण की मुद्रा पर कैसा तो कठोर भाव आ गया था, "बोलो! है स्वीकार?"

अर्जुन ने तत्काल कोई उत्तर नहीं दिया...यह सारा कुछ उसके लिये इतना आकस्मिक और अनपेक्षित था कि किसी निश्चय पर पहुँचना, उसके लिये सम्भव नहीं हो पा रहा था।...उसके अपने मन ने तो सुभद्रा की कामना मात्र की थी। कृष्ण की सहमति से वह कामना प्रबल हो कर उसके हृदय का चीत्कार बन गयी थी। अब सुभद्रा को पाने की इच्छा त्याग देना उसके लिये सरल नहीं था...किन्तु इच्छा हो या कामना...वह स्वयंसिद्ध तो नहीं होती, उसका औचित्य सिद्ध करना पड़ता है।...अभी तो उसका अपना मन ही इस हरण के औचित्य को पूर्णतः ग्रहण नहीं कर पाया था...मातुल की अनुमति के बिना?...और फिर माँ क्या सोचेंगी कि उनका पुत्र काम के हाथों इतना विवश हो गया कि कन्या की इच्छा के विरुद्ध उसका अपहरण कर लाया...

"तुमने उत्तर नहीं दिया अर्जुन!" कृष्ण ने पुनः कहा।

"मुझे मातुल की ओर से, सुभद्रा के बड़े भाई के रूप में तुम्हारी अनुमति प्राप्त है।" अर्जुन बोला, "वैसे ही मैं चाहता हूँ कि मैं माँ और ज्येष्ठ से भी अनुमति प्राप्त कर लूँ...। यदि वे मुझे अनुमति दे दें, तो फिर इस स्वयंवर में मुझे कोई आपत्ति नहीं है।"

कृष्ण को निर्णय में निमिष मात्र ही लगा होगा। बोले, "अच्छा प्रस्ताव है। तुम युधिष्ठिर के नाम पत्र लिखो।...या तुम बूआ को पत्र लिखना चाहते हो?"

"नहीं! पत्र तो महाराज युधिष्ठिर के ही नाम जाये तो अच्छा है।" अर्जुन

ने उत्तर दिया, "वे हमारे राजा हैं। उनकी अनुमति हर प्रकार से आवश्यक है। वैसे, यदि माँ की अनुमति न हुई, तो महाराज भी अनुमति नहीं देंगे। माँ के लिये यह तनिक भी आवश्यक नहीं है, कि वे अपने पुत्रों से अनुमति लें, किन्तु पुत्र माँ से अनुमति लिये बिना कोई निर्णय नहीं करेगा।"

"तो फिर धर्मराज को ही पत्र लिखो। मैं किसी पत्र-वाहक को भेज दूँगा।" अर्जुन को कुछ कहने को आतुर देख कर कृष्ण ने अपने हाथ के संकेत से उसे रोका, "निश्चिन्त रहो, पत्र का संदेश गुप्त ही रहेगा, कोई विशेष आडम्बर करने की आवश्यकता नहीं है। पत्र-वाहक अपने दैनन्दिन कार्य के रूप में ही पत्र ले जायेगा।...और अर्जुन! धर्मराज का उत्तर आने तक तुम चाहो तो ब्रह्मचारी के रूप में वनवास कर सकते हो।...मेरे मित्र के रूप में द्वारका का सत्कार ग्रहण कर सकते हो। इच्छा हो तो शस्त्रास्त्रों का अभ्यास कर स्वयं को अधिक सक्षम बना सकते हो। या...।"

"बस! बस! इससे अधिक विकल्प सुझाने की आवश्यकता नहीं है। मैं इनमें से ही कोई चुन लूँगा।" अर्जुन पुनः गम्भीर हो गया, "एक शंका मेरे मन में और भी उठी है।"

"वह भी कह डालो। शंका सागर!" कृष्ण हँसे, "जाने तुम्हारे मन में इतनी शंकाएँ क्यों उठती हैं।"

"पितामह भीष्म ने जब काशीराज की पुत्रियों का हरण किया था, तो शाल्व ने राजकुमारी अम्बा से कहा था कि धर्मतः हरण के क्षण से ही वह भीष्म की पत्नी हो गयी...।"

"तो?"

"वैसे ही यदि मैं सुभद्रा हरण करता हूँ। लोक-मान्यता यह हो कि धर्मतः उसी क्षण से वह मेरी पत्नी हुई, और उसके पश्चात मुझे ज्ञात हो कि सुभद्रा मुझसे विवाह नहीं करना चाहती, तो हम दोनों के लिये धर्म-संकट उत्पन्न नहीं हो जायेगा?"

कृष्ण ने अर्जुन को देखा। उसके नयन कह रहे थे, 'अर्जुन। तुम इतनी विपरीत परिस्थितियों की कल्पना क्यों करते हो?' किन्तु मुख से उसने यह कहा नहीं। बोले, "जब कह दिया कि रथ पर सुभद्रा अपनी इच्छा प्रकट कर देगी।"

"पर तुम उससे पूछ क्यों नहीं लेते?" अर्जुन ने कुछ झल्ला कर पूछा, "तुम एक साधारण-सी स्थिति को इतना जटिल क्यों बना रहे हो?"

"साधारण स्थिति को जटिल मैं नहीं बना रहा, तुम बनाना चाहते हो।" कृष्ण मुस्कुराए, "सुभद्रा से पूछना, पिता जी से अनुमति लेना अथवा बलराम

भैया से चर्चा करना...ये सब एक ही समस्या के विभिन्न रूप हैं। जैसे ही द्वारका में यह चर्चा, हम दोनों के अतिक्ति किसी तीसरे तक पहुँची, यह एक सार्वजनिक सूचना हो जायेगी, सभी सम्बद्ध पक्षों को ज्ञात हो जायेगा कि सुभद्रा से विवाह करने के प्रसंग में अर्जुन द्वारका पहुँचा हुआ है। द्वारका के भीतर-बाहर हलचल मच जायेगी। सारे सम्बन्ध-प्रस्ताव सजीव हो कर प्रेतों के समान हमारे चारों ओर मँडराने लगेंगे।...और तुम्हें पता है न बलराम भैया की हठ का। पिता जी सचेत और सक्रिय हो जायेंगे।...और सुभद्रा! वह फिर इस बात पर अड़ जायेगी कि उसके लिये स्वयंवर का आयोजन क्यों नहीं किया जा रहा।...परिणाम समझते हो न? और कुछ हो या न हो, सुभद्रा का विवाह तुमसे नहीं होगा।"

"ओह! हाँ!" अर्जुन कुछ अनमना-सा हो गया...कृष्ण ठीक कह रहे थे ...इस समय जो अर्जुन यादवों का आत्मीय बना, उनके सत्कार का भाजन था...वही अर्जुन पराया हो जायेगा।...उसकी विभिन्न राजकुमारों से तुलना की जायेगी...उसकी त्रुटियाँ ढूँढी जायेंगी।...वह, जो आज तक उनके घर का व्यक्ति है, अकस्मात ही निकाल कर बाहर खड़ा कर दिया जायेगा।...

"ठीक है! तुम्हारी ही योजना रही! मैं ज्येष्ठ को पत्र लिखता हूँ।"

अर्जुन के मन में अनेक प्रश्न थे...क्या-क्या लिखे वह युधिष्ठिर को और क्या न लिखे?...क्या वह लिखे कि वह सुभद्रा में इतना अनुरक्त हो उठा है कि उसके बिना नहीं रह सकता, इसलिये वह उससे विवाह करना चाहता है। मातुल की यह इच्छा नहीं है, बलभद्र भी इस सम्बन्ध के लिये सहमत नहीं हैं...सुभद्रा के मन का भी उसे पता नहीं है...फिर भी वह विवाह करना चाहता है।...यदि युधिष्ठिर पूछे कि उसने उलूपी और चित्रांगदा से विवाह करने से पहले तो उससे नहीं पूछा था। अब ऐसा क्या विशेष हो गया है कि युधिष्ठिर से पूछने की आवश्यकता आ पड़ी है?...क्या वह वे सारी परिस्थितियाँ लिखे, जिसमें वे विवाह हुए थे? उलूपी ने स्वयं अर्जुन को पाने की इच्छा प्रकट की थी। इच्छा क्या प्रकट की थी, वह तो अर्जुन का अपहरण करके ही ले गयी थी। वह कामातुरा थी...चित्रांगदा से भी उसका विवाह चित्रांगदा और उसके पिता की इच्छा से हुआ था, उनकी शर्तों पर हुआ था। चित्रांगदा शायद इन्द्रप्रस्थ आने वाली भी नहीं थी...किन्तु सुभद्रा को साथ ले कर वह इन्द्रप्रस्थ आ रहा था। यदि वह सुभद्रा को जय कर सका तो वह उनके साथ, परिवार की सदस्या हो कर उन्हीं के भवन में उनके साथ इन्द्रप्रस्थ में रहेगी। परिवार के प्रत्येक सदस्य को उसे स्वीकार करना

होगा, उससे व्यवहार रखना होगा।...इस सम्बन्ध से, सम्भव है मातुल के साथ सम्बन्ध बिगड़ें। सम्भव है, यादव वंश इससे कुपित होकर ससैन्य इन्द्रप्रस्थ पर आक्रमण करें।...तब पाण्डवों को उनसे युद्ध करना होगा...इन्द्रप्रस्थ में सुभ्रदा और अर्जुन की सुरक्षा का ही नहीं, इन्द्रप्रसथ की ही सुरक्षा का प्रबन्ध करना होगा। पारिवारिक, सामाजिक और राजनीतिक सम्बन्धों के समीकरण बदल जायेंगे...जो मित्र हैं, वे शत्रु हो जायेंगे।...इसलिये महाराज युधिष्ठिर की अनुमति आवश्यक है। क्या वे राजनैतिक और सामारिक संकट झेलने को तैयार हैं?...

और यदि धर्मराज ने पूछा कि इतना संकट है, तो वह इस सम्बन्ध के लिये इतना आतुर ही क्यों है? क्या वह अपनी कामनाओं का इतना-सा संयमन नहीं कर सकता? क्यों वह अपने परिवार और राज्य को अपनी कामनाओं की ज्वाला में दग्ध करना चाहता है?...तो क्या अर्जुन लिख दे महाराज युधिष्ठिर को कि द्वारका में आ कर उसने अनुभव किया कि द्रौपदी, उलूपी और चित्रांगदा जैसी पत्नियाँ होते हुए भी वह वस्तुतः पत्नीविहीन है।...कह दे वह कि सुभद्रा ने उसके मन को कुछ उसी प्रकार विह्वल कर रखा है, जैसा किसी समय द्रौपदी ने किया था! बता दे वह अपने भाइयों को कि द्वारका आ कर ही उसने अनुभव किया है कि कृष्ण की मैत्री, स्नेह और सौहार्द के होते हुए भी उनके सबसे बड़े मित्र और सहायक यादव, पाण्डवों को इस योग्य नहीं मानते कि वे अर्जुन को अपनी कन्या के योग्य स्वीकार करें। पाण्डव उनकी दया के पात्र हैं, स्पृहा के नहीं। इन्द्रप्रस्थ उनके लिये बहुत छोटा-सा राज्य है। महत्वहीन और समृद्धि शून्य।...यदि पाण्डवों को राजाओं और राजवंशों की बिरादरी में सिर उठा कर सम्मानपूर्वक, बराबरी के आधार पर जीना है, तो उन्हें अपने राज्य का विस्तार करना होगा, धन-धान्य और सम्पन्नता की दृष्टि से कुछ और समृद्ध होगा। यादवों के निरीह और असहाय सम्बन्धी नहीं, उनके योग्य और सक्षम सम्बन्धी बनना होगा...वैसे धर्मराज से इन तथ्यों को गोपनीय रखने का कोई औचित्य भी नहीं है। उन्हें यह सब ज्ञात होना चाहिए! वे राजा हैं और राजा को अपने राज्य से सम्बद्ध सारी सूचनाएँ होनी चाहिए। उन्हें यह मालूम होना चाहिए कि उन्हें धृतराष्ट्र ने किस प्रकार वंचित किया है, जैसे कोई अपने किसी निर्धन सम्बन्धी को उसकी आजीविका के लिये दयावश कोई उपेक्षित भूखण्ड दे दे। यदि यादवों की दृष्टि में भी हस्तिनापुर का राज्य इन्द्रप्रस्थ से इतना अधिक समृद्धिशाली और महत्वपूर्ण है कि वे पापी, अधर्मी और आततायी दुर्योधन से अपनी कन्या का सम्बन्ध करने का न केवल विचार कर सकते हैं वरन स्वयं अपनी पहल पर इसका प्रस्ताव हस्तिनापुर भेज सकते

हैं...किन्तु अर्जुन की तीव्र इच्छा होने पर, कृष्ण की इस मैत्री के बावजूद वे अर्जुन के प्रस्ताव का तिरस्कार कर सकते हैं, तो पाण्डव किस आधार पर आश्वस्त बैठे हैं?...आख़िर कब तक वे यादवों की मैत्री और पांचालों के सम्बन्धी होने के आश्वासन पर जीवित रहेंगे...

सहसा अर्जुन का चिन्तन रुक गया...यद्यपि उसकी माता का सम्बन्ध शूरसेन के परिवार से है...किन्तु शायद अब वह शूरसेन की कन्या नहीं, कुन्ती भोज की पुत्री हो कर ही रह गयी है। वह द्वारका वालों की पुत्री नहीं है। इसलिये पाण्डव उनके उतने आत्मीय नहीं हैं, जितने काम्पिल्य वालों के हैं। द्रौपदी का कष्ट हरण करने के लिये जैसे द्रुपद, धृष्टद्युम्न तथा शिखण्डी दौड़ेंगे, वैसे द्वारका से सिवाय कृष्ण के और कोई पाडवों की सहसयता को नहीं आयेगा...बलराम भैया भी नहीं...किन्तु यदि सुभद्रा का विवाह अर्जुन से हो जाता है तो शायद मातुल-वसुदेव, बलभद्र और अन्य यादव भी वैसी ही आतुरता से आ कर उनके पक्ष में खड़े हो जायेंगे...

पर कहीं यह अर्जुन के मन का काम मात्र ही तो नहीं है, जो उसे इस प्रकार अनेक तर्क सुझा रहा है?...कहीं उसका यह कृत्य यादवों को उनका मित्र बनाने के स्थान पर शत्रु ही तो नहीं बना देगा?...पर नहीं। यदि ऐसी कोई सम्भावना होती तो कृष्ण उसे इस प्रकार का परामर्श ही नहीं देते...और वह धर्मराज से अनुमति तो माँग ही रहा है। उसके मन में तो काम नहीं है। वे तो सोच-विचार कर ही उसे अनुमति देंगे...

युधिष्ठिर को अर्जुन का संदेश मिला तो वे चकित रह गये।...

अर्जुन द्वारका में था, यह उनके लिये सुखद समाचार था। वह सुभद्रा से विवाह करना चाहता था इसमें भी उन्हें कोई आपत्ति नहीं थी...किन्तु सुभद्रा-हरण?...ठीक है कि उन लोगों के वंश पृथक थे किन्तु कृष्ण के परिवार को युधिष्ठिर ने सदा अपना ही परिवार समझा था।...अपने परिवार में कन्या-हरण! यह उचित था क्या? ऐसे में कौन किसका विश्वास करेगा? अर्जुन को ऐसा कोई काम नहीं करना चाहिए, जिससे यादव अपने-आपको अपमानित अनुभव करें...किन्तु यादवों को भी तो कोई ऐसा काम नहीं करना चाहिए, जिससे पाण्डव स्वयं को उपेक्षित अनुभव करें...युधिष्ठिर ने कभी कल्पना भी नहीं की थी कि यादव उन्हें इतना हीन समझते हैं, कि अर्जुन जैसे पुरुष से वे अपनी कन्या का सम्बन्ध नहीं...और उनमें से भी स्वयं मातुल वसुदेव?... पर यदि मातुल पहले से ही उनके विषय में अच्छी धारणा नहीं रखते, ...और अब अर्जुन ने सुभद्रा का हरण किया तो मातुल के मन पर और गहरा आघात

होगा, मातुल को बुरा लगा तो माँ को भी बुरा लगेगा। माँ...

युधिष्ठिर कुन्ती के पास पहुँचे, "माँ!" उन्होंने अर्जुन का पत्र आगे बढ़ा दिया।

कुन्ती ने पत्र पढ़ा। दो क्षण मौन रह कर विचार किया और निर्द्वन्द्व मन से स्पष्ट शब्दों में बोली, "अर्जुन को लिख दो, वह निर्भय हो कर सुभद्रा को ले आये। मुझे न सुभद्रा को पुत्र-वधू मानने में कोई आपत्ति है, न उसके हरण में।"

"किन्तु माँ! हरण जैसा नृशंस कार्य!" युधिष्ठिर बोले, "मातुल को अच्छा लगेगा क्या?"

"मातुल को अच्छा न लगने की भला इसमें क्या बात है?" कुन्ती के स्वर में कुछ कठोरता थी, "उन्हें सुभद्रा के लिये वर नहीं चाहिए क्या?"

"किन्तु उनकी इच्छा? सुभद्रा की इच्छा?"

"सुभद्रा की इच्छा नहीं होगी तो अर्जुन उसे इन्द्रप्रस्थ नहीं ला पायेगा।" कुन्ती पर्याप्त दृढ़ स्वर में बोली, "और यदि सुभद्रा को अर्जुन अपने पति के रूप में स्वीकार्य है, तो तुम्हारे मातुल की इच्छा-अनिच्छा का कोई महत्व नहीं रह जाता।"

"मैं अर्जुन की सहायता के लिये जाऊँ माँ?" भीम ने आतुरता से पूछा, "वह वहाँ अकेला है और यादवों के इतने महारथी और अतिरथी! कहीं...।"

"नहीं! यह पराक्रम अर्जुन को ही करने दो।" कुन्ती हँस पड़ी, "तुम्हारा क्या भरोसा है, अभी अर्जुन की सहायता करने जाओ और बाद में कहो कि तुमने और अर्जुन ने मिल कर सुभद्रा का हरण किया, इसलिये...।"

"माँ! तुम तो...।"

भीम कुछ और कहना चाहता था कि युधिष्ठिर बीच में ही बोले, "शायद तुमने मातुल के पक्ष से विचार नहीं किया माँ! उनके मन में हमारा क्या सम्मान रह जायेगा?"

"पराक्रम से सम्मान बढ़ता है, कम नहीं होता।" कुन्ती बोली, "उसने ठीक लिखा है कि द्वारका के यादवों के मन में हमारे प्रति दया और सहानुभूति तो है, किन्तु सम्मान नहीं है। हमें वह सम्मान तो अर्जित करना ही पड़ेगा।"

"तुम क्या कहती हो पांचाली?" युधिष्ठिर ने पूछा।

द्रौपदी मुस्कुराई, "लोग अपनी पत्नियों से पूछ कर, राजकुमारियों का हरण नहीं करते।"

"फिर भी इस संदर्भ में तुम्हारा परामर्श क्या है?"

"उन्होंने अपने राजा की अनुमति माँगी है, ताकि सैनिक संघर्ष हो, तो

राजा को ज्ञात हो कि उसका धर्म क्या है।" द्रौपदी अब भी पर्याप्त तटस्थ दिखायी दे रही थी।

"मैं तुमसे तुम्हारी व्यक्तिगत प्रतिक्रिया जानना चाहता हूँ।" युधिष्ठिर के स्वर में आग्रह था, "अर्जुन अपने साथ सुभद्रा जैसी पत्नी लायेगा, तो तुम्हें कैसा लगेगा?"

"बड़ी विचित्र स्थिति है क्षत्रिय-पत्नी की।" द्रौपदी गम्भीर ही नहीं, कुछ-कुछ अन्यमनस्क भी हो चुकी थी, "सपत्नी का कोई स्त्री स्वागत नहीं करती, किन्तु वीर-पत्नी अपने पति के पराक्रम में बाधा नहीं डालती...और मैं तो स्वयं पाँच पतियों की भार्या हूँ। मैं उन पर एकाधिकार की कल्पना भी कैसे कर सकती हूँ।"

द्रौपदी उठ कर अपने भवन में चली आयी। जो कुछ युधिष्ठिर उससे पूछ रहे थे, वह तो कदाचित् गृह-कलह से बचने के लिये उसकी औपचारिक सहमति प्राप्त करने का प्रयत्न था, किन्तु उसे भी तो अपने-आप से बहुत कुछ पूछना था...इन परिस्थितियों में अर्जुन का धर्म क्या था... यह प्रश्न अपने स्थान पर महत्वपूर्ण था...किन्तु द्रौपदी की प्रतिक्रिया? उसकी भावनाएँ? उसकी इच्छा?...ठीक ही कहा था उसने, क्षत्रिय-पत्नी की विचित्र स्थिति थी...सपत्नी की चर्चा भी भयानक थी। वह उसके पति को उससे छीन लेगी। वह उसके प्रति अर्जुन का प्रेम क्षीण नहीं तो मन्द अवश्य कर देगी...और फिर यह जो आ रही थी, साधारण राजकुमारी नहीं थी। यह सुभद्रा थी! कृष्ण की चंचला भगिनी! यादव-कन्या।... सुन्दर, बुद्धिमती, सुशिक्षित, रण-कुशल। अर्जुन को तो वह मुग्ध करेगी ही...बहुत सम्भव है, वह पूरे परिवार की ही लाड़ली हो जाये।...किन्तु द्रौपदी का उससे क्या विरोध? वह उसके सखा की भगिनी थी। छोटी बहन-सरीखी! और इन पाँचों भाइयों की ऐसी-ऐसी रानियों की महारानी होगी...द्रौपदी!... उसका अपना ही साम्राज्य समृद्ध हो रहा है...और सबसे बड़ी बात तो वीर पति के पराक्रम और कुल गौरव की थी...द्रौपदी का सुभद्रा से विरोध ही क्या हो सकता था?...

20

अर्जुन ने रथ का निरीक्षण किया : न केवल कृष्ण के इस रथ में उनके अपने अश्व...शौव्य तथा सुग्रीव...जुते हुए थे; बाहुक ने रथ को काफ़ी सुसज्जित भी कर दिया था। जाने क्या सोच कर बाहुक ने रथ को सजाया था...निश्चित

रूप से कृष्ण ने उसे अर्जुन के अभियान के विषय में कुछ नहीं बताया होगा। इन्द्रप्रस्थ से युधिष्ठिर की अनुमति आ जाने पर द्वारका में अर्जुन के अकेले आखेट पर जाने की सूचना कृष्ण ने अवश्य प्रचारित कर दी थी।...किन्तु आखेट पर जाने के लिये कोई रथ को सज्जित नहीं करता...अब बाहुक के मन की तो बाहुक ही जाने...

रथ का सारा पृष्ठभाग शस्त्रास्त्रों से अटा पड़ा था, जैसे अर्जुन दिग्विजय के लिये जा रहा हो! कृष्ण ने बड़ी सावधानी से विभिन्न प्रकार के ये शस्त्रास्त्र रखवाये थे...हाथी को गदा से मारना, सिंह को बाण से। मृग के लिये तो ये हल्के बाण ही पर्याप्त होंगे, किन्तु अरना भैंसा आये तो इन सारी बाणों की आवश्यकता पड़ेगी।...बाघ झपट पड़े तो बाणों से क्या होगा, तब यह शूल उत्तम रहेगा, और यह त्रिशूल...।" वन में जितने प्रकार के पशुओं की कल्पना की जा सकती है उतने ही प्रकार के शस्त्र रथ में रखचा दिये थे...

अर्जुन ने कवच धारण कर लिया था और कटि में एक भारी खड्ग बाँध लिया था।...अब विलम्ब का कोई कारण नहीं था।

"जाओ मित्र! सफल हो कर मिलो।" कृष्ण ने कहा, "चिन्ता मत करना, पराक्रम करना!"

अर्जुन का कण्ठ अवरुद्ध हो आया...कृष्ण जैसा सखा कहाँ मिलेगा उसे! उसके ऋण से उऋण होना सम्भव है क्या!...

रथारूढ़ हो कर अर्जुन ने वल्गा सँभाली तो उसका मन अपनी योजना बुनने लगाः...द्वारका में प्रचारित किया गया था कि अर्जुन आखेट के लिये जा रहा है। इसलिये द्वारका से बाहर निकल वन अथवा रैवतक पर्वत की ओर जाने में उसे कोई कठिनाई नहीं थी। वह तो आखेट के लिये जाने वालों का स्वाभाविक मार्ग था...किन्तु रैवतक पर्वत पर रथ सहित उसका देव-स्थानों तक जाना किसी के भी मन में शंका उत्पन्न कर सकता है...उसे रैवतक पर नहीं जाना है, किन्तु वह रैवतक से दूर भी नहीं रह सकता। सुभद्रा मन्दिर में पूजा कर रैवतक की परिक्रमा करेगी। परिक्रमा के पश्चात वह द्वारका के जितनी निकट होती जायेगी, उतनी ही अर्जुन की कठिनाई बढ़ती जायेगी।...इसका अर्थ है कि उसे उस स्थान पर सुभद्रा की प्रतीक्षा करनी चाहिए, जहाँ वह परिक्रमा के पश्चात पर्वत से नीचे उतरेगी और नगर की ओर मुड़ेगी...मार्ग में रुकने का सबसे सरल उपाय था घोड़ों को रथ से खोल कर सुस्ताने के लिये छोड़ देना, अथवा उनके सामने चारा डाल देना।...किन्तु वह अश्वों को खोल नहीं सकता। सुभद्रा को देखते ही, निमिर्ष-भर में उसे स्फूर्तिपूर्वक सुभद्रा को उठा कर अपने रथ में बैठा लेना था और चल पड़ता था...किन्तु अश्वों

को खोल देने पर यह इतना सरल नहीं होगा। अश्वों को जोतने में भी तो कुछ समय लगेगा...उसे इसी प्रकार प्रतीक्षा करनी होगी...किन्तु ऐसे में क्या यह उचित नहीं है कि वह रथ को मार्ग से उतार कर वृक्षों के पीछे खड़ा कर दे...इस प्रकार एक तो वैसे आते-जाते नागरिकों की उस पर दृष्टि नहीं पड़ेगी, और यदि किसी ने देख भी लिया तो यही माना जायेगा कि आखेट के लिये वन में प्रवेश करने से पूर्व वह किसी की प्रतीक्षा कर रहा है...

रैतवक पर हुए समारोह के पश्चात अर्जुन की सुभद्रा से कई बार भेंट हो चुकी थी...कभी स्वयं कृष्ण के भवन में, कभी बलराम के घर, कभी मातुल वसुदेव के घर! अर्जुन ने जितनी बार उसे देखा, उससे चर्चा की, अथवा उसे शस्त्रास्त्रों का अभ्यास करते देखा, उसकी कामना तीव्र होती गयी। किन्तु सुभद्रा ने उसमें अतिरिथ्त रुचि कभी भी नहीं दिखायी...हाँ! उसकी उपेक्षा अथवा अनादर भी नहीं किया। कृष्ण के घर में कई बार तो ऐसे एकान्त अवसर भी आये कि अर्जुन का मन अनायास ही अपनी बात कह देने के लिये आतुर हो उठा, किन्तु उसे हर बार लगा, यह उचित नहीं होगा। कृष्ण ने उसे सुभद्रा का हरण करने के लिये कहा था, उसका मन जीतने का परामर्श कभी नहीं दिया था।...यदि उसका कोई अवकाश होता तो कृष्ण हरण की बात ही क्यों करते। ऐसा न हो कि वह अपने मन की बात कह कर कृष्ण की योजना में कोई विघ्न उपस्थित कर दे...

सुभद्रा को आते देख कर अर्जुन सचेत हो गया।

सुभद्रा के साथ चार खड्गधारी रक्षक थे। उसके अपने हाथ में पूजा की थाली थी और उसके आस-पास अनेक दासियाँ हाथों में फल, फूल अथवा मिष्ठान्न इत्यादि लिये चल रही थीं। यह सुभद्रा का वह तेजस्वी और जुझारू रूप नहीं था, जो उत्सव के दिन अर्जुन ने देखा था। आज वह पर्याप्त कोमल और भीरु लग रही थी।...जाने क्यों आज वह बहुत आत्मलीन दिखायी पड़ रही थी। उसका रूप आकर्षक था एक सीमा तक उत्तेजक भी। उसके मुख-मण्डल पर छाई सात्विकता, देखनेवाले के मन को शान्ति अवश्य देती थी, किन्तु उसे और भी अधिक कमनीय बना रही थी।...अर्जुन को लगा, जैसे स्वयं देवी पार्वती अपने आराध्य को पाने के लिये तपस्या कर हिमालय से उतर कर नीचे आ रही थी...और देखो, साक्षात् वरदान-सा स्वयं अर्जुन वहाँ खड़ा था। यदि सुभद्रा को ज्ञात होता कि भगवान महादेव ने उसकी मनोकामना पूरी कर दी है, तो उसे रैवतक पर जाने की आवश्यकता ही क्या थी?...

किन्तु तभी अर्जुन के मन में दूसरे विचार ने सिर उठाया...वह तो जानता भी नहीं कि सुभद्रा के मन में क्या है। यदि कहीं उसके मन का वरदान अर्जुन

न हुआ तो?...यदि अर्जुन के पराक्रम को उसने उसका दुस्साहस माना तो?... किन्तु अब सोचने का समय नहीं था।...उसे सुभद्रा को प्राप्त करना था, तो यह सारा जोख़िम तो उसे उठाना ही था...कृष्ण ने कहा था कि सुभद्रा उसे अपने रथ में ही बतायेगी...

उसने रथारूढ़ हो घोड़ों को आगे बढ़ाया और रथ ला कर सुभद्रा के ठीक सामने खड़ा कर दिया...

सुभद्रा ने चौंक कर रथ को देखा, इस रथ को वह पहचानती थी...यह कृष्ण का रथ था। रथारोही का रूप भी कृष्ण से कुछ समानता रखता था, किन्तु वह कृष्ण नहीं था। यह उसके भैया का वेश नहीं था...

अर्जुन रथ से कूद कर उसके सामने आया।

"ओह पार्थ!" सुभद्रा सस्मित बोली, "आपने तो मुझे चौंका ही दिया।"

और तभी अर्जुन ने झुक कर सुभद्रा को अपनी भुजाओं में उठाया और रथ में बैठा दिया। सुभद्रा ने कुछ नहीं कहा, केवल विस्मित दृष्टि से उसे देखती रही।

रक्षकों की समझ में नहीं आया कि उनकी आँखों के सम्मुख क्या घटित हो रहा था। सुभद्रा जिस रथ में आयी थी, वह भी थोड़ी दूरी पर खड़ा था। सारथि स्वामिनी के आने की प्रतीक्षा कर रहा था। यदि देवी सुभद्रा को अपने रथ में न जा कर, पार्थ के साथ रथ में जाना था, तो वे उन्हें पूर्व सूचना भी दे सकती थीं।...यदि यह पूर्व-नियोजित नहीं था, तो अधिक स्वाभाविक था कि पार्थ आ कर देवी सुभद्रा से निवेदन करता, या उन्हें आमन्त्रित करता।...किन्तु पार्थ ने तो उन्हें अपनी भुजाओं में उठा कर रथ में बैठा दिया था। देवी सुभद्रा ने भी विस्मय प्रकट किया था...

अर्जुन ने बाएँ हाथ में वल्गा पकड़, दाएँ हाथ से खड्ग खींच लिया, "मार्ग से हट जाओ। जा कर द्वारका में सूचना दे दो, मैंने देवी सुभद्रा का हरण कर लिया है।"

निमिष-भर में सब कुछ स्पष्ट हो गया। रक्षक खड्ग ले कर झपटे और दासियाँ चीत्कार कर गिरती-पड़ती भाग गयीं।...किन्तु चार रक्षकों के लिये अर्जुन को रोक पाना सम्भव नहीं था। खड्गों की दो-चार टकराहटों के पश्चात ही अर्जुन को मार्ग मिल गया और उसका रथ पूरे वेग से दौड़ पड़ा।

अर्जुन सतर्क था कि उसके हाथों द्वारका के इन साधारण खड्गधारी रक्षकों में से भी किसी का वध न हो, उसका रथ कितने ही वेग से क्यों न चले, किन्तु मार्ग में आये किसी साधारण व्यक्ति को भी चोट न आये। वह नहीं चाहता था कि यादव उसे आक्रामक अथवा अन्यायी मानें। सुधर्मा सभा

में उस पर यह आरोप न लगाया जा सके कि वह क्रूर तथा आततायी है। वे लाग उसके शौर्य, साहस और वीरता की जितनी और जैसी परीक्षा लेना चाहें ले लें, किन्तु न तो वह उनका विरोधी घोषित हो, न उन्हें वह अत्याचारी प्रतीत हो...

हरण करते समय तो उन चार रक्षकों से एक छोटी-सी झड़प भी नहीं हुई। बस ऐसा ही लगा, जैसे उन्हें खड्ग दिखा कर धमका-भर दिया हो और वे अपना सामर्थ्य पहचान कर पीछे हट गये हों। उनके लिये अर्जुन से लड़ने से कहीं सुरक्षित मार्ग था, जा कर सुधर्मा सभा में शोर मचाना। इस प्रकार वे अपने धर्म का पूर्ण निर्वाह भी कर लेंगे और उनके प्राण भी सुरक्षित रहेंगे...

किन्तु अब सामने सैनिक चौकी थी। सम्भव है यहाँ सौ-पचास सशस्त्र सैनिक हों और वे लोग युद्ध करने का साहस दिखाएँ। वैसे तो शायद उन्हें अभी तक इस हरण की सूचना भी न मिली हो, किन्तु वे रथ को अवश्य रोकेंगे। उन्हें यही निर्देश है कि यहाँ स्वयं महाराज उग्रसेन का रथ भी रुकेगा।...किन्तु अर्जुन रथ रोक नहीं सकता। रथ के रुकने से विलम्ब होगा। सैनिकों को कहीं से सूचना मिल सकती है। सुभद्रा, जो अब तक स्तब्ध-सी चुपचाप बैठी है, चिल्ला सकती है, सैनिकों को अपनी सहायता के लिये पुकार सकती है, अथवा रथ से कूद सकती है...अर्जुन को इन सैनिकों अथवा उनकी सहायता के लिये आ सकने वाली सेनाओं का भय नहीं था। उसके मन में न तो यादव वीरों से पराजित होने का भय था, न अपने प्राण गँवाने का।...उसकी सारी घबराहट केवल एक ही बिन्दु पर टिकी हुई थी...रैवतक पर्वत से भागते हुए सुभद्रा के वे रक्षक किसी भी क्षण सुधर्मा सभा में पहुँच कर दुहाई मचा सकते हैं। ऐसे में यदि यादव वीरों ने उसका पीछा किया,...स्वयं मातुल अथवा भैया बलभ्रद आ कर उसके सम्मुख धनुष तान कर खड़े हो गये तो? वह मातुल अथवा बलराम पर आक्रमण कर पायेगा क्या? यह सारण, उद्धव अथवा सात्यकि का वध कर पायेगा क्या? वह अक्रूर, कृतवर्मा अथवा अन्य वीरों को अपना शत्रु मान कर उनसे युद्ध कर पाएगा क्या?...केवल इसलिये कि वह सुभद्रा के रूप को देख कर उसमें आसक्त हो गया है? अपनी कामनाओं को पूर्ण करने के लिये, एक स्त्री को प्राप्त करने के लिये वह अपने इन आत्मीय जनों से युद्ध कर पायेगा? उनका वध कर पायेगा?...

'ओह कृष्ण! तुमने किस धर्म-संकट में फँसा दिया मुझे।'

रथ वायु-वेग से दौड़ रहा था और अर्जुन का मन उससे भी अधिक वेगवान हो गया था...वह सहस्रों कल्पनाएँ कर रहा था, असंख्य सम्भावनाओं पर विचार

कर रहा था, अनेक जटिल परिस्थितियों की सृष्टि कर उनका समाधान कर रहा था...बस उसका ध्यान नहीं था, तो एक सुभद्रा की ओर ही नहीं था।...

अर्जुन को अकस्मात ही अपने सामने खड़े देख कर सुभद्रा केवल विस्मित ही हुई थी।...उसने सुन रखा था कि अर्जुन आखेट के लिये जाने वाला है।...किन्तु वह यहाँ खड़ा क्या कर रहा है? भैया कृष्ण और बलराम के घर उसने उसे कई बार देखा था। कई बार वह उनके घर पिता जी से मिलने भी आया था... किन्तु उसकी सुभद्रा से कभी कोई विशेष बात नहीं हुई थी। भैया कृष्ण और बलराम दोनों ही सुभद्रा को स्वयं से इतनी छोटी मानते थे कि उनकी किसी गम्भीर बात में वह सम्मिलित ही नहीं हो पाती थी। तो ऐसे में कृष्ण के इस मित्र से वह क्या बात कर पाती।...

पर यहाँ तो जैसे वह उसके लिये ही खड़ा था। कुछ कहना था क्या? कहीं भैया कृष्ण ने ही तो उसे कोई संदेश नहीं भेजा?...नहीं। भैया को संदेश ही भेजना होता तो अपने इस सम्मानित मित्र को क्यों भेजते? उनके पास संदेशवाहकों का कोई अभाव था क्या?...नहीं, संदेश नहीं। वैसे ही जाते-जाते सुभद्रा को देख कर रुक गया होगा।...

और तभी अर्जुन ने उसे अपनी भुजाओं में उठा कर रथ में बैठा लिया। यदि अर्जुन ने उसके हरण की घोषणा न की होती, तो भी वह यही मानती कि भैया के ही समान वह उसे छोटी बच्ची समझ कर, उसके साथ उन्हीं के समान व्यवहार कर रहा है...पर उसने तो उसके हरण की घोषणा की थी...सुभद्रा के मन में विचारों के असंख्य बवण्डर एक साथ उठ खड़े हुए थे।...अर्जुन का वह स्पर्श! कैसा कमनीय था वह। पुरुष के उस एक स्पर्श ने उसके भीतर की नारी को चैतन्य कर दिया था।...नारी के चैतन्य होते ही उसकी लज्जा और आत्म-रक्षा की भावनाएँ भी सजग हो गयी थीं। उसे अर्जुन के इस दुस्साहस पर जैसे क्रोध आया। वह उसका हरण कर रहा है। उसे असहाय पा कर, उसकी इच्छा के अभाव में, उसके माता-पिता से पूछे बिना, बलात हरण कर रहा है। इस समय सुभद्रा का कोई रक्षक नहीं है। उसे अपनी रक्षा स्वयं करनी होगी...

उसकी आत्मरक्षा की भावना अंकुरित हुई, तो उसके भीतर विलुप्त क्षत्राणी भी साक्षात हो उठी...उसे स्मरण हो आया कि वह खड्ग चला सकती है। धनुष-बाण का प्रयोग कर सकती है, इतने सारे शस्त्र रखे हैं रथ में। वह उसकी ओर से निश्चिन्त रथ हाँक रहा है। अभी वह एक शूल या शक्ति उठा कर भोंक दे तो उसके वक्ष के आर-पार हो जायेगी...खड्ग का एक वार

अभी इस धनंजय को बता देगा कि किसी यादव-कन्या का अपहरण क्या अर्थ रखता है।

सुभद्रा ने दृष्टि घुमा कर शस्त्रों की ओर देखा : कितना असावधान था अर्जुन!...और तभी सुभद्रा का मन जैसे पलट गया...वह स्वयं असावधान नहीं थी क्या?...वह क्यों नहीं समझ पा रही थी कि अब वह युवती हो गयी है। पुरुष मन उसकी ओर आकृष्ट होता है। अर्जुन जैसा योद्धा, जिसने काम्पिल्य में भीषण प्रतिज्ञा पूरी कर द्रौपदी जैसी नारी को प्राप्त किया था, वह स्वयं उसका हरण कर रहा था...उसने सुभद्रा को इस योग्य समझा था और उसके लिये अपने प्राणों का पण लागने यहाँ आया था। यादवों की नगरी में से वह वसुदेव की पुत्री तथा कृष्ण और बलराम की बहन का वरण कर रहा था...

सहसा सुभद्रा का मन चौंक कर खड़ा हो गया...कृष्ण के इस मित्र ने, कृष्ण की बहन के हरण का साहस कैसे किया? नहीं जानता यह भैया कृष्ण को?...और तभी उसका ध्यान रथ की ओर चला गया...यह भैया का ही रथ था, भैया के ही घोड़े थे...और निश्चित रूप से ये सारे शस्त्र भी भैया के ही थे। भैया ने यह रथ अर्जुन को न सौंपा होता तो अश्व अर्जुन के चलाए चलते ही नहीं। भैया ने ये शस्त्रास्त्र स्वयं इस रथ में न रखवाए होते तो अर्जुन स्वयं मास-भर भी लगा रहता तो ये सारे शस्त्र रथ में सजाए न जा सकते।...इतने शस्त्रास्त्र दिये हैं भैया ने कि अर्जुन सारी यादव सेना के विरुद्ध अकेला ही कई दिन लड़ता रहे...

तो भैया ने भेजा है अर्जुन को, सुभद्रा के हरण के लिये। यह रथ और शस्त्रास्त्र ही भैया ने नहीं दिये, यह साहस भी भैया का ही दिया हुआ है।...

पर भैया ने उसकी इच्छा-अनिच्छा की चिन्ता क्यों नहीं की? उसकी इच्छा?...और उसकी आँखें पुनः शस्त्र-भण्डार पर जा टिकीं...ये शूल और शक्तियाँ...यही तो वे शस्त्र थे, जिनका अभ्यास पिछले दिनों सुभद्रा करती आ रही है। उन्होंने अर्जुन को भेजा है कि वह सुभद्रा का हरण कर ले, तो वे शस्त्र भी साथ रख दिये हैं जिन से सुभद्रा अपनी रक्षा कर सके...अर्थात सुभद्रा को यह निर्णय आज और अभी करना होगा कि उसे अर्जुन का वरण करना है या नहीं।...यदि उसे अपने पति के रूप में अर्जुन स्वीकार नहीं है, तो उसे तत्काल शस्त्र उठा लेने चाहिए और यादव सैनिकों की चौकियों के निकट सहायता की गुहार करनी चाहिए।...अभी इस मार्ग पर यादव वीरों की भीड़ लग जायेगी और अर्जुन के लिये पग-भर चलना भी दूभर हो जायेगा।...और यदि उसे अर्जुन स्वीकार है, तो उसे कुछ करने की आवश्यकता नहीं है। वह चुपचाप बैठी रहे...अर्जुन ही उसका पति होगा।...

तो भैया कृष्ण ने उसे बाध्य कर दिया है कि वह इसी क्षण निर्णय करे। बहुत दिनों से वह टाल रही है उन्हें! अब नहीं टाल सकती। यही निर्णय का क्षण है। उसे निर्णय करना ही होगा...पर भैया क्यों बाध्य कर रहें हैं उसे? क्यों उसे मनोनुकूल अवसर नहीं दिया जा रहा? यदि भैया उसे बाध्य कर, उससे 'हाँ' करवाना चाहते हैं, तो वह इसके विरुद्ध विद्रोह करेगी। वह इस आरोपित पुरुष को अपना पति स्वीकार नहीं करेगी...

उसने हाथ बढ़ा कर शूल उठा लिया और अर्जुन की ओर देखा : अर्जुन की दृष्टि मार्ग पर ही लगी हुई थी। सामने द्वारका की अन्तिम सैनिक चौकी थी। इसका अर्थ है कि मार्ग की दो चौकियों को अर्जुन पार कर आया था और इस चौकी के पश्चात तो वे द्वारका से बाहर होंगे।...यदि सुभद्रा शूल का प्रहार कर अर्जुन को आहत कर देती है और रथ पर से कूद कर सुरक्षित अपने घर पहुँच जाती है, तो उसका अर्थ होगा अर्जुन का तिरस्कार। उसके रक्षक अब तक सुधर्मा सभा में पहुँच चुके होंगे। यादवों की सेना अपने वीरों के नेतृत्व में आ रही होगी। यदि वह अर्जुन को इस प्रकार बाधित कर लेगी तो वे लोग इतने में आ ही लेंगे। बलराम भैया, अर्जुन को बाँध कर द्वारका ले जायेंगे। उसे दण्डित करेंगे...वे उसे बन्दी बना सकते हैं, उसका अंग-भंग कर सकते हैं।...और उसकी हत्या भी कर सकते हैं। यदि इतना कठोर दण्ड नहीं भी दिया गया तो अर्जुन का तिरस्कार तो होगा ही और फिर वह अर्जुन को अपने पति के रूप में कभी नहीं पा सकेगी...कभी नहीं। कभी नहीं...

सैनिक चौकी निकट आ गयी थी। नायक आगे बढ़ आया था और रथ को रुकने का संकेत कर रहा था...सुभद्रा जानती थी कि नायक कृष्ण का रथ पहचान लेगा और तत्काल उन्हें आगे बढ़ जाने का संकेत करेगा...किन्तु अर्जुन जिस वेग से रथ दौड़ा रहा था और उसके मन्थर होने का कोई भी लक्षण नहीं था, उससे तो सैनिकों को संदेह हो ही जायेगा और वे तत्काल मार्ग में अवरोध खड़ा करने का प्रयत्न करेंगे...बहुत सम्भव है कि वे मार्ग बन्द करने के लिये अस्थायी फाटक का भी प्रयोग करें...पहले ऐसा नहीं होता था। यादवों के रथ द्वारका के भीतर ही अबाध गति से नहीं चलते थे, द्वारका में उनके प्रवेश और निष्क्रमण पर भी किसी प्रकार का कोई प्रतिबन्ध नहीं था।...किन्तु सत्राजित की हत्या कर शतधन्वा के द्वारका के बाहर भाग जाने के बाद से ही इस प्रकार के नियम बना दिये गये थे...

सुभद्रा का अनुमान ठीक था। वह देख रही थी कि रथ के वेग को कम न होते देख नायक ने अपने सैनिकों को संकेत किया था और वे भागते हुए काष्ठ के बड़े-बड़े अवरोधक उठा लाने का प्रयत्न कर रहे थे...तभी सुभद्रा ने

एक चमत्कार देखा...सहसा अर्जुन ने अश्वों की वल्गा अपने दाँतों में थाम ली थी और दोनों हाथों से धनुष-बाण परिचालन आरम्भ कर दिया था।...पर यह बाण चलाना मात्र नहीं था। यह तो उसके धनुष से जैसे बाणों की एक नदी प्रवाहित होने लगी थी। बाणों की वह धारा धनुष के छूटते ही दो वर्गों में विभाजित हो रही थी। एक वर्ग मार्ग की बायीं ओर जा रहा था, दूसरा दायीं ओर! मार्ग के दोनों ओर जैसे बाणों की प्राचीरें खड़ी हो गयी थीं, जिनके मध्य से रथ सुचारु गति से निर्विघ्न निकलता जा रहा था। साधारण सैनिक तो क्या सुभद्रा को लगा बड़े-बड़े महारथी भी इन बाण-प्राचीरों के मध्य धँसने का साहस नहीं कर सकते। अर्जुन के रथ के सम्मुख कोई बाधा खड़ी नहीं की जा सकती। उसकी गति को कोई रोक नहीं सकता।...और अद्‍भुद तथ्य यह था कि एक भी सैनिक घायल तक नहीं हुआ था। अर्जुन ने उन्हें बाणों के मध्य आने का अवसर ही नहीं दिया था...

और तब सुभद्रा का ध्यान इस ओर भी गया कि इसके पूर्व के द्वारका के दो अवरोध-द्वार भी अर्जुन ने कुछ इसी प्रकार पार किये होंगे। जाने तब उसका ध्यान कहाँ था कि उसने यह अलौकिक चमत्कार देखा ही नहीं। शायद यह वही समय रहा होगा, जब सुभद्रा अर्जुन पर शस्त्र से प्रहार कर, उसे आहत कर रथ से नीचे फेंक देने की योजना बना रही थी।...यदि कहीं उसने यह चमत्कार देखे बिना ही प्रहार कर दिया होता?...

सुभद्रा का उठा हुआ हाथ झुक ही नहीं गया, उसके हाथ से शूल स्वतः छूट कर गिर पड़ा।

खटके से अर्जुन का ध्यान मार्ग से हट कर सुभद्रा की ओर भटक आया। ...सुभद्रा को अपनी भुजाओं में उठा कर रथारूढ़ कराने के पश्चात से ही उसका ध्यान सुरक्षा-समस्या को ले कर कुछ इस प्रकार एकाग्र रहा था कि वह भूल ही बैठा था कि रथ में उसके अतिरिक्त कोई और भी है...उसकी चेतना ने एक साथ ही कई तथ्यों को ग्रहण किया...वह द्वारका की अन्तिम सैनिक चौकी पार कर आया था। सैनिक, रक्षक, प्रहरी...सब पीछे छूट गये थे और अब कोई अश्व अथवा रथ उसका पीछा नहीं कर रहा था।...साथ ही उसने देखा कि सुभद्रा के हाथ से शूल छूट कर नीचे गिर पड़ा था।....इसका अर्थ था कि सुभद्रा ने रथ में पड़े शस्त्रास्त्रों में से शूल उठाया था। वह शूल उसने निश्चित रूप से द्वारका के सैनिकों के आक्रमण से अपनी रक्षा के लिये नहीं उठाया था। वह अवश्य ही उसने अर्जुन से अपनी रक्षा करने अथवा उससे मुक्त होने का प्रयत्न करने के लिये ही उठाया होगा...तो फिर उसने उसे फेंक क्यों दिया? उसने अर्जुन पर आक्रमण क्यों नहीं किया?

...सहसा उसे स्मरण हो आया, कृष्ण ने कहा था, रथ में ही सुभद्रा उसे अपनी इच्छा बतायेगी...तो सुभद्रा ने उठाया हुआ शूल फेंक कर अपनी इच्छा ही प्रकट की है।...क्या कृष्ण ने इतनी दूर तक यह सब कुछ अपने अनुमान से ही दृश्यमान कर लिया था? वे सुभद्रा के चरित्र को इतनी गहराई से समझते हैं कि वे पूर्ण आत्मविश्वास से बता सकते हैं कि किन परिस्थितियों में उसकी प्रतिक्रिया क्या होगी! यदि वे सुभद्रा से पूछते कि वह किस से विवाह करना चाहती है, तो बहुत सम्भव था कि उसके मन में कोई भी नाम न होता, अथवा नाम होता भी तो वह उन्हें न बताती। यदि अर्जुन के नाम का प्रस्ताव करते, तो स्वयं को परम स्वतन्त्र मानने वाले युवा मन की तत्काल प्रतिक्रिया उसके तिरस्कार की ही होती। कृष्ण उसे अर्जुन के गुण बताते, तो शायद वह उन गुणों को सुनती ही नहीं, सुनती तो उन पर ध्यान न देती। अर्जुन उसके सामने खड़ा होता, तो उसकी ओर आँखें न उठाती। उठाती तो उसके रूप को न देख कर अपने मन के आक्षेपों से उसका चेहरा ढँक देती...

...शायद इसीलिये कृष्ण ने उसे इन परिस्थितियों में डाला था, ताकि वह बाध्य हो कर अर्जुन का रण-कौशल देखे, शस्त्रास्त्र परिचालन में उसकी दक्षता देखे, उसकी कोमल और कठोर मुद्राएँ देखे...और तत्काल निणर्य करे कि उसे अर्जुन से विवाह करना है अथवा किसी और से?...अब तक उसने निर्णय कर ही लिया होगा...

अर्जुन ने शान्त मन से उसकी ओर देखा : सुभद्रा अत्यन्त सहज भाव से मुस्कुरा रही थी, जैसे कुछ भी उसकी इच्छा के विरुद्ध न हुआ हो...और जो कुछ हुआ था, उसमें न कुछ उसके मन के प्रतिकूल था, न उसमें उसकी तनिक भी अवहेलना अथवा अवमानना थी।...

अर्जुन ने वल्गा बाएँ हाथ में सँभाली और अपना दाहिना हाथ सुभद्रा की ओर बढ़ा दिया। आतुर प्रेमिका-सी सुभद्रा उसके कंधे से आ लगी।

21

सुभद्रा के रक्षकों को सुधर्मा सभा के सभा पाल के पास पहुँचने में अधिक समय नहीं लगा।

"क्या बात है, इतने घबराए हुए क्यों हो?" सभापाल को उनका इस प्रकार आना अपनी मर्यादा का उल्लंघन लग रहा था।

"सभापाल! कौन्तेय अर्जुन ने देवी सुभद्रा का अपहरण कर लिया है।" नायक ने हाँफते हुए बताया, "हमने उसे वहाँ खड़े अवश्य देखा था, किन्तु हम

तो कल्पना भी नहीं कर सकते थे कि वासुदेव कृष्ण के घर आया हुआ पाहुना, जिसका कल तक सारी द्वारका ने सत्कार किया था, देवी सुभद्रा का अपहरण कर लेगा। इसीलिये हम सावधान नहीं थे। उसने जब अपनी भुजाओं से उठा कर देवी सुभद्रा को अपने रथ में बैठा लिया, तो भी हमें संदेह नहीं हुआ कि यह अपहरण था।..."

"क्यों? तुम्हें संदेह क्यों नहीं हुआ?" सभापाल ने कुछ तीखे स्वर में पूछा।

"मैंने सोचा कि दोनों कहीं भ्रमण के लिये जा रहे होंगे, और बहुत सम्भव है कि अर्जुन, देवी को उनके घर ही ले जा रहा हो।" नायक बोला, "यहाँ तक कि जब अर्जुन ने स्वयं अपनी जिह्वा से कह दिया कि वह देवी का हरण कर रहा है, तब भी क्षणों तक मैं यही सोचता रह गया कि कहीं यह उसका परिहास ही तो नहीं था।"

"तुम्हारा दोष यह है नायक! कि तुम सोचते बहुत हो।" सभापाल कुछ रुष्ट स्वर में बोला, "और सोचने के नाम पर भी चिन्तन और विश्लेषण कम करते हो, आधारहीन कल्पनाएँ और अनुमान ही अधिक भिड़ाते हो।...वह दुष्ट अपहरण कर रहा था और तुम सोचते रहे कि प्राधुण परिहास कर रहा है। अब बलभद्र का क्रोध तुम्हीं झेलना, मैं तुम्हारी रक्षा नहीं कर सकता।..."

सभापाल के आदेश से, सुधर्मा सभा के चारों ओर लगे हुए, बड़े-बड़े घण्टे बजा दिये गये। उनकी ध्वनि सुन कर नगर के अन्य स्थानों पर लगे हुए घण्टे भी टनटना उठे। सारे नगर में जैसे कोलाहल मच गया...प्रहरी, रक्षक, दण्डधर, सैनिक, रथी, महारथी और अतिरथी सब-के-सब सुधर्मा सभा की ओर भागने लगे।...सब ही जानते थे कि सभापाल के द्वारा इस प्रकार घण्टे बजवाए जाने का अर्थ क्या है। निश्चित रूप से कोई ऐसी आकस्मिक घटना हो गयी थी, जिसके प्रतिकार के लिये तत्कालीन सैनिक अभियान की आवश्यकता थी, अन्यथा सारी द्वारका के घण्टे इस प्रकार उग्र निनाद न कर रहे होते।...

अपने भवन में कृष्ण ने भी वह निनाद सुना...उन्हें सन्तोष हुआ।...अर्जुन अपने अभियान में सफल हो गया लगता था।.. वस्तुतः कृष्ण को तो, प्रातः अर्जुन को विदा करने के क्षण से ही इन ध्वनियों की प्रतीक्षा थी। इन ध्वनियों को सुनने के पश्चात सुधर्मा सभा के लिये तत्काल प्रस्थान की तैयारी भी थी। बाहुक रथ तैयार कर बाहर खड़ा प्रतीक्षा कर रहा था।...किन्तु अन्य लोगों से पहले सभा में पहुँच कर कृष्ण को करना भी क्या था। इतना समय तो दिया ही जाना चाहिए था कि प्रमुख यादव-गण सभा में पहुँच लें, घटना की सूचना प्राप्त कर, परस्पर विचार-विमर्श भी कर लें, सम्भव हो तो किसी निश्चय पर

भी पहुँच लें, किन्तु उनका अभियान आरम्भ होने से पहले कृष्ण को वहाँ पहुँच जाना चाहिए था...

रुक्मिणी ने कुछ आश्चर्य से कृष्ण की ओर देखा : वे प्रातः से ही कहीं जाने को तैयार थे, किन्तु जा नहीं रहे थे। उसे कुछ-कुछ आभास था, शायद वे किसी सूचना की प्रतीक्षा कर रहे थे। अब जब सारी द्वारका घण्ट-ध्वनि से निरन्तर निनादित हो रही थी, तो रुक्मिणी समझ गयी कि कृष्ण कदाचित इसी सूचना की प्रतीक्षा में रहे होंगे।...किन्तु वे तो अब भी हिल नहीं रहे थे।... द्वारका के जीवन में जिस किसी व्यक्ति का तनिक-सा भी महत्त्व था, वह भी सुधर्मा सभा की ओर भागा चला जा रहा था...और कृष्ण थे कि निश्चिन्त घर में बैठे थे।...

"क्या आपको सभा में नहीं जाना है?" रुक्मिणी से पूछे बिना नहीं रहा गया।

"जाना तो है।"

"तो फिर जा क्यों नहीं रहे?"

"प्रत्येक कार्य के लिये उपयुक्त समय होता है, देवि! उसी को हम शुभ-मुहूर्त कहते हैं।" कृष्ण ने मुस्कुरा कर कहा, "उतावली तो श्रेष्ठ पुरुषों का गुण नहीं है।"

कृष्ण को परिहास की इस मुद्रा में देख कर, रुक्मिणी के मुख से अनायास ही निकला, "किन्तु यह तो किसी आकस्मिक संकट की सूचना है।"

"सूचना तो आकस्मिक संकट के समान ही है, किन्तु वस्तुतः कोई संकट है नहीं।" कृष्ण का स्वर पूर्णतः आश्वस्त था, "सभापाल ने रज्जू को सर्प समझ लिया है।"

"तो आपको जा कर उसे समझाना चाहिए कि यह रज्जू है, सर्प नहीं।"

"जाऊँगा। उसे तथा अन्य यादवों को समझाने जाऊँगा, किन्तु पहले उन्हें उसे सर्प समझ कर उस पर प्रहार करने की तैयारी तो करने दो। यदि उन्हें पहले ही समझ में आ गया कि वह सर्प नहीं है, तो उन्हें कुछ समझाने की आवश्यकता ही क्या है?"

बलराम ने सभा में प्रवेश किया तो कोई भी देख सकता था कि उनका क्रोध अपनी पराकाष्ठा पर था। चेहरा तमतमाया हुआ था, आँखें जैसे चिनगारियाँ बरसा रही थीं, और नथुने रह-रह कर फड़क रहे थे। उन्हें अपने भवन में ही सुभद्रा के एक रक्षक से सारी घटना की सूचना मिल गयी थी।

उन्होंने दृष्टि उठा कर इधर-उधर देखा : अभी सभा आरम्भ नहीं हुई थी।

लोग इधर-उधर छोटे-बड़े दलों में बँटे हुए खड़े, उत्तेजित स्वर में चर्चा कर रहे थे। बलराम को लगा कि एक ओर तो ये लोग निष्क्रिय खड़े चर्चा कर रहे हैं और दूसरी ओर उस सारी चर्चा में कहीं आक्रोश भी नहीं है, वे तो जैसे उसमें रस ले रहे थे। बलराम के फट पड़ने के लिये इतना ही पर्याप्त था।

"हम लोग इस प्रकार खड़े हुए, यहाँ किस बात की प्रतीक्षा कर रहे हैं?" उन्होंने कुद्ध स्वर में पूछा, "अर्जुन के इन्द्रप्रस्थ पहुँच जाने की?"

"इन्द्रप्रस्थ पहुँच भी जाये तो क्या?" कृतवर्मा उतने ही उत्तेजित स्वर में बोला, "क्या इन्द्रप्रस्थ में प्रवेश कर जाने मात्र से वह हमारे प्रतिशोध से बच जायेगा?"

"वह प्रश्न ही और है।" बलराम बोले, "मैं तो यह पूछ रहा हूँ कि हम लोग इस प्रकार निठल्ले क्यों खड़े हैं। क्या मैं यह मान लूँ कि अपहरण मेरी ही बहन का हुआ है, यादवों की पुत्री का नहीं, इसलिये उसे उस विश्वासघाती अर्जुन से मुक्त कराने के लिये अकेले मुझे ही जाना है? शेष लोग पथों तथा वीथियों में खड़े केवल चर्चा का रस लेंगे?"

"नहीं! ऐसा कुछ नहीं है आर्य बलभद्र!" सभापाल अपने भय को सम्मान के आवरण में लपेट कर बोला, "हम लोग महाराज उग्रसेन के आने की प्रतीक्षा कर रहे हैं...।"

"क्यों? क्या सेना का नेतृत्व महाराज उग्रसेन करने वाले हैं, या उनके आदेश से अर्जुन के रथ के पहिए रुक जायेंगे?" बलराम ने उद्दण्ड भाव से पूछा।

बलराम की इस मुद्रा का कोई उत्तर सभापाल के पास नहीं था। वस्तुतः यह संवाद की स्थिति तो थी ही नहीं, जिसमें बलराम से तर्क सम्भव हो सकता। बलराम क्रोध में थे और अपने उस क्रोध को वे अभिव्यक्त कर रहे थे। ऐसे में वे किसी की कोई बात सुनने वाले नहीं थे...

सहसा सभापाल का ध्यान कृष्ण की ओर चला गया, "और फिर अभी तो कृष्ण भी नहीं आये। वे लोग आ जायें तो हम सभा आरम्भ करें।"

"आपके सभा आरम्भ कर लेने भर से कोई अमोघ बाण नहीं छूटने लगेंगे कि अर्जुन आहत होकर रथ से गिर पड़ेगा, और न ही आपकी सभा के आह्वान से उसके मार्ग में भूमि से कोई सागर उगकर उसका मार्ग रोक लेगा।" बलराम का क्रोध कुछ और उग्र हो गया, "और फिर यह क्या बात हुई कि जो लोग अपनी असावधानी के कारण या तो आ नहीं रहे, या आने में विलम्ब कर रहे हैं, उनकी प्रतीक्षा में उन लोगों को काम करने से रोका जा रहा है, जो कुछ करने के लिये व्यग्र हैं।" उन्होंने उपस्थित लोगों पर एक दृष्टि

डाली और आवेश भरे स्वर में कहा, "मैं तो एक ही बात जानता हूँ, अर्जुन ने यादवों का अपमान किया है। हमें उसका प्रतिशोध लेना है। अपने अपमान का कलंक धो डालने की जिनकी इच्छा हो, वे चलें मेरे साथ। अर्जुन अभी बहुत दूर नहीं गया होगा। हम अभी उसे बाँध कर ले आयेंगे। उसे मालूम तो हो कि यादवों का अपमान करने का अर्थ क्या होता है।"

"वह तो ठीक है।" सभापाल बोला, "किन्तु सैनिक अभियान से पहले महाराज की अनुमति तो लेनी होगी न?"

"अपने अपमान का प्रतिशोध लेने के लिये मुझे राजा की अनुमति लेनी होगी? अन्याय का प्रतिकार करने के लिये मुझे राजा से पूछना होगा?" बलराम की उग्रता विकट हो गयी थी, "किन्तु कंस को मारने के लिये हमें किसी की अनुमति की आवश्यकता नहीं पड़ी थी।"

"मैं तो चकित हूँ," अक्रूर ने सबको सुनाते हुए, जैसे अपने-आप से कहा, "कुन्ती का पुत्र इस प्रकार का कार्य करने का साहस कर ही कैसे सकता है।..."

"यह सब कृष्ण के प्रेम का परिणाम है।" कृतवर्मा ने उग्र स्वर में कहा, "वह समझता है कि वह कृष्ण का दुलारा है, तो कोई उससे कुछ कहेगा ही नहीं।"

सात्यकि को लगा बलभद्र मर्यादा को तोड़ कर कुछ अधिक ही आगे बढ़ रहे हैं। यद्यपि उसे बलराम द्वारा अर्जुन का विरोध अच्छा नहीं लग रहा था, किन्तु इसमें तो एक प्रकार से कृष्ण की भी अवमानना थी।...वैसे यह कोई नयी बात नहीं थी। अपने आक्रोश में बलराम कई बार कहनी-अनकहनी बहुत कुछ कह जाया करते थे, किन्तु यह मान लिया जाता था कि बलराम क्रोध में यह सब कह रहे हैं, वस्तुतः उनके मन में कृष्ण के प्रति कोई विरोध नहीं है...और यदि कोई छोटा-मोटा विरोध होगा भी तो कृष्ण की एक मुस्कान से वह सब मिट जायेगा...सबसे बड़ी बात तो यह थी कि बलराम ऐसी बातें सार्वजनिक रूप से नहीं कहते थे..पर आज तो स्थिति कुछ बदली हुई लगती थी...वे सुधर्मा सभा में, सारे यादव-प्रमुखों के सम्मुख ऐसी बातें कह रहे थे।

सहसा सात्यकि का ध्यान स्यमंतक मणि की ओर चला गया...स्यमंतक मणि को ले कर बलराम ने कृष्ण पर संदेह किया था। तब वे इतना क्रुद्ध हो गये थे कि कृष्ण के सारे विरोधी उनको अपने मित्र तथा कृष्ण के सारे मित्र अपने परमशत्रु लगने लगे थे।...इसीलिये उन्होंने पाण्डवों के शत्रु दुर्योधन को अपना शिष्य मान कर, उसे गदा-युद्ध सिखाया था...आज फिर बलराम के मन में सुभद्रा-हरण को ले कर कृष्ण और अर्जुन दोनों का ही विरोध

जाग उठा था।

"भैया बलराम!" सात्यकि अपने स्वर को ऊँचा उठाता हुआ बोला, "आप कृष्ण को आ तो जाने दें। उनसे बात करके ही मालूम होगा कि वास्तुविक घटना क्या है। बहुत सम्भव है कि इसमें सुभद्रा की अपनी इच्छा भी हो...और यदि सुभद्रा अपनी इच्छा से अर्जुन के साथ गयी है, तो अर्जुन के प्रति रोष का कोई कारण ही नहीं रह जाता है।..."

बलराम ने अपनी क्रुद्ध आँखें सात्यकि की ओर फेरीं, "सुभद्रा अभी बच्ची है। उसे अपने भले-बुरे का ज्ञान नहीं है, इसलिये उसकी इच्छा-अनिच्छा का कोई अर्थ ही नहीं है।..."

कृतवर्मा की न तो अर्जुन में अधिक रुचि थी, न सुभद्रा में। वह शायद चुप ही रहता, किन्तु सात्यकि के विरोध का ऐसा अवसर वह छोड़ना नहीं चाहता था।...और फिर यहाँ तो बलराम को सात्यकि के विरुद्ध भड़काने का सुनहरा अवसर था।

"बलभद्र! कन्याएँ अपनी इच्छा से ही सही, जब हरण-कर्ता के साथ चली जाती हैं, तो क्या वह हरण, हरण नहीं रहता, या उससे कन्या-पक्ष आहत और अपमानित नहीं होता?" कृतवर्मा बोला, "सात्यकि से पूछो तो ज़रा कि रुक्मिणी अपनी इच्छा से कृष्ण के साथ आयी थी या नहीं। साथ आना तो क्या, उसने तो संदेश-वाहक के हाथ पत्र भेज कर कृष्ण को बुलाया था। तो भी भीष्मक ने उसका विरोध किया था या नहीं? रुक्मनी के नेतृत्व में विदर्भ की सेनाएँ लड़ने आयीं थीं या नहीं? यादव क्या विदर्भों से भी गये-बीते हैं कि अपने अपमान का प्रतिशोध लेने का प्रयत्न भी नहीं करेंगे?"

"विदर्भों ने क्या किया, इससे हमें क्या लेना-देना।" बलराम पूर्णतः उन्माद की स्थिति में थे, "यादव-कन्या का अपहरण करने वाला मनुष्य जीवित नहीं बच सकता। यादवों का अपमान करना इतना सरल नहीं है। चलो! अपने शस्त्र बाँधो। रथ और अश्व तैयार करो। हम अर्जुन के पीछे जायेंगे। मार्ग में नहीं मिला, तो इन्द्रप्रस्थ तक जायेंगे। जिस इन्द्रप्रस्थ का निर्माण अपने हाथों किया है, उसे अपने इन्हीं हाथों से नष्ट भी कर आयेंगे।"

सात्यकि को लगा, अब उन्माद को रोका नहीं जा सकता...और कृष्ण अभी तक नहीं आये। सम्भव है कि वे भी अभियान की तैयारी कर रहे हों। ...नारायणी सेना के नायकों को सूचनाएँ भिजवा रहे हों, शस्त्रास्त्र एकत्रित करवा रहे हों, अपनी अश्वशालाओं से अश्व मँगवा रहे हों...पर यदि बलराम और कृतवर्मा उन्माद के इस ज्वार मुकुट बन कर चल पड़े और उन्होंने अर्जुन को बाँध ही लिया, तो फिर कृष्ण आ कर भी क्या करेंगे?...किन्तु तभी

सात्यकि का चिन्तन जैसे स्तम्भित हो कर खड़ा हो गया।...क्या इतना ही सरल है अर्जुन को बाँध कर ले आना?...यदि ऐसा ही होता तो अर्जुन इस प्रकार का दुस्साहस करता? कृष्ण ने सात्यकि को अर्जुन से धनुर्विद्या सीखने का परामर्श क्यों दिया था?...इसका अर्थ था कि यादवों में कोई भी ऐसा धनुर्धारी नहीं था, जिसे सात्यकि अपना गुरु मानता।...कृतवर्मा जान-बूझ कर बलराम को उत्तेजित कर रहा था।...कहीं ऐसा तो नहीं कि वह कृष्ण और बलराम को परस्पर ही उलझा देना चाहता हो?...उसका कोई भरोसा नहीं है, कहीं वह कृष्ण का भक्त प्रतीत होने लगता है और कहीं उनका परम शत्रु। पता नहीं वह किसका मित्र है और किसका शत्रु। पता नहीं वह स्वयं भी इस बात को समझता है या नहीं। बस किसी बात पर अड़ जाता है तो अड़ ही जाता है...परिणाम कुछ भी हो!

"चलो। जिस-जिसको यादवों का सम्मान प्रिय हो, वह चले मेरे साथ!" बलराम ने द्वार की ओर पग बढ़ाये।

"आर्य बलभद्र!" सभापाल अपने असमंजस में कोई निर्णय नहीं ले पा रहा था, "आप महाराज उग्रसेन के आने तक तो रुक जायें...या...या..." वह हकलाया, "कृष्ण को तो आ लेने दें।"

"मैं उनके आने की प्रतीक्षा नहीं कर सकता।" बलराम बोले, "वे आ जायें तो आप ही उनसे पूछ लीजिएगा कि संकट के इस काल में उनसे यह प्रमाद कैसे हो गया कि वे सुधर्मा सभा के घण्टनाद को सुन कर भी घर में ही बैठे रहे। किसी राज्य अथवा समाज का नेतृत्व प्रमाद तथा आलस्य से नहीं होता। उन्हें अपने आचरण पर एक बार गम्भीरता से विचार करना चाहिए।...मैं उन आलसियों के लिये रुक नहीं सकता।"

"पर ऐसे में आपका यह निर्णय सुधर्मा-सभा का निर्णय नहीं माना जा सकता।" सभापाल बोला, "यह आपका व्यक्तिगत निर्णय है और अपने आचरण के लिये आप स्वयं उत्तरदायी होंगे।"

अपनी इस क्षुब्ध स्थिति में भी बलराम हँसे, "महाराज उग्रसेन को कंस के कारागार से मुक्त कराने का निर्णय सुधर्मा सभा अथवा यादवों का निर्णय नहीं था। वह भी मेरा और कृष्ण का व्यक्तिगत निर्णय ही था। और श्रीमन्!" वे सभा की ओर घूमे, "अपने आचरण के लिये सदा मैं स्वयं उत्तरदायी रहा हूँ। मेरे आचरण के लिये आप उत्तरदायी कैसे हो सकते हैं?..."

बलराम शायद अभी कुछ और भी कहते किन्तु तभी द्वारपाल ने महाराज उग्रसेन के आने की सूचना दी। महाराज के साथ-साथ वसुदेव भी आये थे। उनके पीछे ही कृष्ण और उद्धव भी आ पहुँचे थे।

बलराम पर उग्रसेन से अधिक अपने पिता की उपस्थिति का प्रभाव पड़ा। उनकी उग्रता कुछ मर्यादित हुई, किन्तु वे अधिक धैर्य नहीं रख सके। उग्रसेन के आसन पर विराजमान होते ही वे उच्च स्वर में बोले, "महाराज! अर्जुन ने सुभद्रा का अपहरण किया है। यह यादवों का घोर अपमान है। मेरा प्रस्ताव है कि यादवों को तत्काल रण-सज्जित हो कर, अर्जुन का पीछा कर, उसे बन्दी कर, यहाँ ला, दण्डित करने आ आदेश दिया जाये।" कुछ सोच कर वे कुछ थमे और बोले, "हाँ! इस विषय में कृष्ण का मत भी जान लें। इतना बुद्धिमान हो कर भी वह इस समय तनिक भी सक्रिय नहीं लग रहा है। इतनी देर से आया है और शान्ति से एक ओर बैठ गया है।..."

उग्रसेन ने कृष्ण की ओर देखा, "वासुदेव! क्या विचार है तुम्हारा? क्या हमें अर्जुन अथवा युधिष्ठिर से सम्पर्क कर किसी प्रकार की चर्चा नहीं करनी चाहिए? उस पर तत्काल आक्रमण ही कर देना चाहिए?"

"आक्रमण नहीं करेंगे तो क्या करेंगे महाराज?" कृतवर्मा बोला, "यादव अब अपराधियों को दण्डित भी नहीं करेंगे? अपने अपराध का प्रतिशोध भी नहीं लेंगे?"

उग्रसेन ने पुनः कृष्ण की ओर देखा!

"यदि अर्जुन ने यादवों का अपमान किया है, तो उसे अवश्य दण्डित किया जाना चाहिए।" कृष्ण ने अत्यन्त शान्त स्वर में कहा, "हमें पूर्ण गम्भीरता से इस तथ्य का विश्लेषण करना चाहिए कि क्या सचमुच ही अर्जुन के इस कार्य से यादवों का अपमान हुआ है? क्या अर्जुन ने सचमुच अधर्मरत हो, मर्यादा का खण्डन किया है?"

कृतवर्मा का मुख आश्चर्य से खुल गया, "सुभद्रा के अपहरण से यादवों का अपमान नहीं हुआ है क्या? अपनी कन्या को छुड़ाना और हरणकर्ता को दण्डित करना हमारा धर्म नहीं है क्या?"

कृष्ण तनिक भी विचलित नहीं हुए। उसी प्रकार शान्त भाव से बोले, "क्षत्रियों में विवाह के लिये हरण का प्रचलन नहीं है क्या? आपको पहले तो यह निर्णय करना चाहिए कि वह हरण है अथवा अपहरण? यदि यह हरण है और अर्जुन सुभद्रा से विवाह करना चाहता है तो इसमें यादवों का सम्मान है या अपमान?"

"सम्मान कैसे?" बलराम के मुख से अनायास ही निकल गया।

"पांचालराज द्रुपद के जामाता, विश्व के सर्वश्रेष्ठ धनुर्धर अर्जुन ने यादवों को इतना सम्मानित, प्रतिष्ठित तथा अपना सम्बन्धी होने के योग्य माना है तभी तो उनकी कन्या से विवाह का प्रस्ताव रखा है।..."

"होगा वह द्रुपद का जामाता!" बलराम आक्रोश से उबल पड़े, "किन्तु हमने सदा पाण्डवों की रक्षा की है। उन्हें सहारा हमने ही दिया है। हमने उनके लिये इन्द्रप्रस्थ का निर्माण न किया होता, तो वे उसी वन में कुटीर बना कर रह रहे होते अथवा दस्युओं से दुखी हो कर कहीं चले गये होते। और आज वही अर्जुन हमारी बहन का अपहरण कर हमें सम्मानित कर रहा है?"

"है क्या पाण्डवों के पास...चारों ओर अपने शत्रुओं से घिरा हुआ, धन-धान्य से शून्य इन्द्रप्रस्थ का एक छोटा-सा राज्य?" कृतवर्मा बोला, "उनकी हैसियत ही क्या है कि वे यादवों के इस समृद्ध और शक्तिशाली वंश से सम्बन्ध जोड़ने का स्वप्न देखें? न उनके पास यादवों जैसी सम्पत्ति, न वैसा राज्य, न वैसी सेना!..."

"मैं जानता हूँ कि यादवों के पास समृद्धि का बहुत बल है।" कृष्ण ने अपना दाहिना हाथ उठा कर कृतवर्मा को बीच में ही चुप करा दिया, "हम राज्य और राजवंशों के समाज में श्रेष्ठ स्थिति को प्राप्त हैं, इसलिये हमें उसका लाभ होना चाहिए, हमें सुभद्रा के लिये श्रेष्ठ वर चुनने का अवसर मिलना चाहिए।"

"वह तो है ही।" बलराम ने जैसे कृष्ण को अपने ही विचारों की पुष्टि करते हुए पा कर कहा, "इसीलिये तो हम सुभद्रा के लिये श्रेष्ठतम वर चुनना चाहते हैं।"

"आप श्रेष्ठतम वर नहीं चुनना चाहते, आप केवल धनी वर चुनना चाहते हैं। आप अपने सामर्थ्य का लाभ उठाने के स्थान पर हानि उठाना चाहते हैं आप धनी हैं, इसलिये धन के दुर्गुणों से युक्त पापी, आततायी, अधार्मिक और अन्यायी वर चुनना चाहते हैं, अपनी बहन के लिये।" कृष्ण के स्वर में ऐसा तेज था कि सारी सभा मानो हतप्रभ हो कर उनकी ओर देख रही थी, "आप धनी हैं, शक्तिशाली हैं, स्वतन्त्र हैं, समर्थ हैं...इसलिये आपको अपनी बहन के लिये ऐसा वर चुनना चाहिए, जो धर्म के मार्ग पर चलता हुआ, स्वच्छ जीवन व्यतीत करता हो, दुर्योधन जैसा पापी नहीं जो पर-सम्पत्ति और पर-नारी पर दृष्टि गड़ाए हो, जो षड्यन्त्र कर अपने सत्वगुणी भाइयों की हत्याएँ करवाता हो, जो अपने लोभ, अहंकार, ईर्ष्या और धन, सत्ता और शक्ति के मद में मातुल कंस के समान राक्षस हो गया हो।..."

"अवसर पड़ने पर अर्जुन भी वैसा नहीं हो जायेगा, इसका क्या प्रमाण है तुम्हारे पास?" अक्रूर स्वयं समझ नहीं पाये कि यह एक तटस्थ व्यक्ति की मात्र जिज्ञासा थी अथवा वह कृष्ण का अस्पष्ट विरोध करने का प्रयत्न था।

"प्रमाण यह है कि समर्थ होने पर भी भीम ने अपनी हत्या का प्रयत्न

करने वाले दुर्योधन का वध नहीं किया।" कृष्ण बोले, "युवराज बन जाने पर भी युधिष्ठिर ने धृतराष्ट्र, दुर्योधन तथा उसके साथियों को अपदस्थ कर उनकी हत्या करना तो दूर, उन्हें तनिक-सी क्षति पहुँचाने का भी कोई प्रयत्न नहीं किया। द्रुपद को पराजित कर भी पाण्डवों ने उनका राज्य छीनने अथवा उनसे किसी प्रकार का लाभ उठाने की कोई चेष्ठा नहीं की। वारणावत जाने के संकट को जानते हुए भी अपने पितृव्य की आज्ञा का उल्लंघन नहीं किया। काम्पिल्य और हस्तिनापुर में अवसर मिलने पर भी वारणावत काण्ड का प्रतिशोध लेने का प्रयत्न नहीं किया। कुरु-राज्य के बँटवारे के नाम पर खाण्डवप्रस्थ पा कर भी न विरोध किया, न लोभ दिखाया। द्रौपदी जैसी स्त्री पा कर भी अर्जुन का धर्मविरुद्ध काम नहीं जागा। राजा और भाई के क्षमा करने पर भी वह प्रतिज्ञा के अनुसार बारह वर्षों के लिये इन्द्रप्रस्थ छोड़ आया।... कितने प्रमाण चाहिए आपको...।"

"यह पाण्डवों की कायरता भी तो हो सकती है।" कृतवर्मा पुनः बोला।

"कायरता धर्म से डिग जाने में होती है, धर्म पर स्थिर रहने में नहीं।" कृष्ण का स्वर पहले से भी अधिक दृढ़ हो गया था, "इतनी विकट विरोधी परिस्थितियों में, प्राणों का भय होने पर भी जिन्होंने अपना धर्म नहीं छोड़ा, वे कायर नहीं हो सकते।..."

"यदि वह इतना ही वीर है तो सुभद्रा का अपहरण कर भाग क्यों गया?" बलराम ने कटु स्वर में कहा, "सामने खड़ा हो, चुनौती देता तो मैं देखता उसकी वीरता।" और जैसे बलराम ने पुनर्विचार के रूप में जोड़ा, "और वैसे भी अभी ऐसा क्या बिगड़ गया है। हम अभी तीव्रगामी रथों में उसके पीछे जाते हैं और देखते हैं कि वह कितना वीर है।..."

"अवश्य जाइये!" कृष्ण के अधरों पर वक्रता थी, "मैं न किसी को अर्जुन के पीछे जाने से रोक रहा हूँ, न किसी को उससे युद्ध करने से हतोत्साहित कर रहा हूँ। उसके पास इस समय मेरा युद्धक रथ है, शस्त्रास्त्रों का विशाल भण्डार है और अपना युद्ध कौशल एवं पराक्रम है। जिसमें साहस हो, जा कर लड़ ले, उसे पराजित कर सुभद्रा को लौटा लाये।"

"तुम यादवों को उसका भय दिखा रहे हो?" अक्रूर ने पूछा।

"नहीं! यादवों को अपनी वीरता के परीक्षण का अवसर दे रहा हूँ।"

"तुम साथ नहीं जाओगे?" कृतवर्मा ने पूछा।

"मैं अधर्म-युद्ध में किसी का साथ नहीं दे सकता।" कृष्ण ने कहा, "यादवों का भी नहीं।"

"अपने अपमान का प्रतिशोध अधर्म है?" बलराम की दृष्टि फिर से कठोर

हो गयी थी।

"नहीं! किन्तु अपने अहंकार के मद में उचित-अनुचित की सूक्ष्म रेखा को मिटा देना अधर्म अवश्य है।" कृष्ण का स्वर शान्त था, "यह आपको सोच लेना चाहिए भैया कि आप अपने अहंकार का पोषण कर रहे हैं, अथवा अपमान का प्रतिशोध ले रहे हैं।..."

"मेरा तुमसे कोई विरोध नहीं है कृष्ण!" वसुदेव ने सारी चर्चा में पहली बार मुख खोला, "किन्तु तुम मुझे यह बताओ कि यदि अर्जुन सुभद्रा के योग्य वर भी है, पाण्डव हमारे कुल के तुल्य प्रतिष्ठा-सम्पन्न भी हैं....सुभद्रा की कामना में कोई अनौचित्य भी नहीं है, तो अर्जुन ने मुझसे सुभद्रा की याचना क्यों नहीं की? उसने मुझसे क्यों नहीं कहा कि वह सुभद्रा से विवाह करना चाहता है? उसने सुभद्रा का हरण क्यों किया?"

"वह शुल्क दे कर सुभद्रा को प्राप्त करना चाहता तो आप उसकी इच्छा पूरी नहीं करते, क्योंकि धन के विपर्यय में कन्या प्रदान करना श्रेष्ठ पुरुषों की प्रवृत्ति नहीं है। यादवों में कन्या-विक्रय सर्वथा अशोभनीय माना जाता है।" कृष्ण बोले, "दान के रूप में कन्या को स्वीकार करना पौरुषहीनता है। जिसमें सामर्थ्य हो, वह क्यों बैठ कर अनिश्चित काल तक प्रतीक्षा करेगा, कि कब उस पर दया कर कन्या के अभिभावक उसे कन्या-दान करेंगे।"

"किन्तु इन दो के अतिरिक्त और मार्ग भी तो हैं।" वसुदेव बोले।

"हैं! क्षत्रियों के लिये एक मार्ग है स्वयंवर और दूसरा हरण।" कृष्ण मुस्कुराए, "स्वयंवर सर्वथा अनिश्चित है। भैया बलभद्र स्वयं स्वीकार कर चुके हैं कि सुभद्रा की चयन-बुद्धि पर आश्रित रहना विवेक-संगत नहीं है। स्वयंवर में सुभद्रा जाने किसका चयन करती। अर्जुन ने अनिश्चित को छोड़ निश्चित मार्ग चुना। हरण में अनिश्चय के लिये कोई अवकाश नहीं था।"

"किन्तु सुभद्रा की इच्छा! उसका कोई महत्त्व नहीं है?"

"उसकी इच्छा को न आप महत्त्व दे रहे थे, न अर्जुन ने दिया।" कृष्ण ने उत्तर दिया, "किन्तु मैं पूर्ण निश्चय से कह सकता हूँ कि यदि अर्जुन सुभद्रा के मनोनुकूल न होता, तो सुभद्रा शूल अथवा खड्ग से उसका वक्ष चीर कर कब से घर लौट आयी होती!..."

"उसके पास शस्त्र कहाँ थे?"

"मेरे उस रथ में पर्याप्त शस्त्र हैं। सुभद्रा उनमें से किसी का भी उपयोग कर सकती थी।" कृष्ण मुस्कुराए, "आप यह समझिए कि अर्जुन ने सुभद्रा का हरण किया है और सुभद्रा ने अपने स्वयंवर में अर्जुन को वरमाला पहनायी है।"

वसुदेव ने कोई उत्तर नहीं दिया। वे सिर झुका कर जैसे अपने मन में

झाँक रहे थे : क्या कृष्ण सत्य कह रहा था? यादवों ने समृद्ध और समर्थ हो कर क्या धर्म और अधर्म का भेद भुला दिया?...उनके लिये समृद्धि, धर्म से भी अधिक महत्त्वपूर्ण हो गयी है?...अभी उन्होंने सुभद्रा के वर का चयन नहीं किया था, किन्तु दुर्योधन के नाम पर विचार तो चल ही रहा था। यदि उन लोगों ने धर्म की दृष्टि से विचार किया होता, तो उस आततायी के नाम पर विचार ही न किया होता।...अब उनकी समझ में स्पष्ट रूप से आ रहा था कि धन के साथ कीटाणुओं के समान लगे हुए दुर्गुणों को वे देख नहीं पाये थे। वे लोग सुविधाजीवी हो गये थे। कष्ट में रहने की बात नहीं सोच सकते थे।...और एक वह है पांचालराज द्रुपद! उसने तो निर्धन और वनवासी अर्जुन के साथ अपनी राजकुमारी विदा कर दी थी।...क्या हो गया है यादवों को?...पर इस कृष्ण को कोई प्रमाद नहीं छूता। वह ऐश्वर्य के मध्य रह कर भी जैसे उससे अछूता ही है। उसे धनी किन्तु अधर्मी व्यक्ति का अधर्म तो दिखायी देता है, उसका धन नहीं। वह कंगाल-से-कंगाल व्यक्ति को भी उसकी सात्विकता के अनुपात में गले से लगा सकता है...

"तुम क्या कहते हो बलराम!" वसुदेव ने पूछा।

"मुझे पता था कि कृष्ण आ गया तो कोई-न-कोई ऐसी बात अवश्य कह देगा, जिससे सबका उत्साह मन्द पड़ जायेगा।" बलराम का अनुत्साह उनके चेहरे पर प्रकट हो गया था।

"तुम क्या कृष्ण से सहमत नहीं हो?" उग्रसेन ने प्रश्न किया।

"मुझे इस प्रकार अर्जुन द्वारा सुभद्रा का हरण अच्छा नहीं लग रहा है, किन्तु कृष्ण के तर्क के सम्मुख, मैं अर्जुन को अपराधी भी नहीं ठहरा पा रहा हूँ।" बलराम बोले, "इसलिये समझ नहीं पा रहा हूँ कि क्या करना मेरे लिये उचित है?"

"हमारे सम्मुख दो ही विकल्प हैं भैया।" कृष्ण बोले, "या तो हम सेना ले कर जायें और अर्जुन से युद्ध करें, या फिर अपना समाज ले कर जायें और उसे ससम्मान द्वारका ले आयें तथा सुभद्रा से उसका विवाह कर उन दोनों को विदा करें। आप इन दोनों में से कुछ भी करने को स्वतन्त्र हैं, किन्तु परिणाम दोनों का एक ही होगा।"

बलराम के चेहरे पर खीझ झलकी, "तुम मुझे इस प्रकार पहेलियाँ मत बुझाया करो। किसी से युद्ध कर उसे दण्डित करने का प्रयत्न और किसी को ससम्मान आग्रहपूर्वक आमन्त्रित कर लाने के अभियान का परिणाम एक ही कैसे हो सकता है?"

"परिणाम तो एक ही होगा।" कृष्ण मुस्कुरा रहे थे, "किन्तु एक में

परिस्थितियाँ आपके लिये सुखद होंगी और दूसरे में त्रासद। अब यह आपकी इच्छा है कि आप उन दोनों में से किसका चुनाव करते हैं।"

बलराम के चेहरे के भाव बता रहे थे कि अब यदि कृष्ण ने अपनी बात शीघ्र स्पष्ट नहीं की, तो वे फट पड़ेंगे।...उग्रसेन ने बलराम को बोलने का अवसर नहीं दिया। कहा, "अपनी बात स्पष्ट कर कहो, कृष्ण।"

"हमारे जो योद्धा अर्जुन से युद्ध करने जायेंगे, वे निश्चित रूप से पराजित होंगे।" कृष्ण बोले, "ऐसे में अर्जुन सुविधा से सुभद्रा को इन्द्रप्रस्थ ले जा सकेगा। वहाँ उन दोनों का विवाह होगा।...यदि आप सत्कारपूर्वक अर्जुन को द्वारका में लौटा लायेंगे, तो भी अर्जुन और सुभद्रा का विवाह होगा।" कृष्ण ने सभा पर एक दृष्टि डाली, "दोनों स्थितियों में परिणाम एक ही हुआ या नहीं। ...किन्तु पहली परिस्थिति में हम सुभद्रा से यह भी नहीं पूछ पायेंगे कि क्या वह अर्जुन से विवाह करना चाहती है? क्या वह उसे पति के रूप में पा कर प्रसन्न है? हम विवाह के समारोह में सम्मिलित भी नहीं हो पायेंगे। हमारे लिये सुभद्रा का विवाह, अनन्त काल तक एक यादव-कन्या का अपमानजनक हरण ही रह जायेगा। पाण्डवों से हमारे सम्बन्ध सुधर नहीं पायेंगे और वे धर्मप्राण योद्धा सदा के लिये हमसे पृथक हो जायेगे।...किन्तु दूसरी स्थिति में हम जान पायेंगे कि सुभद्रा अर्जुन को पा कर प्रसन्न है या नहीं। यदि वह प्रसन्न है तो हम उनके विवाह में सम्मिलित होंगे। हम उस समारोह के अंग होंगे। यह प्रसंग हमारे लिये अपहरण का अपमान लिये हुए नहीं होगा, उत्सव और समारोह का अवसर होगा। पाण्डवों से हमारे सम्बन्ध बिगड़ेंगे नहीं, और घनिष्ठ होंगे। परिणाम यह होगा कि जम्बूद्वीप में धर्म-राज्य की स्थापना करने में वे हमारे सबसे बड़े सहायक होंगे।"

उग्रसेन और वसुदेव दोनों ही मौन थे। अक्रूर उनके चेहरों की ओर देख रहे थे, और कृतवर्मा की दृष्टि बलराम पर जा टिकी थी। सात्यकि विस्मय और प्रशंसापूर्ण उत्सुकता से कृष्ण की ओर देख रहा था...कृष्ण की वाणी सारे यादव योद्धाओं के शस्त्रों से शक्तिशाली, प्रखर और धारदार थी। उद्धव सदा के समान मुग्ध-भाव से कृष्ण को निहार रहा था। कभी-कभी उसकी यह मुग्धावस्था भक्ति को छूने लगती थी।

"मुझे तो लगता है वसुदेव! कि सुभद्रा तथा हमारा हित इसी में है कि हम अर्जुन को जामाता के रूप में स्वीकार करें।" उग्रसेन ने धीरे से कहा, "इसी में सुभद्रा का हित है और इसी में यादवों का कल्याण है।"

"महाराज का विचार ठीक ही है," कृतवर्मा ने अपना स्वर कुछ ऊँचा उठाते हुए कहा, "किन्तु हमें देखना यह है कि कहीं हम स्वयं को दुर्बल पा कर

एक अत्याचारी के अधर्मपूर्ण कृत्य को तो स्वीकृति नहीं दे रहे। जिन यादवों ने कंस, जरासंध तथा कालयवन जैसे अत्याचारियों की सेनाओं के सम्मुख सिर नहीं झुकाया, वे अर्जुन की उद्दण्डता को इसलिये स्वीकार कर लें, क्योंकि अपनी धनुर्विद्या के बल से वह हम पर भारी पड़ता है।"

"हाँ! यह प्रश्न तो मुझे भी पूछना है।" अक्रूर ने कहा, "हम स्वयं को दुर्बल पा कर अधर्म के सम्मुख नतमस्तक हो रहे हैं?"

"नहीं!" कृष्ण का तेजस्वी स्वर सभा-भवन में गूँज गया, "मैंने अर्जुन से युद्ध करना इसलिये अस्वीकार नहीं किया, क्योंकि मैं उसके सम्मुख अक्षम हूँ। मैं युद्ध से विमुख इसलिये हुआ क्योंकि वह मात्र हमारा अहंकार होगा। धर्म उसकी ओर है, इसलिये मैं उससे युद्ध करना नहीं चाहता। मैं धर्म के विरुद्ध लड़ना नहीं चाहता, क्योंकि जहाँ धर्म है, वहीं जय भी है।"

"कृष्ण से अधिक धर्म के मर्म को कोई नहीं जानता!" वसुदेव ने अत्यन्त शान्त स्वर में कहा, "इसलिये मैं कृष्ण के वचन को प्रमाण मान कर यह स्वीकार करता हूँ कि अर्जुन का कृत्य पाप पूर्ण नहीं है। उसने अधर्म नहीं किया है, इसलिये हमें उसके विरुद्ध शस्त्र उठाने की कोई आवश्यकता नहीं है।"

"यदि आप लोग वसुदेव से सहमत हैं, तो उनके मत को सभा का निश्चय मान लें?" उग्रसेन ने कहा।

"हम सहमत हैं।" अनेक स्वरों ने कहा।

निश्चय ही बहुमत ने अपनी सहमति नहीं दी थी, किन्तु उसके विरुद्ध एक भी स्वर नहीं उठा।

"तो ठीक है!" उग्रसेन ने अपना निर्णय दिया, "हमारे योद्धा तीव्रगामी अश्वों को ले कर अर्जुन के पीछे जायें और उसे सभा के निर्णय से अवगत कराएँ। अर्जुन और सुभद्रा को ससम्मान द्वारका लौटा लायें। द्वारका में उनका विवाह हो। विवाह के पश्चात जितने समय तक वे लोग द्वारका में रहना चाहें, रहें। उनके लिये पृथक भवन का प्रबन्ध किया जाये।...और जब अर्जुन सुभद्रा को ले कर इन्द्रप्रस्थ पहुँचे तो यादव वीर उनके सम्मान के योग्य उपहार ले कर इन्द्रप्रस्थ जायें, और इस सम्बन्ध की पुष्टि कर आयें।"

22

अर्जुन द्वारका में अपने भवन के गवाक्ष पर खड़ा सागर की लहरों को देख रहा था : कैसा आकर्षण था इन लहरों में कि एक बार मनुष्य देखना आरम्भ करता था तो देखता ही चला जाता था। जाने कहाँ, इस अनन्त सागर के किस

छोर से लहर उठती और फिर तट पर आ कर उसी में विलीन हो जाती थी। ...अर्जुन को लग रहा था, सागर की ये लहरें भी समय के समान ही थीं...जाने हमारा भविष्य कहाँ उगता था, अनन्त काल की कितनी यात्रा करके, हमारे सामने तब ही प्रकट होता था, जब वह हमारा वर्तमान बन जाता था, और फिर अतीत बनते-बनते उसी महाकाल में जाने कहाँ समा जाता था।...समुद्र से तो इस काल-यात्रा का कोई विशेष ही सम्बन्ध लगता था। काल के सबसे बड़े मापक उस सूर्य को सागर प्रतिदिन इसी स्थान पर उगलता था और फिर सन्ध्या होते-होते उसे किसी अन्य तट पर लील भी लेता था।...

जब अर्जुन प्रभास क्षेत्र से कृष्ण के साथ द्वारका आया था, तो यही मान कर आया था कि वह अधिक-से-अधिक दो-चार सप्ताह कृष्ण के साथ व्यतीत कर आगे बढ़ जायेगा। वह अपनी यात्रा का चक्र प्रायः पूर्ण कर चुका था... और निष्कासन का समय भी अधिक शेष नहीं था...पर तब वह क्या जानता था कि यहाँ सुभद्रा नाम की एक तरुणी उसे इतना मुग्ध कर लेगी कि उसकी कोई योजना पूर्ववत नहीं रह जायेगी।...

कैसा संयोग था कि वह कृष्ण के साथ रैवतक के उत्सव में गया और वहाँ सुभद्रा भी आ गयी। आ क्या गयी, आ कर उसके ठीक सामने खड़ी हो गयी। उसका मन कैसा मुग्ध हो उठा था, उस पर।...और उसे देखते ही कृष्ण समझ गये थे कि उसके मन में क्या था!...उसके पश्चात तो सारी प्रेरणा ही कृष्ण की थी, सारी योजनाएँ...

अर्जुन का चिन्तन सहसा ही स्तम्भित रह गया...उसके बाद की योजनाएँ? ...कौन कह सकता है कि उस दिन अर्जुन को रैवतक पर्वत पर ले जाना और ठीक उस स्थान पर खड़ा कर देना, जहाँ सुभद्रा को आ कर रुकना था, कृष्ण की योजना नहीं थी?...कृष्ण! जाने कृष्ण अपनी योजनाएँ कब बनाते हैं और कैसे बनाते हैं कि काल को उनकी आज्ञा का पालन करना पड़ता है। काम्पिल्य में पाण्डवों को प्रकट करने की योजना भी कृष्ण ने ही बनायी थी।...कहीं प्रभास में ही...या इन्द्रप्रस्थ के निर्माण के समय ही कृष्ण ने सुभद्रा के साथ उसके विवाह की योजना तो नहीं बना ली थी?...

"भैया और भाभी आये हैं!"

अर्जुन ने मुड़ कर देखा : सुभद्रा खड़ी उसकी ओर देख रही थी।

"कौन? कृष्ण?"

"हाँ! बाहर रथ रुका है। आते ही होंगे।"

अर्जुन उत्साहपूर्वक द्वार की ओर बढ़ा। कृष्ण और रुक्मिणी तब तक भवन में प्रवेश कर चुके थे। कृष्ण ने आगे बढ़ कर अर्जुन को अपनी भुजाओं

में बाँध लिया।

"मैं तुम्हारे ही विषय में सोच रहा था।" अर्जुन बोला।

"तो क्या सोचा?"

"सोचना क्या था। मन में बार-बार आ रहा था कि तुम्हारे स्नेह के बन्धनों की उपेक्षा कर अब मुझे द्वारका से चल पड़ना चाहिए।"

"क्यों? अभी तो इन्दप्रस्थ से तुम्हारा निष्कासन पूरा नहीं हुआ है।" कृष्ण ने आसन पर बैठते हुए कहा, "तुम्हें निष्कासन का शेष समय कहीं-न-कहीं तो व्यतीत करना ही है। तो द्वारका ही क्या बुरी है?"

अर्जुन हँस पड़ा, "जब द्वारका आया था, तो मन में यही था कि अपने मातुल के घर जा रहा हूँ। नहीं तो अपने मित्र से भेंट करने जा रहा हूँ, किन्तु ...अब लगने लगा है कि मैं अपने श्वसुर-कुल में रह रहा हूँ।"

"नये सम्बन्ध की आड़ में पुराने सम्बन्धों को भुला देना चाहते हो?" कृष्ण ने उसे नटखट दृष्टि से देखा, "किन्तु ऐसा तो द्वारका में टिकने के लिये करना चाहिए, यहाँ से भागने के लिये नहीं।"

"वस्तुतः मैं सोच रहा था," अर्जुन बोला, "कि इन्द्रप्रस्थ से मेरा निष्कासन दण्ड-स्वरूप हुआ था, इसलिये नहीं हुआ था कि मैं द्वारका में राजसी सत्कार ग्रहण करूँ।"

"वह ठीक है। अधिकांश समय तुमने तपस्या और तीर्थाटन में ही बिताया है।" कृष्ण ने कहा, "किन्तु अब तुम अकेले नहीं हो। तुम्हारे साथ सुभद्रा भी है। इसलिये हम लोग नहीं चाहेंगे कि तुम वन-वन भटकते फिरो, या किसी एकान्त स्थान पर समाधि लगा कर बैठ जाओ, और सुभद्रा पत्थरों और वृक्षों से अपना सिर फोड़ती फिरे।"

"तो क्या तुम चाहोगे कि मैं निष्कासन की समाप्ति तक द्वारका में ही डेरा डाले रहूँ?"

"नहीं! मैं चाहूँगा कि जितना समय उचित समझो, द्वारका में व्यतीत करो, और जब लगे कि अब तुम्हें द्वारका से चल ही देना चाहिए, तो यहाँ से पुष्कर चले जाओ और निष्कासन का शेष समय वहीं व्यतीत करो, ताकि तुम्हारी साधना भी चलती रहे और सुभद्रा को अधिक कष्ट भी न उठाना पड़े। तुम अपनी नव-विवाहिता को दण्डित तो नहीं करना चाहोगे न?"

"तुम्हारा सुझाव ठीक ही है।" अर्जुन चिन्तनशील स्वर में बोला, "समय पूरा होने पर पुष्कर से इन्द्रप्रस्थ जाने में अधिक समय भी नहीं लगेगा, और पुष्कर में थोड़ी-बहुत साधना भी कर पाऊँगा।"

"साधना करना," कृष्ण ने उत्तर दिया, "किन्तु कुछ मेरी बातों पर भी

विचार करना।"

"कौन-सी बात?"

"अब इन्द्रप्रस्थ का राज्य इतना नगण्य और महत्त्वहीन नहीं रहना चाहिए कि उनके अपने सम्बन्धी पांचालों और यादवों को भी उन्हें अपना सम्बन्धी मानने में संकोच हो।" कृष्ण ने कहा।

"तो क्या इन्द्रप्रस्थ अन्य दुर्बल राज्यों का निगरण करे? निगल जाये उनको?" अर्जुन का स्वर कुछ उत्तेजित था, "धर्म-स्थापना और प्रजा-पालन के लिये सीखी हुई यह रण-विद्या, दुर्बलों को नष्ट कर उनके अधिकार छीनने में लगायी जाये?"

"नहीं।" कृष्ण मुस्कुराए, "धर्मराज के राजा बनने का लाभ प्रजा को हो, इसलिये सारे जम्बूद्वीप को अन्याय समाप्त करने तथा धर्मराज्य की स्थापना की प्रेरणा इन्द्रप्रस्थ से मिले। इसके लिये इन्द्रप्रस्थ को शक्तिशाली और समृद्ध बनना होगा।"

"ऐसा हो तो मुझसे अधिक प्रसन्नता और किसको होगी।" अर्जुन बोला, "किन्तु तुम धर्म-स्थापना का केन्द्र द्वारका को क्यों नहीं बनाना चाहते। यादव तो समर्थ हैं, तुम उनसे यह काम क्यों नहीं लेना चाहते?"

"यादवों में अब बहुत अन्तर आ चुका है अर्जुन!" कृष्ण ने चिन्ता-दग्ध स्वर में कहा, "अब वे पहले जैसे यादव नहीं हैं, जो कंस के क्रूर शासन से पीड़ित थे, जो जरासंध से आतंकित और त्रस्त थे। अब उन्हें न कालयवन का भय है न जरासंध का, न शिशुपाल, न रुकमी का। अब वे साधारण कृषक अथवा पशु-पालक भी नहीं हैं। अब वे स्वतन्त्र हैं, महाराज उग्रसेन का शासन उन पर नाममात्र का ही है। उनके कृषकों के पास विशाल भूखण्ड हैं। भूमि उपजाऊ है। जल का कोई अभाव नहीं है। वे स्वेच्छा से मनमानी फसलें उपजा सकते हैं। पशु-पालकों के पास सुदीर्घ बाड़े हैं। असंख्य गोधन है। योजनों तक फैली हुई गोचर-भूमि है। उद्योगों की भी कमी नहीं है। प्रत्येक घर में कोई-न-कोई उद्योग भी हो ही रहा है। वे सागर-तट पर बसे हैं। विभिन्न देशों के व्यापारियों से कर लेते हैं। सागर के वक्ष पर उनकी बड़ी-बड़ी नौकाएँ और जलपोत चलते हैं। उनके पास अपार सैन्य-शक्ति है। उन्हें किसी का भय नहीं है...।"

"यह तो अच्छा ही हुआ कृष्ण!" अर्जुन प्रसन्न मन से बोला, "समृद्धि तो सौभाग्य है। यादव अपने कष्ट के दिनों को भूल कर सुख की नींद सो सकेंगे। यह सब वस्तुतः तुम्हारे अक्लान्त प्रयत्नों का परिणाम है।"

"यही तो सृष्टि का रहस्य है।" कृष्ण मुस्कुराए, "आततायी के भय से

मुक्त हो कर मनुष्य स्वयं ही आततायी बनने की प्रक्रिया आरम्भ कर देता है। अपने कष्टों से मुक्त हो कर, वह दूसरों के कष्टों के प्रति असंवेदनशील हो जाता है। दूसरों के शासन से मुक्त हो कर, वह स्वयं दूसरों पर शासन करने की आकांक्षा करने लगता है।"

अर्जुन ने उसे आश्चर्य से देखा, "पर क्या यादवों के विषय में भी यह सत्य है?"

"क्यों, सत्य क्यों नहीं?" कृष्ण का स्वर गम्भीर था, "उन्हें तो अब धर्म के स्थान पर धन दिखायी देने लगा है। वे भी अब तपस्या से अधिक महत्व भोग को देने लगे हैं। स्वयं मेरे परिवार में अर्जुन तथा दुर्योधन समान तुला पर तुलने लगे हैं...और वैभव के आधिक्य के कारण दुर्योधन अधिक वरेण्य होने लगा है।"

"मैं उन्हें दोष नहीं देता।" अर्जुन निश्छल भाव से बोला, "कन्या का विवाह करने से पूर्व परिवार-जन वर की धन-सम्पत्ति के विषय में विचार तो करते ही हैं।"

"मैं कब कहता हूँ कि वे विचार न करें।" कृष्ण बोले, "विचार करें, वर की योग्यता पर, उसके कुल-शील पर, उसके चरित्र और आचरण पर, उसकी धन-सम्पत्ति पर, किन्तु यह भी देख लें कि उनकी कन्या को पति-गृह में धर्म भी मिलेगा या वह अधर्म की वृद्धि के लिये ही वहाँ जा रही है।...नहीं अर्जुन!" कृष्ण मानो गम्भीरता से चिन्ता की ओर बढ़ रहे थे, "मैं जिस धर्म-राज्य की कल्पना करता हूँ, उसकी स्थापना अब यादवों द्वारा नहीं हो सकती।...महाराज द्रुपद से कुछ अपेक्षा की जा सकती थी, किन्तु वे धर्म से अधिक प्रतिशोध के हो चुके हैं। न वे अपना अहंकार छोड़ पायेंगे, न धर्म को निरपेक्ष भाव से देख पायेंगे।...यह कार्य तो धर्मराज युधिष्ठिर को ही करना होगा, पाण्डवों को अपना कर्तव्य समझना होगा। तुमने देख ही लिया है कि इन्द्रप्रस्थ का राज्य अभी इतना छोटा और अल्प-शक्ति-सम्पन्न है कि उनके अपने मित्र यादव भी राजकुमार अर्जुन को अपने सम्बन्ध-योग्य नहीं समझते।" कृष्ण ने अर्जुन की ओर देखा, "धर्म को इतना दुर्बल और नगण्य तो नहीं होना चाहिए मित्र! इन्द्रप्रस्थ इतना दुर्बल रह कर जम्बूद्वीप को धर्म का मार्ग कैसे दिखाएगा? अन्य राजा यदि उसकी श्रेष्ठता स्वीकार नहीं करेंगे तो उसे अपना आदर्श तथा अनुकरणीय कैसे मानेंगे। वह पापियों और अधर्मियों को आतंकित कैसे करेगा? उन्हें पाप से विरत कैसे करेगा? नहीं अर्जुन! धर्मराज को कुछ उद्यम करना होगा। उन्हें चक्रवर्ती सम्राटों के लिये आदर्श, अनुकरणीय तथा त्रास...तीनों बनाना होगा...।"

अर्जुन मौन बैठा कृष्ण की ओर देखता रहा, फिर धीरे-से बोला, "तुम जानते हो कृष्ण! धर्मराज को न राज्य में रुचि है, न वैभव में। यदि अपनी माता और भाइयों का विचार न होता तो कदाचित वे इन्द्रप्रस्थ का राज्य भी ग्रहण न करते! अब यदि उन्हें राज्य के विस्तार हेतु युद्ध करने के लिये कहा जायेगा, तो वे कभी सहमत नहीं होंगे। वे मानते हैं कि शासन तो केवल अपना होना चाहिए। दूसरों पर शासन करने की इच्छा उनके लिये सत्वगुणी नहीं है।..."

"ठीक है! मैं भी दूसरों पर शासन करने का समर्थक नहीं हूँ, किन्तु स्वयं दूसरों के शासन से मुक्त होने की इच्छा तो सत्वगुणी है। स्वशासन तो सांसारिक इच्छा नहीं है। धर्म का राज्य होगा, तो प्रत्येक व्यक्ति स्वशासित होगा।" कृष्ण ने कहा, "वस्तुतः जिन्हें राज्य में आसक्ति है, वे धर्म-शासन कर ही नहीं सकते। वे अपना स्वार्थ देखेंगे, भोग देखेंगे। यदि आज यादवों को यह अवसर दिया गया तो या तो वे धन, वैभव, सम्पत्ति और सत्ता के लिये परस्पर एक-दूसरे से लड़ कर पृथक हो जायेंगे, या फिर जरासंध के ही समान एक क्रूर अत्याचारी शासन स्थापित करेंगे।"

"किन्तु महाराज उग्रसेन तो ऐसे लोभी और अन्यायी नहीं लगते।"

"महाराज उग्रसेन का शासन अब है ही कहाँ?" कृष्ण बोले, "उनकी तो मात्र छत्र-छाया ही है। यादवों में स्वतन्त्रता भी है और प्रतिद्वन्द्विता भी। यदि द्वारका के राज्य का विस्तार हुआ तो साम्राज्य का विस्तार होगा, धर्म-राज्य का नहीं। वह राज्य दूसरों के अधिकार-हनन के लिये होगा, धर्म की स्थापना के लिये नहीं। मुझे लगता है कि नारायणी सेना ने अपना लक्ष्य प्राप्त कर लिया है, अतः अब उसकी उपयोगिता भी समाप्त हो चुकी है। अब कदाचित धर्म-रक्षा के लिये युद्ध का कोई अवसर उसे नहीं मिलेगा!..."

"कृष्ण! यादव तुम्हारे अपने हैं, सगे-सम्बन्धी, नाते-रिश्तेदार! उनका और तुम्हारा रक्त एक है। तुम्हें उनसे प्रेम नहीं है क्या?" अर्जुन चकित था।

"मुझे किससे प्रेम नहीं है?" कृष्ण के चेहरे पर परम शान्ति का भाव था, "किन्तु आसक्ति किसी में नहीं है। मेरी आसक्ति केवल धर्म में है। मैं जानता हूँ कि यादवों ने यदि और ऐश्वर्य प्राप्त किया, तो उसमें न उनका हित है, न धर्म का। प्रेम को इतना संकीर्ण मत करो पार्थ! कि वह मोह अथवा आसक्ति का पर्याय हो जाये।" कृष्ण ने अर्जुन की ओर देखा, "इसलिये कहता हूँ कि शासन का अधिकार केवल उसे ही है, जिसे शासन में आसक्ति नहीं है, जो भोग के लिये, वैभव-विलास के लिये, अपने अधिकार और अहंकार के लिये शासन नहीं करता। शासन करता है तो केवल धर्म-स्थापना के लिये, और धर्म

के लिये निमिष-भर में सम्पूर्ण संसार का साम्राज्य त्याग सकता है...और इस दायित्व के लिये मुझे धर्मराज युधिष्ठिर से अधिक उपयुक्त और कोई व्यक्ति दिखायी नहीं दे रहा।..."

23

चरण-स्पर्श कर प्रणाम करने के पश्चात सुभद्रा खड़ी हुई तो उसने कुन्ती की आँखों में उमड़ती हुई अथाह ममता को पहचाना। वहाँ अस्वीकार अथवा परीक्षण का एक कण भी नहीं था। वहाँ तो स्वीकृति-ही-स्वीकृति थी।

कुन्ती ने अपनी तर्जनी से उसके चिबुक को ऊपर उठाया और उसे प्रशंसापूर्ण दृष्टि से निहारती हुई बोली, "इस घर में तुम्हारा स्वागत है बहू! सम्बन्ध तो हमारा पहले भी था, किन्तु अब वह और भी प्रगाढ़ हो गया है। तुम मेरे उस भाई की पुत्री हो, जिसके साथ मैं बहुत रही नहीं। जिसे मैंने स्नेह के प्रमाण-स्वरूप कभी कुछ दिया नहीं है, किन्तु उसने सदा भाई के धर्म का निर्वाह किया है।...तुम उस कृष्ण की बहन हो, जो हमारा सबसे बड़ा सहायक है, हमारे राज्य का ही नहीं, हमारे जीवन का भी आधार है।" कुन्ती ने मौन हो कर उसे निहारा, "मेरे घर में एक-से-एक सुन्दर पुत्रवधु आयी हैं सुभद्रे! किन्तु तुम-तो-तुम ही हो। तुम्हारे समान दूसरी कोई नहीं है। आज से इस घर को अपना मान कर, यहाँ अधिकारपूर्वक रहो और अपने धर्म का निर्वाह करो। बड़ों का आदर करो। छोटों को स्नेह दो। तुम देखोगी सब तुमसे कितना प्रेम करते हैं। युधिष्ठिर राजा है क्योंकि वह बड़ा है, किन्तु अधिकार का भोग सारे भाई समान रूप से करते हैं। मेरे सारे पुत्र अपने-अपने गुणों के कारण महत्वपूर्ण हैं, किन्तु फिर भी अर्जुन विशिष्ट है। तुम उसकी पत्नी हो, अतः तुम्हारा भी विशेष महत्व है। तुम हमारे कुल का सौभाग्य हो, अतः इस कुल से कभी रुष्ट न होना। कोई असुविधा हो तो अपने पति से कहना। असुविधा दूर न हो तो निस्संकोच मेरे पास आ सकती हो। मेरे पास कोई अधिकार नहीं है, किन्तु मेरे पुत्र माँ के प्रति अपने स्नेह के कारण मेरा कहा कभी नहीं टालते।"

कुन्ती ने सुभद्रा के माथे का चुम्बन किया, उसे निहारा और अपने वक्ष से लगा लिया!

"माँ! सारा वात्सल्य बहू पर ही ढाल दोगी, तो मेरे लिये क्या बचेगा?" अर्जुन बोला, "मैं भी तो खड़ा हूँ, तुम्हारी एक आशीष के लिये।"

कुन्ती मुस्कुराई, "वात्सल्य की कोई निश्चित मात्रा मान रखी है क्या तूने?

और पुत्र यह भी तो तेरी अर्द्धांगिनी ही है। इसे दिया गया वात्सल्य, क्या तुम तक नही पहुँचता? इसे अपने वक्ष से लगाती हूँ, तो क्या तेरा वक्ष शीतल नहीं होता? पति-पत्नी में तो किसी प्रकार का कोई विभाजन नहीं होता पुत्र! स्वयं को समग्रता में पत्नी को सौंपेगा, तभी पत्नी समग्र रूप में पायेगा। तुम अपनी माँ को सम्पूर्ण रूप से अपनी पत्नी को समर्पित नहीं करोगे, तो तुम्हारी पत्नी तुम्हारी माँ के प्रति सम्पूर्ण रूप से समर्पित कैसे होगी!"

अर्जुन ने कुन्ती के चरण-स्पर्श कर प्रणाम किया। कुन्ती ने आशीष दे कर कहा, "जा अपने भाइयों से भेंट कर, पांचाली से भी मिल कर आ। तब तक सुभद्रा मेरे पास रहेगी।"

"ज्येष्ठ और मध्यम से मैं मिल चुका हूँ माँ।" अर्जुन बोला, "नकुल और सहदेव भी हमसे मिल गये हैं।"

"जाओ, फिर पांचाली से मिल आओ।"

द्रौपदी को अपने कक्ष में बैठे-बैठे ही सारी सूचनाएँ मिल रही थीं। अर्जुन और सुभद्रा के द्वारका से चलने की सूचना भी मिल गयी थी और पुष्पकर में पहुँचने की भी! पुष्कर से उनके प्रयाण का समाचार भी आया था और इन्द्रप्रस्थ में उनके स्वागत की तैयारियाँ भी उसकी नाक के नीचे होती जा रही थीं; किन्तु द्रौपदी का मन था कि वह बोझिल से बोझिलतर होता जा रहा था। उसमें एक बार भी उत्साह नहीं जागा कि बारह वर्षों के प्रवास के पश्चात लौटे अर्जुन का टूट कर स्वागत करे!...जैसे-जैसे अर्जुन के निकट आने के समाचार मिलते जा रहे थे उसका संकट जैसे गहराता जा रहा था। उसे लग रहा था कि अर्जुन का सामना करना नहीं चाहती, किन्तु दूसरी ओर वह अर्जुन से अब और अधिक दूर रहने की कल्पना भी नहीं कर सकती थी।...तो क्या चाहती थी वह?...वह अर्जुन से रुष्ट थी, किन्तु उससे विरक्त नहीं थी। इस रोष का आधार तो उसके प्रति द्रौपदी की अपनी आसक्ति ही थी। आसक्ति के प्रवाह में आये विघ्न के कारण ही तो यह रोष था...विचित्र प्रकार का कष्टदायक भाव था, यह रोष भी! आसक्ति उसे अर्जुन से दूर नहीं जाने देगी और रोष उसे उसके निकट नहीं जाने देगा...वह उससे दूर खड़ी, उस पर दृष्टि गड़ाए रहेगी और अपना रक्त जलाती रहेगी।...

पर वह रुष्ट क्यों थी? उसके भी तो पाँच पति थे। अन्य सारे भाइयों ने भी तो और विवाह किये थे।...तो फिर अर्जुन से ही वह इतनी रुष्ट क्यों थी?...वह जितनी बार अपने मन से यह प्रश्न पूछती थी, उतनी ही बार उसका मन क्रुद्ध अश्व के समान दुलत्तियाँ झाड़ने लगता और उसके नथुनों से क्रोध

के मारे झाग गिरने लगता था। वह किसी प्रकार का उत्तर नहीं देना चाहता था, कोई तर्क नहीं सुनना चाहता था। वह तो बस, अपना सब कुछ छिन जाने के भय से आशंकित, अपने आहत अभियान को भीतर-ही-भीतर छिपाए, अपने घावों से रिसते हुए रक्त के लिये बाहर निकलने के सारे कपाट उढ़काए, अपने आँसुओं को रोके हुए क्रुद्ध और पीड़ित खड़ा था।...ऐसे में क्या कोई उससे उत्तर माँगता और क्या वह किसी को उत्तर देता।

...पर द्रौपदी का विवेक जानता था, उसे अर्जुन से रुष्ट होने का कोई अधिकार नहीं था। अर्जुन दोषी नहीं था।...उसका तो तब भी कोई दोष नहीं था, जब उसने युधिष्ठिर और उसका तिरस्कार करने के अपराध को मान्यता दे, बारह वर्षों का निष्कासन स्वीकार किया था।...और आज भी उसका कोई दोष नहीं था, जब वह सुभद्रा से विवाह कर घर लौट रहा था।...किन्तु द्रौपदी क्या करती, वह अर्जुन को किसी के साथ बाँट नहीं सकती थी, किसी के साथ भी नहीं...

दासी ने कपाट खोल कर सूचना दी, "महारानी! राजकुमार धनंजय आपसे भेंट करने आ रहे हैं।"

द्रौपदी ने दृष्टि उठा कर दासी की ओर देखा भर! उन आँखों में कोई भाव नहीं था। मुख से भी उसने आदेश के रूप में कोई शब्द नहीं कहा। दासी ने थोड़ी देर प्रतीक्षा की और फिर सिर झुका कर कक्ष से बाहर निकल गयी।

इस बार कपाट खुलने से आहट हुई तो वह समझ गयी कि अर्जुन आ गया है। उसकी आँखें उसे देखना चाहती थीं, किन्तु न तो उसकी पलकें ही खुल रही थीं, और न उसकी गर्दन ही ऊपर उठ रही थी।

"कृष्णा!"

द्रौपदी के विवेक ने उसे बहुत सँभाला, किन्तु उसके आक्रोश का वेग नहीं रुका। झटके से उसकी ग्रीवा उठी, आँखों में अश्रु थे और वाणी में चीत्कार, "क्या करने आये हो यहाँ? अपनी उस नयी-नवेली के पास क्यों नहीं जाते?"

अर्जुन को द्रौपदी के रोष की आशंका थी, किन्तु अपने इस प्रकार के स्वागत की कल्पना उसने नहीं की थी। उसका विचार था कि द्रौपदी अपने रोष को छिपा कर ऊपर से प्रसन्नता दिखाने का प्रयत्न करेगी, किन्तु यहाँ तो द्रौपदी का छद्‌महीन आक्रोश उसके सम्मुख खड़ा था...साक्षात!

"कृष्णा! यह तुम्हारी उपेक्षा नहीं है। तुम अब भी मेरी हृदयेश्वरी हो। कितनी भी नयी-नवेलियाँ आयें, किन्तु कोई तुम्हारा स्थान ले...यह तो सम्भव ही नहीं है।" अर्जुन ने अत्यन्त कोमल स्वर में कहा, "फिर भी यदि तुम मुझे

अपराधी मानती हो, मैं क्षमाप्रार्थी हूँ।...सोचो, तुमसे वियुक्त हुआ, इसीलिये उलूपी मुझे लुभा सकी। वह साथ नहीं गयी, तो चित्रांगदा के लिये मन ने चीत्कार किया। उसने भी साथ नहीं निभाया, तो सुभद्रा ने लुब्ध किया। तुम्हारे अभाव की पूर्ति करने का प्रयत्न करता रहा, किन्तु तुम्हारा स्थानापन्न कोई नहीं है।"

"पहला बन्धन चाहे कितना भी दृढ़ क्यों न हो, जब उसके ऊपर से दूसरा बन्धन बाँधा जाता है, तो पहला किसी-न-किसी मात्रा में शिथिल हो ही जाता है।" द्रौपदी बोली, "यदि तुम्हारा हृदय सारा-का-सारा मेरा ही है, उसमें तनिक भी स्थान सुभद्रा के लिये नहीं है, तो फिर उससे विवाह ही क्यों किया? क्यों किया उसका हरण? क्यों लाये उसे इन्द्रप्रस्थ में?" द्रौपदी ने एक प्रखर दृष्टि उस पर डाली, "वह कृष्ण की बहन है तो क्या, वह मेरी समकक्ष हो जायेगी? मेरी समता करेगी वह? मेरी सपत्नी हो कर रहेगी वह यादव-कन्या? मेरे साथ, वह तुम्हें बाँटने आयी है?"

अर्जुन का लगा, शायद द्रौपदी भी अपनी पीड़ा का कारण नहीं समझ पा रही है... किन्तु उसके ये उद्‌गार अर्जुन को कुछ संकेत दे रहे थे।...द्रौपदी ने युधिष्ठिर, भीम, नकुल तथा सहदेव के अन्य विवाहों पर कोई आपत्ति नहीं की थी। उलूपी और चित्रांगदा के विषय में भी उसने कुछ नहीं कहा था।... उसे केवल अर्जुन के ही विवाह में आपत्ति थी, और वह भी केवल सुभद्रा के साथ!...

अपने प्रति उसके प्रेम को अर्जुन समझता था...यदि वह किसी भी अन्य नारी को उसके निकट होता नहीं देख सकती थी, तो उसने उलूपी और चित्रांगदा के विषय में कुछ भी क्यों नहीं कहा? सारा आक्रोश सुभद्रा के प्रति ही क्यों है?...और यह सपत्नी और समकक्षता की चर्चा...

सहसा अर्जुन का ध्यान कुन्ती की ओर चला गया...माँ! कितनी समझदार हैं। वे कुछ-न-कुछ अवश्य ही भाँप रही होंगी। इसीलिये तो उन्होंने सुभद्रा को अपने पास रोक लिया। यदि कहीं अर्जुन, सुभद्रा को साथ ले कर द्रौपदी से मिलने चला आया होता, तो एक ओर या तो द्रौपदी अपना आक्रोश ही अभिव्यक्त न कर पाती और उसके मन में सदा के लिये एक ग्रन्थि पड़ जाती, या यदि वह आक्रोश व्यक्त करती तो सुभद्रा के लिये यह पहली भेंट कितनी कटुता लिये होती।...

"कृष्णा।" सहसा अर्जुन बोला, "मै अपनी भूल समझ रहा हूँ। उसके लिये लज्जित हूँ। आशा है, मुझे क्षमा करोगी।"

द्रौपदी का मन जैसे चीत्कार कर रहा था, 'धनंजय! तुम्हें क्षमा नहीं

करूँगी, तो अपनी इस क्रूरता के लिये स्वयं को ही कैसे क्षमा कर पाऊँगी।...' किन्तु उसके मुख से एक भी शब्द नहीं निकला। वह निःशब्द आँखों से उसकी ओर देखती रही।

अर्जुन अपने स्थान से उठा और धीरे-धीरे द्वार की ओर बढ़ गया।

द्रौपदी की इच्छा होती रही कि वह उसे पुकार ले, लपक कर उसकी भुजा थाम ले, उसे रोक ले, किन्तु उसका आहत अभियान इन्द्रियों को सर्वथा निष्क्रिय करने वाले किसी लेप के समान उस पर आरोपित हो चुका था...

अर्जुन लौट कर कुन्ती के पास आया, "माँ! मैं सुभद्रा को अपने भवन में ले जा रहा हूँ।"

"जाओ पुत्र! विश्राम करो। तुम लोग थके हुए होगे।" कुन्ती बोली, "युधिष्ठिर के पास सूचना आयी है कि द्वारका से कृष्ण, सारण, सात्यकि, अक्रूर, कृतवर्मा तथा अन्य लोग सुभद्रा के लिये अनेक उपहार ले कर आ रहे हैं। उनके स्वागत की तैयारी भी करो पुत्र!"

"अच्छा माँ!"

अर्जुन जल्दी में था। न वह और ठहर सकता था, न अपने भवन तक पहुँचने में विलम्ब कर सकता था!

"क्या बात है आर्यपुत्र?" सुभद्रा ने पूछा, "इस शीघ्रता का कारण?"

"प्रिये! वही हुआ है, जिसकी आशंका मेरे मन में थी।" अर्जुन बोला, "पांचाली रुष्ट है। उसे मनाना होगा, अन्यथा इन्द्रप्रस्थ के राजवंश में कोई उल्लास पनप नहीं सकेगा। तुम मेरी एक इच्छा पूर्ण करोगी सुभद्रे?"

"आपकी सारी इच्छाएँ पूर्ण होंगी। आप आदेश तो करें।" सुभद्रा बोली, "मैं किसी से स्पर्धा करने नहीं आयी, न किसी की प्रसन्नता छीनने आयी हूँ। वे बड़ी हैं, योग्य हैं, सुन्दर हैं गुणवती है...सबसे बड़ी बात है कि वे आपके प्रति इतनी निष्ठावान हैं! मैं कृष्ण की बहन हूँ पार्थ! प्रतिभा की पूजा करती हूँ, और वरिष्ठता का सम्मान।"

"तुम मेरी बात समझ गयी हो प्रिये! अब तुमसे कुछ कहने की आवश्यकता नहीं।" अर्जुन ने अपने हाथों से सुभद्रा का गोप-बाला का-सा वेश सजाया! सुभद्रा ने राजरानियों की-सी अपनी लाल साड़ी के स्थान पर ब्रजवासिनी गोपियों का घाघरा पहन लिया था। उन्हीं की-सी चोली और वैसे ही आभूषण भी धारण कर लिये थे।

"यह ठीक है।" अर्जुन ने अन्तिम रूप से उस पर निरीक्षक दृष्टि डाली, "अब सब कुछ तुम्हारे बुद्धि-कौशल पर छोड़ता हूँ प्रिये।"

"आप चिन्ता न करें आर्य पुत्र।"

सुभद्रा निःसंकोच चलती हुई द्रौपदी के कक्ष में आयी। उसने हाथ जोड़ कर प्रणाम किया, "महारानी की जय हो!"

द्रौपदी ने उसे देखा : एक असाधारण रूपवती गोपी!...और कैसा तेज था उसके मुख-मण्डल पर!

"कौन हो?"

"आपकी दासी हूँ महारानी!"

"क्या चाहती हो?"

"आपका आश्रय।"

"क्यों? मेरा आश्रय क्यों चाहती हो? तुम्हारा पति तुम्हें आश्रय देने में समर्थ नहीं है क्या?"

"जो स्वयं आपके द्वार का याचक हो महारानी! वह मुझे क्या आश्रय देगा।" सुभद्रा ने वैसे ही विनीत भाव से कहा।

"क्या नाम है तुम्हारे पति का?"

"पाण्डुपुत्र कौन्तेय अर्जुन महारानी!"

"तुम? तुम?..."

"मै सुभद्रा हूँ महारानी! ब्रज के गोपाल कृष्ण की छोटी बहन।"

द्रौपदी को रोमांच हो आया। कण्ठ में हूक-सी उठी और आँखें भीग गयीं। इस सुभद्रा से रूठी थी वह! इसे लाने के लिये अर्जुन के प्रति रोष से भर उठी थी? उसने दौड़ कर सुभद्रा को अपनी भुजाओं में भर लिया, "तुम सुखी रहो बहन! तुम्हारे पति शत्रुरहित हों।"

सुभद्रा ने अपना मस्तक द्रौपदी के वक्ष से टिका दिया, "अपना घर छोड़ कर तुम्हारे भरोसे आयी हूँ जीजी। निराश मत करना। मुझे आश्रय दो।"

द्रौपदी की भुजाएँ सुभद्रा के चारों ओर कस गयीं, उसने जैसे अपने सुख को सहेजने के लिये अपनी आँखें बंद कर लीं।

24

रथों की दौड़ की प्रतियोगिता का अभ्यास पूरा कर सात्यकि ने अश्वों को खोल दिया। उन्हें सहलाया और थपथपाया। सारथि ने अश्व सँभाल लिये तो सात्यकि कृष्ण की ओर मुड़ा, "तो अर्जुन और सुभद्रा इन्द्रप्रस्थ पहुँच गये हैं?"

"हाँ! और अब हमें भी इन्द्रप्रस्थ चलने की तैयारी करनी चाहिए।"

"क्यों?" सात्यकि इस सूचना से कुछ उत्साहित नहीं हुआ, "ऐसी क्या

जल्दी है। हम अपनी इस रथ-स्पर्धा का अभ्यास तो पूर्ण कर लें।...और मैं तो उसके पश्चात धनुर्विद्या का अभ्यास भी करना चाहता हूँ।"

"फिर तो तुम्हें भी हमारे साथ इन्द्रप्रस्थ अवश्य चलना चाहिए।" कृष्ण बोले, "वहाँ अर्जुन के पास रह कर धनुर्विद्या का जितना अभ्यास करना चाहो, कर लेना।"

"सोचा तो मैंने भी था कि किसी उपयुक्त समय पर मैं धनंजय से यह प्रार्थना करूँगा, किन्तु इस अवसर पर?..."

"क्यों? इस अवसर में ऐसा क्या आपत्तिजनक है?" कृष्ण ने कहा, "मैं तो चाहता हूँ कि प्रद्युम्न, सांब, चारुदेष्ण और गद भी धनंजय से धनुर्विद्या सीखें।"

"हम लोग सुभद्रा के विवाह के उपहार ले कर जायेंगे। सारा परिवेश कन्या-पक्ष और वर-पक्ष के समाराहों का होगा।" सात्यकि बोला, "ऐसे में मैं अपनी शिक्षा का खटराग ले बैठूँ...?"

"देखो युयुधान!" कृष्ण ने उस पर एक स्नेह भरी दृष्टि डाली, "अर्जुन से इस संदर्भ में चर्चा तो की ही जा सकती है। वैसे मैं तो चाहता था कि अर्जुन के द्वारका में रहते हुए ही तुम्हारी शिक्षा आरम्भ हो जाती। वह नहीं हो सका तो अब स्थिति देख कर उसे आरम्भ किया जा सकता है। हाँ! अर्जुन की सुविधा-असुविधा का ध्यान तो रखना ही होगा। यदि परिस्थितियाँ अनुकूल हुईं तो तत्काल अपना अभ्यास आरम्भ कर सकते हो। अनुकूल न हुईं तो योजना-निर्धारण का कार्य हो जायेगा। तुम्हारे साथ और कौन-कौन सीखेगा, यह भी निश्चय हो जायेगा।...रही तुम्हारी सारथ्य के अभ्यास की बात, तो यहाँ से इन्द्रप्रस्थ की यात्रा में जितना चाहे अभ्यास कर लेना।"

"यदि आपकी इच्छा है, तो मैं अवश्य चलूँगा।" सात्यकि बोला, "मैंने तो उनकी राजधानी भी नहीं देखी। इधर तो सुना है कि उनके परिवार में कुछ वृद्धि भी हुई है। मैंने काम्पिल्य में जब उन्हें देखा था तो पाँच ही थे।"

"हाँ! उनके परिवार में वृद्धि हुई है।" कृष्ण हँसे, "धर्मराज युधिष्ठिर ने शिवि के पौरव नरेश गोवासन की पुत्री से विवाह कर लिया है। यह पत्नी उन्होंने स्वयंवर में प्राप्त की है। यौद्धेय नाम के उनके एक पुत्र ने भी जन्म लिया है।"

"द्रौपदी ने भी तो उनके एक पुत्र को जन्म दिया है न?"

"हाँ। प्रतिविन्ध। वैसे कृष्णा के चार पुत्र हैं।...प्रतिविन्ध, सुतसोम, शतानीक और श्रुतसेन। प्रतिविन्ध धर्मराज का पुत्र है, सुतसोम मध्यम पाण्डव भीम का, शतानीक नकुल का और श्रुतसेन सहदेव का। महाबली भीम ने

काशी की राजकुमारी बलन्धरा से विवाह किया है। उसका भी एक पुत्र है सर्वंग। नकुल की पत्नी है करेणुमती। यह शिशुपाल की पुत्री तथा धृष्टकेतु की बहन है। उसका पुत्र है निरमित्र।..."

"गोविन्द!" सात्यकि ने कृष्ण को बीच में ही रोक दिया, "मुझे इस सम्बन्ध पर आश्चर्य होता है। शिशुपाल ने अपनी पुत्री का विवाह आपके प्रिय पाण्डवों में से एक के साथ कैसे कर दिया।"

"मैं जानता था कि तुम्हें आश्चर्य होगा।" कृष्ण बोले, "मेरे प्रति शिशुपाल के भावों को जानने वाले किसी भी व्यक्ति को आश्चर्य ही होगा।...पर मुझे लगता है कि शिशुपाल ने यह सम्बन्ध कुछ तो नकुल के गुणों पर रीझ कर और कुछ मुझसे शत्रुता निबाहने के लिये स्वीकार किया होगा।"

"आपके मित्र-परिवार से सम्बन्ध करके वह आपसे शत्रुता कैसे निबाह सकता है?"

"बहुत सम्भव है कि पाण्डवों का सम्बन्धी बन कर वह उन्हें मेरे विरुद्ध भड़काने की योजना बना रहा हो।" कृष्ण ने उत्तर दिया, "यह भी सम्भव है कि वह इस सम्बन्ध के माध्यम से अपने स्वामी जरासंध का पक्ष प्रबल करने का प्रयत्न कर रहा हो। कारण जो भी हो। मैं यही मानता हूँ कि अपने किसी षड्यन्त्र में वह पाण्डवों को लिप्त करने का प्रयत्न अवश्य करेगा।..."

"तो आपने पाण्डवों को इस सम्बन्ध के विरुद्ध चेताया क्यों नहीं?" सात्यकि के स्वर में आश्चर्य था।

"उसकी आवश्यकता नहीं है।" कृष्ण बोले, "पाण्डवों की वृत्ति ही ऐसी नहीं है कि उन्हें कोई अपने षड्यन्त्र में सम्मिलित कर ले। जरासंध का पक्ष तो वे ले ही नहीं सकते।...और फिर इस सम्बन्ध के कुछ लाभ भी हैं। इसी सूत्र से शिशुपाल का पुत्र, धृष्टकेतु पाण्डवों के अनुराग में रंगता जा रहा है। शिशुपाल के जीवन में न सही, किन्तु उसके पश्चात चेदि-राज्य में धृष्टकेतु के प्रभाव से जरासंध और पाप...दोनों का ही प्रभाव कम हो जायेगा।"

सहसा सात्यकि ने विषय बदल दिया, "हमारे साथ अक्रूर और कृतवर्मा भी इन्द्रप्रस्थ जायेंगे?"

"हाँ। पिता जी चाहते हैं कि तुम्हारे पिता सत्यक, अक्रूर काका और कृतवर्मा भी अवश्य हमारे साथ जायें।"

"आप जानते हैं कि अक्रूर और कृतवर्मा ने सत्राजित की हत्या में शतधन्वा की सहायता की थी?"

"जानता क्यों नहीं?"

"फिर भी उन्हें साथ ले जा रहे हैं?"

"ओह सात्यकि!" कृष्ण खिलखिला कर हँस पड़े, "तुमने आज तक उन्हें उसके लिये क्षमा नहीं किया?"

"न तो क्षमा किया है, न क्षमा करूँगा।" सात्यकि बोला, "मैं उनसे घृणा करता हूँ।"

"शतधन्वा ने सत्राजित की हत्या की थी, उसके लिये उसे दण्डित कर दिया गया। अक्रूर और कृतवर्मा को भी उनके कर्म का फल मिल गया। ...अब उन्हें कुछ पुण्य करने का भी तो अवसर देना चाहिए।" कृष्ण कुछ अन्तर्मुखी हो गये, "घृणा पाप से करो, पापी से नहीं। अपने मन को क्यों घृणा से कलुषित करते हो? मुझे लगता है कि उन दोनों का लोभ कुछ कम हुआ है। सद्वृत्तियाँ पनपी हैं। यदि हम उन्हें पूर्णतः त्याग देंगे, तो बहुत सम्भव है कि उनका चरित्र पुनः पतन की ओर अग्रसर हो जाये। हमें उन्हें सँभलने में सहायता करनी चाहिए।"

"आपको विश्वास है कि वे आपके प्रति निष्ठावान हैं?"

"मेरे प्रति तो वे पूर्णतः निष्ठावान हैं।" कृष्ण बोले, "किन्तु यह उन्हें क्षमा करने का कारण नहीं है। मैंने अपने प्रति उनका अपराध क्षमा किया है, समाज के प्रति उनके अपराध क्षमा नहीं कर सकता। धर्म के प्रति निष्ठा, किसी भी व्यक्ति के प्रति निष्ठा से महान है। इसलिये मैं चाहता हूँ कि वे धर्म के प्रति अपनी निष्ठा का प्रमाण दें।"

"आप ही क्षमा कर सकते हैं ऐसे लोगों को।" सात्यकि बोला, "मैं तो कभी क्षमा नहीं करूँगा।"

"मैं अधर्म के कारण वध भी कर सकता हूँ, किन्तु उससे पहले सौ बार क्षमा भी करता हूँ। मनुष्य भूलें करके ही आगे बढ़ता है, इसलिये भूल-सुधार का अवसर अवश्य दिया जाना चाहिए।" कृष्ण ने सात्यकि को देखा, "मुझे भय है कि तुम्हारा और कृतवर्मा का पारस्परिक विरोध कहीं यादवों का विभाजन ही न कर दे।"

"यादवों के अन्तर्कलह मैं भी नहीं जानता।" सात्यकि बोला, "किन्तु आपके समान इतना बड़ा हृदय कहाँ से लाऊँ, जो हत्यारे के सहायक को क्षमा कर दे।"

कृष्ण ने कोई उत्तर नहीं दिया। वे अपने विचारों में खो गये थे।

इन्द्रप्रस्थ में यादवों का आशातीत स्वागत हुआ। धौम्य मुनि ने अपने शिष्यों के साथ स्वयं मन्त्रोच्चार कर उनकी अगवानी की। अतिथि भवन में उनका स्वागत करने धर्मराज युधिष्ठिर आये।

"पृथा नहीं आयी?" अक्रूर ने पूछा।

"वे आपके आतिथ्य का प्रबन्ध अपने भवन में कर, आपकी प्रतीक्षा कर रही हैं।" युधिष्ठिर ने बताया।

"हाँ भई, वर की माता हैं। हमें ही उसके पास जाना होगा।"

"नहीं, ऐसी बात नहीं है मातुल। उन्हें भय था कि व्यवस्था किसी और को सौंप कर वे आपकी अगवानी के लिये आ गयीं तो आपके योग्य तैयारी नहीं हो पायेगी।"

"मैंने तो विनोद में कहा पुत्र।" अक्रूर ने अपना उपालम्भ लौटा लिया, "हम अपनी पृथा को जानते नहीं क्या।"

"वैसे हमें ही बूआ के पास जाना चाहिए।" कृष्ण बोले, "सुभद्रा और धनंजय भी हमें वहीं मिलेंगे। क्यों भैया?"

"जैसा तुम उचित समझो।" बलराम ने उत्तर दिया, "हम जैसे पहले बूआ के बालक थे, वैसे ही आज है। सुभद्रा के लिये कुछ उपहार ले कर आये हैं, इससे स्थिति कुछ बदल तो नहीं जायेगी।"

"आप लोग आइए। रथ तैयार है।" नकुल ने आ कर कहा।

"रथ हमारे पास हैं न।" उद्धव ने कुछ असमंजसपूर्ण स्वर में कहा।

"तुम्हारे अश्व लम्बी यात्रा करके आये हैं उद्धव!" युधिष्ठिर बोले, "उन्हें अब विश्राम करने दो। यहाँ जो कुछ है, वह तुम्हारा ही है। कृष्ण की सहायता न होती, तो न हमारा यह नगर बसता और न मैं यहाँ का राजा होता।"

"यह आपकी उदारता है धर्मराज!" उद्धव ने तत्काल हाथ जोड़ दिए, "हमारे लिये तो ऐसा सोचना भी पाप है।"

कुन्ती के भवन के द्वार पर उनका स्वागत स्वयं सुभद्रा और अर्जुन ने किया।

कृष्ण ने अर्जुन को अपनी भुजाओं मे भर लिया और प्रद्युम्न, सांब, और चारुदेष्ण दौड़ कर सुभद्रा से चिपट गये, "बूआ।"

सुभद्रा ने उन्हें अपनी भुजाओं में समेट लिया, "आओ। कितने दिनों में याद आयी तुम्हें अपनी बूआ।"

"बूआ! इस बार स्वयं आयी हो, या इस बार भी फूफा तुम्हें रथ में बैठा, रथ भगा लाये?" सांब ने सुभद्रा के कान में फुसफुसा कर पूछा।

"नहीं रे। इस बार तो मैं तेरे फूफा को रथ में डाल, भगा लाई।" सुभद्रा के अधरों पर मुस्कान थी और वह स्वयं समझ नहीं पायी कि उसकी आँखों में अश्रु क्यों आ गये।

"क्या कह रहा है यह दुष्ट?" बलराम ने निकट आ कर पूछा।

"कुछ नहीं। हमारी आपस की बात है।" सुभद्रा ने अश्रु पोंछ लिये, "आइये भैया। आइए काका।"

भवन के भीतर प्रवेश करने पर सबसे पहले उन्हें कुन्ती दिखायी दी। कुन्ती ने जैसे एक दृष्टि में ही देख लिया कि कौन-कौन आया है। वह अक्रूर के कंधे से जा लगी।

"पृथा! तुम अब हमारी समधन हो।" अक्रूर ने मुस्कराने का प्रयत्न किया।

"तो क्या मैं तुम्हारी बहन नहीं रही?" कुन्ती बोली, "मैंने तो समझा था कि हमारा सम्बन्ध और प्रगाढ़ होगा और भैया! तुम!"

"चलो! तुम जीतीं।" अक्रूर बोले, "इस घर में हमारी बहन भी है और बेटी भी। ठीक तो है सुभद्रा!"

"हाँ काका।"

"जैसे सुभद्रा के भतीजे अपनी बूआ के गले मिले हैं, तुम अपनी बूआ से नहीं मिलोगे?" कुन्ती ने बलराम, कृष्ण, सारण और उद्धव की ओर देखा, "या अब तुम लोग भी मेरे भतीजे नहीं रहे, सुभद्रा के भाई ही रह गये हो?"

"नहीं बूआ। आप ऐसा क्यों सोचती हैं।" चारों भाई कुन्ती के चरण स्पर्श करने के लिये आगे बढ़े और कुन्ती ने उन्हें वक्ष से लगा लिया, "यह सारण है?"

"नहीं बूआ! यह उद्धव है।" कृष्ण ने बताया, "और यह है सारण।"

"अच्छा! मैं तुम्हारा अपनी बहुओं से भी परिचय कराऊँ।" कुन्ती बोली, "द्रौपदी को तुम जानते ही हो।...यह जो इन्दीवर के समान श्याम वर्ण वाली राजमहिला है यह काशी की राजकुमारी, भीम की पत्नी बलन्धरा है। यह जो चम्पा की माला के समान गौर वर्ण वाली सुन्दरी बैठी है यह मद्रराज द्युतिमान की पुत्री विजया है। यह सहदेव की पत्नी है। यह नीलकमल के समान श्याम वर्ण वाली कमलनयनी, करेणुमती है, यह नकुल की पत्नी है।" कुन्ती ने कृष्ण की ओर देखा, "इनसे तो तुम भी नहीं मिले हो कृष्ण!"

"नहीं बूआ!" कृष्ण ने उत्तर दिया, "ये विवाह इन्द्रप्रस्थ के निर्माण के पश्चात मेरे द्वारका जाने के बाद हुए हैं।"

"अच्छा बलभद्र! भैया वसुदेव क्यों नहीं आये? मुझे बहुत आशा थी कि सुभद्रा के व्याज से मैं भैया और भाभी से मिलूँगी।"

बलराम ने उत्तर नहीं दिया। उन्होंने कृष्ण की ओर देखा।

"वैसे तो वे कहीं भी आते-जाते नहीं हैं बूआ।" कृष्ण ने उत्तर दिया, "किन्तु आपके पास न आने का कारण यह नहीं है। वे आपको पूर्ववत अपनी

भगिनी के रूप में ही देखना चाहते हैं, इसलिये सुभद्रा की सास को उपहार देने वे नहीं आये।"

"मुझे जो भेज दिया उन्होंने।" अक्रूर बोले, "बहुत लोभ मत कर पृथा! एक समय में एक ही भाई से भेंट को पर्याप्त मान।"

"भाइयों से मिलना भी कभी पर्याप्त हुआ है भैया!" कुन्ती की आँखें डबडबा आयीं।

"तुम इतने चिन्तित क्यों हो अर्जुन?" कृष्ण ने एक किनारे लगा कर रथ रोक दिया।

"चिन्ता की बात नहीं है क्या सखा?" अर्जुन ने कृष्ण की ओर देखा, "यह सब देखा न होता तो मैं कल्पना भी नहीं कर सकता था कि हमारे नेत्रहीन पितृव्य इतनी दूर तक देख सकते हैं। वे जानते थे कि यदि इस बार दुर्योधन हमसे टकराया तो पाण्डवों, यादवों तथा पांचालों का सम्मिलित बल उसे नष्ट कर डालेगा। इसलिये राज्य विभाजन का प्रस्ताव कर, दुर्योधन को राज्य का एक बड़ा भाग भी दे दिया, उसे हमारे हाथों से साफ़ सुरक्षित निकाल भी लिया, और हमें उन देव तथा दस्यु शक्तियों के मध्य ला पटका, जिनके षडयन्त्रों का हमारे पास कोई निराकरण ही नहीं है।"

"निराकरण तो प्रत्येक समस्या का है।" कृष्ण के अधरों पर अत्यन्त मोहक मुस्कान थी, "प्रश्न तो यह है कि बाहर के षड्यन्त्रों से टकराने से पहले क्या हम अपने मन के बन्धन तोड़ सके हैं?"

"तुम किस बन्धन की चर्चा कर रहे हो सखा?" अर्जुन की दृष्टि में आश्चर्य था।

"वारणावत जाते हुए क्या धर्मराज को किंचित आभास नहीं था कि धृतराष्ट्र क्या करने वाले हैं?" कृष्ण ने पूछा।

"आभास तो था। विदुर काका ने संकेत भी कर दिया था।...शिव-भवन को देख कर तो सब कुछ स्पष्ट हो गया था।" अर्जुन ने कृष्ण की ओर देखा, "क्यों पूछ रहे हो यह सब?"

"संकट का आभास होते हुए भी, धर्मराज ने वारणावत जाने से इंकार तो नहीं किया?"

"कैसे कर सकते थे? पिता की आज्ञा का उल्लंघन कोई कर सकता है?" अर्जुन बोला, "धृतराष्ट्र हमारे पिता के बड़े भाई हैं, और पिता के स्थान पर हैं, उनकी आज्ञा का उल्लंघन अधर्म होगा।"

"प्रहलाद द्वारा अपने पिता की आज्ञा का उल्लंघन अधर्म नहीं था, तो

युधिष्ठिर द्वारा धृतराष्ट्र की आज्ञा का उल्लंघन अधर्म क्यों है...?"

अर्जुन को तत्काल कोई उत्तर नहीं सूझा। कुछ सोच कर बोला, "प्रहलाद अपने पिता की आज्ञा न मान कर परमपिता की आज्ञा का पालन कर रहा था।"

"धर्म पर चलना परमपिता की आज्ञा पर चलना ही है।" कृष्ण के स्वर में एक गहरी अनुगूँज थी, "और आत्म-रक्षा परम धर्म है।...वस्तुतः धर्मराज ने धर्म के नाम पर स्वयं को मुक्त नहीं किया, विभिन्न प्रकार के बन्धनों में बाँधा है। यह उनकी तपस्या अवश्य है, किन्तु तपस्या तो फिर कठिनाई ही उत्पन्न करेगी।..." कृष्ण कुछ क्षण मौन रह कर पुनः बोले, "तुम पूछ सकते हो कि राज्य के विभाजन के समय धर्मराज पिता की आज्ञा से बाध्य थे, किन्तु मैं तो स्वतन्त्र था, फिर मैंने धृतराष्ट्र का प्रस्ताव स्वीकार क्यों किया? पाण्डवों को उसका विरोध करने का परामर्श क्यों नहीं दिया?"

अर्जुन ने कृष्ण की ओर देखा।

"पाण्डव धृतराष्ट्र के संरक्षण में, हस्तिनापुर में रहते, तो वारणावत जैसी जाने कितनी घटनाएँ होतीं। धर्मराज अपना धर्म मान कर धृतराष्ट्र की आज्ञाओं का पालन करते और तुम लोगों के प्राण सदा संकट में रहते। इसलिये तुम लोगों की सुरक्षा के लिये आवश्यक था कि तुम लोग धृतराष्ट्र से दूर रहो, चाहे और कितने ही बड़े संकट के निकट रहो। बाहरी शत्रुओं से धर्मराज युद्ध तो करेंगे।"

"तुम किन्हीं भीतरी बन्धनों की बात कर रहे थे।" अर्जुन ने याद दिलाया।

"अपने शैशव में धर्मराज ने धृतराष्ट्र की कृतज्ञता का बन्धन कुछ ऐसा बाँध लिया है कि वह कितना भी दुर्व्यवहार करे, धर्मराज उसका विरोध नहीं कर पायेंगे, स्वयं धृतराष्ट्र को कदाचित इसका अनुमान नहीं है। यदि कहीं उसे यह आभास हो गया होता, तो वह धर्मराज को बार-बार हस्तिनापुर में निष्कासित न कर, उन्हें अपने निकट रख कर, अपना दास बनाये रखता।..."

"तो क्या यह भैया का बन्धन है, धर्म नहीं?" अर्जुन शायद स्वयं भी अपने मन में स्पष्ट नहीं था, "वे तो अपने शत्रु से भी प्रेम करते हैं।"

"जिसे हम प्रेम करते हैं, कई बार वह मात्र हमारा मोह होता है। तपस्या का भी तो अपना एक अहंकार होता है।" कृष्ण ने अर्जुन की भुजा थाम ली, "सुनो मित्र! मेरी इच्छा है कि युयुधान, सात्यकि, प्रद्युम्न, सांब और चारुदेष्ण इत्यादि इन्द्रप्रस्थ में रह कर, तुमसे धनुर्वेद की शिक्षा ग्रहण करें, किन्तु यहाँ की परिस्थितियाँ देख कर मुझे नहीं लगता कि अभी अनुकूल अवसर है। इस

समय तुम यदि शिक्षण में लगोगे तो इन्द्रप्रस्थ की सुरक्षा पर से तुम्हारा ध्यान हट जायेगा।"

"ओह कृष्ण!" अर्जुन हँस पड़ा, "मैं इतने वर्षों तक इन्द्रप्रस्थ से बाहर था। तुम्हारा विचार है कि तब इन्द्रप्रस्थ सुरक्षित नहीं था।"

"मेरा विचार है कि तुम्हारे भाइयों ने इन्द्रप्रस्थ को बचाए अवश्य रखा है, किन्तु उसकी सुरक्षा-समस्या को टाला ही है, उसका समाधान नहीं किया।"

"इन सारे वर्षों में इन्द्रप्रस्थ पर एक भी आक्रमण नहीं हुआ है।" अर्जुन ने कहा, "तो सुरक्षा-समस्या।"

"आक्रमण हुआ नहीं है, किन्तु आक्रमण की सम्भावना लगातार बनी हुई है।" कृष्ण ने उत्तर दिया, "इन्द्रप्रस्थ की प्राचीर के बाहर कुछ भी सुरक्षित नहीं है। तुम एक कृषक को भूमि तक नहीं दिला सकते खाण्डव-वन से। प्रयत्न करो तो अपने लिये एक क्रीड़ा-क्षेत्र भी नहीं बना सकते। तुम अपने उन गुप्त शत्रुओं से आँखें मूँदे बैठे हो, और वे अवसर की प्रतीक्षा में हैं।... इसलिये यह बहुत आवश्यकता है कि पहल हमारी ओर से हो। इससे पहले कि वे अपनी मनमानी कर बैठें, हमें उन्हें समाप्त कर स्वयं को सुरक्षित कर लेना चाहिए।..."

"हमें...।" अर्जुन ने कृष्ण की ओर देखा, "तुम तो कल द्वारका जा रहे हो।"

"नहीं। शेष सब लोग बलराम भैया के साथ लौट रहे हैं। मैं नहीं जा रहा।" कृष्ण क्षण-भर रुके, "वैसे तो प्रत्यक्ष युद्ध में हमें बलभद्र भैया, सात्यकि, उद्धव, कृतवर्मा इत्यादि की सहायता ही रहती, किन्तु यह प्रत्यक्ष युद्ध नहीं है। शत्रु छिपा हुआ है और छिपा ही रहना चाहता है। वह जानता है कि कब और कहाँ प्रहार करना है। हम नहीं जानते कि कौन कब और कहाँ प्रहार करेगा।... इसलिये हमें भी गोपनीयता की रक्षा करनी है। अतः उन सबको वापस भेज रहा हूँ कि कहीं शत्रु यह न मान ले कि पाण्डव युद्ध की तैयारी कर रहे हैं और उन्होंने यादव वीरों को सहायता के लिये बुलाया है।"

"यदि हमारे वे गुप्त शत्रु ऐसा मान ही लेंगे, तो हमारी क्या क्षति कर सकते हैं? हम उनसे भयभीत नहीं हैं।"

"हम भयभीत नहीं हैं, किन्तु वे भयभीत हो सकते हैं।" कृष्ण बोले, "वे भयभीत हो कर बिखर गये और अपने अन्य गुप्त स्थानों को चल गये, तो उन्हें पुनः खोज पाना कठिन होगा।"

"तो?"

"मैंने कहा था न कि धर्मराज को धर्मराज्य की स्थापना करनी है। यदि

खाण्डव-वन में हमारी नाक के नीचे ऐसे घातक शत्रु छिपे रहे, तो पाण्डवों की सेनाएँ जिस राजा के विरुद्ध बलप्रयोग करेंगी, वही इन दुष्टों की शरण में चला जायेगा अथवा ये उसकी सहायता को जा पहुँचेंगे। इसलिये इन्हें समाप्त करना आवश्यक है। तुम समझो कि खाण्डव-वन पर नियन्त्रण प्राप्त करना धर्मराज को चक्रवर्ती बनाने की ओर हमारा पहला पग होगा, और यदि खाण्डव-वन हमारे लिये अजेय हो जाता है तो यह पाण्डवों के नाश का आरम्भ है।...बोलो! क्या निर्णय है तुम्हारा?"

"खाण्डव-विजय।"

"तो कल हम बलराम भैया और शेष लोगों को द्वारका के लिये विदा कर देते हैं। तब हम दोनों देखेंगे कि क्या किया जा सकता है।" कृष्ण रथारूढ़ होते हुए बोले, "पर याद रखना, यह सब गोपनीय है। तुम्हारे अपने भाइयों को भी सूचना नहीं होनी चाहिए कि हम ऐसा कुछ करने जा रहे हैं। ऊपर से सब कुछ सामान्य होना चाहिए। हम लोग यदि विलास और राग-रंग में लीन दिखायी दें, तो और भी अच्छा है।..."

अर्जुन ने कुछ कहा नहीं। चुपचाप बैठा कृष्ण की ओर देखता रहा।

25

सुभद्रा का मन कुछ बुझा-बुझा था, जैसे शरीर में ऊर्जा न रह गयी हो। बिस्तर से उठने की इच्छा ही नहीं हो रही थी। इच्छा होती थी कि दिनभर इसी प्रकार लेटी रहे और कोई उससे मीठी-मीठी बातें करता रहे। या फिर वह गहरी नींद सो जाये और मधुर स्वप्न देखती रहे। सृष्टि का सारा सुख और आनन्द उसके चारों ओर बिखरा रहे और कठोरता, क्रूरता तथा कुरूपता का अस्तित्व ही न रहे।...

अर्जुन को बाहर जाने की तैयारी करते देख, उससे रहा नहीं गया। पूछ ही बैठी, "आर्यपुत्र! कहीं जा रहे हैं क्या?"

"हाँ भाई। आखेट के लिये जाना है।"

सुभद्रा चौंक गयी, कहाँ वह सोच रही थी कि सम्पूर्ण सृष्टि में कठोरता, क्रूरता और कुरूपता का अस्तित्व ही न रहे, और यहाँ उसके अपने पति आखेट के लिये जा रहे थे। वे मृगों पर बाण चलाएँगे और मृगियाँ तथा मृगशावक देखते रह जायेंगे।...

"किसका आखेट करेंगे आप? मृगों का?"

अर्जुन ने स्नेह भरी दृष्टि से सुभद्रा को देखा, "नहीं, सिंह का आखेट

करेंगे, व्याघ्र का करेंगे, वराह का करेंगे...।" एक बार तो अर्जुन के मन में आया कि वह कृष्ण के साथ हुई सारी वार्ता ही सुभद्रा को सुना दे, किन्तु फिर उसने स्वयं को संयत किया, "तुम तो इस प्रकार पूछ रही हो, जैसे इससे पहले कभी कोई क्षत्रिय आखेट खेलने ही न गया हो।"

"नहीं! क्षत्रिय तो आखेट के लिये जाते ही हैं। मेरा ही मन पहली बार इतना कोमल और करुणायुक्त हुआ है।" सुभद्रा हँस पड़ी, "क्या यह सम्भव नहीं कि मैं भी आपके साथ चलूँ। सम्भव है कि आपके साथ रह कर मेरा मन कुछ बदले।...यहाँ भवन के अवरोध में मन कैसा तो हो जाता है।"

"यह भवन के अवरोध के कारण नहीं है देवि! यह सारे परिवर्तन तो तुम्हारे गर्भ-धारण करने के कारण हैं।" अर्जुन हँसा, "तुम भूल गयीं कि माँ ने तुम्हें अश्वारोहण से भी मना किया है, और तुम मेरे साथ आखेट पर जाना चाहती हो।"

"आप ठीक कह रहे हैं, किन्तु मैं आपके बिना एकदम अकेली हो जाती हूँ।..."

"माँ अथवा पांचाली के पास चली जाना अथवा उन्हें बुला लेना। किसी देवरानी-जेठानी के पास चली जाना।"

"आप रुक नहीं सकते?"

"आज तो कठिन है प्रिये!" अर्जुन का स्वर मन्द और मधुर हो गया, "मैंने कृष्ण को वचन दे रखा है। तुम्हारे भैया मेरी प्रतीक्षा कर रहे होंगे।"

"मुझे अनुमान होता कि मेरी यह मनःस्थिति हो जायेगी, तो मैं प्रद्युम्न इत्यादि को यहाँ रोक लेती।" सुभद्रा बोली, "अच्छा जाइए। पर देखिए, निरीह मृगों को मत मारिएगा, व्याघ्र और सिंह का आखेट कीजिएगा, ताकि संसार में क्रूरता कम हो।"

खाण्डव-वन की सीमा पर पहुँचते ही कृष्ण ने रथ रोक दिया। पीछे आने वाले अनेक रथ एक के बाद एक कर रुकते गये। उन रथों में अर्जुन अपने सैनिकों को लाया था, किन्तु न तो वे सैनिक वेश-भूषा में थे और न उनके पास शस्त्र ही थे। वे लोग अपने-अपने रथ छोड़ कर उतर आये थे और अर्जुन के आदेश की प्रतीक्षा कर रहे थे।

"सैनिको!" अर्जुन ने उच्च स्वर में उन्हें सम्बोधित किया, "हम लोग युद्ध करने नहीं आखेट खेलने आये हैं। इसीलिये हमने तुम्हें शस्त्रास्त्र नहीं दिये हैं। मेरे और मधुसूदन के पास शस्त्र हैं किन्तु वे भी आखेट-भर के लिये ही हैं, सशस्त्र शत्रुओं से युद्ध करने के लिये नहीं। इसलिये वन में यदि कोई तुम्हें

रोके, टोके, किसी एक दिशा में जाने का निषेध करे तो उससे संघर्ष करने का प्रयत्न मत करना। हम यहाँ मनोरंजन के लिये आये हैं। किसी प्रकार का संघर्ष हो जाने पर वह मनोरंजन नहीं होगा। कोई तुम्हारा परिचय पूछे तो अपना परिचय दे देना, कि तुम हमारे आखेट के लिये पशुओं को हाँकने आये हो। उसका भी परिचय पूछ लेना। इतना ध्यान रखना कि जिधर मनुष्य जितने अधिक होंगे, वन्य पशु उतने ही कम होंगे। मनुष्यों की बड़ी बस्ती होगी तो आस-पास हिंस्र-पशु एकदम नहीं होंगे। स्वयं को जोख़िम में मत डालना। तुम्हारा काम न तो हमारे लिये पशुओं को घेरना है, न खोजना। यदि तुम्हें दिन-भर में एक भी पशु दिखाई न दे तो चिन्ता मत करना। जो कुछ दिखायी दे, वह याद रखना और हमें ठीक-ठीक बताना, ताकि हमें यह अनुमान हो सके कि वन कहाँ विरल है, कहाँ सघन, कहाँ मनुष्यों का वास है, कहाँ पशुओं का, कहाँ हिंस्र-पशु हैं, कहाँ निरीह-प्राणी। इससे हमारे लिये सदा के लिये आखेट सरल हो जायेगा।" अर्जुन ने रुक कर उनके चेहरों पर एक दृष्टि डाली और पुनः कहा, "जाओ। अब दलों में बँट कर विभिन्न दिशाओं में फैल जाओ। पहले तुम्हें हमारे प्रहरी मिलेंगे, फिर सैनिक। उनके आगे खाण्डव-वन होगा और तुम लोग होगे। आँखें खुली रखना, मन नियन्त्रित। जाओ।"

सारे सैनिक चार-चार के दलों में बँट कर विभिन्न दिशाओं में फैल गये।

"अब?" अर्जुन ने कृष्ण की ओर देखा।

"अब क्या! आखेट ही तो करना है। चलो, आगे बढ़ते हैं।"

कृष्ण ने वल्गा थाम ली और रथ को आगे बढ़ाया। पाण्डवों की सैनिक चौकियाँ पीछे छूट गयीं। कृष्ण थे कि रथ को सघन-से-सघन वन में धँसाते ही जा रहे थे। अर्जुन को कृष्ण के सारथ्य पर इतना आश्चर्य नहीं हो रहा था, जितना यह देख कर कि एक ओर जहाँ विशाल और सघन वृक्षों, कंटीली झाड़ियों और झूलती लताओं के कारण वन में कहीं कोई मार्ग ही नहीं सूझता था और यह कल्पना भी नहीं की जा सकती थी कि इसमें रथ आगे बढ़ सकता है, वहीं ध्यान से देखने और प्रयत्न करने पर पगडण्डियाँ तो मिल ही जाती थीं, रथ के लिये भी मार्ग बनता जा रहा था। लगता था कि प्रतिदिन नहीं तो कभी-न-कभी यहाँ रथ आते ही हैं। कम-से-कम उनके आवागमन की व्यवस्था बनाये रखने का प्रयत्न अवश्य दिखायी देता था।...पगडण्डियाँ तो नियमित चलती हुई लगती थीं। वनचर इनका प्रयोग करते होंगे, या अश्वों की टापें इन पर घास नहीं जमने देती थीं।...

सहसा कहीं से सनसनाता हुआ एक बाण आया और वृक्ष में धँस गया।

स्पष्ट रूप से यह उनका वध करने के लिये नहीं, उन्हें चेतावनी देने के लिये चलाया गया था।

कृष्ण ने वल्गा खींच ली। अश्व रुक गये।

वृक्षों के पीछे से निकल कर चार सैनिक रथ के सम्मुख आ खड़े हुए। उनका वर्ण तप्त स्वर्ण जैसा और श्मश्रु अग्नि के समान थे।

"कौन हो? कहाँ जाना है?"

कृष्ण मुस्कुराए, "हमने तो नहीं पूछा कि तुम कौन हो, और यहाँ क्या कर रहे हो?"

"तो पूछ लो! हम अग्नि के सैनिक हैं, और उनकी आज्ञा से यहाँ स्थित हैं।" एक सैनिक बोला, "तुम कौन हो?"

"मैं द्वारका का वासुदेव कृष्ण हूँ और ये इन्द्रप्रस्थ के महाराज युधिष्ठिर के छोटे भाई पाण्डव अर्जुन हैं।" कृष्ण ने बताया, "हम यहाँ आखेट के लिये आये हैं।"

"आखेट के लिये आये हो, यह तो ठीक है, किन्तु कहीं आखेट हो मत जाना। इस वन में व्याध भी हैं ओर व्याघ्र भी...।"

"कुछ सोच-समझ कर बात कर।" दूसरे सैनिक ने उसे टोक दिया, "ये इन्द्रप्रस्थ के राजकुमार हैं। इन्हीं का राज्य है यहाँ। अभी चाहें तो तुझे बँधवा दें। व्यक्ति को पहचानता तो है नहीं, बस बकवाद आरम्भ कर देता है।..."

कृष्ण देख रहे थे कि दूसरा सैनिक यद्यपि अर्जुन की प्रशंसा में यह सब कुछ कह रहा था, किन्तु न तो उसके शब्दों में सम्मान था और न ही उसकी वाणी में। यह तो पाण्डवों की सत्ता का उपहास कर रहा था, जैसे कह रहा हो, कि 'यदि तुम्हारा ही राज्य है तो हटाओ हमें यहाँ से, दो अपनी सत्ता का प्रमाण।...'

"और इन्हें नहीं जानते हो।" उसने कृष्ण की ओर संकेत किया, "ये द्वारका के कृष्ण हैं। राजा नहीं, किन्तु भगवान के समान पूजे जाते हैं। जिस राजा को चाहें क्षण भर में रंक कर दें और जिस रंक को चाहें, राज बना दें...।"

"ओह! हो! आप तो स्वामी लोग है।" पहले सैनिक ने कहा, "जाइए! जाइए! आखेट कीजिए। वन भी आपका है और वन्य जन्तु भी आपके हैं।" सम्मान तो उसके स्वर में भी नहीं था।

"अच्छा सैनिक!" कृष्ण सैनिकों के उपहास से पूर्णतः अविचलित थे, "तुम्हारा तो इसी वन में वास है। तुम तो जानते होगे कि आखेट के लिये हमें पशु किस ओर अधिक मिलेंगे।" कृष्ण ने रुक कर उसकी ओर देखा, "हमें

छोटे-छोटे निरीह जन्तु नहीं चाहिए, हमे तो हिंस्र पशु चाहिए, जिनके गर्जन से यह वन थर्राता रहता है।..."

"ओह! हाँ। क्यों नहीं। क्यों नहीं महाराज।" उसने पहले सैनिक को, अपनी बाईं आँख दबा कर, कोई संकेत किया, "आप यहाँ से सीधे जा कर कुछ बाएँ मुड़ जायें, फिर तो आपको झुण्ड-के-झुण्ड मिलेंगे, हिंस्र पशु। इच्छा भर आखेट कीजिए।" वह अपने साथियों की ओर मुड़ा, "क्यों भाइयो?"

"सत्य है। सत्य है।"

"और यदि हम बाएँ न जाकर दाएँ जाना चाहें तो आपको कोई आपत्ति होगी?" कृष्ण ने पूछा।

"हमें क्या आपत्ति है।" दूसरे सैनिक ने कहा, "हम अपने मण्डप में प्रवेश नहीं करने देंगे, शेष सारा खाण्डव-वन आपका है। दाएँ जाइए, बाएँ जाइए, आगे जाइए, पीछे जाइए...हमें क्या लेना-देना है। वह तो हमसे हिंस्र पशुओं के विषय में पूछा तो हमने आपकी सहायता के विचार से बता दिया।"

"आप धन्य हैं। आप धन्य हैं।" कृष्ण ने अपनी मोहिनी मुस्कान उन पर बिखेरी और रथ आगे बढ़ा दिया, "क्या समझे अर्जुन!"

"लगता तो नहीं कि ये किन्हीं दस्यु-दलों, अपराध-कर्मियों अथवा हमारे विरोधियों को वन में संरक्षण दे रहे हों।" अर्जुन कुछ सोचता हुआ बोला, "किन्तु हमारी सत्ता को वे स्वीकार नहीं करते।"

"वह तो स्पष्ट ही है।" कृष्ण बोले, "उनके पास सैनिक भी कम संख्या में हैं और शस्त्रास्त्र भी थोड़े ही हैं। वह सब कुछ उनके मण्डप में ही है।"

"तो अब किधर चलना है?"

"उन्होंने जिस दिशा में हिंस्रक पशुओं का आधिक्य बताया है न, उसी दिशा में चलते हैं।" कृष्ण बोले, "पता लग जायेगा कि उधर सचमुच हिंस्र पशु ही अधिक हैं, अथवा उनके शत्रु सैनिक हैं, जिनसे वे हमें भिड़ाना चाहते हैं।"

"मुझे भी लगता है कि उधर हिंस्र पशु नहीं, उनके विरोधी ही होंगे।" अर्जुन बोला, "उनकी वाणी में न हमारे प्रति सम्मान था, न विश्वसनीयता। ...पर मेरा भी ध्यान इस ओर गया कि हमारे वन में विचरण से उन्हें कोई आपत्ति नहीं थी।

रथ आगे बढ़ता चला गया। वन का कुछ पता ही नहीं चल रहा था। कहीं वह सहसा विरल हो जाता था और कहीं सघन। मार्ग में वन्य जीव-जन्तु बहुत कम थे। बड़े आकार का हिंस्र पशु तो कोई दिखा ही नहीं, छोटे पशुओं की संख्या भी नगण्य ही थी। हाँ, जिधर से रथ आगे बढ़ता था,

उधर से पक्षी कोलाहल करते उड़ जाते थे।

"मुझे लगता है कि ये पक्षी तो निकट ही स्थित कुछ लोगों को हमारे आने की चेतावनी देने का कार्य कर रहे हैं।"

"तुम ठीक कह रहे हो, किन्तु वे सायास ऐसा नहीं कर रहे हैं।" कृष्ण बोले, "यह भी किसी की बुद्धि का चमत्कार है। यहाँ के कुछ विशिष्ट क्षेत्रों में पक्षियों की तनिक भी हानि नहीं की गयी है; और अन्य जीव-जन्तुओं को समाप्त कर पक्षियों को पूर्णतः निर्भय कर दिया गया है। परिणामतः उनकी संख्या पर्याप्त है।...हम तो रथ पर आये हैं, मेरा विचार है कि यदि कोई पैदल भी आये तो ये इसी प्रकार कोलाहल करेंगे। यदि किसी ने सायास यह तन्त्र रचा है, तो सचमुच वह बहुत चतुर है और इन पक्षियों की परीक्षा कर इनसे बहुत महत्वपूर्ण कार्य ले रहा है।"

पक्षियों का कोलाहल समाप्त होने से पहले ही अनेक दिशाओं से अनेक सैनिक निकल आये थे, "रुको।"

कृष्ण ने रथ रोक लिया।

"कहाँ जाना है?" सैनिक-प्रमुख ने पूछा।

"हम आखेट के लिये आये हैं।" कृष्ण ने सहज भाव से कहा, "हमें हिंस्र पशु किस ओर मिलेंगे?"

"वापस लौट जाओ, और फिर कभी इधर मत आना।" सैनिक-प्रमुख बोला, "यह निषिद्ध-क्षेत्र है। मुँह उठाए चले आये हो, नहीं जानते कि कोई तुम्हारा भी आखेट कर सकता है।" वह झल्लाया हुआ सा लग रहा था, "पता नहीं सारे प्रहरी ओर सचेतक कहाँ मर जाते हैं कि लोग आखेट करने यहाँ तक आ जाते हैं।"

"हम सिंह और व्याघ्र से नहीं डरते।" कृष्ण ने किसी अत्यन्त सरल बालक के समान कहा।

"मैं सिंह और व्याघ्र की बात नहीं कर रहा हूँ, मैं..." सैनिक-प्रमुख कुछ कहते-कहते रुक गया, "तुम लोग लौट जाओ। नहीं तो मुझे अपने सैनिकों को बल प्रयोग का आदेश देना पड़ेगा।"

"अच्छा! हम आपके क्षेत्र में आखेट नहीं करेंगे।" अर्जुन ने जैसे समझौते का प्रस्ताव रखा, "हम आगे निकल जाते हैं। वहाँ आखेट कर लेंगे।"

"कहा न! तुम आगे नहीं जा सकते।" सैनिक-प्रमुख ने दाँत पीसे, "अपना समय नष्ट मत करो, और न ही मुझे क्रोध दिलाओ। मैं तो तुम्हें जीवित लौटने का अवसर भी दे रहा हूँ, आगे बढ़ गये तो कभी जीवित नहीं लौटोगे। तुम्हारे परिवार के लोग तुम्हें खोजने के लिये आयेंगे तो उनमें से कोई बिकेगा, कोई

कटेगा, कोई झेलेगा, कोई भोगेगा, कोई मरेगा। जाओ यहाँ से।"

"अच्छा! हम लौट जाते हैं। फिर किसी दिन आ जायेंगे, जब आप क्रोध में नहीं होंगे।" कृष्ण ने घोड़े मोड़ लिये थे।

"इधर कभी मत आना, नहीं तो तुम्हारी कुशल नहीं है।" सैनिक-प्रमुख ने पीछे से चिल्ला कर कहा, "मेरी मानो तो खाण्डव-वन की दिशा में मुँह भी मत करना।"

कृष्ण ने मुस्कुरा कर अर्जुन की ओर देखा, "क्यों?"

"सम्भव है, आगे उनकी बस्तियाँ हों।" अर्जुन बोला।

"यह भी तो सम्भव है कि आगे उनका दुर्ग हो।" कृष्ण ने कहा, "इतना तो स्पष्ट है कि खाण्डव-वन में जिन सैनिक शक्तियों ने अपने स्पकन्धावार बना रखे हैं, वे पाण्डवों की शक्ति से तनिक भी भयभीत नहीं हैं। वे स्वयं को पूर्णतः सुरक्षित मानते हैं। उन्होंने यह भी नहीं जानना चाहा कि हम कौन हैं।"

"यह तो हमारी नाक के नीचे, धर्मराज की सत्ता को चुनौती देना है। और तुम धर्मराज को चक्रवर्ती सम्राट बनाने की बात कहते हो।" अर्जुन के मन का सारा उल्लास कहीं खो गया था।

"मेरा विचार है कि धर्मराज के राजसूय यज्ञ की पहली आहुति खाण्डव-वन में ही पड़नी चाहिए। यहीं से श्रीगणेश हो।" कृष्ण का स्वर निर्द्वन्द्व था।

अर्जुन ब्राह्मण के गोधन के चोरों के पीछे जाने की घटना भूला नहीं था। उस दस्यु ने भी अर्जुन को धमकाया था। भीम ने उसे वन के वृक्ष काटने के मार्ग में आयी बाधाओं के विषय में भी बताया था। यह सूचना भी अर्जुन को मिल गयी थी कि वन में तक्षक के विषधर थे, जो छिप कर किसी को भी दंश मार सकते थे।...पर ये सैनिक किसके थे? पहले जो दल मिला था, वे अग्नि के सैनिक थे। तो दूसरा दल क्या इन्द्र-सैनिकों का था। ये लोग इन्द्र की जय बोलने वाले सामान्य दस्युओं से भिन्न थे।...किन्तु ये लोग किसके भरोसे इतने निर्भय थे? इन्द्र के भरोसे? इनका विचार है कि युद्ध हुआ तो इन्द्र देवलोक से इनकी रक्षा करने आयेगा?...

कृष्ण जानबूझ कर रथ को उसी मार्ग से लौटा कर लाये थे, जिस मार्ग से वे लोग गये थे।....अग्नि-सैनिकों के मण्डप के पास आ कर उनकी गति विशेष रूप से मन्थर हो गयी थी।...

उनकी आहट पा कर अग्नि-सैनिक पुनः बाहर निकल आये थे, किन्तु इस बार उन्होंने बाण-संधान नहीं किया। उनके साथ उनका कोई अधिकारी भी था। उसने हाथ जोड़ कर कृष्ण और अर्जुन को प्रणाम किया और रुकने का

संकेत किया।

कृष्ण ने रथ रोक लिया तो वह बोला, "थक गये होंगे। थोड़ा विश्राम कर लीजिए।"

कृष्ण और अर्जुन ने एक-दूसरे की ओर देखा : इस बार उन्हें उद्दण्डता और उपहास का सामना नहीं करना पड़ रहा था। यह एक प्रकार का निमन्त्रण था। स्वर में विनय का भी स्पर्श था।

"नहीं! ऐसी कोई क्लान्ति नहीं है।" कृष्ण ने उतने ही मधुर ढंग से उत्तर दिया, "वस्तुतः कोई आखेट तो हुआ ही नहीं, इसलिये विशेष श्रम नहीं करना पड़ा। बस, इधर-उधर से टकरा कर लौट आये। पता नहीं इस वन में प्रत्येक डगर पर निषेध क्यों खड़ा है। अब वन में कोई आखेट भी न कर सके तो वन का क्या लाभ?"

"आप आखेट को बहुत उत्सुक हैं?"

"आये तो इसी विचार से थे।"

"आखेट न मिलने से निराशा हुई?"

"ऐसा ही समझिए!"

"आप थोड़ा समय दें तो आखेट विषयक चर्चा भी हो जाये," वह अधिकारी बोला, "और उसका क्षेत्र भी आपको बता दें।"

"नहीं! ऐसी कोई बात नहीं है।" अर्जुन समझ नहीं पाया कि कृष्ण को ऐसी कौन-सी व्यग्रता थी कि उन्होंने अधिकारी की बात सुने बिना ही रथ आगे बढ़ा दिया, "हम स्वयं खोज लेंगे?"

"मेरी बात सुनिए।" अधिकारी उनके पीछे प्रायः दौड़ पड़ा, "मुझे भी उसी दिशा में जाना है। मुझे अपने साथ ले चलिये।"

कृष्ण ने रथ रोक दिया, "आइए।"

अधिकारी रथ में बैठ गया। रथ चल पड़ा तो उसने पूछा, "फिर कब आयेंगे आखेट के लिये?"

"कल नहीं आयेंगे, परसों आयेंगे।" कृष्ण ने उत्तर दिया।

"प्रातः आयेंगे?"

"हाँ, प्रातः। प्रायः आज के ही समय। पर थोड़ा विलम्ब भी हो सकता है।"

"सचमुच आखेट करना चाहते हैं?"

"और क्या नाटक कर रहे हैं हम?" अर्जुन कुछ रोष से बोला।

"नहीं, मेरा अभिप्राय यह नहीं था।" अर्जुन के रोष के उत्तर में अधिकारी तनिक भी कठोर नहीं पड़ा, "कई लोग शश का आखेट करना चाहते हैं, कई

मूषक का, किन्तु कुछ लोग जोख़िम-विहीन आखेट-को-आखेट ही नहीं मानते। वे शत्रु का रक्त बहाते हैं तो अपना रक्त बहने पर भी विचलित नहीं होते।"

"आनन्द तो उसी आखेट का है, जिसमें पौरुष को चुनौती हो।" कृष्ण बोले, "निरीह आखेट क्षत्रियों को शोभा नहीं देता।"

"यदि सचमुच आखेट करना चाहते हैं, तो परसों प्रातः आज के समय से ही आइएगा। इसी मार्ग से आइएगा और हमारे मण्डप से कुछ आगे जा कर जहाँ विशाल वृक्षों का जमघट दिखायी दे, वहाँ थोड़ी प्रतीक्षा कीजिएगा। आपका आगमन जितना गोपनीय हो, उतना अच्छा है। गोपनीयता, आकस्मिकता तथा त्वरित कर्म...ये ही सफलता की कुँजियाँ हैं।" वह मुस्कुराया, "आपको आखेट मिल जायेगा। ऐसा आखेट आपने जीवन-भर न किया होगा। ..." सहसा उसकी मुद्रा एकदम बदल गयी, "अब आप मुझे उतार दीजिए।"

"आपका गन्तव्य?"...कृष्ण ने आश्चर्य जताया।

"पहुँच गया गन्तव्य पर। लक्ष्य पूरा हुआ।" उसके चेहरे पर अर्थपूर्ण मुस्कान थी। रथ अभी रुका भी नहीं था कि वह कूद कर वृक्षों में कहीं विलीन हो गया।

"इसका क्या अर्थ है?" अर्जुन ने चकित भाव से पूछा।

"इसका अर्थ स्पष्ट है कि हमारा आज का श्रम सार्थक हुआ। हमें परसों आखेट के लिये अवश्य आना चाहिए। जैसा उसने कहा, वैसा करना चाहिए। ...सम्भवतः आखेट से उसका अभिप्राय है...संघर्ष! हो सकता है कि युद्ध की ही स्थिति आ जाये।"

"हमें इसके दूसरे पक्ष पर भी विचार कर लेना चाहिए," अर्जुन ने कहा, "बहुत सम्भव है कि वे लोग हमारे लिये कोई षड्यन्त्र रच रहे हों।..."

"यदि ऐसा है, तो भी हमें आना चाहिए," कृष्ण बोले, "इतना जोख़िम तो उठाना ही होगा। वैसे मेरा विचार है कि षड्यन्त्र तो रचा ही जा रहा है, किन्तु हमारे विरुद्ध नहीं।"

"क्यों लगता है तुम्हें ऐसा?"

"हम जब यहाँ से गये थे तो अग्नि-सैनिकों ने हमारे साथ उद्दण्ड और अविनीत व्यवहार किया था, जब लौटे तो वे लोग तनिक भी अविनीत नहीं थे। होना यह चाहिए था कि हमारे असफल लौट आने पर वे हमारा अधिक उपहास करते, किन्तु ऐसा नहीं हुआ।" कृष्ण ने अर्जुन की ओर देखा, "क्यों?"

"क्यों?"

"मुझे लगता है कि उन्होंने हमारे उस दिशा में जाने की सूचना अपने

अधिकारियों तक पहुँचा दी होगी और अधिकारियों को लगा होगा कि किन्हीं कारणों से उन्हें हमारी मैत्री चाहिए, अतः हमारे साथ विनीत तथा मैत्रीपूर्ण व्यवहार किया जाना चाहिए। जब हम लौटे तो वही प्रयत्न हुआ और अब यह निमन्त्रण।..."

"हूँ।" अर्जुन अब भी शंकाग्रस्त था, "और यदि उन्होंने हमें पुनः बुला कर घेरने का ही षड्यन्त्र रचा हो?"

"यदि हमारी क्षति करनी थी तो वे आज भी उसका प्रयत्न कर सकते थे।" कृष्ण ने उत्तर दिया, "हमारा परिचय आज भी उन्हें ज्ञात था। हम अधिक शस्त्रास्त्र ले कर भी नहीं गये थे, हमारे साथ सैनिक भी नहीं थे और हमने तनिक-सा भी शक्ति-प्रदर्शन नहीं किया था।...उनके पास समय भी पर्याप्त था। यदि वे चाहते तो हमारे जाने और लौटने के बीच के समय में और सैनिक भी मँगा सकते थे।..."

"हाँ। तुम्हारा ही दृष्टिकोण ठीक है।" अर्जुन सहमत हो गया, "यह भी तुमने अच्छा ही किया कि कल आने के लिये नहीं कहा। कल धर्मराज महर्षि व्यास के दर्शन करने उनके आश्रम जा रहे है।"

"मुझे स्मरण था।" कृष्ण मन्द-मन्द मुस्कुराए, "यह भी अच्छा संयोग है कि तीन-चार दिनों के लिये धर्मराज इन्द्रप्रस्थ में नहीं होंगे। प्रशासकीय अधिकार भीमसेन के हाथ में होंगे। हमें यदि कोई उग्र आयोजन करने की आवश्यकता हुई, तो उनकी अनुपस्थिति में वह अपेक्षाकृत सुविधाजनक होगा।"

"ठीक कहते हो मधुसूदन!" अर्जुन ने स्वीकार किया, "मध्यम पाण्डव हमारी कठोरता के आड़े नहीं आयेंगे।"

"आज हमें बस एक ही काम और करना है।" सहसा कृष्ण ने कहा।

"क्या?"

"साथ आये सैनिकों से जो छोटी-से-छोटी सूचना भी मिले, उसे ध्यान से सुना जाये और उसी के अनुसार खाण्डव-वन का मानचित्र तैयार करवाया जाए। मुझे पूर्ण विश्वास है कि उन सैनिकों के माध्यम से भी हमें अत्यन्त महत्वपूर्ण सूचनाएँ प्राप्त होंगी।"...कृष्ण विचारमग्न हो गये लगते थे।

"यदि आप अतिथि भवन में भैया के पास जा रहे हैं, तो मैं भी आपके साथ चलूँगी।" सुभद्रा ने कहा, "आज भी आखेट का बहाना बना कर भागने का प्रयत्न मत कीजिएगा। आपका प्रतिदिन आखेट के लिये जाना आवश्यक नहीं है...वैसे भी इस ग्रीष्म में आखेट के लिये वन में भटकना...।"

"पार्थ! कृष्ण से भेंट करने जा रहे हो, तो मैं भी चलूँगी।" द्रौपदी ने कहा, "गोविन्द मेरे भी सखा हैं।"

"गोविन्द तो सबका सखा है, किन्तु उसके साथ आखेट के लिये जाने की पूर्व-योजना है मेरी। वह मेरी प्रतीक्षा कर रहा होगा।" अर्जुन बोला, "तुम लोग वहाँ जा कर क्या करोगी?"

"रथ में बैठ कर तुम्हें बाण चलाते देखेंगे हम।" द्रौपदी बोली, "क्या पहले कभी क्षत्रिय राजाओं की पत्नियाँ उनके साथ आखेट के लिये नहीं गयीं?"

"देखिए। इस स्थिति में आप मेरी उपेक्षा करेंगे तो मुझे बहुत दुःख होगा। ..." सुभद्रा कुछ कहते-कहते रुक गयी।

अर्जुन सोच ही रहा था कि क्या उत्तर दे कि द्रौपदी बोली, "पार्थ! तुम्हें सुभद्रा की दोहद इच्छा पूर्ण करनी चाहिए। वह ठीक कहती है, उसे इस अवस्था में छोड़ कर, हर दूसरे दिन इस प्रकार आखेट के लिये जाना उचित नहीं है।...और वैसे भी..." द्रौपदी ने उसे वक्र दृष्टि से देखा, "वह बेचारी यह सोच-सोच कर प्रसन्न होती रही कि उसके भैया आये हुए हैं और तुम मधुसूदन को ले कर आखेट के लिये चले जाओ, यह तो उचित नहीं है धनंजय! तुम भाई-बहन के मध्य प्राचीर मत बनो।..."

"ओह पांचाली।" अर्जुन समझ रहा था कि द्रौपदी उसे इस प्रकार फन्दे में फँसा कर अपना मनोविनोद कर रही थी...

"अच्छा चलो। तुम दोनों ही चलो।" अर्जुन ने भी क्रोध और असहायता का अभिनय किया, "जब स्वयं कृष्ण तुम्हें कहेगा न कि हमें आखेट के लिये जाना है, और तुम लोग साथ नहीं जा सकतीं, तभी तुम्हारी बुद्धि ठिकाने आयेगी।"

कहा तो अर्जुन ने भी विनोद के ढंग से ही था, किन्तु मन-ही-मन उसे विश्वास भी था कि कृष्ण के पास इस समस्या का कोई-न-कोई समाधान होगा ही। द्रोपदी को मनाना कठिन नहीं था, किन्तु सुभद्रा...वह गर्भवती थी, शरीर कष्ट में था, मन अधिक द्रवितावस्था में था...और मायके के सम्बन्ध में स्त्री अधिक संवेदनशील भी होती है। सम्भव है अर्जुन का आग्रह उसे अनुचित लगे और उसका मन दुःख जाये, किन्तु कृष्ण का अनुरोध उसे कभी बुरा नहीं लगेगा...

"आओ! आओ!" कृष्ण ने स्वागत किया, "आज तो सखा! सारा रनिवास भी साथ ही ले आये तुम।"

"क्यों, सारा रनिवास क्यों?" अर्जुन के स्थान पर द्रौपदी ने उत्तर दिया,

"अभी तो उलूपी और चित्रांगदा नहीं आयीं।"

यद्यपि द्रौपदी ने यह वाक्य पर्याप्त हँस कर कहा था, फिर भी उसमें निहित वक्रता अर्जुन से छिपी नहीं रह सकी।

"अरे हाँ। कृष्णा ने अच्छा स्मरण दिलाया।" कृष्ण की मुद्रा गम्भीर हो गयी, "उलूपी की कोई सूचना?"

"नहीं! मैं स्वयं चकित हूँ कि कोई सूचना क्यों नहीं है।"

"तुमने अपनी ओर से कोई संदेश भेजा?"

"मैंने आते ही दोनों को अपने इन्द्रप्रस्थ पहुँचने का समाचार भिजवा दिया था।" अर्जुन बोला, "वैसे बड़े आश्चर्य की बात है कि उन दोनों की ओर से मुझसे सम्पर्क करने अथवा इन्द्रप्रस्थ पहुँचने का तनिक भी प्रयत्न दिखायी नहीं देता। ऐसा लगता है कि न वे मेरी पत्नियाँ हैं, न उन्हें मुझसे कोई लगाव है। वह सम्बन्ध जैसे मेरी ओर से बलात उन पर आरोपित किया गया था।..."

"भैया! यह क्या आरम्भ कर दिया आपने।" सुभद्रा उपालम्भ के स्वर में बोली, "हम आयीं थीं कि कुछ हास-विलास और मनोविनोद रहेगा और आपने पार्थ को उनकी वियुक्ता पत्नियों का स्मरण दिला दिया। अब इस दो-दो पत्नियों के विरही पति से कोई आनन्ददायी चर्चा कैसे कर सकता है?"

"नहीं सुभद्रा! तुम्हें उनके प्रति भी वैसा ही भाव रखना चाहिए, जैसा तुमने कृष्णा के प्रति और कृष्णा ने तुम्हारे प्रति रखा है।" कृष्ण के स्वर में स्नेह भी था और वर्जना भी।

"मुझे उनसे कोई ईर्ष्या नहीं है भैया!" सुभद्रा ने उत्तर दिया, "मैं तो पार्थ की मनःस्थिति की बात कह रही थी।"

"अच्छा सुनो! पार्थ को भी आश्चर्य है कि उलूपी की ओर से सम्पर्क का कोई प्रयत्न क्यों नहीं हो रहा, जबकि उलूपी ने एक प्रकार से उनका अपहरण किया था और अपने पिता के आने की प्रतीक्षा किये बिना व्यग्रता में गन्धर्व-विवाह कर लिया था।" कृष्ण बोले, "यदि मैं परिस्थितियों का विश्लेषण करूँ तो यही कहूँगा कि शायद वह यह प्रयत्न करेगी भी नहीं...और निकट भविष्य में तो निश्चित रूप से नहीं करेगी।"

"क्यों? ऐसा क्यों?" द्रौपदी ने पूछा।

"मुझे लगता है कि उलूपी का पिता कौरव्य चाहे अपनी इच्छा से, अथवा परिस्थितियों के दबाव से तक्षक का समर्थक है।...और यदि ऐसा है तो तक्षक यह सम्बन्ध कभी होने नहीं देगा। सम्भव है कि उलूपी के मन में भी ऐसी कोई आशंका पहले से ही रही हो। इसलिये उसने पिता की अनुपस्थिति में यह विवाह किया, ताकि यदि पिता विरोध करें तो वह कह सके कि अब तो यह

विवाह हो चुका है।"

"विवाह तो हो ही चुका है," द्रौपदी बोली, "अब वह उलूपी को कैसे रोक सकता है।"

"यही तो बात है।" कृष्ण हँसे, "जो हो भी चुका है, उसे मान्यता दे देना तक्षक की नीति नहीं है, अन्यथा वह धर्मराज को इस क्षेत्र का राजा मान कर, खाण्डव-वन छोड़ अन्यत्र चला न गया होता। वह तक्षक है, जो घटित को भी स्वीकार नहीं करता और निरन्तर उसे अघटित बनाने का प्रयत्न करता रहता है।...उलूपी अथवा उसके पिता की ओर से सम्पर्क करने के किसी भी प्रयत्न का न होना, क्या घटित को अघटित करने का ही प्रयत्न नहीं है?"

"तो क्या उलूपी कभी स्वाभाविक दाम्पत्य जीवन व्यतीत नहीं कर पायेगी?" इस बार सुभद्रा के मन में पर्याप्त करुणा थी।

"मैं कोई भविष्यवाणी नहीं कर रहा।" कृष्ण ने उत्तर दिया, "मैं तो केवल परिस्थितियों का विश्लेषण कर रहा हूँ। यदि उलूपी और उसके पिता साहस करें, तक्षक से विद्रोह करें, तो स्थिति इसके ठीक विपरीत भी हो सकती है।... पर उसकी सम्भावना बहुत कम है।"

"क्यों? क्या तक्षक का आतंक सर्वव्यापी और सार्वकालिक है?" अर्जुन का आक्रोश सिर उठा रहा था।

"जब पाण्डव अपने सारे शस्त्र कौशल, साहस और वीरता के रहते हुए, खाण्डव-वन से तक्षक का आतंक समाप्त नहीं कर पाये..."

"वह तो इसलिये, क्योंकि इन्द्र उसकी रक्षा कर रहा है, और इन्द्र से युद्ध करने के साधन हमारे पास नहीं हैं।" अर्जुन ने कहा।

"तो बेचारे कौरव्य नाग के पास ही कौन-से साधन हैं कि वह तक्षक अथवा उसके संरक्षक इन्द्र से लड़े।" कृष्ण बोले, "और वह तो अपनी सामाजिकता से भी बँधा हुआ है। उसे तक्षक के विरुद्ध सहायता कहाँ से मिलेगी?"

"गोविन्द! यदि पार्थ ही उलूपी के पास चले जायें?" द्रौपदी ने पूछा।

"तो भी स्थिति में विशेष परिवर्तन नहीं आयेगा।" कृष्ण ने कहा, "जिस किसी भय से बँधी उलूपी अर्जुन से सम्पर्क नहीं कर रही है, अर्जुन के जाने से उलूपी का वह भय बढ़ जायेगा।...वस्तुतः मैं यह नहीं मानता कि उलूपी अपने प्रति किसी भय से अपने हाथ-पैर और जिह्वा को बाँधे पड़ी होगी।...तक्षक की कार्य-पद्धति यही है। उसकी सबसे बड़ी शक्ति है उसके विषधर, जो किसी भी व्यक्ति पर घात करते हैं। उसे दंश मारते हैं....।"

"वे सर्प हैं?" सुभद्रा ने आश्चर्य से पूछा।

"नहीं। नाग जाति के मनुष्य हैं।" कृष्ण बोले, "वे विभिन्न प्रकार के विष को, विशेष-कर सर्प-विष को मनुष्य के शरीर में विभिन्न पद्धतियों से पहुँचाने में सिद्ध-हस्त हैं। वे अपना परिचय नहीं देते। अत्यन्त गोपनीयता से कार्य करते हैं और अत्यन्त धूर्त हैं। न उलूपी जानती होगी, न कौरव्य कि उनके सेवकों में से कौन तक्षक का विषधर है, उनके सैनिकों में से कौन उनसे भी अधिक तक्षक के प्रति निष्ठावान है। यह गुप्त तन्त्र है। उनमें से कितने ही तक्षक के विषधर होंगे, जिन्हें तक्षक ने कौरव्य की चौकसी के लिये नियुक्त किया होगा, और कौरव्य उन्हें अपना सैनिक समझ कर अपनी ओर से वेतन देते होंगे।..."

"क्या वे उलूपी को भी डस सकते हैं?" द्रौपदी जैसे चकित थी।

"शायद वे उलूपी पर प्रहार न करें, उसे भयभीत करने के लिये वे उसके पिता, उसके पति और उसके पुत्र पर प्रहार कर सकते हैं... ।"

"पुत्र?" अर्जुन उत्तेजना के मारे अपने स्थान से उठ खड़ा हुआ।

"ओह। तो तुम्हें शायद इसकी सूचना ही नहीं है।" कृष्ण बोले, "उलूपी ने तुम्हारे एक पुत्र को भी जन्म दिया है। इरावान नाम है उसका।"

"तुम्हें ये सारी सूचनाएँ कहाँ से मिलती हैं?" अर्जुन समझ नहीं पाया कि इस वाक्य में कृष्ण के प्रति प्रशंसा का भाव था अथवा संशय का।

"सूचनाएँ अपने-आप में एक शक्ति हैं, इसलिये स्वयं को शक्तिशाली बनाने के लिये जैसे मैं युद्ध का अभ्यास करता हूँ, शस्त्रों का निर्माण अथवा क्रय करता हूँ, वैसे ही सूचनाएँ प्राप्त करने का भी प्रयत्न करता हूँ।"

"ठीक है। प्रत्येक राजा अपने गुप्तचर नियुक्त करता है।" अर्जुन बोला, "किन्तु वह अपने राज्य के विषय में अथवा विशेष लोगों के विषय में सूचनाएँ प्राप्त करता है। तुम्हें सारे संसार की सूचनाएँ कैसे प्राप्त हो जाती हैं? द्वारका से गंगाद्वार का कोई सम्बन्ध नहीं। कौरव्य और उलूपी से तुम्हारा कुछ लेना-देना नहीं...फिर भी तुम जानते हो कि उलूपी की समस्या क्या है। मुझे कोई सूचना नहीं कि इरावान नाम का मेरा कोई पुत्र भी है, और तुम जानते हो कि अर्जुन का ज्येष्ठ पुत्र इरावान है, जो गंगाद्वार में पल रहा है... ।"

"हाँ!" कृष्ण हँसे, मैं जानता हूँ, क्योंकि मेरा सम्बन्ध किसी एक राज्य से नहीं है, किसी एक राजवंश से नहीं है। मेरा कोई व्यक्तिगत मित्र नहीं है, कोई शत्रु नहीं है। मेरा सम्बन्ध केवल धर्म से है। इसलिये जहाँ धर्म है, वहाँ मेरे मित्र हैं, जहाँ अधर्म है, वहाँ मेरे शत्रु हैं। राजाओं ने धरती को अपने और पराए की सीमा में बाँटा है, मैं उन सीमाओं को स्वीकार नहीं करता, क्योंकि मैं कोई अपना और पराया स्वीकार नहीं करता। सब मेरे अपने हैं। मुझे किसी

एक राज्य और राजवंश की चिन्ता नहीं है, मुझे प्रत्येक जीव की चिन्ता है। इसलिये जहाँ कहीं जो कुछ घटित हो रहा है, उन सबमें मेरी रुचि है।"...

"यही नहीं कि तुम्हें सबमें रुचि है," अर्जुन बोला, "मुझे तो लगता है, कि तुम प्रत्येक कण के भीतर विद्यमान हो। तुम सबके पेट में घुसे हुए हो। सबके विषय में सब कुछ जानते हो।"

कृष्ण हँसे, "सृष्टि वस्तुतः एक ही तत्व है, उसे विभाजित करना या तो अज्ञान है या स्वार्थ। और सत्य तो यह है कि स्वार्थ भी अज्ञान ही है। मेरा तादात्म्य सचमुच प्रत्येक कण से होता है। इतना विराट हूँ मैं। तो स्वयं को अहंकार की सीमाओं में बाँध कर संकुचित क्यों करूँ?"

अर्जुन की इच्छा हुई, पूछे, 'तुम प्रत्येक कण में हो, तो क्या तुम ईश्वर हो?' किन्तु उसने पूछा नहीं। यह चर्चा वह कृष्ण से फिर किसी समय भी कर सकता था...किन्तु आज तो उन्हें आखेट के लिये जाना था। अग्नि-सैनिकों का वह अधिकारी...

"तुम्हें नहीं लगता कृष्ण! आज ऊष्मा कुछ अधिक ही हो गयी है...।"

"हाँ। जब ग्रीष्म ऋतु आ पहुँची है, तो ऊष्मा से कहाँ तक बचोगे?" कृष्ण बोले, "तो आखेट के लिये चलें? पर इस ऊष्मा में आखेट कुछ कष्टप्रद होगा। फिर ये महिलाएँ भी साथ चलना चाहेंगी।..."

"तो?"

"यमुना में जल-विहार के लिये चलते हैं।" कृष्ण बोले, "मुझे भी अपनी यमुना से बिछड़े बहुत दिन हो गये हैं। यमुना-तट के क्रीड़ा भवन में चलते हैं। कुछ जल-विहार हो जायेगा, कुछ नृत्य और संगीत...।"

अर्जुन समझ रहा था कि कृष्ण ने अपनी योजना कदाचित बदल दी थी। यदि वे लोग जल-विहार, नृत्य और संगीत की योजना बना कर चलें तो किसी को यह आभास ही नहीं होगा कि वे लोग वस्तुतः खाण्डव-वन में किसी विशेष अभियान पर निकले हैं। उस अग्नि-सैनिक ने गोपनीयता, आकस्मिकता तथा त्वरित प्रहार पर बल दिया था...

"यदि नृत्य और संगीत की इच्छा है तो फिर तुम्बरु गन्धर्व के शिष्यों की टोली को भी साथ ले लेते हैं।" अर्जुन ने प्रस्ताव रखा।

"हाँ! अच्छा ही है।" कृष्ण सहमत हो गये, "हम जल-विहार के लिये दूर निकल गये अथवा वन की ओर चले गये तो कृष्णा और सुभद्रा का मनोरंजन करने के लिये वे गन्धर्व बालाएँ तो होंगी..."

"तो फिर मैं अपनी कुछ सखियों को भी साथ ले लेती हूँ।" द्रौपदी बोली।

"अवश्य!" कृष्ण बोले, "सुभद्रा! तुम भी जिसे चाहो बुला लो।"

अंगरक्षकों और सैनिकों को विहार भूमि में विभिन्न स्थानों पर नियुक्त कर वे लोग क्रीड़ा-भवन में चले गये।

"सुभद्रा! तुम अधिक ऊधम नहीं मचाना, और कृष्णा! तुम इसका ध्यान रखना!" कृष्ण ने कहा, "जब तक नृत्य और गायन की तैयारी आरम्भ होती है, हम यमुना में नहा कर आते हैं।"

"हो आइए! नृत्य और संगीत की ही नहीं, मैं भोजन की तैयारी भी करवाती हूँ।" द्रौपदी बोली, "जहाँ इतनी सारी महिलाएँ एकत्रित हों, वहाँ पाकशाला न खुल जाये, तो बात ही क्या।"

सब लोगों को किसी-न-किसी काम में व्यस्त होते देख कर, अर्जुन और कृष्ण वहाँ से हट गये। वे सहज रूप से चलते हुए क्रीड़ा-भूमि से बाहर निकल आये।

थोड़ी ही देर में उनका रथ खाण्डव-वन में अपने गन्तव्य पर पहुँच गया। कृष्ण ने रथ रोक दिया। चारों ओर देखा : कहीं कोई नहीं था।

"क्या सोचते हो कृष्ण?" अर्जुन ने दबे स्वर में पूछा।

"हमें प्रतीक्षा करनी चाहिए। वह चर्चा व्यर्थ का परिहास नहीं थी।"

"घोड़ों को खोल दूँ?" अर्जुन ने पूछा, "लगेगा, उन्हें विश्राम देने के लिये रुके हैं।"

"ठीक है।"

अर्जुन ने घोड़े खोल दिये और वे दोनों विश्राम की मुद्रा में बैठ गये। दोनों मौन थे, किन्तु वन में विभिन्न प्रकार की ध्वनियाँ अपनी प्रतिध्वनियों के साथ लुका-छिपी खेल रही थीं। थोड़ी देर में ही लगने लगा जैसे वह भी कोई नैसर्गिक संगीत था, जिसमें अलौकिक लय थी। तुम्बरु के शिष्य, यह सब कुछ सीखते थे, यहाँ के जीव-जन्तुओं और वनस्पतियों को यह सब सीखना नहीं पड़ता था। लोग संगीत सुनने के लिये एकत्रित होते थे, किन्तु यहाँ कोई सुनने वाला नहीं था। लगता था प्रकृति अपने लिये ही गा रही थी...

नैसर्गिक लय भंग हुई।

किसी के पदचाप ने लय का क्रम खण्डित कर दिया था। वन की सघनता के कारण आने वाले व्यक्ति को दूर से ही देख पाना सम्भव नहीं था।...किन्तु पगध्वनि से लगता था कि वह व्यक्ति पूर्ण आश्वस्त भाव से चल रहा था। न वह स्वयं को छिपाने का प्रयत्न कर रहा था और न ही वह अपनी पग-ध्वनि को दबाने का इच्छुक था...कुछ क्षणों में जो व्यक्ति उनके सामने आया, वह

तपे सोने के वर्ण वाला लम्बा-ऊँचा, किन्तु इकहरे बदन का, वल्कल तथा जटाधारी ब्राह्मण था।

"यह तो कोई तपस्वी लगता है।" अर्जुन ने कहा।

"खाण्डव-वन में तपस्वी!" कृष्ण के स्वर में हल्का-सा विस्मय था, "इन दुष्टों के मध्य कोई तपस्वी रह कैसे सकता है?"

ब्राह्मण निकट पहुँच कर उनके सम्मुख खड़ा हो गया।

कृष्ण तथा अर्जुन ने प्रणाम किया, "कहिए ब्राह्मण देवता। कैसे कष्ट किया?"

ब्राह्मण ने जैसे सतर्कता से इधर-उधर देखा, "भूखा हूँ। भोजन चाहता हूँ। तृप्त कर सकोगे?"

अर्जुन ने उसे परीक्षक दृष्टि से देखा : कहीं, यह भी कोई षड्यन्त्र ही न हो। अपना संशय मिटाने के लिये बोला, "इतने सघन वन में बैठा कोई तपस्वी भिक्षा के लिये किसी गृहस्थ के आने की प्रतीक्षा नहीं करता। वह वन के फल और कंद-मूल खा सकता है।" वह रुका, "हमें देख कर अकस्मात ही आपकी भूख जाग गयी है, या आपको हमारे आने का पूर्व आभास हो गया था?"

ब्राह्मण मुस्कुराया, "मैं अग्नि हूँ। मुझे तुम लोगों के आने की पूर्व सूचना थी धनंजय।"

"ओह, देव अग्नि!" कृष्ण ने कहा, "किन्तु इस छद्मवेश की आपको क्या आवश्यकता है?"

"यह खाण्डव-वन पहले किसी समय अत्यन्त भयंकर राक्षसों तथा दैत्यों का घोर आश्रय-स्थल था। मैंने ही इस वन को जला कर इस स्थान को उनसे खाली कराया था...किन्तु मेरे प्रति अपने विरोध के कारण इन्द्र ने पुनः यहाँ वन उगाया। वैसे ही लोगों को यहाँ बसने की सुविधा प्रदान की, और आज फिर यह खाण्डव-वन षड्यन्त्रों और अपराधों की भूमि है।" अग्नि ने कहा, "यहाँ तो प्रत्येक कण से सावधान रहना चाहिए! यदि यह सूचना प्रचारित हो जाये कि मैं स्वयं तुम लोगों से मिलने के लिये यहाँ आया था, तो क्या तुम समझते हो कि स्थिति इसी प्रकार शान्त रहेगी?"

"ठीक है।" कृष्ण के स्वर में स्थिति का पूर्ण बोध था, "कहिए! हम आपकी क्या सहायता कर सकते हैं। आप वस्तुतः भोजन माँगने के लिये तो यहाँ तक आये नहीं होंगे।"

"मैं अपनी माँग तो तुम्हारे सामने तब ही रखूँगा, जब पहले यह स्पष्ट हो जाये कि तुम्हारा इन्द्र के प्रति क्या भाव है?" अग्नि का स्वर शान्त तथा स्थिर था।

"इन्द्र हमारे मित्र हैं।" अर्जुन बोला, "आप जानते ही होंगे कि इन्द्रप्रस्थ के निर्माण में इन्द्र ने हमारी पर्याप्त सहायता की थी। उन्होंने देव विश्वकर्मा को इस कार्य के लिये भेजा था, नहीं तो कदाचित इन्द्रप्रस्थ का निर्माण ही न हो पाता। आप यह भी जानते होंगे कि हमने इन्द्र के इस उपकार को स्वीकार करने के लिये ही अपने नगर का नाम इन्द्रप्रस्थ रखा है।"

"जानता हूँ।" अग्नि ने कहा, "किन्तु क्या तुम जानते हो अर्जुन! कि तुमसे इन सम्बन्धों के बावजूद इन्द्र ने तुम्हारे शत्रु तक्षक को यहाँ खाण्डववन में छुपा रखा है, और वह उसकी लगातार सहायता कर रहा है। उसे यहाँ बनाये रखने के लिये वह अन्य लोगों का बल ध्वस्त करता रहता है। मुझे देख रहे हो, मेरे स्कन्धावार को भी तुमने देखा है। मैंने सात बार खाण्डव-दाह का प्रयत्न किया और असफल रहा। इन्द्र से बार-बार पराजित हो कर मैं जो इतना तेजहीन और निष्क्रिय हो गया हूँ, वह आख़िर क्यों? देवकुल का इन्द्र हो कर भी वह मुझसे शत्रु का-सा व्यवहार कर रहा है और तक्षक की सहायता कर रहा है। तक्षक जैसे दुष्ट तथा दुस्साहसी व्यक्ति को इस प्रकार संरक्षण देने का क्या अर्थ है? क्या प्रयोजन है इन्द्र का? क्या इन्द्र को नहीं मालूम है कि तक्षक तथा उसके अनुचर ही नहीं, इस वन में आश्रय पाये हुए अन्य दैत्य, निशाचर, राक्षस तथा यातुधान किस कोटि के अपराधकर्मी हैं? उन लोगों के आस-पास योजनों तक धर्म का अंकुर नहीं उपज सकता। फिर भी इन्द्र उनकी रक्षा कर रहा है। उनका पोषण कर रहा है। क्यों? वह उनका उपयोग नहीं करना चाहता है? किसके विरुद्ध करना चाहता है? क्यों करना चाहता है?" अग्नि ने रुक कर अर्जुन की आँखों में देखा, "मेरी चिन्ता छोड़ दो। अपनी और अपनी प्रजा के हित की बात सोचो। इन क्रूर अपराधियों के पड़ोस में बस कर तुम्हारी प्रजा सुखी रह सकती है?"

"नहीं।" अर्जुन के मुख से अनायास ही निकला।

"तो तुम्हारा मित्र हो कर भी उसने क्यों तुम्हारी राजधानी की सीमा पर उन लोगों को बसा रखा है?" अग्नि जैसे धधक उठे, "क्या यह व्यवहार मैत्रीपूर्ण है?"

"नहीं, यह व्यवहार बहुत मैत्री-पूर्ण तो नहीं।" अर्जुन धीरे से बोला, "पर यदि हम खाण्डव-वन के विरुद्ध अभियान करें तो इन्द्र क्या खुले रूप में तक्षक की सहायता के लिये आयेगा?"

"अवश्य आयेगा।" अग्नि के स्वर में पर्याप्त दृढ़ता थी।

"मुझे अब भी विश्वास नहीं होता।" अर्जुन बोला, "तक्षक को सैनिक सहायता भिजवा दी जाये...यह तो सम्भव है, किन्तु स्वयं इन्द्र साक्षात उपस्थित

हो कर तक्षक के पक्ष से युद्ध करे...।"

"इस पर विश्वास तब ही करना, जब स्वयं ही देख लो।" अग्नि ने उत्तर दिया, "किन्तु खाण्डव-वन को अपना दुर्ग बनाये बैठे अपराधियों से निपटना चाहते हो या नहीं?"

"क्यों नहीं चाहता। किन्तु उसके लिये साधन कहाँ हैं?"

"इसीलिये तो मैं उपस्थित हुआ हूँ।" अग्नि ने कहा, "हम परस्पर एक दूसरे के सहायक हो सकते हैं।"

"आप सहायता करना चाहते हैं या सहायता लेना चाहते हैं?" कृष्ण ने अग्नि की ओर देखा, "महाशक्तियों का छल-छन्द किसी से छिपा नहीं है। वे कितनी भी सहायता करें, कितने भी प्रेम और सौहार्द का प्रदर्शन करें, किन्तु उनका कोई भी कार्य निःस्वार्थ नहीं होता। यदि आप इन्द्र के विरुद्ध हमारी सहायता करेंगे तो इन्द्र के बल को तोड़ने के पश्चात आप यहाँ अपना शक्तिशाली स्कन्धावार स्थापित करना चाहेंगे, इन्द्र के ही समान अपने किन्हीं भयंकर गणों को बसाना चाहेंगे तो हमारा क्या हित होगा? आधिपत्य इन्द्र का न हुआ आपका हुआ तो भी हमारी सत्ता और स्वतन्त्रता उतनी ही बाधित रहेगी।...और कौन जाने, आप अपने जिन गणों को हम पर आरोपित करें, वे इन दुष्टों से भी अधिक भयंकर हों।"

"मेरा विश्वास करो। मैं वचन देता हूँ कि इन्द्र का आधिपत्य समाप्त कर उसके संरक्षण में पलने वाले इन अपराधियों को नष्ट कर मैं अपना स्कन्धावार यहाँ से हटा लूँगा। मेरा स्वार्थ केवल इतना ही है कि मेरे अनुयायियों को पीड़ित करने वाले, इन्द्र द्वारा पोषित ये दुष्ट नष्ट कर दिये जायें।"

"यदि आपने अपना वचन पूरा नहीं किया?" अर्जुन ने पूछा।

"देव शक्तियों से तुम यह अपेक्षा नहीं कर सकते, किन्तु यदि ऐसा हुआ तो तुम पुनः इन्द्र की सहायता से मेरे विरुद्ध सैनिक-अभियान करने को स्वतन्त्र हो।" अग्नि ने कहा, "इस स्कन्धावार के नष्ट हो जाने से, न तो इन्द्र समाप्त हो जायेगा, न उसकी सत्ता और न उसकी अधिकार-लिप्सा।"

अर्जुन ने कुछ क्षणों तक मौन दृष्टि से अग्नि को देखा, "हमारे पास खाण्डव-वन में निवास करने वाले इन्द्र-समर्थक अपराधियों के विरुद्ध व्यूह-रचना के साधन नहीं हैं। इसीलिये हम खाण्डव-वन को अपने इन शत्रुओं से ख़ाली करा, उस पर पूर्ण आधिपत्य स्थापित नहीं कर पाये। ऐसे में क्या हम आपके बल को पुष्ट कर सकते हैं?"

अग्नि के पास प्रस्ताव पहले से तैयार था। उन्होंने पूर्ण आश्वस्त शब्दों में कहा, "उन दुष्टों से निबटने का सामर्थ्य मुझमें है। उसके लिये तुम्हें कुछ भी

नहीं करना है..."

"तो फिर बार-बार पराजित हो आप निस्तेज क्यों हो गये हैं देव अग्नि?" कृष्ण ने पूछा।

"तुम मेरी इतनी ही सहायता करो कि इन्द्र न खाण्डव-वन के भीतर पहुँचे और न वन से निकल कर भागने वाले वे अपराधी इन्द्र तक जीवित पहुँचें।" अग्नि ने उत्तर दिया, "यदि इन्द्र की सहायता उन तक पहुँच गयी तो मैं पुनः अक्षम हो जाऊँगा, और यदि ये अपराधी इन्द्र तक पहुँच गये तो इन्द्र इन्हें सुरक्षित निकाल ले जायेगा। मेरा सारा अभियान असफल हो जायेगा।"

"क्यों? जब इन्द्र का स्कन्धावार ही ध्वस्त हो गया और ये दुष्ट यहाँ से भाग गये, तो आपका अभियान असफल कैसे हो जायेगा?"

"तुम भूलते हो पार्थ! कि खाण्डव-वन न तो मेरा शत्रु है, न तुम्हारा। वह तो एक अत्यन्त लाभकारी वन था। हमारे लिये हानिकारक तो तब बना, जब वह मानवता के शत्रु इन अपराधियों का गढ़ बना। यदि इन्द्र उन्हें सुरक्षित निकाल ले गया, तो खाण्डव-वन तो व्यर्थ ही जल जायेगा। हमारा लक्ष्य तो इन अपराधियों का विनाश है, खाण्डव-दाह नहीं।" अग्नि ने रुक कर बारी-बारी कृष्ण और अर्जुन की ओर देखा, "बोलो! मेरी सहायता कर सकोगे?"

"क्यों पार्थ।" कृष्ण ने स्वयं कोई उत्तर नहीं दिया।

"मैं समझता हूँ कि इतने बड़े अभियान के लिये हमारे पास उपयुक्त शस्त्रास्त्र नहीं हैं।" अर्जुन ने रुक कर अग्नि को देखा, "एक बात और है। हमें यह भी ध्यान रखना होगा कि यह सारा अभियान शीघ्रातिशीघ्र समाप्त हो जाये। विलम्ब से जैसा कि आप कह रहे हैं, इन्द्र का बल तो बढ़ ही सकता है। साथ ही यदि यह सूचना महाराज युधिष्ठिर को मिलती है कि हम अपराधियों के साथ खाण्डव-वन को भी नष्ट करने का प्रयत्न कर रहे हैं, तो सम्भवतः उनका दयालु मन इसे स्वीकार न कर पाये और अपनी करुणा के वश, वे हमें इससे रोक दें।"

"क्यों? क्या वे अपने शत्रुओं से मुक्ति नहीं चाहते?"

"चाहते क्यों नहीं, किन्तु वे युद्ध में भी क्रूरता के समर्थक नहीं हैं।" अर्जुन बोला, "वैसे तो क्रूरता का समर्थक मैं भी नही हूँ। अनावश्यक हिंसा का समर्थक हम में से कोई भी नहीं है, किन्तु युद्ध में हमारी नीति यह तो रहती ही है कि युद्ध का लक्ष्य तो प्राप्त कर ही लें...।"

"और युधिष्ठिर?"

"वे प्रतिशोध नहीं, प्रतिकार चाहते हैं। दण्ड नहीं, क्षमा के समर्थक हैं। वे युद्ध, दुष्ट-दलन और दण्ड में भी कोमल हैं, और प्रतिहिंसा के स्थान पर

आनृशंसता के पक्षधर हैं।" अर्जुन बोला, "इसलिये एक ओर तो शायद उनको इस बात में भी आपत्ति हो कि तक्षक इत्यादि को मात्र वन से बाहर निकालने के लिये, इतने बड़े वन को नष्ट कर दिया जाये।...और दूसरी ओर वे यह भी पूछ सकते हैं कि यदि तक्षक तथा अन्य अपराधकर्मी वन को छोड़ कर भाग रहे हैं, तो उनके विरुद्ध सैनिक अभियान की आवश्यकता ही क्या है?"

"क्या उन्हें समझाया नहीं जा सकता कि शत्रु के दुर्ग को नष्ट कर उसकी सेनाओं को अक्षुण्ण छोड़ देने से राजा को कोई लक्ष्य प्राप्त नहीं होता।" अग्नि का स्वर आवेशपूर्ण था, "समझदार राजा वह होता है, जो अपने शत्रु को भविष्य में कभी उठने योग्य ही न छोड़े।"

"नहीं। उन्हें कठोरता और क्रूरता के लिये सहमत नहीं किया जा सकता।" अर्जुन बोला, "इसीलिये तो कह रहा हूँ कि हम अपना अभियान उनके इन्द्रप्रस्थ लौटने से पूर्व समाप्त कर लें, तो सुविधा रहेगी।"

"उसकी तुम चिन्ता मत करो।" अग्नि ने कहा, "हमारा अभियान अत्यन्त त्वरित और वेगवान होगा। विलम्ब किसी का भी सहायक नहीं होता। किन्तु तुम युधिष्ठिर की आज्ञा के बिना इस अभियान को पूरा कर पाओगे? तुम्हें यह तो नहीं लगेगा कि तुम ने अपने बड़े भाई और राजा की आज्ञा न ले कर उनकी अवज्ञा की है?"

अर्जुन किंचित मुस्कुराया, "अपनी प्रजा के हित और उसकी रक्षा के लिये अपराधियों के विरुद्ध सैनिक कार्यवाही का अधिकार मुझे महाराज की ओर से प्राप्त है। यह आवश्यक तो नहीं कि सेनापति राजा को अपनी योजनाओं की विस्तृत सूचना दे कर अपने हाथ बाँध ले। उनको तो केवल उद्देश्य तथा परिणाम की ही सूचना दी जानी चाहिए।...वैसे उनकी इन्द्रप्रस्थ से अनुपस्थिति के कारण, इस समय हमारे राजा महाबली भीम हैं। मुझे पूरा विश्वास है कि उन्हें इस अभियान में तनिक भी आपत्ति नहीं होगी।" अर्जुन ने रुककर अग्नि की ओर देखा, "किन्तु इस अभियान के लिये जिस प्रकार के रथ की आवश्यकता है...वह मेरे पास नहीं है। मेरा रथ इस वन में दौड़ नहीं पायेगा। उसमें अधिक शस्त्रास्त्रों के लिये स्थान भी नहीं। मुझे एक शक्तिशाली और वेगवान रथ की आवश्यकता होगी। और..." वह रुका, "इस युद्ध के लिये जैसे प्रहारक अस्त्रों की आवश्यकता है वे दिव्य और उत्तम अस्त्र तो मेरे पास हैं, किन्तु उनके संधान के लिये, मेरे बाहुबल को सह सकने वाला श्रेष्ठ धनुष नहीं है। मेरा विचार है कि कृष्ण के पास भी उनके बल-पराक्रम के अनुरूप कोई आयुध नहीं है। देव अग्नि! पुरुषार्थ से जो कार्य हो सकते हैं उनके लिये हम प्रस्तुत हैं, किन्तु साधन...?"

अग्नि के अधरों पर मुस्कान उभरी, "मैं तुम्हें गाण्डीव धनुष देता हूँ अर्जुन। जो धनुषों में रत्न समझा जाना चाहिए। यह धनुष मैंने तुम्हारे लिये वरुण से प्राप्त किया है। विश्वास करो, वरुण भी इन्द्र के शोषण से अत्यन्त पीड़ित है। असहाय होने के कारण वह कुछ कर नहीं सकता, किन्तु मन से पूर्णरूपेण वह हमारा सहायक है। मुझे एकांकी मत समझो। आवश्यकता हुई तो हमारे और भी सहायक आयेंगे।" अग्नि कुछ क्षण मौन रहे और फिर बोले, "मैं तुम्हारे लिये दिव्य अश्वों से जुता हुआ एक रथ भी लाया हूँ।"

अग्नि ने पीछे मुड़ कर अपने हाथ से संकेत किया।

अर्जुन ने देखा, उस दिशा में शायद अग्नि के अनेक अनुचर उनकी प्रतीक्षा में खड़े थे। इनका संकेत पाते ही वे एक विशाल रथ आगे ले आये। उसमें जुते अश्वों का वर्ण ज्योत्स्ना के समान उज्ज्वल था। उनकी कान्ति धवल मेघों की सी थी। रथ का आकार अत्यन्त विशाल था और उसमें विभिन्न प्रकार के शस्त्रास्त्र लदे हुए थे, जैसे वह कभी समाप्त न होने वाला अक्षय शस्त्रागार हो। रथ का ध्वज-दण्ड रथ के ही रूपाकार के अनुकूल सुवर्णमय तथा सुन्दर था। ध्वज पर सिंह और व्याघ्र के समान भयंकर आकृति वाले एक दिव्य वानर का अत्यन्त जीवन्त चित्र था।

"और कृष्ण!" अग्नि बोले, "तुम्हारे लिये सुदर्शन नाम का यह चक्र है। मधुसूदन! इस चक्र के द्वारा तुम युद्ध में मनुष्यों को तो क्या देवताओं को भी जीत सकते हो, और वरुण की दी हुई यह कौमोदकी नामक गदा भी तुम्हारे लिये है। इसे तुम अपने शत्रुओं की अमोघ मृत्यु ही समझो।"

अग्नि के अनुचरों ने चक्र और गदा ला कर कृष्ण के सम्मुख रख दिये और हाथ जोड़ कर एक ओर हट गये।

"बोलो। अब क्या कहते हो?" अग्नि प्रश्नवाचक दृष्टि से उनकी ओर देख रहे थे।

"हम प्रस्तुत हैं हव्यवाहन।" कृष्ण सहज भाव से बाले, "इस अवसर की हम कई वर्षों से प्रतीक्षा कर रहे थे।"

26

नृत्य और संगीत की तैयारी की धूम मच गयी। तम्बुरु की शिष्य नर्तकियाँ नेपथ्य में व्यस्त हो गयीं। वाद्य-यन्त्रों को बाँध कर सुर-ताल में लाया गया। कौन क्या गाएगा और किस नृत्य में कौन भाग लेगा यह विवाद भी अपने आपमें बहुत प्रबल था।...

सुभद्रा और द्रौपदी की व्यस्तता इतनी बढ़ी कि वह अस्त-व्यस्तता में परिणत हो गयी। एक लम्बे समय तक उन्हें ध्यान ही नहीं आया कि कृष्ण और अर्जुन, यमुना में जल-विहार के लिये गये थे और वे अभी तक लौटे नहीं हैं। वस्तुतः द्रौपदी ने भोजन तैयार करवाने का जो प्रबन्ध अपने हाथ में ले लिया था, उसके कारण वह नहीं चाहती थी कि वे लोग शीघ्र लौटें। वे लौट आये तो उसके प्रबन्ध में बाधा पड़ने की सम्भावना थी। उसकी इच्छा थी कि वह भोजन तैयार करवा ले, ताकि जब कृष्ण और अर्जुन लौटें तो उन्हें भोजन परोसा जा सके और तन्मय हो कर संगीत और नृत्य का आनन्द लिया जा सके।

सुभद्रा ने कुछ देर तो संगीत का आनन्द लिया। वह चाहती थी कि यहाँ भी एक बार रैवतक पर्वत पर होने वाले उत्सवों का-सा समा बँध जाये, वे ही आनन्द के दिन लौट आयें और वह अपने कष्ट और वर्तमान परिवेश भूल कर उसमें लीन हो जाये...किन्तु आधे प्रहर के ही बाद वह चौंक उठी, जैसे किसी की सुहानी नींद टूट जाये...कहाँ चले गये पार्थ। वह इतना आग्रह कर इसलिये तो उनके साथ नहीं आयी थी कि वे उसे इन नर्तकियों के बीच छोड़ कर, स्वयं भैया के साथ विहार करते फिरें। इन नर्तकियों का नृत्य ही देखना था, तो अपने भवन में भी देखा जा सकता था...

उसकी व्याकुलता कुछ बढ़ गयी तो उसने द्रौपदी से चर्चा की, "वे लोग अभी तक आये नहीं।"

"आ जायेंगे। तुम उनकी चिन्ता मत करो।" द्रौपदी ने कहा और पुनः अपने प्रबन्ध में व्यस्त हो गयी।

...किन्तु वह भी अधिक समय तक आत्मलीन नहीं रह सकी।...सुभद्रा ने ठीक ही कहा था कि उन्हें गये बहुत देर हो गयी थी।...दोनों मित्र या तो तैरते-तैरते दूर निकल गये होंगे, या यमुना-तट पर किसी वृक्ष के नीचे बैठे किसी गम्भीर चर्चा में व्यस्त हो गये होंगे...यहाँ भोजन ठण्डा होता रहेगा और वे वहाँ अपने विवाद में उलझे बैठे रहेंगे...

सहसा अंगरक्षकों का नायक उसके सम्मुख आ उपस्थित हुआ, "महारानी! कुछ ऐसा आभास मिला है, जैसे खाण्डव-वन में आग लग गयी है।"

"किसी ने चूल्हा जलाया होगा।" द्रौपदी ने इस सूचना को तनिक भी गम्भीर नहीं माना, "मैंने सुना है कि इस वन में बहुत सारे लोग निवास करते हैं। तो वे अपना भोजन भी तो पकाते ही होंगे। इसमें चिन्तित होने की क्या बात है।"

"नहीं देवि! यह अग्नि चूल्हा जलने से नहीं है।" नायक ने कहा, "यह

दावानल है, जो क्रमशः प्रबल होता जा रहा है। आप तनिक बाहर निकल कर देखें, तो आपको भी उसकी भयंकरता का अनुमान हो जायेगा।"

"मुझे क्या करना है उसका अनुमान करके।" द्रौपदी उसी प्रकार उल्लसित स्वर में बोली, "जल जाने दो निगोड़े को। सारे पाण्डव इस खाण्डव-वन को ले कर बहुत चिन्तित हैं।"

अब नायक अपनी घबराहट छिपा नहीं पाया, "महारानी। राजकुमार अर्जुन और वासुदवे कृष्ण वन की ओर ही गये हैं। उनका रथ हमें इस ओर के सुरक्षित क्षेत्र में कहीं नहीं मिला है।..."

"तो जाओ। उन्हें खोजो।" सुभद्रा ने घबरा कर कहा, "वे वहाँ दावानल में घिरे बैठे होंगे और तुम यहाँ हमें सूचना देने चले आये।"

"आप लोगों को इस क्षेत्र में छोड़ कर हम कहीं नहीं जा सकते।" नायक बोला, "राजकुमार ने इसका निषेध किया है..."

"वे लोग चाहे वहाँ किसी संकट में फँस जायें," सुभद्रा ने तड़प कर कहा, "तुम लोग यहाँ हमें सूचनाएँ ही देते रहोगे।" वह उठ खड़ी हुई, "जाओ! रथ ले आओ! मैं स्वयं उन्हें देखने जाऊँगी।"

"नहीं देवि! इसकी आवश्यकता नहीं है।" नायक विनीत भाव से बोला, "आप लोग भोजन कर लें। आपको प्रासाद में सुरक्षित पहुँचा कर हम लोग युवराज को सूचित करेंगे।"

"नहीं करना है हमें भोजन...।" सुभद्रा के स्वर में आक्रोश था।

द्रौपदी ने हाथ के संकेत से उसे धैर्य रखने का संकेत किया और बोली, "दासियों से कहो, सबको भोजन करा दें, ताकि हम वापस इन्द्रप्रस्थ चल सकें।"

नायक चला गया।

"ये लोग एकदम नहीं सोचते कि पीछे हमारी क्या दशा होगी।" सुभद्रा अब भी झल्लाई हुई थी।

"धैर्य धारण करो सुभद्रा।" द्रौपदी शान्त स्वर में बोली, "मुझे लगता है कि जो कुछ भी घटित हो रहा है, वह आकस्मिक नहीं है। यह कृष्ण तथा अर्जुन की योजना ही होगी।" उसने रुक कर सुभद्रा की ओर देखा, "तुम उनके लिये चिन्तित हो, जो सदा दूसरों की चिन्ता करते हैं। यदि यह सब आकस्मिक होता तो वे लोग हमारी सुरक्षा के लिये चिन्तित हो कर यहाँ भागे आते और हमें सुरक्षित स्थान पर पहुँचाने का प्रबन्ध करते...।"

"पर यदि वे स्वयं ही सुरक्षित न हों तो?" सुभद्रा बोली।

"ऐसा सम्भव नहीं है।" द्रौपदी के चेहरे पर परम शान्ति थी, "मुझे तो

लगता है कि क्रीड़ा के लिये यहाँ आना तो छद्म मात्र था, उनकी वास्तविक योजना तो कुछ और ही थी।"

"पर कोई मध्यम को सूचित क्यों नहीं करता?"

"मैं देखती हूँ कि क्या करना है।" द्रौपदी बाहर निकल आयी...वस्तुतः सारा आकाश इस प्रकार लाल हो रहा था, जैसे खाण्डव-वन एक बड़े से भाड़ में बदल गया हो...

"महारानी!" द्रोपदी को देख कर नायक आगे बढ़ आया, "अभी-अभी देव अग्नि का एक सैनिक, राजकुमार का संदेश लाया है कि वे व्यस्त हैं और अभी लौट कर नहीं आ सकते। उन्होंने आदेश दिया है कि आप लोगों को सुरक्षित इन्द्रप्रस्थ पहुँचा दिया जाये!"

"कहीं यह कोई षड्यन्त्र तो नहीं नायक?" द्रौपदी बोली, "तुमने कैसे मान लिया कि वह देव अग्नि का सैनिक था और संदेश पार्थ का ही था?"

"लिखित आदेश है महारानी!" नायक बोला, "हमें राजधानी से भी आदेश मिला है कि हमारी सेनाएँ नगर प्राचीर से बाहर निकल खाण्डव-वन को प्रायः घेर चुकी हैं। युवराज भीम स्वयं सेना का नेतृत्व कर रहे हैं। मेरा अनुमान है महारानी कि यह अग्नि शीघ्र नहीं बुझेगी, दावानल को शान्त करना वैसे भी कठिन है, और इसे तो शायद युवराज बुझने ही न दें।"

द्रौपदी को लगा कि उसे कृष्ण तथा अर्जुन की योजना कुछ-कुछ समझ में आ रही थी।

"अच्छा। तुम प्रयाण की तैयारी करो।" उसने नायक से कहा।

"हमें वहाँ नृत्य और गान में लगा स्वयं कहाँ चले गये थे?" सुभद्रा ने रोषपूर्ण दृष्टि से अर्जुन को देखा, "आपको पता भी है, पीछे हमारी क्या स्थिति हुई।"

"गये कहाँ थे।" अर्जुन का स्वर विनोदपूर्ण था, "वहीं यमुना-तट पर मैं और कृष्ण कुछ चर्चा कर रहे थे।"

"अच्छा! फिर तुम्हारी उस चर्चा से खाण्डव-वन में आग लग गयी। काफ़ी गरमागरम चर्चा हो रही होगी।" द्रौपदी ने कहा, "और वे जो कुछ जीव-जन्तु चीत्कार कर रहे थे, वे तुम्हारे वाग्वाणों से ही आहत हुए होंगे।...हाँ। तुम्हारा व्यंग्य काफ़ी धारदार है न।"

अर्जुन हँस पड़ा, "क्या जानना चाहती हो? युद्ध-प्रसंग?"

"हमें क्या पता कि वहाँ युद्ध हुआ या मात्र चर्चा ही हुई।" सुभद्रा ने अज्ञान का अभिनय किया, "हमें तो केवल यह पता है हम लोग यमुना-तट पर गये थे। सुना था कि वहाँ विहार-भूमि है, क्रीड़ा-भवन है। यही मान कर लोग

विभिन्न क्रीड़ाओं में लग गये थे...नृत्य और संगीत भी आरम्भ हो गया था। सहसा ही वीणा, वेणु और मृदंग की ध्वनियों में कोलाहल आ मिला। सेनाओं और सैनिक-समूहों के आदेश-निर्देश और युद्ध-अभियान की ध्वनियाँ मिश्रित हो गयीं। गोधूलि के पश्चात जो थोड़ा-सा अन्धकार छाया था, उसमें अग्नि की लपटें उठने लगीं...और फिर चीत्कार-ही-चीत्कार! कभी लगता था दावाग्नि, प्रलय का रूप धारण कर रही है, कभी लगता था कि प्लावन के मेघ आ गये हैं, सारा संसार वर्षा के जल में डूबने वाला है। कभी विद्युत चमकती थी और कभी सागर का उद्घोष सुनायी देता था।...।"

"और तुम्हें लगा होगा कि तुम इन्द्रप्रस्थ में नहीं, द्वारका में हो जहाँ सागर में असाधारण झंझावात आ गया है और बड़वानल अपने पगों पर चल कर धरती के तल पर पहुँच गया है।" अर्जुन मुस्करा रहा था।

"यह क्या कोई परिहास है।" द्रौपदी ने भी कृत्रिम क्रोध जताया, "यह नहीं सोचा कि कोमलांगी राज-कन्याएँ वहाँ विहार कर रही हैं। यदि युद्ध-अभियान पर गये थे तो हमें साथ ले कर जाने का क्या प्रयोजन था? और यदि युद्ध छिड़ ही गया था, तो हमारी सुरक्षा का भी प्रबन्ध होना चाहिए था। खाण्डव-दाह करने से पहले यह तो सोचना चाहिए था कि कोई सिंह या व्याघ्र अपने प्राण बचाने के लिये विहार भूमि में आ जाता तो हमारा क्या होता?"

"यह भूल तो हमसे हुई कि तुम लोगों को पूर्णतः असुरक्षित छोड़ दिया।" अर्जुन बोला, "इसीलिये तो सिंह और व्याघ्र तो क्या, एक सियार तक को तुम लोगों के निकट नहीं आने दिया।"

"हाँ। यह बात तो है।" सुभद्रा कुछ-कुछ सहज हो गयी थी, "मुझे आश्चर्य भी हुआ कि खाण्डव-वन धू-धू जल रहा था, युद्ध और संघर्ष की ध्वनियाँ भी आ रही थीं, किन्तु कोई मनुष्य अथवा मनुष्येतर प्राणी इस ओर क्यों नहीं आ रहा। ऐसा लगता था, जैसे खाण्डव-वन और इन्द्रप्रस्थ के मध्य यमुना नदी आ गयी हो।"

"हाँ। यह कैसे हुआ पार्थ?" द्रौपदी ने पूछा, "यह जानते हुए भी कि तक्षक और उसके सहयोगी तथ अन्य अपराधकर्मी वहाँ छिपे बैठे हैं, जिस खाण्डव-वन में पाण्डव-वीर घुसने का साहस नहीं कर पाये, उसी खाण्डव-वन को इस प्रकार चुटकियों में नष्ट कर तुम और कृष्ण लौट आये।...इसका क्या अर्थ हुआ? अब तक क्या उसकी भयंकरता की जो सूचनाएँ हमारे सैनिकों ने दी थीं...वे मिथ्या थीं? या पाण्डव ही अपनी भीरुता के कारण उस वन में प्रवेश करने का साहस नहीं कर पा रहे थे?"

"नहीं। ऐसा कुछ नहीं था।" अर्जुन आसन पर विश्राम की मुद्रा में

बैठ गया, “सचमुच हमारे पास खाण्डव-वन को नष्ट करने के लिये साधन नहीं थे। वस्तुतः यह सारा अभियान तो अग्नि का ही था। हमारा कार्य तो केवल इतना ही था कि इन्द्र तथा किसी अन्य शक्ति की सैनिक सहायता को खाण्डव-वन में न पहुँचने देते, और न ही वन में छुपे अपराधियों को सुरक्षित इन्द्र तक पहुँचने देते।...”

“अच्छा! तनिक विस्तार से बताओ कि हुआ क्या?” द्रौपदी सुनने की मुद्रा में बैठ गयी थी।

“वस्तुतः मैं और कृष्ण युद्ध के लिये तो वहाँ गये ही नहीं थे। हम तो यही मान कर वहाँ पहुँचे थे कि देव अग्नि की सेना के किसी सेनापति से हमारी भेंट हो जायेगी, कुछ चर्चा होगी...और सम्भव है कि कोई योजना बन जाये।” अर्जुन बोला, “हम क्या जानते थे कि स्वयं अग्नि आयेंगे और चर्चा की नहीं, युद्ध की पूर्ण सन्नद्धता के साथ आयेंगे।”

“युद्ध की सन्नद्धता?”

“हाँ।” अर्जुन बोला, “उन्होंने अपना अभिप्राय कह कर हमारी सहायता माँगी। हमने साधनों का अभाव बताया। उन्होंने तत्काल शस्त्र तथा रथ प्रस्तुत कर दिये और पूछा अब? हमने कमर कस ली, दस्ताने पहन लिये और धनुष की प्रत्यंचा चढ़ा ली। वस्तुतः हमें वन के भीतर जाना ही नहीं था। वन के भीतर का सारा अभियान अग्नि के अपने सैनिकों के हाथों में था। हमें तो बाहर का ही व्यापार सँभालना था। पहले तो मुझे लगा कि यह एक परिहास ही है कि वरुण द्वारा दिया गया ऐसा श्रेष्ठ रथ और गाण्डीव जैसा धनुष ले कर, दावालन से भयभीत हो कर वन से निकल आये सियारों को मारने का काम करना पड़ रहा है, किन्तु थोड़ी ही देर में स्थिति बदल गयी।...”

“क्या बदला?” सुभद्रा की व्यग्र उत्सुकता उसकी आँखों से साक्षात झाँक रही थी।

“पहले तो तक्षक के नाग अपने शस्त्रास्त्रों से सज्जित हो कर बाहर निकले और उन्होंने हम पर आक्रमण किया। निश्चित रूप से ये वे नाग-सैनिक थे, जिन्होंने वन के भीतर या तो अग्नि के सैनिकों को पराजित कर दिया था, या उनसे बच कर निकल आये थे। पहले तो मेरे मन में आया भी कि अपने प्राण बचा कर भागते हुए इन असहाय सैनिकों से क्या युद्ध करना?...पर फिर स्मरण हो आया कि ये ही तो वे अपराधी हैं, जो प्रतिदिन हमारी प्रजा का रक्त पीते हैं। अब ये ही जीवित बच गये, तो प्रजा सुरक्षित कैसे रहेगी।” अर्जुन ने रुक कर उन दोनों की ओर देखा... “वस्तुतः अपनी क्रूरता में अत्यन्त भयानक लोग भी, अपनी दयनीय स्थिति में करुणा के पात्र लगने लगते हैं।...किन्तु

वे दया के पात्र नहीं होते। मेरा क्षत्रियत्व जागा और मैंने उनका संहार करना आरम्भ कर दिया। मैंने सोचा कि यदि मैंने उनका संहार न किया तो वे समर्थ हो कर जब लौटेंगे, तो इससे भी कहीं अधिक क्रूर होंगे, जितने वे अब तक हैं।..."

"क्या वन में केवल नाग ही थे?" द्रौपदी ने पूछा, "आज तक तो इन्द्रप्रस्थ में यह चर्चा थी कि उसमें विभिन्न शक्तियों के अनुयायी और विभिन्न वर्गों के अपराधकर्मी अपना बसेरा बनाये बैठे थे।"

"नहीं। केवल नाग नहीं थे।" अर्जुन ने उत्तर दिया, "जैसे-जैसे खाण्डव-वन धधकता चला गया और अग्नि के सैनिकों का अभियान प्रखरतर होता चला गया, वन के भीतर निर्मित विभिन्न छोटे-बड़े दुर्ग और स्कन्धावार ढहते चले गये, अनेक जातियों और वर्गों के अपराधकर्मी और भृतक सैनिक बाहर आने को बाध्य हुए।...मुझे यह देख कर आश्चर्य हुआ पांचाली! कि परस्पर एक-दूसरे के शत्रु कहलाने वाले नाग और गरुड़ मिल कर हम पर आक्रमण कर रहे थे।..."

"गरुड़ आक्रमण कर रहे थे, भैया कृष्ण पर?" सुभद्रा चकित थी।

"हाँ। पता नहीं कैसे लोग अपनी जाति के शत्रुओं के समर्थक हो कर अपनी ही जाति के बैरी हो गये हैं।..."

"छोटे-छोटे स्वार्थों और अदूरदर्शिता का परिणाम है यह, और क्या?" द्रौपदी बोली, "तुम दोनों...तुम और कृष्ण, एक ही स्थान पर व्यूह रचना करके खड़े थे क्या?"

"अरे नहीं।" अर्जुन ने उत्तर दिया, "यदि व्यूह-रचना कर एक ही स्थान पर खड़े रहना था, तो फिर ऐसे विराट रथ की मुझे क्या आवश्यकता थी।... हम दोनों अपने-अपने रथ पर थे और निरन्तर वन के चारों और सन्नद्ध तथा तत्पर प्रहरी के समान दौड़ रहे थे। कभी एक साथ मिल कर खड़े हो जाते थे और कभी विपरीत दिशाओं में भागते चले जाते थे।" अर्जुन जैसे कुछ स्मरण करने के लिये रुका, "पहले तो लगा कि अपना आश्रय जल जाने अथवा ध्वस्त कर दिये जाने के कारण वन में से निकल कर आने वाले असुर, गन्धर्व, यक्ष, राक्षस और नाग...अपने प्राण बचाने के लिये ही भाग रहे हैं, किन्तु हमारा यह भ्रम थोड़ी ही देर में मिट गया। वे लोग तो योजना-बद्ध रूप से हम पर आक्रमण कर रहे थे। उनके पास हमारी अपेक्षाओं से कहीं अधिक समर्थ और शक्तिशाली शस्त्रास्त्र थे। वे निकट आ कर ही नहीं, दूर से भी हम पर प्रहार कर रहे थे और युद्ध की मुद्रा में वे तनिक भी दीन नहीं लग रहे थे।"

"तुमसे उनकी क्या शत्रुता थी।" द्रौपदी बोली, "वन का दाह तो अग्नि

और उसके सैनिक कर रहे थे।"

"हमसे उनकी कोई आज की शत्रुता थी।" अर्जुन हँसा, "हमसे तो वे उस दिन से शत्रुता पाल रहे हैं, जिस दिन से हम यहाँ आ कर बसे हैं। और फिर आज तो हम अग्नि के सहायक थे। उन्हें सुरक्षित निकल भागने से रोक रहे थे और न उन्हें इन्द्र तक पहुँचने दे रहे थे, न इन्द्र की सहायता उन तक आने दे रहे थे।"

"इन्द्र और उसके सहायक कितनी देर में पहुँचे वहाँ?" द्रौपदी ने पूछा।

"मुझे तो इस बात का आश्चर्य हो रहा है कि जब आप लोगों ने एक सियार तक को तो वहाँ से निकलने नहीं दिया, तो इन्द्र तक यह सूचना कैसे पहुँची?" सुभद्रा बोली, "यह कोई योजना-बद्ध युद्ध तो था नहीं। न इस युद्ध की किसी भी पक्ष से घोषणा हुई, न सेनाओं के प्रयाण हुए, न...।"

"तुम ठीक कह रही हो सुभद्रा!" अर्जुन बोला, "मैं स्वयं चकित हूँ कि इन देव शक्तियों के पास ऐसा कौन-सा तन्त्र है, जिससे इन्द्र को तत्काल यह सूचना पहुँच गयी कि यहाँ उसके मित्र संकट में हैं।" वह रुका, "इतना ही नहीं, मुझे तो इन देव-शक्तियों की राजनीति भी समझ में नहीं आती। एक ओर तो वरुण ने वे सारे शस्त्र ला कर अग्नि को समर्पित किये, जो अग्नि ने हमें दिये, और दूसरी ओर वह इन्द्र के सहायक के रूप में युद्ध करने के लिये आ खड़ा हुआ।"

"इन्द्र का भय। और क्या।" द्रौपदी बोली, "अपनी सत्ता के मद में इन्द्र किसी की भावना की चिन्ता तो करता ही नहीं।"

"तो इन्द्र ने आप पर आक्रमण किया?" सुभद्रा ने पूछा।

"इन्द्र का आक्रमण आकस्मिक भी था और भयंकर भी।" अर्जुन बोला, "वस्तुतः वह किसी भी प्रकार मुझे और कृष्ण को पराभूत कर वन में घुस जाना चाहता था। पर हम दोनों भी यह जानते थे कि यदि इन्द्र वन में पहुँच जाता तो फिर यह सारा अभियान निरर्थक हो जाता। इसलिये किसी भी मूल्य पर हम उसे मार्ग नहीं दे सकते थे।"

"तो इन्द्र आपसे पराजित हो गया?" सुभद्रा के स्वर में असाधारण उल्लास था।

"नहीं! यह तो मैं नहीं कहूँगा।" अर्जुन बोला, "किन्तु युद्ध अत्यन्त भयंकर था। जितनी देर युद्ध हुआ, यह कहना कठिन था कि कौन-सा पक्ष किस पर भारी पड़ रहा है। न मैं और कृष्ण उन्हें तिल-भर डिगा सके, न वे हमें क्षण-भर हटा सके।"

"जब कोई पराजित ही नहीं हुआ, किसी ने समर्पण ही नहीं किया, तो

युद्ध स्थगित कैसे हो गया?" द्रौपदी बोली, "तुम लोगों ने युद्ध की कोई अवधि निर्धारित की थी क्या? समय पूरा हो गया तो युद्ध समाप्त?"

"नहीं।" अर्जुन बोला, "कहीं इस प्रकार भी युद्धों का निर्णय होता है?"

"तो?"

"अपने मन की बात तो इन्द्र ही जानें, किन्तु मुझे लगता है कि उनके साथ हमारा सम्बन्ध बड़ा ही विचित्र है।" अर्जुन कुछ चिन्तनशील स्वर में बोला, "एक ओर वे हम से शत्रुता नहीं मोल लेना चाहते, और दूसरी ओर वे हम पर मन से विश्वास भी नहीं कर पाते। इन्द्रप्रस्थ के निर्माण में उन्होंने हमें सहायता भी दी और हमारी ही नाक के नीचे, वे हमारे शत्रुओं को संरक्षण भी देते रहे।...कल उन्होंने देवास्त्रों से हम पर इतने घातक आक्रमण भी किये, और फिर युद्ध के अन्त में अपना वात्सल्य भी जताते रहे।..." अर्जुन रुका, "कृष्ण के साथ उनका सम्बन्ध फिर भी एक स्थिर रूप ले चुका है, किन्तु मेरे साथ..."

"भैया के साथ क्या सम्बन्ध है उनका?" सुभद्रा ने जिज्ञासा की।

"मुझे ऐसा लगता है कि गोवर्धन-पूजा के संदर्भ में देवराज, कृष्ण से पर्याप्त पीड़ित हो चुके हैं। वे उससे डरते हैं। उसे रुष्ट करना नहीं चाहते, किन्तु उसे अपना स्नेह भी नहीं दे सकते।...जबकि मुझे अपना स्नेह तो दे सकते हैं, किन्तु मुझ पर विश्वास नहीं कर सकते... ।"

"इस विश्लेषण को छोड़ो और बताओ कि युद्ध कैसे स्थगित हो गया?" द्रौपदी बोली।

"निश्चित बात तो देवराज़ ही जानें।" अर्जुन बोला, "किन्तु मेरा अनुमान है कि अग्नि के सैनिक-अभियान और हमारे सामर्थ्य को देख कर, यह तो वे समझ ही गये थे कि खाण्डव-वन को वे बचा नहीं सकते, इसलिये उनका सारा प्रयत्न इस बात पर केन्द्रित हो गया कि वे किसी प्रकार अपने मित्र तक्षक और उसके परिवार को इस संकट से सुरक्षित निकाल कर ले जायें। वे वस्तुतः टिक कर युद्ध करना नहीं चाहते थे, क्योंकि उसमें उनकी पराजय निश्चित थी। बहुत सम्भव था कि उन्हें दुर्बल पड़ते देख, उनके साथ की कुछ देव-शक्तियाँ अग्नि के पक्ष में आ खड़ी होतीं।...इसलिये उनका आक्रमण एक प्रकार का सुरक्षा-अभियान था...यह बात आरम्भ में तो स्पष्ट नहीं थी, किन्तु उनके बाद के व्यवहार से खुल कर सामने आ गयी।"

"कैसे?"

"हुआ यह कि जब वे एक के पश्चात एक भयंकर देवास्त्रों का प्रयोग कर हमें विचलित करने का प्रयत्न कर रहे थे, उन्हें उनके चरों ने यह सूचना दी कि उनका मित्र तक्षक उस समय खाण्डव-वन में उपस्थित ही नहीं था।

किन्ही कारणों से वह उस समय कुरुक्षेत्र गया हुआ था।" अर्जुन ने रुक कर उन दोनों की ओर देखा, "मुझे लगता है कि उनके युद्ध का उत्साह उसी समय से आधा रह गया। इसी बीच एक और घटना घट गयी... ।"

"वह क्या?"

"युद्ध के उस कोलाहल में जब हमारा ध्यान किसी अन्य ओर केन्द्रित था, तक्षक का पुत्र अश्वसेन हमारी आँख बचा कर निकल भागा और सुरक्षित इन्द्र तक जा पहुँचा..."

"इसका अर्थ तो यह हुआ कि तुम लोग अपने उद्देश्य में असफल हो गये।" द्रौपदी बोली, "लक्ष्य तो था कि वन में अवस्थित कोई भी जीव सुरक्षित इन्द्र तक न पहुँच पाये। वह तो पूरा नहीं हुआ।"

"पर आर्यपुत्र! यह हुआ कैसे?" सुभद्रा बोली, "लक्ष्य-वेध के लिये पक्षी आँख पर दृष्टि टिकाने के पश्चात जिस पार्थ को और कुछ दिखायी ही नहीं पड़ता था, वह आज अपने लक्ष्य से कैसे चूक गया?"

"ओह! वह!" अर्जुन जैसे एक दोराहे पर खड़ा था? सुभद्रा उसकी एकाग्रता की प्रशंसा कर रही थी या उसके युद्ध-कौशल में छिद्रान्वेषण कर रही थी?

"आपने बताया नहीं।"

"वस्तुतः तक्षक की पत्नी अपने शरीर के चारों ओर अनेक ढीले वस्त्रों को लपेट अपने प्राण बचाने के लिये अस्त-व्यस्त निकल भागी थी।" अर्जुन ने बताया, "कृष्ण उस समय किसी अन्य स्थान पर था। मेरा मन उसे देख कर क्षण-भर को द्वन्द्वग्रस्त हो उठा था कि अपने प्राण बचाने के लिये भागती हुई एक निरीह स्त्री के प्राणों का हरण करना क्षत्रिय धर्म है क्या?...बस उसी क्षण मेरी आँख लक्ष्य-वेध से चूकी... ।"

"पर अश्वसेन कैसे बच निकला?" सुभद्रा ने व्यग्रता से पूछा।

"उधर देवराज ने प्रबल आघात किया। लगा कि निमिष-भर में ही देवराज ने अपने बाणों की छाया में अश्वसेन की माँ को उस युद्ध की ज्वाला से निकाल लिया... ।"

"पर अश्वसेन?..." सुभद्रा पुनः बोली।

"वही बता रहा हूँ।" अर्जुन पूर्णतः शान्त स्वर में बोला, "यह तो बाद में पता चला कि अश्वसेन की माता के अनेक ढीले वस्त्रों तथा उसकी अस्त-व्यस्त चाल का रहस्य क्या था। वस्तुतः उसने अपने उन्हीं ढीले वस्त्रों में अश्वसेन को भी लपेट रखा था।...तक्षक वन में था नहीं और अश्वसेन सुरक्षित इन्द्र के पास पहुँच चुका था। खाण्डव-वन को अब देवराज नहीं बचा सकते

थे। शायद इन्हीं कारणों से देवराज की रुचि युद्ध म्रें तनिक भी नहीं रह गयी थी। वे अपने मित्र और उसके परिवार को बचाने आये थे। उनका अभियान पूरा हो चुका था, तो फिर वे व्यर्थ ही श्रम क्यों करते? अपने दिव्यास्त्रों और देवास्त्रों को नष्ट क्यों करते?"

"तब ही आपके प्रति उनका वात्सल्य जाग उठा होगा।" सुभद्रा के अधरों पर एक वक्र मुस्कान थी।

"हाँ! उन्होंने युद्ध स्थगित किया। मेरी और कृष्ण की प्रशंसा की। हमारे युद्ध कौशल की सराहना की। देव अग्नि के प्रति कोई उद्‌गार प्रकट नहीं किया, किन्तु मुझे कोई वरदान माँग लेने को कहा।"

"उन्हें लगा होगा कि कहीं स्थायी रूप से आप उनके विरुद्ध अग्नि से न मिल जायें।" सुभद्रा बोली, "तो क्या माँगा आपने?"

मैंने कहा, "यदि वे प्रसन्न ही हैं तो ऐन्द्रास्त्र तथा कुछ अन्य देवास्त्र मुझे प्रदान करें।" अर्जुन बोला, "तो उन्होंने कहा कि मैं अपनी क्षमता बढ़ाऊँ। जिस दिन महादेव शिव मुझ से प्रसन्न हो जायेंगे, इन्द्र मुझे देवास्त्र प्रदान कर देंगे।"

"तो अब खाण्डव-वन में कौन है? उस पर किसका आधिपत्य है?" द्रौपदी ने पूछा।

"खाण्डव-वन का तो अब अस्तित्व ही नहीं रह गया।" अर्जुन ने उत्तर दिया, "फिर भी अग्नि और उसके सैनिक उस क्षेत्र के भीतर हैं और मध्यम पाण्डव महावीर भीम के नेतृत्व में हमारी सेना ने उसे बाहर से घेर रखा है। अग्नि के सैनिक शत्रुओं के छिपे हुए ठिकानों को पूर्णतः ध्वस्त कर लें तो फिर पाण्डव सेनाएँ उसका अधिग्रहण करेंगी।...तब ही यह पता चलेगा कि देव अग्नि अपनी संधि का किस सीमा तक पालन करते हैं।"

"और यदि उन्होंने पालन न किया तो?"

"अब कोई संकट नहीं है। खाण्डव-वन के स्थान पर उग आये उस क्षेत्र को वे हमसे लड़ कर नहीं जीत पायेंगे।" अर्जुन बोला, "उसका उन्हें कोई लाभ भी नहीं है।..."

तभी दासी ने हाथ जोड़ कर सूचना दी, "राजकुमार! वासुदेव कृष्ण पधारे हैं।"...

तीनों के चेहरों पर उल्लास जागा।

"बुलाओ उन्हें।" अर्जुन बोला, और फिर द्रौपदी और सुभद्रा को अपने स्थान से उठते देख, स्वयं भी उठ खड़ा हुआ, "मैं स्वयं ही चलता हूँ।"

कृष्ण की अगवानी कर अर्जुन उन्हें भीतर ला बैठाया।

"क्या चर्चा हो रही है भाई!"

"खाण्डव-दाह की चर्चा चल रही थी।" अर्जुन ने बताया, "मुझे अनुमान होता कि इन लोगों की इस सारे अभियान में इतनी रुचि है, तो इन्हें क्रीड़ा-भवन में न छोड़ कर अपने साथ ही न ले चलते। सारा वृतान्त अपनी आँखों से देख लेतीं।"

"तुमने मयदानव के विषय में क्या सोचा है अर्जुन?" कृष्ण ने विषय बदल दिया।

"मयदानव?" सुभद्रा चौंकी, "इस बीच मयदानव का प्रसंग कहाँ से आ गया?"

"ओह! तो अर्जुन ने तुम्हें मयदानव के विषय में नहीं बताया।" कृष्ण ने कहा, "मयदानव भी खाण्डव-वन में तक्षक नाग के दुर्ग में ठहरा हुआ था। यह तो वही जाने कि वह वहाँ क्या करने आया था, किन्तु जब तक्षक का दुर्ग नष्ट हो गया, तो मयदानव अपने प्राण बचाने के लिये भागा। एक ओर से अग्नि उसे भस्म करने के लिये दौड़े और दूसरी ओर अपनी दाहिनी तर्जनी पर सुदर्शन चक्र धारण किये मैं आया।...और उस दानव की चतुराई तो देखो : वह तत्काल अर्जुन के पैरों पर लोट गया और अर्जुन ने तत्काल उसके सिर पर अभय का हाथ रख दिया।..."

"क्यों आर्यपुत्र! उस दानव पर इतनी दया क्यों आ गयी?" सुभद्रा हँसी, "इतना बड़ा खाण्डव-वन जल गया, किसी को क्षमा नहीं किया गया। तो फिर मयदानव पर यह कृपा कैसे हो गयी?"

"उस समय तो कोई सोच-विचार नहीं किया था," अर्जुन जैसे अपने-आपसे बातें कर रहा था, "देखा कि अग्नि और कृष्ण के क्रोध के बीच मयदानव खड़ा है, क्षण-भर का भी विलम्ब हो गया तो वह मृत्यु की चादर ओढ़ कर सो जायेगा। शायद इसीलिये तत्काल उसके सिर पर हाथ रख दिया। किन्तु अब सोचता हूँ तो...।"

"तो क्या?"

"लगता है कि उस समय भी मेरे मन में कहीं गहरे यह बात थी कि मयदानव को नष्ट होने में एक क्षण-भी नहीं लगेगा, किन्तु वैसा कलाकार, वैसा वास्तुशिल्पी बनाने में काल को जाने कितने युग लग जायेंगे।...वस्तुतः मैंने मयदानव को नहीं, उसकी कला को, वास्तुशिल्प को अभय दिया था...।"

"अब क्या सोचा है तुमने?" कृष्ण ने पूछा।

"सोचना क्या है। सोचने का क्षण तो बीत चुका।" अर्जुन बोला, "उसके

प्राण बच गये हैं। अब वह जहाँ जाना चाहे, चला जाये। मेरा विचार है कि उसे क्षमा करने में महाराज युधिष्ठिर को भी कोई आपत्ति नहीं होगी।"

"महाराज युधिष्ठिर तो उसे क्षमा कर ही देंगे," कृष्ण ने कहा, "वस्तुतः उसने तो ऐसा कोई अपराध भी नहीं किया है जिसके कारण वह दण्डित हो सके। उसका अपराध तो मात्र इतना ही है कि वह तुम्हारे शत्रु का अतिथि था..."

"क्यों? हम यह क्यों नहीं मान सकते कि वह भी अन्य अपराधकर्मियों के समान किसी दुष्ट योजना को कार्यान्वित करने का विचार मन में लिये तक्षक के पास छिपा बैठा था?" द्रौपदी के स्वर में कुछ आवेश था।

"कल्पना तो हम कुछ भी कर सकते हैं कृष्णे! किन्तु यह कल्पना युक्तियुक्त नहीं है।"

"क्यों?"

"क्योंकि मयासुर, असुर होने पर भी सृजनकर्ता कलाकार है। वह ध्वंस नहीं करता, निर्माण करता है, उसके पास नये प्रासादों, दुर्गों, मंदिरों अथवा उद्यानों की योजनाएँ हो सकती हैं।" कृष्ण ने रुक कर अर्जुन की ओर देखा, "पार्थ, क्या तुमने कभी यह सुना है कि ध्वंस, विनाश, हत्या अथवा अपहरण के लिये कभी किसी ने किसी वास्तुशिल्पी को अपने घर पर आमन्त्रित किया हो?" कृष्ण मुस्कुरा रहे थे।

"नहीं, कलाकार तो निर्माण ही कर सकता है।" अर्जुन गम्भीर स्वर में बोला, "किन्तु शत्रु पक्ष का निर्माण करने वाला कलाकार क्या हमारा शत्रु नहीं हो जाता। यदि वह तक्षक के लिये सैनिक-दृष्टि से किसी अप्रतिहत रक्षा-कवच का निर्माण कर रहा था, तो क्या वह हमारे विरुद्ध व्यूह-रचना में सहायक नहीं था।" अर्जुन मुस्कुराया, "वैसे मैं यह तर्क ही दे रहा हूँ। मेरा किंचित् भी यह विश्वास नहीं है कि मयदानव तक्षक के पास इस प्रकार कोई योजना ले कर गया होगा।"

मैं यह मानता हूँ कि कलाकार अपनी प्रेरणा से जो भी निर्माण करता है वह किसी के अहित के लिये नहीं होता। कभी-कभी कोई दुष्ट मस्तिष्क कलाकार की उस प्रतिभा का दुरुपयोग करने का प्रयत्न करता है तो कलाकार स्तब्ध रह जाता है कि उसकी रचना का लक्ष्य तो यह नहीं था। वैसे मयदानव ने तो दुर्गों का नहीं, प्रासादों और उद्यानों का ही निर्माण किया है। मुझे नहीं लगता है कि तक्षक खाण्डव-वन में प्रासाद अथवा उद्यान बनाने की कल्पना भी कर सकता था।...पर मान लो यदि ऐसा कोई प्रमाण मिल भी जाये कि वह धन के लोभ में तुम्हारे शत्रु के आदेश पर सैनिक-महत्व की किसी

निर्माण-योजना में लगा हुआ था तो भी तुम्हारा शत्रु नहीं हो जाता। निर्माण उसका व्यवसाय है, निर्माण उसका धर्म है, निर्माण उसका जीवन है। यदि तक्षक ने उसे बुला कर कोई निर्माण-योजना उसके सम्मुख रखी भी थी तो वह उसे युद्ध के व्यूह रूप में नहीं देखता होगा...।"

"इसमें इतने तर्क-वितर्क की क्या आवश्यकता है," सुभद्रा ने कृष्ण की बात काट दी, "आप लोग उसी से क्यों नहीं पूछ लेते कि वह वहाँ क्या करने आया था।"

"पूछ तो हम सकते ही हैं," अर्जुन बोला, "किन्तु मेरा और कृष्ण का विचार है कि यदि वह तक्षक का कोई कार्य करने आया भी था तो इतने मात्र से वह हमारा अपराधी नहीं हो जाता।"

"वह हमारा अपराधी नहीं है, किन्तु उस युद्ध में उसकी मृत्यु हो सकती थी...वरन मृत्यु होने ही जा रही थी कि तुमने उसे जीवन-दान दिया। अब वह तुम्हारे पास है। उसे अपना अतिथि समझो, बन्दी समझो या अपना दास समझो। प्रश्न यह है कि तुम उससे कोई लाभ उठाना चाहते हो या नहीं?"

"इस विषय में सोचने का अवकाश ही कहाँ मिला है? मैंने तो केवल यही जाना है कि मेरे मन में उसके विरुद्ध कुछ नहीं है, इसलिये उसे मुक्त कर दिया जाना चाहिए।"

"तुम ठीक कह रहे हो पार्थ!" कृष्ण बोले, "किन्तु वह तुम्हारा कृतज्ञ है। तुम उसे अपनी कृतज्ञता व्यक्त करने का अवसर दो। ऐसा क्यों नहीं हो सकता..." कृष्ण ने दृष्टि उठा कर बारी-बारी उन सबको देखा, "कि हम उससे उसकी कृतज्ञता की अभिव्यक्ति के रूप में इन्द्रप्रस्थ में एक असाधारण महत्त्व के निर्माण का आग्रह करें?"

"क्या तुम नहीं समझते कृष्ण! कि यह उसके साथ अत्याचार होगा।" अर्जुन बोला, "एक ओर तो हम यह स्वीकार कर रहे हैं कि उसका कोई अपराध नहीं है और दूसरी ओर हम उससे दण्ड-स्वरूप निर्माण करवाने की योजना भी बना रहे हैं।"

"नहीं।" कृष्ण बोले, "तुम कलाकार के मन को नहीं समझते। यदि तुम इस प्रकार मुक्त कर देते हो तो उससे तुम्हारी कृतज्ञता का बोझ उठाया नहीं जायेगा। यदि तुम उसे इन्द्रप्रस्थ में निर्माण का अवसर देते हो तो उसके लिये दण्ड नहीं होगा। उसे तो कहीं-न-कहीं निर्माण करना ही है। यहाँ निर्माण करेगा तो आत्माभिव्यक्ति का अवसर भी पायेगा, सृजन का सुख भी प्राप्त करेगा और तुम्हारी कृतज्ञता के बोझ से मुक्त भी हो जायेगा।"

"वैसे पार्थ! इसमें आपत्तिजनक तो कुछ भी नहीं है।" द्रौपदी ने धीरे

से कहा, "यह संयोग ही है कि यहाँ इन्द्रप्रस्थ का निर्माण होने के पश्चात तुम बारह वर्षों के प्रवास के लिये चले गये और तुम्हारे लौटने के पश्चात का समय कुछ उत्सवों में बीता और कुछ खाण्डव-प्रस्थ के दुष्टों से मुक्ति पाने की योजनाओं में। शायद हमें यह सोचने का अवसर भी नहीं मिला कि हमें इन्द्रप्रस्थ में कुछ सुन्दर और उत्कृष्ट प्रासादों का निर्माण भी कराना है। यदि इस प्रकार की योजनाओं पर विचार किया जाता और उसके लिये श्रेष्ठ शिल्पियों के नाम सोचे जाते तो बहुत संभव है कि हममें से ही किसी के मन में मयदानव का विचार आता। अब, जब यह सब संयोगवश ही हो गया है और मयदानव जैसा शिल्पी इन्द्रप्रस्थ में वर्तमान है तो तुम धर्मराज से इस विषय में चर्चा क्यों नहीं करते।" द्रौपदी ने मुस्कुरा कर विनोदपूर्ण दृष्टि से कृष्ण की ओर देखा, "गोविन्द ने द्वारका का निर्माण करवाया है तो देखो वे यहाँ भी सुन्दर प्रासाद बनवाने के लिये कितने उत्सुक हैं।"

"मैं तो विनाश में से निर्माण की बात सोच रहा हूँ।" कृष्ण की हँसी बड़ी लीलामयी थी, "मैं जानता हूँ कि मयासुर ने खाण्डव-वन में साक्षात मृत्यु को अपनी आँखों से देखा है और अपने प्राणों में उसका त्रास अनुभव किया है, इसलिये उसके लिये सौन्दर्य के सृजन और जीवन के माधुर्य का महत्त्व कहीं अधिक बढ़ गया है। इस समय वह जो निर्माण करेगा वह सचमुच अद्‌भुत और असाधारण होगा।"

"पर भैया! उसके लिये भी धर्मराज से पूछना तो होगा।" सुभद्रा ने कहा।

"हाँ! धर्मराज से पूछना तो होगा, वरन उनके सम्मुख प्रस्ताव रखना होगा।"

कृष्ण बोले, "वैसे वे भी अभी अर्जुन से बहुत कुछ पूछेंगे।"

"क्या?" अर्जुन ने चकित दृष्टि से कृष्ण की ओर देखा।

कृष्ण मुस्कुराए, "धर्मराज तुमसे पूछेंगे कि तुमने उनके खाण्डव-वन का दाह क्यों किया? वे तुमसे पूछेंगे कि खाण्डव-वन में इतर जीवों की निरीह हत्या क्यों की गयी?"

अर्जुन हँस पड़ा, "मैं कई बार भैया के द्वन्द्वों के विषय में सोचता हूँ तो मुझे लगता है कि उनके लिये अपने स्वधर्म और राजधर्म दोनों का निर्वाह कितना कठिन हो रहा है। वे तनिक भी नृशंस नहीं होना चाहते और उन्हें राजदण्ड ग्रहण कर दुष्ट-दलन करना पड़ता है। जिस अपराधी के लिये उनका हृदय 'क्षमा' 'क्षमा' पुकार रहा होता है उसको उनका विवेक मृत्यु दण्ड भी देता है। क्या ऐसी स्थिति से कोई मुक्ति नहीं है कृष्ण?"

कृष्ण की मुद्रा गम्भीर हो गयी। बोले, "द्वंद्व के मूल में अहंकार है पार्थ! कर्ता का अहंकार। अहंकार के मूल में आसक्ति है। हम अनासक्त हो जायें तो न हमारा अहंकार रहेगा और न द्वन्द्व।"

और अकस्मात् ही कृष्ण का भाव परिवर्तित हो गया, "सुनो पार्थ! इस सारी घटना को मैं एक नये रूप में देख रहा हूँ।"

सबने निःशब्द कृष्ण की ओर देखा।

"मैनें तुमसे कहा था कि धर्मराज के नेतृत्व में पाण्डव धर्म-साम्राज्य की स्थापना करें। मुझे लगता है कि उसके लिये एक प्रकार से राजसूय यज्ञ आरम्भ हो गया है। खाण्डव-वन उस यज्ञ की पहली आहुति है। हमें उस यज्ञ को शान्त नहीं होने देना चाहिए। इस विजय की स्मृति में मयदानव द्वारा प्रासाद बनाया जाना चाहिए। वह प्रासाद धर्मराज के चक्रवर्ती पद की घोषणा करे।...और उसी प्रासाद से पाण्डवों की सेनाएँ राजसूय-यज्ञ के लिये प्रेरित हों। मुझे पूरा विश्वास है कि इस खाण्डव-दाह में अनेक राजाओं का विरोध जल गया होगा, अनेक का साहस और अनेक की दुष्टता। लोहा इस समय गर्म है। उसके ठण्डा होने के पूर्व ही पाण्डवों को उस पर प्रहार कर देना चाहिए।"

अर्जुन की आँखों में कृष्ण के प्रति श्रद्धा घनीभूत हो आयी : 'कितनी दूर तक देखता है कृष्ण।'

27

"धर्मराज! खाण्डव-दाह के पश्चात अब हम एक प्रकार से पूर्णतः स्वतन्त्र हो गये हैं। हमने अपनी भूमि पर बैठे हुए बहुत से शत्रुओं और अनेक शत्रुधर्मी मित्रों को नष्ट कर, अपनी भूमि मुक्त करा ली है। अब हम इन्द्रप्रस्थ का विस्तार कर सकते हैं, अपने लिये तथा अपनी प्रजा के लिये अधिक कृषि भूमि, आवासीय भूमि तथा क्रीड़ा भूमि प्राप्त कर सकते हैं। हमारी प्रजा अब चोरों, लुटेरों दस्यु-दलों के कष्टों से पूर्णतः मुक्त हो गयी है।..." कृष्ण बोले, "किन्तु खाण्डव वन में देव तथा दानव शक्तियों की उपस्थिति से जिन शत्रुओं का हमें तनिक भी भय नहीं था, अब उनका भय बढ़ गया है। हमें उनसे अपनी रक्षा का प्रबन्ध करना है।..."

युधिष्ठिर ने कृष्ण की ओर कुछ इस प्रकार देखा, जैसे वह इस बात को कुछ और स्पष्ट शब्दों में सुनना चाहते हों...

कृष्ण मुस्कुराए, "इन्द्र-सेना की उपस्थिति के कारण यदि हम खाण्डव-वन पर अधिकार नहीं जमा सकते थे, तो दुर्योधन अथवा जरासंध के लिये भी

उस वन पर आक्रमण करना सम्भव नहीं था।...अब, इन्द्र सेना के हट जाने के कारण, कोई भी दुस्साहसी राजा खाण्डव-वन पर ही नहीं, इन्द्रप्रस्थ पर भी आक्रमण करने की बात सोच सकता है...।"

युधिष्ठिर ने एक अन्वेषक दृष्टि कृष्ण पर डाली, "तुम्हारा विचार है कि इन्द्र ने हम से वह भूमि छीन कर, अन्य शक्तियों से हमें एक प्रकार का अभय दे रखा था?"

"कुछ-कुछ ऐसा ही समझिए धर्मराज!" कृष्ण बोले, "सिंह के जबड़ों में फँसे हुए मृग-शावक को किसी अन्य सिंह अथवा व्याघ्र का भय नहीं होता, किन्तु इसका अर्थ यह तो नहीं है कि वह सुरक्षित है। उसके प्राण तो संकट में ही हैं।" कृष्ण ने रुक कर युधिष्ठिर की ओर देखा, "पर यदि प्रकृति के किसी चमत्कारवश वह सिंह मर जाये या मृग-शावक उसके दाँतों से फिसल कर गिर पड़े तो उसे अन्य सिंहों के ही नहीं, सियारों के आक्रमण का भी भय हो सकता है।"

"पर हम मृग-शावक के समान निरीह नहीं हैं कृष्ण!" भीम के मुख-मण्डल पर आवेश था।

"मुझ से अधिक इस तथ्य को कौन जान सकता है।" कृष्ण बोले, "हम मृग-शावक के समान इन्द्र रूपी सिंह के जबड़ों में फँसे हुए थे। हमें इन्द्र-सेना के दाँत निरन्तर चुभ रहे थे, और यह भय निरन्तर सता रहा था कि वे दाँत यदि कुछ और कठोर हो गये तो न केवल हमारा कष्ट बढ़ जायेगा, हमारा सर्वनाश भी हो जायेगा; फिर भी हम अन्य हिंस्त्र पशुओं के आक्रमण से सुरक्षित थे, क्योंकि खाण्डव-वन इन्द्र के संरक्षण में था। हमें अग्नि जैसे सहायक मिले और हमने साहस किया। हम उस सिंह के जबड़े से छूट ही नहीं गये, हमने वह जबड़ा ही तोड़ दिया। मुझे पूर्ण विश्वास है कि इन्द्र अब फिर से पाण्डवों के साथ वैसा व्यवहार करने का साहस नहीं कर पायेगा।..."

"तो हमें भय किसका है?" भीम ने पूछा, "दुर्योधन का?"

"दुर्योधन हम पर प्रत्यक्ष आक्रमण नहीं करेगा।" कृष्ण बोले, "किन्तु हमारे संकट की घड़ी में वह इन्द्रप्रस्थ पर आक्रमण भी कर सकता है...और हमारे शत्रुओं की सहायता भी।"

"हस्तिनापुर में पितामह भीष्म, पितृव्य धृतराष्ट्र, आचार्य द्रोण तथा विदुर काका के होते हुए, दुर्योधन हम पर आक्रमण कर देगा?" युधिष्ठिर के स्वर में प्रबल आपत्ति थी, "विश्वास तो क्या, मैं ऐसी कल्पना भी नहीं कर सकता।"

"ऐसी कल्पना मैं भी नहीं करता, किन्तु अब आप इस जम्बूद्वीप के राजनीतिक परिदृश्य पर एक दृष्टि डालिये।..." कृष्ण बोले, "गिरिव्रज में

बैठा है जरासंध! उसने छयासी मूर्धाभिषिक्त राजाओं को पशुबल से हरा कर बन्दी कर लिया है। वह कहता है कि रुद्र-यज्ञ में वह उनकी बलि दे कर महादेव को प्रसन्न करेगा...” कृष्ण का मुख-मण्डल आवेशमय हो आया, “किसी देवता की पूजा के लिये मनुष्यों का वध कभी नहीं देखा गया। फिर वह तो कल्याणकारी देवता भगवान शिव की पूजा मनुष्यों के रक्त से करना चाहता है।...ऐसे राजा की प्रजा की क्या स्थिति होगी...उसकी कल्पना ही की जा सकती है।” कृष्ण ने स्वयं को संयत किया, “जरासंध की पशु-शक्ति से प्रत्येक व्यक्ति प्रभावित है, प्रत्येक राजा उसी का अनुकरण करना चाहता है, और आजकल तो घर-घर में राजा हैं। किसी-को-किसी का भय नहीं। धर्म का बन्धन मानने की उन्हें आवश्यकता नहीं है। सभी निर्भीक हो कर अपना-अपना प्रिय कार्य कर रहे हैं।”

“राजाओं का प्रिय कार्य तो प्रजा का पालन करना है।” युधिष्ठिर ने शान्त स्वर में कहा, “ऐसे में उनके आचरण में हमें क्या आपत्ति हो सकती है?”

लगा कि युधिष्ठिर के इस निश्छल उत्तर पर कृष्ण कहीं खीझ ही न पड़ें, किन्तु वह मुस्कुराए, “‘प्रजा-पालन’ राजाओं का प्रिय कार्य? होना चाहिए, पर ऐसा है नहीं। जरासंध के व्यवहार से हम परिचित ही हैं। हमने कंस का शासन भी देखा है। ये राजा प्रजा का पालन नहीं करते, उसका रक्तपान करते हैं। ...शिशुपाल को जरासंध बहु प्रिय है, अतः वह एक प्रकार से उसका सेनापति बना बैठा है। स्वयं मेरे श्वसुर भीष्मक, हमारा पूर्ण तिरस्कार कर जरासंध के आज्ञाकारी सेवक का धर्म निर्वाह कर रहे हैं। दन्तवक्र तो जरासंध के पालतू कुत्ते के समान व्यवहार कर रहा है। कर और मेघवाहन उसके परम मित्र हैं। पौंड्रक उसका विश्वस्त सेवक है। यवनाधिपति भगदत्त आपके हितू होते हुए भी जरासंध के भय से आपकी सहायता नहीं करेंगे।” कृष्ण रुके, “जरासंध के इन मित्रों को तो अपना धर्म का शत्रु ही मानें।...दूसरी ओर हैं दुर्योधन, भीष्म, द्रोण, अश्वत्थामा, कृपाचार्य, कर्ण, रुक्मी, एकलव्य, द्रुम, श्वेत, शैव्य, शकुनि... ये सब आपके अमित्र तथा एक प्रकार से दुर्योधन के मित्र हैं। संयोग मिलते ही ये सब जरासंध के मित्र हो जायेंगे...ऐसे में क्या करेंगे पाण्डव? क्या करेंगे द्रुपद और क्या करेंगे विराट?...क्या आपको नहीं लगता धर्मराज कि पाण्डवों को इस समय साहस करना चाहिए और इससे पहले कि जरासंध और उसके मित्र सारी धरती पर अधर्म का ध्वज फहरा दें, उस आँधी को गिरिव्रज में ही बन्दी कर देना चाहिए?”

युधिष्ठिर सशब्द हँसे, किन्तु उन्होंने कुछ कहा नहीं।

“क्यों? क्या हुआ?” सहदेव ने कुछ चकित हो कर पूछा, “आप हँसे क्यों

भैया?"

"सोच रहा हूँ कि ईश्वर की इस पृथ्वी पर ये राजा स्वयं को परम स्वतन्त्र मान कर आधिपत्य जमाने का प्रयत्न कर रहे हैं।" युधिष्ठिर बोले, "इन्हें न धर्म दिखायी देता है, न महाकाल!"

"धर्मराज! यह बहुत अच्छा है कि आप इस प्रकार सोचते हैं।" कृष्ण बोले, "आप अनुभव करते हैं कि पृथ्वी जरासंध की नहीं है, आप जानते हैं कि प्रजा के प्राणों और सुख-दुःख का स्वामी जरासंध नहीं है, पर आप देख रहे हैं कि वह स्वामी बनने का प्रयत्न कर रहा है।"

"तुम मुझ से क्या अपेक्षा करते हो कृष्ण!" युधिष्ठिर ने कुछ अतिरिक्त स्नेहयुक्त स्वर में कहा, "तुम जानते हो कि राजसत्ता में जरासंध के समान मेरी आसक्ति नहीं है।"

"राजसत्ता में आपकी आसक्ति नहीं है, इसीलिये तो आप कर्म के उपयुक्त पात्र हैं।" कृष्ण मुस्कुराए, "आप यह कह सकते हैं कि जिसकी यह सृष्टि है, जिसने इसके पालन का दायित्व उठाया है, वह ईश्वर स्वयं ही इसकी रक्षा करेगा। वह तो करेगा ही। किसी को कष्ट में देख कर, आप इसलिये उसकी उपेक्षा नहीं कर सकते, कि यह दण्ड उसे ईश्वर ने दिया है, इसलिये उसकी सहायता भी वही करेगा।...ईश्वर ने मनुष्य को कर्म का अधिकार दिया है। फल ईश्वर के नियमों के अधीन है। फल तो वही देगा, किन्तु कर्म तो मनुष्य को ही करना होगा। कर्म न कर, मनुष्य अकर्म का दोषी होगा, और तब वह ईश्वर द्वारा दण्डित भी होगा।"

"तुम मुझ से क्या चाहते हो कृष्ण?"

"मैं क्या चाहता हूँ।" अकस्मात ही अत्यन्त गम्भीर कृष्ण के स्थान पर एक लीलामय कृष्ण प्रकट हो गये, "मुझे तो कुछ नहीं चाहिए, बस आप अपने धर्म का पालन करें।"

"धर्म! क्या है मेरा धर्म?"

"दुष्ट और अत्याचारी राजाओं के पगों तले कुचली जाती हुई असहाय प्रजा का चीत्कार सुनें। उसकी सहायता करें। इन राजाओं का नियमन करें...।"

"अर्थात?"

"राजसूय यज्ञ!"

"राजसूय यज्ञ!" युधिष्ठिर चौंक उठे, "उसके लिये हमारे पास साधन हैं? एक ओर तुम इतने शक्तिशाली राजाओं की सूचियाँ गिना रहे हो, और दूसरी ओर इन्द्रप्रस्थ जैसे एक छोटे-से राज्य के राजा से राजसूय यज्ञ की अपेक्षा करते हो!..."

"पहले आप यज्ञ के लिये सहमत हों, तो फिर उसके साधनों पर विचार किया जाये!"

युधिष्ठिर कुछ आत्मलीन हो गये, "तुमने ठीक कहा कृष्ण! हमें पहली सीढ़ी चढ़ कर ही अगली सीढ़ी की बात करनी चाहिए, और सचमुच मैं अभी पहली सीढ़ी ही चढ़ नहीं पाया हूँ।..." युधिष्ठिर ने रुक कर कृष्ण और अपने भाइयों की ओर देखा, "राजसूय यज्ञ के लिये शास्त्र की व्यवस्था के विषय में जानता हूँ। हमारे शास्त्रकारों ने छोटे-छोटे संकीर्ण राज्यों की असुविधाओं तथा निर्मम, अधर्मी एवं स्वार्थी राजाओं के अत्याचारों और उत्पीड़न से प्रजा को बचाए रखने के लिये इस यज्ञ की व्यवस्था की है। जहाँ शास्त्रकार यह चाहते हैं कि परम स्वतन्त्र राजाओं की निर्मम इच्छाओं का नियमन कर, प्रजा की रक्षा की जाये, वहाँ उनकी यह इच्छा भी है कि जम्बूद्वीप में शासन चाहे एकाधिक हों, किन्तु वह सदा एक ही राष्ट्र रहे। प्रत्येक नागरिक सम्पूर्ण तथा समग्र जम्बूद्वीप को न केवल अखण्ड देश माने, वरन उसे अपना मान कर उससे प्रेम भी करे। राजा चाहे अपनी सीमाओं के लिये एक-दूसरे की सेनाओं से लड़ते रहें, किन्तु प्रजा के लिये सम्पूर्ण जम्बूद्वीप में कहीं कोई सीमा न हो।...यह सब मैं जानता हूँ..."

"तो?"

"किन्तु उसका एक नृशंस पक्ष भी है।" युधिष्ठिर बोले, "राजसूय यज्ञ करने वाले राजा की सेनाएँ दिग्विजय के लिये निकलेंगी तो क्या रक्तपात नहीं होगा? सम्राट बनने के इच्छुक राजा की सेनाओं से अन्य राजा अपने राज्य, अपनी सत्ता तथा अपने सम्मान की रक्षा नहीं करेंगे? राजाओं की महत्त्वाकांक्षाओं के कारण क्या व्यर्थ ही सेनाएँ नहीं कटेंगी? प्रजा को सम्राट का रक्षण तो बहुत बाद में मिलेगा, उसके द्वारा छेड़े गये धर्मयुद्ध का उत्पीड़न बहुत पहले झेलना पड़ेगा।"

"आप ठीक कहते हैं, धर्मराज! इसीलिये हम युद्ध की हिंसा को आपद्ध र्म के रूप में स्वीकार करते हैं और दुष्ट-दलन को क्षत्रिय राजा की हिंसा नहीं मानते।" कृष्ण बोले, "देश में यदि चक्रवर्ती सम्राट नहीं होगा, एक-एक योजन की दूरी पर स्वतन्त्र राजा होगा, तो आप समझते हैं, उनमें हिंसा नहीं होगी? वे परस्पर युद्ध नहीं करेंगे? उनकी सीमाओं पर नित्यप्रति टकराहट नहीं होगी? उन राजाओं को स्वतन्त्र छोड़ दिया जाये, तो जितनी हिंसा वे प्रतिदिन के पारस्परिक युद्धों में करेंगे, वह एक धर्मप्राण राजा के राजसूय यज्ञ में होने वाली हिंसा से कहीं अधिक होगी। राजसूय यज्ञ करने वाला राजा, छोटे राजाओं के द्वारा होने वाली उस सारी हिंसा को रोक देता है।"

युधिष्ठिर को लगा कि कृष्ण ठीक ही कह रहे हैं। वे राजसूय यज्ञ नहीं करेंगे तो इसका अर्थ यह तो नहीं कि अन्य राजा भी परस्पर युद्ध नहीं करेंगे। ...और पारस्परिक युद्धों में कम हिंसा तो नहीं होती...

"पर केशव!" युधिष्ठिर के मन में दूसरे संशय ने सिर उठाया, "कहीं ऐसा तो नहीं कि बहुजनहिताय कहा जाने वाला यह धर्म-युद्ध वस्तुतः महत्त्वाकांक्षी राजाओं की युद्ध-लिप्सा की आड़ मात्र हो। कहीं ऐसा तो नहीं कि मेरे अपने मन का लोभ मुझे ठग रहा हो। उसने अपना रूप बदल लिया हो और मैं उसके बहकावे में, उच्च सिद्धान्तों का उच्चारण करता हुआ, निकृष्ट कार्य कर रहा होऊँ।"

"इसे स्वयं आपसे अधिक और कौन जान सकता है।" कृष्ण बोले, "किन्तु यदि जरासंध का वध कर उसके कारागार से आप बन्धन में पड़े उन छयासी राजाओं को मुक्त करा दें, तो क्या यह अनावश्यक हिंसा होगी, अथवा आपके मन का लोभ?"

"नहीं! न तो वह अनावश्यक हिंसा है, न मेरे मन का लोभ! अत्याचारी से निरीह लोगों को मुक्त कराना तो क्षत्रिय का धर्म है।..."

"मैं आपको वही धर्म करने के लिये कह रहा हूँ।"

"किन्तु जरासंध से युद्ध?..." युधिष्ठिर का असमंजस अभी समाप्त नहीं हुआ था।

"हम इन्द्र से लड़ सकते हैं तो क्या जरासंध से नहीं लड़ सकते?" भीम ने कुछ चुनौतीपूर्ण स्वर में कहा।

"वह सारी स्थिति और थी भीम!" युधिष्ठिर ने उत्तर दिया, "कृष्ण और अर्जुन ने अग्नि और वरुण के दिये हुए शस्त्रों से, अग्नि की सहायता के साथ इन्द्र को कुछ समय के लिये रोके रखा। इसे इन्द्र को पराजित करना नहीं कहा जा सकता। देवलोक यहाँ से बहुत दूर है, इसलिये इन्द्र अपनी पूरी सेना के साथ युद्ध करने नहीं आया था। फिर तक्षक तथा अश्वसेन के बच जाने के पश्चात युद्ध की कोई सार्थकता न देख उसने युद्ध बन्द कर दिया। इसे पराजित होना नहीं कहा जा सकता। यदि इन्द्र सचमुच पराजित हुआ होता तो उसे इस समय या तो पाण्डवों का बन्दी होना चाहिए था अथवा अधीनस्थ राजा।...वैसे भी युद्ध समाप्त कर उसने दीन हो कर अर्जुन से शरण नहीं माँगी थी, उसने अपना बड़प्पन दिखाते हुए, अर्जुन से कुछ माँग लेने को ही कहा था। विजेता, याचक नहीं होता, किन्तु अर्जुन ने हाथ जोड़ कर दीनतापूर्वक इन्द्र से ऐन्द्रास्त्र की याचना की थी...।"

"धर्मराज ठीक कह रहे हैं।" कृष्ण ने अपनी सहमती जतायी, "अर्जुन को

इन्द्र विजेता नहीं कहा जा सकता। उसका श्रेय यह है कि उसने इन्द्र से युद्ध करने का साहस किया और देवराज को युद्ध में रोके रखा, किन्तु न तो उसने इन्द्र की सेना को नष्ट किया, न इन्द्र की शक्ति कम हुई।..."

"जरासंध के साथ ऐसा नहीं होगा।" युधिष्ठिर बोले, "हमें अपनी सेना गिरिव्रज तक ले जानी होगी और वह अपने राज्य में अपनी सम्पूर्ण सेना की सहायता से अपने व्यूह बाँध कर हम से युद्ध करेगा...और फिर यह कोई अल्पकालीन टकराव नहीं होगा। या तो हमें जरासंध को उसकी सेना के साथ नष्ट करना होगा, या फिर वह ही हमें नष्ट कर देगा।..."

"सत्य कह रहे हैं धर्मराज!" कृष्ण ने पुनः अपनी सहमति जतायी, "इतना ही नहीं, हमें यह भी ध्यान में रखना चाहिए कि जरासंध युद्ध करेगा, तो उसके साथ उसके अनेक मित्र राजाओं की सेनाएँ होंगी, और हमारे साथ शायद कोई न हो। बहुत-से बहुत पांचाल और यादव कुछ दूर तक पाण्डवों का साथ दे सकते हैं।...ऐसे में हम यह नहीं कह सकते कि पाण्डव जरासंध से युद्ध के लिये साधन-सम्पन्न हैं।" कृष्ण ने रुक कर उनकी ओर देखा, "किन्तु यदि किसी प्रकार हम जरासंध को पराजित कर सकें, तो न केवल जरासंध के मित्र हम से भयभीत हो जायेंगे, वरन उसके बन्दी किये गये वे छयासी राजा और उनके भाई-बन्धु सब हमारे हितैषी मित्र हो जायेंगे। उसके पश्चात धर्मराज का सम्राट बनना कोई बहुत कठिन काम नहीं रह जायेगा।..."

"यह तो बहुत ही अद्‌भुद बात है गोविन्द।" नकुल ने कुछ विस्मय से कहा, "एक ओर आप कह रहे हैं कि हमारे पास जरासंध को पराजित करने के साधन नहीं हैं, और दूसरी ओर आप उसको पराजित करने के परिणामों की चर्चा कर रहे हैं।"

"हाँ। अद्‌भुद बात तो है ही।" कृष्ण मुस्कुराए, "मैं यह सोच रहा हूँ कि न हम सामरिक दृष्टि से जरासंध के समकक्ष पहुँचते हैं, और न ही हमें समर में शस्त्रों से उसे वीर क्षत्रिय के समान मारना ही चाहिए।..."

"क्या अभिप्राय है तुम्हारा?" अर्जुन भी कुछ चकित हो गया था।

"जिसका हम सम्मुख युद्ध में शस्त्र से वध करते हैं, उसे शत्रु मानते हुए भी हम एक प्रकार से वीर क्षत्रिय का सम्मान देते हैं।" कृष्ण बोले, "और मैं जरासंध को इस सम्मान के योग्य नहीं समझता।"

"कृष्ण! तुम कहो तो मैं जरासंध को बाहु-युद्ध की चुनौती दूँ?" भीम ने कहा, "ऐसा पटकूँगा उसे कि फिर कभी उठ ही नहीं पायेगा।"

"मेरे मन में भी कुछ ऐसी ही योजना थी।" कृष्ण मुस्कुराए।

"पर जरासंध ऐसी किसी चुनौती को स्वीकर ही क्यों करेगा?" सहदेव ने

शंका प्रकट की।

"इसी में तो हमारा कौशल है कि वह हमारी ऐसी चुनौती स्वीकार कर ले और मध्यम बाहु-युद्ध में उसे यमलोक पहुँचा दें।" कृष्ण ने मुड़ कर युधिष्ठिर की ओर देखा, "आप सहमत हैं महाराज?"

"मुझे तुम्हारे कौशल पर पूर्ण विश्वास है केशव! तुम जरासंध को इस द्वन्द्व-युद्ध के लिये भी तैयार कर लोगे।" युधिष्ठिर बोले, "किन्तु यद्यपि भीम महावीर है, किन्तु मुझे उसकी जय में संशय है।..."

"क्यों? मैं हिडिम्ब और बकासुर का बाहु-युद्ध में वध कर सकता हूँ, तो जरासंध को धराशायी क्यों नही कर सकता?" भीम ने आहत अभियान के साथ पूछा, "हिडिम्ब और बक युवा थे, हृष्ट-पुष्ट थे, हिंस्र और आक्रामक थे, विभिन्न लोगों की बाहु-युद्ध में हत्या कर उनका भक्षण कर चुके थे।"

"सत्य कह रहे हो।" युधिष्ठिर बोले, "यह मत समझना मध्यम! कि मैं तुम्हारी शक्ति को कम आँक कर किसी भी प्रकार से तुम्हें हीन सिद्ध करना चाहता हूँ। तुम जानते हो कि हमारे रक्षक तुम और अर्जुन ही हो। तुम्हें हीन सिद्ध करने के साथ ही हम सब भी हीन हो जायेंगे...।"

"तो?"

"तुम्हारे प्रति मेरा मोह ही मुझे आशंकित करता है।" युधिष्ठिर ने धीरे से कहा, "मुझे लगता है कि हिडिम्ब और बक युवा होने के कारण शक्तिशाली तो थे, किन्तु वे मल्ल-युद्ध की विद्या से शून्य और बाहु-युद्ध के लिये अनुभवहीन थे। जरासंध यद्यपि वार्धक्य की ओर बढ़ रहा है, किन्तु वह अखाड़े का मल्ल है। अनुभवी और चतुर है। वह सरलता से तुम्हारे हाथ नहीं आयेगा। और..." युधिष्ठिर रुक गये।

"और क्या भैया?" अर्जुन ने पूछा।

"मुझे उसकी नैतिकता पर तनिक भी विश्वास नहीं है।"

"अर्थात?"

"वह धर्म-युद्ध नहीं लड़ेगा।" युधिष्ठिर ने कहा।

"हम पहले नियम निश्चित कर लेंगे।" कृष्ण ने उन्हें आश्वस्त करने का प्रयत्न किया।

"मुझे आशंका है कि पराजित होने की स्थिति में वह उन नियमों का उल्लंघन करेगा।" युधिष्ठिर बोले, "मान लो कि वह द्वन्द्व युद्ध की चुनौती स्वीकार कर लेता है, किन्तु पराजित हो कर, वह अपनी सेना का आह्वान करता है, तो तुम क्या करोगे? क्या तुम उसकी सम्पूर्ण सेना से युद्ध करोगे?"

"नहीं। सेना सहित युद्ध तो मैं वैसे भी नहीं करना चाहता।" कृष्ण बोले, "सेनाओं के युद्ध में हिंसा कहीं अधिक होगी। यदि बाहु-युद्ध में ही निर्णय हो जाता है, तो सैन्य-सज्जित होने की क्या आवश्यकता है।"

"यह तो तुम सोचते हो न।" अर्जुन बोला, "किन्तु आवश्यक तो नहीं कि जरासंध की चिन्तन-पद्धति भी यही हो।"

"उस अहंकारी को यदि हम उसके अहंकार में बाँध पाये, तो वह वही सब कुछ करेगा, जो हम चाहते हैं।" कृष्ण पूर्णतः आश्वस्त लग रहे थे, "यदि मैं, अर्जुन और भीम गुप्त रूप से गिरिव्रज पहुँच जाते हैं...।"

"केशव! तुम भी भीम और अर्जुन के साथ जाओगे?" युधिष्ठिर ने जैसे आश्वस्त होना चाहा।

"अवश्य! मध्यम को अकेले भेज कर तो मैं जरासंध को अपनी मनमानी नहीं करवा सकता।" कृष्ण बोले, "यदि आप अनुमति दें, तो इस अभियान पर मैं, अर्जुन तथा मध्यम—हम तीनों ही जायें।"

किन्तु युधिष्ठिर सहज रूप से प्रसन्न हो कर उन्हें अनुमति नहीं दे पाये। वे चिन्तन करते हुए चुपचाप बैठे रहे।

"क्या बात है ज्येष्ठ? आप कुछ कह नहीं रहे?" अर्जुन ने पूछा।

"मैं सम्राट का पद प्राप्त करने की इच्छा से स्वार्थवश, केवल साहस के भरोसे, आप लोगों को जरासंध के पास कैसे भेज दूँ? भीम और अर्जुन दोनों मेरे दो नेत्र हैं और कृष्ण! तुम्हें मैं अपना मन मानता हूँ। अपने मन और नेत्रों को मैं संकट में कैसे डाल सकता हूँ?...युधिष्ठिर ने धीरे से कहा, "मुझे तो यह इच्छा त्याग देनी ही उचित लगती है। राजसूय का अनुष्ठान अत्यधिक कठिन है। मेरे मन में उसके लिये अब कोई उत्साह नहीं रहा।"

"जो राजा दुर्बल हो कर भी बलवान से भिड़ जाता है, वह तो नष्ट होता ही है। जो उद्योग और उद्यम नहीं करता, वह भी नष्ट हो जाता है।" भीम ने कुछ आवेशपूर्ण स्वर में कहा, "कृष्ण में नीति है, मुझ में बल है और अर्जुन में विजय की शक्ति है। हम तीनों मिल कर जरासंध का वध कर डालेंगे, जैसे तीनों अग्नियाँ मिल कर यज्ञ की सिद्धि कर देती हैं।"

युधिष्ठिर ने भीम की ओर देखा। क्या भीम के मन में कहीं लेशमात्र भी यह भाव है कि युधिष्ठिर को सम्राट बनाने के लिये, उसे अपने प्राणों को संकट में डालना पड़ रहा है?...नहीं। वह तो जैसे अपने विकास के लिये ऊर्जस्वित हो कर उसके सम्मुख खड़ा था, जैसे यदि उसे अनुमति न मिली, तो उसका अपना विकास रुक जायेगा...युधिष्ठिर ने मन-ही-मन कहीं एक पुलक का अनुभव किया...शायद उसका कोई भी भाई स्वयं को अन्य भाइयों से

पृथक कर वैयक्तिक धरातल पर कुछ नहीं सोचता। वे तो सब कुछ सामूहिक रूप मे ही सोचते हैं।...राजसूय यज्ञ उन सब का सामूहिक यज्ञ है।...युधिष्ठिर का सम्राट बनना मानो उन सब का सम्राट बनना है।...युधिष्ठिर उनके मार्ग की बाधा नहीं बन सकता...

"राजन्! शस्त्रास्त्र, पराक्रम, श्रेष्ठ सहायक, यश और बल की प्राप्ति बड़ी कठिनाई से होती है, किन्तु ये सभी दुर्लभ वस्तुएँ मुझे अपनी इच्छानुरूप प्राप्त हुई हैं।" अर्जुन के मन में द्वारका में कृष्ण के द्वारा कही हुई सभी बातें जैसे जीवन्त हो कर उठ खड़ी हुई थीं, "शत्रुओं को जीतने में जिसकी प्रवृत्ति हो, वही सब प्रकार से श्रेष्ठ क्षत्रिय है। बलवान पुरुष इन सब गुणों से हीन हो, तो भी वह शत्त्राओं के संकट से पार हो सकता है। जो निर्बल है, वह सर्वगुण सम्पन्न हो कर भी क्या करेगा। महाराज! सिद्धि और प्रारब्ध के अनुकूल पुरुषार्थ ही विजय का हेतु है। कोई बल से संयुक्त होने पर भी प्रमाद करे, कर्तव्य में मन न लगाए, तो वह अपने उद्देश्य में सफल नहीं हो सकता। प्रमाद दोष के कारण बलवान-से-बलवान योद्धा भी मारा जाता है।"

युधिष्ठिर के मन में अब भी उत्साह नहीं जाग रहा था। अपने सब से प्रिय तीन व्यक्तियों को वे अपने सब से बड़े शत्रु तथा अपने युग के सब से क्रूर तथा अत्यन्त बलवान राजा के घर में निःशस्त्र कैसे भेज दें?...किन्तु इतना तो उनके मन में स्पष्ट हो ही गया था कि वे अपने सम्राट पद के लिये इन तीनों को संकट में नहीं धकेल रहे थे, वे तीनों स्वयं अपनी इच्छा से, उत्साहपूर्वक जरासंध का नाश करने के लिये जाना चाहते थे। युधिष्ठिर को तो यह भी लग रहा था कि राजसूय अथवा युधिष्ठिर का सम्राट-पद तो जैसे उनकी समस्या ही नहीं थी। पापी जरासंध का जीवित रहना ही उनके लिये चुनौती था। वे तो अधर्म से लड़ने के लिये जाना चाहते थे। धर्म स्थापना करना चाहते थे। जरासंध के कारागार में पड़े असहाय तथा निर्बल राजाओं को स्वतन्त्र करना, अन्य राजाओं को जरासंध के आतंक से मुक्त करना, तथा प्रजा को जरासंध-मण्डल के अत्याचारी राजाओं के शोषण से छुटकारा दिलवाना ही उनका लक्ष्य था।...ऐसे में युधिष्ठिर उन्हें कैसे रोक सकते थे? उनके प्रति युधिष्ठिर का मोह धर्म-स्थापना के मार्ग में तो नहीं आना चाहिए था।...यह सत्य है कि युधिष्ठिर के मन में उत्साह नहीं था, किन्तु वे लोग युधिष्ठिर से परिचालित नहीं थे। वे अपने साहस और उत्साह के भरोसे जाना चाहते थे...

"मैं तुम लोगों का विरोध नहीं कर रहा, किन्तु इस प्रकार त्वरित निश्चय के विरुद्ध हूँ।" युधिष्ठिर ने मन्द स्वर में कहा, "हमें शान्त मन से इस विषय में भली प्रकार विचार कर लेना चाहिए। फिर जैसा सब का मत हो...।"

भीम के मन में आया कि कहे, सब ने अपना मत तो प्रकट कर ही दिया है, अब विचार किस पर करना है और किसके साथ करना है...किन्तु अर्जुन ने आगे बढ़ कर चुपचाप उसकी कलाई थाम ली थी...जिसका अर्थ था कि भीम इस समय मौन ही रहे...

भीम के मन में आये विचार, उसके मन में ही रह गये। जिह्वा से उसने कुछ नहीं कहा।...किन्तु तत्काल ही उसे लगा कि उसके शब्द चाहे शान्त हो गये हों, उसका रोष शान्त नहीं हुआ है। पहले उसके रोष का पात्र युधिष्ठिर था, अब उसका लक्ष्य अर्जुन हो गया था।...वह छोटा हो कर भी उसे इस प्रकार चुप क्यों करा देता है?...पर जब वह शान्त मन से सोचता है, तो उसे लगता है, अच्छा ही हुआ कि अर्जुन ने उसे चुप करा दिया, नहीं तो अपने रोष में भीम जाने क्या-क्या कह जाता...इस समय ज्येष्ठ ने यही तो कहा था कि भली-भाँति विचार करने के पश्चात जो सब का मत होगा...तो इसमें भीम के लिये विरोध का अवकाश कहाँ था?...

युधिष्ठिर अपने प्रासाद में चले आये, किन्तु राजसभा की चिन्ताएँ शान्त नहीं हुईं। उसके मन में अभी भी थोड़ा ऊहापोह शेष था...जो पाण्डव कल तक इन्द्रप्रस्थ जैसे छोटे-से राज्य में भी भयभीत-से बैठे थे, जो खाण्डव-वन में घुसने का साहस नहीं करते थे, आज वे ही पाण्डव राजसूय यज्ञ की बात सोचें—क्या है यह? क्या अन्तर आ गया है स्थितियों में? इतना ही तो कि किन्हीं कारणों से खाण्डव-वन जल गया है।...उससे पाण्डवों की शक्ति में ऐसी क्या वृद्धि हो गयी कि वे राजसूय-यज्ञ की योजनाएँ बनाने लगें और उठ कर जरासंध से लड़ने चल पड़ें?...कृष्ण समझता है कि यह सम्भव है! वह यह भी चाहता है कि पाण्डव यह दुस्साहस करें। अकेले पाण्डव ही नहीं, कृष्ण भी सम्मिलित रहेगा, इस सारे दुस्साहस में। वह उनके साथ निहत्था जरासंध के घर जायेगा। उस जरासंध के घर, जो आरम्भ से ही उसके प्राणों का ग्राहक रहा है....निश्चित रूप से कृष्ण की नीति पराजित नहीं होगी। वह साथ जायेगा, तो भीम और अर्जुन पर कोई संकट नहीं आयेगा। उसका विचार है कि भीम बाहु-युद्ध में न केवल जरासंध को पराजित कर सकता है, वरन वह उसका वध भी कर सकता है...

सहसा युधिष्ठिर के विचारों ने एक नया मोड़ लिया...यदि जरासंध की सारी शक्ति का तोड़ अकेला भीम हो सकता है, तो अन्य लोग भी तो हो सकते हैं। संसार में न मल्लों की कमी है, न योद्धाओं की। ठीक है कि भीम असाधारण रूप से बलशाली है, किन्तु मल्ल विद्या में न कृष्ण किसी से कम

है, न बलराम।...यदि कृष्ण, भीम को जरासंध से भिड़ा कर उसका वध करवा सकता है, तो यही कार्य वह बलराम के साथ जा कर भी कर सकता था। बलराम जरासंध को बाहु-युद्ध में निश्चित रूप से पछाड़ सकते थे। तो कृष्ण क्यों नहीं ले गया बलराम को? क्यों भटकते रहे यादव? क्यों मथुरा छोड़ कर इधर-उधर छिपते फिरे? क्यों बार-बार पराजित हुए? क्यों युद्ध से कतराते फिरे? क्या आवश्यकता थी, इतने लम्बे समय तक इस आंतक में जीने की? ...क्यों नहीं दोनों भाई जरासंध से भिड़ गये?...इसलिये कि कृष्ण अपने भाई को संकट में नहीं डालना चाहता था?...इसलिये कि बलराम उसकी बात नहीं मानते थे?...

युधिष्ठिर ने अपना सिर झटक दिया...नहीं! कृष्ण के विषय में यह सब सोचना उचित नहीं है। कृष्ण में न तो साहस की कमी है, न त्याग की, और फिर उसका दृष्टिकोण इतना संकीर्ण नहीं है। कृष्ण इतना स्वार्थी होता, तो उसे भाग-भाग कर पाण्डवों की सहायता के लिये इस प्रकार आने की आवश्यकता नहीं थी।...कृष्ण के इस व्यवहार का कारण कुछ और ही होगा। कृष्ण को समझना इतना सरल नहीं है। युधिष्ठिर को कुछ प्रतीक्षा करनी चाहिए।...

"आप कुछ चिन्तित प्रतीत हो रहे हैं आर्यपुत्र!" देविका ने युधिष्ठिर के निकट आ कर कहा, "कोई विशेष बात है क्या?"

"पौरवी!" युधिष्ठिर ने देविका को उसकी वंश-संज्ञा से सम्बोधित किया, "तुम चिन्तन और चिन्ता में अन्तर क्यों नहीं करतीं? मैं जब भी कुछ सोच रहा होता हूँ, तुम्हें लगता है कि मैं किसी संकट में फँस गया हूँ, इसलिये चिन्तित हूँ।"

"जब आप मुझ से बाँटने लगेंगे, तो मैं आपके चिन्तन को भी चिन्तन मानने लगूँगी।" देविका बोली, "यदि अपने विचारों को स्वयं तक सीमित रखेंगे, तो मुझे आपके चारों ओर चिन्ताएँ ही मँडराती दिखायी देंगी न।"

"यौद्धेय कहाँ है?"

"प्रतिविन्ध्य ले गया है अपने साथ! यहीं कहीं खेल रहे होंगे।" देविका ने रुक कर युधिष्ठिर की ओर देखा, "आपने अपने चिन्तन के विषय में नहीं बताया।"

"भीम, अर्जुन और कृष्ण चाहते हैं कि मैं उन्हें जरासंध से युद्ध करने के लिये गिरिव्रज जाने की अनुमति दे दूँ।"

"कृष्ण क्यों साथ जाना चाहते हैं?" देविका ने जैसे विरोध किया।

"कृष्ण साथ नहीं जा रहा। वह भीम और अर्जुन को अपने साथ ले जा रहा है।" युधिष्ठिर ने बताया।

"पर ऐसा होना नहीं चाहिए।" देविका बोली, "जरासंध वर्षों से श्री कृष्ण के लिये मन में विष पाल रहा है। वह उन्हें अच्छी तरह पहचानता है। जीवन में इतनी बार उनका आमना-सामना हो चुका है कि वह कितना ही छद्मवेश क्यों न धारण करें, जरासंध उन्हें पहचान लेगा...और उसके पश्चात वह उन पर तनिक भी दया नहीं करेगा।..." देविका ने युधिष्ठिर की ओर याचक दृष्टि से देखा, "श्री कृष्ण के अतिरिक्त पाण्डवों का सहायक ही कौन है कि उन्हें आप इस प्रकार संकट में डाल रहे हैं।"

युधिष्ठिर को कुछ आश्चर्य हुआ : वह सोच रहे थे कि कृष्ण भीम और अर्जुन को संकट में डाल रहा है और देविका कह रही है कि वह कृष्ण को संकट में न डालें...

"तुम ठीक कह रही हो पौरवी! कृष्ण के सिवाय पाण्डवों का बन्धु और कौन है।" युधिष्ठिर बोले, "किन्तु तुम ही बताओ, पाण्डवों की इच्छा से कृष्ण चलता है या कृष्ण की इच्छा से पाण्डव चलते हैं?"

देविका मौन खड़ी युधिष्ठिर को देखती रही। फिर धीरे से बोली, "आप ठीक कहते हैं, इच्छा तो गोविन्द की ही चलती है।...पर वे स्वयं को इस प्रकार संकट में क्यों डाल रहे हैं?"

"यह तो वही जाने।" आत्मलीन होते हुए युधिष्ठिर ने अपनी आँखें बन्द कर लीं।

"कृष्ण!" विदा होते-होते अर्जुन रुक गया, "क्या तुम्हारे मन में यह विचार पहले कभी नहीं आया कि तुम्हें जरासंध का वध कर देना चाहिए।"

"आततायी अपने पाप से मारा जाता है अर्जुन!" कृष्ण बोले, "किसी की इच्छा से नहीं।"

अर्जुन क्षण-भर के लिये जैसे स्तब्ध खड़ा रह गया। प्रकृति के शाश्वत सत्यों को कृष्ण कितनी सहजता से अभिव्यक्त करता रहता है।...व्यक्ति किसी की इच्छा से नहीं मरता...ईश्वर की इच्छा से भी नहीं? वह मरता है अपने कर्मों से? अपने पापों से?...किन्तु व्यक्ति कितने ही पुण्य करे, इस मानव शरीर को तो प्रकृति द्वारा बनाये गये नियमों के अधीन नष्ट हो ही जाना है...

"आततायी अपने पाप से मारा जाता है," अर्जुन हँसा, "और जो आततायी न हो।"

"वह अपने कर्म-बन्धनों में बँधा आता है और उन्हीं में बँधा चला जाता है।" कृष्ण हँसे, "सारे मनुष्य आततायी ही तो नहीं होते। उनमें पुण्यात्मा भी होते हैं, महात्मा भी होते हैं। कुछ अपने पुण्यों के क्षय होने से शरीर त्यागते

हैं, कुछ अपनी कामनाओं से मुक्त हो जाने के कारण। कामना-मुक्त हो कर कोई शरीर धारण नहीं करता।"

"तुमने अच्छा किया, हमें पापात्मा होने से बचा लिया, क्योंकि मरता तो प्रत्येक व्यक्ति है।" अर्जुन बोला, "वस्तुतः मैं पूछ यह रहा था कि आज से पहले तुमने क्या कभी जरासंध के वध की योजना नहीं बनायी।"

"इस प्रकार नहीं, जिस प्रकार आज बनायी है।" कृष्ण बोले।

"क्यों? जैसे तुम आज मध्यम द्वारा बाहु-युद्ध में जरासंध के वध की योजना बना रहे हो वैसे ही बलराम भैया को साथ ले जा कर यह कार्य पहले भी तो पूरा कर सकते थे।" अर्जुन बोला, "या तुम समझते हो कि जरासंध बलभद्र भैया पर भारी पड़ता?"

"नहीं! ऐसा कुछ नहीं है।" कृष्ण मुस्कुराए, "अब हम तीन व्यक्ति जा रहे हैं... मैं, तुम और भीम। पहले जाते तो मैं और भैया बलराम, तुम्हारा स्थानापन्न कौन होता? तुम साथ नहीं थे, इसलिये पहले जाने की योजना नहीं बनायी।"

"तुम ने फिर विनोद आरम्भ कर दिया।" अर्जुन बोला, "मैं गम्भीरता से पूछ रहा हूँ।"

इस बार कृष्ण भी गम्भीर हो गये, "तुम पूछ तो रहे हो गम्भीरता से, किन्तु तुमने गम्भीरतापूर्वक इस विषय में विचार नहीं किया।" उन्होंने कुछ रुक कर कहा, "यदि जरासंध मध्यम पाण्डव के हाथों मारा जाता है, तो यह विजय किसकी है?"

"धर्मराज युधिष्ठिर की।"

"सम्राट कौन बनेगा?"

"हमारे ज्येष्ठ!"

"धर्मराज्य कौन स्थापित करेगा?"

"धर्मराज!"

"यदि जरासंध बलराम भैया के हाथों मारा जाता तो यह महाराज उग्रसेन की विजय होती। महाराज उग्रसेन ही सम्राट होते और उनसे ही अपेक्षा होती कि वे धर्मराज्य की स्थापना करें।" कृष्ण रुके, "किन्तु तुम जानते हो पार्थ! कि महाराज उग्रसेन से तो अकेले यादव ही नहीं सँभल रहे। उनसे एक विराट साम्राज्य सँभालने की अपेक्षा नहीं की जा सकती। दुर्बल राजा के राज्य में चारों ओर अराजकता फैल जाती है। विभिन्न राजा उच्छृंखल और अत्याचारी हो जाते हैं। प्रजा पीड़ित होती है।" वह मुस्कुराए, "सत्य तो यह है सखे! कि जरासंध का भयंकर विरोध करते हुए भी, मैंने आज तक उसके वध की

गम्भीर चेष्टा नहीं की थी। एक बार तो गोमंतक क्षेत्र में बलभद्र जरासंध का वध करने ही वाले थे, कि मैंने उन्हें रोक दिया। जरासंध आज तक समझ नहीं पाया होगा कि उसके परम शत्रु ने उसे यमफाँस से क्यों बचा लिया।"

अर्जुन के मन में अब कोई संशय नहीं रह गया था।...उसका मन एक प्रकार के आश्चर्य-मिश्रित आह्लाद से भर गया था।...कृष्ण अपने परमशत्रु को भी प्रतिशोध के लिये नहीं मारते। वह क्रोध से उसका वध नहीं करते।...वह प्रजा के हित की बात सोचते हैं। धर्म की बात सोचते हैं।...इतना ही नहीं, जरासंध का इतना बड़ा साम्राज्य, जिसे वह सहज ही अपने अथवा यादवों के लिये प्राप्त कर सकते थे, उन्हें लुब्ध नहीं करता, क्योंकि उससे यादव और अधिक सम्पन्न और समृद्ध हो कर उद्दण्ड और अहंकारी हो जायेंगे। प्रजा को वस्तुतः एक निःस्पृह तथा धर्मप्राण राजा चाहिए। कृष्ण को उसके लिये युधिष्ठिर ही उपयुक्त पात्र दिखायी देते हैं। तो वह यह साम्राज्य उन्हीं को दिलवाएँगे, उन्हें ही सम्राट बनवायेंगे।...क्या कृष्ण के मन में कभी क्षण-भर के लिये भी लोभ नहीं जागता?...पाण्डवों का इतना बड़ा उपकार, और उसकी रंचमात्र भी चर्चा नहीं...अर्जुन को लगा कि वह जितना ही सोचता जाता है, उसके सम्मुख कृष्ण का आकार उतना ही बड़ा होता जाता है।...वह अर्जुन के समवयस्क हैं, उसके सखा हैं, किन्तु वह अर्जुन से बहुत बड़े हैं, बहुत महान... अर्जुन प्रयत्न करके भी उनकी परछाईं तक को छू नहीं पायेगा...वह तो श्रद्धा से नत हो कर उनके चरणों में बैठने योग्य ही है...

"आपने हमारे गिरिव्रज जाने के विषय में क्या निश्चय किया, महाराज!" भीम ने पूछा, "मुझे लगता है कि इसमें जितना विलम्ब होगा, कार्य उतना ही कठिन होता जायेगा।"

युधिष्ठिर ने मुस्कुरा कर भीम की ओर इस प्रकार देखा जैसे कोई वयस्क खिलौने के लिये हठ करते हुए किसी बच्चे की ओर देखता है, "लगता है तुम्हें रात-भर नींद नहीं आयी।"

"हाँ महाराज!" भीम भी किसी धृष्ट बालक के समान मुस्कुराया, "रात-भर सोचता रहा कि महाराज मेरे विषय में चिन्ता कर-कर के व्याकुल हो रहे होंगे।"

कृष्ण ने ठहाका लगाया, "आज तो मध्यम ने बहुत ही श्रेष्ठ युक्ति निकाली है धर्मराज! अब इसका निर्णय कौन करेगा कि कौन किसकी अधिक चिन्ता करता रहा है।"

"निश्चित रूप से भीम को ही मेरी अधिक चिन्ता रही है।" युधिष्ठिर

बोले, "मैं तो उसकी सुरक्षा की चिन्ता कर रहा था, और उसे मेरी व्याकुलता की भी चिन्ता थी। अधिक सूक्ष्म चिन्ता तो उसी की हुई न?"

"तो ठीक है। अब आप ही बता दें कि आपकी व्याकुलता समाप्त हो गयी है और आपने हमें गिरिव्रज जाने की अनुमति देने का निश्चय कर लिया है, तो मध्यम भी रात को निश्चिन्त हो कर सो सकेंगे।" अर्जुन ने अपनी सम्मति दी।

"मैंने यह निश्चय तो कर लिया है कि तुम लोगों को गिरिव्रज जाने से नहीं रोकूँगा, किन्तु तुम लोगों की सुरक्षा के विषय में अभी आश्वस्त नहीं हो पाया हूँ।" युधिष्ठिर की वाणी में निश्चय अथवा आदेश से कहीं अधिक प्रस्ताव का-सा भाव था, "क्या ऐसा सम्भव नहीं है कि तुम लोग सीधे जरासंध से टकराने के स्थान पर पहले अन्य राजाओं को अपने अधीन कर अपनी शक्ति बढ़ाओ और तब जरासंध पर आक्रमण करो।"

"धर्मराज!" कृष्ण ने निर्द्वन्द्व स्वर में कहा, "हम जरासंध के पक्ष के किसी भी राजा पर हाथ डालेंगे, तो पूरा-का-पूरा जरासंध-मण्डल हम पर टूट पड़ेगा। आप यह न समझें कि मैं उन से भयभीत हूँ। गोमंतक पर्वत पर मैं और बलराम भैया सम्पूर्ण जरासंध-मण्डल का सामना कर चुके हैं। आवश्यकता पड़ी तो मैं, मध्यम और अर्जुन के साथ मिल कर भी उनका सामना कर सकता हूँ, किन्तु उसमें बहुत रक्तपात होगा। व्यर्थ ही इतने सारे राजाओं की सेनाएँ जूझेंगी और उनके सैनिक मरेंगे।" कृष्ण ने रुक कर युधिष्ठिर की ओर देखा, "हमारी युक्ति तो यह है कि बिना एक भी सैनिक की हत्या किये हम जरासंध का वध करें, उसके समर्थक राजाओं को भयभीत कर अपने पक्ष में करें, और उसके शत्रुओं को हम अपने हितैषी मित्र दिखायी पड़ें।"

"जहाँ तक इस योजना का सम्बन्ध है, मुझे कोई आपत्ति नहीं है।" युधिष्ठिर ने कहा, "मैं अभी तक इस विषय में आश्वस्त नहीं हो पाया कि जरासंध तुम्हारी इच्छा के प्रतिकूल, तुम तीनों को देखते ही अपनी सेना सहित तुम पर टूट नहीं पड़ेगा। तुम्हें यह विश्वास क्यों है, कि वह द्वन्द्व-युद्ध ही करेगा और उसके लिये भीम को ही चुनेगा...? और जब बाहुयुद्ध में भीम उसका वध कर देगा, तो उसकी सेना और सेनापति क्या तटस्थ भाव से खड़े देखते रहेंगे और तुम तीनों को कोई हानि नहीं पहुँचाएँगे।"

"मैं इस विषय में पूर्णतः आश्वस्त हूँ।" कृष्ण सहज भाव से बोले।

"पर क्यों?" सहदेव ने पूछा।

"मैं जरासंध के मन को इतने निकट से जानता हूँ कि मैं बता सकता हूँ कि किन परिस्थितियों में उसकी प्रतिक्रिया क्या होगी।" कृष्ण का स्वर पर्याप्त

दृढ़ था, "इतने समय से यादवों का उसके साथ संघर्ष चल रहा है, वह उसे बिना जाने ही नहीं है।"

"पर वह तो कभी भी आपका मित्र नहीं रहा।" नकुल बोला।

"मित्र को न भी जानो तो कोई हानि नहीं, किन्तु शत्रु को जानना बहुत आवश्यक है।" कृष्ण बोले, "इसलिये मैं उसे जानता हूँ। मैं उसके भय को जानता हूँ। मैं उसके अहंकार को जानता हूँ, और मैं यह भी जानता हूँ कि उसके सारे मित्र और सम्बन्धी, नौकर और सैनिक जो उसके आतंक की रज्जु से बँधे, उसके पक्ष में खड़े दिखायी पड़ते हैं। आतंक की रज्जु ढीली हुई या जरासंध तनिक भी पराजित होता दिखायी दिया कि उसके आस-पास के सारे लोग उसके हाथों से फिसल कर, उसके विपक्ष में जा खड़े होंगे।...इसलिये यह परम आवश्यक है कि उसका आतंक नष्ट कर दिया जाये।"

"क्या तुम्हें ऐसा नहीं लगता गोविन्द! कि उसके राज्य में प्रविष्ट होते ही उसके सैनिक तुम पर आक्रमण कर तुम्हें बन्दी कर लेंगे?" युधिष्ठिर ने पूछा।

"यदि उन्हें सूचना मिल गयी, तो वे अवश्य ही हमें बन्दी कर लेंगे।" कृष्ण बोले, "किन्तु हम उसका अवसर ही क्यों आने देंगे। हम छद्मवेश में जायेंगे, और तब तक स्वयं को प्रकट नहीं करेंगे, जब तक सारी परिस्थितियाँ हमारे अनुकूल नहीं हो जातीं।" कृष्ण रुके और उन्होंने युधिष्ठिर पर अपनी सारी सम्मोहिनी डाल दी, "आपको यदि मुझ पर तनिक भी विश्वास हो, तो भीम और अर्जुन को मेरे साथ भेज दीजिए। मैं आपको वचन देता हूँ कि आपके इन दोनों छोटे भाइयों का अनिष्ट नहीं होगा।"

कृष्ण के इन शब्दों ने युधिष्ठिर के मन को जैसे ठोकर मार कर सहस्त्रों तरंगें उत्पन्न कर दीं...कृष्ण के शब्दों के प्रकाश में उन्होंने मोह को पहचाना, "नहीं केशव! यह मेरा अभिप्राय एकदम नहीं है। तुम भी मेरे उतने ही भाई हो, जितने ये हैं। यदि मात्रा में न्यूनाधिक कर इस सम्बन्ध को प्रकट किया जा सके, तो मैं कहूँगा, कि ये मुझ से अधिक तुम्हारे भाई हैं। अर्जुन मेरे बिना रह सकता है, किन्तु तुम्हारे बिना नहीं रह सकता।...और फिर तुम हमारे लिये भाइयों से कहीं अधिक बढ़ कर हो। हमारे रक्षक हो, स्वामी हो। यदि तुम स्वीकार करो मधुसूदन!" युधिष्ठिर पर्याप्त भावुक हो उठे थे, "तो मैं अभी अपना मुकुट उतार कर तुम्हारे चरणों में रख देना पसन्द करूँगा। मैं इस सिंहासन पर बैठने की अपेक्षा तुम्हारा सारथि अथवा चंवर-धावक बन कर जीना कहीं अधिक श्रेयस्कर मानता हूँ।"

"धर्मराज!" कृष्ण का स्वर स्नेह से आप्लावित था "आपने तो मुझे सर्वथा

अवाक् कर दिया है। आप मेरे बड़े भाई हैं। यह सब कह कर मुझे अपने स्नेह से वंचित न कीजिए। आप तो केवल हम तीनों को गिरिव्रज जाने की अनुमति दीजिए।..."

"जाओ कृष्ण! ले जाओ इन्हें! तुम्हारी विजयिनी यात्रा मंगलमय हो।" युधिष्ठिर जैसे स्वयं को संयत करते हुए बोले, "तुम में बुद्धि, नीति, बल, प्रयन्त तथा उपाय सब कुछ है। तुम्हारा मार्ग तो तुम्हारे क्रूरतम शत्रु भी नहीं रोक सके, मैं तो तुम्हारा एक साधारण भक्त हूँ।"

28

कृष्ण, भीम तथा अर्जुन को यात्रा करते हुए कितने ही दिन हो चुके थे। वे कुरु प्रदेश से चल कर कुरु-जंगल पार कर पूर्व कोसल प्रदेश से होते हुए कोसल, तथा वहाँ से मिथिला आये थे। मगध मिथिला से लगा हुआ ही था। उन्होंने मार्ग में सरयू, गंगा, गण्डकी तथा शाण जैसी नदियाँ पार की थीं और अब गोरथ पर्वत को पार कर गिरिव्रज के नगर-द्वार के सम्मुख आ खड़े हुए थे। उन लोगों ने स्नातक ब्राह्मणों के से वस्त्र धारण कर रखे थे और कुश एवं चीर की सहायता से अपना क्षत्रिय वेश छिपा लिया था।

नगर द्वार के सम्मुख बड़ी संख्या में लोग एकत्रित थे। एक ओर व्यापारियों और कलाकारों का जमावड़ा था तथा दूसरी ओर अनेक वाहिनियाँ रक्षा और छान-बीन के कार्य में लगी हुई थीं। नगर के भीतर जाने वालों की भली प्रकार छान-बीन हो रही थी।

"क्यों भाई! नगर-द्वार पर आज इतनी भीड़ क्यों है?" भीम ने पास से जाते हुए एक व्यक्ति की बाँह थाम कर पूछा, "युद्ध इत्यादि की सम्भावना है क्या....या तुम्हारे सम्राट नया विवाह करने की तैयारी कर रहे हैं?"

उस व्यक्ति को बाँह पकड़ कर इस प्रकार रोक लिया जाना अच्छा नहीं लगा। उसने कुछ रोषपूर्वक दृष्टि उठा कर देखा, किन्तु भीम का डील-डौल देख कर उसका क्रोध स्वतः ही शान्त हो गया। धैर्यपूर्वक बोला, "नहीं महात्मन। इन दोनों में से कुछ भी नहीं है। वस्तुतः महाराज एक बड़े यज्ञ का आयोजन करने जा रहे हैं। अनेक क्षत्रिय राजाओं की बलि दे कर, वे महादेव रुद्र को प्रसन्न करेंगे। उसी संदर्भ में जहाँ एक ओर नगर में आने-जाने वालों की संख्या बहुत बढ़ गयी है, वहीं सैनिक, अधिकारियों तथा गुप्तचरों का अन्वेषण भी सूक्ष्म और बहुत दीर्घकालीन हो गया है। दस व्यक्ति नगर में प्रवेश पाते हैं, तो पचास प्रवेशार्थी और आ जाते हैं। भीड़ छँटे भी तो कैसे। एक सप्ताह

से तो मैं ही नगर-द्वार के बाहर पड़ा हूँ, अभी मेरी बारी ही नहीं आयी।"

"अरे भाई! यदि इतना ही कठिन है गिरिव्रज के नगर-द्वार में प्रवेश पाना, तो कहीं और से घुस जाओ।" कृष्ण ने हँस कर कहा, "तुमने नगर-द्वार से ही जाने का कोई संकल्प तो किया नहीं है।"

"हाँ। कहीं और से घुस जाओ, जैसे गिरिव्रज कोई साधारण नगर हो।" उसने कृष्ण को मुँह चिढ़ाया, "पाँच पर्वतों की गोद में बसा है गिरिव्रज।"

"पाँच पर्वत?" अर्जुन ने आश्चर्य प्रकट किया।

"हाँ! विपुल, वराह, वृषभ, मातंग और चैत्य।" वह व्यक्ति कुछ ऐसे बोला, जैसे उन्हें नगर का भूगोल पढ़ा रहा हो, "एक तो उन पर्वतों की कठिन चढ़ाई चढ़े कौन। व्यक्ति अपने आप को तो ठेल-ठाल भी ले, किन्तु हमारे साथ तो सामान भी इतना है।"

"हमारे पास तो कोई सामान नहीं है, हम चढ़ जायें," कृष्ण ने चंचल मुद्रा में पूछा, जैसे यह मात्र परिहास ही हो, "साधक लोग तो हिमालय तक की चोटियों पर जा चढ़ते हैं।"

"चढ़ सको तो चढ़ जाओ, हृष्ट-पुष्ट दीखते हो। पर्वत चढ़ने में तुम्हें क्या कठिनाई है।" वह व्यक्ति बोला, "किन्तु पर्वत-शृंगों पर सैनिक-निरीक्षकों की चौकियाँ हैं। पर्वत चढ़ता व्यक्ति उनसे छिप नहीं सकता। वे देख लें तो पूछताछ नहीं करते, बस चोटी पर से धकेल-भर देते हैं। व्यक्ति बच जाये, तो स्वयं शृंग पर ले जा कर पुनः धकेल देते हैं। जब वह मर जाये, तो उसके शव को नगर-द्वार के निकट किसी पेड़ पर टाँग देते हैं।"

"यह तो बहुत बड़ा दण्ड है।" अर्जुन बोला, "नगर प्रवेश के लिये मृत्यु-दण्ड?"

"जरासंध का न्याय तो ऐसा ही है। उसकी इच्छा के अनुसार चलो तो सुख पाओ, जीवन के भोग का आनन्द लो। उसकी आज्ञा का उल्लंघन करो तो कष्ट झेलो और प्राण गँवाओ।"

"राजा से भेंट कर उसे बताना चाहिए कि उसका यह विधान कठोर ही नहीं बहुत क्रूर और अन्यायपूर्ण है।" कृष्ण ने कहा।

"कोन कह सकता है राजा के सम्मुख ऐसी बातें।" वह व्यक्ति हँसा, "जो जिह्वा ऐसी बात कहेगी, वह अपने मुख में नहीं रहेगी, या फिर वह मस्तक ही कंधों पर टिक नहीं पायेगा।"

"बहुत अत्याचारी है तुम्हारा राजा।" भीम रोषपूर्वक बोला।

उस व्यक्ति के चेहरे पर भय प्रकट हुआ। अकस्मात ही वह सजग हो उठा था कि वह जरासंध के ही नगर-द्वार के बाहर खड़ा राजा के विषय में

इतना कुछ कह गया है।

"डरो मत।" कृष्ण ने मुस्कुरा कर उसे आश्वस्त किया, "हम भी नगर में जा ही रहे हैं। राजा से मिल कर कहेंगे कि राजा का ऐसा आचरण नीतियुक्त नहीं है।"

"कह सको, तो अवश्य कहो।" वह अत्यन्त मन्द स्वर में बोला, "किन्तु मुझे सूचना मिली है कि राजा ने यज्ञ करने से पूर्व अनिष्ट की शान्ति के लिये व्रत की दीक्षा ले ली है। वह क्षेत्र-संन्यास ले कर नियमानुसार उपवास कर रहा है। ऐसे में उससे कौन मिल सकता है।..."

"कोई नहीं?"

"कोई नहीं।"

"तो हम दान की भी कोई आशा न रखें?"

"नहीं! दिन के एक विशेष प्रहर में तपस्वियों को मुँह-माँगा दान देने का संकल्प तो उसका है। उस समय पहुँच जाओ। जो माँगोगे, वही मिल जायेगा।"

"बड़ा दानी और धार्मिक राजा है।" भीम ने राजा की दानशीलता से गद्गद् होने का अभिनय किया।

"अजी काहे का दानी महात्मा।" वह व्यक्ति विषाक्त स्वर में बोला, "भगवान महादेव को प्रसन्न कर सिद्धियाँ प्राप्त करने के हथकण्डे हैं, कोई निष्काम दान थोड़ी है। एक-एक कण दान के साथ सहस्रों कामनाएँ जुड़ी हुई हैं।"

सहसा वह व्यक्ति पुनः घबरा गया। उसे याद आ गया कि वह फिर अपनी रौ में कुछ ऐसी बातें कह गया है, जो राज-निन्दा के अन्तर्गत आती हैं।

"अच्छा भाई! चलता हूँ।" वह बोला, "तुम जाने कैसे मनुष्य हो, तुम्हारे पास खड़ा रहा तो मेरे मुख से वे बातें भी निकल आयेंगी, जो मेरे मन में भी नहीं हैं।"

वह जाने के लिये मुड़ा।

"अरे भाई! तुम तो बहुत जल्दी में प्रतीत होते हो।" कृष्ण ने लपक कर उसकी भुजा थाम ली, "यह तो बताओ की पर्वत शृंग पर जो सैनिक चौकियाँ हैं, वहाँ से नीचे राजधानी में समाचार लाने वाले अश्वों पर नीचे उतरते हैं या गजों पर? मैंने सुना है कि तुम्हारे राजा को गजारोहण बहुत प्रिय है।"

वह व्यक्ति हँसा, "अद्‌भुद व्यक्ति हो तुम भी। इन पर्वत शृंगों से गज अथवा अश्व नीचे की ओर दौड़ेंगे तो मुँह के बल गिर कर अपने प्राण ही नहीं

दे देंगे?"

"तो क्या ऊपर से समाचार स्वयं पैदल चल कर नीचे के सैनिक अधिकारियों अथवा राजा के पास पहुँचते और उनसे भेंट करते हैं?"

"इसका अर्थ है कि तुम चैत्य पर्वत पर पड़े हुए बड़े-बड़े नगाड़ों के विषय में कुछ नहीं जानते!"

"नगाड़े। पर्वत पर।" भीम हँसा, "पर्वत पर दंगल होता है क्या, जो वहाँ नगाड़ों की आवश्यकता होती है।"

"नगर की सुरक्षा के लिये पर्वत शृंगों पर नियुक्त सैनिकों अथवा गुप्तचरों में से किसी की दृष्टि में कोई ऐसी बात आ जाये, जो नगर के लिये संकटपूर्ण हो सकती हो, तो चैत्य-पर्वत पर रखे हुए नगाड़े गर्जन करने लगते हैं। कुछ ही क्षणों में सारे गिरिव्रज में संकट की सूचना प्रचारित हो जाती है।"

"बड़ी सूक्ष्म और कठोर सुरक्षा-व्यवस्था है।" कृष्ण ने प्रशंसा की, "तभी तो गिरिव्रज शत्रुओं के लिये अजेय है।"

"है तो अजेय ही।" वह व्यक्ति बोला, "अच्छा! मैं चलता हूँ।"

वह चला गया।

"अब?" भीम ने कृष्ण की ओर देखा।

"इधर आओ!" अर्जुन ने संकेत किया।

वे लोग भीड़ से कुछ दूर, अपेक्षाकृत एकान्त में आ गये।

"मेरा विचार है कि हमें नगर-द्वार से गिरिव्रज में प्रवेश नहीं करना चाहिए।" अर्जुन ने कहा।

"क्यों?" भीम ने पूछा, "भीड़ से डर गये हो क्या?" और बिना अर्जुन का उत्तर सुने ही वह पुनः बोला, "भीड़ से घबराना नहीं चाहिए। इसमें तो मेले-ठेले का आनन्द लेना चाहिए। बहुत एकान्तप्रिय होना अच्छा नहीं... ।"

"मध्यम!" अर्जुन ने उसे रोका, "भीड़ की बात नहीं कह रहा। वे लोग जिस प्रकार प्रत्येक प्रवेशार्थी की छान-बीन कर रहे हैं, उसमें हम पहचाने जायें, या न पहचाने जायें, कृष्ण अवश्य पहचाना जायेगा। जरासंध के अनेक गुप्तचर कृष्ण को अच्छी तरह पहचानते होंगे। नगर-द्वार से प्रवेश करने पर हम इस छद्मवेश में जरासंध तक नहीं पहुँच सकेंगे। हमारा रहस्य उससे पहले ही खुल जायेगा।"

"यह तो है ही" कृष्ण ने कहा, "मुझे लगता है कि जरासंध तक पहुँचने में हमें बहुत विलम्ब भी हो जायेगा। जितने प्रवेशार्थी नगर-द्वार से बाहर प्रतीक्षा कर रहे हैं, उन सब की बारी आते-आते कई सप्ताह लग जायेंगे।"

"तो हमें कौन-सी जल्दी है।" भीम ने निश्चिन्त स्वर में कहा, "कुछ विश्राम करेंगे और कुछ सैर-सपाटा। इन्द्रप्रस्थ से यहाँ तक की लम्बी यात्रा कर चुके हैं हम।"

"ठीक कहते हो मध्यम।" कृष्ण मन्द किन्तु गम्भीर स्वर में बोले, "वैसे तो मुझे भी कोई जल्दी नहीं थी, किन्तु इस व्यक्ति से चर्चा करने के पश्चात मेरा मन शीघ्रता के लिये भयंकर रूप से आतुर हो उठा है।"

"क्यों?" अर्जुन ने पूछा।

"तुमने सुना नहीं कि जरासंध यज्ञ के लिये व्रत-दीक्षित हो कर उपवास कर रहा है।" कृष्ण बोले, "इसका अर्थ है कि उसने बलि के लिये शेष चौदह राजा भी बन्दी कर लिये हैं। यह न हो कि जब तक हम अपनी मन्थर गति से उसके निकट पहुँचें; तब तक वह अपने संकल्प के अनुसार एक सौ क्षत्रिय राजाओं की बलि दे कर यज्ञ-भूमि को कलंकित तथा भगवान रुद्र की पूजा को दूषित कर चुका हो। तब उसका वध कर उसे दण्डित तो किया जा सकता है, किन्तु बन्दी राजाओं को बचाने तथा धर्मराज के लिये उनका समर्थन प्राप्त करने का लक्ष्य पूरा नहीं किया जा सकेगा।"

"तो?"

"हम न तो नगर-द्वार से अपने प्रवेश की बारी की प्रतीक्षा कर सकते हैं और न ही, सैनिक अधिकारियों तथा गुप्तचरों को अपने परीक्षण और पूछताछ की अनुमति दे सकते हैं।" कृष्ण बोले, "ऐसे में हमारे लिये एक ही मार्ग है कि हम रात के समय पाँच पर्वतों में से किसी एक पर बाहर से चढ़ें और सूर्योदय होने से पूर्व नीचे उतर, नगर के कोलाहल में सम्मिलित हो जायें।"

"तो इसमें चिन्ता की क्या बात है।" भीम ने उत्साहपूर्वक कहा, "ये तो नाम मात्र के पर्वत हैं, मैं तो रात-भर में हिमालय पर्वत पर जा चढ़ूँ। लोग पता नहीं क्यों इन्हें पर्वत कहते हैं। इन्हें तो टीले कहना चाहिए।" उसने रुक कर कृष्ण और अर्जुन की ओर देखा, "वैसे तो मुझे विश्वास है कि तुम लोग भी नहीं थकोगे, पर यदि थक भी गये, तो मैं तुम दोनों को अपने कंधों पर बैठा कर पर्वत पर चढ़ जाऊँगा...।"

"उसकी आवश्यकता नहीं पड़ेगी मध्यम।" कृष्ण बोले।

"कृष्ण! मान लो, हम अपनी योजना के अनुसार बाहर से पर्वत पर चढ़ कर दूसरी ओर उतर गये, अर्जुन बोला, "उसके पश्चात हम क्या करेंगे?"

"क्यों? जरासंध से जा भिड़ेंगे।" भीम बोला।

"मध्यम! तुम देख रहे हो कि नगर में समारोह की स्थिति है। चारों ओर प्रहरी फैले हुए हैं। सैनिक लोग स्थान-स्थान पर सजग ही नहीं, सन्नद्ध भी

होंगे। ऐसे में कोई तुम्हें जरासंध से भिड़ने देगा?" अर्जुन ने अपना मत प्रकट किया।

"क्यों? जब कृष्ण ने कंस का वध किया था, तब मथुरा में समारोह नहीं था क्या?" भीम ने तर्क दिया, "तब भी तो प्रहरी और सैनिक सन्नद्ध रहे होंगे।"

"ठीक है! पर कंस प्रकट रूप में न तो कृष्ण को अपना शत्रु घोषित कर रहा था और न ही वह अपनी प्रजा के सामने प्रकट करना चाहता था कि वह कृष्ण की हत्या करवा रहा है। इसलिये कंस के सैनिकों ने प्रकट रूप में हस्तक्षेप नहीं किया।" अर्जुन बोला, "किन्तु जरासंध के लिये इस प्रकार का कोई बन्धन नहीं है। उसके सैकड़ों सैनिक खुले रूप के कृष्ण पर बाण-संधान कर सकते हैं। हमारे पास शस्त्र भी नहीं हैं, कि विपत्ति का ऐसा क्षण आने पर हम अपनी रक्षा कर सकें।"

"नहीं। इस प्रकार लड़ने-भिड़ने की आवश्यकता नहीं है।" कृष्ण ने चिन्तनशील वाणी में कहा, "जब तक परिस्थितियाँ सर्वथा हमारे अनुकूल नहीं हो जातीं, तब तक हमें न प्रकट होना है, न आघात करना है।"

"इसलिये तो पूछ रहा हूँ कि क्या सोचा है तुमने?" अर्जुन बोला।

"इस समय तो मुझे एक ही मार्ग सूझ रहा है।" कृष्ण ने उत्तर दिया, "उस व्यक्ति की सूचना के अनुसार, अपने व्रत के अंग के रूप में जरासंध ने 'क्षेत्र-संन्यास' ले रखा है, अर्थात वह अपने निर्धारित क्षेत्र का बन्दी है। वह उससे बाहर नहीं जायेगा। यदि हम भी स्वयं को उसके साथ उसी क्षेत्र में बन्दी कर सकें, तो फिर हमारा लक्ष्य पूरा होने में अधिक कठिनाई नहीं होगी।"

"मुझे तो भय है कि हम उसके निकट भी जा सकेंगे या...।"

"क्यों? निकट क्यों नहीं जा सकते?" भीम के स्वर में जिज्ञासा से कहीं अधिक आपत्ति थी।

"जरासंध व्रत-दीक्षित हो चुका है। ऐसे में कहीं भी यह कह कर हमें रोका जा सकता है कि इन परिस्थितियों में राजा हम से नहीं मिल सकता।" अर्जुन बोला, "हम उसे बाध्य तो नहीं कर सकते कि वह हम से मिले ही।"

"हाँ! इसकी सम्भावना तो है," कृष्ण बोले, "किन्तु यदि हमारे वेश का छद्म खुल ही न गया तो हम दान प्राप्त करने के व्याज से राजा तक पहुँच सकते हैं। यदि राजा स्वेच्छा से दान कर रहा हो तो याचक ब्राह्मण को उसके पास पहुँचने से कोई नहीं रोक सकता।"

रात का अन्धकार सघन होते ही गिरिव्रज का नगर-द्वार पूर्णतः शान्त हो गया

था। अन्वेषक अधिकारी अपना कार्य समाप्त कर अपने घरों को जा चुके थे। अब वहाँ केवल वे प्रहरी तथा सैनिक थे, जिन्हें न अन्वेषण करना था, न किसी को नगर में प्रवेश की अनुमति देनी थी। उनका तो बस एक ही दायित्व था कि रात्रि के समय, न कोई नगर से बाहर जा सके और न कोई बाहर से भीतर प्रवेश कर सके। वे अपने धनुषों, खड्गों तथा शूलों के साथ पूर्णतः सन्नद्ध थे, ताकि यदि कोई व्यक्ति सीमा-रेखा पार करने का प्रयत्न करे तो बिना किसी पूछताछ के उस पर प्रहार कर उसका वध कर दिया जाये।

जिन लोगों को रात्रि से पूर्व नगर में प्रवेश की अनुमति मिल गयी थी, वे नगर के भीतर अपने गन्तव्य की ओर प्रस्थान कर चुके थे, और जिन्हें अनुमति नहीं मिली थी, अतः अधिकारियों के लौटने की प्रतीक्षा करनी ही थी, अतः वे विश्राम करने के लिये अपने डेरों पर चले गये थे। इस समय की शान्ति देख कर यह कल्पना करना कठिन ही था कि दिन के समय इसी स्थान पर इतना कोलाहल होता है...

कृष्ण, अर्जुन और भीम उजाला रहते ही वन में चले गये थे, ताकि वे लोग जन-शंकुलता से दूर रहें। न कोई उन्हें देखे और न ही प्रश्न करे। कृष्ण जानते थे कि वे लोग कितना ही वेश क्यों न बदलें, उन्हें जानने वाले लोग उनके डील-डौल और आकृतियों से उन्हें पहचानने में भूल नहीं कर सकते।...अन्धकार तथा निष्क्रियता के आवरण ने पृथ्वी को ढँक लिया तो उन्होंने वन की ओर से पूर्ण सावधानी का पालन करते हुए चैत्यक पर्वत पर चढ़ना आरम्भ कर दिया।...प्रातः भीम ने ही पर्वत पर चढ़ना सब से सरल बताया था और इस समय उसी को यह कार्य सबसे कठिन लग रहा था। पर्वत पर चढ़ने का इधर से कोई निश्चित मार्ग तो था नहीं। शायद वर्षों से इस दिशा से किसी ने चढ़ने का प्रयत्न ही नहीं किया था।...अन्धकार के कारण कुछ विशेष दिखायी नहीं दे रहा था। बहुत निकट जाने पर ही वृक्षों का स्वरूप प्रकट होता था। कौन-सी झाड़ी कब किसे लपेट लेगी, इसका अनुमान कठिन था। भूमि की स्थिति का जानना तो असम्भव ही था। कभी कोई बेढब शिला, पैरों से टकरा जाती थी, कभी कोई फिसलन भरा पत्थर उनके जमे-जमाए पग ढकेल देता था। कंकड़ तथा गोल रोड़े लुढ़कने लगते तो ऊपर चढ़ना तो दूर, स्वयं को सँभालना ही कठिन लगने लगता था।... उस पर कृष्ण का निर्देश निरन्तर उनके कानों पर बज रहा था कि किसी प्रकार का कोई शब्द नहीं होना चाहिए। यह चढ़ाई गोपनीय थी। इतनी गोपनीय, कि यदि प्रत्येक झाड़ी में जरासंध का एक गुप्तचर बैठा हो, तो उसे यह भनक भी न लगे कि किसी अन्य जीव का उसके निकट अस्तित्व भी

है।...यदि कृष्ण ने यह बन्धन न लगाया होता, तो भीम के लिये यह काम अधिक कठिन न होता। वह वृक्षों को हाथों से तोड़ता-मरोड़ता, पैरों से ठोकरें जमाता और छाती से घर्षण करता निकल जाता।...पर इस बन्धन के विरुद्ध वह प्रतिवाद भी नहीं कर सकता था, गोपनीयता तो आवश्यक थी ही...

निशीथ के कुछ पश्चात् वे लोग प्रायः चैत्यक की चोटी तक पहुँच गये थे...और तब ही उन्हें आभास हुआ था कि जिन वृक्षों, झाड़ियों और लताओं को वे अब तक कोसते आये थे, वे उनके लिये एक प्रकार से रक्षा-कवच का काम कर रही थीं।...अब जब वे लोग उस क्षेत्र में पहुँच गये थे, जहाँ वन था ही नहीं, भूमि पर छिटकी चाँदनी हर पग पर उनकी उपस्थिति की घोषणा करती जा रही थी, यदि कहीं, कोई भी सजग प्रहरी बैठा होगा, तो अवश्य ही उन्हें देख लेगा...

"अब हमें रेंग कर ऊपर तक चढ़ना चाहिए।"

कृष्ण के इस नये निर्देश से भीम एकदम भड़क उठा, "ऐसी रात्रि में इस एकान्त पर्वत पर कौन बैठा है, जो हमें देख लेगा। और यदि कोई देख ही लेगा, तो इससे पहले कि वह किसी को सूचना दे, मैं उसकी गर्दन ही मरोड़ दूँगा।"

"वह तो तुम कर ही सकते हो मध्यम!" कृष्ण बोले, "इसलिये तुम से वह करने के लिये कह रहा हूँ, जो तुम नहीं करते। मैं मान लेता हूँ कि इस समय पर्वत-शृंग पर उसकी रखवाली करने के लिये कोई नहीं बैठा होगा, किन्तु मुझे तो तुम्हारा संयम देखना है, कि तुम अपने व्यक्तित्व को कितनी देर तक छिपाए रख सकते हो और अपनी प्रकृति का कितना दमन कर सकते हो। इसी को तो तपस्या कहते हैं।"

"मैंने तो कभी तपस्वी होने का दावा नहीं किया।" भीम ने धीरे से उत्तर दिया, "तपस्वी तो वह है मौनी बाबा। जो तुम्हारे साथ-साथ रेंग रहा है।"

"लो। अब तो हम पहुँच ही गये।" कृष्ण ने भीम की ओर देखा, "दो-चार पग और रेंगो और हाथ बढ़ा कर चैत्यक की चोटी को छू लो। ऐसे..." और कृष्ण ने भीम की ओर देखते हुए, अपना हाथ ऊपर उठा दिया।

सहसा उन्हें लगा कि उनका उठा हुआ हाथ किसी ने पकड़ लिया है, और वह पकड़ने वाला हाथ, न भीम का था, न अर्जुन का। वे लोग तो उनके साथ ही लेटे हुए थे...

पलक झपकते ही, उस अदृश्य व्यक्ति के हाथ पर कृष्ण की पकड़ कस गयी और इससे पहले कि वह उन्हें उठाता, कृष्ण उठ खड़े हुए और उनकी भुजा के एक झटके ने उस व्यक्ति को धराशायी कर दिया।

भीम और अर्जुन ने भी सारी स्थिति भाँप ली थी। उन्होंने कुछ ही दूरी पर अपनी ओर बढ़ते कुछ लोगों को देखा। निश्चित रूप से वे साधारण नागरिक नहीं थे। रात को इस समय इस पर्वत-शिखर पर किसी सामान्य नागरिक के उपस्थित होने का कोई अर्थ ही नहीं था। वे अवश्य ही प्रहरी अथवा सैनिक थे, जो उन्हें पकड़ने के लिये आगे बढ़ रहे थे।

भीम और अर्जुन ने उन्हें और आगे बढ़ने का अवसर ही नहीं दिया। वे तत्काल उन पर झपटे और लगा कि भीम ने हाथ के संकेत पाते ही एक-एक कर वे व्यक्ति धराशायी होने लगे। कृष्ण से भिड़ने वाला व्यक्ति भी अचेत हो चुका था। अतः कृष्ण भी उनसे आ मिले। कुछ ही क्षणों में बिना किसी भी विशेष प्रयत्न के वे सारे सैनिक अचेत हो चुके थे।

भीम इस आकस्मिक युद्ध और विजय पर एक ठहाका भी लगाना ही चाहता था कि उसकी दृष्टि अपनी ओर भागती आती हुई एक धुँधली-सी छाया पर पड़ी। उसने यह भी देखा कि वह छाया सहसा ठिठक कर रुक गयी और फिर विपरीत दिशा में दौड पड़ी।...भीम के पास सोचने अथवा अपने साथियों के साथ परामर्श करने का अवकाश नहीं था। वह तत्काल उस छाया के पीछे दौड़ पड़ा...

और तभी उन निष्क्रिय पड़े व्यक्तियों में से एक चिल्लाया, "नगाड़े बजा दो।"

कृष्ण का ध्यान उस सैनिक की ओर चला गया। वह अचेत नहीं था, किन्तु इतना आहत अवश्य था कि उठ नहीं सकता था। इसलिये अब वह अचेत-सा पड़ा था, किन्तु अपने भागते हुए साथी को देख, उसके माध्यम से इस आक्रमण की सूचना भिजवाने की सजगता उसमें अब भी थी...

"इसे देखो अर्जुन! मैं नगाड़े को देखता हूँ।" कृष्ण ने कहा और वे उसी दिशा में भागे, जिधर वह छाया भागी थी।

भीम ने उस भागती हुई छाया को पकड़ लिया था और वह उसे चिल्लाने से रोकने के लिये उसका मुँह अपने हाथ से दबाए, उसे अपनी भुजाओं में उठाए हुए लौट रहा था।

"रुको मध्यम!"

भीम रुक गया।

"मेरी बात ध्यान से सुनो।" कृष्ण ने उस बन्दी सैनिक से कहा, "यदि तुमने चिल्लाने अथवा सहायता के लिये किसी को पुकारने का प्रयत्न किया तो या तो हम तुम्हारा गला घोंट देंगे, अथवा पर्वत की दूसरी ओर उछाल देंगे.... फिर तुम्हारे साथ जो भी हो।"

उस अँधेरे में भी कृष्ण ने उस व्यक्ति के चेहरे को भय से विकृत होते हुए देखा।

"और यदि तुम हमारे प्रश्नों का ठीक-ठीक उत्तर दोगे, तो हम तुम्हें तुम्हारे किसी एक आहत साथी के साथ बाँध जायेंगे। तुम मुक्त हो कर अपने किसी भी अधिकारी को सूचना देने के लिये स्वतन्त्र होगे। स्वीकार है?"

उस व्यक्ति ने अपना भयभीत सिर हिला दिया।

"मध्यम। इसे बोलने दो।" कृष्ण ने कहा और भीम ने उस व्यक्ति को कृष्ण के सम्मुख भूमि पर खड़ा कर दिया।

"नगाड़े कहाँ हैं?" कृष्ण ने पूछा।

"उधर!" उस सैनिक ने हाथ से संकेत किया, "विजय-स्तम्भ के नीचे।"

"और यह विजय-स्तम्भ क्या है?"

"महाराज ने अपनी विजयों की स्मृति में बनवाया है।"

कृष्ण ने निमिष-भर कुछ सोचा और पूछा, "तुम्हारे पास कृपाण है?"

"जी।"

"लाओ। दो मुझे।"

सैनिक ने आज्ञा का पालन किया।

"मध्यम! इसे इसके वस्त्र से किसी आहत सैनिक के साथ बाँध कर विजय-स्तम्भ के पास आओ।"

भीम उस सैनिक को अपने कंधे पर उठा ले गया।

हाथ में उस सैनिक की कृपाण लिये कृष्ण विजय-स्तम्भ के पास आये। ज्योत्स्ना के धुँधले प्रकाश में उन्होंने देखा, थोड़ी-थोड़ी दूरी पर त्रिकोण बनाते हुए तीन दीर्घाकार नगाड़े रखे हुए थे। निश्चित रूप से उन्हें बजाया जाता होगा तो भयंकर शब्द होता होगा, जो इन पाँच पहाड़ियों से घिरे नगर को सिर से पाँव तक गुँजा देता होगा।...यदि किसी ने पास या दूर से दो पाण्डवों के साथ कृष्ण को आते देख लिया होगा तो वह ये ही नगाड़े बजाएगा।... इन अचेत सैनिकों में से जिसकी चेतना लौटेगी, वह भी ये ही नगाड़े बजाने का प्रयत्न करेगा...इन नगाड़ों का बने रहना उचित नहीं है...कृष्ण ने कृपाण की नोक नगाड़े में चुभो दी...किन्तु नगाड़े पर मड़ा हुआ चमड़ा इतनी सुविधा से कटने वाला नहीं था। कृष्ण ने कटार पर अपना दबाव बढ़ाया... चमड़ा कुछ दूर तक चिर गया था।...कृष्ण ने एक-एक कर तीनों नगाड़ों का चमड़ा चीर दिया...

भीम आ कर उनके पास खड़ा हो गया था।

"मध्यम!" कृष्ण बोले, "कृपाण से इन नगाड़ों का सारा चमड़ा काट डालो,

इतना कि इनका जीर्णोद्धार अथवा पुनर्निर्माण एकदम सम्भव न रहे।"

"कटार की क्या आवश्यकता है।" भीम बोला, "मैं वैसे ही इन नगाड़ों को लीर-लीर कर देता हूँ।"

"नहीं मध्यम! हल्का-सा भी शब्द नहीं होना चाहिए, नहीं तो हमारे किये-कराए पर पानी फिर जायेगा।"

"समझ गया। लाओ, कृपाण मुझे दो।" भीम ने कृष्ण के हाथ से कृपाण ले ली।

कृष्ण का ध्यान अब उस विजय-स्तम्भ की ओर चला गया। वे उसकी ओर बढ़े ही थे कि अर्जुन भी उनसे आ मिला।

"उस बन्दी का क्या किया?"

"वह अचेत हो गया है।"

"ठीक है! आओ देखें।"

उस चाँदनी में विजय-स्तम्भ बहुत स्पष्ट किन्तु भयंकर दिखायी पड़ रहा था। एक हिंस्र सिंह निरीह और असहाय मृगों का पीछा कर रहा था। उसका मुँह गर्जन करने की मुद्रा में खुला हुआ था। मुख पर रक्त लगा ही नहीं हुआ था, रक्त की बूँदें टपक भी रही थीं। उसके तीन पँजों के नीचे एक जीवित किन्तु आहत मृग पड़ा हुआ था, और उसका उठा हुआ चौथा पँजा घबरा कर भागते हुए मृग को दबोचने की प्रक्रिया में था...

विजय-स्तम्भ क्या था, हिंसा तथा राक्षसी क्रूरता का बीभत्स चित्रण था। ...कृष्ण को समझते देर नहीं लगी कि इसमें जरासंध ने स्वयं को सिंह तथा अन्य राजाओं को डरे-सहमे हुए मृगों के रूप में चित्रित किया था।

कृष्ण ने उस सिंह के उठे हुए पँजे को पकड़ कर पीछे की ओर खींचा। पत्थर पर्याप्त कठोर था, किन्तु कृष्ण ने हार नहीं मानी। पूरी एकाग्रता से अपने सारे शरीर का बल अपनी भुजाओं में केन्द्रित कर उसे पुनः खींचा। सिंह का पँजा टूट कर कृष्ण के हाथों में आ गया।...

"जरासंध! ऐसे ही तुम्हारा पँजा भी तोड़ा जायेगा।" कृष्ण ने धीरे से कहा।

"इसे मेरे लिये छोड़ दो कृष्ण!" भीम ने कहा, "तुम्हें मालूम है कि ऐसे कामों में मेरी अत्यन्त गम्भीर रुचि है।" भीम बोला, "किन्तु मैं इसे हाथों से खींच कर नहीं, पैरों की ठोकरों से ध्वस्त करूँगा।"

भीम ने उस पर अपने पैर का एक ज़ोरदार प्रहार किया। कृष्ण और अर्जुन भी पूरी निष्ठा से उसे गिराने का प्रयत्न कर रहे थे। तीनों में एक प्रकार की होड़-सी मच गयी थी कि कौन उस स्मारक का कितना भाग नष्ट

करता है।

थोड़ी ही देर में उन्होंने उस स्मारक को प्रायः नष्ट कर दिया था।

"यह तो हुआ।" कृष्ण ने हाथ झाड़ते हुए कहा, "किन्तु इसमें हमारा काफ़ी समय नष्ट हो गया है। अब हमें शीघ्र ही नीचे उतर कर नगर में कहीं छिप जाना चाहिए। यह न हो कि सूर्योदय हो जाये और हम पर किसी की दृष्टि पड़ जाये।?"

"उन अचेत और आहत सैनिकों का क्या करना है?" अर्जुन ने पूछा।

"वहीं पड़े रहने दो। अगली पाली के सैनिक आयेंगे, तो उन्हें सँभाल लेंगे।" कृष्ण ने उत्तर दिया, "आओ! अब विलम्ब मत करो।"

वे लोग पर्वत की ढाल पर नगर की ओर फिसलते चले गये।

पर्वत से नीचे उतरते-उतरते दिन का उजाला हो गया। नगर में साधारण कार्य-कलाप आरम्भ हो चुका था। गिरिव्रज में पशुओं की कमी नहीं थी। प्रत्येक गृहस्थ के द्वार पर दो-चार पशु बँधे ही हुए थे। यद्यपि नगर के निकट कोई नदी नहीं बहती थी, किन्तु जल की विपुलता दिखायी देती थी। घर-घर में कुएँ थे और नगर में सार्वजनिक बावड़ियाँ तथा सरोवर भी दिखायी पड़ रहे थे।

"नगर में समृद्धि की तो कमी नहीं लगती।" अर्जुन ने धीरे से कहा।

"राक्षसों के नगर में समृद्धि की क्या कमी।" कृष्ण बोले, "यहाँ का तो सारा व्यापार ही पराए धन पर चलता है। जिस जरासंध ने सौ राजाओं को पराजित कर, बलि देने के लिये बन्दी कर रखा है, उसने उनके कोष भी तो हथिया लिये होंगे। वह राजकोष को उन राजाओं की रानियों और उनके पुत्रों को तो नहीं दे आया होगा।"

क्रमशः हाट खुलते जा रहे थे। व्यापारी समृद्ध और प्रसन्न दिखायी पड़ते थे। नगर में समारोह का-सा वातावरण था।

"क्यों भाई! आज नगर में कोई उत्सव है क्या?" भीम ने एक दुकानदार से पूछा।

"आज ही क्यों? यहाँ तो प्रतिदिन ही कोई-न-कोई उत्सव होता रहता है।" दुकानदार ने उत्तर दिया, "कभी किसी राजा को बन्दी बना कर लाया जा रहा है, कभी किसी को। और अब तो उनकी बलि की तैयारी है। इधर महाराज का अनिष्ट-शान्ति का व्रत पूरा हुआ, और उधर राजाओं की बलि हुई। मुण्ड-पर-मुण्ड लुढ़केंगे। रक्त के फव्वारे चलेंगे और चीत्कारों से इन पाँचों पर्वतों की नीवें तक हिल जायेंगी।"

"प्रजा तो प्रसन्न है न?" कृष्ण ने पूछा।

"तुम कौन हो?" दुकानदार ने संशयपूर्वक उन तीनों की ओर देखा।

"परदेशी हैं।" कृष्ण ने कहा, "भाग्य-परीक्षण के लिये आये हैं।"

"वृक्ष में हृदय है तो भाग्य फलित होगा।" दुकानदार बोला, "हाँ! हृदय को पत्थर बना सको, तो गिरिव्रज की वीथियों में बहता स्वर्ण समेट कर गठरी बाँध लो।"

"तुम अपने नगर से प्रसन्न नहीं लगते भाई।" अर्जुन ने अत्यन्त मधुर स्वर में कहा।

"प्रसन्न क्या होना। अपना कपाल फोड़ते हैं कि जाने पिछले जन्म में कौन-से कुकर्म किये थे कि इस पाप नगरी में जन्म मिला।"

"क्यों भाई! तुम इतने दुखी क्यों हो?" कृष्ण ने उसकी ओर सहानुभूति भरी दृष्टि से देखा।

"क्या कहें महाराज! यहाँ तो जबरे का ही बोलबाला है। जो दूसरे का रक्तपान कर सके, वही प्रसन्न रह सकता है, अन्यथा कोई सुनवायी नहीं है। आप किसी का विश्वास नहीं कर सकते...न अपने पड़ोसी का, न भाई-बन्धु का, न मित्र-जवार का। जिसको अवसर मिलेगा...वही कृपाण घोंप देगा आपकी पीठ में।"

"राजा कुछ नहीं करता?"

"राजा को अवकाश कहाँ है प्रजा के लिये।" दुकानदार बोला, "वह तो इसको मार, उसको मार। वह अपना राज्य भी बढ़ा रहा है और अपना अहंकार भी। घर के भीतर क्या हो रहा है, इसकी चिन्ता ही नहीं।"

"पर नगर में लोग इतने प्रसन्न क्यों दीखते हैं फिर?" भीम ने कहा।

"लूट में सम्मिलित हो जायें, तो आप भी प्रसन्न ही दीखेंगे।" वह बोला, "भेड़ियों का झुण्ड है, मृगों का आखेट चल रहा है। जबर को देखें तो हाथ जोड़ें, चरण चाटें, उपहार दें। दुर्बल को पायें तो उसके कण्ठ में अपने दाँत गड़ा दें। भगवान जाने इस नगर का क्या होने वाला है।"

"यहाँ कोई धर्मात्मा नहीं रहता?" कृष्ण ने पूछा।

"कुछ नाग हैं, कुछ राक्षस...जो धर्मात्माओं के समान पूजे जा रहे हैं। किसी का साहस नहीं है कि कहे कि पापियो! तुम्हारे अधरों पर तो निर्बलों का रक्त लगा है, यह कपाल पर चन्दन लगाए क्यों घूम रहे हो?" वह रुका, "अब आप पधारिए महाराज! मेरी जिह्वा तो थमती ही नहीं है। अभी कोई गुप्तचर आ गया तो आप भी व्यर्थ कष्ट में पड़ेंगे।"

"चले जायेंगे भाई!" कृष्ण बोले, "तुम हमारे लिये चिन्ता मत करो।

अपनी सुरक्षा की इतनी ही चिन्ता होती तो हम अपने घरों में घुस कर बैठे होते। हम तो निकले ही हैं संकटों से जूझने।"

"तो ठीक है।" दुकानदार बोला, "कोई अनहोनी हो गयी, तो मुझे दोष मत दीजिएगा कि मेरे कारण आप संकट में फँसे।"

"तुम्हें दोष नहीं देंगे।" कृष्ण बोले, "मैंने तो सुना है कि तुम्हारा राजा बहुत धर्मात्मा है। आजकल उपवास कर रहा है, ब्राह्मणों को मुँहमाँगा दान दे रहा है। किसी यज्ञ की तैयारी है।"

"दान देने वाले सब धर्मात्मा होते हैं क्या?" दुकानदार तड़प कर बोला, "सकाम दान कर रहा है। एक सौ क्षत्रिय राजाओं की बलि चढ़ाने जा रहा है। उस पाप-कर्म में सफलता पाने की कामना से ब्राह्मणों को उत्कोच दे रहा है।"

"किस समय मिलता है यह दान?" कृष्ण ने पूछा, "हमें मिल पायेगा क्या? बहुत दूर से आये हैं हम।"

"सब को मिलता है, तो तुम्हें क्यों नहीं मिलेगा।" उसने उत्तर दिया, "तुम भी जा घुसो भिखमंगों की उस भीड़ में। बन जाओ उस हत्यारे राजा के चारण। उसकी और उसके पुरखों की स्तुति करो। उसे धर्मराज, धर्मात्मा और महादानी सिद्ध करो, तुम्हें भी कुछ टुकड़े दे ही देगा।"

"अभी सीधे वहीं चले जायें?" कृष्ण ने पूछा।

"जब इच्छा हो चले जाओ, किन्तु दान तो गोधूलि के बाद ही मिलता है। प्रातः से भीड़ एकत्रित होने लगती है। अपनी बारी तुम भी लगा लो।"

"अच्छा भाई हम चलते हैं।" कृष्ण ने आशीर्वाद की मुद्रा में अपना हाथ उठाया, "प्रभु तुम्हारा कल्याण करे। मुझे तो तुम विभीषण का ही दूसरा रूप लग रहे हो। उसी के समान लंका के राक्षस-राज्य में रह कर तपस्या कर रहे हो।"

वे तीनों चल पड़े।

दिन-भर वे लोग हाटों और वीथियों में घूमते रहे। सारे नगर में उत्सव और समारोह का वातावरण था। किन्तु समारोह तो राजा और राजकर्मचारियों की ओर से ही था। प्रजा की विशेष भागीदारी दिखायी नहीं पड़ रही थी। फिर भी स्थान-स्थान पर भीड़ तो थी ही। नगर के बाहर से भी बहुत से लोग आये हुए लग रहे थे। अनेक व्यापारी थे। बहुत सारे ब्राह्मण दान के लोभ में उपस्थित थे। नागरिकों के अनेक अतिथि भी थे, जो नगर का उत्सव देखने की इच्छा से टिके हुए थे। स्थान-स्थान पर दण्डधरों, प्रहरियों और सैनिकों की चौकियाँ

थीं, जो नगर में अनुशासन बनाये रखने के लिये स्थापित की गयी थीं। उन में उपस्थित राज-कर्मचारी अपने मनोरंजन में व्यस्त दिखायी देते थे। कोई मदिरा में धुत्त था, तो कोई किसी चंचल गणिका से बतियाने में लगा हुआ था। वे लोग अनुशासन की रक्षा करने से अधिक भंग करते दिखायी पड़ रहे थे।

राजा अपने आयोजन में व्यस्त था। नगर में समारोह था और समारोह के लिये भीड़ थी। नगर में क्या हो रहा था, कदाचित वह सब सुनने और जानने के लिये राजा के पास न अवकाश था, न इच्छा।

भीड़-की-भीड़ राजप्रासाद की ओर चली जा रही थी। उसमें स्नातक ब्राह्मण भी थे, साधारण याचक भी, साधु-संन्यासी और तपस्वी भी।...सब का एक ही लक्ष्य था...राजप्रासाद! राजा अपने यज्ञ से पहले पूर्ण अनिष्टशमन चाहता था। ये सारे लोग राजा से दान ग्रहणकर, उसे आशीर्वचन देने जा रहे थे। वे स्नातक ब्राह्मणों के वेश में थे और चन्दन के लेप तथा फूलों की मालाओं से इस प्रकार आच्छन्न थे कि उनके रूप को देखना सम्भव ही नहीं था। वे फूलों तथा अन्य उपकरणों से अलंकृत मूर्तियों के समान थे, जिनमें से किसी एक को व्यक्तिगत रूप से पहचानना कठिन था।

आगन्तुकों से ठसाठस भरी, राजप्रासाद की तीन ड्यौढ़ियाँ पार कर वे उस सभागार में आये, जहाँ जरासंध का दानयज्ञ चल रहा था। सभागार का आकार अत्यन्त विराट था, जिसमें एक ओर जरासंध एक ऊँचे सिंहासन पर बैठा था। उसके निकट अनेक मन्त्री और राजकर्मचारी थे। भण्डारी लोग थालियों में रखे वस्त्र और मिष्ठान ला रहे थे।

थालियाँ उनके हाथों से होती हुई जरासंध के सम्मुख पहुँचती थीं। वह अपने हाथ से उनका स्पर्श कर देता था और थालियाँ पुनः कर्मचारियों की शृंखला से हो कर याचकों तक आ पहुँचती थीं। याचकों की भीड़ टूटी पड़ रही थी। सब का एक ही प्रयत्न था कि अन्य लोगों को धकिया कर वे सब से आगे पहुँच जायें और कर्मचारियों से थाली प्राप्त कर लें।

भीम ने उस भीड़ में से आगे जाने का मार्ग बनाने का प्रयत्न करना चाहा तो कृष्ण ने उसे संकेत से रोक दिया। भीम समझ नहीं पाया कि कृष्ण की क्या इच्छा है, किन्तु इतना तो वह जानता ही था कि सारी योजना कृष्ण की ही थी। जाने उसने अपने मन में क्या सोच रखा था। बहुत कुछ तो निश्चित था, किन्तु बहुत कुछ ऐसा भी था, जो यहाँ की परिस्थितियाँ देख कर कृष्ण को ही तय करना था। अब इस भीड़ में भीम सार्वजनिक रूप से न तो कृष्ण से कुछ पूछ सकता था और न वह स्वतन्त्र रूप से निर्णय ले सकता था। उसे तो वही करना था जिसका कृष्ण निर्देश करे।...किन्तु वह यह देख-देख कर

विचलित अवश्य हो रहा था कि कृष्ण अपने पीछे आने वाले प्रत्येक याचक को आगे बढ़ने की अनुमति ही नहीं दे रहे थे, वरन वे उन्हें इसके लिये प्रेरित भी कर रहे थे। हर बार वे पीछे हटने का कोई-न-कोई कारण खोज लेते थे। ...पता नहीं कृष्ण के मन क्या था। यह तो निश्चित ही था कि वे लोग दान लेने नहीं आये थे, पर जो कुछ भी करना था, उसके लिये जरासंध तक पहुँचना तो आवश्यक था। वे लोग जरासंध तक पहुँचेंगे ही नहीं, तो उसका वध कैसे करेंगे...

जब दो-चार याचक ही और रह गये तो एक कर्मचारी ने एक थाली उनकी ओर भी बढ़ायी।

"नहीं। हम यह नहीं लेंगे।" कृष्ण ने कहा।

"तो क्या लोगे?"

"अपना मुँह-माँगा लेंगे।"

"माँगो।"

"उसी से माँगेंगे, जिसके हाथ से लेना है।"

कर्मचारी ने चकित हो कर कृष्ण की ओर देखा, "किसके हाथ से लेना है?"

"राजा के हाथ से।"

"तो राजा ही तो दे रहे हैं। मैं कौन-सा अपने घर से लाया हूँ।"

"नहीं! हम महाराज के हाथ से लेंगे। बीचे में कोई निमित्त भी नहीं होना चाहिए।"

कर्मचारी ने कुछ खीझ कर शेष याचकों को निपटाया और कहा, "बोलो! क्या माँगना है महाराज से?"

"इन दोनों ने व्रत ले रखा है," कृष्ण ने भीम और अर्जुन की ओर संकेत किया, "कि मध्य-रात्रि से पहले नहीं बोलेंगे, इसलिये ये लोग मध्य-रात्रि के बाद ही महाराज को बतायेंगे कि ये लोग क्या दान लेना चाहते हैं।"

भीम और अर्जुन...दोनों ही ने संकेत समझ लिया। उन्हें अब कुछ भी नहीं बोलना है। वार्तालाप का सारा दायितव कृष्ण का ही था।

"तो फिर मध्य-रात्रि के बाद ही आते, इस समय क्यों आ गये हो?" कर्मचारी ने चिढ़ कर कहा।

"मध्य-रात्रि में तुम हमें इस सभागार में प्रवेश करने दोगे, तो मध्य-रात्रि में ही आ जायेंगे।" कृष्ण बोले "क्या कहते हो, अभी जायें?"

"जाओगे नहीं तो क्या मध्य-रात्रि तक मेरे सिर पर सवार रहोगे?" कर्मचारी का स्वर कुछ ऊँचा हो गया।

"वचन देते हो कि मध्य-रात्रि में राजा के शयन-कक्ष में प्रवेश करने दोगे?"

कर्मचारी पूर्णतः अनियन्त्रित हो उठा, "अपनी मर्यादा में रहो। यह थाली लेनी है तो लो, नहीं तो चलते बनो। वचन तो ऐसे माँग रहे हैं, जैसे राजा के जामाता हों।...।"

लगा, जरासंध की अधमुँदी-सी आँखें खुल गयीं। उसने पास खड़े मन्त्री से कुछ कहा। मन्त्री ने पुरोहित को कोई संदेश दिया, और पुरोहित उनकी ओर बढ़ा।

"थाली लोगे या बाहर जाओगे?" कर्मचारी ने चेतावनी भरे स्वर में पूछा। लगा कि मना करते ही वह उनको धक्के मार कर बाहर निकाल देगा।

"राजपुरोहित इधर आ रहे हैं। मैं उन्हीं को उत्तर दूँगा।" कृष्ण ने कहा।

कर्मचारी के लिये अपनी यह उपेक्षा असह्य थी। उसका हाथ उठते-उठते रह गया, किन्तु वाणी की कटुता और सघन हो गयी, "वह राजपुरोहित नहीं है। यज्ञ कराने वाला दलाल है। उससे बात कर तुम बहुत महान नहीं हो जाओगे। और वह तुम्हें इस थाली से अधिक दे भी क्या सकता है। उसके तो अपने मुख से एक-एक थाली के लिये लार टपकती रहती है।..."

पुरोहित निकट आ गया था। उसने स्नातक ब्राह्मणों की-सी उनकी वेशभूषा देख कर हाथ जोड़ कर नमस्कार किया, "क्या बात है महाराज! सम्राट जानना चाहते हैं, क्या इच्छा है आपकी?"

"इन्हें दान में यह थाली नहीं चाहिए। सम्राट से कोई विशेष दान माँगते हैं।" कर्मचारी ने जैसे उनकी शिकायत की।

"तो माँगने दो। सम्राट इतने असमर्थ तो नहीं हैं कि तपस्वी ब्राह्मणों की छोटी-मोटी इच्छाएँ भी पूरी न कर सकें।"

"पर ये अपनी इच्छा तो मध्य-रात्रि के पश्चात बताएँगे...ऐसा व्रत है इनका।"

कर्मचारी अपने असमर्थ आक्रोश से रुआंसा हो गया था, "सम्राट क्या इन भिखमंगों के लिये मध्य-रात्रि तक बैठे रहेंगे? वे उपवास के मारे वैसे ही कम उद्विग्न नहीं हैं, ऊपर से ऐसे विचित्र याचक आ जायें...।"

"तो तुम क्या चाहते हो?" पुरोहित ने पूछा।

"इन्हें निकाल बाहर करना चाहता हूँ।" कर्मचारी ने दृढ़ता से कहा।

"द्वार पर आया याचक बिना दान लिये लौट जायेगा, तो सम्राट का व्रत नहीं टूट जायेगा।" पुरोहित ने उसे डाँटा, "तुम चाहते हो कि सम्राट के सारे किये-धरे पर पानी फिर जाये?"

कर्मचारी हतप्रभ खड़ा रह गया...यह तो उसने सोचा ही नहीं था... पर उसकी खीझ उद्दण्डतापूर्वक अपने स्थान पर अड़ी हुई थी, "तो ये लोग मध्य-रात्रि तक यहीं जमे रहेंगे?"

"अब ये लोग आ गये हैं, तो दान दिये बिना ही तो इन्हें बाहर भेजा नहीं जा सकता, नहीं तो इतने दिनों का सम्राट द्वारा किया गया आयोजन ध्वस्त हो जायेगा..." पुरोहित रुका, "अच्छा ठहरो, मैं सम्राट से ही पूछता हूँ।"

उन लोगों को वहीं खड़े छोड़ पुरोहित जरासंध के पास लौट गया। मन्द स्वर में थोड़ी देर वह जरासंध को स्थिति समझाता रहा। उसकी बात सुन कर जरासंध ने एक बार इन लोगों की ओर देखा और पुरोहित को कोई आदेश दिया।

पुरोहित लौट आया, "ये दान दिये बिना नहीं लौटाए जा सकते, किन्तु इनका मध्य-रात्रि तक इसी सभागार में रहना आवश्यक नहीं है।" उसने कहा, "सम्राट के संन्यास-क्षेत्र की मर्यादा के भीतर ये कहीं भी आ-जा सकते हैं, जैसे कि सम्राट आते-जाते हैं। दान स्वीकार करने से पूर्व ये उससे बाहर नहीं जा सकते।..."

"तो इस समय इनका क्या करूँ?" कर्मचारी का स्वर बहुत ऊँचा नहीं उठा, किन्तु उसका आक्रोश बहुत मुखर था।

"यज्ञशाला में इनके ठहरने की व्यवस्था करवा दो।"

"हाँ। ठहरने की व्यवस्था करवा दो, जैसे कंगले भिखारी न हों, राज-अतिथि हों।"

"साधु-संन्यासियों के प्रति तुम्हारे ये दुर्वचन उचित नहीं हैं, कर्मचारी।" पुरोहित ने उसे डाँटा, "इससे सम्राट के पुण्य की हानि होगी।"

कर्मचारी सहम कर चुप हो गया। उसे उस क्षण वहाँ से टल जाना ही अपने हित में लगा। उसने संकेत कर उन्हें अपने पीछे आने के लिये कहा।

उन्हें यज्ञशाला में पहुँचा कर कर्मचारी चले गये। पूर्ण एकान्त हो गया तो कृष्ण बोले, "हमें अपने मन के सर्वथा अनुकूल परिस्थितियाँ मिल गयी हैं। इस समय हम लोग जरासंध के साथ उसके संन्यास-क्षेत्र में बन्दी हैं। हमारे इस प्रकार बन्दी होने का अर्थ है कि इस क्षेत्र के भीतर और कोई नहीं होगा, सम्भवतः जरासंध के सेवक और अंग-रक्षक भी नहीं। जरासंध ने हमें बिना दान लिये लौटने नहीं दिया, इसका अर्थ है वह अपने व्रत के प्रति बहुत गम्भीर है...।"

"गम्भीर तो उसे होना ही चाहिए," अर्जुन बोला, "आख़िर वह एक यज्ञ करने जा रहा है।"

कृष्ण के मुखमण्डल पर अवसाद का एक झीना-सा आवरण छा गया, "कितना स्वार्थी और पतित हो जाता है मनुष्य। एक सौ मनुष्यों की अकारण और क्रूरतापूर्ण हत्या को वह धार्मिक कृत्य मान रहा है। सब से बड़ा अनिष्ट करने के लिये, अनिष्ट-निवारण हेतु, उपवास कर रहा है...।"

"किन्तु राजसूय तथा अश्वमेध यज्ञों को तो पवित्र यज्ञ माना गया है," भीम ने कहा, "महाराज युधिष्ठिर भी तो राजसूय यज्ञ की तैयारी कर रहे हैं, तो फिर जरासंध को क्यों उसका अधिकार नहीं है?"

"राजसूय और अश्मेध यज्ञ प्रजा को एक सुरक्षित तथा विशाल धर्मराज्य देने के लिये सम्पन्न किये जाते हैं, अत्याचार, पीड़न तथा शोषण बढ़ाने या अधर्म को बल देने के लिये नहीं।" कृष्ण बोले, "क्या लक्ष्य है जरासंध का? क्या उसने सोचा भी है कि प्रजा के लिये समता, सुरक्षा, सम्मान और समृद्धि का क्या अर्थ है? उसके आचरण में कहीं तनिक-सी सात्विकता, दया, प्रेम तथा स्वार्थहीनता आयी है? क्या उसने अपने अहंकार के सिवा, किसी अन्य का पालन-पोषण किया है? मध्यम! किसी का धन छीनने के लिये उसकी हत्या करने और हत्यारे को दण्डित करने के लिये उसका वध करने में बहुत अन्तर है। पाप को मिटाने के लिये धर्म-कर्म करना और पापकर्म को ही धर्म का नाम देना...दोनों एक हैं क्या? तुमने देखा नहीं, वह कर्मचारी दान देते हुए भी कितना अहंकारी प्रतीत हो रहा था।"

"अच्छा तो हमने माना कि अपने इस यज्ञ के प्रति जरासंध बहुत गम्भीर है।" भीम ने जैसे विषयान्तरण के लिये कहा, "तो उससे हमें क्या लाभ होगा?"

"इसका अर्थ है कि मध्य-रात्रि के बाद वह हम से यह पूछने अवश्य आयेगा कि हमें दान में क्या चाहिए।" कृष्ण बोले, "और जो कुछ माँगेंगे, उसे वह मना नहीं कर सकता, नहीं तो उसका व्रत खण्डित हो जायेगा। खण्डित-व्रत व्यक्ति यज्ञ नहीं कर सकता। अतः यज्ञ करने के लिये, उसे अपना व्रत एक बार फिर से आरम्भ करना होगा। और ऐसा वह कभी नहीं चाहेगा।"

"अपने यज्ञ के प्रति वह बहुत गम्भीर है," अर्जुन बोला, "किन्तु इसका यह अर्थ तो नहीं है कि वह मरने भी लगेगा, तो सहायता के लिये अपने सैनिकों और सेनापतियों को नहीं पुकारेगा। यदि उसे अपने व्रत और अपने जीवन में से किसी एक को चुनना पड़ा तो वह अपने जीवन को ही चुनेगा। ऐसा चरित्रवान वह नहीं है कि व्रत के लिये अपने प्राण दे दे।"

"ठीक कहते हो। उसके चरित्र का प्रशंसक मैं भी कभी नहीं रहा।" कृष्ण बोले, "किन्तु क्षेत्र-संन्यास के माध्यम से जहाँ उसने स्वयं को इस क्षेत्र का

बन्दी कर रखा है, वहाँ उसका अर्थ यह भी है कि यज्ञ-पर्यन्त यह राजा का निवास-स्थान है। एक प्रकार से उसका अन्तःपुर है। मेरा विचार है कि रात्रि के समय इस सारे क्षेत्र में से सारे सैनिक तथा प्रहरी बाहर चले जाते होंगे। वे लोग इस क्षेत्र के बाहर से राजा की रखवाली करते होंगे। उनमें से कितने जागते होंगे और कितने सो गये होंगे, कहना कठिन है। इसका अर्थ है कि बहुत सुविधा से उसे सहायता नहीं मिल पायेगी। इसलिये हमसे उसे स्वयं युद्ध करना होगा, और वह युद्ध हमारी अपनी इच्छाओं के अनुकूल परिस्थितियों में होगा।"

मध्य-रात्रि के तत्काल पश्चात सचमुच जरासंध आ कर उनके सम्मुख खड़ा हो गया।

"लो! मैं आ गया।" वह बोला, "बोलो, क्या याचना है तुम्हारी?"

कृष्ण ने अपने शरीर की सारी मालाएँ पृथक कर दीं।

"तुम!" जरासंध अपने स्थान पर स्तब्ध खड़ा रह गया, "तुम मेरे मित्र नहीं हो। तुम यज्ञ के अवसर पर मेरे घर क्या करने आये हो?"

"तुम मेरे मित्र नहीं हो।" कृष्ण बोले, "इसलिये तुम्हारे नगर में द्वार से नहीं आया। तुम्हारे पर्वत को लाँघ कर, तुम्हारा विजय स्तम्भ ध्वस्त कर, तुम्हारे नगाड़े फाड़ कर तुम्हारे नगर में आया हूँ जैसे शत्रु के घर जाना चाहिए। तुम मेरे मित्र नहीं हो, इसलिये तुम्हारा सत्कार ग्रहण नहीं किया।"

"ये लोग कौन हैं?" जरासंध ने भीम और अर्जुन की ओर देखा, "किन लोगों को इस प्रकार छुपा कर मेरे घर में घुसा लाये हो?"

कृष्ण के संकेत पर भीम और अर्जुन ने अपना रूप छिपाने के लिये लपेटे गये वस्त्र और पुष्प-आभूषण उतार दिये।

"ये हैं पाण्डु-पुत्र भीम और अर्जुन! महाराज युधिष्ठिर के छोटे भाई।" कृष्ण बोले, "तुम इन्हें पहचानते ही होगे। काम्पिल्य में द्रौपदी स्वयंवर के अवसर पर तुमने इन्हें देखा होगा।"

जरासंध के मुख का वर्ण पीला पड़ गया, "यह धोखा है। क्षात्र-धर्म नहीं है यह।"

"तुम आज तक जो कुछ करते आये हो, वह क्षात्र-धर्म है क्या?" कृष्ण हँस पड़े, "फिर भी हम क्षात्र-धर्म नहीं छोड़ेंगे।"

"तुम तीन महारथी और मैं अकेला," जरासंध ने जिह्वा से अपने अधर गीले किये, "और फिर मेरे पास कोई शस्त्र भी नहीं है।"

"शस्त्र तो हमारे पास भी नहीं है।" कृष्ण ने अपने दोनों हाथ उठा दिये,

"और यदि तुम हम में से किसी एक के साथ लड़ना चाहो, तो शेष दो व्यक्ति बीच में हस्तक्षेप भी नहीं करेंगे।"

"मैं तुम्हारा विश्वास नहीं करता।" जरासंध कुछ-कुछ सँभलता जा रहा था, "गोमन्त पर्वत पर भी तुम दोनों भाई निःशस्त्र दिखायी देते थे, किन्तु इतने सारे शस्त्र कहाँ से प्रकट हो गये थे?"

"मैं भी तुम्हारा विश्वास नहीं करता।" कृष्ण गम्भीर वाणी में बोले, "नहीं तो हम तुम्हें चेतावनी दे कर आये होते और सार्वजनिक रूप से मध्यम पाण्डव तुम्हारे साथ बाहु-युद्ध करते।"

"तो अब क्या चाहते हो?" जरासंध बोला, और सहसा उसकी मुद्रा बदल गयी, "मैं तुम से भयभीत नहीं हूँ। तुम ही कायरों के समान मथुरा छोड़ कर भाग गये थे और आज तुम ही छिप कर मेरे घर में घुस आये हो।"

"बीसियों राजाओं की क्रूर सेनाओं को एकत्रित को मथुरा की निरीह प्रजा को नष्ट करना यदि वीरता है, तो तुम वीर हो। सहस्रों सैनिकों द्वारा दो क्षत्रियों को घेर कर, आग लगा उन्हें जीवित जला देने का प्रयत्न वीरता है, तो तुम वीर हो। उन्हीं दो व्यक्तियों से पराजित हो कर पलायन करना वीरता है, तो तुम वीर हो।" कृष्ण मुस्कुराए, "तुम्हारी सारी सुरक्षा को अँगूठा दिखा तुम्हारे घर में घुस आना प्रवंचना है, तो मैं प्रवंचक हूँ।...और जहाँ तक वीरता की बात है, सुनो जरासंध! हम अपनी वीरता की परीक्षा भी देंगे, और तुम्हारी वीरता को भी परखेंगे।..." कृष्ण ने रुक कर उसे देखा, "यदि तुमने अपने सहायक बुलाने का प्रयत्न किया तो हम तीनों तत्काल तुम पर आक्रमण कर देंगे, और यदि तुम हम में से किसी एक से युद्ध करना चाहो...।"

"मैं वह सब कुछ नहीं करूँगा।" जरासंध उत्तेजित स्वर में बोला, "मैं अभी अपने सैनिकों और सेनापतियों को पुकारता हूँ। तुम इस बार मेरे हाथों से बच कर नहीं जा सकते।"

"जरासंध!" कृष्ण की वाणी में चेतावनी थी, "यदि तुमने किसी को पुकारा तो हम उसे युद्धारम्भ मानेंगे, और हम तीनों अपनी नीति से युद्ध करेंगे। बहुत सम्भव है कि तुम्हारे किसी सहायक के आने से पहले ही तुम्हारा प्राणान्त हो जाये।" वे थम कर बोले, "और यदि तुम हममें से किसी एक से द्वन्द्व-युद्ध करना चाहो...।"

"मैं तुम पर विश्वास नहीं करता।" जरासंध बोला, "तुम निःशस्त्र युद्ध आरम्भ करोगे और फिर तुम्हारे शस्त्र तुम्हारे हाथों में प्रकट होने लगेंगे।... मैं अर्जुन को जानता हूँ उसे बाहु-युद्ध का अभ्यास नहीं है, इसलिये वह भी कहीं-न-कहीं धनुष-बाण छिपा कर लाया ही होगा। मृत्यु को सम्मुख देखेगा तो

सारा क्षात्र-धर्म भूल कर धनुष-बाण उठा लेगा। वैसे भी अर्जुन को मल्ल-युद्ध में मार कर मुझे क्या यश मिलेगा। चींटी को पैरों तले कुचल कर हाथी यशस्वी नहीं हो सकता।" जरासंध रुका, "हाँ! भीम से बाहु-युद्ध किया जा सकता है। मैंने उसे काम्पिल्य में राजाओं की भीड़ से लड़ते देखा है। वहाँ सशस्त्र युद्ध करने की कोई मनाही नहीं थी, फिर भी उसने शस्त्र धारण नहीं किया था। हाँ, इस मध्यम पाण्डव से बाहु-युद्ध किया जा सकता है। उसे मार कर मेरे यश को कलंकित नहीं होना पड़ेगा।" उसने कृष्ण की ओर देखा, "पर इसकी क्या आश्वस्ति है कि भीम को पराजित होते देख तुम लोग हस्तक्षेप नहीं करोगे और अपने शस्त्रों से मुझे मार नहीं डालोगे?"

"तुम्हें मेरे वचन का विश्वास करना होगा।" कृष्ण बोले, "हम तीनों इसी समय तुम पर टूट पड़े, तो न तुम हमें रोक सकते हो, न अपने प्राणों की रक्षा कर सकते हो। फिर भी हमने तुम्हें जीवित छोड़ रखा है। यह इसलिये क्योंकि हम चाहते हैं कि हम क्षत्रियों के समान धर्म-युद्ध करें, किन्तु हम तुम्हें रण-क्षेत्र में वीरगति पाने वाले क्षत्रिय योद्धा का गौरव नहीं दे सकते। इसलिये युद्ध-भूमि में शस्त्रों से तुम्हारा वध नहीं होगा। तुम यहीं एक दस्यु की मृत्यु को प्राप्त करोगे—गौरवहीन, एकान्त मृत्यु।"

जरासंध की आँखें भय से फैल गयीं। उसका शरीर कृष्ण की वाणी से थरथरा उठा। वह कृष्ण को जानता था, कृष्ण का कहा असत्य नहीं हो सकता।

"यह धर्म नहीं है कृष्ण।" उसने जैसे अपनी रक्षा का अन्तिम प्रयत्न किया।

"इसमें अधर्म कहाँ है?" कृष्ण बोले, "तुमने स्वयं भीम के साथ बाहु-युद्ध स्वीकार किया है। हम तुम्हें उसका पूर्ण अवसर देंगे। हाँ। यदि तुम्हें मृत्यु से भय लगता हो, युद्ध के नाम से मन भड़कता हो और जीवन से मोह भी हो, तो अपने कारागार में बन्दी उन सौ राजाओं को मुक्त करा दो। अपने पुत्र सहदेव का राज्याभिषेक कर, राजसत्ता उसको दे दो।"

"यह सम्भव नहीं है।" जरासंध बोला, "न मैं युद्ध से डरता हूँ, न मृत्यु से। मैं तुम्हारी धूर्तता से डरता हूँ। जाने तुम कब कोई चाल खेल जाओ।"

"तो फिर अपनी इच्छानुसार तुम भीम से बाहु-युद्ध कर लो। तुम विजयी हुए, तो हम चुपचाप लौट जायेंगे।...और यदि तुम पराजित हुए, तो न यह राज्य तुम्हारा है न, तुम्हारे प्राण।"

"मुझे स्वीकार है।" जरासंध बोला, "चलो बाहर किसी अखाड़े में चलो।"

"बाहर किसी अखाड़े में जाने से तुम्हारा क्षेत्र-संन्यास का व्रत भंग हो जायेगा, इसलिये यहीं युद्ध करो।" कृष्ण बोले, "और फिर जिस युद्ध में जीवन-मुत्यु का निर्णय होने वाला है, उसमें अखाड़ा हुआ-न-हुआ।"

"यह यज्ञ-भूमि है, यहाँ रक्तपात उचित नहीं।"

"जहाँ सौ राजाओं की बलि दी जायेगी, वह यज्ञ-भूमि क्या रक्तवात से शून्य रह पायेगी?"

"तो द्वन्द्व-युद्ध के निर्णायकों, साक्षियों तथा दर्शकों को तो बुला लेने दो।" जरासंध के स्वर में विचित्र प्रकार की याचना थी।

"जरासंध!" कृष्ण की वाणी कठोर तथा चेतावनीयुक्त थी, "तुम्हारी कोई चतुराई नहीं चलेगी। यदि तुमने अपने सहायक बुला लिये और उन्होंने भीम और तुम्हारे द्वन्द्व-युद्ध में हस्तक्षेप करने का प्रयत्न किया तो मेरे हाथ में भी सुदर्शन चक्र होगा और अर्जुन के हाथ में गाण्डीव धनुष। भीम भी निःशस्त्र नहीं युद्ध ही करेंगे। विश्वास रखो, आज तुम्हारी सहायता को आने वाला प्रत्येक सैनिक, सेनापति तथा मन्त्री मारा जायेगा।"

"इसमें चतुराई की क्या बात है।" जरासंध ने अपनी रक्षा के लिये तर्क दिया, "युद्ध से पहले पुरोहित से गोरोचन, माला तथा अन्य मांगलिक पदार्थ तो मँगाए ही जाते हैं। अब तुम कहोगे कि पीड़ा से मुक्ति के लिये तथा मूर्च्छित की चेतना लौटाने के लिये औषधियाँ भी न मँगाई जायें। कोई वैद्य भी न बुलाया जाये।"

"ठीक समझा तुमने।" कृष्ण बोले, "इस युद्ध में न मांगलिक पदार्थ आयेंगे, न औषधियाँ। न पुरोहित उपस्थित रहेगा, न वैद्य।"

सहसा जरासंध के मन में आशा की एक किरण जागी।...ठीक है कि कृष्ण ने उसे पूर्णतः घेर लिया था, किन्तु शायद एक बात की ओर कृष्ण का ध्यान नहीं गया था।...यह जरासंध की भूमि थी। यहाँ उसका परिवार रहता था। यहाँ उसके दास और सेवक थे, सैनिक और कर्मचारी थे। ठीक है कि इस समय जरासंध अकेला था, किन्तु उषा की पहली किरण के साथ-साथ, उसके सहायक, सैनिक और कर्मचारी बिना पुकारे भी उसके निकट आने लगेंगे।...बाहर के प्रहरी बदलेंगे और वे लोग अपने स्वामी को प्रणाम करने अवश्य आयेंगे।...तब वह अकेला नहीं रहेगा। वह किस स्थिति में है, यह बात किसी से छुपी नहीं रहेगी। उसके सैनिक और सेनापति उसकी सहायता को आ जायेंगे। तब इन तीनों को कौन बचा लेगा, जरासंध के क्रोध से...तो इस असहायता का अर्थ ही क्या है? केवल इतना ही तो करना है कि किसी प्रकार भीम को उषा काल तक उलझाए रखना है। जरासंध कितना भी अकेला हो,

असहाय हो, किन्तु इतना असमर्थ वह नहीं है कि रात्रि के ये दो प्रहर वह भीम से भिड़ा न रह सके। वह कोई मिट्टी का बना कुम्भ नहीं है कि भीम उसे उठा कर पटक देगा, तो वह फूट जायेगा...

"ठीक है।" इस बार जरासंध पूर्ण आत्मविश्वास के साथ बोला, "तुम ही युद्ध-निर्णायक रहो। जय-पराजय का तुम्हारा निर्णय ही मुझे मान्य होगा।"

"मैं न तो यहाँ न्यायाधीश बन कर आया हूँ, न निर्णायक।" कृष्ण बोले, "हम तीनों को तुम अपना शत्रु ही समझो।...और फिर मरणान्तक युद्ध है। इसमें न्याय क्या और निर्णय कैसा। एक ही नियम है कि प्रतिद्वन्द्वियों में से किसी के पास शस्त्र न हों। और प्रतिद्वन्द्वियों में से एक की मृत्यु पर ही उसे इसे समाप्त होना है। दोनों के जीवित रहते तो यह रुक सकता ही नहीं।"

"तो फिर ठीक है।" जरासंध बोला, "आओ भीम।"

उसने अपना किरीट उतार कर अपने केशों को कस कर पीछे बाँध लिया। धोती को समेट, कमर कस ली।

भीम ने आगे बढ़ कर उससे हाथ मिलाया और अलग हो कर ताल ठोंका।

भीम ने अलग होते ही जरासंध ने उसके कंधे पर बलपूर्वक प्रहार किया। उसे यह देख कर आश्चर्य हुआ कि उसके जिस प्रहार से उसके प्रतिद्वन्द्वी धरती पर लोट-लोट जाते थे, उसके उसी प्रहार से भीम तनिक-सा विचलित भी नहीं हुआ। उसने पूर्ण आत्मविश्वास के साथ अपने हाथों को शस्त्रों के समान आगे बढ़ा दिया, जैसे उन में बाँध कर वह जरासंध को पीस डालेगा... जरासंध चित्रहस्त का प्रयोग करना चाहता था और भीम था कि उसे किसी प्रकार कक्षाबंध में फाँस लेना चाहता था। जरासंध ने अपनी दोनों भुजाओं को एक-दूसरी में फँसा कर भीम के वक्ष पर ज़ोर का प्रहार किया। भीम कुछ पीछे हटा किन्तु उसने तत्काल ही चरणपाश का सुन्दर प्रयोग किया। जरासंध को अपनी रक्षा के लिये बाहुपाश का प्रयोग करना पड़ा। भीम ने अपने दोनों हाथों की अँगुलियाँ परस्पर फँसा कर जरासंध के सिर को पकड़ कर दबाया। जरासंध को तनिक भी आशा नहीं थी कि वह इतने प्रबल और पूर्णकुम्भ का प्रयोग करेगा। उसे अपना बाहुपाश भूल गया और उसने स्वयं को मुक्त करने के लिये जरोहस्त की मुद्रा में भीम के वक्ष पर पूर्ण बल से प्रहार किया। भीम पीछे हटा तो जरासंध ने आगे बढ़ कर अपने अंगों और भुजाओं से भीम के शरीर को दबा कर, उसकी पीठ में अपने गले की हँसली भिड़ा कर, उसके पेट को दोनों हाथों से कस लिया और उठा कर उसे परे फेंक दिया।

कृष्ण कुछ चिन्तित होने लगे थे...भीम को इतना समय नहीं लगाना

चाहिए था। वह एक कुशल मल्ल के समान अपनी दक्षता दिखाने में लग गया था, और यह भूल गया था कि उसे कम-से-कम समय में जरासंध का प्राणान्त करना था। इस प्रकार तो दो प्रहर व्यतीत होते पता भी नहीं चलेगा। ब्रह्म मुहूर्त होते ही इस युद्ध की सारी गोपनीयता नष्ट हो जायेगी और जरासंध के सेनापति अपनी सेनाओं के साथ प्रकट हो जायेंगे। तब इस सारे आयोजन का कोई अर्थ ही कहाँ रहेगा। तब युद्ध होगा, सशस्त्र युद्ध। सहस्रों की संख्या में योद्धा मारे जायेंगे।...

"मध्यम विलम्ब क्यों कर रहा है?" कृष्ण ने मन्द स्वर में अर्जुन से पूछा।

"मध्यम विलम्ब नहीं कर रहे।" अर्जुन ने उत्तर दिया, "उन्हें अभी क्रोध नहीं आया है। यदि तुम किसी प्रकार उन्हें क्रोध दिला सको, तो वे तत्काल जरासंध का वध कर डालेंगे।..."

"कुन्तीनन्दन।" कृष्ण ने भीम से कहा, "जरासंध, कंस का श्वसुर है, जो मेरे मामा थे।"

भीम ने कृष्ण की ओर देखा, क्यों कह रहे हैं कृष्ण यह सब? क्या भीम यह सब जानता नहीं?...इस प्रकार तो उसकी एकाग्रता भंग होगी और जरासंध उसे किसी-न-किसी पेंच में फँसा लेगा।

"इनकी अवस्था मेरे नाना के समान होगी।" कृष्ण बोले, "ऐसे वृद्ध को पराभूत करना तो दूर, तुम उसे थका भी नहीं पा रहे... ।"

भीम की आँखों में क्रोध की लाली उतर आयी। कृष्ण उसे असमर्थ बता रहे थे।...उसने जरासंध के उदर के नीचे हाथ लगा कर, दोनों हाथों से उसके पेट को लपेट लिया और अपने वक्ष से ऊँचा उठा कर भूमि पर दे मारा।

"जरासंध इस आकस्मिकता से हतप्रभ रह गया और कृष्ण के अधरों पर मुस्कान खेल गयी, "मध्यम! पारितोषिक जीतने के लिये मल्ल-विद्या की सूक्ष्मताओं को दिखाने और वास्तविक मरणान्तक युद्ध में बहुत अन्तर होता है।..."

जरासंध ने भीम के उदर में आघात किया। वह भीम के दूसरे आक्रमण से बचने के लिये मूर्च्छा का प्रयोग कर रहा था...किन्तु भीम में जाने कहाँ से असाधारण स्फूर्ति आ गयी थी। युद्ध के कारण जैसे-जैसे जरासंध में शिथिलता बढ़ रही थी, वैसे-वैसे ही भीम में नव-स्फूर्ति जाग रही थी।

जरासंध ने भीम पर आक्रमण किया तो भीम ने लात के प्रहार से उसे पछाड़ दिया। वह जरासंध को दबाने के लिये झुका तो जरासंध ने उसका कंधा पकड़ लिया। वह कंधे से खींच कर उसे मुहँ के बल गिराने का प्रयोग कर रहा

था। भीम 'निग्रह' की भयंकरता को समझता था। वह एक बार गिर गया तो जरासंध उसकी पीठ पर आरूढ़ हा जायेगा। निग्रह से मुक्ति के लिये उसने 'प्रग्रह' का प्रयोग किया। जरासंध को पीठ के बल गिराने के लिये भीम ने उसकी टाँग पकड़ कर खींची। जरासंध सँभल नहीं पाया और पीठ के बल जा गिरा।...सन्तोषपूर्ण मुद्रा में कदाचित प्रशंसा पाने की अपेक्षा में भीम की दृष्टि कृष्ण की ओर उठ गयी।

कृष्ण ने मुख से एक शब्द भी नहीं कहा। उनके हाथ में दातुन-भर छोटा-सा सरकण्डा था। कृष्ण ने सरकण्डा भीम को दिखाते हुए, उसे दातुन के ही समान बीचोंबीच चीर कर दो टुकड़े कर, भूमि पर डाल दिया...

निमिष-भर में भीम की समझ में आ गया कि कृष्ण के संकेत का अर्थ क्या है...

जरासंध भूमि से उठने के लिये स्वयं को साध ही रहा था कि भीम अपनी पूरी शक्ति से उसकी एक टाँग पर जा कूदा।...जरासंध कराह कर एक करवट हो गया। भीम उसकी टाँग से हटा नहीं। वह उसकी एक जँघा पर जैसे जम कर खड़ा हो गया और दूसरी टाँग को पकड़ कर उसने अपने वक्ष की ओर खींचा...

जरासंध युद्ध से थक गया था। इस आघात की पीड़ा से वह कराह उठा था। वह किसी प्रकार मुक्त होने के लिये छटपटाना ही चाहता था कि भीम ने उसकी जँघा पर दृढ़तापूर्वक बैठ कर, दूसरी टाँग अपने कंधे से बाँध ली।... इससे पहले कि जरासंध समझ पाता कि भीम क्या करने जा रहा है, भीम उठ कर खड़ा हो गया...

जरासंध के मुख से मरते हुए पशु के डकराने के समान एक चीत्कार फूटा और वह पूर्णतः शिथिल हो गया।...

29

रुदन और चीत्कार के अशुभ तथा भयंकर स्वरों ने जरासंध पुत्र सहदेव को जगा दिया। सहदेव चौंक कर उठ बैठा। मधुर संगीत उत्पन्न करते हुए वाद्य-यन्त्रों से तो प्रायः जगाया जाता था। कभी-कभी शंखनाद से भी उसकी नींद टूटती थी। भेरी-नाद भी उसके लिये अपरिचित नहीं था, किन्तु यह सामूहिक रुदन और चीत्कार? इस प्रकार के स्वरों से तो जैसे वह परिचित ही नहीं था।...

"महाराजकुमार!" सेनापति शौर्यकिरीट सिर झुकाए, हाथ जोड़े उसके

सम्मुख खड़ा था। मन्त्रिगण उसके पीछे जैसे स्वयं को छिपाने का प्रयत्न कर रहे थे।

"क्या बात है सेनापति?" उसने मन में उमड़ती-घुमड़ती आशंकाओं पर संयम करने का प्रयत्न किया, "ऐसा क्या घटित हो गया कि राजप्रासाद का परिवेश इतना अशुभ हो उठा है?"

"महाराजकुमार?" सेनापति हाथ जोड़े घुटनों के बल जैसे गिर ही पड़ा, "हम सब पर अपरिहार्य संकट आया है महाराजकुमार! सम्राट इस संसार में नहीं रहे।..."

"क्या?" सहदेव का मुख आश्चर्य से खुल गया, "क्या हुआ उन्हें?"

"ईश्वर ही जानता है कि क्या हुआ।" सेनापति बोला, "हम तो इतना ही जानते है कि कल सन्ध्या समय दान-वितरण करने के पश्चात अपने व्रत के अनुसार वे एकान्तवास के लिये यज्ञ-भूमि में बनाये गये विश्राम-कक्ष में चले गये थे। उस क्षेत्र की सीमाओं के बाहर चाहे कितने ही प्रहरी और अंगरक्षक रहे हों, यह सत्य है कि उनके निकट कोई भी सेवक, सैनिक अथवा प्रहरी नहीं..."

"उनके देहान्त की सूचना किसने दी?" सहदेव उठ कर खड़ा हो गया, "और उनका शरीर कहाँ है?"

सेनापति ने कुछ कहना चाहा, किन्तु फिर जैसे थोड़ा हकला कर चुप हो गया।

"बोलो!"

किन्तु सेनापति शौर्यकिरीट ने कुछ नहीं बोला।

इस बार वृद्ध मन्त्री साहस कर आगे आया, "महाराजकुमार! राजप्रासाद के द्वार पर प्रहरियों का एक गुल्म होता है। लगता है कि रात को किसी समय उनकी आँख लग गयी।..."

"सब एक साथ सो गये?"

"दैवयोग से कुछ ऐसा ही हो गया लगता है महाराजकुमार।" मन्त्री साहसपूर्वक बोला, "ब्रह्म मुहूर्त में जब उनमें से किसी एक की आँख खुली तो उसने वहाँ कुछ असाधारण देखा...।"

"क्या देखा?"

"रात्रि के अन्धकार में सम्राट के शरीर को कोई कुचली-मसली अवस्था में वहाँ डाल गया था।..."

सहदेव ने अपनी व्याकुलता में तीन-चार पग उठाए, "सम्राट के एकान्त-क्षेत्र में प्रहरियों ने न किसी को जाते देखा, न निकलते। तो ऐसी दुर्घटना कैसे

घट गयी? क्या करते हैं हमारे प्रहरी?"

"महाराजकुमार! यह प्रेत-बाधा भी तो हो सकती है।" एक मन्त्री ने अत्यन्त संकुचित भाव से कहा।

"नहीं युवराज! कोई प्रेत-बाधा नहीं है।" इस बार सेनापति शौर्यकिरीट के स्वर में कुछ अधिक आत्मबल था, "हमें अब यह स्वीकार करना चाहिए कि हमारे प्रहरी पूर्णतः विश्वस्त थे कि सम्राट का कोई अनिष्ट हो ही नहीं सकता, इसलिये वह निश्चिन्त हो कर सो जाया करते थे। इसी असावधानी का लाभ हमारे शत्रुओं ने उठाया है।" सेनापति रुका, "मुझे यह सूचना मिली है कि कल सन्ध्या समय जब सम्राट अपने व्रतानुसार ब्राह्मणों को दान दे रहे थे तो तीन ब्राह्मणों ने मध्य-रात्रि के पश्चात सम्राट से याचना करने की बात कही थी। उन्हें रात्रि को सम्राट के एकान्त-क्षेत्र के भीतर यज्ञशाला के पास ठहराया गया था। अब वे वहाँ नहीं हैं। एक सूचना और मिली है युवराज! कि सम्राट का प्रिय रथ 'सोदर्यवान्' अपने स्थान पर नहीं है। मेरा अनुमान है कि वे तीन ब्राह्मण वस्तुतः ब्राह्मण नहीं थे। वे छद्म वेश में आये थे। सम्भवतः उन्हीं तीनों ने सम्राट का वध किया है और वे ही उनका 'सोदर्यवान' रथ ले कर भाग गये हैं।"

"यदि ऐसा है तो वे अभी बहुत दूर नहीं गये होंगे।" सहदेव बोला, "चारों ओर अश्वारोही दौड़ा दिये जायें और अपनी वाहिनियों को सन्नद्ध होने का आदेश दिया जाये। उन हत्यारों को बन्दी बना कर एक प्रहर के भीतर मेरे सम्मुख लाया जाये। वे भागने का प्रयत्न करें तो उनका वध कर दिया जाये। उनके साथ उनके कोई सहयोगी हों तो, उनके साथ भी वही व्यवहार किया जाये। ऐसी सेनाओं का क्या लाभ, जो सम्राट की रक्षा न कर सकें।..."

सहदेव के मौन होते ही द्वारपाल ने सम्मुख आ कर हाथ जोड़े, "युवराज की जय हो। गुप्तचर-प्रमुख सदाशिव कुछ निवेदन करना चाहते हैं।"

"उपस्थित करो।"

सदाशिव ने आगे आ हाथ जोड़ कर प्रणाम किया, "युवराज की जय हो। मैं कुछ अत्यन्त गम्भीर सूचनाएँ लाया हूँ, अन्यथा शोक की ऐसी घड़ी में मैं आपको कष्ट न देता।..."

"बोलो सदाशिव। जो भी सूचना हो निस्संकोच कहो।"

"युवराज! पर्वतों के गर्भ में बने हमारे दुर्ग-कारागार को तोड़ कर, कोई उन सारे बन्दी राजाओं को मुक्त करा ले गया है, जिन्हें सम्राट ने बलि के लिये वहाँ बन्दी कर रखा था।"

"और हमारे प्रहरी?" सहदेव ने पूछा।

"उनके शव हमें नहीं मिले।" सदाशिव ने बताया, "सम्भव है वे शत्रु के भय से भाग गये हों...किन्तु युवराज! इस सम्भावना का तिरस्कार भी नहीं किया जा सकता कि शत्रु उन्हें बन्दी बना कर अपने साथ ले गये हों।"

इस बार सहदेव ने कोई तत्काल प्रतिक्रिया व्यक्त नहीं की। वह शोकाकुल से कहीं अधिक चिन्ताकुल लग रहा था।

सहदेव किसी प्रकार का निर्णय कर कोई आदेश देता, उससे पहले ही अस्ति तथा प्राप्ति दोनों ही उच्च स्वर में विलाप करती हुई आगार में आ गयीं और सहदेव के कंधे से लग गयीं।

चिन्ता ने सहदेव के शोक को सुखा डाला था। न उसकी आँखों में अश्रु थे, न कण्ठ में हिचकियाँ। अपनी बहनों का इस प्रकार रोते हुए आना और इस मन्त्रणा में बाधा बनना उसे अच्छा नहीं लगा। वस्तुतः यह समय बैठ कर रोने का था ही नहीं। यह समय तो सक्रिय होने का था। वह उनको कंधे से लगा कर कैसे रोता या रुलाता। राजपुत्रों के पास अपने पिता की मृत्यु पर अश्रु बहाने का समय नहीं होता। यदि उस समय वे शोकाकुल हो कर अश्रु बहाने बैठ जायें, तो फिर सारा जीवन अश्रु बहाते रहेंगे।..."

उसने अपनी बहनों की पीठ थपथपा कर उन्हें अपने कंधों से पृथक किया और अपनी दासियों को संकेत किया कि उन्हें सँभालें।

"इतनी बड़ी-बड़ी घटनाएँ हो गयीं और हमारे प्रहरियों, सैनिकों, गुप्तचरों तथा प्रजाजनों में से किसी ने भी कुछ असाधारण नहीं देखा।" सहदेव बोला, "आश्चर्य है! यह किन्हीं अदृश्य प्रेतों का कार्य है या हमारे ही सारे प्रहरी शत्रु से मिल गये हैं।"

"एक असाधारण घटना की सूचना मुझे मिली है युवराज!" सहसा सदाशिव ने कहा। सहदेव ने चौंक कर उसकी ओर देखा।

"सूचना मिली है कि नगर-द्वार के बाहर चैत्य पर्वत के नीचे एक बड़ी भीड़ देखी गयी है, जो वासुदेव कृष्ण की जय बोल रही थी।" सदाशिव ने कहा।

सहदेव का मुख आश्चर्य से खुल गया, "इस सूचना को मात्र एक असाधारण सूचना मान कर अब तक तुम उसे अपने पास ही दबाए बैठे हो?" सहदेव ने लगभग चीख कर कहा, "इस सूचना का महत्व नहीं समझते तुम। तुम्हारे जैसे व्यक्ति की गुप्तचर-प्रमुख के रूप में नियुक्ति किसी भी साम्राज्य को ध्वस्त करने के लिये पर्याप्त है।"

"क्यों युवराज?" सदाशिव का सिर झुका हुआ था।

"तुम इतनी-सी बात समझ नहीं पा रहे हो कि ये दोनों दुस्साहसपूर्ण कृत्य करने वाले या तो वासुदेव श्री कृष्ण स्वयं हैं, अथवा उनके साथी। नहीं तो गिरिव्रज में कृष्ण की जय बोलने वाले लोग कहाँ से आयेंगे और क्यों उनकी जय बोलेंगे। इस 'जय' में छिपी चेतावनी को तुम समझ नहीं पा रहे हो?"

सदाशिव कुछ कहता, उससे पूर्व ही अस्ति तथा प्राप्ति, पुनः बहुत नाटकीय ढंग से चीत्कार कर उठीं। लगा या तो उन्हें कोई दौरा पड़ा जायेगा अथवा वे अचेत हो कर गिर पड़ेंगी।...

"कृष्ण यहाँ आया है, गिरिव्रज में।" वे चिल्ला कर बोलीं, "उसे पकड़ो भैया!"

"उसने पहले हमारे पति का वध किया, अब हमारे पिता की ऐसी दुर्गति की...।" प्राप्ति का चीत्कार जैसे प्रासाद की दीवारों से अपना सिर फोड़ रहा था।

अस्ति ने निकट आ कर सहदेव की भुजा पकड़ कर उसे झिंझोड़ा, "सेना भेजो भैया। उसका वध करवाना ही पर्याप्त नहीं है। उसे जीवित बँधवा कर मँगवाओ। उसकी खाल खिंचवा दो। उसकी बोटी-बोटी कर उसे चील-कौवों को खिला दो...।"

"सदाशिव!" सहदेव ने अपनी बहनों की ओर ध्यान नहीं दिया, "शीघ्र जाओ! जा कर पता लगवाओ, कि उस भीड़ में क्या सचमुच वासुदेव कृष्ण भी हैं।...और यदि वे स्वयं यहाँ हैं, तो अपने सारे तन्त्र को आदेश दो कि उनकी गति-विधि पर दृष्टि रखी जाये। उनके सम्बन्ध में सारी सूचनाएँ भिजवायी जायें और उनके विरुद्ध किसी प्रकार की कोई कार्यवाही करने का प्रयत्न न किया जाये। वे प्रासाद में आना चाहें, तो उनकी अगवानी कर उन्हें सादर यहाँ लाया जाये। मुझ से मिलना चाहें, तो उस भेंट की व्यवस्था की जाये....।"

"भैया!" अस्ति ने सहदेव का हाथ कुछ इस प्रकार झिंझोड़ा, जैसे वह अपना मानसिक सन्तुलन खो चुका हो, "क्या कर रहे हैं आप? वह हमारे पिता का हत्यारा है। वह आपके बहनोई का हत्यारा है। आप वीर क्षत्रिय हो कर क्या अपने शत्रु से प्रतिशोध भी नहीं लेंगे?"

सहदेव ने उसे झटक दिया, "मुझे मालूम है कि मुझे क्या करना है। मुझे कंस और जरासंध की राजनीति आगे नहीं चलानी है। तुम्हें अपने पति और पिता की हत्याओं का प्रतिशोध चाहिए, तो उन सारे राजाओं, सेनापतियों तथा सैनिको की विधवाओं को भी अपने पतियों की हत्याओं का प्रतिशोध चाहिए, जिनका वध कंस और सम्राट जरासंध ने किया था। उसी प्रतिशोध-स्वरूप प्राण गँवाए हैं पिता जी ने।..."

"तुम्हारा रक्त यदि एक दम ही ठण्डा हो गया है, तुम यदि कृष्ण से इस सीमा तक भयभीत हो भैया कि उसका सामना करने का साहस नहीं कर सकते तो थोड़ी राजनीतिक चतुराई तो दिखाओ। चाहे कृष्ण को अपनी सीमाओं से निकल जाने दो, पर अपने सैनिकों को उसे बन्दी बनाने का आदेश दे कर, अपनी सत्ता और शक्ति का प्रदर्शन तो करो।..." अस्ति का कण्ठ अश्रुओं से अवरुद्ध हो गया।

"अपने कुल को इस प्रकार कलंकित मत करो भैया।" प्राप्ति ने धिक्कारपूर्ण विनती की, "इस ख्यातनामा वंश की लाज रखने का अभिनय तो करो।"

"वही कर रहा हूँ।" सहदेव का स्वर पर्याप्त स्थिर था, "यदि इस समय मैंने राजनीतिक चतुराई न दिखायी तो पिता जी के शव का अन्तिम संस्कार भी नहीं हो पायेगा।" सहसा सहदेव की मुद्रा एकदम परिवर्तित हो गयी, "और हमारे कुल की ख्याति जरासंध और कंस बनने में ही नहीं है। प्रजा को आतंकित कर ही हमारा कुल गौरवान्वित नहीं होगा...।"

"तो और कैसे होगा...कृष्ण से आतंकित हो कर? उसके चरण चाट कर?" अस्ति फुफकारती हुई बोली।

"चुप रहो तुम।" मन्त्रियों और सेनापति ने सहदेव के स्वर में पहली बार आदेश की गम्भीरता को पहचाना, "मगध की प्रजा ने आज तक अपने सम्राट को आतंक के रूप में देखा है, उससे कभी प्रेम नहीं किया।...अब वह अपने सम्राट से प्रेम भी करेगी।"

अपने मन्त्रियों और सेनापतियों के साथ सहदेव नगर-द्वार से बाहर निकला। वे शोक की मुद्रा में थे। उनका वेश और व्यवहार उसी के अनुकूल था। उनके आगे-आगे दास-दासियाँ विभिन्न प्रकार के उपहार ले कर चल रहे थे।

सहदेव को आते हुए देख, अर्जुन और भीम की दृष्टि कृष्ण पर टँग गयी। कृष्ण पूर्ण आश्वस्त मुद्रा में खड़े रहे, जैसे कुछ भी असाधारण घटित न हो रहा हो। जरासंध के कारागार से छूटी हुई राजाओं की भीड़ जैसे अभी तक विश्वास नहीं कर पायी थी कि वे लोग सचमुच ही मुक्त हो चुके हैं। सहदेव को इस प्रकार अपनी ओर आते देख, वे भयभीत मृग के समान चौकन्ने हो गये।

"हमने यहाँ रुक कर अच्छा नहीं किया वासुदेव।" एक बोला, "हमें तत्काल यहाँ से पलायन कर जाना चाहिए था।"

"क्यों? क्या सहदेव की मैत्री नहीं चाहिए आपको?"

"मैत्री!" उसका मुख वितृष्णा से विकृत हो उठा, "जरासंध पुत्र और मैत्री।"

"देखो!" कृष्ण मुस्कुरा रहे थे।

दास-दासियों ने सारे उपहार ला कर कृष्ण के सम्मुख रख दिये। भूमि पर मस्तक टेक, वे हट गये। सहदेव चलता हुआ उपहारों से भी आगे निकल आया। वह कृष्ण के एकदम सम्मुख खड़ा हुआ था। उसने हाथ जोड़े और अपने घुटनों के बल बैठ गया, "वासुदेव! मैं आपकी शरण आया हूँ।"

"क्यों? शस्त्र सज्जित हो कर युद्ध करने क्यों नहीं आये?" कृष्ण ने अत्यन्त मधुर ढंग से पूछा, "अपने पिता के वध का प्रतिशोध नहीं लोगे?"

"नहीं।"

"क्यों?"

"प्रतिशोध का कोई प्रतिशोध नहीं होता। वह दुराग्रह होगा।"

"मेरी शरण क्यों आये हो? भय के कारण?"

"नहीं।"

"लोभ के कारण?"

"नहीं।"

"अपने पिता का राज्य नहीं चाहिए तुम्हें?"

"नहीं।"

"तो क्या चाहिए तुम्हें?"

"मगध को थोड़ा धर्म चाहिए। मेरे मृत पिता को आपकी क्षमा चाहिए।... और व्यक्तिगत रूप से मुझे अपने पिता का मृतक-संस्कार करने की अनुमति चाहिए।"

"यदि मैं कहूँ कि तुम्हारे पिता इतने अधर्मी और पापात्मा थे कि उन्हें अन्तिम संस्कार का गौरव नहीं मिलना चाहिए, तो?" भीम ने उस पर अपनी वक्र दृष्टि डाली।

"मैंने इसलिये हाथ जोड़ कर वासुदेव से विनती की है कि मेरे दिवंगत पिता को उनकी क्षमा चाहिए।"

"क्या तुम्हारे पिता के अपराध क्षम्य हैं?" भीम ने पुनः पूछा।

"नहीं। किन्तु वासुदेव कृपालु हैं। बहुत कृपालु हैं।"

"तुम्हें मगध का राज्य नहीं चाहिए?" कृष्ण ने पूछा।

"मैंने देखा है कि राज्य, धन, सम्पत्ति और अधिकार के लिये, कैसे-कैसे पाप करने पड़ते हैं। व्यक्ति कैसा क्रूर होता जाता है। जीवन नरक हो जाता है राजा का। मुझे यह दण्ड नहीं चाहिए।"

"तुम्हें यह दण्ड नहीं चाहिए, किन्तु जरासंध के पुत्र होने के नाते दण्ड तो तुम्हें मिलेगा ही। सम्राट के पुत्र के रूप में तुम्हें बहुत सारी सुख-सुविधाएँ मिली हैं, उनका प्रायश्चित नहीं करोगे तुम?" कृष्ण बोले, "अपने पिता से तुम्हारा सम्बन्ध इतना एकांगी तो नहीं हो सकता कि उसके लाभ तो तुम्हें मिलें, किन्तु उसकी हानियों से तुम बच जाओ।"

"तो दण्ड मिले प्रभु।" सहदेव बोला, "किन्तु उससे पहले मुझे अपने पिता का अन्तिम संस्कार कर लेने दिया जाये।"

"जाओ सहदेव। एक अच्छे पुत्र के रूप में तुम अपने पिता का मृतक कर्म करो।" कृष्ण बोले, "उसके पश्चात अपना दण्ड ग्रहण करने के लिये यहाँ चले आओ!....तुम्हें यह नहीं भूलना चाहिए कि यह राज्य अब धर्मराज युधिष्ठिर का है। उन्हीं के प्रतिनिधि के रूप में मैं तुम्हें आदेश देता हूँ कि तुम इस प्रदेश पर उनकी ओर से शासन करोगे। हम तुम्हारा राज्याभिषेक करेंगे, किन्तु तुम महाराज युधिष्ठिर के प्रतिनिधि अथवा माण्डलिक राजा होओगे। तुम्हारे पिता ने धर्म की जितनी क्षति की है, तुम उसकी क्षतिपूर्ति करोगे। तुम प्रजा को न्याय दोगे और निःस्वार्थ शासन करोगे। तुम प्रजा के स्वामी नहीं सेवक होओगे। दुष्टों का पालन नहीं दलन करोगे। सात्विक लोगों का पालन-पोषण करोगे और निर्बल और असहाय लोगों की रक्षा करोगे। यदि तुम्हें स्वीकार हो तो अपने पिता का मृतक संस्कार कर सकते हो।"

"मुझे स्वीकार है वासुदेव।" सहदेव बोला, "मैं अपने पिता के अधर्म को तनिक भी धो पाया तो उसे अपना पुण्य मानूँगा।"

"तो उसका श्रीगणेश यहीं और अभी करो।"

"आदेश दें प्रभु।"

"इन राजाओं को, जिन्हें तुम्हारे पिता ने बन्दी कर, इनका राज्य और धन छीन लिया था, इनका राज्य और राजकोष लौटा दो।" कृष्ण के अधरों पर माधुर्य जैसे घनीभूत हो आया था।

"वह सब अब आपका है।" सहदेव बोला, "लौटाने वाला मैं कौन होता हूँ। आप जिसे चाहें दे दें। मगध का राज्य भी आप ही का है। उसे भी किसी को देना चाहें तो तनिक भी विलम्ब न करें।"

"जाओ मित्रो!" कृष्ण उन राजाओं की ओर मुड़े, "अपनी-अपनी राजधानियों को लौट जाओ, और धर्मराज के राजसूय यज्ञ में सम्मिलित होने की तैयारी करो।"

30

शिशुपाल को सूचला मिली, तो वह स्तब्ध रह गया। जरासंध का वध? सम्राट जरासंध का वध?...कृष्ण ने मरवा डाला जरासंध को?...तो क्या करते रहे थे जरासंध के रक्षक? उसकी सेनाएँ? उसके सेनापति? उसके मल्ल? उसका पुत्र सहदेव, उसका पौत्र मेघसंधि—क्या करते रहे, वे सब लोग?...और फिर इन तीन व्यक्तियों के लिये तो स्वयं जरासंध ही अकेला पर्याप्त था।...

कृष्ण को कुछ लोग मायावी मानते हैं...शिशुपाल ने आज तक उसकी माया को स्वीकार नहीं किया। उसने उसे तनिक भी आसाधारण नहीं माना। वह तो यह ही मानता आया है कि वह धूर्त है, पाखण्डी है। मन्दबुद्धि लोगों को मूर्ख बना रहा है। क्षत्रियों के समान सीधा-सीधा किसी से नहीं टकराता। शस्त्र उठाने से पहले बहुत कुछ सोचता है और कोई-न-कोई सुरक्षित मार्ग खोज निकालता है।...पर यहाँ कौन-सा मार्ग खोजा होगा उसने? जरासंध उसे अच्छी तरह पहचानता था। गिरिव्रज में कोई भी उसे पहचानते ही उसका वध कर देता। जरासंध के सम्मुख पड़ते ही उसके अंगरक्षक इसे मार डालते, स्वयं जरासंध शस्त्र के बिना अपनी भुजाओं में पीस कर ही इसे चूर्ण कर डालता ...किसी प्रकार, किसी माया, ठग-विद्या, मन्त्र-तन्त्र के कारण यदि यह नहीं भी होता, तो भीम जरासंध का वध कैसे कर सकता था? भीम में इतना बल आया कहाँ से? शिशुवाल का तो आज भी यही विचार है कि भीम और अर्जुन दोनों मिल कर भी जरासंध की गदा उठा तक नहीं सकते।...तो फिर वे लोग उस गदा की मार सह कर उसका प्रतिकार करके, जरासंध का वध कैसे कर आये।...जरासंध के जीवित रहते यदि उन्हें पहचाना नहीं जा सका तो क्या उस महान मल्ल की मृत्यु के पश्चात भी कोई नहीं जान पाया कि ये तीन प्रवंचक वहाँ क्या करने आये हैं? जरासंध की मृत्यु के पश्चात भी उसके अंगरक्षकों ने भीम, अर्जुन और कृष्ण को जीवित छोड़ दिया? सहदेव पितृविहीन होने के पश्चात भी इनका वध नहीं कर सका?..."

और सहसा शिशुपाल का मन दूसरी ओर चल पड़ा। सहदेव ही क्यों, शिशुपाल भी तो पितृविहीन हो गया है। यह ठीक है कि दमघोष जीवित हैं, किन्तु वे तो केवल उसके जनक थे। उन्होंने शिशुपाल के लिये वह सब नहीं किया, जो जरासंध ने कर दिखाया...। शिशुपाल नहीं जानता कि सहदेव के पिता की मृत्यु हुई कि नहीं, किन्तु उसका अपना पिता अवश्य मर गया था, उसके सिर से सचमुच एक संरक्षक का वरदहस्त उठ गया था...

जरासंध उसके लिये एक वट वृक्ष के समान था, जिसकी छाया उस पर

पड़ती ही रहती थी। शिशुपाल को लगता था कि कंस की मृत्यु के पश्चात जरासंध ने यदि किसी से प्रेम किया था तो शिशुपाल से ही। अपने पुत्र सहदेव से भी उसने शायद ही उतना प्रेम किया हो, अन्यथा जरासंध मण्डल का सेनापति शिशुपाल कैसे बन जाता। जरासंध से सम्बन्ध रखने वाले प्रायः सारे लोग जानते हैं कि जरासंध ने अपने उत्तराधिकारी के रूप में सहदेव को कभी वह महत्त्व नहीं दिया, जो उसने कंस और शिशुपाल को दिया...

कंस की मृत्यु के समय शिशुपाल छोटा था। उसे राजनीति की समझ नहीं थी, इसलिये वह कृष्ण की भयंकरता को समझ नहीं पाया था। वह उसे साधारण ग्वाला समझता था और वही समझता रहा। उसके पिता दमघोष प्रायः कहा करते थे कि यद्यपि कृष्ण उसका मातुल-पुत्र है, किन्तु उसे उससे बहुत सावधान रहना चाहिए। जो व्यक्ति अपने मातुल का वध कर सकता है, वह किसी का भी वध कर सकता है। और कंस तो मात्र मातुल ही नहीं था कृष्ण का, स्वामी भी था।...स्वामी का वध।...भयंकर...

शिशुपाल को अपने प्रति जरासंध के प्रेम का आभास पहली बार तब हुआ था, जब जरासंध ने भीष्मक की पुत्री रुक्मिणी का विवाह शिशुपाल से निश्चित कर दिया था। भीष्मक ने कोई आपत्ति नहीं की थी। उन्होंने शिशुपाल को अपने जामाता के रूप में स्वीकार कर लिया था। रुक्मिणी उसकी वाग्दत्ता थी। उसका भाई रुक्मि तो इस सम्बन्ध से इतना प्रसन्न था कि उसे लगता था कि न तो इससे अच्छा अन्य कोई सम्बन्ध हो सकता था, न श्रेष्ठतर वर। वह जरासंध के प्रति कृतज्ञ था कि उसने बुद्धिमत्ता से, शिशुपाल को उनके परिवार के इतने निकट पहुँचा दिया था।...शिशुपाल उनके परिवार का अंग ही हो जाता, किन्तु यह कृष्ण बीच में कूद पड़ा। उसने रुक्मिणी का हरण कर लिया।...वह कहता है कि रुक्मिणी ने एक ब्राह्मण के हाथ पत्र भेज कर उसे बुलाया था और उसे, जरासंध से भयभीत अपने पिता भीष्मक के इस अत्याचार से मुक्त करा, अंगीकार करने की प्रार्थना की थी।...और शिशुपाल आज तक समझ नहीं पाया था कि यह कैसे सम्भव था। रुक्मिणी ने कृष्ण को कभी देखा नहीं था कि उनमें कोई सम्पर्क होता। कृष्ण राजकुमार भी नहीं था कि उसकी चर्चा विदर्भ के राजप्रासाद में होती और रुक्मिणी उसके रूप और गुणों को सुन-सुन कर मुग्ध होती रहती।...और वैसे भी कृष्ण में मुग्ध कर लेने वाला ऐसा था भी क्या? वन में पला। पशुओं के मध्य खेला। वनवासी जीव। काला वर्ण, दुबला-पतला शरीर, और उन सब के ऊपर उसका वह मोर-मुकुट। बेचारा। न राजा के घर उत्पन्न हुआ, न राजा बन सका। सोने का मुकुट पहन नहीं सकता, तो मोर का मुकुट ही सही। जैसे वनवासिनी महिलाएँ लता

से तोड़ कर अपने केशों में कोई पुष्प लगा लेती हैं, वैसे ही यह ग्वाला अपने केशों में किसी पक्षी का पँख खोंस लेता है...और उस पर समझता है कि वह इतना सुन्दर दिखायी पड़ता है कि अपने प्रासाद में बैठी रुक्मिणी उस पर मुग्ध हो जायेगी और पत्र लिख कर उसे बुलाएगी।...व्यक्ति कोई कथा गढ़े, तो ऐसी गढ़े जो विश्वसनीय हो...

रुक्मिणी उस पर मुग्ध हुई हो या न हुई हो, उसने उसे बुलाया हो या न बुलाया हो, किन्तु कृष्ण के कारण शिशुपाल का विवाह रुक्मिणी से नहीं हो पाया। वह उसकी वाग्दत्ता का हरण कर के ले गया। जरासंध भीष्मक, रुक्मि तथा स्वयं शिशुपाल मिल कर भी कृष्ण का कुछ नहीं बिगाड़ सके।...शिशुपाल ने कृष्ण को न तब वीर माना था और न आज ही मानता है, किन्तु इतना तो उसकी समझ में आ ही गया था कि उसे कृष्ण के षड्यन्त्रों से सावधान रहना पड़ेगा।

वह वीर नहीं था, किन्तु भयंकर षड्यन्त्रकारी था। उसके षड्यन्त्रों का तोड़ बड़े-बड़े वीरों के पास भी नहीं था। उसकी इच्छा तो तब भी थी कि जरासंध, कृष्ण से निबटने का काम उसे सौंप दे, किन्तु जाने क्या बात थी कि जरासंध ने स्वतन्त्र रूप से यह काम उसे कभी नहीं सौंपा। स्वयं जरासंध ने जितने भी आक्रमण किये, उनमें उसे कोई और सफलता चाहे मिली हो, किन्तु न तो कृष्ण को वह बन्दी कर पाया और न ही उसका वध कर पाया।...और शिशुपाल यह सोच-सोच कर ही तड़पता रहा कि जरासंध ने उसके हाथ बाँध रखे हैं और वह अपने मनचाहे ढंग से कृष्ण से प्रतिशोध नहीं ले पा रहा...बहुत सम्भव है कि जरासंध के मन में यह आशंका रही हो कि जिस कृष्ण को वह स्वयं पराभूत नहीं कर पाया, यदि किसी और ने उसे पराजित का दिया, तो जरासंध का यश मलिन होगा। वट-वृक्ष अपनी छत्र-छाया में पलने वाले पौधों को लू नहीं लगने देता, तो उनका पूर्ण-विकास भी नहीं होने देता...

शिशुपाल देख रहा था कि कृष्ण अपनी सारी चतुराई के बाद भी द्वारका के यादवों का राजा नहीं बन पा रहा था। कृष्ण के मित्र कहते हैं कि वह राजा बनना ही नहीं चाहता, किन्तु शिशुपाल ऐसी बातों का विश्वास नहीं करता। संसार में ऐसा कौन-सा मनुष्य है, जो बन सकता हो और राजा बनना न चाहता हो। शिशुपाल को लोगों को मूर्ख बनाने वाले इन आदर्शों में कोई विश्वास नहीं है। वह जानता है कि कृष्ण की कोई-न-कोई बाध्यता अवश्य है, जिसे वह प्रकट नहीं करता। बहुत सम्भव है कि वह अपने पिता के जीवित रहते राजा न बनना चाहता हो। यदि वह अपने पिता को सिंहासनासीन न कर स्वयं राजा बन बैठेगा तो द्वारका के यादव, उसे दूसरा कंस नहीं मान लेंगे?...

यह भी तो सम्भव है कि जैसे ही कृष्ण के राजा बनने की बात आये, बड़े भाई के रूप में बलराम अपना अधिकार प्रस्तुत करे। इन्हीं कारणों से वह अपनी सत्ता का केन्द्र द्वारका में नहीं, इन्द्रप्रस्थ में बना रहा है। उसे ये मूर्ख पाण्डव मिल गये हैं, जो उसे भगवान के समान पूजते हैं। वह जिस दिन चाहेगा, युधिष्ठिर अपना किरीट उतार कर उसके चरणों में रख देगा।...शिशुपाल ने अपनी पुत्री करेणुमती के मुख से घटना बड़े विस्तार से सुनी थी, जब इन पाण्डवों ने कृष्ण को इन्द्रप्रस्थ से विदा करने के बहाने एक सम्राट का सा सम्मान दिया था। करेणुमती ने बताया था कि इस कृष्ण को रथ में बैठा कर युधिष्ठिर दारुक को हटा कर स्वयं सारथि के स्थान पर जा बैठा था। अर्जुन ने उस पर चंवर डुलाया था। भीम ने उस पर स्वर्ण-विभूषित छत्र लगाया था। नकुल और सहदेव ने सेवकों के समान व्यजन डुलाया था।...यह कृष्ण इसलिये पाण्डवों से इतना प्रसन्न रहता है। इसलिये इसने पाण्डवों को दुर्योधन के विरुद्ध प्रतिष्ठित किया था। इसलिये इसने पाँचों का विवाह पांचाली से करवा दिया था, ताकि द्रुपद पाण्डवों के माध्यम से उसका मित्र बना रहे। कहने को तो कहता है कि न उसे शासन करना है, न राजा बनना है, पर प्रत्येक क्षण तो वह सत्ता के समीकरण स्थापित करने का प्रयत्न करता रहता है।...बहुत सम्भव है कि उसने रुक्मिणी का हरण भी इसलिये किया हो कि इस सम्बन्ध से भीष्मक और रुक्मि उसके मित्र हो जायेंगे और विदर्भ की शक्ति भी उसका महत्व स्थापित करने के काम आयेगी। किन्तु वहाँ उसकी यह चाल उलटी पड़ गयी वह रुक्मिणी को तो ले गया, किन्तु भीष्मक तथा रुक्मी उसके शत्रु हो गये। कृष्ण की शक्ति बढ़ने के स्थान पर कम हो गयी...

शिशुपाल को रुक्मिणीहरण तथा द्रौपदी-स्वयंवर के प्रसंग स्मरण आते हैं तो उसके वक्ष पर सर्प लोटने लगते हैं।...यह कृष्ण उसके वक्ष पर पाँव रख कर उसकी वाग्दत्ता का हरण कर ले गया और उसकी आकांक्षित द्रौपदी का विवाह उसने अपने मित्र अर्जुन से करवा दिया। यह इसका ही षड्‌यन्त्र रहा होगा कि काम्पिल्य में द्रुपद ने स्वयंवर की प्रतिज्ञा धनुष के अधीन रख दी, अन्यथा अर्जुन द्रौपदी को कभी प्राप्त न कर पाता।...कृष्ण ने काम्पिल्य में पाण्डवों को प्रतिष्ठा दिलवाई और उनके माध्यम से स्वयं प्रतिष्ठित हुआ। सम्राट जरासंध को वहाँ से भी चुपचाप चले जाना पड़ा...नहीं तो सामान्यतः अपेक्षा तो यही की जा रही थी कि जरासंध द्रुपद का वध कर द्रौपदी का हरण कर ले जायेगा और अपने किसी प्रिय व्यक्ति से उसका विवाह कर देगा।

ये पाण्डव एकदम मूर्ख हैं...शिशुपाल ने अपनी करवट बदली...यदि हस्तिनापुर और इन्द्रप्रस्थ एक हो जायें तो कौरव इतनी बड़ी सैनिक शक्ति

हो जायें कि कोई उनकी ओर आँख उठा कर भी न देखे।...कृष्ण की तो बिसात ही क्या है, किन्तु अपनी मूर्खतावश ये लोग भीष्म, द्रोण, कर्ण, दुर्योधन, अश्वत्थामा इत्यादि को अपना विरोधी बना कर इस षड्यन्त्रकारी कृष्ण के चरण धो-धो कर पी रहे हैं। वे समझते हैं कि कृष्ण से सम्बन्ध घनिष्ठ कर उनकी शक्ति बढ़ जायेगी। वे यह नहीं जानते कि इससे केवल कृष्ण की ही शक्ति बढ़ेगी...

इन्द्रप्रस्थ का निर्माण कर पाण्डव वहाँ स्थापित हुए तो शायद इसी शक्ति-सन्तुलन को समाप्त करने के लिये जरासंध ने उसके सामने प्रस्ताव रखा था कि वह अपनी पुत्री करेणुमती का विवाह किसी एक पाण्डव से कर दे। ...शिशुपाल ने इस विषय में कुछ सोचा नहीं था। करेणुमती अभी बहुत छोटी थी। पाण्डवों में सबसे छोटे नकुल और सहदेव भी करेणुमती से अवस्था में कुछ बड़े ही बैठते थे।...किन्तु राजपरिवारों में जब सम्बन्ध करने की राजनीतिक इच्छा प्रबल होती है, तो वर की अवस्था नहीं देखी जाती।...वैसे तो पाण्डव उसकी मौसी के पुत्र थे, किन्तु शिशुपाल ने उन्हें कभी इस योग्य नहीं समझा था कि उनसे वह अपने परिवार के किसी सदस्य का विवाह सम्बन्ध करे... किन्तु जरासंध की इच्छा समझ रहा था। यदि द्रौपदी के विवाह के माध्यम से पांचालराज द्रुपद, पाण्डवों का इतना प्रिय ही नहीं, उनका पूज्य तथा कुल-वृद्ध के रूप में उनका स्वामी हो गया है, तो करेणुमती के सम्बन्ध से पाण्डवों में वही स्थान शिशुपाल को भी मिल जायेगा...और शिशुपाल तो पाण्डवों की सगी मौसी का पुत्र भी है...जरासंध की यह इच्छा भी थी कि शिशुपाल पाण्डवों का आत्मीय बन कर एक ओर तो उन्हें हस्तिनापुर के निकट न होने दे और दूसरी ओर उन्हें कृष्ण से तोड़े हस्तिनापुर के कौरवों से मिलने पर पाण्डवों के स्वयं इतने शक्तिशाली हो जाने की सम्भावना थी, जिस में जरासंध को अपने लिये संकट दिखायी पड़ने लगता था...इसलिये उन्हें हस्तिनापुर से दूर रखना आवश्यक था...दूसरी ओर उनके बल से कृष्ण बलशाली और महत्वपूर्ण होता जाता था। कृष्ण को दुर्बल करने के लिये आवश्यक था कि पाण्डवों को उससे तोड़ लिया जाये...कृष्ण का मित्र अब था ही कौन? एक द्रुपद था, एक विराट था और ये पाण्डव। यदि पाण्डव किसी प्रकार कृष्ण के शत्रु हो जायें तो द्रुपद भी कृष्ण का मित्र नहीं रह जायेगा।...और कृष्ण के दुर्बल होते ही या तो जरासंध स्वयं उस पर झपट पड़ेगा, या शिशुपाल को संकेत कर देगा...कृष्ण का वध कर शिशुपाल को कितनी प्रसन्नता होगी...

इन्द्रपस्थ और द्वारका से सम्बन्ध शिथिल होने पर पाण्डव इतने दुर्बल हो जायेंगे कि सहारा ढूँढते हुए, वे स्वयं ही जरासंध की शरण में आ जायेंगे।

जरासंध का उनसे कोई प्रत्यक्ष विरोध नहीं था। बस! वे कृष्ण का साथ छोड़ दें। कृष्ण का मित्र जरासंध का तो शत्रु होगा ही। वे कृष्ण को छोड़ देंगे, तो जरासंध को उनके सिर पर वरदहस्त रखने में क्या कठिनाई थी। वे एक बार जरासंध की शरण में आ जाते जो जरासंध उन्हें हस्तिनापुर जीतने के लिये प्रेरित करता...इन्हीं सारी सम्भावनाओं ने उसे करेणुमती का विवाह नकुल से करने के लिये प्रेरित किया था...

जरासंध को पाण्डवों की एकता भी नहीं भाती थी। अपनी एकता के कारण यदि वे दुर्योधन के लिये चुनौती हो सकते थे, तो उसी एकता के बल पर वे जरासंध को भी आँखें दिखा सकते थे। उनमें दरार की पहली सम्भावना कुन्ती और माद्री के पुत्रों का विभाजन करवा कर ही हो सकती थी। युधिष्ठिर, भीम तथा अर्जुन को एक-दूसरे के विरुद्ध खड़ा करना असम्भव था। इसलिये शिशुपाल ने नकुल को चुना था। जिस दिन करेणुमती का बन्धन उस पर कस जायेगा, उस दिन उसके माध्यम से स्वयं शिशुपाल पाण्डवों को अपनी इच्छानुसार नचाने की योजना बना सकेगा...

पर यह सब हुआ नहीं। शिशुपाल को कुछ ही दिनों में लगा कि करेणुमती उसकी पुत्री से कहीं अधिक नकुल की पत्नी थी। नकुल ही नहीं, उसे अन्य पाण्डव भी अपने परिवार जन के समान प्रिय थे। वह उनका अनिष्ट करने की कल्पना भी नहीं कर सकती थी। वह उसकी इच्छानुसार पाण्डवों के विभाजन में तनिक भी सक्रिय नहीं थी।...फिर भी इन्द्रप्रस्थ में प्रवेश के लिये शिशुपाल के लिये मार्ग खुल गये थे। यदि करेणुमती उसके संकेतों पर चलना नहीं चाहती तो क्या, वह स्वयं पाण्डवों को प्रभावित कर सकता था। युधिष्ठिर उसे अपनी मौसी के पुत्र के रूप में भी आदर देता था और नकुल के ससुर के रूप में तो वह उनका सम्मान्य अतिथि था ही। कृष्ण का प्रभाव कम करने के लिये शिशुपाल ने स्वयं युधिष्ठिर की सभा में बैठना आरम्भ कर दिया था ...किन्तु तब शिशुपाल ने यह नहीं सोचा था कि उसके इस महत्त्व को कम करने के लिये कृष्ण सुभद्रा का विवाह अर्जुन से करवा देगा। सुभद्रा अवस्था में अर्जुन से पर्याप्त छोटी थी, किन्तु करेगणुमती भी तो नकुल से इसी प्रकार छोटी थी। करेणुमती का विवाह नकुल से हो सकता था, तो सुभद्रा का सम्बन्ध अर्जुन से क्यों नहीं हो सकता था।...करेणुमती की अपेक्षा सुभद्रा कहीं अधिक महिमावती और प्रभावशालिनी थी, जैसे भाइयों में अर्जुन, नकुल की अपेक्षा अधिक महत्त्वपूर्ण था। शिशुपाल आरम्भ से ही समझ गया था कि सुभद्रा का विष काटने की क्षमता करेणुमती में नहीं थी। पर उसे सन्तोष यही था कि कृष्ण आज भी राजा नहीं था। उसके पास कोई पद नहीं था। वह व्यक्तिगत

रूप से कितना भी प्रभावशाली क्यों न हो, किन्तु राजाओं की सभा में उसका महत्व ही क्या था। न वह राजा था, न राजपुत्र, न उसका राज्याभिषेक हुआ था और न वह राजाओं के समान किरीट धारण कर सकता था...

खाण्डवदाह के पश्चात शिशुपाल को सूचनाएँ मिल रही थीं कि कृष्ण पाण्डवों को राजसूय यज्ञ करने के लिये प्रेरित कर रहा है, और शिशुपाल मन-ही-मन हँसता रहता था कि जरासंध के वर्तमान होते हुए, कृष्ण पाण्डवों द्वारा राजसूय यज्ञ की बात सोच भी कैसे सकता है।...युधिष्ठिर के स्थान पर यदि कहीं यह चर्चा दुर्योधन ने की होती, तो भी शिशुपाल उसे कुछ अधिक गम्भीरता से ग्रहण करता। दुर्योधन के पास भीष्म तथा द्रोण जैसे योद्धा थे, कर्ण तथा अश्वत्थामा जैसे वीर थे...युधिष्ठिर के साथ कौन था...कृष्ण? जो मथुरा को भी बचा नहीं पाया और भाग कर द्वारका चला गया...

दो दिन पूर्व ही तो धृष्टकेतु ने उसे सूचना दी थी कि भीम और अर्जुन को ले कर कृष्ण गुप्त रूप से जरासंध से मिलने के लिये गया है, तो शिशुपाल किंकर्तव्यविमूढ़ खड़ा रह गया। कृष्ण, जरासंध से मिलने गया है...क्या वह जरासंध से कोई सहायता माँगेगा? किन्तु किसी सम्राट् से ऐसी सहायता माँगी ही कैसे जा सकती है कि वह किसी अन्य राजा को सम्राट बनने में सहायता करने के लिये अपना पद छोड़ दे?...और फिर कृष्ण और जरासंध का सम्बन्ध क्या कभी ऐसा मधुर हो सकता था कि कृष्ण जरासंध से सहायता माँगे? कृष्ण ने जरासंध के जामाता कंस का वध किया था, जरासंध इसे भूल ही कैसे सकता था...और जरासंध ने सहस्रों यादवों को यमराज को सौंप ही नहीं दिया था, मथुरा को जला कर क्षार कर दिया था। यादवों से उनकी धरती छीन ली थी, उन्हें सदा के लिये प्रवासी बना दिया था।...ऐसे में कौन किसको क्षमा करेगा और कौन किस की सहायता करेगा...जाने कृष्ण क्या सोच कर गिरिव्रज की ओर गया है और किस भरोसे भीम और अर्जुन उसके साथ गये हैं...

शिशुपाल ने अपना कर्तव्य समझ कर अपने सन्देशवाहक अश्वारोही मगध की ओर दौड़ा दिये थे। जरासंध को सूचना होनी ही चाहिए कि कृष्ण उससे मिलने के लिये आ रहा है।

और तभी शिशुपाल के मन में हर्ष की एक लहर उठी थी...यदि कहीं जरासंध कृष्ण को पकड़ कर अपनी भुजाओं में पीस डाले, तो शिशुपाल की चिर-संचित अभिलाषा पूरी हो जाये। कृष्ण नहीं रहेगा तो पाण्डवों को भी शिशुपाल की आवश्यकता पड़ेगी। वह उन्हें जरासंध से क्षमा दिलवा देगा और उनकी सारी मूर्खताओं को कृष्ण के खाते में डाल देगा। भीम और अर्जुन जैसे योद्धाओं को अपना अनुगत पा कर जरासंध को भी हर्ष होगा।...पर

कहीं जरासंध ने भीम और अर्जुन का भी वध कर दिया, तो?...शिशुपाल को लगा कि उससे भी उसकी कोई हानि नहीं होने जा रही है। भीम और अर्जुन के न रहने पर इन्द्रप्रस्थ का राज्य चलाने के लिये युधिष्ठिर के पास रह ही कौन जायेगा? नकुल और सहदेव। सहदेव तो वैसे भी अन्तुर्मुखी स्वप्नजीवी दार्शनिक है। इन्द्रप्रस्थ की बागडोर नकुल के हाथ में होगी...उसकी पत्नी के रूप में करेणुमती कहीं अधिक प्रभावशालिनी और शक्तिमती हो उठेगी। वह चाहे द्रौपदी से टक्कर न ले सके, किन्तु अर्जुन के न रहने पर सुभद्रा का पत्ता तो काट ही सकती है। अर्जुन और सुभद्रा...दोनों का महत्त्व समाप्त हो जाने पर इन्द्रप्रस्थ में कृष्ण का प्रभाव क्या रह जायेगा?...

शिशुपाल देर तक मन-ही-मन हँसता रहा...यह कृष्ण स्वयं को बुद्धिमान समझता है, और अब स्वयं ही भीम और अर्जुन को ले कर विनाश की ओर चल पड़ा है। विनाश-काल आने पर बुद्धि स्वतः ही विपरीत हो जाती है...

शिशुपाल के अश्वारोही मार्ग में ही होंगे कि समाचार आ गया था कि कृष्ण ने भीम के माध्यम से जरासंध का वध करवा दिया है। वध भी क्या, भीम ने जरासंध को किसी पशु के समान मध्य से चीर दिया है।...जरासंध द्वारा नर-बलि के लिये बन्दी किये गये सारे राजाओं को कारागार से मुक्त करवा दिया है। और जरासंध पुत्र सहदेव, कृष्ण का शरणागत हो गया है... शिशुपाल को लग रहा था कि उसके भीतर आग-ही-आग भरी हुई है। यदि कहीं कृष्ण उसके सामने पड़ा जाता, तो वह उसे जीवित जला देने में भी संकोच न करता। ऐसा क्यों होता है कि जहाँ कृष्ण की मृत्यु निश्चित होती है, वह वहाँ से न केवल जीवित और सुरक्षित निकल आता है, वरन अपने विरोधी को भारी क्षति पहुँचाता है।...शिशुपाल का अनुमान ही असत्य प्रमाणित नहीं होता, उसे भारी पीड़ा भी पहुँचती है। उसका शत्रु कैसा भी क्यों न हो, कृष्ण हर बार बच जाता है...उसकी मृत्यु क्यों नहीं होती?...

और सहसा शिशुपाल का मन उदासीन हो कर भाग्यवादी हो गया।...भाग्य में जो लिखा है, वही होगा। जो जितनी आयु ब्रह्मा से लिखवा कर लाया है, उतनी तो वह पूरी करेगा ही...काल का क्षण आने पर यमराज उसे निमिष-भर अधिक जीने नहीं देंगे...तो कृष्ण की मृत्यु का क्षण अभी नहीं आया है।...कैसे आयेगा? उसकी दमित कामना ने पुनः सिर उठाया...अभी उसका शिशुपाल से तो युद्ध हुआ ही नहीं। बहुत सम्भव है कि विधाता ने उसकी मृत्यु शिशुपाल के हाथों ही लिखी हो।...उसे लगा कि सहसा उसके भीतर एक प्रकाश छा गया है। आज उसने अपने जीवन का वास्तविक सत्य पा लिया है। उसके मन में सहसा हर्ष के सहस्रों उत्स फूट पड़े।...आज तक उसने इस रूप में क्यों नहीं

सोचा? अपने सौभाग्य को वह दुर्भाग्य मान कर क्यों कोसता रहा? जो काम उसके हाथों होना था, वह जरासंध के हाथों कैसे हो सकता था? विधाता की भी विचित्र लीला है, जो कार्य सेनापति के हाथों होना है, उसे सम्राट भी नहीं कर सकता।...तभी तो कृष्ण बार-बार जरासंध के चंगुल में फँस कर भी बचता रहा, और शिशुपाल का ध्यान कभी इस ओर गया ही नहीं...

शिशुपाल को लगा, जरासंध की मृत्यु का समाचार पा कर, जो विषाद उसके मन पर छा गया था, वह सारा-का-सारा, आँधी के साथ उड़ गये मेघों के समान कहीं विलीन हो गया था। उसकी हताशा उस से सदा के लिये विदा ही नहीं हो गयी थी, उसके मन में एक नयी ऊर्जा और प्रेरणा जगा गयी थी।...यह समय जरासंध के वध के कारण, पाण्डवों से रुष्ट होने का नहीं था। यह समय तो उनसे मैत्री बढ़ाने का, उनसे आत्मीयता जताने का था। उसे कृष्ण से भी अधिक पाण्डवों का सगा बनना था। पाण्डवों को यदि कृष्ण की आवश्यकता थी, द्रुपद की आवश्यकता थी, तो उन्हें शिशुपाल की आवश्यकता भी हो सकती है। शिशुपाल किसी भी योद्धा से कम शक्तिशाली नहीं है, उसकी सेना किसी सेना से दुर्बल नहीं है...और फिर दन्तावक्त्र उसके साथ है, सुनीथ उसके साथ है, रुक्मी उसके साथ है, शाल्व उसके साथ है ...क्या युधिष्ठिर को इतनी-सी बात समझ में नहीं आयेगी कि जरासंध की मृत्यु के पश्चात ही मगध साम्राज्य समाप्त नहीं हो गया है, जरासंध नहीं है, तो उसका पुत्र सहदेव है, उसके मित्र राजा हैं और उन सब का सेनापति है शिशुपाल।...युधिष्ठिर को यदि केवल कृष्ण चाहिए, तो ये सारे राजा दुर्योधन से जा मिलेंगे...

31

चेदिराज शिशुपाल ने नगरद्वार से बाहर आ कर भीम की अगवानी की।

"आइए कौन्तेय भीमसेन! आपका स्वागत है।" शिशुपाल बोला, "मैं समझ नहीं पा रहा कि आपके साथ अपने किस सम्बन्ध के अनुरूप व्यवहार किया जाये। आपको अपनी मौसी कुन्ती का पुत्र मान कर अपना बड़ा भाई मानूँ, अथवा अपनी पुत्री करेणुमती के पति नकुल का बड़ा भाई। आप समधी का-सा व्यवहार चाहेंगे या भाई का-सा?"

भीम ने देखा कि शिशुपाल के चेहरे पर सचमुच कोई विरोध नहीं था। उसे इस मधुर ढंग से बात करते हुए भीम ने पहले कभी नहीं देखा था। उसकी प्रकृति ही बदल गयी है...या यह सब सायास था?...उसकी प्रकृति के

लोग सायास हो कर भी इतने मधुर नहीं हो सकते। करेला कम कड़वा तो हो सकता है, मीठा तो नहीं हो सकता न। और फिर सेना ले कर द्वार पर आये, योद्धा के प्रति सायास मधुर होने का क्या अर्थ? राजा हो कर भी क्या वह इतना अचेत और अज्ञानी है कि वह नहीं जानता कि इन्द्रपस्थ में क्या हो रहा है? वह नहीं जानता कि भीम किस अभियान पर निकला है?...और यदि वह नहीं जानता कि भीम का लक्ष्य क्या है, तो उसके पश्चात भी क्या वह ऐसा व्यवहार कर सकता है?

"अच्छा है तुमने यह प्रश्न नहीं किया कि मेरे साथ मित्र का-सा व्यवहार किया जाये अथवा शत्रु का-सा।" भीम उच्च स्वर में हँसा, "भाई और समधी तो दोनों बन्धु ही हैं।?" भीम तत्काल गम्भीर हो गया, "वैसे शिशुपाल! मैं तुम्हारे द्वार पर खड़ा हूँ, अपनी ओर से कोई अपेक्षा नहीं कर सकता। अब यह तो तुम्हारी इच्छा है कि मेरे साथ किस प्रकार का व्यवहार करना चाहते हो।"

"ओह! यह तो गम्भीर समस्या हो गयी।" शिशुपाल भीम से भी उच्चतर स्वर में हँसा, "इस पर तो विचारार्थ विद्वानों की गोष्ठी बुलानी पड़ेगी। पर उनके सम्मुख समस्या क्या रखी जाये...भाई तथा समधी का सम्बन्ध, अथवा मूलभूत प्रश्न कि एक सम्बन्ध के रहते हुए यदि किसी से दूसरा सम्बन्ध हो जाये, तो उन दोनों का समीकरण वर्तमान में क्या होगा?"

भीम देख रहा था कि शिशुपाल के मुख पर एक सर्वथा कृत्रिम गम्भीरता थी, जैसे वह अभिनय कर रहा हो और यह भी जता रहा हो कि वह अभिनय कर रहा है। विचित्र था शिशुपाल का यह रूप। भीम ने उसे इस रूप में तो पहले कभी नहीं देखा था। वह स्थिति की गम्भीरता को समझने के लिये प्रस्तुत ही नहीं था।

"मेरे साथ सेना भी है।" भीम ने उसे संकेत किया।

"जब महाबली पाण्डव चलते हैं तो उनके साथ सेना होती ही है।" शिशुपाल ने भीम के प्रयत्न को निष्फल कर दिया, "चलो। नगर में प्रवेश करो महाबली! या नगर-द्वार के बाहर ही शिविर स्थापित करना है?" और उसने भीम को उत्तर देने का अवसर ही नहीं दिया, "तो हम यहाँ भी समन्वय कर लेते हैं। शिविर तो नगर-द्वार के बाहर ही स्थापित हो, किन्तु महाबली प्रासाद में पधारें और मेरा आतिथ्य ग्रहण करें।"

भीम ने ध्यान से उसकी ओर देखा, कहीं शिशुपाल मदिरा के प्रभाव में तो नहीं है?...नहीं। वह मदिरा के प्रभाव में नहीं था। पूर्णतः सजग और सचेत था। किन्तु उसका व्यवहार निश्चित रूप से सहज-स्वाभाविक नहीं था...वह किसी योजना के अधीन सायास इस प्रकार का व्यवहार कर रहा था।

प्रासाद में पहुँच कर भी शिशुपाल ने भीम को अपनी बात कहने का अवसर नहीं दिया। वह उसका सत्कार करने की आड़ में गम्भीर वार्ता को किसी-न-किसी प्रकार टालता रहा।

रात्रि को जब भीम सोने की तैयारी कर रहा था, तो शिशुपाल आ कर उसके पास बैठ गया, "महाबली भीमसेन। क्या मैं जान सकता हूँ कि आप इस सैनिक-सज्जा के साथ किस अभियान पर निकले हैं?"

"कुछ सूचना तो तुम्हें होगी शिशुपाल।" भीम बोला, "चेदि राज्य इन्द्रप्रस्थ से इतना दूर तो नहीं कि वहाँ के समाचार यहाँ न आते हों।"

"ओह! राजनीति। वैसे मैं तो पारिवारिक समाचार के रूप में पूछ रहा था।" शिशुपाल पुनः उच्च स्वर में हँसा, "चलो, मान लेते हैं कि राजा के रूप में मुझे ये सूचनाएँ स्वयं प्राप्त करनी चाहिए थी। फिर भी भीमसेन! मैं देखना चाहता हूँ कि मेरे गुप्तचरों ने जो सूचनाएँ दीं, वे सत्य भी है या नहीं।"

"सत्य हैं भाई! कि महाराज युधिष्ठिर चक्रवर्ती सम्राट पद के लिये राजसूय यज्ञ कर रहे हैं।" भीम ने सहज भाव से उत्तर दिया, "हम चारों भाई चार दिशाओं में सैनिक अभियान के लिये निकले हैं, ताकि प्रेम अथवा बल से, वार्ता अथवा युद्ध से, सारे भारत के राजाओं को धर्मराज को सम्राट मानने के लिये सहमत कर सकें।"

"आप मेरे पास भी इसलिये आये हैं?" शिशुपाल ने पूछा।

"हाँ।"

शिशुपाल ने तत्काल कोई उत्तर नहीं दिया। उसने चिन्तन की मुद्रा बनायी और शून्य को घूरता रहा। थोड़ी देर के पश्चात वह बोला, "मैंने तो सुना था कि युधिष्ठिर को राज्य का कोई लोभ नहीं है। और फिर अब तो उसके पास इन्द्रप्रस्थ जैसा स्थिर और समृद्ध राज्य है, तो यह साम्राज्य का लोभ क्यों?"

"राजसूय यज्ञ लोभ से नहीं होता, धर्म के दायित्व-बोध से होता है।" भीम ने कहा।

"सेना ले कर अपने पड़ोसी राजाओं से युद्ध कर सैनिकों और प्रजा की हत्या से कौन-सा धर्म होगा?" शिशुपाल की वाणी कुछ वक्र हो उठी, "यह धर्म आपको उस वासुदेव कृष्ण ने ही सिखाया होगा।"

भीम के सारे शरीर का रक्त सहसा ही उसके मस्तिष्क की ओर दौड़ने लगा। उसे लगा कि यदि उसने स्वयं को तत्काल नहीं सँभाला तो वह इस शिशुपाल को उठा कर भूमि पर पटक देगा अथवा खड्ग निकाल कर इसका मस्तक धड़ से अलग कर देगा...किन्तु यह नीति नहीं थी। उसे अपना मस्तिष्क ठण्डा रखना था। यथासम्भव कम-से-कम रक्तपात करना था। उसका हाथ

उठ गया और शिशुपाल का शव भूमि पर जा गिरा जो इन्द्रप्रस्थ लौट कर उसे करेणुमती की जिन आँखों का सामना करना पड़ेगा, उन्हें वह कैसे सहन करेगा...

"आज-कल इस भारतवर्ष में घर-घर में राजा हैं, और सब अपनी मनमानी कर रहे हैं। किसी को प्रजा की सुविधा-असुविधा की चिन्ता नहीं है।" भीम ने कहा, "सारे जम्बूदीप को एक चक्रवर्ती सम्राट के राज्य के अन्तर्गत लाने का अर्थ है, दैनन्दिन होने वाले छोटे-छोटे स्वार्थपूर्ण युद्धों से मुक्ति, सम्पूर्ण जम्बूद्वीप में सुख-शान्ति तथा निर्विघ्न यात्राओं की सुविधा। व्यापार की समृद्धि और शिक्षा का प्रसार। लोगों को भ्रमण और तीर्थयात्राओं के लिये सुरक्षित वातावरण।" भीम ने रुक कर शिशुपाल की ओर देखा, "वर्षों से इस सम्पूर्ण जम्बूद्वीप में न राजसूय यज्ञ हुआ है, न क्षत्रिय एक स्थान पर जुटे हैं, न उनमें विचार-विमर्श हुआ है। विद्वान कूप-मण्डूक हो गये हैं और अपनी संकीर्ण दीर्घाओं में अपने अहंकार की स्फीत किये बैठे हैं। धर्मराज युधिष्ठिर के राजसूय में देश-भर के विद्वानों, पण्डितों, ऋषियों, मुनियों, साधकों का सम्मेलन होगा, ज्ञान-चर्चा होगी, ज्ञान का आदान-प्रदान होगा, जड़ताएँ टूटेंगी, ज्ञान के बन्द क्षेत्र में प्रेरणादायक अभिनव ज्ञान का झोंका आयेगा। ऊँट पर्वत के नीचे आ जायेगा और उसे अपनी उच्चता का ठीक ज्ञान होगा। ज्ञानी लोगों की पूजा होगी और पाण्खडी अपना भ्रम टूटने के भय से भाग जायेंगे। साधकों को महाराज भारी दक्षिणा देंगे और सारे चिन्तक, कलाकार, दार्शनिक, वैज्ञानिक अपने-अपने स्थान पर बैठे अपनी साधना सफलतापूर्वक कर पायेंगे।..."

भीम अभी कुछ और भी कहता, किन्तु शिशुपाल ने उसे टोक दिया, "पर इस सब से हम राजाओं को क्या लाभ होगा?"

"राजाओं का तो लाभ-ही-लाभ है। जिस धन को वे अपने भोग का साधन मान कर उस पर कुण्डली मारे फन काढ़े नाग के समान बैठे हुए हैं, वह धन उनसे छीन कर धर्मराज देश के उच्चतम साधकों को दे देंगे, प्रजा में वितरित करेंगे, विभिन्न क्षेत्रों के विकास के लिये उसका उचित उपयोग करेंगे। राजाओं का धन छिनेगा। उनका मद उतरेगा। उन्हें सद्बुद्धि आयेगी। वे प्रजा की ओर ध्यान देंगे और अपना जीवन सार्थक करेंगे।"

"मैं आपसे तनिक भी सहमत नहीं हूँ भीमसेन।" शिशुपाल बिना तनिक भी उत्तेजित हुए, अत्यन्त सन्तुलित तथा स्थिर वाणी में बोला, "इससे राजा दुर्बल होंगे, उनके भोग के साधन उनसे छिनेंगे, वे अधिकारों से वंचित होंगे। आप कह सकते हैं कि वे पुण्य अर्जित करेंगे, किन्तु उस पुण्य का क्या करना, जिसका भोग इन्द्रियों के जीते-जागते इस संसार में नहीं किया जा सकता।

आप कहेंगे, उस पुण्य से स्वर्ग मिलेगा, स्वर्गीय भोग मिलेंगे।...किन्तु हम में से किसी ने स्वर्ग नहीं देखा है। मैं स्वर्ग के अस्तित्व को नहीं मानता। आपके सन्तोष के लिये मान भी जाऊँ, तो यही कहूँगा कि निश्चित को छोड़ अनिश्चित की ओर भागना मूर्खता है। संसार के प्रत्यक्ष भोगों को छोड़ कर किसी काल्पनिक लोक के काल्पनिक सुखों के पीछे भागना कहाँ की बुद्धिमत्ता है। इसलिये सम्राट बन कर दान देने के स्थान पर अपने शत्रुओं को हवन-कुण्ड में होम देना चाहिए। इन्द्रिय गम्य भोगों के साथ-साथ अधिकार सुख की मादकता का आनन्द लेना चाहिए।"

"यही सब कुछ तो जरासंध चाहता था।" भीम ने कहा।

"इसलिये तो कह रहा हूँ कि आप भी वही करें।" शिशुपाल ने निर्द्वन्द्व वाणी में निस्संकोच कहा, "जरासंध यह मानता था और यही करता था, इसलिये जम्बूद्वीप के सारे समर्थ और शक्तिशाली राजा उसके साथ थे...।"

भीम की इच्छा हुई कि वह ज़ोर का एक अट्ठहास करे...इस मूर्ख को तो देखो, इसे सुनीथ, शाल्व, दन्तावक्त्र, कंस, भीष्मक, दमघोष इत्यादि समर्थ राजा दिखायी पड़ते हैं, जो अपने राजप्रासाद में भी स्वतन्त्र नहीं थे। उनके लिये प्रत्येक निर्देश जरासंध की ओर से आता था। जो उसका संकेत पा कर उठते और बैठते थे, वे समर्थ और शक्तिशाली थे।...उसे यादव, पंचाल, मत्स्य और कौरव दिखायी नहीं देते, जिन्हें जरासंध की तनिक भी चिन्ता नहीं थी..."

"यदि धर्मराज युधिष्ठिर भी उसी नीति पर चलें तो प्रभावशाली राजा अपने अधिकारों की सुरक्षा का आश्वासन पा कर उनकी सभा में सम्मानपूर्वक सम्मिलित हो सकते हैं...।"

भीम ने कुछ नहीं कहा। वह शिशुपाल की ओर देखता रहा, जैसे अपनी बात पूर्णतः कह लेने का अवसर दे रहा हो।

"आप यह कह सकते हैं कि जरासंध का वध कर देने मात्र से उसके कारागार में बन्दी सौ-के-सौ राजा धर्मराज के पक्ष में आ गये हैं।" शिशुपाल हँसा, "किन्तु उन राजाओं की ओर देखिए तो। उनकी क्षमता ही क्या है? ऐसे-ऐसे सौ राजा तो किसी समर्थ राजा के एक चरण के नीचे दब जाते हैं। उनकी संख्या बड़ी लगती है, किन्तु उनमें बल कितना है?" शिशुपाल रुका, "इसलिये कहता हूँ कि जरासंध का वध कर आपने उन सौ राजाओं को अपना मित्र बना लिया है, किन्तु उन सारे शक्तिशाली राजाओं को तो अपना शत्रु भी बना लिया है, जो जरासंध के मित्र थे। आप समझते होंगे कि जरासंध के कारावास से मुक्त हुए वे सौ राजा आपके सहायक होंगे किन्तु मैं समझता हूँ कि उनकी रक्षा का बोझ भी आपके सिर पर पड़ा है। जरासंध के मित्र अवसर

पाते ही उन राजाओं को मारेंगे और आपको उनकी रक्षा के लिये दौड़ना पड़ेगा। ऐसे में राजसूय यज्ञ में वे आपकी सहायता कर सकते हैं?..."

भीम ने अपनी दृष्टि शिशुपाल के चेहरे पर टिका दी, "तुम क्या चाहते हो शिशुपाल?"

"मैं? क्या चाहूँगा?" शिशुपाल क्षण-भर के लिये अटपटा गया, "मैं तो आपका सम्बन्धी हूँ समधी भी हूँ। राजपुत्र हूँ और राजा हूँ। हमारा वर्ग एक ही है, कृष्ण के समान नहीं हूँ कि ग्वाला हो कर राजाओं के समाज में बलात पैठने का प्रयत्न करूँ। मैं स्वयं को आपसे भिन्न नहीं मानता। इसलिये आपकी उन्नति में अपनी भी उन्नति मानता हूँ। जैसे पिता अपने पुत्र को कंधों पर बैठा कर उसे ऊँचा उठा कर प्रसन्न होता है, वैसे ही मैं धर्मराज को ऊँचा उठाने के लिये उनका आधार बनने को प्रस्तुत हूँ...।"

भीम को लगा कि उसका धैर्य समाप्त-प्राय है। उसने कुछ अधीरता से कहा, "मुझे तो केवल इतना ही बताओ कि तुम धर्मराज युधिष्ठिर को सम्राट स्वीकार करोगे या नहीं? कर दोगे या नहीं?"

"स्पष्ट प्रश्न का स्प्ष्ट उत्तर देता हूँ। आप सेना ले कर आये हैं कि धर्मराज को सम्राट मानूँ और कर दूँ, तो आपके भय से इन दोनों में से कुछ भी नहीं करूँगा।" शिशुपाल के चेहरे पर कुछ तेज झलका, "किन्तु आप लोगों को अपना आत्मीय मानता हूँ। परिजन के रूप में आपकी उन्नति को अपनी उन्नति मानता हूँ। उस दृष्टि से जैसे आप अपने बड़े भाई की ओर से सैनिक अभियान पर निकले हैं, वैसे ही मैं भी धर्मराज की ओर से युद्ध लड़ सकता हूँ। आत्मीयता के इस अधिकार से माँगें तो यह सारा राज्य आपको है, राजकोष आपका है।"

भीम मन-ही-मन मुस्कुराया। शिशुपाल यह सब सरल भाव से नहीं कह रहा था...पाखण्ड कर रहा था वह। अपनी नीचता को उदारता के छद्म से ढँकना चाहता था, अपने स्वार्थ को वह आत्मीयता के रूप में प्रस्तुत कर रहा था।

"तुम ठीक कहते हो शिशुपाल। सम्राट को भय और आतंक के बल पर सम्राट नहीं होना चाहिए। वह तो प्रेम, स्नेह, आत्मीयता और सेवा से सम्राट बनता है। हम धर्मराज के चाकर इसलिये नहीं हैं कि उनसे युद्ध में पराजित हुए हैं, अथवा हम उनकी सैनिक शक्ति से भयभीत हैं। हम ही तो उनकी सेना हैं। हम ही उन्हें सम्राट बना रहे हैं...उनके सम्राटत्व में हमारा अधिकार सन्निहित है। तुमने ठीक कहा, भाई। हम पृथक हैं ही कहाँ...हम सम्बन्धी भी हैं और समधी भी।"

शिशुपाल के चेहरे पर उल्लास झलका, "मैं तो आपको यहाँ तक आश्वासन दे सकता हूँ कि आपको मेरे मित्रों में से भी किसी से युद्ध करने की आवश्यकता नहीं पड़ेगी। वे सब धर्मराज के राजसूय में सम्मिलित होंगे। आख़िर यह हम सब का एक सम्मिलित सामाजिक उत्सव ही तो है। आपके घर विवाह हो, कोई धार्मिक कृत्य हो... तो क्या मैं उसमें सम्मिलित नहीं हूँगा? आपको तिलक नहीं करूँगा? शगुन नहीं दूँगा...वैसा ही यह उत्सव भी है। आप किसी का राज्य नहीं छीन रहे, किसी को सिंहासन से अपदस्थ नहीं कर रहे, किसी का हवन-कुण्ड में होम नहीं कर रहे...तो फिर आपके उत्सव में सम्मिलित होने में किसी को क्या आपत्ति हो सकती है?..."

भीम ने बिना कुछ कहे ही सहमति में सिर हिला दिया, जैसे शिशुपाल ने कोई अत्यन्त मौलिक और महत्वपूर्ण बात कही हो।

"देखिए, जैसे स्नेह देने से स्नेह मिलता है, वैसे ही महत्त्व देने से महत्त्व भी मिलता है।" शिशुपाल ने गम्भीर मुद्रा बनायी, "आप जिसको जितना और जैसा महत्त्व देंगे, वैसा ही महत्त्व वह आपको भी देगा।..."

"मैं समझा नहीं शिशुपाल।"

"इसमें समझने की क्या बात है आर्य।" शिशुपाल ने अत्यन्त मधुर मुद्रा बनायी, "अपने दैनन्दिन जीवन में हम सब ही अपने पुत्रों ओर सेवकों में अन्तर करते हैं। आप अपने पुत्र से स्वयं को अभिन्न मानते हैं, इसलिये आपका पुत्र भी आपका सेवक और दास हो कर रहता है। किन्तु जिस भृत्य को पराया मान कर आप उसका श्रम शुल्क दे कर क्रय करते हैं, पारिश्रमिक न मिलने पर वह भी आपकी सेवा नहीं करना चाहता। ठीक है न?"

"ठीक है।" भीम ने कहा।

"अब राजसूय यज्ञ में आपके माण्डलिक राजा भी आयेंगे, परिजन भी होंगे, मित्र-मण्डली भी होगी।" शिशुपाल बोला, "इतना बड़ा उत्सव होगा, सहस्रों काम होंगे, अनेक दायित्व होंगे। अब ये सारे काम आप अकेले ही तो नहीं करेंगे न? कोई उपहार स्वीकारने का कार्य करेगा तो कोई उच्छिष्ट बर्तन धोने का। इसी से तो पता चलेगा, कि आपके मन में किसके लिये कितना स्नेह है, कितना सम्मान है।" शिशुपाल रुक कर बोला, "वैसे भी महाबली, अपने-पराए का अन्तर तो करना पड़ता है। जिन्हें आत्मीय मानें, उन्हें आदर-मान भी देना पड़ता है।...और फिर जो आपका भृत्य है, वह भृत्य ही रहेगा, चाहे कितना ही मुँह लगा क्यों न हो, और जो आपका मित्र है, वह मित्र ही रहेगा, चाहे वर्षों के पश्चात भेंट होती हो।"

"तुम तो बहुत अनुभव की बातें करने लगे हो शिशुपाल।" भीम को लगा,

उसकी वाणी में अनायास ही हल्का-सा व्यंग्य आ गया था। उसकी इच्छा हो रही थी कि वह शिशुपाल से पूछे कि उसे भीम को उपदेश देने का अधिकार किसने दे दिया? भीम रक्तपात से बचने के लिये कुछ नम्र हो गया तो इसका यह अर्थ तो नहीं कि चाहे कोई उसका कुलवृद्ध बन कर उसे उपदेश देने लगे। वह तो इस प्रकार बोल रहा था, जैसे कोई आचार्य अपने शिष्य को जीवन के रहस्यों से परिचित करवा रहा हो...और कितना बोलता है यह शिशुपाल! बोलता है तो चुप ही नहीं होता। यदि इसकी अपनी जिह्वा नहीं थकती, तो इसे यह तो समझना चाहिए कि दूसरे के कान थक सकते हैं...वह यह सब समझता हो या न समझता हो, किन्तु वह अपने-आपको बहुत कुछ समझता है। अन्ततः शिष्य तो वह जरासंध का ही था न। वह भी स्वयं को बहुत अधिक आँकने लगा था। सारे देश के राजाओं का भाग्य विधाता बन गया था वह और इसे देखो तो...स्पष्ट न कह कर, प्रकारान्तर से राजसूय यज्ञ में अपने तथा अपने मित्रों के लिये सम्मान और महत्त्व की माँग कर रहा था। जैसे पाण्डव यह यज्ञ कृष्ण की इच्छा से संसार में धर्म की स्थापना के लिये न कर रहे हों, शिशुपाल के लिये कर रहे हों।...भीम के मन में आया कि वह उससे कहे कि वे लोग यज्ञ के ब्रह्मा का स्थान, महामुनि वेद व्यास को न दे कर, उसे ही दे देंगे...या वह चाहता है कि सम्राट के रूप में धर्मराज के स्थान पर उसका ही अभिषेक हो जाये...

"अच्छा शिशुपाल।" भीम ने स्वयं को कुछ अधिक ही नियन्त्रित कर धीरे से कहा, "शेष बातें हम कल कर लेंगे। इस समय तो मुझे नींद आ रही है।"

"हाँ। प्रातः जल्दी उठना भी है।" किन्तु शिशुपाल अपने स्थान से हिला भी नहीं, "पर यज्ञ में यह ध्यान रखना होगा कि अनुपयुक्त व्यक्ति महत्त्व का पात्र न बने। मैंने देखा है कि अनेक बार लोग ऐसे उत्सवों में कलह से बचने के लिये अनेक प्रकार के समझौते कर लेते हैं, किन्तु वह उचित नहीं है। तनिक से विवाद को टालने के लिये अथवा किसी का मन रखने के लिये अयोग्य लोगों को मुँह से नहीं लगाना चाहिए... ।"

भीम ने निद्रा का अभिनय त्याग दिया। उसे लगा कि शिशुपाल ये बातें केवल सामान्य नीति के रूप में नहीं कह रहा है। उसके मन में निश्चित रूप से कोई विशेष लक्ष्य है, जिसे अपने सहयोग के मूल्य के रूप में वह उसके सामने रखना चाहता है। ऐसे में यदि भीम खर्राटे लेने का अभिनय करेगा, तो शिशुपाल उठ कर नहीं जायेगा...

"क्या मैं तुम्हारा अभिप्राय स्पष्ट शब्दों में जान सकता हूँ?" भीम ने

उसकी ओर देखा।

"तुम लोगों को कृष्ण को इतना महत्त्व नहीं देना चाहिए।" शिशुपाल बोला, "वह तो तुम लोगों से आत्मीयता जताने का प्रयत्न करेगा ही, किन्तु तुम्हें उसे उसका स्थान दिखा ही देना चाहिए।"

"क्यों, वह हमारा आत्मीय नहीं है क्या?" भीम ने पूछा, "वह हमारा मातुल-पुत्र है, जैसे तुम हमारी मौसी के पुत्र हो। उसका तुम से भी वही सम्बन्ध है, जो हम से है।"

"इस प्रकार के सम्बन्धों से तो कोई हमारे स्नेह और सम्मान का पात्र नहीं हो जाता।" शिशुपाल बोला, "राजाओं के बहुत सारे सम्बन्धी होते हैं, किन्तु वे सभी राजा नहीं होते...वे सिंहासन पर नहीं बैठते, वे किरीट धारण नहीं करते। वे हमारे समकक्ष कैसे हो सकते हैं?"

भीम मुस्कुराए बिना नहीं रह सका, "पद पर तुम्हारा इतना बल है शिशुपाल। प्रतिभा पर तनिक भी नहीं।"

"प्रतिभा क्या होती है?" शिशुपाल जैसे अपना नियन्त्रण खो कर भीम को मुँह चिढ़ा रहा था, "प्रतिभा तो वही होती है, जो पद से प्राप्त करे। प्रतिभा कारण है, पद उसका कार्य। पद नहीं है, तो समझ लो प्रतिभा भी नहीं है, पाखण्ड है।"

"नहीं चेदि नरेश।" भीम ने अत्यन्त धैर्यपूर्वक कहा, "मैं यह मानता हूँ कि प्रतिभा पद की मुखापेक्षी नहीं होती। पद पर बैठा व्यक्ति बस उसी समय तक महत्त्वपूर्ण होता है, जब तक वह पद पर है, और उन्हीं के लिये महत्त्वपूर्ण होता है, जिन्हें उससे कोई काम होता है। प्रतिभा इन सब से स्वतन्त्र है...न वह पद पर विराजती है, न पद उसे त्यागता है। न वह किसी की कृपा पर निर्भर होती है, न उसे किसी की मान्यता की आवश्यकता होती है। तुम जब चाहो किसी भी साधारण व्यक्ति को पकड़, किसी पद पर नियुक्त कर, सीमित अर्थों में उसे महत्त्वपूर्ण बना सकते हो, और जब तुम्हारी इच्छा हो उसे उस पद से मुक्त कर, उसे पुनः साधारण एवं महत्त्वहीन बना सकते हो।..किन्तु कितना भी चाहो, एड़ी चोटी का बल लगा लो, किसी को कण-भर प्रतिभा नहीं दे सकते और न किसी की प्रतिभा छीन सकते हो। पद तो सांसारिक स्थिति है, प्रतिभा ईश्वर का दिया हुआ वरदान है।"...

"पद के बिना कौन महत्त्वपूर्ण है, बताओ तुम?" शिशुपाल के मुख पर चुनौती का अहंकार था।

"पद के कारण धृतराष्ट्र महत्त्वपूर्ण हैं, और प्रतिभा के कारण हमारे पितामह भीष्म। धृतराष्ट्र को केवल राजकर्मचारी ही शीश झुकाएँगे और

पितामह को देख कर बड़े-बड़े उद्दण्ड मस्तक स्वयं श्रद्धा से नत हो जाते हैं।" भीम बोला, "महामुनि वेद व्यास के पास कोई पद नहीं। वे राजसभा में हों, अथवा किसी सामान्य वृक्ष के नीचे...वे महामुनि ही रहेंगे। उग्रसेन राजा हैं, किन्तु क्या स्थिति है उनकी? कृष्ण राजा नहीं हैं, किन्तु समस्त राजा उनके नचाए नृत्य करते हैं..."

शिशुपाल का मुँह जैसे कड़वा हो गया, "मुझे तुम लोगों की यही बात नहीं रुचती। कृष्ण एक साधारण जन का पुत्र है, मेरे या तुम्हारे समान राजपुत्र नहीं है वह। पशुओं को चराता रहा है वह, राजनीति नहीं पढ़ता रहा। गोप बालकों और गोपियों में पला है वह, उसे राजसी संस्कार नहीं मिले। तुम लोग समझते हो बड़ी प्रतिभा है उसमें। प्रतिभा होती तो मथुरा का राजा हो गया होता..."

"जैसे कंस हो गया था।" भीम उपेक्षा से हँसा, "कृष्ण को राज्य नहीं, धर्म प्रिय है। वह राजाओं का राजा है...राजराजेन्द्र! तुम उसके महत्त्व को समझते नहीं हो। उसने जीवन में एक भी काम अपने सुख और स्वार्थ के लिये नहीं किया...।"

"कंस को किस परमार्थ के लिये मारा उसने?" शिशुपाल अपने क्रोध के वश होता जा रहा था।

"यादवों की स्वतन्त्रता और सम्मान के लिये।" भीम बोला, "कंस यादवों का राजा नहीं, जरासंध का दास था।...और राजा तो क्या, वह मनुष्य भी नहीं था, नराधम था वह, राक्षस था।"

"और रुक्मिणी का हरण किसके लिये किया उसने?" शिशुपाल बोला, "परनारी का, दूसरे पुरुष की वाग्दत्ता का?"

"किसी राक्षस से आंतकित हो कोई भीरु पिता तथा स्वार्थी भाई यदि किसी कन्या का विवाह उसकी इच्छा के विरुद्ध बलात किसी पुरुष से करना चाहते हों तो क्या उसे यह अधिकार नहीं है कि वह अपने मन-भावन को प्राप्त करने का प्रयत्न करे?" भीम ने भी अपने आक्रोश को गुप्त नहीं रखा, "कृष्ण ने रुक्मिणी को वही अधिकार दिया। विप्र, नारी, गाय, वृद्ध तथा बालक की रक्षा प्रत्येक क्षत्रिय का धर्म है। वही कृष्ण ने किया।"

"और वह सोलह सहस्र रानियों की कथा? कितनी स्त्रियाँ हैं, कृष्ण के अन्तःपुर में?" शिशुपाल का मुख पिटे हुए कुत्ते के समान विकृत होता जा रहा था।

"भौमासुर के अवरोध से मुक्त की गयी स्त्रियाँ न तो उस अर्थ में कृष्ण की पत्नियाँ हैं, न वे उसके अन्तःपुर में रहती हैं।" भीम ने शिशुपाल के आक्रोश की चिन्ता नहीं की; "जिन स्त्रियों को कलंकिनी मान कर उसके पति,

पुत्र, पिता अथवा भाई स्वीकार नहीं कर रहे थे, उन सोलह सहस्र स्त्रियों का कलंक धारण किया है कृष्ण ने अपने माथे पर। तुम्हारे मित्र सौभ-नरेश के पितामह ने अपनी वाग्दत्ता अम्बा को इसलिये अस्वीकार कर दिया था कि हमारे पितामह भीष्म अपने अज्ञान में उसका हरण कर लाये थे—और कृष्ण ने तो उन अपरिचित अपहृत दुखिया स्त्रियों को सहारा दिया है, जिनका कोई नहीं था। वह उनके भरण-पोषण के लिये उत्तरदायी है, उनकी रक्षा के लिये उत्तरदायी है, उसने उन्हें सामाजिक प्रतिष्ठा दिलाने के लिये अपना नाम दिया है। क्या पाप किया है कृष्ण ने?..."

स्तब्ध और अवाक शिशुपाल भीम की ओर देखता रहा, किन्तु वह उससे सहमत तनिक भी नहीं हुआ, और सहसा वह उठ खड़ा हुआ, "तुम लोगों पर जादू कर रखा है उस कृष्ण ने। तुम सब को वह एक दिन ले डूबेगा। मेरी बात का मर्म अभी नहीं समझ रहे हो, किन्तु जब समझोगे, तब तक बहुत देर हो चुकी होगी।"

शिशुपाल वहाँ खड़ा नहीं रह सका। बिना कुछ और कहे, वह कक्ष से बाहर निकल गया।

शिशुपाल अपने पर्यंक पर जा कर लेटा, तो उसे लगा कि उसका मन पूर्णतः शान्त हो गया है। कृष्ण के प्रति अपना जितना विरोध वह प्रदर्शित करना चाहता था, उतना कर आया है। अपना तथा अपने मित्रों का जितना सामर्थ्य वह जताना चाहता था, जता आया था। ठीक है कि भीम ने उसकी एक भी बात से सहमति नहीं जताई तो क्या। वह तो बैल है, इसमें बस शरीर का बल है, बुद्धि तो अन्य भाइयों में ही है। जब यह जा कर उन्हें बतायेगा कि शिशुपाल ने क्या कहा है तो युधिष्ठिर और अर्जुन स्वयं ही समझ जायेंगे। शेष उन्हें करेणुमती समझा देगी।

शिशुपाल को अपना लक्ष्य पूरा होने का ऐसा मद चढ़ा कि कुछ ही क्षणों में वह गहरी नींद सो गया।

32

वासुदेव कृष्ण, यादव महारथियों के साथ यज्ञ में भाग लेने के लिये इन्द्रप्रस्थ पहुँच गये थे। उनके साथ बलराम, सारण, गद, कंक, उल्मुक, निशठ अंगावह, प्रद्युम्न, सांब तथा चारुदेष्ण भी अपनी सैनिक साज-सज्जा के साथ आये थे। लगता था, वे लोग किसी यज्ञ में नहीं, युद्ध में सम्मिलित होने के लिये आये हैं। सात्यकि पहले से ही इन्द्रप्रस्थ में था। वह भी जा कर उनमें सम्मिलित

हो गया था।

कृष्ण को यह देख कर सुखद आश्चर्य हुआ कि इन्द्रप्रस्थ में मयदानव द्वारा आरम्भ किये गये भवन बन कर पूर्णतः तैयार हो चुके थे। सभा-भवन तो अपने सौन्दर्य और विशालता में अद्‌भुत था। राजसूय यज्ञ की तैयारियाँ लगभग पूरी हो चुकी थीं। युधिष्ठिर ने अतिथियों के आवास के लिये जितना व्यापक प्रबन्ध किया था, उसके पीछे इन्द्रप्रस्थ की सम्पन्नता दिखायी दे रही थी। कृष्ण को पूर्ण विश्वास था कि चारों पाण्डव चारों दिशाओं से जब दिग्विजय करके लौटेंगे, तो उनके पास इस यज्ञ के लिये पर्याप्त धन संचित हो जायेगा। फिर भी यदि किसी प्रकार की कोई कमी रह जाती, अथवा पाण्डवों के गौरव के अनुकूल धन संचित न होता तो उसकी पूर्ति के लिये पर्याप्त धन कृष्ण अपने साथ लाये थे।...सम्रगतः स्थिति उनके अनुमान से कुछ श्रेष्ठतर ही थी।...वे तो सोच कर आये थे कि यादवों की वाहिनियाँ इन्द्रप्रस्थ प्राचीर के बाहर यमुना-तट पर शिविर में रहेंगी, किन्तु नकुल उन्हें सीधे स्कन्धावार ले गया था, जहाँ सब प्रकार की सुविधाओं से सम्पन्न आवास की पूर्ण व्यवस्था थी। स्वयं कृष्ण, उनके भाइयों तथा पुत्रों के लिये वही भवन सुरक्षित रखा गया था, जिसमें वे पहले भी प्रायः ठहरा करते थे। ऐसा एकदम नहीं लगता था कि यादव किसी अन्य राज्य में प्रवास की स्थिति में हैं। उन्हें अपने स्थायी निवास जैसी प्रायः सारी सुविधाएँ उपलब्ध करा दी गयी थीं।

धौम्य मुनि तथा महर्षि वेदव्यास को आगे कर, भीम, अर्जुन, नकुल तथा सहदेव को साथ ले कर युधिष्ठिर उनसे मिलने आये।

कृष्ण ने उन सबका विधिवत अभिवादन कर, उन्हें बैठाया और कहा, "धर्मराज! मैं तो स्वयं आपके दर्शनार्थ आने वाला था। मेरी इच्छा थी कि यादवों की ओर से आपके लिये भेजे गये उपहार भी विधिवत आपको समर्पित कर आता। एक कार्य पूरा हो जाता और मेरे मन से उसका बोझ उतर जाता।"

युधिष्ठिर अपना स्थाल छोड़ कर, कृष्ण के निकट आ गये, "जनार्दन! आपने मुझे क्या नहीं दिया। क्या नहीं है इस समय पाण्डवों के पास। आपकी कृपा से मेरे चारों भाई चारों दिशाओं में विजयी हो, करद राजाओं द्वारा दिये गये उपहारों के रूप में विपुल धन-धान्य ले कर लौटे हैं। कहीं भी हमारी सेनाओं का कोई गम्भीर विरोध नहीं हुआ है। जहाँ कहीं सैनिक टकराव हुए भी हैं, वहाँ शत्रुओं को पराजित करने में पांडवों को अधिक कठिनाई नहीं हुई। मैं इस यज्ञ के कारण मन-ही-मन भयभीत भी था कि इसमें अनावश्यक मानव-रक्त बहेगा, सहस्रों सैनिकों के प्राण जायेंगे, किन्तु

वैसा कुछ नहीं हुआ है।..."

"मैं जानता था कि पाण्डव वीरों के सम्मुख कोई राजा टिक नहीं पायेगा।" कृष्ण बोले, "किन्तु धर्मराज ! हस्तिनापुर की नीति क्या रही?"

"भैया ने हमें हस्तिनापुर पर आक्रमण करने का निषेध कर दिया था।" भीम ने कुछ-कुछ आपत्ति के रूप में कहा, "अन्यथा..."

"तो क्या दुर्योधन ने कर भिजवा दिया?" कृष्ण ने पूछा।

"नहीं।" युधिष्ठिर बोले, "मैंने उसकी आवश्यकता नहीं समझी।"

"हस्तिनापुर यदि पराजित भी नहीं हुआ और उसने कर भी नहीं दिया तो वह धर्मराज के अधीन कैसे माना जा सकता है?" कृष्ण बोले, "और यदि एक भी राज्य धर्मराज से स्वतन्त्र है, तो धर्मराज सम्राट कैसे माने जा सकते हैं?"

"मैंने उसकी आवश्यकता नहीं समझी।" युधिष्ठिर ने पुनः कहा।

"क्यों?"

"हस्तिनापुर में हमारे पितामह और पितृव्य राजा हैं। इन्द्रप्रस्थ तथा हस्तिनापुर दो पृथक राज्य नहीं हैं। इनमें से किसी एक को राजसूय करने के लिये दूसरे को पराजित करना अथवा उसे करद राज्य घोषित करना अवश्यक नहीं है। हम एक ही परिवार की दो शाखाएँ हैं। वे लोग परिवारजन के रूप में यज्ञ में सम्मिलित होंगे।"

"क्या दुर्योधन इस स्थिति को इसी रूप में स्वीकार करेगा?" कृष्ण ने पूछा।

"मुझे दुर्योधन पर नहीं, पितामह तथा पितृव्य पर विश्वास है।" युधिष्ठिर ने कह तो दिया किन्तु उनकी वाणी में पर्याप्त आत्मबल नहीं था।

"आपने उन्हें आमन्त्रित करने के लिये अपना दूत भेज दिया है?"

"नहीं। अभी तो नहीं भेजा।"

"क्यों?"

"मैं तुम्हारी अनुमति की प्रतीक्षा कर रहा था वासुदेव।" युधिष्ठिर ने कहा, "अब तुम आ गये हो, हमें अनुमति दो कि हम यज्ञ की तैयारी करें। मैं तो महर्षि को कह रहा था कि वासुदेव कृष्ण ही यज्ञ दीक्षा लें। तुम्हारे यज्ञ करने से हम सब परहित हो जायेंगे।"

"नहीं धर्मराज!" कृष्ण का स्वर गम्भीर था, "सम्राट के लिये पाँच गुण होने चाहिए : शत्रुविजय, प्रजापालन, तपःशक्ति, धन-समृद्धि तथा उत्तम नीति। शत्रुओं को जीत कर मान्धाता ने सम्राट का पद प्राप्त किया था, भगीरथ ने प्रजा का पालन कर के, कार्तवीर्य ने तपोबल से, राजा मरुत ने अपनी समृद्धि से, राजा भरत सहज बल से सम्राट बने थे। आप में तो ये पाँचों गुण एक

साथ हैं। सम्राट तो आपको ही होना है। आप अपने इस अभीष्टि यज्ञ को आरम्भ कीजिए। मैं आपका कल्याण करने के लिये अपने परिवारजनों और सेना के साथ उद्यत हूँ। मुझे आवश्यक कार्य में लगाइए, मैं आपकी सब आज्ञाओं का पालन करूँगा।"

"वासुदेव! मेरी इच्छा है कि यज्ञ सम्बन्धी अनेक बातों का निर्णय अभी हो जाए।" महर्षि वेदव्यास ने पहली बार मुँह खोला, "युधिष्ठिर यज्ञ करने को तो अत्यन्त आतुर है, किन्तु सम्राट बनने की महत्वाकांक्षा उसके मन में नहीं है।"

"यह कैसा विरोधाभास?" कृष्ण हँस पड़े, "सम्राट नहीं बनना चाहते तो यज्ञ करने को आतुर क्यों हैं?"

"पाण्डवों के राजकोष में अथाह धन एकत्रित हो गया है।" युधिष्ठिर चिन्तित स्वर में बोले, "उसका तत्काल धर्मपूर्ण वितरण न हुआ तो यह कोष अनर्थ को जन्म देगा। यह संचय प्रजा के पालन के लिये है, दुष्टों के दलन के लिये, विप्रों तथा विद्धानों के सम्मान के लिये है, कृषि के विकास के लिये है, व्यापारी के संरक्षण के लिये है, कलाओं के गौरव को स्थापित करने के लिये है...यह पाण्डवों के भोग के लिये नहीं है जनार्दन। इससे पहले कि यह धन पाण्डवों को लुब्ध कर दिग्भ्रमित करे, मेरी इच्छा है कि राजसूय के माध्यम से इसका वितरण हो जाये, ताकि यह अपने उपयोग के उपयुक्त स्थान पर पहुँच जाये।"

"तो सम्राट क्यों नहीं बनना चाहते राजन?" कृष्ण ने पूछा, "वस्तुतः सम्राट होने के योग्य वही व्यक्ति है, जो संचित धन पर लुब्ध नहीं होता, उससे चिन्तित होता है।"

"संचित धन यदि मुझे भोग की ओर ले जायेगा, तो संचित अधिकार मुझे राजमद की ओर प्रेरित करेगा। मैं अपनी परीक्षा लेने का दुस्साहस नहीं करना चाहता।" युधिष्ठिर बोले, "धन वितरण करूँगा, तो जिन्हें मिलेगा वे तो प्रसन्न होंगे ही, मेरा प्रतिस्पर्धी राजन्य समाज भी ईर्ष्याविहीन हो कर प्रसन्न होगा कि मेरा धन-बल क्षीण हो रहा है और मैं दुर्बल हो रहा हूँ, किन्त सम्राट पद धारण करने से उनकी ईर्ष्याग्नि भड़केगी। उनका अभिमान आहत होगा। मेरी आज्ञा के अधीन कार्य करना उन्हें अच्छा नहीं लगेगा। सम्भव है उससे संसार का हित होने के स्थान पर अहित हो। महत्वपूर्ण मेरा सम्राट होना नहीं है केशव! महत्वपूर्ण तो संसार का हित है।"

सहसा कृष्ण की मुद्रा परिवर्तित हो गयी। उनके मुख-मण्डल पर हास्य के स्थान पर क्षात्र-तेज लहराया, "मैं भी संसार के हित की ही चिन्ता कर

रहा हूँ धर्मराज।" कृष्ण बोले, "इस युग के अधिकांश राजा, शासन के अधिकारी नहीं हैं। उन्होंने प्रजा पर आधिपत्य अवश्य जमा रखा है। हमें इस अधर्मपूर्ण अन्यायपूर्ण आधिपत्य को समाप्त करना है और अधिकारियों को अधिकार सौंपना है। आपके इस यज्ञ में जो राजा भृत्य के समान काम नहीं करेगा, संसार का बन्धु मेरा यह सुदर्शन चक्र उस राजा के शरीर को कबन्ध बना देगा।" वे रुके, "और जहाँ तक मेरा सम्बन्ध है, मेरी इच्छा है कि आप मुझे विद्वान ब्राह्मणों और विप्रों के चरण पखारने का कार्य दें।"

"वासुदेव।" व्यास कुछ उत्कंठित स्वर में बोले, "हम आपको तन्त्र-स्वामी बनाना चाहते हैं। यज्ञ की सारी व्यवस्था आप देखें।"

"यह सम्मान आप कुलवृद्ध पितामह भीष्म को तथा कौरवों के गुरु आचार्य द्रोण को दें।" कृष्ण मुस्कुराए, "मुझ से मेरा सुख न ही छीनें तो अच्छा है महर्षि।"

युधिष्ठिर अवाक बैठे रह गये। वह कृष्ण की बातें सुन-सुन कर इस प्रकार मुग्ध होते जाते थे कि वे उनकी प्रशंसा में कुछ कहने से पूर्व ही विह्वल हो कर बोलने के अयोग्य हो जाते थे। वासुदेव कृष्ण के पास अपने ही इतने साधन थे कि वे जिस दिन चाहते राजसूय यज्ञ कर डालते, किन्तु न वह राजा बनना चाहते हैं, न राजसूय यज्ञ करना चाहते हैं।...और वह युधिष्ठिर को सम्राट के रूप में प्रतिष्ठित करने को इतने आतुर हैं कि उसका विरोध करने वाले राजा का वध कर देंगे।...क्या महत्त्व मिलेगा उन्हें, युधिष्ठिर को सम्राट बना कर?...क्या महत्त्व चाहते हैं वे इस राज-समाज में? वह राजाओं का शासन करना नहीं चाहते, विप्रों के चरण धोना चाहते हैं।...अहंकार का ऐसा विगलन। विनय की ऐसी चरमावस्था।...कृष्ण मनुष्य नहीं हैं...मानवीय सीमाओं और दुर्बलताओं पर ऐसी विजय कोई मनुष्य पा सकता है क्या?....

"वासुदेव। तुमने तन्त्र-स्वामी की नियुक्ति तो कर दी, अब बताओ यज्ञ का ब्रह्मा किसे बनाया जाये?" महामुनि ने अपनी गम्भीर वाणी में पूछा।

"आपकी उपस्थिति में और किसी के ब्रह्मा बनने का प्रश्न ही नहीं उठता।" कृष्ण बोले, "आप हमारे जीवन-यज्ञ के निरीक्षक हैं, तो क्या इस राजसूय-यज्ञ के निरीक्षक नहीं होंगे।"

"वासुदेव। तुम जिस दैवी अधिकार से बोलते हो, उसका विरोध सम्भव नहीं है।" महामुनि ने अपनी स्वीकृति दी, "अब बताओ उद्‌गाता कौन होगा?"

कृष्ण हँस पड़े, "महर्षि। यज्ञ के ब्रह्मा आप होंगे और उसके उद्‌गाता की नियुक्ति मैं करूँगा?"

"ओह वासुदेव! तुमने तो एक ही युक्ति में मुझे पूर्णतः बाँध दिया।" व्यास ने मुग्ध दृष्टि से कृष्ण की ओर देखा, "अच्छा! मैं धनंजय गोत्री ऋषि सुसामा को उद्गाता नियुक्त करता हूँ। वह यज्ञ में सागमान करेंगे। अध्वुर्य का कार्य यजुर्वेद ऋत्विक याज्ञवल्क्य करेंगे। होता के रूप में धौम्य और पैल की नियुक्ति करता हूँ। वे लोग ऋचाओं का गान करेंगे। ऋग्वेद का इन दोनों से अधिक ज्ञाता कौन है।"

"उत्तम निर्णय है।" युधिष्ठिर ने अपनी सहमति दे दी।

"तो पुत्र! अब तुम यज्ञस्थान का पूजन करो।" वेदव्यास बोले, "और सब से पहले यज्ञ के लिये आवश्यक सामग्री मँगवाने का प्रबन्ध किसी पटु-प्रबन्धक को सौंपो और समस्त अतिथियों, आगन्तुकों तथा अभ्यागतों की भोजन-व्यवस्था के लिये अन्न की आपूर्ति का दायित्व किसी को दो।"

"सहदेव से श्रेष्ठतर प्रबन्धक और कौन होगा। वह अपने मन्त्रियों के साथ यज्ञ-सम्बन्धी सामग्री एकत्रित करे।" युधिष्ठिर बोले, "अन्न की आपूर्ति प्रबन्ध मेरे सारथि इन्द्रसेन, भीम के सारथि विशोक तथा अर्जुन के सारथि पुरु करें।"

"उत्तम चयन है।" कृष्ण बोले, "धर्मराज! अब आप राजाओं, विद्वानों, विप्रों, प्रमुख श्रेष्ठियों तथा कलाकारों को आमन्त्रित करने के लिये अपने दूत भेज दीजिए।"

"मुझे कुछ कहना है कृष्ण।" भीम ने सहसा कुछ असहज ढंग से कहा।

सब ने चौंक कर उसकी ओर देखा : वह सहज नहीं था। उसके मन का द्वन्द्व उसके चेहरे पर भी लिखा हुआ था।

"क्या बात है मध्यम?" अर्जुन से पूछे बिना नहीं रहा गया।

"मेरा धर्मराज से कुछ मतभेद है।" भीम ने धीरे से कहा, "क्या दुर्योधन, कर्ण और शकुनि को इन्द्रप्रस्थ आने का निमन्त्रण दिये बिना हमारा यज्ञ नहीं हो सकता?"

"हम पितामह, पितृव्य धृष्टराष्ट्र तथा विदुर काका को आमन्त्रित करें और दुर्योधन इत्यादि को आमन्त्रित न करें तो यह हमारी अभद्रता नहीं माना जायेगी क्या?" युधिष्ठिर ने कहा।

"तो मत बुलाइए हस्तिनापुर से किसी को।" भीम बोला, "क्या आवश्यकता है उन्हें यहाँ बुलाने और अनावश्यक वितण्डावाद करने की। वे लोग न केवल यहाँ आयेंगे, वरन परिजनों के समान आयेंगे। मन में ईर्ष्या लिये हुए, ऊपर से स्नेह जतायेंगे। परिवार-जनों के रूप में आयेंगे, तो उन्हें महत्व दिया जाएगा और अधिकार भी...जिसके वे सर्वथा अयोग्य हैं।"

"हस्तिनापुर जैसे महत्त्वपूर्ण और शक्तिशाली राज्य की उपेक्षा कर राजसूय यज्ञ की शोभा नहीं होगी।" कृष्ण बोले, "इस यज्ञ में सार्वभौमिकता तो होनी ही चाहिए। हस्तिनापुर वालों को परिवार-जनों तथा परिजनों के रूप में नहीं बुलाना चाहते तो माण्डलिक अथवा करद राजा के रूप में बुलाओ। बुलाना तो उन्हें चाहिए ही।"

"वासुदेव का कथन उचित ही है।" वेदव्यास बोले, "किन्तु उसके साथ यह भी ध्यान रखो कि राजसूय की दीक्षा ग्रहण करने वाला राजा एक सार्वभौम पद पर प्रतिष्ठित होने जा रहा है, इसलिये उसका दृष्टिकोण भी सार्वभौमिक होना चाहिए। उसे अपने शत्रुओं और विरोधियों को क्षत्रिय राजा के रूप में युद्ध-क्षेत्र में पराभूत करने का अधिकार है, किन्तु सार्वभौमता को संकीर्ण तथा संकुचित करने और सम्मेलन में सम्मिलित होने के लिये आये राजाओं के प्रति समदृष्टि न रखने का अधिकार नहीं है।" महामुनि ने रुक कर युधिष्ठिर की ओर देखा, "इस यज्ञ का राजनीतिक महत्त्व अवश्य है पुत्र। किन्तु यह यज्ञ है और यज्ञ एक आध्यात्मिक अनुष्ठान है। यज्ञ में दीक्षित राजा को केवल धर्म को दृष्टि में रखना है, व्यक्तिगत सम्बन्धों तथा राग-द्वेष को नहीं। यदि युधिष्ठिर के मन में यह आशंका है कि दुर्योधन तथा उसके मित्र उसे सम्राट नहीं मानेंगे और यहाँ आ कर उपद्रव करेंगे तो उसके लिये दो ही मार्ग हैं कि वह क्षत्रिय राजा के समान अपनी सेना भेजे और हस्तिनापुर के राजा को पराजित करे, क्षात्र-धर्म के आधार पर उनसे अपने लिये सम्राट की मान्यता प्राप्त करे, अथवा यज्ञ-दीक्षित राजा के समान आध्यात्मिक धरातल पर मन से उनके प्रति विरोध, घृणा, द्वेष, आशंका इत्यादि को दूर कर उसी दृष्टि से उनको देखे और प्रमाणित करे कि उसके मन में किसी के प्रति कोई भेदभाव नहीं है। सम्राट को समदृष्टि युक्त होना चाहिए। सारे माण्डलिक राजा उसकी प्रजा के समान हैं, इसलिये किसी के भी प्रति उसके मन में पूर्वाग्रह नहीं होना चाहिए।"

"मेरे मन में वैसे भी उनके प्रति कोई भेद-भाव नहीं है महात्मन।" युधिष्ठिर बोले, "मैं किसी भी क्षण परीक्षा देने को प्रस्तुत हूँ। मेरे मन में दुर्योधन के प्रति घृणा नहीं है। यदि मेरे मन में उसके प्रति भाइयों का-सा प्रेम न भी हो तो मानवीय स्नेह अवश्य है। ऐसे लोगों के प्रति तो हमारे मन में करुणा का भाव ही होना चाहिए, जो राज-मद और राज्य-मोह में कभी शान्त और सुखी नहीं रह सकते। सारे भोगों के होते हुए भी उनका भोग नहीं कर सकते। मेरे लिये दुर्योधन ईर्ष्या का पात्र नहीं, दया का पात्र है, महामुनि। उसे मैं क्या दण्ड दूँ, जो पहले से प्रकृति के द्वारा दण्डित है। वह

मानसिक रोगी है।..."

"ज्येष्ठ ठीक कह रहे हैं। हमारी समस्या यह है कि इसके जोखिम समझते हुए भी हम इस प्रकार के उदार चिन्तन का विरोध नहीं कर सकते।" भीम बोला, "मुझे भय तो यही है, कि वह मानसिक रोगी, वह विक्षिप्त कहीं हम पर पुनः प्रहार न कर बैठे। जानते-बूझते हम किसी विक्षिप्त व्यक्ति को स्वस्थ लोगों के समान अपने समारोह में तो नहीं बुला सकते, कि वह आ कर यहाँ जैसा चाहे, उत्पात करे।"

"भीम से इस विषय में मेरी पर्याप्त चर्चा हो चुकी है।" युधिष्ठिर ने पूर्णतः शान्त स्वर में कहा, "यह दुर्योधन के पिछले व्यवहार को बार-बार स्मरण करता है, किन्तु इस तथ्य पर विचार नहीं करता कि दुर्योधन सदा से आशंकित था कि हम उसका राज्य, अधिकार तथा धन-सम्पत्ति उससे छीन लेंगे। यदि कोई आशंकित तथा भयभीत व्यक्ति अपनी आशंका से पीड़ित हो कर अपनी रक्षा के प्रयत्न में किसी पर भ्रमवश आघात कर बैठे तो उसे इतना बड़ा पापी नहीं समझ लेना चाहिए कि आजीवन उसमें सुधार ही न हो सके। अब वह स्थिति नहीं है। हम यहाँ आ चुके हैं। हस्तिनापुर का राज्य पूर्णतः उसका है। अब वह यहाँ स्वस्थ मनःस्थिति में आयेगा, तो क्यों उत्पात करेगा।...और फिर बहुत कुछ हमारे व्यवहार पर निर्भर है। यदि हम उसे आत्मीय परिजन के रूप में स्वीकार करेंगे तो वह क्यों परायापन दिखाएगा। स्नेह में इतनी शक्ति होती है कि वह पशु को भी सुधार...।"

"बस! यही बात तो बार-बार कहता हूँ।" भीम ने युधिष्ठिर का कथन बीच में ही काट दिया, "पशु को हम सुधार सकते हैं, क्योंकि पशु को हम से ईर्ष्या नहीं होती, स्पर्धा नहीं होती, घृणा नहीं होती। वह तो केवल आवश्यकताओं की पूर्ति चाहता है। पशु तो केवल पशु होता है, वह नीच और उच्च प्रकृति का नहीं होता।"

"यदि पशु को सुधारना हो तो हम उसके गले में रस्सी डाल कर खूँटे से बाँध देते हैं। वह उत्पात करे तो उसे दण्ड देते हैं।..." नकुल बोला, "दुर्योधन को सुधारने का भी यदि यही एक मार्ग है, तो हमें पहले हस्तिनापुर पर सैनिक अभियान करना चाहिए।"

"नहीं।" युधिष्ठिर का स्वर कुछ आवेशपूर्ण हो गया था, "हस्तिनापुर पर आक्रमण करने का कोई कारण नहीं है। हम अपने गुरुजनों और बन्धुवों के विरुद्ध शस्त्र क्यों उठाएँगे।"

"तो युधिष्ठिर! यदि तुम्हें राजसूय यज्ञ करना है तो..."

"यज्ञ तो करना ही है।" कृष्ण ने महामुनि की उक्ति पूरी नहीं होने दी,

"जो निश्चित हो चुका, उस पर पुनर्विचार करने की आवश्यकता नहीं है। हम यज्ञ के संकल्प से पीछे नहीं हट सकते।"

"तो युधिष्ठिर! तुम्हें दुर्योधन को अपने अधीन करना ही होगा, शस्त्र से करो अथवा अपने प्रेम से।" वेद व्यास बोले, "अन्यथा राजसूय यज्ञ नहीं हो सकेगा।"

"मैं उसे अपने प्रेम से जीत लूँगा, आप चिन्ता न करें।" युधिष्ठिर बोले, "मुझे भय है तो यही कि कहीं भीम अपनी आशंकाओं से पीड़ित हो कर दुर्योधन को आहत न कर दे।"

"हमारे ज्येष्ठ भी अद्भुत हैं। वे अपने प्रेम के प्रभाव से दुर्योधन जैसे पशु को तो जीत सकते हैं, किन्तु भीम जैसे महामानव को नहीं जीत सके।" भीम ने अट्ठहास किया।

"मैं मध्यम की आशंकाओं से असहमत नहीं हूँ, किन्तु यज्ञ के अवसर पर मैं धर्मराज की नीति अंगीकार करना ही उत्तम समझता हूँ।" कृष्ण बोले, "हस्तिनापुर निमन्त्रण जाये, और उन्हें पृथक राजा के रूप में नहीं परिवारजनों के रूप में ही आमन्त्रित किया जाये। बहुत सम्भव है कि कुलवृद्ध तो हमारा निमन्त्रण स्वीकार कर इन्द्रप्रस्थ आ जायें किन्तु दुर्योधन और उसके मित्र आयें ही नहीं। और यदि वे आयें तो उन्हें परिवार वालों के समान ही स्नेह दिया जाये, उस पर भी यदि वह उत्पात करे, तो युधिष्ठिर शस्त्र नहीं उठाएँगे। शस्त्र मैं उठाऊँगा। यज्ञ को अनुशासित रखने का दायित्व मेरा होगा।"

"अब जा कर मैं निश्चिन्त हुआ वासुदेव।" व्यास बोले, "अब किसी विघ्न-बाधा की आशंका मुझे नहीं है। यज्ञ-भूमि-पूजन के पश्चात युधिष्ठिर यज्ञ की दीक्षा ले लें।"

"और आपकी अनुमति हो महर्षि तो हम लोग भी सुभद्रा से मिल कर उसके पुत्र अभिमन्यु को आशीर्वाद दे आयें।" कृष्ण भी उठ खड़े हुए।

33

शिशुपाल के मन में जितनी आशंकाएँ थीं, उतनी ही अपेक्षाएँ भी थीं। जब भीम उसके पास आया था तो शिशुपाल ने जहाँ पाण्डवों के प्रति अपनना सौहार्द बहुत मुखर हो कर जताया था, वहीं उनके प्रति अपने सम्भावित विरोध के कारण भी स्पष्ट कर दिये थे। उसे लुभाया भी था और डराया भी। उसे आँखें भी दिखायी थीं और उसे फाँसने के लिये जाल भी फैलाया था।...पर पता नहीं वह बैल कुछ समझा भी या नहीं। उसने युधिष्ठिर को कुछ बताया

भी या नहीं।...यदि उसने ठीक से अपने भाइयों को समझा दिया होगा, तो युधिष्ठिर लालायित हो कर उसे कण्ठ से लगाने के लिये आगे बढ़ेगा। युधिष्ठिर को तनिक भी बुद्धि होगी, तो उसे यह समझने में कठिनाई नहीं होनी चाहिए कि जरासंध की चाहे मृत्यु हो गयी हो, किन्तु उसकी शक्ति अभी समाप्त नहीं हुई है। जरासंध-मण्डल न केवल जीवित है, वरन पूर्णतः शक्तिशाली भी है।... जरासंध पुत्र सहदेव जाने क्या सोच कर चुप है। बहुत सम्भव है कि पिता की अकस्मात मृत्यु से भयभीत हो गया हो और परिस्थितियों को परखने का प्रयत्न कर रहा हो। नागराज का पुत्र एक केंचुआ नहीं हो सकता। उपयुक्त अवसर पर अपनी क्षमता दिखाएगा।...पिता के आतंक में जीने के कारण उसका पूर्ण विकास नहीं हो पाया है, किन्तु अब परिस्थितियों के थपेड़े उसके भीतर छिपी छमताओं का पूर्ण विकास करेंगे...और यदि सहदेव किन्हीं कारणों से जरासंध न भी बन पाया, तो शक्ति का केन्द्र शुक्तिमी में भी विकसित हो सकता है। यदि शिशुपाल जरासंध-मण्डल का सेनापति हो सकता है, तो वह उसका सम्राट भी हो सकता है। सुनीथ, दन्तावक्त्र, शाल्व, रुक्मि तथा भीष्मक में से कोई भी शिशुपाल का विरोध नहीं करेगा।...किन्हीं असाधारण परिस्थितियों के कारण यह भी नहीं हो पाया, तो दुर्योधन तो कहीं नहीं गया है। दुर्योधन को केन्द्र में रख कर एक ऐसी नयी शक्ति उभर सकती है, जो पाण्डवों और यादवों के नाक में दम कर दगी।

किन्तु इन सब अपेक्षाओं और आश्वासनों के ढेर के नीचे शिशुपाल का एक बहुत सहमा हुआ अचेत मन था, जो कभी-कभी कुछ चैतन्य हो कर उठ बैठने के लिये अपने हाथ-पैर पटकता था...और उसी समय शिशुपाल को लगा था कि यह जो व्यक्ति है...कृष्ण...यह उसका सारा गणित उलट देगा। इसके छल-छंद को कोई नहीं समझ सकता। ऊपर से सब कुछ सहज, सामान्य और ठीक दिखायी देगा, किन्तु अकस्मात ही कृष्ण अपना सिर उठाएगा और सारी परिस्थितियाँ विपरीत दिशा में घूम जायेंगी। क्या पता है कि कब यह कौरवों, पाण्डवों और यादवों को एक कर दे।..."

इस प्रकार का भय जागते ही शिशुपाल का मस्तक एकदम घूम जाता है। तब उसे सारा संसार अपने विरुद्ध षड्यंत्र करता दिखायी देता है। उसे लगने लगता है कि किसी भी क्षण भीष्मक में अपनी पुत्री और रुक्मी के मन में अपनी बहन के प्रति प्रेम जाग जायेगा। वे लोग न केवल कृष्ण से समझौता कर लेंगे, वरन उसका समर्थन भी करने लगेंगे। उनका क्या है, उन्हें तो रुक्मिणी का विवाह ही करना था...शिशुपाल से न हुआ, कृष्ण से हो गया। ...और कृष्ण को तो यौतुक भी नहीं देना पड़ा।...उधर पांचाल भी पाण्डवों के

साथ हैं। जरासंध द्वारा बन्दी किये गये राजा तो कृष्ण के साथ हैं ही...

पर शिशुपाल ने अपने इस भयभीत मन के मुख पर हाथ रख कर उसे मौन ही नहीं, शायद अचेत ही कर दिया था। जरासंध-मण्डल का सेनापति एक कंगले गोपाल से इस प्रकार भयभीत होने लगा, तो क्षत्रियों के इस समाज में वह मुँह कैसे दिखाएगा?...चेदिराज को अपनी शक्ति को भी स्मरण रखना होगा...वह पाण्डवों की मौसी का पुत्र था...उनका समधी था, उनके घर में उसका केवल सम्मान होना चाहिए...और कुछ नहीं...उसे इन्द्रप्रस्थ में अपनी अवमानना का भय होना ही नहीं चाहिए।...

और इन्द्रप्रस्थ में अपना स्वागत देख कर सचमुच उसका मन उत्फुल्लता का अनुभव कर रहा था। उसकी अगवानी करने के लिये हस्तिनापुर के महाराज धृतराष्ट्र का मन्त्री तथा सारथि संजय आया था।

"संजय तुम?" शिशुपाल कुछ विस्मित स्वर में बोला।

"हाँ महाराज!" संजय ने विनीत भाव से हाथ जोड़ कर सिर झुकाया, "धर्मराज ने राजाओं के स्वागत का दायित्व मुझे ही सौंपा है।"

"तुम्हें? यादवों में से किसी को नहीं?"

"नहीं महाराज! वह सेवा मुझे ही सौंपी गयी है।"

"अच्छा संजय।" शिशुपाल ने स्वयं को कुछ सन्तुलित किया, "तन्त्र-नियन्त्रण का कार्य किसे सौंपा गया है? नीति-निर्धारक कौन है?"

"पितामह भीष्म तथा आचार्य द्रोण तन्त्र-नियन्त्रक हैं। सारे उत्सव का आयोजन उन्हीं की इच्छानुसार हो रहा है।" संजय ने कहा, "व्यवस्था तो घर वालों को ही सँभालनी होगी। अश्वत्थामा ब्राह्मणों का स्वागत कर रहे हैं, दुःशासन को सबकी भोजन-व्यवस्था का दायित्व सौंपा गया है। अर्थ-व्यवस्था मन्त्री विदुर के हाथों में है।"

शिशुपाल ने और कुछ नहीं पूछा। संजय के अनुसार तो सारे कार्य हस्तिनापुर के कौरवों को सौंप दिये गये थे।...ठीक ही तो कह रहा था संजय। घर वाले तो ये ही लोग थे। यादवों को उन्होंने 'घरवाले' नहीं समझा था। सुभद्रा की ओर से यदि कृष्ण-बलराम परिवारजन हो जाते तो करेणुमती के सम्बन्ध में यह सम्मान शिशुपाल को भी मिलना चाहिए था। किन्तु यादवों को ऐसा कोई महत्त्व नहीं दिया गया था...

करेणुमती ने तो बहुत चाहा था कि वह उसी के भवन में ठहरे, किन्तु शिशुपाल इस राजसूय यज्ञ में केवल करेणुमती के पिता के रूप में ही सम्मिलित नहीं होना चाह रहा था। इस सम्बन्ध के बिना भी उसकी स्थिति

पर्याप्त महत्त्वपूर्ण थी। वह यहाँ शक्तिशाली और महिमावान चेदिराज के रूप में प्रतिष्ठा पाना चाहता था। चेदिपति, जिसका नाम सुनते ही शत्रुओं की शिराओं में रक्त जम जाता था।...और वैसे भी उसका सार्थ बहुत विशाल था।...

अन्य महत्त्वपूर्ण राजाओं के समान शिशुपाल के ठहरने की व्यवस्था भी एक पृथक भवन में थी। वह वहाँ स्वतन्त्र रूप से रह सकता और जब इच्छा हो न केवल करेणुमती से मिलने जा सकता था, उसे अपने भवन में बुला कर अपनी इच्छानुसार उसका सत्कार कर सकता था।

शिशुपाल स्नान और विश्राम आदि कर चुका तो द्वारपाल ने सिन्धुराज जयद्रथ के आने की सूचना दी। शिशुपाल ने बाहर निकल कर उसका स्वागत किया, "पधारें सिन्धुराज।"

"मुझे सूचना मिल गयी थी कि इन्द्रप्रस्थ में आपका पदार्पण हो चुका है।" जयद्रथ ने अत्यन्त शालीन भाव से कहा, "किन्तु मैंने सोचा कि आप यात्रा से आये हैं। स्नान और विश्राम तो कर लें।"

"बड़ी कृपा की आपने।"

"समुचित व्यवस्था तो है न? कोई असुविधा हो तो कहें।" जयद्रथ ने आतिथेय के रूप में हाथ जोड़े, "असुविधा न हो, कोई इच्छा हो तो भी कहें। प्रतापी चेदिराज की प्रत्येक आज्ञा का पालन किया जायेगा।"

"सिन्धुराज! आप...।" शिशुपाल को अपना प्रश्न ठीक-ठीक पूछने के लिये उपयुक्त शब्द नहीं मिल रहे थे।

"यह आयोजन चाहे युधिष्ठिर का है, किन्तु कुल के स्वामी तो धृतराष्ट्र ही हैं। मैं महाराज धृतराष्ट्र का जामाता हूँ।" जयद्रथ उसके प्रश्न का भाव समझ कर बोला, "आप हमारे अतिथि हैं।"

"ओह!" शिशुपाल का मन कुछ और उत्फुल्ल हो गया, "हाँ। यह तो उचित ही है। मुझे कुछ विस्मय इसलिये हुआ, क्योंकि मैं निरन्तर यह सुनता रहा था कि युधिष्ठिर और दुर्योधन में कुछ वैमनस्य हो गया था।"

"आपकी सूचना कोई बहुत मिथ्या नहीं थी।" जयद्रथ बोला, "किन्तु यह वैमनस्य दुर्योधन और भीम का ही समझिए। कुल के स्वामी तो महाराज धृतराष्ट्र ही हैं। उनकी किसी आज्ञा का उल्लंघन करना तो दूर, युधिष्ठिर उपेक्षा भी नहीं करेगा। महाराज आज केवल इतना ही कह दें, कि पिता की उपस्थिति में पुत्र का यज्ञ करना धर्मसंगत नहीं है, तो युधिष्ठिर इस राजसूय यज्ञ में अपने स्थान पर, महाराज धृतराष्ट्र का सम्राट के रूप में अभिषेक कर देगा। युधिष्ठिर की तो एक ही राजधानी है...इन्द्रप्रस्थ! महाराज की दो-दो राजधानियाँ हैं...हस्तिनापुर और इन्द्रप्रस्थ। इन्द्रप्रस्थ में उनका पुत्र युधिष्ठिर

शासन करता है, और हस्तिनापुर में द्वितीय पुत्र दुर्योधन।" जयद्रथ ने कुछ थम कर शिशुपाल की ओर देखा, "अरे पितृ और पितृव्य में कोई अन्तर होता है क्या? पुत्र और भ्रातुष्पुत्र में कभी किसी ने भेद किया है?"

शिशुपाल को यह सब सुन कर बहुत प्रसन्नता हो रही थी। इस सारी चर्चा में यादव कहीं नहीं थे। कृष्ण का कोई महत्व नहीं था यहाँ...

"पर जो कुछ पाण्डवों के साथ हस्तिनापुर में हुआ, उस सबको क्षमा कर देगा युधिष्ठिर?" शिशुपाल ने पूछा।

"क्षमा।" जयद्रथ हँसा, "जैसे-जैसे नकुल ने हस्तिनापुर जा कर इन लोगों को आमन्त्रित किया है, उससे तो लगता था कि पाण्डवों से ही कोई अपराध हो गया है। और दुर्योधन उनसे रूठा हुआ है। पाण्डवों ने आग्रहपूर्वक उन्हें आमन्त्रित किया है, दुर्योधन तो उनसे क्षमा माँगने नहीं आया था।" जयद्रथ रुका, "और क्षमा का प्रमाण तो यह है, कि युधिष्ठिर ने सारे यज्ञ की भोजन व्यवस्था दुःशासन को सौंप रखी है, जिसे चाहे विष खिला दे।"

"अच्छा।" शिशुपाल चकित था, "दुर्योधन को भी कोई दायित्व सौंपा गया है क्या?"

"दुर्योधन को? हाँ। देश-विदेश के राजा-महाराज युधिष्ठिर के लिये जो उपहार लाये हैं, उन्हें ग्रहण करना और सँभाल कर रखने का दायित्व दुर्योधन का है।" जयद्रथ बोला, "इतना महत्वपूर्ण कार्य अपना भाई ही कर सकता है। किसी बाहरी व्यक्ति का क्या विश्वास किया जा सकता है। किसी बहुमूल्य मणि पर ही मन डोल जाये और मणि कहीं-से-कहीं पहुँच जाये।"

"धन को व्यय करने का अधिकार किसे दिया गया है?"

"मन्त्री विदुर को। वह ही धन व्यय कर रहे हैं।" जयद्रथ बोला, "वस्तुतः महाराज धृतराष्ट्र को विदुर से अधिक विश्वास किसी पर नहीं है।"

"तो यह भी युधिष्ठिर का चयन नहीं है?"

"नहीं।..." जयद्रथ ने पुनर्विचार कर जोड़ा, "वैसे युधिष्ठिर का भी विदुर से बहुत प्रेम है, किन्तु यह नियुक्ति तो महाराज धृतराष्ट्र ने ही की है।...वैसे ब्राह्मणों को दी जाने वाली दक्षिणा को विदुर के निमंत्रण से मुक्त रखा गया है... ।"

"उसका नियंत्रण कौन कर रहा है?" शिशुपाल ने पूछा, "विद्वान ब्राह्मणों की दक्षिणा की राशि कम तो नहीं होती... ।"

"वह अधिकार कृपाचार्य का है।" जयद्रथ ने बताया, "विद्वान ब्राह्मणों का विषय है, इसलिये कौरवों के कुल-गुरु को सौंपा गया है।"

"उचित ही है।..." शिशुपाल ने कहा। उसका ध्यान जयद्रथ की बातों

से हट कर कहीं और पहुँच गया था...इन सूचनाओं का तो एक ही अर्थ था कि हस्तिनापुर तथा इन्द्रप्रस्थ में कोई मतभेद अथवा वैमनस्य नहीं रह गया है। सारे दायित्व कौरवों को गृहस्वामियों के समान सौंपे गये थे। और इनमें बाहर का एक भी व्यक्ति नहीं था। क्या सचमुच पाण्डव एकदम भूल गये थे कि उनसे सब कुछ छीन कर धृतराष्ट्र ने उन्हें खाण्डवप्रस्थ में दस्युओं से लड़ते-लड़ते मर जाने के लिये छोड़ दिया था?...

"अच्छा। अब अनुमति दें।" जयद्रथ उठ कर खड़ा हो गया, "कुछ और नरेश भी पधारने वाले हैं...आपको तनिक-सी भी असुविधा हो तो मुझे संदेश भिजवा दें। संकोच न करें, इसे अपना ही घर समझें।"

शिशुपाल ने बिना कुछ कहे, प्रति-नमस्कार में हाथ जोड़ दिये।

जयद्रथ बाहर की ओर जा रहा था और उसकी पीठ पर दृष्टि गड़ाए शिशुपाल सोच रहा था...यज्ञ कर रहा था युधिष्ठिर। सैनिक अभियान किये उसके भाइयों ने। तब हस्तिनापुर में उनका कोई परिजन नहीं था। उन पाण्डवों में से एक—नकुल—की पत्नी थी करेणुमती। घर की वधु। स्वामिनी! उसी के पिता को धृतराष्ट्र का जामाता कह रहा था कि कोई असुविधा हो तो उसे सूचित कर दिया जाये। यहाँ शिशुपाल और करेणुमती का क्या, युधिष्ठिर का भी कोई अधिकार दिखायी नहीं पड़ रहा था। सारा अधिकार धृतराष्ट्र का था। यह घर धृतराष्ट्र का था...और धृतराष्ट्र के घर में कृष्ण के लिये कोई स्थान नहीं था...

सन्ध्या समय करेणुमती अपने पिता और भाई से मिलने के लिये उनके भवन में आयी।

शिशुपाल ने कुशल-क्षेम पूछ कर उसे बैठाया।

"एक बात बता पुत्री।" उसने स्नेहयुक्त वाणी में पूछा, "क्या अब कौरवों और पाण्डवों में किसी प्रकार का कोई वैमनस्य नहीं है?"

"जो व्यवहार धृतराष्ट्र और दुर्योधन ने पाण्डवों के साथ किया है, और जो प्रकृति उनकी है, उसके पश्चात यह सम्भव कैसे है कि उनमें किसी प्रकार का कोई वैमनस्य न रहे।"

"किन्तु जो कुछ मैं देख रहा हूँ, उससे तो ऐसा नहीं लगता।" शिशुपाल बोला, "यहाँ तो सब ओर हस्तिनापुर का ही साम्राज्य है।"

"इसका केवल एक ही अर्थ है पिता जी! कि धर्मराज ने अपने मन में उन लोगों के प्रति भी कोई वैमनस्य नहीं रखा है, जिन्होंने उन्हें सब प्रकार से प्रवंचित किया है।" करेणुमती बोली, "धर्मराज घृणा को जीतने का प्रयत्न कर

रहे हैं। उनके लिये राजसूय यज्ञ राजनीति से अधिक आध्यात्मिक अभियान है। वे अपने लोभ को जय करने के लिये, अपना सारा धन वितरित कर देंगे। वे अपने माण्डलिक, अधीनस्थ और करद राजाओं की प्रजा से कर न लेते हुए भी उनकी रक्षा करेंगे। वे समर्थ होते हुए भी, जरासंध के समान जय किये हुए राजाओं को न बन्दी करेंगे, न उनकी बलि देंगे। वे उनका सत्कार करेंगे, सम्मानित अतिथियों के समान, अपने मित्रों के समान, परिजनों के समान। धर्मराज संसार में रह कर सांसारिकता के विरुद्ध अपना महासमर लड़ रहे हैं पिता जी।"

शिशुपाल बिना किसी प्रतिक्रिया के स्तब्ध-सा खड़ा रहा, जैसे करेणुमती की बातें उसकी समझ में ही न आ रही हों।

"आप ध्यान से देखें पिता जी।" करेणुमती पुनः बोली, "इस यज्ञ का सांसारिक पक्ष सारा-का-सारा धृतराष्ट्र के हाथ में है। धृतराष्ट्र, उसके मन्त्री, उसके पुत्र, जामाता, आचार्य, पुरोहित...उसमें कहीं न पाण्डव हैं, न पाण्डवों का कोई विश्वसनीय और प्रिय। और दूसरी ओर यज्ञ का आध्यात्मिक पक्ष पाण्डवों के पास है। ब्रह्मा, होता, अध्वर्य, उद्‌गाता...। वेदव्यास वहाँ हैं, धौम्य वहाँ हैं, धर्मराज वहाँ हैं...।"

"किन्तु अपने शत्रुओं पर इतना विश्वास करना उचित नहीं है, पुत्री।" शिशुपाल बोला, "मैंने संसार को देखा-परखा है। यह मूर्खता है। युधिष्ठिर तुम सब को डुबोएगा, एक दिन! वह तो धर्मात्मा कहला कर यश लूटेगा और तुम सब पूर्णतः वंचित हो कर संसार-भर के कष्ट उठाओगे।"

"यह सोचना हमारा कार्य नहीं है पिता जी।" करेणुमती बोली, "हम सब धर्मराज के अधीन हैं। उनकी इच्छा हमारे लिये आदेश है, और उसका पालन करना हमारा धर्म है।"

शिशुपाल ने चकित हो कर करेणुमती की ओर देखा : उसे लगा कि वह सामने बैठी इस युवती को पहचान नहीं पा रहा है। वह उसकी पुत्री नहीं हो सकती, यह युधिष्ठिर की अनुज-वधु हो सकती है। यह सब उसके रक्त में नहीं है। इस प्रकार का पूर्ण समर्पण उसकी नीति में कहीं नहीं आता।...इस प्रकार के धर्म को वह नहीं पहचानता...

"तुम लोगों को कृष्ण भी कुछ नहीं समझाता? वह तो बहुत चतुर है। कभी अपनी क्षति नहीं होने देता।"

"नहीं, उन्होंने कभी धर्मराज की नीति का विरोध नहीं किया।" करेणुमती बोली, "वह तो स्वयं द्वारका से इतना धन उठा कर लाये हैं कि धर्मराज चाहें तो यादवों के धन से ही यह यज्ञ कर डालें।..."

"और कृष्ण को क्या अधिकार दिया है युधिष्ठिर ने?" शिशुपाल को स्मरण हो आया कि बहुत इच्छा होने पर भी वह प्रातः जयद्रथ से यह प्रश्न नहीं पूछ पाया था।

"अधिकार? कैसा अधिकार?"

"काम? दायित्व? इस यज्ञ में क्या भूमिका है कृष्ण की?"

"गोविन्द विद्वान ब्राह्मणों के चरण पखारते हैं।" करेणुमती बोली।

शिशुपाल के मन में कहीं प्रसन्नता का विस्फोट हुआ...क्या है यह सब?... युधिष्ठिर ने समारोह के सारे अधिकार कौरवों को सौंप दिये हैं और स्वयं को बहुत महान समझने वाले इस कृष्ण को बैठा दिया है, कंगले ब्राह्मणों के चरण पखारने के लिये। उसने कृष्ण को उसका उपयुक्त स्थान दिखा दिया है।... शिशुपाल तो समझ रहा था कि युधिष्ठिर एकदम मूर्ख है, किन्तु नहीं। वह मूर्ख नहीं है।...उसे भीम ने शिशुपाल के विचार बता दिये होंगे। युधिष्ठिर को एक चक्रवर्ती सम्राट के शक्ति-सन्तुलन की बात समझ में आ गयी होगी। उसने दुर्योधन को तो आत्मीयता जता कर अपने साथ मिला लिया, और जरासंध के वध के कारण उत्पन्न शिशुपाल के विरोध को जीतने के लिये कृष्ण को कंगलों के चरण धोने पर लगा दिया...

अब शिशुपाल के मन में युधिष्ठिर के व्यवहार के प्रति कोई आपत्ति नहीं थी। सम्भव है, अभी कुछ और आश्चर्यजनक घटनाएँ हों...सम्भव है, युधिष्ठिर उसके कुछ और निकट आये। वह जरासंध-मण्डल के प्रति अपनी आसक्ति प्रकट करे। शिशुपाल को तो बस बैठ कर युधिष्ठिर की लीला ही देखनी थी।

यज्ञ-भूमि का पूजन कर युधिष्ठिर ने राजसूय यज्ञ की दीक्षा ले ली। यज्ञाग्नि प्रज्वलित हुई और मन्त्रोच्चार से सारे परिवेश में दिव्यता का संचरण होने लगा। युधिष्ठिर और उसके भाइयों के लिये यज्ञ का सर्वाधिक महत्वपूर्ण अंग यही था। उसके लिये अपने सारे अतिथि महत्त्वपूर्ण थे, उनका आदर-सत्कार भी आवश्यक था, किन्तु यज्ञ तो देवताओं का आवाहन था, उनका पूजन था। ईश्वर की आराधना से अधिक महत्त्वपूर्ण और क्या हो सकता है?

यज्ञ के ब्रह्मा, अध्वर्यु, होता तथा उद्‌गाता ने अपना आसन नहीं छोड़ा। उनके शिष्य अवश्य बारी-बारी अपना काम कर रहे थे। किन्तु उनका उठना-बैठना अथवा आवागमन यज्ञ-प्रक्रिया में बाधा नहीं था। कोई उनके लिये रुकता नहीं था। वे लोग एक या दो प्रहर तक बैठते थे और स्थानापन्न के आ जाने पर उसके लिये स्थान बनाने के लिये उठ जाते थे। पाँचों पाण्डव

भी किसी अति आवश्यक कार्य के लिये ही उठते थे, किन्तु उनका सारा ध्यान यज्ञ की ओर ही लगा हुआ था।

कृष्ण आगन्तुक विप्रों के चरण पखारने के पश्चात, किसी समय तो प्रहरों यज्ञशाला में ही बैठे होते थे, और किसी समय वह विप्रों तथा विद्वानों के आवास पर जा कर उनसे किसी विषय पर गम्भीर चर्चा में मग्न रहते थे। उन्हें दार्शनिक वार्ताओं में बहुत रस आता था। इस समय भी वह ऋषि अंगिरस के निकट अत्यन्त विनीत भाव से बैठे ब्रह्म के स्वरूप की चर्चा कर रहे थे...

"महर्षि! क्या आपको ऐसा नहीं लगाता कि ब्रह्म के किसी एक रूप को वास्तविक रूप मानना तथा शेष रूपों का निषेध करना, अनुचित है?"

"सर्वथा अनुचित है पुत्र।" ऋषि बोले, "ईश्वर असीम है, इसलिये उसका कोई रूप नहीं। मनुष्य ससीम है, इसलिये उसकी कल्पना सीमित है। वह उसी के भीतर ईश्वर के रूप की कल्पना करेगा। किन्तु कल्पना भी तो ईश्वर की ही दी हुई है। कल्पना अपने आप में ईश्वर का तत्व है। मनुष्य उससे बँधा है, इसलिये उससे बाहर नहीं जा सकता। ईश्वर के लिये ऐसी कोई बाध्यता नहीं है। उसकी असीमता देखनी हो तो संसार के विभिन्न जीव-जन्तुओं को देखो। इन सारे रूपों में भी वह स्वयं ही तो प्रकट हुआ है। जब सत्य केवल वही है, तो उसके बाहर किसी वस्तु का अस्तित्व हो ही कैसे सकता है। इसलिये तुम्हारे सम्मुख अथवा तुम्हारी कल्पना में जितने भी रूप हैं, सब उसके ही रूप हैं। जिस रूप की भी आराधना करोगे, वह उसी की आराधना होगी।..."

"तो फिर साधक किस रूप की आराधना करे?" कृष्ण ने पूछा।

ऋषि कुछ कहने ही वाले थे कि रुक गये। मुस्कुराये और बोले, "सब कुछ जानते हुए भी अज्ञानी बन कर क्यों पूछ रहे हो पुत्र?"

"आपका शिष्य हूँ महर्षि।"

"मुझ पर कृपा है तुम्हारी, जो मुझे यह गौरव दे रहे हो। यह भी किन्हीं जन्मों का पुण्य होता है वासुदेव! कि ईश्वर योग्य पुत्र के रूप में पिता को तथा योग्य शिष्य के रूप में गुरु को गौरव देता है।" ऋषि किसी अलौकिक आनन्द में लीन लग रहे थे, "ईश्वर तुम्हारे भीतर करुणा के रूप में विद्यमान है वासुदेव! तुम जिस सरलता से अन्य जीवों के साथ तादात्य स्थापित कर सकते हो, वह अद्‌भुत है पुत्र। तुम उनमें ईश्वर को देखते रहो, तो अपने भीतर भी ईश्वर को देख सकते हो। यदि आत्मा में स्थित हो कर, आत्मस्थ हो कर देखोगे तो प्रत्येक जीव में वही दिखायी देगा, और वह तुम से भिन्न नहीं होगा। यह सृष्टि तो उसी का विराट रूप है। सारा उसी का प्रपंच है। वह हमारे भीतर है, और हम उसके भीतर हैं।"

"ज्ञान तो बहुत लोगों को है प्रभु। किन्तु अनुभूति? ज्ञान से उसके दर्शन होंगे क्या? अनुभूति के बिना, उस पर आस्था जागेगी?"

"सूचना जब संवेदना बनती है, तो अपने-आप अनुभूति हो जाती है।" ऋषि बोले, "वास्तविक आस्था तो अनुभूति के बाद ही उत्पन्न होती है पुत्र। किन्तु यदि चोर को सूचना मिल जाये कि बन्द कपाटों के पीछे कक्ष में स्वर्ण-भण्डार है, तो जैसे उसे बिना स्वर्ण को देखे ही आसक्ति का अनुभव होता है, वैसे ही सूचनाओं के आधार पर भी सात्विक मन में आस्था उत्पन्न हो सकती है।"

"जिस में सात्विकता होती है, आस्था होती है, वही क्यों पीड़ित होता है महर्षि! क्या ईश्वर नहीं चाहता कि मनुष्य उसके न्याय में विश्वास करे?"

"ऐसे अनजान बन कर पूछ रहे हो, जैसे तुम प्रभु की लीला से सर्वथा अनभिज्ञ हो।" ऋषि आकाश की ओर देख कर उच्च स्वर में हँसे, "वह जिस से रुष्ट होता है, उसे इतना सुख देता है, कि वह प्रभु को भूला ही रहे।..." ऋषि ने रुक कर कृष्ण की ओर देखा, "अब तुम मेरे एक प्रश्न का उत्तर दो वासुदेव।"

कृष्ण ने जिज्ञासु दृष्टि से ऋषि की ओर देखा।

"इस यज्ञ-भवन में इतने बड़े-बड़े पण्डित, विद्वान, आचार्य और ज्ञानी उपस्थित हैं। तुम उनके पास न जा कर हम जैसे अल्पज्ञों के पास क्यों अपना समय नष्ट करते हो?"

"पण्डित यदि स्वभाव से साधु न हो तो वह लम्पट हो जाता है महर्षि।"

अंगिरस जैसे अट्टहास ही कर उठे, "किन्तु वे लोग अपना समय कैसे व्यतीत करते हैं? यज्ञ-मण्डप में तो वे जाते ही नहीं।"

"वे यहाँ कुछ पाने नहीं आये हैं महर्षि। वे तो मात्र प्रदर्शन करने आये हैं।" कृष्ण बोले, "उन्हें सत्यान्वेषण तो करना नहीं है, तत्व को खोजना नहीं है। उन्हें तो अपने मत की प्रतिष्ठा कर दूसरे के मत का खण्डन करना है। इसलिये जल्प में लगे रहते हैं। जो जल्प भी नहीं कर सकते, वे वितण्डावाद करते हैं। सोचता हूँ एक बार भैया बलभद्र अथवा मध्यम पाण्डव भीम को उनके पास भेज दूँ ताकि वितण्डावाद का चरम पुरस्कार उन्हें मिल जाये...।"

हँसते-हँसते ऋषि की आँखों में पानी आ गया।

"मैंने सोचा, पता नहीं पाण्डवों के इस यज्ञ-क्षेत्र में और कहीं मदिरा का आनन्द आये या न आये, किन्तु मित्र सुनीथ के भवन में तो सुख की कुछ घटिकाएँ

बितायी ही जा सकती हैं।"

सुनीथ ने आगे बढ़ कर शिशुपाल को वक्ष से लगा लिया, "यह तुमने बहुत ही अच्छा किया मित्र। इस यज्ञ के धुएँ से मेरा तो दम घुटने लगता है। ये दढ़ियल संन्यासी पता नहीं इसमें और कोई सुख पाते हैं या नहीं, किन्तु राजाओं को मूर्ख बनाने का सुख अवश्य पाते होंगे।"

वे दोनों भीतर चले आये। वहाँ भगदत्त, वृहदन्त, लोहित तथा चित्रायुद्ध पहले से ही हाथों में पात्र लिये बैठे थे।

"ओह!" शिशुपाल कुछ विस्मय से बोला, "मैं समझता था कि इस पृथ्वी तल पर एक मैं ही ऐसा बुद्धिमान व्यक्ति हूँ, जो पाण्डवों के यज्ञ में आ कर भी ऐसी अच्छी-अच्छी बातें सोच सकता हूँ, किन्तु यहाँ तो मुझ से भी चतुर लोग बैठे हुए हैं।"

"अरे भाई। युद्ध में अर्जुन से पराजित हो कर यहाँ आना पड़ा, नहीं तो मन्त्रोच्चारण सुनने के लिये इतना कष्ट सहकर इतनी दूर आना किस के लिये सुखद हो सकता है।" वृहदन्त बोला, "अब जब आ ही गये हैं, तो सोचा वहाँ 'स्वाहा-स्वाहा' सुनने से तो अच्छा है कि चल कर मित्रों के पास बैठा जाये।" उसने पात्र खाली कर दिया, "अब देखो, क्या बाध्यता है। अरे सहस्रों स्वर्ण-मुद्राओं के उपहार ले कर हम आये। रत्न तथा बहुमूल्य मणि-माणिक्य दिये, वे अलग।...और दान मिल रहा है इन वनवासी भिक्षुओं को।...अरे अपने पास नहीं रखना था, वितरण ही करना था तो फिर हम से यह सारा धन छीनने की क्या आवश्यकता थी?...."

"मैं यहाँ पराजित हो कर नहीं आया हूँ, न ही स्वयं को युधिष्ठिर का अधीनस्थ अथवा माण्डलिक राजा मानता हूँ।" शिशुपाल ने पात्र उठा लिया, "मैं तो इसे अपने समधियों का आनन्दोत्सव मान कर उसमें सम्मिलित होने चला आया।"

"चलो, जैसे भी आये, आये तो। युधिष्ठिर का सम्राट के रूप में अभिषेक तो देखोगे ही न। तुम उसके समधी हो तो वह तुम्हारा अभिषेक तो नहीं कर देगा।" भगदत्त ने कहा, "किसी समय पाण्डु से मेरी मित्रता थी। उस दृष्टि से मेरे लिये भी उचित था कि मैं युधिष्ठिर को अपने मित्र का पुत्र समझ उससे युद्ध न करता, किन्तु मेरी समस्या यह थी कि मैं जरासंध का भी प्रिय था। युधिष्ठिर ने जरासंध का वध करवाया..."

"युधिष्ठिर ने नहीं करवाया जरासंध का वध।" शिशुपाल ने उसकी बात काट दी, "जरासंध को मरवाने वाला कृष्ण है। मुझे तो लगता है कि युधिष्ठिर के राजसूय यज्ञ के बहाने, वह अपने शत्रुओं को ठिकाने लगा रहा है।"

"फिर तो तुम्हें भी सावधान रहना चाहिए शिशुपाल।" पुलिन्द पति सुमित्र ने कहा, "तुम भी उसका विरोध करते हो।"

"यही तो देखना है कि कौन किसे ठिकाने लगाता है।" शिशुपाल ने पात्र ख़ाली कर दिया, "मेरे एक संकेत पर युधिष्ठिर ने कृष्ण को कंगले ब्राह्मणों के चरण पखारने पर नियुक्त कर दिया है।"

"अस्तु, मैं अपनी बात कह रहा था," भगदत्त ने पुनः चर्चा-सूत्र अपने हाथ में लिया, "जरासंध की ओर से मुझे पाण्डवों का विरोध करना था, इसलिये मैंने अर्जुन से युद्ध किया।...और अब मैं उससे पराजित हो गया, तो मुझे स्मरण हो आया कि वह मेरे मित्र का पुत्र है, इसलिये मैंने उसकी वीरता पर रीझ कर उसे मुक्त हस्त उपहार दिये।"

भगदत्त ने प्रबल अट्ठहास किया और मदिरा का भरा हुआ पात्र उठा कर इस प्रकार अपने कण्ठ में ढाल लिया, जैसे भीतर जलती अग्नि को शान्त करने के लिये जल उँड़ेल रहा हो।

"दुर्योधन बहुत आनन्द में है।" चित्रायुद्ध बोला, "न लड़ा, न हारा, न जीता और फिर भी स्वामी के समान बैठा सब से उपहार ग्रहण कर रहा है। किरीटधारी राजा आते हैं और दीनतापूर्वक अपना धन उसके चरणों में इस प्रकार रख देते हैं, जैसे वह ही स्वामी हो।"

"वह आनन्द में नहीं होगा।" भगदत्त ने कहा, "वह ईर्ष्याग्नि में जल रहा होगा। अपने हाथों में उपहार लेता होगा, तो उपहारों का मूल्य देख कर उसका हृदय छिलने लगता होगा और हथेलियाँ जलने लगती होंगी। वह नरक की यातना भुगत रहा होगा।"

"चलो हम इस यातना से तो बच गये।" बृहन्त कुछ अधिक ही पी गया था, उसकी जिह्वा लड़खड़ाने लगी थी।

"क्यों तुम कैसे बच गये?" लोहित ने प्रश्न किया।

"हमें चक्रवर्ती तो बनना नहीं है। हम तो ऐसे ही रहेंगे क्षत्रिय राजा, माण्डलिक राजा, करद राजा..." वह लड़खड़ाती वाणी में बोला, "हमें किसी-न-किसी को तो कर देना ही था। चलो, युधिष्ठिर को ही सही। उसके भाइयों में इतना गुण तो है न, कि श्रद्धापूर्वक जो दे दो, वे लोग उसी को ले कर टल जाते हैं। अपनी ओर से माँग नहीं रखते।"

"हाँ! वे तो कहते हैं कि युधिष्ठिर को सम्राट मान लो, चाहे कुछ दो या न दो।" लोहित की हँसी कुछ बहकी हुई थी, "बेचारे, अपने घर बुला कर खिला-पिला भी तो रहे हैं।"

"वैसे भी वह धर्मराज है।" विश्वगश्त ने जोड़ा, "सम्भव है कि सम्राट

बनने से प्रजा का कल्याण ही हो।"

"उसे छोड़ो।" पुलिन्द बोला, "मुझे यह बताओ कि इस यज्ञ में जहाँ साधारण-से-साधारण राजा भी आया है, पांचाल से कोई नहीं आया? न द्रुपद न धृष्टद्युम्न? युधिष्ठिर ने द्रुपद को आमन्त्रित नहीं किया होगा क्या? और चक्रवर्ती सम्राट के निमन्त्रण को इस प्रकार ठुकराया तो नहीं जा सकता?"

"मुझे लगता है कि पांचाल युधिष्ठिर की सहमति से ही नहीं आये हैं।" भगदत्त ने कहा, "यहाँ नियन्त्रण के रूप में बैठे हैं भीष्म तथा द्रोण। द्रुपद का इन दोनों के प्रति ही शत्रु-भाव है। द्रुपद आते तो धृष्टद्युम्न और शिखण्डी भी आते। शिखण्डी ने भीष्म के वध का संकल्प ले रखा है और धृष्टद्युम्न ने द्रोण के वध का। वे आमने-सामने आ जाते तो?"

"इसका अर्थ हुआ कि पाण्डवों का इन दोनों के साथ निर्वाह नहीं हो सकता था। युधिष्ठिर को दोनों में से किसी एक को चुनना था। उसने काम्पिल्य तथा हस्तिनापुर में से हस्तिनापुर को चुना।" लोहित बोला।

"हाँ।"

"किन्तु आप कह रहे थे आर्य भगदत्त! कि पांचाल नहीं आये तो युधिष्ठिर की सहमति से नहीं आये...?" विश्वगश्त ने कहा।

"हाँ।"

"तब तो युधिष्ठिर सचमुच चक्रवर्ती सम्राट होने के योग्य है।" लोहित ने जैसे अपने-आपसे कहा।

"क्यों?" शिशुपाल के स्वर में विरोध भी था और पीड़ा भी।

"इतना बड़ा वीर और कहाँ मिलेगा, जो अपने घर में पत्नी के पिता का ऐसा तिरस्कार कर अपने पिता का सत्कार करने का साहस कर सके?" लोहित ने लड़खड़ाते हुए स्वर में कहा और उच्च स्वर में हँसने लगा।

"हा! हा! हा! तब तो वह सचमुच चक्रवर्ती सम्राट होने के योग्य है।" पुलिन्दराज सुमित्र क्षीव के समान निरन्तर हँसता जा रहा था।

"किन्तु मैं यह बात गम्भीरता से कह रहा हूँ।" भगदत्त ने कहा, "युधिष्ठिर जानता है कि पांचाल किसी भी स्थिति में न तो पाण्डवों के विरुद्ध युद्ध-सज्जित हो सकते हैं, न उनके शत्रुओं से संधि कर सकते हैं, किन्तु दुर्योधन के साथ यदि वह मैत्रीपूर्ण सम्बन्ध नहीं बना पाया तो उसका परिणाम अवश्य ही एक भयंकर युद्ध होगा।..."

"तुम गम्भीरता से कह रहे हो तो मैं क्या व्यर्थ बकवास कर रहा हूँ?" लोहित सचमुच बहक गया लगता था, "मैं भी गम्भीरता से ही कह रहा हूँ। विचार कर मुझे बताओ कि युधिष्ठिर के इस प्रस्ताव पर द्रौपदी की क्या

प्रतिक्रिया हुई होगी? बताओ मुझे कि हवन-कुण्ड से उत्पन्न हुई वह तेजस्विनी नारी अपने पितृकुल का अपमान चुपचाप सहन कर लेगी क्या?"

"महाराज लोहित का कथन सचमुच तर्क-संगत है।" सुमित्र ने समर्थन किया, "अपने पितृ-कुल की यह उपेक्षा द्रौपदी ने कैसे सही होगी?"

"युधिष्ठिर को सम्राट नहीं होना चाहिए।" लोहित कुछ और लड़खड़ा गया, "उसे तो हमारा आचार्य होना चाहिए।"

"क्यों?"

"ताकि वह हमें शिक्षा दे सके कि अपने श्वसुर कुल के प्रभाव को अपने परिवार में प्रवेश करने से कैसे रोका जा सकता है।"

लोहित अपनी बात पर स्वयं ही हँसता-हँसता लोट-पोट हो रहा था।

34

अभिषेचनीय कर्म के दिन यज्ञ-भवन में विशेष भीड़ थी। जो राजा यज्ञ-वेदी को एक बार प्रणाम कर पुनः वहाँ कभी झाँकने भी नहीं आये थे, वे भी आज न केवल वहाँ उपस्थित थे, वरन अपनी उपस्थिति जताने के लिये अत्यन्त व्याकुल भी थे। परिवारजनों, सम्बन्धियों, राजाओं, विप्रों, तपस्वियों तथा ऋषियों का तो आज यहाँ अद्‌भुत समागम था।

सभा में पधारे हुए सभी महानुभावों का यथोचित स्वागत कर उन्हें आसनों पर बैठा दिया गया तो आचार्य द्रोण ने अपनी दाहिनी भुजा उठा कर उपस्थित समाज को शान्त होने का संकेत किया।

भीष्म ने सभा आरम्भ की, "भरतकुलभूषण युधिष्ठिर! आज राजसूय यज्ञ का अभिषेचनीय-कर्म-दिवस है। आचार्य, ऋत्विज, सम्बन्धी, स्नातक, प्रिय मित्र तथा राजा—शास्त्र इन छहों को अर्घ्य दे कर पूजने योग्य बताते हैं। ये लोग यदि एक वर्ष के अन्तराल से किसी के घर आयें, तो वे अर्घ्य के अधिकारी होते हैं। इस सभा में उपस्थित ये सभी महानुभाव हमारे यहाँ सुदीर्घ काल के पश्चात पधारे हैं। इसलिये राजन! तुम बारी-बारी इनको अर्घ्य दो, और..." भीष्म क्षण-भर रुके और अपने स्वर को उच्चतर करते हुए बोले, "इन सब में जो श्रेष्ठ और शक्तिशाली हो, उसे सब से पहले अर्घ्य अर्पित करो।"

युधिष्ठिर अपने आसन से उठ कर खड़े हो गये। कुछ क्षणों के विचार भरे मौन के पश्चात बोले, "पितामह। आर्यावर्त ही नहीं, सम्पूर्ण जम्बूद्वीप की समस्त विभूतियाँ यहाँ वर्तमान हैं। आप आदेश दें कि मैं सबसे पहले किसको अर्घ्य दूँ? जिसे आप इस अग्रपूजा के योग्य समझते हों, उसका नाम

लें पितामह! ताकि उसे अर्घ्य दिया जाये।"

सभा में सन्नाटा छा गया, जैसे युधिष्ठिर ने किसी मन्त्र से सभा में उपस्थित प्रत्येक व्यक्ति को बाँध दिया हो। यह मौन नहीं था, एक प्रकार की स्तम्भनावस्था थी...उत्कंठित श्वास जैसे सभागार की दीवारों पर सिर पटक रहे थे, किसे चुनेंगे पितामह? कौन होगा उनका मनोनीत पुरुष?...

भीम ने सभाजनों की प्रतिक्रिया की ओर ध्यान ही नहीं दिया। वे सहज रूप से अपने चिन्तन में लीन हो गये...यह क्या कोई सरल कार्य था।...सम्पूर्ण जम्बूद्वीप के चुने हुए सहस्रों मानव यहाँ एकत्रित हुए थे।...राजा, महाराजा, योद्धा, विद्वान, ऋषि, मुनि, चिन्तक, दार्शनिक, सिद्ध, साधक, तपस्वी, व्यापारी, कलाकार, गायक, चित्रकार, सर्जक, साहित्यकार, कथा-वाचक, एक-से-एक बढ़ कर सुदर्शन तथा हृष्ट-पुष्ट पुरुष...कौन नहीं है यहाँ? अपने-आप में सब एक से बढ़ कर एक...जैसे प्रकृति ने जितने भी रत्न, मणि, माणिक्य उत्पन्न किये हैं, वे सब एक ही स्थान पर एकत्रित हो गये हैं...

इन सब को अर्घ्य दिया जायेगा, किन्तु सबसे पहले अर्घ्य किसे दिया जाये? अर्घ्य तो बिना किसी को वंचित किये हुए सहस्रों लोगों को दिया जा सकता है, किन्त अग्रपूजा तो किसी एक ही व्यक्ति की हो सकती है। इसलिये यह तो निश्चय करना ही होगा कि अग्रपूजा किसकी हो?...यदि भीष्म अपने इस वय में भी इसका निर्णय नहीं कर सकते, तो युवक युधिष्ठिर इसका निर्णय कैसे कर पायेगा?...

भीष्म ने एक दृष्टि उपस्थित राज-समाज पर डाली। उन्हें लगा, जैसे प्रत्येक राजा अपने महत्व में फूला हुआ बैठा है। सब अपना-अपना महत्व जानते हैं, दूसरों का महत्व कोई नहीं जानता, या जानना नहीं चाहता। अपना महत्व और दूसरों का दोष जानना कितना सरल है, किन्तु न किसी को अपना दोष दिखायी देता है, न दूसरे का गुण।...जिसे देखो, उसी की आँखें, मुद्राएँ, भंगिमाएँ, हाव-भाव, सब अपने महत्व की घोषणा कर रहे हैं...हम महत्वपूर्ण हैं...हम सब से महत्वपूर्ण हैं...हमने राजसूय यज्ञ नहीं किया, युधिष्ठिर ने कर लिया। किन्तु राजसूय यज्ञ से क्या होता है। हमने कभी उसकी इच्छा ही नहीं की। जिस क्षण इच्छा होती, उसी दिन, उसी क्षण उसे कर लिया होता।...पर सोचा, कौन प्रपंच करे। फिर कौन-सा यह युधिष्ठिर ने स्वयं किया है। उसकी सहायता के लिये उसके चार भाई हैं। वैसे चार भाई हमारे भी होते, तो हम कब के राजसूय यज्ञ कर चुके होते...।'

कैसी विचित्र स्थिति थी...भीष्म सोच रहे थे...वे सब लोग अपने मन पर रखे, अपनी तुच्छता के बोझ को कम करने के लिये, युधिष्ठिर को तुच्छ

प्रमाणित करना चाहते थे। वे युधिष्ठिर की अवमानना भी करना चाहते थे, और उसी युधिष्ठिर से अपने लिये सम्मान भी पाना चाहते थे। शायद युधिष्ठिर की अवमानना कर के ही, वे अपना सिर ऊँचा उठा हुआ अनुभव कर सकते थे। ऐसे सिर बहुत कम होते हैं, जो उन्नत सिरों के बीचे में से उनके ऊपर दिखायी पड़ें। अधिकांश को तो अपना उन्नत सिर दिखाने के लिये अन्य लोगों के कबन्ध के ऊपर के अंश को काटना ही पड़ता है।...

ये सब अतिथि हैं। अतिथियों की पूजा गृहस्थ का धर्म है...किन्तु इन सबकी इच्छा पूरी नहीं की जा सकती...अतिथि बन कर आये हुए किसी व्यक्ति की इच्छा ही तो राजसूय-यज्ञ में हुई अग्रपूजा जैसे महत्त्वपूर्ण कार्य के लिये आधार नहीं हो सकती।...कहने को तो कहा जा सकता है कि युधिष्ठिर किसी की भी पूजा कर ले, किसी को क्या अन्तर पड़ता है?...जिसका जो महत्व है, वह तो रहेगा ही। जिसकी पूजा नहीं होगी, उसका कोई गुण, उससे छिन तो जायेगा नहीं...और जिसकी पूजा होगी, उसके अवगुण नष्ट तो होंगे नहीं।... और महत्त्व तो गुणों से ही होता है। राजा की पूजा किसी गुणहीन को गुणवान तो बनाने से रही। प्रश्न तो राजा की गुण ग्राहकता का है...

भीष्म निरन्तर सोचते जा रहे थे...व्यक्तिगत सम्बन्धों की बात और है। वहाँ किसी से तुलना नहीं है। कोई व्यक्ति किसी से कितना भी प्रेम कर सकता है, उसे महत्व दे सकता है, उसे मान-सम्मान और धन दे सकता है। कोई चाहे तो नागफणी से अपना घर-द्वार सुशोभित करे और तुलसी को उखाड़ कर बाहर फेंक आये। कोई उसे क्या कह सकता है।...पर राजसूय यज्ञ कोई व्यक्तिगत प्रसंग नहीं है, यह सार्वजनिक समारोह है। यहाँ व्यक्ति की निजी रुचि या निजी सम्बन्ध बीच में नहीं आना चाहिए। पूजा, व्यक्ति की नहीं होगी, पूजा तो उसके गुणों की होगी। जिसकी पूजा होगी, उसके चिन्तन को, उसके आचरण को, समाज में प्रतिष्ठा मिलेगी। जन-सामान्य के सम्मुख उसे एक आदर्श के रूप में प्रस्तुत किया जायेगा। उसके कृत्यों को धर्म माना जायेगा।...और अयोग्य व्यक्ति की पूजा का अर्थ है, योग्यता पर अयोग्यता का आधिपत्य, सत्य पर झूठ का वर्चस्व, सदाचरण पर दुराचरण की प्रतिष्ठा ...और इन सब का अर्थ होगा, धर्म पर अधर्म का आरोपण।...पर एक बार समाज में धर्म पर अधर्म का आरोपण हो जाये, योग्य लोगों के मस्तक पर अयोग्य व्यक्ति को स्थापित कर दिया जाये, तो मेधा, प्रतिभा और योग्यता का असत्य के उस वातावरण में दम घुटने लगता है। स्थापित अन्याय सदा भय से थरथराता रहता है कि कहीं किसी कोने से न्याय की गुहार न उठ जाये।... इसलिये वह अनवरत न्याय का, धर्म का, प्रतिभा का मस्तक कुचलने के प्रयत्न

में लगा रहता है। वट की छाया में घास ही नहीं, अनेक पौधे और नन्हें-मुन्ने वृक्ष भी पनप सकते हैं, किन्तु घास की छाया में वट के अस्तित्व की कल्पना भी नहीं की जा सकती...एक छोटी-सी भूल, कितने बड़े विनाश का कारण बन सकती है।...और फिर यह राजसूय-यज्ञ तो जम्बूद्वीप की भावी राजनीति का नेतृत्व करेगा, पाण्डव किस नीति का समर्थन करेंगे...यह सब तो आज यहीं निर्णीत हो जायेगा...यदि युधिष्ठिर के राजसूय का संकल्प धर्म-राज्य स्थापित करना है, तो अग्रपूजा भी उसी व्यक्ति की होनी चाहिए जो धर्म को जानता हो, धर्म को समझता हो, धर्म पर चलता हो...

और सहसा भीष्म को लगा, कि बड़ी असम्भव-सी कसौटी रख दी है, उनके मन ने। धर्म को किसने समझा है आज तक? भीष्म इन कौरव-पाण्डवों के दादा हैं। कितना अधिक जीवन देखा है, उन्होंने इन युवकों की तुलना में।...और जीवन-भर उन्होंने किया ही क्या है, सिवाय धर्म के चिन्तन के। धर्म-अधर्म का द्वन्द्व उनके मन में सदा रहा है, वे सदा ही सत्य-असत्य तथा कर्तव्य-अकर्तव्य को परखने का प्रयत्न करते रहे हैं...पर क्या भीष्म जान चुके हैं कि धर्म क्या है?...वे तो आज तक अपने द्वन्द्व से ही नहीं उबर पाये। वे जितना अधिक सोचते हैं, उतना ही अधिक प्रश्नों की गुत्थियों की गहराई में उतरते जाते हैं, उलझते जाते हैं, और अन्त में इसी निष्कर्ष पर पहुँचते हैं कि धर्म का मर्म अत्यन्त सूक्ष्म है, उसे समझ पाना प्रायः असम्भव है...

यदि धर्म को जानने वाले की ही अग्रपूजा होनी है, तो फिर किसी ऋषि की ही खोज करें भीष्म।...ऋषि तो अनेक हैं...नारद, वेद व्यास, सुसामा, धौम्य, अंगिरस...और दुर्वासा भी।...ये सब ही धर्म को समझते हैं।...किन्तु इन्होंने तो समाज को ही त्याग दिया है। वे धर्म का नहीं, तापस-धर्म का पालन कर रहे हैं...वे तो समाज का अंग ही नहीं हैं। उनकी अग्रपूजा कर भीष्म क्या संन्यास-धर्म की स्थापना करना चाहते हैं। गृहस्थ धर्म की हीनता रेखांकित करेंगे भीष्म। समाज को छिन्न-भिन्न करना चाहते हैं वे...?

समाज में तो हैं ये राजा लोग।...भीष्म को लगा, यह विचार न हो, कोई विस्फोट हो।...ये राजा और धर्म?...दूर-दूर तक कोई सम्पर्क नहीं, इनका धर्म से।...ये सब अहंकार और विलास के पुतले हैं।...अहंकार और विलास के सान्निध्य से कहीं धर्म टिक पाया है क्या?...तो फिर? तो फिर?...

और भीष्म की दृष्टि बार-बार, घूम-फिर कर, आ कर कृष्ण पर ठहर जाती थी...कृष्ण राजा नहीं है, किन्तु आर्यावर्त्त की राजनीति में जितनी पैठ उसकी है, और किसी की नहीं है। उसने कंस और कालयवन ही नहीं, जरासंध को भी धूल चटा दी। कृष्ण पर बार-बार आक्रमण करके भी जरासंध कुछ नहीं कर

सका। कृष्ण ने पहले उसे अक्षम किया और फिर उसका वध करवा दिया। भीष्मक, रुक्मी, शिशुपाल, दन्तावक्त्र, शाल्व, सुनीथ...सारे-के-सारे दुष्ट क्षत्रिय, उसी के आतंक के मारे शान्त हुए बैठे हैं।...यदि कहीं कृष्ण न होता, या वह इतना चतुर, सक्रिय और समर्थ न होता, तो इन पापी राजाओं ने आर्यावर्त्त में से न्याय, धर्म और ज्ञान की ज्योति पूर्णतः बुझा दी होती। यहाँ पाप, अज्ञान, अन्याय और अधर्म का अधिकार इतना सघन हो जाता कि मानवता तक दिखायी न पड़ती, आर्यत्व की तो बात ही क्या? वे राजा स्वयं को क्षत्रिय कहते हैं, आर्य कहते हैं, किन्तु उनके आचरण राक्षसों और निशाचरों के से हैं। वे पूर्णतः राक्षस हो चुके हैं...और उस कृष्ण को देखो...कंस का वध करके भी उसने किरीट धारण नहीं किया। कुशल स्थली को जीता, द्वारका का निर्माण किया, यादवों का नेतृत्व किया, किन्तु राजा के रूप में उग्रसेन को ही सिंहासनासीन किया। जरासंध का वध करवाया तो उसी के पुत्र सहदेव का राजतिलक कर आया।...यदि कहीं कृष्ण के मन में राजा बनने की इच्छा समा जाती, तो कदाचित सब से विशाल साम्राज्य कृष्ण का ही होता।...पर वह तो राजा बनना ही नहीं चाहता।...यहाँ, इन राजाओं की सभा में आ कर भी, ऋषियों के चरण धोने का कार्य करता रहा...कैसी अपूर्व श्रद्धा है कृष्ण के मन में, इन त्यागी, ज्ञानी, निःस्वार्थ तपस्वियों और साधकों के लिये। वह धन नहीं खोजता, अधिकार नहीं खोजता, वह धर्म को खोज रहा है...

ऋषि नहीं है कृष्ण, संन्यासी नहीं है। न समाज से पलायन किया है उसने, न समस्याओं से और न कर्म से। इस देश की राजनीति में, यादवों के प्रशासन में, अपनी पारिवारिक समस्याओं में, आकण्ठ धँसा है कृष्ण। पर कैसा अनासक्त है। जिनके लिये अपने प्राणों का पण लगा कर काम करता है, उनसे कुछ भी पाने की अपेक्षा नहीं करता। सृष्टि को देने-ही-देने के लिये जन्म हुआ है उसका, उससे कुछ प्राप्त करने के लिये नहीं।...किस ऋषि ने साधा है ऐसा योग?...

सहसा भीष्म की विचार-शृंखला टूटी। किधर बह रहे हैं वे। उनके मन में तो जैसे कृष्ण के लिये स्नेह, सम्मान और श्रद्धा को भी पार कर भक्ति उमड़ आयी है।...और ठीक ही तो उमड़ी है भक्ति।...जिसे देखो, वही याचक है : सृष्टि से, पृथ्वी से, राजा से, समाज से, सम्बन्धियों से...सबसे कुछ-न-कुछ माँगता ही है।...किन्तु कृष्ण ने तो कभी कुछ नहीं माँगा...दिया-ही-दिया है।... जो जीवन को खाने के लिये बैठ जाता है, जीवन उसे खा जाता है। जो धर्म की रक्षा नहीं करता, धर्म उसकी रक्षा नहीं करता। कृष्ण धर्म की रक्षा करता है, धर्म कृष्ण की रक्षा कर रहा है...

भीष्म जैसे अपने-आप में नहीं थे। वह सम्मोहन की-सी अवस्था में उठ खड़े हुए और बिना विशेष प्रयत्न अथवा समारोह के, सहज भाव से बोले, "राजसूय यज्ञ के लिये उपस्थित हुए विशिष्टजन! मुझसे चक्रवर्ती युधिष्ठिर ने पूछा है कि धर्म की स्थापना करने वाले इस यज्ञ में वे किसकी अग्रपूजा करें। मैं पर्याप्त चिन्तन कर इस निष्कर्ष पर पहुँचा हूँ कि इस सारे समाज में अग्रपूजा के योग्य निसन्देह एक ही महानुभाव हैं...द्वारका के वासुदेव कृष्ण। वे अपने तेज, बल और पराक्रम से देदीप्यमान हैं, वह अहंकार शून्यता, निर्लोभिता तथा धर्मनिष्ठा में असाधारण हैं, वीरता, ज्ञान तथा त्याग में अलौकिक हैं, उनमें भव्यता, दिव्यता और सात्विकता है। उनका स्थान मनुष्यों के समाज में वही है, जो ग्रह-नक्षत्रों में भगवान भास्कर का है। जो प्रभाव शून्य में वायु के आ जाने का है, वही प्रभाव किसी समाज में श्री कृष्ण के आने का होता है। मेरा प्रस्ताव है कि चक्रवर्ती सम्राट युधिष्ठिर वासुदेव कृष्ण की ही अग्रपूजा करें।"

वाक्य पूरा कर भीष्म अपने स्थान पर बैठे ही थे कि उन्हें लगा कि उनसे भूल हो गयी है : उन्हें बिना किसी से विचार-विमर्श किए, इस प्रकार उठ कर कृष्ण के नाम की घोषणा नहीं कर देनी चाहिए थी। उन्हें द्रोण से तो चर्चा कर लेनी चाहिए थी, और यदि वह भी नहीं करना था तो उन्हें युधिष्ठिर को ही बता देना चाहिए था। उन्होंने तो अपनी ओर से घोषणा कर दी, और कहीं पाण्डवों ने कुछ और सोच रखा हो तो?...सम्भव है युधिष्ठिर का उनसे इस प्रकार पूछना मात्र एक शिष्टाचार हो।...क्या सचमुच भीष्म इतने वृद्ध हो गये हैं कि अपना सन्तुलन खो रहे हैं?...क्या उनको दिया गया यह अधिकार वास्तविक था? क्या कोई भी अधिकार वास्तविक होता है?...और अधिकार नाम की कोई स्तु होती भी है? सृष्टि की दया को मनुष्य अपना अधिकार मान कर अनाचार करने लगता है। वैसे ही युधिष्ठिर के शिष्टाचार को अपना अधिकार मान उन्होंने कोई अनर्थ तो नहीं कर दिया?...धृतराष्ट्र और दुर्योधन ने...जिनके साथ वह वर्षों से रह रहे हैं...शायद इसलिये उन्हें कोई औपचारिक अधिकार नहीं दिया...

और यदि पाण्डवों के मन में कुछ और न भी हो, युधिष्ठिर ने वस्तुतः उनको वह अधिकार दिया हो...तो भी...उन्हें कृष्ण से तो पूछ ही लेना चाहिए था।...कृष्ण...जो कहीं अपना महत्त्व नहीं जताता, जो कहीं कोई पद स्वीकार नहीं करता, भीष्म ने उस कृष्ण के नाम की घोषणा अग्रपूजा के लिये कर दी है। यदि कृष्ण को यह मान्य न हुआ तो?...उन्हीं के समान कृष्ण ने भी खड़े हो कर यह घोषणा कर दी कि वह अपनी अग्रपूजा के लिये सहमत नहीं है, तो?...जो इन्द्र की पूजा का विरोध कर सकता है, वह क्या अपनी अग्रपूजा का

विरोध नहीं कर सकता? अवश्य कर सकता है, तो?...तो क्या? किसी और की पूजा हो जायेगी। किसी एक व्यक्ति की इच्छा-अनिच्छा को देखते हुए तो यज्ञ की प्रक्रिया रुक नहीं जायेगी...

भीष्म के मस्तक में जैसे पुनः एक धमाका हुआ : किसी और की अग्रपूजा?... उन्हें लगा, यदि किसी और व्यक्ति के नाम का प्रस्ताव आया, चाहे वह वेदव्यास का ही नाम क्यों न हो, और पाण्डव उससे सहमत हो गये, तो भीष्म को उसका विरोध करना पड़ेगा। यह अनाचार भीष्म के यज्ञ-नियंता होते हुए नहीं हो सकता।...कृष्ण की उपस्थिति में किसी अन्य व्यक्ति की पूजा, अनाचार ही तो है...

और सहसा भीष्म का ध्यान अपने मन के धमाकों से हट कर सभा की ओर लौट गया...उनके द्वारा कृष्ण के नाम की घोषणा होने पर, सभा जैसे स्तब्ध रह गयी थी...एक लम्बे स्तब्ध सन्नाटे के पश्चात अकस्मात ही एक भिनभिनाहट-सी आरम्भ हो गयी और उसने बढ़ते-बढ़ते जन-रव रूप धारण कर लिया था।

पहले तो भीष्म समझ नहीं पाये कि यह उनकी बात का समर्थन था अथवा विरोध...किन्तु ध्वनियों के उस वन में, वे अपनी समझ की पगडण्डी बना पाये तो स्पष्ट हुआ कि उनकी घोषणा की सभा में मिश्रित प्रतिक्रिया हुई थी। कुछ लोग उनका समर्थन कर रहे थे और कुछ विरोध में बोल रहे थे।... यह तो होना ही था। आजकल इस समाज में इतनी अधिक स्वतन्त्रता व्याप्त है कि वह उच्छृंखलता की सीमा को छूने लगी थी। जब किन्हीं दो व्यक्तियों में सहमति नहीं हो पाती, तो इतने व्यक्तियों में...और व्यक्ति भी कैसे?...स्वयं को विशिष्ट ही नहीं, असाधारण मानने वाले आर्यक्षत्रिय राजा...

और कृष्ण?

भीष्म की दृष्टि भटकती हुई कृष्ण तक पहुँची।...कैसे बैठा है कृष्ण, जैसे सभा में उपस्थिति ही न हो।...कैसा व्यक्ति है यह? भीष्म का मन जैसे फिर से अभिभूत हो उठा...यह व्यक्ति सशरीर कहीं विद्यमान होते हुए भी जैसे वर्तमान नहीं होता, और कहीं अनुपस्थित होते हुए साक्षात वर्तमान होता है।...यहाँ इस प्रकार निर्लिप्त बैठा है, जैसे यह सारी चर्चा उसके विषय में न हो रही हो। यह बवण्डर उसके व्यक्तित्व से सम्बन्धित ही न हो। वह तो जैसे समाधिस्थ हो कर, योग साध रहा था...

भीष्म को प्रसन्नता हुई, कृष्ण अपनी अग्रपूजा का विरोध नहीं कर रहा था। पूजा ग्रहण करने में उसकी अनिच्छा नहीं थी। किन्तु कहीं रंचमात्र भी उल्लास था उसके मुखमण्डल पर, कि भीष्म मानें कि उसकी कोई इच्छा

पूरी हुई है, या उसकी किसी आकांक्षा ने आकार ग्रहण किया है।...अपने मन में इच्छाओं को जन्म दे कर कृष्ण स्वयं को रिक्त नहीं करता कि पूर्ति का जल आ कर उसके रिक्त स्थलों की आपूर्ति करे। वहाँ न कामना है न कामना-पूर्ति। न रिक्त है, न आपूर्ति।...सन्तुलन की कौन-सी दशा है यह? ...और भीष्म को लगा कि उनके मन में से स्वर उठ रहा है। स्वर, जो कृष्ण के कण्ठ से नहीं, कृष्ण के अस्तित्व से उपजा है, भीष्म! कामना तो याचना है, वंचना है। कामना मत कर, तू परिपूर्ण है। पाने की इच्छा ही ख़ाली होने की प्रक्रिया है। उपलब्धि ही अभाव का मूल है। कामना से प्राप्ति होगी, और प्राप्ति से तू वंचित होगा। उपलब्धि और अनुपलब्धि एक ही अस्तित्व के दो पक्ष हैं।...

यदि तुमने अपने पिता की इच्छा-पूर्ति के लिये राज्य न त्यागा होता, तुमने अपने लिये राज्य की कामना की होती, तो तुमने अपने मन में अपने पिता के विरुद्ध विष और द्वेष का एक साम्राज्य भी स्थापित किया होता, और उसके विनिमय में पिता का राजसिक विरोध पा कर एक अनन्त संघर्ष को जन्म दिया होता। उस संघर्ष में तुम बड़ी-से-बड़ी उपलब्धियों की ओर बढ़ते और स्वयं को अधिक-से-अधिक वंचित करते चलते।...भीष्म! अपने को देना ही, दूसरों को पाना है, और दूसरों से लेना ही स्वयं को बन्धक रखते जाना है...।

भीष्म ने चमत्कृत हो कर कृष्ण की ओर देखा : क्या है यह? यह सब कृष्ण की माया है, या भीष्म का अपना मन ही कृष्ण की ओट ले कर, उनको छल रहा है?...

भीष्म अपने मनोलोक से निकल, पाण्डवों की सभा में लौट आये।

क्रमशः जन-रव वैसे ही शान्त हो गया, जैसे आलोड़ित जल के स्थिर होने पर मिट्टी के कण तल पर बैठ जाते हैं, और जल पारदर्शी हो जाया करता है।...भीष्म को एक नयी अनुभूति हुई : समर्थन करने वाले कितना अक्षम समर्थन करते हैं, और विरोधी पक्ष कितना प्रबल होता है। सत्य और न्याय के साथ सदा यह ही होता आया है। सत्य कितने कोमल स्वर में बोलता है, और असत्य अपनी कर्कशता में ही स्वयं को सत्य और सत्य को असत्स बना देता है। कृष्ण के समर्थक अपना नैतिक दायित्व पूर्ण कर, चुप ही नहीं हो गये थे, कहीं सो गये थे, किन्तु उसके विरोधी प्रबल से प्रबलतर होते जा रहे लगते थे!

चेदिराज शिशुपाल मन में बहुत सारा उत्साह और ढेर सारी अपेक्षा ले कर आज की सभा में आया था। वस्तुतः यह तथ्य आज ही उसके ध्यान में आया था कि वह पहले दिन से ही अभिषेचनीय कर्म-दिवस की प्रतीक्षा में

था। उसके लिये तो यह सारा राजसूय यज्ञ 'अग्रपूजा' में सिमट कर रह गया था।...उसने बार-बार अपने-आप से पूछा था कि वह 'अग्रपूजा' के लिये इतना व्याकुल क्यों था? अपने भीतर कोई बहुत स्पष्ट उत्तर उसे नहीं मिला था, किन्तु एक अनाम-सी तृष्णा अवश्य कौंध गयी थी।...जरासंध की मृत्यु हो चुकी थी, धृतराष्ट्र अन्धा था, दुर्योधन अभी स्वतन्त्र किरीटधारी राजा नहीं था, द्रुपद यहाँ आया ही नहीं था...तो किस राजा की अग्रपूजा करेगा युधिष्ठिर? कौन-सा राजा इतना शक्तिशाली और सामर्थ्यशाली था, जिसे युधिष्ठिर यह सम्मान देना चाहेगा?...

और जब युधिष्ठिर ने इस चयन का दायित्व भीष्म को सौंप दिया तो शिशुपाल का मन कुछ बुझ गया था। भीष्म का कुछ पता नहीं।...वे कह दें कि वेदव्यास की अग्रपूजा कर दो, आचार्य द्रोण की कर दो...किन्तु आचार्यों तथा संन्यासियों की पूजा यज्ञ-वेदी पर ही होती है, राजाओं की सभा में राजाओं की ही पूजा हो सकती है।...

और तब भीष्म ने 'कृष्ण' का नाम लिया था। शिशुपाल की अन्तड़ियों में ऐसा मरोड़ उठा कि उसकी इच्छा हुई कि खड्ग निकाल कर अभी भीष्म का वध ही कर दे। यदि यह नहीं कर सके, तो कम-से-कम भीष्म की वह जिह्वा तो काट ही ले, जिसने अग्रपूजा के लिये कृष्ण का नाम प्रस्तावित किया था...

किन्तु नहीं...उसने अपने-आपको रोका...भीष्म के कहने से क्या होता है। इतने दिनों से युधिष्ठिर ने कृष्ण को कंगले ब्राह्मणों के पैर पखारने के काम पर इसलिये तो नहीं लगा रखा कि आज उसकी अग्रपूजा हो। उसकी अग्रपूजा ही करनी होती तो उसको राजसूय-यज्ञ में कोई महत्त्वपूर्ण स्थान दिया गया होता। ...युधिष्ठिर भली प्रकार समझता होगा कि चेदिराज शिशुपाल की उपस्थिति में कृष्ण की अग्रपूजा नहीं हो सकती।

किन्तु तभी उसने देखा कि युधिष्ठिर ने उपस्थित राजाओं के समर्थन अथवा विरोध की कोई चिन्ता नहीं की। उन्होंने सहदेव की ओर देखा, "वासुदव को अर्घ्य समर्पित करो सहदेव।"

शिशुपाल जैसे आकाश से गिर पड़ा...युधिष्ठिर ने वही किया, जो भीष्म ने कहा। उसने उसके औचित्य-अनौचित्य पर तनिक भी विचार नहीं किया। उसने यह नहीं सोचा कि जरासंध-मण्डल का कोई भी राजा इसको स्वीकार नहीं करेगा...उसे किसी की चिन्ता नहीं है, शिशुपाल की भी नहीं...

सहदेव सहर्ष आगे बढ़ा। वह सभा में बैठे राजाओं के मध्य में से कृष्ण की भुजा पकड़, उन्हें उठा लाया। आगार के प्रमुख भाग में रखे सुसज्जित

सिंहासन पर बैठा कर उसने भृंगारवाहक की सहायता से कृष्ण के चरण धोए। बड़ी भक्ति से उन्हें पोंछा। दासी के हाथ से स्वर्ण थाल ले कर उसमें सामग्री से कृष्ण का तिलक किया...

और सहन करना शिशुपाल के वश में नहीं था। वह इस प्रकार उठ कर खड़ा हो गया, जैसे उसे किसी बिच्छू ने काट खाया हो। उसका चेहरा तमतमाया हुआ था और क्रोध के मारे मुख में से झाग गिरने की-सी स्थिति थी...

"हमने समझा था कि वार्द्धक्य ने भीष्म को कोई समझ-बूझ भी दी होगी, पर वह तो पूर्णतया सठिया गया है। मूर्ख तो वह अपनी तरुणाई से ही था...।" वह आवेश से फटे किन्तु उच्च स्वर में कह रहा था।

भीष्म ने पलट कर शिशुपाल को देखा, क्रोध ने उसे असाधारण रूप से प्रखर बना दिया था, जैसे अग्नि सूखे काष्ठ को जला कर प्रकाशमान बना देती है।...किन्तु भीष्म जानते थे कि यह प्रकाश काष्ठ का नहीं, अग्नि का है। अग्नि, ताप तो फिर भी किसी को दे दे, किन्तु प्रकाश किसी को नहीं देती उसका ताप भी विचित्र होता है। किसी को फलता है, किसी को नहीं। स्वर्ण को तपा कर कुन्दन बना देती है, किन्तु काष्ठ उसके ताप से जल कर कोयला बन जायेगा, कोयला तपेगा तो राख हो जायेगा।...शिशुपाल काष्ठ से अधिक कुछ नहीं है...और वह भी श्रेष्ठ कोटि का नहीं। इसके क्रोध की प्रखरता इसे त्यागेगी, तो इस काष्ठ का कोयला शेष बचेगा या भस्म...भीष्म स्वयं नहीं जानते...

"भीष्म मूर्ख तो अपना तरुणाई से ही था, किन्तु अब तो पूर्णतः विक्षिप्त हो गया है। कृष्ण की अग्रपूजा का आदेश दिया है उसने युधिष्ठिर को...एक कंगले पशुपालक का, जिसके पास न धन है, न सैन्यबल। अग्रपूजा वह चाहे करा ले, किन्तु आवश्यकता पड़ने पर वह इस यज्ञ की रक्षा भी नहीं कर पायेगा।..."

सभा सन्न रह गयी। यह शिशुपाल क्या कह रहा था...

युधिष्ठिर वेग से चलते हुए शिशुपाल के निकट आये, "चेदिराज।..."

"युधिष्ठिर!" शिशुपाल युधिष्ठिर की ओर पलटा, "हमारा अपमान ही करना था, तो प्रकट शत्रुता दिखायी होती। यह क्या कि सौजन्य, मैत्री और सम्बन्धों की दुहाई दे कर, हमें यहाँ बुला लिया और अब एक पदविहीन, उद्दण्ड, उच्छृंखल और चरित्रहीन ग्वाले को इस सारे क्षत्रिय राजसमाज के मस्तक पर प्रतिष्ठित करने का प्रयत्न कर रहे हो। तुम्हारी इच्छा हो तो तुम इस प्रपंची कृष्ण को अपना पूज्य और आराध्य मानो, किन्तु हम अपने प्रति

यह अपराध सहन नहीं करेंगे।"

अर्जुन की इच्छा हो रही थी कि वह अपने गाण्डीव से अभी एक बाण शिशुपाल के वक्ष में मारे, ताकि इसे मालूम हो सके के किसी का अपमान करने का अर्थ क्या होता हे।...किन्तु अभी तो धर्मराज उसे शान्त करने का प्रयत्न कर रहे थे...

भीम से जो चर्चा शिशुपाल ने अपनी राजधानी शुक्तिमती में की थी, उनसे भीम आशंकित था कि शिशुपाल कोई-न-कोई उत्पात कर सकता है, किन्तु इस सीमा तक...उसकी भुजाएँ फड़क रही थीं, कि इस शिशुपाल को भी वैसे ही चीर कर रख दे, जैसे जरासंध को चीरा था...

"शिशुपाल! भाई!..." युधिष्ठिर उसे शान्त करने का प्रयत्न कर रहे थे, "इस प्रकार किसी का अपमान करना उचित है क्या?"

"क्या समझते हो तुम, कि तुमने अपने बाहुबल से जय कर, हमें अपने अधीन कर लिया है?" शिशुपाल का कण्ठ क्रोध से सूख रहा था और स्वर बुरी तरह फट गया था, "या समझते हो कि हम तुम से भयभीत हैं, अथवा इतने अक्षम हैं कि जिसे चाहोगे, हमारे मस्तक पर आरोपित कर दोगे? तुम्हें कर इसलिये नहीं दिया था कि तुम्हारी सेना से युद्ध नहीं कर सकते थे, न उस कारण से तुम्हारी इस सभा में आये हैं। हम यहाँ अपने सौजन्य के कारण आये हैं कि एक सम्बन्धी के घर एक समारोह है, तो उसमें सम्मिलित होना सामाजिक शिष्टाचार है।...किन्तु जिस समाज में सौजन्य का महत्त्व नहीं है, वहाँ उसके प्रदर्शन का लाभ?"...

"मेरी बात सुनो शिशुपाल।" युधिष्ठिर ने पुनः कहा।

किन्तु शिशुपाल ने युधिष्ठिर की बात नहीं सुनी। उसने रुक कर एक दृष्टि कृष्ण पर डाली और एक बार भीम को देखा। अपने सामने खड़ा युधिष्ठिर तो जैसे उसे दिखायी ही नहीं पड़ रहा था..."हम यहाँ रहे तो हमसे यह पाखण्ड सहन नहीं होगा, और व्यर्थ का रक्तपात होगा। बालिकाओं की गुड़ियों के खेल के समान, युधिष्ठिर अपना चक्रवर्ती का खेल खेल ले, इसलिये हम यहाँ से जा रहे हैं।..."

उसने भुजा उठा कर जैसे सारे राज-समाज को बाहर चलने का संकेत किया, और बिना यह देखे कि उसके आह्वान का प्रभाव क्या हुआ है, वह सभागार से बाहर निकल गया। भीष्म ने आश्चर्य से देखा...उसके पीछे-पीछे बाहर जाने वाले राजाओं की संख्या कम नहीं थी...सुनीथ, दन्तवक्त्र, यूपकेतु, लोहित, शाल्व, भीष्मक...

युधिष्ठिर पहले तो स्तब्ध-से खड़े, बाहर जाते हुए शिशुपाल को देखते

रहे, जैसे कुछ समझ ही न पा रहे हों, और फिर उसके निकट जाने के पश्चात किंकर्तव्यविमूढ़ से कभी अपने भाइयों की ओर देखते रहे और कभी कृष्ण की ओर...और अकस्मात ही वह शिशुपाल के पीछे भागे, जैसे कोई सज्जन आतिथेय, अपने रुष्ट अतिथि को मनाने के लिये जाता है...

भीष्म का विचलित मन किसी व्याकुल पक्षी के समान पँख फड़फड़ाता हुआ, कृष्ण तक उड़ा : किन्तु कृष्ण तो ऐसा निर्विकार बैठा था, जैसे कुछ हुआ ही न हो। चारों पाण्डव अवश्य कुछ अस्थिर हो गये लगते थे...कृष्ण के प्रायः समर्थक किसी आसन्न अनिष्ट की आशंका से म्लान हो गये थे, और जो विरोधी उठ कर बाहर नहीं गये थे, वे अनुपस्थित शिशुपाल से बल पा कर, अत्यन्त मुखर हो गये थे...

भीष्म की दृष्टि अन्ततः दुर्योधन की मुखाकृति पर जा ठहरी : कैसा प्रसन्न था दुर्योधन, जैसे उसके जीवन की सबसे बड़ी लालसा, आज पूर्ण हो गयी हो...

इस मूर्ख ने भी अपने जीवन का एकमात्र लक्ष्य पाण्डव-विरोध निश्चित कर लिया है...भीष्म ने सोचा...इसलिये पाण्डवों के प्रत्येक मित्र को अपना शत्रु मान बैठा है, और उनके प्रत्येक शत्रु को अपना मित्र। यह मूर्ख अपनी इसी अन्ध धारणा के हाथों विनाश को प्राप्त होगा...

"इतना बड़ा आयोजन बाल-बुद्धि के भरोसे नहीं होता।" पीछे से किसी ने कहा।

भीष्म की दृष्टि भीम की ओर चली गयी। वह दाँत पीस कर पलटा, "इसका निर्णय कौन करेगा कि बाल-बुद्धि किसकी है।"

भीष्म को सन्तोष हुआ कि भीम अपने स्थान से उठा नहीं, अन्यथा जाने क्या हो जाता।...आज भीम अद्‌भुत संयम का परिचय दे रहा था।

उस राजा ने प्रकट वितृष्णा से मुँह फेर लिया, जैसे कर रहा हो कि तुम जैसे के मुँह कौन लगे...

तभी युधिष्ठिर भुजा पकड़ कर शिशुपाल को भीतर ले आये। शिशुपाल को थाम कर लाने की शैली में न तो कहीं चक्रवर्ती सम्राट का दम्भ था और न सत्ता का कोई अधिकार। वे तो जैसे स्नेह और सौहार्द की शक्ति से ही उसे बाँध लाये थे।...भीष्म ने सोचा...था तो वह युधिष्ठिर की सगी मौसी का पुत्र ही।...समझदार है युधिष्ठिर, जो सम्राट न बन कर, सम्बन्धी बन शिशुपाल को बाँध लाया था। अच्छा है कि युधिष्ठिर में सबको साथ ले चलने का गुण है। वह अपने चारों भाइयों के सम्मान की रक्षा करता हुआ, उन्हें अपने साथ रख पायेगा। नहीं तो भीम क्या कम उद्दण्ड है। क्रुद्ध हो जाये, तो मदांध गज

के समान सबको रौंदने लगता है।...वैसे कृष्ण का भी सम्बन्धी है शिशुपाल! कृष्ण का जो सम्बन्ध पाण्डवों के साथ है, वही तो शिशुपाल के साथ भी है। फिर क्यों विरोधी हो गया है शिशुपाल, उसका? मात्र ईर्ष्या के कारण? राजा हो कर भी शिशुपाल जो महत्त्व प्राप्त नहीं कर सका, कृष्ण उससे कहीं अधिक महत्त्व, साधारण बन कर भी प्राप्त कर रहा है...

"समस्त राजा, ऋषि और भद्रजन सुनें।" युधिष्ठिर ने अपना हाथ ऊँचा उठा कर कहा, "चेदि नरेश शिशुपाल यहाँ की कार्य-पद्धति से कुछ असन्तुष्ट हैं। उनका कहना है कि उन्होंने हमें कर अवश्य दिया है, किन्तु वह उनका एक सम्बन्धी का सौहार्द था। वह आज भी स्वयं को हमारे कर-दाता अधीनस्थ राजा नहीं मानते। मेरा अपना विचार है कि..." युधिष्ठिर की दृष्टि उपस्थित समुदाय पर एक सिरे से, दूसरे सिरे तक घूम गयी, "हमने यज्ञ का आरम्भ स्वयं को अपने बन्धु राजाओं का स्वामी सिद्ध करने के लिये नहीं, धर्म की स्थापना के लिये किया है। इसलिये हम जो निर्णय यहाँ लें, वह सर्वसम्मति से लें...।"

"तो क्यों अकेले उस सठियाए बुड्ढे भीष्म के कहने पर तुमने कृष्ण की अग्रपूजा करना स्वीकार कर लिया?" शिशुपाल फिर अपने स्थान से उठ खड़ा हुआ, "जिसे राजाओं की इस सभा में प्रवेश का भी अधिकार नहीं था, क्यों पहले उसे अर्घ्य दिया तुमने?"

"न सौहार्द एक-पक्षीय भावना से है, और न मर्यादा का पालन मात्र हमारा दायित्व है।" युधिष्ठिर के कुछ कहने से पहले, सहसा सहदेव ने कहा, "हमारे पितामह के प्रति इस प्रकार का अनादर...।"

"तुम्हारे उस नपुंसक पितामह ने अपना अनादर स्वयं आरम्भ किया है।" शिशुपाल ने अभद्रतापूर्वक उसकी बात काट दी, "भीष्म ने न अपना वयस देखा न अपनी अवस्था। अपनी उपस्थिति में स्वयं अपने मुख से इस कृष्ण का नाम प्रस्तावित कर दिया। क्या अवस्था है कृष्ण की और क्या स्थिति है उसकी?"

"अग्रपूजा ही करनी थी तो अपने मातुल इसके पिता वसुदेव को द्वारका से बुला लिया होता।" सुनीथ ने शिशुपाल का समर्थन किया, "पिता के जीवित रहते, पुत्र की अग्रपूजा।"

"वयोवृद्धता की पूजा केवल उन शूद्रों में होती है, जहाँ गुणों का निर्णय नहीं हो सकता।" युधिष्ठिर ने शान्त स्वर में कहा, "इसलिये न पितामह का प्रस्ताव अनुचित था और न श्री कृष्ण को अर्घ्य दिया जाना।"

"यदि शिशुपाल का इतना ही बल है गुणों की तुलना पर, तो एक बात

मुझे भी कहनी है।" सहसा भीष्म बोले, "क्षत्रियों में वीरता की पूजा होती है। यदि किसी को वासुदेव कृष्ण को महावीर मानने में आपत्ति हो, तो वह युद्ध में उसे प्रमाणित करे। मुझे तो राजाओं के इस समुदाय में एक भी भूपाल ऐसा दिखायी नहीं देता, जो युद्ध में देवकीनन्दन श्री कृष्ण के तेज से परास्त न हुआ हो।"

"भीष्म!" शिशुपाल का क्रोध पुनः अमर्यादित हो उठा, "युद्ध का भय मत दिखाओ मुझे। कृष्ण से मैं डरता नहीं हूँ। वृष्णि वंश को क्षत्रिय मानता ही कौन है। अपने अन्नदाता कंस का कृष्ण ने वध कर डाला, और जब युद्ध के लिये सम्राट जरासंध आये तो यह कायरों के समान भाग खड़ा हुआ। इसे वीर कहते हो तुम? तुम जैसे कापुरुष ही इसे वीर मानेंगे, जिसने विरोध के भय से अपना राज्य त्याग दिया।..." और शिशुपाल ने खड्ग निकाल लिया, "मैं किसी भी अवसर और किसी भी स्थान पर कृष्ण और तुम्हारी...दोनों की वीरता की पोल खोलने के लिये प्रस्तुत हूँ।"

भीम की आँखों में क्रोध झलका और वह मुट्ठियाँ भींच कर आगे बढ़ा, "तुम्हारी वीरता की पोल तो मैं खोलता हूँ अभी।"

भीष्म ने देखा, भीम यदि शिशुपाल के निकट पहुँच गया, तो वह उससे गुंथ जायेगा। शिशुपाल के हाथ में नग्न खड्ग है। फिर उसके आस-पास उसके सहयोगी और मित्र राजा लड़ने के लिये सन्नद्ध खड़े हैं। सम्भव है कि वे घेर कर भीम का वध कर डालें। न भी कर पायें तो भी इस अन्तर्वेदी में राजसूय यज्ञ के उत्सव के स्थान पर रक्तपात आरम्भ हो जायेगा। शिशुपाल तो कदाचित इस कार्य के लिये संकल्प करके ही आया है। सुनीथ उसके साथ ही खड़ा है। हाव-भाव से दुर्योधन की भी उनसे पूर्ण सहानुभूति दिखायी पड़ रही है। इसी सभा में इनके कितने सहयोगी हैं...कौन जानता है। वे सब इनके साथ मिल जायेंगे। युद्ध में वे जीतें, न जीतें, किन्तु इस समारोह का उल्लास वे नष्ट कर देंगे, और आयोजन सफल काम नहीं हो पायेगा।..."

"रुक जाओ भीम।" भीष्म ने आदेशपूर्ण स्वर में कहा।

"कैसे रुक जाऊँ पितामह!" भीम के पग रुक तो गये, किन्तु उसका आक्रोश नियन्त्रित नहीं हो पा रहा था, "यह दुष्ट भरी सभा में हमारे आदरणीय तथा आत्मीय जनों के प्रति कहनी-अनकहनी कह रहा है, और कोई इसका विरोध नहीं कर रहा। कृष्ण भी नहीं, जिन्होंने धर्मराज को वचन दिया था कि जो राजा उनकी सभा में भृत्य के समान सेवा नहीं करेगा, वह उसे कबन्ध में परिणत कर देगा।"

भीष्म स्वयं जा कर, भीम को भुजा से पकड़ अपने साथ ले आये। अपने

साथ के मंच पर बैठाया और धीरे से बोले, "वासुदेव कृष्ण मौन बैठे हैं, जाने उनके मन में क्या है। नहीं तो अब तक बिगड़ी बनाने के लिये, विरोध और वैमनस्य मिटाने के लिये वे संधि और शान्ति का कोई-न-कोई प्रयत्न अवश्य करते। सम्भवतः वे अपनी ओर से अग्रपूजा ग्रहण करने से इंकार कर देते। किसी और का नाम प्रस्तावित कर देते। पाण्डवों की सभा में उनकी अग्रपूजा, कोई इतनी बड़ी उपलब्धि तो नहीं है कृष्ण के लिये, कि वह इस समारोह के ध्वस्त होने का जोख़िम उठाते।"

"तो?" भीम ने आश्चर्य से पितामह की ओर देखा।

"मेरा विचार है कि कृष्ण जान-बूझ कर शिशुपाल को इस प्रकार उत्तेजित होने का अवसर दे रहे हैं।" भीष्म बोले, "बहुत सम्भव है कि कृष्ण की योजना, आज इस सभा में शिशुपाल तथा उसके सहयोगियों की मदांधता समाप्त करने की हो।"

"नहीं पितामह।" भीम अब भी उतना ही उग्र और व्यग्र था, "आप कृष्ण को नहीं जानते। वह आजकल परस्पर सौहार्द और प्रेम की बहुत चर्चा करने लगा है। या शिशुपाल जैसे हमारी मौसी का पुत्र है, वैसे ही कृष्ण की बूआ का...।"

"जानता हूँ।" भीष्म बोले।

"बस, यह अपनी बूआ को कष्ट न देने के लिये शिशुपाल का यह अनर्गल प्रलाप सुन रहा है।" और सहसा भीम पलटा, "हम क्यों चाहते हैं कि जिसे गाली दी जाये, वही उसका विरोध करे? शेष समाज क्यों न करे? भद्र समाज चुप क्यों बैठा रहे!"

भीम ठीक कह रहा है– भीष्म ने सोचा–इस प्रकार के सार्वजनिक अभद्र व्यवहार का प्रतिवाद, सार्वजनिक रूप से ही होना चाहिए। यदि सार्वजनिक विरोध नहीं होगा, तो प्रत्येक सबल व्यक्ति निर्बलों को एक-एक कर अपमानित करता रहेगा।

"ठीक है।" भीष्म बोले, "प्रतिरोध तो सार्वजनिक और सामूहिक ही होना चाहिए, किन्तु हम इस समय विवाद को बढ़ाना नहीं चाहते। तुम आवेश में मत आओ। सभा मे मतभेद हो सकता है। तर्क का उत्तर तर्क से दिया जाता है, मुष्टिका से नहीं।"

भीम की समझ में नहीं आया कि पितामह क्या चाहते हैं...उसे तो कभी यही समझ में नहीं आया कि वे लोग इतना सोचते क्यों हैं। इसमें सोचने को है ही क्या। शिशुपाल का व्यवहार अभद्र है, उसे रोका जाना चाहिए। न माने तो बलात उसे शान्त कर दिया जाना चाहिए...

"अनर्गल प्रलाप मत करो शिशुपाल।" युधिष्ठिर का स्वर कुछ कठोर हो गया, "वासुदेव कृष्ण की अग्रपूजा के विरुद्ध तर्क-संगत आपत्ति बताओ।"

"एक आपत्ति हो तो कहूँ।" शिशुपाल का स्वर पूर्ण चीत्कार में परिणत हो गया था, "मुझे तो आपत्तियाँ-ही-आपत्तियाँ हैं। श्रेष्ठतर पुरुषों का तिरस्कार कर इस निकृष्टतम व्यक्ति को सबसे पहले अर्घ्य दिया गया।" क्रोध के मारे उसके मुख में झाग आ गया, "जहाँ इतने किरीटधारी राजा हों, जहाँ हस्तिनापुर के महाराज दुर्योधन वर्तमान हों, वहाँ उस व्यक्ति को अर्घ्य दिया गया, जो एक अधीनस्थ माण्डलिक राजा भी नहीं है। जिसके पास किरीट, दण्ड, छत्र, सिंहासन तक नहीं है।"

"तो मूल आपत्ति पद की है।" भीष्म शान्त किन्तु उच्च स्वर में बोले, "यहाँ उपस्थित अनेक व्यक्तियों के पास राजा का पद है, वासुदेव के पास नहीं है। वैसे शिशुपाल ने जिस दुर्योधन की संस्तुति की है, राजा का पद उसके पास भी नहीं है। अभी हस्तिनापुर के राजा महाराज धृतराष्ट्र ही हैं।" वे रुके, "पर चेदिराज! यदि तुम्हें मेरे प्रश्न का उत्तर देने में आपत्ति न हो, तो मैं पूछना चाहता हूँ कि व्यक्ति अपने पद से महान होता है अथवा प्रतिभा से?...और समाज में सबसे महत्त्वपूर्ण, सबसे पूज्य क्या राजा ही होता है? क्या राजनीतिक सत्ता हमारे जीवन में इतनी महत्वपूर्ण हो गयी है? क्या राजसत्ता मनुष्य की सारी दुर्बलताओं को धो कर, उसे महान बना देती है? क्या राजाओं का चरित्र पूजनीय है?"

"क्यों नही पूछोगे ऐसे प्रश्न। अँगूर खट्टे जो हैं।" शिशुपाल का उद्दण्ड स्वर गूँजा, "तुम्हें राजसत्ता ने त्याग दिया, तो राजसत्ता का महत्व कैसे रह जायेगा?"

"भीष्म का प्रश्न सर्वथा उचित और धर्म-संगत है।" देवर्षि नारद ने पहली बार विवाद में भाग लिया, "जीव राजसत्ता या धन पा कर महान नहीं हो जाता। हमने एक से एक नीच राजा और धनाढ्य देखे हैं।"

"तो क्या ज्ञान पा कर जीव महान हो जाता है?" शिशुपाल की सहायता के लिये सुनीथ आगे बढ़ा। स्पष्टतः वह न केवल देवर्षि नारद की मर्यादा का उल्लंघन कर रहा था, वरन वह उन पर कटाक्ष भी कर रहा था।

किन्तु नारद पूणर्तः शान्त रहे, "नहीं, व्यक्ति ज्ञान से भी महान नहीं होता।"

"तो किससे महान होता है व्यक्ति?" शिशुपाल ने पूछा, "वीण बजाने से?"

"व्यक्ति महान होता है, अपने आचरण से, अपने सदाचार से।" नारद

गम्भीर स्वर में बोले, "जिसका तुममें नितान्त अभाव है शिशुपाल।"

देवर्षि की उक्ति ने शिशुपाल को क्रोध से जैसे विक्षिप्त कर दिया, "तो उस बूढ़े भीष्म में है वह सदाचार?...अन्य पुरुष में अनुरक्त स्त्री का हरण कर लाया। वह तो विचित्रवीर्य ही धर्मपरायण था, जिसने अम्बा से विवाह नहीं किया, नहीं तो यह अधर्मी तो शाल्व की अनुरागिनी का विवाह विचित्रवीर्य से कर ही देता..." और फिर जैसे शिशुपाल के भीतर कोई भयंकर विस्फोट हो गया, "इस कापुरुष के होते हुए, इसके वंश में नियोग के लिये व्यास को आना पड़ा। यह निर्वीर्य क्या समझेगा हमारा महत्व। पूछता है कि क्या पद से व्यक्ति बड़ा हो जाता है...नपुंसक कहीं का।"

"शिशुपाल। शान्त हो जाओ।" युधिष्ठिर बोले, "तुमने कहा था कि सभा में वाद-विवाद होना चाहिए, किन्तु तुम वितण्डावाद कर रहे हो, अपशब्द कह रहे हो। पितामह ने एक प्रश्न हमारे सामने रखा है...पद बड़ा है या प्रतिभा? उत्तर दो।"

"बहुत प्रतिभा है कृष्ण में? किसी घोड़े, बैल या स्त्री को मार लेने में प्रतिभा होती है? अपने अन्नदाता, अपने मामा, अपने स्वामी को धोखे से मार देने के प्रतिभा होती है? जरासंध जैसे वृद्ध सम्राट को धोखे से अकेले में घेर कर मार देने में प्रतिभा होती है।...सब से अधिक प्रतिभा पशुपालकों में ही रह गयी है?" शिशुपाल आपे से बाहर हो रहा था, "पाण्डवों ने इसे सबसे पहले अर्घ्य दे कर हमारा अपमान किया है, और इसने अर्घ्य को ग्रहण कर! इन पापियों को इस पृथ्वी पर रहने का कोई अधिकार नहीं है..." शिशुपाल खड्ग ले कर आगे बढ़ा।

सहसा सहदेव कूद कर उसके सामने आ गया। सामान्यतः सदा ही शान्त रहने वाला मधुरभाषी सहदेव इस समय क्रोध से थर-थर काँप रहा था। उसे इतने क्रोध में पहले शायद ही किसी ने देखा हो। उसने शिशुपाल को अपनी जलती हुई आँखों से देखा, "हमें खड्ग मत दिखाओ। इन खिलौनों से हम भी बहुत खेले हैं।...अनन्त पराक्रमी वासुदेव कृष्ण की हमने जो पूजा की है, उसे जो सहन न कर सके, उन सब बलवानों के मस्तक पर मैंने यह पैर रख दिया।" सहदेव ने अपना पैर दिखाया, "यह मत समझना कि यह सब मैं मात्र आवेश में कह रहा हूँ। मेरा यह सुविचारित मत है। जिसे विवाद करना हो, विवाद करे, जिसे युद्ध करना हो, वह युद्ध करे और देखे कि पाण्डव भी वध कर सकते हैं।"

"तुम्हें तो मैं देखूँगा ही।" शिशुपाल बोला, "इस बूढ़े भीष्म ने जिस कृष्ण की वीरता का बड़ा बखान किया है, मैं आज उसका भी निर्णय किये

देता हूँ।"

शिशुपाल खड्ग ले कर आगे बढ़ा। उसने अपना खड्ग वाला हाथ लहरा कर शेष राजाओं से कहा, "मैं तुम्हारा सेनापति बन कर, इन मूर्खों के विरुद्ध युद्ध के लिये तुम्हारा आह्वान करता हूँ। आओ, आज इन अत्याचारियों से आज तक के सारे प्रतिशोध एक साथ ले लिये जायें।"

सभा में कोलाहल बहुत बढ़ गया। अनेक राजा अपने शस्त्र हाथों में लिये शिशुपाल के आह्वान को कर्म में परिणत करने के लिये प्रयत्नशील दिख रहे थे।...अब रक्तपात को रोकना कठिन था।

भीष्म के चेहरे पर चिन्ता की रेखाएँ उभरीं और युधिष्ठिर की आँखें भय से पूरी खुल गयीं...

कृष्ण ने दृष्टि उठा कर पहली बार शिशुपाल की ओर देखा, किन्तु उनके चेहरे पर न भय था, न आक्रोश, न उत्तेजना। वहाँ ऐसा कोई भाव नहीं था, जिससे लगता कि शिशुपाल नग्न खड्ग ले कर, उनकी ओर बढ़ रहा था।

कृष्ण सहज भाव से उठ कर खड़े हो गये।

शिशुपाल के पग थम गये। उसके साथ के राजा भी रुक गये।

"शिशुपाल सिद्धान्त की बात नहीं कह रहा," कृष्ण ने गम्भीर और शान्त स्वर में कहा, "यह केवल अपनी शत्रुता का निर्वाह कर रहा है। हम प्रागज्योतिषपुर गये थे और इस पापी ने द्वारका में आग लगा दी। रैवतक पर्वत पर क्रीड़ा करते हुए भोजराज को यह बाँध कर ले गया। तपस्वी वभ्रु की पत्नी का अपहरण कर, इसने उसका शील भंग किया। भद्रारक के साथ इसने छल किया।" कृष्ण ने सभा पर दृष्टि डाली, "इसकी माता...मेरी बूआ ने मुझसे कहा था कि यह उच्छृंखल और उद्दण्ड है, मैं इसके प्रति बड़े भाई की-सी क्षमा-दृष्टि रखूँ। मैंने आज तक उनके आदेश का पालन किया है, किन्तु इस पापी ने मुझे अपना बड़ा भाई कभी नहीं समझा। इसने रुक्मिणी जैसे नारी-रत्न की आकांक्षा की। इसकी कामना पूरी नहीं हुई, तो यह मुझसे शत्रुता पालता रहा...और अब सभा में भद्र लोगों के सामने तर्क करने के स्थान पर खड्ग निकाल कर खड़ा है।"

"जैसे इस ग्वाले ने तब रुक्मिणी का अपहरण किया था, वैसे ही यहाँ इसने अग्रपूजा का अपहरण किया।" शिशुपाल ने अभद्र अट्टहास किया, "रुक्मिणी ने इसका वरण नहीं किया था। इसे तो स्वयंवर में निमन्त्रित भी नहीं किया गया था।" वह पुनः जैसे कृष्ण का अपमान करने के लिये हँसा, "और अब इस भरी सभा में इसने रुक्मिणी से मेरा सम्बन्ध स्वीकार किया है। रुक्मिणी मेरी वाग्दत्ता थी। वह मेरी मनोनीत पत्नी थी...।"

कृष्ण की आँखों में पहली बार क्रोध झलका, "अपना अपमान मैं सहन कर सकता हूँ, किन्तु इस प्रकार भरी सभा में मैं किसी नारी का अपमान नहीं होने दूँगा।"

"तो क्या करेगा तू?" शिशुपाल ने दम्भपूर्ण दृष्टि से कृष्ण की ओर देखा। उसका खड्ग वाला हाथ निःशस्त्र कृष्ण की ओर उठा गया, "सभा से पलायन करेगा?"

सभा स्तब्ध थी। भीष्म और युधिष्ठिर चिन्तित थे। पाण्डव निःशस्त्र कृष्ण की रक्षा के लिये दौड़ पड़े थे, किन्तु कृष्ण शान्त खड़े थे। उन्होंने न एक शब्द कहा, न अपना स्थान त्यागा। शान्त भाव से केवल अपना दाहिना हाथ ऊपर उठाया...

सारी सभा देख रही थी...कोई कृष्ण के निकट नहीं आया था, कृष्ण अपने स्थान से हिले भी नहीं थे, तो उन्होंने अपना सुदर्शन चक्र कहाँ से प्रकट कर लिया? सभा में उपस्थित लोगों ने तो देखा था कि उनकी तर्जनी पर सुदर्शन चक्र चमक रहा था।

शिशुपाल के पग थम गये। उसकी आँखों में भय झलका, और उसने जैसे घबरा कर कृष्ण पर प्रहार किया...

किन्तु सुदर्शन चक्र उससे भी पहले चल चुका था...शिशुपाल का मस्तक कट कर भूमि पर जा गिरा। उसके रुण्ड से रक्त फूटा और फर्श पर फैल गया...

निमिष मात्र में सर्वथा अनपेक्षित घट गया था। सभा पर ऐसी जड़ता छाई, जैसे किसी ने मन्त्र-बल से सब कुछ पाषाण का बना दिया था...

"सब लोग शान्त हों।" कृष्ण ने गम्भीर किन्तु उच्च स्वर में कहा, "धर्म-स्थापना का प्रथम चरण है दुष्ट-दलन। पापी को दण्डित करना। मैंने पापी को दण्डित किया है।...धर्मराज ने सबसे पहले मुझे अर्घ्य समर्पित किया है। इस यज्ञ का रक्षक मैं हूँ। जो कोई उत्पात करेगा, वह शिशुपाल के मार्ग पर ही जायेगा। यह युद्ध-क्षेत्र नहीं है, पाण्डव युद्ध-भूमि से हो कर, इस यज्ञ-भूमि तक आये हैं। जिसे उनसे युद्ध करने की इच्छा थी, उसे पहले ही सैनिक-समाधान कर लेना चाहिए था। सभा में केवल विचार होना चाहिए। वही हो। हमारी ओर से केवल तर्कों का आदान-प्रदान होगा, किन्तु यदि कोई युद्ध की कामना करेगा, तो हम युद्ध-दान से पीछे नहीं हटेंगे।"

कितना मधुर स्वर था कृष्ण का, किन्तु कितना दृढ़...भीष्म ने सभा पर दृष्टि डाली...राजाओं की वक्र भौंहें सीधी हो गयी थीं, और उठी हुई भुजाएँ झुक गयी थीं। कृष्ण की आकृति पर उद्विग्नता का जैसे कोई चिह्न ही नहीं

था, किन्तु स्फूर्ति अपना प्रमाण दे रही थी। पाण्डवों के साथ-साथ यादव महारथी चारों ओर सन्नद्ध खड़े थे। क्षण-भर में ही यह रण-भूमि में परिणत हो सकती थी...

दुर्योधन की दृष्टि सारी सभा में भटकती फिर रही थी...कहीं शिशुपाल का कोई मित्र अथवा सहयोगी, पाण्डवों की चुनौती का सामना करने के लिये खड़ा दिखायी नहीं पड़ रहा था। यहाँ तक कि शिशुपाल का पुत्र धृष्टकेतु भी एक ओर सिर झुकाए शान्त बैठा हुआ था, जैसे जिस शिशुपाल का कुछ क्षण पहले वध हुआ था, उससे उसका कोई सम्बन्ध ही न हो...दुर्योधन की दृष्टि जा कर दुःशासन के चेहरे पर टिक गयी।...क्या हो गया था इसको? इसकी आँखें इस प्रकार फटी-फटी क्यों हैं? वह कृष्ण की ओर इस प्रकार क्यों देख रहा है। लगता है, यह अचेत हो कर गिर पड़ेगा...

"भीम!" सभा में युधिष्ठिर का स्वर गूँजा, "शिशुपाल की अन्त्येष्टि तथा धृष्टकेतु के चेदि नरेश के रूप में अभिषेक का प्रबन्ध करो। हम पिता के स्थान पर उसके पुत्र को राजा स्वीकार करते हैं।"

35

राजसूय-यज्ञ कई दिन तक चला। एक ओर मन्त्रोच्चार के साथ अग्नि में आहुतियाँ दी जा रही थीं, दूसरी ओर विद्वानों के सत्कार और दान-दक्षिणा का उपक्रम चलता रहा। श्रोत्रियों ने श्रुति सम्बन्धी विचार-विमर्श किया और ज्ञान का परस्पर आदान-प्रदान हुआ। कलाविदों ने अपनी कलाओं का प्रदर्शन किया और कथावाचकों ने कथाओं का आख्यान। अंततः यज्ञ में पूर्णाहुति समर्पित की गयी। युधिष्ठिर ने व्यास, धौम्य, नारद, समन्तु, जैमिनी, पैल, वैशम्पायन, याज्ञवल्क्य, कण्ठ तथा कलाप का पूर्ण मनोयोग से पूजन किया, और यज्ञ-समाप्ति की घोषणा करने हुए वासुदेव कृष्ण, बलराम तथा भीष्म की विधिवत पूजा की। द्रौपदी और युधिष्ठिर ने अवभृथ स्नान किया।

बाह्लीक नरेश सुवर्ण सज्जित रथ ले आये और सुदक्षिण ने उस रथ में कम्बोज देश के श्वेत अश्व जोत दिये। सुनीथ ने उल्लासपूर्वक उसके नीचे अनुकर्ष लगा दिया। चेदिराज धृष्टकेतु ने रथ में ध्वजा फहराई। दक्षिण देश के राजा ने कवच दिया। मगध नरेश सहदेव ने माला और उष्णीश प्रस्तुत की। वसुराज ने साठ वर्ष की अवस्था का गजराज प्रस्तुत किया। मत्स्य नरेश ने सुवर्ण जटित धुरी ला कर दी। एकलव्य ने अपने हाथों से उठा कर जूते युधिष्ठिर के चरणों के निकट रख दिये। अवन्ती नरेश ने विभिन्न नदियों और

सागरों से लाये गये जल को मिला कर, अभिषेक-जल तैयार किया। चेकितान ने तूणीर और काशिराज ने धनुष अर्पित किया। शल्य ने सुन्दर तथा कठोर मूंठ वाली खड्ग तथा सुवर्ण-भूषित कलश प्रस्तुत किया।

महर्षि वेदव्यास के नेतृत्व में देवर्षि नारद, देवल, असित तथा धौम्य मुनि ने युधिष्ठिर का अभिषेक किया। सात्यकि ने छत्र धारण किया और अर्जुन तथा भीम व्यजन ले कर डुलाने लगे। नकुल और सहदेव के हाथों में चंवर थे। सुवर्ण भूषित शैक्यपात्र में से महासागरों के जल को शंख में ले कर, श्री कृष्ण ने सम्राट युधिष्ठिर का अभिषेक किया। सैकड़ों शंखों की मंगल-ध्वनि हुई और पाण्डवों ने ओजपूर्वक सम्राट युधिष्ठिर का जयघोष किया।

जिस समारोह से अतिथियों का स्वागत हुआ था, उसी समारोह से उन्हें विदा भी किया गया। महत्वपूर्ण राजाओं को विदा करने के लिये पाण्डवों में से कोई-न-कोई भाई दूर तक उनके साथ गया।

भीष्म ने विदा होने की इच्छा प्रकट की तो युधिष्ठिर ने सहज रूप से उसे स्वीकार नहीं किया, "नहीं पितामह! आप पहली बार हमारे पास इन्द्रप्रस्थ में आये हैं। आपको जाने में इतनी शीघ्रता नहीं करनी चाहिए। यदि आप सदा के लिये हमारे पास नहीं रह सकते, तो आपको एक-एक वर्ष बाँट कर हस्तिनापुर और इन्द्रप्रस्थ में रहना चाहिए। मैं आपको विश्वास दिलाता हूँ, कि आपको किसी प्रकार का कष्ट नहीं होगा।"

"मैं जानता हूँ युधिष्ठिर।" पितामह ने युधिष्ठिर की भुजा पकड़ कर उसे अपने पास बैठा लिया। वे कुछ विह्वल कण्ठ से बोले, "अब क्या, मैं तुम्हारे साथ तब भी आया होता, जब खाण्डवप्रस्थ एक वन था, तो भी तुमने मुझे कोई कष्ट नहीं होने दिया होता...किन्तु पुत्र! कुलवृद्ध के रूप में मैं जितना स्वतन्त्र दिखता हूँ, उतना स्वतन्त्र हूँ नहीं। उस स्थिति में हूँ, जहाँ प्रत्येक आँख मेरे छोटे-से-छोटे कृत्य को आलोचक की दृष्टि से देखती है और उसका मनमाना अभिप्राय खोजती है। मुझे सावधान रहना पड़ता है कि मैं कुछ ऐसा न कर बैठूँ, जिससे मेरे परिवार में वैमनस्य बढ़े और अथवा मेरे परिवार के किसी सदस्य को कष्ट हो।" भीष्म ने युधिष्ठिर की आँखों में देखा, "समझ रहे हो न पुत्र मेरी स्थिति कितनी कठिन है?"

युधिष्ठिर चुपचाप उनकी ओर देखते रहे। क्या कहते। पितामह ने जाने अपने में क्या-क्या छिपा रखा है।...

"कभी तुमसे मन खोल कर बात करने का अवसर ही नहीं आया, युधिष्ठिर।" पितामह ने स्नेहपूर्वक उनके मस्तक पर हाथ फेरा, जैसे वे कोई छोटे-से बालक हों, "और तुम लोग हस्तिनापुर में मेरे पास आये थे, तो इतने

छोटे बालक थे कि कोई वृद्ध मन खोल कर तुम्हें अपनी पीड़ा समझाने का प्रयत्न करता, तो तुम्हारे साथ अत्याचार होता।...और मैं तो ऐसा कर ही नहीं सकता था। मुझे तो उस समय तुम्हारी पीड़ा और कठिनाइयों को समझना था...अपना व्यथा-वैभव नहीं दिखलाना था।...जब कुछ समझने योग्य हुए तो धृतराष्ट्र ने तुम्हें वारणावत भेज दिया। मेरी सहमति नहीं थी, किन्तु मैं मौन रहा। सोचता था राजाज्ञा में हस्तक्षेप न करूँ, धृतराष्ट्र को आहत न करूँ, दुर्योधन को उत्तेजित न करूँ। यह क्या जानता था कि वह तुम्हें अग्नि-दहन के लिये भेज रहा है। जब तुम लौटे तो कुरुकुल में विभाजन हो गया। मेरा तर्क तुम्हारी सुरक्षा के लिये इस विभाजन को स्वीकार कर भी लेता, किन्तु मेरा मन न कुरु-राज्य का विभाजन देख सकता था, न कौरव-परिवार का। मैं तटस्थ रहा, ताकि यह न माना जाये कि मैं विभाजन के पक्ष में हूँ।...जब तुम लोग हस्तिनापुर छोड़ कर जा रहे थे, तो मैं ही जानता हूँ कि मेरा मन कितना रोया था। एक बार तो मन में आया कि तुम्हारे कंधे पर हाथ रख कर, मैं भी खाण्डवप्रस्थ चला जाऊँ, किन्तु मेरे तर्क ने मुझे रोक दिया। यदि मैं तुम्हारे साथ चला आता तो कौरवों का अन्तिम तथा दृढ़ विभाजन हो जाता।...मैं स्पष्ट रूप से जानता हूँ पुत्र! कि हस्तिनापुर में रह कर भी मैं तुम्हारा पितामह हूँ और तुम मेरे पौत्र हो। हम विभाजित नहीं हुए हैं। भौतिक दूरी हो-तो-हो, किन्तु भावनात्मक और मानसिक दूरी नहीं है, किन्तु यह तुम भी भली प्रकार समझते होगे पुत्र! कि इन्द्रप्रस्थ में रह कर, मैं दुर्योधन का पितामह नहीं रह सकता।" पितामह कुछ रुके और डबडबाई आँखों से युधिष्ठिर की ओर देखते हुए बोले, "मेरी व्यथा समझते हो न पुत्र! मैं अपने किसी पौत्र को त्यागना नहीं चाहता, चाहे वह सहस्र दुर्गुणों से युक्त दुर्योधन ही क्यों न हो। मैं कौरव वंश को बिखरने देना नहीं चाहता। कुरुवंशियों को एक-दूसरे का विरोध करते अथवा एक-दूसरे के विरुद्ध रण-सज्जित होते नहीं देखना चाहता। मैं उसे एक अविभाजित, सम्मिलित परिवार ही देखना चाहता हूँ। इसे मेरा अहंकार समझो, मूर्खता समझो, अव्यावहारिकता समझो—जो चाहे समझो, किन्तु मेरी भावना को उसके वास्तविक रूप में देखो।"

"मैं समझता हूँ पितामह।" युधिष्ठिर ने अपनी ओर से उन्हें आश्वस्त करने का प्रयत्न किया।

भीष्म ने अपने अश्रु पोंछ लिये। वह मुस्कुराए, "तुम केवल समझते ही नहीं हो युधिष्ठिर! तुम मेरी भावना को स्वयं धारण करते हो। तुम उसके उन्नायक हो।" वह रुके, "तुम चाहते तो हस्तिनापुर से युद्ध करके भी राजसूय कर सकते थे। अर्जुन, भीम, नकुल, सहदेव, द्रुपद, धृष्टद्युम्न, कृष्ण, बलराम,

कृतवर्मा, सात्यकि...कैसे-कैसे वीर हैं तुम्हारे पास। ये सब सैनिक अभियान करते, तो कौन रोक लेता उन्हें हस्तिनापुर में। युद्ध न भी करते, तो तुम हस्तिनापुर की उपेक्षा कर सकते थे, और मेरा विश्वास करो पुत्र! कि यदि तुम ऐसा कुछ करते, तो मैं तुम्हें तनिक भी दोष नहीं देता।...किन्तु तुम ने कौरवों को विभाजित नहीं किया। तुमने पांचालों की उपेक्षाा कर दी, किन्तु तुमने कौरवों को विभाजित नहीं होने दिया। तुमने वासुदेव की अग्रपूजा तो की, वह भी मेरी इच्छा से, किन्तु यादवों को इस यज्ञ में कहीं भी कौरवों के समान महत्व नहीं दिया। प्रत्येक कौरव ने अनुभव किया कि यह यज्ञ उसके अपने परिवार का है, उसका अपना है। मैं तुम से किन शब्दों में कहूँ युधिष्ठिर! कि मैं तुम्हारा कितना ऋणी हूँ।"

"पितामह!"

"हाँ पुत्र! तुम्हारे साथ धृतराष्ट्र और दुर्योधन ने जो व्यवहार किया उसे केवल तुम ही क्षमा कर सकते हो, या शायद वासुदेव कृष्ण कर सकें। मैं स्वयं भी शायद यह न कर पाऊँ।" पितामह बोले, "तुमने न केवल उन्हें क्षमा किया, उन्हें सब से अधिक महत्व भी दिया। उस लोभी दुर्योधन को, जिसने तुम्हारी एक-एक कौड़ी छीन लेने का प्रयत्न किया, तुमने अपने बहुमूल्य उपहारों को प्राप्त करने और उन्हें सँभालने का दायित्व दिया। और किसके पास इतना बड़ा हृदय है? अपने परिवार को विभाजन से बचाने का इससे महान प्रयत्न नहीं हो सकता पुत्र! मुझे विश्वास है कि इससे कुरु वंश में आयी दरारें मिट जायेंगी और वंश सदा के लिये अविभाज्य हो जायेगा।"

"आपकी कामना पूर्ण हो पितामह।" युधिष्ठिर ने हाथ जोड़ कर आकाश की ओर देखा, "आप मेरा विश्वास करें, मुझे कभी कोई विभाजन प्रिय नहीं रहा। विभाजन से अहंकारी जीव का जन्म होता है और समग्रता में ब्रह्म के दर्शन होते हैं।"

"ऐसी बात तुम ही कह सकते हो धर्मराज।" भीष्म ने रुक कर द्रौपदी की ओर देखा, "और पुत्री पांचाली। मैं तुम्हारी प्रशंसा किये बिना भी नहीं रह सकता।..."

"क्यों पितामह। मैंने क्या किया?" द्रौपदी मुस्कुरा रही थी।

"तुमने अपने पितृकुल और श्वसुर कुल में सन्तुलन रखा।" भीष्म बोले, "तुमने अपने पितृकुल की ऐसी उपेक्षा सहन न की होती...।"

"इसमें मेरे पितृकुल की कोई उपेक्षा नहीं है पितामह।" द्रौपदी का स्वर शान्त और गम्भीर था, "मेरे पिता और भाई हमारे सहायक हैं। कभी यह सहायता उनकी उपस्थिति से होती है, कभी अनुपस्थिति से। यदि उनकी

उपस्थिति से धर्मराज की कठिनाइयाँ बढ़तीं, तो वह ऐसी कामना क्यों करते।" द्रौपदी रुकी, किन्तु पितामह के कुछ कहने से पूर्व ही पुनः बोली, "मैं तो करेणुमती के विषय में सोचती हूँ जिसके पिता का वध हुआ, किन्तु फिर भी उसने अपने श्वसुर कुल की जय मनाई।"

"तुम धन्य हो पुत्री।" पितामह ने सस्नेह द्रौपदी की ओर देखा और उठ खड़े हुए, "अब मुझे जाने की अनुमति दो।"

"पितामह! हमें किस के सहारे छोड़ कर जा रहे हैं? अर्जुन ने पूछा।

"तुम समर्थ हो पुत्र।" पितामह बोले, "तुम्हारे लिये युधिष्ठिर का सहारा पर्याप्त है, और फिर तुम्हारे साथ वासुदेव कृष्ण हैं। जिन के साथ कृष्ण हैं, उन्हें किसी भीष्म अथवा द्रोण की क्या आवश्यकता है।" वह रुके और पुनः बोले, "तुम्हारे सहायक, चाहे वे पांचाल हों अथवा यादव—दोनों ही अद्भुत हैं। उन्हें अपनी सहायता का कोई प्रतिदान नहीं चाहिए—न कृतज्ञता, न महत्व और न यश।..." वे मुस्कुराए, "तुम्हें पता है कि दुर्योधन ने इस बार बलराम को हस्तिनापुर आने के लिये आमन्त्रित किया है?"

"अरे, हमें तो ज्ञात ही नहीं है।" भीम ने कहा, "यह कब हुआ?"

"यज्ञ जैसे समारोहों में ऐसा भी बहुत कुछ होता है।" भीष्म बोले, "बलराम अपने भतीजों के साथ हस्तिनापुर होते हुए जायेंगे।"

"अच्छा। तो दुर्योधन कृष्ण के प्रभाव की काट तैयार कर रहा है।" भीम बोला।

"अच्छा है।" भीष्म बोले, "बहुत सम्भव है, इस बहाने दुर्योधन कृष्ण का कुछ प्रभाव ग्रहण करे।"

"मेरी चिन्ता तो यह है कि कहीं कृष्ण, दुर्योधन का प्रभाव ग्रहण न कर ले।" भीम गम्भीर था।

"नहीं। यह असम्भव है।" अर्जुन ने पूर्णतः आश्वस्त स्वर में उत्तर दिया।

चारों ओर यात्रा की तैयारियाँ हो रही थीं। कौरवों के सेवक, अपना और अपने स्वामियों का सामान बाँध रहे थे। मार्ग में आवश्यक वस्तुओं का पर्याप्त संग्रह कर रहे थे। पितामह, धृतराष्ट्र, सोमदत्त, द्रोण इत्यादि विदा होने से पहले सब लोगों से भेंट कर रहे थे।...

दुर्योधन को यह अवसर उपयुक्त जँचा। इस समय किसी-को-किसी का कोई अता-पता नहीं था। यदि इस समय वह पाण्डवों का यह मय-निर्मित सभा-भवन देखने निकल जाये, तो किसी को भनक भी नहीं लगेगी। यज्ञ के इन सारे दिनों में युधिष्ठिर ने उसे कुछ ऐसा बाँध दिया था कि वह न अपने

स्थान से हिल सका, न मन-माना सैर-सपाटा कर सका। जब उसे युधिष्ठिर ने यह दायित्व देना चाहा था, तो उसे बड़ी प्रसन्नता से स्वीकार कर लिया था। इन पाण्डवों के लिये कोई भारी काम करने से यह बहुत अच्छा था। उपहार देने वाले लोग ही कितने होंगे। उपहार मिला, समेटा और मुक्त। तब वह क्या जानता था कि जम्बूद्वीप के वीर क्षत्रिय राजा लोग अपने मुकुट का तनिक भी ध्यान न करते हुए साधारण वैश्यों के समान स्वर्णमुद्राओं के ढेर लिये, उसके द्वार पर पंक्तिबद्ध खड़े रहेंगे। और जो आयेगा, वह सहस्त्र स्वर्ण मुद्राओं से कम नहीं लायेगा, तथा बहुमूल्य रत्नों से उन मुद्राओं को अलंकृत करना भी नहीं भूलेगा...दुर्योधन की समझ में बहुत बाद में आया कि यह उसके प्रति युधिष्ठिर का प्रेम अथवा सम्मान नहीं था, यह तो युधिष्ठिर का षड्यन्त्र था। उसने एक ओर तो दुर्योधन को एक स्थान पर कीलित कर दिया था, ताकि वह देश-विदेश से आये, राजाओं-महाराजाओं से अपनी इच्छानुसार मिल न सके, और दूसरी ओर पाण्डवों के चरणें में बहती चली आती लक्ष्मी को देख-देख कर दिन-रात मन-ही-मन फुंकता रहे। दुर्योधन के सम्मुख अपने वैभव के प्रदर्शन का इससे श्रेष्ठतर और शालीन मार्ग और क्या हो सकता था?...

और परिणाम यह है कि दुर्योधन इतने दिनों में पाण्डवों का यह मय-दानव निर्मित सभा-भवन भी नहीं देख पाया। एक बार तो उसके मन में उपेक्षा का भाव भी आया था...उसे क्या आवश्कता है पाण्डवों का भवन देखने की? उनकी सम्पत्ति देख-देख कर वह पहले ही अपना पर्याप्त रक्त जला नहीं चुका क्या? ...किन्तु दूसरे ही क्षण उसका विचार बदल गया। शत्रुओं की सम्पत्ति ही सही, किन्तु यदि असाधारण है, तो उसे देखना तो चाहिए। यादवों ने सुधर्मा-सभा बनवायी है, तो उसकी कैसी धूम है। यदि भविष्य में दुर्योधन भी कोई अत्यन्त असाधारण सभा बनवाना चाहे तो? वह पाण्डवों की सम्पत्ति नहीं देखना चाहता, तो न देखे, किन्तु उसे मय-दानव का कला-वैभव तो देखना चाहिए...

एक बार उसके मन में आया कि वह युधिष्ठिर से कहे कि वह सभा-भवन देखना चाहता है...किन्तु अगले ही क्षण उसने यह विचार त्याग दिया।...वह क्यों यह जताए कि पाण्डवों ने कोई ऐसी असाधारण उपलब्धि कर ली है कि जिसे देखने के लिये दुर्योधन लालायित है।...वह उन्हें जताए बिना उनके अज्ञान में भी तो सभाभवन देख सकता है। क्या कोई उसे रोक लेगा?... युधिष्ठिर के द्वारपाल तथा सेवक उसे जानते नहीं क्या? यदि किसी ने उसे भवन के किसी खण्ड में जाने से रोका तो जहाँ यह सूचना पाण्डवों तक पहुँच जायेगी कि अपनी व्यग्रता में दुर्योधन अकेला ही उनकी सभा देखने के लिये

निकल पड़ा था, वहाँ युधिष्ठिर के प्रेम का पाखण्ड भी तो खुल जायेगा। यदि दुर्योधन को वह अपना वैसा ही भाई मानता है, जैसा वह भीम और अर्जुन को मनता है, तो दुर्योधन को उसके सभा-भवन अथवा प्रासाद में निर्विघ्न घूमने का अधिकार क्यों नहीं है?...

अन्य लोगों की व्यस्तता का लाभ उठा कर वह भवन के एक नवीन और अपरिचित खण्ड में घुस गया। उसने देखा, स्थान-स्थान पर द्वारपाल, प्रहरी, अनुचर तथा दास-दासियों के दल नियुक्त थे। किन्तु उनमें से किसी ने दुर्योधन से यह नहीं पूछा कि वह किधर जा रहा था? और क्यों जा रहा था?...जहाँ-जहाँ से हो कर वह आगे बढ़ता था, लोग हाथ जोड़ कर उसे प्रणाम करते थे और आदरपूर्वक उसे मार्ग दे देते थे। दुर्योधन को लगा कि उन लोगों के लिये उसका इधर आना न तो असाधारण था, न अनपेक्षित। जैसे पाण्डव अपने भवनों में इधर-उधर आते-जाते थे, वैसे ही वह भी कहीं जा रहा था। वह पर्याप्त सावधान था कि अपनी भंगिमा और हाव-भाव से वह यह प्रकट न होने दे कि वह भवन को देखने के लिये निकला है, अथवा उस भवन में कुछ ऐसा दर्शनीय है, जिसे देखने की लालसा दुर्योधन के मन में है। वह सहज रूप से टहलता हुआ, एक-आध दृष्टि इधर-उधर डालता जा रहा था और सोचता जा रहा था, ऐसा तो कुछ विशेष है भी नहीं, जिसके लिये इतना शोर मचाया जा रहा है। कहीं-कहीं कोई स्तम्भ अपने अलंकरण के कारण आकृष्ट करता है। कुछ मूर्तियाँ अत्यन्त सजीव भी लग रही हैं। कुछ चित्रों में भी मूर्तता दिखायी पड़ती है, किन्तु इतना तो प्रत्येक नये भवन में होता है। प्रत्येक भवन की अपनी कुछ विशिष्टताएँ होती हैं...

"राजकुमार। आगे स्फटिक-स्थल है।"

दुर्योधन ने दृष्टि उठा कर देखा : न केवल द्वारपाल उसे चेतावनी के स्वर में यह सूचना दे रहा था, वरन वह उसे मार्ग भी नहीं दे रहा था...और सहसा दुर्योधन का ध्यान इस ओर भी गया कि द्वारपाल न उसे महाराज कह रहा था, न युवराज। वह उसे 'राजकुमार' कह रहा था, जैसे वह भी यज्ञ में सम्मिलित होने आये राजकुमारों जैसा कोई साधारण राजकुमार हो...

"तो?" दुर्योधन ने उसे कुछ कठोर दृष्टि से देखा।

"किसी को साथ ले लेते।" इस बार द्वारपाल कुछ सहमे हुए, मन्द स्वर में प्रयत्नपूर्वक बोला।

दुर्योधन का रोष जागा। इच्छा हुई कि कहे आगे स्फटिक-स्थल है, तो क्या वह स्फटिक चोरी कर लेगा, कि वह अकेला नहीं जा सकता...या उसे मार्ग दिखायी नहीं देगा...

"क्यों?" उसने अपने क्रोध को प्रकट नहीं होने दिया, किन्तु उसकी कठोरता पहले से कुछ बढ़ ही गयी, "क्या मुझे अकेले जाने की अनुमति नहीं है?"

द्वारपाल कुछ क्षणों के लिये हतप्रभ रह गया। फिर कुछ सँभला। उसने दुर्योधन के प्रश्नों का सीधा उत्तर न दे कर, सभीत वाणी में कहा, "राजकुमार को आपत्ति न हो, तो मैं साथ चलूँ?"

दुर्योधन को प्रयत्नपूर्वक अपने हाथ को उस पर प्रहार करने से रोकना पड़ा। क्षुब्ध वाणी में बोला, "तुम द्वारपाल हो?"

"जी।"

"तो द्वार पर ही खड़े रहो। मार्गदर्शक बनने का प्रयत्न मत करो।"

दुर्योधन क्षुब्ध मन से आगे बढ़ गया...पता नहीं इन पाण्डवों ने कैसे-कैस लोगों को राजप्रासाद में नियुक्त कर रखा है। लगता है कि खाण्डव-वन के सारे दस्यु, अब पाण्डवों की चाकरी कर रहे हैं। राजन्य-संस्कारों का तनिक भी स्पर्श नहीं। इतनी भी समझ नहीं कि किस से क्या कहना है। जिस दुर्योधन ने पाण्डवों को उपहार में मिले रत्न और मणि-माणिक्य नहीं चुराए, वह इस भवन के गलियारों और कक्षों में सुसज्जित शुभंकर चुरा लेगा या शोभाकर। मूर्ख कहीं का...

दुर्योधन को लग रहा था कि वह द्वारपाल अब भी अपने स्थान पर खड़ा उसे घूर रहा होगा।...इस भाव से छुटकारा पाने के लिये उसे जो पहला द्वार दिखायी दिया, वह वेगपूर्वक उसी में मुड़ गया...

उसे समझ नहीं आया, कि खुले द्वार में प्रविष्ट होते हुए, उसके माथे ही नहीं नाक और वक्ष पर भी ऐसा क्या टकराया कि उसका मस्तक भन्ना गया और चकरा कर वह भूमि पर गिर पड़ा। शरीर की चोट को झाड़ कर वह उठ खड़ा हुआ...किन्तु अपमान की चोट कुछ अधिक ही गम्भीर थी...आस-पास कोई नहीं था, नहीं तो वह मान लेता कि किसी ने उस पर प्रहार किया है। उसने क्षण-भर सोचा, इधर-उधर देखा और उस द्वार के निकट जा कर खड़ा हो गया, किन्तु उसने भीतर प्रवेश करने का प्रयत्न नहीं किया। धीरे से हाथ बढ़ा कर टटोला...उसका हाथ द्वार के पार नहीं गया, किसी अदृश्य दीवार पर जा कर टिक गया।

ओह!...तो यहाँ द्वार था ही नहीं, दीवार थी। दीवार निर्दोष तथा निष्कलुष स्फटिक की थी, जिसके आर-पार देखा जा सकता था। भ्रम उत्पन्न करने के लिये उसके दोनों ओर कपाट लगा दिये गये थे, जो खुले हुए थे। खुले कपाटों को देख कर लगता था, वहाँ द्वार है। दीवार पारदर्शी थी, इसलिये आर-पार

दिखायी देता था और खुले द्वार का बड़ा जीवन्त दृश्य बन जाता था...

एक और द्वार सामने पड़ा। दुर्योधन के पग थम गये, किन्तु मन नहीं थमा।...कहीं यह न हो कि यह भी द्वार न हो कर, द्वार की माया ही हो... दुर्योधन ने स्वयं को सँभाला, एक बार यदि भ्रम हो गया, तो इसका यह अर्थ तो नहीं है कि वह प्रत्येक द्वार को देख कर भड़कता रहे।...कहीं तो द्वार होंगे ही। पाण्डवों को भी तो प्रवेश और निष्क्रमण के लिये द्वारों की आवश्यकता होती होगी...और फिर इस द्वार के कपाट तो बन्द थे। खुल कपाट देख कर तो भ्रम हो सकता है, बन्द कपाटों में क्या भ्रम। जब वह देख ही रहा है कि कपाट बन्द हैं, तो क्यों वह अपना मस्तक उन पर दे मारेगा? अपने हाथों से कपाट खोल कर ही तो प्रवेश करेगा...

उसने अपनी भुजा बढ़ा कर उसके दबाव से कपाट खोलने चाहे।...कंधे पर एक झटका सा लगा...उसके वेग को रोकने के लिये वहाँ कुछ नहीं था... यदि उसने बलपूर्वक कपाट खोलने का प्रयत्न किया होता, तो निश्चित रूप से वह औंधे मुँह भूमि पर जा गिरा होता...किन्तु वे कपाट गये कहाँ?

उसने देखा, कपाट अब भी नहीं दिखायी दे रहे थे। दुर्योधन ने अपनी आँखें झपकायीं...यह क्या माया थी?...वह आगे बढ़ गया। शोध के लिये उसके पास समय नहीं था। यदि किसी ने उसे यहाँ खड़े देख लिया तो उसकी पोल खुल जायेगी...वैसे इतना तो वह समझ ही सकता था कि मयदानव ने सामने की ओर कुछ दूर लगे हुए कपाटों को स्फटिक के माध्यम से यहाँ झलकाया है और बन्द कपाटों का भ्रम उत्पन्न किया है...

दुर्योधन को लग रहा था कि उसकी घबराहट तनिक भी कम नहीं हुई है। वरन उस पर कुछ प्रतिकूल प्रभाव ही पड़ रहा है।...अब तक तो जो घटित हुआ था, वह उसकी घबराहट थी, किन्तु अब उसका मन कुछ अधिक आशंकित हो उठा था। जाने यहाँ मयदानव ने कैसे-कैसे माया-जाल फैला रखे हैं। जाने दुर्योधन इन में कहाँ जा फँसे।...अब उसकी समझ में आ रहा था कि उसे द्वारपाल ने 'स्फटिक-स्थल' की चेतावनी क्यों दी थी और उसने किसी को साथ ले लेने के लिये क्यों कहा था। यदि दुर्योधन का अहंकार उस समय किसी नाग के समान फण फैला, न खड़ा हो जाता और द्वारपाल की चेतावनी और परामर्श को वह अपने लिये अपमानजनक न मानता, तो वह इस प्रकार प्रवंचित न होता...अब तो उत्तम यही था कि वह किसी प्रकार इस स्फटिक-स्थल से बाहर ही निकज जाये...

"राजकुमार।" एक दासी ने कुछ कहना चाहा।

दुर्योधन कुछ भी सुनने की मनःस्थिति में नहीं था। वह तत्काल यहाँ से

निकल जाना चाहता था। उसने अपनी गति और भी बढ़ा दी...किन्तु उसके अगले ही पग को, नीचे धरती नहीं मिली। दृष्टि ने कुछ नहीं बताया, किन्तु स्पर्श ने बताया कि वह जल था, फिर ध्वनि ने बताया, और इस बार आँखों ने भी देखा कि वह जल था, जिसे उसने स्थल समझ कर उस पर अपने पग बढ़ा दिये थे।...

चारों ओर से दास-दासियाँ दौड़ पड़े। दुर्योधन स्पष्ट देख रहा था कि वे उस जल से निकलने में उसकी सहायता अवश्य कर रहे थे, किन्तु उनकी आँखों में उसके प्रति करुणा अथवा सहानुभूति न हो कर, उपहास का भाव ही अधिक था। उनमें से अनेक ने तो अपने अधरों को बलात भींच रखा था, ताकि कहीं उनकी हँसी न फूट पड़े...

उन्होंने एक आसन ला कर रखा। दुर्योधन को सम्मानपूर्वक उस पर बैठाया। उसके शरीर को पोंछा और उसे पहनने के लिये सूखे वस्त्र दिये।

"युवराज को सूचना दी गयी है, वे आ रहे हैं।" एक दासी ने कहा।

"कौन युवराज?" दुर्योधन के मुख से अनायास ही निकल गया। वह तो केवल अपने लिये युवराज सम्बोधन सुनने का अभ्यस्त था...यह दूसरा युवराज...

"महाबली भीमसेन। मध्यम पाण्डव।" दासी ने बाताया, "वह इन्द्रप्रस्थ के युवराज हैं।"

"वह तो ठीक है, किन्तु उसे सूचना देने की क्या आवश्यकता थी?"

"अब अतिथियों की देखभाल वह ही कर रहे हैं आर्य।" दासी बोली, "हमें आदेश है कि हम अतिथियों की कुशल-क्षेम की सूचना उन्हें देते रहें। आप बावड़ी में गिर पड़े हैं, यह सूचना उन्हें न दी गयी तो वे क्रूद्ध होंगे।"

"पर बावड़ी है कहाँ?" दुर्योधन ने भन्ना कर पूछा।

"यह बावड़ी ही है राजकुमार।" एक सेवक ने कहा, "भिन्नता केवल इतनी ही है इसमें जल-स्तर, स्थल से एकदम मिला हुआ है। जल इतना स्वच्छ और पारदर्शी है, तथा तल का स्फटिक शिला कुछ इस प्रकार से वक्र है कि जल के स्थान पर वही दिखायी देती है। जल को पूर्णतः स्थिर रखा जाता है, ताकि न उसमें हिलोर आये, न जल के होने का पता चले।"

"तो तुम लोगों ने मुझे बताया क्यों नहीं?"

"मैं आपको यही तो बता रही थी, किन्तु आप मेरी बात सुने बिना ही आगे बढ़ गये।" एक दासी ने कहा।

दुर्योधन ने उसकी ओर देखा : हाँ। यह वही दासी थी, जिसने उसे 'राजकुमार' कह कर सम्बोधित किया था और वह उसकी उपेक्षा करने के लिये

शीघ्रता से आगे बढ़ गया था।

उसने अपना सिर झटका और उठ खड़ा हुआ। वह भीम के आने से पहले यहाँ से निकल जाना चाहता था। इस समय भीम से साक्षात्कार सुखद नहीं होगा।

किन्तु भीम सामने से आ रहा था। उसे देख कर दासियाँ एक ओर हट गयीं। प्रहरी अपने स्थानों पर चले गये।

"चोट तो नहीं आयी दुर्योधन?" भीम ने सहज भाव से कहा, "स्फटिक स्थल में नये व्यक्ति को अकेले नहीं आना चाहिए।"

"तो मैं स्फटिक-स्थल समझ कर आया था।" दुर्योधन ने कुछ सहज होने का प्रयत्न किया, "मैं क्या जानता था कि यह माया-स्थल है।"

"हाँ। मयदानव ने उसे माया-स्थल के रूप में ही बनाया है। उसने अपनी कला का सारा चमत्कार यहीं प्रकट किया है।" भीम ने कहा, "आओ।"

दुर्योधन की भीम के साथ जाने की तनिक भी इच्छा नहीं थी, किन्तु उसके पास कोई विकल्प नहीं था। भीम, उसके गिरने की बात सुन कर उसकी सहायता के लिये ही आया था, और अब उसे सुरक्षित बाहर ले जाने के लिये स्वयं साथ चल रहा था।

"प्रस्थान की तैयारी हो गयी?" दुर्योधन ने स्थिति को कुछ सहज बनाने के लिये पूछा।

"मेरा विचार है कि सैनिकों का अग्रिम दल जा भी चुका है।" भीम बोला, "सम्भव है वे लोग तुम्हारी ही प्रतीक्षा कर रहे हों।"

और तभी भीम ने देखा कि दुर्योधन ठिठक कर खड़ा हो गया। उसने यह मान कर कि आगे जल है, अपनी धोती हाथों से पकड़ घुटनों तक ऊँची कर ली थी।

"घबराओ नहीं धृतराष्ट्र पुत्र।" भीम हँसा, "यहाँ जल तो है, किन्तु वह इस पारदर्शी स्फटिक शिला के नीचे है। ऊपर तो स्थल ही है।" और भीम स्वयं आगे चल कर, उस जल के ऊपर से निकल गया।

भीम ने जल और स्थल के विषय में क्या कहा था, दुर्योधन ने नहीं सुना। उसने तो केवल इतना सुना कि भीम ने हँस कर उसे 'धृतराष्ट्र पुत्र' कहा था।...उसने उसे दुर्योधन न कह कर 'धृतराष्ट्र पुत्र' क्यों कहा? इसलिये कि धृतराष्ट्र चक्षुविहीन थे और वे देख नहीं सकते। क्या भीम का अभिप्राय था कि वह चक्षुविहीन पिता का पुत्र है, इसलिये वह भी चक्षुविहीन है। भीम उसका उपहास करने का प्रयत्न कर रहा है...इन दास-दासियों के सामने?... किन्तु वे लोग भी तो इन पाँचों भाइयों को 'पाण्डव' कहते हैं। क्या उसमें भी

कोई उपहास होता है?...

दुर्योधन ने अपना सिर झटक दिया...वह यह सब सोचना नहीं चाहता। यह तर्क-वितर्क का समय नहीं था। वह तो एक ही बात जानता था कि भीम ने उसे 'अन्धा' कहा था...

राजाओं के विदा हो जाने के पश्चात महर्षि वेदव्यास अपने शिष्यों के साथ युधिष्ठिर के पास आये।

"पुत्र।" यह अत्यन्त सुख का विषय है कि तुम्हारा यज्ञ वासुदेव कृष्ण के संरक्षण में सकुशल समाप्त हो गया, अन्यथा इन शस्त्रधारी क्षत्रियों के कारण कोई शुभ आयोजन पूरा होना ही कठिन है।" उन्होंने कहा, "यह युग ही उत्पात का है। शान्ति दुर्लभ होती जा रही है पुत्र। मुझे प्रसन्नता है कि तुमने चक्रवर्ती सम्राट का दुर्लभ पद पाया और अब तुम्हारी छाया में प्रजा सुरक्षित और सम्मानित ढंग से जीवन-यापन कर सकेगी।"

"महर्षि! इसमें मेरा कोई श्रेय नहीं है।" युधिष्ठिर ने हाथ जोड़ कर विनीत भाव से कहा, "यह तो आपकी कृपा है और वासुदेव कृष्ण का स्नेह। उन्होंने ही इस यज्ञ के लिये मुझे प्रेरित किया था। उन्होंने ही इसके लिये साधन जुटाये। विघ्न-बाधाओं को हरने के लिये, उन्होंने जरासंध का वध भीम से करवाया और शिशुपाल का वध स्वयं अपने हाथों से किया। यह न होता, तो कदाचित आपकी आशंका सत्य हो जाती। जरासंध-मण्डल के राजा शायद इस यज्ञ को पूर्णता तक नहीं पहुँचने देते।..."

"वासुदेव ने धर्म-राज्य की स्थापना का पूर्ण प्रयत्न किया है पुत्र।" व्यास बोले, "इस समय तुम पाँचों भाई स्वयं बहुत समर्थ हो। यादव और पांचाल तुम्हारे साथ हैं। कंस, जरासंध और शिशुपाल मारे जा चुके हैं।...सम्भवतः अधर्म स्वयं को दुर्बल पा कर निष्क्रिय पड़ा रहेगा।" व्यास रुके, "किन्तु पुत्र। संगठन से जहाँ तुम अधर्म-दमन कर पाओगे, वहीं एक भय रहता है कि धर्म की प्रतिक्रिया में अधर्म भी संगठित होता है। ईर्ष्या-द्वेष भड़कते हैं और आहत अहंकार अनर्थ करने को तत्पर हो जाता है।"

"मैं समझा नहीं देव।" युधिष्ठिर ने ध्यान से उनकी ओर देखा, "आप किस बात से आशंकित हैं?"

"मैं आशंकित नहीं हूँ पुत्र।" महर्षि बोले, "मैं तो प्रकृति की प्रक्रिया की चर्चा कर रहा हूँ—सम्भावनाओं की।" उन्होंने रुक कर युधिष्ठिर की ओर देखा, "तुमने देखा, जिस यज्ञ-भवन में धर्म की स्थापना हो रही थी, संकल्प हो रहे थे, वहीं भयभीत अधर्म का उत्पात भी हुआ। शिशुपाल उसी का प्रमाण

है पुत्र। शिशुपाल को तो वासुदेव ने तत्काल शान्त कर दिया, किन्तु उसके संगी-साथी, मित्र तथा सुहृद ही नहीं, तुम्हारे शत्रु तथा विरोधी भी उसके साथ मिल कर संगठित होंगे।..."

"हाँ महर्षि! इसकी सम्भावना तो हो ही सकती है।" युधिष्ठिर बोले।

"पुत्र! दस्यु उसे लूटता है, जिसके पास धन हो, निर्धन को वह क्या लूटेगा।" व्यास बोले, "इसलिये राजाओं के संगठन, सम्राटों के विरुद्ध ही बनते हैं। अब यदि पुनः कोई जरासंध-मण्डल बनता है, तो वह तुम्हारे विरुद्ध ही बनेगा। रक्तपात होगा, तो तुम्हें ही केन्द्र में रख कर होगा।..."

"क्या कह रहे हैं भगवन।"

"इसलिये कह रहा हूँ कि सावधान रहो। तुम्हारा राज्य, तुम्हारा धन, तुम्हारा अधिकार, किसी को चुभे नहीं। तुम अपनी ओर से अपना व्यवहार उग्र और आक्रामक मत होने देना। अपनी ओर से शान्ति बनाये रखना। शेष प्रभु की इच्छा।" वेदव्यास बोले, "जरासंध-मण्डल की रीढ़ टूट चुकी है। इसलिये आवश्यक नहीं कि जरासंध-मण्डल ही पुनः संगठित हो। उसके बाहर भी कोई राजा उन लोगों को अपने चारों ओर एकत्रित कर सकता है।"

"यह कोई आपका अनुमान नहीं हो सकता।" युधिष्ठिर चिन्तित स्वर में बोले, "आपको कहीं से कोई आभास मिला है, कोई सूचना, कोई प्रमाण?..."

"तुम इसे मेरा आभास ही समझ लो।" महर्षि बोले, "और आभास का कोई प्रमाण नहीं होता।...किन्तु इतनी सूचना तुम्हें अवश्य दे सकता हूँ कि इस यज्ञ तथा स्नेह-सौहार्द से दुर्योधन तुम से पहले की तुलना में और भी अप्रसन्न हो कर गया है।"

"हमारी ओर से तो उसके सम्मान में कहीं कोई कमी नहीं की गयी।"

"इसलिये वह तुम से भयभीत नहीं है।" व्यास बोले, "दुर्योधन उन लोगों में से है, जो या तो भय के कारण प्रेम करते हैं, या लोभवश। तुमसे उसे कोई भय नहीं है, इसलिये वह तुमसे प्रेम नहीं करता। तुम कर्ण के समान उसके निष्ठावान सेवक नहीं हो सकते, इसलिये तुम को ले कर उसके मन में कोई लोभ नहीं है। वह कृष्ण से भयभीत है, इसलिये वह वासुदेव को अपने अनुकूल बनाने का प्रयत्न करता रहेगा।..."

"वैसे तो वह भीम से भी भयभीत होगा।" युधिष्ठिर बोले।

"भीम से भयभीत नहीं है, क्योंकि वह जानता है, कि भीम स्वतन्त्र नहीं है। उसके हाथ तुम ने बाँध रखे हैं।" व्यास बोले, "अच्छा पुत्र! अब हमें अनुमति दो। भगवान तुम्हारा कल्याण करें।धर्मपूर्वक प्रजा का पालन करना और शान्ति बनाये रखना।"

महर्षि ने आशीर्वाद की मुद्रा में अपना हाथ उठा दिया।

36

धृतराष्ट्र ने अपनी अन्धी आँखें पुत्र के चेहरे पर टिकायीं, किन्तु क्या लाभ? उन आँखों से तो कुछ दिखायी ही नहीं पड़ता था। वह कितना भी प्रयत्न करता, उसे न दुर्योधन की आकृति दिखायी पड़ सकती थी, न उसकी मनोभावनाओं का कोई आभास मिल सकता था।...

धृतराष्ट्र की गर्दन झुक गयी और चिबुक वक्ष से आ लगी।

दृष्टिहीन होना, उसके लिये सदा ही असुविधाजनक रहा था, किन्तु जब-जब उसे अन्य लोगों से यह सूचना मिली कि युवराज दुर्योधन उद्विग्न, उदास अथवा अशान्त है, धृतराष्ट्र को सचमुच वंचित होने का अनुभव हुआ। जिस पुत्र की अप्रसन्नता की सूचना मात्र उसके वक्ष पर अग्निरेखा-सी खींच जाती है, उसका वही पुत्र उसके निकट उसकी इन अन्धी आँखों के सम्मुख बैठा रहता है, और उसे आभास भी नहीं होता कि उसका युवराज किस स्थिति में है। वह क्या सोच रहा है, वह क्या सहन कर रहा है...

ऐसे में वाणी का ही सहारा था।

"पुत्र!" धृतराष्ट्र ने कहा, "मेरी इच्छा है कि तुम अपने भाइयों और मित्रों के साथ कुछ दिनों के लिये आखेट-हेतु चले जाओ। किसी भी स्थान पर—कितने ही दिनों के लिये।"

धृतराष्ट्र ने अपना चेहरा सायास उठाया।

देखना तो सम्भव नहीं था कि इस प्रस्ताव पर दुर्योधन की प्रतिक्रिया क्या थी, किन्तु वह सुन तो सकता था। उन्मुख तो कान ही होने चाहिए थे, पर जाने क्यों ये दृष्टिहीन आँखें भी उसकी ओर उठ ही जाती थीं।...शायद देखने के लिये नहीं, दुर्योधन को यह जताने के लिये कि उसे उसके उत्तर की प्रतीक्षा है।

दुर्योधन ने कोई उत्तर नहीं दिया। कुछ आहट-सी हुई, जैसे दुर्योधन अपने स्थान से उठा हो और कुछ क्षण खड़ा रहने के पश्चात टहलने लगा हो। धृतराष्ट्र को अनुमान था कि ऐसा तब ही होता है, जब दुर्योधन के मन में कोई तीखा उत्तर उमड़ा आता है और उसकी शालीनता उसकी उद्दण्डता से लड़ने लगती है।

दुर्योधन की उद्दण्डता किसी के लिये भी नयी नहीं है, फिर भी अभी तक धृतराष्ट्र के सम्मुख थोड़ी देर के लिये वह स्वयं को संयत करने का प्रयत्न

करता है। जाने सचमुच उसके मन में पिता का सम्मान है, या वह सम्मान का अभिनय करता है। पर धृतराष्ट्र को भली-भाँति ज्ञात है कि उसकी शालीनता, उसकी उद्दण्डता के सामने सदा ही दुर्बल सिद्ध हुई है, जैसे किसी सिंह के सम्मुख मृगशावक।

"तुमने उत्तर नहीं दिया पुत्र।" एक धृष्ट संकोच के साथ धृतराष्ट्र ने कहा। यह संकोच उसके मन में तभी उभरता था, जब वह दुर्योधन से किसी बात का आग्रह करता था : कहीं ऐसा न हो कि वह बुरा मान जाये।

इस बार भी दुर्योधन ने तत्काल उत्तर नहीं दिया, पर एक क्षणिक मौन के पश्चात उसका वाक्य कुछ इस प्रकार उच्चरित हुआ, जैसे किसी ने साधने के बाद बाण फेंका हो, "यह राजाज्ञा है क्या?"

धृतराष्ट्र की जिह्वा स्तम्भित रह गयी। मन ऐसा दुःखी हो गया, जैसे किसी चिरशत्रु ने साध कर एकाघ्नी मार दी हो। यह दुर्योधन इस प्रकार की बातें क्यों करता है। पिता हो कर भी धृतराष्ट्र जितना सँभल कर चलता है, कि कहीं पुत्र का मन न दुख जाये, वह उतना ही आक्रामक हो कर, बार-बार पिता पर वार करता है, जैसे पिता को जितना अधिक तड़पता देखेगा, वह उतना ही सुखी होगा।...

"इस प्रकार की बातें क्यों करते हो पुत्र?" और फिर धृतराष्ट्र ने जोड़ा, "मैं तुम्हारे मनोरंजनार्थ एक प्रस्ताव रख रहा हूँ, और तुम इस प्रकार व्यवहार कर रहे हो, जैसे मैं तुम्हें हस्तिनापुर से निर्वासित कर रहा हूँ।"

दुर्योधन कुछ नहीं बोला।

धृतराष्ट्र समझ नहीं पाया कि दुर्योधन अपनी भूल समझ कर, पश्चात्ताप में चुप हो गया था, या अगले और अधिक आक्रामक आघात की तैयारी में था। दुर्योधन जब इस प्रकार का व्यवहार करता है, तो लगता है, जैसे वह अपने पिता को किन्हीं अज्ञात कारणों से दोषी मानता है—किन्तु किस बात का दोषी? ऐसा क्या किया है धृतराष्ट्र ने, जिससे दुर्योधन वंचित हुआ है? धृतराष्ट्र यदि जन्मान्ध है, तो वह उसका अपना दोष नहीं है, उसके किसी पूर्व-जन्म का कोई अपराध हो-तो-हो, उसका उसे ज्ञान नहीं है।...और फिर जन्मान्ध होने की असुविधा धृतराष्ट्र ने आजीवन भुगती है दुर्योधन को तो उससे कोई क्षति नहीं पहुँची। धृतराष्ट्र जन्मान्ध था, इसलिये बड़ा होने पर भी उसका राज्याभिषेक नहीं हो सका। राजा, पाण्डु ही हुआ। फिर भी यह भाग्य की विडम्बना ही थी कि पाण्डु देख सकता था, अतः राजा बना, और राजा बन कर वह अपने जीवन का अधिकांश भाग हस्तिनापुर से बाहर बिताने को बाध्य हुआ। धृतराष्ट्र जन्मान्ध था, इसलिये वह राजा नहीं बना,...किन्तु अपनी इस

वंचना के कारण वह हस्तिनापुर में ही रहा, और राज्य-सुख भोगता रहा...

सहसा दुर्योधन बोला, "आप मुझे मृगया के लिये क्यों भेजना चाहते हैं?"

"मृगया के लिये नहीं जाना चाहते," धृतराष्ट्र ने अज्ञात कारणों से रुष्ट अपने पुत्र के घाव पर शान्तिकारक लेप करना चाहा, "वारणावत चले जाओ। हमारे राज्य का वह मनोहरतम नगर है।"

"क्यों? मुझे भी अग्निसात करने का विचार है क्या?"

"दुर्योधन।" धृतराष्ट्र का कण्ठ रुंध गया। जाने उसके भाग्य में क्या है... अपने जिस पुत्र के सुख के लिये उसने न्यायान्याय, धर्माधर्म तक का विचार नहीं किया, वही पुत्र उससे इतना रुष्ट है, "तुम मुझ से इस प्रकार का व्यवहार क्यों करते हो दुर्योधन?"

"आप मुझे हस्तिनापुर से दूर क्यों भेजना चाहते हैं?"

"मुझे बताया गया है कि जब से तुम इन्द्रप्रस्थ से लौटे हो, प्रसन्न नहीं हो।"

"हाँ! प्रसन्न नहीं हूँ।" दुर्योधन का स्वर बहुत उद्धत हो उठा था, "उससे क्या। आप समझते हैं कि वन में मृगों का आखेट कर अथवा वारणावत में प्रकृति के मनोरम दृश्यों के बीच रह कर, मैं प्रसन्न हो जाऊँगा?"

"मेरा तो उद्देश्य यही था पुत्र।"

"आपने मुझ से यह तो पूछा होता कि मैं प्रसन्न क्यों नहीं हूँ।"

"क्यों प्रसन्न नहीं हो?"

"मैं शत्रु का वैभव देख कर आया हूँ। जिन्हें मैं कंगाल समझता था, जिन्हें भीख माँगने के लिये हस्तिनापुर से निर्वासित करके छोड़ दिया गया था—वे सम्राट हो गये हैं। मैं ईर्ष्या से जल रहा हूँ।" दुर्योधन जैसे एक-एक शब्द को चबा रहा था, "मैं रात को सो नहीं पाता। मुझे कोई भी भोग आकृष्ट नहीं करता। मैं..."

"तुम पाण्डवों को अपना शत्रु बता रहे हो?"

"हाँ पिता जी।"

"पाण्डुपुत्र तुम्हारी भुजाओं के समान हैं," धृतराष्ट्र ने कहा, "उन्हें काटो मत।"

"स्वार्थ-साधन के लिये आप में तनिक भी सावधानी नहीं है, अथवा आप मुझ से द्वेष रखते हैं।" दुर्योधन मरते हुए पशु के समान तड़प कर बोला, "जो जिसको सन्ताप देता है, वह उसका शत्रु होता है। पाण्डव मुझे सदा ही सन्ताप देते आये हैं।"

धृतराष्ट्र ने कुछ इस प्रकार उत्तर दिया, जैसे दुर्योधन ने कोई कठोर बात कही ही नहीं है। अपने स्वर को कोमल बनाये रख कर कहा, "पर वे तो स्वयं को हम से पृथक नहीं मानते। मुझे वे अपना पिता मानते हैं, तुम्हें अपना भाई। उन्होंने तो तुम्हें अपने बन्धु, अपने आत्मीय के रूप में उपहार स्वीकार करने का दायित्वपूर्ण कार्य सौंपा था...।"

"नहीं।" दुर्योधन ने ऐसा चीत्कार किया कि धृतराष्ट्र हतप्रभ रह गया।

"तो?"

"उन्होंने मुझे ईर्ष्याग्नि से जलाने के लिये जान-बूझ कर वह कार्य सौंपा था, ताकि मैं देखूँ और तड़पूँ। मुझे तड़पता देख कर कैसे प्रसन्न हुए होंगे वे।"

"मान लो कि उनके मन में यही था, तो भी यदि तुम ईर्ष्या में न जलो, तो वे तुम्हें बलात जला लेंगे क्या?" धृतराष्ट्र ने समझाया, "वे तुम्हें अपना भाई मानते हैं, तुम भी उन्हें अपना भाई मान लो।"

दुर्योधन क्षण-भर चुप रहा। धृतराष्ट्र ने अनुमान लगाया—वह अवश्य ही उसे घूर रहा होगा, और फिर उसकी अपेक्षा के अनुसार ही दुर्योधन फूट पड़ा, "जब हम मान चुके थे कि कुरुवंश का सम्पूर्ण साम्राज्य हमारा है, उसका समग्र धन-धान्य हमारा है, कोई हमारा भागीदार नहीं है।...तब ये पाँच भाई हिमालय से उतर कर आ गये—राज्य के स्वामी, हमारे भागीदार ही नहीं, सम्पूर्ण राज्य के स्वामी बन कर।...आप तो उन्हें देख नहीं पाये। मैंने देखा था उन्हें : कंगले, भिखमंगे...वन्य पशुओं के चर्म लपेटे हुए, जिन्होंने न कभी नगर देखा था न नागरिक, न प्रासाद, न रथ, न सिंहासन, न किरीट। कुछ नहीं जानते-पहचानते थे वे, सिवाय वृक्षों और वन्य पशुओं के। सभ्यता से दूर के तपस्वियों के आश्रमों के कुछ सूत्रों का ज्ञान था उनको। राजन्य संस्कृति तो दूर, किसी साधारण धनी-मानी व्यक्ति के जीवन को भी नहीं जाना था उन्होंने।..." दुर्योधन का स्वर आवेश से फटने-फटने को हो आया, "वे ही कंगले अब असम्भव ऐश्वर्य के स्वामी हो गये हैं। जिनकी आँखें गुरुकुल के शस्त्रागार को देख कर फटने लगती थीं, वे राजसूय यज्ञ करने लगे हैं। वे चक्रवर्ती सम्राट हो गये हैं...।"

धृतराष्ट्र को लगा, दुर्योधन कहीं रो ही न दे। पुचकारते हुए कहा, "पुत्र! तुम हस्तिनापुर के युवराज हो। धन-धान्य, ऐश्वर्य-विलास, सत्ता-सेना किसी की भी कमी नहीं है तुम्हें। तुम उसका सुखपूर्वक भोग करो। कौन-सा भोग उपलब्ध नहीं है तुम्हें?"

"सुख।" धृतराष्ट्र को लगा, दुर्योधन ने जैसे भयंकर आक्रोश में अपने

दाँत पीसे हैं, "कल जो हमारे द्वार पर हाथ पसारे भीख माँगते आये थे, जिन्हें मैंने कभी अपने पैरों की धूल के बराबर भी नहीं समझा—वह चक्रवर्ती राजा हो गये।" दुर्योधन ने अपना पैर पटका, "और दुर्योधन उनके परिजन के रूप में उनके लिये आये उपहारों को देख-देख कर, मन-ही-मन जलता रहा, और उन वस्तुओं को किसी और की थाती मान कर सहेज-सहेज कर रखता रहा...।"

"यदि ऐसी ही बात है, तो तुम भी राजसूय यज्ञ करो।" धृतराष्ट्र ने शान्त स्वर में कहा।

"कौन करेगा मेरे लिये सेनाओं को संचालन?" दुर्योधन की हताशा, पीड़ा में बदल गयी, "वे पाँच हैं और हम एक सौ। फिर भी युधिष्ठिर के समान मेरे पास न एक अर्जुन है, न भीम। वह सनकी, दुबला-पतला, स्वप्नों में खोया, मरियल-सा अजुआ, जिसे कल तक मुँह धोना नहीं आता था, आज संसार का सर्वश्रेष्ठ धनुर्धारी वीरवर अर्जुन बन गया है, जिसका नाम सुनते ही शत्रु की सेनाएँ शस्त्र-समर्पण कर देती हैं।" दुर्योधन का आवेश बढ़ता जा रहा था, "और वह बोदा माँस का लोंदा, मिट्टी का माधव, पेटू और विदूषक भीमा अब शत्रु-सेनाओं का काल, महावीर भीमसेन हो गया है। फिर कृष्ण उनका मित्र है। द्रुपद और धृष्टद्युम्न उनके संकेत पर भागे चले आते हैं।..."

"तुम्हारे भाई हैं, कर्ण है, द्रोणाचार्य, अश्वत्थामा, कृपाचार्य और भीष्म पितामह हैं। तुम्हारे पास वीरों की क्या कमी है?"

"जले पर नमक मत छिड़किए।" दुर्योधन का स्वर जैसे काँप रहा था, "इसमें से, सिवाय कर्ण के और कोई भी दिग्विजय के लिये नहीं जायेगा। वे सब अपनी गरिमा में इतने महान हैं कि मुझे चक्रवर्ती बनाने के लिये किसी का भी शस्त्र नहीं उठेगा।"

"क्यों नहीं उठेगा?" धृतराष्ट्र के स्वर में आदेश की दृढ़ता थी, "वे लोग राज्य के सेवक नहीं हैं क्या?"

"राज्य के सेवक।" दुर्योधन के हृदय में छिपी घृणा, उसकी वाणी में मुखर हो गयी, "पितामह भीष्म केवल हस्तिनापुर के शासन की सुरक्षा के लिये वचन-बद्ध हैं, अन्यथा वे संसार से वैराग्य ही ले चुके हैं। वे साम्राज्य के प्रसार के लिये, अथवा मेरे लिये ऐश्वर्य-संचयन-हेतु युद्ध नहीं करेंगे।...आपको आचार्य द्रोण से बहुत अपेक्षाएँ हैं, पर मैं जानता हूँ कि वह ब्राह्मण मन में क्या सोचता है...।"

"क्या सोचते हैं आचार्य?"

"वह समझता है कि वह गुरु के रूप में हस्तिनापुर में कार्यरत है। उसका कार्य राजकुमारों को शिक्षा देना भर है। वह सेनापति नहीं है, वह हस्तिनापुर

की सेनाओं का संचालन क्यों करे।"

"यदि ऐसी बात है," धृतराष्ट्र ने कहा, "तो इसमें बाधा ही क्या है। आचार्य को सेनापति बना दो।"

"सेनापति बना दूँ?" दुर्योधन के स्वर में स्पष्ट उपेक्षा थी, "तब उस ब्राह्मण की महत्वाकांक्षाएँ आकाश को छूने लगेंगी।"

"दुर्योधन।"

"हाँ पिता जी।" दुर्योधन का स्वर कुछ सहज हुआ, "वह निर्धन ब्राह्मण धन कमाने के लिये हस्तिनापुर आया था। उसे यहाँ धन-सम्पत्ति, पद, अधिकार, मान-सम्मान सब कुछ मिला, पर उसके मन का भय कभी समाप्त नहीं हुआ।"

"द्रोणाचार्य का भय?" धृतराष्ट्र को सचमुच आश्चर्य हुआ था।

"धन छिन जाने और फिर से कंगाल हो जाने का भय, प्रेत के समान उसकी आत्मा से चिपका हुआ था। स्वयं को सुरक्षित करने के लिये, उसने द्रुपद से आधा पंचाल छीना और उसका अधिराज बन बैठा। वह राज्य द्रुपद से हमने छीना था...कौरवों और पाण्डवों की सम्मिलित शक्ति ने। वह ब्राह्मण तब भी हस्तिनापुर राज्य का सेवक था, पर वह राज्य उसने अपने लिये रख लिया।...आज मैं दिग्विजय के लिये, द्रोणाचार्य को सेनापति बना दूँ, तो विजय के पश्चात विजित देशों और उनके वैभव को हमें सौंप देगा क्या? कदापि नहीं। मुझे भय है कि कहीं युधिष्ठिर के समान अश्वत्थामा भी मेरा प्रतिद्वन्द्वी न बन जाये।"

धृतराष्ट्र की बुद्धि कहती थी, कदाचित दुर्योधन ठीक ही कह रहा है। जिन योद्धाओं पर उसको इतना विश्वास था...शायद वे इतने विश्वसनीय नहीं हैं।...और यदि उन पर विश्वास किया भी जाये, तो भी पितामह और गुरु को वेतन-भोगी सैनिकों के समान आदेश नहीं दिया जा सकता...

"मैं तो कई बार सोचता हूँ कि किसी प्रकार इन लोगों से अपना पिण्ड ही छुड़ा लूँ, पर फिर डर जाता हूँ...।"

"किस बात से डरते हो पुत्र?"

"मैंने उन्हें निकाला और वे पाण्डवों से जा मिलेंगे। मेरे शत्रु और भी प्रबल हो उठेंगे।" दुर्योधन बोला, "ये लोग हस्तिनापुर में हैं, तो चाहे निष्फल हैं, किन्तु पाण्डवों के साथ तो नहीं हैं।"

दुर्योधन चुप हो गया, किन्तु उसकी व्यथा धृतराष्ट्र के कानों में ही नहीं, उसके हृदय में भी उमड़ती-घुमड़ती रही। दुर्योधन बहुत दुःखी था, उसे सांत्वना कैसे दी जाये...

"तुम्हारे पास सुख-भोग के लिये धन का अभाव नहीं है पुत्र।" अन्ततः धृतराष्ट्र के कण्ठ से वाणी फूटी, "तुम कुछ और सुन्दरी दासियाँ प्राप्त कर सकते हो, कुछ अधिक मादक मदिराएँ मँगवा सकते हो। इतना चिन्तन करने की आवश्यकता ही क्या है। तुम सन्तुष्ट हो कर भोग का आनन्द लो...।"

दुर्योधन का शमित आवेश जैसे पुनः उबल पड़ा, "आपके लिये सन्तोष ही उचित था, क्योंकि आपके पास कोई विकल्प नहीं था। वह आपकी रणनीति थी। मैं इतने-भर से सन्तुष्ट नहीं हो सकता।"

"समझने का प्रयत्न करो दुर्योधन।" धृतराष्ट्र के मन में अपने दुखी पुत्र के लिये अपार ममता उमड़ आयी, "तुम यदि और वैभव प्राप्त कर लो, कितना भी वैभव प्राप्त कर लो, पाण्डवों की सारी सम्पदा तुम्हें प्राप्त हो जाये—तो भी संसार में तुम से धनी लोग रहेंगे ही। तुम्हारी सम्पदा, इन्द्र और कुबेर की समता तो नहीं कर पायेगी पुत्र।" धृतराष्ट्र ने अपनी अन्धी आँखों से उसकी ओर देखा, मानों स्नेहपूर्वक उसके कंधे पर हाथ रखा हो, "तुलना से कोई लाभ नहीं है। सुख तो भोग में है। अधिक वैभवशाली लोगों से तुलना करते रहोगे, तो अपनी सम्पदा के भोग का भी सुख नहीं पाओगे।"

दुर्योधन ने पहले तो कोई उत्तर नहीं दिया और फिर जैसे वह फट पड़ा, "न मैं सन्तोष कर सकता हूँ और न पाण्डवों के उस वैभव को सहन कर सकता हूँ। इन्द्र और कुबेर से न मेरी स्पर्धा है, और न शत्रुता। उनके पास असीम सम्पदा भी मुझे कष्ट नहीं देगी...किन्तु पाण्डवों को मैं चैन की रोटी खाते नहीं देख सकता। मेरे सुख के लिये, उन्हें तड़पना ही होगा।...मेरे मन में उनकी हिमालय क्षेत्र से आये, भूखे, बिलबिलाते, निरीह कंगलों की छवि है, मैं उन्हें वैसा ही देखना चाहता हूँ...।" दुर्योधन क्षण-भर रुका और धृतराष्ट्र के प्राण उसके कण्ठ में आ फँसे, जाने यह लड़का क्या सोच रहा है, "...और मैं उन्हें उसी स्थिति में पहुँचा कर छोड़ूँगा। पिता जी! मैं स्पष्ट रूप से आप से कह रहा हूँ, आप मुझे रोकने का प्रयत्न मत कीजिएगा।"

"किस बात से पुत्र?"

"मैं अपनी सेना ले कर इन्द्रप्रस्थ पर आक्रमण करूँगा।"

"उससे क्या होगा?"

"या तो अपने शत्रुओं पर विजय पाऊँगा, उनको मार कर उनकी धन-सम्पदा छीन लाऊँगा, द्रौपदी को अपनी दासी बनाऊँगा...या फिर उनके शस्त्रों के आघात से अपने प्राण दे दूँगा।"

कुछ क्षणों तक तो जैसे धृतराष्ट्र को समझ में ही नहीं आया कि दुर्योधन कह क्या रहा है। पर पहले झटके से उबर कर चैतन्य होने पर उसका मन

डूबने-डूबने को होने लगा। यह दुर्योधन पागल हो गया है। यह क्या असम्भव करने की सोच रहा है।...

"एक ओर तो तुम कह रहे हो कि तुम्हारे पास न कोई अर्जुन है, न भीम," वह व्याकुल हो कर बोला, "और दूसरी ओर तुम उन पर आक्रमण की योजना बना रहे हो। तुम्हारी बुद्धि तुम्हें भ्रमित तो नहीं कर रही पुत्र। तुम्हारी ओर से युद्ध कौन करेगा?"

"मैं! स्वयं मैं। मेरा मित्र कर्ण।" वह बोला, "भीष्म और द्रोण चाहे मेरी दिग्विजय के लिये न लड़ें, मेरी रक्षा के लिये तो लड़ेंगे, पितामह हस्तिनापुर के युवराज की प्राण-रक्षा के लिये शस्त्र धारण करने को वचन-बद्ध हैं। द्रोणाचार्य भी, मुझे द्रुपद के जामाता से बचाने के लिये आयेंगे ही, अन्यथा अर्जुन के सहयोगी–द्रुपद और धृष्टद्युम्न–आचार्य को रस्सियों से बाँध कर हस्तिनापुर के राजमार्गों पर घसीटेंगे।"

'दुर्योधन ठीक कह रहा है।' धृतराष्ट्र के मन ने कहा, 'ऐसी स्थिति में भीष्म और द्रोण युद्ध से भाग नहीं सकते।...किन्तु यह आवश्यक नहीं कि भीष्म और द्रोण लड़ें तो पाण्डवों को पराजित कर ही दें। पाण्डव युवा हैं, योद्धा हैं, अनेक शस्त्रों के ज्ञाता हैं, और उनके अनेक मित्र हैं। युद्ध की स्थिति में कृष्ण और उनकी नारायणी सेना पाण्डवों के पक्ष में खड़ी होगी। सारसी पांचाल सेना, उनके पक्ष में होगी, और उनके माण्डलिक राजा...नहीं। यह युद्ध नहीं हो सकता।'

"दुर्योधन।" धृतराष्ट्र का आशंकित स्वर कुछ दृढ़ हुआ, "मैंने तुम्हें युद्ध की अनुमति नहीं दे सकता। तुम किसी भी स्थिति में पाण्डवों से युद्ध नहीं कर सकते।"

"क्यों? क्या फिर भ्रातुष्पुत्रों के प्रति प्रेम जाग उठा है?"

"नहीं। मुझे तुम्हारी सुरक्षा की चिन्ता है।" धृतराष्ट्र का स्वर फिर से कोमल हो गया, "वैसे तो मेरे सौ पुत्र हैं, किन्तु मेरे लिये तो एक ही दुर्योधन है। शेष सब उसकी परछाइयाँ हैं।" वह रुका, जैसे आत्मबल बटोर रहा हो, "मैं राजा और पिता–दोनों ही रूपों में, तुम्हें ऐसा कोई काम करने की अनुमति नहीं दे सकता, जिसमें तुम्हारे प्राणों का भय हो।"

"आप मुझे केवन तड़प-तड़प कर जीने की अनुमति दे सकते हैं। आप चाहते हैं कि मैं पाण्डवों के ऐश्वर्य का स्मरण करूँ ओर मेरे वक्ष पर नाग लोटें। मैं जलता रहूँ, तड़पता रहूँ, पर जीवित रहूँ...।" दुर्योधन रुका और जैसे पूरे आत्मबल के साथ बोला, "...लड़ कर मरूँगा तो क्षत्रियों के समान युद्ध-क्षेत्र में वीर-गति पाऊँगा। नहीं लड़ूँगा, तो घुल-घुल कर, शैया पर तड़प-तड़प कर

मरूँगा, और सह नहीं पाऊँगा तो आत्महत्या कर लूँगा।"

"दुर्योधन।"

"हाँ पिता जी। अब कोई मार्ग नहीं है। मैंने अपने-आप को बहुत समझाया है, बहुत सोचा-विचारा है। अब या तो पाण्डव रहेंगे, या मैं ही रहूँगा ...और आप से मैं अन्तिम बार कह रहा हूँ कि आप मुझे रोकने का प्रयत्न मत कीजिएगा।"

दुर्योधन चुप हो गया और अब उसकी पदचाप द्वार की ओर चली गयी, तो धृतराष्ट्र समझ गया कि वह जा रहा है। धृतराष्ट्र के मन में से चीत्कार उठा, "रोको धृतराष्ट्र! इसे 'रोको। क्षत्रिय-पुत्र है, युवराज है—युद्ध तो करेगा ही। पर यह युद्ध नहीं, आत्महत्या है। पाण्डव और उनके मित्र इसे घेर कर मार डालेंगे।...'

पर न धृतराष्ट्र का हाथ उठा, न वाणी फूटी। रोक कर क्या कहे धृतराष्ट्र। दुर्योधन को वह अच्छी तरह जानता है। उसकी महत्वाकांक्षाएँ ही नहीं, उसके राग-द्वेष भी किसी से छिपे नहीं हैं। जहाँ वह पहुँच गया है, वहाँ से उसे लौटा लाना सम्भव नहीं है। आज तो वह युवक है, युवराज है, वीर और सक्षम है। जब बालक था, तब भी उसने ईर्ष्या के वशीभूत हो कर भीम को विष खिलाया था, और अचेत भीम को बाँध कर जल में डुबो आया था। उसने वारणावत के लाक्षागृह में पाँचों पाण्डवों को कुन्ती समेत अग्निसात करने की योजना बनायी थी। फिर उसने उन्हें मरने के लिये खाण्डव-वन में भेज दिया।...धृतराष्ट्र ने अपनी ममता के विरुद्ध कभी न्याय का पक्ष नहीं लिया। वह पिता ही बना रहा, राजा कभी नहीं बन सका...पर उन सारी योजनाओं से दुर्योधन की कोई क्षति नहीं हुई। पाण्डव बचते रहे, तो दुर्योधन का कुछ नहीं बिगड़ा...पर इस बार...यदि दुर्योधन ने इन्द्रप्रस्थ पर आक्रमण किया, तो पाण्डव उसका वध कर देंगे...जाने दुर्योधन क्यों नहीं समझता...वह अपने राज्य में, अपने धन-वैभव से प्रसन्न क्यों नहीं रह सकता?...

पर दुर्योधन को धृतराष्ट्र क्या कहे? उसकी अपनी ही मनःस्थिति क्या है...राजा न होते हुए भी, उससे हस्तिनापुर का मोह कभी नहीं छूटा, और पाण्डु राजा होते हुए भी हस्तिनापुर से बाहर-ही-बाहर रहा।...कभी युद्ध के लिये, कभी मृगया के लिये...और अपनी दुर्बलता जान कर, वह राज्य छोड़ वनों में जा बैठा। कैसे त्याग दिया, उसने यह सारा वैभव। धृतराष्ट्र तो उस वैभव पर आसन बाँधे बैठा रहा, और सदा डरता रहा कि कहीं उससे यह सब छिन ही न जाये...पाण्डवों ने भी अपने पिता के समान ही आचरण किया। खाण्डवप्रस्थ के खण्डहर के आस-पास का वन-प्रान्तर ले कर ही सन्तुष्ट हो गये।...और

धृतराष्ट्र का पुत्र सारा साम्राज्य और धन-वैभव पा कर भी सन्तुष्ट नहीं हुआ। वह इस वैभव के विस्तार की बातें सोच रहा है और धृतराष्ट्र का मन इसके भी छिन जाने की आशंका से, पीपल के पत्ते के समान काँप रहा है...

सोचत-सोचते धृतराष्ट्र का मस्तक फटने को हो आया। वह निढाल हो कर लेट गया : क्या करे?...विदुर को बुलाए? उससे चर्चा करे? विदुर बुद्धिमान है और नीतीज्ञ है, साथ-ही-साथ धर्मज्ञ भी है। वह धर्माधर्म, उचितानुचित, न्यायान्याय की बात अवश्य उठाएगा। उसे धृतराष्ट्र कैसे कह सकेगा, कि दुर्योधन पाण्डवों को सुख से जीवन-यापन करते नहीं देख सकता, सम्मुख-युद्ध में उनसे लड़ नहीं सकता, बताओ, कोई ऐसा मार्ग भी है, जिससे पाण्डव चुपचाप अपना सारा धन-वैभव ला कर दुर्योधन के चरणों में धर दें और स्वयं सर्वथा कंगाल हो कर, कहीं भीख माँगते फिरें?...

विदुर समदर्शी है। उसके लिये पाण्डव और धार्तराष्ट्रों में कोई भेद नहीं हे। धर्म पर चलने के कारण सम्भवतः पाण्डव ही उसे अधिक प्रिय हैं। ऐसा न हो कि विदुर कोई मार्ग तो सुझा न पाये, उल्टे पाण्डवों को सावधान कर दे। दुर्योधन तो कुछ कर पाये, न कर पाये, पाण्डव उसका अनिष्ट कर डालें। उस भीम के क्रोध को सँभालना किसी के वश का नहीं है...न! विदुर से इस विषय में चर्चा करना व्यर्थ है।...ये विषय गोपनीय हैं...

और तब धृतराष्ट्र का ध्यान शकुनि की ओर चला गया...जब कभी सम्मुख-युद्ध से बचना हो, तो शकुनि की सहायता ली जानी चाहिए। जब न्यायान्याय, धर्माधर्म की उपेक्षा कर, अपना स्वार्थ साधना हो, तो शकुनि से बड़ा कुटिलाचार्य और कौन हो सकता है...

दूसरे ही क्षण धृतराष्ट्र का हृदय थोड़ा काँपा : शकुनि कुटिलाचार्य है। उसका मार्ग ऋजु नहीं है। ऐसा न हो कि उसका परामर्श मान कर, धृतराष्ट्र किसी और कठिनाई में पड़ जाये...पर परामर्श करने में क्या दोष है? आवश्यक तो नहीं कि शकुनि की बात मान ही ली जाये। और यदि उसने कोई अच्छी युक्ति निकाल ही दी तो...

सन्ध्या तक धृतराष्ट्र ऊतापोह में पड़ा रहा। उसका एक मन उसे बार-बार चेतावनी दे रहा था कि वह शकुनि के कुचक्र में न पड़े, और दूसरा मन अनवरत रटता जा रहा था कि बात कर लेने में कोई हानि नहीं है...वह अभी हैस-बैस में ही पड़ा था कि अनुचर ने शकुनि के आने की सूचना दी....

धृतराष्ट्र का मन प्रसन्न हो गया, शकुनि आ गया है, तो बातों-बातों में उससे परामर्श हो जायेगा। यह नहीं लगेगा कि किसी विशेष प्रयोजन से, परामर्श करने के लिये उसे बुलाया गया है...पर दूसरे ही क्षण संदेह ने सिर

उठाया : वह अपने-आप आ कैसे गया? कहीं दुर्योधन ने ही तो नहीं भेजा उसे? मामा-भांजे में बहुत पटती हे। उन्होंने मिल कर कोई षड्यन्त्र ही न रचा हो। यह न हो कि धृतराष्ट्र उनका उपकरण बन उनके किसी अकरणीय का सहयोगी हो जाये। दुर्योधन तो उसका पुत्र है, उसका मन धृतराष्ट्र समझता है। उसकी इच्छाएँ-आकांक्षाएँ, उसकी शक्ति और सीमाएँ...सबसे परिचित है धृतराष्ट्र। किन्तु शकुनि आज तक उसकी समझ में नहीं आया। उसके परामर्श कैसे भी हों—धृतराष्ट्र का संदेह उस पर से कभी मिटा नहीं। जो व्यक्ति भीतर से ऋजु न हो, जिसका मन और प्रकृति सरल न हों—उसकी किसी बात का विश्वास कैसे किया जा सकता है। जो कुछ वह कहता और करता रहा—वह सब धृतराष्ट्र और उनके पुत्रों के हित के लिये किया गया, माना गया, किन्तु धृतराष्ट्र का मन आज तक यह निर्णय नहीं कर पाया कि शकुनि के कारण, वह जैसे-जैसे अपने भाई पाण्डु और उसके परिवार से दूर होता गया—क्या वह सब धृतराष्ट्र और उसके पुत्रों के हित में था? शकुनि की कूटनीति की सहायता से दुर्योधन, पाण्डवों की हत्या का जो प्रयत्न करता रहा—वह सब क्या उसके लिये मंगलकारी था? पाण्डवों का तो जो भला या बुरा हुआ—वह हुआ, पर दुर्योधन क्या अधिक हिंस्र और क्रूर नहीं होता गया? क्या हिंस्र और क्रूर होना, किसी व्यक्ति के लिये मंगलकारी हो सकता है? दुर्योधन की यह हिंसा और क्रूरता उसे विनाश की ओर ही तो अग्रसर नहीं कर रही?...

"आओ शकुनि।"

शकुनि ने हाथ जोड़ कर उन पर अपना माथा टिकाया। वह अपना सम्मान इसी प्रकार प्रकट किया करता था, यद्यपि धृतराष्ट्र देख भी नहीं पाता था, कि वह क्या कर रहा है।

"कैसे हैं जीजा जी?"

धृतराष्ट्र हल्के-से मुस्कुराया, "तुम प्रसन्न हो?"

"आपकी कृपा चाहिए।" वह आ कर धृतराष्ट्र के निकट बैठ गया, "युवराज बहुत अशान्त लग रहे हैं।"

तो शकुनि सब कुछ जानता है, और यह अपने-आप नहीं आया है। यह दुर्योधन का भेजा हुआ ही आया है।

"हाँ! दुर्योधन अशान्त है।" धृतराष्ट्र ने कहा, "किन्तु मैं उसकी शान्ति उसे लौटा नहीं सकता।"

"क्यों? ऐसी क्या बात है?"

"वह पाण्डवों से युद्ध करना चाहता है, और उसकी अनुमति मैं उसे दे नहीं सकता।"

"युद्ध क्यों?" शकुनि के स्वर में आश्चर्य था, "युद्ध कोई अच्छी बात तो है नहीं। युद्ध में हिंसा होती है। शत्रु तो मरता ही है, अपने पक्ष की भी हानि होती है। पर दुर्योधन पाण्डवों से युद्ध क्यों करना चाहता है।?"

"तुम्हारा भांजा है, तुम जानो। जाने उसे दिन-भर क्या घुट्टी पिलाते रहते हो।"

शकुनि हँसा, "आप तो जीजा जी! सदा परिहास ही करते रहते हैं।"

शकुनि की हँसी। यह हँसी धृतराष्ट्र के कानों को सदा चुभी है। इसमें कुछ ऐसा है—किसी प्रकार की क्रूरता का अंश, किसी धातु-सा कठोर, जो कानों में चुभता ही नहीं, कानों की दीवारों को छील भी जाता है।...जब कभी धृतराष्ट्र का मन शान्त और स्वस्थ होता है, शकुनि की हँसी का प्रभाव कान छीलने तक ही रहता है, पर जब मन इतना स्वस्थ नहीं होता, तब यह हँसी आत्मा तक को तपा जाती है।...

"परिहास नहीं कर रहा हूँ शकुनि। वह पाण्डवों से, उनका सारा धन हथिया लेना चाहता है, और मैं उसे इसकी अनुमति नहीं दे रहा।"

"क्यों? भ्रातुष्पुत्रों के प्रेम के कारण?"

"नहीं!" धृतराष्ट ने बहुत स्पष्ट कहा, "मैंने अपने विषय में बहुत सोचा है और इस निष्कर्ष पर पहुँचा हूँ कि मैं ऐसा पिता हूँ, जो अपने बच्चों से कहता रहता हूँ कि किसी से लड़ो मत, किसी का कुछ छीनो मत। और सच पूछो तो यह सब सच्चे हृदय से कह रहा होता हूँ। सचमुच यही चाहता हूँ। मैं चाहता हूँ कि वे लोग सच्चे मार्ग पर चलें।...पर जब देखता हूँ कि मेरे बेटों को मेरी यह नीति प्रसन्न नहीं कर पा रही, और वे मेरे उपदेश के विरुद्ध किसी को पीटने जा रहे हैं, और यह भी निश्चित होता है कि वे लोग उसे पीट पाने में समर्थ होंगे, उनकी कोई हानि नहीं होगी, तो मैं उनके कृत्यों को अनदेखा कर जाता हूँ।...किन्तु जब मुझे लगता है कि वे जा तो रहे हैं किसी को पीटने, पर वहाँ उनके पिट जाने की भी आशंका है, तो मैं बहुत नीतिवान पिता बन जाता हूँ। मैं नहीं चाहता कि मेरे पुत्र मेरी इच्छा के विरुद्ध कुछ करें।"

शकुनि पुनः हँसा, "आप कुछ भी अनुचित नहीं करते जीजा जी। यह तो क्षत्रियों का काम ही है। राजसी वृत्ति है क्षत्रियों में।" वह रुका, "और युवराज भी क्या अनुचित कह रहे हैं। क्षत्रियों में तो यह चला ही आया है। क्षत्रिय अपने राज्य के विस्तार का प्रयत्न करता है। अपना वैभव बढ़ाना चाहता है। नहीं तो क्षत्रिय और तापस संन्यासी में अन्तर ही क्या रह जायेगा।" उसका स्वर कुछ धीमा हुआ, जैसे कोई बहुत गोपनीय बात कहने जा रहा हा, "और फिर पाण्डवों ने भी तो यह लक्ष्मी अन्य राजाओं से ही छीनी है। जब वे दूसरों

से छीन कर चक्रवर्ती हो सकते हैं, वीर कहला सकते हैं, तो फिर हमारे युवराज ही क्यों न कुछ क्षत्रियोचित कर दिखाएँ।"

धृतराष्ट्र को आश्चर्य हुआ, यह धूर्त्त एक ही साँस में युद्ध, हिंसा और रक्तपात की निन्दा भी कर रहा है और दूसरे का राज्य और लक्ष्मी हथिया लेने को क्षत्रियोचित बता कर दुर्योधन की योजनाओं का समर्थन भी कर रहा है।

शकुनि ने धृतराष्ट्र के चेहरे पर उभर आये, आश्चर्य और असमंजस को देखा। वह अपनी विशिष्ट शैली में हँसा, "आपको मेरी बातों में विरोध का आभास तो नहीं हो रहा जीजी जी?"

"विरोध का आभास नहीं, स्पष्ट विरोध दिख रहा है।"

"विरोध नहीं है जीजा जी।" शकुनि रहस्योद्घाटन-के-से भाव के साथ बोला, "क्षत्रियों के तीन ही तो काम हैं...युद्ध, मृगया, और द्यूत। युद्ध और मृगया में तो हिंसा, रक्तपात और विरोध इत्यादि हैं, पर द्यूत में ऐसा कुछ भी नहीं है। क्षति की भी कोई सम्भावना नहीं है। रत्ती-भर भी जोख़िम नहीं है। वह तो क्रीड़ा है, जैसे मृगया में मारा गया अथवा आहत हुआ पशु यह कहने नहीं आता कि उसके प्राण क्यों लिये गये, उसी प्रकार द्यूत में हारा हुआ प्रतिपक्षी कभी यह नहीं कहता कि तुम ने मुझे हराया क्यों। उलटे वह हार कर भी गले मिलता है कि तुम्हारे साथ खेल कर बहुत आनन्द आया।..."

"तुम चाहते हो कि दुर्योधन पाण्डवों के साथ जुआ खेले?"

"हाँ।" शकुनि बोला, "दाँव युधिष्ठिर और हमारे युवराज में हो, किन्तु युवराज की ओर से खेलूँगा मैं। और जीजा जी! जब पासे शकुनि फेंकेगा, तो युवराज के हारने का प्रश्न ही नहीं उठता। मैं पाण्डवों का राज्य, धन, सम्पत्ति, ऐश्वर्य...सब कुछ, घड़ी-दो-घड़ी में युवराज के चरणों में डाल दूँगा। न सेनाएँ लड़ेंगी, न युद्ध होगा, और न ही युवराज को कोई जोख़िम उठाना पड़ेगा...।"

धृतराष्ट्र का मन जैसे किसी दोराहे पर जा कर खड़ा हो गया। वह कई क्षणों तक चुपचाप सोचता रहा। फिर बोला, "जुआ तो हार और जीत दोनों का खेल है। तुम यदि इन्द्रपस्थ जीतने के स्थान पर, हस्तिनापुर भी गँवा बैठे तो?"

"पहली बात तो यह है कि द्यूत में शकुनि पराजित किया ही नहीं जा सकता। दूसरी बात यह है कि युधिष्ठिर इस खेल में सर्वथा अनाड़ी है। वह मेरे सामने तो एकदम नहीं टिक सकता..."

"इसी तर्क पर युधिष्ठिर जुआ न खेलना चाहे तो?" धृतराष्ट्र ने उसकी बात काट दी।

"युधिष्ठिर मना नहीं करेगा।" शकुनि इस प्रकार बोला, जैसे सृष्टि का

विधान बोल रहा हो, "कोई क्षत्रिय न युद्ध की चुनौती को अस्वीकार कर सकता है, न द्यूत की। राजन्य संस्कृति इसे कायरता मानती है।" शकुनि के चेहरे पर भयंकर धूर्त्तता प्रकट हुई, "और आपका पुत्र हो कर, युधिष्ठिर आपकी आज्ञा की अवज्ञा कैसे कर सकता है?"

"मान लो कि निमन्त्रण पा कर युधिष्ठिर आ भी गया। वह खेला भी। पर यदि वह जीत गया?" धृतराष्ट्र का संशय बार-बार अपना सिर उठा रहा था।

शकुनि खुल कर हँसा, वह हँसी जो सुनने वाले को भीतर तक छील जाये, "जीजा जी! युधिष्ठिर जीत नहीं सकता। उसे द्यूत का न ज्ञान है, न अभ्यास। ...और शकुनि सारा जीवन पासे ही फेंकता आया है....फिर भी हम वायवीय कल्पना कर रहे हैं कि यदि युधिष्ठिर जीत गया...।" वह क्षण-भर रुका, जैसे अपनी बात को तौल रहा हो, "पहली बात तो यह है कि मैं अपनी ओर से बड़ा दाँव बदूँगा ही नहीं। आप समझ लीजिए कि सारी क्रीड़ा में युधिष्ठिर की सम्पत्ति ही बदी जायेगी। अपनी सम्पत्ति तो केवल चारा डालने की स्थिति तक ही बदी जायेगी। फिर भी यदि मेरे पासे उल्टे पड़े, तो दो-एक दाँव बाद, आप द्यूत रुकवा दीजिएगा। सहस्र, दो सहस्र गौवें और अश्व हार कर, हस्तिनापुर कंगाल नहीं हो जायेगा...।" सहसा उसका स्वर, आवेश में हल्का-सा ऊपर उठा, "ऐसी स्थिति में उस क्षति की पूर्ति करने में गान्धार समर्थ है।" उसका स्वर अपनी सहज लय में आया, "दो-एक दाँव हारने के पश्चात मुझे खेल के बीच में से उठने से कोई नहीं रोक सकेगा....मैं किसी का कुछ जीत कर तो जा ही नहीं रहा। वैसे भी सम्पत्ति दुर्योधन की है और पासे मैं फेंक रहा हूँ। यदि दुर्योधन मुझे धन न दे, तो मैं कैसे खेल सकता हूँ। फिर हस्तिनापुर के युवराज की ओर से खेलते हुए, मैं गांधार की सम्पत्ति को बदने की अशिष्टता कैसे कर सकता हूँ।...और यदि यह सब न भी सोचा जाये, तो आपको द्यूत बन्द करवाने से कौन रोक सकता है। आप कह सकते हैं कि यह भाइयों की क्रीड़ा मात्र है, इसमें वास्तविक लाभ-हानि का कोई प्रश्न नहीं है।" शकुनि ने अपने हाथ ऊपर उठा दिये।

धृतराष्ट्र का मन बरबस शकुनि से सहमत होता जा रहा था...ठीक ही तो कह रहा है शकुनि। यह न तो क्रीड़ा है, न यह द्यूत है, यह तो जाल है, इन्द्रपस्थ के हामत्स्य को फाँसने का।...

"और यदि मैं कुछ ऐसा हार जाऊँ, जो हस्तिनापुर को कुछ भारी पड़ रहा हो, तो हम युधिष्ठिर की उदारता का भरेसा कर सकते हैं। वह अपने छोटे भाइयों की सम्पत्ति कभी नहीं छीनेगा। कोई युद्ध तो हो नहीं रहा। खेल ही तो है। क्रीड़ा में जीती हुई सम्पत्ति लौटा ही दी जाती हे।...और यदि युधिष्ठिर

का मन बदल जाये, वह सम्पत्ति लौटाना न चाहे, तो हम अपने शस्त्र-बल का प्रयोग कर सकते हैं। द्यूत हस्तिनापुर में हो रहा है। हमारी और हमारे मित्रों की सेनाएँ, युद्ध के लिये पूर्णतः सन्नद्ध रहेंगी।..."

धृतराष्ट्र विचार करता रहा। वह जितना ही चिन्तन करता जाता था, उसका मन यह मानता जाता था कि युधिष्ठिर शकुनि के जाल से निकल नहीं पायेगा। उसके लिये बाहर निकलने का कोई मार्ग शेष नहीं था...बस, धृतराष्ट्र, शकुनि के मार्ग में रोड़े न अटकाए। उसे अपना जाल फैलाने की अनुमति दे दे...और चाहे कुछ न करे, बस तटस्थ भाव से एक ओर खड़ा हो जाये। शकुनि सब कुछ अपने आप कर लेगा।....युधिष्ठिर का, पाण्डवों का, इन्द्रप्रस्थ के साम्राज्य का सारा ऐश्वर्य, उसकी सारी लक्ष्मी, दुर्योधन के नहीं धृतराष्ट्र के चरणों में लोटने लगेगी....

सहसा धृतराष्ट्र के मन के एक कोने में कुछ सुगबुगाहट हुई....'क्या कह रहे हो धृतराष्ट्र? वे तुम्हारे भाई, दिवंगत भाई पाण्डु के पुत्र हैं। न्याय से तो हस्तिनापुर का राज्य भी उन्हीं का था। तुम ने उनका राज्य छीन लिया। अब वे अपने खण्डहरों के राज्य इन्द्रप्रस्थ को, यदि अपने पुरुषार्थ से अमरावती बना लें, तो तुम उनसे वह भी छीन लेना चाहते हो?...'

पर उसका प्रतिपक्ष भी चुप नहीं रहा : संसार में प्रत्येक व्यक्ति अपनी सम्पत्ति बढ़ाना चाहता है। सम्पत्ति बढ़ती तो ऐसे ही है। एक की सम्पत्ति दूसरे के पास चली जाती है। लक्ष्मी तो है ही चंचला। जो अपनी लक्ष्मी की रक्षा नहीं कर सकता, वह उसे छोड़ जाती है। और फिर हम युधिष्ठिर से कुछ भी बलात नहीं छीन रहे, यद्यपि क्षत्रियों में तो बलात छीनना भी शूरता कहलाती है...'

उसका पहला मन पुनः बोला, 'युधिष्ठिर, दुर्योधन से कुछ ही बड़ा है। वे सब तुम्हारे पुत्र के समान हैं। तुम्हारा आदर और सम्मान करते हैं। तुम्हें पिता-तुल्य नहीं, पिता ही मानते हैं। तुम्हारी बात की कभी उपेक्षा नहीं करते। ...और तुम चारों ओर जाल बाँध कर, उनके निकलने का प्रत्येक मार्ग बन्द कर, उनका आखेट करने जा रहे हो...?'

इस बार धृतराष्ट्र के मन में कोई ध्वनि नहीं जागी। एक चित्र जागा : द्यूत में दुर्योधन जीत रहा है। इन्द्रप्रस्थ की लक्ष्मी प्रत्येक दाँव के साथ, उसके निकट, और निकट, और निकट खिसकती आ रही है। उसके चेहरे पर उल्लास छाता जा रहा है। उसकी आँखों में अपने पिता के प्रति कृतज्ञता का भाव घना होता जा रहा है...।

धृतराष्ट्र जेसे समाधि से जागा, "शकुनि।"

"हाँ जीजा जी।"

"जाओ। तैयारी करो। परन्तु सावधान। किसी बात में कोई कमी न रह जाये। यह उत्सव ही लगे, षड्यन्त्र नहीं...।"

"आप तनिक भी चिन्ता न करें जीजा जी।"

"तुम्हारी ओर से आश्वस्त हूँ। तुम्हारा ही भरोसा है मुझे, पर फिर भी मैं अपने इस शंकाशील मन का क्या करूँ।"

शकुनि चकित रह गया। धृतराष्ट्र ने आज तक इस स्नेह से उसके साथ बात नहीं की थी।

37

हस्तिनापुर के दूत ने सभा में प्रवेश किया और युधिष्ठिर अपने उल्लास में चक्रवर्ती की मर्यादा भूल, उठ कर खड़े हो गये, "विदुर काका।"

"नहीं सम्राट।" विदुर, आरोह-अवरोह विहीन, गम्भीर और शान्त स्वर में बोले, "हस्तिनापुर का राजदूत।"

युधिष्ठिर के उल्लसित आवेश पर जैसे किसी ने विपुल मात्रा में ठण्डा जल छिड़क दिया। वे सिंहासन पर बैठ, स्वयं को संयमित करने का प्रयत्न करने लगे। उनके मन में बार-बार एक ही प्रश्न जैसे उछल-उछल कर ऊपर आ रहा था, 'विदुर काका उनके साथ ऐसा व्यवहार क्यों कर रहे हैं?'

"कहो दूत।" युधिष्ठिर ने प्रकट कहा, "हस्तिनापुर में सब कुशल तो है न? महाराज धृतराष्ट्र, रानी गान्धारी, युवराज दुर्योधन तथा उसके भाई स्वस्थ-सानन्द हैं?" और युधिष्ठिर का मन तड़प कर पूछना चाहता था, 'और विदुर काका! आप कैसे हैं! आपको आना था तो आप राजप्रासाद में परिवार के आत्मीय, कुल-वृद्ध के रूप में आये होते। इस प्रकार दूत बन कर सभा में क्यों आये आप? किसी औपचारिक कार्य से राजदूत को ही भेजना था तो कोई और व्यक्ति, मन्त्री, सामन्त, सेनापति नहीं रह गया था हस्तिनापुर की राजसभा में, कि विदुर जैसे कुल-वृद्ध को राजदूत बना डाला।'

"सम्राट।" विदुर पूरे औपचारिक शिष्टाचार के साथ बोले, "हस्तिनापुर में सब ओर सुख-शान्ति है। वह राज्य समृद्धि की ओर बढ़ रहा है। राजा, रानी, युवराज तथा अन्य राजकुमार प्रसन्न और सुखी हैं।"

"अपना संदेश कहो राजदूत।" युधिष्ठिर ने भी औपचारिक होने का अभिनय किया।

"सम्राट।" विदुर बोले, "हस्तिनापुर के महाराज ने एक विराट और भव्य

सभा-भवन का निर्माण करवाया है, जो राज्य की समृद्धि और शक्ति का प्रतीक है। उसका नाम है तोरण-स्फटिक सभा। उसका विस्तार देखने योग्य है। उसका वर्णन क्या करूँ। वह अपने-आप में ही कुरुकुल के लिये गौरव की वस्तु है। इसके निर्माण पर अपना सन्तोष प्रकट करने के लिये, महाराज धृतराष्ट्र ने एक उत्सव का आयोजन किया है। वह राजसूय यज्ञ अथवा किसी अन्य यज्ञ जैसा धार्मिक उत्सव तो नहीं है, किन्तु शारीरिक व्यायाम, मनोरंजन, हास-विलास तथा अन्य क्षत्रियोचित क्रीड़ाओं का वह महान उत्सव होगा। उस उत्सव में देश-विदेश के भूपति एकत्रित हो रहे हैं। महाराज धृतराष्ट्र ने कहा है कि चक्रवर्ती की उपस्थिति के बिना, उस उत्सव का सारा आयोजन फीका रहेगा। क्षत्रियों के उस समाज की शोभा ही क्या हो सकती है, जिसमें उनके सिरमौर चक्रवर्ती सम्राट युधिष्ठिर और उनके वीर और यशस्वी भाई सम्मिलित न हों। अतः आपको उन्होंने उत्सव में सम्मिलित होने के लिये सादर आमन्त्रित किया है। उन्होंने मुझे आदेश दिया है कि मैं आपसे कहूँ कि उन्होंने सम्राट युधिष्ठिर को तो उत्सव में सम्मिलित होने के लिये आमन्त्रित किया ही है, उन्होंने अपने पुत्रों को विशेष अनुरोधपूर्वक बुलाया है। जिस प्रकार आपके राजसूय यज्ञ के अवसर पर सारे कौरव, परिवार के आत्मीय सदस्यों के रूप में सम्मिलित हुए थे, वे चाहते हैं कि इस बार हस्तिनापुर में उनके सभी-के-सभी, एक सौ पाँच पुत्र उपस्थित हों।"

युधिष्ठिर का मन हुआ कि वे बच्चों के समान खिलखिला कर हँस पड़ें और कहें, 'विदुर काका। इतना आडम्बर क्यों कर रहे हैं। स्पष्ट क्यों नहीं कहते कि महाराज ने बुलाया है। उन्होंने एक बड़ा प्रासाद बनवाया है। गृह-प्रवेश का अवसर है। घर के लोगों को तो वहाँ उपस्थित होना ही चाहिए। तुम्हें भी आना पड़ेगा युधिष्ठिर। देखना, चक्रवर्ती सम्राट की व्यस्तताएँ इस पारिवारिक उत्सव में विघ्न न डालें।'

पर दूसरे ही क्षण उसके मन में एक नया विचार आया : सम्भव है, महाराज ने अपने लिये नया प्रासाद बनवाया हो, यादवों के समान सुधर्मा सभा जैसा कोई भवन बनवाया हो। सम्भव है, गुरु द्रोण के आश्रम के भीतर, या उससे लगता हुआ कोई विराट भवन और क्रीड़ा-स्थल बनवाया हो, जहाँ क्षत्रियोचित क्रीड़ाएँ हो सकें—रथ दौड़ सकें, अश्व प्रतियोगिताएँ हो सकें, युद्धों के बड़े-बड़े विराट व्यूहों के प्रदर्शन हो सकें। देखें कौन किस से और भी जटिल व्यूह बनाता है।...जहाँ आचार्य द्रोण जैसे गुरु होंगे, वहाँ युद्ध-शास्त्र में मौलिक चिन्तन होगा, प्रगति होगी...काश! इन्द्रप्रस्थ में भी कोई ऐसा गुरु होता...

ऐसे आयोजन के लिये तो राजकीय निमन्त्रण ही उचित है। बड़ा आयोजन है, इसलिये विदुर काका जैसे महत्त्वपूर्ण व्यक्ति को दूत बना कर भेजा गया है।....वैसे उन्होंने पाण्डवों को अपने पुत्रों के रूप में ही स्मरण किया है।

"दूत! निमन्त्रण को अकारण स्वीकार नहीं किया जाता, और फिर यह तो हमारे पिता का आदेश है। इसकी किसी भी स्थिति में अवहेलना नहीं की जा सकती। निमन्त्रण के लिये महाराज के प्रति आभार प्रकट कीजिएगा, और उन्हें कहिएगा कि उनके उत्सव में सम्मिलित हो कर हमें प्रसन्नता होगी। मैं अपने भाइयों के साथ उपयुक्त अवसर पर अवश्य उपस्थित हो जाऊँगा।"

"धर्मराज! यह निमन्त्रण पारिवारिक भी है। महाराज की इच्छा है कि उनकी सारी बहुएँ भी इस उत्सव में सम्मिलित हों।" विदुर बोले, "आपकी माता भोजकुमारी कुन्ती तथा पट्टमहिषी द्रुपद कुमारी महारानी कृष्णा भी सादर आमन्त्रित हैं।"

"वे भी आयेंगी।" युधिष्ठिर मुस्कुराए, "पाँचों पाण्डव आयें और उनके साथ द्रौपदी न आये, ऐसा सामान्यतः होता नहीं राजदूत! आप आश्वस्त रहें।"

युधिष्ठिर सोचते ही रह गये कि विदुर काका अब राजदूत का अभिनय समाप्त कर, अपनी ओर से भी दो शब्द कहेंगे, किन्तु विदुर ने एक शब्द भी नहीं कहा और राजदूत के रूप में चक्रवर्ती का अभिवादन कर, वे सभा से बाहर निकल गये।

विदुर का आज का व्यवहार युधिष्ठिर के लिये अबूझ पहेली ही रहा।... ऐसा क्यों किया काका ने? क्या उन्हें पाण्डवों से वियुक्त हुए बहुत दिन हो गये हैं? क्या काका भूल गये हैं कि वे उनके वही युधु हैं, जो प्रत्येक बात में उनका परामर्श लेने, उनके पास जा पहुँचते थे। उनके स्नेह की छाया न होती, तो दिन-प्रतिदिन उग्र होते हुए दुर्योधन के ताप से उसकी रक्षा कौन करता।...एक समय तो वह भी आया था कि युधिष्ठिर ने मन में निश्चय कर लिया था कि वे कौरवों के राजप्रासाद को छोड़ कर, माँ और भाइयों सहित विदु काका के भवन में जा रहेंगे। पर, विदुर काका ने उन्हें ऐसा करने नहीं दिया। उन्होंने व्याकुल और उद्विग्न युधिष्ठिर को समझाया था, "युधु! व्यक्तिगत रूप से मुझे तो कोई आपत्ति नहीं है। तुम लोगों को अपने घर में पा कर, मुझे बहुत प्रसन्नता होगी। तुम्हारी काकी भी फूली नहीं समाएँगी। उन्हें कुन्ती भाभी की सुखदसंगति मिलेगी, वात्सल्य के लिये तुम स्नेह-पगे पाँच पुत्र मिलोगे। तुम से ख़ूब काम कराएँगी, ख़ूब खटाएँगी तुम लोगों को, और मैं जानता हूँ कि तुम लोग हँसी-खुशी सब काम करोगे। माँ से कम नहीं

आँकोगे, काकी को।...पर...पुत्र।..."

"पर क्या काका?" किशोर युधिष्ठिर का मन मुँह को आ गया था, सब कुछ मान कर अन्त में काका यह 'पर' क्यों लगा देते हैं?

"पुत्र! यह नीति-संगत नहीं होगा।" काका ने कहा था, "पहली बात तो यह है कि तुम महाराज धृतराष्ट्र के परिजन न रह कर मेरे परिजन अधिक माने जाओगे। उससे भविष्य में राज्य पर तुम्हारा अधिकार क्षीण हो जायेगा। भविष्य में राज्य के अधिकारी बने रहने के लिये तुम्हें धृतराष्ट्र के प्रासाद में ही बने रहना चाहिए।"

युधिष्ठिर कुछ समझ पाये थे, कुछ नहीं समझे। बोले, "ठीक है काका! जैसी आपकी इच्छा।"

"एक बात और भी है युधु।" काका ने कहा था, "मैं नहीं चाहता कि तुम लोगों के प्रति मेरा स्नेह, सार्वजनिक रूप से घोषित हो।"

"क्यों काका?" युधाष्ठिर ने कुछ विचलित हो कर पूछा था, "इसमें ऐसा गोपनीय क्या है? क्या हम इस योग्य नहीं कि आपका स्नेह प्रकट रूप से पा सकें? इसमें भी अनुचित है क्या?"

"तू तो एकदम पगला है युधु।" काका हँसे थे, "अरे बुद्धू हमारा नैकट्य, या हमारा परस्पर अनुराग प्रकट हो गया, तो धृतराष्ट्र और दुर्योधन तक उसकी सूचना नहीं पहुँच जायेगी क्या?"

"तो उससे क्या होगा?"

"उससे यह होगा कि वे लोग जब कभी तुम्हारे विरुद्ध कोई षड्यन्त्र रचेंगे, मुझ से सावधान रहेंगे। अपनी योजनाएँ मुझ से गुप्त रखेंगे और अपने अज्ञान के कारण मैं न तुम्हें सूचित कर पाऊँगा और न तुम्हारी सहायता कर पाऊँगा।..."

काका की बात युधिष्ठिर को समझ तब आयी थी, जब वारणावत भेजे जाने से पहले काका ने सारे गोपनीय तथ्य उन्हें बताये थे। वारणावत में काका का भेजा हुआ खनक उन्हें मिला था और फिर अग्निदाह हो जाने के पश्चात नदी पार कराने के लिये भी काका का भेजा हुआ केवट ही उनके काम आया था।

सम्भव है कि वैसे ही किन्हीं कारणों से आज भी काका ने अपना निजी आत्मीय सम्बन्ध, सभा में प्रकट नहीं किया था। सम्भव है, अब भी वे सार्वजनिक रूप से उस दूरी को बनाये रखना चाहते हों।....पर अब क्या आवश्यकता है उसकी? कौन नहीं जानता उनके सम्बन्ध को? अब वे लोग धृतराष्ट्र के प्रासाद में नहीं रहते। अब वे दुर्योधन के कुचक्रों से दूर हैं। उनका

अपना राज्य है, और वे लोग समर्थ हो चुके हैं। अब काका को उनसे दूर रहने की भी क्या आवश्कता है? अच्छा हो कि अब काका उनके ही पास रहने आ जायें इन्द्रप्रस्थ में...

युधिष्ठिर उनसे अवश्य कहेंगे...

पर दूसरे ही क्षण, युधिष्ठिर के मन ने करवट बदली, वे इतने आश्वस्त किस बात से हैं? अभी उस दिन ही तो व्यासदेव ने उन्हें चेतावनी दी थी... उन्हें और उनके भाइयों को केन्द्र में रख कर, प्रकृति कोई हिंसक लीला रचती दिखायी देती है। उन्होंने यह भी कहा था कि कृष्ण ने राजसूय यज्ञ करवाकर, राजाओं को धर्म-राज्य के लिये संगठित किया है, किन्तु उससे ईर्ष्या की ज्वाला भी भड़कीहै...तो युधिष्ठिर यह क्यों मान बैठे हैं कि अब विदुर काका की सावधानी की आवश्यकता नहीं रही?...

युधिष्ठिर का मन विदुर काका से भटक कर हस्तिनापुर के आयोजन की ओर चला गया। यह सम्मेलन शुभ और कल्याणकारी होना चाहिए। उसमें कोई यज्ञ नहीं है, कोई संकल्प नहीं है। किसी को चक्रवर्ती घोषित नहीं किया जायेगा, किसी की अग्रपूजा नहीं की जायेगी, इसलिये पक्ष-विपक्ष की कोई बात नहीं है। ईर्ष्या और स्पर्धा का कोई कारण नहीं है। वह तो मात्र सह-मिलन है—सम्मेलन! आमोद-प्रमोद, मनोरंजन-क्रीड़ा...क्षत्रियों को अच्छा लगता है, यह सब। खाना-पीना, हँसना-खेलना, जीवन का भोग...। अनेक नृपति होंगे वहाँ। मैत्रीपूर्ण वातावरण में समता के धरातल पर उन सब से भेंट होगी। नयी मैत्रियों का जन्म होगा, पुरानी मैत्रियाँ प्रगाढ़ होंगी। युधिष्ठिर प्रयत्न करेंगे कि उनकी और उनके भाइयों की ओर से, उनके राज्य और सेना की ओर से किसी को भी कोई आशंका न रहे। वहाँ कोई ऐसा संगठन न बने, जो शान्ति की हत्या करे...यदि ऐसा कोई संगठन हो, तो वह विलीन हो जाये। महर्षि की हिंसा की आशंकाएँ निष्फल हों। संसार में शान्ति बढ़े, ताप घटे...और पाण्डवों को केन्द्र में रख कर तो कोई हिंसा का जाल बुने ही नहीं...

और विदुर काका। उनसे तो सन्ध्या समय उनके आवास पर भेंट करनी होगी। देखें, वे 'काका' बनते हैं, या तब भी, 'राजदूत' ही बने रहते हैं।

सन्ध्या समय, युधिष्ठिर विदुर के आवास पर अकेले ही पहुँचे। उन्होंने चरण छू कर प्रणाम किया और विदुर ने उन्हें वक्ष से लगा लिया, तो वह कुछ आश्वस्त हुए। फिर भी वह कहे बिना नहीं रह सके, "मैं इस समय चक्रवर्ती नहीं हूँ, इसलिये कृपया, आप इस समय हस्तिनापुर के राजदूत का अभिनय मत कीजिएगा।"

विदुर हँसे। कुछ बोले नहीं। सतर्क दृष्टि से आस-पास देखा : कोई अनुचर निकट नहीं था। उन्हेंने उठ कर द्वार से बाहर झाँक कर देखा, उनका विश्वस्त अनुचर आराधन, सन्नद्ध खड़ा था। उन्होंने संकेत से उसे निकट बुलाया।

वह पास आया तो बोले, "अभी डेढ़ दो घड़ी तक मैं धर्मराज के साथ पूर्ण एकान्त चाहता हूँ। किसी के आने में बाधा बनने की आवश्यकता नहीं है, किन्तु कोई भी व्यक्ति अनुचर, सैनिक, अधिकारी या परिजन—इधर आना चाहे, तो हमें पूर्व सूचना दिये बिना, किसी को उपस्थित मत करना।"

वह लौटे तो युधिष्ठिर ने कुछ आश्चर्य से देखा, "कोई अत्यन्त गोपनीय बात है?"

विदुर मुस्कुराए, "सब कुछ गोपनीय-ही-गोपनीय है पुत्र! मेरे वश में होता तो मैं इस भेंट को ही गोपनीय रखता, पर शायद यह सम्भव नहीं है।"

"क्या बात है?" युधिष्ठिर ने कुछ चिन्तित हो कर पूछा।

"जो निमन्त्रण मैंने तुम्हें सभा में दिया था, वह धृतराष्ट्र का निमन्त्रण है अवश्य, किन्तु वह निमन्त्रण के छद्मवेश में षड्यन्त्र है पुत्र! वह चक्रव्यूह है, जिसमें वे तुम्हें घेर लेना चाहते हैं। वे उसमें तुम्हारे प्रवेश के लिये द्वार खोलते जायेंगे, ताकि तुम उसमें गहरे-और-गहरे धँसते जाओ, और जब तुम पूर्णतः घिर जाओगे तो वे लोग सुविधापूर्वक तुम्हारा आखेट करें...।"

"मैं समझा नहीं।" युधिष्ठिर कुछ आशंकित मन से बोले।

"राजसूय यज्ञ के अवसर पर, दुर्योधन तुम्हारी सम्पत्ति देख कर गया है। उसकी नींद उड़ गयी है। अब वह तब तक चैन की नींद नहीं सो सकेगा, जब तक वह तुम्हारी लक्ष्मी का अपहरण न कर ले। उसी के लिये यह आयोजन किया जा रहा है। यह निमन्त्रण वस्तुतः द्यूत का निमन्त्रण है। प्रयत्न यह होगा कि तुम द्यूत में अपना सर्वस्व हार जाओ।...क्योंकि पाण्डवों को नष्ट किये बिना, दुर्योधन शान्ति से बैठ नहीं सकता।"

युधिष्ठिर चिन्तित मुद्रा में कुछ देर चुप रहे।

"क्या उन्हें आशंका नहीं थी कि आप मुझे सब कुछ बता देंगे?" थोड़ी देर बाद युधिष्ठिर ने पूछा।

अब तक विदुर कुछ सँभल चुके थे। बोले, "पहली बात तो यह है कि शायद उन्हें यह अनुमान नहीं है कि मैं उनके षड्यन्त्र को कितनी गइराई तक जानता हूँ। दूसरे, वे आश्वस्त हैं कि मेरे आने से उनके निमन्त्रण का महत्त्व बढ़ जायेगा। मैं तुम्हें अपने राजकीय कर्तव्य के रूप में महाराज धृतराष्ट्र का निमन्त्रण अवश्य दूँगा, और तुम मेरे माध्यम से आये निमन्त्रण को अस्वीकार

नहीं कर सकोगे।"

"आपने उन्हें समझाया नहीं कि द्यूत अनर्थ का मूल है। द्यूत की अधिकांश क्रीड़ाएँ, अन्ततः युद्ध में परिणत हो जाती हैं?"

विदुर हँसे, "समझाया तो उसे जाता है, जिसकी समझ में पहले न आया हो, या जो समझना चाहे। वे तो पहले से ही समझे-समझाए बैठे हैं। महाराज धृतराष्ट्र ने मेरे समझाने के उत्तर में मुझे राजकीय आदेश दिया कि मैं इन्द्रप्रस्थ जाऊँ और उनकी ओर से तुम्हें हस्तिनापुर आने के लिये आमन्त्रित करूँ, द्यूत के लिये नहीं, समारोह के लिये।"

युधिष्ठिर द्वन्द्व में पड़ गये। वे क्या सोच रहे थे...और यहाँ क्या हो रहा है।

"यदि मैं हस्तिनापुर न जाऊँ तो?" सहसा युधिष्ठिर ने पूछा।

विदुर मुस्कुराए, "अपने पिता महाराज धृतराष्ट्र का आत्मीय पारिवारिक निमन्त्रण है। उसे अस्वीकार कर सकोगे?"

"नहीं। गुरुजनों की अवमानना होगी।" युधिष्ठिर कुछ सोचते हुए बोले, "यह अधर्म है।"

"इतना ही नहीं।" विदुर बोले, "मैं वैसे भी तुम्हें हस्तिनापुर न जाने का परामर्श नहीं दे सकता। वहाँ तुम्हारे सम्बन्धी होंगे। एक विराट राज-समाज जुटेगा। तुम लोग वहाँ नहीं जाओगे, तो तुम्हारी अनुपस्थिति अपने-आप ही तुम्हारे विरुद्ध अनेक षड्यन्त्रों को जन्म देगी। दुर्योधन उसका लाभ उठाएगा। लोग मानेंगे कि चक्रवर्ती हो जाने के कारण, तुम स्वयं को उनसे श्रेष्ठ समझने लगे हो। अहंकारी हो गये हो तुम! उनके मन में ईर्ष्या जन्म लेगी। तुम से संवाद हो नहीं पायेगा। तुम्हारी विरोधी धारणाएँ पुष्ट होंगी। वे लोग घृणा के आधार पर निकट आयेंगे और तुम्हारे विरुद्ध एक शक्तिशाली संगठन खड़ा हो जायेगा। दुर्योधन उनका उपयोग तुम्हारे विरुद्ध करेगा। सम्भवतः वह उनकी सम्मिलित सेनाओं के बल पर किसी भी बहाने, तुम्हारे विरुद्ध युद्ध छेड़ दे।" विदुर बोले, "नहीं पुत्र! तुम लोगों की उपस्थिति आवश्यक है, ताकि राज-समाज से तुम्हारा सम्पर्क बना रहे, तुम्हारा प्रभाव अक्षुण्ण हो, और तुम्हारे विरोधी परस्पर मिल न पायें।"

युधिष्ठिर चुपचाप सुनते रहे और फिर बहुत धीरे से बोले, "लगता है कि व्यासदेव की भविष्यवाणी सत्य हो कर रहेगी।"

विदुर चौंके, "क्या कहा था, व्यासदेव ने?"

"प्रकृति हिंसा की लीला रच रही है। और उस लीला के केन्द्र में मैं और मेरे भाई हैं।"

"ओह!"

दोनों चुपचाप एक-दूसरे को देखते रहे, जैसे सम्प्रेषण के लिये शब्द चुक गये हों, और दृष्टि भी असहाय हो गयी हो।

"न जाऊँ तो एक प्रकार का अधर्म होगा, और जाऊँ तो दूसरी प्रकार का।"

"मेरा विचार है कि तुम्हें जाना तो चाहिए : हस्तिनापुर न जाना, तुम्हारे हित में नहीं है। या..." विदुर कुछ अटके, "या तुम अपने भाइयों से विचार-विमर्श कर लो।"

"भाई।" युधिष्ठिर एक शब्द कह कर चुप हो गये।

"क्यों?"

"मेरा विचार है कि यदि मेरे भाइयों अथवा द्रौपदी को पता लग गया कि दुर्योधन इस प्रकार का कोई षड्यन्त्र रह रहा है, तो दुर्योधन कुछ करे-न-करे, मेरे भाई ही इतना उत्पात कर देंगे कि महर्षि की आशंका सत्य हो कर रहेगी।"

"कैसा उत्पात?"

"एक तो यही हो सकता है कि हस्तिनापुर जाना ही अस्वीकार कर दें। या अपने विरुद्ध रचे जा रहे षड्यन्त्र की आशंका से अभिभूत हो कर पहुँचें, और किसी छोटी-सी उत्तेजना से आविष्ट हो कर, भीम कोई ऐसा उत्पात मचा दे कि सब कुछ अशोभनीय हो उठे, और अनेक राजाओं का हमारे प्रति सद्भाव नष्ट हो जाये।..."

"फिर तो पुत्र! एक ही मार्ग है कि ये सारी सूचनाएँ तुम अपने-आप तक ही सीमित रखो, और सावधानी से इस प्रकार व्यवहार करो कि तुम हस्तिनापुर जाओ भी और उनके षड्यन्त्रों से तुम्हारी कोई क्षति भी न हो। तुम अपने धर्म की रक्षा कर सको, और धर्म तुम्हारी रक्षा कर सके।"

"आप ठीक कह रहे हैं काका।"

"पर सावधान रहना पुत्र! दुर्योधन को किसी प्रकार की शंका न हो कि मैंने तुम्हें इस संदर्भ में कोई सूचना दी है। मेरी सुरक्षा के लिये भी यह आवश्यक है, और हस्तिनापुर में बने रहने के लिये भी।"

"और कहाँ मैं यह सोच रहा था कि आप से कहूँगा कि आप अब हस्तिनापुर छोड़ कर, हमारे पास इन्द्रप्रस्थ में आ जायें।"

"नहीं युधु।" विदुर ने ममता भरी दृष्टि से युधिष्ठिर की ओर देखा, "मेरा हस्तिनापुर में बने रहना भी आवश्यक है, और धृतराष्ट्र से स्नेह-सम्बन्ध बनाये रखना भी। मैं वहाँ रहूँगा, तो कुछ तुम्हारे हितों की रक्षा करूँगा, और कुछ

तुम्हें सावधान करता रहूँगा। मैं इन्द्रप्रस्थ आ गया तो हस्तिनापुर की सभा से हमारा सम्पर्क एकदम टूट जायेगा। यह तुम्हारे हित में नहीं है पुत्र।"

"आप ठीक कह रहे हैं काका।" युधिष्ठिर का मन उदास हो आया था।

दुर्योधन को स्मरण नहीं है कि निकट अतीत में पितामह ने कभी उसे इस प्रकार बुला भेजा हो। इधर के कुछ वर्षों में तो जब कभी पितामह को किसी कारणवश दुर्योधन से मिलने की आवश्यकता हुई उन्होंने सदा ही उसे सूचना भिजवायी कि वे उससे मिलना चाहते हैं, और वह स्वयं ही उसके पास चले आये...दुर्योधन ने कहा भी कि पितामह उसे बुला लिया करें, तो पितामह ने यही कहा कि अब वह छोटा बालक नहीं था कि पितामह के अधिकार से वह उसे आने का आदेश दें। अब वह हस्तिनापुर का युवराज था...और युवराज भावी 'महाराज' होता है। युवराज की भी राजा के समान एक मर्यादा होती है, जिसका पालन सब को करना चाहिए। जैसे वे महाराज धृतराष्ट्र की मर्यादा का सम्मान कर उन्हें आदेश देने से बचते रहते हैं, वैसे ही उन्हें 'युवराज दुर्योधन' की मर्यादा का भी सम्मान करना होगा...

किन्तु आज उन्होंने फिर उसे एकदम उसी प्रकार बुला भेजा था, जैसे वह उसे उसकी बाल्यावस्था में बुलाया करते थे। इस आदेश से राजकीय पद और मर्यादाएँ समाप्त हो जाती थीं और केवल पितामह और पौत्र का सम्बन्ध रह जाता था।...उसमें से यह भी आभासित होता रहता था कि पितामह अप्रसन्न हैं, और वह दुर्योधन को ठीक उसी प्रकार बुला रहे हैं, जैसे कोई न्यायाधीश किसी अपराधी को न्यायाधिकरण में उपस्थित होने का आदेश देता है, और अपराधी जानता है कि उसे न्यायाधीश के सम्मुख आरोपों का उत्तर देना होगा, और न्यायाधीश उसे अपराधी अथवा अपराध मुक्त घोषित करेगा। उसे क्षमा करेगा अथवा दण्ड का विधान करेगा। ...दुर्योधन जानता था कि पितामह ने जब-जब उसे इस प्रकार अपने सम्मुख उपस्थित होने का आदेश दिया था, उनके न्यायाधीश ने उसे अपराधी घोषित किया था, किन्तु उनके पितामह ने उसे क्षमा कर दिया था। न्यायाधीश चाहता था कि उसे उसके कृत्यों के लिये दण्डित किया जाये, उसके आचरण को सुधारने का उसका कोई प्रयत्न नहीं था।...किन्तु पितामह ने सदा चाहा था कि उसके कृत्यों को भुला कर उसके आचरण को सुधारा जाये...इसलिये दुर्योधन यह मानता था कि पितामह न कभी पूर्णतः पितामह बन पाये, और न पूर्णतः न्यायाधीश।...पर आज जाने फिर क्या हुआ था कि पुराने समय के ही समान उन्होंने उसे अपने सम्मुख उपस्थित होने का आदेश दिया था।...क्या उन्हें द्यूत

की योजना का आभास हो गया था?...पर नहीं, इसकी सूचना उन्हें कहाँ से मिल सकती है। इसका पता तो सिवाय महाराज धृतराष्ट्र, मातुल शकुनि तथा स्वयं दुर्योधन के और किसी को भी नहीं है।...यहाँ तक कि दुःशासन को भी नहीं।...तो पितामह को कौन बतायेगा?...पर वह विदुर गया है इन्द्रपस्थ। कहीं उसे तो कोई आभास नहीं हो गया? वह तो जैसे दुर्योधन का चेहरा देखकर सूँघ लेता है कि दुर्योधन के मन में क्या है।....वैसे उसने महाराजा धृतराष्ट्र के मुख से कुछ उगलवा लिया हो, तो कोई बड़ी बात भी नहीं। अपनी सारी धूर्त्तता और सावधानी के बाद भी महाराज कभी-कभी विदुर के प्रति अत्यन्त भावप्रवण हो जाते हैं। उस समय वह भूल जाते हैं कि उन्हें क्या बताना चाहिए और क्या नहीं बताना चाहिए। हो सकता है कि उसी के माध्यम से पितामह को भी कोई आभास मिल गया हो...

'पर क्या कर लेंगे पितामह?'...दुर्योधन के उद्धत मन ने सोचा...'अब वह समय नहीं है कि वह दुर्योधन को डाँट दें, और उसकी योजनाओं को कार्यान्वित होने से रोक दें। ऐसा कुछ होगा, तो वह उन्हें स्पष्ट रूप से बता देगा कि उन्हें युवराज का सम्मान करना आना चाहिए...'

'पर इस सब की आवश्यकता ही क्या है?'...उसने सोचा...'वह पितामह के पास न जाये तो? क्या कर लेंगे वह?...'

उसे लगा यह न जाने वाला स्वर उसका अपना नहीं, शकुनि का है। वह कितना भी उद्दण्ड हो जाये, पिता और पितामह से उसका कितना भी मतभेद हो जाये, किन्तु वह उनकी इस प्रकार अवज्ञा नहीं कर सकता।...इस प्रकार अपमान नहीं कर सकता उनका...वह उनके पास जायेगा। उनकी बात सुनेगा। जाने वह क्या कहना चाहते हैं, क्यों मिलना चाहते हैं।...यदि वे थोड़ी-सी ताड़ना करेंगे, तो दुर्योधन सुन लेगा। बाल्यावस्था से सुनता ही तो आया है... एक बार और सही...

दुर्योधन जब भीष्म के सम्मुख पहुँचा, तो वह उसे क्रुद्ध अथवा रुष्ट दिखायी नहीं दिये। उनका रूप उस समय ओजस्वी भी नहीं लग रहा था। वह पर्याप्त चिन्तित थे...उन्हें किसी सीमा तक उदास भी कहा जा सकता था...दुर्योधन कुछ विचलित हुआ। सिंह को देख कर मनुष्य उससे भयभीत हो सकता है। उससे अपनी रक्षा का उपाय भी कर सकता है। सिंह हिंस्र हो, तो उस पर प्रहार भी किया जा सकता है। उसे आहत भी किया जा सकता है...और कभी-कभी मानव-भक्षी के प्राण ले कर आखेटक को सुख भी मिलता है, किन्तु यदि सिंह इस प्रकार निर्बल और असहाय दिखायी दे, तो उस पर प्रहार कौन

करेगा? ओज की हताशा किसे अच्छी लगेगी...और भीष्म तो फिर दुर्योधन के पितामह थे...

"आपने मुझे बुलाया पितामह?" दुर्योधन ने प्रणाम करके पूछा।

"बैठो पुत्र।"

दुर्योधन बैठ गया।

"मुझे ज्ञात हुआ है कि तुम पाण्डवों से प्रसन्न नहीं हो।..." भीष्म ने दृष्टि उठा कर दुर्योधन की ओर देखा।

दुर्योधन ने अपने असमंजस में बिना सोचे-विचारे कुछ कहना चाहा, किन्तु भीष्म ने अपनी हथेली उठा कर उसे बोलने से मना कर दिया।

"मैं किसी वाद-विवाद में नहीं पड़ना चाहता।" भीष्म ने अत्यन्त उदासीन स्वर में कहा, "मैं दोषारोपण अथवा स्पष्टीकरण में भी नहीं पड़ना चाहता। मैं इसका अथवा उसका पक्ष लेना भी नहीं चाहता। मैं तो केवल इतना कहना चाहता हूँ पुत्र! कि सदा मध्यस्थ रहते हुए भी मैंने यही अनुभव किया कि पाण्डवों के साथ कभी न्याय नहीं हुआ। जिस समय राज्य का विभाजन हुआ, उस समय तो बहुत ही अन्याय हुआ। तुमने उनके वध का भी प्रयत्न किया... किन्तु युधिष्ठिर ने अपने व्यवहार से सिद्ध कर दिया है कि उसका मन अब भी हमारी ओर से खट्टा नहीं हुआ है। वह मुझे अब भी अपना पितामह मानता है, तुम्हारे जनक को अपना पिता और तुम सब को अपना भाई। उसने अपने परम सहायक यादवों और पांचालों को एक ओर हटा कर, यज्ञ का सारा तन्त्र हम कौरवों को सौंप दिया। अब तुम उन से रुष्ट क्यों हो?..."

दुर्योधन ने फिर से कुछ कहना चाहा, किन्तु भीष्म ने पुनः उसे रोक दिया।

"मैं चाहता हूँ कि तुम ऐसा कुछ मत करो कि पाण्डवों का मन तुम्हारी ओर से फट जाये।" भीष्म बोले, "मैं यह मान बैठा था कि पाण्डवों का हस्तिनापुर से पूर्ण सम्बन्ध-विच्छेद हो चुका है, किन्तु उन्होंने अपने व्यवहार और हमारे सत्कार के माध्यम से प्रबल प्रमाण दिये हैं कि सम्बन्ध-विच्छेद तो दूर, उन्होंने हमारी ओर से अपना मन मैला भी नहीं किया है।...अब तुम अपना आचरण सुधारो। वे तुम्हें अपना भाई मानते हैं, तो तुम उनके भाई बन कर दिखाओ।"

भीष्म ने अपनी बात समाप्त कर उसकी ओर देखा।

'तो बात बहुत गम्भीर नहीं है।' दुर्योधन ने मन-ही-मन सोचा, 'वृद्ध को कुछ भी ज्ञात नहीं है, बस शून्य में बाण चला रहा है।'

"अब मैं कुछ कह सकता हूँ पितामह?" दुर्योधन ने आहत प्रतिवादी की

मुद्रा में कहा।

"हाँ, कहो।" भीष्म बोले, "इसलिये बुलाया है तुम्हें।"

"सब का यही विचार है कि पाण्डव बहुत भले हैं और मैं घोर नीच और दुष्ट हूँ।" दुर्योधन का स्वर रुदनोन्मुख हो चला था, "कोई यह नहीं देखता कि ऊपर से इतने साधु दिखने वाले और वाणी के इतने मधुर और कोमल पाण्डवों के मन में कितना विष है।..."

"कैसा विष?"

"आपने यह तो देखा कि अतिथियों से उपहार ग्रहण करने का महत्वपूर्ण दायित्व उन्होंने मुझे सौंप दिया, किन्तु यह नहीं सोचा, कि उन्होंने ऐसा क्यों किया?"

"इसलिये कि वे तुम्हें विश्वास-योग्य समझते हैं। तुम्हें अपना भाई मानते हैं। तुम उनके आत्मीय हो अन्यथा युधिष्ठिर यह दायित्व भीम अथवा अर्जुन को सौंपता।" भीष्म बोले।

"नहीं।" दुर्योधन लगभग चीत्कार कर बोला, "इसलिये कि वे अपने वैभव का मेरे सामने प्रदर्शन कर सकें। मैं देखूँ कि किस प्रकार राजा लोग सहस्रों स्वर्ण मुद्राएँ और बहुमूल्य मणि-माणिक्य लिये हुए, वैश्यों के समान उनके द्वारों पर पंक्ति-बद्ध खड़े हैं। मैं उनका वैभव देखूँ और ईर्ष्या से जलूँ। वे मुझे चिढ़ाना चाहते थे, जलाना चाहते थे पितामह! मुझे अपनी ही दृष्टि में अपमानित करना चाहते थे..."

"क्या प्रमाण है तुम्हारे पास कि यह उनका सौहार्द नहीं, द्वेष था?" भीष्म का स्वर कुछ कठोर हुआ, "तुम अपनी कुटिल प्रकृति के हाथों इतने बाध्य हो कि संसार में किसी आचरण का कोई उज्ज्वल पक्ष देख ही नहीं सकते।"

दुर्योधन को लगा, उसकी आत्मा में फिर वही बालक दुर्योधन आ बैठा है, जो स्वयं को दीन-हीन बता कर, एड़ियाँ रगड़ कर, रो-धो कर अपने पिता और पितामह को अपनी बात के सत्य होने का विश्वास दिला सकता था। उन्हें सहमत कर सकता था। उनसे अपनी बात मनवा सकता था...

"आप जानते हैं पितामह! कि भीम मुझे बुला कर अपनी सभा का वह खण्ड दिखाने ले गया था, जिसे वे लोग स्फटिकस्थल कहते हैं।" दुर्योधन का स्वर पर्याप्त रोषपूर्ण हो चुका था।

"नहीं। मुझे यह ज्ञात नहीं है।" भीष्म बोले, "किन्तु उससे क्या हुआ। वह स्थल युधिष्ठिर ने मुझे भी दिखाया था। वह दर्शनीय भी है और दर्शाने योग्य भी। उसमें मयदानव की अद्‌भुद कला है।"

"हाँ। अवश्य दिखाया होगा युधिष्ठिर ने आपको वह स्थल।" दुर्योधन

बोला, "किन्तु आपको उसने बताया होगा कि देखिए, यह स्थान स्थल जैसा दृष्टिगोचर होता है, किन्तु वस्तुतः यह सरोवर है। यह स्थान सरोवर जैसा लगता है, किन्तु वस्तुतः यह स्थल है। उसने आपको बताया होगा कि यहाँ द्वार है किन्तु दिखायी नहीं देता, यहाँ द्वार नहीं है, किन्तु उसका आभास होता है।"

"हाँ बताया था।"

"किन्तु जब भीम मुझे वहाँ ले कर गया, उसने मुझे कुछ नहीं बताया।" दुर्योधन रुआँसे स्वर में बोला, "मैं दीवार से टकराया, भूमि पर फिसला, सरोवर में गिरा और जल से बचने के लिये धोती उठा कर स्थल पर चलते हुए उन सब के उपहास का पात्र बना।..."

"भीम ने कुछ नहीं बताया?" भीष्म ने आश्चर्य से पूछा।

"नहीं। भीम केवल अट्ठहास करता रहा। अर्जुन, नकुल और सहदेव हँसते रहे। दास-दासियाँ मुँह छिपा कर चिहुँकते रहे..." दुर्योधन ने क्रोध और पीड़ा के भीषण भाव अपने चेहरे पर प्रकट किये, "केवल द्रौपदी ने बताया।..."

"क्या बताया?"

"मुझे नहीं बताया। अपनी दासियों को बताया कि मैं अन्धे पिता का अन्धा पुत्र हूँ।..."

भीष्म स्तब्ध बैठे रह गये : ऐसा कहा द्रौपदी ने?...देखने से तो द्रौपदी अत्यन्त शालीन स्त्री लगती है। कोई कल्पना भी नहीं कर सकता कि वह किसी को दिल दुखाने वाली ऐसी कटु बात भी कह सकती है।...पर नहीं, इतना तो वह कह ही सकती है...पुत्री तो द्रुपद की ही है न। रक्त भी उसी का है, और संस्कार भी उसी के हैं। ...उसने भी तो अपने एक वाक्य से द्रोण का हृदय छलनी कर दिया था। द्रोण जैसा संयमी तपस्वी उस एक वाक्य की मार नहीं झेल पाया था और हस्तिनापुर चला आया था। वर्षों हो गये, द्रोण का खौलता और उफ़नता हुआ रक्त आज भी ठण्डा नहीं हुआ है।...यही द्रौपदी है, जिसने स्वयंवर में पुकार कर कह दिया था कि वह सूतपुत्र से विवाह नहीं करेगी।...कर्ण आज तक ऐंठ रहा है, उस एक वाक्य की चुभन से। वह कभी क्षमा नहीं कर पायेगा द्रौपदी को, द्रुपद को, धृष्टद्युम्न को...और अब द्रौपदी ने दुर्योधन को ऐसी बात कह दी है, जो उसके वक्ष से होती हुई, पसलियों में ऐसी जा चुभी कि मृत्यु-पर्यंत कर सकती ही रहे...

भीष्म ने मस्तक उठाया। दुर्योधन की ओर देखा और बोले, "मैंने तुम्हें पहले ही कहा कि मैं न किसी का पक्ष लेना चाहता हूँ, न किसी को दोषी

अथवा निर्दोष घोषित करना चाहता हूँ। मैं तो एक ही बात कहता हूँ कि भाइयों से शत्रुता मत करो...।"

दुर्योधन के मन में सहस्रों कमल खिल गये। उसका बाण ठीक लक्ष्य पर जा लगा था। पितामह के मन में पांचालों का विरोध जाग उठा था। उनका यह पूर्वाग्रह-ग्रस्त मन कभी कल्पना भी नहीं कर सकता था कि दुर्योधन ने ये संवाद किस प्रकार गढ़े हैं...

"मैं क्या शत्रुता करूँगा पितामह। शत्रुता तो वे कर रहे हैं।"

"कटाक्ष द्रौपदी ने किया है, पाण्डवों ने तो नहीं।" भीष्म बोले।

"पाण्डवों ने कटाक्ष तो नहीं किया, किन्तु प्रसन्न हो कर सब से अधिक हँसे तो वे ही लोग।" दुर्योधन बोला, "वे द्रौपदी को डपट नहीं सकते थे क्या कि दुर्योधन उनका भाई है, उसका इस प्रकार अपमान नहीं होना चाहिए?... उलटे उसके साथ हो-हो कर हँसने लगे।"

"होनी बड़ी बलवान है प्रभु।" भीष्म ने आकाश की ओर देखा और आँखें बन्द कर लीं...

38

धर्म कया है? युधिष्ठिर सोच रहे थे...पितृव्य की आज्ञा का पालन अथवा आज्ञा का उल्लंघन?...आज्ञा का उल्लंघन तो धर्म नहीं हो सकता...आज्ञा पिता की हो, माता की हो, कुलवृद्ध की हो...उनके अपने छोटे भाई, उनसे असहमत होते हुए भी, अपनी इच्छा के विरुद्ध उनकी आज्ञा का पालन करते हैं, क्योंकि वह उनका धर्म है। अर्जुन बारह वर्षों के वनवास के लिये निकल गया था। किसी ने नहीं कहा था उसे जाने के लिये, वरन सब लोग उसे रोक ही रहे थे, किन्तु वह गया, क्योंकि वह उसका धर्म था। एकलव्य ने गुरु की आज्ञा का पालन किया, क्योंकि वह उसका धर्म था।...महाराज दशरथ ने श्री राम को एक बार भी नहीं कहा था, वन जाने के लिये। कैकेयी ने भी नहीं कहा था। उसने केवल बताया था कि उसने महाराज दशरथ से यह वर माँगा है...पिता से माँगा गया वर सच्चा हो सके, इसलिये श्री राम ने उसे पिता की आज्ञा मान लिया और चौदह वर्षों के वनवास के लिये चले गये....

'किन्तु महाराज धृतराष्ट्र तो उनका सर्वस्व-हरण करने का षड्यन्त्र रच रहे हैं।'...युधिष्ठिर के मन में एक स्वर उठा....'ऐसे में उसे पिता की आज्ञा कैसे माना जा सकता है? पिता कहीं सर्वस्व हरण करते हैं?'...'नहीं। पिता सर्वस्व हरण नहीं करते। किन्तु धर्म का पालन तो तब भी किया जाना चाहिए, जब

सर्वस्व हरण हो रहा हो। धर्म वही तो नहीं है, जिससे सुख मिलता हो, लाभ होता हो। धर्म की परीक्षा तो कठिन क्षणों में ही होती है। सर्वस्व-दान कर के ही होती है। एकलव्य ने अपने दाहिने हाँथ का अंगूठा दे कर, अपना सर्वस्व ही दिया था। श्री राम भी जानते थे कि कैकेयी के वरदान का अर्थ क्या है। उनका भी सर्वस्व हरण हो रहा था। फिर भी उन्होंने पिता के वरदान को सत्य कर दिखाया...और आज युधिष्ठिर के सम्मुख धर्म की परीक्षा का अवसर आया है, तो वे नाप-तौल करने लगे हैं, कि उन्हें हानि होगी या लाभ?'

'किन्तु जानते-बूझते सब कुछ लुटा देना तो मूर्खता है....।' युधिष्ठिर के मन में किसी ने कहा...'हाँ! है तो मूर्खता ही। सांसारिक चातुरी तो कभी धर्म की श्रेणी में नहीं गिनी गयी।...जब पितामह भीष्म ने अपनी पूर्ण यौवनावस्था में दासराज को वचन दिया था कि न वह पिता का राज्य माँगेंगे और न विवाह करेंगे, तो वह सांसारिक चतुराई नहीं दिखा रहे थे। संसार के किसी बुद्धिमान ने इस कृत्य के लिये उनकी सराहना नहीं की होगी।...किन्तु भीष्म तो वह उसी प्रतिज्ञा के धर्म से ही बने। यदि उन्होंने अपना अधिकार न छोड़ा होता, पिता की इच्छा पूर्ण न की होती, तो वह 'भीष्म' नहीं बन सकत थे...और चाहे कुछ भी बन जाते...हश्चिन्द्र ने स्वप्न में दिये गये वचन को पूर्ण करने के लिये कौन-सा कष्ट नहीं सहा। तभी तो वह 'सत्य हरिश्चन्द्र' बन सके।...धर्म की गति अत्यन्त सूक्ष्म है, उसे समझना सरल नहीं है। उस पर चलना तो और भी कठिन है...'

'पर युधिष्ठिर।' उसके मन ने कहा, 'कुछ तो सोचो। यदि वे लोग अपने षड्यन्त्र में सफल हो गये तो तुम्हारा सर्वस्व-हरण होगा। तुम तो सन्तोष कर लोगे, किन्तु तुम्हारे भाई भी तो हैं। द्रौपदी है, अन्य बहुएँ हैं, बच्चें हैं... कहाँ जायेंगे, वे सब? क्या खाएँगे? कहाँ रहेंगे?...उनकी रक्षा तो तुम्हें करनी चाहिए।'

'मैं धर्म की रक्षा करूँगा।' युधिष्ठिर ने कहा, 'धर्म को मेरी रक्षा करनी होगी।'

'किन्तु क्या आवश्यक है कि तुम द्यूत खेलो?'

'नहीं। एकदम आवश्यक नहीं है। द्यूत सारे अनर्थों का मूल है। द्यूत नहीं खेलना है मुझे।' युधिष्ठिर ने कहा, 'किन्तु समस्या तो पितृव्य के आदेश की है। वह बुलाएँगे, आह्वान करेंगे, आमन्त्रित करेंगे...आदेश देंगे।...तब? मैं आदेश का उल्लंघन कैसे करूँगा? वह बुलाएँगे, तो मैं पीछे कैसे हटूँगा?...'

"क्या सोच रहे हैं?" सहसा द्रौपदी ने पूछा, "किसी गहन चिन्ता में हैं?"

"नहीं। ऐसा कुछ तो नहीं।" युधिष्ठिर बोले, "आज विदुर काका आये थे

न। उन्होंने जो निमन्त्रण दिया है...।"

"उस निमन्त्रण की बहुत चर्चा है हमारे परिवार में।" द्रौपदी बोली, "दुर्योधन यहाँ से प्रसन्न नहीं गया है। नीच प्रकृति का व्यक्ति कभी प्रसन्न रह ही नहीं सकता। प्रतिक्षण वह तुलना करेगा, स्पर्धा करेगा। दूसरों की उन्नति देख कर द्वेष के कारण जलेगा।... हमने सभा बनवाई है, तो वह भी सभा बनवायेगा। हमारे यहाँ उत्सव था, तो वह भी समारोह करेगा।...आपने निमन्त्रण स्वीकार किया या नहीं?"

"निमन्त्रण स्वीकार न करने का तो कोई कारण ही नहीं है।" युधिष्ठिर बोले, "वह पितृव्य का आदेश है। बुलाया है, तो पीछे नहीं हट सकता।"

"पीछे हटने की आवश्यकता भी क्या है।" द्रौपदी उत्साहपूर्वक बोली, "हमारे परिवार की स्त्रियाँ भी तो चल कर देखें कि हस्तिनापुर कैसा है, दुर्योधन की रानियाँ कैसी हैं...।"

"महामुनि व्यास ने भी राजाओं की ईर्ष्या का संकेत किया था।" युधिष्ठिर ने द्रौपदी द्वारा आरम्भ की गयी स्त्रियों के उत्साह की चर्चा की ओर ध्यान नहीं दिया। वह धीरे से बोले, "उन्होंने कहा था, ऐसे में किसी को रुष्ट न करूँ। सब से मेल-जोल करूँ...और यह तो अपने परिवार का ही उत्सव है।..."

द्रौपदी हँस पड़ी, "आप तो इस प्रकार का स्पष्टीकरण दे रहे हैं, जैसे मैंने आपको जाने से मना किया हो।..." वह रुकी, "किसी को आपत्ति नहीं है। रानियों ने तो नये वस्त्राभूषण भी बनवाने आरम्भ कर दिये हैं। आप देखिए तो सही हस्तिनापुर में कैसी प्रदर्शनी लगती है। वस्त्राभूषणों तथा शृंगार-प्रसाधनों की..."

युधिष्ठिर ने पहली बार द्रौपदी के उत्साह को देखा : उनकी चिन्ता ने द्रौपदी को तनिक भी स्पर्श नहीं किया था।...वह अन्य रानियों की चर्चा कर रही थी।...बहुत सम्भव था कि अन्य रानियाँ तो बहाना मात्र हों। वह अपनी ही बात कर रही हो...वह प्रदर्शन की तैयारी में थी....अपने वैभव के प्रदर्शन की, अपने सौन्दर्य के प्रदर्शन की।...किसलिये था यह प्रदर्शन? स्वयं को श्रेष्ठ सिद्ध करने के लिये? दूसरों को हीन घोषित करने के लिये?...अपने अहंकार की तुष्टि के लिये? अन्य लोगों को पीड़ित करन के लिये?...ये रानियाँ अपने सम्बन्धियों से मिलने जा रही थीं, अथवा कोई युद्ध जय करने?

युधिष्ठिर को लगा कि उनके चारों ओर भयंकर युद्ध चल रहा है। संसार में जैसे प्रत्येक व्यक्ति अपने सम्पूर्ण अस्तित्व के लिये एक महासमर में जूझ रहा है। सैनिक युद्धों में तो घोषित शत्रुओं से ही युद्ध होता है, उन्हें ही पराजित करने का प्रयत्न किया जाता है, किन्तु इस महामसर में वह सिवाय

अपने, अन्य प्रत्येक जीव से युद्धरत है। वह सबको जय करना चाहता है, सबको पराजित करना चाहता है। वह विश्व में स्वयं को सर्वश्रेष्ठ प्रमाणित करना चाहता है ...जब तक प्रत्येक जीव को पराजित नहीं कर लेगा, उसे सन्तोष नहीं होगा ...युधिष्ठिर मन-ही-मन हँसे...अन्य लोगों को पराजित करने के प्रयत्न में, वह अपने वास्तविक शत्रु को तो भूला ही बैठा है। अपने अहंकार को अपना मित्र समझ कर उसे अपने वक्ष से चिपकाए हुए है। उसका ध्यान इस ओर जाता ही नहीं कि अपनी प्रत्येक विजय के साथ वह अपने अहंकार का पोषण कर रहा है, जो उसका सब से बड़ा शत्रु है। इस प्रकार वह अपने शत्रुओं को पराजित नहीं कर रहा, उनका पालन-पोषण कर रहा है...

क्या वह द्रौपदी से कहें कि इस प्रकार का प्रदर्शन और स्पर्धा उचित नहीं है। न तो वह स्वयं इस दिशा में सोचे, न अन्य रानियों को सोचने दे...

"आपने बताया नहीं कि आप किस बात से चिन्तित हैं?" द्रौपदी ने कहा, "यह कह कर टालने का प्रयत्न मत कीजिएगा कि चिन्तित नहीं हूँ, मनन कर रहा हूँ। मनन कर रहे हो, तो वही बता दीजिए कि किस विषय में इतना मनन हो रहा है।..."

युधिष्ठिर ने द्रौपदी की ओर देखा : वह चंचलतापूर्पक मुस्कुरा रही थी।

युधिष्ठिर भी मुस्कुराए, "तुम लोग अपने सम्बन्धियों से मिलने हस्तिनापुर जा रही हो, या कौरवों की रानियों पर अपने सौन्दर्य तथा वस्त्राभूषणों की धाक जमाने?"

"सम्बन्धियों से मिलने का क्या अर्थ?" द्रौपदी ने युधिष्ठिर को ऐसे देखा, जैसे उन्होंने कोई बहुत ही नासमझी की बात कह दी हो, "मिलने कोई नहीं जाता। मुझे कौन दुर्योधन की रानियों से अपनी दुख-सुख की बातें बाँटनी हैं। मिलने का अर्थ होता है, अपने वैभव का प्रदर्शन। अपने सौन्दर्य का प्रदर्शन। अपने बड़प्पन का प्रदर्शन। इस प्रदर्शन का सुख न हो तो मिलने जाने का कष्ट क्यों करें?"

द्रौपदी को खिलखिला कर हँसते देख युधिष्ठिर को लगा कि वह यह नहीं चाहती कि उसकी उक्ति को वह उसका सुविचारित और गम्भीर मत समझें, किन्तु युधिष्ठिर उस खिलखिलाहट के तल में बैठी उस आकांक्षा की उपेक्षा भी नहीं कर पा रहे थे, जिसे न द्रौपदी छिपा पा रही थी, और न युधिष्ठिर अनदेखा कर पा रहे थे।

"तुम्हें ऐसा नहीं लगता कृष्णे।" युधिष्ठिर बोले, "कि हमारे प्रदर्शन से यदि देखने वाले के मन में हीनता या ईर्ष्या उत्पन्न होती हो, उससे स्नेह के स्थान पर द्वेष की वृद्धि होती हो, तो वैसा प्रदर्शन नहीं करना चाहिए। उस

श्रृंगार का क्या लाभ, जिससे दूसरे के मन में प्रसन्नता के स्थान पर ईर्ष्या जन्म ले?"

"नारी प्रकृति-धर्मा है।" इस बार द्रौपदी की मुद्रा पूर्णतः गम्भीर थी, "उसे न आप श्रृंगार से रोक सकते हैं, न प्रदर्शन से, न आत्म-मुग्धता से। वसंत आते ही सारी प्रकृति श्रृंगार कर उठती है, चाहे कोई देखे, या न देखे।...और नारी तो अपने यौवन में ही क्या, प्रत्येक अवस्था में श्रृंगार-प्रिय है।"

"मैं सारी नारी जाति का स्वभाव परिवर्तित करने का प्रयत्न नहीं कर रहा हूँ।" युधिष्ठिर बोले, "न मैं यह कह रहा हूँ कि तुम काम्पिल्य अथवा द्वारका जाओ जो श्रृंगार मत करो। मैं तो केवल इतना कह रहा हूँ कि तुम लोग हस्तिनापुर में अपना वैभव प्रदर्शित न करो, तो अच्छा है।"

"हमारी स्पर्धा काम्पिल्य अथवा द्वारका से नहीं हस्तिनापुर से है।" द्रौपदी ने अपनी दृढ़ता से युधिष्ठिर को चकित कर दिया, "वैसे मैं पूछ सकती हूँ कि आप हस्तिनापुर वासियों के लिये इतने व्याकुल क्यों हैं?"

"तुम ने कहा न कि महामुनि वेद व्यास ने ऐसी आशंका प्रकट की थी कि अन्य राजाओं की ईर्ष्या के माध्यम से प्रकृति, हमें केन्द्र में रख कर विनाश की सृष्टि रच सकती है। इसलिये हमें उन सब क्रियाओं से विरत रहना चाहिए, जिन से ईर्ष्या और विरोध का जन्म होता हो।"

"ओह! तो जो ईर्ष्याग्नि राजसूय यज्ञ से प्रज्वलित हुई है, उसे आप इन्द्रप्रस्थ की रानियों के श्रृंगार-निषेध से शान्त करना चाहते हैं।"

युधिष्ठिर चकित थे : जिस सम्भावना से वे आशंकित ही नहीं, एक प्रकार से भयभीत थे, उसे सुन कर द्रौपदी तनिक गम्भीर भी नहीं हुई।

"आप व्यर्थ चिन्तित न हों महाराज।" सहसा द्रौपदी गम्भीर हो गयी, "जिस प्रकर किसी विद्वान को आप अपने ज्ञान का विकास करने से, वीर को अपने राजनीतिक प्रभाव के प्रसार से तथा व्यापारी को अपने धन में वृद्धि करने से रोक नहीं सकते, वैसे ही आप नारी को अपने सौन्दर्य को धार देने से नहीं रोक सकते।...और महाराज! हमारा विकास सज्जनों में हर्ष उत्पन्न करेगा तथा दुर्जनों में द्वेष। तो फिर आप हमारा विकास रोक देंगे?"

युधिष्ठिर ने द्रौपदी के प्रश्न का कोई उत्तर नहीं दिया। द्रौपदी को कदाचित उसकी अपेक्षा भी नहीं थी। वस्तुतः वह उसका प्रश्न ही नहीं था। प्रश्न के रूप में वह उसका सुविचारित मत था।...

युधिष्ठिर चुपचाप बैठे मनन करते रहे और द्रौपदी निश्चिन्त हो कर सो गयी।...

युधिष्ठिर को नींद नहीं आयी।...वह सोच रहे थे कि यदि यही चर्चा वह

भीम से करेंगे, तो शायद उसका उत्तर कुछ और भी कठोर होगा। वह प्रतिशोध की बात करेगा...वह कहेगा कि दुर्योधन ने उन्हें पीड़ित किया था, अब यदि उनकी किसी बात से दुर्योधन को पीड़ा होती है, तो हो। दुर्योधन को अपने कृत्यों का मूल्य चुकाना ही होगा...

पर युधिष्ठिर को यह सब नृशंसता लगती है। यह क्रूरता है। इससे दूसरों की ही नहीं, उनकी अपनी शान्ति भी भंग होती है...लोग दूसरों को पीड़ित कर सुख की नींद कैसे सो जाते हैं?...वह भी शत्रुओं को नहीं, अपने मित्रों को, अपने परिवार-जनों को, बन्धु-बान्धवों को?...किन्तु बन्धुओं की भी क्या परिभाषा है?...युधिष्ठिर ने स्वयं से पूछा...दुर्योधन बन्धु है उनका? तो शत्रु कौन होगा? विचित्र सम्बन्ध है उन लोगों का। दुर्योधन भाई ही रहेगा उनका, चाहे वह कुछ भी करता रहे। जीवन में जब पहला अवसर आया, उनके घर में उत्सव हुआ, तो किसे भाई मान कर उन्होंने आमन्त्रित किया—दुर्योधन ही को तो। और अब वह कुरु-सन्तानों के रूप में अपने भाइयों के पास जायेंगे, अपने पिता और पितामह के घर जायेंगे, किन्तु उनकी बुद्धि बार-बार कहती है, मत जाओ। वे भाई नहीं, दस्यु हैं। मत जाओ।...किन्तु पितृव्य का आदेशपूर्ण निमन्त्रण है, पितामह चाहते हैं कि कौरव एक सौ तथा पाँच भाई न हों, एक सौ पाँच भाई हों, महामुनि व्यास चाहते हैं कि युधिष्ठिर किसी को रुष्ट न करें। वे शान्ति की रक्षा करें। प्रकृति की विनाश-लीला को निकट बुलाएँ।...

क्या धर्म है युधिष्ठिर का?

39

हस्तिनापुर के द्वार पर पाण्डवों का आसाधारण स्वागत हुआ। दुर्योधन और उसके भाई इस प्रकार पाण्डवों के वक्ष से आ लगे, जैसे बहुत समय से बिछड़ा शिशु, अपनी माँ को देख कर उसकी ओर लपकता है। दुर्योधन ने इतनी भक्ति से युधिष्ठिर के चरण पकड़े कि युधिष्ठिर को विश्वास ही नहीं हो रहा था कि ऐसा भी सम्भव है।...किन्तु प्रमाण उनके सम्मुख था...

"आज मैं सनाथ हुआ। घर का मुखिया ही सम्मिलित न हो, तो घर का उत्सव कैसा?" दुर्योधन बोला, "आप आ गये सम्राट तो हमारी 'तोरण स्फटिक-सभा' धन्य हो गयी। हीरे का मूल्य तो जौहरी ही जानता है। राजा तो अनेक हैं, पर क्या वे उस सभा का महत्व समझ पायेंगे।"

"धन्य तो मैं हुआ दुर्योधन।" युधिष्ठिर ने पुलकित हो कर कहा, "जो तुम्हारे मन में मेरे प्रति स्नेह जागा। तुम्हें तो ज्ञात नहीं होगा, कि मैं कब से

इस क्षण की प्रतीक्षा कर रहा था।"

"आप बड़े हैं। मेरी भूलों को क्षमा करें। अपनी मूर्खता में मैं किसी को क्या का क्या समझ लेता हूँ।" दुर्योधन बहुत विनीत भाव से बोला, "यह तो आपके राजसूय यज्ञ के अवसर पर ही मेरी समझ में आया कि हम भाई हैं। एक ही परिवार के हैं।...और प्रशासन की सुविधा के लिये चाहे हमने दो राजधानियाँ बना ली हैं, किन्तु हम अविभाजित हैं। आप बड़े हैं। आप सम्राट हैं। आपके बड़प्पन से ही हम आपके सारे छोटे भाई बड़प्पन पाते हैं। आपको सिंहासन पर बैठा कर आपको छत्र लगाने, व्यजन करने अथवा चंवर डुलाने से अर्जुन और भीम, नकुल और सहदेव छोटे नहीं हो जाते। वे गर्व करते हैं कि देखो, हमारा बड़ा भाई सम्राट है। वैसे ही हम भी आपके छोटे भाई...।"

दुर्योधन के व्यवहार का अति उत्साह युधिष्ठिर को कुछ-कुछ खटक रहा था। उन्हें उसमें कृत्रिमता का आभास हो रहा था...किन्तु युधिष्ठिर नहीं चाहते थे कि उनका यह संशय कुछ बल पकड़े। कहीं ऐसा न हो कि उनका पूर्वाग्रह ग्रस्त मन दुर्योधन के इस परिवर्तन को स्वीकार न करे और ये सुधरती स्थितियाँ पुनः विकृतियों को अंगीकार कर लें।...

वे लोग सबसे पहले पितामह से भेंट करने गये थे। पितामह ने उन्हें आशीर्वाद दिया। उनके लिये ईश्वर से प्रार्थना की।...और उन्हें यह कह कर विदा कर दिया कि वे यात्रा से आये हैं। थके होंगे। वे लोग स्नान-ध्यान कर भोजन और विश्राम कर लें। तब वे उनके साथ कुछ समय व्यतीत करना चाहेंगे।

पितामह से विदा हो कर वे धृतराष्ट्र और गान्धारी से मिलने गये थे। धृतराष्ट्र ने सहज भाव से उनके आने पर प्रसन्नता प्रकट की, किन्तु गान्धारी ने अपने पति से भी कुछ अधिक उत्साह दिखाया। वह कुन्ती से भी बहुत समारोहपूर्वक मिली, किन्तु उसने सब से अधिक प्रेम द्रौपदी और सुभद्रा पर लुटाया। बलन्धरा, देविका, विजया और करेणुमती को भी उसने अनेक बार अपने वक्ष से लगाया।...

"मेरी पुत्र-वधुओं को मेरे ही भवन में ठहरा दो।" उसने दुःशासन से कहा, "देखो। उनकी सुविधाओं का पूर्ण ध्यान रखना। एक-एक पुत्र-वधू की सेवा के लिये कम-से-कम दस-दस दासियाँ नियुक्त करो। ऐसा कुछ नहीं होना चाहिए कि मैं दे सकूँ और मेरी पुत्र-वधुओं को न मिले।"

"निश्चिन्त रहो माँ।" दुःशासन ने अत्यन्त आज्ञाकारी पुत्र के रूप में कहा।

"कुन्ती को मेरे साथ वाले कक्ष में ठहरा दो।"

"नहीं दीदी। आप इतना कष्ट न करें।" कुन्ती ने अत्यन्त शालीन स्वर में कहा, "मुझे तो अपने पुराने भवन में ही ठहरने दीजिए। मेरा विचार है कि मेरे पुत्र भी वहीं ठहरना पसन्द करेंगे।"

"जैसी तुम्हारी इच्छा कुन्ती।" गान्धारी ने स्वीकार कर लिया, "किन्तु मेरी पुत्र-वधुओं को अपने साथ मत ले जाना। यहाँ रहेंगी तो उनसे मेरा परिचय बढ़ेगा, तभी तो वे भी मेरे प्रति स्नेह का अनुभव करेंगी। और फिर ये लोग अपनी देवरानियों-जेठानियों से भी मिल लें।"

"आपके तथा आपकी पुत्रवधुओं के बीच मैं नहीं पड़ूँगी।" कुन्ती ने कहा।

वे लोग अपने पुराने भवन में आ गये। उसकी स्थिति अब पहले से कहीं अच्छी थी और परिचारिकाओं की पूरी सेना वहाँ नियुक्त की गयी थी। उन्हें सचमुच कोई असुविधा नहीं हुई और वे रात को गहरी नींद सोए।

"मैं विदुर के घर जा रही हूँ।" अगले दिन प्रातः कुन्ती ने कहा, "बहुत सम्भव है कि मुझे वहाँ कुछ विलम्ब हो जाये।"

"कोई बात नहीं माँ।" भीम बोला, "तुम मेरा रथ ले जाओ। विशोक तुम्हें ले जायेगा, और तुम्हारे लौटने तक वहीं प्रतीक्षा करेगा।"

कुन्ती चली गयी।

पाण्डव अभी पूर्णतः तैयार भी नहीं हो पाये थे कि दुःशासन आ उपस्थित हुआ, "सम्राट! पिता जी ने आपको शीघ्र ही बुलाया है। वहाँ हवन की तैयारी हो गयी है।"

"तुम लोग आरम्भ करो। ऐसा न हो कि सब की प्रतीक्षा में शुभ मुहूर्त निकल जाये।" युधिष्ठिर ने कहा, "वैसे हम शीघ्रातिशीघ्र पहुँचते हैं।"

"नहीं सम्राट। यह नहीं होगा।" दुःशासन बोला, "पिता जी ने कहा है कि हवन में पहली आहुति आप डालेंगे। स्फटिक तोरण सभा में प्रथम दिन होने वाली सारी क्रीड़ाओं का शगुन आप ही करेंगे। आपकी प्रतीक्षा में वहाँ सब कुछ रुका रहेगा। जब तक आप नहीं पहुँचेंगे, पिता जी कुछ भी नहीं करने देंगे।"

भीम ने परिहास की मुद्रा में कुछ चकित होने का अभिनय किया, 'क्या बात है दुःशासन। आज सम्राट पर बहुत प्रेम लुटाया जा रहा है? मन-ही-मन वह विचार कर रहा था कि आज दुःशासन ने एक बार भी धृतराष्ट्र के लिये महाराज शब्द का प्रयोग नहीं किया था।

"पिता जी नहीं चाहते कि कोई कम महत्व का व्यक्ति स्फटिक तोरण सभा का शगुन करे।" वह बोला, "उससे सभा का भी महत्व कम होगा, और

हस्तिनापुर का भी।"

"तुमने वासुदेव कृष्ण को आमन्त्रित किया है या नहीं?" सहसा अर्जुन ने पूछा।

"उनकी उपस्थिति से तो सभा की शोभा ही कुछ और हो जाती है।" दुःशासन के चेहरे पर स्नेह से कहीं अधिक आतंक था, "उन्हें तो बुलाना ही था, किन्तु इस समय वे सौभ-नरेश से युद्ध में व्यस्त हैं। वे युद्ध की स्थिति में द्वारका छोड़ कर नहीं आ सकते।" लगता था दुःशासन को यह चर्चा एकदम प्रिय नहीं थी, "आइए! आइए! आप लोग आइए। पिता जी प्रतीक्षा कर रहे हैं।"

'अरे जब कृष्ण ही नहीं आया तो हस्तिनापुर में शिशुपालों का वध कौन करेगा।' भीम अपने मुँह-ही-मुँह बुदबुदाया।

"आइए सम्राट। द्यूत-पटल बिछा दिया गया है।" दुर्योधन ने युधिष्ठिर को अत्यन्त सम्मानपूर्वक आमन्त्रित किया, "द्यूत-फलक सामने रखे, सब लोग आपकी प्रतीक्षा कर रहे हैं।"

"द्यूत।" युधिष्ठिर ने चिन्तित स्वर में कहा, "किन्तु मैं द्यूत के पक्ष में नहीं हूँ। मैंने तो विदुर काका से भी कहा था कि द्यूत क्षत्रियों के लिये अत्यन्त हानिकारक है।"

"अरे बड़े भैया।" दुर्योधन ने युधिष्ठिर की भुजा पकड़ कर मनुहार की, "घातक तो युद्ध भी होता है, पर क्षत्रिय उसे छोड़ देंगे क्या? जो घातक नहीं है, वह क्षत्रियों के लिये नहीं है। और स्फटिक तोरण सभा का तो निमार्ण ही हुआ है क्षत्रियों के मनोरंजन के लिये। आप उसका उद्घाटन भी नहीं होने देंगे क्या?"

युधिष्ठिर स्तब्ध से खड़े दुर्योधन को देखते रहे, फिर धीरे से बोले, "मेरे मन में जुआ खेलने की इच्छा नहीं है। उसमें केवल झगड़ा-फसाद होता है। कौन समझदार मनुष्य उसे पसन्द करेगा। उसमें छल है, पाप है। इसमें न तो क्षत्रियोचित पराक्रम दिखाया जा सकता है, और न उसकी कोई निश्चित नीति ही है।"

"अरे द्यूत को बाद में खेलेंगे।" दुर्योधन हँस कर बोला, "आपको तो इस पीढ़ी के ज्येष्ठ कौरव तथा कौरवों के सम्राट होने के नाते मात्र शगुन करना है। आप आरम्भ कर दें, फिर जुआरी लोग अपने मन से खेलते रहेंगे। तोरण स्फटिक सभा में सर्वप्रथम द्यूत खेलने का सम्मान हम किसी साधारण राजा को कैसे दे सकते हैं। यह भी एक प्रकार की अग्रपूजा ही है सम्राट। वैसे भी सम्राट के उपस्थित होते हुए कोई और पहला दाँव खेले, यह हमारी तोरण

स्फटिक सभा के लिये सम्मानजनक नहीं है।"

युधिष्ठिर के पग आगे नहीं बढ़ रहे थे और उनका मन भी जैसे अड़ियल घोड़े के समान अपना विरोध प्रकट करता ही जा रहा था।...यह कैसा सम्मान है? जिस क्रीड़ा को वे पाप समझते हैं उसे सर्वप्रथम खेलने का सम्मान उन्हें दिया जा रहा है। राजसूय यज्ञ में धर्म-प्रवर्तक की अग्रपूजा की गयी, और यहाँ जुआरियों की सभा में उन की अग्रपूजा हो रही है—धर्म राज की।...

"क्या पुत्र युधिष्ठिर आ गया?" धृतराष्ट्र ने अपनी ज्योतिविहीन आँखों की पलकें झपकाते हुए कहा, "उसे कहो वह आ कर द्यूत पटल पर बैठे।"

धर्मराज के सम्मुख अब और कोई विकल्प नहीं था। पितृव्य का आदेश हो चुका था।...वे आ कर द्यूत पटल पर बैठ गये। उन्होंने पलट कर अपने भाइयों की ओर देखा : उन चारों को युधिष्ठिर से कुछ दूरी पर एक साथ ही बैठाया गया था।

"युधिष्ठिर से कहो, द्यूत आरम्भ करे।" धृतराष्ट्र ने पुनः कहा।

"सम्राट युधिष्ठिर आ गये हैं महाराज।" विदुर ने कहा।

"तो फिर आरम्भ करें न। विलम्ब क्या है।"

युधिष्ठिर को धृतराष्ट्र की उतावली अच्छी नहीं लग रही थी, किन्तु वे स्वयं को नियन्त्रित किये हुए थे। जाने लोगों में यह कैसी प्रवृत्ति है कि जो कुछ स्वयं करना चाहते हैं, वही दूसरों से भी करवाना चाहते हैं...मदिरापान हो तो, द्यूत क्रीड़ा हो तो...और धृतराष्ट्र तो न द्यूत खेल सकते हैं, न देख सकते हैं। फिर भी कैसे व्यग्र हो रहे हैं।...

शकुनि को अपने सामने बैठते देख युधिष्ठिर कुछ चौंके, "मातुल! आप खेलेंगे?"

"सम्राट के सम्मुख कोई साधारण खिलाड़ी बैठा शोभा नहीं देगा।" दुर्योधन बोला, "इसलिये यह निश्चित किया गया कि धर्मराज के सम्मुख द्यूतराज को ही बैठाया जाये..."

"किन्तु आतिथेय तो तुम हो दुर्योधन। महाराज धृतराष्ट्र के स्थान पर तुम बैठो।" युधिष्ठिर का मन विकट विद्रोह कर रहा था। इच्छा हो रही थी तत्काल उठ कर खड़े हो जायें, किन्तु सामने धृतराष्ट्र, पितामह भीष्म, आचार्य द्रोण तथा कृपाचार्य बैठे थे। उन सबकी अवहेलना कर, उठ जाना।...उनके सम्म्मुख ऐसी उद्दण्डता उचित होगी क्या?...और फिर वे तो पितृव्य के निमन्त्रण पर यहाँ आये थे...उसे ठुकराना...

"मैं ही खेल रहा हूँ धर्मराज।" दुर्योधन बोला, "धन मेरा ही लगेगा, किन्तु मेरी ओर से पासे गांधारराज फेंकेंगे।" वह हँसा, "आपके सम्मुख किसी

व्यावसायिक द्यूतक को नहीं बैठाया गया है। मातुल भी राजा ही हैं, गान्धार देश के राजा। हम आपके पद की अवहेलना नहीं होने देंगे सम्राट।"

"इसका क्या अर्थ? ऐसा तो कभी हुआ ही नहीं।" युधिष्ठिर का ध्यान दुर्योधन द्वारा दिखाए जा रहे सम्मान और उसकी चाटुकारिता की ओर नहीं था।

"यह समझिए कि राजा की ओर से सेनापति लड़ रहा है...! यह तो क्षत्रियों का धर्म है। आपके यज्ञ के लिये भी तो दिग्विजय करने के लिये आपके भाई गये थे। युद्ध उन्होंने किये और विजय आपकी मानी गयी।" दुर्योधन बोला, "आप आरम्भ तो कीजिए।...बाद में यदि आप भी चाहेंगे कि आपके स्थान पर कोई और पासे फेंके, तो अपनी इच्छानुसार अपने किसी और भाई को बैठा दीजिएगा।" और उसने धृतराष्ट्र की ओर देखा, "महाराज द्यूत आरम्भ करने की अनुमति है?"

"आरम्भ हो।" धृतराष्ट्र ने अत्यन्त उल्लास के साथ कहा, "और द्यूत-धर्म की मर्यादा का पूर्ण पालन हो।"

युधिष्ठिर का मस्तिष्क जैसे एकदम चकरा गया : 'द्यूत-धर्म की मर्यादा का पूर्ण पालन हो'...क्या अर्थ है इसका? उन्हें तो मात्र शगुन के रूप में द्यूत-क्रीड़ा आरम्भ करने के लिये, सांकेतिक रूप से खेलने के लिये बैठाया गया था। वे लम्बा द्यूत नहीं खेलना चाहते।...किन्तु महाराज धृतराष्ट्र की आज्ञा हो चुकी थी...वे राजा भी थे और पिता भी। युधिष्ठिर का धर्म, उनकी आज्ञा का पालन करना ही था।...वे स्वयं को बचाने के लिये अधर्म का सहारा नहीं ले सकते थे...

"क्या बदते हैं सम्राट?"

युधिष्ठिर ने अपने कण्ठ में पहने हुए हार को छुआ, "समुद्र के आवर्त में उत्पन्न हुआ यह कान्तिमान मणिरत्न अमूल्य है। स्वर्ण से लड़ा हुआ यह कण्ठहार, मेरे हारों में सर्वोत्तम है। यह मेरा धन है। मैं इसे दाँव पर लगा कर तुम से खेलता हूँ।" वे रुके, "अब तुम इसके सम्मुख दाँव पर क्या लगाते हो?"

दुर्योधन की उल्लासपूर्ण मुद्रा तत्काल परिवर्तित हो गयी। उसने ऐसी मुद्रा बनायी, जैसे युधिष्ठिर ने कोई बहुत ओछी बात कह दी हो। तिरस्कारपूर्ण स्वर में बोला, "मेरे पास मणियों और धन का अभाव नहीं है, और न ही मुझे अपने उस धन का कोई अहंकार है। आप दाँव जीतिए तो, जो कहिएगा मिल जायेगा।"

युधिष्ठिर का मन सशंक हुआ, दुर्योधन ने उसे सम्मानित करने के लिये

सब से पहले द्यूत पर बैठाया है, या अपमानित करने के लिये। उसके एक-एक शब्द से विष फूट रहा है। अपने एक ही वाक्य से उसने जैसे सिद्ध करने का प्रयत्न किया है कि उसके पास युधिष्ठिर से भी अधिक धन है, तब भी उसका उसे कोई अहंकार नहीं है, और युधिष्ठिर को अपने थोड़े धन का भी अहंकार है...युधिष्ठिर ने एक हार दाँव पर लगाया है, और दुर्योधन हार गया तो माँगे जाने पर कुछ भी दे देगा।

तभी युधिष्ठिर का एक और मन हँसा, 'सम्भव है तुम्हारा ही अहंकार जाग रहा हो। तुम मान कर बैठे हो कि तुम्हारे पास दुर्योधन से अधिक धन है, इसलिये उसके द्वारा अपने धन की चर्चा तुम्हें चुभ गयी।...तुम्हारे मन में उसके प्रति पूर्वाग्रह भी तो बहुत सारे हैं। उसकी बातों में तुम्हें दोष तो दिखायी देंगे ही...'

शकुनि ने पासे फेंके, और बोला, "लो। यह दाँव मैंने जीता युधिष्ठिर।"

युधिष्ठिर ने पासों को देखा, हाँ। शकुनि सचमुच जीत गया। उसने पासे युधिष्ठिर को नहीं दिखाए थे, सम्भव है, उसमें ही कोई चतुराई हो।

"ये पासे मुझे दिखाओ मातुल।" युधिष्ठिर ने हाथ बढ़ाया।

"पासे तुम्हारे हाथों में भी आयेंगे सम्राट। इतने उतावले क्यों हो रहे हो। एक-आध दाँव जीत तो लो।" शकुनि बोला, "और कोई बड़ा दाँव लगाओ। यह एक-आध हार अथवा मणि लगा कर खेलना सम्राटों की शोभा के अनुकूल नहीं है।"

युधिष्ठिर समझ गये कि वे छल के कीच में फँसते जा रहे हैं। धृतराष्ट्र के आदेश को पिता का आदेश मान कर वे खेलने बैठ गये। उनके साथ खेलने के लिये बैठा दिया गया शकुनि को...जो न केवल द्यूत विद्या का आचार्य है, वरन भयंकर धूर्त भी है। एक बार बैठ कर धन शेष रहते, द्यूत से उठना क्षत्रिय की मर्यादा नहीं है, और यदि वे अपने स्थान पर, अपने किसी और भाई को शकुनि के साथ खेलने के लिये बैठा देंगे तो कठिनाई और बढ़ जायेगी। वे कम-से-कम पासों को पहचानते तो हैं। द्यूत के नियमों का तो उन्हें ज्ञान है। उनके भाइयों में से तो किसी ने कभी पासे अपने हाथ में ले कर देखे भी नहीं हैं। न उन्हें द्यूत क्रीड़ा का ज्ञान है, न उसके नियमों का।...वे अपने स्थान पर किसी और को नहीं बैठा सकते...

"तो फिर मेरी ओर से शगुन हो चुका।" युधिष्ठिर ने उठने की तैयारी की, "तुम अब जिसके साथ चाहो, द्यूत खेलो।"

शकुनि ने युधिष्ठिर के घुटनों पर हाथ रखा, "महाराज की आज्ञा का उल्लंघन करके उठ रहे हो? धर्म का त्याग कर रहे हो?"

युधिष्ठिर का ध्यान इस ओर नहीं गया था। वे धृतराष्ट्र की आज्ञा के अनुसार खेलने बैठे थे।...अब या तो वे धृतराष्ट्र द्वारा द्यूत समाप्त करने की घोषणा पर, उनके आदेश से ही उठ सकते थे, या अपना सर्वस्व हार कर।... यदि इन दोनों के अभाव में वे उठते थे, तो राजा की आज्ञा का उल्लंघन कर वे अधर्म के भागी होते थे, पिता की आज्ञा का उल्लंघन कर धर्म से च्युत होते थे, और धृतराष्ट्र के आदेश 'द्यूत-धर्म की मर्यादा का पूर्ण पालन हो' का विरोध करने के कारण मर्यादा का उल्लंघन होता...

"यह छल है शकुनि।" युधिष्ठिर ने अपने क्रोध को पीने का प्रयत्न किया तो उनकी आँखों में अश्रु आ गये।

शकुनि ने उनकी बात का कोई उत्तर नहीं दिया। उसने ऐसी मुद्रा बनायी कि जैसे युधिष्ठिर ने कोई अत्यन्त निरर्थक-सी बात कही हो।

"महाराज।" सहसा विदुर अपने स्थान से उठ कर खड़े हो गये, "आपकी तोरण स्फटिक सभा का शगुन हो चुका। सम्राट युधिष्ठिर ने आपकी तथा आपकी सभा की मर्यादा का पालन किया। आपकी इस सभा में पहला दाँव आपके पुत्रों में सबसे ज्येष्ठ तथा राजाओं में सबसे अग्रणी सम्राट युधिष्ठिर ने लगाया। अब आप द्यूत रुकवा कर उन्हें उठने की आज्ञा दें। वे आपके निमन्त्रण का सम्मान रखने के लिये खेलने बैठे थे, अपने व्यसन के कारण नहीं। न ही वे सर्वस्व-समाप्ति पर्यंत द्यूत में सम्मिलित होने के लिये आये हैं।"

सारी सभा की दृष्टि धृतराष्ट्र के चेहरे पर जा टिकी।...किन्तु धृतराष्ट्र की भंगिमा में तनिक भी परिवर्तन नही आया। वह उसी प्रकार शून्य दृष्टि से द्यूत-स्थल की आरे देखता रहा, जैसे विदुर ने उससे कुछ कहा ही न हो। सहसा उसने पूछा, "कौन जीता?"

युधिष्ठिर के मन में बहुत कुछ स्पष्ट हो गया : धृतराष्ट्र की इच्छा नहीं थी कि द्यूत बन्द हो। उसकी रुचि इस बात में थी कि कौन जीत रहा है।... अर्थात वह चाहता था कि युधिष्ठिर हारे और पाण्डवों की सम्पत्ति दुर्योधन को प्राप्त हो जाये।...धर्मतः अब वे पूर्णतः धृतराष्ट्र की दया पर थे...या फिर वे धर्म छोड़ दें और उठ खड़े हों। कह दें कि वे और कुछ भी दाँव पर नहीं लगाएँगे और द्यूत भी नहीं खेलेंगे...किन्तु क्या यह इतना सरल है? दुर्योधन उन्हें इस प्रकार जाने देगा क्या?...द्यूत सभा के सारे झगड़े उसी क्षण से आरम्भ होते हैं, जिस क्षण दोनों में से एक खिलाड़ी खेल के बीच में से उठ कर जाना चाहता है।...यदि युधिष्ठिर ने उठने का प्रयत्न किया, तो दुर्योधन तत्काल उन पर द्यूत धर्म का आरोप लगा कर अशान्ति उत्पन्न करने का प्रयत्न करेगा।

...उन्हें रोका जायेगा। सम्भव है कि यहाँ से निकलने के लिये पाण्डवों को बल-प्रयोग करना पड़े। यदि पाण्डवों अथवा धार्तराष्ट्रों में से किसी ने भी बल-प्रयोग किया, तो स्थिति सामान्य नहीं रहेगी। रक्तपात होगा और राजाओं के विनाश की घड़ी, अभी, इसी क्षण आ जायेगी, जिसकी आशंका महर्षि व्यास को सुदूर भविष्य में थी...

नहीं। युधिष्ठिर यहाँ क्षत्रियों का विनाश करवाने नहीं आये थे, वे तो स्नेह-सौहार्द बढ़ाने आये थे। यदि उन्हें धृतराष्ट्र के अपमान अथवा अवज्ञा की चिन्ता न होती, तो वे यहाँ आते ही क्यों? अब यदि यहाँ आ कर भी वही करना था तो इन्द्रप्रस्थ से आने की आवश्यकता ही क्या थी। यह सब तो इन्द्रप्रस्थ में रहते हुए भी हो सकता था। न आना शायद उतनी बड़ी उद्दण्डता न होती, जितनी कि यहाँ आ कर उनकी आज्ञा न मानना और उत्पात मचाना।...यदि इस समय उन्होंने तनिक भी विरोध जताया तो उनके सारे भाई तो यहाँ प्रलय को साक्षात उपस्थित कर देंगे। भीम और दुर्योधन तो वैसे ही एक-दूसरे से युद्ध करने के लिये मचल रहे हैं...नहीं। युधिष्ठिर यह नहीं होने देंगे। यह उनका धर्म नहीं है।...

तो उनका धर्म क्या है?

चुपचाप बैठे खेलते जायें, यह सब जानते हुए भी कि यह छल है, षड्यन्त्र है, उन्हें वंचित करने की सुनियोजित योजना है?...

वे या तो अपना धन ही बचा लें, या फिर अपना धर्म।

युधिष्ठिर का मन जैसे चिहुंक कर खड़ा हो गया...वे क्या धन की रक्षा के लिये धर्म को खो देंगे?...यदि धन और धर्म में से किसी एक को चुनना हो तो वे क्या धन को चुनेंगे?

नहीं। धन जाता है तो जाए, वे धर्म को नहीं जाने देंगे। वे धर्म दे कर धन नहीं बचायेंगे, वे धन गवाँ कर धर्म की रक्षा करेंगे।...धन बचाना ही होगा, तो उतना ही बचायेंगे, जितना धर्म की परिधि के भीतर बच जाएगा...

युधिष्ठिर की दृष्टि अपने भाइयों पर पड़ी, वे लोग निस्पृह से एक ओर बैठे थे। उन्हें शायद अभी तक समझ में नहीं आया था कि युधिष्ठिर किस कर्म में फँस गये हैं। उन्हें युधिष्ठिर का धर्म-संकट ज्ञात नहीं था... पर यदि युधिष्ठिर अपना सारा धन और राज्य, अपना धर्म बचाने के लिये हार गये, तो उनके इन भाइयों का क्या होगा?...वह धन अकेले युधिष्ठिर का नहीं था...वह राज्य भी अकेले युधिष्ठिर का नहीं था...किन्तु यह कह कर तो वे उसकी रक्षा नहीं कर सकते थे। जब तक उनके मध्य किसी प्रकार का विभाजन नहीं होता, तब तक उस सारे धन और राज्य के स्वामी

युधिष्ठिर ही थे...यदि उनके भाई अपना धन बचाना चाहें तो खड़े हो कर सभा में कह दें कि वह धन अकेले युधिष्ठिर का ही नहीं, उनका भी है...और उनके धन को हारने का अधिकार युधिष्ठिर को नहीं है।...

"क्या सोच रहे हो युधिष्ठिर।" शकुनि अपने कर्कश स्वर में हँसा, "धन का मोह प्रबल हो उठा है क्या? देखा। दूसरों को उपदेश देना कितना सरल है, अपने धन का मोह त्यागना कठिन होता है। दाँव लगाते हो या स्वयं को निर्धन दास घोषित करते हो?"

युधिष्ठिर के सम्मुख चारों ओर अन्धकार-ही-अन्धकार था। दाँव लगाए बिना निस्तार नहीं था।...हाँ। यदि किसी दाँव में शकुनि संयोगवश हार गया और पासे युधिष्ठिर के हाथों में आ गये, तो बहुत सम्भव है कि वे उन पासों का छल-कपट कुछ समझ सकें...या फिर पितृव्य धृतराष्ट्र के मन में धर्म जागे अथवा उन्हें अपने भ्रातुष्पुत्रों पर दया आ जाए...तभी यह द्यूत रुक सकता था...अन्यथा उन्होंने बस दाव ही बदला था।...

"स्वर्ण निकषों से भरी सहस्र पेटियों का अक्षय धन मैं। दाँव पर लगाता हूँ...और तुम दुर्योधन?"

"तुम एक भी दाँव जीत जाओ सम्राट युधिष्ठिर तो तुम्हारा हारा हुआ, पिछला सारा धन मैं तुम्हें लौटा दूँगा। तुम्हारी एक जीत, तुम्हारे हारे हुए दसों दाँवों की क्षतिपूर्ति कर देगी।" दुर्योधन बोला, "किन्तु पहले धर्मपूर्वक यह घोषणा करो कि यह धन तुम्हारा है। तुम किसी और का धन तो दाँव पर नहीं लगा रहे?"

"मैं धर्मपूर्वक घोषणा करता हूँ कि यह धन मेरा है।" युधिष्ठिर ने कहा, "मैं इसे दाँव पर लगाता हूँ।"

"भीम! अर्जुन! नकुल और सहदेव। सुन लो। सम्राट युधिष्ठिर का कहना है कि यह धन उनका है।" दुर्योधन बोला, "बाद में मत कहना कि वह धन युधिष्ठिर का नहीं तुम्हारा था। यदि तुम अभी कह दो कि वह धन युधिष्ठिर का नहीं, तुम्हारा है। तुम युधिष्ठिर के स्वामित्व का तिरस्कार कर दो, तो यह द्यूत यहीं समाप्त समझो। दूसरों का धन दाँव पर लगा कर सम्राट यह द्यूत नहीं खेल सकते।"

भीम अब तक कुछ सशंक हो चुका था। वे सब लोग जानते थे कि युधिष्ठिर को द्यूत का बस सैद्धान्तिक ज्ञान ही था। उसका अभ्यास उन्हें नहीं था। शकुनि के सम्मुख तो वे तनिक भी टिक नहीं सकते थे। और अपनी इच्छा से द्यूत छोड़ कर वे उठ नहीं सकते थे। यदि वे दाँव लगाते चले गये तो सम्भवतः सारा धन हार जायेंगे...किन्तु दुर्योधन तो उनकी धन-सम्पत्ति के

हरण से भी बड़ी चाल चल रहा था। वह पाण्डवों से कहलाना चाहता था कि युधिष्ठिर उनके स्वामी नहीं थे...वे पाण्डवों और उनके धन के स्वामी नहीं थे।...वे अधर्मपूर्वक अपने भाइयों के धन का हरण कर उसे द्यूत में हार रहे थे।...दुर्योधन पाण्डवों की एकता को समाप्त कर, उनको परस्पर एक दूसरे के विरुद्ध लड़वाना नहीं चाहता था, वह उनका भ्रातृ-धर्म ही खण्डित कर देना चाहता था। वह पाण्डवों का धर्म छीनना चाहता था...

"क्यों भीम?" दुर्योधन ने पुनः ललकारा।

भीम को मौन रहने के लिये अपना पर्याप्त दमन करना पड़ा। वह दुर्योधन की चाल में नहीं फँसेगा। धर्मतः धर्मराज उसके स्वामी थे। यह द्यूत आज सबके धर्म का निर्णय कर देगा।...

"चलो मातुल।" दुर्योधन ने कहा।

शकुनि ने पासे फेंके, "यह लो। यह दाँव भी मैंने जीता।"

सभा में तीव्र कोलाहल मच गया। दुर्योधन के अपने भाई और मित्र ही उसका जयघोष करने के लिये कम नहीं थे, और यहाँ तो पाण्डवों के अमित्र तथा शत्रु भी अनेक थे।

"इस बार कौन जीता?" धृतराष्ट्र ने तीव्र उत्कंठा से पूछा।

"हम जीते हैं महाराज।" दुःशासन ने बताया।

धृतराष्ट्र के चेहरे पर उल्लास का सागर उमड़ पड़ा। उसने मुख से कुछ नहीं कहा, किन्तु वह अपनी प्रसन्नता तनिक भी छिपा नहीं पा रहा था।

युधिष्ठिर के मन में धृतराष्ट्र के लक्ष्य के प्रति कोई संशय नहीं रह गया था।

"अब?" युधिष्ठिर का एक मन कह रहा था, 'इस व्यक्ति को तुम अपने पिता के समान मानते हो? तुम उसकी आज्ञा का पालन, अपना धर्म मान कर करते हो?'

युधिष्ठिर ने अपने मस्तक को झटका...किसी व्यक्ति का व्यवहार देख कर उसके विषय में इस प्रकार विचार नहीं किया जा सकता। भीष्म पितामह को उनकी माता गंगा ने जल में डुबो कर उन्हें जीवन-मुक्त करना चाहा था, तो क्या पितामह ने उन्हें माता मानना अस्वीकार किया अथवा उनकी आज्ञाओं का पालन नहीं किया? उनके पिता की कामासक्ति के कारण राज्य छिना, वे स्त्री-सुख से वंचित हुए, तो क्या उन्होंने पिता के विरुद्ध विद्रोह कर दिया अथवा अपने सम्बन्ध विच्छिन्न कर लिये?...युधिष्ठिर को अपने धर्म का पालन करना था, दूसरों के आचरण की समीक्षा नहीं करनी थी...

"बोलो युधिष्ठिर।" शकुनि उसे चुनौती भरी दृष्टि से देख रहा था।

"मैं अपना जैत्र नाम पुण्यमय राजरथ दाँव पर लगता हूँ, जिसमें इन्द्रप्रस्थ से यहाँ आए थे। यह मेरा धन है, जिसे दाँव पर लगाकर, मैं द्यूत खेल रहा हूँ।"

शकुनि ने पासे फेंके और अपनी निश्चित जीत की घोषणा की, "लो! यह दाँव भी मैंने जीत लिया।"

युधिष्ठिर की दृष्टि उठी। उन्होंने पितामह को देखा : भीष्म की ग्रीवा झुकी हुई थी, नयन प्रायः मुँदे हुए थे और वे किसी चिन्ता में लीन दिखायी पड़ रहे थे। निश्चित रूप से वे प्रसन्न नहीं थे, किन्तु इस गतिविधि में हस्तक्षेप करने की कोई इच्छा उन्होंने प्रकट नहीं की थी।...

'क्या पितामह उनका धर्म-बन्धन समझते हैं?...युधिष्ठिर में मन में एक प्रश्न उठा, 'अथवा वे युधिष्ठिर को द्यूतक—जुआरी—समझ कर ही लज्जित हुए बैठे हैं? क्या वे समझते हैं कि युधिष्ठिर व्यसनी है, और व्यसन के कारण जुए से उठ नहीं पा रहा है? नहीं।...ऐसा नहीं हो सकता, अन्यथा वे उसके प्रति अपना रोष अवश्य प्रकट करते।'...

युधिष्ठिर ने विदुर की ओर देखा : वे धृतराष्ट्र के कान के निकट झुके हुए कुछ कह रहे थे। उनके चेहरे पर अनुनय-विनय के भाव थे। और धृतराष्ट्र जैसे उनकी ओर ध्यान ही नहीं दे रहा था। धृतराष्ट्र का खिला हुआ चेहरा द्यूत-स्थल की ओर उठा हुआ था। ज्योतिहीन आँखों में जितना उल्लास प्रकट हो सकता था, वह हो रहा था।...

युधिष्ठिर को कोई मुक्ति-द्वार दिखायी नहीं दे रहा था।

"मैं मांगलिक आभूषण धारण करने वाली अपनी एक लाख दासियों को दाँव पर लगातार हूँ। यह मेरा धन है, जिसे दाँव पर लगा कर मैं तुम्हारे साथ खेलता हूँ।"

युधाष्ठिर का स्वर बहुत मन्द था। वे आँखें खोल कर पासों की ओर देख भी नहीं रहे थे। उन्हें न शकुनि के हारने की आशा थी, न अपने जीतने की। वे जानते थे कि उनकी जीत मात्र इस तथ्य पर निर्भर थी कि वे अपने धर्म की रक्षा कर सकते हैं, या नहीं। कहीं ऐसा न हो कि उनकी कोई मानवीय दुर्बलता सिर उठा ले, वे स्वयं को रोक न पाएँ और वे पितृव्य की आज्ञा अथवा द्यूत की मर्यादा का उल्लंघन कर उठ खड़े हों, दुर्योधन उद्दण्डता पर उतरे, यहाँ शान्ति भंग हो जाए।

"तुम इन दासियों के स्वामी हो युधिष्ठिर? वे तुम्हारा धन हैं?" शकुनी ने जैसे पुष्टि चाही, "तुम इन्हें दाँव पर रख कर द्यूत खेल सकते हो?"

"कौन अपने दास-दासियों का स्वामी नहीं होता?" युधिष्ठिर ने उससे

पूछा, "तुम अपने दास-दासियों के स्वामी नहीं हो, अथवा महाराज धृतराष्ट्र को अपने दास-दासियों पर अधिकार नहीं है?"

"वह ठीक है।" शकुनि धूर्ततापूर्वक मुस्कराया, "मैंने दाँव चलने से पूर्व पुष्टि करना उचित समझा। हमारे गंधार में दास-दासियाँ अपने स्वामी का धन होते हैं। किन्तु वहाँ तो परिवार का मुखिया अपने परिवारजनों का भी स्वामी होता है।..."

"यहाँ भी ऐसा ही होता है मातुल।" दुर्योधन ने कहा, "इसमें वहाँ और यहाँ का कोई अन्तर नहीं है। पत्नी अपने पति की, सन्तानें अपने पिता की, छोटे भाई-बहन अपने बड़े भाई की सम्पत्ति ही तो हैं। क्या हम लोग पिता महाराज धृतराष्ट्र की सम्पत्ति नहीं हैं?" उसने सहमति पाने के लिये युधिष्ठिर की ओर देखा।

"अवश्य।" युधिष्ठिर ने कहा, "वे हमारे पिता हैं।"

"मातुल! तुम इस प्रकार छोटी-छोटी बातों के लिये धर्मराज पर संदेह मत किया करो। संदेह का तुम्हें दुष्ट रोग है। धर्मराज सदा सत्य बोलते हैं। जो उनका धन नहीं है, वे उसे कभी दाँव पर नहीं लगाएँगे : और जो उनका धन है, उसे बचाने का प्रयत्न भी नहीं करेंगे।" इस बार दुर्योधन ने पुष्टि के लिये युधिष्ठिर की ओर नहीं देखा, "तुम चलो मातुल। पासे फेंको।"

शकुनि ने पासे फेंके और चिल्लाया, "यह दाँव भी मैंने जीता।"

सभा में कोलाहल मच गया। दुर्योधन के मित्र अत्यन्त प्रसन्न थे..सुनीथ ने चिल्ला कर कहा, "युवराज, सारी दासियाँ अपने पास ही मत रख लेना। कुछ बाँटना भी। मुझे तो बस वे चार दासियाँ दे देना, जिन्होंने राजसूय के अवसर पर इन्द्रप्रस्थ में मेरी सेवा की थी..." और वह बहुत अभद्र ढंग से हँसा।

भीष्म के मुँह का स्वाद कड़वा हो गया....ये हैं आज के राजा। छँटे हुए शोहदे, न किसी का मान न मर्यादा। कामुकता को भी ऐसे गौरवान्वित करते हैं, जैसे जीवन का परम पुरुषार्थ हो...भोग का अतिरेक इन्हें ले डूबेगा....

"मैं अपने एक लाख कार्य कुशल तथा अनुकूल दासों को दाँव पर लगाता हूँ। यह मेरा धन है और मैं इसे दाँव पर लगा कर तुम्हारे साथ खेलता हूँ।"

युधिष्ठिर को लगा, उसके मन में एक उतावली-सी मच गयी है।...यह सारा धन-सम्पत्ति, अधिकार, सत्ता, भोग के साधन—ये सब ही तो झगड़े के कारण हैं। इन्हीं के कारण युधिष्ठिर को हस्तिनापुर में इन विकृत-बुद्धि, धर्मशून्य राजाओं के समाज में आना पड़ा। उसके पास यह सारी सम्पत्ति न होती तो उन्हें कोई आमन्त्रित नहीं करता, कोई उनका यहाँ आने के लिये आह्वान नहीं करता। यह सम्पत्ति ही वह मल है, जिसके दोष के कारण उन्हें

इस मलिन सभा में आना पड़ा। अब वे सारे मल को यहाँ त्याग कर ही बाहर निकल सकते हैं।...तो फिर वे किसका मोह करें।...अच्छा हो कि वे यहाँ से शीघ्रातिशीघ्र निकलें और धर्म परिवेश में साँस लें। इस सारे छल-छन्द में उनका दम घुट रहा था।....

शकुनि ने पासे फेंके और बोला, "वह देखो। यह दाँव भी मैंने जीता।"

"मैं अपने एक सहस्त्र युद्धक गज दाँव पर लगाता हूँ।" युधिष्ठिर ने कहा।

"सम्राट।" शकुनि की मुद्रा पर्याप्त अभद्र हो चुकी थी, यह न भूलो कि युवराज दुर्योधन ने तुम्हारे एक जीते हुए दाँव पर पिछला सारा धन लौटा देने का वचन दिया है।...तो दाँव पिछले हारे हुए धन का पासंग तो हो...। एक सहस्त्र युद्धक गजों के बदले तुम्हारा अमूल्य हार, स्वर्ण निष्कों से भरी हुई एक सहस्र पेटियाँ, एक लाख दासियाँ, एक लाख दास—यह दाँव छोटा है।"

"ये युद्ध गज हैं, और वे स्वर्ण से आच्छादित रहते हैं। कम मूल्य नहीं है उनका।" युधिष्ठिर बोले।

"चलो मान लेते हैं।" शकुनि ने कहा, "किन्तु यह तो कहो कि यह धन मेरा है।"

"यह धन मेरा है, और उसे लगा कर मैं तुम से खेल रहा हूँ।" युधिष्ठिर ने कहा।

अर्जुन चिन्तित दृष्टि से कभी अपने निकट बैठे भीम, नकुल और सहदेव की ओर देख लेता था, और कभी दृष्टि युधिष्ठिर पर जा कर ठहर जाती थी। वह युधिष्ठिर की स्थिति समझ रहा था। उनकी स्थिति, अपने मुख में अपना आखेट दबाए, जाल में फँसे उस सिंह की थी, तो यह समझ गया था कि अपना आखेट छोड़े बिना तो उसकी मुक्ति हो ही नहीं सकती, आखेट छोड़ कर भी उसका सुरक्षित मुक्त होना निश्चित नहीं था...यदि पाण्डवों को अपने भाई को इस स्थिति से मुक्त कराना था और अपने हाथों निर्मित अपने राज्य तथा स्वार्जित धन को बचाना था, तो उनके सामने एक ही मार्ग था कि पाण्डव यह घोषणा कर दें कि वे युधिष्ठिर को न अपना राजा मानते हैं, न अपना स्वामी। न वह राज्य युधिष्ठिर का है, न वह धन।...किन्तु जिस धर्म की रक्षा के लिये धर्मराज जूझ रहे हैं, उस धर्म को उनके छोटे भाई इतनी सुविधा से त्याग देंगे? राज्य क्या धर्म से भी बड़ा है?...यदि धन-सम्पत्ति, राज्य और भोग, धर्म से भी अधिक आकांक्ष्य होते, तो अर्जुन मात्र एक संयोग के कारण, जब धर्मराज पांचाली के साथ शस्त्रागार में अकेले थे, बारह वर्षों के लिये द्रौपदी, अपने भाइयों, माता तथा इन्द्रप्रस्थ को छोड़ वनों में क्यों भटकता

रहता? इसलिये तो, क्योंकि धर्म ही जीवन का सर्वस्व है। प्राण रहते, किसी भी लोभ अथवा त्रास के कारण धर्म का त्याग नहीं किया जा सकता। धर्मराज चौपड़ पर बैठे अपने धर्म की रक्षा कर रहे हैं, तो उनके भाइयों को अपने स्थान पर बैठे हुए उनके समर्थन में धर्म की रक्षा करनी होगी। अपने थोड़े-से लाभ के लोभ में वे धर्म का त्याग नहीं कर सकते...

अर्जुन की दृष्टि आचार्य द्रोण पर आ टिकी। वह कृपाचार्य के पास बैठे थे। वह धृतराष्ट्र के समान प्रसन्न नहीं दिखायी देते थे। किन्तु विदुर काका के समान पीड़ित भी नहीं लग रहे थे।...पीड़ित वह नहीं थे, किन्तु क्या वह अशान्त भी नहीं थे? कदाचित अशान्त तो थे। सम्भवतः वह स्वेच्छा से यहाँ नहीं बैठ थे। यद्यपि यह राजसभा नहीं थी, तो भी राजोत्सव तो था ही, इसलिये राजसभा के प्रमुख सदस्य यहाँ उपस्थित थे। हो सकता है कि आचार्य यहाँ अश्वत्थामा की इच्छा से बैठे हों। अश्वत्थामा, दुर्योधन, कर्ण के समान ही प्रसन्न लग रहा था।...यह कर्ण। पता नहीं यह किस जन्म का वैर ले कर उत्पन्न हुआ है। इसे पाण्डवों की प्रत्येक विपत्ति से असीम प्रसन्नता होती है। पाण्डवों के विनाश से कदाचित सब से अधिक प्रसन्नता इसी को होगी...

दुर्योधन और उसके साथी हर्षोन्माद में पुनः चिल्लाए...और अर्जुन समझ गया कि धर्मराज एक और दाँव हार गये हैं। उसकी दृष्टि युधिष्ठिर की ओर न जा कर भीम की ओर चली गयी। भीम अत्यन्त क्षुब्ध प्रतीत हो रहा था। उसे निष्क्रिय और मौन बैठने के लिये काफ़ी आत्मदमन करना पड़ रहा था। ...अर्जुन समझ नहीं पाया कि भीम का यह क्षोभ धर्मराज के प्रति था, अथवा दुर्योधन एवं शकुनि के प्रति...

भीम ने उसे अपनी ओर देखते पाया तो बहुत धीरे से बोला, "इन्हें क्षत्रियों के व्यसन बहुत प्रिय हैं तो शत्रुओं के समान युद्ध-क्षेत्र में क्यों नहीं उतरते, मित्रों के समान द्यूत का निमन्त्रण क्यों भेजते हैं?"...और फिर जैसे वह अपने-आप से ही बोला "कोई बात नहीं है। आज इन्होंने द्यूत-निमन्त्रण भेजा है, कल हम इन्हें रण-निमन्त्रण भेजेंगे। देखता हूँ, क्षत्रियों के व्यसनों का कितना निर्वाह कर पाते हैं, ये लोग।"

"अब क्या लगाते हो युधिष्ठिर।" शकुनि की वाणी, युधिष्ठिर के हृदय को चीरती चली गयी।

युधिष्ठिर ने जाने क्यों इधर-उधर देखा। किन्तु फिर उसका मन अपने में ही लौट आया, 'लगता है कहीं से कोई सहायता नहीं आयेगी। निर्णय तो स्वयं युधिष्ठिर को ही करना है।...और वह अपना निर्णय कर चुके हैं : वे धर्म का त्याग नहीं कर सकते!'...किन्तु यह सारा धन उनका ही नहीं, उनके

भाइयों का भी है। उनका अपना धन होता तो वह एक बार में ही दुर्योधन की हथली पर रख कर कहते, 'भाई दुर्योधन। यदि तुम्हारी सारी व्याकुलता इस धन के ही कारण है, तो लो यह सारा धन तुम ले लो और अपनी आत्मा के क्लेश को शान्त कर लो। यदि यह धन ले कर तुम हम से—अपने भाइयों से वैर-विरोध छोड़ सकते हो, तो इसे ले लो।'... किन्तु वे ऐसा कर नहीं सकते। इन्द्रपस्थ का राज्य पाण्डवों का है, युधिष्ठिर का नहीं।...किन्तु अधर्म का सहारा लिये बिना, वह उसे बचा भी तो नहीं सकते...और अपना धर्म वह छोड़ नहीं सकते...

"क्यों? क्या सब कुछ समाप्त हो गया?" शकुनि हँसा, "मैंने तो सुना था कि इन्द्रप्रस्थ बहुत धनी राज्य है।""स्वर्ण दण्डों तथा सधे हुए घोड़ों से युक्त एक सहस्त्र युद्धक रथ मैं दाँव पर लगाता हूँ। यह धन मेरा है, और मैं इसे दाँव पर लगा कर तुम से खेलता हूँ।"

"स्वीकार।" शकुनि बोला। उसने पासे फेंके और पुनः चिल्लाया, "लो यह धन भी मैंने जीता।"

"तीतर के समान, गन्धर्व देश के मेरे घोड़े, वे सुवर्ण के हारों से विभूषित हैं। मेरा धन है। मैं इस धन को दाँव पर लगा कर तुम से खेलता हूँ।"

"तुम बहुत छोट-छोटे दाँव लगा रहे हो युधिष्ठिर। इससे तो तुम्हारा हारा हुआ पिछला सारा धन नहीं लौट सकता।" शकुनि बोला।

युधिष्ठिर ने उसकी ओर देखा मात्र, कुछ कहा नहीं।

शकुनि ने पासे फेंके और बोला, "लो यह दाँव भी मैंने जीता।"

"लोहे और ताँबें की, शुद्ध तपे हुए सुवर्ण से भरी हुई निधियाँ। यह मेरा धन है। इस दाँव पर लगा कर मैं तुम्हारे साथ खेलता हूँ।" युधिष्ठिर ने अत्यन्त मन्द स्वर में कहा।

शकुनी ने अपने दाँतों और मसूड़ों का फूहड़ प्रदर्शन करते हुए पासे फेंके और बोला, "लो! यह दाँव भी मैंने जीत लिया।"

विदुर का स्वर अपेक्षा से कुछ ऊँचा हो गया, ताकि सभा में उपस्थित सब लोग सुन सकें, "महाराज! मरणासन्न रोगी को जिस प्रकार औषधी अच्छी नहीं लगती, उसी प्रकार आपको मेरा शास्त्रसम्मत परामर्श अच्छा नहीं लगता। फिर भी मैं ढीठ हो कर आपसे कह रहा हूँ। कृपया मेरी बात पर ध्यान दीजिए।"

"क्या है विदुर।" धृतराष्ट्र ने अप्रसन्नता से कहा, "तुम क्रीड़ा के समय भी शान्त नहीं रह सकते। सब के मनोरंजन में बाधा पहुँचा रहे हो।"

"अपने भ्रातुष्पुत्रों का सर्वस्व-हरण करवा कर आपका मनोरंजन हो रहा है?" विदुर को लगा, उनकी वाणी घृणा से फट जायेगी।

"विदुर! क्षत्रियों का मनोरंजन तो ऐसे ही होता है, युद्ध में वे शत्रु के प्राण लेते हैं, मृगया में आहत पशु की पीड़ा अथवा उसकी मृत्यु उन्हें आनन्दित करती है, और द्यूत में वे विपक्षी का सर्वस्व हरण कर सुख पाते हैं।" दुर्योधन ने कहा।

"तुम भूल रहे हो दुर्योधन।" विदुर ने उत्तर दिया, "सच्चे क्षत्रियों का आनन्द दस्युओं के प्राण हरण करने, दुष्टों का दलन करने, पापियों का विनाश करने में है। उनकी सभाओं में विद्धानों से जीवन के तत्व सम्बन्धी वार्ताओं को सुना जाता है? अपने भाइयों को बुला कर उनका आखेट नहीं खेला जाता। वहाँ सच्चरित तथा शुद्ध आचरण वाले विद्वान तपस्वियों की आवश्यकताएँ पूरी की जाती हैं, व्यसनियों का जमघट नहीं लगाया जाता।" विदुर पुनः धृतराष्ट्र से सम्बोधित हो गये, "शुक्राचार्य का कथन स्मरण रखिए महाराज। मधु बेचने वाला किसी ऊँचे वृक्ष पर मधु का छत्ता देख लेता है, तो उसे मधु पी कर मत्त होने की सम्भावना ही दिखायी देती है। मधुमत्त हो कर, वृक्ष से नीचे गिर कर होने वाली अपनी मृत्यु कभी दिखायी नहीं पड़ती। वैसे ही द्यूत के मद में आपका यह पुत्र दुर्योधन अपने ऊपर आने वाले संकट को भुला बैठा है। धूर्ततापूर्वक महारथी पाण्डवों को उनके धर्म-बन्धन में बाँध कर उनका सर्वस्व-हरण कर, उन्हें जो यह अपना शत्रु बना रहा है—उसका परिणाम यह नहीं जानता। ऐसी घूत सभाओं में जो व्यसन तृप्त होता है, वह रण-क्षेत्र में अपने वक्ष का रक्त पिला कर अपने शत्रुओं के व्यसन को तृप्त करने का दायित्व भी निभाता है।" विदुर का स्वर कुछ ऊँचा हुआ, "जिस दुर्योधन को आप अपना प्रिय पुत्र समझ रहे हैं महाराज! यह आपके वंश का काल है। इसे उसी प्रकार त्याग दीजिए, जिस प्रकार वृष्णियों, अंधकों, और भोजों ने कंस को त्यागा था, अन्यथा अपना सारा वंश ही समाप्त समझिए।"

सारी सभा की आँखें धृतराष्ट्र की ओर मुड़ गयीं, किन्तु धृतराष्ट्र के चेहरे पर न कोई भाव आया और न उसके मुख से एक भी शब्द फूटा। उसने तो जैसे दाँव पर लगने वाले धन के विषय मे अधिक सूचना पाने की उतावली में विदुर का एक भी वाक्य नहीं सुना था...

"आप यह देख कर बहुत प्रसन्न हो रहे हैं महाराज! कि दुर्योधन इस द्यूत में जीत रहा है, किन्तु आज का आपका असाधारण सुख बहुत शीघ्र ही क्षत्रियों के दूसरे व्यसन—युद्ध में परिणत होगा। आज इस द्यूत में जिस प्रकार युधिष्ठिर अपना बड़े से बड़ा धन नहीं बचा पा रहा, बहुत शीघ्र भविष्य में होने वाले उस युद्ध में आप उसी प्रकार अपने प्रिय-से-प्रिय व्यक्ति को भी बचा नहीं पायेंगे।"

"तुम ऐसा क्यों कहते हो विदुर।" अन्ततः धृतराष्ट्र ने खीझ कर कहा,

"क्या क्षत्रियों में कहीं द्यूत नहीं खेला जाता?"

"जहाँ कहीं भी खेला जाता है, वहीं कलह जन्म लेती है।" विदुर ने कहा, "एक भी उदाहरण ऐसा नहीं है, जहाँ सर्वस्व-हरण पर्यन्त द्यूत खेला गया हो, और उसके पश्चात भी वहाँ सुख-शान्ति रही हो। इसीलिये कह रहा हूँ महाराज! कि इस द्यूत को रोक दीजिए।

"आपकी आज्ञा से यह द्यूत आरम्भ हुआ है, और आपके आदेश से ही रुकेगा। यदि युधिष्ठिर की इच्छा से यह रुक सकता तो मैं कब से उनकी बाँह पकड़ कर, इस सभा में से उन्हें उठा ले गया होता।"

"मेरी इच्छा का इसमें क्या सम्बन्ध है?" धृतराष्ट्र ने धीरे से कहा, "यह तो द्यूत की मर्यादा है।"

"द्यूत की मर्यादा के नाम पर जो छल-छन्द हो रहा है, वह किसी से छिपा नहीं है।" विदुर ने कहा, "आप लोगों की गुप्त मन्त्रणाओं से उत्पन्न यह द्यूत उस मर्यादा का अधिकारी नहीं है। यदि आपको धन ही की तृष्णा थी तो इस द्यूत की आवश्कता नहीं थी। आप युधिष्ठिर को जानते नहीं क्या? आपने उनसे एक बार कहा होता, तो वह अपना सारा धन ला कर आपके चरणों पर डाल देते। मैं अब भी आपसे कहता हूँ महाराज। कुन्ती के ये पुत्र स्वयं ही धनस्वरूप हैं, आप इनको अपनाइए। इन्हें नष्ट करने का प्रयत्न मत कीजिए। ...और," विदुर ने शकुनि की ओर अपने दाहिने हाथ की तर्जनी उठाई "...और यह पर्वतीय नरेश द्यूत की सारी कपट विद्या को जानता है। यदि दुर्योधन को नहीं त्याग सकते, तो इसे तो त्याग ही दीजिए। इसे कहिए कि यह जहाँ से आया है, वहीं लौट जाये।"

धृतराष्ट्र के कुछ कहने से पहले ही दुर्योधन आवेश में उठ खड़ा हुआ, "विदुर! हम तुम्हारी कटुता की जितनी उपेक्षा करते हैं, तुम उतने ही कठोर होते जाते हो। तुम खाते हमारा हो और हितैषी हमारे शत्रुओं के बनते हो। हमने यदि द्यूत में अपने शत्रुओं का सर्वस्वर-हरण कर भी लिया तो क्या अनुचित किया, वे भी तो अन्य राजाओं के धन का हरण करके ही सम्राट बने थे। तुम्हें मेरी उन्नति अच्छी नहीं लगती तो मैं क्या कर सकता हूँ।" दुर्योधन की मुद्रा कठोर हुई, "जो शत्रु का पक्षपाती हो, जो हम से द्वेष रखता हो और हमारा अहित करने वाला हो, ऐसे मनुष्य को घर में नहीं रहने देना चाहिए। अतः तुम्हारी जहाँ इच्छा हो, चले जाओ। कुलटा स्त्री को मधुर वचनों से कितनी ही सांत्वना क्यों न दी जाये, कितना ही प्रेम क्यों न जताया जाये, वह पति को छोड़ ही जाती है।"

"युवराज।" विदुर तनिक भी हतप्रभ नहीं हुए थे, "इस संसार में सदा प्रिय

बोलने वाले महापापी अनेक मिल जाते हैं किन्तु हितकर होते हुए भी अप्रिय वचन कहने और सुनने वाले व्यक्ति दुर्लभ होते है।" विदुर क्षण-भर रुके, "दुर्योधन! तुम मन्द बुद्धि हो, अतः तुम्हें तुम्हारा हित-अहित नहीं समझाया जा सकता, किन्तु मैं अपने इष्ट-अनिष्ट का विचार न कर अपने स्वामी के हित की बात कह रहा हूँ। महाराज धृतराष्ट्र तथा इस कुरु वंश का हित इसमें नहीं है कि मैं हस्तिनापुर छोड़ कर कहीं चला जाऊँ, सब का हित इसमें है कि तुमको और शकुनि को यदि दण्डित न किया जा सके, तो त्याग अवश्य दिया जाये।"

विदुर, दुर्योधन और धृतराष्ट्र के वार्तालाप से सर्वथा अप्रभावित शकुनि अपनी कुटिल मुस्कान अधरों पर लाया, "युधिष्ठिर। तुम पाण्डवों का सारा धन हार चुके हो। कोई गुप्त धन शेष हो तो उसे भी दाँव पर लगाओ, ताकि तुम्हारा हारा हुआ पिछला धन लौट कर तुम्हारे पास आ सके।"

"मैं अपना शेष धन दाँव पर लगा कर तुम्हारे साथ खेलता हूँ।" युधिष्ठिर का स्वर पर्याप्त मन्द हो चुका था।

शकुनि ने पासे फेंके और हँसा, "युवराज दुर्योधन! महाराज को बता दो, यह धन भी मैंने जीत लिया।"

युधिष्ठिर का मन अब यह बन्धन तुड़ा कर भागने को हो रहा था। वे जानते थे कि वह शकुनि से एक दाँव भी जीत नहीं पायेंगे। पासे एक बार भी उनके हाथ में नहीं आयेंगे...और बिना कुछ हारे, वह यहाँ से उठ भी नहीं सकेंगे। ऐसा केवल धृतराष्ट्र की आज्ञा से हो सकता है। और धृतराष्ट्र की उन्हें सर्वस्व-हरण के बिना जाने देने की कोई इच्छा दिखायी नहीं देती।...

"अब?" शकुनि उनकी ओर देख रहा था।

"सिन्धु नदी के पूर्वी तट से ले कर पर्णाशा नदी के किनारे तक जो भी बैल, घोड़े, गाय, भेंड़, बकरी इत्यादि पशु-धन है—वह मेरा धन है। मैं उसे दाँव पर लगा कर तुम्हारे साथ खेलता हूँ।" युधिष्ठिर बोले।

शकुनि ने पासे उछाल दिये, "लो। यह धन भी मैंने ही जीता।"

"सिवाय उन ग्रामों के जो ब्राह्मणों को जीविका-स्वरूप दिये गये, शेष ग्राम, नगर और जनपद मेरा धन है तथा ब्राह्मणों को छोड़ शेष प्रजा मेरा धन है। मैं उन सबको दाँव पर लगा कर तुमसे खेलता हूँ।" इस बार युधिष्ठिर ने शकुनि के उकसाए बिना ही कहा।

शकुनि की बाछें खिल गयीं। उसने निर्लज्जता से हँसते हुए दुर्योधन की ओर देखा।

'देखा।' उसकी आँखें कह रही थीं, 'मैं न कहता था कि मैं बिना युद्ध के

ही युधिष्ठिर का धन और राज्य तुम्हारे चरणों पर डाल दूँगा।'

शकुनि ने पासे फेंके और इस बार वह मुख से कुछ नहीं बोला। उसने केवल दुर्योधन की ओर देखा भर। दुर्योधन की आँखें पासों पर जा टिकीं, यह दाँव भी शकुनि जीत गया था।

"देखा पिता जी।" दुर्योधन ने असाधारण उल्लास के साथ कहा, "इसलिये मैं कहता था कि खेलें मातुल ही, किन्तु जो धन हारें, वह मेरा हारें, जो धन जीतें, वह मेरे लिये जीतें।...नहीं तो पाण्डवों का यह सारा राज्य मातुल का हो जाता...। हस्तिनापुर का विस्तार नहीं होता, गान्धार का साम्राज्य यहाँ तक विस्तृत हो जाता। मैंने युधिष्ठिर का राज्य कुरु-कुल से बाहर जाने से बचा लिया है।"

धृतराष्ट्र ने कुछ नहीं कहा, किन्तु यह किसी से छिपा नहीं था, कि वह अत्यन्त प्रसन्न था। दुर्योधन ने अब तक अनुशासन के जो कृत्रिम बन्धन बाँध रखे थे, वे शिथिल हो गये थे। उसने कर्ण और अश्वत्थामा की ओर देखा। उन्होंने अत्यन्त प्रसन्नतापूर्वक, अपने हाथ वायु में लहराए।...

"बोलो सम्राट। अब दाँव पर क्या लगाते हो?" शकुनि के चेहरे पर उसकी सारी धूर्त्तता प्रकट हो गयी थी।

"अब यह सम्राट नहीं है।" दुर्योधन बोला, "अब तो यह राजा भी नहीं है। न इसके पास राज्य है, न सेना, न धन। अब वह सब कुछ मेरा है।"

"क्यों युधिष्ठिर?" शकुनि ने उसकी ओर देखा।

युधिष्ठिर ने कुछ नहीं कहा, केवल सिर झुका लिया।

"यदि पाण्डवों के पास न राज्य है, न सेना, न धन...तो वे राजाओं के समान आभूषण इत्यादि धारण करके क्यों बैठे हैं।" शकुनि की दृष्टि सिर झुकाए, चुपचाप बैठे पाण्डवों के शरीर पर सुशोभित आभूषणों पर टिकी हुई थी।

युधिष्ठिर ने एक बार फिर धृतराष्ट्र की ओर देखा : शायद पितृव्य को अपने धर्म और मर्यादा का ध्यान आ जाये। शायद वे द्यूत की समाप्ति की घोषणा कर दें। कदाचित वे कह दें कि पाण्डवों का सर्वस्व-हरण तो हो चुका। अब उनके पास शेष ही क्या है कि वे द्यूत खेलें...

किन्तु धृतराष्ट्र के चेहरे पर एक ही भाव था : चरम सुख का भाव।... शायद उसके ध्यान में ही नहीं था कि पाण्डव अब पूर्णतः दीन-हीन हो चुके हैं। उनके साथ क्रूर होना अच्छा नहीं है, या अब उन पर दया की जानी चाहिए।...

युधिष्ठिर की निराश दृष्टि पितामह, आचार्य अथवा मन्त्री विदुर की

ओर उठ ही नहीं पायी। वे बोले, "मेरे ये भाई पाण्डुपुत्र, जिन स्वर्णाभूषणों से सुशोभित हो रहे हैं, वे राजकीय आभूषण मेरा धन है। मैं उन्हें दाँव पर लगा कर तुम्हारे साथ खेलता हूँ।"

शकुनि ने पासे फेंके नहीं। युधिष्ठिर की ओर उसने तीखी दृष्टि से देखा, "अपनी दासियों को तो तुमने आभूषणों सहित दाँव पर लगाया था। अब भाइयों की बारी आयी तो केवल आभूषण?"

"वे दासियाँ थीं, ये मेरे भाई हैं।" युधिष्ठिर ने कहा।

"स्वामी की दृष्टि में अपने धन के प्रति इतना पक्षपात धर्म-संगत नहीं है।" शकुनि बोला, "तुम्हारे लिये वह भी धन है और ये भी धन हैं। वैसे भी पहले से कम धन को दाँव पर लगाओगे, तो पिछला सारा धन, एक ही दाँव में कैसे लौटेगा?"

और शकुनि ने पास फेंके, "लो। यह धन भी अब तुम्हारा नहीं रहा।"

चारों पाण्डवों ने अपने आभूषण उतार कर भूमि पर रख दिये। सभा में दुर्योधन के मित्रों का हर्षोन्माद तथा चीत्कार इतना प्रबल था कि उसमें विदुर का स्वर सुनायी भी नहीं पड़ रहा था। फिर भी विदुर ने चिल्ला कर धृतराष्ट्र से कहा, "महाराज! अब भी चेत जाइए। रोकिए इस द्यूत को। अभी दुर्योधन ने पाण्डवों के आभूषण जीते हैं, अगले दाँव में यह पाण्डवों को जीतेगा। इस शत्रुता को और मत बढ़ाइए, नहीं तो द्यूत की विजय का प्रायश्चित दुर्योधन को युद्ध-क्षेत्र में अपने रक्त से करना पड़ेगा।"

धृतराष्ट का हाथ कुछ इस भाव से उठा, जैसे वह विदुर को अपने हाथ से एक ओर धकेल देगा।

"अब कौन जीता है दुःशासन?" उसने पूछा।

"महाराज हम जीते हैं।" दुःशासन ने उत्तर दिया, "पाण्डवों के शरीर के सारे आभूषण उतर गये हैं।"

धृतराष्ट्र के चेहरे पर पूर्ण तृप्ति के लक्षण प्रकट हुए।

भीष्म अब तक पर्याप्त चिन्तित हो चुके थे।...वह आरम्भ से ही सभा में आने के इच्छुक नहीं थे, किन्तु यह कौरवों का पारिवारिक उत्सव था। 'तोरण स्फटिक सभा' का 'प्रवेश-समारोह' था। वह इस पारिवारिक हर्षोल्लास से तटस्थ कैसे रह सकते थे। युधिष्ठिर को द्यूत आरम्भ करने के लिये चौपड़ पर बैठाने में उन्हें ऐसी कोई आपत्ति नहीं थी। पाण्डवों की सभा में सब से सम्मानित अतिथि–कृष्ण की अग्रपूजा हुई थी, क्योंकि वह एक धार्मिक समारोह था। कौरवों की इस सभा में युधिष्ठिर को सबसे पहले द्यूत खेला कर वही सम्मान दिया गया था। उसमें कुछ भी अनुचित नहीं था...किन्तु यह

सम्मान तभी रह सकता था, यदि-दो-चार दाँवों के पश्चात धृतराष्ट्र द्यूत रोक कर युधिष्ठिर को खेल छोड़ कर खड़े होने की अनुमति दे देता...किन्तु उसने उसे बाँध कर बैठा ही लिया...

भीष्म, राजा को किसी प्रकार का आदेश नहीं दे सकते थे। मन्त्रणा दी जा सकती थी...किन्तु विदुर की मन्त्रणा का परिणाम उन्होंने देख लिया था।...विदुर तो फिर महामन्त्री था, उसका धर्म था राजा की इच्छा के विरुद्ध भी मन्त्रणा देना...जब उसकी बात धृतराष्ट्र नहीं सुन रहा था, तो उनकी ही क्यों सुनता। घर होता, परिवार होता तो भीष्म कुलवृद्ध के अधिकार का कुछ थोड़ा-बहुत प्रयोग कर सकते थे, किन्तु राजा की सभा...। भीष्म ने वर्षों पहले प्रतिज्ञा कर राज्याधिकार छोड़ा था, तो आज वह इस अधिकार की कामना कैसे कर सकते थे?...वे देख-देख कर पीड़ित थे कि धृतराष्ट्र अपने अधिकार का दुरुपयोग कर रहा था। उस अधिकार के मूल में न न्याय था, न समदृष्टि। उस अधिकार के मूल में था एक षड्यन्त्र।...किन्तु युधिष्ठिर किस प्रकार अपने धर्म पर टिका था, कि देख कर मन प्रसन्न हो जाता था।...वह देख रहा था कि उसका पितृव्य उसे दोनों हाथों से लूट रहा था, किन्तु वह उसकी आज्ञा का उल्लंधन नहीं कर रहा था। वह देख रहा था कि यह सारा छल था, किन्तु वह द्यूत की मर्यादा का उल्लंघन नहीं कर रहा था। वह समझ रहा था कि दुर्योधन और शकुनि उसके शत्रु थे और द्यूत के माध्यम से वे उसका रक्त-पान कर रहे थे...किन्तु वह अनृशंसता का पालन कर रहा था...

एक बार भीष्म को लगा कि वह युधिष्ठिर पर मुग्ध हुए जा रहे हैं...वह सचमुच धर्मराज था। उसके मन में न लोभ था, न मोह, न भय, न आशंका, न घृणा, न द्रोह...और कितनी ईश्वर-निर्भरता थी। तभी तो शान्ति से बैठा, एक के पश्चात एक दाँव लगात हुआ, भविष्य की कठिनाइयों की ओर से पूर्णतः आशंका विहीन, अपना सारा धन लुटाता जा रहा था...

और अगले ही क्षण उन्हें लगा कि रजोगुण जाग रहा है और उनके मन में युधिष्ठिर के विरुद्ध आक्रोश-ही-आक्रोश संचित हो रहा है...वह विरोध क्यों नहीं करता? जानते-बूझते, मूर्खों के समान क्यों अपना धन लुटाता जा रहा है?...उसके स्थान पर वह होते तो भी खड्ग निकाल कर इस शकुनि के मुण्ड को उसके रुण्ड से पृथक कर देते।...तभी एक बड़ा-सा प्रश्न-चिह्न उनके सम्मुख आ कर खड़ा हो गया...क्या सचमुच वे ऐसा करते? जब सत्यवती का पिता दासराज उनका सर्वस्व-हरण कर रहा था, उनसे जीवन का सारा सुख-वैभव त्यागने का वचन माँग रहा था, तो क्या उन्होंने खड्ग निकाल कर उसके मुण्ड को रुण्ड से पृथक कर दिया था?...नहीं। धर्म की रक्षा के लिये, परिवार में

शान्ति बनाये रखने के लिये, त्याग का सुख बहुत महान है। संसार का सारा वैभव हस्तगत करके भी दुर्योधन कभी उस सुख का छण मात्र भी प्राप्त नहीं कर पायेगा, जो युधिष्ठिर इस त्याग के माध्यम से प्राप्त कर रहा...

"बोलो युधिष्ठिर। अब?" शकुनि अत्यन्त अपमानजनक ढंग से उनकी ओर देख रहा था, "अब यह मत कहना कि तुम्हारे पास कोई धन शेष नहीं है।"

"कहाँ है धन?" युधिष्ठिर ने कहा, "मैं 'शेष धन' का दाँव लगा तो चुका।"

"नहीं।" शकुनि कुटिलता से मुस्कराया, "तुमने ही स्वीकार किया था कि पुत्र पिता का और छोटे भाई, बड़े भाई का धन होता है। क्या तुम अपने छोटे भाइयों के स्वामी नहीं हो?"

"धन तो वे होते हैं, किन्तु कोई उन्हें द्यूत के दाँव पर तो नहीं लगाता।" युधिष्ठिर ने कहा, "वे जीव हैं, प्राणी हैं, मनुष्य हैं।"

"दास-दासियाँ भी तो जीव, प्राणी तथा मनुष्य हैं। उन्हें दाँव पर लगाने में तो तुम्हें संकोच नहीं हुआ।" शकुनि ने कुछ प्रखर होकर कहा।

युधिष्ठिर शकुनि का तर्क समझ रहा था। उसकी दिशा भी पहचान रहा था। उसकी भयंकरता भी उसकी समझ में आ रही थी।

"दास-दासियों का क्रय-विक्रय होता है, उन्हें भेंट में भी दिया जाता है, उन्हें द्यूत में दाँव पर भी लगाया जाता है।" युधिष्ठिर बोले, "किन्तु धन होते हुए भी अपनी सन्तान तथा छोटे भाइयों को न कोई भेंट में किसी को देता है, न उनके स्वामित्व का परिवर्तन होता है।"

"धन में इस प्रकार के भेद-भाव का कोई नियम द्यूत में नहीं है।" शकुनि बोला, "जो धन है, वह धन है—बस।"

"शकुनि।" युधिष्ठिर का स्वर कुछ आग्रहपूर्ण हुआ, "अनेक प्रदेशों में शुल्क ले कर पुत्री अथवा बहन का योग्य पात्र को कन्या-दान किया जाता है, किन्तु कोई पुत्री और बहन को द्यूत में दाँव पर नहीं लगाता। शुल्क दे कर प्राप्त की गयी पत्नी को अपना धन मानते हुए भी, कोई पति न उसे किसी को भेंट में देता है, न बेचता है, न द्यूत में हारता है।..."

"मैं तुम से शास्त्रार्थ करने नहीं आया, न मैं विभिन्न प्रदेशों की मान्यताओं का अध्ययन करने का इच्छुक हूँ।" शकुनि बोला, "मैं तो केवल यह जानता हूँ कि थोड़ी ही देर पहले तुमने स्वीकार किया था कि छोटे भाई, बड़े भाई का धन होते हैं। अब या तो तुम यह स्वीकार करो कि तुमने असत्य-भाषण किया था, या अपने भाइयों को दाँव पर लगाओ।"

"मैं श्यामवर्ण, तरुण, लाल नेत्रों और सिंह के समान कंधों वाले महाबाहु नकुल को ही इस समय दाँव पर रखता हूँ। इन्हीं को मेरे दाँव का धन समझो।" युधिष्ठिर ने अत्यन्त चिन्तनशील स्वर में कहा, जैसे उनकी जिह्वा कुछ और कह रही हो और मन कहीं अन्यत्र काम कर रहा हो।

"महाराज।" विदुर के मुख से चीत्कार फूटा।

"क्या हुआ विदुर?"

"महाराज! युधिष्ठिर ने नकुल को दाँव पर लगा दिया है।" विदुर ने कहा, "अब क्या एक भाई, दूसरे भाई का दास होगा? आप इस द्यूत को किस सीमा तक ले जाना चाहते हैं?"

"युधिष्ठिर का धन है नकुल, तो वह उसे इच्छानुसार दाँव पर लगा सकता है।" धृतराष्ट्र ने कुछ कठोर स्वर में कहा।

"इसलिये तो कह रहा हूँ कि द्यूत रोक दीजिए।" विदुर का स्वर भी अब चेतावनीपूर्ण हो गया था, "आप अग्नि से खिलवाड़ कर रहे हैं महाराज।"

शकुनि के चेहरे पर एक पैशाचिक मुस्कान आयी। उसने पासे फेंके और कहा, "लो युधिष्ठिर। तुम्हारा नकुल हमारा दास हुआ।" शकुनि ने फेंके हुए पासे समेट लिये, "अब।"

"सहदेव विद्वान है। मुझे प्रिय है। यद्यपि यह दाँव लागने योग्य नहीं है, किन्तु अप्रिय कृत्य की भाँति मैं उसे दाँव पर लगा रहा हूँ। उसे ही मेरा धन मानो।"

शकुनि ने पासे फेंक दिये, "लो तुम्हारा प्रिय सहदेव हमारे अधीन हुआ। विमाता के दोनों पुत्र तो दाँव पर लगा दिये। भीम और अर्जुन को दाँव पर लगाना तुम्हें और भी अप्रिय लगेगा तुम्हारे सहोदर हैं न।"

"शकुनि।" युधिष्ठिर के स्वर में तेज झलका, "हमने न कभी माताओं में भेद किया है, न भाइयों में। मैंने तो कभी दुर्योधन और भीम में भी भेद करना नहीं चाहा, किन्तु यह तुम्हारी ही दुर्बुद्धि है, जो हम भाइयों में भी भेद उत्पन्न करना चाहती है।"

"दाँव लगाओ। दाँव।" शकुनि ने वितृष्णा से युधिष्ठिर की ओर देखा।

"युद्ध रूपी सम्रुद्र में हमारे त्राण के लिये जो नौका के समान है, जिसने शत्रुओं पर सदा ही विजय पायी है, वह अर्जुन दाँव पर लगाने यौग्य नहीं है, किन्तु धर्म से बँधा मैं उसे भी दाँव पर लगाता हूँ। उसे ही मेरा धन समझो।"

कर्ण की आँखों में चपला कौंधी और उसने उचक कर दुर्योधन की ओर देखा। दुर्योधन ने उसे जैसे आँखों-ही-आँखों में बधाई दी, और शकुनि को पासे

फेंकने के लिये संकेत किया।

शकुनि ने पासे फेंके। उसकी अपनी आँखें ही जैसे प्रसन्नता से फट गयीं, "हमने धनंजय को भी जीत लिया।"

कर्ण के मुख पर उल्लासपूर्ण सीत्कार फूटा। अश्वत्थामा ने हर्ष में अपनी भुजा को ठोका। द्रोण पहली बार कुछ विचलित दिखायी दिये और विदुर ने अपना माथा पीट लिया।

"क्या अर्जुन भी हमारा धन हो गया?" धृतराष्ट्र ने व्यग्रता से पूछा।

भीष्म की आँखों में जैसे दो शूल चमके, "क्या अर्जुन पहले आपका ही धन नहीं था महाराज? पुत्र से बड़ा धन भी कोई होता है क्या?"

धृतराष्ट्र ने भीष्म की ओर ध्यान नहीं दिया। वह दुःशासन की ओर मुड़ा, "क्या अर्जुन हमारा दास हो गया?"

"हाँ महाराज। अर्जुन अब हमारा दास है।"

धृतराष्ट्र के रोम-रोम से जैसे आनन्द के स्रोत फूट पड़े।

"पाण्डुनन्दन। अब तुम्हारे पास भीम ही शेष है।" शकुनि के चेहरे पर असाधारण क्रूरता थी।

युधिष्ठिर की आँखों में बाण-बिद्ध मृग-शावक की पीड़ा उभरी, "युद्ध में हमारे सेनापति, जिनका हृदय विशाल और कंधे सिंह के समान चौड़े हैं, बल में जिनकी समानता करने वाला कोई पुरुष नहीं है, जो गदाधारियों में अगण्य तथा शत्रुओं के काल हैं। उन्हीं युवराज भीमसेन को मैं दाँव पर लगा कर तुम्हारे साथ खेलता हूँ।"

शकुनि ने एक वक्र दृष्टि भीम पर डाली। उसका विचार था कि भीम स्वयं को दाँव पर लगाए जाने का विरोध करेगा।...किन्तु वह तो सिर झुकाए इस प्रकार चुपचाप निष्क्रिय बैठा था, जैसे उसने सुना ही न हो कि युधिष्ठिर ने दाँव पर किसे लगाया है।...किन्तु उसका चेहरा बता रहा था कि उसका मन शान्त नहीं था। वह अपने अमर्ष को दबा कर, उस पर इस प्रकार चढ़ा बैठा था, जैसे मल्लयुद्ध में अपने विपक्षी को दबा कर, कोई मल्ल उस पर चढ़ बैठता है।

शकुनि ने पासे फेंके, "लो यह दाँव भी मैंने जीता।"

दुर्योधन हर्ष के उन्माद में उठ कर खड़ा हो गया। उसकी मुट्ठियाँ भिंच गयीं और भुजाएँ आकाश की ओर उठ गयीं। भिंचे दांतों में से जैसे अपना सुख सँभाल न पाने के कारण प्रबल निनाद किया।...उसकी दृष्टि आ कर भीम पर टिक गयी।

"भीम। मेरा दास।" उसने जैसे अपने-आप से कहा।

भीम ने दृष्टि उठा कर भी नहीं देखा। वह दाँत भींचे, बैठा धरती को देखता रहा।

शकुनि की तृष्णा घी डाली गयी अग्नि के समान धधक रही थी, "युधिष्ठिर! अब बिना हारा हुआ कौन-सा धन शेष है तुम्हारे...।"

युधिष्ठिर को जैसे बहुत जल्दी थी। उन्होंने शकुनि का वाक्य भी पूरा नहीं होने दिया। बोले, "मैं अपने भाइयों में सबसे बड़ा हूँ। मैं स्वयं अपने-आप को दाँव पर लगाता हूँ। हार गया तो क्रीत दास के समान तुम्हारी सेवा करूँगा।"

युधिष्ठिर का वाक्य पूरा हुआ ही था कि शकुनि ने स्फूर्ति-पूर्वक पासे फेंके, जैसे उसे भय हो कि युधिष्ठिर कहीं अपना दाँव बदल न दे।

"लो। यह दाँव भी मैं ही जीता।" शकुनि ने ठहाका लगाया, किन्तु उसकी हँसी जैसे कण्ठ में ही फँस गयी, "धर्मराज! यह तो अधर्म हुआ।"

सारी सभा ने चकित हो कर शकुनि की ओर देखा : पापी शकुनि और धर्म-चर्चा।

"क्या हुआ सुबल पुत्र?" युधिष्ठिर पूर्णतः शान्त नहीं थे, उनके चेहरे पर उपलब्धि का हल्का-सा हास भी था, जैसे वह दाँव शकुनि ने नहीं, उन्होंने स्वयं जीता हो।

"राजन! बिना हारा हुआ धन शेष रहते हुए, स्वयं को अपने-आप को हार जाना महान पाप है।" शकुनि बोला।

"कौन-सा धन?"

"आपकी प्रियतमा। पांचाल राजकुमारी द्रुपदपुत्री कृष्णा..."

भीम ने तमक कर शकुनि की ओर देखा, किन्तु शकुनि ने उसकी ओर तनिक भी ध्यान नहीं दिया, "इस अधर्ममय कर्म का प्रतिकार होना चाहिए धर्मराज। यद्यपि तुम अपने-आप को हार चुके हो, और स्वतन्त्र नागरिक नहीं हो। फिर भी मैं तुम्हें एक दाँव खेलने का अवसर दे रहा हूँ। तुम द्रौपदी को दाँव पर लगा कर खेलो। यदि तुम जीत गये तो न केवल तुम स्वतन्त्र हो जाओगे, तुम्हारा हारा हुआ सारा धन तुम्हें लौटा दिया जायेगा।" शकुनि रुका, "और यदि तुमने चतुराई से जानबूझ कर द्रौपदी रूपी धन को बचा लिया है और उसे बचाए रखना चाहते हो, तो मैं तुम्हें बता दूँ कि दास का धन भी उसके स्वामी का ही होता है। इसलिये तुम पंचाल राजकुमारी को दाँव पर नहीं भी लगाओगे, तो भी तुम्हारा धन होने के कारण, वह तुम्हारे स्वामी दुर्योधन का ही धन होगी।...।"

"महाराज। महाराज।" विदुर ने धृतराष्ट्र से कहा, "रोकिए। इन्हें रोकिए। यह अनर्थ मत होने दीजिए महाराज!"

धृतराष्ट्र ने कोई उत्तर नहीं दिया तो विदुर ने भीष्म की ओर देखा, "पितृव्य।"

भीष्म की समझ में नहीं आ रहा था कि वे क्या कहें। उन्हें दोनों ओर ही धर्म-संकट दिखायी दे रहा था। शकुनि ने युधिष्ठिर को सब ओर से फाँस रखा था, धन शेष रहते, युधिष्ठिर द्यूत से उठ नहीं सकता था। द्रौपदी, उसकी पत्नी थी, अतः उसका धन थी। किन्तु लोग पत्नियों को दाँव पर नहीं लगाया करते थे। शकुनि पांचाली को दाँव पर लगाए जाने का आग्रह कर रहा था। उसका बचना तभी सम्भव था जब या तो धृतराष्ट्र ही द्यूत रोक दे, या शकुनि मान ले कि युधिष्ठिर का धन समाप्त हो गया है।...अच्छा होता कि युधिष्ठिर ने ही आरम्भ से अपने भाइयों तथा दास-दासियों को द्यूत से बाहर रखने का आग्रह किया होता...अब यदि वह द्रौपदी को दाँव पर नहीं भी लगाता तो शकुनि दूसरी चाल चलेगा—दास का धन, उसके स्वामी का धन है। युधिष्ठिर द्रौपदी को किसी भी प्रकार बचा नहीं सकता...यह पापी शकुनि। और उसका भांजा दुर्योधन...

युधिष्ठिर क्षण-भर मौन रहे, और फिर जैसे मन-ही-मन किसी निश्चय पर पहुँच कर बोले, "मैं द्रौपदी को दाँव पर लगता हूँ। तुम उसे ही मेरा धन समझो।"

"धिक्कार! धिक्कार!!" सभा के विभिन्न कोनों में से अनेक स्वर उठे।

भीष्म को लगा, उनका सारा शरीर जैसे स्वेद से नहा गया था। द्रोण और कृपाचार्य भी सिहर उठे। विदुर ने दोनों हाथों से अपना मस्तक थाम लिया, और अपने आसन पर गिर-से गये।

शकुनि ने पासे उठाए।

सभा स्तब्ध थी। जाने अगले क्षण क्या होने वाला था।

शकुनि ने एक शब्द भी नहीं कहा और पासे फेंके।

"लो दुर्योधन ने द्रौपदी को भी जीत लिया।" शकुनि ने घोषणा की।

दुर्योधन के मन की प्रसन्नता, उसके कण्ठ से फूटी और सारे शरीर में फैल गयी।

प्रसन्नता की हँसी समाप्त होते-होते दुर्योधन के चेहरे पर कठोरता प्रकट होने लगी। उसकी आँखों में जैसे कोई पिशाच अट्टहास कर उठा था। उसने एक बार दृष्टि उठा कर भीष्म की ओर देखा : पितामह अत्यन्त खिन्न मुद्रा में बैठे थे। निश्चित रूप से पाण्डवों के इस प्रकार पराजित और अपमानित होने से वे प्रसन्न नहीं हो सकते थे।...दुर्योधन प्रसन्न था कि पितामह राजा नहीं थे, वे राज-सेवक मात्र थे। वे राजा धृतराष्ट्र को आज्ञा नहीं दे सकते थे।

कुल-वृद्ध होने के नाते, सभा में अधिक-से-अधिक अपना मत रखने को स्वतन्त्र थे, किन्तु वे धर्म का विरोध नहीं कर सकत थे। शकुनि ने उनके सामने, भरी सभा में द्यूत के नियमों के अनुसार द्रौपदी को जीता था, और युधिष्ठिर ने अपनी इच्छा से उसे सार्वजनिक रूप से दाँव पर लगाया था।...क्या कर सकते हैं भीष्म।...

...दुर्योधन ने द्रोण की ओर देखा, एक समय था कि अर्जुन उनको बहुत प्रिय था, उनका सर्वाधिक प्रिय शिष्य। पर क्या संयोग था कि अपने गुरु को प्रसन्न करने के लिये, जिस अर्जुन ने द्रुपद को अपने शस्त्रबल से पराजित कर, द्रोण के चरणों में डाल दिया था, द्रुपद की पुत्री से विवाह कर, वही अर्जुन अपने गुरु के लिये पराया हो गया।...दुर्योधन ने भी तब हृदय से पांचाली की कामना की थी, किन्तु पांचाली उसे नहीं मिली। अच्छा हुआ कि नहीं मिली ...नहीं तो गुरु द्रोण को खो चुका होता।...आज उसके पास पांचाली भी थी और आचार्य द्रोण भी...और जिस ढंग से उसने पांचाली को प्राप्त किया था, उससे आचार्य द्रोण, दुर्योधन से रुष्ट भी नहीं हो सकते। वह अर्जुन के समान आचार्य के लिये पराया नहीं हो सकता।...अर्जुन ने पांचाली को प्राप्त कर द्रुपद का सम्मान बढ़ाया था, किन्तु दुर्योधन ने उसे प्राप्त कर द्रुपद, धृष्टद्युम्न, द्रौपदी तथा पाण्डवों—सबका ही अपमान किया है। आचार्य को न द्रौपदी से सहानुभूति है, न अर्जुन से...अर्जुन की हानि आज द्रुपद की हानि है, द्रोण की नहीं। अर्जुन और द्रौपदी का पक्ष आज द्रुपद का पक्ष है। द्रोण उसका समर्थन कभी नहीं करेंगे। वह अर्जुन की प्रसन्नता के लिये दुर्योधन का विरोध करने की न इच्छा कर सकते हैं, न साहस।...

दुर्योधन की दृष्टि कुछ और आगे बढ़ी...अपने पिता की ओर : राजा धृतराष्ट्र। कितना भी दायित्व-बोध हो राजा धृतराष्ट्र में, अपने भाई के पुत्र, उन्हें कितने भी प्यारे क्यों न हों, किन्तु धृतराष्ट्र मूलतः पिता हैं राजा नहीं। ...और दुर्योधन जानता है कि पिता के रूप में धृतराष्ट्र कितने दुर्बल हो जाते हैं। त्रैलोक्य सुन्दरी याज्ञसेनी द्रौपदी को स्वयंवर में उनका पुत्र बहुत इच्छा होने पर भी प्राप्त नहीं कर पाया था, तो पुत्र की वंचना से दुखी नहीं हुए थे क्या धृतराष्ट्र?...आज द्रौपदी दासी के रूप में प्राप्त की थी दुर्योधन ने।...जो न तो ह्स्वा है, न असाधारण रूप से लम्बी, जो न अधिक कृष्णवर्णा है, न अधिक रक्तवर्णा, जिसके नयन शरद ऋतु के प्रफुल्लित कमलदल के समान सुन्दर और विशाल हैं, जिसके शरीर से शरदीय कमल के समान सुगन्ध निकलती रहती है, जिसके स्वेद-बिन्दुओं से विभूषित मुख कमल के समान सुन्दर और मल्लिका के समान सुगन्धित है, जिसके केश नीले, लम्बे घुँघराले हैं, मुख और औष्ठ

अरुण वर्ण के हैं, जिसके अंगों पर रोम नहीं हैं, जिसके नख उभरे हुए तथा लाल हैं, जिसकी भौंहें बड़ी सुन्दर हैं, उरोज स्थूल और मनोहर हैं...आज वही द्रौपदी दुर्योधन ने प्राप्त की थी। पुत्र की इस अभूतपूर्व उपलब्धि पर प्रसन्न नहीं होंगे क्या धृतराष्ट्र?...किन्तु उनकी आँखें ज्योति-विहीन हैं। उन्होंने द्रौपदी का सौन्दर्य देखा ही नहीं है...तो क्या?...यदि वे प्रसन्न न भी हों...दुर्योधन एक बार दुखी हो कर, आत्मघात की धमकी देगा, तो धृतराष्ट्र का सारा धर्मबोध और दायित्वबोध नवनीत हो जायेगा...और वह नवनीत, दुर्योधन के प्रेम, दुख, विरोध—किसी भी ताप को सहन नहीं कर सकेगा।

दुर्योधन की दृष्टि पाण्डवों पर पड़ी : हारे हुए, पराजित, दीन-हीन निष्प्रभ बैठे थे पाँचों भाई। कुछ निजी-शस्त्र उनके पास अवश्य थे, किन्तु उन शस्त्रों का प्रयोग करने का मनोबल नहीं था उनके पास। उनकी सेनाएँ और सेनापति बहुत दूर थे। आस-पास कोई सहायक और मित्र नहीं था।...और यह मूर्ख युधिष्ठिर धर्मराज बनने के चक्कर में ऐसा सोच भी नहीं सकता। वह तो यही मानेगा कि यदि पाण्डवों ने स्वयं को दुर्योधन का दास मानना अस्वीकार किया, तो यह अधर्म होगा...यह धर्मराज इतना तो जानता ही नहीं, कि यह प्रवंचक धर्म उसका कितना बड़ा शत्रु था...

आज के समारोह के लिये निमन्त्रण भेजते हुए, दुर्योधन बहुत सावधान रहा था। अपने एक-एक समर्थक को, उसने इतने आग्रह से बुलाया था कि उनके पास अपना कोई कितना भी आवश्यक कार्य रहा हो, उन्हें आना ही पड़ा था...और पाण्डवों का एक भी मित्र और समर्थक नहीं बुलाया गया था। यदि कहीं द्वारका के यादव सभा में उपस्थित होते तो, पाण्डवों की यह स्थिति कदापि नहीं होती।...चारों ओर दुर्योधन के मित्र और सम्बन्धी थे। उनके पास शस्त्र थे। हस्तिनापुर में उनकी सेनाएँ सन्नद्ध खड़ी थीं। पाण्डवों की ओर से किसी प्रकार का प्रतिरोध होते ही, वे गाजर-मूली के समान काट दिये जायेंगे, जैसे इन्द्रप्रस्थ में पाण्डवों की सभा में कृष्ण ने शिशुपाल को काट दिया था। ...दुर्योधन का मन जैसे किसी अलौकिक उल्लास से भर उठा...कितना शुभ दिन होगा वह।...कितना अच्छा हो कि आज ही प्रतिरोध करते हुए पाण्डव, दुर्योधन के मित्रों के हाथों मारे जायें...यह काँटा सदा के लिये दूर हो जायेगा, और उनकी हत्या के लिये कोई दुर्योधन को तनिक-सा दोष भी नहीं देगा...जैसे शिशुपाल के वध के लिये कोई कृष्ण को दोषी नहीं ठहराता...

हाँ। एक विदुर है...तथाकथित आदर्शवादी, बुद्धिवादी, धर्मानुकूल परामर्श देने वाला मन्त्री। यह व्यक्ति कभी राजभक्त नहीं हो सका...न्याय-अन्याय और धर्म-अधर्म का विचार करने वाला बुद्धिजीवी राजभक्त हो भी नहीं सकता।

...पाण्डवों के प्रति अपने मोह को विदुर न छिपाता है, न छोड़ता है।...और दुर्योधन भी आज तक उसका कोई उपयुक्त उपचार नहीं कर सका है...

सहसा दुर्योधन की आँखें पैशाचिक उल्लास से चकम उठीं।

"विदुर।" उसने ऊँचे स्वर में कहा, "जाओ और पांचाली को सूचना दो कि पाण्डव उसे जुए में हार चुके हैं। अब वह हमारी दासी है। वह जहाँ भी हो, जिस अवस्था में भी हो, उसे तत्काल उपस्थित करो।"

विदुर के लिये दुर्योधन का व्यवहार सदा ही कष्टदायक रहा था।...सम्बन्ध की दृष्टि से वह उनका भ्रातुष्पुत्र था, किन्तु दुर्योधन के मुख से आज तक उनके लिये कभी 'पितृव्य' सम्बोधन नहीं निकला था। वह आज तक उन्हें उसी प्रकार आदेश देता आया था, जैसे स्वयं राजा धृतराष्ट्र दिया करता था। धृतराष्ट्र के आदेशों में फिर भी कहीं छोटे भाई के प्रति स्नेह की ध्वनि होती थी, दुर्योधन के व्यवहार में न सम्मान था, न स्नेह।...वह राजा नहीं था, सिंहासन पर तो धृतराष्ट्र ही बैठता था, किन्तु सब जानते थे कि हस्तिनापुर का वास्तविक शासक कौन था। यहाँ सारा कार्य-संचालन दुर्योधन की ही इच्छा से होता था।...किन्तु द्रौपदी को इस प्रकार दासी के रूप में जुआरियों की इस सभा में उपस्थित करने का आदेश...द्रौपदी इस कुल की पुत्र वधू है।...

विदुर ने धृतराष्ट्र की ओर देखा : राजा की ओर से दुर्योधन के आदेश का कोई विरोध नहीं था। स्पष्ट ही धृतराष्ट्र का मौन दुर्योधन के आदेश को, राजाज्ञा का महत्व प्रदान कर रहा था...और इस समय तो जैसे सारी सत्ता, पराक्रम, सारा राजतन्त्र दुर्योधन की मुट्ठी में था...

"विदुर।" दुर्योधन ने पहले से भी ऊँचे स्वर में कहा।

विदुर समझ रहे थे कि वह इस भरी सभा में अकेले हैं। दुर्योधन से कोई सहमत हो या न हो, पर न कोई उसका विरोध करेगा, न विदर का साथ देगा। जिन पाण्डवों का इतना अपमान हो रहा है, वे भी विदुर के स्वर के साथ अपना बल नहीं जोड़ेंगे। वे धर्म से बँधे बैठे हैं। विदुर को तो अपना ही भरोसा था।...पर दुर्योधन की बात का उत्तर देना व्यर्थ था। उन्होंने सीधे धृतराष्ट्र को ही सम्बोधित किया, "राजन। इससे पहले कि द्यूत-विजेता दुर्योधन की इच्छा पूरी करने के लिये कोई राजप्रासाद में जाये, इससे पहले कि पाण्डवों के प्रति कोई और गम्भीर अपराध हो, मैं धर्म सम्बन्धी एक प्रश्न राजाओं की इस सभा में रखना चाहता हूँ।"

धृतराष्ट्र जैसे झंझोड़ कर किसी स्वप्न से जगाया गया था। वह इस राजसभा में धर्म सम्बन्धी प्रश्न पूछे जाने की मनाही नहीं कर सकता था, यद्यपि विदर का यह प्रश्न उसे भी व्यर्थ का बखेड़ा ही लग रहा था। वह

जानता था, विदुर का प्रश्न कुछ भी हो, दुर्योधन को पसन्द नहीं आयेगा, और दुर्योधन की अप्रसन्नता की सम्भावना देखते ही, धृतराष्ट्र का मन कैसा खट्टा-सा हो जाता था।...

"क्या है विदुर?"

"मैं राजाओं और नीतिज्ञों की इस सभा से पूछना चाहता हूँ," विदुर के स्वर में पर्याप्त आवेश प्रकट हो रहा था, "कि जब धर्मराज युधिष्ठिर जुए में पहले स्वयं को हार चुके थे, तो उन्हें द्रौपदी को दाँव पर लगाने का क्या अधिकार था?"

दुर्योधन ने किसी को उत्तर देने नहीं दिया। वह आदेश देने की मुद्रा में उठ कर खड़ा हो गया। उसका हाथ, अपनी गदा से इस प्रकार खेल रहा था, जैसे वह उससे प्रहार करने की तैयारी कर रहा हो। वह धृतराष्ट्र से सम्बोधित हुआ, न विदुर से। ऊँचे स्वर में उसने अपने सारथि को मुकारा, "प्रतिकामी। पांचाली द्रौपदी के पास तुम जाओ, और उसे यहाँ उपस्थित करो। यह विदुर तो कायर है। खाता हमारा है और सेवा धर्म की करता है। राजसेवक भी है, और राजाज्ञा का पालन भी नहीं करना चाहता।"

विदुर ने धृतराष्ट्र की ओर देखा, शायद राजा, दुर्योधन की बात का प्रतिवाद करे, उसे विदुर का सम्मान करने के लिये कहे,...यह द्यूत-विजयी उन्मत्त दुर्योधन की इच्छा हो सकती है, राजाज्ञा नहीं।...शायद धृतराष्ट्र कहीं यह स्पष्ट करे कि द्यूत क्रीड़ा शकुनि और युधिष्ठिर में हो रही थी, शकुनि की विजय-पराजय के लिये दुर्योधन व्यक्तिगत रूप में उत्तरदायी और अधिकारी था। हस्तिनापुर का शासन और राजा, उसमें से किसी का पक्षधर नहीं था। द्यूत हस्तिनापुर का शासन नहीं खेल रहा था...जब कोई राजा या राजतन्त्र किसी क्रीड़ा-स्थल अथवा क्रीड़ा-भवन का निर्माण करवाता है, तो उसका लक्ष्य प्रजा का मनोरंजन होता है। राजा कोई पक्ष नहीं होता, किसी का पक्षधर नहीं होता, वह मात्र अधर्म और अन्याय का विरोध करने के लिये ही साक्षात अथवा प्रतीक के रूप में वर्तमान होता है...

किन्तु धृतराष्ट्र के चेहरे पर कहीं दुर्योधन की इच्छा का कोई विरोध नहीं था। वह तो शायद मान रहा था कि उसके मन की बात दुर्योधन के मुख से उच्चारित हो रही थी। ऐसे राजा से न्याय और धर्म की क्या अपेक्षा की जा सकती थी?...

भीष्म भी धृतराष्ट्र की ओर देख रहे थे : कुलवृद्ध हो कर भी न वे पौत्र के इस आदेश का प्रत्याख्यान कर रहे थे, न भ्रातुष्पुत्र को कोई शिक्षा दे रहे थे। वह राजसभा की मर्यादा की रक्षा कर रहे थे, या अपने मन के द्वन्द्वों और

असमंजस में उलझ कर रह गये थे?

प्रातिकामी सभा से बाहर चला गया। सबने उसे जाते देखा। वह न विदुर था, न मन्त्री, न राजा का रक्त-सम्बन्धी। वह दुर्योधन की आज्ञा का उल्लंघन कैसे कर सकता था। वह तो राज-कर्मचारी था। उसे तो राजाज्ञा का पालन करना ही था, और इस समय तो दुर्योधन की आज्ञा ही नहीं, उसकी इच्छा भी राजाज्ञा का बल रखती थी...

विदुर की दृष्टि पाण्डवों पर पड़ी : वे लोग अपने अन्तर्द्वन्द्व से छीज कर, सिर झुकाए दीन-हीन स्थिति में बैठे थे। उनकी चेतना मानो लुप्त हो गयी थी, मस्तिष्क जड़ हो गया था। वे जैसे न कुछ देख रहे थे, न सुन रहे थे। चारों ओर क्या-कुछ घट रहा था, उसका उन पर जैसे कोई प्रभाव ही नहीं पड़ रहा था। ये लोग पत्थर हो गये थे। यदि वे कहीं बैठे न होते तो यही मान लिया जाता कि वे अचेत हो गये हैं...

विदुर की दृष्टि अपने सामने आयी प्रत्येक आकृति को देखती और परखती रही।...किसी के चेहरे पर, दुर्योधन की विजय का मद था, किसी के चेहरे पर कुछ भीषण घटित होने की आशंका और त्रास...कुछ चेहरों पर विदुर को वितृष्णा भी दिखायी दी, किन्तु विरोध...विरोध की सम्भावना कहीं नहीं थी। भीष्म खिन्न लग रहे थे, कृपाचार्य प्रसन्न नहीं थे, दुर्योधन का अपना भाई विकर्ण कुछ रुष्ट लग रहा था...युयुत्सु अत्यन्त व्याकुल था...

विदुर चुप कैसे रहते। वे फिर बोले, "दुर्योधन ने यद्यपि मुझ पर कुछ आरोप लगाए हैं, फिर भी मैं उसकी आज्ञा को राजाज्ञा नहीं मानता। राजाज्ञा तो राजा के मुख से ही उच्चारित होनी चाहिए, और राजाज्ञा से पूर्व कुछ प्रश्नों पर विचार-विमर्श भी होना ही चाहिए।"

"क्या है विदुर?" धृतराष्ट्र ने पूछा अवश्य, किन्तु उस स्वर में बहुत अनिच्छा थी।

"मेरा निवेदन है राजन! कि पहले यह निर्णय किया जाये कि जब राष्ट्र का धन लगा कर, ऐसे द्यूत-भवनों का निर्माण किया जाता है, तो उनका उद्देश्य क्या होता है?" विदुर का स्वर कुछ इतना ऊँचा हो गया था कि लगा, जैसे वे राजसभा की मर्यादा भूल गये हैं, और बहुत सम्भव है कि अपने आवेश में वे कुछ ऐसा कह जायें, जो उनके अपने लिये बहुत हितकर न हो।

"ऐसे प्रश्नों का इस समय कौन-सा प्रसंग है, महानीतिज्ञ विदुर?" शकुनि का स्वर तो बहुत शान्त था, किन्तु प्रत्येक शब्द शूल के समान नुकीला, चुभने वाला और कष्टकारक था।

"आज ही तो उपयुक्त प्रसंग उत्पन्न हुआ है। सुबलपुत्र।" विदर वार्तालाप

के से सहज प्रवाह में कह गये, "जब राष्ट्र का धन लगाकर प्रजा की क्रीड़ा और मनोरंजन के नाम पर भवनों का निर्माण किया जाता है, तो वह इसलिये होता है कि प्रजा का मन क्रीड़ा की ओर उन्मुख हो। उनका शरीर स्वस्थ हो। उनमें प्राण की वृद्धि हो। वे मन और शरीर से स्वस्थ हो कर, राष्ट्र को शक्तिशाली बनायें। उनमें क्रीड़ा-भावना विकासमान हो। वे जीवन के निकृष्ट स्वार्थों में कम आसक्त हों। जय-पराजय की भावना से ऊपर उठ कर, वे स्वच्छ-निश्छल मन से जीवन के उच्च धरातलों का स्पर्श करें, किन्तु..."

"किन्तु क्या?" लगा, कर्ण जैसे किसी मूर्ख के प्रलाप का रस ले रहा है।

"किन्तु यह कि राधासुत! हस्तिनापुर में जब वैसे ही क्रीड़ा-भवन का निर्माण हुआ, तो उसमें पहला ही समारोह द्यूत-प्रेमियों का हुआ। धूर्त-जुआरियों को एकत्रित कर, राजपुत्र अपनी राजनीति का छल-प्रपंच फैला रहे हैं, और कौरव वंश की कुल-वधू का अपमान होने जा रहा है...।"

प्रातिकामी अकेला ही लौट आया। द्रौपदी उसके साथ नहीं आयी थी।

विदुर की बात अभी पूरी नहीं हुई भी, किन्तु सभा में उपस्थित प्रत्येक व्यक्ति का ध्यान प्रातिकामी की ओर चला गया था। स्वयं विदुर भी अपनी बात कहने से अधिक यह जानना चाहते थे कि द्रौपदी ने क्या कहा है?

"तू अकेला चला आया मूर्ख।" दुर्योधन अपने क्रोध में भयंकर हो उठा था, "राजाज्ञा की अवज्ञा का फल तू नहीं जानता? दुर्योधन को तूने कोई कोमल-हृदय, क्षमा-परायण तापस समझ रखा है?..." जाने क्यों उसकी दृष्टि बहक कर युधिष्ठिर पर जा ठहरी थी।

"युवराज।" प्रातिकामी काँप कर रह गया।

"बोलता क्यों नहीं मूर्ख।" इस बार दुःशासन डपट कर बोला, "पांचाली क्यों नहीं आयी?"

"राजकुमार।" प्रातिकामी बड़ी कठिनाई से बोला, "द्रुपदकुमारी ने कहा है कि मैं उनके पति धर्मराज युधिष्ठिर से पूछ कर आऊँ कि पहले वे स्वयं को द्यूत में हार दास हो जाने के कारण, दबाव में पांचाली को दाँव पर लगाने को बाध्य हुए, अथवा स्वयं स्वतन्त्र रहते हुए अपनी इच्छा से द्यूत के व्यसन में इन्होंने अपनी पत्नी को दाँव पर लगाया?"

"तू मेरे आदेश का पालन करने गया था मूर्ख अथवा उस दासी से आदेश प्राप्त करने।" दुर्योधन ने रोषपूर्वक अपनी गदा को भूमि पर खटखटाया, "जा कर कह दे, वह यहीं आ कर, सबके सामने इस धर्मराज का उत्तर सुने। और हाँ।" दुर्योधन अपनी वाणी को कुछ और सबल बना कर बोला, "उसे यह

भी कह दे कि दासियों को आज्ञा-पालन का ही अधिकार है, प्रश्नोत्तर का नहीं।"

पर प्रातिकामी वापस जाने के लिये तत्काल मुड़ा नहीं। वह जैसे इस उत्तर के साथ लौट जाने का बल एकत्रित कर रहा था। किन्तु दुर्योधन का धैर्य चुक गया था। उसने अपने अधैर्य में दुःशासन को पुकारा, "दुःशासन। मूर्ख प्रातिकामी नीच-जन्मा होने के कारण, हमारे दास इन पाण्डवों से डर रहा है। तुम स्वयं जाओ और उस पांचाली को ले आओ। यदि वह आनाकानी करे, अथवा वाद-विवाद का प्रयत्न करे, तो उसे बलात ले आओ। यह न हो कि धर्मपूर्वक जुए में जीती हुई, एक साधारण दासी से एक साधारण-सी आज्ञा का पालन करवाने के लिये, हस्तिनापुर के युवराज को स्वयं जाना पड़े।"

"मैं अभी उस नीच और उद्दण्ड दासी को ला कर आपके चरणों में डाल देता हूँ।" दुःशासन अपना उत्तरीय सँभालता हुआ, जिस ठसक से सभा से बाहर निकला, उससे उसका क्रूर मनोभाव अत्यन्त स्पष्ट था।

पाण्डव अब भी कुछ नहीं बोले थे। युधिष्ठिर अपेक्षाकृत कुछ शान्त दिख रहे थे। नकुल और सहदेव एकदम मलिन मुख, सिर झुकाए चुपचाप बैठे थे। एक भीम का आक्रोश जैसे उसके उग्र श्वसों के रूप में मुखर हो रहा था। वह कभी-कभी दृष्टि उठा कर युधिष्ठिर की ओर देख लेता था, और कभी उसकी आँखें क्षण-भर के लिये भीष्म पितामह पर जा टिकती थीं।

विदुर की समझ में नहीं आ रहा था कि वे क्या करें। एक से बढ़ कर एक धर्मज्ञ और नीतिज्ञ विद्वानों और राजनेताओं की सभा में इन धर्मप्राण सरल पाण्डवों पर कैसा अत्याचार हो रहा था, जो न कभी सुनने में आया था, न देखने में। और यह सब था इस शोहदे दुर्योधन के कारण। एक खुला मदमत्त साण्ड दुर्बल राजाओं की पंचायत में घुस आया था और किसी को साहस नहीं हो रहा था कि उसे नाथे। एक दुष्ट पापी और अत्याचारी गुण्डे के कारण सारी राजसभा निष्प्राण हो गयी थी। हस्तिनापुर का शासन निःसत्व हो गया था। सारे आर्यावर्त्त में किसी का सम्मान, सम्मान नहीं रह गया था...

"राजन।" विदुर से अब मौन नहीं रहा गया, "आप अपने विवेक से क्यों देख नहीं पा रहे कि आपका यह युवराज कैसे भयंकर विनाश का बीज बो रहा है। यह सम्पूर्ण कुरुवंश का नाश करके ही रहेगा। ऐसे राजपुत्र कंठ से लगा कर स्नेह देने योग्य नहीं होते। इसे विषैले नाग के समान दूर फेंक दीजिए। नहीं तो इसका उपद्रव कुरु-वंश में किसी को भी जीवित नहीं रहने देगा।..."

"विदुर।" दुर्योधन मुखर रूप से अशिष्ट स्वर में बोला, "कुरु कुल और आर्य राष्ट्र की चिन्ता करने वाले अकेले तुम ही नहीं हो इस धरती पर। उनकी

चिन्ता हम कर लेंगे। हम जानते हैं कि तुम्हें किस की चिन्ता है। तुम्हें चिन्ता कुरु-वंश की नहीं, तुम्हें चिन्ता है, हमारे इन दास पाण्डवों की। पर अच्छा है कि अब तुम अपनी चिन्ता करो।" दुर्योधन ने विदुर को रक्तवर्णी आँखों से देखा, "तुमने जो कुछ मेरे विषय में कहा है, उसके पश्चात भी तुम्हारा सिर तुम्हारे कंधों पर है, यह मेरी ही क्षमाशीलता का प्रमाण है..."

विदुर को कृष्ण का स्मरण हो आया। ऐसी ही राजसभा थी इन्द्रप्रस्थ में, जब शिशुपाल प्रलाप कर रहा था, और कृष्ण ने तर्जनी पर सुदर्शन चक्र धारण कर, छोड़ दिया था। दुर्योधन कह रहा था कि विदुर का सिर उनके कंधों पर था, और विदुर सोच रहे थे कि दुर्योधन का सिर उसके कंधों पर क्यों था? कृष्ण! कहाँ हो तुम?...

"मैंने बहुत सुन लिया और सह लिया।" दुर्योधन उसी आवेश में कह रहा था, तुम्हें मैं अधर्मी और पापी दिखता हूँ, और इस द्यूम-व्यसनी युधिष्ठिर को धर्मराज कहते हो। यह वह जुआरी है, जिसे द्यूत-मद में यह भी होश नहीं रहा कि वह किसे दाँव पर लगा रहा है, और किसे हार रहा है। नीच-से-नीच जुआरी भी अपनी पत्नी को दाँव पर नहीं लगाता, और यह धर्मराज यह कुकृत्य करके भी धर्मराज ही बना हुआ है। तुम्हारे मुख से इसकी भर्त्सना के तो दो शब्द भी नहीं निकले। तुम्हारा सारा धर्म-विचार मेरे लिये ही है। यदि तुम युधिष्ठिर जैसे अधम जुआरी को ही धर्म की साकार प्रतिमा मानते हो तो, निश्चय ही तुम्हारे विवेक में मेरी तनिक भी आस्था नहीं है। मैं पिता जी से निवेदन करूँगा कि वह इस पर विचार करें कि तुम्हारे जैसे अविवेकी को राजसभा में रखने का कोई प्रयोजन भी है क्या?...या फिर तुम स्वयं ही क्यों हमें छोड़ कर कहीं चले नहीं जाते...यहाँ तो आज मैं युवराज हूँ और कल राजा हो जाऊँगा।"

विदुर के शान्त चेहरे पर प्रकट हुए आवेश को देख कर लगता था कि अगले ही क्षण या तो वह सभा छोड़ कर चले जायेंगे, या कुरु-राज्य से अपने सम्बन्ध-विच्छेद की घोषणा कर देंगे...पर क्रमशः वह सायास अपना आवेश पी गये। अपनी चिर-परिचित शान्त मुद्रा में लौट कर सहज भाव से बोले, "तुम्हारी इस इच्छा को मैं बहुत दिनों से जानता और पहचानता हूँ दुर्योधन। जैसे तुमने पाण्डु-पुत्रों को हस्तिनापुर से निकाल कर पहले वारणावत के लाक्षागृह में जलने को भेजा और फिर खाण्डवप्रस्थ के वनों में पटक दिया, वैसे ही तुम मुझे भी हस्तिनापुर से निकाल कर, मुझ से मुक्ति पा लेना चाहते हो, किन्तु तुम्हारा ध्यान कदाचित इस ओर नहीं गया कि मैं इस राज्य का वेतन-भोगी मन्त्री नहीं हूँ, जिसे तुम्हारी इच्छा के अनुसार नियुक्ति या निष्कासन दिये

जा सकें। मैं अपने जन्म के अधिकार से इस राज्य में हूँ। जैसे भी हूँ, इस राज-परिवार का सदस्य हूँ। महाराज धृतराष्ट्र का भाई हूँ। रक्त-सम्बन्धों को राजा अथवा युवराज की इच्छा से समाप्त या परिवर्तित नहीं किया जा सकता। तुम्हारी इच्छाओं को शासन-नीति के रूप में हस्तिनापुर अपना ले, तो इसी क्षण पितामह भीष्म भी इस राज्य की सीमाओं से बाहर दिखायी पड़ेंगे।"

"विदुर।" कर्ण ने उन्हें टोका।

किन्तु विदुर का प्रवाह नहीं टूटा। उन्होंने अपना दाहिना हाथ उठा कर कर्ण को मौन रहने को संकेत करते हुए अपना कथन जारी रखा, "पर पितृव्य भीष्म का अधिकार तुम्हारी इच्छा पर आश्रित नहीं है।...हाँ। जब तुम राजा बन जाओ, और अपने वेतन भोगी मन्त्री नियुक्त करने लगो, तो उसमें यह प्रतिबन्ध लगा देना कि मन्त्री की योग्यता उसके राजा के विचारों से तादात्म्य के आधार पर मानी जायेगी। तुम्हें मन्त्रणा के लिये मन्त्रियों की नहीं, तुम्हारी अनैतिक इच्छाओं का समर्थन करने वाले चाटुकारों की आवश्यकता है।..."

सहसा विदुर का प्रवाह भंग हो गया। वह मौन नहीं, मूक ही हो गये।...ये ही क्या, सारी सभा अवाक हो गयी थी...

भीष्म के मन में मानों एक ज्वार उठा : खड्ग खींच लें और एक सिरे से इनके सिर धड़ से पृथक करते चले जायें।...किन्तु न तो उनके पैरों ने साथ दिया, न हाथों ने। भीष्म का आवेश अब उनके मन तक ही सीमित हो कर रह गया था। वह केवल सोच सकते थे, उसे कार्य-रूप में परिणत करने का उन्हें अभ्यास नहीं रह गया था। स्वयं को संयत और नियन्त्रित करने के अनवरत अभ्यास के कारण, तुरन्त निर्णय ले कर तत्काल उसे कार्य रूप में परिणत करने की क्षमता ही जैसे उन से छिन गयी थी। भीष्म, मन-ही-मन अनेक क्रांतिकारी और अपारम्परिक निर्णय करते थे, किन्तु उनका शरीर अपने अभ्यास के दास के रूप में वही सब कुछ करता चला जाता था, जो वह अब तक करते आये थे। उनके मन में ऊहापोह चलता रहता था। उन्हें अनेक बार लगा था कि उनका मन, उनका अपना मन नहीं रह गया था। उसमें कोई एक विचार या विचार-परम्परा नहीं थी। वहाँ तो जैसे विवाद-सभा जुटी हुई थी। इतने सारे विरोधी विचार हस्तिनापुर की राजसभा में भी प्रकट नहीं किये जाते थे, जितने अकेले भीष्म के मन में जाग जाया करते थे।

भीष्म द्यूत के पक्ष में नहीं थे, किन्तु धार्तराष्ट्रों और पाण्डवों ने जुआ खेला। स्वयं धृतराष्ट्र ने युधिष्ठिर को बुलाया। उसके आदेश से खेल आरम्भ

हुआ। उसकी अन्धी आँखों के सामने, उसकी पूर्ण जानकारी में जुआ खेला गया।...और अब दुःशासन एक-वस्त्रा द्रौपदी को केशों से पकड़, घसीटता हुआ, सभा में ले आया है। भीष्म के खड्ग का एक प्रहार नहीं सह पायेगा, यह नीच दुःशासन। पर क्या भीष्म वार कर पायेंगे?...

अपने हाथ में खड्ग तौलने से पहले भीष्म अपने कर्म को मन में हज़ार बार तौलेंगे।

जो कुछ हो रहा है, वह न्याय है? धर्म है?

युधिष्ठिर ने धर्म-बन्धन में बँध कर जुआ खेलना स्वीकार किया था। वह उसकी बाध्यता ही सही, किन्तु धर्म मान कर उसने स्वयं दाँव लगाया था और वह द्रौपदी को हारा था। वह षड्यन्त्र का बन्दी था, किन्तु उसने षड्यन्त्र का विरोध नहीं किया, धर्म अर्जित करने का निश्चय किया....वह निश्चित रूप से जानता था कि परिणाम क्या होने जा रहा है...नहीं जानता था, तो उसे जानना चाहिए था। द्यूत की मर्यादा का पालन करने वाला युधिष्ठिर अबोध बालक नहीं था। वह राजसूय यज्ञ करने वाला चक्रवर्ती सम्राट था। यदि वह बिना सोचे-समझे, परिणाम से अनभिज्ञ जुआ खेल कर हार सकता है, तो कल इसी प्रकार परिणाम से अनभिज्ञ युद्ध भी कर सकता है। क्षत्रियों के लिये द्यूत, युद्ध का ही तो दूसरा रूप है...अहिंसक युद्ध। युद्ध में भी तो युधिष्ठिर को उसके परिणाम भुगतने पड़ेगे, तो वह द्यूत के परिणाम को भी भुगतेगा....

तो क्या धृतराष्ट्र, दुर्योधन, शकुनि और दुःशासन का कोई दोष नहीं? कोई अपराध नहीं? जिस विधि से युधिष्ठिर को द्यूत के लिये बुलाया गया, सहमत किया गया, दाँव लगवाए गये...वह सब धर्म-संगत था?...और द्रौपदी के साथ उनका यह व्यवहार? द्रौपदी दासी है या अदासी, वह एक पृथक प्रश्न है, किन्तु कोई दासी के साथ भी ऐसा व्यवहार करता है क्या? यह व्यवहार मनुष्य के प्रति?...स्त्री के प्रति?

भीष्म को लगा, उनका मन कुछ क्षणों के लिये स्तब्ध खड़ा रह गया। कैसी स्थिति है उनकी : न वह इस व्यवहार का समर्थन कर सकते हैं, न इसे रोक सकते हैं।...दासी के साथ ऐसा व्यवहार अनुचित है, किन्तु दासी को सभा में बुलाने का अधिकार तो स्वामी को है...पर द्रौपदी का क्या दोष है?

द्रौपदी का कोई दोष नहीं है...भीष्म मानते हैं...द्रौपदी की न द्यूत-क्रीड़ा में सहमति रही होगी, न दाँव लगाने में, न हारने में।...किंतु अपने सम्बन्धों का दण्ड तो द्रौपदी को भी भुगतना ही होगा...विदुर का क्या दोष था? धृतराष्ट्र और पाण्डु के ही समान, वेद व्यास ने विदुर को भी उत्पन्न किया था। धृतराष्ट्र अन्धा था, पाण्डु रोगी। उनमें से एक विदुर ही तो तन और

मन से पूर्णतः स्वस्थ बालक था।...किन्तु वह हस्तिनापुर का राजा नहीं बनाया गया, नहीं बनाया जा सका, और नहीं बनाया जा सकता।..वह अपने सम्बन्धों के कारण ही तो दण्डित है। उसकी माँ न राज-कन्या है, न राज-वधु। वह दासी-पुत्र है, अतः सारी योग्यताओं और क्षमताओं के होते हुए भी, वह राज-पुत्र नहीं बन सकता। इसमें किसी को तनिक भी अधर्म नहीं दिखता...

द्रौपदी युधिष्ठिर की पत्नी है, अतः उसका धन है। इसे न युधिष्ठिर अस्वीकार कर सकता है, न द्रौपदी। उसी सम्बन्ध का दण्ड भुगत रही है। क्या अधर्म है इसमें?...किन्तु यह अमानवीय है।...इसे तर्क चाहे स्वीकार करे, मनुष्य का मन स्वीकार नहीं कर सकता।...व्यक्ति मात्र सम्बन्धों का ही तो दास नहीं है। वह अपने-आप में एक पूर्ण और स्वतन्त्र अस्तित्व भी तो है। धर्म की दृष्टि में, वह केवल अपने कर्मों के लिये उत्तरदायी है।...द्यूत युधिष्ठिर खेले और दण्ड द्रौपदी पाये...यह कैसा न्याय है? क्या यह धर्म है?

भीष्म को लगा कि वे अगले ही क्षण द्रौपदी को मुक्त करने का आदेश दे देंगे...किन्तु तभी उनके विवेक ने उन्हें रोक दिया...एक दूसरा तर्क, हाथ बाँधे उनके सम्मुख खड़ा था...माता गंगा को अपने सात पुत्रों को जल-समाधि दे कर जीवन-मुक्त करने का अधिकार किसने दिया था? क्या दोष था उन बालकों का?...समाज-धर्म है कि सन्तान माता-पिता का धन है, पत्नी पति का धन है, छोटे भाई बड़े भाई का धन हैं।...क्या भीष्म समाज के सारे विधान को उलट देना चाहते हैं? तो भीष्म को ही क्या अधिकार था कि वे अम्बा, अम्बिका और अम्बालिका को, उनकी इच्छा के विरुद्ध हरण कर लाये? उन्होंने अपनी शक्ति और शस्त्र-कौशल के आधार पर, उन राज-कन्याओं पर अधिकार प्राप्त किया था, क्योंकि उनके अनुसार वह क्षात्र-धर्म था। उसी अधिकार से उन्होंने उनका विवाह विचित्रवीर्य से कर दिया था।...माता सत्यवती ने उन्हें अपनी पुत्र-वधुओं के रूप में पाया था, और सास के रूप में प्राप्त अधिकार के आधार पर, उन दोनों बिलखती हुई राज-कन्याओं को वेद व्यास को सौंप दिया था....

द्रौपदी को अर्जुन ने वीर्य शुल्का के रूप में प्राप्त किया था, और उसी अधिकार के बल पर उसे माता कुन्ती को सौंप दिया था। कुन्ती ने उसे पत्नी के रूप में अपने पाँचों पुत्रों को समर्पित किया। अपने उसी सम्बन्ध से वह युधिष्ठिर की पट्टमहिषी के रूप में इन्द्रप्रस्थ के सिंहासन पर बैठी...तो युधिष्ठिर उसी अधिकार से उसे द्यूत में हार भी सकता है...

यदि भीष्म ने इसका विरोध किया, तो परिवार में किसी-का-किसी पर

कोई अधिकार नहीं रहेगा।...प्रत्येक व्यक्ति स्वतन्त्र होगा, समाज-उच्छृंखल हो जायेगा...भीष्म समाज में उच्छृंखलता फैलाना नहीं चाहते, किन्तु समाज इसलिये तो नहीं बना था कि नारी का अपमान हो, दीन-दुर्बल सताए जायें। समाज तो इसलिये बना था कि नारी की पूजा हो, दीन-दुर्बलों को संरक्षण मिले। परिवार, समाज का ही तो अंग है। वह इस परिवार के प्रमुख हैं। वह पितामह के रूप में दुर्योधन को आदेश दे सकते हैं, कि वह द्रौपदी को मुक्त करे। वह उनकी पौत्र-वधू हैं। उसके सम्मान की रक्षा उनका धर्म है...

सहसा वह चौंके : वह परिवार के मुखिया तो हैं, और रहेंगे, तो क्या वे धृतराष्ट्र को आदेश देंगे? राजा को आदेश देंगे? वे राजनीति में हस्तक्षेप करेंगे? तो उस वचन का क्या होगा, जो उन्होंने माता सत्यवती के पिता को दिया था? वय अथवा सम्बन्ध में तो वह सदा ही धृतराष्ट्र से बड़े रहेंगे। तो क्या वे सदा धृतराष्ट्र को आदेश देते रहेंगे? ऐसे में धृतराष्ट्र हस्तिनापुर का राजा कैसे रहेगा? यदि वह उनसे आदेश प्राप्त करेगा, तो उसकी सम्प्रभुता का क्या होगा?...कदाचित इसलिये राजा लोग अपने पुत्र का राज्यभिषेक करने के बाद वानप्रस्थ ले लिया करते हैं। न वे परिवार में रहेंगे, न शासन-व्यवस्था में हस्तक्षेप करेंगे।...इसलिये व्यास माता सत्यवती को अपने साथ अपने आश्रम में ले गये थे...किन्तु भीष्म तो वानप्रस्थ भी नहीं ले सकते। वे हस्तिनापुर के शासकों के पालन-पोषण और उनकी रक्षा के लिए वचन-बद्ध हैं। वह ऐसा कोई कार्य नहीं कर सकते, जिससे हस्तिनापुर का शासन दुर्बल हो...वह वचन-बद्ध ही नहीं हैं, वह अभिशप्त हैं कि वे इस राजसभा में उपस्थित रहेंगे, सारा अधर्म और अन्याय अपनी आँखों से देखेंगे, सारे आवेग और आवेश, अपने हृदय पर झेलेंगे, किन्तु अपने मुख से कुछ नहीं बोलेंगे...

भीष्म को लगा कि उनका सारा आवेश जैसे उनकी दृष्टि में केन्द्रित हो गया है, और वह दृष्टि वन की किसी कुटिया में सुरक्षित बैठी सत्यवती की ओर बढ़ी है। सत्यवती ने आँखें उठाई हैं, और भीष्म की वेगवान दृष्टि स्तब्ध खड़ी रह गयी है।

सत्यवती मुस्कुराई है, और उसने हल्के से पूछा है, 'वचन का बोझ असह्य हो उठा है पुत्र?'

भीष्म के हाथ जुड़ गये हैं, आँखें झुक गयी हैं, स्वर कोमल हो आया है, 'नहीं माता! भीष्म वृद्ध अवश्य हो रहा है, किन्तु उसके कंधे अभी इतने दुर्बल नही हुए हैं।...'

दुःशासन ने द्रौपदी को भरी सभा में ला पटका था। द्रौपदी इच्छा से

नहीं आयी थी, उसे दुःशासन बलात खींच कर लाया था, बाँह से पकड़ कर नहीं, खुले हुए अस्त-व्यस्त केशों को मुट्ठी में जकड़ कर। उसने सभा में पहुँच कर द्रौपदी के केशों को ज़ोर का झटका दे कर अपनी मुट्ठी खोल दी थी। केश खिंचने की शारीरिक पीड़ा अधिक थी या अपमान का आहत भाव...द्रौपदी स्वयं नही समझ पा रही थी। वह झटके को झेलने में असफल हो कर, भूमि पर गिर पड़ी थी। भूमि पर बैठे हुए, उसने जब सँभल कर अपनी दृष्टि उठाई तो आँखे डबडबाई हुई थीं। मुखाकृति पर असहायता, विवशता और आक्रोश का मिश्रित भाव था। उसके दमित तेज में पीड़ा भी थी और आक्रमकता भी।

वह अधिक देर तक उस स्थिति में बैठी नहीं रह सकती थी। वह उठ कर खड़ी हुई, तो सब ने स्पष्ट देखा : वह एक वस्त्रा भी थी और रजस्वला भी।

उसने अपने पतियों को देखा : वे सभा के एक कोने में दीन-हीन और मलिन-सी स्थिति में बैठे थे। उनके सिर झुके हुए थे। किसी ने गोपनीय ढंग से उसकी ओर देखा हो, तो देखा हो, किन्तु प्रत्यक्ष रूप से आँखें उठा कर उसकी स्थिति को देखने का साहस किसी में नहीं था।...एक भीम अवश्य साँकलों में बँधे गजराज के समान असहाय अवस्था में उत्तप्त श्वास छोड़ रहा था।

द्रौपदी को समझते देर नहीं लगी कि जो सूचना उसे दी गयी थी, वह सत्य थी...धर्मराज द्यूत में सब कुछ हार चुके थे : उसे भी, अपने भाइयों को भी, और स्वयं अपने आपको भी। प्रातिकामी ने ठीक ही बताया था। ऐसा न होता तो दुःशासन चाहे कितना भी उद्दण्ड और दुस्साहसी क्यों न हो, उसे इस प्रकार खींच कर यहाँ लाने का साहस नहीं कर सकता था। यदि उसके पति पराजित हो कर दास न हो गये होते, तो उसे केशों से पकड़ कर खींच कर लाने वाला दुःशासन इस समय तक जीवित खड़ा नहीं रहता।...

द्रौपदी की दृष्टि दुःशासन की ओर उठी। वह पैशाचिक मुस्कान ओढ़े अपनी मूँछें ऐंठ रहा था। दुर्योधन और कर्ण की ओर देखने का उसका साहस ही नहीं हुआ।

"धर्मराज।" उसने युधिष्ठिर की ओर देखा।

"मैं धर्म के बन्धन में बँधा हूँ देवि!" युधिष्ठिर का निष्कम्प स्वर सुनायी दिया, "मैं द्यूत में हार चुका हूँ। पहले स्वयं को, और फिर तुम्हें।..."

"धर्म वह होता है, जो बन्धनों से मुक्त करे।" द्रौपदी ने कहा, "यह कौन-सा धर्म है, जो आपको बाँधे हुए है, और अपनी पत्नी के सम्मान और शरीर की रक्षा से आपको रोक रहा है?"

युधिष्ठिर ने कुछ नहीं कहा। बस सिर झुका लिया। स्पष्टतः विरोधियों की इस सभा में वे अपनी पत्नी से धर्म के स्वरूप को ले कर विवाद नहीं करना चाहते थे।

सहसा द्रौपदी चौंकी : धर्मराज ने उसे केवल यह सूचित नहीं किया था कि वह द्यूत में स्वयं को और उसे हार गये हैं..उन्होंने यह भी सूचित किया था कि वह पहले स्वयं को हारे, और तब उन्होंने द्रौपदी को दाँव पर लगाया। ...यह क्यों बताया धर्मराज ने?...द्रौपदी का तेज जागा...यह अधर्म था। उसे धर्म मिलना चाहिए।...कौन देगा धर्म?...उसके पति तो सर्वथा हारे हुए और असहाय बैठे थे ...राजा। वह राजा से अपनी रक्षा और धर्म-संगत अधिकारों की माँग कर सकती थी। किन्तु राजा धृतराष्ट्र है। उसने धर्म की माँग का तिरस्कार कर दिया, तो धर्म का न्याय कौन करेगा? वह न्याय की माँग किससे करेगी?...उचित है कि राजा से धर्म माँगने से पहले वह कुल-वृद्धों से ही धर्म माँगे।

"पितामह! वह सभा सभा नहीं है, जिसमें वृद्ध न हों, वह वृद्ध नहीं है, जो धर्म की बात न बताये, वह धर्म नहीं है, जिसमें सत्य न हो, और वह सत्य नहीं है, जो छल ये युक्त हो।" उसने भीष्म की ओर देखा, "धर्म की बात आपसे अधिक और कौन जानता है। कृपया अपनी पौत्र वधु के सम्मान की रक्षा के लिये बतायें कि स्वयं अपने-आप को जुए में पहले हार चुके धर्मराज को क्या मुझे दाँव पर लगाने का अधिकार था? कृपा कर इस सभा को बतायें कि मैं कुरुकुल की वधू तथा पाण्डवों की पत्नी हूँ, अथवा जुए में जीती गयी दुर्योधन की दासी?"

पितामह अपने ही ऊहापोह से कम पीड़ित नहीं थे, अब द्रौपदी ने भी आ कर उन्हें ही पुकारा था। उनके चेहरे पर असमंजस उभरा। असमंजस तो विलम्ब का पर्याय है। उन्हें समय चाहिए कि वह सोच-समझ सकें। किसी निष्कर्ष पर पहुँच सकें।...पर द्रौपदी उन्हें पुकार रही थी, "कहिए पितामह। क्या यह धर्म है?"

भीष्म का मन हुआ कि अपने स्थान से उठ कर द्रौपदी के पास जा, उसके सिर पर अभय का हाथ रख दें, और कहें, "बेटी, तू ने बहुत कष्ट सहा है। आज से मैं तुझे अभय देता हूँ। कोई तुझे तीखी दृष्टि से भी नहीं देखेगा।"

किन्तु तभी उनकी आँखों के सामने, उनके अपने पिता आ खड़े हुए ...महाराज शान्तनु।...माता गंगा, एक के पश्चात एक सन्तान को जल में विसर्जित कर जीवन-मुक्ति दे रही थीं...और शान्तनु हाथ बाँधे खड़े थे।...उनके

धर्म ने उन्हें बाँध रखा था। उन्होंने वचन जो दिया था।...एक के पश्चात एक पुत्र प्रवाहित होता रहा और शान्तनु मौन-मूक खड़े रहे...पिता भी चुप रहा, राजा भी...और समाज भी...

तो क्या युधिष्ठिर के वचन का कोई मूल्य नहीं? वचन का पालन ही तो धर्म है...किन्तु स्त्री के सम्मान की रक्षा भी तो धर्म है...किस धर्म का पालन होगा?...

"धर्म का स्वरूप अत्यन्त सूक्ष्म है पांचाली।" भीष्म के मुख से जैसे उनकी असहायता प्रकट हुई, "इसके विषय में मैं अभी कुछ भी निर्णय नहीं कर पा रहा।"

द्रौपदी के हृदय पर जैसे वज्रपात हुआ। उसकी कल्पना में भी नहीं था कि पितामह इस प्रकार उसकी धर्म की पुकार को टाल जायेंगे, और इन क्रूर धार्तराष्ट्रों की पिशाच-लीला के सम्मुख उसे असुरक्षित छोड़ देंगे।...पितामह ही तो धर्म के स्तम्भ हैं। इस कुरुकुल में धर्म तो टिका ही उनके आधार पर है।...और आज वह ही कह रहे हैं कि धर्म का स्वरूप अत्यन्त सूक्ष्म होता है। क्या वह देख नहीं पा रहे हैं कि उनकी पौत्र-वधु किस प्रकार सार्वजनिक रूप से अपमानित की जा रही है। इस प्रकार तो कोई साधारण क्रीत दासी भी कभी अपमानित नहीं की जाती।...इस समय परिवार के रक्षक पितामह, अपना धर्म नहीं समझ पा रहे..ओह कृष्ण! सखा कृष्ण! कहाँ हो तुम? तुम होते तो बताते कि धर्म का स्वरूप अत्यन्त सूक्ष्म है, इसलिये निष्क्रियता तथा जड़ता ही काल-धर्म है...

द्रौपदी राजा धृतराष्ट्र के सम्मुख जा खड़ी हुयी, "राजन। वैसे तो मैं आपकी पुत्र-वधु हूँ, किन्तु इस समय प्रजा के रूप में आप से न्याय की याचना कर रही हूँ। कृपया व्यवस्था दें कि क्या कुरुकुल-वधू द्रौपदी, जुए में धर्मपूर्वक जीत ली गयी और वह अब दासी हो गयी है?"

धृतराष्ट्र भावना शून्य से चुपचाप बैठे रहे। लगा, कदाचित वह कोई उत्तर नहीं देंगे। राजा के लिये यह आवश्यक भी नहीं कि वह प्रजा की प्रत्येक पुकार की प्रतिध्वनि दे ही।

द्रौपदी ने पुनः पुकारा, "राजन। मैं दया नहीं माँगती। मैं धर्म माँग रही हूँ।"

"तुमने राजा को पुकारा है पांचाल राजकुमारी।" सहसा धृतराष्ट्र वाचाल हो उठा, "तो मैं राजा का ही न्याय करूँगा। इस राजसभा की साक्षी में दो पक्षों ने द्यूत खेला है। द्यूत बिना दाँव के नहीं होता। युधिष्ठिर ने द्यूत के धन के रूप में तुमको दाँव पर लगाया, और वह हार गया। राज-धर्म यही कहता

है कि तुम विजयी पक्ष की दासी हो...जीती गयी वस्तु पर विजयी पक्ष को आधिपत्य दिलाना भी तो राजा का ही धर्म है..."

द्रौपदी के मुख से चीत्कार फूटा, "राजन।"

धृतराष्ट्र की दृढ़ता में तनिक भी कमी नहीं आयी, "या फिर तुम यह कह दो पांचाली कि युधिष्ठिर को कोई अधिकार नहीं था कि वह तुम्हें अपने धन के रूप में द्यूत के दाँव पर लगाता। कह दो कि वह तुम्हारा स्वामी नहीं है।..."

"पुत्र, दास तथा सदा आश्रित रहने वाली स्त्री का अपना कोई धन नहीं होता।" कर्ण ने धृतराष्ट्र की बात पूरी होते-होते कहा, "युधिष्ठिर पांचाली को दाँव पर न भी लगाता, तो भी दास के धन के रूप में पांचाली दुर्योधन की दासी हो ही चुकी थी।"

द्रौपदी ने कर्ण की ओर ध्यान भी नहीं दिया। उसने पुनः धृतराष्ट्र की ओर देखा। धृतराष्ट्र का चेहरा खिल गया था, मानो कर्ण ने वह बात कह दी थी, जो स्वयं धृतराष्ट्र से, इच्छा होने पर भी, अब तक कहीं नहीं जा सकी थी।

"धर्मराज मेरे पति हैं।" द्रौपदी तनिक भी हतप्रभ नहीं हुई, "उन्हें मुझ पर पूर्ण अधिकार है। मैं उनका धन हूँ।...ऐसी स्थिति में जब वह स्वयं को हार चुके थे, दास हो गये थे, उनके धन के रूप में, मैं बिना दाँव पर लगाए ही जीत ली गयी थी।...किन्तु यदि ऐसा होता, तो मुझे दाँव पर लगाने की आवश्यकता ही क्या थी? मुझे दाँव पर लगा कर जीता गया, इसका अर्थ ही यह है कि इस सभा ने द्यूत की मर्यादा के अन्तर्गत यह स्वीकार किया कि दास के धन के रूप में पत्नी को हस्तगत करने का अधिकार विजयी पक्ष को नहीं है।" द्रौपदी का स्वर आत्मबल से परिपूर्ण था।

"हमने तुझे धर्मपूर्वक जीता है।" दुर्योधन जैसे आपे से बाहर होता जा रहा था।

"धर्म का ही निर्णय करने को कह रही हूँ।" द्रौपदी बोली, "एक-एक बात का निर्णय होता चले तो अच्छा है। पहले यह निर्णय कीजिए कि स्वयं को द्यूत में हार गये और दास हो गये व्यक्ति की पत्नी और सन्तान, क्या विजयी पक्ष का धन हो जाते हैं? यदि हाँ, तो कृष्ण और बलराम की बहन सुभद्रा भी दुर्योधन की क्रीत दासी हो गयी, क्योंकि वह दास अर्जुन की पत्नी है। उसे भी मेरे ही समान केशों से पकड़ कर, घसीट कर, यहाँ लाने का साहस है किसी में?" द्रौपदी की दृष्टि क्षण-भर के लिये भीष्म और धृतराष्ट्र के चेहरों पर टिकी, "और यदि दास पाण्डवों की पत्नी के रूप में मैं धार्तराष्ट्रों की दासी हो

ही गयी थी, तो फिर द्यूत समाप्त क्यों कर दिया गया?..."

"मैं कहता हूँ, हमने तुझे धर्मपूर्वक जीता है।" दुर्योधन ने किसी मूढ़ के समान अपनी गदा को धरती पर पटका।

"जीता तो तब होता, जब स्वयं को हार जाने के पश्चात भी धर्मराज को मुझे दाँव पर लगाने का अधिकार होता। किसी दास का किसी अदास पर, स्वतन्त्र नागरिक पर ऐसा अधिकार हो ही कैसे सकता है?..."

धृतराष्ट्र के कान जैसे सुन्न हो गये।...वह आगे और कुछ नहीं सुन सका...

'युधिष्ठिर चालाकी कर गया।' उसका मन चिल्ला-चिल्ला कर कह रहा था, 'धर्मराज धूर्तता कर गया। शकुनि स्वयं को बहुत चतुर समझता है किन्तु निकला मूर्ख ही। यदि इस मूर्ख शकुनि ने युधिष्ठिर से द्रौपदी को दाँव पर लगवाने की मूर्खता न की होती...तो बिना दाँव पर लगाए ही, पांचाली ही नहीं, पाण्डवों की अन्य पत्नियाँ भी, उनकी सन्तानें भी, दुर्योधन का धन होतीं...किन्तु युधिष्ठिर शकुनि को मूर्ख बना गया, यह एक दाँव युधिष्ठिर ही जीता..और यही सब से बड़ा दाँव था। हाथों में पासे लिये बिना, युधिष्ठिर ने शकुनि को ऐसा मूर्ख बनाया है...'

"राजन।" द्रौपदी ने पुनः उच्च स्वर में पुकारा, "न्याय कीजिए। बताइए धर्म क्या है?"

धृतराष्ट्र को लग रहा था, जीती गयी द्रौपदी, दुर्योधन के हाथ से निकली जा रही है।...दुर्योधन के लिये यह शोक असह्य होगा। वह आत्मघात कर लेगा।...

"राजन।" द्रौपदी ने पुनः चीत्कार किया, "धर्म क्या है?"

धृतराष्ट्र खीझ उठा, "धर्म तो इतना ही है कि तुम्हें युधिष्ठिर द्यूत में हार गया है, और किसी भी व्यक्ति को अधिकार है कि वह अपने धन को द्यूत के दाँव पर लगाए... ।"

द्रौपदी स्तब्ध खड़ी रह गयी।...उसके सम्मुख जो व्यक्ति राजसिंहासन पर बैठा हुआ था, वह न उसका ससुर था, न कुरुओं का कुल-वृद्ध, न वह राजा था, न न्यायकर्ता, न वह अपनी प्रजा को पहचानता था, और न अपने धर्म को। वह तो अन्धा शासक था, जो केवल पशुबल को पहचानता था...और धर्म में बंधे पाण्डव, पशुबल का सहारा कभी नहीं लेंगे...

"धर्मराज!" द्रौपदी युधिष्ठिर की ओर बढ़ी।

धर्मराज युधिष्ठिर का सिर अपनी असहायता में और भी झुक गया। उनके मुख से एक भी शब्द नहीं निकला। द्रौपदी स्पष्ट देख रही थी कि

धर्म-बन्धन में बँधे धर्मराज न केवल उसकी रक्षा करने में असमर्थ थे, दास के रूप में कदाचित वह यह कहने को भी तैयार नहीं थे कि यह अधर्म था, और उसका विरोध होना चाहिए। वह यदि इतना भी कह देते, तो शेष उनके भाई देख लेते...किन्तु युधिष्ठिर का द्वन्द्व द्रौपदी समझती थी...न वह यह मान सकते थे कि द्रौपदी उनका धन नहीं थी। और न वह यह मान सकते थे कि स्वयं को हार कर अपने धन का हारना अधर्म था। धर्मराज हो कर वह अधर्म कैसे कर सकते थे?...किन्तु इस अवस्था में भी द्रौपदी के मन का कोई एक अंश, अपने पति की बुद्धिमत्ता पर मुग्ध था...उसे शेष धन के रूप में बचा कर, स्वयं को दाँव पर लगाया, और फिर उसे भी दाँव पर लगा दिया...धर्मराज ने यदि उन दोनों में से कोई एक काम न किया होता, तो द्रौपदी के पास अपनी रक्षा के लिये कोई संबल नहीं रह जाता।...

"धनंजय।"

अर्जुन ने अपना सिर उठाया ही नहीं। वह पृथ्वी को अपने अँगूठे से कुरेदता रहा।

"पवन-पुत्र भीम।"

भीम ने अपनी आँखें उठा कर, एक क्षण के लिये द्रौपदी को देखा, और फिर क्रुद्ध बैल के समान नथुनों से फूत्कार छोड़ते हुए, युधिष्ठिर की ओर देखा, किन्तु बोला वह भी कुछ नहीं।

द्रौपदी फफक कर रो पड़ी। नकुल और सहदेव को उसने पुकारा ही नहीं। जब ये दोनों महावीर ही निष्क्रिय हुए बैठे हैं, तो बेचारे नकुल और सहदेव क्या करेंगे...

"दुहाई है कुरुकुल के सम्मान की।"

दुर्योधन ने मानो हँसी के रूप मे विष उगला, "दासी का साहस तो देखो। अपने मान-सम्मान से कुरुकुल के मानापमान को तौलती है।"...वह ऊपर से हँस रहा था, किन्तु भीतर से अपने बुरी तरह भयभीत मन को भी पहचान रहा था...उन्होंने पाण्डवों को भय अथवा शासन के नहीं, धर्म के बन्धन में बाँध रखा था, किन्तु द्रौपदी के तर्कों ने उन बन्धनों को पर्याप्त शिथिल कर दिया था। यदि वह उन्हीं तर्कों पर अड़ी रही, धर्म की दुहाई देती रही, और उसे इस सभा में तनिक भी समर्थन मिल गया, तो वह उसके हाथों से निकल जायेगी।...सम्भव है कि भीम ही विद्रोह कर उठे। एक बार उसके मन से धर्म का भय हट गया, तो वह अपनी गदा उठा लेगा...दुर्योधन को कुछ करना होगा....अभी। इसी क्षण। कुछ इतना भयानक कि अर्जुन के गाण्डीव के समान भयंकर, पांचाली की जिह्वा उसके तालु से चिपक जाये...वह एक शब्द भी न

बोल सके...धर्म की गुहार तक न कर सके...

दुर्योधन की मुखाकृति असाधारण रूप से क्रूर और कुटिल हो उठी... "दुःशासन। उठो, दासी को उसके सम्मान का मूल्य समझा दो।" और जैसे उसने सभा के कानों में खौलता हुआ सीसा उंडेला, "केशों से पकड़ो और खींच कर खड़ी कर दो इसे, दासी को इन वस्त्रों में सभा में नहीं आना चाहिए। निर्वस्त्र कर दो इसे....।"

भीम के मुख से एक फूत्कार निकला, और उसने धधकती हुई आँखों से युधिष्ठिर की ओर देखा। फिर जैसे उसने अपनी असहायता का पुनः अनुभव कर अपनी दोनों मुट्ठियाँ भूमि पर दे मारीं।

दुःशासन अपने स्थान से उठा। सारी सभा स्तब्ध खड़ी देख रही थी : क्या दुःशासन, दुर्योधन का कहा, पूरा करेगा?

विदुर एकटक उसे देख रहे थे। उनकी दृष्टि से छिपा नहीं था कि दुःशासन सहज नहीं है। वह इतना उत्तेजित क्यों है? वह इतना भयानक क्यों दिख रहा है? क्या वह भयभीत है? क्या वह जानता है कि दुर्योधन के आदेश और अपने मन के कलुष से जो दुष्कर्म वह करने जा रहा है, उससे पाण्डव कितने क्रुद्ध हो जायेंगे, और उसका मूल्य दुःशासन को ही चुकाना होगा...क्या वह अपने उस भय को दबाए रखने के लिये इतना भयंकर बनने का प्रयत्न कर रहा है?...

दुःशासन ने द्रौपदी के निकट जा कर, जैसे क्षण-भर अपने बल को तौला और फिर एक झटके से, उसके केश पकड़ लिये। द्रौपदी ने तमक कर अपना झुका हुआ सिर ऊपर उठाया...

भीम अपने स्थान पर बैठा नहीं रह सका। वह उठ कर खड़ा हो गया और जैसे आकाश को भेद देने के लिये ऊपर आँखें उठा कर बोला, "युद्ध में इस नीच दुःशासन का वक्ष चीर कर, मैंने इसका रक्तपान नहीं किया, तो मैं पाण्डु-पुत्र भीम नहीं..."

द्रौपदी ने भी न्याय की याचना की मुद्रा एक झटके के साथ त्याग दी। वह भीम के स्वर में अपना तेजस्वी स्वर मिला कर बोली, "राजसूय यज्ञ के पश्चात अवभृथ स्नान करने वाले ये केश, जो तूने खींचे हैं नीच। ये जब तक तेरे वक्ष के रक्त से नहीं धुलेंगे तब तक इनकी वेणी नहीं बनेगी।"

दुःशासन ठिठक गया। उसके हाथों से द्रौपदी के केश छूट गये। उसकी आँखों में एक भय कौंधा। उसे लगा, वह द्रौपदी के केश नहीं, सहस्रों जिह्वाएँ लपलपाते हुए नाग थे, उसने उन्हें छुआ नहीं, और उन्होंने उसे डसा नहीं।

और भीमसेन की प्रतिज्ञा।...बाल्यावस्था में कितनी ही बार वह भीम से

गदा-युद्ध और मल्ल-युद्ध कर चुका है। भीम ने कितनी ही बार उसे अखाड़े में पटक-पटक कर मारा है...वह सब तो अभ्यास था, क्रीड़ा थी...और इस समय तो भीम क्रोध में है यदि सचमुच ही इस समय वह अपनी गदा ले कर कूद पड़ा, तो फिर उसकी गदा की चोट से दुःशासन को कोई नहीं बचा सकेगा ...दुर्योधन भी नहीं। सेनाएँ खड़ी-की-खड़ी रह जायेंगी, और भीम उसका वक्ष फाड़ डालेगा...उसे न पितामह रोकेंगे, न गुरु द्रोण और न कृपाचार्य। जब दुर्योधन को ही कोई नहीं रोक रहा, तो भीम को ही कोई क्यों रोकेगा...

एक सिहरन-सी उसकी रीढ़ की हड्डी में दौड़ गयी।

धृतराष्ट्र ने इन प्रतिज्ञाओं को सुना। उसका दृष्टिहीन चेहरा भी इनसे अप्रभावित नहीं रह सका। अनिष्ट की आशंका, उन अन्धी आँखों से भी प्रकट हो रही थी।...पर क्या वह दुर्योधन के आनन्दोत्सव में विघ्न डाल सकता है... या...या द्रौपदी के उत्पीड़न के माध्यम से पाण्डवों का यह अपमान, उसे भी सुख की सिहरन दे रहा है...पाण्डवों से पराजित, अपमानित और हेठा हो कर दुर्योधन बार-बार रोया है। उसकी पीड़ा ने धृतराष्ट्र को भी रुलाया है...आज दुर्योधन का यह महोत्सव चाहे धर्म है या अधर्म, न्याय है या अन्याय...पर इसमें पाण्डवों की हार हुई है, वे अपमानित हुए हैं...

तभी विदुर का स्वर पुनः गूँजा, "राजन। अब भी समय है। चाहो तो कुरुकुल को बचा लो। मैं कहता हूँ कि यह अधर्म है। यदि हस्तिनापुर की राज-सभा धर्म की रक्षा नहीं करेगी, तो धर्म भी उसकी रक्षा नहीं करेगा।"

"विदुर।" दुर्योधन का स्वर जैसे खड्ग की धार लिये हुए था, "तुम अपनी रक्षा करो। चुपचाप बैठ नहीं सकते, तो सभा से बाहर निकल जाओ।"

विदुर का चेहरा अपमान से लाल हो उठा, किन्तु न वह दुर्योधन से सम्बोधित हुए, न सभा से बाहर गये। सभा से बाहर जा कर, क्या वह इस यातना से मुक्त हो पायेंगे?

क्या वह धर्म, न्याय अथवा पाण्डवों की रक्षा कर पायेंगे? आवेश में बाहर निकल गये, तो दुर्योधन का मन-चाहा ही करेंगे। आवेश को दबा कर ही रखना होगा।

इससे पहले कि विदुर दुर्योधन को कोई उत्तर देते या उसकी उपेक्षा कर, धृटराष्ट्र से पुनः धर्म की रक्षा का अनुरोध करते, धृतराष्ट्र पुत्र विकर्ण उठ कर अपने स्थान पर खड़ा हो गया, "मैं विदुर काका का पूर्ण समर्थन करता हूँ। मैं क्षत्रियों की इस सभा से अनुरोध करता हूँ कि वह इस पाप-व्यवहार में हस्तक्षेप करे। इस अधर्म और अन्याय को रोके। हस्तिनापुर की राजसभा में एक सती नारी का अपमान होगा, तो इस पाप के प्रायश्चित स्वरूप भार्गव परशुराम को

एक बार फिर से पृथ्वी को क्षत्रियों से रिक्त करना पड़ेगा। पाण्डवों को अपने परिजनों के रूप में इस उत्सव पर आनन्द और मनोरंजन में सम्मिलित होने के लिये बुलाया गया था। उनका अपमान करने के लिये नहीं। द्रौपदी इस कुल की वधू है। उस सती का अपमान..."

विकर्ण की बात पूरी भी नहीं हुई थी कर्ण जैसे तड़प कर उठा खड़ा हुआ और अपने गम्भीर स्वर में बोला, "विकर्ण! बड़ों के सम्मुख बोलने और उसका विरोध करने से पहले, अपनी बुद्धि और तर्क-क्षमता को भी तौल लेना चाहिए। जिन पाण्डवों का समर्थन कर रहे हो, उनसे ही यह सीख लो कि अवस्था में स्वयं से बड़े लोगों की बुद्धि पर अविश्वास नहीं करना चाहिए। तुम ठीक कहते हो कि कुलवधू सभा में नहीं आती, किन्तु वेश्याएँ तो सदा ही सभाओं में बुलाई ही नहीं, नचाई भी गयी हैं।" कर्ण के मन का समस्त कलुष उसके चेहरे पर प्रकट हो गया, "द्रौपदी कुलवधू नहीं है। पाँच पतियों की भार्या, कुलवधू हो ही कैसे सकती है। वह कुलटा है। वह वेश्या है। उसे चाहिए कि अब वह अपने हारे हुए इन दास पतियों को त्याग कर अपने लिये कोई नया पुरुष खोज ले। सर्वश्रेष्ठ तो यह है कि वह युवराज की भोग्या हो जाये।" कर्ण का चेहरा विकृत भावों से काला हो गया था, "दुःशासन। तुम पाण्डवों के साथ-साथ इस वेश्या के भी वस्त्र उतार, उसे निर्वस्त्र कर दो।"

भीष्म ने जिस दृष्टि से कर्ण को देखा, वह कह रही थी कि 'मुझे पहले ही पता था कि तू निकृष्टतम धातु का बना हुआ पिशाच है। तू कोई अच्छी बात सोच ही कैसे सकता है।" किन्तु उन्होंने जिह्वा से कुछ नहीं कहा। उनके मौन ने अवश्य कहा, 'तुम जैसे शोहदों के मुँह कौन लगे।'

दुर्योधन की वासना को कर्ण के वाक्य से बल मिला। अनायास ही उसके दाहिने हाथ ने अपनी दाहिनी जँघा से वस्त्र हटा दिया, और हाथ के संकेत से द्रौपदी को अपनी जँघा पर बैठने का निमन्त्रण दिया। मुख से उसने एक शब्द भी नही कहा।

भीम ने चिंघाड़ कर, अपनी गदा उठा ली, लगा, वह लपक कर दुर्योधन तक जा पहुँचेगा, और एक ही प्रहार में या तो उसकी जँघा तोड़ देगा, या उसका मस्तक चूर कर देगा।

सभा में सनसनी फैल गयी। सबके हाथ अपने शस्त्रों तक जा पहुँचे। भीष्म को लगा कि सर्वनाश का क्षण आ पहुँचा है। जो क्षति दुर्योधन और शकुनि नहीं कर पाये, वह इस कर्ण ने कर दी।

धृतराष्ट्र अपनी अन्धी आँखों में उत्सुकता और जिज्ञासा भरे, शून्य में घूर

रहा था : जाने क्या हो रहा है, सभा में।

अर्जुन ने भीम का हाथ पकड़ लिया, और दबे हुए स्वर में बोला, "क्या कर रहे हो भाई?"

"छोड़ दो अर्जुन।" भीम के स्वर में फुफकार थी, "यदि दुर्योधन को नहीं मारा, तो मेरा हाथ धर्मराज पर उठ जायेगा।"

अर्जुन की दृढ़ता में तनिक भी कमी नहीं आयी, "स्थिति की गम्भीरता को समझो। वे हमें इतना अपमानित करना चाहते हैं कि हमारा धैर्य चुक जाए और हम धर्म त्याग दें। धर्म-अधर्म को भूल कर, हम या तो उनसे भिड़ जायें, या आपस में लड़ मरें। इन दोनों ही परिस्थियों में हमारा सर्वनाश हो जायेगा भाई।"

भीम की समझ में कुछ आया, और कुछ नहीं भी आया। युधिष्ठिर और अर्जुन का धर्म-बन्धन उसे रोक रहा था, और उसका आक्रोश ध्वंस मचा देने के लिये अकुला रहा था।

परिणामतः भीम के हाथ-पैर तो नहीं हिले, किन्तु उसकी जिह्वा मुक्त हो गयी, "मैं पाण्डु-पुत्र भीमसेन प्रतिज्ञा करता हूँ कि इस दुष्ट युवराज दुर्योधन की जँघा इसी गदा से तोड़ूँगा। न तोड़ूँ तो मुझे सद्‌गति न मिले।"

भीम की प्रतिज्ञा का सबसे अधिक प्रभाव धृतराष्ट्र पर हुआ। उसे अब पता चला कि सभा में उसकी अन्धी आँखों के सम्मुख कुछ और अघटनीय घट गया है।

दुर्योधन ने भयंकर अट्‌ठहास किया। अपने उस अट्‌ठहास की अनुरणन ध्वनि उसने अपने हदय में भी अनुभव की। उसे लगा, यदि उसने कोई भयंकर आघात कर भीम को तत्काल मौन नहीं किया, तो जो भय वह भीम के मन में उत्पन्न करना चाहता है, वह उसके अपने मन मे जम जायेगा...

"दास भीम। गदा मेरे पास भी है, और जँघा तुम्हारी भी है।" और सहसा वह दुःशासन की ओर मुड़ा, "दुःशासन। दासी को निर्वस्त्र करो।"

दुःशासन का काँपता हुआ हाथ द्रौपदी के वस्त्र की ओर बढ़ा, और आधी सभा जैसे अपने स्थान पर उठ कर खड़ी हो गयी।

द्रौपदी ने अपनी प्रज्वलित आँखें आकाश की ओर उठाईं। सभा में उपस्थित किसी व्यक्ति से अब कोई आशा नहीं थी। उसके मुख से आर्त्त स्वर फूटा, "मैं महाराज पाण्डु की पुत्र-वधू, वीर पाण्डवों की पत्नी, पंचाल वीर द्रुपद की पुत्री, धृष्टद्युम्न की बहन और वासुदेव कृष्ण की सखी हूँ।..."

दुःशासन का हाथ ठिठक गया। उसने कानों में निरन्तर एक ही स्वर गूँज रह था...'मैं वासुदेव कृष्ण की सखी हूँ...'

उसने अपना मस्तक झटका और द्रौपदी की ओर क्रूर दृष्टि से देखा।

"मेरा ऐसा अपमान, जैसा कभी किसी साधारण दासी का भी नहीं हुआ। शत्रुघाती मधुसूदन! सखा कृष्ण! कहाँ हो तुम। मेरे पति मेरी रक्षा नहीं कर रहे। समर्थ हो कर भी वे धर्म के रूप में अधर्म के बन्धन में बँधे हैं। स्वयं अपनी मर्यादा से बँधे वे असमर्थ हैं। तुम समर्थ हो कृष्ण। तुम धर्म के मर्मज्ञ हो। तुम जानते हो, यह धर्म नहीं है। इनका नाश करो कृष्ण। मेरी रक्षा करो।..."

दुःशासन की आँखों के सम्मुख इन्द्रप्रस्थ की सभा घूम गयी, मधुसूदन, शत्रुघाती कृष्ण। कृष्ण ने अपनी तर्जनी पर सुदर्शन चक्र रख कर फेंका था, और शिशुपाल का मस्तक कट कर भूमि पर जा गिरा था।...और सहसा दुःशासन को लगा, उसके चारों ओर सुदर्शन चक्र ही सुदर्शन चक्र हैं। वे उसके कण्ठ के बहुत निकट थे। अभी उसका मुण्ड भी कट कर धरती पर लुढ़कने लगेगा....

दुःशासन की उठी भुजा लटक गयी। उसके पगों के नीचे धरती जैसे डोल रही थी। उसका मस्तक स्थिर नहीं था। वह अपना माथा पकड़ कर बैठ गया...

सभा में भीषण कोलाहल मच गया।

"क्या हुआ? क्या हुआ?" धृतराष्ट्र ने पूछा, "क्या हो गया?"

भीष्म अत्यन्त उद्वेलित हो उठे थे...उन्होंने शासन में हस्तक्षेप न करने की प्रतिज्ञा कर रखी थी, माता सत्यवती के सम्मुख हस्तिनापुर राज्य और राजपरिवार की रक्षा की प्रतिज्ञा भी तो उन्होंने ही की थी। यदि इस सोपान पर भी वह धृतराष्ट्र को यह घातक और नृशंस क्रीड़ा बन्द करने का परामर्श नहीं देते, तो कुरुकुल का नाश हो कर रहेगा। ऐसे में वह शासन में हस्तक्षेप न करने का संकल्प चाहे निभा लें, किन्तु राजकुल की रक्षा की उनकी प्रतिज्ञा का पालन नहीं हो पायेगा।

"क्या हो गया?" धृतराष्ट्र ने पुनः पूछा।

"होते-होते रह गया।" भीष्म बोले, "फिर भी बहुत कुछ हो गया। अब भी यदि कुरुकुल की कुशल चाहते हो, इसे यहीं रोक दो। द्रौपदी की रक्षा करो। पाण्डवों का राज्य उन्हें लौटा कर उन्हें मुक्त करा दो।"

धृतराष्ट्र की अन्धी आँखों ने उस दिशा में देखा, जिधर दुर्योधन बैठा था।

तभी अपनी दासियों के साथ गान्धारी, सभा के भवन पर प्रकट हुई, "मुझे महाराज के पास ले चलो।"

धृतराष्ट्र चौंका, गान्धारी क्या करने आयी है इस सभा में?

दासियों ने ला कर गान्धारी को धृतराष्टण के निकट बैठा दिया।

"क्या बात है गान्धारी?" धृतराष्ट्र ने धीरे से पूछा।

"मुझे ज्ञात हुआ है कि दुःशासन एकवस्त्रा द्रौपदी को केशों से पकड़ कर घसीट कर सभा में लाया है।" गान्धारी बोली, "वह अपनी रक्षा के लिये मेरे कक्ष की ओर भागी थी, किन्तु दुःशासन ने उसे मेरे पास पहुँचने नहीं दिया।" गान्धारी ने टटोल कर धृतराष्ट्र की भुजा थाम ली, "मैंने पांचाली को अपने भवन में इसलिये नहीं ठहराया था कि वह वहाँ असुरक्षित रहे और मेरा अपना ही पुत्र उसे इस प्रकार घसीटता ले आये।" गान्धारी की पकड़ कुछ दृढ़ हुई और उसका स्वर कठोर हो गया, "गन्धार के राजप्रासाद से मैं तो पशुबल से घसीट कर हस्तिनापुर लायी ही गयी थी, अब क्या कुरुकुल की वधुएँ भी घसीटी जा कर सभाओं में लायी जायेंगी?"

"क्या चाहती हो?" धृतराष्ट्र ने पूछा।

"द्रौपदी को मुक्त कीजिए और पाण्डवों को उनका राज्य लौटा दीजिए।"

"दुर्योधन नहीं मानेगा।"

"आपके पुत्र आपके नियन्त्रण में रहने चाहिए।" गान्धारी बोली, "दुर्योधन न माने तो उसका त्याग कीजिए। वह अपने शत्रुओं से युद्ध करे, राजनीति के षड्यन्त्र रचे, किन्तु मुझे ऐसा पुत्र नहीं चाहिए, जो नारी के सम्मान की रक्षा न कर सके।"

"गान्धारी।"

"हाँ महाराज। यह मेरा अन्तिम निर्णय है....।"

दुर्योधन ने अपने पिता का निष्प्राण-सा चेहरा देखा, तो सहम गया। यह क्या हो गया है राजा धृतराष्ट्र को? वह इतने भयभीत तो कभी दिखायी नहीं दिये। दुःशासन का इस प्रकार भयभीत हो कर चकरा कर गिर जाना ...माता का इस प्रकार सभा में आना और पिता का इस प्रकार भयभीत हो जाना।...दुर्योधन को लगा, उसकी सारी उपलब्धियों पर उसका यह वृद्ध, अन्धा और अदूरदर्शी पिता, पानी फेर देगा। किससे भयभीत हैं ये लोग? कृष्ण से? वह कब से अनुभव कर रहा है कि कृष्ण का बढ़ता हुआ प्रभाव उसके लिये बहुत हानिकारक है। कृष्ण जिस प्रकार देवत्व की ओर बढ़ता जा रहा है, उससे अन्य लोग उसके सामने एमदम बौने होते जा रहे हैं। दुःशासन का भय, उसके मन की दुर्बलता न मान कर, कृष्ण की शक्ति का चमत्कार मान लिया जायेगा।...इसी से भयभीत हो कर, उसके पिता कहीं

कोई अनर्थ न कर बैठें।

वह धृतराष्ट्र के निकट आया, "पिता जी।"

"हाँ पुत्र।"

"क्या हुआ?"

"तुम्हारे पितामह और तुम्हारी माता ने कहा है कि यदि मैं कुरुकुल का हित चाहता हूँ, तो पाण्डवों का धन और राज्य उन्हें लौटा कर, उन्हें दासत्व से मुक्त कर दूँ।"

"आपने क्या सोचा है?"

"मैं सोचता हूँ कि उन्होंने उचित ही कहा है।"

"पिता जी। यदि आपने ऐसा कुछ कर दिया, तो हमारा सारा प्रयास निष्फल हो जायेगा। पाण्डवों के मन में आज तक हमारे लिये शत्रुता का भाव नहीं था। आज जो कुछ हुआ है, उसके पश्चात वे हमारे शत्रु ही हो सकते हैं। यदि आपने उन्हें मुक्त कर दिया, तो वे अपनी सेनाएँ ले कर हस्तिनापुर पर चढ़ दौड़ेंगे।"

"मैं जानता हूँ पुत्र।"

"फिर भी आप उन्हें मुक्त करने की सोच रहे हैं?"

"तुमने कहा था कि तुम इस द्यूत-क्रीड़ा के माध्यम से पाण्डवों के ऐश्वर्य का हरण करना चाहते हो। वह तुम कर चुके। तुमने उनके राज्य का भी हरण कर लिया।...किन्तु तुम अपने मन को संयत नहीं रख पाये। तुम्हारे मन में द्रौपदी की आकांक्षा भी जाग उठी है।"

"ऐसा नहीं है पिता जी! वह हमारी दासी मात्र है।"

"हस्तिनापुर के राजप्रासाद में और भी तो इतनी दासियाँ हैं, और किसी दासी को तो राजसभा में बुला कर, निर्वस्त्र करने का प्रयत्न नहीं किया गया।"

"उसने मुझे इन्द्रप्रस्थ में अपनमानित किया था पिता जी।"

"उसने तुम्हारे प्रति अपनी घृणा प्रकट की थी, तुम उसके प्रति अपनी आसक्ति प्रकट कर रहे हो।"

"कैसे पिता जी?"

"दासी होने के नाते उसे इतना अपमानित किया जा रहा है कि उसके लिये दासत्व असह्य हो उठे, और अपनी मुक्ति के लिये, कुछ भी करने को तैयार हो जाये। तुम्हारा वह मित्र कर्ण उसे उकसा रहा है कि वह कोई और पति चुन ले, ताकि वह दासत्व से मुक्त हो सके। ऐसे में वह किसे चुनेगी... तुम्हें या कर्ण को?"

"पिता जी। यह बात नहीं है।"

"यह बात है दुर्योधन!" धृतराष्ट्र ने कहा, "मैं तुम्हें दुखी नहीं देख सकता इसलिये तुम्हारी बात मान जाता हूँ। किन्तु पुत्र, मुझे अपने कुल की रक्षा भी करनी है। पाण्डवों को द्यूत में हरा कर, उनसे धन ले लेने में हस्तिनापुर की समृद्धि थी, कुरुकुल का नाश नहीं। इसलिये मैं सहमत हो गया था, किन्तु पाण्डवों और द्रौपदी को दास बना कर पीड़ित करने में सारा कौरव-वंश नष्ट हो जायेगा। भीम की प्रतिज्ञाएँ तुमने सुन ही ली हैं।...मैं यह नहीं होने दूँगा दुर्योधन।"

"हमारा कोई अनिष्ट नहीं होगा पिता जी। आप मेरा विश्वास करें।" दुर्योधन बोला, "वे अपने धर्म में बँधे बैठे हैं। वे स्वयं मानते हैं कि वे हमारे दास हैं। वे न हमारा विरोध करेंगे, न प्रतिकार। हाँ। यदि आपने उन्हें मुक्त कर दिया, तो वे अवश्य अपनी सेनाओं के साथ हम पर टूट पड़ेंगे।"

"वे अपने धर्म में बँधे हैं," धृतराष्ट्र ने उत्तर दिया, "उनके मित्र और सम्बन्धी नहीं। एक कृष्ण का नाम सुन कर दुःशासन को चक्कर आ गया। जब कृष्ण और धृष्टद्युम्न अपने अन्य मित्रों के साथ अपनी सेनाएँ ले कर आयेंगे, तब तुम्हें कौन बचाएगा? और युद्ध तो होगा ही। भीमसेन की प्रतिज्ञाएँ सुन ली हैं न।"

दुर्योधन स्तब्ध-सा खड़ा अपने पिता को देखता रहा, और फिर चेतावनी भरे स्वर में बोला, "उन्हें मुक्त कर देने से, उनका राज्य उन्हें लौटा देने से युद्ध नहीं होगा?"

"नहीं। वे कृतज्ञ हो कर, अपनी ओर से युद्ध नहीं करेंगे।"

"युद्ध तो अब होगा ही पिता जी। उसे आरम्भ चाहे कोई करे।" दुर्योधन दृढ़तापूर्वक बोला, "आप यदि यह समझते हैं कि उन्हें मुक्त कर देने से युद्ध नहीं होगा, तो आप उन्हें मुक्त कर दें, किन्तु उनका राज्य और धन-धान्य, मैं उन्हें लौटाने नहीं दूँगा। यदि आपने ऐसा कुछ किया तो फिर या तो मैं आत्मघात कर लूँगा, या हस्तिनापुर छोड़ कर वनों में चला जाऊँगा।"

धृतराष्ट्र के कुछ कहने से पूर्व ही गान्धारी ने कठोर स्वर में कहा, "तो तू अपना निर्णय इसी क्षण कर ले। द्रौपदी अब और अपमानित नहीं होगी।"

धृतराष्ट्र की दृढ़ता में दरारें पड़ गयीं। "नहीं। पुत्र को इस प्रकार तिरस्कृत मत करो। कोई ऐसा मार्ग निकालो कि साँप भी मर जाये और लाठी भी न टूटे।"

"पाण्डवों और द्रौपदी से कहिए कि वे कह दें कि युधिष्ठिर को उन्हें दाँव

पर लगाने का कोई अधिकार नहीं था।" दुर्योधन बोला, "वे घोषणा करें कि धर्मराज का यह कृत्य अधर्मयुक्त था।"

"नहीं। वे अपना धर्म नहीं छोड़ेंगे।" धृतराष्ट्र ने पूर्णतः आश्वस्त स्वर में कहा।

धृतराष्ट्र का आत्मविश्वास देख कर दुर्योधन हतप्रभ रह गया। कुछ क्षणों में स्वयं को सँभाल कर बोला, "ठीक है। तो फिर उन्हें प्रतिबन्धयुक्त, दासत्वमुक्ति दीजिए।"

"कैसा प्रतिबन्ध?"

"उनकी स्वतन्त्रता, उनका राज्य और धन-वैभव उन्हें विभिन्न चरणों में लौटाया जायेगा।" दुर्योधन बोला।

"नहीं। उनको अभी दासत्व मुक्ति दो।" गान्धारी बोली, "इसी क्षण।"

"माँ!" दुर्योधन हताश होता जा रहा था।

"ठहरो।" धृतराष्ट्र का स्वर पर्याप्त संयत और शान्त था, "तुम क्या चाहते हो दुर्योधन?"

"वे लोग अपनी दासत्व-मुक्ति के प्रतिशोध में बारह वर्षों तक वनवास करेंगे।" दुर्योधन बोला, "उन्हें पूर्णतः मुक्त तभी माना जायेगा, जब वे बारह वर्षों का वनवास सफलतापूर्वक पूर्ण कर एक वर्ष का अज्ञातवास करेंगे। यदि हमने उस एक वर्ष में उन्हें खोज निकाला, तो वे पुनः बारह वर्षों के लिये वनवास करेंगे, और तेरहवाँ वर्ष अज्ञातवास। यदि अज्ञातवास के उस एक वर्ष में हम उन्हें खोज नहीं पाये, तो हम उनका राज्य और धन-धान्य लौटा देंगे।"

धृतराष्ट्र ने कुछ क्षण तक प्रतीक्षा की कि शायद गान्धारी कुछ बोले, किन्तु गान्धारी कुछ नहीं बोली तो धृतराष्ट्र ने कहा, "यदि कुरुकुल पर संकट न आये, तो मैं तुम्हारी किसी इच्छा का विरोध कभी न करूँ दुर्योधन। किन्तु तुम्हारी इच्छाएँ अपनी सीमा नहीं जानतीं, और सीमा तो सागर की भी होती है, जहाँ उसकी लहरें रेत में अपना अस्तित्व खो देती हैं या चट्टानों से टकरा कर लौटा करती हैं।"

दुर्योधन ने कोई उत्तर नहीं दिया।

धृतराष्ट्र ने अपना राजदण्ड ऊँचा किया। कोलाहल शान्त हो गया।

"पुत्री कृष्णे।" धृतराष्ट्र ने अपने स्वर को साध कर कहा, "तुम्हारे प्रश्न का उत्तर किसी ने भी नहीं दिया। उस प्रश्न का उत्तर मेरे पास भी नहीं है। कई बार ऐसी स्थिति आ जाती है कि धर्म-अधर्म का निर्णय कठिन हो जाता है।"

द्रौपदी समझ नहीं पा रही थी कि पुत्र तथा पत्नी के साथ विचार-विनिमय कर, धृतराष्ट्र ने क्या निश्चय किया है...

"यदि हम मान लें कि स्वयं को हार जाने के पश्चात तुम्हें दाँव पर लगाने का अधिकार युधिष्ठिर को नहीं था, तो हम इस निष्कर्ष पर पहुँचेंगे कि युधिष्ठिर ने तुम्हें दाँव पर लगा कर अधर्म किया।" धृतराष्ट्र ने कहा, "और यदि हम यह स्वीकार करें कि स्वयं को हार कर भी तुम्हें दाँव पर लगाने का अधिकार युधिष्ठिर को था, तो प्रश्न उठता है कि एक दास को स्वतन्त्र नागरिक पर इस प्रकार का अधिकार हो ही कैसे सकता है। इस प्रकार धर्म-अधर्म का निर्णय करना कठिन है पुत्री।" धृतराष्ट्र ने रुक कर कहा, "पर यह धर्म-सभा नहीं, क्रीड़ा-सभा है। इसलिये राजा के रूप में मैं धर्म का नहीं, क्रीड़ा का निर्णय कर रहा हूँ।..."

सारी सभा के कान खड़े हो गये : क्या निर्णय कर रहे हैं धृतराष्ट्र।

"यह क्रीड़ा थी, अतः क्रीड़ा ही रहेगी।" धृतराष्ट्र ने कहा, "यह वास्तविक द्यूत होता, जिसमें वस्तुतः एक दूसरे के धन-हरण का प्रयत्न होता, तो मैं उसे आरम्भ में ही रोक देता। मैंने उसे इसलिये नहीं रोका, क्योंकि यह तो अपने बन्धु-बाधवों से मिलने का एक अवसर था। अतः क्रीड़ा में विजयी दल वस्तुतः पराजित दल के धन का स्वामी नहीं होता। थोड़ा-सा दण्ड भुगत कर पराजित दल पुनः अपनी वास्तविक स्थिति को प्राप्त कर लेता है। मैं चाहता हूँ कि इस क्रीड़ा में भी वही हो।"

धृतराष्ट्र ने मौन हो कर अपनी अन्धी आँखों से सभा की प्रत्येक दिशा में देखा, जैसे जानना चाह रहा हो कि उसकी इस भूमिका का सभा पर कैसा प्रभाव पड़ा है।...उत्तर में जब कोई कुछ नहीं बोला, तो धृतराष्ट्र ने पुनः कहा, "द्रौपदी दासी है या नहीं...इसका निर्णय धर्म करे, पर यदि द्यूत के नियमों के अधीन वह दासी है भी, तो कुलधर्म का निर्वाह करते हुए, मैं उसे दासत्व से मुक्त करता हूँ। कुरुकुल की पुत्र-वधू दासी नहीं हो सकती।" धृतराष्ट्र रुका, "कुरुकुल के पुत्र भी दास नहीं रह सकते। इसलिये पाँचों पाण्डव दासत्व-मुक्ति के प्रतिशोध में बारह वर्षों तक वनवास करेंगे। वन में पूर्णतः अदास होंगे, किन्तु न वे किसी राज्य में प्रवेश करेंगे, और न राज्य स्थापित करेंगे, और न सैन्य-संग्रह करेंगे। यदि वे बारह वर्षों का यह प्रतिबन्धित वनवास पूरा कर लेंगे, तो तेरहवें वर्ष में अज्ञातवास करेंगे। यदि अज्ञातवास की अवधि में उन्हें खोज निकाला गया, तो उन्हें पुनः बारह वर्षों के लिये वनवास करना होगा।...और यदि उन्हें अज्ञातवास में कोई खोज नहीं पाया, तो वे इन्द्रप्रस्थ के राज्य को अपने धन-धान्य के साथ पुनः प्राप्त करने

के अधिकारी होंगे।"

भीष्म को लगा कि धृतराष्ट्र ने इस समय चरम धूर्तता का प्रमाण दिया है। उसने पाण्डवों से उनका सर्वस्व छीन कर भी एक प्रकार से उन्हें अनुगृहीत ही किया है। उसने अपने पुत्रों को पाण्डवों और उनके मित्रों से सुरक्षित कर लिया है...और पाण्डव...।

...भीष्म ने अनुभव किया, अपने इन पौत्रों के प्रति उनके मन में स्नेह से कहीं अधिक श्रद्धा जन्म ले रही थी...उन्होंने प्रतिकार में समर्थ और सक्षम होते हुए भी, यह सारा अपमान सहा, किन्तु अपना धर्म नहीं छोड़ा। कितने उदात्त मानव हैं वे! तभी तो कृष्ण उनसे इतना प्रेम करते हैं।...और यह दुर्योधन!... दुष्ट...नीच...अत्याचारी और अहंकारी। कैसी बाध्यता है भीष्म की कि इसे भी उन्हें अपना पौत्र स्वीकार करना पड़ता है।

□□□

पुरुखा
आयु
नहुष
ययाति
माधव (कृष्ण)
धनंजय (अर्जुन)
हिडिम्बा
पांचाली (द्रौपदी)
कृष्णा (द्रौपदी)
महर्षि वेदव्यास
अक्षय लेपक
देवराज इंद्र
अग्निदेव
नागराज कसुकि
दस्युराज शंबर
विश्वामित्र
नहुष
संजय
हरदच (लेपक)
विश्वकर्मा
इंद्र
सालकटंकरी (हिडिम्बा)
नारद ऋषि
बलभद्र (बलराम)
सुन्द
उपसुन्द
तिलोचमा
मातुल शल्य
रेवती (बलराम की पत्नी)
पुरु (अर्जुन का सारथि)
पार्थ (अर्जुन)
धनंजय (अर्जुन)

महादेव शिव
प्रजापति दक्ष
सती (महादेव की पत्नी) विष्णु
वीरभद्र
हिमवान (राजा हिमालय का)
पार्वती
उलूपी
नागराज कौरव्य
धौम्य ऋषि
नागचम्पा (उलूपी की सखी)
तक्षक
चित्रवाहन (मणिपुर का राजा)
चित्रांगदा
ईशानप्रिय (गुप्तचरों का मुखिया
इंद्रपस्थ का)
बभ्रुवातन
यातुधानी
पुण्यप्रताप (चित्रवाहन का मंत्री)
पल्लविका (चित्रांगदा की दासी)
रुक्मिणी
सत्यभामा
जामवती
सुभद्रा
सारण
शाल्व
अम्बा
बाहुक (कृष्ण का रथी)
अक्रूर
कृतवर्मा
भीष्मक
रुक्मनी
युयुधान

प्रद्युम्न
सांब
चारूदेष्ण
गद
गोवासन
गोवासन की पुत्री (नाम क्या है)
योद्धेय (युधिष्ठिर का पुत्र)
प्रतिबिन्ध (द्रौपदी से युधिष्ठिर का पुत्र)
सुतसोम (भीम का द्रौपदी से पुत्र)
शतानीक (नकुल का द्रौपदी से पुत्र)
श्रुतसेन (सहदेव का द्रौपदी से पुत्र)
सर्वंग (भीम का बलन्धरा से पुत्र)
करेणुमती (नकुल की पत्नी)
शिशुपाल
धृष्टकेतु
निरमिण (नकुल का करेणुमती से पुत्र)
सत्यक
विजय (सहदेव की पत्नी)
इरावान (अर्जुन का उलूपी से पुत्र)
तुम्बरु गंधर्व
अश्वसेन (तक्षक का पुत्र)
मयदानव
भीष्मक
दन्तवक्र
कर
मेघवाहन
पौड्रक
भगदत्त

द्रुभ
श्वेत
शैल्य
सहदेव (सरासंध का बेटा)
शौर्यकिरीट (जरासंध का सेनापति)
अस्ति (जरासंध की बेटियाँ)
प्राप्ति
मेघसंधि (जरासंधि का पौत्र)
दमघोष (शिशुपाल का पिता)
रुक्मि (रुक्मिणि का भाई, भीष्मक का बेटा)
दारुक (युधिष्ठिर का सारथि)
धृष्टकेतु
दन्त्रावन्त
सुनीथ
भौमासुर
इम्बा
बलराम
सारण
गद
कंक
उल्मुक
निशठ
अंगावह
प्रद्युम्न
सांब
चारूदेष्ण
मान्धाता भरत
भगीरथ
कार्तवीर्य
मरूत
ऋषि सुसामा

ऋत्विक याज्ञवल्क्य
धौम्य
पैल
इन्सेन (युधिष्ठिर का सारथि)
विशोक (भीम का सारथि)
पुरु (अर्जुन का सारथि)
अभिमन्यु
संजय (धृतराष्ट्र का मंत्री और सारथि)
जयद्रथ
अंगिराज (ऋषि)
सुनीथ
भगदत्त
वृहदन्त
लोहित
चित्रायुद्ध
सुमित्र
विश्वगश्त
पुलिन्द
लोहित
दुर्वासा
नारद
वेदव्यास
सुषामा
अंगिराज
यूपकेतु
भोजराज
वभ्रु
भद्रारक
धृष्टकेतु
जैमिनी
कष्ठ

कलाप
वैशम्यापन
सुदक्षिण
वसुराज
एकलव्य
देवल
असित
चेकिताम
आराधन (विदुर का अनुचर)
दासराज
हरिश्चंद
सत्यवती
दासराज
प्रातिकामी (दुर्योधन का सारथि)
परशुराम